春闺梦里人

白鹭成双 著

Chun Gui Meng Li Ren

上册

目录

KUWEI
酷威文化
图书 影视

春闺梦里人

第一章

奇怪的梦境

“我不甘心，不甘心！我要生生世世诅咒你们：鹣鲽散，圆镜碎，鸳鸯各自飞！”女二口吐鲜血，仰天长啸。

“你这贱婢，谋害世子，陷害温婉，心肠何其歹毒！今日本侯便下令，赐你白绫三尺，自行了断！”男主冷漠地将白绫丢在女二面前。

“钰轩不要！”善良的女主拉着男主的袖子苦苦哀求，“不要伤了人命！”“我聂桑榆再不堪，也轮不到你来替我求情！”女二仰天长啸，眼泪长流。

“只是我不甘心……不甘心……不甘心哪……”

这是一本极尽狗血的书，要不是周末在家闲得无聊，季曼也不会翻了若初文学网的手机书城来看。但是看到这里，女二惨死，她心里倒还是有几分唏嘘的。

按照她的理念来说，女二嫁给男主在先，女主应该是第三者才对。可是男主偏不爱女二爱女主，所以女二成了第三者。女二气急败坏，用各种阴谋诡计陷害女主，最后落得个被男主赐死的下场。

季曼摇头，嘀咕一声：“这也太毁三观了。”眼睛看得累了，她干脆关掉了手机屏幕。这书的结局都不用想——干掉了女二，男女主就该幸福地生活在一起了；唯一有点看头的就是女二在其中作梗，现在女二死了，那就也没什么好看的了。

打了个哈欠，季曼关掉灯，扯着被子蒙头就睡。只是睡之前她还忍不住在想，也是聂桑榆太蠢了吧？

“桑榆这辈子就爱过侯爷一个人，侯爷呢？”

“她的命是命，妾身的就不是了吗？你别忘了，我聂桑榆也曾经是你用八抬大轿从正门抬进来的！”

脑子里不断回荡着一些台词，季曼一边笑这女人又傻又笨，一边慢慢沉入了梦乡。

“不甘心……”有声音从梦的深处传来。

季曼微微皱眉，望向那无边的黑暗，难得还很镇定地问：“不甘心又能如何？”

“帮我……帮我……心愿难了……”

“关我什么事？”季曼翻了个白眼。

无边无际的黑暗涌上来淹没了自己，季曼睁大双眼，霎时间好像失去了呼吸。天旋地转，世界都化为一片混沌，她感觉身体好像掉进了一个黑洞里，正无止境地往下掉。失去意识的时候，季曼觉得，自己应该是做噩梦了。

“十四为君妇，羞颜未尝开。

“十五始展眉，愿同尘与灰。

“双十年华，看他新娶他人，我又该是何种心情？我不能哭，难道还要笑吗？”

一个女子哀怨又愤恨的声音从远处飘来，飘在季曼的耳边，恍惚又无源可寻。

“夫人……”怯怯的一声呼唤，季曼脑子里的声音好像突然都归了位，眼前一晃，便出现一面铜镜。

镜子里的人脸色苍白，穿着白色的大袖罗衫、浅白的下裙，如云的发髻上只两根素簪子，一朵小白花：这一身素净得像要去参加谁的葬礼似的。

季曼眨眨眼，镜子里的人也跟着眨眨眼，先前脸上的愁苦和嫉恨被惊愕替代，整张脸舒展开来，倒是顺眼了不少。

“夫人？”旁边的丫鬟好像被吓住了，看着自家夫人跟魔怔似了的表情，背后起了一层冷汗。

季曼呆呆地转过头来，见地上跪着的丫鬟梳着螺髻，一身浅绿襦裙，浑身都在发抖。

“苜蓿？”

小丫鬟抖得更厉害了：“奴婢在。”

季曼扭过僵硬的脖子，继续看着镜子里的人。她应该是做梦了，镜子里的人唇红齿白，眉上有一颗浅痣，一双狭长的凤眼怎么看都藏着恶毒。这相貌，跟书里写的聂桑榆好像。

再看旁边跪着的丫鬟，她记得书里也有写：聂桑榆的丫鬟软弱得很，总是一副战战兢兢的样子，名唤苜蓿。

她梦见什么不好，偏偏梦见自己成了聂桑榆。

季曼打了个哈欠，觉得还是很困。她想，不然就在这梦里继续睡下去吧，等醒了就好了。

“夫人……莫要想不开了，新夫人的轿子已经到了门口，您怎么都得去正堂见见的。”季曼正要躺回床上去，苜蓿却小心地拉住了她的裙角。

季曼眼睛一斜，她就做个梦而已，还要负责去帮聂桑榆应付女主？拉倒吧，明天还要上班，她才没那个精力呢。

“别打扰我睡觉。”

苜蓿手一缩，跪在梳妆台边抖了两下，不敢再言。季曼便愉快地躺回床上补觉了。不过这个梦可真有真实感，她都闻见了屋子里燃着的香料，暖软得叫人更易入眠。季曼迷迷糊糊刚要睡着，却听见一声巨响。原来是房门被人撞开，一个嬷嬷在门口大声道：“桑主子，侯爷让您快些去正堂。新夫人已经到了，您躲着也不是个事儿啊！”

这声音可真难听，季曼被迫睁开眼，起来就看见门口这个穿着蓝色对襟褙子的老嬷嬷。她记得这个嬷嬷，好像说是皇后指来照顾侯爷日常起居的，姓柳。

揉揉脑袋，季曼不太开心地道：“有奴才对主子这么吆五喝六的吗？”

就算是做梦，她也不是好欺负的。聂桑榆做人真是失败，刚被第三者插足，接着就有人来落井下石了，可见平日里是多不得人心。

门口的嬷嬷怔愣了一下，接着眉眼间带上三分不屑：“桑主子，叫您一声主子，也是敬着您曾当过侯府的家。现在您不过是没名没分的侍妾罢了，还要端着那比天高的架子吗？”

季曼眯着眼，坐在床边想了一会儿。

聂桑榆变成侍妾了？好像是有这么回事。她一目十行地看完半本书，记得男主在娶女主的时候，女二因为嫉妒和不识大体，被贬为侍妾。所以，她现在为什么变成了这个倒霉的女二，坐在这里发呆呢？

变成谁不好，偏偏要变成这个注定会不得好死的女二！她该怎么办？一刀结果自己，提早结局？不，这种消极的做法不是她做得出来的。身为二十一世纪职场女

性，她能为了一套房子奋斗累成狗，现在为什么不能为了自己的性命再奋斗一下？

“帮我……我不甘心……”

耳边又响起了这个声音，季曼叹了口气，一定是聂桑榆的执念太深了，才牵连了她这个无辜的读者。天可怜见，她就是看本小说打发时间而已啊！

“桑主子。”门口的嬷嬷见她一直没反应，忍不住又不耐烦地催了一遍。

“知道了。等我换一身衣裳，穿这身也不像话。”季曼站起来，努力朝门口的嬷嬷笑了笑，然后扭头对地上的小丫头道，“苜蓿，起来替我更衣。”

像吧，像古代人说的话吧？她没有太仔细看那本书，但是模仿这里的人说话的习惯应该不难，不至于露馅。

地上的小丫头听着这话，惊讶地抬了抬头，却没敢直视她，嗫嚅着应了就跑去柜子边找衣裳。

季曼跟着过去，扫了一眼那些衣裳。聂家是名门大户，聂桑榆自然也是有钱得很。虽然聂桑榆被贬为侍妾，可是以前的衣裳都还在，大红大紫的，华丽非常。

季曼认真地想，自己现在该怎么做，才能避免最后跟聂桑榆一个结局呢？上帝保佑，她还打算回去拿年终奖金的！

“就这件吧。”季曼指了指中间那件淡绿底色、上有玉兰纹样的长裙，外套一件罩衫和白色的挽袖，看起来不会抢了新夫人的风头，但是料子上乘，也不失身份。

苜蓿点点头，捧出衣裳来替她换了。季曼对着镜子看了看，打开聂桑榆的首饰盒子，挑出两支碧玉簪、一朵银花，额点梅花花钿。一打扮，整个人就精神多了。

聂桑榆长得很好看，不用抹东西，嘴唇就是艳红艳红的，笑起来的时候还有两分可爱。只是刚刚那装束实在吓人，要是就那么出去见了新夫人，摆明一副我来给你吊丧的样子，想都不用想，聂桑榆肯定会被男主责罚。

大多时候女二的死，都是自己作出来的。季曼决定，她要做一朵安静的“水仙花”，打死不招惹杀身之祸。打开门，柳嬷嬷看见出来的人，有一瞬间的失神。

“烦请嬷嬷带路。”季曼朝她行了万福，笑吟吟道。

按照剧情来看，现在应该刚好是女二出场的时候。女主嫁进侯府，她这个被侯爷贬为侍妾的正妻要去给新的正妻敬茶。

柳嬷嬷说得对，侯府里的侍妾身份不高，不比下人高多少，所以聂桑榆以前那种高高在上的傲慢是该收敛了。

“桑主子请。”柳嬷嬷忍不住多打量了身后的人几眼，才转身往前走，心想：这桑主子今天怎么感觉跟变了个人似的，竟然还跟自己行礼，还这么正经地就跟她走了。

侯府里人人都知道，聂桑榆是个骄纵性子的，不拿下人当人看。她仗着家世显赫，对各房姨娘侍妾多有苛待，在听闻侯爷要迎娶温家姑娘的时候，还一哭二闹三上吊，差点闹到宫里去，十分出格。侯爷一怒之下贬她为最低等的侍妾，把她关在了思过阁。

柳嬷嬷今天来之前就做好了带不去人或要应付聂桑榆大哭大闹的准备。连侯爷都说："她若是当真不想来，那就关在思过阁别放出来了。"结果，身后这人比谁都乖顺，还打扮得好好的，不哭也不闹。

柳嬷嬷奇怪地嘀咕两声，径直带人去了前院。侯府地方很大，是皇帝钦赐的宅院，"陌玉侯"这个名号也是皇帝御笔亲封的，婚事自然更是隆重。大臣和命妇们都站在前院里说说笑笑，正等着新娘子到来。

"哎，听说吗？那聂桑榆还被关在思过阁呢。"女人在一起，八卦总是特别多，几个命妇围在角落里，看着满目的大红就开始八卦了。

"我就知道她不会有好下场。仗着自己姑姑是贵妃，平时那么嚣张，真当陌玉侯会忍她一辈子？"

"听说聂贵妃最近一个月失了宠。我看啊，陌玉侯也就是等着这个机会废了她，好扶持自己的心上人上位。"

"谁说不是呢！温家姑娘一进侯府，看那女人还怎么嚣张！现在怕是还在屋子里哭吧！"

听着这些对话，季曼连连摇头，心想：聂桑榆是不是傻啊，给自己树敌那么多，连外人都盼着她没好下场，也怪不得后来没蹦跶两下就被女主给灭了。

几个命妇说说笑笑，一不小心回头看见她，吓得纷纷尖叫起来。

季曼眨眨眼，拿起一边桌上的糕饼，往嘴里塞了一个，装作路过一般继续往前院内堂里走。

前头的柳嬷嬷又回头看了她一眼，见她依旧没有什么过激的反应，态度也缓和了不少："侯爷在门口等新夫人，桑主子先去里面跟众位姨娘见礼吧。"

"好。"季曼点头，苜蓿就留在了内堂外面。她一人提了裙子进去，偷偷扫了一眼里面站着的四个人，朝头饰比较华丽的那两人行礼："给两位姨娘请安。"

书里写了，陌玉侯有两个姨娘、两个侍妾，哦不，加上她，三个侍妾，通房丫头不计，这人也是挺风流的。

里头安静了一会儿，两个姨娘没开口说话，最左边穿着紫黄搭配长裙的女子却

先开口笑道：“哟，瞧瞧，姐姐也有向我们屈膝的这一天，真是做梦也没想到。”

季曼看了她一眼，这么张扬，敢抢在姨娘前头开口的，只有那个跟她同是侍妾的青楼头牌，叫什么来着？慕水晴？

慕水晴是太子送给陌玉侯的人，后台很硬，所以行事稍微张扬一些，反正也没人能拿她怎么样。季曼记得，这人跟聂桑榆好像是水火不容的，这两人不管谁逮着谁都得咬两口。

有慕水晴出头，其余的女人就都不说话，两个姨娘也没让她平身。季曼自顾自地站直身子，看了她一眼道：“妹妹这话说岔了，风水轮流转，谁没个低人一头的时候，该低还是得低。现在两位姨娘比我位份高，见个礼再正常不过，无须惊讶。”

这话说出来，菱姨娘倒是惊讶了：“真当是‘士别三日当刮目相待’，侯爷不过关你几天思过，你竟然就想得如此通透了？”

季曼点点头，心想：我都是提前预知自己结局的人了，能不通透吗？

“这倒是好事。”旁边的雪姨娘咳嗽两声，拿帕子捂着嘴道，“今天是侯爷的大喜日子，咱们侯府又要迎新夫人了，你能放下往事自然就最好。站去一边等着见礼吧。”

“是。”季曼颔首，左右看看，只能站到慕水晴旁边去。

要是换成真正的聂桑榆，从正妻变成侍妾，还要来给自己男人的新欢敬茶，暴走都是情有可原的。幸好她是季曼，对这些事一点感觉都没有，这些女人可比客户好应付多了。

内堂里重新安静了下来。季曼四处看了看，高堂的位置是空的，比起外头的锣鼓喧天，这里面安静得很，气氛甚至有点悲伤。

想想也能理解，这一屋子都是陌玉侯的女人，看着自己男人娶妻，是个人就高兴不起来。

百无聊赖地站了好一会儿，外头的热闹声才近了，季曼一抬头，就看见一个全身金光闪烁、贵气十足的女人被簇拥着进来了。

这当然不是新娘子，看她裙子上的九凤朝天纹样，应该是皇后。老夫人不在，陌玉侯的父亲又早战死沙场了，没有高堂，皇后就来友情客串了。

季曼第一眼看见皇后就不是很喜欢她，因为这个女人身上死气沉沉的，一笑不笑，怪不得生了太子也是“冷宫皇后”。

众人一起跪下拜见，季曼也就跟着跪下了。皇后按照惯例说了两句话，大概意思就是：你们伺候侯爷辛苦了，现在新夫人来了，你们要好好相处，否则对谁都没好处。

一群女人齐声应下，季曼跟着大家一起起身站在一边，礼数毫无纰漏。只是她不经意地一抬头，却对上了皇后有些冰冷的目光。

背后一寒，季曼赶紧低下头。乖乖，聂桑榆不至于连皇后都得罪过吧？那作者的笔墨都拿去写男女主了，她实在不知道这个聂桑榆做过些什么啊，现在被拿来当替罪羊，也实在是太委屈了啊！

“新人入堂，扫裙角，洒礼，挽同心结！”

外头的喜婆子吆喝了一声，皇后的视线才移开，看向了门口的人。

一身大红长袍的宁钰轩板着脸任人往身上洒着喜水，眼眸里却是压也压不住的喜悦。这喜悦从他的眼角眉梢悄悄溜出来，别人不知，却被季曼偷偷看在眼里。

书里写这人仙人之姿——“陌上人如玉，公子世无双”，到底有些抽象。季曼仔细打量了，陌玉侯不愧为他的名号——生得一张好容颜，刀刻般的线条轮廓，配上一双天生的桃花眼，可他偏偏一脸严肃，简直可以称为“禁欲的诱惑”。

那双极力压制喜悦的眸子里像是一汪清水，波光潋滟，只是目光触及聂桑榆的时候，清水都冻结成了冰。季曼挑眉，自己都老老实实来敬茶了，这人干什么还这么厌恶地看着自己？

第二章

当跪则跪

礼官在一旁开始问礼，陌玉侯只在跨进门的时候看了聂桑榆一眼，之后就将目光转向了身边盖着盖头的新娘，眼里又恢复了如水的温柔。

季曼忍不住嘀咕，这可真是差别对待，怪不得聂桑榆会被逼得像个疯子一样了。瞧瞧那边站着的新娘子，亭亭玉立，一身大红喜服精巧非常，不知是多少绣娘连夜赶工而成的。刚刚还满脸严肃的皇后看着这对新人，脸色缓和不少，似乎是很满意这桩婚事。

新娘子温婉是标准的小户人家出身，在女二出场之前就跟陌玉侯经历了一段时间的共患难，现在该是转入宅斗阶段了。从客观角度来说，季曼现在就是促进男女主关系发展的女二，通过自己的从中作梗使小说情节跌宕起伏的配角。

对自己有了正确的定位之后，季曼也就没什么好担心的了。聂桑榆是因为害人而落了个被赐死的下场，她又没那闲心设计阴谋诡计，所以应该能保住一条性命。

问礼纳吉之后，皇后就摆驾回宫了。陌玉侯便携着温婉坐上主位，开始接受各房姨娘、侍妾的见礼。

这个朝代等级制度十分严苛，不可以下犯上，不可以卑凌尊。即使是在宫中曾经备受恩宠的聂贵妃，见着皇后也是要老实行大礼的。作为地位最低的侍妾，季曼已经做好了回去揉膝盖的准备。

齐思菱和千怜雪目前是侯府里地位稍高的两个姨娘，先一步捧了茶盏跪在温婉面前敬茶。她们二人举茶过头，恭敬地唤一声夫人。温婉大方地接过喝了，只是没说话。

接着就是侍妾见礼，要先给姨娘敬茶，再给温婉敬茶。季曼老实接过丫鬟递来的茶盏，感觉又有冰冷的视线落在了自己身上。

“奴婢水晴，给雪主子、菱主子敬茶。”

“奴婢寒云，给雪主子、菱主子敬茶。”

旁边两个侍妾都捧着茶一一跪下去敬了。不知是错觉还是什么，季曼觉得大堂里宾客和主位上那人的目光，好像一瞬间都聚焦在了自己身上。

有什么好看的？不就是敬个茶吗？季曼学着两个侍妾的样子，跟着朝两个姨娘跪了下去：“奴婢桑榆，给雪主子、菱主子敬茶。”

宁钰轩眉毛动了动，没想到她能当真这么平静地跪下去，眼神一时有些复杂。观礼的宾客也有些窃窃私语，无非是惊讶向来蛮横的聂桑榆，竟然会当真给姨娘敬茶。

“起来吧。”齐思菱温柔地笑着，伸手虚扶了她一把。

季曼慢慢起身。旁边的慕水晴也有些惊讶地看了她一眼，接着眼底便是几分不屑。

也不知聂桑榆是得了何方高人指点，变得这样懂事。不过这恶毒的女人要是妄想再爬回她们头上，她是不会允许的。新来的夫人虽然家世不怎么样，甚至说起来是与侯府有着天壤之别的小门小户。但是这也正体现出了侯爷对这女子不一样的感情。聂桑榆要是还想凭着聂贵妃的光占宠，就是痴心妄想！

端了第二杯茶，季曼心里念着第二杯半价来安慰自己，然后跟着朝主位上的新夫人行礼。

“我恨她……恨她……”

本以为不会再听见的声音又在脑海里响起，季曼怔了怔，目光落在温婉绣着比翼鸟的裙摆上。聂桑榆的怨恨这么深，要怎么做才能散掉呢？在这大红的喜堂里听见这么阴恻恻的背景声，可不是一件愉快的事情。

“奴婢给夫人敬茶。”走神的时候，前头两个侍妾已经将茶敬了。桑榆回过神来，连忙也将茶递上去。

温婉伸手来接，却小心地从盖头的缝隙里打量着她：“你就是聂桑榆吗？”

季曼一愣，点头道：“奴婢正是。”

“听说你进府最早，以后温婉要是有不懂的地方，还要请多指教。”

女主不愧是女主，堂堂正妻能让她一个侍妾多指教。季曼笑着说：“指教不敢当，夫人有什么吩咐，奴婢去做就是了。”

宁钰轩微微皱眉，忍不住又看她一眼。一月不见，到底是发生了什么事情，能让那个泼妇一样的聂桑榆变成现在这般安静乖顺的模样？

柳嬷嬷一直在院子里监视她，回禀时却说这一月没有发生任何意外，今天一见就是这样的模样了，宁钰轩不太相信。要不是场合不对，他都想去撕一撕聂桑榆的脸，看看眼前这人到底是何方妖孽假扮的。

温婉点了点头没有再说，伸手将茶接了过去。季曼刚打算起身，膝盖却突然一疼，接着整个人就朝温婉扑了过去。

滚烫的茶倒了新夫人一身，季曼的手也被烫伤了。不知是谁在旁边尖叫了一声，整个大堂突然就乱了。

陌玉侯皱紧眉，起身过来将季曼掀开，拉起温婉来拍了拍她身上的茶水，低声急问：“烫着没？”

温婉像是被吓了一跳，缓过神来看着慌乱的场面，连忙俏皮地笑道：“没事的。这是个意外，不用这么紧张。不就是一杯茶吗？我袍子厚着呢。”

季曼握着手站在一边，心想：这真是我不害人人要害我，我好端端的什么也没做，膝盖怎么就疼了？

扫了一眼旁边的几个女人，人人脸上都是紧张强作镇定，压根看不出来刚刚是谁动了手脚，以及怎么动的手脚，季曼觉得，自己实在低估了古代人的智慧。

宾客之中有贵客在，陌玉侯也不好发火，只是冷漠地看了季曼一眼，让喜娘将新夫人扶进了洞房。

季曼硬着头皮站着，不用想也知道，陌玉侯一定会秋后算账的。她都改了聂桑榆的脾气了，只想老老实实地保命。但剧情不一样了，怎么结果还是一样的？聂桑榆还是得继续被关禁闭。

叹了口气，既来之则安之，在不丢小命的情况下，她还是放轻松点吧，反正伸头缩头都是一刀。

礼仪结束，各房姨娘、侍妾也都被丫鬟扶回房间。季曼顶着众人的目光，带着微笑扶着苜蓿的手往思过阁走。

“主子……”苜蓿在外头也听到不少动静，有些担忧地唤了她一声，却不敢说

什么。季曼侧头朝她笑了笑：“放心吧，不会有什么大事。我娘家好歹有点分量，做侍妾已经是底线了。他顶多关我禁闭，不会再拿我如何。”

聂桑榆的娘家可是了得：父亲是三品将军，姑姑是贵妃，还有个当御史大夫的叔伯和当中书郎将的哥哥。也就是因着这些后台，陌玉侯才一直忍着聂桑榆的所作所为。直到最近因为陌玉侯想娶温婉一事，聂桑榆自己作死，披发闯皇宫闹腾，遭皇帝怒斥，连带贵妃也失宠一月，聂桑榆才被陌玉侯贬为侍妾。

季曼心想，陌玉侯这是典型的负心汉啊。聂桑榆当初嫁给他，也是明媒正娶，到现在不仅被他气得失了体统，还顺带着被人夺去了正妻之位，他却在暗地里觉得痛快。

瞧瞧聂桑榆这爱上的都是什么人，男人不能光看皮相的！季曼在心里教训着聂桑榆，也不知道她能不能听见。

“苜蓿，今天的晚饭是什么？”在屋子里待了一会儿，看天色黑了，季曼揉着肚子问。

苜蓿蹲在门口，闻言跌跌撞撞地跑进来，小声道：“奴婢刚刚去厨房问过了，侯爷说……说今天府里有喜事，可以加菜，但是思过阁没有晚饭……主子要继续思过一个月，吃食……吃食与奴婢们一样。”

声音越说越小，苜蓿说到后面都快哭出来了，身子不停地抖着。季曼瞧着，忍不住想，聂桑榆是经常虐待丫鬟还是怎的，怎么把人吓成这个样子？

“结婚都给喜糖呢，他连饭都不给，真是小气。”嘀咕了一声，季曼捏了捏苜蓿的肩膀道，“别抖啦，我不打你。没晚饭就没晚饭吧，将就着过了，明天早点帮我拿早饭就行，我不挑食。”

苜蓿惊恐地抬头看了她一眼，点头应了一声，又飞快地跑出去了。

陌玉侯没问一声怎么回事就继续关她禁闭，想也是厌恶聂桑榆到骨子里了，她季曼也懒得计较。她不可能在一天之内改变所有人的看法，只能慢慢来了。

“她怎么说？”陌玉侯站在新房外，问旁边的柳嬷嬷。柳嬷嬷古怪地道：“桑主子没哭没闹，只是说了一句侯爷小气，不给饭吃，然后就休息了。”

宁钰轩挑眉，想了一会儿，摇头道：“继续看着她吧。”

“是。”

聂桑榆再古怪也引不起他什么兴趣了，今天是他和温婉的大喜日子。今天之后，他定然不会让侯府中任意一人欺负了温婉去。

夜深人静，季曼饿得睡不着，翻来覆去许久，终于起身摇醒了在外间睡着的苜蓿，小声问："厨房在哪儿？"

苜蓿大概是困极了，迷迷糊糊给她指了个方向，又倒回去继续睡了。

季曼偷偷摸摸地打开房门看了看，外面没人。禁闭全靠自觉，也不会有人看着她……吧？

她蹑手蹑脚地走出去，朝苜蓿指的方向走了一阵子，眼前除了屋子就是花园，根本分不清哪里是厨房。找了半个时辰，季曼才终于看见一个牌匾，上面写着"美食轩"。她眼睛放光，看着挂着锁的门，果断选择了翻墙。

洞房花烛，缠绵过后，宁钰轩温柔地吻着温婉的唇，别扭又认真地道："你是我的人了。"

温婉双颊通红，瞪了他一眼道："别以为你是侯爷我就不敢怎么样。你若是哪天爱上了别人，我也是会走的！"

陌玉侯浅浅一笑，拉着她的手放在胸口："有了你，哪里还会爱上别人？这后院里的女人，只你一人我尽付真心，你信是不信？"

温婉嗔他一眼，又乖顺地躺在他的怀里。后院女人这么多，明天开始，她要做一个能衬得起陌玉侯夫人身份的人！虽然她家世不好，但是不怕，钰轩的心在她身上就好。

"睡吧。"宁钰轩吻了吻她的额头。

温婉点头，正要闭上眼，却听见外面突然喧哗起来。

"走水啦！"

四下惊起，陌玉侯也翻身起来，披衣下床打开门，问他的贴身仆人道："怎么回事？"

鬼白望了一眼厨房的方向，低声道："回侯爷，厨房走水了，奴仆们都在灭火。不过地方离蔷薇园甚远，您可以继续安眠。"

"厨房？"宁钰轩皱了皱眉，"好端端的怎么会走水？你派人去查一查。大婚之夜，不要惊着新夫人。"

"是。"鬼白应了，吩咐了小厮过去打听情况。

苜蓿睡得正熟，就被柳嬷嬷叫起来去救火。思过阁离厨房最近，柳嬷嬷本睡得正好，也没顾上聂桑榆去哪里了，叫醒苜蓿就走。

厨房里的一堆干柴不知怎么燃了起来，点着了旁边的油缸，险些酿成大祸。奴仆们拿沙子将火扑灭，四处查看。掌厨的李大娘却说："好像丢了一只拔好毛的鸡还有两片荷叶，调料也有人动过，木桶里的剩饭也不见了。"

“谁大半夜不睡觉，跑来厨房偷东西吃，还让厨房走了水？”侯府钱总管立刻派人去追查，将各房各院的奴婢、小厮都叫起来，里里外外搜了个遍，也没找到那只丢了的鸡在哪里。

闹腾了半宿，钱管家决定等天亮将此事交给新夫人处理，便先遣散奴仆们去睡了。苜蓿疲惫地回到思过阁，刚关上门，就见自家主子坐在床边，眼睛亮晶晶的。

苜蓿吓了一跳，习惯性地往后退了退：“吵醒主子了？”

季曼贼兮兮地摇头，看苜蓿关紧了门，便朝她勾勾手指头：“过来。”

苜蓿慢慢地走过去，小心翼翼地打量她：“主子？”

“你饿不饿？”季曼问。

苜蓿讶异地看了她一眼，没有想到她会突然问这个，便摇摇头道：“不……不饿。”嘴里是这样说，可是苜蓿在思过阁，每天饭都吃不饱，今天还没有晚饭吃，怎么能不饿？肚子咕噜一声就戳破了苜蓿的谎言。

季曼叹息一声，这小丫头跟着聂桑榆也是挺可怜的。伸手将床上藏着的东西掏出来，季曼朝苜蓿比了个不要声张的手势，然后拉着她坐到屋子中间的木桌边去。

两张大荷叶包着的东西，一打开就香气四溢。苜蓿瞪直了眼：“烧……烧鸡？”厨房里失踪的鸡，原来是主子偷的！

“这不是烧鸡，是荷叶鸡。”季曼得意扬扬地道，“我先拿开水将鸡煮了，抹了盐，再填上香料、米饭在鸡肚子里，包着荷叶和泥巴往火里一丢就成了！”

苜蓿目瞪口呆。她是聂桑榆的陪嫁丫鬟，怎么从来不知道，自家主子还会这一手？

“主子，偷东西……是要被罚的。”努力吞了吞口水，苜蓿小声地道。

季曼拿过柜子里聂桑榆吃饭常用的碗筷，将鸡肚子扒开，翻了个白眼道：“谁会知道东西是我偷的？再说了，我好歹也还是陌玉侯的侍妾，就算知道是我偷了一只鸡来吃，传出去损的可是他的名声，他也不会明面上怪罪我。”

混了鸡油和香料的米饭香喷喷的，苜蓿连看了季曼好几眼，觉得自家主子好像突然聪明伶俐了不少。

不过眼下她也很饿，犹豫了半天，终于鼓起勇气开口：“主子能不能……剩点骨头给奴婢？奴婢不吃肉的，骨头就行了……”

给这丫头一句话说得心酸，季曼将饭倒在碗里一半，又将鸡撕了一半，剩下的半只鸡和米饭都推到了苜蓿面前：“你是人，又不是狗，啃骨头干什么？我一个人又不可能吃完整只鸡。一人一半，赶紧吃了，别让人发现了。”

苜蓿睁大了眼，高兴又小心地看着季曼："我都能吃完吗？"

季曼板着脸道："不想吃下次我就只拿半只回来，让你继续饿着！"

苜蓿给吓得一抖，连忙抱着荷叶坐到外间的床榻边去，一点一点地吃着鸡肉和饭，边吃还边回头打量她。

季曼狼吞虎咽地吃着，一点吃相都没有，脸上沾着饭粒，手里拿着鸡腿，活脱脱一个土匪样。感觉到苜蓿的目光，她便抬头凶神恶煞地看了她一眼："老实吃东西！"

苜蓿抖了抖，连忙回头不敢再看。不知道是不是她的错觉，总觉得现在的主子比以前温柔了不少，但是凶起来，又还是跟以前一个模样。

吃完鸡和饭，季曼才觉得人生满足了一点，将残局交给苜蓿收拾，自己躺回去睡了。

在这个陌生的世界的第一个晚上，季曼毫不意外地梦见了聂桑榆。这可怜又可恨的女人顶着惨白的脸飘在她的梦里，幽幽地道："你是来替我完成心愿的，完成心愿，送我轮回，你就可以回去了。"

季曼恨不得一脚给她踹过去。笨死了的女二，自己作死了自己，还要她来更改结局？

"帮你，我有什么好处？"

聂桑榆呆呆地看着她，道："不帮我，你没办法回去。"

季曼："……"

意思就是，季曼是被抓来免费打工的，达不到目的，季曼就不能回去，要一直留在这里？

深呼吸，再深呼吸，季曼觉得人不能和鬼计较，只能压好了脾气问她："你的心愿是什么啊？"聂桑榆不发一言，一个转身，影子竟然渐渐淡了。

"走了？"季曼瞠目结舌，心想，"不带这样玩的吧？她没有告诉我什么心愿，要我怎么去完成啊？"

第二天醒来，季曼顶着两个黑眼圈坐在桌边。苜蓿从外头端了一碗稀饭和一碟咸菜进来，关上门，低声道："主子，侯爷下令您继续在思过阁中思过一月，所以您不用去给新夫人请安了。"

季曼点点头，心想：不请安还省事些，我现在还没想明白是谁在婚礼上要害我呢，再毫无防备地过去，吃亏的一定是自己。

"这是早饭？"季曼低头看了看碗里的白粥，小小的一碗，还不够塞牙缝的。

幸好她昨天去偷鸡了。

苜蓿惭愧地低下头："她们说奴婢今日去得晚了，只剩下这点儿……主子您将就用些。"

季曼倒是不饿，摆手道："你吃吧，我昨天吃得太饱了，待在屋子里又不做什么，暂时不会饿。"

苜蓿回头看了看墙角放着的一堆东西，小声道："主子您还有刺绣没有完成呢，那东西费神，您还是先吃点。奴婢中午早点去厨房等着，再给您多拿些饭回来。"

"刺绣？"季曼茫然，"什么刺绣？"

"侯爷吩咐的，您在思过期间，要绣两百张手帕出来给府里的人用。"苜蓿小声道，"侯爷说府里不养闲人。"

季曼一拍脑门想起来了，这个聂桑榆没别的本事，就是刺绣是"一绝"，绣的东西栩栩如生，还得到过皇上夸奖。敢情陌玉侯这是废物利用，压榨劳动力呢？

"我现在绣了多少张了？"

"回主子，一张还未绣。"苜蓿老实回答，"您上次不是说，府里没人配用您绣的帕子，所以这事一直搁置着……"

季曼嘴角抽了抽："那不绣会怎样？"

苜蓿奇怪地看她一眼："柳嬷嬷上次说过了，不绣帕子，每天就只能吃早饭和午饭，晚饭是没有份的。"

前一个月，聂桑榆就是打死不绣帕子，晚饭吃不上，早饭、午饭也不吃，整天哭哭啼啼的，把自己饿成了现在这个皮包骨头的样子。

季曼翻了个白眼，能赚一顿晚饭的事情，干吗不做？

可是现在问题来了，她不会刺绣啊。

苜蓿见她一直盯着角落里放着的绷子和绣架，便过去将东西都拿了过来。旁边的麻布袋子里还有两百张白白净净的帕子，未着花纹。彩色的线一大堆，针棚上也密密麻麻扎着针。

季曼试着拿起绣花针。苜蓿帮她将帕子放在了绷子里，有些意外地看着她："主子要绣吗？"

"嗯……"季曼还在思考该怎么绣，自己的手却突然一抖，接着就熟练地往帕子上落下第一针，起了个鸳鸯的头子，针脚也是压得极好。

手还是自己的手，费的也还是自己的力气，自己也可以让它停下来，但是季曼发现，这手竟然天生会刺绣。或者说，聂桑榆还在她的身体里，这身体还有对刺绣的本能反应。

倔强得宁愿饿死也不愿刺绣的聂桑榆，现在竟然肯帮她刺绣了？季曼觉得有些不可思议。不过这样正好，好好绣帕子，就不怕挨饿了！

第三章

活下来才是头等大事

刺绣真是一门需要极高技艺的艺术，小小的一个鸳鸯图案，竟然要来来回回绣上五层。虽然技术是聂桑榆的，可是季曼也觉得很累，绣了两张手帕就已经头晕眼花，抬头一看外面，已经是日近中午。

肚子果然咕咕叫了，苜蓿却还没回来。季曼放下绷子在门口站了一会儿，厨房饭菜的香气都已经飘过来了。

早饭还是让给苜蓿吃了。比起聂桑榆这个“皮包骨”，苜蓿更是瘦得可怜，完全不像大户人家家里带出来的丫鬟。不知道她是以前就这么瘦，还是这一两个月给饿的。

“主子……”苜蓿终于回来了，一跨进院门就看见季曼站在门口，不像前几天那么怕她了，不过也只是规规矩矩地捧着食盒过来，“奴婢把午饭拿回来了。”

季曼笑了笑，坐回桌边去。苜蓿一边将饭菜拿出来一边道：“奴婢好像还是去晚了，在厨房门口等了许久，赵大娘也没有让奴婢进去。等让奴婢进去的时候，就只剩这些了。”

一碗白饭、一碟青菜、一碟四季豆，连肉丝儿都没瞧见，季曼微微挑眉：“侯府穷成这个样子了？”

苜蓿倒不是很沮丧，转身去把门关了，小心翼翼地从床榻下的柜子里拿出一包东西来。

“奴婢知道主子没有肉不肯吃饭，昨天的鸡奴婢扯了一半剩下，一点没碰的，干净的，想着今天主子还能吃点肉。”小丫头眼睛亮亮的，捧着荷叶鸡小心地打开，却不知怎的，荷叶烂了一个大洞。

一只老鼠突然从包着的荷叶鸡里蹿了出来，吱吱叫了两声，便顺着苜蓿的手背跳下了地，往床榻下的柜子里钻去了。

“啊——”苜蓿吓得尖叫，小脸惨白，丢了荷叶鸡就跳到了一边去，脸上一片惊恐，身子也抖个不停。

被老鼠偷吃了的荷叶鸡只剩下半个骨头架子，季曼瞧着，叹息一声，这聂桑榆也太惨了。

“怎么会有老鼠……”苜蓿后怕地贴着墙壁，看着地上的荷叶鸡，心疼得都要哭出来了。季曼倒是不怕这个，北漂的时候地下室里住着，什么蟑螂老鼠没见过。她站起来将荷叶鸡捡起来，重新塞回床榻下的柜子里去销赃，然后坐在两碟素菜面前，无奈地道：“先吃着吧，总比没有强。你等会把我绣的帕子拿给柳嬷嬷，告诉她我要吃晚饭。”

“奴婢遵命。”苜蓿见柜子合上了，身体放松了一些，不好意思地站到季曼身边去。

季曼吃了一半，将剩下的一半留给苜蓿，顺便问了一句：“现在府里管事的人是谁？”

苜蓿一边吃着一边答：“钱管家一直在管事。”

“不。”聂桑榆摇头，“我指的是管后院的各房姨娘、侍妾吃穿用度的是谁。”

苜蓿道：“以前是菱主子，现在新夫人来了，应该是新夫人。”

聂桑榆曾经当侯府夫人的时候，侯爷嫌她不够稳重，就把府里大权给了一向端庄贤惠的齐思菱。那书里没怎么描写这些姨娘、侍妾们怎么过日子的，而且她现在不能出门，所以也无从下手。

季曼眼睛转了转，目光就落在了聂桑榆的衣裳首饰上。

“苜蓿，想不想吃好吃的？”季曼笑眯眯地问。

苜蓿疑惑地看着她，轻轻地点了点头：“主子想做什么？”

季曼朝苜蓿勾勾手，苜蓿附耳过来听她说了一阵，脸色微变：“主子，这……这些都是您最喜欢的……”

“你主子现在最喜欢吃肉。”季曼拍拍她的肩膀道，“人活着就什么都还有。我想通了，不去跟她们争什么抢什么，但是至少得让咱们两个吃饱饭是不是？”

苜蓿沉默了一会儿，点点头。

侯府里是有专门的大夫的，苜蓿刚好认识其中一个姓李的年轻大夫。季曼问她怎么相识的时候，她只慌忙地回答，他们清清白白，只是朋友。

这么急着解释，小脸还通红，季曼就明白了，也不想为难她，只要有路子能把聂桑榆的衣裳首饰卖掉一些就行。

于是下午的时候，季曼就躺在床上装病，苜蓿去禀告了柳嬷嬷，求她找李大夫来看。

侍妾位份低微，也用不起老资格的大夫。柳嬷嬷看见苜蓿交上来的绣好的手帕，也就没为难，替她们去叫了人。

“生病这种事，禀告本侯做什么？”陌玉侯看着柳嬷嬷，淡淡地道，“只要她不要小花招害人，其他的事情都不用向本侯禀告。”

“奴婢冒失了。”柳嬷嬷行了礼打算退下。

“等等。”宁钰轩想起个事，开口喊住她。

“侯爷还有何吩咐？”柳嬷嬷转过身来。

“你一直住在厨房附近，对昨晚厨房走水的事情知道些什么？”陌玉侯头疼地道，“婉儿刚当家就遇见这样的事情，还抓不住人，这会儿放出狠话：要是查不出人就不吃饭了。”

柳嬷嬷笑了笑：“夫人想管好家，是好事。昨晚奴婢睡得正好就听见走水了，没有发现什么异常，帮不上夫人了。”

宁钰轩叹了口气，往屋子里看了一眼，挥手道：“你下去吧，顺便问问丫鬟婆子们，看有没有知道的。”

“是。”

温婉换了衣裳就要往厨房走，一桌子的美味佳肴都没有动筷子。宁钰轩伸手拦住她，皱眉道：“还当真不吃饭了？”

“不吃了！”温婉嘟起嘴，“我非要查查这偷鸡的贼是谁不可，不然头一天当侯夫人，就给你丢脸了。”

宁钰轩好笑地揽过她的腰，伸手刮了刮她的鼻子道：“那种小事，哪里严重到要你不吃饭的地步。”

温婉哼了一声，道：“就是很严重啊！厨房是很重要的地方，居然能进贼，还

走水了。思过阁就在那附近呢，要不是发现得及时，万一烧过去了，里头的人怎么办？”

陌玉侯顿了顿，抿唇道：“婉儿，思过阁里住的是聂桑榆，你不用顾及她的死活。”

聂桑榆那样的女人，若不是聂家还在，他早该废了她。

“怎么能不顾及？”温婉瞪他一眼，“她死了，宫里那位能放过你？聂家能放过你？好歹她也曾经是你的正室夫人啊。”

宁钰轩挑眉，笑道：“好大一股子酸味儿。”

温婉嗔怒，打他一下，跨过门槛就往外走。

李大夫是个文弱书生模样的人，刚进侯府不久，见着季曼都不敢说话，还是季曼安慰了他许久，又诚恳地求他帮忙，他才允了将首饰衣裳放一些在药箱子里，带出去替她卖了。

本来这些东西是聂桑榆的，她要卖也没碍着谁，但是现在她和苜蓿都出不去，也只能假借人手了。

季曼算了算，按照这里的物价，那些首饰衣裳能卖二百两银子，留五十两傍身，五十两平时打点下人改善生活，剩下一百两她有大用处。

既然是在古代过日子，不开个金手指都对不起自己的身份。除了刺绣这一项保本的活计，季曼还想搞点其他的。

李大夫走了，季曼就接着刺绣，琢磨着等银子回来，也得把这房间布置布置，至少不要再有老鼠。

“主子。”季曼正想着，苜蓿就急急忙忙进来了，有些慌张地道，“夫人过来了。”

嗯？夫人？季曼挑眉，女二没这么早出场啊，女主怎么自己撞上门来了？

起身将绷子放在一边，季曼连忙出门行礼：“奴婢见过夫人。”

温婉穿着水蓝色的留仙裙、浅黄色的对襟坎肩，头上插着羊脂玉的簪子，整个人跟仙女似的。季曼瞧着她，再低头看看自己，嘿，还真是凄凉。

“起来吧！我只是来问问厨房走水的事情。”温婉微笑着虚扶她一把，“你住得离厨房最近，还想问问你受惊了没有。”

回答受惊了有奖励吗？季曼琢磨了一下，抬眼看了看温婉身边跟着的丫鬟，低声道：“奴婢没事。关于厨房走水的事情，奴婢倒是有话想私下同夫人说，不知道夫人愿不愿意？”

“哦？”温婉好奇地道：“你知道什么吗？”

“夫人。”背后的丫鬟檀香拉着温婉的衣袖，小声道，“侯爷说了，让您不要同她走得太近。”

温婉回头看了檀香一眼，摇头道：“光天化日的，你们怕什么？先去院子外头等我，我问她两句话就出来。”

“可是……”檀香皱眉看着季曼，眼里全是戒备。

“出去吧。”温婉挥了挥手。

檀香和两个小丫头，连同苜蓿一起都退了出去。温婉回头，正想问季曼想说什么，就见眼前的人扑通一声跪在了地上。声音之大，温婉吓得脸色一白，连忙看向她的膝盖。

“夫人……”季曼疼出了眼泪，抬头望着温婉，一脸哀伤地道，“厨房的鸡，是奴婢偷的。奴婢想告罪，却怕损了侯爷颜面，故而只能跟夫人私下说了。”

聂桑榆偷的鸡？温婉震惊，下意识地就问：“为什么？”好歹是侯府侍妾，怎么会干出这种偷鸡摸狗的事情？

季曼一抹眼泪，低声道：“奴婢是太饿了，所以才干出这样的事情，请夫人原谅。”

“怎么会饿？”温婉睁大了眼睛，“厨房没有给你送吃的吗？”

来了，季曼等的就是她问这个！

季曼一抹眼泪，苦笑道：“奴婢被侯爷关在思过阁思过，哪里能有好日子过？府里的人都惯是见高踩底的，没人管着，就失了规矩，天天拿些剩饭剩菜给奴婢。奴婢昨日是饿极了，才会去厨房偷吃的，不小心引起了火，差点酿成大祸。”

温婉的眉头皱了起来：“你好歹是侯府的侍妾，哪里有吃剩菜剩饭的道理？传出去倒叫人笑话我侯府，连侍妾都养不起！”

季曼轻轻点头，又给温婉磕了头：“夫人是个好性子的，比奴婢的性子好了不知道多少，想来也是要陪着侯爷一辈子的。但奴婢不同，不但不得侯爷的宠，当夫人时又嚣张跋扈了些，这些奴才如今才会这样落井下石。但奴婢以为虽是如此，侯府的体统也不能被一群下人给颠倒了。”

这一句句的说得大方得体，温婉听得连连点头，心想这聂桑榆也没有传说中的那么蛮横不讲道理啊，至少现在说的话都在理——就算是在思过的侍妾，也不能随便让家奴欺负了去。

“我知道了，等会会找厨房的人来问话。你先回房吧！厨房走水一事，就当是天干物燥了。”温婉道。

“多谢夫人。”季曼礼数周全地叩首。

温婉转身出了院子，喊了檀香一起就往厨房去了。苜蓿溜进门来，连忙过来扶起季曼：“主子刚刚说什么了？夫人看起来好生气。”

季曼微笑，拉着苜蓿先进屋子去关了门，才道：“以退为进你懂不懂？”

苜蓿茫然。

季曼敲了一下她的额头，低声道：“那些奴才摆明欺负我被侯爷冷落，故意不给吃的。不然你去得那么早，怎么可能总是没有饭菜了。他们以为我被关着就没办法告状，却没想到我山人自有妙计。我刚刚跟夫人自首了，说了鸡是我偷的。”

苜蓿吓了一跳：“您这……偷东西可是有罪的！您告诉夫人，万一她……”

“不会的。”季曼摇头，“先不说夫人是个好性子，就算她想为难我，也不可能在这件事上做文章。她只会帮我瞒着，不然，侯府侍妾偷东西吃这样的事情传出去，丢的是整个侯府的脸。”

苜蓿想了一会儿，才恍然大悟：“原来是这样，主子好聪明！”

伸手摸了摸不存在的胡须，季曼笑眯眯地道：“哪里哪里！晚上看看能吃什么菜。等李大夫那里的银子回来，咱们还有事情要做。”

苜蓿越发觉得自家主子像是突然脱胎换骨了一般。比起主子原来的样子，她更喜欢现在的样子。其中原因她也就不去细想了，反正跟着这主子，她有好处的。

下午又绣了两张帕子，季曼的速度也越来越快了。柳嬷嬷来看了两回，都见她在刺绣；拿过帕子来看，也是栩栩如生，精巧非常。

柳嬷嬷觉得奇怪了，这桑主子到底是怎么了？最近干的事都是她平时干不出来的。整个人如今看起来也没那么刻薄了，而且让人觉得舒服了不少。要是肯乖乖听话，不惹侯爷生气，也是一件好事。

新夫人刚掌权，就整顿了下人纪律，将各房各院的膳食定了规矩：姨娘午膳、晚膳各三菜一汤，有两荤；侍妾午膳、晚膳各两菜一汤，有一荤。若是有少的，各房各院，包括思过阁，都可以去找新夫人做主。

众人都不明白新夫人怎么就从膳食开始下手了，不过厨房一向是油水重地，这么一立规矩，损了不少人的利益，府里有些奴才背地里就对温婉有了不满。

季曼倒是开心得不得了，心里念了一百遍世上只有女主好。桌上摆着一碟青椒肉丝，虽然肉丝看起来不多，但是好歹有肉了啊！苜蓿大胆地问厨房多要了两碗饭，主仆一坐一站，满足地用了晚膳。至少晚上不会再饿了吧！

李大夫第二天就把变卖衣裳首饰换来的银票带来了，一共二百三十两。季曼笑着谢他，将三十两的零头往他药箱子里放了。李大夫吓得连连推辞，苜蓿帮着劝了两句，他才千恩万谢地收下。

三十两银子不算个小数目，聂桑榆一个月的例银也才五两五钱，不过该给还是要给，有些地方不能心疼钱。

“厨房里管事的好像是那个赵大娘，是吗？”季曼一边绣帕子一边问。

苜蓿点头，皱着鼻子道：“赵大娘有些凶，不太好相处。听说她是钱总管的远房亲戚，下人们一般都是奉承着她的。”

季曼道：“你我都在思过期间，但是你还能去厨房。你今天去的时候，带五两银子偷偷塞给她，请她找个没人的时候，来思过阁一趟。”

“主子要做什么？”苜蓿好奇地问。

季曼笑笑：“佛曰：‘不可说。’”

主子既然都这么说了，苜蓿也就没再多问，午膳的时候拿了银子去厨房，端了两菜一汤回来。

“赵大娘怎么说？”季曼一边吃饭一边问。

“她接了银子应了。”苜蓿小声道，“看她脸上没什么表情，想来也不是个好应付的。主子您……”

“甭担心我，她应了就行。”季曼吃完，放下筷子，转身去衣柜里找了一件没有卖掉的最华丽的衣裳出来，“来，替我更衣。”

上乘的料子，稳重的深蓝色长裙，配着黄色的挽袖，看起来大方又贵气。这该是聂桑榆还是夫人的时候穿的常服，现在自然是不适合穿出去了，但是在下人面前撑撑门面还是可以的。

苜蓿替她挽了发髻，戴上一根金簪，眼睛忍不住有些发红。

“怎么了？”季曼看着铜镜里背后的人问。

“没什么……”苜蓿吸吸鼻子，“奴婢只是想起以前，主子哪里用受这些罪……”

以前的聂桑榆，要风得风，要雨得雨，怎么会为每天能多吃点肉费心成这样。

季曼不以为然地笑笑：“还想以前做什么？以后的日子总是要过的。没办法大富大贵地过，也至少让自己衣食无忧不是？”

在思过阁也挺好，不用出去钩心斗角的，她现在只是想改善一下伙食罢了。

苜蓿点点头，给她上了胭脂水粉。许久没有打扮的一张脸，突然上妆，还真是小小惊艳了季曼一把。

赵大娘在午休的时候偷偷来了思过阁。她自恃是钱管家的亲戚，一贯是眼高于

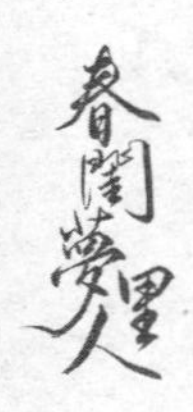

顶的，只是看关在思过阁里的侍妾竟然出手这么大方，便觉得有机会好好捞一笔，所以麻利地过来了。

不过一进门，赵大娘抬眼就看见桌边坐着的人仪容尊贵、衣饰华丽，半点没有冷院中的落魄之感。赵大娘本来有些轻慢的态度也不由得放下了，老老实实地上前见礼：“桑主子找奴婢来，有何吩咐？”

季曼抬了抬嘴角，道：“厨房的饭菜很好吃，我这是高兴了，想答谢大娘，所以请大娘来拿赏钱。”

赵大娘一愣，心下有些发虚。以前给聂桑榆这院子里的东西，她都是克扣了的，现在不过是碍着夫人的命令，才给加了餐。这桑主子竟然说要赏……

“我失了宠，伤心难过了一个月，最近突然想通了些事情。”季曼笑道，“原先我那么不吃不喝也不是明智之举。虽然没有了侯爷的宠爱，可是我聂家毕竟是名门望族，姑姑的贵妃之位也是坐得稳当；等老夫人念佛回来，我这冷院子也该是住不久的，何必跟自己过不去，大娘您说是不是？”

心里一惊，赵大娘低声道：“这……桑主子说得对。”

瘦死的骆驼还比马大呢，这聂家势力先不说只手遮天，就是侯府的老夫人——侯爷的亲娘，那也是聂贵妃的手帕交。侯爷纵然再不喜欢这桑主子，等老夫人念佛回来，那也定然是不会让桑主子太委屈的。

这么一想，赵大娘背后就起了层冷汗。她也是愚钝，跟着那群不长眼睛的一起报以往聂桑榆亏待他们的仇，忘记了面前这人可是随时都可能翻身的。主子到底是主子，万一记了仇，以后侯府还有她的立身之地吗？

“最近两日做的饭菜都很好。”季曼等她自己想明白了，又开口道，“只是我身子弱了，可能膳食还需要大娘多费点心思。这五十两是给大娘您的，有劳了。”

伸手将人扶起来，亲自把银子塞进她手里，季曼笑得温柔：“不知道大娘是不是还念着桑榆以前的不好，不肯帮忙？”

“桑主子哪里的话。”赵大娘连忙道，“主子让奴婢帮忙，就是给了奴婢天大的面子，奴婢赴汤蹈火也在所不辞。”

季曼笑了：“既然如此，我这里还有五十两银子，需要大娘帮我置办点东西回来。您瞧我这境地，连出门都不能，可我闷着又无聊，就想弄些东西回来，不知大娘……”

赵大娘捏着银子笑道：“主子有什么东西想要的，奴婢让人出去采买的时候一起弄回来。别的不敢说，这点忙奴婢还是能帮的。”

“大娘的好，我一定念着。”季曼伸手拿出一张写好的单子，放在她手里道，“这些玩意儿，就有劳大娘了。要是有剩余的银子，大娘也不用客气，给自己买两身衣裳就是。”

赵大娘一张脸笑开了花，连连应着好，转身就出去帮季曼办事去了。

“主子，塞给她那么多银子干什么？”苜蓿有些心疼，“那么多银子，够吃一年的好东西了。”

第四章

不会消停的战争

季曼转头看她一眼，摇头道：“小丫头，你要知道什么叫当舍则舍，舍不得孩子套不着狼。赵大娘是个有地位的奴才，不花多点钱，她怎肯甘心为你做事？咱们要求也不高，吃点好的，不冷着不累着就行。剩下的一百两银子，也够咱们花上一段时间了。”

苜蓿还是有些不平，揣着银子心疼了好久，才转身将银子藏进柜子最底层。

“您让她买什么东西去了？”

季曼拿起绣花针继续绣手帕，慢悠悠地道：“都是些很普通的东西，我写了单子，让她每月都给我带进来一些。咱们拿来做些东西，就不愁银子花了。”

苜蓿不懂，不过看自家主子这胸有成竹的样子，也就没多问，帮着绣起帕子。

由于聂桑榆勤快，每天都交给柳嬷嬷两条帕子，没过几天，府里的姨娘侍妾便都用上了新的手帕。手帕上交颈的鸳鸯、并蒂的莲花，都是寓意极好的东西；加上聂桑榆绣工了得，连温婉都爱不释手。

陌玉侯坐在桌边喝茶的时候，就看见温婉捏着手帕，仔细摸着上头的花纹道：“这样的手艺，我就是再练几年怕也是练不出来。”

宁钰轩顺着她的目光往那帕子上瞧，淡紫色的莲花开得正好，隐隐地好像都能

闻到香气。

“她也就这点本事。”

温婉抬头白他一眼：“我看聂桑榆性子没有你说的那么难堪。她也许以前是有不对，可现在不是已经变得温顺乖巧了吗？你怎么还对她有那么大的成见？”

他对她有成见？宁钰轩忍不住叹气。聂桑榆十四岁就嫁给了他，这么多年来她争风吃醋、尖酸刻薄，有谁比他更了解她的性子？

他十五岁的时候迎娶她，初进侯府她就将他以前的通房丫头统统遣散了去。他怒，她便去母亲那里告状。因着聂贵妃的关系，母亲又护着她，他气都气不得。

他十六岁的时候仍无所出，当然也是他有意为之，然后迎了齐思菱为姨娘。那妒妇差点毁了齐思菱的脸。幸好被他拦下，她还不知悔改地说她没有错。

他十八岁的时候迎了千怜雪和柳寒云，她一哭二闹三上吊，病了一个月，害得贵妃责难于他。

他二十岁的时候迎了慕水晴，她吞毒自杀未遂，让满京城的人看尽了笑话，丢尽了侯府的脸。

他二十一岁的现在，那个女人终于闹得自己丢了侯府夫人的位置，亲手将温婉推了上来。现在她怕是终于懂事了，抑或是心里又在暗暗盘算什么吧。

要不是母亲逼婚，他能娶了这泼妇？他本是闲散潇洒的侯爷，因着这个女人，几年来都没有好日子过。现在他总算将她关在了思过阁，打死他也不会再轻易让她出来。

“不知为何，我觉得她挺可怜的，”温婉叹了口气，将帕子放回袖子里，抬眼看着宁钰轩道，“也挺嫉妒她陪了你这么长的时间。”

宁钰轩挑眉，勾着唇笑得十分好看：“你嫉妒她？你还有几十年要陪我过呢。”

温婉嗔他一眼，微微红了脸：“以前你们有的日子我没有，我当然也是会嫉妒的。不过没关系啦，以后你的世界里只有我了。”

宁钰轩伸手将她抱进怀里，下巴抵着她的额头道：“在你之前，我没有爱过任何人，聂桑榆更是什么也不是，你不必介怀。”

“嗯。”温婉笑着环抱他，安心地闭上了眼睛。

季曼一连打了好几个喷嚏，眼泪都打出来了。她吸吸鼻子嘀咕道：“该不会是生病了吧？”

突然她的心情就好低落，也不知道是怎么回事。她一向不是多愁善感的人，这多半是聂桑榆的心情。想想她的身体里还住着另一个人，还是有点别扭的。不过好端端的，聂桑榆低落个什么劲儿？

外头有人敲门，苜蓿跑去开了，季曼就听见有丫鬟的声音脆生生地响起：“我家晴主子喜欢你家主子绣的帕子，明儿往飞月阁多送两条，不够用的。”

苜蓿看着半夏手里使着的帕子，小脸绷得紧紧的：“晴主子一个人，怎么会不够用？你我都是丫鬟，也能用主子绣的东西吗？”

半夏是慕水晴身边的丫头，跟主子一个德行，趾高气扬地道：“奴婢也分三六九等，况且有些位卑主子还不如奴婢呢。这帕子是晴主子赏的，咱们就能用。你要是有不满，就去找侯爷去。”

“你！”苜蓿嘴巴笨，只能看着半夏干瞪眼。不带这样欺负人的，每天绣两条帕子，主子已经很累了，还要为这些丫鬟绣？真当她家主子是绣娘了不成！

季曼听着声音出来，站在门边看着院门口，喊了一声：“苜蓿。”

“主子，”苜蓿几步跑回来，站在她身边气得跺脚，“她们欺负人！”

季曼看向门口的丫鬟，大概是眼神有些凌厉了，吓得半夏后退了半步。不过想到自家主子说的话，小丫鬟又鼓起勇气道：“给桑主子见礼了。咱们晴主子的吩咐已经带到，侯爷也说了，府里不养闲人。您不用再服侍侯爷，自然得做点其他的事情。”

明着暗着都嘲讽她失宠无用，所以当奴才使唤呢。季曼哼笑一声，手里还拿着刚绣好的一条帕子，问苜蓿：“苜蓿，你家主子的手艺比京城第一绣楼的绣娘如何？”

苜蓿很配合地道：“丝毫不差。主子的帕子交上去，夫人都不用绣楼送来的了。”

季曼点头：“那第一绣娘的一条帕子多少银子？”

半夏脸有点绿，苜蓿看了半夏一眼，回答：“三两银子一条。”

“行，三两银子一条。帕子用的彩线是府里出的，手工费就算二两银子一条吧。”季曼笑眯眯地点头，看向半夏道，“得蒙晴主子喜欢，给她打个折，一两银子一条。拿银子来取货，要多少我绣多少。”

半夏张大了嘴，看了季曼半天也说不出话来，伸手指了这主仆俩好一会儿，跺跺脚走了。

苜蓿乐了：“主子好厉害。”

季曼摆摆手：“慕水晴要是个姨娘，今儿我就二话不说就给她绣了。她跟我一样是侍妾，还想欺负到我头上，告状上去都没好果子吃。”

苜蓿笑容一顿，左右看了看，拉着季曼进了屋子，关上门道：“主子可莫忘记了，那晴主子可是太子爷送给侯爷的人。她虽然是个侍妾，但是侯爷也不会轻易罚她。”

太子？后台这么硬？季曼咋舌，原先还以为就聂桑榆一个后台硬呢，敢情这儿还藏着一个。怪不得慕水晴那么嚣张，抢在几个姨娘前头说话也没人怪她，原来背后有太子撑腰。

不过她怕什么？一两银子一条帕子说出去都站得住脚。侯府不养闲人是吧？聂桑榆的劳动价值难不成还只值五两五钱一个月？免费给她们绣两百条帕子就算了，还想要额外赠送？没门。

示意苜蓿不用担心，季曼放好今天绣完的两条帕子，就开始准备东西："去问赵大娘要几个干净的没用过的锅和一个小炉子来。"

苜蓿应了，扭头就往外跑。

季曼想过了，按照书中的情节发展，等老夫人回来，她就可以摆脱思过阁大作特作，直到把自己作死了为止。但是她不想死，还想好好活着，所以搞好上下关系，安身立命才是最重要的事情。

聂桑榆以前干的缺德事估计不少，不然也不会这么惹人厌。那么她现在该怎么弥补，争取让众人放下对聂桑榆的怨恨呢？

家奴仆人什么的太简单了，除了钱就是钱，多给点好处，什么仇都没了，比如赵大娘；可是各房姨娘、侍妾就不是那么好糊弄的了，得多花好多心思。

女人在意的就只有两点：一、脸；二、男人。虽然目前为止只见过陌玉侯一面，但是季曼对他没啥好印象。当女主肯定觉得这男人特好，可惜她是女二，一个被男主虐得死去活来的女二。

所以争宠她是不会的，不但不要争，还要让陌玉侯讨厌她，往死里讨厌。陌玉侯越讨厌她，她的生存概率就越高。

至于脸么，她要做个实验，万一成功了，那她的半条命至少都保住了。

但是苜蓿这一去，一个时辰都没有回来。季曼一个人坐在屋子里等着，眼看着天都要黑了，外头却什么动静都没有。

坐不住了，季曼打开门往外走了两步，又想想侯府的规矩——禁闭之人不可外出，否则家法处置，又退了回来。

不过她现在孤立无援，苜蓿要是出什么事，她才真正完蛋了。不管其他的，她总归是要先把人找回来才是，尽量不惊动上头的人就好。

这样想着，季曼就贴着墙根溜出了思过阁。可惜她不认识路，左绕右绕，遇见人还不敢问，偷偷摸摸地走了许久，最后把自己给绕迷路了。

面前是一座看起来不错的院子，季曼站在院子的柴垛边上，想着要不还是找个借口问问钱总管在哪里，让他去找人，也比她一个人瞎转悠的好。

可是她刚打算翻墙离开，背后突然就响起了许多杂乱的脚步声。天色将暗，她只见许多火光向她移来。为首的一个家奴看见院子里的她，大喊了一声："在这里！"

这动静大得颇有些抓贼的架势，季曼被扭到前院的时候，还是有些茫然的。

"你为何会在这里？"主位上坐着的男人脸色难看得很，听着下人禀告的情况，一双眼睛像是要吃了她。

季曼没抬头，比起她为什么会在这里，她更好奇为什么这一切犹如别人设计一般，道："你们为什么会找到我？"

思过阁是没有人去的地方，按理说就算她不在，也不会有人发现才对。结果竟然有这么一大群家奴举着火把找来了，怎么都不正常吧？

这话听在宁钰轩耳里，就颇有些死不悔改的味道了，当下就沉了脸色道："聂桑榆，你还在禁闭，私自外出不说，还鬼鬼祟祟躲在蔷薇园的后院柴垛边，想干什么？"

季曼张了张嘴，还没来得及说什么，外面就有人进来了。

"妾身给侯爷请安，听说人找到了。"慕水晴的声音难得地温柔，跪在季曼旁边行礼。

宁钰轩抬手道："你先起来。"

"谢侯爷。"慕水晴慢悠悠站起来。季曼跪得膝盖疼，跟着就站起来揉了揉。

陌玉侯脸都气绿了："我叫她起来，不是你。你给我继续跪着！"

季曼当然知道不是让她起来，就是趁机揉揉罢了。季曼一点也不反抗地又跪了下去，悄悄地把衣裳垫得厚了点。

温婉坐在一边，等陌玉侯发够了火，才细声细气地劝道："侯爷总要先听人把话说完。"

宁钰轩皱眉看着她："三更半夜跑到这里，能做什么？"

季曼心里翻了个白眼，嘴上还是不得不好声好气地解释："苜蓿下午出去了一趟就没有再回来。奴婢是看天都黑了，不知道她是不是出了什么事，所以想出来找找，不想却迷路了。"

"迷路？"旁边的慕水晴低呼一声，很惊讶的样子，随即觉得有些失礼，朝陌玉侯笑道，"妾身失礼了。"

宁钰轩脸色很难看，嘴角却带了嘲讽的笑意："你是被关久了，连借口也不会找好的了是吗？聂桑榆，你进府六年，这一砖一瓦，哪一处没被你折腾过，现在竟然会迷路？你去哪里不好，怎么就正好就到了蔷薇园的后院？”

蔷薇园是正室夫人所居的地方，以前聂桑榆喜欢蔷薇，便在这地方种满蔷薇，取名“蔷薇园”。温婉也不讨厌花，便留下了。

季曼暗暗掐了自己一把。她怎么忘记了，聂桑榆是不会在陌玉侯府里迷路的，她该换个理由的。可是，她现在要说自己是无心走过来的，自己都不太相信，因为那会儿外头有家丁路过的时候，她选择了翻墙进这院子。既然是翻墙，那她肯定就百口莫辩了。

“不管侯爷相信与否，奴婢真的是不小心进来的。”季曼叹了口气，放弃抵抗了。

宁钰轩冷哼一声，温婉也不说话了。旁边的慕水晴挥手，半夏就拎了个丫鬟进来。

“桑榆姐姐说要找她丫鬟，倒也是真的，奴婢将苜蓿借去帮半夏剥瓜子了。只是没想到才一个时辰的工夫，姐姐就急着找人了。姐姐以前不还总是将苜蓿打得遍体鳞伤吗？”

苜蓿被推在了地上，连忙跟在季曼背后跪好，小声地喊了一声“主子”。

季曼抬头看了慕水晴一眼，淡淡地道：“奴婢现在身处思过阁，身边只有苜蓿一个丫鬟。晴主子下午还有空让半夏过来叫我绣手帕给您，怎么剥瓜子都要借我的人了？”

慕水晴笑容一顿，余光打量了一下宁钰轩的神色，见他似乎没有要为聂桑榆做主的意思，便又笑开了：“借丫鬟是个小事情。姐姐还是先跟侯爷解释解释，偷偷到蔷薇园的柴垛旁边，是要做什么？”

提起柴垛，宁钰轩的眉头又皱紧了，看着地上跪着的人道：“聂桑榆，你真是死性不改。这两天我还以为你改过自新了，没想到还是贼心不死。你害过菱儿还不够，现在还想害婉儿吗？”

在他们眼里，聂桑榆大概就是个疯子，见柴垛就得拿火去点那种。季曼不知道以前发生过什么让陌玉侯拿这种眼光看聂桑榆，但是她手里都没火把呢，这明指暗指柴垛是要干什么？诬赖她要烧死温婉不成？

“奴婢什么也没有做，侯爷若是要定罪，也得给个理由。”季曼平静地道，“理由得当，奴婢甘愿受罚。”

宁钰轩微微眯眼：“你是觉得我手里没有证据，治不了你，是吗？”

季曼不言。

“很好。”陌玉侯气极反笑，“没人当场抓着你干什么事，但是私逃思过阁，擅闯蔷薇园，这两点你认是不认？”

季曼点头：“我认。”

背后的苜蓿抖了抖，声音里有了些哭腔：“主子……”

“认了便受家法吧。”宁钰轩顿了顿，“你甘愿受罚？”

“是。”闹腾又没有好果子吃，这男人摆明了讨厌聂桑榆，要护着温婉，那她还挣扎个什么劲儿，早罚早了事。

陌玉侯沉默了一会儿，好像有些意外。不过这么多人在场，他也没表现什么，只是道：“既然如此，钱管家，带她下去用家法吧。”

“遵命。”钱管家挥手，两个家奴便上来架起季曼出了主屋，往院子里去。

苜蓿吓傻了，没想到自家主子就这么平静地接受了家法。要不是因为自己，主子也不会出思过阁啊！

这样一想，苜蓿眼泪就下来了，使劲给陌玉侯磕头：“侯爷，主子身体已经很不好了，经不住家法。让奴婢来吧，让奴婢来吧！求求您了！”

宁钰轩置若罔闻，屋子里的人，包括温婉都没有出声。苜蓿有些绝望地抬头看了他们一眼，转身跪着爬到了季曼身边。

季曼是很平静的，可是当钱管家拿来藤条的时候，心里就虚了。

乖乖，侯府的家法这么重啊？正常情况不该是一根藤条就完了吗？好家伙，这家法竟然是五根藤条拧成的！早知道就再挣扎一下了啊！

心里懊悔不已，不过看着那边苜蓿哭得惨兮兮地爬出来，季曼心里有些难受，只能装出一脸无畏安慰她：“苜蓿，别哭了，没多疼，回去休息两天就好了。”

苜蓿摇头，眼泪哗啦啦地流，一个劲儿朝她磕头，额头都红了。

季曼看得不忍，她向来不擅长应付这种场景，干脆就闭了眼。

宁钰轩和温婉还有慕水晴都出来了，前两人神色都有点复杂，第三人纯属看热闹，并且有点幸灾乐祸。

陌玉侯府的家法是十下藤条，季曼觉得应该也不是特别难熬。

但是没想到，用家法的奴才不知道是有多恨她，一藤条打下来，打得她一个没跪稳就往前扑去，背后一瞬间的麻木，接着就是铺天盖地的疼。

她在原来的世界人哪里受过这样的罪？季曼虽不想示弱，眼泪也下来了，只好咬紧牙关重新跪稳，挨着剩下的藤条。

宁钰轩冷眼旁观，就看着院子里那人拳头紧握，额上冷汗都下来了，就是咬着唇一声不吭。要是换作以前，她哪里会忍下这样的罪?

到第七下的时候季曼就痛得脑袋有些不清醒了，无意识地睁开眼睛看了陌玉侯一眼。

那男人环着他的新夫人，面无表情地看着聂桑榆。

聂桑榆好歹跟了他六年，他能狠心到这份上，也真是半点没对她动过心。

“我恨他。”脑海里有一个声音，撕心裂肺地哭着。

“嗯，我也恨他。”季曼轻轻回答她的话，“我会帮你讨回来。”

聂桑榆的眼神凉凉的，再也没有以前望着他的炙热。宁钰轩看着聂桑榆承受完了家法，也没多说什么，挥手让人将她抬回去。

苜蓿哭得嗓子都哑了，扑到季曼身边，却帮不上什么忙，只能一直呜咽。

“没事，”季曼睁开眼，朝苜蓿笑道，“革命总是需要牺牲的。”

苜蓿听不懂，可是哭得更厉害了。

回到思过阁，温婉派人送了药来，苜蓿便小心翼翼替季曼脱了衣裳上药。季曼疼得脸色惨白，背上肿得老高。

“是奴婢害了您。”苜蓿忍不住又哭了，“奴婢想早些回来，可是晴主子拦着不让。”

“不关你的事，是我太蠢了。”季曼龇牙咧嘴地道，“我没那么急着出去就不会有事了，或者不去蔷薇园，也不会惹宁钰轩那么生气。可是我控制不住这身子，自己走啊走的就去蔷薇园了。”

苜蓿哭得更凶了:“那是您的屋子，您住了六年啊。”

季曼沉默了一会儿，心里也有股子悲戚之感翻涌而上。聂桑榆在难过，她也得跟着难过;聂桑榆在心痛，她也要跟着心痛;现在聂桑榆的身子疼得像是要裂开了，她也要一并受着。

她总想着以旁观者的角度在这世界好好过日子，却没想到日子不愿意让她好好过。

既然自己是聂桑榆，就应该好好当一当聂桑榆，听听她在想什么，认认真真扮演她的角色了。

喝了一碗苦药，咬牙把味儿挺过去了，季曼想，自己得听听聂桑榆的心声，听听她想干什么，跟她好好商量。不然下次聂桑榆要是用这身子去掐死温婉，她也得跟着受罪。

第五章

永远经典的雪花膏

都说将手放在心口趴着入睡，容易做噩梦，季曼照做了，然后在梦里果然就又看见了聂桑榆。

聂桑榆长得很好看，可是眉目间怨念太重，看着让人不舒服。在虚无的梦境里，一身白色长裙的聂桑榆不停地哭着，哭得歇斯底里。

季曼站在旁边看了好一会儿，才走上前去递给她一块手帕："又没人听得见，你哭哑了都没用。"

聂桑榆不听，依旧哭得惊天动地。她的手往前方指了指，虚无的空间里便出现一块水屏，屏幕上波光流转。季曼转头看去，就看见了一些往事。

一身大红喜服的聂桑榆被陌玉侯迎进门，陌玉侯脸上带着淡淡的笑意，牵过她的手跨进侯府的门槛，她在盖头之下高兴得落泪。洞房花烛，一夜欢好，陌玉侯却在天色将晓的时候被一个通房丫头的事情引了出去。

聂桑榆醒来，不见夫君，让苜蓿去打听才知道，陌玉侯惯着的一个通房丫头落了水，他赶去看人去了。

正室夫人，哪里能忍下这样的事情？聂桑榆又是个急脾气，趁陌玉侯不在府中的时候，就将几个通房丫头统统遣送出府，一个不留。

宁钰轩看她的眼神从此开始变了；以后他与她同房，他都在房里点上熏香，灭灯而眠。

镜头一转，陌玉侯又迎了齐思菱进府。端庄大方的齐思菱，上下逢迎，很是讨喜。自齐思菱来后，陌玉侯便再也没去过聂桑榆那里了。每晚油尽灯枯，聂桑榆等的人还是不来。聂桑榆听了旁人说菱姨娘是美人，于是便不管不顾地上门去，要划花齐思菱的脸。

季曼扶额，聂桑榆真是天真，做什么事情都不动脑子。这些一看就是被人煽动的，她这不是活脱脱的一把杀人的好刀吗？

怪不得她站在柴垛边，陌玉侯要怀疑她纵火了。这女人真是疯起来什么都能做。

陌玉侯及时赶来，挡掉了聂桑榆的动作，眼里的厌恶也加深了。春去秋来，陌玉侯都没有再去看聂桑榆。聂桑榆住在冷清的蔷薇园里，终日哭泣，却得不到陌玉侯半分怜悯。

后来，千怜雪和柳寒云也入府了，他的眼里再没有她的位置。聂桑榆学会温柔，学会乖乖坐着给他绣袍子绣手帕，学会不吵不闹，却再也无法得那人回头了。于是她恼，她恨，吞了毒药自尽，却被人救了回来。

“爱不得，恨不得，求不得，难道连死也死不得吗？”聂桑榆哭着问。

季曼心里微动。这个时候的聂桑榆，是真正绝望过的吧。就为了个不爱自己的男人，她竟然要放弃自己的生命。

陌玉侯风流是风流，姨娘、侍妾满院子，却从来没对人动过真心。聂桑榆听了聂贵妃的劝告，缓过来了，觉得自己总还有机会的。

季曼都觉得佩服她，就算她死，陌玉侯都不动容，她竟然还觉得他有机会爱上她？

于是聂桑榆恢复了，满心欢喜地继续陪在陌玉侯身边，直到又出现了温婉。

死如果是绝望的话，那么连死的心情都没有了的感觉，又是什么呢？聂桑榆拦在门口，一双眼睛倔强地看着陌玉侯，抵死不让他出门去下聘礼。

陌玉侯抬手便将她推开，踏马而去。她跌跌撞撞跟了一路，却还是拦不住。她一身狼狈，哭着就往皇宫走，希望聂贵妃能帮她拦一拦。

披头散发、面容狼狈地闯宫，触怒帝王，聂桑榆还没来得及拦住陌玉侯，自己就被斥责，丢了正室的位子。

季曼看得唏嘘，在古代来说，聂桑榆这些做法的确是泼妇一般，很没有正室风范。她完全没有意识到自己嫁的是个注定三妻四妾的侯爷，还跟个小女儿一样，霸占着自己的东西不肯放手。

可是，季曼叹了口气，转头看着一边好像哭也哭不完的聂桑榆。她是爱惨了陌玉侯，才会这样不管不顾吧。聂桑榆倒不像书中所写是个本就心狠手辣的女二，只是容易被人利用，被人煽动，一遇见陌玉侯的事情，整个人就不淡定了。

“你让我看这些，想告诉我什么？”季曼想了想，道，“你有心愿未了，是不是也该告诉我，也好让我替你完成。”

聂桑榆抬头，一双哭红的眼看了看季曼，又指向水屏。

画面一动，陌玉侯温柔地坐在凉亭之中，聂桑榆脸上带笑，伸手替他披上披风，陌玉侯抬头，眼里满是宠溺。

季曼打了个寒战，这绝对是聂桑榆想象出来的画面！“你要他爱上你？”嘴角抽了抽，季曼果断摇头，“不可能！”

看陌玉侯对聂桑榆的态度也知道了，要他转头再爱上聂桑榆，简直是天方夜谭。季曼拉长了脸看着地上依旧在哭的人，沉声问：“你是不是打算把我一辈子困在这里，所以才提这样的心愿？”

聂桑榆抬头看了看季曼，伸出自己的双手给她看。季曼不解，低头却发现，聂桑榆那一双手已经有些透明了。

聂桑榆没有多说什么，也没解释心愿是不是就是这个，转身便慢慢消失在了烟幕之中。

季曼皱眉，不明白这是什么意思。然而聂桑榆就这么走了，她也没办法。

醒来的时候，背上依旧火辣辣地疼着，动都动不了，季曼倒吸了两口冷气，才小声地喊：“苜蓿。”

苜蓿已经打了水进来了，见她醒了，连忙到床边去：“主子您先别动，要什么都让奴婢来。”

季曼趴着，胸口压得十分不舒服，却也真是动不得，只能痛苦地问：“我多久才能轻松一点？”

“夫人拿的药膏效果不错，我问过李大夫了，您这伤势，三天之后才能下床。”

三天都得趴着？季曼吐了口浊气，想了一会儿，问：“我还是没明白，昨天他们怎么就知道我不在思过阁了？”

苜蓿回头看了屋子外面一眼，道：“主子忘记了吗？外头住着的柳嬷嬷，是侯爷派来看着您的。您要是出了思过阁，他们自然会知道。”

原来还有这茬，季曼咬牙，前情提示都没有，她怎么知道那柳嬷嬷是个眼线？

早知道就不走正门，改翻墙了，反正她最近是越翻越顺手。

她已经给打成这样了，也没其他的办法。所幸那陌玉侯还算有两分人性，见她伤得这么重，就说这两天可以不用绣手帕。

真是谢谢他全家。

不绣帕子，晚饭却还是有的。赵大娘收了银子，也算会办事，不用苜蓿去拿，亲自让个小丫鬟把晚饭送了进来，顺便把季曼想要的东西以及苜蓿想寻的锅子都一并拿了来。

两菜一汤的汤竟然是骨头汤，柳嬷嬷瞧了两眼，微微皱眉。送饭的小丫鬟却伶俐地道："桑主子身子骨弱，又受了家法，夫人吩咐多照顾着些，厨房才拿午膳剩下的扇子骨给熬了汤。"

如此，柳嬷嬷也就没怀疑什么。苜蓿喂季曼把晚饭用完，季曼便急不可耐地道："把那包东西打开。"

不大不小的包袱，是小丫头藏在襦裙下头带进来的。苜蓿好奇地打开，就看见两包蜂蜡、一罐子杏仁油和一些瓶瓶罐罐。

"主子弄这个做什么？"

季曼微笑："做实验的。这里又没有化工用品，这个配方是我以前在小说里看来的，咱们姑且试试，看看能不能做出雪花膏来。"

主子现在说的话，苜蓿经常都会听不懂，不过最后一句倒是听明白了："雪花膏是什么？"

"抹脸的，能让你的脸又白又嫩。"季曼稍微动了动，额头上又疼出了冷汗，咬牙道，"我就指着它让我翻身了。"

见苜蓿还是不太懂，季曼便吩咐她："你先去把院子外头的桂花都摘来。"

这冷清的院子里自然没有什么大富大贵的花，秋天了，也只有桂花可用。苜蓿麻利地照做，打了满满一篮子桂花下来。

"用那边的锅子，兑点水，将这些花全煮了，盖着盖子煮。"季曼趴在枕头上指挥。

苜蓿也照做。等一锅子桂花都熬成了汁，便用干净的罐子盛出来封好。

"再把蜂蜡隔水加热。"季曼看了看天色，在天黑之前，应该能做个样品出来。

雪花膏比起古代这些铅苯极重的化妆品，自然是好得多的，成本也不高，只是做起来有些麻烦，还不一定成功。她总得开一个金手指。她上次就想过了，在女人的脸上下功夫，自然就只有做雪花膏。

蜂蜡融化之后，季曼便让苜蓿将杏仁油倒进去一些，最后再把桂花汁倒进去煮。小小的一锅子东西，倒是香气四溢。

苜蓿眼睛亮亮地看着，锅子里淡黄色的汁水越来越浓稠。等季曼让她依次加够了材料，撤了火的时候，这些东西已经晶莹得可爱了。

“拿我妆台上的盒子，随意拿几个大的，把里头胭脂什么都倒了，洗干净来装这个。”

“是。”苜蓿飞快地抱了一堆盒子出去。季曼摸摸自己的脸，咬牙想，得替这些女人当小白鼠了。

一小锅子雪花膏，装了整整五个大盒子、三个小盒子。季曼感叹，也是聂桑榆的胭脂多，不然盒子还真不够。雪花膏还没冷，有些烫手，季曼便让苜蓿放在桌子上晾着，等第二天再来看。

“她没往外头送信吗？”陌玉侯靠在软榻上，看着柳嬷嬷问。

柳嬷嬷摇头道：“这两天桑主子都关在屋子里没动静，只是把院子里的桂花都摘了，不知道在干什么。不过送信倒是没有的事情。”

宁钰轩觉得奇了，以聂桑榆的性子，被他这么一顿家法伺候，居然不写信去聂家或者宫里告状？竟然还老老实实待着？

温婉在旁边，闻言笑道：“她能这么看得开也是好事，侯爷也就不用担心宫里的压力了。”

宁钰轩跟着“嗯”了一声，想了想，母亲回来的日子怕是不远了，他这么对聂桑榆，到底还是有些过分，得找个机会把她放出来，给两把甜枣吃，免得以后她在母亲面前哭委屈；温婉还当着家，要是叫母亲看见聂桑榆这样，定然是要觉得温婉容不下人。

不过刚打过，他又不能直接就把人放出来，还得找个台阶下。

他心里寻思着，脸上却没什么表情：“劳烦嬷嬷继续看着她了。”

“奴婢告退。”柳嬷嬷行了礼就退了出去。

季曼当了两天的小白鼠——抹了两天的雪花膏，没有发现任何副作用，脸色倒是好看了不少。苜蓿在旁边瞧着，眼里满满都是好奇。

“拿一盒去试试。”季曼朝她努嘴。苜蓿眼眸一亮，捏着衣角不好意思地问：“可以吗？”

“嗯。”季曼点头。她俩皮肤不同性质，苜蓿有点油性，她则是中性，多一只小白鼠也不错。

苜蓿欢天喜地地就抱着雪花膏去试了。时间一晃过了七天，雪花膏的效果当真是不错，主仆俩的脸看起来都白皙水嫩了不少。

季曼可以下床走动了，只是还不能弯腰，会扯着疼。瞧着镜子里自己的脸，再瞧瞧苜蓿的脸，她觉得是时候行动了。

“院子里除了夫人以外，哪个人最受宠？”季曼问。

苜蓿道：“除了蔷薇园，侯爷去得最多的就是雪松院。雪松院里的雪姨娘身子不太好，但是她弟弟千大人是侯爷的挚友，侯爷一向很照顾她，没事就会去坐坐。”

季曼想起在喜堂上见过的那个有些咳嗽、素颜朝天的雪姨娘，心想，就是她了。

“她的丫鬟叫什么？”

苜蓿笑道：“雪姨娘的丫鬟是淡竹。这么多丫鬟里头，就她性子最好。闲着的时候奴婢也爱去找她聊天呢。”

季曼抿唇，伸手拿了一个小盒子的雪花膏，道：“既然与她交好，那好东西咱们也不能藏着，你送她一盒让她用吧，只是叫她不要告诉其他丫鬟。”

苜蓿眼睛一亮：“上次淡竹还问奴婢搽了什么，脸色越来越好了。奴婢想着这东西是咱们偷偷做的，也就没有告诉她。她要是拿到这个，定然是高兴得不得了的。多谢主子！”

季曼微微一笑：“去吧去吧。陪我关在屋子里这么多天，也怪闷的。”

苜蓿应了一声，揣着盒子就飞快地往外跑了。

“女为悦己者容”，虽然是个丫鬟，但也是有爱美之心的，淡竹拿着雪花膏，简直是开心得不得了。她偷偷抹了两天，觉得实在是不错，连给千怜雪梳妆的时候，千怜雪都回头问她：“淡竹，你这是用了哪家的面脂，怎么看起来越发好看了？”

千怜雪因为身子不好，大夫让她少用些胭脂水粉，她便一向是素颜。她虽然也是个美人，但是不着脂粉，怎么看都淡了些。淡竹是个护主的丫鬟，有好东西也不会藏着，连忙回房将雪花膏拿来给雪姨娘看。

“苜蓿说这是她家主子用桂花做出来的雪花膏，没什么副作用。奴婢试了两天，觉得比那些胭脂水粉好多了，用在脸上清清爽爽的，也不油腻。”

千怜雪眸子里有些亮光，但是随即又暗淡了：“我又不能用这些东西，再好也是无济于事。”

“这东西没有胭脂水粉那么伤身子，应该是可以用的。”淡竹连忙道，“大夫说那些胭脂水粉里有对身子有害的东西，可这个是桂花做的，主子可以试试。”

千怜雪眼睛又亮了，看着铜镜里的自己，连忙道：“那你给我试一点。”

“哎。”淡竹连忙替她梳妆，抹了雪花膏。

季曼等了几天，果不其然，淡竹上门来了。

“桑主子。”淡竹没有半夏那么骄纵，进来老老实实地行了礼，目光却往她妆台那边瞧，“奴婢斗胆将桑主子做的雪花膏给我家主子用了。”

季曼自然知道她是来干什么的，不过脸上装出几分惊讶：“你竟然给雪姨娘用了？”

淡竹点头，瞧着那边妆台上还有好多个盒子，便道：“桑主子也知道，我家主子不能用外头那些胭脂水粉的，遇见您做的这个东西，自然是爱不释手。不知道桑主子可愿意再割爱一些？”

苜蓿知道，自家主子做了好多，给淡竹的只是一小盒，还有五个大盒子密封得好好的。不过季曼却为难地皱起眉头，看了淡竹许久才道：“这东西很是难得，我自己这里也不多。给你的都是苜蓿偷偷给的，也没告诉别房别院。”

言下之意，天下可没有免费的午餐。

淡竹愣了愣，接着将出门的时候雪姨娘的话说了出来：“我家主子说，这思过阁到底冷清，想必桑主子也不想久留。老夫人即将回府，侯爷心里大概也是想放您出去的，只是没有台阶下。您若是愿意割爱，这台阶我家主子就给了，也好让桑主子过得舒坦些。”

季曼挑眉，那病美人倒是个明白人，知道要拿东西来换。季曼想要的也就是赶紧出这思过阁，被人天天监视着可不好受，而且昨天晚上屋子里又闹耗子了。

不过目的性不能太明显，季曼犹豫了好一会儿，才道：“要给也行，不过我有个要求，你们要是做不到，我能给的也就只有这一盒子了。”

淡竹看了季曼一眼：“桑主子请讲。”

“这雪花膏，除了你们主仆二人知道来历，对外请一律说是我托人从外头买来的，可好？”季曼道。

苜蓿不解这是为何：让人知道雪花膏是主子做的，不正好拿乔，让别人都求着她们做吗？

淡竹却明白：聂桑榆现在身份低微，怀璧其罪，要是让人知道她会做这样的东西，各方各院都必然会争抢，到时候她不给就得罪人，都给了也得罪人。桑主子倒是个聪明的人呢。

“奴婢遵命，也必然会转告我家主子。”淡竹微微行礼。

季曼笑了，拿了一个大盒子放进淡竹手里：“让你家主子放心用吧，这东西是宝

贝，不会伤着身子。”

淡竹连连道谢，接了东西就飞快回了雪松院。

千怜雪尝到了美丽的滋味，又哪里肯轻易放下，自然是拿什么换都肯了。这几天陌玉侯来她院子里，都会夸赞她的脸，看起来没上什么妆，却是好看得很，甚至这一天，还在她院子里歇下了。

千怜雪欣喜若狂，却也没忘了这都是聂桑榆雪花膏的功劳。虽然以前那女人对各房各院都很凶，不过跟她也没有什么深仇大怨。现在聂桑榆帮了她这么大的忙，她自然就帮着说好话了。

“侯爷，眼瞧着都要入冬了，天气凉了。那思过阁简陋，半点抗不住寒的，侯爷还打算让桑榆继续住吗？”千怜雪温柔地问。

陌玉侯躺在她的身边，眼神动了动，道：“是她有失体统在先，关上这么些日子也是应该。”

“妾身看，她关得也够久了。”千怜雪叹气道，“她现在这样乖顺，被打了都一声不吭。听说身子一好就又开始绣帕子了，妾身这里都攒了好几条了。”

陌玉侯看了她一眼，笑道：“你总是这样心软。也罢，她若真像你说的这样好了，那就让她搬出来，去东边的院子住吧。”

答应得这样轻松，千怜雪也松了口气。她没有猜错，侯爷真的只是缺个台阶而已。

不过聂桑榆现在是个宝贝，她帮聂桑榆就等于是帮自己。侯爷在蔷薇园已经住了整整半个月了，今天不是终于在她这里歇了吗？

千怜雪伸手抱紧了宁钰轩。这个男人啊，薄情又让人不得不沦陷，谁都希望他只属于自己一个人。

第六章

这是一个了不得的商机

季曼如愿以偿地得了获到了陌玉侯的“宽恕”，可以搬去东边的一个院子里住了。那院子没挂匾，不过比起思过阁的简陋和遍地老鼠，这院子至少干净，还暖和。

柳嬷嬷虽然跟着她们一起搬，但是对她明显看得没有那么紧了，毕竟禁足解除了，她现在是个自由人。

苜蓿高兴得又哭又笑，把院子里里外外打扫得十分干净，又将季曼扶到软榻上坐着。

“终于出来了，主子，咱们不用被关着了。”

季曼伸手点了点她的鼻子，笑道：“瞧你高兴的样子，可别忘了形。咱们只是逃出牢房，还没奔小康呢。”

苜蓿吐吐舌头，明显比以前胆子大了不少，张罗着去拿午膳的时候，脸上都是笑盈盈的。

千怜雪的话也是有一点分量的，她没押错宝。季曼摸了摸已经消肿却还是疼的背，心想：总要一步步来才好，就算聂桑榆是想陌玉侯爱上她，她也要先闹他个鸡犬不宁，把这债给讨回来了再说！

聂桑榆从思过阁出来了，千怜雪得宠了，这两个院子的人自然是高兴得不得了，

可是其他屋子里的人就不是很愉快了。

好不容易觉得聂桑榆翻不了身了，她竟然有本事让雪姨娘帮她说话，从思过阁里出来了！慕水晴觉得恼，本以为一顿家法下去，聂桑榆应该歇斯底里干出些更出格的事情，从而再无东山再起之日，没想到她竟然不声不响利用侯爷的同情心，加上千怜雪给的台阶，就这么翻身了！

更气的是，侯爷本来一直在蔷薇园，谁的屋子也没去，大家心里都挺平衡；没想到千怜雪竟然会突然得宠，让侯爷一歇就是好几天。

这样的恩宠，哪个人不眼红？夫人虽然大度不计较，但背地里也肯定是难受的。新婚才半个月呢，侯爷就不在夫人那里了。

慕水晴往蔷薇园去了好几次，明里暗里说雪姨娘的不是，哪知温婉半点不为所动，只说侯爷该开枝散叶了，多宠几个人是应该的。

有这么大度的夫人，还有什么好说的。慕水晴只能自己生闷气，然后去打听千怜雪是用什么法子吸引了侯爷。

同为姨娘的齐思菱自然也没坐住，往雪松院走动了两回，就发现了秘密。

“妹妹这脸，可当真是好看了不少。”齐思菱温柔地道，“怪不得侯爷被妹妹迷住了。”

千怜雪脸色微红，低声笑道：“多亏了桑榆，我用了她从外头买回来的雪花膏，才有这样的好气色。”

齐思菱一愣：“雪花膏？”

千怜雪含蓄地一笑，转移了话题：“老夫人快回来了，姐姐可准备好了？夫人刚进府，还不了解老夫人的性子，许多事情还得姐姐操办。”

见她不愿意继续说，齐思菱也不追问，只跟她寒暄了几句便走了。出去的时候齐思菱就吩咐身边的丫鬟菘蓝：“去问问聂桑榆，什么雪花膏。”

菘蓝点头，连忙跑去东边院子。可是季曼早就料到她们要是知道了这玩意儿，就会去找自己，所以一大早就带着一盒子雪花膏去了蔷薇园。

给东西也不是见谁都给的，她可不是善财童子。这样能令女人着迷的东西，要给就给能为己所用的人，比如千怜雪，再比如温婉。

身为侯爷心尖尖上的人，温婉是不会失宠的，但是这两天心里堵是一定的。季曼借着去请安的机会，就将雪花膏献了上去。

温婉满目惊讶，听她说了这东西的用处，眼里便闪过一抹亮色：“真有这样好？”

“夫人看雪姨娘就知道了。”季曼笑道。

有了千怜雪这个活招牌，温婉很容易就相信了，当即就收下了雪花膏，赏了她一堆东西，顺便也允了她有空可以带着丫鬟家丁出府逛逛。

不过等季曼走了，温婉还是让大夫来看了看雪花膏，知道真是无毒的好东西，才放心大胆地用了。

温婉赏的东西，季曼都让苜蓿收了起来，而后就高高兴兴开始准备出府。

“主子想去哪里？”苜蓿好奇地问，“回聂府吗？”

季曼将一百两银票揣进怀里，摇头道：“回那里去干什么，我出府自然是有事要做。你前些日子不是说，正德街上有一家胭脂铺子的胭脂很不错吗？”

苜蓿点头，疑惑地道：“主子现在都用雪花膏，还要买胭脂吗？”

伸出一根手指摇了摇，季曼笑眯眯地道：“咱们都跟她们说了是在外面买的雪花膏，自然就要找个地方‘买’了。正德街的那个胭脂铺正是咱们‘买’雪花膏的地方。这是个很大的商机，做好了，咱们一辈子吃喝不愁。”

苜蓿睁大了眼，随即慌忙地摇头：“主子，使不得，女人是不宜从商的，何况您这样的身份……”

季曼抿唇，看着她道：“我又没说是我自己要出去打点这些，咱们只是做做雪花膏，然后等着收钱就可以了，明白吗？”

苜蓿还是摇头，这万一被人发现了，可是不得了的大事情。

“放心啦，你看我做了这么多事情，哪件事情不是经过深思熟虑的？”季曼拍着苜蓿的背安慰了她两声，随即想起自己被打的事情，抽着嘴角补充一句，“当然，家法那事不算。”

苜蓿犹豫了好一会儿，叹息道：“主子若是真想做，那也得回聂府去找大公子商量。奴婢还是觉得大公子更靠谱一些，万一出事，也只有自家人才能帮自家人。”

聂桑榆的哥哥聂青云是当朝五品中书郎将，年少有为，颇受皇帝器重；比起聂桑榆的臭名远扬，简直是天差地别。

聂青云是聂向远继室生的儿子，聂桑榆却是聂向远亡妻生的嫡女。虽母亲不同，聂青云却对聂桑榆极好，小时候她闯什么祸，都是聂青云替她背，是故连苜蓿也觉得有事该去找大公子。

季曼知道这个人，在后头的情节里他好像帮了聂桑榆不少忙，是真心待她的。但是，她现在不是聂桑榆，苜蓿脑子笨没察觉就算了，换一个亲近的人来，万一露馅了怎么办？

她想找人帮忙卖雪花膏，可是也不能冒这么大的险——银子重要，小命更重要。

想了想，季曼还是道："哥哥一天都很忙，这些小事还是不要去麻烦他了。咱们先出门看看，就当逛街了，好不好？"

苜蓿犹豫一下，也只能点头。主子最近变化太大了，虽然对她是好了许多，但是主子的意思，她还是不敢轻易违背。

有温婉的许可，季曼在柳嬷嬷和另外两个家丁的保护下，戴了面纱就出门去了。

温婉是想让她出去多买些雪花膏，柳嬷嬷和两个家丁也摆明是来监视她的。不过季曼不担心，算算日子，今日是赶集，前头热闹的街上不知道有多少人，还怕甩不掉三个奴才？

"上次的雪花膏，听苜蓿说是托人从落霞街上买的。"季曼走着走着，回头对柳嬷嬷说了一句，"我没怎么出过门，嬷嬷可知道落霞街在哪里？"

前头的人渐渐拥挤了起来，柳嬷嬷回了一句"奴婢知道"，便让两个家丁在前头开路，以免人群挤着聂桑榆，自己也走到了前头去带路。

季曼拉着苜蓿的手，故意放慢步子。等进了集市，正是人挤人的时候，柳嬷嬷担心地一回头，身后两个人已经没了影子。

"桑主子！"柳嬷嬷吓得脸色一白，连忙想停下来回去找人，但是身后的人群哪里肯让她，推着她就往前走。

"桑主子不见了！快分头去找！"柳嬷嬷急了，回头喝了两个家奴一声。三人逆流而行，眉头都要拧成麻花了都没能前行几步。

季曼拉着苜蓿从人群的一边出来，靠着街沿，一溜烟地跑到了正德街。

"主子……"苜蓿惊魂未定。

季曼拍了拍她的背，而后左右看了看："你说的胭脂铺是哪一家？"

苜蓿左右看了看，拉着季曼往前走了几步。渐渐地，两个门面大的店铺出现在她们眼前，上头挂的牌匾写着"水记胭脂铺"。店铺里面没有灯，又是背光，显得黑压压的。

季曼跟着苜蓿走进去。今天好像没什么客人，掌柜的无精打采地趴在柜台上。

"这位夫人需要点什么？"见人来了，水娘子立马打起了精神，笑盈盈地问。

"看看这里的东西如何。"季曼随口回了一句，打量这女子两眼。竟然是个女掌柜，这倒是难得。

"我们水记的胭脂向来都是顶好的，各家大户的夫人姑娘都爱用。"水娘子笑道。

季曼环视一周，好奇地问："我也听闻你这里的东西不错，可是怎么这样冷清？”

水娘子一怔，继而叹了口气：“不瞒夫人，咱们这店子都打算卖掉了。家父重病，这铺子又因位置不好，生意始终不温不火的。瞧瞧这些胭脂，多好的颜色，要是放在个亮堂的地方，可不止这个价钱了。”

季曼眼睛一亮：“你不打算做胭脂生意了？”

“做啊！怎么不做？”水娘子拿起一盒胭脂，叹息道，“只是家父治病需要很多钱，我打算过几天把店子卖了，换个百八十两银子，而后继续去摆摊子卖胭脂。”

说着自己的烦恼，好像就不知不觉被人套话了，水娘子回过神来，有些警惕地看着季曼道：“夫人是来买胭脂的？”

季曼摇头：“我想找你谈事情。”

水娘子顿了顿：“你想买这铺子？”

“不是。”季曼接着摇头，“我想给你换个亮堂的铺子，与你一起做这胭脂生意。但是，你得帮我卖一样东西。若是可以保密，你父亲的病，说不定我也能帮上忙。”

水娘子打量着面前的人：身上穿的倒是贵重的料子，半遮了脸，一双丹凤眼微微透着些凌厉，像是大户人家的妾室。

这个时代的女人很少有愿意抛头露面经商的，她自己也是逼不得已。这位夫人看起来衣食无忧，怎么也想着经商了？

不过这位夫人看起来是能帮到她的人。她现在孤立无援，各家亲戚都只眼馋这铺子，也实在别无他法了。

“夫人要卖什么东西？”她问。

季曼微微一笑，没有急着把雪花膏拿出来，而是将一百两银票放在了她手里。

“这是订金，你用这笔钱先租下永宁街上最旺的铺子。过两天我会替你买下那铺子，而后你继续卖你的胭脂。不过除此之外，你还要替我卖些东西。我的东西卖的银子，你可以抽三成，如何？”

这简直是天上落下来的馅饼！水娘子惊呆了，手里拿着一百两银票，嘴张大得都合不拢。

不过水娘子很快反应了过来，皱眉道：“如此，岂不成我白占夫人便宜了？”

铺子是夫人买，夫人的东西她还可以抽三成，这样的好事，怎么会有？

季曼平静地道：“你也知道我这样的身份，是不适合做生意的，万一给人发现，我就没有翻身之日了。所以我这样做，半点也不亏。以后我若需要什么原料，还是得劳你帮忙，明白吗？”

水娘子沉默，眸子里犹豫不决。

这样的大事，自然不可能马上做出决定。季曼也不催她，只是道：“银子先放你这里。你若是同意，就先去做事，我过几天出来找你；若是不同意，那几天之后，我就过来收回订金。”

“夫人容我想想吧。”水娘子行了个礼。

季曼点点头，扫了铺子一圈，便带着苜蓿走了。

“主子怎么那么轻易就将银子都给她！”苜蓿皱眉道，“万一她卷着银子跑了怎么办？！”

那可不是个小数目，平常百姓都该动心了。

“做生意最重要的就是诚信。”季曼轻声道，“一百两银子是试金石。她若合格，那我就省事了；若是不合格也罢，总比送上去被人出卖了的好，毕竟安全第一。”

她得找一个讲信用靠谱的，否则那人一经诱惑便将她卖雪花膏的事情抖出去，她就惨了。

苜蓿还是觉得心疼，那可是主子变卖了一半首饰衣裳的钱啊。季曼倒没什么反应，天天戴那么多头饰也怪累的，现在头上就两根银簪子也挺好。

她这次还偷带了许多首饰出来。要买下一个铺子，没个三百两银子就别想了。她算算手里的东西，东凑西凑一下，大概也能勉强凑齐。

在当铺跟掌柜的讨价还价了许久，季曼凭三寸不烂之舌胜利，捧了两百八十两银子出来。她揣了银票就拉着苜蓿回府。

“主子不去逛逛集市？”苜蓿问。

“逛什么啊。”季曼撇嘴，“甩掉了跟班，最好比他们早回去，不然夫人肯定是要怪罪我们乱跑的。等我们先回府，夫人就该怪他们不尽职责了。”

苜蓿咋舌，心想：主子其实也是真聪明啊，以前怎么就被感情迷昏了头？

季曼带着苜蓿乘了马车一溜烟回了侯府。柳嬷嬷和两个家奴果然还没有回来。抱着幸灾乐祸的心态，二人急忙跑去蔷薇园报到。

“卖雪花膏那摊子，今天好像没有摆出来，街上人又多，奴婢怕迷路，就提早回来了。”跪在温婉面前，季曼语气遗憾地道。

温婉抬手让她起来，皱眉道：“你先回来倒是懂规矩的，到底是侯府的人，不能乱走。等柳嬷嬷等人回来，我自会教训一番。你先回去歇着吧。”

“多谢夫人。”

季曼回去就将温婉赏的东西给算了算价钱，让李大夫拿出去卖了，凑齐了三百两银子。其间，趁着没事干，她撺掇苜蓿去侯府的花园里偷了各种各样的花回来熬花汁，又做几盒子雪花膏放着。

几天之后，季曼又得了出府的“恩赦”。估摸着是温婉那一盒子东西用得很好，所以她的处境也好了很多，出门的时候只有柳嬷嬷和一个家丁跟着了。

“请桑主子不要乱走，跟紧奴婢。”柳嬷嬷还在为上次的事情耿耿于怀，一双眼睛盯死了这主仆二人，生怕她们再消失。

季曼一脸柔和地点头，可是一进集市，照样趁着人多，猫着身子就和苜蓿跑得没了影子。

她俩先去正德街的水记看了看，见店铺已经关门，挂上了出售的牌子，便转身去了永宁街。

永宁街上比正德街热闹许多，季曼走了一圈，就看见一家向阳的店铺正在整修打理。门口站着的女人，不是水娘子又是谁？

“夫人。”水娘子回头看见季曼，笑着道，“您可算来了。”

季曼松了一口气，还好这娘子是个诚实的人。

“租下来了吗？”季曼问。

水娘子左右看看，拉着季曼往里头走：“夫人好运气，这家店铺的掌柜我去谈过了，说是赶着回乡，两百六十两银子就肯转让。”

第七章

桑榆非晚

季曼心里一喜，这倒是运气好了，又能省下一笔银子。

“我想过了，夫人要是愿意与我合作，咱们就立个契约。”水娘子看着她，一本正经地道，“夫人要做幕后东家，我就替您卖东西，您给月钱也行。白白占着您的铺子，我还要分红，实在是说不过去。”

季曼笑着道：“难得找到个能信任的人。你要给我当掌柜也行，那所有胭脂水粉，包括我要卖的东西，你四我六来分，月钱什么的就不必了，直接分账，你看如何？”

替别人管店铺，哪有自己开店费心思？她宁可少赚点，也得把这个看起来很能干的东家给套牢了。水娘子犹豫了半晌，叹息道：“夫人爽快。您是救我于水火的恩人，既然说到这个份上，那我也就不推辞了。等店铺整修好开张，我定然会好好经营。”

季曼笑着点头，拉了她到店铺的二楼上，将怀里的三百两银票和一盒大的雪花膏递给她。

“这个东西就是我要卖的，叫雪花膏。等店铺整修好了，你留一个最显眼最贵气的位置出来放它，但是不卖，只试用。”

水娘子疑惑地看着那盒子，一打开，桂花的香气淡淡地萦绕在鼻尖，淡黄色的

膏体，晶莹得可爱。

“这是什么？胭脂吗？”

“不是。”季曼摇头，“这是润肤用的，能让肌肤变得更加光滑白皙。胭脂用多了，女人的皮肤都很差。这雪花膏只护肤，却不会伤害皮肤。”

水娘子眼睛一亮：“这样的东西倒是没有人卖。”

季曼微微一笑，又递过去一个小盒子：“这一盒是给你用的，你用得好了，以后卖起来也更让人信服。”

“多谢夫人。”水娘子接过雪花膏，还是有些犹豫，“真有那么神奇吗？”

“你试试就知道了。”季曼道，“那一盒子不管谁来买，你都不要卖，只让试用。你就说货很少，需要预订。大盒子的十两银子一盒，小盒子的五两，每个月一共只有一百盒，卖完就没了。”

水娘子张大了嘴：“这么贵？”

普通的胭脂水粉，一两银子就算很贵重的了，这玩意儿竟然要十两？能卖出去吗？

“相信我，谁来买都不能少了分文。不过你要是有熟识的大户人家的小姐、夫人，可以拿贝壳挖一点给她们回去试用。”季曼一脸奸商的模样，“等她们知道好处了，自然会上门来。”

水娘子应下了，心里还是觉得不靠谱。不过东家既然这么说，她也只有照做。

两人签了契约。水娘子是爽快人，契约里明白写了她要是将季曼暴露出来，就要赔偿季曼五百两银子，并且将店铺拱手相让。季曼自然也没亏待她——四成的利润，已经够她生活富足。走的时候，季曼还顺手将水娘子家的地址留下了，说赶明儿介绍个大夫过去给她爹看病。

如此一番合作愉快，季曼捧着剩下的两大盒子雪花膏，麻利地回去交差了。

陌玉侯这两天忙着往宫里跑，不知道是因为什么事情。不过他不在府里，府里的火药味就轻了不少，各房各院都没有四处乱走动，而是安心在屋子里研究美容良方。

柳嬷嬷再次被季曼甩掉，这次季曼却是在门口等着她一起回来，没让她挨骂。觉得奇怪之余，柳嬷嬷倒也没说什么，只要自己不被罚就好。

温婉越发觉得聂桑榆真是改过自新了，现在的聂桑榆看起来整个人温温柔柔，又识大体。她预想中的过门要面对的争斗一点也没发生；加上聂桑榆还给了自己雪花膏，这宝贝很好用，自己现在都用不得其他的东西。现在她对聂桑榆的好感度，那是噌噌地往上飞。

季曼也知道温婉这是放下戒心了，不过这一天，当温婉给她说要安排她服侍侯爷的时候，她还是狠狠震惊了一把。

把自己男人推给别的女人，这女主真是大方，真是圣母，真是自作孽不可活。

听到这个消息，慕水晴那叫一个气啊。她是经常往温婉院子里走动的，没想到好不容易侯爷让夫人安排人侍寝，夫人却把机会给了聂桑榆。

先是千怜雪得宠，又是温婉复宠，接下来竟然要让侯爷宠这个才从冷院里放出来不久的恶毒女人，那什么时候能轮到她得宠？

绞碎了帕子，慕水晴气哼哼地就往齐思菱的院子里走。

宁钰轩坐在桌边，脸色有些不好看："你要我去聂桑榆房里？"

温婉垂着眸子坐在梳妆台面前，低声道："老夫人要回来了，就是这两天。你早晚得去她那里的，还不如就让我当一回贤妻了。"

宁钰轩皱眉，起身走到温婉面前，抬起她的下巴道："你当真不在意？"

温婉嘲弄地弯了弯唇："侯爷何曾顾念着我在意，就不去别的院子了？"

宁钰轩眉头松了松，眼里竟有些孩子气的高兴："你在吃醋？"

温婉别开头："我嫁给你当这侯府夫人，就早做好了要与她们分享你的准备。只是我还有些放不开，还是会难受。不过等我自己想开了，就好了。"

宁钰轩一把将人抱起来，自己坐上凳子，深深地看着怀里的人道："想开什么？无论我有多少女人，最爱的不都是你吗？你一个不高兴，我还不是会乖乖回来？嗯？"

温婉叫他逗弄得羞红了脸，嗔怒一声，还是乖乖将头靠在了他的胸前："钰轩，我真怕哪天你突然爱上了别人，就不会再对我这样好了。"

微微挑眉，宁钰轩低头吻了吻她的额头："我都有你了，还会爱上谁？"

温婉闭眼不语，只是手紧紧地抓着他的衣襟。

关于要侍寝这件事，虽然聂桑榆肯定不介意，并且还会欣喜若狂，但是季曼很介意，因为她还没嫁过人呢。男朋友谈一个分一个，没一个好东西，所以她到现在也还是难得的处子之身。叫她在这破地方跟个渣男上床？做梦吧！

但是她肯定是不能拒绝的，不讨好不说，人家还会说你装腔作势。毕竟聂桑榆那见着宁钰轩就扑过去的德行，谁也不相信她会不想侍寝。

所以这天下午，季曼就叫苜蓿给她打扮得体体面面的，然后甩着手帕去飞月阁

晃悠。

要说府里这几个女人，齐思菱给人的感觉是端庄大方、深不可测，千怜雪是楚楚可怜、善解人意，柳寒云似乎是个直性子，不过也不爱惹事，唯一能闹点事的，就只有一个慕水晴了。季曼也不知道聂桑榆是不是跟慕水晴八字不合。慕水晴充分发挥了一个青楼花魁该有的谄媚，背后不知道黑了她多少次，并且平时撞见她，也没有一次有好脸色的。所以现在，她要送上去给慕水晴作。

慕水晴从齐思菱院子里回来，还是一副愤愤的模样，一看见门口的聂桑榆，更是没啥好脸色，阴阳怪气地就开口："哟，这不是要侍寝的桑主子吗？怎么到我这冷清院子里来了？"

季曼微微一笑："我走了一路，正热，只有这里凉快。"

秋高气爽的，哪里热了，这摆明一副得宠了就要来显摆的模样，看得慕水晴牙痒痒。

"听说你许久没看见侯爷了。"季曼学她的样子，拿着手帕掩着嘴巴笑，"要不然今晚跟我一起去见见？也解你相思之苦。"

"不劳你费心。"慕水晴冷笑一声，"又不是什么长久的恩宠，我也不眼红。"

府里人人都知道侯爷有多讨厌这个女人，又哪里会让她得意太久，现在不过是碍着老夫人的面子罢了。

虽然知道是这样，不过看聂桑榆这么得意，慕水晴还是难受。

"既然不眼红，那妹妹别这样像看仇人一般看着我呀。"季曼笑道，"听说花园里池塘新添了几条好看的鱼，妹妹要不要跟我去看看？"

慕水晴张口就想拒绝，话到嘴边又咽了回去，眼珠子动了动，闷声道："去就去，正好无聊。"

季曼扶着苜蓿的手往花园里走。苜蓿有些紧张，几次想开口说话，季曼都示意她闭嘴。

"这鱼啊，也是有水才能活得欢快。"季曼站在池塘边看着，语气得意地道，"就像我们，没了侯爷可怎么活？"

慕水晴冷笑："侯爷一直没爱过你，你不也活得好好的。"

季曼蹲下来拿手拨弄着水，叹息道："也是啊，他都不爱我们的。不过没关系，能得些恩宠，日子也好过些，你说是不是？"

慕水晴气得咬了咬牙，恨不得马上将季曼推下池去。这样的天气，池水又凉，一下去必然会生病；病了，就没办法伺候侯爷了。

可是看看季曼身边的丫鬟，她又不敢动，这光天化日的，做什么人家都看得清楚。

“苜蓿，起风了，去把我的披风拿出来。”季曼回头吩咐了一声。见苜蓿站着不动，季曼轻轻掐了她一把，她才不甘愿地应了。她临走时又看了慕水晴好几眼，才转身往院子走。

这一处地方，就剩下了慕水晴主仆和季曼三人。慕水晴正犹豫该怎么找个借口，就听得前面蹲着的人问：“你是不是想把我推下去？”

慕水晴吓了一跳，接着脸色难看起来：“你别乱说，谁要推你下去了！”

季曼微微一笑，伸手触碰着有些沁骨的凉水，狠了狠心道：“你不敢，那就我来好了。”

言毕，季曼蹲着的身子顺着有鹅卵石的池塘边儿一滚，就滚进了透心凉的秋水中。

慕水晴傻了。虽然她是有想推聂桑榆的冲动，甚至人都站在聂桑榆身后了，可是她没敢真推啊。就算侯爷不喜欢聂桑榆，在这个关头把聂桑榆推下池塘，侯爷也是绝对会生气的，她冷静一点就知道这事做不得。

可是聂桑榆竟然自己下去了？她不知道万一生病，就不能伺候侯爷了吗？还是她已经恨自己恨到赔上侍寝的机会也要害自己的份上了吗？慕水晴咬牙，看着池塘里挣扎的聂桑榆，也没想着呼救。既然自己已经要被陷害了，那就让她继续待在冷水里吧！

池塘的水只没过腰间，季曼可以站起来，脚却抽筋了，加上池里底部全是淤泥，只能坐着挣扎两下，表情很痛苦。

“聂桑榆，你以为你耍这样的把戏，侯爷就会怪罪于我？”慕水晴有些心虚地道，“我会告诉侯爷是你自己下去的！”

季曼呛了口水，一个没坐稳滑进水里，又挣扎着坐起来，全身衣裳都湿透了，冷得脸色发青：“先让人来救我。”

“你觉得我会救你这个歹毒的女人？”慕水晴气急败坏，“你淹死了最好！这院子里每个人的日子就都好过了！”

季曼牙齿开始打战，只能死死扒拉着池塘边儿：“快……快救我！”

“你休想！”慕水晴扭头就想走，心想：这不关我的事，不关我的事，休想扣在我脑袋上！但是一转身，慕水晴就傻了——陌玉侯恰好从花园入口的地方过来，远远看见她，便朝这边走了来。

这可怎么办？侯爷万一过来看见池塘里的人和她们要走的样子，她就算是跳进黄河也洗不清了。

慕水晴慌了，捏着帕子直跺脚。那头宁钰轩却觉得奇怪，怎么慕水晴站在这里，表情这样惊慌？

“怎么回事？”他走近了，开口问。

慕水晴身子都抖起来，勉强笑着说“没事”，然后拉着侯爷离开，却不想后面的池塘传来哗啦啦的水声。宁钰轩好奇地扬眉，越过慕水晴就往池塘里看。

“侯爷……”季曼无力地朝他挥了挥爪子。

宁钰轩脸色沉了，几步走过去，将聂桑榆亲自从池塘里拉起来。水溅了他满身，宁钰轩一双眉又皱得死死的了：“怎么回事？”面前的女人披头散发，全身湿透，嘴唇都有些发青了，倒是有几分可怜。

“不关奴婢的事情！”慕水晴连忙大叫，“是她自己跳下去的！”

宁钰轩身子僵硬了一会儿，还是将聂桑榆抱进怀里。这秋凉天气，这么站着，该生一场大病了。

季曼睁大了眼，没想到这人会肯抱她。她身子突然一暖，眼泪不知怎么就落了下来，不过混着水，也没人能发现。这聂桑榆的眼泪啊，在遇见宁钰轩的时候，就格外地多。

“大概是我自己想不开跳下去的吧。”季曼牙齿还在磕巴，抓着陌玉侯的衣裳说完这句话，被秋风一吹，整个脑子都开始昏沉起来。

“你！”慕水晴恶狠狠地看着季曼。身后的半夏也不甘心地道：“分明是桑主子自己跳下去想陷害我家主子，请侯爷明察！”

宁钰轩没说话，一双眼睛凌厉地看了慕水晴许久，看得她委屈得要命。

“传大夫去东边院子。”丢下这么一句，宁钰轩将季曼打横抱起，转身就走。

慕水晴捏着帕子站在原地，险些没哭出来，却还是咬紧牙关，让半夏去传大夫，自己也跟着往那小院子走。

季曼闭着眼睛靠在这男人的胸前，除开其他不谈，这抱得倒是很稳，即使走得很快，也没让她感觉到太大的颠簸，很让人安心。不过今天宁钰轩会突然出现是她没想到的，而且从来避她如蛇蝎的男人，竟然会对她这样好？有些不可思议。

她的身体被放在软榻上，耳边听见了苜蓿的惊呼。宁钰轩好像让人给她换了衣裳，接着又将她抱上床去，大夫也来了。

“桑主子落水受惊，加上身子骨弱，怕是要感染风寒了。”大夫一边开药一边道，

“短期之内怕是不能侍寝。”

宁钰轩眉头松了松，又重新皱紧，看着一旁的慕水晴道：“晴儿，我以为你一向懂事。”

慕水晴扑通一声就跪了下来，咬牙道：“真的不是奴婢，奴婢以自身性命起誓！”

宁钰轩看了慕水晴一会儿，又看看床上双眼紧闭的人：“罢了，你回你的飞月阁，将她未绣完的帕子一并绣了，这件事就算完了。”

“侯爷！”慕水晴不服。

“休要多说。”宁钰轩淡淡地摆手。

侯爷这是摆明了要偏袒聂桑榆啊，连经过都不问，就直接罚她？慕水晴气得直哭，却不敢吵闹，只能忍气吞声地退出去，回飞月阁大哭了一场，心里也更恨透了聂桑榆。

季曼听见大夫的话就松了口气，不侍寝就好，还有人帮她把剩下的帕子绣了，这池塘跳得值了。苜蓿去煎药了，宁钰轩也没有要走的意思，一双眼睛就静静地看着她，看得她闭着眼睛都不太安稳，睫毛乱颤。

知她醒着，宁钰轩便轻声道：“晴儿不懂事，你也不必多计较。我知道你最近受了不少委屈，但是你也该明白，你的身份在这里，做出不合身份的事情，自然就要受罚。”这是在过了这么久之后，你跑来和聂桑榆解释为何贬她吗？都说打一巴掌给个甜枣，可这甜枣是不是给得太晚了啊？

季曼心里直翻白眼，却还是微微睁开眼睛，看着床边的男人。宁钰轩温柔起来，是很容易蛊惑人心的，就像现在，满眼柔情地看着她，伸手替她将还湿着的发梢拨弄开，十指修长，骨节分明。

陌上人如玉，公子世无双。

换作聂桑榆那没记性的，被这么一色诱，肯定就会马上忘记陌玉侯的种种不好，甚至还会在老夫人回来的时候替他开脱。可是季曼是天蝎座，特别特别记仇，就算现在面前这人好看得不得了，温柔得不得了，她也不会忘记当初是谁给她赐了家法的。

“侯爷说的，桑榆都明白。”季曼心里记恨，脸上却还是要一脸感动，“桑榆不怪侯爷。现在这样的下场，也不过是桑榆自作自受。”嫁给这么个男人，当真是聂桑榆自作自受！

宁钰轩眼里有些疑惑：“从婉儿嫁进来开始，你好像变了许多。”变得一点不像以前的聂桑榆了。

季曼微微一笑："桑榆是懂了，歇斯底里抢不回来什么，也不想再去抢了。桑榆只愿余生安稳，再也不会去奢求得不到的东西了。"

宁钰轩一怔，心里有个地方轻轻拧了一下。

聂桑榆对他的痴狂全京城都知道。这女人总是双眼热切地看着他，盼着他，等着他。她使出无数可笑的手段，就是想得到他的青睐。

而现在，她说，再也不会去奢求得不到的东西了。

说不清是什么情绪填满了他，宁钰轩有些狼狈地扭头，想起自己来的目的，又恢复了正常的神色："你明白了就好，这两天我会在这里陪着你。院子还未挂匾，你想取什么名字？"

两天都陪着她？季曼眼珠子转了转，果然是掐着老夫人要回来的日子，搁这儿给甜枣呢。

"就叫非晚阁吧。"季曼随口道，"桑榆非晚。"

宁钰轩又是一惊：失之东隅，收之桑榆，为时非晚，聂桑榆什么时候有了这样的情怀？

时间越长，他反而越看不懂这个女人了：以前觉得她愚蠢得不可救药，现在又觉得她十分聪慧。

看着他的眼神，季曼笑了："侯爷是不是在想奴婢怎么突然这么聪明了？"

宁钰轩深吸一口气，反倒笑了："你能读心？"

季曼摇头："是侯爷的神色太明显了。不知侯爷有没有听过一句话？"

"什么？"

"恋爱中的女人，总是最愚蠢的。"季曼笑着道。

宁钰轩茫然，想了好一会儿才想明白这句话的意思，脸色当即就沉了下来："聂桑榆，你可知你这句话，是犯了七出之条？"

是因为她不爱他了，所以变聪明了是吗？

季曼淡笑一声："桑榆这一辈子只爱过侯爷一个人，侯爷呢？"

这是聂桑榆以后的台词，她提前说了，应该没关系吧？

陌玉侯一愣，接着沉默了。屋子里顿时安静下来，季曼也重新闭上了眼睛。

"侯爷，药煎好了。"苜蓿端着药进来，轻声道。

宁钰轩回过神，伸手将药接过来，拿汤匙搅拌吹冷："先把药吃了再说吧。"

季曼点头。可是睁眼看见那黑乎乎的药喂到了嘴边，她还是不太淡定了："侯爷，还是奴婢自己来吧。您不用这样客气，桑榆不会怨您什么的。"

第八章

恶毒的婆婆回来了

宁钰轩的手一顿，眼梢微挑，看着她笑道：“你来我身边好歹也有六年了，我喂你吃药，也是应该的吧？”

嗯，还知道聂桑榆在他身边六年了。季曼轻轻点头，边笑边想，你用家法的时候怎么没想到她在你身边六年了？要不是我意志坚强，扛得住，被打得断气都是有可能的。

不过现在不是六年不六年的问题，而是她讨厌中药味啊。胶囊、药丸什么的多利索，吃这苦兮兮的东西，简直是要人命！

宁钰轩舀了一勺子药递到她嘴边，季曼犹豫再犹豫，终于深吸一口气，一口闷了下去。

看着她皱成一团的脸，宁钰轩觉得有些好笑，一边搅着汤匙一边道：“你怎么这样怕苦？”

季曼没忍住，翻了个白眼，心想，谁不怕苦啊，能喝中药喝得跟鸡汤一样淡定的都是非人类了好吗？好不容易喝完一碗，季曼连忙让苜蓿拿蜜饯过来，含在嘴里许久才去了那股子味道。

“大夫说你不能侍寝。”宁钰轩放下药碗，仿佛恩赐一般，“那我就去婉儿房里

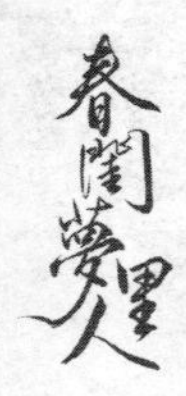

睡了，可好？”

季曼笑道：“奴婢这模样，也实在没有办法伺候。侯爷就去夫人那里吧。”笑是笑，她眼里也还是要适当流露出委屈和不甘的神色。

宁钰轩犹豫了一番，道：“你不是喜欢蔷薇花吗？等明日，我让人给你找些来种在非晚阁里，如何？”

季曼轻轻点头：“多谢侯爷。”眸子垂下，装作很是委屈。想轻轻松松去女主那儿睡觉？行啊，讨好我再说！季曼腹诽着，脸上神色越发凄凉。

宁钰轩想来想去，自己是来哄聂桑榆的，总不能半途而废。咬咬牙，他道：“等你病好了，我就来你房里，可好？”

差点被自己的口水呛死，季曼的手在被子下面悄悄掐了一把自己的大腿，嘴角微抽地道：“多谢侯爷……”什么叫搬起石头砸自己的脚，她还不如见好就收呢！他要是还来，估计她还得病一场。

宁钰轩觉得聂桑榆应该满意了，如他再不满意，她就是贪心不足了。看她很累的样子，他也不想多待，心情愉快地离开了非晚阁，往蔷薇园去。别家的夫人都是千方百计讨相公宠爱，偏偏他家这夫人，是千方百计让他去宠幸别的女人，不知道她到底是怎么想的。宁钰轩一边叹息一边进了蔷薇园，天色正好暗了，心想今晚可以好好睡一觉再去应付聂桑榆。

可是，一跨进门，温婉的脸色就不太好看：“侯爷您这是？”

“桑榆落水了，不能侍寝，她同意我回来的。”宁钰轩微笑着道。

温婉的眉头拧得更紧：“怎么会落水？”

“下午晴儿和她在花园池塘那边，不知怎的就落水了。”宁钰轩道，“兴许是晴儿一时冲动吧。”

温婉推开他抱过来的手，轻声道：“侯爷，老夫人后天就回来了，您还在我这里歇着，不太好。”

宁钰轩的笑容淡了：“你还要赶我走？”

温婉咬唇：“侯爷也不希望老夫人讨厌我吧？都说过了就是这两天的时候，您……”

笑容完全冷了下来，宁钰轩收回手，凝视了温婉好一会儿，才道：“我知道了。”言罢，他转身就走出了蔷薇园。

温婉呆呆地看着他的背影，咬着唇眼睛就红了：“檀香，我是不是有些不识趣？他这么爱我……”

檀香站在一边，叹息道："主子是正室风范，没有错的。等侯爷明白了，只会更喜欢您。"

哪个女人当真愿意把自己的男人让出去啊，温婉心里难受，坐在梳妆台前泣不成声。

季曼刚打算好生睡一觉，就看见宁钰轩又黑着脸回来了，浑身一股子不要惹我的气势，进来就坐在床边，眼神阴森森的。

吞了吞口水，季曼不打算多问。不用问也知道，他肯定是在大圣母温婉那里吃了闭门羹，不过她也没有冲上去当出气筒的嗜好。

"苜蓿，去问钱总管拿床单、被子、枕头，将软榻给侯爷收拾一下。"

苜蓿点头应了，提着裙子退出房间。

宁钰轩微微挑眉："你怎知我要在你这里睡？"

"奴婢什么都不知道。"季曼连忙摇头，"只是天色晚了，侯爷再走也怪累的，就在软榻上委屈一晚吧。"

"你倒是体贴。"宁钰轩突然消了气，拿好奇的目光一直打量她。

季曼闭眼装睡。

第二天是空闲的，宁钰轩也哪里没去，就坐在非晚阁里看书。季曼本来是计划好今天把水娘子叫来，商量新铺子的相关事宜的，然而这么一大尊佛坐在这里，她什么都不敢做。

蔷薇花倒是很快移来了，什么品种的都有，粉团子、白团子……种了满院子。

季曼在屋子里养病不能出去，隔着窗户看着那些花一阵欣喜。她想，下次可以做蔷薇花的雪花膏了，原材料全免费，一盒子雪花膏成本就五钱银子，卖出去十两，简直赚翻了。

宁钰轩抬头的瞬间看见聂桑榆微笑的侧脸，稍微失神，心想这丫头安静下来，这样不吵不闹不黏着他，倒也是挺好看的。

察觉到他的目光，季曼扭头回来，四目对上，只见对面的眸子里突然就有了些兴味。

季曼撇嘴，这花心的男人，也就古代这些傻姑娘能受得了他。

"听说你哥哥最近得了皇上赏识，一阵忙碌之后，得了三天的假期。要不要我请他到府里来看看你？"宁钰轩突然开口道。

季曼吓了一跳，条件反射性地就道："不要。"

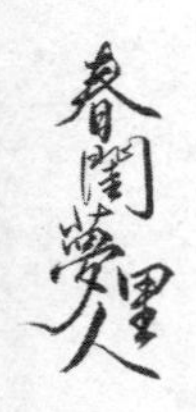

宁钰轩眼里的兴味更浓："嗯？怎么会不要呢？你以前受了委屈，最喜欢请聂大人到府里来看望了。"

他是在怀疑什么？季曼背后起了层汗毛，觉得面前这人的笑容实在太阴险了。

"奴婢现在没有受委屈。"季曼的脑子飞快地转起来，"只是奴婢现在的处境……不想让哥哥担心罢了。"

"聂大人应该知道你现在的处境，也没什么好担心的。"宁钰轩把书一合，微笑道，"下午正好也没事，我这就让人去找他过来，顺便陪我喝喝酒。"

糟了。

季曼僵硬着脸应下，扭过头去继续看外面的风景。以前聂桑榆跟聂青云是怎么个相处模式她全然不知啊。宁钰轩这是怀疑她的身份了，要是聂青云也觉得她不对劲，她是不是会被绑起来当妖怪烧了啊？

心里想着应对办法，季曼回头看了看苜蓿。那丫头为了给他们二人留个独处空间，一直在门外守着。

"苜蓿，"她喊了一声，"过来扶我，我想去看看蔷薇花。"

"不行。"宁钰轩开口阻止，"你还在生病，不能出去见风。要看花，这里也可以看见。"

季曼嘴角微抽，想去套苜蓿的话也不成吗？这尊瘟神打算一直守在她身边？那她该怎么办啊。她原先看那小说是挑着选了些感情戏看，其他的全然无知，更不知道那聂青云是个什么性子。

眼珠子转了一转，没办法了，她反正在生病，直接装虚弱，一看见聂青云马上哭就对了。

打定主意，季曼就扶着额头躺回了床上去："侯爷一说，奴婢这头就又开始晕了，奴婢先歇息一会儿。"

宁钰轩勾着唇角点头："嗯。"

他不是第一次怀疑这个女人了，因为他不相信有人的性子会在一夕之间有这么大的变化。虽然人是柳嬷嬷一直看着的，但是万一有什么人想了法子偷龙转凤呢？聂家地位何其之高，聂桑榆也是维系朝廷平衡的一颗很重要的棋子。万一聂桑榆给人掉了包，那就麻烦了。

唯一能让他放心的法子，就是让聂青云来看看。

聂青云是一向宠溺这个妹妹的，听见消息，来得也很快，还是骑马来的，一进非晚阁就皱了眉："桑榆生病了？"

一屋子的药味儿还没散开，当然有些是刚刚在吃药的时候季曼故意洒出来的。

“嗯，染了风寒。”宁钰轩坐在床边，一脸温柔地道，“叫她好好吃药，她还不肯呢。”

季曼没敢睁眼，就假装睡着了。可是腰间突然被人掐了一把，她猝不及防就叫了一声：“啊！”

聂青云连忙上前，皱眉道：“怎么了这是？”

宁钰轩一脸平静地坐在一边安慰：“做噩梦了？”

季曼咬牙睁开眼，先诅咒了宁钰轩几句，接着看向一直用关切的目光看着自己的大哥。

聂青云生得很俊朗，鼻梁挺直，眉目清明，一看就是个好人的面相。季曼瞧着，伸手在自己刚刚被宁钰轩掐的地方又掐了一把，眼泪直飙：“哥哥……”

聂青云叹息一声：“好端端的，怎么把自己弄成这样了？”

季曼呜咽，伸手扯着聂青云的衣摆不撒手：“我梦见娘亲了。”

聂桑榆的娘亲死得很早，所以后来聂青云的母亲成了续弦。聂青云觉得她很可怜，就一直护着她，充分实践着“长兄如母”这一真理。

聂青云听着，看了宁钰轩一眼，目光里有疑问也有淡淡的不满：“侯爷在这里，也能让你梦见母亲吗？”

这言下之意，颇有些宁钰轩虐待了聂桑榆的意思。宁钰轩微微挑眉，轻笑道：“生病的时候想起自己的娘亲，这倒是情有可原。你们兄妹也许久未见了，不如就坐下好生谈谈，我出去逛逛花园。”

聂青云看了季曼一眼，点头。

季曼捏紧了手，要和聂青云独处？她很想开口把宁钰轩留下来，但是看他步子走得飞快，就知道他是故意的，绝对不会帮她打掩护。

等人走出去了，聂青云才坐在床边，微微皱眉看着她道：“桑榆，这次也是你太过分了，连父亲都在家气得大发雷霆，想保都保不了你，只能委屈你当个侍妾。”

季曼咬唇，想想聂桑榆的性子，便委屈地道：“我也只是太爱他了……”

聂青云不疑有他，看着面前憔悴了不少的妹妹，到底还是心疼：“你要是在这里过得不痛快，我就同陌玉侯说说情，让你回家几天，我也好照顾你。”

季曼连忙摇头：“不，我要在钰轩身边，哪怕看着他也是好的。”

聂府也不是什么良善的宅院，势力那么大，钩心斗角的，肯定比侯府好不到哪去，她才不要回去。

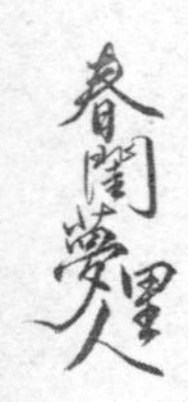

聂青云叹息一声，伸手抚了抚她的头发。他很疼爱这个妹妹，不仅因为她的娘亲与自己娘亲是亲姐妹，也因为她小时候经常护着自己。别人都说她骄纵蛮横，只有他知道她的心其实很善良。

季曼佯装头痛，闭着眼，有些痛苦地道：“哥哥，我想睡觉。”

“嗯，睡吧，我也出去和陌玉侯说会儿话。”聂青云站起来，温柔地替她掖了掖被子。

季曼心里松了口气，闭着眼睛一动不动，直到听见门合上的声音，才偷偷睁开了眼。

聂青云走出房间，看着狭小但是开满蔷薇的院子，脸色也不算太难看。院子的石桌边，宁钰轩正倒了两杯茶等他。

“聂大人可是有话？”宁钰轩看着坐下来的人，问。

“侯爷应该也有话。”聂青云扫了一眼茶盏，淡淡地道。

宁钰轩微微一笑：“钰轩不如直言了，聂大人可觉得桑榆有何处奇怪？”

聂青云挑眉：“侯爷此话何意？桑榆怎么会奇怪？”

宁钰轩转头看了房间一眼，低声道：“聂大人不觉得桑榆性子变得温顺了许多？甚至可以说，是与以前完全不一样了。”

聂青云顿了顿，仔细想想刚刚桑榆跟自己说的话，与以前也并无分别啊。寥寥几句，桑榆就睡了，他就算想看哪里不对，也是看不出来的吧。

“她虽然以前不懂事，但也总是要长大的。”聂青云道，“侯爷在怀疑什么？”

宁钰轩沉默，喝了半盏茶才开口道：“恕在下冒昧，聂大人可记得桑榆身上有何胎记？”

聂青云一愣，接着脸色有些难看：“侯爷与桑榆在一起六年之久，这些事情竟然要来问在下吗？”

这事说起来也真是惭愧，宁钰轩每次宠幸聂桑榆，都是例行公事，熄了灯草草了事，还真没注意她身上有什么东西。不过作为亲兄妹，从小一起长大的聂青云应该会知道。

“她脖子后面有一颗痣。”聂青云看着宁钰轩，声音沉沉的，“侯爷若是有什么想不明白的，就自己去看吧。”

脖子后面，宁钰轩暗暗记下，脸上却装作不在意地道：“聂大人多虑了，我也是突然好奇，就这样问问。听说最近皇上将河北盐运的相关事宜都交由了你负责……”

不谈家事谈国事，这二人还是很有共同话题的。宁钰轩虽然是个闲散侯爷，但是关系网很复杂，也有一定的分量；再加上皇帝宠爱，连聂向远也不敢小瞧了他。

两人在院子里聊到了日落，临走的时候聂青云还去看了一眼依旧在“熟睡”的聂桑榆，感叹了一句：“若他爱的是你，那该多好。”

季曼没明白这有什么好不好的，不过见人走了，还是松了口气。

晚上的时候宁钰轩突然上床与她同眠，季曼吓了一跳：“侯爷，奴婢还在生病。”

“嗯，我不会动你，就是一起睡罢了。”宁钰轩侯笑眯眯地，从身后将她抱在怀里。

从未有人跟自己这样亲近过，季曼耳根子都红了，咬着牙不敢作声，还要装出很幸福的样子。

宁钰轩看着她脖子后面的小黑痣，眼里奇怪的神色更浓。

小说里的每个女二都有得天独厚的条件，有很多陷害女主的“后台”，聂桑榆也不例外。季曼记得她之所以后面能大作特作，就是因为有宁钰轩的母亲撑腰。作为恶毒的婆婆，宁钰轩的母亲宁老夫人简直和聂桑榆是黄金搭档——一个陷害，一个惩罚，折腾得女主死去活来。

而现在，季曼终于盼来了她的救星——宁老夫人在去佛山上住了两个月之后，终于肯回来了！

宁钰轩一大早就把季曼叫了起来，让苜蓿给她换了一套最好看的衣裳。瞧瞧她的气色，好了不少，至少没有太过病弱，他才能带出去见人。

苜蓿为难地在衣柜里找了许久，只找出一套稍微贵气的蓝色长裙。其余的衣裳首饰都卖了，哪里还有啊！首饰盒里都只有几根银簪子了。

不过季曼倒是很大方得体地朝宁钰轩道：“如今奴婢只是侍妾，太过华丽未免有越矩之嫌，这样简单正好。”

宁钰轩看了一眼她的首饰盒，没有说话，像是默许了。季曼就穿了长裙，挽了白色的挽袖，梳一个简单的堕马髻，跟着宁钰轩就往蔷薇园走。

侯爷在非晚阁住了两天，寸步不出，可急红了不少人的眼。非晚阁的墙头上不知道有多少双眼睛看着，看侯爷将院子里种满蔷薇花，又看侯爷请了聂桑榆的哥哥来看望。哪怕是温婉，心里也是有些不舒服的。

更何况这两天，慕水晴一直阴阳怪气地在温婉面前说聂桑榆如何充好人，说聂桑榆如何陷害自己。温婉虽然不信，心里难免也有些计较，打量季曼的目光都更深沉了些。所以当季曼在千怜雪身后站着了的时候，很多双眼睛就都落在了她身上。

“桑榆的病可好了？”温婉开口问了一句。

“谢夫人关心，已经没有大碍了。”季曼微微行礼，“多亏侯爷照顾，桑榆感念于心。”

齐思菱微笑道：“这也算是因祸得福，妹妹以前的事情，想来侯爷是不计较了。以后咱们一家人，也应好好过日子了。”

千怜雪也笑着应和：“是啊，家和万事兴。”

慕水晴也笑了笑，柳寒云站在一边垂着头没反应。季曼想，这是在说摆平了聂桑榆一人，他们就“家和万事兴”了是吗？真是玩得一手好挤兑。

不过她不恼，老夫人的马车就要到了，以后有的是挤兑回去的机会。

温婉看起来有点紧张，偏偏宁钰轩的心情似乎不是很好，一直坐在一边，一句话也没说，甚至没有转头看温婉一眼。

季曼瞧着温婉咬唇望着宁钰轩的模样，心想他俩这应该是赌气了吧。别看宁钰轩平时看起来挺精明的，有时候偏偏孩子气得很，一点逆着他，他就能阴着脸沉默半天，更何况现在温婉是将他推了出去，还想让他笑脸相迎？

比起这些古代女人，季曼实在更了解男人的心思。她虽然还没怎么谈过正经恋爱，但是天涯混多了，什么极品男人没见过，理论知识已经很丰富了。

所以比起温婉的不知所措，她更知道这时候要的不是矜持，而是去给男人台阶下，去捧着、哄着。

但是她是女二，是不惜一切代价也要破坏男女主感情的女二，又怎么会给温婉这个机会呢？相反，她要拆散他们，才能好好完成聂桑榆的心愿。

善良？那是女主该有的东西，和女二没关系。

于是她开口了：“侯爷在奴婢那里的时候，也总是念着夫人是否吃好、睡好。这会儿正好得空，老夫人也还没回来，夫人可以与侯爷说说话，咱们都当没听见就好。”

这话说得俏皮，也是为他们好的样子，连宁钰轩听着，都难得地抬头看了她一眼。

温婉听见侯爷关心自己，心里倒是松了口气，转头却见宁钰轩望着别处，倒是有些嗔怒：“侯爷哪里会关心我？瞧瞧现在，侯爷连看都不愿意看我，还哪里来的话好说？”宁钰轩张了张嘴，却是冷哼了一声。

当着这么多人的面，温婉自然不能失了身份，也不能撒娇，只能瞪着他的侧脸干着急。连聂桑榆都帮他说话了，这人为什么不能服个软？她又没做错什么！

宁钰轩不说话，气氛倒是有些尴尬。温婉下不来台，一张脸绷得紧紧的。季曼倒也不再开口，就站在一边等着，直到外头传来家丁的禀告，说老夫人的马车已经进城了。

不过恰好的是，宫里也来了人，说是皇帝要见陌玉侯，有要事相商。宁钰轩还没能等宁老夫人到府门口，就急忙忙地骑马进宫了。

这下温婉才是彻底慌了。

第九章

被爱情冲昏头脑的侯爷

温婉与宁钰轩相识不久，不过六个月罢了。但是这短短六个月，温婉就将聂桑榆的六年完全抵消了，夺了她的正室之位，夺了她的蔷薇园，也将她残留在宁钰轩心里的最后一点地位夺走了。

虽然废了聂桑榆是皇帝授意的，扶温婉上位却是宁钰轩自作主张，老夫人压根儿不知道这件事。温婉本来还想，有宁钰轩在场，两人一起同老夫人解释，老夫人看在亲生儿子的面子上，应该也不会拿自己怎么样。

但是现在，宫里突然有事，宁钰轩走了，只剩她自己无依无靠地站在这里，还穿着正室才能穿的正红色长裙。这一切她该怎么同老夫人说？

心下慌乱，温婉扫视屋子一周，看了看屋子里剩下的这些女人。她们都知道她的处境，只是她霸占了侯爷的心，没有人会帮她，甚至她们还恨不得落井下石。

温婉正无助时，钱总管却进来禀告："夫人，老夫人快到门口了。"

"知道了，大家都出去迎接吧。"温婉勉强笑着站起来，扶着檀香的手，手里全是冷汗。

她是侯府夫人，自然该走在最前头。现在已经是退无可退的局面，只要钰轩还是护着她的，她就没事。

挺直腰杆，温婉跨出了门，两个姨娘紧随其后，接着是柳寒云、慕水晴和季曼。

季曼表情平静，没走两步却听得旁边慕水晴小声道：“你很得意吧？”

这声音尖锐，语气也不怎么让人喜欢。季曼微微皱眉，侧头看了她一眼。“老夫人要回来给你撑腰了，你以为这样就能压过夫人去？”慕水晴眼角眉梢都是挑衅，“死心吧，侯爷的心在夫人那里，你无论如何也抢不回来的！”

季曼看着她扭曲的脸，心想最近这两天她可能是气坏了，所以她现在连这种话都说出来了。“只要肯用心做，世上没有什么事情是不可能的。”季曼道，“如果恨我可以让你的日子好过些，没关系，我给你恨。加油！”

朝她做了个鼓励的手势，季曼便双手相合，继续端庄地跟着往前走。

“你！”慕水晴气得跳脚，声音稍微大了些，前头的齐思菱就转头看了她一眼。

慕水晴立刻老实了，冷哼一声不再说话。倒是旁边的柳寒云，本来是眼神淡漠地看着聂桑榆，听她说完这些话，眼里意外地有了些笑意。

侯府的门口华丽得很，御赐的牌匾、威武的狮子，温婉和各房姨娘、侍妾再往门口一站，真是好一道风景。

季曼站在最后，远远地就看见一辆宽敞的马车缓缓而来。马车前头四个侍卫骑马开道，车辕上坐着两个丫鬟，后头还跟了不少家丁，浩浩荡荡，架势甚大。

宁钰轩的母亲是当朝唯一的一品诰命夫人。她早年嫁给平南侯，侯爷却为国捐躯，后来皇帝感念其功德，封了老夫人一品诰命，准许她随时进宫，也赐予她殿上参见的权利。

本该称她为平南侯夫人，然而老夫人丧夫心痛，不愿再想起平南侯，所以老夫人只居陌玉侯府，偶尔与宫中有来往。

季曼记得这老夫人是聂贵妃的手帕交，两人从小一起长大，感情好得不得了，是以聂桑榆在陌玉侯府，一直是老夫人罩着的。也就是在老夫人不在的时候，这些人才有机会欺负聂桑榆。

马车在侯府门口停下，前头的侍卫散在两侧，车辕上的两个丫鬟便跳下来，搬了凳子，小心翼翼地扶着老夫人出来。

温婉见状，连忙跟着上前搀扶。只是这年过四十的老夫人，一身的气势着实吓人。只见老夫人的眼梢微微一抬，温婉的手就僵在了半空。

“儿媳给老夫人请安。”温婉干脆跪了下去，后面的那些姨娘、侍妾们也只能跟着跪。

老夫人一身朴素的太君装，头上的金钗却稳重大方，她斜睨了地上的人一眼，淡淡地开口道："起来吧，桑榆。"

听见前三个字，温婉正要松一口气，听见后两个字，心里咯噔一下，连头都不敢抬。

"老夫人，儿媳温婉，给老夫人请安。"咬咬牙，温婉没起身，又重新请了一次安。

季曼跪在后头不吭声，心想这老太太真会拿乔，离这么近，怎么可能分辨不出谁是谁，偏生要故意给温婉难堪。

老夫人沉默了许久，看着地上的人问："温婉是谁？"

温婉臊红了脸，指甲死死地掐着，委屈得想哭。这种情况，她要怎么应对？钰轩明明知道他的母亲这么难对付，怎么就还要把她一个人丢在这里？这样想着，她心里竟然有些怨。

"老夫人。"一片沉默之中，季曼抬头开口了，"桑榆已经不是侯府正妻，您面前的夫人才是。外头天凉了，不如进院子去说话？"

老夫人转头看向聂桑榆的位置，眼神里带了些疼惜，却没出声。又安静了半晌，众人的膝盖都跪疼了的时候，才终于听见老夫人道："都跟我进来。"

檀香扶着温婉起身，各房姨娘、侍妾也都起来。每个人都大气不敢出，只敢跟在老夫人身后。

"桑榆丫头。"到主院门口的时候，老夫人回头道，"今天我有些累，挨个请安就免了，你和那叫温婉的，进我屋子说话。"

"奴婢遵命。"季曼应了，其余的女人也就散了，独留下温婉站在她身前，眉目之间都是忧愁。

"夫人不必害怕。"在等老夫人更衣的间隙里，季曼小声对温婉道，"老夫人只是不满意侯爷瞒着她，并不是不喜欢您。您成了侯府夫人已经是事实，不用再怕什么。"

温婉没有想到这个时候来安慰自己的竟然会是聂桑榆！不过她分不清眼前这人是真心还是假意，只能点点头，捏着帕子不作声。

老夫人换了一身常服，靠在贵妃榻上，身边的小丫鬟首乌才出来叫她们进去。

"路上我也听说了，轩儿废了桑榆丫头的正室之位。"老夫人一双眼睛锐利地扫着面前的两个人，"可是我可不知道，他立了其他人。这位温姑娘是哪里的人？"

都成亲一月了，还叫人家姑娘，摆明是不想承认温婉的身份。温婉脸色有些发白，跪下来禀告："家父温义是京城北边天牢的狱卒，叔父温墨是七品大理寺正。"

季曼听着都替她觉得寒酸，这样的家世放出去，怕是只能给小户人家做妾，没有想到，竟然被堂堂陌玉侯立了正室。

老夫人的脸一阵青一阵白，最后重重地哼了一声："立你为正，是轩儿的主意？你教唆他的？"

温婉咬唇："儿媳没有，是侯爷自愿……"

"你是说我儿子愚蠢？"老夫人的眼神陡然锐利，"高门大户，讲究的都是门当户对。轩儿不傻，若不是受你蛊惑，怎么会干出这么不合礼法的事情来？"

温婉委屈极了，跪在地上身子都有些发抖。

季曼看着老夫人这架势，心里也有些怂了，跟着就跪了下去。老夫人这气场、这眼神，她站着哪里敢说话？

"老夫人，这事是桑榆自作孽了。"季曼深吸一口气道，"先前胡闹，触怒圣颜，才让侯爷一气之下废了桑榆。反正我都已经废了，位置空出来，侯爷也有权力迎新的正室。"

"胡闹！"老夫人呵斥一声，吓得季曼腿一软，差点趴下去。

"你十四岁嫁给轩儿为妻，是结发妻子。你还活得好端端的，竟然容忍不知道哪里冒出来的野丫头爬到你的头上？聂家的脸怕是都要被你丢光了！"

季曼觉得，自己还是不要当好人了，老实挨骂比较安全。她还以为老夫人是那种对聂桑榆会笑眯眯、对温婉会板着脸的婆婆呢，哪里知道这老夫人对谁都一样，虽偏袒着聂桑榆，但是骂起聂桑榆来，也一点不含糊。

"聂贵妃当年亲自将你交到我手里，我就答应了她会好好照顾你。虽然你年少不懂事，不会管理内院，我也愿意慢慢教你。但是你现在是干什么？她是什么身份，你是什么身份，你竟然就认命了？"

话是冲着聂桑榆骂的，却把温婉给直接骂哭了。温婉多想得到老夫人认可啊，却被左口一个野丫头，右口一个没身份给堵得话都说不出来。

老夫人骂够了，外头也传来侯爷回府的消息。季曼跪在原地不动，老夫人歇了口气，余怒未消地朝另一个小丫鬟当归道："把侯爷给我带进来。"

"是。"小丫鬟当归应了，也看出老夫人心情不好，连忙跑出去给侯爷提个醒。

宁钰轩进来的时候就看见温婉跪在地上，眼泪吧嗒吧嗒往下掉，心疼之下，竟然连安都忘记请，就先过去道："婉儿，这是怎么了？"

本是两个月没见，到底是亲生的母子，老夫人还是很想念宁钰轩的。但是这一打照面，自己生的儿子竟然不问安好，而是先去看那野女人怎么了。一口气没上来，老夫人怒道："你给我跪下！"

季曼趴在地上，幸灾乐祸地想，这种情况还敢先去看自己心爱的女人，宁钰轩也是被爱情冲昏了头脑。

宁钰轩被老夫人这一声怒喝给吼回了神，抿唇跪下道："儿子给母亲请安。"

"你眼里还有我这个母亲？"老夫人气得不轻，劈手指着旁边的温婉道，"你娶她为妻，可曾问了我一字半句？"

宁钰轩低声道："母亲息怒。儿子与温婉的婚事，儿子一直打算等您回来禀告。"说完，竟然看了季曼一眼。

季曼连忙收起笑意，一脸无辜地望着地毯上的花纹。

宁钰轩自小天资聪慧，除了婚事，其他事情从来没有让她这个母亲担心过。如今朝廷之事瞬息万变，皇上有意削弱聂家势力，他便拿了桑榆开刀，她是能理解的。但是千算万算，她也算不到他竟然会迎这么个没身份的女人回来。

"你是算准了我不会同意，才先斩后奏的吧。"老夫人重重地哼了一声。

宁钰轩抬头，双眼里满是真切："儿子是真心爱温婉，才会想把这最好的位置留给她。"

爱。

老夫人怔了半晌，下头跪着的温婉眼泪跟着又下来了。

季曼听得好笑，聂桑榆的心却抽了抽，紧缩得让她眉心一皱。

王侯将相之家，最不能说的就是爱，最难得的也就是真心的爱。老夫人爱了平南侯大半辈子，也未曾说出口过一字半句，现在竟然从自己儿子嘴里，听见了一个"爱"字。

缓过了神，老夫人竟然笑了，笑得肩膀直抖："轩儿，你知道什么是爱？"

宁钰轩跪得笔直，半点没有退缩："儿子想和她白头到老。"

温婉感动得不行，袖子下的手被宁钰轩轻轻拉住，整个人突然就有了勇气，朝着上头的老夫人砰砰磕头："千错万错，都是温婉一个人的错。老夫人若是要怪罪，温婉不求其他，只要能留在侯爷身边，正室也好侧室也罢，温婉都不在意。"

好一对鹣鲽情深的夫妻啊！季曼冷眼旁观，觉得男女主就是不一样，感情战胜一切，其他的都是浮云。

可是可能吗？这是宅斗小说，又不是格林童话。

老夫人沉默了许久，突然笑了："瞧瞧这一个哭得梨花带雨，一个严肃得脸色紧绷。要是不知道的，恐怕还要说我这恶老婆子要棒打鸳鸯，活生生拆散你们一对真

心相爱的人。”

这语气转变得太快，宁钰轩和温婉都愣了愣，抬头看着老夫人。

“我也就是试探一二，看来婉儿也是真心对轩儿的。”老夫人整张脸都柔和下来，示意旁边的当归和首乌将两人扶起来，顺便也让聂桑榆站在了一边。

“其实侯府夫人这个位置，只要你当得住，家世如何，倒不是特别重要。今儿我也乏了，你们便先下去吧。”

温婉大喜过望，满心以为老夫人当真是接受自己了，连忙磕头谢恩，紧紧拉着宁钰轩的手。

宁钰轩倒是眉头未松，只朝老夫人行了礼，便带着温婉出去了。

自家母亲是个什么性子，他当儿子的当然清楚。只是看温婉这么高兴，他也不能说实话让她更担心。

季曼耸耸肩，也朝老夫人行礼，打算告退。但是旁边的丫鬟首乌按住了她，轻笑着摇摇头，示意她留步。

于是大门合上，季曼一咬牙，砰地一声又朝老夫人跪了下去。她还是跪着才有胆子说话。

“钱管家说你变了不少，我还不信。”老夫人脸上的笑容消失了，取而代之的是深深的叹息，“也是苦了你了，从前那么活泼直白的性子，被轩儿磨得，听他说爱别人都不会哭不会闹了。”

说时迟，那时快，季曼咬唇就哭了出来，哽咽道：“老夫人，我不甘心，我是不甘心的啊……”

这绝对是聂桑榆跑出来友情客串了，不过也就那么一瞬间，季曼甚至隐隐察觉到了她的虚弱。

看来老夫人是真心疼聂桑榆的，不然她也不会拼着出来喊这么一句，耗损自己的阳气。

脸上的眼泪不停地流，季曼也着实难过了。

老夫人心疼聂桑榆，连忙亲自起身，将她拉到软榻边坐着：“傻丫头，我何尝不知道你不甘心？这么多年了，你待轩儿如何，我这个老太婆是看在眼里的。你是太爱他了，过犹不及，他总有一天会明白的。”

季曼摇头，等他明白，女二都已经被弄死了。

“我瞧那温婉，也不是个能上得了台面的。时间短，轩儿还可以口口声声跟我说真爱。时间一长，她架不住侯府夫人的压力，那位置始终还是你的。”老夫人神色沉了些，“只是你，莫要再那么冲动，惹乱子。我听说你是披发闯宫，才给皇上训斥了？”

季曼惭愧地点头。

“你知不知道，皇上因着贵妃的关系，一直没动聂家。聂家羽翼丰满，下头的人不干净的很多，皇后一党早就看不下去了，你怎么还往上赶着给皇上机会罚了贵妃？”老夫人有些生气，“你有时候也太不懂规矩了，怨不得轩儿这么多年都记恨你的所作所为。”

季曼只能替聂桑榆老实挨训，尽管这些都不是她做的。不过她从这些话里看得出老夫人和聂贵妃也真是好闺密，处处替聂家想着。

“现在我回来了，这院子里自然没谁能害了你去。”老夫人正了神色道，“只是很多事情，你需要自己去学习，有些时候，也莫怪我不帮你。”

气氛忒严肃了，季曼凝重地点点头，旋即打量了一下老夫人的脸，然后献宝似的道:“老夫人舟车劳顿，应该很累了。桑榆伺候您敷脸，您睡一觉如何？”

老夫人看她一眼:“这会儿又卖乖。罢了，这满脸风尘的，首乌去打水进来，当归去拿些珍珠粉，让桑榆伺候我午睡吧。”

两个丫鬟应了，正要走，季曼连忙道:“劳烦当归姑娘再拿一个煮熟的鸡蛋。”

老夫人只当她饿了想吃东西，也没多问。旁边的老妈子来伺候老夫人卸了发髻，让老夫人舒舒服服地躺在贵妃榻上。

季曼用清水替老夫人净了脸，接着就把当归拿的鸡蛋给剥了放凉一些，然后拿出雪花膏，一点一点抹在老夫人的脸上。

“这是何物？”首乌好奇地看着季曼手里的盒子。

“是雪花膏。”季曼挖了一坨在手上，然后将剩下的递给当归，“两位姑娘也可以试试。”

“永宁街上卖的那个吗？”首乌小声道，“今儿马车从永宁街上过，我就听着好多人在念叨什么雪花膏，一家胭脂铺子的门槛都要被踩破了。”

季曼微微一笑，点头。雪花膏推出的第一天她就告诉水娘子，一定要雇用一大群人在门口排队，争相议论，引起路人的好奇，这样才能做到很好的宣传效果。看来水娘子做得不错。

老夫人像是疲惫了，睡得很熟。首乌和当归看着季曼将雪花膏轻轻抹在老夫人脸上，那淡粉色的东西一抹在脸上竟不见了，老夫人的脸却显得水润好看起来。

首乌惊讶极了，连忙拉着当归出去试。两个丫鬟虽然是老夫人跟前的红人，到

底也还是十七八岁的小姑娘，爱美得很。

季曼耐心将雪花膏在老夫人的脸上抹完，之后又净了手，拿鸡蛋轻轻在老夫人脸上滚压。尝试过的人应该知道，这感觉很舒服滋润。

等午膳的时候，老夫人终于醒来了，一睁眼就看见当归和首乌惊讶又欣喜的眼神。

“这是怎么了？”老夫人板着脸。

季曼笑眯眯地站在一边，将铜镜捧到老夫人面前：“您这一觉睡得好极了。”

镜子里的人脸上皮肤光滑白皙了不少，虽然眼角还有鱼尾纹，眼袋也有些重，但是这皮肤看起来，至少年轻了五岁。

“这……”老夫人吓了一跳，连忙伸手摸摸自己的脸，水嫩又不油腻，很干净清爽。

“桑主子给您用了雪花膏，还拿鸡蛋给您揉了半个时辰呢。”首乌笑道，“老夫人好福气，桑主子是个会孝顺的。”

老夫人讶异地看了聂桑榆一眼。季曼温柔一笑：“前些日子从外面买回来的，据说很是难得，所以给老夫人留了一盒子。”

虽然已经丧偶，可是只要是个女人，那都是爱美的。老夫人嘴里说着“要这么好看干什么”，眼里却是真真切切地高兴。

季曼知道这贿赂是给对了，老夫人心里就算对聂桑榆有不满，这会儿也该全是欢喜了。老夫人对着镜子看了好一阵子才道：“你有心了。”

午膳的时候，宁钰轩和温婉又来了主院，老夫人破例让季曼也坐下，不用布菜。

“母亲心情怎么这样好？”宁钰轩挑眉看了看老夫人，又有些惊讶，“您气色也好了不少。”

得自己儿子夸奖，老夫人就更开怀了：“桑榆丫头孝顺，拿雪花膏给我敷了脸，又拿鸡蛋给我揉了半个时辰。我这一张老脸都叫她养开花了。”

温婉一愣，也跟着逢迎：“老夫人哪里老了？叫一个‘老’字是因为您身份贵重。您还年轻呢。”

上次聂桑榆买回来的雪花膏，说是都交给自己了，没想到她还留了一手，温婉重新打量一眼旁边安静坐着的聂桑榆，心里终于有了些戒备。

第十章

糟糠妻不可弃

季曼也察觉到了温婉的目光，没转头，只是微笑着坐正。她一个侍妾也就是看在老夫人的面子上才能坐下来，想插嘴就有些越矩了。

这夫妻俩把老夫人哄开心了，一顿饭也就吃得很顺畅。老夫人没有再难为温婉。宁钰轩在离席的时候看了季曼一眼，轻声道："桑榆真是懂事了很多。"

季曼笑着朝他行礼："多谢侯爷夸奖。"

老夫人扫视了在屋子里的这三个人，平心静气地道："明日我要进宫去看聂贵妃，本想着聂贵妃疼爱桑榆，该带着她一起去的。但是现在她这身份……轩儿你怎么看？"

正妻或者平妻才是有进宫资格的，聂桑榆现在只是个侍妾，半个侯府的丫鬟，自然是无法进宫。

老夫人这话的意思，也就是为桑榆讨个身份了。毕竟侍妾的地位太低，也着实不像话。

哪知宁钰轩只是淡淡一笑："聂贵妃最近正在闭门思过，虽说反省的期限已经快到了，但是母亲也还是缓几天再去看为好。至于桑榆，她无功无劳，也担当不起平妻这样的身份。"

话虽然是实话，可是说出来明显就打了老夫人的脸。老夫人脸色又沉下去了，半晌不语之后，才道：“罢了。”

儿子长大了，翅膀硬了，她强求不了他什么了。她本看他没有原先那么抵触桑榆，还以为能借机让桑榆成个平妻，也好对聂贵妃交代，没想到现在竟然被堵回来了。

桑榆犯错在先，她就是有心偏袒，也无能为力。

季曼心里觉得这倒是没什么，当个侍妾能有肉吃，有人罩着，还有外快赚也挺好的。她笑着道：“老夫人，我院子里种了新的蔷薇花，花园也来了新的鱼。下午得空，要不要咱们在这府里转转？”

老夫人转过头来看着她，脸色好了一些：“好啊，我这把老骨头，是该多走走。”

季曼笑眯眯的，宁钰轩却在老夫人看不见的地方抽了抽嘴角。

去看她那非晚阁的蔷薇花？牌匾还没挂上，院子又窄又小还破，让老夫人看见了怎么想？老夫人不得怨他虐待发妻，一气之下强要他升了聂桑榆的位分？

宁钰轩看了那边的季曼两眼，她笑得多单纯无辜啊，也挺好看，比起以前那张怨妇脸，真是完全不一样了。他本来是想瞪她两眼，让她别带老夫人去非晚阁，哪知这一瞪，倒把自己看得微微晃神。

聂桑榆好像已经不是以前的聂桑榆了，虽然她脖子后面也有那一颗黑痣，但是相处六年，他第一次觉得她有些美。分明是同一张脸，但是不知为何，他现在倒是对她有些好奇了。

等回过神来的时候，他已经走出了主院。温婉拉着他的手，咬唇半天才道：“钰轩，不如你升了桑榆的位份吧，平妻就平妻。只要你心里只有我一人，我便满足了。”

宁钰轩转头看着她，笑道：“我怎么舍得让你受这样的委屈。老夫人虽有些偏袒聂桑榆，却也不能坏了规矩。”

“可是……”温婉犹豫地道，“看桑榆将老夫人哄得那么开心，他日老夫人要是知道你曾对她用了家法，又让她住最偏远的东院，会不会生气？”

“不会的。”宁钰轩柔声安慰她，眼神却深沉如海，“我会处理好的，你放心。”

午休之后，季曼就大大方方扶着老夫人出来了。一路上她对老夫人说了最近这些日子府里发生的事情，却对自己受了家法这回事只字未提。她说自己在潜心念佛，要改邪归正，说得老夫人满眼惊讶：“你也开始念佛了？”

季曼微微一笑：“奴婢不如老夫人虔诚，就是念来静静心，也省得总是去想些得不到的。”

老夫人眼含赞许："你能放开就好。有些东西你不去想，反而就到你身上来了。无心插柳，反倒容易成荫。"

季曼笑着应"是"，扶着老夫人穿过气派的侯府花园，路过几个姨娘大气的院子，眼看着就要到偏远的非晚阁了。

虽然聂桑榆是个侍妾，但是到底曾经是陌玉侯的结发妻，现在这个待遇真是差得不能再差了。非晚阁只有两间房子，丫鬟照旧只有苜蓿一个，还有些阴冷，秋风一吹，比思过阁也好不到哪里去。

季曼承认，她就是故意的，故意叫老夫人替她做主。这么大的靠山，不用白不用啊。

可是刚走到路口，就看见宁钰轩站在前面的小路上。他听见身后的脚步，转过身来道："母亲出来散步了？"

老夫人看见他，有些意外："今天太子那边没事吗？怎么闲在了府里？"

作为太子的挚友，宁钰轩经常出去与太子一起处理事务，抑或喝酒写诗。今天太子也说了要与他一起去春风楼看看，但是为了解决聂桑榆这档子事，他辞了。

"今天太子也是想休息；正好母亲回来，儿子两个月不见，想着能多陪陪您也好。"宁钰轩轻声道。

季曼明显感觉到老夫人心情更好了，自家儿子心里念着她，自然比什么都强。

"你有心就好，那就陪着我们去非晚阁看看吧。"老夫人道，"桑榆新住的这院子，我还没去看过。"

宁钰轩颔首，走到季曼与老夫人中间，一手扶着老夫人，另一只手掐住了季曼的手腕："正好，我同你们一起去。"

他的手很烫，像是刚刚做了什么运动一般。季曼耳根子有些红，挣扎了两下挣脱不开，就看着他带着她和老夫人转了个身，朝另一个方向走。

"侯爷，不是去非晚阁吗？"季曼好奇地问。

宁钰轩转过头来，眸子里映出她无辜的眼神，淡淡一笑："是啊，我带母亲去，你跟着就好了。"

季曼咬牙，这厮是要干什么？非晚阁明明不往这边走！

穿过一座小桥，前头东院的主院门口挂着的一块匾映入眼帘。

非晚阁。

季曼和苜蓿看着面前这大气的非晚阁，下巴都要掉下来了。这是东院，分明是姨娘或平妻才能住的地方，竟然给她这个侍妾住？

老夫人却是满意地点点头：“轩儿到底还是会做事。”

宁钰轩微微一笑，眼含警告地看了季曼一眼。

季曼默默地捡起了自己的下巴。得了，能给她换个大院子，她就是赚了，也不能得了便宜还卖乖。不过这宁钰轩看起来还是个孝子，这么在乎老夫人的感受，那温婉以后肯定就惨了。

非晚阁里的蔷薇开得正好，老夫人同陌玉侯一起走进去，看着院子里新翻的泥土，也没多说话，只是笑了笑。

“这院子比蔷薇园也不差，挺适合桑榆的。”

母子俩心照不宣，宁钰轩应和一声，心里也就松了口气。

院子空着也是空着，给这女人住也能算得上是物尽其用，只要打消老夫人让她当平妻的念头即可。

晚膳老夫人也让聂桑榆在主院用。温婉端着菜站在门口，看着桌边坐着的季曼，怎么都有些尴尬：她好歹才是正室，却在这里传菜；身为侍妾的聂桑榆，竟然跟个主子一样坐着。

季曼假装没看见她的眼神，只扭头和老夫人谈笑：“桑榆以前还真是愚笨呢。”

“是啊。”老夫人感叹道，“当初你嫁进来，还只是个小女娃子，嚷嚷着要和轩儿白头到老呢。”

宁钰轩坐在一边，抬手让温婉坐了下来，并不打算接老夫人这句话。

这一点不妨碍季曼发挥。她看了宁钰轩一眼，眼里带着些柔情：“年少轻狂的事情，老夫人就不必提了。现在侯爷有了新夫人，该与他白头的自然是夫人了。”

温婉被点到，有些尴尬地抬了抬嘴角。她一个才进门的人，自然是跟当年的话题扯不上关系的，只能捏着手帕坐着。

“老夫人吃菜。”季曼听苜蓿说过老夫人的喜好，连忙帮她布菜。

“这些菜是婉儿亲手做的。”宁钰轩看了季曼一眼，她夹得那叫一个自在，跟菜是她做的一样。

季曼缩了缩筷子，迟疑了一下，放下筷子勉强笑道：“那就请首乌姑娘给老夫人布菜吧。”装大度、装委屈她也会啊，电视剧看得多了，这些手段简直是手到擒来。

老夫人看了宁钰轩一眼，也把筷子放下了。

这下温婉就慌神了，眼里委屈得都含泪：“钰轩。”

宁钰轩深深看了一眼季曼，季曼从他眼里读到了最开始喜堂上初见时候的厌恶。

耸耸肩，她又没做什么，是他一直护女主太紧，护得聂桑榆难受。反正自己是女二嘛，稍微给女主下点绊子怎么了？

"儿子知错，菜由儿子亲自来给母亲布。"宁钰轩抬了抬嘴角，拿起筷子将温婉亲手做的四喜丸子放在了老夫人的碗里。

老夫人平静地看着他道："你幼时我教你忠孝仁义，却忘记教你什么叫'糟糠妻不可弃'。我默许了她正室的位置，却不想看你因为这个女人，而忘记陪你一起走了这么多年的人是谁。"

宁钰轩听得微微皱眉，心下恼怒，却不敢顶嘴，只能垂眸道："儿子知道了。"

这顿饭虽然温婉花尽了心思，亲自下厨，做的都是老夫人喜欢的菜，但是因为这么一段不愉快，直到晚饭用完，老夫人也没展颜笑过。

温婉心里难受，晚上与宁钰轩一起回蔷薇园，扭身便在他怀里哭了："钰轩……"

"嗯，没事，有我呢。"宁钰轩环抱着她，心疼地小声安慰，"母亲就是那样的性子。你若是讨不了她欢心，那就少去主院走动便是了。"

"可她是你的亲娘啊，我想让她喜欢我。"温婉扁扁嘴，委屈地道。

"慢慢来吧。"宁钰轩拍拍她的背，"时间长了，母亲自然能知道你的好。"

温婉点点头，靠在宁钰轩的胸口，眼神微微深沉。

老夫人一回来，季曼的各方面待遇都明显提升，不仅搬进了大院子，连厨房送来的菜色都好了不少。赵大娘还亲自端了鸽子汤，包了三十两银子来非晚阁。

"桑主子吩咐要买的东西，奴婢让人去买足了。现在银子还剩这么多，奴婢一并返还。"这语气谄媚，哪里还有当初的奴大欺主之感？

季曼抿着唇笑："大娘这是不愿意继续替桑榆做事了？"

赵大娘连忙摇头："怎么会？桑主子有什么想要的，吩咐一声即可。"

她是看现在聂桑榆的门禁解除了，又有老夫人罩着，买什么东西自然不用她再经手，就想讨个好，把银子还回来罢了。

季曼站起来，亲手扶起她笑道："既然还要做事，那把银子还给桑榆做什么？就算是无用，留着给大娘的儿子念私塾也是好的。"

赵大娘没想到如今桑主子得了势，还依旧这么温和，心里微动，裹了银子道："谢桑主子赏。"

季曼笑着捧了她两句，便道："我听说最近京城里，有一家胭脂铺子的雪花膏卖得不错。老夫人也喜欢那东西，大娘要是真为我好，不如将那掌柜引给我见见，好

让我多向她订一些雪花膏。”

这样的采买事务，要么是钱总管做，要么是侯府夫人定夺，怎么都不会轮到季曼来下单子。不过雪花膏这个东西特殊，明显是能讨上下欢心的，而且府里的各位主子还不怎么知道。赵大娘一想也明白，桑主子可能是要争宠。

这个忙她决定帮了。她莫名地觉得，跟着这个桑主子，以后说不定前途无量。

“奴婢会私下将那掌柜引进来的。”

季曼笑眯眯地等着。今天伺候完老夫人午膳，午休敷脸就是首乌在弄了，她得了空，还是得先问问外面胭脂铺的情况。

赵大娘办事还是靠谱。半下午的时候，季曼就看见水娘子一身妇人打扮，惊疑不定地踏进了非晚阁。

“夫人，这……”水娘子不知她身份，见是陌玉侯府的人，脸色已然苍白了些，再看桑榆住的这院子，嘴唇都有些发抖。

“你莫怕。”季曼笑道，“我越好，我们的胭脂铺就越好。你怎么反倒怕起来了？”

水娘子是没想过季曼会是这么贵重的身份，震惊了好一会儿回过神来，也觉得开心。眼前这位夫人是胭脂铺的幕后东家，也是胭脂铺的靠山。靠山越稳，胭脂铺的确会越好。

她带了账本来，其中还有一张订货单子，眼睛笑成了一条缝：“夫人先看看，咱们铺子开门就三天，生意倒是十分兴隆。以前的老主顾都是肯跟着来的，永宁街繁华，新的客人也不少，这两天我就认识了不少高门夫人和小姐。”

季曼假装翻了翻账本。她懒得看这些，倒是把订货单拿来看了看。

雪花膏规定了是限量，不少夫人小姐试用之后都纷纷下单。水娘子也是个会来事的，瞧着名额不多，每天就接两个订单，剩余的一个，遇见普通人家，就说没了；遇见扛不过的大户，才把名额给出来。

京城里的宣传也做得极好，买不到却可以试用，这可吊足了买家的胃口。雪花膏的名声越传越广，季曼相信不出一个月，水记雪花膏就能打响招牌。

季曼很是满意，先让苜蓿将这两天做的雪花膏，总共大大小小十来个盒子全给了水娘子。水娘子是提着包袱进来的，带了季曼要的新的原料，以便继续生产，所以出去的时候依旧提着大包袱，也没人说什么。

侯府的女人整天不是绣花就是争宠，十分无聊。季曼能抽空做雪花膏挣钱，也就没想着把这些粗活交给其他人做，总是和苜蓿亲力亲为，研究出各种花汁的雪花膏，失败品就偷偷埋在花园里头，反正这院子也大。

想着即将到账的银票，季曼做梦都能笑醒；每天去老夫人跟前伺候，她也是笑容满面，肌肤看起来就更是好了。

相比季曼，其他姨娘和侍妾既没有侯爷宠爱，又没有老夫人当靠山，平时连见侯爷一面都难，心里难免就有些不平衡了。

这天季曼从老夫人院子里出来，迎面就遇上了慕水晴。慕水晴远远看见她就嘲讽地甩了甩帕子："哟，这不是桑主子吗？咱可让远些，免得自个儿掉水里，又说是我推的。"

这点程度的嘲讽，季曼一点也不放在心上："晴主子帕子绣完了？"

提起这个，慕水晴就气得脸发青。本来是聂桑榆要做的事情，现在竟然全部给了她。要不是她在蔷薇园说了点好话，侯爷还打算让她继续闭门思过，那不是与这毒妇以前的待遇无差了？

"我身边丫头苜蓿的手帕要用坏了，心里一直想着给她换一条。劳烦晴主子绣快些吧，也能让我这丫头尽快用上新帕子。"季曼微微一笑，风度极好地朝她行了个平礼，带着苜蓿就继续往前走。

慕水晴脸色难看至极，扭头看着季曼的背影怒道："你不会得意太久的！"

她好歹是太子的人，太子与皇后一党，向来与聂贵妃一党水火不相容。只要让她逮着机会，抓着聂桑榆的错处，聂桑榆这辈子都别想再翻身！

独个儿气了良久，慕水晴才扭身继续往蔷薇园走。

晚上的时候，季曼听见消息，说是侯爷传了慕水晴去西院伺候。耸耸肩，季曼一点也不好奇慕水晴怎么突然得宠了。按照她往蔷薇园跑的频率，以及女主那愚蠢的程度，送她上宁钰轩的床是早晚的事情。

不过老夫人却不开心了。回来这些天，宁钰轩一直没传过桑榆，除了今天，其余日子都是在蔷薇园住着的。所以第二天，宁钰轩就被老夫人叫了去。

"你也该是时候考虑子嗣了。"老夫人道，"别家的儿子都给他们母亲生了孙儿，怎么就你，不肯让我省省心？"

宁钰轩淡淡一笑："母亲别急，儿子只是希望，您的孙儿是个嫡出。儿子会努力的。"

嫡出，自然就是要温婉生。可是两人成亲这么久了，温婉受的雨露真是不少，却一直没什么动静。大夫来看过，也只是说缘分未到，温婉的身子并无问题。

老夫人很想借机发难，但是聂桑榆六年都无所出，更何况人家才两个月，压根儿不能开口。

齐思菱温温柔柔地去找了温婉，道："听说聂家的姨娘请了一尊送子观音回家，没一个月就怀上了，都说送子观音灵验得很。夫人不如去让桑主子把那送子观音拿来试试？"

温婉也很着急，虽然钰轩说不用那么快，但是她也想早点怀孕，好讨老夫人喜欢，自己的地位也就更稳些。所以听见齐思菱这样说，温婉只是犹豫了一下，就去找了季曼。

季曼听着她的要求，简直觉得哭笑不得，心想：人家的送子观音，要我去给她拿回来？开什么玩笑！万一人家生了女儿出来，岂不是要恨死我了！

不过季曼也没拒绝，只是笑着问："夫人如何得知聂家姨娘的送子观音？那是永灵山上求的，旁人都不知道呢。"

温婉微微迟疑，便道："今天思菱来与我说话的时候无意间提及的。你要是不方便，那我再想别的法子。"

"不是不方便。"季曼摇头道，"那东西只有自己上山去求才会灵验，拿别人的自然是不妥的。"

齐思菱这绊子下得，若换了聂桑榆，要么同意要么拒绝，两种反应都没个好下场。季曼虽然不知聂家姨娘的观音到底是哪里来的，不过随口编个理由，能缓和了这件事就好。

永灵山就在京城外头，马车来回也就一天的时间。温婉现在是病急乱投医，当即就去让人准备，明日便出发去永灵山。

"你何苦这样着急？"宁钰轩叹息，"我又没逼着你。"

温婉瞪他："你不是女人，自然感受不到女人的处境，我急得要命你也不会体会一点半点的。"

宁钰轩微微不悦，他是太宠着她了，惯得她越发没了规矩。一次两次的冒犯，他当她是女儿娇气，但是多了，难免就有些觉得她不懂规矩了。

不过他也没说出来，只是当天晚上还是回了西院，召了慕水晴。

慕水晴也是温婉塞给他的人，他不喜欢慕水晴这样的性子，却也懒得换人了。他召她来，温婉倒也不会多说什么。

但是，人生往往就是这么狗血，温婉千辛万苦求回来的送子观音，却在一个月后，送了慕水晴一个大肚子。

第十一章

小家子气型女主

季曼在自己院子里，数着水娘子刚送来的银票，顺便让苜蓿将新做好的货送出去。这一个月来，雪花膏风靡全京城，已经是供不应求。季曼做雪花膏速度有限，故而价格一路上涨，小盒子的雪花膏都涨到了二十两银子一盒，抵上普通人家半年的生活用度。

水娘子是个会经营的，货到了，先给几家得罪不起的夫人小姐们送去，之后才敢开出名额来卖。听说外头还开了黑市，大盒子的雪花膏已经炒到了一两黄金一盒。

雪花膏这么畅销，水娘子自然是想让季曼多给点货，但是季曼以“物以稀为贵”的理由，依旧每个月只供给一百盒。

苜蓿忍不住道：“主子，这么挣钱的东西，咱们不如多雇用几个人来做？”

季曼摇头：“多就是祸，别贪心。”

不过看着这么多银子，季曼开心得很，走在路上腰杆都挺得直。要不怎么说经济独立的女人才有独立人格呢，自己能养活自己，底气就足了。

所以当老夫人紧绷了脸，温婉眼睛通红地坐在主院里的时候，只有季曼一个人很是淡定地看着一边椅子里一脸娇羞坐着的慕水晴。

慕水晴今儿在老夫人院子里伺候，本来正布菜呢，闻着一股鱼的味儿，不知怎

么的就吐了。老夫人本来要怒，却像是想到了什么，连忙让人传大夫。

几个资格老的大夫逐一把脉了许久，才确定慕水晴是怀孕一个多月了。算算日子，应该也就是温婉去求送子观音，慕水晴伺候陌玉侯那几天。

这无异于狠狠打了温婉一巴掌。她哭不得，笑不出，一个人关在屋子里许久，才眼睛通红地出来。

宁钰轩本来是去宫里了，听着消息也连忙回来，脸上看不出高兴还是不高兴，进来就站在了温婉身边，朝老夫人见礼。

“有后了也是好事。”老夫人过了许久才淡淡说了这么一句。很显然，她虽然喜欢抱孙子，却也是要看出身的。到底是宁钰轩的第一个孩子，叫一个侍妾先怀上就算了，还是个背景不怎么干净的侍妾。

艺妓为妾是为人所不齿的，然而这慕水晴却是先被太子收了去，教养了两年，待到十九岁正好的年华，就被送进了陌玉侯府。

慕水晴就算只是个艺妓，那也是被太子镶上了金边的艺妓，代表着太子的意思留在这里，陌玉侯自然是要买账的。

可是买账归买账，宁钰轩也就想让她一直当个侍妾就罢了。谁曾想，她竟然是侯府里第一个怀上身子的。

老夫人能高兴就有鬼了，巴不得她生个女儿出来，远远地打发了去。

季曼事不关己地站在一边，打量着屋子里众人的神色。宁钰轩的眼睛一直在温婉身上，压根儿就没看慕水晴一眼，看起来他对这肚子也不是很上心。

“婉儿安排一下吧，她有了身子就不能那么随便了，多添两个丫鬟婆子看着，吃的东西也小心着些。”老夫人吩咐了一声。

温婉连忙站起来，低头道：“是。”

宁钰轩看温婉这有些怨又有些委屈的脸，心下叹息一声。等这边安排好了，各自散场，他才拉着温婉一路往蔷薇园走。

季曼看着慕水晴有些发青的脸色，不由得幸灾乐祸起来，心想：这慕水晴一定以为有了身子就可以横着走了，哪里知道宁钰轩照旧没把她放在眼里，从进来开始到现在，都只看着温婉一个人。

“可小心着点。”走在小路上，季曼看着身后被两个丫鬟夸张地扶着的慕水晴，笑道，“看起来没谁稀罕这东西，不过你也得护牢实些。”

“你说什么？”慕水晴咬牙，气得手发抖，“谁不稀罕我的孩子了？”

季曼耸肩，就不信她看不出来。不过刺激孕妇是不道德的，季曼觉得还是少说一句，转身走自己的路。

慕水晴站在原地良久，柳寒云从她身边目不斜视地走过，千怜雪也淡然地经过，没有一个人多看她一眼。最后出来的齐思菱倒是停了下来，却只是说："在这个关头得罪夫人，真是很差的一步棋。"

慕水晴脸色难看得紧，慢慢走回自己的院子，气得晚饭都没吃下去。

这边蔷薇园，温婉已经默默哭了半个时辰了，宁钰轩一点办法也没有。他什么法子都用来哄了一遍了，温婉却还只是哭。

"你是怨我吗？"他道，"晴儿也是你主动让我去宠的。"

"你还反过来怪我？"温婉小脾气上来，哭着道，"别的女人比我先怀了你的孩子，你还不许我哭了吗？"

宁钰轩语塞，偏偏她哭得他心里难受，只能烦躁地站起来往外走。

温婉是小家子气型的女主，在原著中就是这样闹一闹，侯爷就为她休尽了院子里所有的女人，然后两人双宿双栖，圆满大结局。

"不得不说原著是十分脑残的，"季曼想，"真爱是一回事，过日子又是另一回事，多浓烈的爱情才能维持一生啊？顶多就是甜蜜那么几年，往后的日子，看的都是相处的技巧。温婉这种女人，只能谈爱情，是完全无法过日子的。"

宁钰轩在府里乱走，边走边想该怎么做才能让温婉好过。他刚出蔷薇园，绕过一片绿荫，就看见聂桑榆正坐在一边的凉亭里，凉亭的桌上放了两盏茶。

"侯爷。"季曼笑眯眯地看着他，"有什么烦恼，不如说出来，奴婢说不定有办法。"

宁钰轩微微挑眉，信步走过去："你怎么知道我会出来？"

季曼垂眸："奴婢只是在这里喝茶。"

"一个人喝两杯？"

"……"季曼轻咳一声，"侯爷是聪明人，奴婢也不算太笨。今儿晴主子怀了身孕，夫人心里必定不舒坦，侯爷也必然在蔷薇园待不久，所以奴婢就来碰运气了。"

宁钰轩深深地看了她一眼，而后在桌边坐下："你有什么办法？"

温婉气他恼他，其实他有后，身为主母正室是该替他高兴的。所以宁钰轩不知道该怎么劝她，也实在是因为喜欢她，所以不舍得责备她。

季曼微微一笑："夫人心里一直想要个孩子，结果自己没怀上，倒是让别人怀上了，怎么想都该是生气的。侯爷不如直接说明白了，晴主子那孩子生下来，不管是

男是女，都抱给夫人养，夫人心里多少也会好受些。”

正妻养长子也是常有的事情，宁钰轩叹了口气，道：“我也曾这样想，但是温婉那性子，我就算那么说，她也不一定能高兴得起来。”

“女人嘛，多哄哄就好了。”季曼道，“夫人定然怕别人怀了孩子，夺了你的心去。侯爷大可天天陪着夫人，不多看晴主子一眼，夫人自然能明白侯爷的心。”

宁钰轩抬头，轻笑道：“你还记恨着晴儿推你下水？”

这摆明是要他冷落慕水晴。慕水晴也不是个让人省心的性子，若是怀了身孕反而受冷落，指不定闹出什么乱子呢。

季曼略带哀戚地看了夫人一眼，道：“侯爷何必一直将桑榆想得那么小气？上次晴主子已经受了罚，桑榆做什么还要害她？只是晴主子的性格，侯爷也知道，若是任她逍遥，夫人那边定然不痛快。以她的性子得罪人也容易，这孩子要保下来就更难了。”

宁钰轩挑眉：“你还是为了她好？”打死他也不相信聂桑榆会有这样的心肠。

季曼摇头，很认真地道：“奴婢不过是在侯爷面前卖个乖巧，告诉侯爷这样做夫人也许会开心。至于听不听，侯爷自己衡量便是。”

宁钰轩轻哼一声，看着面前这人明若朝霞的双眼，抿唇道：“你肯老实待着什么都不要做，就是最乖巧的了。”

季曼低头笑道：“侯爷放心，奴婢现在什么也不争，什么也不要。”

女人的话，包括她的，听听就算了，谁当真谁是傻蛋。怎么可能不要呢，她想要的东西还有好多好多，只是不能急，得一步一步地来。

宁钰轩拿起桌上的茶抿了一口，入口清爽香甜，竟然是桂花茶。眉头皱了皱，他放下茶盏道：“我不爱喝这种甜腻的茶。”

季曼挑眉，顺手将他那盏茶拿过来喝了一口，接着咂一下嘴：“露水煮的茶你都不爱喝，那下次有什么甜的东西，奴婢都帮你吃了、喝了便是。”

眼睛微微睁大，宁钰轩没想到她会有这样的举动。愣了半晌之后，他微微抿唇道：“注意些规矩。”

季曼反应过来，有些尴尬地放下茶盏：“奴婢逾越了。奴婢等会还要随老夫人进宫，就不打扰侯爷了。”

进宫？宁钰轩知道聂贵妃解了足禁，是以母亲要在今日进宫去见她。但是先前不是说过嘛，只有正室和平妻才有资格进宫的，她一个侍妾，怎么进去？

“侯爷不用担心。”季曼看见他眼里的疑惑，垂着眸子自嘲道，“除了您给的侍妾身份，我还有贵妃娘家的侄女身份，低调一些跟着老夫人进去，想是不难的。”

宁钰轩一顿，抬眼看着面前这规规矩矩的人，心里竟也有些愧疚。

以前他苛待聂桑榆，是因为她不识大体、惹人厌烦；但是现在面前这人，已经从泼妇变成大方得体、无欲无求的小女人了。想想两人的结发情谊，宁钰轩只要有点人性，还是会觉得不忍的。

聂桑榆要是以聂贵妃的娘家人身份进宫，那他陌玉侯府的面子往哪里搁？沉默了一会儿，宁钰轩起身道：“你先跟我来。”

季曼抬头，不解地看着他。那厢马上就要上车了，跟他去干什么？宁钰轩抬步就往前走了，季曼也只能跟上，一路上小心翼翼地打量这人的侧脸，看他虽然没什么表情，却不是生气，也就稍微放心了些。

他带她去了西院，让她在外头等着，然后便进屋去了。不一会儿，他拿了个圆形的玉佩出来给她。

那玉佩真是圆，摸着手感极好，上头没什么花纹，却是方方正正刻着“宁”字。

老实说，这玉佩真难看，白瞎了一块羊脂玉。不过宁钰轩将玉佩放在她手里的时候，甚至还犹豫了一下。

“你到底还是陌玉侯府的人。”陌玉侯手最终一松，那玉佩就落在了季曼的掌心。

季曼茫然，这东西代表什么意思她自然不知道，刚想张口问，宁钰轩就万分不耐烦地道：“要进宫就快些，磨磨蹭蹭地做什么，母亲说不定都在前面等着了。”

脸色一会儿阴一会儿晴，这人的心思还真让人看不懂。季曼秉着不要白不要的心态，收了玉佩挂在腰间，就小步跑回非晚阁，让苜蓿收拾一番，才能往正门口走。

“主子。”苜蓿看见她腰间的玉佩，惊讶得很，“这……侯爷给的？”

季曼点头，上头写着他的姓呢。

苜蓿脸上一喜，伸手就将她头上的银簪给拔了，换上了从当铺赎回来的首饰。顿时间，季曼金色满头。而后苜蓿又给她换了一件妃色的长裙、一条奶白色挽袖。

“这是干什么？”季曼不解。

“侯爷给了这玉佩，虽然没有宣告于庭，却对您来说也是大喜啊。”苜蓿高兴地道，“这是平妻才能佩戴的夫姓玉佩。侯爷定然是心生不忍，想让您进宫的时候体面些，奴婢自然不能让您寒酸了。”

平妻？季曼咋舌。她不过是说了两句话，宁钰轩竟然这么大方？当初他不是千方百计阻碍老夫人让她当平妻吗？怎么这头倒是自己把玉佩给她了？

“奴婢方才还在想，要是进宫遇见夫人和老爷，您要怎么面对他们。现在倒是

好了。您虽然犯下大错，侯爷却还是以您为平妻，旁人自然不敢小瞧了您去。”苜蓿一边说一边扶她起来，笑眯眯地道。

季曼侧着脑袋想了许久，走在路上都还在想：宁钰轩不像是一朝一夕就能原谅聂桑榆的人啊，突然给她这么大的恩惠，是要做什么？

同老夫人一起坐在车上的时候，老夫人也就看见了她的玉佩，眼里一亮，却没有太过意外：“轩儿终于舍得给你了。”

季曼乖巧地笑着，道：“回来还要多谢侯爷的恩典。”

“谢可以谢，可是蔷薇园里头正在闹别扭，你别去当面添堵就是了。”老夫人嘱咐了一句。

季曼当然知道这个理。宁钰轩没将这事宣告全府，她就当这玉佩是他借给她的，回去可能还要还给他。

老夫人坐在车上，小声念叨了两句：“如今你哥哥官运正好，你父亲也依旧受皇帝器重。不过皇上也只是看到聂家下头的‘枝叶’剪了不少，又安分了些，才肯重新宠幸贵妃的。你啊，就老实些，别总往刀尖上冲。”

“桑榆明白。”季曼点头，心里隐隐有些反应过来了。宁钰轩这还是看在聂家的面子上，才肯对聂桑榆示好，给她个合理的身份去见贵妃，也让老夫人不那么为难。

所以跟她自身的表现没多大关系啊！她还以为乖巧这么一个多月，这男人就看得见聂桑榆的好了呢。

不过想着能看看这个时代的皇宫，季曼还是高兴的，就当免费旅游了。

进宫之前过了三道检查，来来回回办了许多手续，老夫人才下车带着聂桑榆跟在宫人的后头往里走。这里被称为澧朝，皇宫却没有清朝之后那么华丽，红墙黄瓦，没有给人太大的压迫感，只是“五步一楼，十步一阁；廊腰缦回，檐牙高啄”，毕竟与民间不同。

聂贵妃一直很受宠，住的地方也比其他妃子住的地方更华丽。季曼低着头跟老夫人进去，就看见层层纱幔后头隐约有一个人影，整座宫殿香气扑鼻。

“妾身宁纪氏，给贵妃娘娘请安。”老夫人规规矩矩地跪在纱帘外头。

季曼赶紧跟着跪下，却不知道该怎么称呼自己，干脆就不出声。

纱帘后头传来一声笑：“总算把你们给盼来了。这宫里寂寞，连陪我说个话的人都没有。捧书你们先下去，把大门给本宫合上。除了皇上，任何人都不要给本宫放进来，明白了吗？”

“是。”宫女应了，连忙带着一众宫人下去。大门吱吱呀呀地合上，发出沉闷的声音。

“快起来。”纱帘后头的人下了软塌，拨开层层阻隔，亲手扶起了老夫人。

“秀儿，你再不来跟我说话，我都快憋死自己了。”聂贵妃声音哽咽，哪有刚才笑得那么欢快。季曼站在一边，忍不住偷偷抬眼看了看聂贵妃。

这一看便是惊艳。聂贵妃按理说是与老夫人一样的年纪，即使风韵犹存，也到底是老了。但是面前的聂贵妃，脸蛋儿小小的，一双杏眼含情，波光流转，身段也是窈窕可人，哪里像三四十岁的人？

怪不得外面都说澧朝皇帝沉迷聂贵妃美色。这样倾国倾城的颜色，很少有人不沉迷啊。只是她的肌肤不算年轻了，有些细纹，还有些暗沉。

“我知道你受委屈了。”老夫人叹息一声，拉着聂贵妃的手，与她一起坐在桌边，“桑榆不懂事，给了皇上罚你的理由。否则，皇上是舍不得动你的。”

季曼顺着老夫人的话就又重新跪了下去：“桑榆对不起姑姑，来给姑姑请罪。”

聂贵妃转眼看着她，摇头伸手扶她：“也不能全怪你，他想替聂家修枝剪叶，你就算不闯宫，他也会找到其他理由。只是你这性子啊，也该改改了，这段时间定然也受了不少委屈吧？”

季曼努力咧嘴笑了笑，看着面前美貌的姑姑，摇头道：“桑榆不委屈。在侯府这么多年，桑榆也想通了，现在不会像以前那么冲动任性了。桑榆余生能好好伺候老夫人，伺候姑姑，就是有幸了。”

聂贵妃微微惊讶，伸手摸着季曼的头发：“还真是懂事了不少。前阵子听说你被钰轩贬为了侍妾，我还在担心你会不会想不开。”

聂桑榆的确是想不开来着，但是季曼想得开啊，要不是因为聂家，宁钰轩肯定直接休了聂桑榆。现在季曼还能在侯府等个东山再起的机会，已经是很难得了。

“再想不开，想想自己的家人，也就想开了。”季曼笑道，“比起侯爷给桑榆的宠爱，老夫人和姑姑给桑榆的更多，桑榆为什么要自己钻牛角尖？”

聂贵妃愣住了，将这话细细品了许久，眼睛又是一红：“小丫头都比我看得开了。秀儿，你瞧瞧，我准备了一肚子委屈，倒叫这丫头几句话给我说没了一半。”

老夫人赞许地看了季曼一眼，而后拉着聂贵妃的手轻声道：“你们姑侄俩是一个样，都是痴情种儿。但是娘娘啊，妾身一早说过，帝王家没有真感情，皇上肯宠您，您便珍惜着，不要同皇上闹小性子。皇后那头还虎视眈眈，太子最近也是勤政多功。您要是再不为三皇子争取些东西，到时候再说什么都晚了。”

聂贵妃与皇后表面上是平和，私下却斗得厉害。太子是嫡出长子，聪慧又有风

度，颇得皇帝喜欢。三皇子是聂贵妃所出，不过是喜爱山水的心性，颇有些与世无争的味道。聂贵妃内心着急，却也拿他没办法。

“他自己不想要，我争取又有什么用？”聂贵妃叹息一声，“明年宫里就又要进新人了，我瞧着镜子里的自己一天天变老，就打心底里绝望。”

老夫人摇头：“后宫里女人换了这么多，皇上不是依旧每个月都有几天是在您这里？您还担心什么？”

“可是……”聂贵妃伸手摸了摸自己的脸，“宫里的女人老得快啊。等我心力交瘁的时候，说不定会一夜白头。”

老夫人想起桑榆出门时带的礼物，连忙转头道：“桑榆丫头好像有什么好东西要给娘娘，娘娘不如看看？”

季曼点头，出门去将刚刚交给宫女的包袱拿了回来：“都是些美容养颜的东西，桑榆在宫外搜集的。娘娘要是用着舒坦，桑榆下次就替娘娘多弄些。”

听见美容养颜四个字，聂贵妃的眼睛就亮了，看见聂桑榆将一些瓶瓶罐罐拿出来，忍不住好奇地道：“有什么效果？”

老夫人微微一笑，道：“你往我脸上瞧就是了。您只顾着伤心，没发现我今儿只用了淡妆，脸上的斑都少了不少吗？”

第十二章

打好广告，安好宅里

聂贵妃这才有心思仔细看了看老夫人的脸，乍一看好像没什么变化，只是肌肤看起来水润了些；仔细一瞧，就发现她眼角的细纹少了不少，脸色看起来也红润了。

“这……”聂贵妃有些欣喜，扭头看着季曼道，“是桑榆的功劳吗？”

季曼微微一笑。老夫人点头道：“可不是？这年纪轻轻的丫头不去打扮自己，天天跑到我那里给我打理这张脸，倒是比首乌、当归还认真。她把一些什么膏啊、膜啊往我这老脸上一糊，别说，还真是有些效果。”

聂贵妃感兴趣了，微微撑起身子去拿季曼包袱里那个紫金色的盒子。

“这是外头正风靡的雪花膏，桑榆禀了老夫人，给您也带了一盒。这雪花膏比什么贵重的粉都要好用，而且不伤脸。”季曼像一个推销员，把雪花膏介绍完毕，又拿起手里的一张天蚕织，“这个叫面膜。我做了补水保湿和美白去皱的两种，各十张。先前桑榆已经将它在丫鬟脸上试验过了，效果还不错，老夫人也用了些。旁边这些是凝花露，带天然香气……”

“补水……去皱？”聂贵妃有些茫然。

季曼微微一笑，看了看聂贵妃铅华痕迹甚重的脸，道：“姑姑要是相信桑榆，咱们就来试试。桑榆先替您用一张美白去皱的，看看效果。”

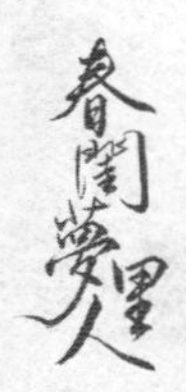

季曼这次带这么多产品来，自然是有目的的。胭脂铺现在也开始引入面膜作为套餐产品，不过造价太贵，价格不菲，一般人买不起，还得做点宣传。

最好的宣传，莫过于说这是宫里娘娘用的东西了。

聂贵妃犹豫了再三，虽然有些担心自己的脸，但是想桑榆也不会害自己，便高兴地让捧书打水，将脸上的脂粉都洗掉。

这一洗，脸上的细纹、暗沉就更明显了。季曼告了一声罪，上前仔细看了看，将面膜展开，细细贴在聂贵妃脸上。

聂贵妃只感觉一阵冰凉，脸上像被覆盖了一层东西，虽然有些不适应，但是过了一会儿，竟然觉得很舒服。

“一刻钟的时间，您可以小憩一会儿。”季曼低声道。

聂贵妃颔首，当真就闭眼休息了，这些日子确实很累。老夫人坐在一边，看着季曼很仔细地将聂贵妃脸上面膜的褶皱抚平，然后靠在软榻边默默地沉思着。

这孩子真的变了不少，从她这个老太婆的角度看过去，都觉得桑榆的侧脸比以前迷人多了；只是轩儿的心已经被温家那野丫头给套牢了，桑榆想夺回正室之位，简直是难上加难。

敷完面膜之后，季曼又给聂贵妃抹了雪花膏，而后凭着自己的技术给聂贵妃重新描眉涂唇。

眼前这张脸看起来更美丽了，用了雪花膏之后毛孔不会被这些古代粗糙的化妆品给堵住，聂贵妃的皮肤也透亮了许多。季曼笑着看着聂贵妃惊讶的脸，将剩下的印着水记胭脂铺章的面膜袋子全部给了她。

“捧书。”聂贵妃不停摸着自己的脸。这张脸在敷完面膜之后明显白了不少，用了雪花膏后就更是肤白如玉了，效果十分明显。她实在高兴，直接道：“将皇上赏给本宫那对缠枝绕花的金镯子赏给桑榆，还有那支红宝石的簪子！”

捧书满目含笑地应了一声。见自家主子难得笑这么开心，她心里也跟着高兴，捧了东西季曼就往怀里塞。

季曼跪下行礼道谢。这生意值当，二十张面膜和一盒雪花膏、几瓶凝香露就换了这么贵重的手镯、簪子，乐得她眼睛都眯起来了，心里的小算盘噼啪作响。

老夫人见贵妃开怀了，便又同她说了会儿话，劝解开导了一番。走的时候聂贵妃深深看了聂桑榆一眼道：“总觉得这孩子长大了。”

季曼笑着将礼数做周全了，便跟着老夫人一起上马车回府。

聂桑榆害得聂贵妃失宠的事情整个陌玉侯府都知道，所以当她带着赏赐回来的时候，众人都有些意外。

就算是亲姑侄，聂贵妃也没那么大度吧？可随行回来的家丁说，是桑主子带的礼物打动了贵妃。齐思菱想了一会儿，对身边的丫鬟道：“去打听打听，她送了贵妃什么东西。”

各个院子的吩咐都差不多，于是小丫鬟们都来找苜蓿聊天了。苜蓿装作不知道她们的目的，也没瞒着什么，就说桑主子送的是永宁街水记的胭脂水粉。

当下出府的丫鬟就全奔胭脂铺去了。面膜这个东西也是季曼一个月闲着无事搞出来的。这地方有天蚕织，质地跟面膜很相似，只是成本高，有本钱倒是可以大量生产，所以水记是有货的。

风声一传十十传百，听闻宫里的聂贵妃重新获了隆宠，皇帝一连五天都睡在她宫里，可急红了其他妃嫔的眼。一问秘诀是什么？所有人都回答，水记胭脂铺呗。

这下可忙坏了水娘子。店里莫名其妙就有宫里的人来买东西，她又不好不卖。但是雪花膏没有货，预订的货都到了七天之后，那些人只能拿了面膜回去。

好在面膜能供上，宫里的人也不嫌贵，水记又有好大一笔银子进账。

看着生意上轨道了，季曼就放心将目光转到了府里面。

那天从皇宫回来，她便去找了宁钰轩，将玉佩捧给他道：“多谢侯爷借玉，聂贵妃对桑榆很满意。桑榆一回来就马上赶到侯爷这里来交差了。”

那一瞬间宁钰轩眼里的光芒很凌厉，像是要看穿她一样。不过只是那么一瞬，宁钰轩又恢复了正常冷淡的神色，深深地看着她道：“你竟然会还给我，这倒是让人想不到。”

“侯爷不是真心要给的东西，奴婢拿着也没什么意思。”季曼微微行礼，而后转身离开。

背后的目光追随了许久，季曼知道，这侯爷一定觉得她脑子进水了，平妻不要，偏爱当个侍妾。不过季曼知道，任何地方都是爬得越高摔得越痛，现在有一个慕水晴当靶子，自己就不去凑热闹了。

温婉与侯爷冷战了两天，还是侯爷先服软，说了让慕水晴生下孩子给温婉带，并且也丝毫没有要升慕水晴位份的意思。慕水晴觉得委屈，跑去老夫人跟前哭。老夫人也没什么反应，反而教训她说，孩子还没生下来，少折腾为好。

这样的冷遇，比怀孕前还可怕，慕水晴哪里受得住，当下就关在房间里开始绝食。

“统统拿走！”袖子一扫，茶水四溅，慕水晴红着眼睛坐在屋子里，对一桌子

菜嫌恶地摆手。

半夏不敢劝，只能擦着眼泪收拾屋子。刚收拾完，半夏就看见门口跨进来一个人。季曼旁若无人地走进来，坐在桌子边就开始吃慕水晴的饭菜。因为照顾她怀着身孕，厨房的菜色还是准备得很好的，有肉有菜，汤也是鸡汤。

“你来干什么？！”慕水晴声音尖锐地叫了一声。

季曼回头看了她一眼，轻声道：“晴主子，不吃浪费了。”

慕水晴气得不行：“我不吃也轮不到你来吃！你为什么会来我院子里？”

季曼拿着一个鸡腿，扭头看了苜蓿一眼。苜蓿会意，拉着半夏就出去将门合上了。

“你孩子不想要了？”季曼问。

慕水晴眉头紧皱，提起这个话题却又很泄气：“你说得没错，没人稀罕我肚子里的孩子，个个巴不得我死。这孩子我想要又有什么用？”

季曼轻哼一声：“谁让你是个艺妓出身。”

“你！”慕水晴素来不爱听人说这个，当下就拿起枕头朝季曼砸了去。

澧朝的枕头都做得结实，季曼背后又没长眼睛，一不留神就被砸了个大包出来。慕水晴吓了一跳，没想到自己会一时失控，气焰顿时就小了下去，有些怔愣地看着她。

“砸舒服了？”季曼倒也不恼，只是摸着自己脑袋后面的包，眉尖几不可察地皱了皱，“你这样还指望侯爷会护着你？跟我一样的母老虎，他躲还来不及呢。”

慕水晴没吭声，估计是怕季曼告状，瞬间就老实了。“平静下来了就听我说一句吧。”季曼斜睨着她道，“你这辈子的指望都在肚子里头，为了跟人赌气而不要，吃亏的就是你一个人。抱给夫人养怎么了，孩子还是你的亲骨肉，以后也是要孝顺你的。有个子嗣，总比你一辈子无依无靠的好吧？”

这听起来，怎么像是为她好的样子？慕水晴愣了愣，倒是冷静下来了。这孩子虽说没人稀罕，可要是没了，那也是亲者痛仇者快的事情，她怎么就这么蠢呢。

“可是，我怕我保不住他。”慕水晴低头抱着肚子道，“我无依无靠，也只有菱姨娘偶尔会护着我。可是现在夫人讨厌死了我，夫人肯定就不会再帮我。”

在温婉最想要孩子的时候比她先怀上孩子，不讨厌她讨厌谁？季曼叹了口气，道：“你不知道，这个女主……这位夫人是宅心仁厚的人，不然也当不上侯府夫人。夫人气归气，却不会害你，你防着别人就对了。”

慕水晴呆呆地想了一会儿，觉得聂桑榆说的也对。夫人那个软弱的性子，怎么会害人，她不如担心一下千怜雪。

不过……有些戒备地抬眼看着面前的人，慕水晴问：“你有什么企图？”

其实她最该防的是面前这人才对吧。要说府里谁最和她过不去，可不就是面前这个聂桑榆吗？只是她没有想到，这个时候来劝自己的竟然也是聂桑榆。

她将她说的话反反复复想了三遍，也没有想出她下了什么套子，一字一句都是站在聂桑榆的角度分析，完全是为她好。难不成聂桑榆真能改邪归正，变得处处为人着想？她不信，不过眼下看来，也不由得她不信。

脸色缓和了不少，慕水晴闷闷地坐在床边，心里同意了聂桑榆的话，但是下不来台，还是不想去吃饭。季曼将慕水晴的神色都看在眼里，她是做销售的，猜人心思的功夫已经是炉火纯青了。她当下就将桌上的菜夹到碗里，然后端过去，板着脸递给慕水晴：“喏，你再不吃，我可吃完了。”

慕水晴抬头，就看见聂桑榆故作严肃又带着些关切的眼神，心里莫名一暖，竟不由自主地伸手去将饭菜接了，等回过神来，又有些恼地看着自己的手。

“吃吧，吃完收拾一番，去老夫人跟前伺候。”季曼道。

慕水晴抬眼，不解地道：“为什么要去伺候老夫人？我还怀着身孕呢！”

一两个月，肚子都看不出来也这样小心？季曼没忍住翻了个白眼，这叫那个世界里顶着七八个月大肚子去上班的女人情何以堪？

“府里做主的现在是老夫人。你想过得好，想躲开明枪暗箭，老夫人那儿就是最好的避风港，懂不懂？”季曼耐着心再解释一遍。要是烂泥真扶不上墙，那她也没什么办法了。

慕水晴眼珠子动了动，低头安静地拿起筷子吃饭，大概是明白了聂桑榆的意思。不过她还是很奇怪，聂桑榆跟自己示好是为什么？她是太子的人，聂桑榆是聂贵妃的亲侄女，无论怎么看，她们都是不可能拉拢的吧？

奇怪归奇怪，见聂桑榆说完就走了，她后脚也就吃完去伺候老夫人午休。

“不是听说闹绝食吗？”老夫人冷冷地看着慕水晴，“还有力气来伺候？”

季曼站在一边，偷偷伸出食指中指朝下，做了一个跪的动作。

慕水晴一顿，随即就跪了下去，低声道：“老夫人息怒，奴婢没有闹绝食，午膳用了一大碗饭，可好着呢。”

老夫人打量她两眼，神色放松了些：“你肯乖巧些自然是最好了。”

“是。”慕水晴应着，起身接替了聂桑榆的位置，给老夫人捶背。季曼站在一边笑眯眯地给老夫人拿今天敷脸的东西。

两个平日里最针锋相对的人现在在她面前相处得这么融洽，老夫人觉得奇怪极了。不过她没多问，只是安静地看着这两个人。

“别以为我会感激你。”离开主院的时候，慕水晴还哼声说了这么一句。

季曼无所谓地笑笑：“你感激我，我定然得折寿，你还是好好养胎去吧。”

慕水晴甩了甩帕子走了，可是就算心里再念着聂桑榆以前的不好，现在也终究是放下了，并且就算知道她应该没有这么善良，却还是有些感激她。

在整个府里没有人在乎她的孩子的时候，只有聂桑榆来给她指了条明路，没有害她。

微微垂眸，有一瞬间慕水晴甚至觉得聂桑榆现在这样子，真是挺让人喜欢的。

飞月阁不闹腾了，这几日慕水晴安心养胎，还每天按时去伺候老夫人。她嘴挺会说，没几天就把老夫人哄开心了，连带着宁钰轩也终于去她院子里看了她一眼。

“好生养胎就是。”虽然宁钰轩只说了这么一句话，但是比起不闻不问，慕水晴已经很开心了。

依旧不开心的就只有温婉。慕水晴的肚子像是她心里的一根刺，每每想起就会扎得自己疼痛难忍，所以她一般会避开有慕水晴在的地方，心情也一直不好，脸上都不见得笑。

宁钰轩起初还天天陪在蔷薇园，但是最近宫里的事情好像多了，回来得很晚，偶尔也会在齐思菱或者千怜雪那里睡。季曼听见消息就想，这男人还真是不把自己的话当真，夫人还在生气的关头就跑去和别的女人睡，不更加生气才怪。

这天给老夫人请安，众人都坐着谈话。宁钰轩也来得巧，只是眼下有疲惫之意，说温婉病了，所以没来请安。老夫人坐在上头冷哼一声：“这天气可真是容易生病，可得让下面的丫鬟婆子好生照料着。”

宁钰轩也没什么好说的，只能应“是”。他旁边最近算是得宠的齐思菱轻笑着开口道：“晴儿妹妹的肚子看起来可真大，哪里像一个多月的。”

慕水晴得了老夫人恩典，可以在齐思菱下首放把椅子坐，哪知道一向交好的人，这会儿竟然朝她开火了。慕水晴有些怔愣，将一直挺得有些夸张的肚子给收回来：“姐姐说笑。”

宁钰轩顺带就看了慕水晴一眼，道：“最近的饮食可好？”

慕水晴眼里一喜，低头道：“谢侯爷关心，半夏伺候得很周到，大夫也每过几天就来看看，没有大碍。”

宁钰轩点点头。对于慕水晴的这个孩子，他心情比谁都复杂。到底是他的亲生骨肉，可又不是温婉生的，盼也不能盼，所以他只能走一步看一步。

“说起来，侯爷也好久没有去看桑榆妹妹了。”齐思菱转过头来，温柔地道，“眼看着冬天就要来了，侯爷不如去看看，可别让桑榆妹妹冷着了。”

季曼嘴角一抽，这什么事儿都能往她身上扯。宁钰轩最近怕是恼温婉小气，才在各处休息给夫人个警示。他扯上两个姨娘就算了，干什么还要把她也扯进去？她没有当炮灰的习惯，虽然她现在的确是个炮灰女二。

宁钰轩转头看了一眼老夫人身边站着的聂桑榆，眼里有东西动了动，抿唇道：“菱儿说得也对，不如今晚我便去非晚阁吧。”

慕水晴心里略微不舒服。这半个月侯爷也就去了她那里一次，齐思菱为什么宁可帮着聂桑榆，也不帮她说一句？

早些时候她是和齐思菱交好的，有什么事都跟齐思菱说，齐思菱也会帮衬她一些。可是自从她怀孕，齐思菱似乎就像是不打算与她结交了；连她去霁月院，都被告知在午休不得见：这摆明是躲着她。

慕水晴暗暗咬牙，看了齐思菱一眼，就扭开了头。

季曼深吸一口气，福身谢恩：“多谢侯爷。”

躲得过初一也躲不过十五，她是这个男人的小妾，怎么都是要履行小妾义务的。不过季曼有些接受困难，恍恍惚惚回到非晚阁，看了镜子里的人半晌才转头，问身后的苜蓿：“以前我伺候侯爷的时候，那个……时间长吗？”

这种问题一般女人问不出来，苜蓿还没嫁人，自然羞红了脸，喃喃地道：“主子少有伺候侯爷的时候，奴婢也快忘记了。主子少有的几次里头，好像都是遍体鳞伤。”

季曼瞪大眼睛，宁钰轩还这样？不不不，不行，她还是想办法躲过去吧，就算不是她的身体，她也承受不来这个。

季曼本来过去是要看她们要怎么冲慕水晴发难的，结果就齐思菱说了那么没重量的一句话，千怜雪又全程装虚弱不说话，没什么好戏看不说，还把自己搭进去了。

想起离开主院时宁钰轩那意味深长的眼神，季曼嘴角又抽了抽。他以为是她求齐思菱帮忙不成？那女人摆明也没啥好心，最近往蔷薇园走动得那么频繁，多半是和女主勾搭上了。

因着刚才的事情，季曼一整天心情都不太好。到了晚上宁钰轩推开门，就看见一张青白的脸披散着头发的女人呆愣地喊他一声：“侯爷……”

下意识地后退一步，宁钰轩才看清这是聂桑榆，不由得嘴角微抽：“装鬼

吓我？”

“奴婢不敢。”季曼连忙整理了一下自己白色的寝衣，上前殷勤地扶着宁钰轩道，“您这边请。”

宁钰轩看她一眼，淡笑道：“也无怪菱儿说我冷落了你。上一次宠幸你，还是一年以前。”

季曼心里暗骂，这种逼自己女人发疯的男人，有资格骂聂桑榆是毒妇吗？正室一年得一次宠幸，这事放谁头上不会发疯？上次她装病躲了宠幸，这次明显不能故技重施。聪明人，得懂得换方法。

门合上，屋子里只有默默燃烧的红烛台。宁钰轩看着身边的女人，眼神暗了暗，却跟大爷似的坐着，要她先动作。

季曼笑道：“今天奴婢听见了一个故事，想说给侯爷听。”

宁钰轩挑眉，干脆躺上床，不解地看着她问：“什么故事？”

季曼也躺上去，温柔地替他将被子盖好：“是一个叫阿里巴巴的异乡人的故事，您想听吗？”

阿里巴巴？这名字真奇怪，宁钰轩忍不住好奇：“说来听听。”

季曼乐了，声音放得轻柔又催眠地道：“很久很久以前，有一个穷苦的少年，叫阿里巴巴。他的哥哥娶了富商的女儿，他却娶了一个穷女……”

阿里巴巴与四十大盗的故事是极好的睡前故事，季曼想，就当他是她儿子吧，哄睡了了事！

第十三章

世上有没有一模一样的人

“阿里巴巴赶着驴走到山上，却看见四十个很强壮的山贼扛着沉甸甸的麻袋。为首的一个人走到一块巨大的石头面前，喊了一声‘芝麻开门’，那门便打开了。一群山贼将宝藏藏进山洞里，又喊了一声‘芝麻关门’，宝藏就全被关在了洞里。”

季曼一边慢悠悠地说着，一边偷偷打量旁边宁钰轩的神色。说了这么一会儿，他竟然还一点睡意都没有，一双眼睛满是好奇地看着她问：“后来呢？”

“后来，等强盗们走了，阿里巴巴就跑到门口，学着强盗的样子喊‘芝麻开门’，然后抱了一些财宝回家。”

季曼忍不住翻了个白眼，这人竟然会对童话故事这么感兴趣；并且看这样子，眼前这人完全不像要睡着的模样啊。无奈，她只能硬着头皮，尽量缓慢地将整个故事说给了宁钰轩听。

“好人有好报，恶人有恶报的意思？”听完，宁钰轩饶有兴味地笑道，“倒是个很有趣的故事。”

有趣不有趣倒是其次，关键是大爷您为什么还睡不着？季曼心里怒骂，脸上却还是微笑着，只是伸手捂着嘴打了个哈欠：“时候不早了，侯爷明日定然还是有事，就早些安歇了吧。”

宁钰轩微微挑眉：“睡觉？”

季曼很认真地点头，并且一脸疲惫。不睡觉还能怎么样啊？虽然聂桑榆是很想扑上去没错，可是这事哪里急得来，她季曼也没有献身给古人的准备。

蜡烛熄灭了，天色微微有些泛亮，季曼转身背对着陌玉侯，很快就入睡了。旁边的男人沉默许久，微微起身，看着季曼沉睡的脸，忍不住再瞧了瞧她脖子后面的黑痣。

她怎么会变得这么有趣呢，竟然没有急着让他宠幸，而是拿故事跟他拖时间？若说欲擒故纵，这也是第二次了，聂桑榆不懂什么叫见好就收？

他伸手去摸了摸聂桑榆的颈后。这人睡得正好，一个翻身过来便伸手抱住了他的腰。宁钰轩微微一愣，鼻息间竟然闻见一股子香气，说不清是什么香，带着些浓软，很舒服。温温的身子往他身上一贴，也没有多余的动作，竟然叫他有了些反应。

稍微尴尬地将身子抽开一些，宁钰轩皱眉，一脸嫌弃地看了聂桑榆一眼，而后离得远远地躺下。

第二天，季曼照例去给老夫人请安伺候早饭，却见老夫人喜气洋洋的，精神头倍儿好。

“可是有什么喜事？”季曼好奇地问。

老夫人笑道：“靖文侯和尔容上京来了。他们是每年都要来一回的，这次还带了明杰来。我是有许久没看见他们了。”

靖文侯宁怀文是老夫人的小叔，也就是宁钰轩死去的爹的兄弟。季曼一拍脑门想起来了，这个时候是该男二出场了。女主受男主冷落，怎么能没个温柔多金又一心一意的男二来陪着呢？

宁明杰显然就是那个男二。身为宁钰轩的堂哥，宁明杰虽是六品，却是握有实权的军器监，是个年少有为，风度翩翩的人。书里写他玉树兰芳，生了一张明媚胜女儿的脸，却万分讨厌别人提他容颜半句。他甚至常年戴着银质面具，只有进宫面圣时才会取下。

关于这种狗血的设定，季曼不想评价什么。但是身为看了半本书的人，她知道这个宁明杰会是以后温婉最大的靠山，会替她遮风挡雨、保驾护航，简直就是备胎的模范，男二中的精英。

季曼觉得，为了完成聂桑榆的心愿，自己是有必要着手准备制定如何扶男二上位的计划的。女主一旦跟男二跑了，那男主就好收拾了。

“靖文侯爷他们什么时候才到？”季曼问。

老夫人道：“还有个三五天就该到了。你等会就去传话给温婉，叫她把南苑收拾出来，不能怠慢了。”

“是。”季曼应了，回非晚阁的时候就顺便去了蔷薇园传话。

今天据说陌玉侯是一早就回来了，所以季曼也做好了会在蔷薇园遇见他的准备。季曼哪里知道进去才发现只有温婉一个人，一张脸涂了雪花膏都憔悴得很。温婉听了她的话也只是点头：“我知道了。”

季曼很想告诉她，你这么悲伤做什么？男二要来了！

但是为了避免被当成疯子，季曼还是行了礼，老老实实地回了非晚阁。

“你这里的花怎么少了那么多？”宁钰轩站在她的小花园里，看着四处被剪得只剩残枝的花，好奇地挑眉，“拿去干什么了？”

季曼慢慢合拢惊讶地张大的嘴，跨进院子道：“拿去泡澡用了……侯爷怎么会在这里？”你好好的不去陪女主，被挖墙脚了都不知道！

“刚从户部回来，就过来看看你。”宁钰轩说得很自然，走近她两步，低头在她鬓边轻嗅，“是花香吗？倒是好闻。”

季曼耳朵一红，连忙跳开，羞涩地道：“侯爷，奴婢一身汗，还没洗澡。”

这煞风景的话说出来，宁钰轩嘴边的笑容就淡了：“这样的天气也能出汗？”

“奴婢是一路跑回来的。”季曼道，“据说靖文侯要来了，老夫人正让各处收拾呢。”

宁钰轩顿了顿，笑道：“也差不多是时候了，等他们来了，府里也要热闹些。你不是与尔容惯常交好吗？倒是该你高兴。”

尔容是靖文侯的独女，跟聂桑榆一样受尽宠爱、骄横跋扈，所以两个人是闺密一点也不奇怪。只是从靖文侯改了封地，搬离了京城之后，聂桑榆就很少有宁尔容的消息了。

原著里关于宁尔容的描写不多，毕竟她是配角中的配角。这宁尔容好像是帮着聂桑榆害了女主一次，之后就被嫁出去了，反正下场是不太好。不过她都能帮着聂桑榆做事，那她俩倒是真有感情的。季曼脸上露出了笑容，道：“奴婢就盼着她快来呢。”

宁钰轩看了她两眼，难得地嘴角上扬：“今晚我也在这里睡。”

啥？

季曼笑容一滞，嘴角抽了抽：“侯爷不用去陪陪夫人吗？奴婢刚从蔷薇园过来，见夫人的脸色似乎不太好。”

宁钰轩轻轻摇头：“你的故事太过有趣，我不想走。”

说罢，他就转身跨出了院子，往西院书房那边去了。

男人的话千万莫当真，宁钰轩也是情场老手，惯会蛊惑人心，连聂桑榆也都是死的时候才发现这个男人没有爱过自己，可见其绝情与可怕。

季曼在心里提醒了自己一下，然后开始回去组织语言，想着晚上是不是该讲《渔翁、魔鬼与四色鱼》的故事了。

“夫人，非晚阁里那位的手段，您可瞧见了？”齐思菱坐在一旁看着温婉道，“原先大家都以为她不得翻身，却不想还是靠着老夫人住进非晚阁，还让侯爷自己想去她的院子了。夫人，不是思菱多嘴，您的性子不争不抢，侯爷迟早要被人给抢走的。”

温婉勉强笑了笑：“我不信，我知道他最爱的人是我。”

齐思菱叹息，也不能反驳这句话。不过聂桑榆确实厉害，要不是侯爷心在温婉这里，定然早就被人将正室之位拿去了；现在温婉是高枕无忧，但是她们这些人，聂桑榆不一定能容得下，所以她一定要早作打算。

洗漱完毕之后，宁钰轩头发微湿，穿一身素色寝衣，靠在床边等着她。季曼一边磨磨蹭蹭一边心里嘀咕，这是美男计？宁钰轩脑子进水了才会想到来色诱聂桑榆呢。可是他到底想干什么？他那么讨厌聂桑榆，还连着叫她侍寝？

“侯爷。”磨蹭完了，季曼站在了床边。

宁钰轩看她一眼，往床里面挪了挪，示意她上来。

季曼刚一上去，就被他抱住了腰。心下一惊，她双手就抵在了他的胸前，脸上的神色也没藏好，露出赤裸裸的抗拒。

宁钰轩眼里神色更浓，挑眉看着她道：“不喜欢侍寝？”

季曼连忙笑道：“没有没有。”

“我怎么刚刚在你眼里看见了很抵触的情绪？”宁钰轩微微一笑。

“您眼花了，我高兴还来不及呢。”季曼爽朗一笑，直接往床上一躺，“您来吧！”

这一副英勇就义的表情，看得宁钰轩心里闷笑，当即也没犹豫，就扑了上去。

“等等！”季曼大叫一声。

“怎么？”宁钰轩轻轻挑着她的肚兜带子，眼里满是挑逗。

季曼吞了吞口水，忍住想一脚踹翻他的冲动，温柔地道：“侯爷，奴婢还有个故事，您要不要听？”

宁钰轩失笑，翻身躺到一边，一只手撑着脑袋，眼睛明亮地看着她道：“那你就说吧。”

“这次我要说的是渔夫的故事。”季曼吞了吞口水，认真地道，“很久很久以前……”

烛火从亮到暗，季曼讲完整整两个故事，累得快要睡着了，可宁钰轩依旧是兴致勃勃地看着她：“说完了？”

看见他眼里的火焰，季曼连忙摇头：“没有没有！你听我说！”

宁钰轩温柔地摸着她的头发：“没事，你慢慢说。我很好奇你的肚子里，到底有多少个故事。”

季曼欲哭无泪，被宁钰轩这么看着，也不敢直接睡着，只能喝着茶水，絮絮叨叨地说故事。到天亮的时候，她的嗓子就已经哑了。

宁钰轩一夜都没睡，就听着她讲。他想看看这女人能做到什么份儿上，但是他没想到，到天亮的时候她居然才讲完。虽然他面上带着微笑，其实几次都差点快睡着了。

“侯爷，好听吗？”季曼咬牙问。

宁钰轩勾了勾唇：“好听，听得我都不想睡了。不过这会儿还有事要去刑部，晚上回来再继续讲吧。”

还讲！季曼努力想微笑着，脸色却都青了，这人当她是《一千零一夜》有声图书呢？

“侯爷慢走。”僵着脸替人更衣送到门口，季曼还是规矩地行了礼。

前头刚走两步的人回过头来，朝霞之中，一张脸温和如玉：“你以前没有这样讨厌我的，看来是我哪里做得不好，以后我会好好对你的，桑榆。”

季曼抬头，有些怔愣地看着他微微发亮的轮廓。不知是朝阳光辉，还是其他原因，这人看起来就像一尊本是不苟言笑的佛，终于对人露出了怜悯的微笑。

顿了这么一瞬，季曼又重新低头，宁钰轩便抬步继续走了。他竟然察觉到了她的讨厌，季曼想，他不但没生气，还说会好好对她，这是不是就是男人本性中最根深蒂固的一点——贱？当初聂桑榆那么喜欢他，他不为所动，还一冷落就是六年；现在换她这个无辜的人进来，他倒还觉得新奇了？

宁钰轩坐在刑部办事阁，手撑着下巴，安静地睡着了。太子跟众幕僚与刑部重臣商议了半天的事情，一回头就见陌玉侯睡得正好，长长的睫毛安静地垂下，薄唇

轻抿，比醒着的时候多了几分温柔。

他显少有在外头打瞌睡的时候。太子赵辙好笑地挥退了众人，坐到宁钰轩身边唤他一声："钰轩？"

宁钰轩醒了，眼里满满的都是疲惫："怎么？"

"你昨晚没有睡好吗？"赵辙笑道，"听说你最近与你夫人有些嫌隙。太子妃与温氏倒是有些交情，不如让她去帮忙？"

说交情，太子妃也不过是帮忙操办了温婉的嫁妆，这自然是太子爷的意思。要说两人多熟，宁钰轩不敢苟同。只是太子连他与温婉最近不和都知道……

宁钰轩侧头看着赵辙笑道："不必让太子妃费心。昨晚我是在其他地方听了一晚上的故事，所以没能睡好。"

"听故事？"赵辙奇了，"怎么会听得觉都不睡？看你这眼里的血丝。什么故事那么好听？"

想起聂桑榆使劲儿睁着眼睛装不困地给他讲故事的样子，宁钰轩勾了勾唇："故事挺有意思，人也挺有意思。太子爷相不相信世上有两个一模一样的人，性子却完全不同？"

赵辙一脸茫然："怎么会有这样的事情？不过两个人再怎么相像，也是该有不同之处的。"

宁钰轩沉默了一会儿，又笑了："是啊，怎么都该有些不同的。"

赵辙完全听不懂他在说什么，心里有些没底。宁钰轩虽然是得皇帝重新封的侯爷，却由于皇帝忌惮，没有享受到以前平南侯的兵权。但是六部之中的重臣，全是宁家门生或者与宁家有关系之人。宁钰轩十八岁开始协助皇帝掌控六部，上传下达。渐渐地，皇帝竟然也就默许了陌玉侯有这个职权。幸亏宁钰轩不是什么有野心之人，只要好好拉拢，就能让他高枕无忧。可是太子爷最怕的就是陌玉侯府中的聂桑榆，比谁都不希望聂桑榆得宠。

"这会儿刑部的事也完了，不如去你府上坐坐。"赵辙道，"许久没去了，都不知道你家那梅花开了没。"

宁钰轩揉揉眼睛站起来，打了个哈欠道："去吧，不过这会儿刚入冬，梅花定然是没开的。去逛逛也好，春风楼也实在腻人。"

太子哈哈大笑："你那府里的美人儿，随意拿一个出来也比春风楼里的姑娘美，当然会觉得腻了。走吧走吧，今日父皇不问我功课，我也偷个闲。"

说起美人，宁钰轩脑袋里不知怎么就浮现了聂桑榆的脸。明明那人没上什么胭脂，寡淡得很，但是昨天他看了一晚上，竟然也有些觉得好看。

他一定是困糊涂了。

季曼洗了个澡就去睡回笼觉了，可是没睡一会儿，温婉身边的檀香竟然来传话：“桑主子，夫人说您最了解堂小姐的爱好，请您往南苑走一趟。”

季曼烦躁地翻了个身。睡眠不足的人情绪很暴躁的，她很不想去啊！可是没办法，人家是正室，她只能一脸高兴地领命，换了衣服就往南苑走。

宁尔容的爱好？季曼想都不用想，站在南苑的绣楼面前就道：“给换上楼兰纱，铺个波斯地毯，怎么华贵怎么来吧。”

钱管家有些为难地看着预算，犹豫再三才道：“我先去找夫人禀告。”

季曼就站在南苑这边等，眼皮子实在架不住，就招呼苜蓿道：“带我去那边葡萄藤架子下的秋千里坐坐。”

苜蓿看自家主子这黑眼圈也知道昨儿没睡好，却只是笑着扶她过去。“别摇晃，就让我坐着睡会儿。没什么事别找我，有什么事你也先去应付。”季曼说完，坐在秋千上，抓着绳子就闭眼靠着睡了。

苜蓿叹了口气，主子也挺不容易的，就让她多睡会儿吧。那边赵大娘送了点心来，远远地要喊桑主子。苜蓿连忙小步跑过去，拉了她到外头说话。

“靖文侯要来了？”赵辙看着府里忙里忙外的，笑着问了一句。

“说是过两天就到。”宁钰轩道，“明杰最近做得不错，皇上也该有意思调他回京，升个官职。只可惜那人对官场不感兴趣，不然倒是一名良将。”

赵辙四处看着，点头道：“若是他有心，我倒也能扶他一把，到底是你堂哥。”

宁钰轩点头，宁明杰不用自己做什么，前途自然是一片光明；倒是宁尔容，这堂妹简直和聂桑榆一个德行，难缠得要命，自己还得分神应对她，想想就很累。

身边的太子走着走着，突然停下了步子。

“怎么了？”宁钰轩回头看太子一眼，见太子眼里有些惊讶和奇异的光芒。他好奇地顺着太子的目光看过去：葡萄藤下的秋千架子上睡着一个美人儿，藕色的长裙随着秋千微微摆动，脸上脂粉不施，嘴唇却艳丽得让人禁不住想吻上去，那睡态天真无邪。

宁钰轩脸色沉了沉。聂桑榆这是傻了吗，在外头也能睡着？

“这是？”太子脚下已经开始走了过去，嘴里问了他一声。

宁钰轩皱眉前行几步，状似无心地挡在太子面前："那是聂桑榆。"

太子一惊，眼里的迷蒙之气散开，看看那秋千上的人，再看看宁钰轩："聂桑榆？"

陌玉侯认真地点头。

赵辙没见过聂桑榆几面，因着避嫌，也就宫里宴会上看过几次。不过浓妆艳抹，再好的颜色也污了，他也就没留心。

没想到抹去那些东西，聂桑榆倒是更好看些，往这一放，倒成了没世美玉，引得人想近而把玩。太子轻咳了一声，脸上恢复了正常的神色，道："若不是性子让人难受，倒也是个美人。"

宁钰轩心里有些不悦，却没多说，只道："她昨天也没睡好，就不吵醒她了。我们去花园吧。"

太子点头，下意识地再看了聂桑榆一眼，而后跟着宁钰轩走了。等脚步声远了，季曼才睁开眼，手里都是冷汗。那本书的结局她没有看，但是太子这个人暴戾无常，被他盯上可不是什么好事情。今天出门她没看皇历，怎么就遇见他们了。

苜蓿捧了点心回来，就看见自家主子脸色苍白。

"主子？"苜蓿疑惑地看着她。

"没事。"季曼摇头，觉得那炙热的目光应该是她感受错了。太子知道她是聂桑榆，就该知道她代表着什么，不可能冲她下手的，应该是自己想多了。

晚上的时候，宁钰轩吃过晚膳就到了非晚阁，神色却没有多轻松，而是一进来就盯了她半晌。

"奴婢脸上有东西吗？"季曼小声问。

"没有。"宁钰轩别开头，看起来心情不佳，躺上床就道，"今天不想听故事了。"

季曼一惊，不想听故事想干吗？

"不如你来跟我说说你小时候的趣事吧。"宁钰轩突然道。

季曼松了口气，还有说的就好，她就不信明天宁钰轩还能继续宠幸她。要是他连着宠聂桑榆这么多天，温婉绝对坐不住。

"小时候的趣事倒是没有什么，就是跟着哥哥扮成男孩儿，上街去看看热闹。或者是爬平南侯府的墙头，看看情郎。"

这些是季曼在梦境里慢慢看见的。聂桑榆这小丫头还真挺拼命的，几岁大就去爬人家墙头了。

关于爬墙头的事情，宁钰轩自然也还有印象，他讨厌聂桑榆就是那时候开始的。细细看了看聂桑榆的脸，宁钰轩心里满是疑惑。

第十四章

树欲静而风不止

连小时候的事情都记得这么清楚，自然不会有异，宁钰轩观察聂桑榆很多天了，到现在终于不得不承认，这应该是聂桑榆本人，不会是其他人冒充。这张脸在她熟睡的时候，也已经叫他检查过了。

那么到底是什么让这个女人变了这么多？

“小时候除了看侯爷，就是把自己关在家里刺绣。可惜据说绣出来的东西，侯爷虽然收下了，却一次都没有用过。”季曼嘴角带了些嘲讽的笑容，“亏得桑榆以前还很高兴，为了让侯爷用得欢喜，练了一手好绣功。”

这话说出来，宁钰轩就有些尴尬了，轻咳一声转开了目光：“我用的东西都是下人打理的，没太注意。”

“您对桑榆不上心，自然不会注意到桑榆做的东西。”季曼叹了口气，“曾经桑榆还花了一个月的时间，为您绣了一件雪松披风，可惜了一次也没见您用过。”

那披风是聂桑榆不眠不休绣出来的。她一连绣了好几天，其间累得生病了，病没好又接着绣，就这样绣了一个月。待她满心欢喜地交给他，他也只是冷淡地收下，放进衣柜里，再也没有拿出来过。

“这些都是过去的事情了。你当初若不是那样不明事理，我也不至于冷落你那

样久。”宁钰轩看着季曼道，“如今你这样就挺好，替我省了不少的事情。”

是省事啊，她都什么都不要了，还能不省事吗？男人总要女人大度，不小心眼，不斤斤计较，不任性。其实女人要做到也很简单，不爱这个男人就行，轻而易举地就可以满足他所有要求，比如她现在之于宁钰轩。

“侯爷的眼里有血丝，不如还是早些就寝吧。”季曼面无表情地转过背去，摆明了拒绝他。

宁钰轩也不强求，躺在一边就老实睡了，没有丝毫越矩的动作。

就知道他也不是心甘情愿宠幸她的，季曼稍微松了口气，心想明天还是往老夫人那里躲躲，免得这连续几天的恩宠惹人眼红。

可是，有句话叫“树欲静而风不止”，靖文侯一家子来京的时候，还是出了点事情。

因为是自己一家人，靖文侯带着一双儿女来，老夫人自然是阖家欢迎，在主院设了接风宴，各院子姨娘、侍妾都去了。只是身份有别，姨娘和夫人是坐着的，侍妾自然还是只能站着。

慕水晴怀了身子也不例外，照样只能站在一边替老夫人布菜。季曼站在温婉的身边，看着满桌子的大鱼大肉，默默咽了一口口水。

这就叫“朱门酒肉臭，路有冻死骨”。她还没吃晚饭呢，这些人竟然放着山珍海味都一动不动，还搁那儿扯瞎话。

“新堂嫂真是漂亮，比旧的堂嫂还好看。”宁尔容穿着一身可爱的白狐毛背心，配一件蓝色棉裙，看起来十分活泼。她一双眼睛先是看了聂桑榆许久，再落到了温婉身上。

这混世的小祖宗也就和聂桑榆在几年前不打不相识过，其余人一概不给面子。温婉的脸蛋长得虽然也好看，但是这几天憔悴不少，又始终未能开颜，整个人看起来就像蔫了的花，跟一直用天然植物保养脸蛋的聂桑榆一比，逊色不少。尔容偏偏就还这么说一句，新旧二字也把宁钰轩的脸色整难看了。

“尔容，好好吃饭，话少说。”旁边戴着银色面具的男人低声说着，夹了菜给她。

宁尔容轻哼了一声，低头吃饭，脚下还狠狠踢了宁明杰一下。

宁明杰眉头都没有动，只是安静用膳，不经意抬头看温婉一眼，觉得这女人长得也还不错。

季曼记得，女主与男二是在这次宴会之后认识的，可是从她进这本书到现在，一些细节已经改变了不少。温婉也没有像原著中那么能呼风唤雨，情节走向有没有改变，她也说不清。但是这个男二留还是不留，关系到她生命的安危。

因为聂桑榆之所以被赐死，就是因为这男二拿到了她陷害女主的证据。侯爷一怒之下，就把女二“咔嚓”了。都是二，男二何苦为难女二？

季曼忍不住多看了宁明杰两眼。那人筷子一顿，不解地抬眼朝她看了过来。那是一双明媚的眼。这眼睛看得她顿了顿，连忙低头老实给温婉布菜。

乖乖，这男人的眼睛也太好看了些。怪不得都说男主是女主的，男二是读者的，她这样的读者，就爱这样的男二好吗！多美的人儿啊，看起来脾气也比宁钰轩好，要不然她就努力改变一下情节走向，让男女主欢乐大结局，她抱个男二回去？

想着想着，又看了宁明杰一眼，季曼觉得，这个想法可以尝试一下。

宁钰轩吃饭不喜欢东张西望，可是这一顿饭，他抬了两次头。

恰好这两次抬头，都看见季曼花痴一样的眼神，直勾勾地盯着宁明杰。

微微挑眉，宁钰轩有些好笑地踢了旁边的宁明杰一脚。

“嗯？”宁明杰不解地看着他。

“小心被苍蝇叮。”宁钰轩低声嘀咕了一句。

大冬天的，哪来的苍蝇？宁明杰很莫名其妙，顺便抬头看了一圈儿，就只看见聂桑榆微微低头，认真地替温婉布菜。聂桑榆优美的脖颈露出一些，被风一吹，就跟乌龟似的缩了缩。

她倒是变得安静了不少。宁明杰在陌玉侯大婚的时候来过一次京城，见识过聂桑榆的闹腾劲儿，尔容还差点与她打起来。只是后头不知怎么，她俩还就成了好姐妹了。

其余的倒是没什么印象，宁明杰就记得聂桑榆当时站在喜堂上蒙着盖头喊了一声：“你们谁也没有我喜欢钰轩！”

大大咧咧，不怕闲言碎语，聂桑榆刚进门就朝来观礼的侍妾和通房丫头们这样喊。

这句话后来成为京城里人茶余饭后的谈资，大家都说聂家这位女儿真是不害臊，宁钰轩也因为这话在新婚之后就少去她那里了。

没想到当初爱得那么热烈的女子，现在却成了一个侍妾，安静地站在宁钰轩最喜欢的女人身边，替她布菜。那张脸上无波无澜，像是断了所有念想一样。

宁明杰低头继续吃饭。

饭后天色也黑了，老夫人与靖文侯说了会儿话，便让温婉请叔伯去安置了。

季曼跟在千怜雪后头，齐思菱和慕水晴也一并走着。众人刚过南苑的葡萄藤，

走到前头一座观景的小石桥上，季曼就感觉到后面一股力推过来，整个人就不受控制地扑到了千怜雪身上。

“啊——”一声惊呼，周围的人乱成一团。打灯的家奴回头过来，却只见慕水晴已经落进了一边的清渠里。

“晴主子！”半夏远远走在最后面，根本来不及救人，只得大叫了一声，“快救救主子，她不能动胎气的！”

季曼压着千怜雪摔在了地上，把娇弱的美人儿也摔得够呛。前头温婉一个趔趄，本来宁明杰要去扶，却被宁尔容先一步扶住了。

黑灯瞎火的，几个打路的家奴都连忙回头，救人的救人，叫大夫的叫大夫。温婉身为夫人，看闹出这样的事情，也怕怠慢客人，连忙道：“思菱先送靖文侯爷和堂公子、堂小姐去南苑，这里我来收拾。”

“是。”齐思菱应了，引着靖文侯就继续往前走。

季曼刚爬起来就看见慕水晴已经浑身湿透地被捞了起来，大冬天的，脸都冻紫了。季曼连忙脱了身上的兔毛小坎肩，好歹给她裹一裹。

慕水晴嘴唇一直打战，想说什么说不出来，就被半夏先扶走了。

虽然慕水晴这肚子不受宠，可是出这样的事情，今晚谁也别想睡安生觉了。

季曼揉揉额头，该来的还是得来，就知道这个孩子保不住。男主可还得和女主一生一世一双人呢，怎么可能多个小拖油瓶出来。

关键就是，这谋杀侯府长子的罪名，会被安在谁头上？

宁钰轩刚要去蔷薇园就被人喊去了飞月阁。慕水晴已经洗了热水澡，喝了姜茶，不过还是感染了风寒，一张脸惨白惨白的。

“怀着身子，不能下药，这风寒得让晴主子自己好。”李大夫来把了脉，认真地道。

风寒在古代可不像小感冒，若是不用药，严重起来也是要人命的东西。慕水晴一听这话就有些绝望，要是真就这么一病不起了，估计不仅孩子保不住，自己也得搭上去。

宁钰轩站在离床很远的地方，只说了一句“好好养着吧”，就带着温婉要走，生怕被慕水晴传染似的。慕水晴红了眼，咬牙道：“侯爷都不替奴婢查查，是谁要害奴婢吗？”

好端端地走着路，怎么就突然有人来推她？明知道大冬天落冷水必然生病，怎么就故意将她往水里推？

宁钰轩停住了步子，下意识的反应，就是往聂桑榆那边看了一眼。

季曼看见他的目光，脸色就沉了：“天色虽然黑，却总是能看见东西的，侯爷有大把的时间去查，不用先在心里下了定论。”

她还被人推了呢，头一个怀疑她是什么意思？季曼气不打一处来。她平生最讨厌被人冤枉，谁要敢把这帽子扣她头上，她定然要叫那人没有好果子吃！

没想到聂桑榆这么大反应，宁钰轩微微皱眉：“我又没说怀疑你，激动什么？”

季曼沉着脸冷哼，他这眼神她要是看不懂，名字倒着写！

温婉微微惊讶地看了一眼宁钰轩有些恼怒的神色，抿了抿唇没说话。宁钰轩沉默了一会儿才道：“今天天色晚了，明日我再亲查此事，都先歇着吧。”

众人都低头应是。季曼将床脚边的兔毛坎肩捡起来，却湿得没法穿了，不过好歹算她衣柜里比较贵重的衣裳，还是要捡回去的。

慕水晴脸色好了一些，还朝聂桑榆道：“多谢你了。”

季曼微微一笑：“应该的。”

那时，只有聂桑榆递给了她一件坎肩，其余人都是站得远远的。她虽然蛮横小气，却也念着这些天聂桑榆待自己的情分。

众人都依次离开了飞月阁，只有齐思菱留在了最后。等人都走完了，齐思菱才让半夏关上门，坐在床边看着慕水晴道：“你竟然跟聂桑榆说谢谢？”

慕水晴看了齐思菱一眼，道：“她从我怀孕以来，一直对我不错；今天我落水后更是给了我坎肩，没有像其他人那么冷漠。我说谢谢也是应该的。”

齐思菱眉心微皱：“你这是糊涂了，怎么能因为她扮了好人，就真当她是好人？你忘记她以前怎么对我们的了吗？”

慕水晴沉默。

齐思菱顿了顿又道：“今天你落水，看清是谁推你的了吗？”

慕水晴摇头：“我正发呆呢，就被人从旁边推了下去，没有看清是谁。”

当时她走在聂桑榆的左边，力道的确是从右边来的，只是那感觉不像是聂桑榆突然推了她，更像是后面冲上来人，挤在她们中间将她撞下了清渠。

这定然不会是聂桑榆干的，只是似乎有人要将帽子往聂桑榆头上扣。若是以前，她说不定会将计就计诬陷聂桑榆一把；可是现在，她相信聂桑榆是无辜的，有人想借刀杀人。

齐思菱捏着帕子想了好一会儿才道：“这两天侯爷一直歇在非晚阁，夫人虽然不说什么，心里也是难过的；加上你又怀了身子，夫子最近心情可差呢。你要知道，

侯爷真心喜欢的，就只有夫人一人。跟夫人作对，一定都没有好下场。”

这也是齐思菱选择投靠温婉的原因。她心思玲珑，看得懂陌玉侯的心思，也知道一旦遇见真爱，这三院六阁对陌玉侯来说不过都是摆设。所以她千万不能与温婉为敌，相反，与温婉越交好越有好处。

慕水晴抬眼看着她道：“菱主子的意思，是要我将罪名给了聂桑榆，然后换得夫人的原谅，从而日子好过些？”

齐思菱点头，顺便看了她的肚子一眼：“我觉得没有什么比命更重要，你觉得呢？”

舍了聂桑榆，再舍了这肚子，她慕水晴就可以归于夫人羽翼之下，安稳地过日子。

慕水晴沉默了许久，笑道：“菱主子先回去吧，不早了。这件事容我多想想，到底关系性命，不能轻率。”

齐思菱深深看了她一眼，点头道：“也罢，你好好想想吧，我就先回去了。”

慕水晴颔首作礼。

门打开又再合上，留下一室安静。

季曼刚回到院子里，就看见了宁尔容。

大晚上的，也不知道这小祖宗怎么翻进来的，跷着二郎腿坐在软榻上看着她道：“哟，回来啦？”

季曼不知为何有些好笑，身子也是全放松的状态，走过去道：“你怎么来了？翻窗子进来的？”

旁边的窗户还开着，吹了冷风进来，苜蓿连忙过去合上，又给两人倒了热茶。

“我听说了你在堂哥这里的遭遇，忍不住就来看看你。你要是想不开了，我和谁斗嘴去？”宁尔容上上下下打量她几眼，“不过你倒是比我想象中的精神多了。”

知道聂桑榆被贬的时候宁尔容就很想来京城，可惜靖文侯不允许。她与聂桑榆虽然她一见面就斗嘴，可是两人是实打实的好姐妹，她有些担心聂桑榆。

但是看着眼前这人，宁尔容松了一口气的同时，也觉得有些陌生。以前的聂桑榆在人前都要装温柔的，因为堂哥不喜欢泼妇；只有在她面前，聂桑榆才会捞起袖子毫不顾忌形象地与她对骂；而现在聂桑榆看起来安安静静，像一汪死水，她担心聂桑榆是不是被刺激出毛病了。

“人总要活着，不能老是钻牛角尖，是不是？”季曼坐下道，“你堂哥是打心眼里不喜欢我，幸亏现在我也不喜欢他，所以不算吃亏。只是这一院子女人钩心斗角，我防备都有点累。”

宁尔容挑眉道：“说起来，你今儿是不是一时冲动把那怀了孕的侍妾给推水里了？”

季曼黑了脸：“不是我！”

“这事挺像你风格啊。”宁尔容眯着眼睛道，“不是说要把讨厌的人往死里折腾吗？那个慕水晴好像一直是与你过不去的。”

“就算我讨厌她，那也不是我做的。这样愚蠢找死的做法，我才不会选。”季曼哼了一声道，“你堂哥连续两天歇我这儿，有人按捺不住了要冲我发难，才有今日这一出。”

宁尔容有些惊讶：“堂哥竟然这么宠你了？难不成真是妻不如妾，妾不如侍妾？”

季曼心想，怪不得聂桑榆能与这堂小姐捞起袖子对骂呢，这人说的话确实是找骂型的。

“你堂哥现在最爱他的妻，我们这些妾都是拿来做调剂的。”季曼轻声道，“我也没别的念想，就想着好好过日子。”

“你当真不爱堂哥了？”宁尔容道，“当初是谁说的‘山无陵，天地合，乃敢与君绝’？”

季曼微微一笑，道：“现在是‘山有陵，天地未合，我愿与君绝’。”

我愿与君绝。

宁尔容怔了怔，脸上的戏谑也统统收了起来。她没有想过，桑榆真的会有不爱宁钰轩的这一天。她还当桑榆是开玩笑呢，结果桑榆竟然连这样绝情的话都说出来了。

屋子里沉默了好一会儿，宁尔容才叹了口气道：“我先回去了。明日你来南苑，我请你吃点心。”

“好。”季曼应了。

宁尔容原路返回，从窗户跳出去，消失在夜色里。季曼其实很想提醒她可以走正门，但是她动作太快，压根儿来不及喊。

宁明杰还未休息。今天桥上那一出戏，旁人未看清，他这双眼睛却看得清楚：有丫鬟从后头上来，将那怀了身孕的侍妾推进了水里，位置刚好可以给人造成是聂桑榆干的的错觉。

不过他不会说出来，因为压根儿不关他的事。即使尔容与聂桑榆交好，但人家

后院的事情，他也没必要掺和。

“哥哥。”宁尔容从外头回来，就直接闯了他的房间。

宁明杰回头，无奈地看了她一眼：“说过多少次，不要直接闯人家房间，要记得敲门。”

宁尔容满脸惆怅，坐下郁闷地道：“亲兄妹分那些干什么。我是被桑榆一句话给说得难过了，才想来找你谈谈心嘛。”

“什么话？”宁明杰好奇地看着她，“能把你这样的混世魔王都说惆怅了？”

“唉。”宁尔容趴在桌上道，“以前桑榆很喜欢堂哥的，为了他什么都做。她本来与我水火不相容，因为我说了一句知道堂哥喜欢什么，她竟然就软了态度低声下气地来求我了。这样的傻子，我想气都气不起来。”

“自古女子多情痴，也没什么奇怪的啊。”宁明杰不以为然。

“结果今天我去非晚阁，她竟然说她不喜欢堂哥了，还说什么‘山有陵，天地未合，我愿与君绝’。”宁尔容又叹了一口气，“她该是对堂哥死心了。我看着她，却不知道为什么有点惆怅。原来多浓厚的爱意，也是能被人磨没了的啊。”

宁明杰微微一愣，想起饭桌边站着布菜的那个安静的女人，心里也是有些唏嘘。不爱了又如何呢？女人一旦嫁人，就只能在这一方宅院里终老了。

絮絮叨叨地说了聂桑榆一大堆话，宁尔容心里舒坦了，就先回去睡觉了。宁明杰哭笑不得，尔容这是说没了他的睡意，自己却走了。

聂桑榆的事，宁明杰听尔容说了不知多少次，不过他就今晚听着才觉得，这女人倒也是有些意思。

第二天一大早，季曼就先起来了。昨天夜里她就让苜蓿熬药搓了药丸子，用的配方能治感冒，也将对胎儿有害的药物全部去除了。方子是李大夫给的，说是不能用重药，稍微吃些压压风寒也是好的。

天蒙蒙亮，季曼就去了飞月阁，将药丸和药方一并给了慕水晴。

“身子重要，但是保住这孩子也是挺重要的。”季曼看着慕水晴复杂的神色，认真地劝道，“到底是一条生命，能保住就不要舍弃他。”

慕水晴正因为齐思菱的话在动摇，看着手里的药丸子，听着聂桑榆的话，心里的天平便又朝聂桑榆这边倾斜了一些，二话不说就将药吃了。

若是有什么不妥，孩子没了，她也正好推到聂桑榆身上，归顺夫人；若是没有不妥，那保住孩子也是好的。这是她最好走的一条路了，没想到还是聂桑榆亲手来替她铺的。

第十五章

救星来得及时

宁钰轩说了要亲查此事，所以早上的时候，昨天在桥上的人就全部到了飞月阁。

温婉的脸色温和了不少，想来是昨儿晚上宁钰轩哄好了她。只是她将目光转过来和季曼对上的时候，季曼感觉到这女主好像有些变了。本来是无欲无求就偏偏什么都有的幸运女主，现在被自己横插一杠子，夺了些女主光环，心里多半是有些不平衡，开始讨厌自己了。

再圣母玛利亚的女人，被触及到根本利益，也是会恼的，何况温婉也算是有些小心机的人。季曼都有些觉得宁钰轩是不是故意拿自己刺激温婉，好叫温婉学会狠绝，才不会给人欺负。

“昨儿个我和两位姨娘都是走在最前头的，自然不会转身推晴儿一把。”温婉开口了，“现在按照昨天走的位置，两位姨娘身后是怎么跟的，都重新站一遍吧。”

季曼抿唇，第一个站到了院子中间去，柳寒云当时站在她的右边，左边是慕水晴的位置；身后依次跟着温婉的丫鬟檀香、齐思菱的丫鬟菘蓝、千怜雪的丫鬟淡竹；再往后就是聂桑榆的丫鬟苜蓿、慕水晴的丫鬟半夏，以及柳寒云的丫鬟椿皮。

不管怎么看，都是聂桑榆的嫌疑最大，因为她这个位置是最好推慕水晴的位置。温婉定定地看了半晌，转头看着宁钰轩道：“都是自家姐妹，妾身不好多加猜测，还是侯爷来下定论吧。”

宁钰轩看了聂桑榆一眼，抿唇问身后几个丫鬟：“当时谁动了？或者是感觉到身边谁动了？都给我闭上眼睛，然后伸手指。谁都不准睁眼看，否则一律赶出府去。”

这法子倒是好，不记名投票，让不敢开口说话的人都能指证了。季曼赞了一声，也跟着闭上眼睛。

身后隐隐有袖子抬起来的声响，等上头终于吩咐睁眼的时候，季曼满心觉得不会被冤枉了，却见宁钰轩的眼神分外凌厉地看着自己。

“怎么？”季曼不解，回头看了一眼，一群丫鬟都垂首站在原地，没有一个抬头。

“我可以听你解释。”宁钰轩抿唇道，“为什么要推晴儿下水？”

她推慕水晴下水？季曼睁大了眼，不可置信地回头又看了身后的丫鬟一眼，这么一大群人，难不成都指证是她吗？

错愕了一会儿，季曼就又平静了。除了自家丫鬟苜蓿，后头五个丫头，至少三个是跟她有旧仇的，她怎么就觉得她们会实话实说，不会害她呢？

季曼笑了笑，转头看向宁钰轩道：“侯爷，您若是妾身，站在这么明显的位置，会推晴主子下水吗？她的孩子没了，于我有什么好处？我一不是正室，二没有得过您的真心，要这些手段，除了害死自己，又能得到什么呢？”

这话说得有些暗指温婉的意思，宁钰轩的脸色当即便沉了下去，一双桃花眼含着怒，冷哼道：“谁人不知你心肠歹毒？谋害我子嗣不算，还要陷害到夫人头上不成？”

季曼也冷笑：“侯爷一颗心都是长偏了的，根本不听人解释。那您又何必多问桑榆这一句，直接关桑榆进思过阁不就得了？”

“大胆！”宁钰轩是真恼了，眼神凌厉得像一把剑，要活生生穿透了她，“聂桑榆，你是不是就凭着你聂家人的身份，越发不将人放在眼里？你现在只是个侍妾，也能与我这般顶嘴？”

季曼也是给气的，无辜被人冤枉，谁不生气啊？偏偏这渣男就一副我要护着女主，其他人爱咋咋地的态度，更是气得她冒烟。女主的命是命，女二的就不是命了不成！

温婉连忙出来当和事佬：“侯爷消消气，桑榆说话也注意些分寸，莫气急了侯爷。要是侯爷真将你重新关回去，那你的日子也不好过。”

季曼心里冷笑，面上却又恢复了乖顺的神色。跟宁钰轩硬碰硬的确没好果子吃，女主给了台阶，那她不下白不下。

宁钰轩不知道为什么，以前聂桑榆不懂规矩的时候，自己生气归生气，却不会这样流于表面，顶多是冷着脸不理她就是了；但是现在聂桑榆这一副冷淡淡的光脚的不怕穿鞋的的态度，总是能挑起他的火气，叫他恨不得掐死她。

冷静了一会儿，宁钰轩开口道："你素来心胸狭隘，容不下人，现在又这么多人同时指证，就算你想狡辩，也是难逃责罚。谋害子嗣其心可诛，念在你在侯府多年……"

"你也知道桑榆在侯府多年？"一声怒斥从门口传来，院子里的人都是一愣。温婉急忙转头，就看见宁尔容扶着震怒的老夫人，跨进了飞月阁的院子。

众人心里都是一惊，看着那笑容满面的堂小姐，心里都是暗恨：怎么这个关头把老夫人找来了？

"母亲。"宁钰轩收了两分怒气，屈膝行礼道，"儿子正在审问昨天晴儿落水一事。"

"你这是审问？"老夫人一脸严肃地看着他道，"我分明只听见你定罪了。桑榆可服气？"

季曼觉得这原本书里的恶婆婆简直是太可爱了，眼泪都要感动下来了，连忙顺着老夫人的话喊了一声："我不服！"

好不容易有点好日子过，想把她打回原形？没门！

老夫人看了聂桑榆一眼，示意她少安毋躁，随即道："轩儿刚刚怎么审的，也让我见识一下。"

宁钰轩知道，自家母亲是无论如何也会护着聂桑榆的。不过这件事聂桑榆做错了就是做错了，他不信谁能颠倒黑白。

于是他将刚才的法子重新让几个丫鬟做一遍，依旧让所有人都闭上眼睛。

老夫人没闭眼，就和宁钰轩一起睁眼看着后头六个丫鬟，可是这一次，六个丫鬟都没敢指。

"这就是轩儿说的审问法子？"老夫人笑了笑，眼里却很是严肃地看着宁钰轩。

宁钰轩抿唇道："大概是母亲偏心桑榆太多，所以她们不敢指了。"

"哦？"老夫人轻笑，"那轩儿你偏心温婉够不够多？"

宁钰轩一愣，垂了眼睛沉默。

"我侯府规矩也算严谨，没有荒唐到让下人来定主子的罪名。"老夫人正了神色道，"这几个丫鬟，你又能保证谁没有私心？桑榆嫁你六年，是结发，你薄待她也就罢了，现在还因为一些人的谗言，要定她的罪？"

温婉在旁边听得脸一阵红一阵白，老夫人这字字句句，都像是聂桑榆才是儿媳妇，自己依旧是不被承认的野丫头。从进来到现在，老夫人甚至没看她一眼。

这感觉可不好受，她是真心喜欢宁钰轩，所以也想得他母亲的喜欢，可是为什么这么难？

宁钰轩沉默了许久才道："母亲教训的是。可是晴儿也怀了您的孙子，这件事总不能没个交代。"

"要查就好好去查，这一屋子妖精，谁的话可以信？你不如让水晴自己说，觉得是谁推了她，她要怎么做才让这件事过去。"

慕水晴才是这件事最大的受害人，现在都不知道能不能扛过这一场风寒。宁钰轩觉得也有道理，干脆就进屋去问慕水晴的意见，顺便好好安慰一番。

"奴婢身后当时站着的是檀香。"慕水晴红着眼睛说了这么一句，看见陌玉侯沉下去的脸色，又连忙道，"不过到底是谁上来推的，奴婢不知道。但是奴婢可以肯定的是，不是桑榆姐姐。"

不是聂桑榆？宁钰轩微微挑眉，他还以为慕水晴会一口咬定就是她呢，居然反过来为她开脱？

为什么？慕水晴不是与聂桑榆一向不和吗？这么好的机会，慕水晴为什么不咬她一口？

好奇归好奇，他也不能当真开口去问。只是慕水晴都这么说了，他也就再不能多怪聂桑榆一分。关于她说的身后是檀香，他自然不信檀香会害人，檀香是温婉的丫头，跟温婉一起进府改名，是和温婉一样温柔的人，怎么会推人？

这件事就这么不了了之了，陌玉侯和老夫人都往飞月阁送了不少打赏，连带着飞月阁的待遇也好了不少，慕水晴也就没有再深究。

"要怎么感谢我？"宁尔容嬉皮笑脸地拉着聂桑榆走在路上，"要不是我知道你有难，去请了老夫人，你今天肯定要受罚的。"

季曼看她可爱得紧，忍不住伸手戳了一下她的额头，道："你想要什么？送你一盒子雪花膏可好？"

"你有那东西？"宁尔容张大了嘴，"我一来京城就听说了，让白芷去街上排了许久的队，也没能买上一盒。"

季曼摸摸鼻子，很想说你眼前就是雪花膏工厂啊。不过看她也喜欢那东西，季曼就带她回非晚阁，大方地给了她一盒子。

"这么大一盒，据说要五十两银子呢。"宁尔容小心翼翼地捧着，接着又轻咳两声，明显狗腿了不少，“你今晚想吃什么啊？我带你去我那里吃，肯定比你这侍妾待遇吃得好。”

季曼被她这模样逗得笑，想了想道：“来这里这么久，我一直最怀念烧烤。你那里要是有东西，咱们今天晚上来烧烤怎么样？”烧烤配啤酒，那是她在那个世界最美好的回忆了。

宁尔容印象里的烧烤就是把鸡、鸭、鱼等架在火堆上烤，可是聂桑榆却说，要细铁丝网，还要竹炭。

反正他们一家子来做客，钱管家那里是要什么有什么的，宁尔容也不嫌麻烦，将聂桑榆要的东西通通吩咐人去取来。

冬天的气息浓了些，晚上的时候外头寒风呼啸，冷得叫人不愿意出去。可是季曼偏偏说：“去院子里的凉亭里面烤。”

“为什么啊，待在屋子里暖暖和和的不好吗？”宁尔容皱眉看了一眼外头的天气，不太情愿。

“做烧烤的时候有炭火，你怕什么？”季曼翻了个白眼道，“烧烤这东西，就是要在很冷的情况下吃着才有味道。重油重辣，孜然粉往上头一撒，别提多好吃了。”

宁尔容吞了吞口水，眼里有些挣扎：“那烤好了拿屋子里吃不是一样……”

“懂不懂什么叫来之不易才珍贵啊？”季曼认真地道，“要是你让别人做好了送到面前，那还有什么好吃的。”

娇生惯养的小郡主沉默了良久，终于勉强地道：“好吧。”

白芷帮着将烧烤用的东西让人安置在了凉亭里，顺便让人多加两个火盆，聊胜于无。

季曼左右看看，这晚饭时间自然也没人来南苑，她来这里也是得了老夫人同意的，不怕惹什么祸事。于是她就将袖口扎起来，一边吩咐旁边的苜蓿帮忙将肉菜切好串起来，一边将瓶瓶罐罐的调料都规整好。

没一会儿，炭火也燃起来了，季曼就将肉串先放上去烤油，然后撒盐和香料，最后抹油抹孜然，不多久香味就飘出来了。

宁尔容坐在一边看着季曼，手揣在兔毛揣手里打死不肯拿出来。但是这香味实在诱人，肉串嗞嗞响着，让她忍不住吸了口气。

“香吧？我们那个地儿不管冬天夏天都爱吃这个，喝着啤酒和朋友一起混路边摊，那滋味儿别提多爽了。”季曼一边烤一边怀念，忍不住就说漏了嘴。

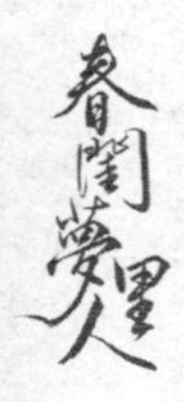

“你们那个地儿？”宁尔容好奇地看着她，“你家不是京城的吗？”京城好像没这个东西啊！啤酒又是什么？

季曼自觉失言，连忙将刚烤好的肉串递给她：“先不管那些，你尝尝？”

厨房里拿到这里来的都是大块大块的牛羊肉，肉质很好，烤起来肥而不腻，油干了脂在，咬一口就口齿生香。

宁尔容觉得好吃极了，没一会儿就吃完一串，眼巴巴地继续看着她。

“过来帮忙烤，自己不动手哪行？”季曼哼了一声，递了个棉布套子给她，“心疼手就用这个包着弄。你刚吃了肉，不如烤点菜解解腻。”

宁尔容很想说，哪里腻了，她还想吃肉……可是季曼已经把韭菜放进她手里了。无奈，她只能学着桑榆的样子，将菜放在铁丝网上，刷油，刷调料。

香味飘了老远，宁明杰刚吃完饭准备去花园散步，就闻着这股子味道，一路来到了凉亭。

“这是在做什么？”

他瞧着凉亭里两个丫头烤得热火朝天，周围奴仆手里都一人拿着一串东西，香气更是引诱着人想靠近。

“哥哥。”宁尔容回头看见他，连忙炫耀似的道，“叫你说我不会下厨。来尝尝，这个我烤的。”

递了一串羊肉过去，宁明杰看着眼前这黑乎乎又香喷喷的东西，很是迟疑。旁边的季曼连忙递了另一串过来，道：“先吃这个，尔容那个烤失败了。”

“哪里失败了，不就是有点黑！”宁尔容不服气，自己咬了一口，咂摸着嘴很没形象地道，“比厨房做得好吃多了。”

素净的手捏着油腻腻的肉串递到他面前，宁明杰愣了愣，抬头看了面前这人一眼：艳红的唇，眉梢一颗浅痣，不是聂桑榆又是谁？

她怎么会在这里？还会做烤肉串？

季曼见他接了烤肉，也就没说什么，低头又去继续烤了。烤着烤着，季曼才反应过来，嗯？宁明杰怎么会在这里？

季曼抬头看了他一眼，见他正安静地吃着羊肉串，银色面具下的那张脸看不出神色，眼睛倒是有些亮晶晶的，像是很喜欢这个味道。

今天这个时候，按照原著来说，这人不是应该去花园，然后偶遇女主，发现女主很好很美丽于是暗恋上了吗？他怎么会跑这里吃羊肉串来了？

感受到季曼的目光，宁明杰侧头，对她微微一笑：“想不到你还有这手。”

这笑容很美，比宁钰轩那始终藏着隐着的不单纯笑容好看多了，季曼微微愣神，然后终于察觉到哪里不对。

她现在不是没出阁的姑娘，而是已经嫁了宁钰轩了。虽然她只是个侍妾，可是和陌生男人这么相处，也是不太好的吧？

虽然不太明白这时代的规矩，但是直觉告诉她，早走早好。

“桑榆还记得我哥哥吗？”尔容一边啃着肉串一边道，“你们很小很小的时候还见过呢。虽然只是宫宴上遇见过一次，你却说我哥其实比陌玉侯更像一块玉呢。”

十年前的事情了，也是聂桑榆以前记得，还和宁尔容提过。季曼是压根儿没这印象，看宁明杰茫然的表情，应该也是没什么印象。

“算起来大家也算亲戚，一起吃个肉串吧。”宁尔容大方地拍拍一边的凳子，宁明杰自然就跟着坐下了，站着多累啊。

季曼看看自己的双手，笑道：“不如让下人们先来给你们烤着，我这太脏了，还是回去洗个手。”

宁明杰知道她这是要避嫌的意思，刚想要点头，就听宁尔容大大咧咧地道：“跑回去多远啊，我让白芷给你打水来！好姐姐，再给我烤两串吧，还是你烤得最好吃了。”

季曼哭笑不得，这丫头压根儿不知道什么是避嫌，还当是一群未成年无忧无虑玩耍呢。

她这么一撒娇，季曼倒是真不好走了，只能叫苜蓿在旁边站着，也算是众目睽睽了，然后接着给小祖宗烤肉串。

“他们都说你变了很多，倒也是。”宁尔容一边吃一边小嘴不停，“以前你眼里只有堂哥，哪里有闲心做这些东西。”

季曼笑而不语，烤好了肉和菜，放在小碟子里递给两兄妹。

宁明杰是吃了饭的，不太饿，但是肚子里的馋虫被勾起来了，接过来也就没客气，还让人去拿了点好酒来。

寒风呼啸，院子里自然没有屋子里暖和。但是宁尔容被辣得直吐舌头，连揣手都没用了；宁明杰倒是觉得迎着冷风喝酒吃烤肉是很惬意的事情。他觉得，聂桑榆将肉弄成这样一小块一小块，倒是比整只烤得入味了许多。

于是吃饱喝足之后，宁明杰觉得聂桑榆其实是个很不错的女人，至少做的烤肉很好吃。

情节悄悄地被改了一笔，宁明杰没有去花园偶遇女主，眼睛里先撞进来的，倒

是一双麻利翻动着烤肉的纤纤素手。

季曼在屋子里安稳待了两天。慕水晴挨过了风寒之症，已经没有发高热了，人也可以下床走动，算是渡过了难关。

府里也没有人说季曼那天与靖文侯府两兄妹烤肉的事情，甚至老夫人听宁尔容提起，还嘴馋要聂桑榆再做了一次。

不过季曼不建议老夫人吃这个，毕竟老夫人上年纪了，吃烤的东西对身体不好。老夫人也就吃了一次，偶尔念念不忘，才叫厨房又做一些烤肉。

本来与宁明杰算不上熟悉的，只是季曼最近看见他，好像他都有在对自己微笑。季曼觉得这个男人也太好收买了，一顿烧烤就熟络了。

水娘子这个月进府报账，又给季曼带来了好消息，说是皇宫里要雪花膏作为御供。这可是天大的好消息。季曼下了决心，说生产雪花膏的事情全权交给水娘子负责，又将雪花膏的制作方法写了下来交给她，要她秘密找工人生产。这样一来，雪花膏的产量提高了，也便于走出京城，走向全国。

苜蓿看着水娘子拿来的大叠银票，倒吸了一口冷气："主子！"

这一个月的生意，都够她们几年吃穿不愁了。

"跟着主子我，还是很有'钱'途的吧？"季曼笑眯眯的，满足极了，伸手抽了一张五十两的银票，大方地放进苜蓿怀里，"去给自己买两身好行头，你的嫁妆主子也给你存着。以后跟着我啊，包你吃香的喝辣的。"

苜蓿拿着银票怔愣了好久，眼眶突然就红了。

"哎，好端端的别哭啊，不然我可把银票收回来了。"季曼虎着脸吓苜蓿一吓，却不想苜蓿突然跪下来朝她磕头："主子的恩德，奴婢定然记在心里，不会……不会再背叛您。"

表忠心的话季曼也没仔细去深究，笑着将人扶起来道："瞧你，不就是五十两银子，感动得跟什么似的。听说那李大夫的母亲就生着重病呢，你要是想去看，我就放你一天假去瞧瞧怎么样？"

"他……他的娘亲，关奴婢什么事，做什么要奴婢去看？"苜蓿急得跺脚，脸都红了，转身就往外跑。

季曼被逗乐了。小丫头这点心思，她还能不知道？

将剩下的银票都锁在衣柜底层，季曼深吸了一口气，感觉好日子不远了！

第十六章

男二女二的作用

苜蓿这一出去就是许久，等回来的时候都顺便把午膳给带回来了。季曼忙着整理账目，也没问她去了哪里。但是看着午膳的烧鸡，季曼的心情还是特别不错的。

“奴婢去拿饭菜的时候，听着点风言风语。”苜蓿一脸八卦地道，“主子猜猜发生什么了？”

季曼很给面子地问：“发生什么了？”

“今儿一大早，夫人说是要给侯爷取树尖儿上的霜露煮茶，爬了花园里那棵老梅花树。”苜蓿笑得暧昧地道，“结果夫人从树上掉下来，旁边的丫鬟婆子一个没扶住，倒是被路过的堂少爷扶住了。”

季曼一愣，堂少爷，那不就是宁明杰？这两人还是得勾搭上啊，不管中间发生啥，大体的情节走向难道都是不变的？

“听路过的丫鬟们说啊，夫人当时的表情那叫一个娇羞。”苜蓿撇嘴道，“一点没有要避嫌的意思，还请堂少爷在一边凉亭里喝了茶。”

意料之中的情节发展。不过怎么听着苜蓿这话，像是温婉对宁明杰有好感？

季曼支着下巴想了好一会儿，摇头道：“这些乱七八糟的事情咱们还是不管了。”

“也没人能管到夫人头上去，大家也就是看个趣儿。”苜蓿笑着替她布菜。季曼

也就没去多想，安心吃饭。

饭后午休这样的富贵习惯季曼是没有的，以前每天工作那么紧张，哪里有时间午休？现在也一样，冬日午后好歹有些阳光，季曼就提了篮子去花园，寻找其他的能做雪花膏的花来做实验。

“桑榆？”

刚走到一个很大的球状万年青后头，就听见这么个声音。季曼手一顿，四下瞧瞧是谁在叫自己。

“我对她不是很了解，不过听钰轩说她性子不太好，所以才会从正室贬为侍妾。”

这是温婉的声音，并且明显不是在叫她，而是在跟人说话，声音是从万年青的另一头传过来的。

季曼挑眉，悄悄伸了个头去看。

凉亭里摆了棋盘，温婉竟然在和宁明杰下棋，嘴里有一搭没一搭地说着话，一派饭后活动的潇洒劲儿。

这这这……旁边就只有檀香一个丫鬟，温婉这是想干什么？

季曼将头缩回来，蹲下来看着面前的一盆一品红，心里默念我是来采花的不是来偷听的。这是他们太明目张胆，怪不得别人啊。

据季曼所知，宁钰轩不是个大度的男人，自己的东西，尤其不喜欢别人碰，更何况是他心尖儿上的温婉。如果说女主是想拿男二刺激男主，对宁钰轩应该是不奏效的，还有可能适得其反。

听他们下了一个时辰的棋，也没有再说关于聂桑榆的什么话，季曼揉揉酸疼的腿，偷偷摸摸就回去了。

晚上的时候，季曼在老夫人院子里用膳，见宁钰轩和温婉都在。温婉脸上始终一副单纯无害的笑意，宁钰轩的脸却是黑的。大概是他知道温婉做了什么，心里不爽得很。

季曼乐得看戏，一边将自己面前的菜里的肉丝挑光，一边偷偷打量他们之间的互动。

女主完全没有要搭理男主的意思啊，倒是跟宁明杰说了两句话。老夫人还在桌子上，女主这不是自寻死路吗？老夫人本来就不喜欢温婉了，还看她给自己儿子甩脸子，心里定然就更不爽了。

“水晴的身子也快三个月了。”老夫人放下筷子，看着宁钰轩开口了，“既然正室无所出，那妾室生的孩子先给我抱抱也是好的。若是水晴这次生了长子，你还是提她做姨娘吧，毕竟子嗣为大。”

温婉的脸白了，刚还有的笑容消失得一干二净。她转头看着老夫人，想说什么，却吞了回去，只低头用膳。

宁钰轩淡淡地应了一声，居然没拒绝，温婉的脸色更难看。饭后，老夫人拉着桑榆正要说会儿话，宁钰轩却道：“桑榆那儿我还有故事没听完呢，今天母亲就先让让儿子，把她给我。”

这是宁钰轩头一回在众人面前与聂桑榆亲近。季曼愣了愣，转眼看了看温婉的神色，心里明白了：自己就是给这渣男当炮灰的。男二女二的功效都一样，都是拿来刺激男主女主的。

被人利用有些不爽，想到要给他讲故事，就更不爽，季曼脸上笑着应了宁钰轩一声，转过头眉头就拧起来了。

温婉作死，可不要无辜牵连上了自己。

非晚阁。

宁钰轩靠在床边，长长的睫毛垂下，表情竟然有些落寞。季曼放下发髻，梳洗好了，坐在床边看着他问：“侯爷这是怎么了？”

宁钰轩睁开眼，眼底竟然有些孩子气：“桑榆你说，我和宁明杰，谁更好看？”

这……季曼偷偷在心里翻了个白眼，而后道：“堂少爷一直戴着面具，看不见容貌，自然是侯爷好看。”

聂桑榆多年之前不是说过在单纯的容貌上，宁明杰更如玉吗？不过她不能这么说，怕宁钰轩一怒之下失手掐死她。

“若是他取了面具，我就没他好看了是吗？”宁钰轩不知道哪根筋不对劲了，就钻在这牛角尖里出不来了。

季曼微微一笑道：“在奴婢眼里，侯爷是最好看的。不是有书写了，‘吾妻之美我者，私我也。妾之美我者，畏我也’。”

宁钰轩绕了一圈才回过味来，脸色沉了沉道：“你的意思是夸我更好看是因为害怕我？”

季曼无辜地眨眨眼，一双眸子透彻晶亮，里面像是铺满了晶莹的雪花。

宁钰轩看得微微失神，忍不住就拉着她的胳膊靠近，仔仔细细看她的眼。

眼睛是心灵的窗户。季曼知道，该铺一点隐藏的情意在眼里，浓厚又压抑，叫这男人看了，会明白自己到底心里有他，以后就会对她心软。

但是这简直是影后级别的操作，季曼尽力了。不知道宁钰轩从她眼里看见了什

么，不过神色好看了许多，轻轻推开她道：“你这屋子里，少了以前的香料，换了新的熏香？”

转移话题？季曼挑眉，爬上床乖乖躺在自己的一边，打了个哈欠道：“以前那熏香闻着总觉得闷人，我就让苜蓿换了一种清新的。”

宁钰轩沉默了一会儿，道：“我还是更喜欢以前那种熏香。”

侯爷就是侯爷，霸道死了，连个熏香都必须点他喜欢的。季曼翻了个白眼，笑应道：“奴婢明日就去换回来。”

“嗯。”宁钰轩沉默了一会儿，季曼也闭上眼睛。这人一贯不会做什么的，她可以安心睡觉。

“今天温婉同我夸明杰，说他棋艺精湛，说他温文尔雅。”

刚要睡着，耳边就传来这么一句，季曼撑开眼皮，无奈地听着。宁钰轩这是心里有话憋着难受，非找个人说说呢。

“她是小户人家出身，跟我在一起也随便习惯了，所以不知道宅院规矩。内宅女人是不能同其他男人过于亲密的……虽然他们也没多亲密。”一向板着脸很严肃的宁钰轩现在化身话唠，絮絮叨叨不停地说着。

“侯爷这是吃醋了？”季曼干脆点醒他。

宁钰轩顿了顿，鼻子里轻轻哼了一声，算是默认。

“夫人定然也是吃您的醋，才会与人故意亲近。”季曼道，“这法子虽然有些失了规矩，但是也是因为夫人在乎您。”

宁钰轩的神色好看了不少，瞥了她一眼道：“你倒是会说话。”

季曼耸耸肩，道：“堂少爷的确是玉树兰芳，好看又有气质，脾气好，人也温柔，据说没有任何妻妾。这样的单身男子，让侯爷觉得有压力也是很正常的。”

刚好的脸色又黑了，宁钰轩侧头看着她道：“你眼里的宁明杰，有这么多优点？”

“这是公认的事实吧！”季曼道，“无怪夫人会喜欢与他亲近，因为这男人的确不错。侯爷要是再不抓紧夫人，夫人会移情别恋也说不定。”

原著里的女主也是挺喜欢男二的，季曼这是提前告诉他，当个提醒。

宁钰轩眼里的杀气却突然浓了，一只手放在了她的脖子上，声音很轻地道：“聂桑榆，我再说一遍，以后不希望从你嘴里听见任何关于温婉不好的话。”

脖子上的压力有些让人害怕，季曼一张脸也冷了，轻笑一声道：“是奴婢失言了，侯爷权当没有听见，放过奴婢吧。”

手虽松开，但他余怒未消。他怎么会觉得聂桑榆最近变好了呢，这不还是会在背后诋毁温婉吗？温婉同他感情那样深，怎么可能会移情别恋！

不过他白天都不在府里，而宁明杰在。温婉与宁明杰要是想相处，时间就很多，时间一多，难免……

宁钰轩想了想，软了语气开口道："桑榆，明日开始，你往南苑多走动吧。若是夫人要与宁明杰来往，你大可跟在一边。夫人问起来，你就说是我吩咐的。"

用她当了炮灰还不成，还要她充当针孔摄像头呢？季曼气不打一处来，面上却还是只能笑盈盈地应："好啊。"

这种事情丫鬟明明也能做，却偏偏顺口叫她去，这摆明了在宁钰轩心里，聂桑榆就跟个丫鬟差不多嘛！

虽然是事实，但是季曼还是很不爽，当即心里诅咒他头上冒绿光。

季曼第二天去老夫人院子里请安，见宁明杰也在，比季曼到得还早，正坐在窗边小榻上安静地喝茶。

"桑榆，你来得正好。"老夫人笑道，"明杰说要与尔容一起上街去，但是到底是不太熟悉道路。不如你带尔容出去，也让青云来陪明杰喝喝酒？"

叫聂青云出来？季曼挑眉，疑惑地看了老夫人一眼，却见老夫人正在给自己使眼色。

这眼色季曼没看懂，却还是应下了。一边的宁明杰转过头来，银色的面具微微泛亮，眸子里都是温柔笑意："老夫人费心了。"

季曼还是没明白，自己是个侍妾啊，怎么好陪着客人出门逛街？虽然聂桑榆是与尔容交好，可是老夫人也不至于这么好说话啊。

"年轻人爱在一起玩，我老了，也就不好打扰你们。"老夫人笑着看着聂桑榆，"你顺便出去看看那雪花膏还有没有卖的，替我买两盒子回来。"

上一回的雪花膏用完了，老夫人喜欢得紧，其他水粉一概没有用过了。首乌和当归也都拿着小盒子的雪花膏在用，显得在府里地位卓然。这雪花膏最近降价了，货源似乎也增加了，要买也容易了许多，所以老夫人才再让她带。

季曼笑着应下。现在水娘子的生意都不用她担心，她已经将水记雪花膏做成一个牌子了，现在人人都以能用上水记雪花膏作为身份的象征。

高兴归高兴，同宁明杰一起去南苑找宁尔容的时候，季曼心里也还是在奇怪，老夫人到底为什么让她作陪？难不成老夫人也是看不惯温婉和宁明杰在一起？

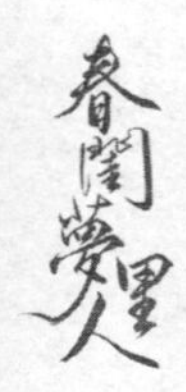

宁尔容据说还在梳妆打扮，季曼就带着苜蓿与宁明杰站在院子里等。宁明杰今天心情好像很不错，嘴角都是上扬的，墨发都束在玉冠里头，就算戴着面具也给人很俊朗的感觉。

季曼看小说的时候也在想，男二一般温柔多金又容貌倾城，还一心一意只爱女主一人，女主为什么就那么傻，非要在一棵树上吊死呢？

现在近距离观看男二，季曼心里都有些扑通扑通直跳。男二是写给观众的，她就是观众啊，就是写给她的啊！请允许她花痴一下。

宁明杰站在离聂桑榆五步远的地方，本来是一直在看着前面的绣楼，但是旁边的目光太炙热了，他忍不住就侧头看了一眼。

这一看，他就看见聂桑榆一脸迷离神色看着自己。宁明杰微微挑眉，有些好笑地道："你在看什么？"

"桑榆，哥哥。"宁尔容的声音从前头传来，季曼也连忙回了神，一本正经地道："我在看你的面具是999银还是什么做的，就多观察了一会儿。失礼之处，还望海涵。"

季曼说完就朝宁尔容迎了上去。

999银是个什么玩意儿？宁明杰茫然，不过看宁尔容已经出来了，便道："走吧。"

宁尔容今天的打扮格外用心：一身白色绣银线的长裙外套一个淡粉色的皮草小坎肩，脸上着了淡妆，头上戴了步摇。这才真真是个郡主的样子。

季曼本来还在想老夫人想干什么，看见宁尔容，才算终于明白了。

宁尔容已经到了适宜婚嫁的年纪，靖文侯再舍不得，也是该将她嫁出去的时候了。而挑来挑去，靖文侯没找到满意的女婿，宁尔容却说聂家青云不错。

他们在哪里认识的季曼不知道，书里没写过，不过后来宁尔容是嫁给了聂青云的，只是之后他们又和离了，后头的结局她就再也没看见。

这个朝代和离算是很难得的事情，尔容和聂青云是发生了什么才会成亲，又怎么会和离啊？季曼心里满是问号，不过想着自己能近距离当个旁观者，也就暂时按捺住了好奇，一边夸尔容的打扮，一边跟着往外走。

老夫人与聂家交情是很好的，一声吩咐，聂青云便驾着马车在陌玉侯府外头等着了。

"桑榆。"聂青云见人出来，没和其他人打招呼，先是唤了她一声。

季曼乖乖巧巧地拉着尔容走过去，甜甜地喊了一声"哥哥"。

聂青云上次见她，还是在她生病的时候，这次看见，发现她气色好了不少，人也精神了许多。季曼身着淡黄色长裙，兔毛背心绣银边，头上还有金鸟吐翠的步摇，让人一看就是过得很好。

聂青云心里松了口气，疼惜地摸了摸聂桑榆的头发，也只是一下就拿开了，而后看向后面低着头的尔容道："郡主一年不见，也是越发水灵了。"

尔容红着脸看他一眼，小声道："水灵是夸孩子的，你得夸我漂亮。"

聂青云一愣，哈哈大笑，继而朝宁明杰道："明杰你这妹妹，可比我的妹妹可爱多了。"

宁明杰一边将宁尔容扶上马车，一边道："青云过奖，她也就是在你面前乖巧，背地里跟个混世魔王一样。"

"哥哥！"马车里传来宁尔容一声不满的娇喝。

"瞧瞧，恼羞成怒了。"宁明杰低笑一声，也跟着上了马车。

季曼回想起老夫人那个眼神，这才明白了自己今天的任务——出门买个雪花膏，顺便当个红娘。有她在，才好找借口让聂青云来陪着。

马车很大，外观却很低调。马车里头宽宽敞敞的，宁尔容和季曼坐在一边，宁明杰和青云坐在另一边。

刚坐好，有些沉默，气氛也有些微妙。季曼看了看车窗，将帘子卷起来，外头的喧哗就都涌了进来，尴尬也都消失了。

"好难得这样出来一回。"季曼笑道，"哥哥让人带我们去哪儿？尔容可是想看看这京城风光。"

聂青云笑道："今天一早老夫人就让人来给聂府送了信。我为此特地请了假，想专程带你们去落雁塔，看看这京城是个什么模样。"

落雁塔是紫薇城里最高的塔，修在城的最中心。听闻落雁塔刚建好的时候，就有大雁撞在上头落了下来，故而名之"落雁"。那落雁塔的最高层有酒有茶，一直是文人雅士的消遣之地。

宁尔容小脸上一直是红红的，闻言倒也欢喜："我也想去看看那塔到底有多高。每次让哥哥陪我逛逛京城的时候，他都宁肯一个人坐在屋子里喝茶，也不陪我出来。"

聂青云笑着看了宁明杰一眼："明杰兄性子喜静。不过他这样的好相貌，你和他逛街，怕是要被人拿香囊手帕砸死了。你以后若是想逛，来找我就是。"

宁尔容心里一喜，得这一句话，整个人都开心了起来。季曼也笑着捏捏她的手，

示意她加油。不过……看这聂家哥哥的神色，虽然说话温柔有礼，眼里却没有什么情意，只是出于客套和礼貌。尔容还有路要走哇。

“这也太高了，要自己爬楼梯吗？”站在落雁塔前面，宁尔容抬头望着塔顶。

宁明杰轻轻拍她一下，示意她注意形象，而后道：“这里每一层楼据说都是茶楼，你要是走到哪里累了，我们就在哪里歇下，如何？”

“好！”宁尔容笑道，“别的不行，力气我还是有的！”

季曼摇头，这小丫头片子绝对爬不过七层。

本着红娘原则，季曼小声对聂青云道：“郡主等会要是累了，哥哥你就带着她在茶座上休息，别强求。”

聂青云侧过头来，满脸不解：“为什么是我带？她哥哥不是在这里吗？”

这个木头疙瘩，要是不看脸的话，放在她那个世界里肯定孤独一生！

季曼心平气和地道：“她哥哥最近在与我探讨一些人生哲学，所以等会我们要是没看见你们，哥哥你就务必照顾好郡主。”

宁明杰耳力极好，听见季曼的话，忍不住好奇地回头。人生哲学是什么东西？他什么时候与她讨论了？

“就这样，走吧。”季曼看见宁明杰的目光，还顺带给他使了个眼色。

宁尔容什么也不知道，聂青云却若有所思。几个人只带了两个人伺候，一个苜蓿一个白芷，其余的人都等在了落雁塔下头。

这塔里的楼梯都是木头的，看起来很结实，一层层往上延伸。季曼一边欣赏里头四处挂着的书画，一边跟着他们爬楼。她就权当自己再爬一次青城山了。

宁尔容开始还爬得挺开心，但是到第四层，就有些爬不动了。她揉着腿可怜兮兮地看着聂桑榆，又不好意思开口说要休息，怕聂青云觉得她娇气。“堂少爷，上头一层据说有书画展，咱们上去看看。尔容看起来有些累，先休息一会儿吧？”季曼提出了建议。

聂青云难得上道地点头道：“我陪郡主在这一层坐坐，你们先上去吧。”

宁明杰没有拒绝，跟在季曼后头就继续往上爬。

“你家哥哥，似乎对尔容没什么想法。”宁明杰气定神闲地走在她旁边，低声说了这么一句。

季曼笑了笑：“感情是可以培养的。哥哥有些迟钝，但是尔容人好，不失为一个好妻子的人选。”

第十七章

半阕词二两五钱黄金

宁明杰不置可否，上了五楼找了茶座与聂桑榆坐下，苜蓿则站在聂桑榆旁边。

五层当真算得上一个书画展。那里面文人雅士颇多，有人提笔成诗，引得旁人一阵喝彩；墙角处有三两文人，就着墙上挂着的书画谈论。

“今儿五层还差一阕词。”有个礼官模样的人站在五层的中间，朝四处的人喊道，“哪位公子、小姐，愿意献上词一阕啊？”

宁明杰转头看了一眼，像是颇有兴趣；但是面前这女子只是安静地吃着茶点，眼皮子都没抬一下。“听说你琴棋书画都不差，没有兴趣去试一试吗？”

聂桑榆是大户人家出身，自小这些功课都应该做得挺好才是。

季曼专心吃着茶点，闻言很淡泊清高地回了一句：“诗词乃由心而发之，为了出风头而去作诗写词，不是错待了诗词的本心？”

宁明杰一怔，没想到她能说出这样的话来，当下倒也再不想去尝试了。

那头已经有几个书生上去执笔开始写了，季曼看也未看，只想着等会儿怎么继续促成聂青云与尔容的好事。

“左边第一个人，写得倒还不错。”宁明杰在看着，忍不住点评一句。

季曼终于还是回头看了一眼，见上头写着什么山河大好之类的话。她撇撇嘴，

满是不以为然："我读那么多书，就最喜欢李白狷狂、清照婉转。这些人的诗词差远了。"

"哦？"宁明杰有些感兴趣，"李白和清照是何许人也？"

季曼："……"

她怎么忘记了，这里是聂桑榆的世界，自然也就没有李白、杜甫和李清照了。

"他们两个是写野词的，有幸拜读一两首，觉得很不错。"季曼打了个哈哈绕了过去。

宁明杰微微颔首，看着她嘴角的一点茶点残渣，眼里终于带了些透底的笑意，却没出声提醒她。

"还有哪位公子、小姐愿意写上一阕啊？"礼官还在吆喝，"若是无人，便在这五篇之中评出魁首，落雁塔赠予黄金五两，聊表敬佩。"

这就是传说中的斗文？落雁塔因为这个传统，每每吸引文人无数。有真才实学但是屡次落第的，就来这里混口饭吃。

不过宁明杰摇摇头，对于他们这些高门大户，落雁塔直接给黄金就显得俗气了。本来还想试试，现在也打消了这个念头。

他刚回过头打算问聂桑榆什么时候继续爬塔，就发现面前的人已经不见了。

心里一惊，宁明杰看向旁边的丫鬟。苜蓿察觉到了他的目光，捂着脸指了指中间的台子上。

季曼一听说有金子拿，飞一般地就上了台，拿起笔严肃地道："有才不露未免太过矫情，既然是个交流的好机会，那我也来写上一阕吧。"

宁明杰："……"

说好的诗词本心呢？

既然这个地方的人不认识李白，那就好办了。季曼信手拈来，写上一阕她最爱的《将进酒》。

"君……"可是刚要下笔，季曼一看自己这简笔外加歪歪扭扭不会写的毛笔字，立刻飞快地将写了的字涂成了一个墨团，然后回头，目光灼灼地看着宁明杰。

"怎么了？"宁明杰已经起身站在台子下头，看见她纸上那墨团，忍不住失笑。

"我来念，烦请堂少爷帮忙写一下。"季曼走过来，小声心虚地道，"我手疼……"

宁明杰挑眉，看她一脸可怜，也就没多问，翻身上了台子，接过她手里的毛笔："念吧。"

“君不见黄河之水天上来，奔流到海不复回。

君不见高堂明镜悲白发，朝如青丝暮成雪。

人生得意须尽欢，莫使金樽空对月。

天生我材必有用，千金散尽还复来。

烹羊宰牛且为乐，会须一饮三百杯。”

季曼念得大气磅礴，宁明杰的字更是一绝。只见他笔笔力透纸背，似颜体又似柳体，不过在二者之外，他的字又多了一分潇洒，书法造诣想来不低。

围观的人都看呆了。众人先是震惊于一个妇人上台写诗，再是震惊于一个风华绝代的男人帮她上去提笔，最后震惊的就是，这是一阕词？

怎么看都不像词，而且应该没写完。不过这字字句句大气无比，听那妇人念出来都觉得心里一股子劲儿即将冲破桎梏，忍不住让人拍手叫好。

宁明杰也有些震撼，这样的诗词，会是一个女人写得出来的吗？

“还有呢？”他问。

季曼弯眉一笑：“礼官喊的是写上一阕词，我写上阕就够了。现在这上阕放在这里，万一遇见高才，说不定还能替我填上。”

众人都议论纷纷。还好季曼是戴了面纱出来的，一般人也不认识她是谁，抛头露面就抛头露面啦，反正也不会有啥事。

礼官摸着胡须看了许久，才叹道：“惭愧吾等还不如一介女流。夫人这半阕词，也是比其他的出色很多。可惜只有一半。”

季曼笑眯眯地道：“没关系，我拿二两五钱黄金就是。等谁能填出来下阕，就把剩下的黄金给他。”

宁明杰挑眉，好像突然明白了聂桑榆这突然冲上来，似乎是在听说有五两黄金之后。

真是个贪财的女人。她这样的家世身份，要多少黄金没有，居然还在乎这点钱。要是她肯再写些这样的诗句出来，他给她黄金也无妨。

宁明杰想了想竟然觉得甚为有趣。他看着聂桑榆拿了奖金，兔子似的跑回座位上去坐着，而那礼官与下人商量了一番，将那没写完的词给认真地裱了起来，挂在五层最显眼的位置。

“即日起，除了刚才那位夫人之外，谁能写出下阕，落雁塔便愿出五十两黄金赠予他。”

季曼的下巴啪嚓一声摔碎在了地上。五十两黄金？这些败家玩意儿，有钱为什么不给她啊！她写的上阕才二两五钱！

季曼愤愤不平想上去理论，宁明杰却伸手拦住了她。

“你给了落雁塔新的噱头。”宁明杰勾唇笑道，“今日之后很长一段时间，落雁塔肯定又要人山人海了。”

季曼安静了下来，被宁明杰这么一点倒是明白了。做生意嘛，都讲究噱头的，落雁塔看起来就是高级茶馆，这五十两黄金买的也就是个噱头，为的是吸引更多的客人前来消费。若是她轻易将这下阕写出来了，那反而不值钱了。

周围的人开始跃跃欲试，礼官却往季曼这边送了一块楠木牌子来。

“以后夫人来落雁塔，只要那阕词还在，您与您朋友的费用，都由落雁塔负责。”礼官笑得一脸精明地道。

季曼也识趣，这样的便宜不占白不占，干脆就收下。

宁明杰倒是笑了：“能得落雁塔的楠木牌子，也是你天大的荣幸了。”

一块牌子嘛，相当于一张会员卡，有啥好荣幸的？季曼哼哼两声，顺口再让小二来点吃的，反正都不要钱。她还能打包带走吗？

宁明杰在旁边打量了季曼聂桑榆很久。她装没看见，心里腹诽：你再看我也开不出花儿来，还是回去看你的女主比较实在。

过了一会儿，宁尔容和聂青云也上来了。两人看起来似乎相处得很愉快，宁尔容的眼里满是星星，上来拉着聂桑榆就小声道：“你以后喊我嫂子，会不会觉得别扭啊？”

这八字还没一撇呢就开始想这个了，季曼摸摸宁尔容的脑袋，小丫头片子比她还小三岁呢，居然要成她嫂子了。不过也挺好，尔容和聂青云站在一起很般配；再者聂青云也不是个三心二意的人，家里几房侍妾都好说话，不会让尔容受什么委屈。

“等你要成我嫂子的时候，我给你绣嫁衣。”季曼道。

宁尔容更开心了，蹦蹦跳跳地又跑去围着宁明杰绕圈圈，绕了一圈突然停下来：“咦？”

“怎么了？”宁明杰低头看着尔容。

“哥哥好像心情很好啊，刚刚发生什么事了？”宁尔容惊讶地道，“很久没看见你这样的表情了。”

季曼心想，那半张脸都在面具下头，宁尔容是怎么看见宁明杰的表情的？

“刚觉得这里风景不错，咱们继续往上吧。”宁明杰没说刚才发生的事情，甚至也没多看聂桑榆一眼，带着头就抬步继续去爬楼了。

宁尔容若有所思地看了聂桑榆一眼，少女敏感的心觉得有哪里不对。

哥哥对每个人都很有礼貌，可是她分得出他待人的亲疏远近。他本来是对桑榆没什么好印象的啊，怎么今天看起来，倒成了好友一般？不过她知道，自家哥哥做事有分寸，不用她担心。她现在最该想的，是到底怎么才能得到聂青云的青睐。

涂着一个墨团的上阕词被挂在了落雁塔五层，围观的人都啧啧称好，奔走相告。季曼不曾想到的是，就这么一小阕词，也能引发轩然大波。

这一整天季曼给聂青云和宁尔容制造了无数机会，两人看起来相处得不错。但是聂青云在送他们回去的时候，却还是那么有礼而疏远地道："郡主早些休息，桑榆也在侯府好好的，莫要再惹事。"

季曼看着尔容眼里的失落，也跟着叹了口气。

到了晚膳去和老夫人禀告的时候，季曼挑了些好的说。她看老夫人也很有撮合之意，便道："桑榆有空就让哥哥多来府里走动走动。"

"你是个懂事的。"老夫人拍着她的手笑得很是开心，"聂贵妃还一直担心你想不开，现在你啊，是又乖巧又让我省心。我实在不明白轩儿怎么会喜欢上那小肚鸡肠的玩意儿。"

这话颇有些火气，季曼好奇地问："怎么了？"

他们不在府里的时候，又发生什么事情了？

老夫人脸色沉了下来，轻哼一声道："下午她来我院子里奉茶，我没喝。本来我也不喜欢花茶，她却偏挑我最讨厌的桂花茶送来。这么点小事，她就跑去轩儿面前哭委屈，以为轩儿会护着她。真是不知分寸，我生养轩儿这么多年，难不成还比不上一个野女人？"

季曼大概猜到是怎么回事了，老夫人一定是又给温婉脸色看来着。女主那颗心是玻璃做的，肯定就碎了，之后就去跟男主哭诉了。男主一定是左右为难，最后不了了之。一边是老婆，一边是老妈，可怜的宁钰轩。

季曼很不厚道地幸灾乐祸了好一会儿，然后一脸认真地道："夫人也是刚进府，不了解您的喜好，老夫人何必同她置气？"

"我就看不惯她那个狐媚样儿。"老夫人沉着脸道，"宁家世代都是大户，受皇帝恩德，哪一房正室不是千挑万选出来的，偏生这个人……"

余下的话老夫人没说完，季曼也能猜到了。就因为温婉不是老夫人选出来的人，

所以老夫人横竖看都不会顺眼。这也实在是女主无辜了。只是这个女主明显不够聪明，一点委屈都受不住，又怎么可能收拾得好这一大家子？

“前些时候她把这个月的账目也拿来给我过目了，简直是乱七八糟，还不如个妾室管得周全。”老夫人越说越觉得火大，“轩儿娶她回来干什么？不会持家，不会孝顺母亲，就只顾着迷惑人了。”

季曼也不好插嘴，听老夫人发完牢骚就算了。然而说完之后，老夫人看着她思考了半晌，道：“不如，我还是同轩儿说，让你来管账吧。”

季曼吓了一跳：“啊？为什么不给菱主子？”以前的账目都是齐思菱在管，据说也管得不错啊。

“她到底是个外人。”老夫人意味深长地看了她一眼道。

季曼明白了。想想也是，侯府的账目那么大，管账是极易抽取油水的。就算只有后院的账本，中间能做的手脚也有很多，管账的人自然是让老夫人绝对放心的人才好。

“可是，侯爷会允吗？”季曼担忧地问。丢了管账的权力，温婉那个正室夫人哪里还有威严在？

“他不允也得允。”老夫人板着脸道，“上次给你平妻的玉佩，你不是还给他了吗？这就足以显现你大方懂事。我会让他亲眼看看温婉这次的错漏，到时候他就不得不把账目交给我。你背后帮我管着，他自然就不能说什么了。”

话都说这个份上，季曼也不得不答应了。虽然管账很累，可是一旦管了后院的账，她这个侍妾就是比正室还吃香的存在。到时钱管家再给她送炭，那绝对得是两大筐上好的竹炭。

温婉坐在屋子里默默垂泪，宁钰轩站在一边叹息：“母亲的性子本就是如此，你就委屈一下。”

“我要委屈到什么时候？”温婉抬眼看着他，“你永远是向着你母亲的，哪怕是她不对，你也只会叫我忍。从前我没有过门的时候，你对我多好，看不得我受半点委屈，现在倒是叫我不停地委屈再委屈。”

宁钰轩有些头疼，却舍不得朝温婉发火，只能柔声劝道：“家宅里的事情，关系到的不止你我二人，你何苦叫我为难？”

“还成我让你为难了？”温婉气得站起来，红着眼睛就朝床铺跑，把自己埋进被子里哭道，“那我不叫你为难，你休了我算了！”

宁钰轩脸色也沉了："温婉，你说话注意分寸。"

"本来就是！每次去主院她都要给我难堪，我怎么做都不对。这侯府还不如别待了好！"温婉哭得厉害。

宁钰轩脚步往前挪了挪，想去安慰她，却又想到这性子就是自己惯出来的，当下就收回了步子，冷冷地道："你爱闹，那你就闹吧。"言罢，转身就出了蔷薇园。

温婉哭得更大声，却没能留住宁钰轩的步子。原先他还觉得她哭起来楚楚可怜，惹他怜爱，但是现在她哭得歇斯底里，只叫他为难又想离开。

他脚下走着走着，不知不觉就走到了非晚阁。季曼正在修剪院子里的梅花树，她的袖口扎起来，头发也柔顺地束在背后，看起来温温柔柔。

他以前最讨厌看见的就是聂桑榆，现在瞧着，竟然越瞧越顺眼了。宁钰轩忍不住在心里唾骂自己，竟然会觉得非晚阁是个能让他安心的地方。

季曼背着门口没看见宁钰轩，旁边的苜蓿却是看见了。只是小丫头跟了季曼这么久，变聪明了不少，当下就悄无声息地离开了。

"苜蓿，帕子呢？"季曼沾了满手的泥，看着修剪完毕的梅树，心情甚好。

有人站在她身边，一声不响地拿了手帕出来，将她的手抓过来，一点一点擦干净。

季曼觉得不对，一回头就看见宁钰轩温柔的眸子，手下意识地就缩了回来。

宁钰轩也没恼，只是看着她道："今天怎么有这么好的闲心？"

季曼嘿嘿笑了笑，道："冬天到了，院子里萧条得很，所以桑榆打算剪剪梅花，在屋子里看着也舒心。"

宁钰轩看了一眼眼前的梅树，眼里颇有些嫌弃的味道："这个鬼样子，你看着会舒心？"

剪得也太难看了。

季曼一边微笑一边磨牙，还要怎么剪？她已经把难看的枝桠都剪了好么！

"拿来。"他伸了手，修长的手指简直是手控的福利。季曼吞了吞口水，将有些泥的花剪给他。

宁钰轩接过来，看了梅树两眼，身手麻利地将多余的枝桠都剪了，只留下主干的梅花和形状好看的副枝。比起刚才的繁茂，这梅花倒是终于有了点冬梅萧条的味道。

季曼觉得这位侯爷的欣赏角度有点奇怪，不过她没胆子说出来，只能应和道："啊，好看多了。"

宁钰轩将花剪丢在一边，拿过她手里的帕子擦了擦手，而后沉默了一会儿道：“今晚我还是在你这里睡。”

一看就是又有心事了，季曼都习惯了，这人一遇见什么烦恼或者是跟温婉吵架了，就一定会跑到她这里来。

“好。”

温婉在房间里哭了一下午，齐思菱过去的时候，她一双眼睛都肿了。

“您这又是何必？”齐思菱叹息道，“侯爷心里还有您，您又怎能急着逼他？”

“思菱，我该怎么做？”温婉委屈地道，“我感觉他没有以前那样爱我了。”

齐思菱顿了顿，接着道：“您想多了。侯爷有多护着您，您也是知道的。只是老夫人始终惦记着让聂桑榆重新回到正室之位，故而您怎么做，老夫人都不会待见的。”

温婉抿唇：“大不了我将正室之位还给她，我只要钰轩就好了。”

“您说的什么话？”齐思菱摇头道，“若是您哪天将这位置还给了聂桑榆，那这全府上下，不会有一个人能过得安生。”

温婉的眼泪又要下来了：“你要我怎么办？”

“这件事其实很好处理。”齐思菱道，“老夫人是因为聂桑榆才向您发难的。谁不希望家庭和睦？咱们得想个法子把聂桑榆弄走，让老夫人没有念想了。老夫人没有念想了，自然就不会再为难您了。”

温婉睁大了眼，想了半天，竟然觉得齐思菱的话说得也有道理。

可是，有老夫人护着，她要如何才能弄走聂桑榆？

“夫人要是信我，就按我说的来。聂桑榆不是无缝的鸡蛋，随便逮着一点错处，就能叫她死无葬身之地。”齐思菱说得微微激动，惹得温婉有些疑惑地看着她。

“你怎么对她有这样大的成见？”

齐思菱抿唇，微笑道：“若是有人想划花您的脸，您对她的成见自然也会很大的。”

想起以前宁钰轩跟自己说过的关于聂桑榆的事，温婉点了点头，打算相信齐思菱。

“今天给你换安徒生童话吧。”季曼躺在床上，忍不住像哄孩子似的轻轻拍着宁钰轩的背道，“在大海的深处，住着一条小美人鱼……”

宁钰轩安静地听着，一双桃花眼微合，看着面前这人粉嫩的脖颈，心里竟有些冲动。

“美人鱼爱上了王子，决定用声音同女巫换了一双人腿……”季曼毫无察觉，反正许多次宁钰轩都是对她没啥兴趣的，现在也就放松了不少。

“后来王子爱上了公主，要娶了公主，小美人鱼不能说话，只能暗自哭泣……

“……最后，小美人鱼化成了泡沫，消失在了海面上。”季曼叹息着说完最后一个字，刚想问他有什么感想，却突然觉得脖颈上一热。

第十八章

雪夜里的意乱情迷

宁钰轩轻轻吻上了她的脖子。季曼正发呆，感觉颈间有湿润的触感。她一把就将宁钰轩推开，就看到他的眼神有些迷离，跟平时的好像不太一样。

“您怎么了？”季曼觉得他不太对劲。可是没一会儿，季曼也觉得哪里不太对。季曼感觉自己很热，可能是屋子里的炭火太旺盛了，不如去熄了去。

她刚想离开，背后的人却霸道地拦腰将她抱回来，身子压上来，呼吸都与她融为一体。

寝衣都被丢出了床帐，那人明显有些急躁不安。季曼脑子好像也不知怎的变得一片混沌，竟还下意识地拍了拍他的背，安慰他。

宁钰轩红着双眼，一口咬在了她的锁骨上，疼得她叫了一声。他又突然温柔下来，抚摸着她的脸。迷迷茫茫之间，季曼好像听见了聂桑榆的哭声——却是笑着哭的。有些凄惨，又有些庆幸的味道。季曼很想张口问问她怎么了，却被宁钰轩卷着进了一个旋涡，怎么都出不来。

真不愧是有这么多女人的男人，季曼浑浑噩噩地想，他应该不会让她太难过。她来到这里就是为了帮聂桑榆完成心愿，完成了心愿自己也就能回去了。

但是在她正要沉迷下去的时候，身上的人细细地吻着她的脸，轻轻唤了一声：

“婉儿……”

眼睛、耳朵、鼻子好像都瞬间归了位，季曼清醒了，心尖儿都缩成了一团，疼得她回过了神。

那是聂桑榆的心脏，疼的却是她。季曼深吸了一口气，看着面前比任何时候都要温柔惑人的男人，冷笑一声，一把将他推下了床。

季曼咬牙将寝衣捡起来穿上，看着一脸不悦的宁钰轩，又将他扶起来，替他穿好了衣裳。

宁钰轩只觉得很想要面前的人。他想要的东西，几时有得不到过？季曼刚要给他系衣带，他便一把打开她的手，皱着眉又将人拥紧。

“宁钰轩，你可是男主……人！”季曼知道两人定然是中了什么计，这身体状态怎么看都不太正常。看他有些急躁的神情，季曼连忙抵着他的胸口道：“你要记着啊，背着夫人勾搭其他女人，那都是不道德的。快醒醒，我送你回蔷薇园！”

“你这张嘴，什么时候能说点我喜欢听的东西？”宁钰轩恼怒地低头，一口咬在季曼的嘴唇上，“你也是我的女人，为什么要送我走？”

季曼嘴角抽了抽，被他紧紧抱着，身体也是有反应的。不过就算是聂桑榆的身体，她也不想拿来同这样念着其他人的男人欢好，多吃亏啊！这人醒来说不定还怪她勾引他，她何苦呢？

“侯爷您先放开奴婢。”

“不放。”宁钰轩怒了，“你为什么总是要跑？”

季曼咬牙，实在是忍无可忍了，干脆抄起旁边放着的花瓶，想往他脑袋后面砸。

她的手还在空中，却被他抓住了。

宁钰轩微微眯眼：“谋杀亲夫？聂桑榆，谁给你的胆子？”

你不这么禽兽，谁砸你啊！季曼气急，一口咬在他的手腕上，力气之大，痛得宁钰轩瞬间清醒了，反射性地挥手将聂桑榆甩了出去。季曼没有站稳，身子后退到墙上撞了一下，闷哼一声。

手腕上一块牙印，都已经见血了，这女人还当真舍得咬。宁钰轩刚想发火，季曼却已经打开了门。

外头竟然已经下雪了，不知道是什么时候铺起来的雪。寒风吹散了一屋子的燥热，吹得两个人都打了个寒战。

季曼忍着身上的不舒服，转身去将屏风上的外衣和披风都拿下来一一穿好，朝宁钰轩行礼道：“等侯爷休息好了，明日我便将这非晚阁里里外外查看一番，看看是谁要促成这样的‘好事’，连这样下三烂的药都用了。

“奴婢先去堂小姐那里住一晚上，等会吩咐人打水进来，您洗个澡早些休息。”说完，季曼逃难似地往那大雪里跑了。

宁钰轩站在屋子里，一直沉默。直到苜蓿小心翼翼地站在门口说热水来了，他才转身声音低哑地道：“进来吧。”

宁钰轩的自控能力一向很好，今天这次失控，肯定不是他的原因，他也没有饥不择食到这种地步。只是他刚刚知道中了东西，却也就没有抵抗，想顺着就下去了。

不知道从什么时候开始，他已经没有那么讨厌聂桑榆了。他偶尔还会觉得，她其实挺好的，是自己对不起她。

季曼一路狂奔去了南苑找宁尔容。天色不算太晚，那丫头都可能还没睡。她赶不走宁钰轩，又万万不能去老夫人那里，想来想去也只有找宁尔容了。

在落了雪的院子里站了好一会儿，她身上的燥热才慢慢退下去。还好不是传说中的什么不交欢就会死的药，过了那股子劲儿，也就自然好了。

宁尔容听见白芷禀告的时候，还正在和靖文侯以及宁明杰商量她的婚事。她是看上了聂青云，但是靖文侯似乎有些顾虑。几人在房间里说到一半，白芷就来跟她说聂桑榆来了。

这大半夜的，又听说堂哥是歇在她那里的，怎么会大半夜过来了？宁尔容吓得够呛，连忙和二人说天色已晚，自己要早些休息，这才打发走了他们，然后急匆匆地下了绣楼。

“这是怎么了？”看聂桑榆一个人孤零零地站在雪地里，宁尔容担忧地过去将她扶上楼，“惹堂哥不高兴了吗？”

季曼缓过气来，脸都已经冻得通红：“没事，就是要你收留我一晚上才行。”

宁尔容将她扶进她的闺房，示意白芷出去，而后才问：“好端端的，你连个睡觉的地方都没有了不成？”

“可不是？”季曼苦笑道，“我想好好过个日子都不行，不知道又是谁往我非晚阁下了不干净的东西，刚才差点就与你堂哥……”

接下来的话没说，宁尔容明白了是什么事，跟着拍拍胸口松了口气：“是啊，好险。”

屋子里安静了一会儿，宁尔容突然怪叫了一声，跳起来看着季曼道：“差点什么啊？你早就嫁给堂哥了好不好？有人帮你们促进感情，你还逃个什么劲儿？”

季曼差点给她吓死，连忙拉着她道：“你小点声！”

宁尔容万分不解地看着她：“看你忍得这么辛苦，欲擒故纵有必要做到这个份

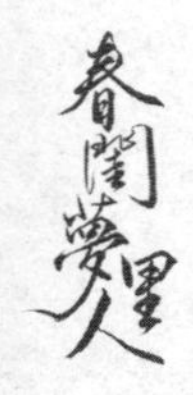

上吗？”

你才欲擒故纵呢，你全家都欲擒故纵！

季曼努力平静了一下，而后解释道：“他是讨厌我的，也不想宠幸我，每次来我那里，都只是听故事。自从夫人进府，他已经很少宠幸人了，想必是立志做一个好男人，努力一心一意对夫人。我要是这个关头让他在非晚阁中了药与我欢好，第二天我能落去什么好？他怕是更加讨厌我，觉得我心怀不轨呢。”

宁尔容转头一想，好像也是。难得桑榆能在那关头忍住了，还是考虑得很周全。这一夜春宵过后，指不定第二天堂哥就让她搬去思过阁了呢。

“况且，他在最紧要的关头叫了温婉的名字。”季曼微微一笑，“我要是跟了这样的男人，才是真的眼瞎了。”

宁尔容一怔，看着面前有些狼狈的人，鼻子有点酸，拉着她的手轻轻捏了捏，没有说话。

这一副要安慰她的样子是干什么？季曼哭笑不得地道：“你不用为我难过，这是意料之中的事情。他喜欢温婉，全府都知道，我还有什么好争好抢的？努力过好自己的日子就是了。”

“嗯，那我让人给你准备被子。你和我睡吧。”宁尔容道。

“好。”季曼也实在是累了，打了个哈欠。她见宁尔容打开门出去了，就靠在软榻上先休息一会儿，心想刚刚撞那一下也着实是狠了，背上都还在痛。要是搁她的世界，她非得告他一个家暴不可！

想着想着，季曼就这么睡过去了，这一晚上实在是消耗太大，有些累了。

宁尔容刚一出门就看见门边站着的人，下意识地要尖叫出来，宁明杰就一把捂住了她的嘴。

“哥哥，你怎么还没回房？”宁尔容吞下惊呼，好奇地问。

“回来拿伞的，外头好大的雪。”宁明杰说着，往屋子里看了一眼，“她倒是奇特，竟然跑你这里来了。”

宁尔容叹了口气，道：“这府里除了我这里，她还有什么地方能睡得安心？我是心疼她，明早早些让人送她回去，哥哥你就不要说出去了。”

“我像长舌妇？”宁明杰挑眉。

宁尔容讨好地摇摇他的手：“不像不像，哥哥英俊无比、风流倜傥。”

宁明杰哼了哼，站在门口看着软榻上躺着那人。刚才她说的话他自然都是听见了的，这女人心机倒是颇重，说好听了叫聪明，说不好听就是城府深。不过只要不害人，那便是好的。

想起落雁塔的词，又联系今天听见的话，宁明杰觉得，屋子里的这个女人若当真是聂桑榆，那当初她是无论如何也不会丢了正室之位的。

白芷抱了被子回来，将其他下人都打发得远远的，免得有人说闲话。但是季曼已经在软榻上睡着了，脸上还有些潮红，嘴唇也有些泛白。

“主子，奴婢搬不动她。”白芷脸皱成一团，为难地道。

宁尔容摆手：“不妨事，就让她在软榻上睡也行。”

宁明杰好笑地道：“软榻在窗户旁边，这纸糊的东西挡不住寒气。你若让她这么睡了，明儿她准得风寒。”

言罢，见没外人在场，也就不用守太多规矩，宁明杰径直走进去，将聂桑榆抱了起来，轻轻松松地放在宁尔容的床榻上。

宁尔容张大了嘴，一转头瞪着白芷道：“你可不要多嘴多舌。”

“主子放心，奴婢知道分寸的。”白芷低头道。

宁尔容感觉自家哥哥最近似乎有人情味儿了不少。要是换作以前，一个不关他事的人睡在窗边的软榻上，他眼皮子都不会抬一下，今天竟然主动帮忙将人抱上去。

宁尔容忍不住走过去两步，想看看宁明杰的神色。后者却将聂桑榆放下了就退后几步，脸上什么表情都没有，只道：“我先回去了。”

“好。”宁尔容送他到门口，看着他举着伞，慢慢消失在雪夜里了，才扭身上去照顾聂桑榆。

清晨天还蒙蒙亮的时候，季曼就被宁尔容叫醒，说要送她回非晚阁，等天亮了太多人看见也不太好。季曼便起身，虽然浑身骨头都在疼，也还是咬牙跟着白芷走。

宁钰轩应该已经不在非晚阁了，雪也已经停了。季曼穿得薄鞋子，踩得整个脚都麻木了。她现在只想回去接着睡，睡个两天才能恢复好精神。

“奴婢就送到这里了。”南苑门口，白芷屈身行礼，“外头叫人看见奴婢，更是不好。您就当是出来散步的。”

“好。”季曼点头致谢，裹紧了披风就继续往前走。

府里的丫鬟没几个喜欢早起的，更何况是这种冻死人的天气。但是恰好今天菘蓝有事要出府，刚走到南苑附近，就看见季曼裹着披风一路从里头走出来。

这可是不得了的事情。昨晚侯爷是歇在非晚阁的，聂桑榆又怎么会出现在南苑？她连忙转身躲开，一溜烟跑回了霁月院去禀告齐思菱。

季曼一踏进非晚阁，就看见屋子里宁钰轩正安静地坐着喝茶，一个头瞬间两个大。季曼累得手都不想抬，也懒得跟他告罪或是问他怎么会在这里，只是径直走进去，越过他就将自己埋进了床里。

宁钰轩微微眯眼，还以为这人回来至少认个错什么的，结果竟然无视他？昨天的账还没算，今天一大早他就起来等她，她就给他看这个？

宁钰轩黑着脸走到床前，刚想发火，就看见她有些嫣红的双颊。他一愣，伸手摸了摸眼前这人的额头，觉得好像有些发烫。

季曼一倒进被子里就意识模糊了，周围发生了什么她都不知道。一片白雾之中，她好像又看见了聂桑榆。

聂桑榆终于没有哭了，而是呆愣地看着她。比起上次，聂桑榆好像又透明了一些。

"我想回家。"季曼认真地道。

聂桑榆惊慌地逃开，季曼咬牙就去追。可是追了许久，最终跟不上聂桑榆那飘的速度，跟丢了。

这个女人，到底想干什么啊？季曼蹲在原地，默默抱着自己，自己在这里是真的活得很累的。

聂桑榆病了，在侍寝一夜之后。老夫人一边责备宁钰轩不懂得怜香惜玉，一边叫他有空多陪陪聂桑榆。宁钰轩应了，今天也就没出去，转身就回了非晚阁。

温婉呆愣地站在一边，本来想跟宁钰轩说两句软话，却见他眼睛根本没有看自己，直直地就往非晚阁去了。一瞬间她有点崩溃，钰轩眼里没有自己？怎么能没有自己！聂桑榆不是他最讨厌的人吗，他怎么会因为她而从自己面前直接路过？

"夫人少安毋躁。"齐思菱站在一边扶住温婉，看着侯爷离开的方向道，"聂桑榆有狐狸尾巴，正握在妾身手里。只要找准了机会，我会让侯爷再送她进思过阁。"

温婉小脸苍白，勉强道："如此……"

"夫人要相信妾身。"齐思菱道。

季曼的高热有些难应付，宁钰轩又想起清晨那双被雪水浸透的鞋子。他早上还吩咐苜蓿去打了热水，可是给她浣了足也没用，她照样还是发烧了。

中午的时候季曼醒了，但是头晕得又一头栽了回去。宁钰轩舀着手里的瘦肉粥，腾了手出来将她扶起来靠在自己肩上，面无表情地道："你怎么这样娇弱？"

季曼懒得跟他说话，嘴巴里淡淡的，看见粥也不太想吃。宁钰轩却霸道地舀了一勺，使劲儿挤开她的牙关塞进去。

“侯爷喂粥，奴婢承受不起。”季曼被他气得太阳穴跳，谁对病人这么粗鲁啊，上辈子欠他的是不是？

“那你感恩戴德吧。”宁钰轩轻哼一声，愣是将一碗粥给她塞完了，末了还喂她两根麻辣萝卜干提提味。

季曼有气无力的，简直就是任人摆弄，眼睛累得都不想睁开，只说了一句：“风寒容易传染，侯爷还是先离开吧。”

宁钰轩不知为何心情甚好，将被子给她盖严实了道：“我不是轻易生病的人，你可把心吞回肚子里吧。”

季曼咬牙，谁担心他生病了，她是嫌他烦好不好！

苜蓿忙进忙出，拿酒给聂桑榆擦身子，又要喂药。宁钰轩看着，道：“当你丫鬟可真是累。苜蓿，我给你两天的假期，出府去看看家人。”

“这……”苜蓿虽然也很想休假，可是主子还病着，没人照顾怎么行。

“我会在这里，你且走吧。”宁钰轩摆了摆手。

季曼烧得迷糊，只知道自己身上的衣裳被人剥了。那人拿帕子沾了酒，将她全身上下都擦了个遍，接着又喂了她很苦的药。那药被全数灌进了她的喉咙。

谁被宁钰轩照顾，都得少半条命。这厮完全不懂温柔为何物，偏偏摆出还是一脸关切的模样。

不过第二天，季曼的烧就退了，裹着厚厚的毯子坐在火炉旁边，还时不时地吸吸鼻涕。

宁钰轩当真是一直在这里照顾她，连蔷薇园来人说温婉身子不舒服，他都只是让大夫去看看。季曼撑着下巴看着这人好看的侧脸，忍不住想，这是唱的哪一出？

冬天府里的活动都变少了，据说慕水晴在安心养胎，柳寒云是惯常没看见人的，千怜雪那身子骨弱，一到冬天也是不肯出门。在外头蹦跶的，也就齐思菱一人了。

在屋子里闷了一天，好不容易宁钰轩被人叫走了，季曼连忙将自己裹成一只“狗熊”，出去透透气。

满屋子的药气和炭火味儿也是闷坏了她。外头雪还没化，算不得太冷，她就在院子里的雪地上跳两下，踩出几个雪印子来。

宁明杰和宁尔容远远地走过来，就看见雪地里一只“狗熊”在蹦蹦跳跳。

“你看她，哪里是需要担心的样子？”宁明杰失笑。

宁尔容走过去，连忙拉住她道：“你的病才刚好，怎么出来了？先回屋子去。”

季曼笑道：“没关系，屋子里太闷了。你们怎么来了？”

“怕你无聊，来陪你解闷的。”宁尔容说着，指了指身后的人，“哥哥是想要你院子里的梅上雪，所以也跟来了。”

梅上雪？梅树上落的雪？季曼看了宁明杰一眼，点头道：“堂少爷随意取用。”

“多谢。”宁明杰颔首，拿着瓷瓶就往梅树去了。

“听说最近落雁塔那上阕词火得厉害呢。”宁尔容拉她到屋檐下，让白芷去搬了椅子来，“许多人都跑去对了，写出来的下阕却总也没有上阕那样气势磅礴。听说当今太子爷都去看了，写了半天写不出，还花一百两黄金求下阕呢。”

顿了顿，宁尔容又道：“还好除了老夫人，没人知道那个是你和哥哥写的。今天堂哥好像就是被太子爷请去落雁塔了。”

季曼一愣，没想到那词能吸引当今太子，这倒是有些闹大了。万一被人认出宁明杰的字迹，他会不会顺便也就把自己供出来了？

季曼忍不住往宁明杰那边看了一眼，却见那人长身玉立，正安静地拿了发簪，将梅花上的积雪一点点拨进瓶子里。

第十九章

隐藏的祸事

美景如画，画里有人，季曼看得呆了呆，心想古代养尊处优的男人果然都是相貌堂堂，十指修长。

宁明杰也是个聪明人，应该不会做这么损人不利己的事情。与侯府侍妾一起写词，这传出去不太好听。虽然宁钰轩应该不太在意，甚至说不定还要感谢季曼替自己稳住了情敌。

落雁塔第五层最近的营业额已经超过了顶层，如今又有当今太子亲临写词，生意更是火爆。掌柜的看太子也写不出下阕，急得想立马找当日写上阕的那人来。太子写不出那可不是好玩的，他要是面子上抹不开，拆了落雁塔怎么办！

可是他们注定找不到季曼，太子也就下了告示求下阕。

宁钰轩看着大堂中间挂着的那阕词，眉头一直没松开过。那字写得很好，当今天下会这种字体的也没几个人，宁明杰就是其中之一。但是宁明杰甚少写字，他也没把握说这是宁明杰写的，尽管前几天聂桑榆同他们出府，还来过落雁塔。

也许是他想多了，明杰怎么可能写这样的词。

时候不早了，也无人能写下阕，太子就打道回府。宁钰轩也回了侯府，打算去看看聂桑榆的病怎么样了。

“侯爷，请您去一趟霁月院。菱主子做了点心，都是您最爱吃的。”菘蓝半路来挡道了，跪在宁钰轩前头，一副你不去她就不起的模样。

宁钰轩这才想起来，自己好像在非晚阁太久了，也好久没去看其他人了。这样的偏宠，聂桑榆也不一定受得起。

“走吧。”他道。

菘蓝高兴地迎了他去霁月院。齐思菱已经站在院子门口等了，一张脸都冻得有些发红，看见他来，眼里却又亮起了光。

“侯爷。”美人腰无骨，盈盈拜下，眼含晶莹，万分委屈。

宁钰轩淡淡一笑：“怎么在外头等着，这么冷的天，进屋子去吧。”

齐思菱捏着手帕，低声道：“能多看侯爷一眼也是好的，妾身不觉得冷。”

齐思菱是个大方懂事的，从来不问他要恩宠，处事也大方得体，所以他以前才会将府里管事的权力交到她手里。

“身子冻坏了，还是要惹我心疼的。”宁钰轩拉着她的手往屋子里走。

齐思菱温柔地笑着，随着他在桌边坐下，将刚做好的点心放在他手边：“侯爷尝尝。”

宁钰轩感觉她有话要说，也不催促，就安静地吃着五仁酥。等他吃到第三块的时候，齐思菱也终于开口了：“听说堂少爷写得一手好字，老夫人卧房的墙上，妾身总觉得少了点什么。不如让堂少爷写一幅字，也哄得老夫人开心。”

“你什么时候也会管这样的闲事了？”宁钰轩放下点心，微微不悦，“堂少爷来即是客，如何能要求客人做这样的事情？”

齐思菱咬唇，斟酌了一下，道：“妾身这不是听老夫人院子里的人念叨，说堂少爷字写得好；听说近来还在落雁塔写了一阕词，引得不少人瞩目吗？到底是宁家的人，老夫人听着那消息也欢喜，妾身不过就想讨个好。”

宁钰轩微微一怔，那塔上的词，当真是宁明杰写的？自己怎么都没听他提起过。

不过太子今天在落雁塔抹不开脸，若真是明杰写的，他去问明杰将下阕要来，给太子送去，也算是一份人情了。这样想着，宁钰轩就在霁月院坐了一会儿，便转身去了南苑。

宁明杰取了梅上雪，正在仔细封存，留作后用。宁尔容一边在旁边晃悠，一边嘴里还在念叨：“哥哥，你也到了娶妻的年纪了，别总念着找一个十全十美的嫂子啊。我看这两天总来送信约你的李家小姐也不错，至少胆子大。

“还有爹爹不是说有个好友的女儿吗？听说样貌也是一等一的好，你做什么都不去见见？万一爹急了，直接给你把人娶进门，那你就只有到洞房花烛的时候才知道新娘子长什么样子啦。”

“你好啰唆。”宁明杰回过头，轻轻戳了戳尔容的额头，“不担心自己的婚事，倒来操心我了。”

“我这不是有着落了，你还没个影儿呢！”宁尔容嘟着嘴道，“长幼有序，你还没娶正室，我怎么嫁得出去啊。”

宁明杰轻轻摇头：“爹都没管我，你就省省心吧。”

宁尔容还要再说，却听得外头白芷道：“主子，陌玉侯爷来了。”

“堂哥？”宁尔容好奇地转身看着进来的人，“你怎么过来了。”

宁钰轩微笑，也不废话，直接道：“刚从落雁塔回来，看见明杰的一手好字，所以就过来了。”

宁明杰心里微微一紧，堂哥本就讨厌聂桑榆，再听见她与别的男人这样诗情画意，会不会更讨厌她？

想起聂桑榆那苍白的脸色，宁明杰觉得有些为难。承认是他写的？他可写不出下阕来。

宁明杰正想着该怎么办，却忘记了旁边还有个大大咧咧的妹妹。听堂哥问起这件事，宁尔容便急忙帮桑榆说好话：“哥哥哪里有那样的胸怀。堂哥你不知道，那词是桑榆写的，哥哥不过代笔而已。”

话落音，屋子里安静了好一会儿。宁钰轩脸上的笑意未变，眼神却是慢慢凉了：“桑榆写的？”

“是啊，那日老夫人允我们一起出府，桑榆和哥哥在五层上头，看见有人请词，桑榆就去大显身手了！”宁尔容一点不觉得这件事有哪里不对，“到底是书香门第，桑榆肚子里的墨水其实很多的。堂哥你何必总是对她抱有偏见？”

那幅被人啧啧称奇的字上头，有一个显眼的墨团，当时有人在议论这墨团是怎么来的，他听见旁边有书生打趣道：“那是红酥手的女儿心，尔等俗物，怎知美人心情？”

当时他正与太子在雅间思考下阕，并未注意这句话，如今看来，那团墨可能是聂桑榆画的。聂桑榆怎么不敢自己写，非要宁明杰代劳？怕他认出她的字迹吗？她何必多此一举，他又不在意她抛头露面，反正她丢脸不是一次两次了，京城里也有不少人认识她。想是这样想，他心里难免还是不舒服。

宁钰轩回到非晚阁的时候，季曼已经在喝稀粥了，看他进来，差点一口呛着自己。

“您怎么又来了？”

听听这话，他这两天照顾她都是白搭的是不是？亏他觉得心里有愧，决定对她好些，她却巴不得他别来？心里有火，又有些隐隐的介怀，宁钰轩的脸色不是很好看，在门口站了一会儿就出去了。

来了又走，看样子是被她惹恼了。季曼吐吐舌头，一个没控制住就说了这么一句不妥当的话，也不是故意不待见他。宁钰轩这两天的确是挺好的，她心里的怨气都放下不少。只要他以后别再对她有那么大的成见，二人还是可以好好相处的。

宁钰轩走了，没一会儿他身边的鬼白就过来道：“侯爷请桑主子将词的下阕写出来。”

季曼心里一惊，宁钰轩怎么知道这事了？不过随即又拍了拍胸口，宁钰轩刚刚都没朝她发难，说明他也不是特别介意。那又算不上什么大事，她好歹也算给他长脸了好不好？

季曼让苜蓿拿了笔墨，可是字迹终究是个大问题。她不知道有没有人看过聂桑榆写字，反正她的字歪歪扭扭，怎么都不像大家闺秀写的。

“鬼白，你会写字吧？”季曼小心翼翼地看着旁边面无表情的仆从。

鬼白顿了顿，道：“桑主子不会写？”

“不是，我的病还没好，手上没力气。”季曼扶着额头装虚弱，“你来替我写吧，我来念。”

鬼白看她也实在虚弱，便善良地拿过了笔。

“杰夫子，青云生，将进酒，杯莫停。
与君歌一曲，请君为我倾耳听。
钟鼓馔玉不足贵，但愿长醉不复醒。
古来圣贤皆寂寞，惟有饮者留其名。
陈王昔时宴平乐，斗酒十千恣欢谑。
主人何为言少钱，径须沽取对君酌。
五花马，千金裘，呼儿将出换美酒，与尔同销万古愁。”

季曼一边心虚地念着，一边将原文里李白的两个朋友的名字改成了宁明杰和聂青云。这样才更像是她写的嘛，不然要是宁钰轩问一句岑夫子和丹丘生是哪个野男人，她怎么回答？

鬼白写完，眼里的神色复杂，定定地看了聂桑榆许久，像是不太相信这样的字句是她写出来的。季曼扶着额头就回床上去休息了，这样的胸怀自然不是她能有的，可是这个时代就她一人会，谁能拿出证据说她抄袭的？

晚上的时候宁钰轩去了慕水晴那里，依旧没有去蔷薇园。季曼心里觉得，温婉也差不多是时候“爆发”了。只是不知道这昔日文中善良可爱的女主，会用什么样的法子来挽回宁钰轩的心？

“侯爷，夫人饭后去了花园闲逛。”柳嬷嬷依旧担当着眼线的角色，只不过这一次的监视对象是温婉。宁钰轩坐在慕水晴的院子里，闻言抿唇道：“没有话要带给我？”

“回侯爷，没有。”柳嬷嬷老实地道。

宁钰轩心里有些怄气，却也不能表现出来。慕水晴在一旁听着，低笑一声道：“侯爷既然这样惦记夫人，为什么还要来晴儿这里？”宁钰轩淡淡一笑：“晴儿吃味了？”

“哪里敢。”慕水晴一身慈母的光辉，捂着还是没突起来的肚子道，“晴儿也是看开了，侯爷的心在夫人那里，您只要偶尔能来看看晴儿，晴儿就已经很开心了。”

宁钰轩笑意稍淡，垂了眸子开始反省自己他对温婉是不是太惯着了，以至于这全府上下都知道他的心在她那儿，也让她更加肆无忌惮。说实话，温婉真不是一个可以安宅的女人，只是他喜欢上了，她再不好，他也会都包容着。

过了两天，季曼的感冒终于全好了。千怜雪和齐思菱都意思着给她送了点冬菇和几只老母鸡来，要她好好养着。老夫人那里也叫了她去，笑眯眯地问：“最近这两日，和轩儿处得不错？”

季曼笑道：“侯爷对奴婢多有照顾，奴婢感念于心。”

老夫人连连点头：“你现在这性子，不骄不躁，倒是极好的。时间一长，轩儿自然能明白谁才是最好的。”

季曼点头，陪着老夫人用了好些茶点。她怕老夫人积食，又扶着老夫人去花园走走。花园不愧是小说里最爱发生故事的地方，季曼同老夫人没走两步，就遇见了宁钰轩。请安之后，宁钰轩便心事重重地跟着她们一起散步。

老夫人问着他六部的事情，他也一一回答，只是眼睛始终盯着地上发呆。

直觉告诉季曼，这厮一定是情事缠身，他最近和温婉一直在冷战，一定是扛不住快投降了。

绕过一条走廊，前头就是凉亭。只见凉亭里头坐着两个人，二人旁边还站着两个奴仆。

“那边是谁在干什么？”老夫人远远看了一眼，问。首乌小跑两步上前去看了看，回来道：“堂少爷同夫人在前头下棋。”宁钰轩的脸色沉了下去，老夫人更是皱眉，怒喝一声：“荒唐！没个规矩了不成？”

季曼被这突然的一声怒喝吓了一跳。凉亭里的人明显也是听见了动静，连忙过来见礼。

“老夫人。”温婉一脸无辜地屈身。老夫人却只是冷哼一声，眼睛没看她，倒是看着宁明杰道，“明杰，你怎么有空在这里下棋？”

天色不早了，再过一会儿都是该就寝的时辰了，温婉好歹是正室夫人，与人在外头下棋，还是自己的叔叔，怎么都不太妥当。她是小户人家不懂规矩，宁明杰也不懂吗？

“恰好路过，见夫人在为一局死棋困扰，忍不住就过来看了看。”宁明杰倒是一脸坦荡。

温婉心虚地朝宁钰轩看了看，只见后者沉着脸，冷笑了一声。温婉脸上委屈的神色更浓，咬着唇道：“身正不怕影子斜，叔叔的确只是路过。老夫人若是执意要怪温婉，温婉也没有话说。”

“瞧瞧，你脾气还上来了？”老夫人气极反笑，“也是我儿子没出息，看上你这么个狐媚子。若是要我来立规矩，你早就不在侯府了。”

温婉拧眉，心里也是万分不服气。虽然齐思菱已经反复告诉她不要和老夫人对着干了，她还是忍不住觉得委屈：“不管温婉做什么，老夫人不都不喜欢温婉吗？温婉敢问老夫人一句，自老夫人回来，温婉可有做什么对不起老夫人的事情，您为什么这样对我？”

季曼站在一边低头欣赏草地，心想女主这真是作死啊。宁钰轩是孝顺的人，断然不会为了护她让自己母亲受委屈，可她偏生要这么不冷静，句句顶撞上来，让宁钰轩为难。

关于媳妇和婆婆的冲突，季曼看的例子多了去了。季曼还是觉得嫁人之前首先要看的不是对方家境多好，而是看和婆婆能不能相处好；要是不能，那婚事还是多考虑吧，免得浪费青春。要说婆婆和媳妇到底谁对谁错，那也实在扯不清，季曼觉得还是安静地围观就好了。

“我怎么对你了？”老夫人气得不行，怒视着温婉道，“侯府供你吃穿，还成我欠你的了？你自己处事不让人喜欢，还要在轩儿面前告我一状，说我苛待你不成？”

温婉还想再说，却被宁钰轩站出来拦住了。“母亲息怒，是儿子宠坏了温婉。”宁钰轩道，“您生气，也冲儿子来。”

“好个夫妻情深。”老夫人深吸一口气，季曼连忙扶住她有些要倾倒了的身子，“这侯府是你们夫妻俩的地方，我搬走行不行？”甩下这么一句话，老夫人扭身就走，气得眼泪掉了一路。她是看不惯温婉，不希望轩儿为温婉失了冷静，可是轩儿这么护着温婉，对着她干，能让她不生气吗？

季曼连忙安慰她：“老夫人，别气坏了身子。”

“你跟我进宫去，去宫里住！”老夫人怒道，“这陌玉侯府，我让给她，看她能住上多久！”

身后的宁钰轩想追，却被温婉拉住了袖子。

温婉双眼通红，看着他道：“在我与你母亲之间，你是不是永远只会选你母亲？”宁钰轩皱紧了眉，怒道：“你怎么这么无理取闹？我都这样袒护你了，你还说这样的话？”

温婉想再闹，却想起齐思菱说的见好就收，连忙压了压脾气，拉着宁钰轩的袖子小声道：“我知道你是为我好，也知道你爱我。我只是一时激动没受住委屈，她都那样说我了……”

“温婉。”宁钰轩松开她的手道，“你也该懂事一点了。”被这话说得一愣，她呆呆地收回手，看着宁钰轩朝老夫人追过去。她咬着下唇，眼里满是不甘。其实若是把那老太太弄走，她的日子会好过很多吧。

宁明杰不知什么时候也离开了，温婉站在原地想了一会儿，扭头回蔷薇园，吩咐檀香去将齐思菱找来。

宁钰轩跪在主院外头，老夫人却平静地指挥首乌、当归还有聂桑榆收拾行李。

“老夫人，真的要去宫里吗？是不是有些不太妥当？”季曼有些担忧地问了一句。老夫人很是平和地端坐在椅子上，淡淡地笑道：“你以为我是一时冲动？”难道不是吗？堂堂一品诰命夫人，被逼得要搬进宫里去住，传出去多难听啊。季曼心里这样想，却没说出来。

“昨天聂贵妃给我来了密信，说是好像怀了身子，但是她不敢声张，只让我进宫去陪着她。”老夫人打发了丫鬟们出去，轻声在聂桑榆耳边道，“皇后一直不想让

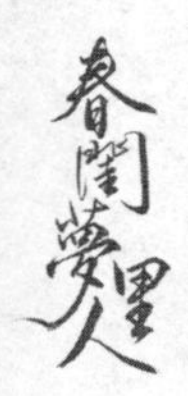

她再有孩子，这个孩子定然是不能声张，得等到三个月稳了之后才行。她在宫里没什么信任的人，也就找了借口要我去宫里陪她。”

季曼一惊，聂贵妃都快四十岁了，竟然又有了孩子？三皇子无心朝政，皇帝也对他多加喜爱，要是聂贵妃再生一个皇子出来，皇后的危机感不是该更重了？

“本来我是想去陪她两天，送了首乌和当归去服侍她，叫她安心的。”老夫人沉了沉脸色，“但是温婉也太过分了些，都想欺负到我的头上了，那我们便去多住几天，叫她知道厉害。”

老夫人这是相当于给温婉扣了不孝的帽子。温婉始终得低声下气将人请回去的，但是老夫人到时候肯不肯轻易回去，又是另说了。季曼觉得，果然姜还是老的辣。

“老夫人，外头又下雪了，侯爷还跪着呢。”首乌忍不住在外面喊了一声。老夫人也心疼自己儿子，可是又下不来台。老夫人原谅了他，不就相当于原谅温婉了吗？老夫人才不干。

季曼无奈，自己还得充当个台阶的角色，去外头扶宁钰轩。

“侯爷知道老夫人在气什么，又何必拿自己的身子作赌。”季曼道。

宁钰轩跪得身子笔直，抿唇不语。季曼就拿了伞来替他撑着，还将他身边的雪都扫走了，顺便拿了狐毛披风给他。

见老夫人屋子里都熄灯睡了，宁钰轩才微微叹了口气，慢慢起身道：“这样叫我为难，若是你，桑榆，你会怎么做？”

季曼耸肩：“这样左右为难的事情，我也不知道该怎么做。侯爷还是顺其自然吧。”

季曼已经可以预见这样下去，温婉与宁钰轩绝对要出大问题。当初的聂桑榆多傻啊，自己冒头出去对付温婉，其实就侯府里本身的家庭因素，已经够让温婉难过了，何必画蛇添足？

宁钰轩陌玉侯晚上去了蔷薇园。第二天一大早，老夫人便让人准备了马车，带了桑榆和首乌、当归，就往宫里去。“老夫人。”齐思菱带着府里的丫鬟婆子跪在路中间，引得不少早起的路人围观，“您消消气，别走了。”

老夫人冷笑一声，掀开帘子看一眼外头，道：“她个正室都不出面，要你一个姨娘来给台阶下？别拦着，否则我就让车直接碾过去了。”

齐思菱咬牙，自己已经跟温婉说过了，不能由着性子来，可是她听不进去，还觉得老夫人走了，她过得更自在。

真是扶不起的阿斗！

第二十章

处处暗藏的危机

老夫人若是当真住在宫里，陌玉侯府里的日子能好过吗？答案是不能。

马车径直越过众人往宫里去了，温婉犹自坐在妆台前生气。宁钰轩站在一边，脸色很难看，温婉也当没有看见，只委屈地哽咽：“你说过你会好好对我的，说过不会让我受委屈的，又凭什么每次都是我去给她道歉？”

宁钰轩头一回觉得温婉这么蛮横不讲理，完全是小孩子心性不肯认错低头，她根本没有想过这样一闹对自己也没有好处。

“再说宫里怎么了？宫里好吃好喝的，还能照顾不周全？你到底在担心什么？”温婉从镜子里瞪了宁钰轩一眼。

宁钰轩揉揉眉心，低声道：“错本就在你，那么晚了还不知道避嫌，与明杰那么亲密，母亲如何不生气？”

“他自己过来的，又不是我请过来的，怪我？”温婉更气，“旁边不是还有檀香和常山？你当我是那种水性杨花的女人？”

宁钰轩终于是沉了脸，冷哼一声，转头就跨门出去。外面还下着雪，他伞也不拿，直接回了西苑。温婉吓了一跳，起身追出来两步，见宁钰轩走得头也不回，忍不住又红了眼。

她不过是想气气他，知道他那时候在花园里，才让檀香引了宁明杰过去。谁知道老夫人也会在，还会发那么大的火气？温婉觉得无辜极了，扭身就回床上去哭。他总归是心疼自己的，等过两天他母亲在宫里住舒服了，他也就应该原谅她了吧？

聂贵妃重获圣宠，皇上对她更加关怀备至，看红了后宫不少人的眼。她说了一声想要老夫人进宫作陪，皇帝就将凝露宫旁边的听雨轩划了出来，给老夫人和聂桑榆住。

宫里的风声很快传开，说是因为陌玉侯娶了个泼妇，逼得自己娘亲都不得不搬出侯府到宫里来。这可不是一般的娘亲，是堂堂一品诰命夫人，捏着帕子在皇帝面前那么一哭，皇帝就传了陌玉侯训话。

“你先前还说，温义教女有方，人品、德行也不错，让朕给他升官。”皇帝双目严肃地看着宁钰轩道，“结果教出来的好女儿就是这样的？”

宁钰轩心知母亲一怒之下必然跟皇帝告状。父亲是战死的，皇帝对宁家一直觉得有亏欠，自然会多加袒护。但是自己和母亲相比，皇帝一定是护着母亲的。

“微臣有眼无珠。”宁钰轩缓缓跪下道。

温婉的父亲温义只是京城大牢的狱卒，自从温婉嫁进侯府，宁钰轩便动用关系将这岳父一路提拔到了从六品的少尹。温婉本已经满足，奈何老夫人上次拿家世说事，他就不得不把温义再往上提一提。

但是这件事一闹，皇帝是无论如何也不会答应了。皇帝最看重女子的德行，上次怒斥聂桑榆，有一半的原因也的确是因为聂桑榆做得太过。而这次温婉，明显比聂桑榆还过分。

宁钰轩觉得，皇帝也是看在他真心喜欢温婉的份上，才没像上次贬聂桑榆一样，授意他废了温婉。挨了一会儿训，宁钰轩便到听雨轩找人了。

季曼跟老夫人到了听雨轩就开始收拾东西，老夫人住主殿，她住侧殿，一众丫鬟都住旁边的小厢房。刚收拾妥当，老夫人正在主殿里和聂贵妃说话的时候，太子就过来了。

还是苜蓿拉了拉聂桑榆的衣袖，季曼才反应过来，跪下行礼。因为没看清那袍子上的金龙是四爪还是五爪，所以她也不知道面前的这位是太子还是皇帝，不敢乱喊，就只能安静跪着。

“贵妃娘娘和宁老夫人在里头？”太子看着地上的人，饶有兴味地问了一句。

“是。”季曼低头道。

外头雪刚停，太子站了一会儿，也没有要进去的意思，倒是伸手将聂桑榆扶了起来。季曼愣了愣，余光飞快地瞟了一眼他衣襟上的龙。还好，四爪，是太子。

不是她多想，古代皇帝强抢民妇的例子简直太多了，上头没人管着的人，都是无法无天的。而太子就不一样了，有皇帝管着，怎么都不敢乱来。上次在宁府南苑里的事，她心里都还是有不安；现在堂堂太子竟然亲自俯身扶她，她不由得后背有些发凉。

“听钰轩说，落雁塔的词是你写的？”太子靠近她一些，低声道，“可是帮了本殿下大忙，你说本殿下该怎么赏你？”

季曼后退一步，恭敬地道：“是侯爷教导有方，太子赏他就是。”

太子挑眉，看着这规规矩矩的女人，轻笑道：“陌玉侯哪里轮得到我来赏？他可是权倾一方，美人无数，日子过得比我还自在呢。”

季曼觉得，这个太子有点不让人喜欢，说个话靠这么近，半点体统也没有。不过人在屋檐下，她不可能跟未来的皇帝杠上，只能好声好气地道：“侯爷不过是为主分忧，也算不得权倾一方。等他日太子天下尽握，侯爷也会是您很好的助力。”

太子愣了，仔细一回味这话，突然哈哈大笑：“传言聂桑榆爱惨了陌玉侯，倒是所言非虚。瞧瞧你一字一句都护着你家侯爷，可真是让人嫉妒。”

季曼依旧垂首不语，脸上的神色却是绷不住有些冷了。赵辙靠近她一步，嘴唇轻勾，带了些不正经的语气道：“什么时候你能这样护着我就好了。”

“太子爷自重。”季曼皱了眉，退无可退，心想干脆撞开主院的门告诉老夫人和聂贵妃太子来了算了。赵辙却笑着后退了回去，将手里一直揣着的金龙暖炉给塞进了她的手里：“一直站外头，可别冻着了。”

宁钰轩刚进来看见的就是这么幅场面——聂桑榆靠墙站着，太子离她很近，旁边的奴仆全部站得远远的，低头闭目，一声不敢吭——心里莫名地就有些火气。宁钰轩几步走过去，一把将聂桑榆拉到了自己身后，面无表情地看着太子道：“您怎么有空来这里，刚才皇上还问起殿下的功课。”

赵辙倒是没想到父皇这么快就放宁钰轩离开了，于是轻咳一声道：“我是来给贵妃请安的，听说她最近身子不太好，刚好遇见桑榆，就多说了两句。”

连“桑榆”都叫上了？季曼脸色难看得很，宁钰轩也好不到哪里去，捏着她的手紧了紧，道：“那太子先进去吧，我同桑榆还有话说。”

“好。”太子微微一笑，恢复了风度翩翩的模样，让人通报一声，就跨进了主殿。

宁钰轩拉着聂桑榆就往外走。季曼跌跌撞撞地跟着，踉踉跄跄差点摔着。宁钰轩步子走得很快，像是有些生气，脸上却一片平静。

在一处僻静的宫道上，他终于放开她，沉着脸道："不要离太子太近，他贪恋美色，性子一上来谁也拦不住。"

季曼点头，顺手将手里的暖炉丢到一边的草丛里。她今儿个也看出来了，这太子就是那种风流成性的，见个女人就要去勾搭一下，危险得很。"奴婢会尽量避开的。"她道。

宁钰轩心里火气难消，看她把暖炉丢了，脸色才好看一点，抿唇道："母亲在宫里住就算了，你是嫁了人的，跟着住不太好吧？"宫里这么多乱七八糟的人，聂贵妃要是天天和老夫人在一起，她是不是得跟着把宫里的皇子见一个遍？

季曼皱眉："这个不是奴婢能决定的，是老夫人要奴婢相陪。想来老夫人也是一个人在宫里没个照应，所以带了奴婢来。"反正她在陌玉侯府也是惹他厌的，在哪里还不是一样？

宁钰轩顿了一会儿道："我等会去给母亲认错，你帮着劝一劝，让母亲回去吧。""奴婢觉得，侯爷还是过两天，等老夫人气消了再来。"季曼认真地道，"正在气头上，您道歉又没诚意，还要一心一意护着夫人，老夫人是不会原谅您的。"

虽然是这个道理，但是……宁钰轩捏了捏拳头，终于无奈地叹了口气："那你帮我多劝劝吧。""是。"季曼不走心地应了。话说完了，也该走了，但是见宁钰轩安静站着，自己也就不敢动，看他还有什么吩咐。

"太子他……"想了许久，宁钰轩还是不太放心，"太子他勾引过不少人妻。他的身份摆着，又让人不好拒绝，你……"

季曼抿唇，突然笑了笑："侯爷放心，万一桑榆要是被人为难，失了清白，侯爷大可直接将桑榆休弃，保全侯府名声。"

宁钰轩一愣，接着脸色难看起来："聂桑榆。"

"奴婢在。"

"你很想让我休了你？"

季曼耸耸肩："要不是因为您要平衡皇后一边和聂家一边，早就该把桑榆休了。"

这是实话，宁钰轩是很聪明的人。虽然看起来他与老夫人有些意见不合——老夫人偏聂家，他与太子交好，但是陌玉侯府，其实是一个微妙的平衡点。

这是季曼想了许久才发现的，心里也不得不感叹一句，宁钰轩的城府，其实比看起来要深得多，他每做一件事，都有深刻的含义。

宁钰轩沉默了很久，突然笑了："你要说你是聂桑榆，我真的不相信。但是不管你到底是谁，你也只能是她。"

季曼心里一紧，暗自责骂没能谨言慎行，惹了宁钰轩怀疑。不过宁钰轩这话说出来，她心里倒是没底了。他一直都在怀疑她？面前的人转身走了，季曼呆呆站了一会儿，原路返回听雨轩。

回去时，太子也已经走了。老夫人和聂贵妃犹自在屋子里说话，季曼进去，乖巧地倒茶。“您说说，要是那女人跟桑榆现在这样乖巧，我至于那么与她为难吗？”老夫人接过茶，叹了口气。聂贵妃笑道：“媳妇儿不满意，休了重新娶就是了。你瞧你，该是安享晚年的时候了，还被晚辈气成这样。”

“我倒是想休了她。”老夫人板着脸，又忍不住叹了口气道，“这不是怕又来一出孔雀东南飞的悲剧吗？轩儿爱她爱得紧，我也不能强行拆散他们。只愿轩儿有朝一日能清醒过来，看清那女人的真面目。”

季曼想，期待宁钰轩自己醒过来是不可能的，现在的故事情节已经和原著不太一样了，而且越来越偏离，都不知道将来到底会发生什么。不过男女主的感情线是主线，要是哪一天宁钰轩突然不爱温婉了，这本书又会变成什么样子？

府里没了老夫人，温婉很是开心，但是宁钰轩一连几天都没有再来看自己，而是连着去看千怜雪和慕水晴了，这让人有些郁闷。

千怜雪身体不好，慕水晴又怀了身孕，他多去看她们，一点错漏都没有。可是算算日子，他有多久没有来自己这里了？这样下去，她怎么怀孩子？

温婉很是发愁，一愁就往花园里走，一往花园里走，就又遇见了闲得无聊收集花上雪的宁明杰。

因着上次的事情，温婉再见宁明杰，怎么都有些尴尬。正不知道该上去问个好，还是转身就走，她就看见齐思菱从另一处过来，刚好解了她的围。

“夫人，妾身有话要说。”齐思菱将温婉拉到了一边，刚好躲过宁明杰。

“怎么？”温婉看着她问。

齐思菱让几个丫鬟都站远了，才语重心长地道：“夫人，侯府规矩森严，您能避开堂少爷，就尽量避开。莫说您是侯爷心尖儿上的人，就算只是一般的女人，只要是侯爷的，侯爷就不会喜欢她与其他男人亲近。您的那些个小把戏，还是少给侯爷用。”

温婉被她说得面子上下不来，板着脸道：“我一贯是守着规矩的，谁同他闹什么小把戏？”

齐思菱顿了顿，也不说破，只道：“堂少爷虽也是仙人之姿，但也终究是个凡

人。妾身已经暗中观察了他许久，发现他对聂桑榆似乎颇感兴趣。他与聂桑榆一起在落雁塔写词也就罢了，菘蓝还有一次看见聂桑榆很早从南苑出来，想必是在南苑过夜了。”

温婉微微皱眉，心里莫名其妙地不舒服：“他怎么会对聂桑榆有兴趣？怕是堂小姐的缘故，两人有些接触吧。”

“就算他不感兴趣，但是有些事情，要是不小心做了，就很可能让某些人不得翻身。”齐思菱微微一笑，“侯爷最近对非晚阁那位可是越来越好了，听说前两天进宫，连老夫人都没去看，就去看了她。”

心里一紧，温婉连忙问：“他们说什么了？”

“这妾身可不知道。不过如今的聂桑榆进退得体，处事又大方，已经是脱胎换骨了，夫人要是还不防着她点，妾身觉得早晚有一天，侯爷会重新回到她身边。说句不好听的，夫人毕竟陪着侯爷一年不到，聂桑榆却是跟了侯爷六年有余。”

温婉沉默了，她最怕的就是聂桑榆与侯爷之间有太多往事，那是她无论如何也插不进去的。

齐思菱巧舌如簧，说得温婉内心挣扎动摇了，转头又去挑唆千怜雪，想让千怜雪恼了温婉，继而做点什么出来。

可惜，千怜雪压根儿不吃她这一套，只是微笑着听她说了许久，然后道：“夫人终究是夫人，我能吃饱穿暖过日子，已经满足了，姐姐不必多说。”吃个软钉子，齐思菱脸上笑容不减，退出了雪松院。

“侯爷，太子说还有功课没做完，就不去落雁塔了。”太子近侍踏雪出来，朝宁钰轩行礼道。“太子肯用功是好事，那我就不打扰了。”宁钰轩微微颔首，转身离开太子府。

赵辙是向来爱玩，不爱做太多死板功课的，这两天倒好，人影都没看见。难道他真是在做功课？宁钰轩皱了皱眉，刚上轿子，就吩咐外头的轿夫：“往宫里走。”

这也过了两天了，他听聂桑榆的话等母亲气消了再去，若是不成，那就怪她。

聂桑榆正在厨房看着老夫人的燕窝，身后不远处站着一个男人，叫她背脊僵硬。

“为什么是你亲自来做这样的粗活？”赵辙靠在门口，好奇地问。季曼翻了个白眼，觉得这样的人你对他越礼貌，他反而蹬鼻子上脸了，索性语气不太好地道：“回太子，桑榆就是个奴婢而已，就是该做这些的。倒是太子您，来这样的地方，未免与身份不符。”

赵辙挑了挑眉，笑道："我只是来看看你而已。"语气暧昧，自是情场老手。季曼勾了勾唇，转头看着他道："奴婢倒是不知道，太子会对奴婢这种残花败柳感兴趣？"

赵辙被呛了一下，摸摸鼻子道："我还是头一次听女人这么骂自己。""这是事实，桑榆是陌玉侯的人，身子和心还有眼睛都是他的。对于别人，桑榆就只是个残花败柳；对于侯爷，桑榆才是一个完整的女人。"

季曼抬头认真地给他说完这句话，企图用坚定的语气告诉他，她是很认真的。

门口的人顿了许久，脸上吊儿郎当的神色收起来不少，眼神深邃地看着她道："我与钰轩是挚友，这么多年从他口里，我只听见你的不好。本还想调戏你一二，现在倒是有些想认真了。"

季曼嘴角抽了抽，他以为这是写《霸道太子爱上我》呢？还是省省吧。

"我从未见一个女人用情这样深。我比钰轩有权，跟了我，你将来也许就是后宫之人，但我没想到你说出这样的话来。"太子抱着胳膊笑，"倒是钰轩有些不懂珍惜了。"

"太子真会说笑。"季曼看着锅子里的燕窝差不多了，便往灶外抽着柴火，"您可别忘记了，桑榆虽然只是侯府的妾，却也是聂家嫡女、聂贵妃的亲侄女。"

太子会要她？开什么玩笑，以为这样逗逗她，她就会脸红心跳不能自已了？莫说皇后与聂贵妃势如水火，就凭陌玉侯和太子的关系，除非太子想自断臂膀，否则是不会碰她的。

赵辙哈哈大笑，看着聂桑榆，眼里倒是流露出欣赏："钰轩真是埋没了一颗珍珠。"

"谢太子夸奖，桑榆只是长得周正一点的鱼目。"季曼笑了笑，拿帕子裹了手，去将燕窝端出来。

"小心些！"赵辙看着她的手，大步跨过来，将她手里的燕窝拿盘子接了。季曼抿唇，甩开帕子接过盘子，取了红漆的托盘来放着，看了太子一眼道了一声"多谢"，然后就转身出去将燕窝趁热拿给老夫人了。

宁钰轩在听雨轩里坐了好一会儿，都没有看见聂桑榆的人。宁钰轩的好话已经都给老夫人说了一个遍，老夫人也有些心软了，只说再住两天就回府，因为她也不想让温婉有太多好日子过。

不管怎样，母亲愿意回去，宁钰轩就松了口气，接着喝了一会儿茶，装作不经意地问："桑榆呢？"

“在给我煮燕窝呢。”老夫人道，“那孩子是个会孝顺的，自从上次的事情之后，我也感觉她变了很多，不过我更喜欢了。这样好的女人，你去哪里能找到第二个？”宁钰轩不置可否，又坐了一会儿，就见聂桑榆端了燕窝进来了。

“侯爷。”季曼看宁钰轩也在，就问候了一声，然后将燕窝放在老夫人面前。

两天不见，聂桑榆倒是越来越水灵了，一张脸看起来不施脂粉而自然娇艳，嘴唇饱满得叫人想一亲芳泽。

宁钰轩低头反思，是不是自己最近太久没近女色了，以至于看见聂桑榆都能心动了？

“你们两人也是有两天没见面了，不如你们去侧殿说会儿话，让我安静用了燕窝好午休。”老夫人眼睛一转，笑眯眯地道。

宁钰轩点头，起身就往外走，季曼只得跟上，虽然她觉得两个人的确没什么话好说。

“宫里住得还习惯？”宁钰轩走进她住的侧殿，四处看了看，问。季曼垂首道：“没什么习惯不习惯，哪里都一样。”

宁钰轩本是随意看着，却突然在屏风边停了下来：“哪里都一样？”

第二十一章

平妻之位

季曼听着他语气不太对劲，顺着他在的位置看过去，见屏风上挂着一件披风，银狐毛的，上面绣着四爪金龙，很是贵重。

季曼微微叹了口气，这件披风不关她的事，是早晨太子来给聂贵妃请安，不小心将披风刮坏了一块。聂贵妃知道她针线活儿好，就交给她，好让她补。

可是宁钰轩不这样想啊。赵辙是什么人，他比其他人都了解。在这里看见这披风，他脑子里就有了些不好的联想。

“你与太子很亲近？”

季曼认真地道：“这个得解释清楚，披风是姑姑拿来让我补好的，跟太子本人没有什么关系，我也与他不熟。”

宁钰轩“嗯”了一声，嘴角微微勾起：“你的绣工的确好，可是宫里这么多人，贵妃也用不着把你当丫头使唤。”这话说得，跟她故意要表现一样。季曼觉得还是不要和这人计较，不然被气死的只有自己。

“侯爷坐够了，就早些回去陪夫人吧。”季曼笑得体贴，“奴婢这里您走个过场就行，奴婢绝不会在老夫人和贵妃面前多说侯爷半句坏话，只会夸侯爷好，您放心。”

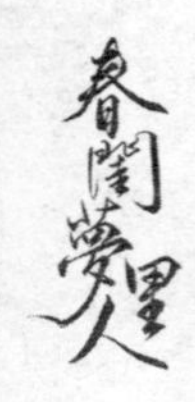

宁钰轩脸色沉了，眼含针刺地看着她：“你倒是出息了，原先巴不得我多留，现在是巴不得我快走。”

“人总是会变的。”季曼淡笑，“一辈子痴恋一个不爱自己的人，多傻啊？侯爷慢走，外头路滑，让奴才多扶着些。”

宁钰轩不知道说什么好，气闷地一甩袖子出了听雨轩。可是没走两步，他就遇见了太子。

赵辙笑得风流倜傥：“侯爷这是刚问候了老夫人？”宁钰轩停下步子：“太子不是在府里做功课吗？怎么又在这里了？”

赵辙摸摸鼻子笑道：“我一早进宫了，吩咐下头的人说我在做功课。那些个把戏你也明白，不然旁人都以为我赵辙是个纨绔太子，不知勤奋呢。”

宁钰轩挑眉不语，太子却心情甚好地道：“在这里遇见你也正好，替我把那银狐毛的披风拿出来吧，咱们去春风楼坐坐。”

“春风十里扬州路，卷上珠帘总不如。”作为京城的销金窟，春风楼里的姑娘都是一个赛一个地善解人意，让人着迷。宁钰轩不是清心寡欲的人，应人邀约，也经常去坐。今天他心情不太好，想着去解解愁也不错，于是便应了。

宁钰轩转身去将太子的银狐毛披风拿了出来。赵辙披在身上，一双丹凤眼笑成了弯月：“还别说，这手艺真是比京城第一绣娘还要好。”

抚弄着衣角处一朵绽开的莲花，赵辙笑得让人觉得刺眼：“也是桑榆手巧，这披风撕坏了那么大块儿，我都觉得要废了，她却绣了朵莲花上去挡住了。”银色的披风，一朵清雅的莲花绽放在衣角，与那张牙舞爪的金龙一对比，倒是有些别样的感觉。

宁钰轩的一张脸沉得难看，冷哼一声道：“好端端的金龙披风，带一朵不伦不类的莲花上去，也跟废了差不多了，难得太子还觉得她手巧。”

赵辙哈哈大笑：“你不是说你最讨厌聂桑榆吗？怎么现在这语气听起来，倒是有些拈酸吃醋的味儿？”

“要走就快走吧。”宁钰轩一甩袖子，抬步就上了轿子。见他恼了，赵辙也就闷笑两声，跟着上了自己的轿辇，与他一起出宫去。

春风楼里，舞姬娉婷，软声浅唱：“山有木兮木有枝，心悦君兮君不知。”太子与陌玉侯坐在最好的包间里，春风楼里听着消息来的官员都在殷勤地敬酒，不点破二人身份，只喊太子“二爷”，唤陌玉侯“宁大人”。

“二爷怎么穿着这披风出来了，还是得小心些。”礼部徐大人瞧着太子，低声道，“外头不太平，二爷身份贵重，也应该多小心。”

赵辙多喝了两杯酒，手却一直捏着那莲花，道：“爷喜欢这披风，所以不想脱。”宁钰轩看了赵辙一眼，赵辙的目光正好和他对上，失笑道：“你们瞧瞧，爷说喜欢这披风，你们宁大人的眼里，是不是在喷火？跟个妒妇一样。”

几位六部的大人都尴尬地笑着，哪里敢答，虽然陌玉侯这脸色的确难看。

“二爷也该注意些分寸。”宁钰轩没有喝酒，冷静地开口道，“凡事都有个度，她也不是您该招惹的人。”

赵辙顿了顿，捏着酒杯凑到宁钰轩跟前道：“你老实同我招了吧，你现在是不是也喜欢上那人了？嘴上说着她怎样怎样不好，现在还不是很生气？”

宁钰轩的确很生气，可是他也不知道自己为什么生气。聂桑榆和太子是绝对不可能有什么的两个人，但是他看太子捏着那莲花不放，就觉得不爽。

“我没有喜欢她，以前没有，现在也没有。”宁钰轩回了一句，便举了酒杯道，“世上红颜千万，最后能否与其走到白头，倒是真不能只看喜欢不喜欢。”

“你这话说的，还不是照样娶了温婉？”赵辙有些喝高了。宁钰轩微微笑了笑：“温婉也是得了太子妃的照拂，才能进我侯府的门。以后温婉要是有了身孕，生的孩子还得请太子妃来赐名。”

太子终于满意地笑了，饶过了他。宁钰轩轻轻叹息，太子每一句话都暗含锋芒，这顿酒喝得也真是累。他突然就有点怀念聂桑榆说的故事了，那里头有好人坏人之分，清清楚楚，简简单单。

又过了两天，宁钰轩安排了仪仗，亲自去宫里将老夫人迎了回来。这一段闹剧终于落幕。临走的时候季曼还真有点舍不得：宫里有聂贵妃护着，吃的东西都好得很，还不用她去钩心斗角，每天照顾照顾老夫人就完了。但是没办法，老夫人还想回去给温婉好看，她也不能一个人留在宫里不走。

温婉脸色不太好看地在门口跪迎，千怜雪和齐思菱也在。季曼扶着老夫人下车，就看老夫人问了千怜雪的身子两句，然后就径直进了侯府。

温婉还跪着，脸上一阵青一阵白。宁钰轩下马来，亲自将她扶了起来，带着她往里面走。温婉这脸丢得有点大。老夫人也是摆明了不想让温婉好过，本来府里管账的事情还想偷偷交给聂桑榆，现在也什么都不顾，就当着一家人的面，要温婉将账本给聂桑榆。

“老夫人，这样不妥吧。”齐思菱站出来道，“夫人怎么说也是正室，身子也没有什么大碍，怎么能让个侍妾管账？”

老夫人一脸严肃地道：“后院里的账，都是要清清楚楚、明明白白的。上个月温婉给的账本就好几处不清楚，问她有两百两银子去了何处，她也说不上来。这样的主母，何以管账？桑榆细心大方，这几个月来的表现大家也看在眼里，我觉得由她管账再适合不过。”

温婉站在一边，咬着唇说不了话。她父亲是好赌的人，前些日子为了还赌债，又不想污了她的清白身世，便将温家家宅都卖了，住在客栈里。她身为女儿，怎么可能看父亲这样落魄？当然就施以援手了。

侯府家大业大，本以为这两百两可以盖过去的，却不想还是被老夫人查出来了。这事是她理亏，她也就低头不再开口，只希望钰轩能护着她，好歹不要让聂桑榆骑在了她的头上。可是宁钰轩思考了一会儿，竟然点了头说“好”。

温婉震惊，不可置信地看着他，只见他却只是握着自己的手，看着聂桑榆道：“上次进宫，皇上也夸奖了桑榆，说她现在懂事了许多；顾着贵妃的面子，让我恢复她的正室之位。”

老夫人眼睛一亮，温婉脸色却是惨白，手指甲都掐进了宁钰轩的掌心里。季曼头也没抬，心想，宁钰轩要是这么轻松废了温婉，那温婉也就不叫女主了。

“但是我念温婉并无大错，桑榆也没有大功，于是选了个折中的法子，就让桑榆坐平妻之位，掌管后院账簿，也算是对聂贵妃的交代了。”

这个时代的平妻与其他朝代不同，算是正室之下的头一房，并不一定是正室一并嫁来的亲姐妹。身份同样贵重的两个女人，给予其中一人平妻之位，算是十分重视之意。一旦正室去世，平妻自然便成了继室。

季曼觉得皇帝一定是碍着贵妃，给宁钰轩施压了；宁钰轩为了温婉想出这么个法子，也算是对得起温婉，毕竟温婉的家世对于陌玉侯来说不但没有任何帮助，还可能是个累赘。

可是温婉没有想到这些，联想到齐思菱给自己说的话，只觉得陌玉侯可能真的是对聂桑榆旧情复燃了。当下她咬紧了牙，险些没哭出来。

“如此，也就是了。”老夫人心情不错，看见温婉的表情，只觉得痛快。桑榆坐平妻之位，她对聂贵妃也就有了交代；再加上桑榆管账，侯府的大权，她又可以重新握在了手里了。

日子眼看着是好过了，可是季曼心里总是隐隐觉得不安，虽然她现在不知道后面会发生什么，却总觉得有一种危险的感觉萦绕在四周。

在屋子里待久了，抬头却见苜蓿不在，季曼便伸了个懒腰出去寻找。

院子里也没人，几个小丫鬟一早被苜蓿打发去了水记看看生意，顺带着买几盒雪花膏回，这事季曼是知道的；苜蓿一般是会在屋子外头站着的，今天却不知怎么没看见人。

往苜蓿的厢房那边走两步，见苜蓿房间的门没关，季曼突然起了玩心，想去吓一吓她，于是蹑手蹑脚走进了她的屋子。

苜蓿正背着门，将什么东西给塞在了衣柜里。季曼突然跳过去拍了拍她的肩膀："苜蓿。"

"啊！"苜蓿整个身子都弹了起来，像是受了极大的惊吓，眼睛睁得很大，一口气没上来，直接晕过去了。

季曼也吓了一跳，暗自责怪自己不该这么玩。她连忙将苜蓿抱到床上，又接着出门去找了个过路的家丁，让他把李大夫找来。

回到房间里，季曼见衣柜门还开着，就想去合上，哪知走过去，就看见一个布包，小小鼓鼓的，像是装了银元宝的形状。

这么一包袱银子，苜蓿哪里来的？上次她给苜蓿五十两，换成银锭子也不该有这么多啊。

季曼眉头皱了起来，扫一眼床上还没醒来的人，伸手去将那包袱打开了。

十锭十两的银子，下面还压着银票。银票的面值很大，季曼看了看，足足两百六十两，上头是丰会行的票印，与水娘子每月送来的一模一样。

季曼看了一会儿，仔仔细细将银子包了回去，放在原来的位置，然后将衣柜的门合上。

李大夫很快来了，一张脸清瘦得很，却没多少愁容，只在看见晕倒的苜蓿的时候，有点心急。

"好端端的，怎么晕了？"李大夫坐下来给苜蓿把脉。

季曼低声道："我来喊她一声，没想到吓着她了，就晕过去了。"

李大夫愣了愣，无奈道："她的胆子也太小了些。不知道怎么回事，她总是战战兢兢的。"

苜蓿的胆子是小，据上次慕水晴说，是以前被聂桑榆虐待的。季曼觉得聂桑榆有些亏欠了苜蓿，所以现在加倍补偿她。

只是她怎么忘记了，防人之心不可无，这个人她最亲近的、知道她最多秘密的丫头，相当于她的一处致命伤，若是给人拿捏了去，那她也就跟着完蛋了。

季曼垂眼想了一会儿，道："李大夫家里的娘亲最近身体可好？"

李大夫正在开药方，闻言顿了顿，道："多谢桑主子关心，家母身体最近好多了。"

季曼点头。据说李大夫的母亲是瘫痪在床，又有哮喘，一直拿人参吊命。李大夫的微薄收入，要养母亲还真是不容易。

"劳烦李大夫先替我看着苜蓿，我有些头疼，回屋子里去躺一会儿。"季曼起身。

"这……"李大夫犹豫地站起来，偷偷打量季曼的神色。他一个男人，跟丫鬟单独相处一室，也是不太好的吧。只是季曼毕竟是主子，也不能要她一定留在这里。

"你与苜蓿何必太见外？你要是真觉得对苜蓿名节有损，那就八抬大轿迎她过门。真要到那时，我也是肯放人的。"季曼打趣似的说着，就走了。李大夫脸上一阵红，见也留不住人，就老实坐在床边了。

季曼回了屋子就去打开自己的衣柜，衣柜最下面的暗格里放着她的银票。由于雪花膏和面膜都卖得不错，水娘子往她这里送的银票有八百多两，她没细数，就都交给了苜蓿记账。

将一叠银票拿出来，季曼数了数，还剩五百两。她捏着银票没有想明白，苜蓿若是要给李大夫的母亲治病，要多少问她拿就是，她又不是不会给，为什么要犯这么大的风险来偷？而且，一个丫鬟的房间里放了三百六十两银子，这要是被查出来，怕是不止苜蓿一个人遭殃，连带着她也会被牵连吧？一个女人在外头有生意，那可不是让人高兴的事情。捅穿了，就算是老夫人都护不住她。

季曼突然觉得后背发凉，连忙将手里的银票全部装进一个羊皮袋子里，轻手轻脚地走到后院，见四处无人，便挖了坑将羊皮袋埋了。为了防止让人看出泥土翻动的痕迹，她还将旁边的花盆挪过来挡住了；然后她就当什么也没发生过，回屋子去睡觉。

"主子，雪花膏买回来了。"两个小丫鬟回来了。她俩都是粗使的丫头，十四五岁，水灵又活泼，一个叫灯芯，一个叫甘草。

平日里进她房间的都只有苜蓿一个人，她也就没有注意这两个小丫头，现在细细看来，灯芯眼睛清澈、活泼好动，甘草安静沉默、规矩懂事，倒都是好苗子。

"嗯。"季曼笑了笑，"去看你们苜蓿姑姑醒了没，她被我吓坏了。"

五盒雪花膏，季曼往老夫人院子里送了一盒大的两盒小的，剩下两盒给了温婉和千怜雪一人一盒。

本来现在雪花膏有卖的，轮不到她来当好人，可惜她吩咐过水娘子了，侯府其他丫鬟去问，一律说没货，只有她身边的丫鬟能去买到。

这样讨好的东西，她本来是打算一直做的，如今看来是不行了。她得在炸弹爆炸之前，把导火线拔了。

苜蓿醒来的时候靠着床头喘了好一会儿的气，见屋子里两个粗使丫头和李大夫都在，独独不见刚刚吓她的主子，心里一紧，连忙跌跌撞撞下床，打开衣柜看了看。

包袱在原来的位置，没有翻动的痕迹。

“主子有吩咐什么吗？”苜蓿转头问屋子里的人。两个小丫头连着李大夫都摇头。

“桑主子说不小心吓坏你了，还担心得很，所以要我留在这里。”李大夫提起药箱道，“你这是惊吓过度，睡一觉就没事了。”

苜蓿松了口气，整理了一下衣裳，送了李大夫出去，便去屋子里找聂桑榆。

“醒了？”季曼脸上有些哀愁，见她进来，也只是问了一声。

苜蓿心又提起来了，走到她旁边问：“主子怎么这样没精神？”

“唉，我错信了人。”季曼下巴搁在桌子上，万分沮丧地道，“这可怎么是好？”

苜蓿膝盖一软，差点就要跪下去了，脸色也越来越白。

“你说，我对水娘子那么好，她为什么还要见利忘义，弃我于不顾呢？”季曼轻声问。

水娘子？苜蓿顿了顿，嗫嚅了两句：“为什么是她？”

“不是她还能是谁？”季曼气愤地道，“说好获利四六开，她现在有钱了，就翻脸不认人了，给了我五百两银子说是买断雪花膏的版权，然后她自己做生意去了，拿的都是我的点子。”

“怎么能这样？”苜蓿瞪大了眼，“水娘子看起来人不错啊。”

季曼摇头叹息：“知人知面不知心啊！我把银票放在了衣柜的暗格里，你也别去动了，留着以后养老用吧。”

“是。”苜蓿垂眸，眼里有些挣扎的神色。

主仆俩沉默了一会儿，苜蓿忍不住问：“主子不打算告她吗，不是写了契约？”

“这事捅出去，对我没好处。”季曼摇头，“要是给侯爷和老夫人知道雪花膏其实是我做的，我绝对是吃不了兜着走的。”

苜蓿点了点头，安静地站在一边发呆，季曼低头喝茶不语。

当天晚上，府里遭了贼，说是齐思菱的院子里进了宵小，虽然人没事，却丢了一百两的私房钱。

侯府里顿时热闹了起来，连南苑的人都被惊动了。宁尔容一脸好奇地跑来找聂桑榆看热闹："你家姨娘真有钱，私房钱竟然存了一百两。"

季曼正对着镜子梳妆，闻言轻笑道："到底是当过家的人，没点底子就奇怪了。等会应该有人来一一搜查的，你不用去别处看热闹，就我这里最热闹。"

宁尔容不明白她的意思，却见没一会儿，齐思菱就与宁钰轩一起，带着家丁到了非晚阁门口。"这里也找找吧。"宁钰轩一进门就看见聂桑榆回过头来。这张脸好像比前几天看见的更美了，多看一会儿，就让人觉得心动。

宁钰轩淡淡地收回了目光，朝家丁摆了摆手。齐思菱进门来，亲热地拉着聂桑榆的手道："打扰姐姐了。刚刚我同侯爷连蔷薇园都搜过了，你这里应该没问题吧？"

季曼笑得大方得体："妹妹随意搜就是。"

齐思菱点头，转身看几个丫鬟进来，将聂桑榆的衣柜打开了来。聂桑榆的衣服被丢出来不少，几个翻衣柜的丫鬟却是一无所获，红着脸站出来道："桑主子这里没有。"外头冲进苜蓿房间的几个家丁，却翻了一会儿就吼了一声"找到了"。

齐思菱看向宁钰轩。几个家丁押着苜蓿进了屋子，将一包东西放在地上，刚想打开，就听见季曼轻喊了一声："慢着。"

第二十二章

你还欠我一个大冒险

众人动作都是一顿，齐齐朝聂桑榆看过去。她脸上没什么惊慌的神色，倒是友好地拉着齐思菱的手道：“妹妹的银子是现成的银锭子，还是银票？”

齐思菱一顿，扫一眼那包袱的形状，道：“五十两银锭、五十两银票。”

“是哪家钱庄的？”季曼又问。

若是在几天前，她还是个侍妾的话，这样问齐思菱，齐思菱完全会无视她，说她狡辩；可是身份不同毕竟不一样，她现在可是平妻，半个女主人。这么温和地问话，齐思菱焉能不答？

于是齐思菱只能硬着头皮答：“应该是丰会行的，银票是菘蓝去兑换的，妾身也记不太清。”

京城就两家最大的钱庄，一家丰会行，一家汇通钱庄。齐思菱这一说，也算是巧合了。

季曼挥手示意他们将包袱打开，里头的银锭子散开，下头的银票就露了出来。

“这么多？”齐思菱捂着嘴看了一眼，有些意外。

季曼觉得，这一出栽赃嫁祸好像和齐思菱没什么关系，齐思菱刚刚不过是顺水推舟。为什么呢？因为如果是齐思菱让苜蓿栽赃，绝对不会把银子的数目说错了。

三百六十两银子数目可不小，季曼现在的月钱才十两，这些够她用三年的了。苜蓿白着脸跪下道："奴婢没有偷菱主子的银子。"

"你自然不可能偷。"余光瞥到宁钰轩要开口，季曼抢了他的话，一副胸有成竹的模样看着齐思菱道，"菱妹妹不是说了，是半夜进了贼，那贼偷的东西塞到了你那里，怎么能算是你偷的？只是……这数目看起来似乎不是菱妹妹说的，只有一百两。"

齐思菱愣了愣，抿唇道："这可能不是妾身的银子。妾身月钱七两五钱，攒了许久才攒成的一百两银子，断断不可能变成这么多。"

季曼挑眉，伸手将银票捡起来，递到宁钰轩手里。宁钰轩接过银票看了看，丰会行的印章在上头，明明白白。

齐思菱掌管后院账目的时候，要两袖清风是不可能的，这个宁钰轩也能想到；只是他没有想到，她管事不过四年，竟然有这么多银子？

"这也是巧了，小偷偷了银子，不逃跑，反而将银子塞进了苜蓿的房间里，为什么不塞桑榆的房间？"宁钰轩脸上没有多少怒色，倒是颇感兴趣地问了一句。

齐思菱脸色不太好看，还是开口道："侯爷，那不是妾身的银子。"

"那你说苜蓿这里的银子是从何处来的？"宁钰轩看着她道，"一个丫头的月钱就一两银子，苜蓿到我府上不过六年，满打满算也才七十二两积蓄吧？"

齐思菱看了聂桑榆一眼，低声道："也许是桑榆姐姐赏的呢。"

季曼一脸无辜，指着自己的衣柜和妆匣道："妹妹你可看清楚，我才刚涨了月钱，首饰、衣裳都朴素得很，只有妆匣里有十两银子的积蓄，其他一概没有，又哪来那么大方打赏下人？"

齐思菱觉得自己好像掉进了什么圈套，简直是有苦说不出。这翻出的一包银子，怎么就说是她的了呢？她院子里今晚上是的的确确遭了贼，宁钰轩也是在场的，不然也不会这么兴师动众四处查了。她也就是想顺水推舟，把罪名扣在聂桑榆头上，却不知怎么，竟然说不过聂桑榆了。聂桑榆这张嘴也是越发厉害了。

苜蓿跪在一边连连磕头："这银子跟奴婢可没有什么关系，侯爷明察！"

季曼看着苜蓿惶恐的脸色，微微勾了勾唇角。不知道是谁在背后挖的坑，可惜被她机缘巧合撞破了，不然今儿要是在她房间里也搜出大量银票，她们该围观的就是陌玉侯怎么处置自己了。幸好幸好。

"这银子，我看就还给菱儿一百两，剩下的交给钱管家充公了，如何？"宁钰轩轻声道。齐思菱甚为不服："侯爷……""不必多说，闹这么久了，也该早些休息了。”宁钰轩站起来道，“菱儿你拿着银子，就先回去吧。”

她一个人回去？齐思菱心里一凉，好不容易得了宠幸，结果遭了贼，来一趟非晚阁，竟然带不走人了？

这简直是赔了夫人又折兵，齐思菱心里懊恼，脸上却还是换上得体的笑容：“那妾身就不打扰侯爷休息了，明天早晨再给侯爷送些可口的早点。”

“嗯。”宁钰轩点头，挥了挥手，屋子里的家丁丫鬟便都下去了。苜蓿看这事竟然就这么简单地过去了，心下有些愕然，却还是收拾了银子，按照陌玉侯说的去送给钱管家。

季曼有些心疼银子，白白丢了三百六十两，要卖多少雪花膏才能赚回来啊。不过破财免灾，想想也就算了。

“我还以为能闹多大的动静，真是高看了她们，或者说低估了你。”宁钰轩的眼神扫过来，一改平日里的面无表情，倒是有些温暖的笑意，“你可真聪明。”

季曼看着这尊佛，叹息一声道：“侯爷要在桑榆这里睡？”

“还是不愿意？”宁钰轩起身，轻轻拥住她的腰，“不愿意也没关系，我不碰你，但是我们今天，来说说心里话可好？”

好端端地，说什么心里话？季曼撇嘴，眼睛一亮突然道：“那来玩真心话大冒险吧，石头、剪子、布。”

“真什么？”宁钰轩有些呆愣。

季曼将规矩给他说了一遍，他微微挑眉：“这倒是不错，来吧。”

开玩笑，季曼大学的时候玩这个可是玩出经验了，跟这个古人玩，她难不成还会输？

第一局，果然她赢了，开心地看着宁钰轩道：“侯爷选真心话还是大冒险？”

“真心话。”宁钰轩一点也没迟疑，靠在床边，微微一笑。

“敢问侯爷，最喜欢什么样的女人？”季曼眯着眼睛问。这个问题完全在意料之中，可是宁钰轩还是走了走神，垂着眸子道：“喜欢安静温和的女人，会跳舞，会作画，心地善良。”哪个都跟聂桑榆不搭边，季曼撇撇嘴，不过仔细一想，这跟温婉也不是很搭边啊。温婉这女主当得，都快黑化了，现在哪里还安静温和？

“继续。”宁钰轩睁开眼。

季曼点头，可是从第二局开始，意外发生了，她竟然连输。

“真心话还是大冒险？”宁钰轩问。

“大冒险。”季曼答。

“吻我。”

“……”

季曼不可置信地看着他，宁钰轩嘴角微扬，眼神暧昧，叫人看了心里扑通扑通直跳。他从来没有过这样的表情，一贯是对她假笑，抑或面无表情。今天他是哪根筋错了，会这样来勾引她？

季曼深吸一口气，玩游戏之前就说了，要玩得起，不然这游戏也就没意思了。不就是嘴碰嘴吗，她吧唧一口就亲在了他唇上。

宁钰轩显然不是特别满意，所以接下来的对话就一直是：

“真心话还是大冒险？”

“大冒险！”

“吻我！”

……

季曼亲了他十几次之后，终于觉得哪里不对：“你为什么会一直赢啊？”

宁钰轩无辜地摊手：“你运气差，有什么办法？来吧。”

季曼心里嘀咕见鬼了，便又吻他一下。这一下，宁钰轩却按住她的后脑勺，翻身将她压在了床上，舌头撬开她的牙关，温柔地攻城略地。

这是要干什么？她下意识地推他，却感觉他握住了她的手。

“我一直在想你是谁，也一直在派人寻找聂桑榆。”细细密密的吻落在她的脖颈间，季曼听着这话，整个人像是被一道闪电劈中。

他知道了什么？

“可是最近我不得不承认，这世上没有两个一模一样的人，你是聂桑榆，却又不是。”宁钰轩眼里深沉如海，“桑榆，你脱胎换骨了，让我觉得好生喜欢。”

季曼浑身起了鸡皮疙瘩，心里却松了口气，只嘴角抽了抽道：“侯爷这是色诱妾身？”

“嗯？”宁钰轩微微一笑，“你别多想，我是认真想对你好。皇上说半个月后大运河就开了，要乘画舫下江南去游玩一个月，体察民情。我是要随驾的，也想带着你去。”

季曼吓了一跳：“侯爷为什么带上我？”一个月啊，他不是最喜欢温婉吗，为什么不带温婉反而要带她？

“这是聂贵妃的意思。我也觉得带上你要有意思多了。”宁钰轩笑着咬断她的肚兜绳子，“要是画舫上不好入眠，我至少还能听你说故事。”

季曼慌忙拦住他的动作，脑子里有些转不过弯来。这才几天没见，宁钰轩没道理变得对聂桑榆这么好啊。他虽然怀疑她是不是本人，可是又说带她跟皇帝一起出游，这到底是什么跟什么？

“侯爷说了不强迫妾身，妾身想安心睡个觉。”感觉这人动作越来越过分，季曼忍不住喊了一声。

宁钰轩停了下来，温柔地替她将衣襟合拢，而后乖乖地躺在她身边道：“记得，你还欠我一个大冒险。”

季曼觉得后脖颈发凉，有种被蛇缠上的感觉。翻身就寝，她一时猜不透他的想法，但是没关系，他总有露出狐狸尾巴来的一天。

过了几天，皇帝要南下的消息就已经有了风声，随侍的名单也流了出来。皇后要坐镇后宫，便由聂贵妃陪同皇帝南下，并太子、三皇子、陌玉侯护驾。这些都是皇帝面前的红人，带上一点也不奇怪，可是还有一个护驾的名额，写的竟然是宁明杰的名字。

“堂少爷会武功？”季曼好奇地问宁钰轩。

宁钰轩淡淡一笑：“明杰的武功与我不分伯仲，你觉得呢？”

季曼惊讶了，不是惊讶宁明杰多厉害，而是眼前这个看起来软绵绵的侯爷竟然是会武功的？

澧朝男子多娇弱，看宁钰轩成天穿一件雪锦长袍飘来飘去的，季曼还以为他也是养尊处优的娇弱款型。

“妾身记得堂少爷是六品的军器监，好像跟御前的事情没啥关系啊。”季曼嘀咕了一句。

宁钰轩躺在屋檐下的软榻上，将皮草的搭子拉上来一点，眯着眼睛看着雪景道：“明杰是块好料子，去年皇上就有意提拔，奈何他不愿意离开病母。今年年初的时候他母亲去世了，服了这么久的丧，刚刚才除礼。看靖文侯的意思，也有让他来京城做事之意。皇上乐得很，才让他一同南下，也好给他找个立功的机会升官。”

季曼点头，宁明杰就是个与世无争的人，原著中不用他做什么，皇帝都赶着给他升官。大概是这朝代沿袭了魏晋时候的当官看面相之风，不然这些个得宠的皇子、臣子也不会都是天人之姿了。正感叹呢，季曼就见柳嬷嬷进了院门，远远地看见她在，迟疑了一瞬。

“去替我到厨房拿些点心。”宁钰轩转头对季曼道。

“是。”季曼点头，转身就走。宁钰轩借故支开她，怕是有什么她不能听的？前

脚跨出院门，季曼后脚就贴在了院墙上听着。

“夫人给侯爷写了信。”

“哦？在府里为何要写信？”宁钰轩低笑一声，眉眼舒展开来，眼里有些孩子似的别扭和高兴。

“奴婢不知，侯爷先看吧。”柳嬷嬷将信递了上去。

“新裂齐纨素，鲜洁如霜雪。

裁为合欢扇，团团似明月。

出入君怀袖，动摇微风发。

常恐秋节至，凉飚夺炎热。

弃捐箧笥中，恩情中道绝。”

这是一首闺怨诗，字字句句都带着悲伤又害怕失去恩宠的惶恐，想怒斥负心人，却又只能委委屈屈地将自己比作团扇，想博君怜爱。

宁钰轩嘴角高高扬起，起身道：“走吧，天冷用不着团扇，不过现在去箱子里看看它也好。”

季曼连忙转身往路上跑，要是宁钰轩出来就看见自己，那就完蛋了。

这男人的真心像是裹在层层纱帘之后，她看不清摸不明，心里只有一个念头：别付了真心给这人，不然，自己可能连渣都不剩。

跑到前头的拐角，季曼果断右拐去南苑方向，与蔷薇园的方向相反。既然宁钰轩过去了，那就说明她今天不用伺候了，只要现在避开就行。

在一处花圃边停留了一会儿，看着陌玉侯去得远了，季曼才松口气，一转头却差点撞着一个人。

宁明杰拿着瓷瓶，有些惊讶地看着她，眉毛挑了挑，却没问话。

季曼四处看了看，没有其他人，这个被皇帝重视得很的宁大人现在穿着一件白色绣银蟒的袍子，蹲在花圃边，看样子又是在收集花上雪。

“堂少爷收集这么多雪，到底是要做什么？”季曼有礼地退后一步，低声问。

宁明杰将手里的瓶子装满了，轻笑道：“做冷香丸。大夫说要秋露冬雪，雪以花上雪为佳。这个冬天过了，我要的东西也就可以做了。”

冷香丸这个东西，季曼只在《红楼梦》里头听过，没想到这里也有。那什么冬雪十二两、秋露十二两，也真是够折腾的。

“府上谁人病了吗？”季曼多问了一句。

宁明杰站起身来，轻轻拍了拍袍子：“家母曾经患病，有野和尚说这种药可以治。我今年得这方子，家母却在今年年初走了。”

也就是说，这个东西是做给他死去的母亲的？

季曼觉得，男二不愧是男二，比起宁钰轩的阴晴不定和阴险城府，面前这个男二简直是天山雪莲啊。

热血稍微沸腾了一下，季曼就被屋檐上掉下来的一团雪砸冷静了。

她是来替聂桑榆完成心愿的，又不可能在这里待一辈子。除了爱上宁钰轩，其他选择统统不能让她回去，她激动个什么劲儿啊。

叹息一声，季曼依依不舍地看了宁明杰一眼，淡定地将头上脸上的雪拂掉：“时候不早了，我就先回去了。”

“嗯。”宁明杰顺手过去折了一支梅花给她，“你院子里的梅树剪得有些难看了，这个拿回去插花瓶吧。”

季曼：“……”

院子里那梅花，是宁钰轩剪的……

忍住笑，季曼接过梅花道了谢，转身就回非晚阁，可是走着走着总觉得哪里不对。嗯？宁明杰好像没有很讨厌她？季曼停下步子，忍不住回头看了一眼。那人还站在原地，见她回头，也愣了愣，将头淡淡地转开了。

原著里的男二，是为了护着女主，对女二简直是深恶痛绝啊，当然也是因为聂桑榆做的事情的确过分。而现在从头来一遍，她规规矩矩地没有朝人下手，男二也就没有讨厌她了？

那是不是说明，结局已经改了一半，至少她不用死了？季曼心里一阵激动，当初拿出证据来让女二得到报应的人就是宁明杰啊！原先还以为她不管怎么做，大体情节都应该是一样的，没想到，还真是能改变命运。

蔷薇园里芙蓉帐暖，温婉的眼睛显然是哭过了，红红的，脸上却带着欢好后的娇羞。

宁钰轩用下巴抵着她的头顶，叹息道：“你为什么不能乖巧一点？总是这样让我操心。”

“我哪里不够乖巧？”温婉轻哼了一声，“你最近对聂桑榆那么好，是摆明了要我吃醋。然后我吃醋了，你还说我让你操心。好的坏的都让你一人占尽了，我怎么办？”

宁钰轩低笑一声，低头看着温婉的脸，忍不住吻了吻她的眼睛：“好了，不要同

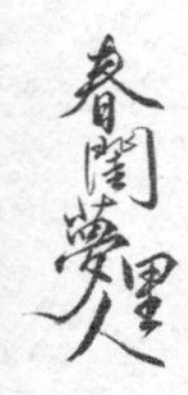

我置气了，与聂桑榆一起出行是贵妃的意思。如今贵妃复宠，皇上断了聂家大部分羽翼，却又开始忌惮皇后一党的势力了。要不是我执意保你正室之位，这位子怎么也是要给聂桑榆的。”

温婉皱眉，随即又舒展开：“正不正室倒是没什么要紧，只要能一直陪在你身边，我便满足了。”

宁钰轩吻了吻她的额头，伸手抚摸了她的脸许久才道：“好好睡吧。”

“嗯。”温婉抱着他的腰，闭上了眼睛。

季曼正在计划准备半个月后的出行，老夫人却突然传了她去，神色严肃地道：“桑榆丫头，有件事你得帮忙。”

“老夫人请吩咐。”季曼好久没有看见这老人家这么严肃的神情了，心下也有些好奇。

“回聂府一趟，劝一劝你哥哥。”老夫人道，“两家本来都该定下婚事了，他却突然跟尔容说还不想这么早成亲，这不是胡闹吗？太子那边对尔容一直是虎视眈眈，若是求了皇帝的圣旨下来，尔容的半辈子都算是毁了。”

季曼吓了一大跳，这些日子她都忙着应付陌玉侯，仔细想想也是许久没有与尔容一起说话了。听说这两天尔容都是出府与聂青云一起游山玩水培养感情的啊，怎么到了这关头，婚事出问题了？

“桑榆明白了。”拿了出府的牌子，季曼先去了一趟南苑。

尔容的绣楼下头，宁明杰正一脸无奈地靠着墙，见她来，便示意她上楼。

宁尔容房门紧闭，白芷站在外头，又急又气地道：“桑主子您快去劝劝郡主。她这么好的女人，还怕没个夫家不成？偏生她对聂大人念念不忘，还这么折腾自个儿！”

白芷是护主心切，等反应过来聂青云是聂桑榆的哥哥之后，便住了嘴，垂首站在一边。

“你去拿点甜点来，我来劝她。”季曼推了推上了门闩的房门，朝白芷微微一笑。白芷应了，提着裙子下了楼。楼上没人了，季曼左右看了看，将厚重的裙子捞起来，一脚踹在了紧闭的房门上。

第一下没踹开，季曼提了口气，第二下使了吃奶的劲儿，一脚将门闩给踹飞了。宁尔容忘记了哭，泪珠子还挂在脸上，就呆呆地看着门口的季曼。

季曼微微一笑，将裙子放下来，理了理发髻，温柔地跨进门来道：“听说你心情不好。”

尔容咬咬唇，沙哑着嗓子道：“你哥不要我了。”

第二十三章

说媒不是一件容易的事

季曼在床边坐下，看着宁尔容一张哭花的脸，叹了口气，接着拿手帕替她擦擦鼻涕："他怎么不要你了？"

宁尔容就着帕子将鼻涕眼泪蹭干净了，才道："这些天，他一直同我出去游玩，对我那么好，我以为他是接受宁聂两家这婚事了。但是现在，他竟然说他还不想成亲……他把我当什么了？"

说着说着，宁尔容忍不住又要哭了，季曼连忙拍着她的背道："你定然是听错哥哥的意思了。哥哥那人很木头，对感情很迟钝，要不然也不会到现在只有两个侍妾。他是真心想找一个人好好过日子，所以不想仓促，想你们再多相处一段时间，不是不要你。"

宁尔容一愣，可怜巴巴地抬头看着聂桑榆："真的吗？"

"我可是他亲妹妹啊。"季曼心里发虚，面上却很镇定地道。

宁尔容的眼睛又亮了，像太阳下出水的黑珍珠。这丫头其实本心不坏，就是稍微骄纵任性。不过她对聂青云用情至深，也不失为一个好嫂子的人选。

看了这侯府院子里形形色色的女人之后，季曼觉得还是找一个一心一意只爱着聂青云的人嫁给他，是最好的。

宁尔容平静了下来，坐在床边理了理发髻，轻咳两声道：“若是我误会了，那就哭得不值当了……你这一身打扮，是要外出吗？”

季曼点头：“奉老夫人之命回娘家一趟。”她今天特意换了一条最华丽的裙子，腰上戴着宁字玉佩，头上簪着老夫人给的金鸟吐翠，手上戴着的羊脂玉镯也是宁钰轩心情好的时候赏给她的。

“我回聂府去看看哥哥，顺便跟他讲讲道理。聂宁两家本就是亲家，亲上加亲是好事，他这个木头该开窍了。”

宁尔容眼眸动了动，小声道：“那个……既然是去见青云，那就顺道替我给他道个歉，如何？”

“嗯？”季曼好奇，“怎么该是你道歉？”

心虚地看了聂桑榆一眼，宁尔容小声道：“上次他说不想成亲的时候，我扇了他一巴掌……也是一时情急。”

季曼：“……”

季曼本来觉得媒婆工作应该挺好做的，现在发现好像有点难度啊。宁尔容这一巴掌下去，聂青云再好的脾气都不会转过头来继续娶她吧？

“没事，我会好好跟哥哥说的。”季曼拍拍尔容的肩膀。这小丫头脸都快哭肿了，还是先让她安安心吧。

宁钰轩给她安排的马车是他自己经常出行用的那一辆，季曼听苜蓿高兴地跟她说着她们这次给聂家带的礼，只微微一笑，心里还是万分忐忑。

虽然现在众人都知道聂桑榆性子大变，变得温柔贤淑，甚至重得了陌玉侯的喜爱，但是她怕那聂府之中有什么老狐狸，会看出她的不对劲，万一问了什么她答不上来的问题，那她就完蛋了。

所以这段时间，她一直没有责问过苜蓿什么话，也没有拆穿那银子本来就是她自己的这个事实。苜蓿曾忐忑问她衣柜暗格里的银子哪里去了，她也只是说拿出去做其他事情了。她不打算处置苜蓿，哪怕苜蓿有反心，也是她能联系到的、唯一一个了解聂桑榆的人。

更何况，她还想将计就计，将苜蓿背后的人扯出来。

季曼坐上马车，看着外面跟着在走的苜蓿，心想，身边这么多炸弹，聂桑榆还真是死得一点都不冤枉。

聂家是名门望族，目前当家的是聂向远，官居三品镇远将军。聂家大宅是皇帝钦赐的，有南北院之分：聂向远同其子女妻妾住南院；其弟聂向天，官居御史大夫，住北院。

由于门生众多、人丁丰富，聂家一直是皇帝心中的一根刺。上次借由聂贵妃失宠一事，聂家枝叶被剪去不少，如今也是规规矩矩的，不敢做半点与规制不符之事。

老夫人提前给聂家送了信，聂家现在的主母陈素琴也就命人将聂桑榆的院子打扫了出来，只是别的“欢迎”，一概没有。

马车到了聂府，季曼掀开帘子就看见府门口只站了一个聂青云。

“哥哥。”季曼开心地喊了一声。这男人是一直对聂桑榆最好的，季曼没有哥哥，在这儿也算圆满了。

聂青云微微一笑，见她气色比上次又是好了几分，不觉上前一步，想伸手摸摸她的头发，却看见那华丽的发髻，手一顿，就慢慢收了回来：“下人说你晌午才会到，没想到倒是早了两刻钟。”

“哥哥一直在等我吗？”季曼笑得眉眼弯弯。

聂青云睨她一眼，带着她往府里走：“我是刚好从外面回来罢了。”

聂府又大又华丽，按照规制来说，这宅子都有些越矩了，不过因为是皇帝钦赐的，也没人能说什么。聂府里亭台楼阁错落有致，走廊之下便是绿色的水塘，季曼跟随聂青云穿过走廊就到了南院。二人旁边时不时有丫鬟、家奴经过，朝他们微微屈膝，便又继续往前走了。

聂家这繁华程度，倒是让季曼莫名地想起了《红楼梦》里的贾府，一时有些恍惚。

聂青云见她不说话，还以为她是不高兴了，于是解释道：“沉鱼和悠然都还在上刺绣课，所以没有来接你；几个姨娘连同母亲都在主院里等着你呢。”

季曼回过神，有些紧张地道：“桑榆是晚辈，用不着她们来等吧？”

怎么总觉得这府里都是对聂桑榆不太友好的感觉，听见一众女人在前头等着，季曼心里更是发慌。

“你现在是陌玉侯的平妻，她们等是应该的。”陌玉侯官居一品，掌管六部，连聂向远见着都得行礼。

聂向远现在的正室陈素琴严格来说是聂桑榆的姨妈，亲的那种，只是她不喜欢聂桑榆，打小就不喜欢。但是奇怪的是，聂青云不知道是怎么的，格外疼爱这个妹妹。

于是季曼也不太清楚，聂桑榆在聂家，到底算个什么地位。

季曼进了主院，见上头坐着一排姨娘，中间雍容华贵的女人笑着道："可算是回来了。"

季曼站着没动，因为不知道是该跟她们行礼，还是该如何。这一屋子女人，除了中间那个肯定是陈素琴以外，其余的她一概不认识啊。

陈素琴眼里有一丝不悦，捏着帕子看了聂桑榆一会儿，就道："果然嫁得好就是不一样，回来都不用给母亲行礼了？"

季曼一愣，接着朝陈素琴跪下："女儿桑榆给母亲问安。"

陈素琴冷哼了一声，也没让她起来，凉凉地道："聂家何等地位，嫡女出嫁必为正室。你凭借着娘家的光嫁出去，却自己不懂规矩，顶了个平妻的头衔回来。这让旁人听了，岂不是要骂我教导无方了？"

季曼心里也微微不爽了：陈素琴自己就是平妻上位，要不是聂桑榆的亲娘福薄去得早，正室之位能落在这女人身上？

想起刚刚聂青云说的话，季曼觉得自己在这儿没必要低声下气的，在侯府那是要生存，在这里还受这些窝囊气干什么？

于是她没管陈氏的吩咐就起身，拍了拍裙子，抬眼看着陈氏道："母亲放心，桑榆是生母一手教导出来的，与您没什么关系。旁人也只记得桑榆是父亲发妻所出，不会怪到您头上。您当时还只是个平妻呢。"

屋子里还有这么多姨娘、侍妾在，季曼的这句话直接将陈素琴呛得说不出话，颤抖着的手指了她半天，脸色也气得发白。

聂青云站在一边，轻轻拉了拉聂桑榆的衣袖。季曼缓和了神色，笑道："女儿这次回来，不过是奉宁老夫人之命，来请父亲商讨靖文侯郡主与哥哥的婚事的，过一会儿就走，不会碍着母亲的眼。"

"简直混账！"陈氏气得风度都不要了，站起来道，"青云的婚事什么时候轮到你来操心？"

"母亲息怒。"季曼微笑着屈膝，"正室当有之气度、风度，不用桑榆教给母亲吧？"

"你！"陈氏气极反笑，"好好好，你这一张嘴我如今是说不过了。可是我把话放在这里——你想让青云娶那郡主，也得经过我的同意，我才是他的亲娘！"

季曼慢慢走过去，拿起旁边的茶壶给陈氏倒了杯茶，双手奉上道："桑榆说的实话不中听，母亲也不必与我计较。那婚事关系到哥哥的前途，母亲也该仔细想想吧？"

陈氏心里是不反对聂青云娶了郡主的，毕竟宁尔容身份在这里，娶了她对聂青云来说只有好处没有坏处，只是现在看不得聂桑榆这副样子。陈氏以前还能捏着聂桑榆蛮横无理给她家法，现在气得跳脚的反而是自己，半点抓不到她的错！

茶递到眼前了，陈氏不想接，心里一口气咽不下去，伸手便去推开："这件事我做主，轮不到你说话。"

她用的力气应该不大，但是季曼手里的茶，竟然就这么被她推了出去，摔在了地上，水花四溅。

屋子里的人都吓了一跳。刚刚发生的事情所有人都看在眼里：聂桑榆虽然有的话尖锐了些，却是一直带着微笑，最后还给陈氏奉了茶；倒是陈氏气急败坏，伸手推了聂桑榆的茶。

杯子的碎片飞溅到门口，轻轻打在了刚进来的人的湛蓝色长袍的衣角上。

陈氏抬眼一看门口的人，心里一惊，连忙起身问安："老爷。"

聂向远之前说了一会儿就会过来，自己怎么就忘记了？陈素琴有些忐忑地打量着聂向远的脸色。他向来护着桑榆，她好不容易建立起来的慈母形象，怕是毁于一旦了。

聂桑榆的生母陈素心是聂向远的发妻，与陈素琴一起嫁到聂府，却迟迟不孕。陈素琴生了聂青云之后，陈素心才生了聂桑榆，然而陈素心生产的时候大出血，就这么去了。尽管如此，陈素琴依旧知道，这么多年来，聂向远心里最爱的还是她姐姐。念及此，她就更讨厌面前的聂桑榆。

"好端端的，怎么这么大动静？"聂向远眉目很温和，虽然是武将，却有一种书生的儒雅；只是他生气的时候，眼神会很沉，沉得让人不敢直视，比如现在。

季曼乖乖地上前行礼："女儿给父亲请安。""你难得回来一次。"聂向远神色温和地拍了拍聂桑榆的肩膀，见她手指有些烫红了，眉尖皱了皱，看着陈氏道，"你的肚量就这么小？"

陈氏吓得脸色苍白，站在一边低声道："老爷，妾身方才不是故意的……"

"父亲不必责备母亲。"季曼接过话来，乖巧地道，"母亲想必也是太爱父亲了，所以容不下桑榆。无妨，桑榆每年也就回来那么一两次，偶尔有委屈，忍忍也就是了。"

这话说得虽然大方，却是有告状的意思。季曼是故意的，因为就聂桑榆的记忆来看，陈氏对她岂止是一点虐待？陈氏背着聂青云，给她这个嫡女吃的穿的用的都与庶女无异。每每桑榆同青云外出回来，陈氏都会背后跟几个姨娘说她不知廉耻，

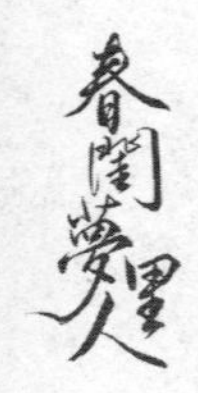

小小年纪就去勾搭男人。

总之这个陈氏，季曼是万分不喜欢——小肚鸡肠又尖酸刻薄，也亏得聂青云与她不算亲近，没被她影响。

“你懂事了许多，想来是长大了。”聂向远坐在主位上，看着聂桑榆笑了笑，“可惜有的人是越长越回去了，一把年纪，还不懂规矩。”

聂向远当着这么多姨娘、侍妾的面暗讽陈素琴，陈素琴一张脸白了又青，气得直发抖。老爷就知道护着这个小蹄子，这叫她以后在这些侧室面前，怎么抬得起头来？

“女儿回来是想开开心心的，父亲可别板着脸。”季曼笑嘻嘻地道，“眼看着府里要有喜事了，父亲也该开心些。”

聂向远看了旁边的聂青云一眼：“你是说靖文侯家的郡主？”

季曼点点头：“尔容心地纯良，又是大家闺秀。哥哥也是到了该娶亲的年纪了，奈何他总是拖啊拖，都要把您的孙子给拖没了。”

聂向远微微一笑：“我也跟青云提过，是他自己不太愿意。按理说娶了靖文侯的郡主，都是他高攀了，结果这小子不识抬举。”

听这话，陈氏就不乐意了：“怎么叫青云高攀？他是聂府的长子，又是嫡子，哪里配不上郡主了？”

季曼觉得，怪不得聂向远对陈素心这么多年念念不忘了。因为这个陈素琴真是傻得很，这明摆着是客套话，说给聂青云听的，她非来插一句。

聂向远直接当没有听见，看着聂青云道：“现在你妹妹亲自来说媒了，你看看这婚事如何？桑榆从小就是对你好的，总不会害你吧？”

聂青云低着头没说话，屋子里一时有些沉默。季曼看了看这父子俩的神色，道：“既然哥哥有心事，那做妹妹的自然得捋清楚了才敢让哥哥娶亲。我那院子里的蔷薇花是好久没看见了，不如我们先用饭，午膳之后哥哥陪我去院子里走走如何？”

“好。”聂青云终于开了口。

也是吃午饭的时候了，一众丫鬟捧着美味佳肴进来，看得季曼口水直流。但是桌子上还有个一直阴着脸的陈氏，季曼也不能失态，只能端庄大方地用膳。

“听说陌玉侯很宠她的新夫人啊，”陈氏吃到一半，突然道，“又说陌玉侯府里有侍妾有了身孕。这样上头下头都压着，桑榆你的日子好过吗？”

聂青云微微皱眉，看了自己母亲一眼。陈氏恍然不觉，只盯着聂桑榆。季曼笑道：“这过日子，都是如鱼饮水冷暖自知的，表面上看着光鲜的，背地里不知道有多少苦；别人看着难过的，自己也有可能过得正逍遥自在呢，您说是不是？”

陈氏冷笑一声：“你的意思是，正室夫人的日子都不一定比你过得好？这不是吃不着葡萄说葡萄酸吗？”

“葡萄是甜的，吃不吃得着都一样。”季曼放下筷子，双手放在膝盖上，看着陈氏道，“桑榆以前不懂事，所以惹了侯爷不开心，丢了正室之位。如今桑榆也想明白了，安稳度日，不争不抢，自己问心无愧，也就比什么都强。有些人阴谋诡计用尽，到头来夜夜被噩梦惊醒，那日子过得才叫惨。”

这是季曼随口说说的话，想来陈氏爬上这位置，阴谋诡计也没少用。但是她没想到陈氏反应会这么大，脸色突然就白了，见了鬼似的看着她，手里的筷子都掉了。

聂向远轻声道：“要是连饭都不能好好吃，你就回房去。”这话显然是对陈氏说的。陈氏站起来，竟然一句话也没多说，行了礼就跌跌撞撞地回房了。这样的表现，让季曼觉得陈氏心里肯定有鬼。

“你现在倒是比以前聪明多了，会说话了。”陈氏走了，饭桌上的氛围才融洽起来，聂向远微笑道，“以前可是只会掀桌子的。”

季曼不好意思地笑笑：“再不长大啊，怎么死的都不知道。”

聂青云的眼神有些心疼：“你这是在侯府经历了什么，才会变成现在这个样子？”

“也没什么啊，我每天就种种花。吃吃饭，再睡会儿，完事去给老夫人请安就可以了。”季曼轻松地道。父子俩肯定都知道她这话是安慰人的，不过也不能说破，只能心里叹息一声。

“要是受了委屈，可以直接回来的。”用完膳，聂向远说了一句，“我聂家多养一个女儿还是养得起的。”季曼有些感动，使劲儿点了点头。

饭后就要开始做聂青云的思想工作了，季曼同他走在院子里，侧头问他：“哥哥为什么不喜欢尔容？她那么活泼可爱，配你这样沉闷的性子，不是刚好吗？”聂青云抿唇，没有说话。

“你看，现在宁明杰要在京城发展了，尔容要是嫁给你，这对你来说不就是多个亲家多条路吗？哥哥你还年轻，未来还有很长的路要走……”

“桑榆。”

“嗯？”季曼跟着聂青云停下步子。

聂青云深吸了一口气，捏着拳头道：“我怕辜负了她，我对儿女之情……没有那么在意，反倒是觉得，能护着你一辈子就够了。娶亲，将来就莫要娶个对我有情的，

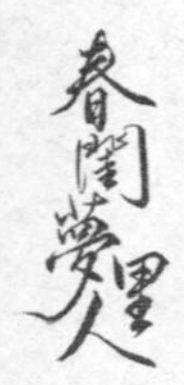

随意来一场联姻就可以了。”

季曼睁大了眼睛，嘴巴半天没合上。聂青云竟然想一辈子护着聂桑榆？

“哥哥你听我说。”季曼回过神来，一脸严肃地道，“我现在是有自保能力的人，没有以前那么爱闯祸了，也没有像以前那样总是要你来收拾烂摊子。你这是保护我保护惯了，其实换个女人保护，你会觉得是一样的。”

按心理学上的分析，这是哥哥惯有的英雄情结：护着妹妹久了，有些对感情迟钝的人，甚至会误以为这是喜欢。聂青云不置可否，只是看着院子里的蔷薇花发呆。

季曼继续喋喋不休：“尔容有很多地方跟我很像，对不对？她也爱闯祸，也是风风火火的，哥哥你应该就是喜欢这一类型的女儿家。”

安静了好一会儿，聂青云看着她问：“你希望我娶郡主？”

季曼点点头，又觉得哪里不对，连忙一脸正经地道：“哥哥你要搞清楚，娶了一个女人就要一辈子对她负责，不能因为其他人的什么想法而下决定。你要是娶了尔容，就要一心一意对她好，不然我才不把这么可爱的小丫头嫁给你。”

聂青云叹了口气：“你让我再想想吧。”语气之中，已经是有些松动的意思了。

季曼笑得眉眼弯弯：“你的终身大事，自然是要你仔细想，我不催你。下午的时候我就该回侯府了，你要好好保重。”

“我送你回去。”聂青云道。

“好。”

这一趟行程季曼来也匆匆去也匆匆，没有看见传说中的聂桑榆的两个妹妹，不过她目的是达到了。在等了三天之后，聂向远亲自带着聂青云登门，向宁尔容求亲了。

“桑榆，怎么办，我好紧张。”宁尔容抓着聂桑榆的手打死不松，“嫁衣我还没准备。”

第二十四章

启程了

季曼安慰她："说好了你的嫁衣我来绣，你什么都不用准备。你就乖乖等着两个月之后的婚礼就好了。"

聂宁两家的婚事，皇帝倒是乐见其成，让人将出巡的名单上也加了宁尔容与聂青云两个人，还去聂贵妃面前讨了个好，说是促进两人婚前感情。

宁尔容现在是满心欢喜，季曼也就将好话坏话都和她说了个遍，提前给她打了个预防针。季曼不知道后面情节有没有变化，宁尔容还会不会与聂青云和离。既然结局能改，那么她尽力改变一下两人的命运又何妨？

晚上回到非晚阁，季曼就开始着手准备宁尔容的嫁衣了。老夫人给了她十个小样，要她挑一件来做。宁尔容却是选择恐惧症，说让她从这十件里随便选一个就是。

点上灯，季曼就开始修改小样。今天宁钰轩还是来了她这里，现在正懒懒散散地躺在软榻上，看着她认真修改小样的样子。

"你以前不是最喜欢黏着你哥哥吗？现在看他娶别的女人，你怎么这样开心？"宁钰轩问了一句。

那时候对于近亲不能结婚一事的态度是十分模糊的，越是高门大户，对血缘看得越淡。皇宫之中兄妹成亲的也不在少数，所以宁钰轩问了这么一句。

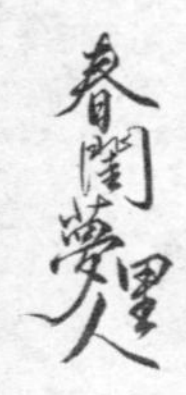

季曼没好气地道：“哥哥疼我是一回事，他要成亲又是另一回事。妾身有什么不开心的，他娶了尔容妾身觉得哪里都好。”

说完，季曼选出两个小样来，想了想，拿起毛笔想修改。但是毛笔这个东西，她怎么捏都觉得不得劲儿，所以还是转过头，有些讨好地看着宁钰轩道：“侯爷，忙吗？”

躺着闲着的人，自然是不会忙的。宁钰轩看着她那讨好的笑容，哼了一声道：“要做什么？”

“来帮妾身改一下这个小样如何？”季曼嘿嘿笑了两声。

宁钰轩翻身而起，披着外衣走到桌边，看一眼桌上的两张小样：“要怎么改？”

“把这个裙摆和这个上衣放在一起。”季曼道。

宁钰轩拿着笔思考了一会儿，手起笔落，修长的手指捏着毛笔，分外地好看。季曼看着，忍不住学了一下，毛笔原来要这么捏啊……

重画了一张小样，宁钰轩伸手递给她，又懒懒地躺了回去：“早点休息。”

季曼“嗯”了一声，接过小样来看。别说，宁钰轩的画工也是不错，这小样画得比她想象中还好看；而且他好像又稍微做了点修改，让这件嫁衣看起来一点违和感也没有。

“好的，就这件了。”季曼拍拍手，搬了旁边的大红绸子来，开始要裁。

“你没听见我说什么吗？”看她还要继续忙，背后的人终于没忍住，闷哼了一声。

季曼茫然地回过头：“您说什么了？”

宁钰轩简直想掐死她，这都是他第三次催她早点休息了，还当没听见是不是？不过他又拉不下脸再说一遍，只能抿唇道：“我困了。”

“那您早点休息吧。”季曼一心在做嫁衣身上，闻言也就顺口说了一句。

宁钰轩：“……”

是可忍孰不可忍啊！他现在难得觉得在她这里的睡眠质量不错，所以才来的，结果她完全没有要尽一个女人的本分的意思？

深呼吸，宁钰轩黑着脸站起来，走到她身边，一把将她手里的剪刀给夺了，然后将人打横抱起，往床上重重一丢。

“痛。”季曼忍不住低喝了一声。这床又不是席梦思，虽然有两床棉絮垫着，这么丢下来也是很痛的好吗？这什么破男人！

感受到她不太友善的目光，宁钰轩想道个歉吧，又拉不下面子，只能硬着声音道："谁让你半天不上床？你不睡，我怎么睡？"还怕她半夜偷袭不成？季曼没好气地翻了个白眼，这人可真难伺候。

宁钰轩看着她的表情，微微惊愕之后，倒是凑近了些："你刚刚对着我翻白眼了？"

"哪有？"季曼立马换上笑脸，"侯爷眼花了。"

"是吗？"宁钰轩躺上床去，将被子盖好，眼睛看着她的脸，带着深究。

季曼干笑两声，连忙也乖乖将外裳脱了，躺在他旁边："过两天就要南下了，妾身今天将府里的事情都安排了。妾身同侯爷不在，府里的事情就还是由思菱暂管。"

宁钰轩看了她一眼："你倒是聪明。"

季曼知道后院账本给齐思菱，他没有什么借口反对，要是给了温婉，那等她回来再去同正妻要后院账本，就有些不好开口了；而齐思菱只是个姨娘，她要账本方便多了。

"侯爷过奖了。夫人最近心情很好，妾身与侯爷也能去得安心。"季曼说着说着，打了个哈欠，像是很困倦了，"老夫人那里，妾身明日再安排人伺候好。"

"嗯。"宁钰轩看了她闭上眼睛的脸一会儿，也跟着闭眼。现在他怎么有一种聂桑榆还是挺适合持家的错觉？

陌玉侯府里忙了两天，总算把一切都收拾好了。季曼带了甘草和灯芯两个人上路，对苜蓿道："你有更重要的任务，交给别人我不放心。"

苜蓿心里本来还有些不满，听见这话，也就释怀了。季曼让苜蓿监视府里众人的一举一动，隔一段时间就给她写一封信。苜蓿也觉得这是很重要的差事，于是一脸严肃地答应了。

码头之上，人都一一来了：太子带着太子妃，三皇子扶着聂贵妃，还有聂青云、宁明杰、宁尔容，统统都站在一边，等着最后皇帝到来，然后开船。

见着运河边上停着的两艘船，季曼才知道古代人的奢侈有时候真是让人难以想象的。

那两艘船都有三层楼那么高，铁皮甲板，旌旗烈烈。宫女、太监规规矩矩在甲板上站了两圈，侍卫们抬着各种宝箱上去，说是皇帝打算打赏万民的。

季曼忍不住有点担心这一行程的安全问题。还说是微服呢，这龙旗飞得那么张狂，"微"到哪里去了啊？更何况天下谁敢有第三艘这么华丽的船？都不能用"一只船"来描述，只能说是"一艘船"。

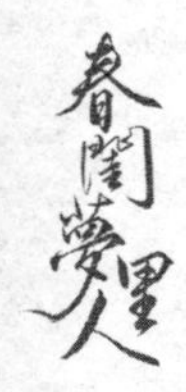

皇帝姗姗来迟，众人跪倒行礼，皇帝笑着说了些什么出门了就不用讲礼节之类的废话。季曼一个劲儿在肚子里吐槽：有本事你把龙袍脱了先！

按照规矩，皇帝及聂贵妃、作为嫡系皇亲的三皇子和太子夫妻上了第一艘船；而第二艘船由陌玉侯安排，宁明杰、聂青云和宁尔容以及其他一些皇亲便跟着他上去找各自的房间。

宁钰轩让聂桑榆自己选房间，季曼选了一间二层楼上的，看得远，风景好。聂青云与宁明杰一起住在船尾，宁尔容则住在离聂桑榆不远的船头，其余皇亲按下不提。

船出发了，两岸齐呼，好像他们的皇帝是去征服世界，而不是去游山玩水一样。

季曼趴在二层的栏杆上看着两岸的百姓，心里忍不住想，还好运河里没冰川，不然以这船的豪华程度，可能会和泰坦尼克号一个下场。到时候就是一块甲板上，宁钰轩推着她喊"肉丝"，她深情地回头拉着他的手喊"杰克"。

真是够了，要是真的沉船了，她也一定先一脚把宁钰轩踹下去。摇摇自己胡思乱想的脑袋，季曼决定继续回房去做嫁衣。她把绷子都带出来了，以免路上无聊没事做。

宁尔容一上船就兴奋得很，船行了起来，她就大大咧咧跑去了聂青云的房间。

聂青云和宁明杰正在讨论政事，颇有些相见恨晚之意。见她来，聂青云有些不知道该用什么表情，于是就呆板地喊了一声："郡主。"

宁尔容的小脸垮了，不高兴地道："你我都要成亲了，为什么不喊我尔容？"

聂青云有些尴尬地看了宁明杰一眼，哪知后者笑得一脸云淡风轻："聂兄不必顾及在下，叫尔容也可。"

说得跟他是顾忌宁明杰在而不叫郡主闺名一样。聂青云叹了口气："尔容来此何事？"

"就是来看看你们。"宁尔容脸上立马阴转晴，坐在他们旁边笑道，"你们这里还没茶，我去给你们倒来如何？"

"这倒是难得。"宁明杰笑道，"托了聂兄的福了。"

聂青云不好意思地笑了笑，看着宁尔容愉快的模样，心里叹了口气，嘴角也终于是跟着弯了弯。

季曼绣累了就去栏杆上歇了一会儿，宁尔容没来找自己，也不知道跑哪里去了。宁钰轩是在船出发的时候就上了第一艘船，说是有事去找皇帝，她也就没多问。现在就季曼一个人挂在这里，像一条运河里刚捞起来的鱼。

"别掉下去了。"宁明杰道。

季曼吓了一跳，扭头一看是宁明杰，连忙拍拍心口："你走路都没声音的。"

宁明杰靠着栏杆，离她有三步远："是你没听见啊，我脚步再轻也是有声音的。"

"你怎么在这里？"季曼左右看看，"其他人呢？"

宁明杰笑道："你哥和我妹妹正在一起。我想着该成人之美，于是就说出来看看风景。"

他只是不知道，这里有一处风景这样古怪：已经逐渐变得端庄贤惠的聂桑榆，在没人的时候，竟然这般没形象地挂在这里。

宁明杰觉得有些好笑。放在平时，他应该顾着礼节直接走开的，但是不知道是因为今天天气格外地好，还是因为他心情不错，竟然觉得眼前的人看起来亲近可爱得紧。

"尔容在哥哥那里吗？"季曼嘴角抽了抽。她怎么忘记告诉尔容，男人是该吊着的啊，这样巴巴地跑过去，男人哪里会珍惜？

虽然聂青云人品不错，没有宁钰轩花心，待人也有礼，将来娶了尔容，就一定会好好对她，但是感情这种东西是需要小技巧的，不然时间长了，谁能保证感情不变淡？

"她很喜欢青云。"宁明杰看着天上有些浅淡的云。冬阳都出来了，晒得人暖洋洋的，忍不住就想伸手揭掉脸上的面具。

但是想到旁边还有人在，他轻叹一声，将手扣在栏杆上，眯起眼睛享受阳光。

季曼想了一会儿晚上给尔容上思想课的事，一转头看见宁明杰那银光闪闪的面具，忍不住好奇地问了一句："你夏天的时候晒太阳吗？"

"嗯？"宁明杰侧过头来，顿了顿才道，"在靖州很少外出。"

"那还好。"季曼看着他的面具道，"要是你夏天出门去晒太阳，回去揭下面具，会不会就脸上是白的，眼睛和下巴全晒黑了？"

宁明杰愣住了，脑子里想了一下季曼假设的样子，毫无预兆地，突然就笑了起来。他背转过身子，肩膀笑得一抽一抽的。

季曼担忧地问："你还好吧？"不问还好，一问宁明杰直接笑出了声，笑得停都停不下来，扶着栏杆差点就要掉进河里去。

季曼有些茫然地看着他。这笑声太夸张了，虽然很好听，但是她从来没见过这里的人笑成这样，笑久了，连她都想跟着笑了。

宁明杰擦了擦笑出来的眼泪，扫了一眼四周无人，伸手解开面具后头的锦带，说话犹带笑音：“你看看，我这张脸，是不是被太阳晒得黑一块白一块的了？”

季曼闻言看过去，这一瞬间，心里咯噔跳了一下：面前这张脸五官精致，眉眼深邃，鼻梁挺直，说不出地漂亮好看。所有美人有的特点，他都有。

季曼不是没有见过这等颜色。她的初恋——她的高中同学，后来考进北影，就与她分手了。那小伙子也长了这样一张脸，只看一眼就让人由衷地觉得好看。不过好看也分张扬和温和的，前者有人喜欢有人讨厌，后者较少，但是一旦好看得温和了，就是任谁看了都不会有反感之意。

宁钰轩也好看，但是明显是前者，至少她就还是对他有反感。但是宁明杰……他和她的初恋长得差不多，只是气质上更胜一筹。

宁明杰就是想逗逗趣儿，没想到面前的女人脸上呈现的神色这样复杂，像是怀念，又像是厌恶，她最终冷漠地别开了眼。

心情突然就沉下来了，宁明杰重新将面具戴上，站直了身子道：“是我冒昧了。今天阳光太好，让我一时没了规矩，还请宁夫人不要介意。”

季曼回过神来，张张嘴想解释点什么，但是宁明杰已经转身走掉了，背影笼罩在阴霾之中，哪里还有刚才开怀的模样。

今日看这一张脸，好多不美好的情绪都翻涌了上来，季曼整个人也蔫了，回房去趴着睡觉。

午间的时候船到了京城外百里的榕城，两艘船靠岸停歇。地方官员早有准备，嘴里喊着恭迎老爷，其实却把迎接皇帝的排场做得十足，请他们一行人到行宫休息用膳。

季曼忍不住感叹，这一路落脚，各地方都安排行宫，劳民又伤财，简直是百姓的浩劫。

不过她不打算跑去皇帝面前说这个事，日子过得好好的，就不要去干这些吃力不讨好的事情了。她就是个女人，皇帝身边不是还有大臣在呢？

见她午膳的时候情绪不太高，宁钰轩看了她一眼，轻声问：“怎么了？”

“没怎么。”季曼吃了两口饭就放下了筷子，“可能是晕船，我下午去睡会儿。”

桌子上还有宁家两兄妹和聂青云。宁尔容看着自家哥哥沉着的脸，挑眉道：“哥哥你也晕船吗？看起来脸色不太好。”

“无妨。”宁明杰头也未抬，闷声用膳。

季曼忍不住抬头看了他一眼，心想：兄台你不是这么小气的吧？不就多看了两眼吗？怎么就气得脸都黑了？

宁钰轩侧头就看见聂桑榆的目光，顺着这目光就看见了宁明杰，心思微转，放下筷子问："可是桑榆哪里得罪了明杰？"这气氛，怎么都不太对吧。

宁尔容一脸茫然，看看自家哥哥又看看聂桑榆："不可能啊，哥哥前些日子还夸桑榆姐姐呢，怎么会……"

聂青云顾不得礼节了，桌子下的脚踢了踢宁尔容。宁尔容不解地看着聂青云："怎么了？"

聂青云夹了一块肉给她："多吃些，你也吃得太少了。"

宁尔容脸一红，娇羞地拿着筷子吃饭，时不时看聂青云一眼，再没空去说多余的话了。

但是宁尔容的这一句话，说者无心，听者有意，宁钰轩的眉毛挑了挑，看了聂桑榆一眼，竟然没有继续问什么，只是这脸色也不是太好看了。众人这一顿饭吃得别说有多压抑了。

季曼知道，这是一个赤裸裸的误会，宁明杰讨厌别人对他的容貌有看法，她也真不是对他有意见，而是想起了以前那个渣男而已。没想到她的这一个失礼，搞得宁明杰心里不舒服，连带着宁钰轩的眼神也有点防火防盗防绿帽的意思。

叹了口气，季曼觉得这事不值当。不过那渣男给她的心理阴影有点深，所以一旦想起，才会这么失态。

前头提起过，季曼虽然谈过恋爱，但都是清水之交，也不是她保守，只是觉得没到那个份上。那人就是清水之交中的一个，但是因为是初恋，季曼对他用情颇深。考大学的时候，季曼在南方，他去了北方。新学期刚开学没两个月，季曼就坐了两天的火车去北京看他。季曼为了给他个惊喜，没有通知他便去了他租的房子门口，结果便看见了那个女人。

对于这件事，季曼没吵没闹，出去的时候还放轻了步子，因为那女人睡得实在太香甜了。只是出去了季曼才感觉到，北方真是比南方冷了不少，寒风刺骨。

初恋是她心里的一道口子，就算后面遇见过形形色色的人，那道口子也只会被越埋越深，而不会慢慢愈合。再洒脱的人，也终有放不下的东西，那才像是一个活生生的人。

午膳之后季曼就跟他们一起上了船，回了房间就睡下了。宁钰轩坐在房间里写什么东西，偶尔抬头瞥一眼床上熟睡的人，倒也觉得安宁。

只是没睡半个时辰，季曼做了噩梦，多少年没有从嘴里喊出来的名字，噩梦之中却记得格外清晰："徐希！"

拿着的笔顿了顿，宁钰轩看了聂桑榆一眼，放下手里的东西走到床边。大冬天的，这人也能睡得身上热气腾腾，就快要出汗的模样。只见她眉头紧皱，嘴里又嗫嚅地喊了一声那个名字。

徐希是谁？宁钰轩将聂家的亲戚都回想了一遍，好像没有这个人。那就应该是什么朋友。

一串晶莹的东西从聂桑榆的眼角滑落，宁钰轩一震，忍不住伸手去接。冰凉冰凉的眼泪，他已经多久没看见聂桑榆哭了？聂桑榆从前经常为他哭，但是自从娶了温婉之后，他再也不见她为他落一滴泪了。现在她竟然喊着一个男人的名字，哭了？

宁钰轩冷哼一声，头一次发现自己还会为这个女人生气。聂桑榆真是何等猖狂，连七出之条都不放在眼里了是不是？她嫁给他六年，心里竟然还惦记着别的男人？

季曼睡着睡着，突然觉得手上一疼，意识通通回笼，就看见面前宁钰轩侯一张阴沉沉的脸。

“徐希是谁？”他问。

季曼一双眼湿湿的，茫然地看了他许久才有了焦距。

她刚刚，不小心喊出来了吗？季曼抹了抹脸，努力恢复了镇定：“回侯爷，那是妾身以前养的一条不太忠诚的狗。”

第二十五章

祸水倾国色

宁钰轩一愣，没想到会是这个答案："一条狗？"

"是啊，妾身小时候养的，养了四年。"季曼整理好衣裳坐起来，眼神已经恢复了清明，妾身可喜欢那条狗了，可惜最后它跟一条母狗跑了。"

宁钰轩挑眉："一条狗值得你哭？还在梦里一直喊它的名字？"而且这名字也太像一个人了。

季曼一脸认真地点头："养了四年，就算最后知道不值得，但是也该为过去自己的执着与天真哭一哭；哭过了，也就不盼着它回来了。"

宁钰轩靠在一边深深地看着她的脸："聂桑榆，你是不是当我傻？"

季曼抬头一笑："侯爷有本事就去找出一个叫徐希的人来，看看他与桑榆到底有没有瓜葛？总不能凭妾身梦里哭了两下，您就要定桑榆七出之条吧？"

宁钰轩抿唇，冷笑一声。这女人真是大胆，觉得他没有证据就奈何不了她？虽然目前这状况他还真的是奈何不了她什么。深吸一口气，宁钰轩觉得还是离她远点，免得总气着自个儿。于是晚上的时候，他就在她旁边的房间睡。而季曼拉了宁尔容来，准备上思想课。

"尔容啊……"季曼语重心长地开口。

宁尔容打了个寒战，将自己的手从她手里抽回来：“你要说什么，直接说。”

季曼幽怨地看她一眼：“你当我要吃了你还是怎么？我是想告诉你为人妇该有的做法以及对付男人和婆婆的注意事项。”

“嗯？”宁尔容感兴趣了，连忙倒了杯茶塞进她手里，“你说你说。”

季曼铺开一张宣纸，上头画了三个圈，一本正经地道：“从你出嫁开始，就要生活在一个三脚角架里：一个角是你自己，一个是你婆婆，还有一个是你相公。”

宇尔容点头，脸上带了些女儿家的娇羞。

“首先对于你相公，你不能太依着顺着。虽然说是出嫁从夫，大事上你都得听他的，但是小事上，你要有自己的主见，处事要大方得体，并且适当拒绝对方的求欢。再好的肉主动往他嘴里送，男人也是不知道珍惜的，明白吗？这就是欲擒故纵。”

季曼在两个圈之间画了条波浪线，表示相公与妻子。

宁尔容羞红了脸，嗫嚅了两声没说出话来，却是犹豫地点了点头。

季曼笑眯眯地接着道：“一个家里只要有婆婆，那你就得下功夫才能经营好。你知道温婉为什么不得老夫人喜爱吗？”

“因为她不是老夫人选的媳妇儿。”宁尔容道。

“这是其一，还有其他的原因——她犯了太多的忌讳。”

季曼扶了扶鼻梁上不存在的眼镜，背脊挺直地道：“侯爷是老夫人含辛茹苦养大的。温婉想做好侯府的媳妇儿，就不能让老夫人觉得她在跟老夫人抢儿子。她必须对老夫人比对侯爷还好，且当着老夫人的面，绝对不能与侯爷亲热。女人的嫉妒心是不分年龄的，特别是母亲对儿子这种从小带到大的情谊。一旦让老夫人觉得他们爱得浓烈，已经抛弃老夫人了，那么媳妇儿的日子就别想好过了。”

宁尔容恍然大悟：“原来是这样。可是温婉也有做得好的地方啊，老夫人还不是要故意刁难她？”

“刁难是因为她前面犯了忌讳。既然她都已经忍气吞声了，那何不多忍一会儿？跟长辈是不能争论谁对谁错的，争赢了也不会有什么好处。”季曼道，“温婉要是真心爱侯爷，就该把老夫人当亲娘一样，就当报恩了，忍一忍有什么难的。”

宁尔容托起下巴开始想聂家那位夫人，据说也不是个好应付的主儿啊，自己得多学学。

“还有很重要的一点，就是一定要让婆婆觉得，你对她儿子很好。这一点是精髓。”季曼道，“桑……我以前就做得很好，除了一些大事要吵闹之外，每天给侯爷送汤送水，每一季的衣裳都是我亲手绣去，即使侯爷不领情。可就是我这么好他都不领情，老夫人才格外疼惜我，明白吗？”

宁尔容眼睛亮亮的，使劲儿点头：“明白了！”顿了顿又道：“能不能写下来给我？”

季曼摇头：“这种东西需要心领神会，写下来给人看见就是祸害了。你慢慢琢磨吧。”

“好。”宁尔容伸手将桌上的宣纸拿过来，嘴里嘀嘀咕咕地开始回忆聂桑榆刚刚说的话。

季曼坐在一边发了会儿呆，终于道：“尔容，你回去的时候，帮我替你哥哥道个歉吧。”

“啊？”宁尔容睁大眼看着她，“你也甩了我哥哥一巴掌不成？”

季曼干咳一声：“不是，他今天取了面具，我多看了两眼，他好像生气了。”

宁尔容张大嘴，整个人一动不动了。

季曼伸手戳了戳她：“别搞得这样紧张。你哥哥又不是黄花大闺女，为什么不能给人看？”

“不是……”宁尔容慢慢合拢下巴，表情恢复了镇定，“哥哥小时候不用面具的，而立之后，不管是出席宴会还是上街，总是被人一直盯着看，他觉得烦了，就做了个面具戴上。他很久没取下来了。”

季曼点头，男人容貌太“美”，的确也不是什么好事。幸亏宁明杰身份地位高，不然不知道要被卖去哪个倌馆。

“但是也不至于被你多看两眼就生气啊。”宁尔容好奇地道，“我等会儿去问问他怎么回事。”

“好啊，毕竟是亲戚，能不误会最好。”季曼点头。

于是小郡主今晚满载着为人妇的知识回房间，路过宁明杰的屋子，就伸手敲开了他的门。宁明杰的脸色还是不太好看，面具都挡不住。

宁尔容笑嘻嘻地道：“哥哥，桑榆让我来给你说声抱歉呢。你太好看了，她就多看了两眼，不是故意的。”

沉默地看着自家妹妹良久，宁明杰只抬了抬嘴角：“知道了。”

“那我就先回去啦。”宁尔容抱着宣纸，愉快地回了房间。

江水跌宕，晚风徐徐，两艘船在夜间也不打算靠岸，寻了一处平稳的河道一路南下。宁明杰站在房间门口发了许久的呆，觉得脑子有点疼。

他这两天不知为什么总是莫名其妙地梦见温婉，但是他对温婉又没有非分之想，反而对每天睁开眼就能看见的聂桑榆……

总有声音提醒他“什么错了，人错了”，搞得他整个人都有些暴躁了。什么是对，什么是错？他一贯按照本心做事，谁能来定他的对错？冷哼一声，宁明杰拂去脑海里的声音，关门，睡觉。

第二天，两艘船到了一个古朴的城镇。城镇的城墙都是黄土凝的，看起来清贫得很。船靠岸时，就有宫女来知会众人：换上自己带的最朴素的衣裳，称皇帝为老爷，称贵妃为夫人，皇帝要在这古朴的城镇里住上几天。

季曼觉得这皇帝的兴趣爱好也是挺广泛，吃够了沿途的大鱼大肉，倒也知道换换口味。

“主子，这件如何？”甘草拿了一件白色的襦裙。那襦裙是简单的款式，应该是百姓经常穿的，只是料子比粗布要好一些。

“嗯。”季曼点头。甘草和灯芯就帮着她更衣，给她梳了寻常妇人的发髻，只戴一根木簪。

打扮完毕，甘草和灯芯都很久没有说话。

“怎么了？”季曼看着她们古怪的眼神，“很奇怪吗？”灯芯开口道：“主子，您要不要戴个面纱？”都说了是寻常装扮，戴面纱有些不伦不类吧？季曼转头去看了看镜子。

镜子里的少妇容貌秀丽，偏偏穿得朴实无华，一张脸不施脂粉，嘴唇却红艳艳的，美目顾盼之间，让季曼想起了潘金莲。

倒不是说像潘金莲那德行，而是指有美掩藏在素净之下，学术一点来说，就是禁欲式的美。

季曼嘴角抽了抽，聂桑榆这张脸还真有点祸水的意思，自己以前怎么没太看出来？

拿过面纱来比了比，季曼捂脸：“还是低头跟着走吧，戴了面纱更是要不得。”

两个丫鬟心里都有些忐忑，穿华丽衣裳的时候，反正大家都华丽，主子美也美得不明显；但是一换素衣，除掉脂粉，主子在这群皇亲国戚之中，未免就树大招风了。

外头传来宁钰轩不耐烦的声音：“你好了没有？”

“好了。”季曼叹一口气，提着裙子打开门。

门口的人抬眼看着她，她微微一笑，回他一个媚眼：“侯爷，妾身好看吗？”

宁钰轩有些失神，微微狼狈地转开目光："太张扬了。"

"嗯？"季曼低头看看自己一点装饰也没有的襦裙，再摸摸头上的木簪，"哪里张扬了？"

"脸。"宁钰轩越过她跨进屋子里，寻了她的面巾出来，伸手给她戴上。

季曼无辜地眨眼，一双凤眼里波光潋滟，下半张脸遮了反而显得更张扬了一些。

宁钰轩定定地看了她半晌，无奈地将面纱扯了："走吧，跟在我后面就是。"

"是。"乖巧地应了，季曼垂手跟在他身后下船。

本来季曼还在发愁，该用什么样的方法才能慢慢让宁钰轩对聂桑榆有好感呢，结果是她想多了。男人是视觉动物，女人是听觉动物，三十六计里一个美人计就帮她打下半壁江山了。

季曼一边跟着走，心里一边打着小算盘。一众皇亲国戚都穿得跟清水白菜似的，寡淡了不少，只是气质犹在，与普通百姓差别还是很大的。

聂贵妃穿了一身淡黄色的襦裙，看起来也依旧明丽动人，怨不得皇帝那双手放在她腰上就没有离开过。后宫争斗，容貌依旧是利器。只是季曼不知道聂贵妃有没有告诉皇帝她有了身孕的事情。一路颠簸，虽然是水路，季曼也怕聂贵妃吃不消。

季曼站在宁钰轩旁边，正远远看着聂贵妃发呆呢，突然就感觉腰上一紧，侧头看过来，就看见了宁钰轩绷着的脸。

"怎么了？"她低声问了一句。

宁钰轩将目光从另一边收回来，低头笑着在她耳边道："你别给我抬头。"

什么？季曼下意识地就顺着他刚刚看的方向看过去，就见太子正一脸兴趣盎然地打量着自己。

又是太子，季曼叹了口气。这花花太子将来要是继位，估计整个后宫都塞不下他的女人。太子妃还在旁边呢，太子竟然就敢这样明目张胆地打量。

旁边太子妃的神色已经不太好看了，顾着面子没有发作。倒是三皇子赵玦开口喊了一声："皇兄。"

这声音温润好听，季曼却没敢再看，因为宁钰轩已经快把她的腰给掐青了。

"侯爷，轻点。"季曼微微皱眉道，"这是腰，不是树干，会疼的。"

"你也知道疼？"宁钰轩笑不透眼底，"惹了太子，可就不是腰上被我掐疼这样简单的事情了。聂桑榆，我以为你很聪明。"

季曼笑着咬牙："太子也很聪明，是不会对妾身下手的，侯爷放宽心。"

宁钰轩冷哼一声，心里依旧是一阵阵地烦躁。早知道他就抗旨带温婉出来算了，

他也不会这么操心。

这里是离州地界，离州刺史战战兢兢地来安排了这一大家子人的住宿，在皇帝面前磕了许久的头，说是离州连年歉收，没能修建行宫。

皇帝心情却很好，没有要责备他的意思，只是将一群宫女太监全数派去农家做苦力，种地洒扫，然后带着一大家子人住进了一个据说是富商贡献出来的大宅院。

“宫里待久了，难得有这么一回体验。”皇帝将众人叫进主院里道，“从今天开始，大家都没有品阶之分，皆用百姓间的称呼。住在这里的这几天，一切冒犯之罪都不论，仅以老爷、夫人为首，像平民百姓那样生活，你们觉得如何？”

皇帝说的话，大家还能觉得如何？太子脸上带着笑容道：“父亲这建议甚好，儿子就先履行了。”

聂贵妃看了三皇子一眼。三皇子似乎叹了口气，才上前道：“此山此水，值得放纵一回，父亲的提议可行。”

皇帝笑眯眯地看着三皇子道：“你倒是应该最喜欢这样，无拘无束的。”

聂贵妃连忙道：“玦儿心性洒脱，但还是知道守规矩的。”

赵玦沉默不语。

季曼站在一边偷偷看了看赵玦：身着一袭文人长袍，背后腰间还别着一根玉笛，显得格外脱俗。这样的人哪里适合皇家，就该像李白那样畅游山水，酒一斗，诗三千。

奈何聂贵妃现在就这一个儿子，自然是不肯放他好好过他想要的日子的。他以后的路，估计也就是和那太子爷一较高下，看谁能去坐那皇位了。

分好了院子，陌玉侯被皇帝叫去说话了。甘草、灯芯并着宫女们一起被打发了出去，季曼就只有挽起袖子，一个人收拾院子了。

离州的冬天没有下雪，虽然也很冷，但是活动一下，周身就暖和了。不用穿长长的礼裙，季曼将裙摆扎在了腰上，便开始烧热水，打扫房间。

还好皇帝宠爱陌玉侯，分给他一个不错的院子，东西都是新的，灰尘也不多。等一桶热水都凉了的时候，屋子就打扫得干干净净了。玉石铺成的地砖看起来很平整，季曼干脆就扯了布条做了个拖把，将地也里里外外拖了个如镜面一般干净。

太子抬着脚站在门口，看着这地面，倒是有些不敢进来了。季曼回头看见他，连忙将裙子放了下来，一脸镇定地道：“大少爷，可是有什么事？”

“你进入状态倒是挺快。”太子听着这称呼，笑了两声，“还真是个玲珑剔透的人儿。”

季曼拿着拖把，微微一笑："大少爷过奖了。"

看着面前这人的脸，赵辙很想上去摸一摸，然而这女人眼里明明白白地写着"您有事就说，没事快走"的意思，倒让他这个从来天不怕地不怕的太子有些不知所措了。

"弄得这样干净，我都不舍得踩了。"赵辙轻咳一声道。

季曼善解人意地将一个凳子搬到了门口，屈身道："那大少爷就在外面坐坐吧，我还没有打扫完。"

赵辙看着门口的凳子，简直是哭笑不得。他就没见过这么不识抬举的女人，但是这女人意外地让他生不起气来。

美人放下凳子就要离开，赵辙伸手便抓住她的皓腕："你对我，怎么就这么抵触呢？"

季曼脸色沉了，手用力一挣，平静地看着他道："大少爷，桑榆虽然不懂什么大道理，但是妇德还是记得要守的。除了钰轩，其他男人，桑榆都抵触。"

赵辙哈哈大笑："这倒还成贞洁烈妇了。你说说，现在钰轩被父皇叫去议事，周围又一个人都没有，我要是强要了你，你又当如何？"

季曼觉得这人有点问题，但是她不能胆怯一分。这样的人，你敢露出一点害怕的神情，他就敢得寸进尺。

"桑榆是妇道人家，自然不能如何。"季曼道，"只是桑榆也不是会含恨自尽的人，死之前，一定会告知钰轩和姑姑，自己是为什么要去死的。"

"你威胁我？"赵辙挑眉。

季曼甜甜一笑，眉目间很是温柔，嘴里吐出的两个字却掷地有声："是的。"

赵辙静静地看了她一会儿，突然又笑了："聂桑榆，你这样的女人，真适合母仪天下。"

说完，他看了那凳子一眼，转身走了。

季曼被这句话吓傻了，捏着拖把呆愣了许久都不知道该有什么反应。

"众人皆知，太子的话，是最信不得的。"过了一会儿，院子门口传来宁明杰的声音，"你大可以当没有听过。"

季曼抬头朝院子门口看去，却没有看见宁明杰的人。他怎么在外面？她和太子的对话，他都听去了吗？她追出去几步，却见宁明杰已经走远了。

季曼忐忑的心情倒是因为这话镇定了下来。太子说的话有些吓人，不过想想也是，他那样的男人，说的话怎么能当真呢？

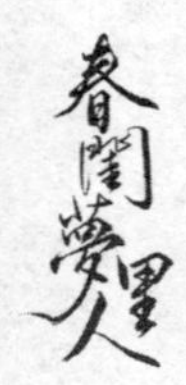

中午季曼决定亲自下厨，倒不是想表现，而是因为宫女太监们都被送走了，而剩下的皇亲国戚里，没一个是会做菜的。

宁尔容脸红红地跟着她进厨房道：“我给你打打下手。”

“好啊，我教你做两道菜给哥哥。”季曼一边洗土豆一边道。

太子妃和聂贵妃都在主院里同皇帝说话，剩下的女人不是说怕冷就是不想动，厨房里就只有季曼和宁尔容两个人。好在厨房里材料充足，季曼数了数，能做二十多个菜。

宁钰轩在与三皇子一起研究书法，地方离厨房不远，没一会儿就闻见了香味。

“常听说你不满桑榆。”三皇子微笑着看了宁钰轩一眼，“现在瞧瞧，我这表妹似乎不比任何人差啊。”

就亲戚关系来说，三皇子算是聂桑榆的表哥，只是不太亲近。三皇子常年在外，成年之后更是很少看见聂桑榆了，只是偶尔在与聂贵妃的闲聊里听见她的消息。当初不懂事的小丫头，现在也长大了啊。

“三少爷这是只知其一。”宁钰轩微微皱眉道，“她好的时候的确很好，让人生气起来，也是能气死人。”

三皇子抬眼看了他许久：“钰轩，你没有发现吗？很少有人能让你情绪波动得这样剧烈了。去年回来看你时，你脸上是始终带着笑的；而现在，你会生气会恼，倒更像是一个人了。”

宁钰轩一愣，脸色有些难看：“不是这样的……”

“你不用多说。”三皇子抬手止了他的话，“我只提醒你一句，若是心里喜欢，就莫要嘴上逞强。有些东西你不抓紧了，说不定就溜走了，明白吗？”

第二十六章

你心里念的到底是谁

宁钰轩应了一声，心里却是觉得有些好笑。三皇子尚未娶亲，怎么倒反过来教训他这些情爱之事了。

“三少爷也是该考虑一番自己的婚事了。”宁钰轩顺便提了一句，“大公子已经家业安定，娶的妻也贤惠得体。您对自己的婚事处处不在意，也未免辜负贵妃的一番心意。”

三皇子抬头挑眉：“钰轩想助我一臂之力吗？”

明面上陌玉侯是帮着太子的，但是聂家与宁家关系匪浅，陌玉侯这棵大树最后到底会倒向哪一边，也是未知的吧。

“钰轩只想好好帮皇上管理六部，其余的不愿多想。”宁钰轩微笑道，“以三少爷的聪明才智，想成事应该也不难。”

三皇子低声轻笑：“你这狡猾的狐狸……”

“宁公子、三少爷，开饭了。”宁尔容捧着菜出来，顺道远远地喊了亭子里的人一声。

“闻着这香味，我也早就饿了。”三皇子放下毛笔道，“以前在宫里宫外都有人伺候，衣来伸手，饭来张口，倒真不知饿是什么感觉。父亲的安排，也算是深有用

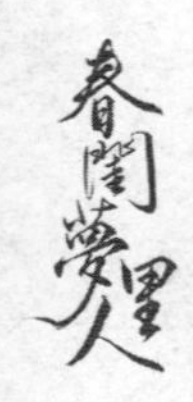

意了。”

宁钰轩点头，跟着三皇子往饭厅里走。

一大家子人，要怎么上菜是个问题。菜没有太多重复的，一共二十样，但是众人不可能与皇上、贵妃同桌用饭，只能分开。只是这样菜色不同，稍不留意就会让人觉得她对各位皇亲有各种各样的偏见。

所以季曼给皇上、贵妃和两位皇子上了七菜一汤，其余的人全部是拿小碟子乘了八样菜一碗汤，看起来十分丰富。季曼拿一个个托盘将这些菜装着放在主院院子里的矮桌上，在中间的空地上点了火堆，又在旁边布置了皮毛坐垫、挡风的宫纱垂挂以及绣花屏风，半点没有仓皇将就之意。

为了不区别待遇，季曼挨个去知会了各房各院用膳，没有规定谁坐哪里，桌上菜色有细微的区别，让他们按照喜好挑选。

皇亲之中少不得有几个挑剔的女眷。不过季曼态度极好，饭后还送了冬季的水果，说是养颜的。好歹是陌玉侯家的平妻，也不是谁家丫鬟，能做到这个份上，活儿全都干了，谁也不能开口说她什么不是，毕竟真让她们去做，她们也是不会去的。

季曼在那个世界是独居的，所以饭是一定会做的。宫里的人吃惯了油腻腻的菜，乍一尝季曼这爽口的家常小炒，都十分喜欢，因此就有好几个女眷在饭后就来问菜单。季曼也不吝啬，送了几家女眷具体做法，当然是让宁尔容写下来的。

聂贵妃饭后传召她，拉着她的手喜悦地道：“七郎刚刚都夸奖你了。”

当今圣上排行第七。季曼看着聂贵妃眼里的喜悦，忍不住也弯了唇：“这是桑榆的荣幸。”

“你现在真是让我疼到了心坎里。”聂贵妃高兴得很，脱了手上的碧玉镯子给她，觉得不够，又转身去将一个精致的耳环盒子塞进她手里，“要是你一早这样，我也就不用担心这么多了。”

季曼拿得有些不好意思，不过贵妃赏的，自然只有拿着，嘴里谢了一声。

“唉，现在让我操心的也就只有玦儿一个人了。”聂贵妃神色突然又忧伤起来，一双眼带着愁绪地看着她，“桑榆没有忘记答应过姑姑什么话吧？”

季曼有些茫然，努力在脑海里想了许久，才想起一个片段。

聂桑榆求聂贵妃让皇帝赐婚，当时的聂贵妃说：“桑榆，姑姑可以帮你，但是你要记得，陌玉侯不是个好应付的男人，他心里不会只有情爱，但也到底是有软肋的。这次姑姑帮你，不仅是看在你喜欢他的份上，还有姑姑自己的一些私心在。你嫁给他，一定要尽你所能，帮你表哥……你明白本宫的话吗？”

当时聂桑榆十分想嫁给陌玉侯，于是不管明不明白，都说了明白。

季曼却是很明白，聂贵妃是想让聂桑榆得了陌玉侯的心，之后让陌玉侯顾着聂宁两家的情谊，帮三皇子上位。

皇上虽然现在还是很硬朗，但是也终有西去的那一天。太子猖狂且心胸狭小，定然容不下聂贵妃与三皇子。聂贵妃担心三皇子的将来，所以希望陌玉侯能成为助力。

只是季曼觉得聂贵妃想得太天真了。虽然陌玉侯手里权力很大，但是那厮哪里是会被女人左右的男人？瞧他那么爱温婉，还不是会要小心机，将温婉一会儿冷一会儿热治得服服帖帖？更何况聂桑榆是他一直讨厌的人，他就更不会被她左右了。

不过女人太聪明不是好事，这些话她也就腹诽一两句，不会跟贵妃直说，因为讨不了好，反而会让贵妃觉得她胳膊肘往外拐。

于是她很乖巧地应承："桑榆会尽力的。"

聂贵妃满意地点点头，上下打量她一眼，拉过她来神神秘秘地道："前些时候我从御医那里得了易得子的药方，故而才这么快又有了身孕。你这样久都没有子嗣，也难得陌玉侯欢心。等会我让人按方子抓药，晚上给你送一碗过去。"

季曼怔了怔，抬头看着聂贵妃道，"姑姑……子嗣的事情……"

"你别害羞。"聂贵妃道："你现在是平妻，侍妾都比你先有孩子了。听说那温家女人还着急子嗣呢，你怎么一点也不急？"

季曼抿唇不语。

要给这个渣男生孩子？季曼觉得这不是个明智的做法，当下也就没有往心里去。都六年无所出了，要被人戳脊梁骨也早就戳烂了，她还在意什么？

但是晚上聂贵妃当真让捧书送了药汤来，并且笑盈盈地站在一边，要看她喝下。

季曼青着脸，想找个借口却不知道说什么好，磨蹭了一会儿，宁钰轩都回来了。

她还是不够洒脱，这就是一场戏，在乎那么多干什么？季曼深吸一口气，然后端起药喝了个底朝天。

捧书满意地带着药碗走了。宁钰轩进来看见她一脸苦瓜相，忍不住问："这是怎么了？"

"没事，想起小时候被狗咬的遭遇。"季曼嘿嘿一笑，起身道，"侯爷也累了，妾身伺候您更衣吧。"

以前总是要磨磨蹭蹭许久才上床，今天倒是主动了。宁钰轩也不是喜欢禁欲的男人，聂桑榆肯主动，他自然是不觉得有什么不好。

这地方炭火自然不是上好的炭，睡觉的时候季曼就把窗户开了一些，以免一氧化碳中毒，屋子里就冷了不少。

宁钰轩瞥她一眼，伸手将她拥紧了些："你娇生惯养的性子，没想到倒还挺适应民间生活的。"

季曼脸上带着柔美的笑意，冰凉的手往他怀里一揣，凉得宁钰轩眉毛抽了抽："侯爷是不是现在才觉得，妾身真是温柔又贤惠，上得厅堂，入得厨房？"

宁钰轩很不想夸奖她，但是也不得不承认，的确如此。

哼了哼算是回应，之后宁钰轩将头埋在她的脖颈。聂桑榆这欲擒故纵玩得也够久了，宁钰轩觉得，今天也差不多是时候了。毕竟是他的女人，她总不可能一直不让他碰对不对？

宁钰轩的手试探性地从聂桑榆衣摆下头伸进去，聂桑榆的肌肤很好，触手如玉。季曼闭着眼，心里一直在喊聂桑榆。面前这个男人是聂桑榆喜欢的，却不是季曼喜欢的。不过想着尊敬身体原主人意愿的想法，季曼还是打算献身了。

聂桑榆没有给她回应，身上的人呼吸却越来越沉，滚烫的身子像一个暖炉，慢慢地将她的防备一点点融化掉。

第二天季曼没能起来给一大家子做早饭，不过幸好离州刺史送了特色的粗粮馒头和肉粥来。皇上问起桑榆，聂贵妃更是一脸笑意地替她挡了。

季曼醒来的时候，宁钰轩已经不在了。身上还有些黏腻，大冬天的要在这里洗澡也是很麻烦，季曼皱着眉去厨房打了热水回来擦了身子，然后换了一身棉衣就靠着窗户发呆。

"钰轩心情很好？"三皇子侧头看了宁钰轩好几眼了。今天他们跟着皇帝出来，要去看离州的水利情况。

宁钰轩弯着唇，眉目都柔和不少："天气不错。"

宁明杰在旁边，闻言抬头看了看乌云密布的天色："等会应该要下雨了。"

轻咳一声，宁钰轩朝宁明杰道："听说昨晚离州刺史家的小姐去了你的院子？"

宁明杰眉毛都没动一下："那是傍晚，堂哥别说错了，污了人名节。"

宁钰轩哈哈大笑："你什么时候也顾念其他人的名节了？"

宁明杰抿唇，银色的面具看起来有点阴郁。宁钰轩也知道玩笑不宜开过，也就收了笑意，只是心里偶尔想起昨晚上的事，笑容还是忍不住从眼角眉梢露出来。

离州的水利工程其实也就是护城河，只是因为连年干旱，已经几近断流了。百姓能用的水很少，要么是打了深井，要么是从几十里地外头运水回来。

皇帝带着皇子和近臣过去看的时候，有无数百姓跪在干涸的河道边哭泣边磕头。皇帝微微皱眉，看了离州刺史张进一眼，后者立刻跪下，颤声道："臣失职。"

天不降雨，除了让朝廷拨款赈灾之外，哪里还有什么其他的法子？而赈灾的款项真正到他手里的都不多，更何况是到百姓手里？张进也是万般无奈，不想愧对百姓，所以也就没有按照上头的吩咐，将百姓都圈禁起来不让上达天听。

他已经尽力了。

皇帝看了那场景好一会儿，转头问太子："辙儿，你觉得这样的事情，该如何处理？"

太子收起了脸上玩世不恭的神色，上前躬身道："父亲，儿子以为，离州只是近年干旱成灾，朝廷可继续支撑其渡过难关，鼓励百姓播种旱物，以维持生计。"

皇帝点点头，又问三皇子："玦儿以为呢？"

赵玦扫了一眼干涸的河水，道："此河是离江的分支，向东百里即是离江。半年前有地动，大山断河，故而护城河断流。儿子以为，父皇只需要花费人力开凿山石，使护城河重新通流，即是解决之法。"

周围人响起一片赞叹，连宁钰轩也微微点头。

皇帝惊讶地问："玦儿如何得知护城河是因此断流？"

三皇子微微一笑："半年前儿子恰好游历经过离江，听河边的老人说起移山之事，便写了书信回禀父皇，说离州恐怕将有干旱。父皇可是没有看见那信函？"

赵玦游历山水，在聂贵妃眼里一向是不问朝政的避世行为，却不知这些年来三皇子游遍整个澧朝，将风土民情都一一记在心里，还写了一本游记回去送给皇帝。皇帝虽然喜爱三皇子，却也觉得他太过悠闲，无心朝政，那本游记也就看了几页就搁置了。

如今提及，皇帝才恍然大悟，眼里露出十分惊喜的神色，连连点了好几下头，才招了当地大臣和随行重臣以及离州刺史去商量此事。

太子的脸色未变，倒是笑着拍了拍三皇子的肩膀："三弟见识广博。"

"大哥过奖。"赵玦拱手垂眸，"不过是走的路多了罢了。"

"好一个走的路多。"赵辙眯了眯眼，"愚兄在宫里待久了，倒是比不上三弟了。"

赵玦走了走神，没有回答他这句话。赵辙的眼神不太友善，却转身带着其余的人继续去各处观看。

宁明杰觉得有些困倦，这些日子以来不知为何一直做噩梦，梦里总是一片白茫

茫的大雾，然后不停有声音喊：“你错了，你错了，你错了。”

他错什么了？宁明杰打了个哈欠，骑上一边准备好的马，和两位皇子以及陌玉侯一起沿着河边走。就算是有什么了不得的事情做错了，那也要让他知道才行。一直嚷嚷说他错了，他才不会回头。

想起那天聂桑榆亲自下厨做的菜，他选的是三荤四素，倒不是因为别的，而是因为那托盘上放着一壶离州当地的清酒。

他爱喝酒，在封地上的时候就经常一醉就是几天几夜，靖文侯也因此常说他没个规矩。不过规矩这东西，人生在世就这么长时间，戴久了不拿下来，活得也挺没意思的不是？

那天的菜他现在还在回味，比府里的好吃太多，有些民间馆子的感觉，但是做得又比馆子里用心多了。若是有一天畅游山水，身边也能有这么个人给他做菜吃，一壶酒，一叶轻舟，水里一弯明月，该是何等的潇洒自在？

想着想着，宁明杰就有些想睡觉了，轻轻靠在马脖子上一些，却被颠簸得难受，刚想换个姿势，就听见远处的侍卫大喊了一声：“有刺客！”

跪着哭喊的百姓之中，突然有十几个人暴起，手持刀剑，朝前头的太子和三皇子扑了过去。聂青云今天没有跟出来，据说是吃昨天尔容做的点心吃坏了肚子。在场会武功的除了侍卫就只有宁钰轩和宁明杰。

宁明杰皱眉，飞身将三皇子拉下马来护在身后，一边的宁钰轩也将太子护了下来。

周围的百姓四散，尖叫推撞之下，宁明杰和宁钰轩都有些寸步难行。侍卫似乎控制住了局面，但是远处突然有什么声音破空而来。宁明杰想躲开，但是一旦躲开，背后就是三皇子。

季曼靠在窗边，突然打了个寒战。望望空荡荡的房间，她才想起宁钰轩今天是出去了。他不在也好，省得看着让她觉得闹心。

关于昨夜的事情，她丝毫没有放在心上。要是能怀上孩子那自然是最好，聂桑榆应该也会喜欢这孩子；要是不能……那就当被狗咬了。

看着时辰，他们差不多该回来了，季曼便拖着身子去做了午膳。刚做好，她就听见有奴才仓皇地跑回来，左右看着府里没人，就急急地到厨房这里喊：“宁夫人，宁夫人，宁少爷受伤了，您快去看看啊！”

宁钰轩受伤了？季曼挑眉，不是说会武功吗？竟然还受伤了？抹抹手走出厨房，季曼问那人：“他是扭伤了脚，还是扭伤了腰？”

家丁是这宅子里的人，看着她愣了好一会儿才道：“外头闹刺客，听说宁公子为了保护三皇子受了伤，正在离州城的万金堂里头包扎。”

他也就是回来报个信的，说是宁公子受伤了，其实他也不认识谁是宁公子。

闹刺客？季曼挑挑眉，这倒是值得去看看。

换了身衣裳，季曼去寻了承轿子，赶着就去了万金堂。

宁钰轩和两位皇子都坐在药草堆里，不经意往外一瞧，就看见聂桑榆下了轿子，慢悠悠地往这里来了。

“侯爷？”门口坐着的宁钰轩看起来毫发无伤啊，季曼好奇地道，“您不是遇刺客了吗？伤得不严重？”

宁钰轩嘴角抽了抽，指了指旁边的宁明杰：“受伤的是明杰。你这是巴不得我受伤的样子？”

嗯？宁明杰伤着了？季曼连忙提了裙子进来看，那人依旧戴着面具，衣裳脱了一半，正在包扎肩胛上的伤口。见着她来，宁明杰酷酷地别开了头。

不会还在因为上次的事情生气呢吧？季曼想着这人也该没那么小气。她看了一眼，伤口倒是有些深，包了好几层都还在流血。

不过到底是衣冠不整，她看了一眼就退到宁钰轩身边站着，道：“家丁来说是宁公子遇刺，想来是搞错了人。”

宁钰轩心里那叫一个气啊：“是听说我遇刺了，你才走得那么慢悠悠的？”一听说是宁明杰，提着裙子就进去了？

季曼微微一笑：“侯爷请多体谅，妾身还没吃午饭。”

旁边的太子笑道：“桑榆不说，我还忘记了吃午饭。等明杰包扎好，我们就回去吃饭吧。”

季曼看了一言不发的宁明杰一眼，问了一句：“堂少爷那伤严重吗？”

宁明杰的背影微微挺了挺。

宁钰轩似笑非笑地道：“明杰护驾有功，没有大碍。”

“哦。”季曼点头，见他们起身都想走，便想回她刚刚的轿子里去。

哪知宁钰轩一把抓住了她的手：“轿子里什么都看不到，多没有意思。跟我骑马吧。”

季曼脸绿了，骑马？马怎么都没有轿子舒服吧？

“侯爷……”

“来，我抱你上去。”宁钰轩笑得一脸温柔，朝她伸出了手。

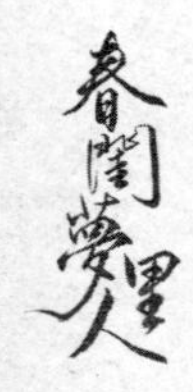

季曼深吸一口气，将手拍到他的掌心里，“啪”一声响，听得前头太子和三皇子都回了头。

宁钰轩眉毛都没动一下，扶着她的手让她坐上去，接着坐在她身后，拉起了缰绳。

“不知道还有没有刺客余孽，我先在前面开路吧。”陌玉侯十分体贴地对两位皇子道。

太子挑眉，三皇子刚要张嘴说话，宁钰轩就已经扬起了缰绳：“驾！”

这马估计是吃了兴奋剂的，跑得比狗都欢，前后颠簸得差点把季曼甩出去。季曼铁青着脸，死死抱着马脖子不撒手。

“你不觉得我的手比马脖子稳当？”背后的人冷笑了一声问。

季曼的发髻都要被风吹散了，抱着马脖子咬牙切齿地道：“妾身觉得马脖子舒服多了。”

宁钰轩冷哼一声，马鞭一下去，季曼差点就惨叫了。

这马这和公园里那种让人牵着骑绕公园一圈二十块钱的马可不一样。骑着这马的感觉非要形容一下的话，就像是飞机遇见气流强烈震动快要发生空难时候的感觉。

季曼整张脸都白了，并且深深地觉得，宁钰轩一定是故意的。

第二十七章

皇位之后的波涛汹涌

回到大宅门口的时候，季曼已经快虚脱了，腿又软又麻，五脏六腑都差点被抖出来，发髻也散了，一头青丝披在身后，还好她手里握着自己的木簪。

宁钰轩像是心里好受了，温柔地将她抱下马，见她站不稳，便半扶半抱着她，声音愉悦地道："你这模样，倒真是楚楚可怜。"

季曼深吸一口气，推开他的手靠着门口站着，将自己的头发绾了别在脑后，冷冷地道："妾身衣冠不整，不好留在人前，这便先回去了。"言罢，她咬牙提腿就走。虽然腿还是发软，但是她也不想留在这儿丢人。

宁钰轩这厮，压根儿就不知道心疼人，抑或人不在他心上，他就半点不会在意。季曼叹了口气，觉得要完成聂贵妃的期望以及聂桑榆的心愿，简直是任重道远。

身后的人没有追来，季曼穿过小花园往后看了没人，便龇牙咧嘴地坐在假山石旁边休息了一会儿。

"玦儿无碍吧？"

"宁明杰护驾有功，三皇子无碍。"

"今日之事，辙儿难免心有不满。皇后一党日渐羽翼丰满，倒是聂家，自从上次之后，消停不少。朕偶尔也会担心，若是日后辙儿登基，能否容下玦儿。"

“毕竟是兄弟手足。”

不大不小的声音从假山另一边传过来，季曼听着，整个身子都僵硬了。

虽然还不熟悉皇帝的声音，但是那一个“朕”字，就让季曼脖子上凉了凉。她就是想歇个脚而已，怎么就不小心偷听到皇帝和近臣说话了！

不管内容重不重要，一旦被人发现她偷听，那这颗脑袋是别想要了。季曼放轻了呼吸，往左右看了看附近一切能发出响声的东西，小心翼翼地避开，然后蹿进了假山洞里。

皇帝和近臣的话还在继续，像是打算在花园里过个中午了。季曼懊恼不已，怎么就不小心撞上这样的事？皇帝与人有话说，不会派人在周围看着，防止人过来吗？

转头她又想起除了捧书之外，所有宫女太监都被送去体验农家生活了，侍卫都在宅院外头守着，里面还真是没什么人。季曼叹了口气，活该自己倒霉吧。

外面的两人从国事说到家事，皇帝颇为感慨，叹息道：“若是朕能多活十年，一定立凝露为后。”

凝露，聂贵妃之闺名也。季曼听得震了震，心里忍不住想，难不成这个皇帝还是真心爱着聂贵妃的？

“可惜陌玉侯太精明，陌玉侯府的立场从来不够明确。他对那聂桑榆的态度朕也看不明白，也就不知道，他到底是愿意一心一意扶持太子，还是会因着聂宁两家的关系，改投三皇子之下。”皇帝叹了口气，“朕怕他们重蹈朕当年兄弟阋墙的悲剧。”

季曼有些没听懂这话的逻辑，立不立聂贵妃为后，关陌玉侯什么事？宁钰轩的确精明，与太子是挚友，与三皇子是亲戚，谁敢说他一定会偏向哪一方？所以他卷入皇子纷争之中的可能性很小。也正是如此，聂贵妃才急急想用孩子拉陌玉侯下水，给他一颗定心丸。

“老爷，该用午膳了。”聂贵妃的声音从远处传来。

季曼脚都蹲麻了，听见这声音简直觉得是天籁。外头的两个人转移了话题，一边聊着家常一边走了。等声音完全远了，季曼才扒拉着假山石慢慢站起来。

腿上一软，整个人差点又跌回去。季曼抱着石头简直觉得动不了了，本来就难受，还蹲这儿这么久。不过她得马上离开，不然被人发现在这里，惹了皇帝怀疑也是不好的。

“还能走得动吗？”赵玦问。

季曼吓得一跳，仰头一看就见三皇子站在她过来方向的花园门口，远远看着她，笑着问了一句。

“三少爷……”季曼嘴角抽了抽，很想问他怎么在这里，转念一想，这花园不大，难不成他也在偷听？

“该用膳了，钰轩找你没找到。”三皇子慢慢走过来，朝她伸出了手，“快去饭厅吧。”

“好的。”季曼见他绝口不提刚刚皇帝在这里的事情，心想那多半他也听见了什么，应该就不会闲得无聊告她的状，毕竟还是表兄妹呢。

季曼放心地去饭厅吃饭。她坐在宁钰轩旁边，心里却在想刚刚皇帝的话。她本来觉得太子登基应该是理所应当的，但是现在突然觉得，这皇位之争，暗潮汹涌。

心里有事，于是季曼就一直没注意旁边的人。宁钰轩见她一直闷声不说话，还以为她在生气，于是抿着唇往她碗里夹了好多菜。结果季曼压根儿没注意，他夹什么她吃什么，就是没看他一眼。

宁钰轩心塞了，被人忽视的感觉可不太美妙，但是他也不能说什么，因为饭厅里其他人都在呢。今儿可是与两位皇子同桌，言行得格外注意。

太子抬头看了这边好几眼了，眼里若有所思，饭后就找了宁钰轩与宁明杰两人去欣赏书画。

“听说明杰的书法是一绝。”太子笑道，“落雁塔那阕词，如今想来，倒是那一墨团儿最妙。明杰是如何想的，才在上头涂了墨团儿？”

明知道那团墨水是聂桑榆弄的，太子偏生就这么问。宁明杰戴着面具看不出表情，只是道：“宁夫人高才，明杰不敢居功，不过是代笔罢了，太子过奖。”

宁钰轩看了太子一眼，轻声道：“聂桑榆肚子里一向没有墨水，能写这样的词，也是让我意外。”

“宁夫人很好，钰轩你又何必替她谦虚？”太子道，“恰好明杰在，不如将宁夫人叫来念词，让明杰把上下阕合在一起写了字，我也好裱起来拿回去当个纪念。”

这要求其实是有些不妥的，宁钰轩看了太子一会儿，却答应了。

季曼正在午休就被叫了起来，看着花园里宁明杰执笔而立，眼神恍惚了一下，便看着宁钰轩道：“侯爷要妾身做什么？”

“把你的《将进酒》念出来。”宁钰轩道。

背诗词？季曼翻了个白眼，走到宁明杰身边去，老老实实地给他念。

宁明杰写字的样子也真是好看，徐希也会书法，这个世界是不是不断轮回的，一个人几百年几千年之后，会以同样的面貌重生？

季曼看着他落下最后一笔，微微有些失神。

“钰轩觉得这幅字如何？”太子笑问。

宁钰轩脸上没什么笑意，只淡淡点头：“明杰的字恢宏大气，配得上这首词。”

季曼总觉得哪里怪怪的，被叫来念个《将进酒》，然后又被送回去了。晚上的时候宁钰轩就没有回房来睡，而是不知道去了哪里。不过季曼不在意这个，倒是睡得更安稳些。

在离州的行程结束，一众宫女太监回来都老实体贴了许多，连甘草和灯芯两个小丫头都变得格外勤快，忙里忙外的，生怕主子再把她们送回去一样。

季曼看得哭笑不得，突然就想起了很久以前与苜蓿一起分食烧鸡的事，心里略微有些惆怅。上船之前，季曼再做了一次，与两个小丫头一起吃。

“没有什么人是一辈子不会背叛的。”季曼一边啃鸡脖子一边道，“但是在你们没有背叛我的时候，我愿意对你们好。”

两个小丫头听得眼泪汪汪的，咬着鸡肉使劲儿点头。

宁钰轩好像开始变得很忙，经常不与她一起睡。不过季曼也不在意，总不可能时时刻刻要一个男人眼里有你，更何况是一个眼里世界那么大的男人。

不过白天季曼在栏杆上看江水的时候，倒是遇见宁明杰了。他话不多，隔着挺远站着，她偶尔说两句话，他也就应一应，有种心照不宣的默契。

下一个地方与离州有天壤之别，富庶丰饶，是著名的鱼米之乡香州。一群皇亲国戚脸上的菜色终于褪去，换上了喜气洋洋的笑容。

而下船的第一件事，是堂堂的天子提出来的——带着聂贵妃一起去天香楼。

是的，听名字这就是个窑子。皇帝去青楼，还带着贵妃一起，季曼觉得没有比这更荒唐的了！荒唐就荒唐吧，他是皇帝，也没人说什么，但是只带聂贵妃一个女眷去是什么意思？连宁钰轩和聂青云这种有人了的男人都带去，就是不带她和宁尔容。

宁尔容嘴巴嘟得高高的，坐在聂桑榆的房间里不乐意地道：“我就没听说过南巡还下窑子的！”

季曼叹了口气，安慰她：“你放心，哥哥向来最讨厌那些烟花女子。”

“真的？”宁尔容不放心地道，“万一有什么狐媚子怎么办？”

“不会的，你要相信哥哥，他眼光很高。”季曼说着，心里想，宁钰轩就不一定了。

这些日子季曼也算是看出来了，宁钰轩在故意冷着自己。至于为什么，季曼懒得去想。冷着就冷着呗，她又不是温婉，被冷落一下就受不了地要巴上去。他不搭理她，她心里倒还轻松些。

只是没想到，这一趟窑子逛回来，宁钰轩还真就带了个女人回来。

季曼站在门口看着那娇艳无双的美人站在宁钰轩身侧，嘴角忍不住抽了抽。旁边其他女人都是松了口气的表情，因为除了她家这位，其余人都没有带回来什么不干净的东西。

“你神色不用这样紧张。”宁钰轩淡淡地道，“锦瑟只会陪我走这一路，待我回京城的时候，自然会离开。

季曼明白了，意思就是他大爷嫌弃她伺候得不够周到，所以选了个贴心人儿回来代替她侍寝。

季曼耸耸肩，这也没啥好介意的。只是周围人都拿同情的眼神看着她，她觉得有些无奈罢了。

“带什么人回来不好，带个窑姐儿？”宁尔容替她生气，抓着她的手一边走一边怒道，“堂哥脑子是不是坏掉了？皇上也不阻止他吗？太荒唐了！”

季曼微微一笑：“皇上心里在想什么，你能看明白吗？”

宁尔容侧过头来，步子慢了慢：“你能看明白？”

“我也看不明白啊。”季曼低声道，“但是那一窝子男人里没一盏省油的灯，他们都觉得这件事可行，那我也就当他们别有深意吧。”

宁尔容皱了皱眉：“你能忍受一个窑姐儿与你共侍一夫？”

季曼挑眉：“你不要忘记了，原来的陌玉侯府里也不是没有先例。说到底我只是个平妻，又不是正室，管他那么多干什么？他只要不与我为难，我也乐得轻松。”

“你这是真心话？”宁尔容不可置信地道，“真的不难受吗？对我，你可以不用顾及，你难受就骂他，我会帮着你骂。”

季曼笑着拍拍她的肩膀：“安心吧，下午皇上要去当地衙门，院里的女眷们也都无所事事。不如咱们去城里最有名的点心铺子里逛逛如何？”

“好啊。”宁尔容见她眼神清明，当真没有什么难过的意思，心里反而莫名有些惆怅。不过桑榆都不介意，她还在意什么，只要聂青云没给她带个女人回来就可以了。

宁钰轩带回来的锦瑟是个很安静的女人，几乎不怎么说话，脸长得有几分艳色，但是跟着他们换了最朴素平常的装扮后，远远看去，就像一个丫鬟。

宁钰轩好像喜欢她得紧，下午与太子一起去边镇体察民情的时候也带了人去。太子哈哈大笑，还颇为意味深长地看了聂桑榆一眼。

季曼莫名其妙地迎着太子的眼神，微微笑了笑，而后就别开头，和香州刺史的夫人商议安排女眷出游的事情。

由于这一路动静都挺大，刺客也不是没有，所以安全措施还得做到位。季曼和宁尔容就是想去吃个点心，身后也跟了六七个人，连着丫鬟，浩浩荡荡的。虽然是平民打扮，季曼还是觉得自己身上挂了一个牌子，上书“身份贵重，来杀我呀”。

宁明杰和聂青云今日都没有跟着皇子一起出去，宁尔容想拉了聂青云，又有些不好意思，就带了宁明杰。虽然人更多了，但是季曼突然觉得有安全感多了。

这一路上聂青云和宁尔容的感情发展得算是不错，季曼看了看，聂青云终于没有拿尔容当外人了，见索家偶尔失礼，他还会板着脸说她两句。

这样发展下去，他俩以后成了亲应该会更幸福。季曼笑得眯了眯眼。

“想吃什么东西？”聂青云看着点心铺子墙上挂着的木牌，问她们。

宁尔容道：“我要莲蓉包和黄金卷。”

宁明杰很随意，只让聂桑榆点。季曼打量了那墙上的东西半晌，道：“哥哥爱吃春卷，便来几个春卷、一碟小花生；堂少爷口味好像很淡，来俩粗粮馒头就行；我要葱油饼和马蹄糕，身后这几个馋嘴的丫头定然喜欢那上头没吃过的点心，小二哥看着上吧。”

季曼考虑人一向很周到，这也是为人处事应该做的，不过宁尔容就觉得很惊讶，两眼冒着小星星看着她：“桑榆真是太贤惠了，可惜堂哥身在福中不知福。”

宁明杰对吃什么没有异议，只是粗粮馒头……忍不住侧头看了这女人一眼：“宁夫人对在下有不满？”

“嗯？没有啊。”季曼一脸诚恳，“我知道你们这些身份尊贵的都看不起粗粮馒头，但是粗粮好啊，能帮助消食；而且你这常年戴面具，容易长痘痘，还是不要吃得太油腻。”

宁明杰动了动嘴角。季曼又认真地看着他道：“堂少爷，不是桑榆多嘴，男人还怕人看吗，又不是黄花大闺女。你对自己的容貌太在意，自然就不喜欢别人的目光。但其实，长得好看并没有错啊，许多人想好看，但是老天爷还不给机会呢。”

宁尔容笑道：“你不用劝哥哥啦，家里父亲和几位姨娘都劝过多少回了，哥哥都一声不吭的。”

季曼叹口气："可惜了一张俊脸，都被这面具挡了。"

见宁明杰依旧没说话，季曼也就不打算多劝了。毕竟每个人想法不一样，她不能把自己的观点强加给别人不是？

点心上来了，宁明杰看着面前的一碟奶黄粗粮馒头，深吸了一口气，抬手将面具慢慢取了下来。

众人吃东西的动作都顿了顿，宁尔容嘴里的黄金卷直接掉了下来："哥哥……"

宁明杰揉了揉自己的脸，转头看着旁边呆掉的小二道："我要吃瓜子酥和其他最油腻的糕点。"

季曼又一次看见这张脸，上面竟然有些孩子般气不服输的味道，眉目清晰得不再像是梦里，而是真真切切的一个人。

"桑榆。"见她看得太久了，聂青云忍不住开口喊了她一声。

回过神，季曼认真地解释道："不是我贪看'美色'，只是因为堂少爷长得像我看见过的一幅画像里的人，所以多看了两眼。"

"咦？什么画像？"宁尔容好奇地道，"哥哥从来没有让人画过像的。"

编一个谎，自然得编更多的谎去圆，季曼只得硬着头皮道："是无意间在京城一家画铺里看见的。那老板和我说画里的男人是个负心人，抛弃了订婚四年未过门的妻子，与其他女人滚作了一处。"

宁明杰眼角抽了抽："宁夫人明鉴，在下并没有未过门的妻子。"

"桑榆知道，所以不是说堂少爷。"季曼笑呵呵地道，"堂少爷肯以真面目示人也是难得，桑榆请你吃瓜子酥，不用客气。"

其实宁明杰对面具的执念不深，也不是不准人看他的脸，只是就像聂桑榆说的那样，太在意别人的眼光，所以将脸挡起来。如今为了吃个点心，他就丢了面具，也实在是洒脱之人。

一行人吃吃喝喝倒也挺高兴，宁明杰取了面具，脸上喜悦的表情暴露无遗，想去掩藏却难得地有些不知所措。宁尔容光是笑就笑了一路，回去的时候还兴致勃勃拉着桑榆说要去把那面具埋了。

季曼回去的时候，见屋子里坐着宁钰轩，宁钰轩的旁边则站着锦瑟。

"侯爷。"季曼老实地行礼。

宁钰轩看了看她脸上尚未退却的笑容，轻哼一声道："今晚开始，锦瑟服侍我，你便去旁边的屋子睡吧。"

季曼点头："好。"

锦瑟一直偷偷打量这位戴着宁姓玉佩的夫人，外头的丫鬟说她颇为大方贤惠，想来自己的日子应该不是很难过。

“锦瑟不熟悉地方，你先带她去府里走走。”宁钰轩道。

季曼还是点头：“好。”

锦瑟跟着聂桑榆走，忍不住回头看一眼陌玉侯，却发现他不知怎的，脸色发青。奇怪了，别家的夫人要是大方不好妒，男人都是该开心的，为什么陌玉侯看起来反而这么生气呢？锦瑟没有想明白。

“锦瑟无端五十弦，一弦一柱思华年。”季曼走在路上，忍不住念了这句诗，“你的名字倒是好听。”

锦瑟轻声道谢。季曼便跟导游一样，带着她把这大院子都走了一遍，最后看天色不早，同情地拍拍她的肩膀道：“晚上辛苦你了，侯爷有些难伺候，你顺着他些就是。”

这样温柔不善妒的夫人哪里去找？锦瑟面上虽然还是平静，心里却感动得不行，晚上侍寝之时，躺在陌玉侯怀里还在念叨：“夫人真是个好人。”

“她好？”宁钰轩轻轻笑了笑，“你是没见过她以前的样子。”

这话颇有些厌恶之意，锦瑟忍不住抬头问：“侯爷不喜欢夫人？”

“嗯。”宁钰轩道，“我一直没有喜欢过她。”

锦瑟安静地低头靠在他怀里，不说话了。

季曼一夜好眠，第二天起来继续上路，就看见宁钰轩将锦瑟亲自抱上船，温言软语，不知道多温柔。耸耸肩，季曼跟在后头走。一边的太子不知为何闲着没事干，跟着她上了第二艘船。

“你这样心里不难受吗？”太子笑眯眯地问她。

“难受什么？”季曼挑眉，“江山易改，本性难移。侯爷这身份就是该有千千万万个女人，倘若我知道如此还去难受，岂不是给自己找不痛快？”

“你倒是想得通透。”太子眯了眯眼，“若你愿意当我的女人，聂桑榆，说不定我愿意为你遣散后宫。”

第二十八章

这种快要死掉的感觉

男人靠得住，母猪能上树。没到手之前，男人什么花言巧语都能往女人身上招呼。季曼对着太子咧嘴笑了笑：“桑榆无德无能，陪着侯爷就够了，不用太子爷为桑榆闹这么大动静，不值当。”

赵辙脸上的笑意顿了顿，抿唇道：“你这张嘴，能不能说点好听的？”

“能。”桑榆回身屈膝，“祝太子与太子妃，百年好合、白头到老。”

赵辙被她这话哽了一下，沉了眼神道：“聂桑榆，你可真不识抬举。陌玉侯心里没有你一丝一毫，你还这么紧巴着他干什么？你不觉得本殿下才是更好的出路吗？”

季曼笑了笑，这人估计是当她傻。他们是什么身份？聂桑榆能同太子在一起？一旦聂桑榆有移情太子的意思，被人抓住了把柄往陌玉侯面前那么一送，聂宁两家的联姻关系就到头了。赵辙是觉得她看起来一副好欺负的样子，所以脑子里装的都是豆腐？

“不知太子殿下有没有听说过一句话，叫‘有的人说不清哪里好，但就是谁都替代不了’。”季曼心里将面前的人从头骂到脚，脸上却还是笑盈盈地道，“换作有意境一点的，就叫‘除却巫山不是云’。太子您很好，若是六年之前桑榆没有嫁给

侯爷，说不定也甘愿陪伴太子一生。”只是说不定而已。

赵辙挑了挑眉，低笑了一声：“你这话说得倒是叫我生不起气来了。”

“桑榆还有东西没有绣完，就先告退了。”季曼作了福礼，温顺地退到房间里去。

甘草和灯芯都正在收拾屋子，见她进来，灯芯连忙跑过去关了门，有些担忧地看了她一眼：“主子……”

“没事，用不着担心。”季曼摆摆手，太子那点小心思她看得通透，绝对不会掉进他的坑去。

赵辙站在甲板上发了会儿呆，身边的亲信踏雪低声道：“爷，您是不是该回第一艘船？等会皇上找您……”

“无妨。”他抬了抬手，闭眼凝神，等再睁开眼时，脸上又带上了温和的笑意，“既然上了这艘船，那就安心待着吧。三皇弟与父皇相处时间少，爷就大度让他一回。”

“是。”踏雪退到了一边去。

这一路上体验各地的民风，也就收到不少民意，他是这皇位将来的继承人，心里自然是有打算的。能安庙堂，也能安江湖，那才是王者之风。

安了宁家，再除去聂家，朝堂自然就稳固了。赵辙一直打的是这个算盘，竭尽所能地找着聂桑榆的错漏，毁掉宁聂两家的婚事。他本以为要引诱一个女人不难，金银财宝，后位相许，总有一样能让这女人上钩的，却没有想到，聂桑榆油盐不进。

谋臣曾经告诉他，找机会除掉聂桑榆，断了聂宁两家之间的这条纽带，也不失为一个好的办法。他一路上也有所安排，只是不知怎么，想起那女人尽管眼神里满是防备，偏偏还要礼数跟他做了个周全的模样，他突然有点舍不得了。

聂桑榆多有意思啊，世上要是少了这么一个人，会不会更寂寞了？

今天晚上是连着行船，众人都要在船上过夜。中途在码头停靠的时候，宁钰轩便回了第二条船，太子也回了第一条船。

锦瑟依旧侍寝，季曼闲得无聊，便听宁尔容说话。

“那锦瑟，又是太子送给堂哥的。”尔容不知从哪个夫人嘴里听了八卦来，气愤地道，“太子是不是有这嗜好啊，专门送窑姐儿给人？一个慕水晴还不够，又来一个锦瑟？”

季曼想了想，道：“这也不失为他拉拢人的一个做法啊。男人不就喜欢金钱、权力和女人吗？金钱、权力他不好给，女人却可以随意塞过来的。”

宁尔容气愤了一会儿，突然想到了什么，有点幸灾乐祸地道：“你瞧瞧堂哥对这女人，几天没有放离开过身边了？要是温婉知道，一定没有你这样淡定。”

想想也是，温婉那小性子，能容在自己刚进门半年不到的时候，陌玉侯又带个艺妓回去吗？不能。只是宁钰轩大概也是考虑到了这一点，所以说了锦瑟是不会被带回京城的，只能用来在旅途中膈应聂桑榆。

可惜季曼不在乎，不管宁钰轩做什么，只要不饿着她冷着她，就都不会让她觉得生气。

今天夜里江水有点不平静，船里睡得十分不安稳，季曼被摇晃得头晕，干脆就起身披衣到了甲板上透气。

夜深人静，天上无月，季曼看了看船上飘着的龙旗。前头的船与她距离不远，隐隐约约，还能看见船尾上有个人。

嗯？还真有人？季曼连忙走到船头去看，这大半夜的，谁会跟她一样无聊到睡不着？

赵辙坐在船尾，朝着季曼的方向盘着腿，怀里有一把六弦琴。隔得远了，季曼看不清楚他的表情，但是应该不是梦游。

他这是要干什么？

赵辙看到她出来，有些意外，不过很快恢复了平静，食指往琴弦上一挑起了音，便弹了一首有名的《迢迢牵牛星》。

“迢迢牵牛星，皎皎河汉女。
纤纤擢素手，札札弄机杼。
终日不成章，泣涕零如雨。
河汉清且浅，相去复几许。
盈盈一水间，脉脉不得语。”

季曼挑眉，这大半夜的她可没时间奉陪。

第一艘船上还亮着灯，但是没有人闻着琴声出来。季曼回头看了看，自己这艘船的灯是全部熄灭了的，安静得一点声音也没有。

本来只是下意识地看了一眼，季曼的心里却突地一跳。

不对啊，其他人熄灯也就算了，宁尔容是一向怕黑，晚上睡觉都点着灯到天明的，怎么会房间也是黑的？

背后起了层鸡皮疙瘩，不知道是不是多想了，她总觉得周围都是一股子危险至

极的气息。

琴声还在继续，那是季曼能听见的唯一能让她觉得这世上不是突然人类灭绝、只剩下她一个人的声音。

“太子。”她试探着喊了一声，然而江水拍打着船身，巨大的声音轻易地淹没掉了她的吼声。

季曼终于感觉到了危险，一回头就可以看见，船上两个黑影在朝她靠近。

暗杀？季曼皱眉，不可能啊，聂桑榆没有得罪人到让人花大价钱请杀手的地步吧？什么人这么讨厌她，讨厌到了要置她于死地的地步？

“兄弟，有话好商量。”季曼一步步朝船头退去，“大晚上的，你们两个人对付一个弱女子，不太好吧？”

那两个黑影置若罔闻，只是一步步朝她靠近。季曼觉得慌了，她没武功，不可能打得赢这两个人，一旦跳江那也是凶多吉少，怎么办？

回头看了看前面的船，季曼带着最后一丝希望大声喊：“救命！”

声音从江面上远远飘过来，赵辙垂了眼眸，低声问身后的人：“怎么让她跑出来了？”

踏雪半跪在地上，低头道：“属下无能，本来是吩咐将宁夫人房间里也点了迷药的，但是不知怎么……”

“罢了，动手吧。”赵辙淡淡地道。

踏雪稍微顿了顿。这两天跟着太子，他觉得太子还是对那宁夫人挺有好感的，真的就要这样杀了她？

“你在等什么？”赵辙见身后没动静，冷笑了一声，转身拿过踏雪腰间的锦囊，接着从里面拿出一枚烟点燃，那烟“嗖”的一声便飞上了天空。

小小的一团烟，却是抹掉人性命的信号。季曼面前的两个人看见这信号，便已经朝季曼伸出了手。

季曼逃无可逃，于是咬了咬牙，一把推开面前两个人的手，一个翻身便往江里栽。

跳江还有生还的可能，落在那两个人手里，就一定是没活路了。季曼感觉到冰冷的江水淹没了头顶。这是隆冬，一点准备也没有就这样跳下来，即使她会游泳，手脚也抽筋了。

“救……”拼命抓着船身上的挂绳钉，季曼努力将头伸出水面，喊了那么一个字。

冰凉的水跟利剑一样，将她从头穿透，好几次她都觉得自己像是要猝死了一般，脑子里却倔强地有着最后一丝清明。

船上两个人没有跟着跳下来，毕竟不是谁都有勇气在这天气里跳江的，哪怕他们的主子正在前面看着。

赵辙望着远处船边挂着的那一团东西，那是聂桑榆。再过半个时辰，就算他不动手，她也会被冻死，抑或被水冲开抓着挂绳钉的手，淹没在无边的江水之中。

他知道她今天必死无疑，这也是他安排的。既然聂桑榆不肯配合他，那他就只能剪断这条宁聂这两家纽带了。明日这便是一桩无头案，聂家自然不会与宁家轻易罢休，到时候两家对立，就是他坐收渔利的最好时机。

他是这样想的。

“主子。”踏雪看着太子停下来的弹琴的手，有些担忧地喊了一声。

赵辙沉默了一会儿，问：“你瞧瞧她是不是还挂在那里？”

踏雪看了一眼，点头。

赵辙顿了顿，抚着琴笑了一声：“她倒是倔强。明明是个女子，谁给她养成的这样的性子？你瞧瞧，江水这么冷，换个人下去，哪里还有力气像她那样抓着？”

踏雪看了一眼后便将头别开，不再去看江水里那人。虽然一将功成万骨枯，他跟着太子，早就看惯了生死，但是要这么眼睁睁看着这个无辜的女人这样挣扎，心里到底还是有几分不忍。

“爷，这里风大，不如先回房吧。”踏雪道。

赵辙点点头，手压琴弦，琴声戛然而止。他起身将琴抱在怀里往回走了两步，却终究停下了步子。

“踏雪，父皇常说，做大事不拘小节，对不对？”他的声音很轻，甚至有点恍惚。

踏雪无声地站着。

“我不应该心软。”赵辙抬了抬嘴角，手指却在六弦琴上收紧，“但是……还是将她捞起来吧。若是她已经断气，那也算我尽力了……”

被江水冲刷了这么久，又是这么冰寒的天气，她怎么都该已经断气了吧……赵辙在心里这样安慰自己。聂桑榆应该是已经死了，他捞她起来，应该不会坏事。

听着主子的吩咐，踏雪眼里有些犹豫，却还是将绳子绑在船的桅杆上，自己顺着滑下水去，然后一点点放长绳子，直到能够到聂桑榆。

但是，漆黑无声的黑夜里，在赵辙犹豫的间隙之中，早有人悄悄醒来，在船侧放下了绳子，将人安静地抱了上来。

于是踏雪拉着绳子过去，只看见船侧垂下来的绳子以及空荡荡的挂绳钉。

有人还醒着？踏雪打了个寒战，不敢相信地抬头看了看。

船上一片黑暗，早有人听了太子的吩咐，在晚膳里下了迷药。为防万一，那些人还在各间屋子都点了迷药，应该是不会有人还醒着。

那会是谁下来，将聂桑榆给救走了？

踏雪想着，将前面的绳子松松地挂在了挂绳钉上，然后顺着那条绳子一路爬上了船。

地上的水迹一路延伸，倒是很好找人。踏雪跟着一直走，却突然看见二楼的房间外头，站着一个人。

“踏雪大人的功夫不错。”宁钰轩好像在观赏江水，听见脚步声，便侧头看向来人笑道，“这么晚不睡，跑到这艘船上来，可是太子有什么吩咐？”

陌玉侯没有中迷药？踏雪脸色白了白，七尺的汉子，难得觉得后背有些发凉。

是陌玉侯救了聂桑榆？那他是不是也就知道了，是太子要朝聂桑榆下手？

不，他只是听太子命令来救人的，陌玉侯没有证据，也不知道船上的人是太子安排的，怎么会怀疑太子？是他慌了阵脚，在陌玉侯的凝视之下，竟然差点暴露了自己的目的。

定了定心神，踏雪道：“太子半夜未眠，在前头船上看见这里有歹人要谋害宁夫人，故而让属下来相救。却不知侯爷已经将人先救走了。”

“有人要谋害聂桑榆？”陌玉侯一脸茫然，随即转身过去推开聂桑榆的房间。

见床上躺着一个人，睡得好好的，宁钰轩回头看着踏雪道：“踏雪大人眼花了？桑榆在屋子里睡得好好的，谁要谋害她？刚刚是明杰半夜不睡觉四处乱跑，才将我吵醒了。我又何来的去救人一说？”

踏雪呆住了，抬头看看宁钰轩的衣裳：穿着一件狐毛披风，干净得很，一点也没有水迹。刚刚若是陌玉侯下江救人，到他上来寻人这么短的时间里，陌玉侯肯定没有机会换衣裳。

这么说，陌玉侯压根儿不知道聂桑榆出事了？

踏雪觉得迷糊了，眼前的宁钰轩的表情看起来比他还茫然无辜，他也自然不能多停留，只道：“如此，可能是太子没有看清，也许那里是挂着什么衣裳叫人看错了吧。”

“嗯，踏雪大人也早些回去休息。”宁钰轩打了个哈欠道，“明杰不知道在捣鼓什么，半夜吵得很，现在可算安静了，我要回去睡了。”

“在下告退。”踏雪原路返回到第一艘船上，将刚刚与宁钰轩的对话一字不漏地转给了赵辙听。

“不知道聂桑榆被人害了？他的衣裳还是干的？”太子听着聂桑榆被救走的消息，避开了她的生死不谈，先问了这么两句。

踏雪老实地道：“属下觉得不太像是侯爷，他说是被宁大人吵醒的，而且打开聂桑榆的房门，床上还有人躺着。”

“你怎知躺着的就是聂桑榆？”赵辙抿唇，“看过脸了？”

踏雪低头，他只是太子洗马，怎么可能闯人家妇人闺房去看人家睡着的脸？况且侯爷还在旁边，自然不可能让他去看。

赵辙叹了口气：“这倒是奇怪了。到底是谁救了聂桑榆？我总觉得宁钰轩很可疑，你却相信不是他？”

“属下觉得有可能是宁大人。”踏雪想到一个细节，道，“属下是跟着水迹一路找过去的，到侯爷房门口的时候，水迹还在往前延伸。”

宁明杰？太子顿了顿，这个人他很想拉拢，父皇也说宁明杰有辅国之才。只是怎么莫名其妙地，宁明杰会卷进这件事里来？

“爷不想追究这两个人为什么没有昏睡的原因。”太子揉了揉额头，“若明日聂桑榆是平安无事的，你就和那两个人都给我去江里泡上一个时辰吧。”

踏雪抿唇，半跪下应道：“是。”

聂桑榆的呼吸微弱得已经快断掉了，宁尔容一脸惨白地替她换了干衣裳，又给她盖了厚厚的被子，但是情况一点也没有好转。

“怎么会这样？”宁尔容急得快哭了，“不就睡了一会儿，桑榆怎么就变成这样了？”

宁明杰缓缓地摇头。他半夜突然惊醒，就被人引到船侧看见了江里的聂桑榆。远处还有太子的人正在靠近，他顾不得许多，只能先将她捞了上来，带到尔容房里。

哪知尔容是昏睡不醒的，他喊了许久，也不见她醒来，最后他用上了银针，才让尔容有了神智。

屋子里还有迷药残留的味道，这看起来像是一场蓄谋已久的杀害。

宁尔容搓着自己的手，暖和了一些就去捂聂桑榆的脸。她的脸真是冰凉，跟死人没什么两样了；但是摸一摸她的脉搏，就知道她还是活着的。

“你脱了衣裳，去抱着她睡。”宁明杰心里有些慌，吩咐了宁尔容一声，就回房

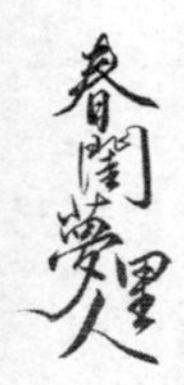

去拿药。

以前遇见的疯癫和尚给过他一丸药，那药是用他一块家传的玉佩换的，说是偏炎性，有暖身回血以及续命的效果。当时府里的人都不相信，连父亲都说他是上当了，可是他还是一直带在身边，总觉得会有用。

今天除了试试也别无他法。若那和尚真是骗子，他就要让天下的寺院下通缉令，要寺院不准给那和尚斋饭吃！

拿了药，碍着礼节，宁明杰闭着眼走到床前，伸手摸到聂桑榆的嘴，然后将药丸给塞了进去。

宁尔容被聂桑榆冷得浑身发抖，却还是紧紧地抱着她。被子里的暖手炉换了好几个，聂桑榆的身子才终于渐渐有了些温度。

“好像缓过来了。”宁尔容欣喜地道。

宁明杰背对着她们坐着，闻言心里有一块石头落了地：“她定然是要生病的，身子也可能比以前差。今晚你先好好照顾她，等明日天亮，不要同人说她今晚的凶险，就说她来找你同眠，然后染了风寒。”

“好。”宁尔容虽然不明白为什么，但是相信自家哥哥说的话总没错。

“你有爱过一个人吗？”

虚无的空间里，有一个安静的声音这样问季曼。

这声音季曼很熟悉，因为平时从聂桑榆喉咙里发出来的，也是这个声音。

“我为什么没有爱过？”季曼看着四周白茫茫的雾，干脆就地而坐，笑道，“到底是有过经历才得这样明白，没有人是天生的通透。”

“你爱过的人，放得下吗？”聂桑榆又幽幽地问她。

“为什么放不下？”季曼叹息一声，“人的感情哪有持续一辈子的？浓情期过去的时候，也就是爱情开始枯萎的时候。拿起这份感情的时候，我就有放下的觉悟。”

聂桑榆慢慢在白雾里显出身子来，不过这次，她的手已经透明得几乎看不见了：“你既然放得下，又为什么会看着堂少爷的脸，那么惊慌失措？”

季曼不好意思地笑了笑：“有些时候回忆突然汹涌上来，就像突然决堤的大姨妈，怎么都是要让人吓一跳的啊。我不是放不下他，那只能叫还记得而已。真让我跟那人再复合，我宁愿去找个社交网站相亲。”

沉默良久，聂桑榆又转过了身去。

“喂，你到底什么时候放我回去？”季曼叫住她。

“你现在还舍得离开钰轩吗？”聂桑榆慢慢回过头来，麻木的脸上有些微微的惊讶。

“为什么不舍得？”季曼挑眉，“他是你的宝贝，可不是我的。这样的男人从来不是我的菜。要不是为了让你放我走，我压根儿不会搭理他。”

聂桑榆皱了皱眉，明显眼里有些不满的神色。季曼哭笑不得，这女人，真是傻得可爱。难不成世上的男人就只有他宁钰轩好？所有的女人都爱他才对？

第二十九章

唯情字恼人

爱一个不爱自己的人，还死活不肯放手，这聂桑榆就像扑火的飞蛾，烧得翅膀都碎了还要挣扎着倒在离火焰最近的地方，可悲又可怜。

季曼恢复意识的时候就感觉身体好像刚刚被大火烧过，浑身难受不说，还滚烫滚烫的。她使劲儿睁开眼，就看见宁尔容正一脸开心地看着自己道:“桑榆，你醒了？”

屋子里好像很昏暗，除了宁尔容之外就没其他人了。季曼张了张嘴，宁尔容便慌忙去倒了水来，一点不温柔地给她灌了下去。

这也是个没伺候过人的，所以半点不知轻重。季曼被呛得咳嗽了许久，头还有些昏沉，半睁着眼问她:“谁救我回来的？”

宁尔容一脸凝重地看着她:“我哥哥救你回来的。桑榆，昨晚发生了什么？你怎么会掉到江里去？要不是哥哥，你可能都没命了！”

季曼努力想了想，记得自己是睡不着出来透气，然后看见前面船上的太子，再然后就被两个黑影逼得跳了江。

太子？身体一个激灵，季曼突然回想起昨晚太子那幽静绵长的琴声，以及她如何呼喊，也没有任何人醒来的两条沉寂的大船。那一切都像是一场噩梦，她醒来，幸好还活着。

谁要害她？季曼没有想明白。如果是太子，他就不怕她活下来告他一状吗？

“夫人。”门被轻叩了两下，锦瑟的声音在外头响起，“您不在房里，侯爷正找您呢。”

季曼回了神，浑身还没有力气，额头有些发烫，脸色想必也是惨白，这如何不让人起疑心？她朝宁尔容看了看，见尔客朝自己使了个眼神，就转身去打开了门。

“桑榆生病了。昨儿她来我这儿睡，结果不小心感染了风寒。”宁尔容看着外面的锦瑟，脸上没什么表情，“堂哥大早上的找什么人？有你伺候着还不够？”

锦瑟微微有些尴尬，往屋子里看了一眼，就屈身离开了。宁尔容没好气地翻个白眼，关上门回到聂桑榆床边，伸手拿了一边的药道：“这药还是哥哥亲自给你熬的，你先喝了出出汗。说来也奇怪，昨天好像所有人都睡得很沉，我叫了白芷许久她也没能起来。”

屋子里已经什么痕迹都没有了，众人都是晌午才起来的，压根儿不觉得昨晚有什么不对。

宁钰轩没一会儿也来了宁尔容这里，见聂桑榆真是一脸病容，才淡淡地道：“好生休息吧。”

“侯爷昨晚有没有听见什么奇怪的声音？”季曼看着他的眼睛问。

宁钰轩静静地回视她，眼眸深得和江水一样：“没有，我睡得很好。”

季曼点点头，见宁钰轩转身走了，心里也终于明白了。

这事十有八九是太子干的，太子想无声无息地除掉她，却没想到让她逃过一劫。但是就算现在她猜到了凶手是太子，也没有任何证据可以指证他。她是聂家的人，聂桑榆也没有全心全意相信她，所以就算她去告诉宁钰轩昨晚的事情，也是一点用都没有的。

看来她在这里要好好活下去，也是挺困难的。季曼苦笑了一声，喝完药就安静地躺回去睡觉了。

宁明杰没有将聂桑榆落水的事情告诉其他人，除了聂青云。

这条船上没有人讨厌聂桑榆了，因为她一路上处事都很大方得体，完全打破了人们以往对她的印象；加上她不抱怨什么，有辛苦的事情也愿意去担着，故而众人对她的好感度已经大大提升。但是真心对她、为她好的人，宁明杰觉得只有两个：一个尔容，一个聂青云。

至于宁钰轩，宁明杰觉得他不卖掉聂桑榆，已经是很难得了。当聂青云知道这件事的时候，沉默了一会儿就想去找宁钰轩，宁明杰连忙拦住他。

“找他于事无补。”宁明杰淡淡一笑，捏着手里一块碎了的玉佩道，“昨晚有人往各个房间里投迷药，却也有人在我与桑榆的房间里放了解药。那人用心之良苦，让在下钦佩不已。不过我不知道那人身份。他随手拿了玉佩砸我的门，我就拾得这一片玉佩碎片。”

拿玉佩砸门，想来也是一时情急并且不在乎金钱的人了。聂青云接过宁明杰手里的碎玉看了看，普通的材质，碎成这样也看不清原来上面是什么花纹的。这船上的人都是皇亲国戚，一块玉佩谁都砸得起。

聂青云皱眉想了想：“会不会是钰轩？”

宁明杰顿了顿，摩挲着玉佩道：“应该不是。若是他，何苦多此一举？”

想想也是，若是宁钰轩知道桑榆要被害，直接救不就好了，何必引别人去？聂青云摇头叹息一声，桑榆受了这样大的委屈，还不能让侯爷做主，不知道该多难受，自己还是得赶紧去看看。

宁尔容守着桑榆让她安睡。今天中午船靠岸在钦州，众人便都在那里用膳。宁钰轩也没让人来叫聂桑榆，只是吩咐了甘草和灯芯去端饭回来。

甘草一边揉着脖子一边将饭菜放在桌上，低声嘀咕：“昨天晚上是不是做噩梦了？醒来的时候头上撞了好大一个包。”

灯芯念着主子的病，本来愁苦着一张脸，听着这话也忍不住回头笑她一句：“你昨天肯定是梦游了，不然好好地在我们房间里睡着，你怎么就跑到主子床上去躺着了？”

甘草连忙摆手，看着一边的宁尔容小声地道：“堂小姐可别告诉主子。奴婢昨晚不知怎么回事，明明睡得很沉，但是今天醒来的时候，竟然是睡在主子床上的，而主子却来了您这里。”

宁尔容歪着头疑惑地看了甘草两眼，不过想到这两人是桑榆信任的，也就道：“无妨，兴许真是梦游了。”

甘草微微松了口气，虽然主子大度应该不会计较，但是要是让人知道自己一个丫鬟睡在主子床上，到底是不合规矩的。

皇上与众位皇亲在临水楼用膳。太子与陌玉侯同桌，见他身边的位置空着，便笑着问：“桑榆可是有什么不适？”

“听说昨儿半夜睡不着跑去找尔容聊天，结果感染了风寒。”宁钰轩一脸镇定地道，“她不能下来吃饭，我已经让丫鬟给她送回去了。”

“风寒？”太子微微挑眉，“没有大碍吗？”

"这个钰轩不知，早上去看过一回，虽她的脸色有些难看，但是人还是有精神的。"陌玉侯转头看向宁明杰，"明杰的脸色看起来也不太好。你昨儿半夜没有睡觉，搬什么东西？将我都吵醒了。"

宁明杰和聂青云心里都是一跳，昨晚上宁钰轩也醒着？现在他居然这么问，难不成宁明杰要说自己是下水捞人了，所以也着凉了？

顿了顿，还没来得及开口，赵辙就已经看着宁明杰道："昨晚宁大人是不是做什么事去了？"

"无事。"宁明杰垂了眼眸，没有戴面具的脸上看起来一脸无辜，"只是昨晚睡不着，四处走了走，吵着钰轩了吗？"

"也还好。"宁钰轩微微一笑。

桌上突然一片沉默，几个男人心思各异。赵辙意外地发现自己心里倒是没有多少生气的意思，只是想着聂桑榆还活着，自己还得下第二次手，心情有些复杂。

赵辙听着他们刚才的对话，知道昨晚救了聂桑榆的人就是宁明杰没错了。赵辙又看了宁明杰一眼：除掉面具的宁明杰丰神俊朗，完全符合现在那些文人雅士所追求的风华；加上他才华不俗，行事也在规矩之内，上次护三皇弟也有功，估计回去就可以一路攀升了。

可惜叫他知道了自己要对聂桑榆下手的事情，本来可以拉拢的人，现在就只能拱手让给三皇弟了。叹息一声，赵辙斜睨了陌玉侯一眼。这人半分没有关心聂桑榆的意思，甚至都没有问她是不是真的只是感染风寒，真真是无情。偏巧，他就喜欢陌玉侯对聂桑榆无情。无声地笑了笑，赵辙低头继续用膳。

饭后，三皇子以表哥的身份，和聂贵妃一起去探望聂桑榆。聂青云自然也在一路，倒是宁钰轩看着这么多人，说了一句："那屋子不大，你们这么多贵客，我就不去凑热闹了。钦州也有些小东西，我带锦瑟去逛逛。"

聂贵妃又恨又气，犀利的目光一下子射过来，但是陌玉侯就当没有看见，搅着锦瑟就走了。

季曼正睡得好，就被人摇醒了。宁尔容急急忙忙地道："好多人来看你了，桑榆，你快醒醒。"

病人是需要好好休息的，这探病探得季曼反而不得安生。季曼痛苦地拿软枕垫在腰后坐起来，又让宁尔容拿粥来用了点润喉，才开口说了话。

由于风寒是传染性疾病，聂贵妃等人探病都坐得远远的，隔着床帐问她："怎么好端端的就生病了？"

季曼苦笑道："姑姑不用担心，就是轻微的风寒，睡一觉就好了。"

三皇子轻叹道："大哥也真是不懂事，这个时候送了女人给钰轩。男人都是贪新鲜的，这会儿他竟抱着人出去了，哪里还有顾你的意思。"

季曼闻言，忍不住惊讶地抬头。可惜她忘记床帐是放下来的，就算她再怎么看，也看不见三皇子的表情。

只是这声音听起来却像是真真为她抱不平，若她正在伤心，怎么都要跟着怨上太子了。可是她不伤心啊，这话听起来就有些三皇子在引她怪罪太子的意思。

她记得聂青云和宁钰轩都说，三皇子为人洒脱，无心政事，寄情山水而已，故而让聂贵妃很是操心。可是从三皇子送游记到上次解决离州干旱问题，再到这次他说的话，季曼总觉得，这个人好像没有那么出世啊，半个身子还依旧卷在这红尘利益纷争之中。

不过也许是她想多了，这屋子里现在留着的都是亲戚，三皇子说话随意一点应该也没什么。

"侯爷若真看上那位锦瑟姑娘，桑榆自然也没什么话好说。"她想了想，选了个温和一点的说法，"但是侯爷说过，等回了京城，是不会带锦瑟姑娘回府的。"

"你倒是天真，当真信了他的话？"聂贵妃连连摇头，"若是那女人怀上陌玉侯的孩子，陌玉侯又怎么可能让她流落在外？"

说起孩子的问题，季曼原先还没注意，现在倒是觉得，怀上宁钰轩的子嗣是不是也太艰难了些？六年之中无所出的不仅是她，还有各房妻妾也是一样，也就后来慕水晴怀了一个，之后就再也没谁有消息了。

想怀宁钰轩的孩子，倒不是个容易的事情。季曼觉得聂贵妃的担心是多余的，但是为了让聂贵妃宽心，她也只能温声道："桑榆会注意一些的。"

"你是个聪明的孩子，用不着姑姑多说。"聂贵妃道，"只是你自个儿的身子，得注意好。晚上本宫让捧书再给你送点药。"

"多谢姑姑。"

聂青云一直在旁边没有说话，等聂贵妃和三皇子说完了起身离开之后，他才关上门，一脸严肃地问："桑榆，你觉得是谁要害你？"

"哥哥不必问这个。"季曼隔着床帐道，"以后我会更加小心防备，不会让人再有下手的机会。"

"连是谁都不知道，还怎么防备？"聂青云皱眉道，"你手无缚鸡之力，再遇见这样的事情，又没有明杰那样的人救你，你该怎么办？"

一字一句里都是真真切切的关心，季曼的心软了下来。聂青云这哥哥当得太尽职，让她都有些不好意思瞒着他这么多事情。但是她只能瞒着，给他知道是太子的计划也是有弊无利的事情。

季曼捂着头，难得地撒娇道："我头疼，哥哥不如与尔容一起帮我炖个鸡汤？我记得船上有炉子的。"

病人为大，桑榆毕竟是女儿家，他也不指望她能知道多少事情。聂青云叹息一声，起身道："你想喝鸡汤，我帮你去炖，尔容就留在这里照看你吧。"

"不行。"季曼连忙道，"我喜欢吃尔容炖的蘑菇和哥哥煮的鸡，你俩去一起帮我熬一锅子。我不管，我是病人！"

这明摆着的要把他俩凑一块儿去，聂青云也是哭笑不得，只能转头看着一边的宁尔容道："舍妹无理取闹，郡主可愿与在下一同去厨房？"

要宁尔容亲手做东西自然是不可能的，聂青云只是打算让她站着看罢了。宁尔容却有些慌了，炖蘑菇？怎么炖？她上次就跟桑榆学了煮个汤，还不会炖蘑菇啊。

但是心上人就站在面前，微微低身请她去，她也不可能拒绝。宁尔容红着脸点点头，挣扎地看了聂桑榆一眼，就跟聂青云走出了房间，只吩咐了白芷留在这里继续好生照顾。

君子远庖厨，聂青云也不是当真会做饭，只是按照聂桑榆的喜好，将要求告诉厨娘，然后站在一边看厨娘做。

宁尔容见是这么个做法也就放心了，乖巧地站在聂青云身边，时不时偷看他一眼，小女儿姿态十足。

"多谢郡主照顾桑榆了。"聂青云觉得一直沉默有点尴尬，于是找了个话头开口。但是，感情方面有些木头的人，这话问出来明显就让人家姑娘不开心了。

"桑榆是我的手帕交，照顾她是应该的。你这样谢我，倒是显得我是外人了。"尔容撇撇嘴，有些委屈。

聂青云太宠着桑榆了，她看着偶尔都会有些嫉妒。但是想想他们是亲兄妹，她也就宽了心。将来自己嫁给他，他应该也会这样宠着自己的吧。

"郡主不是外人。"聂青云抿唇，认真地道，"回京之后，你我差不多就该成亲了。"

婚事定在年初，宁尔容想起来都觉得高兴："对啊，到时候你可别嫌弃我不会持家。"

"怎么会？"聂青云的眼神飘忽了一会儿，最后坚定起来，"不过，桑榆与陌玉侯的事情……若是桑榆在侯府过得不开心，那干脆便让他们和离了吧。聂府养一个女儿还是养得起的。”

宁尔容震了震。和离不是那么简单的事情，更何况是聂、宁这样的大家族，怎么可能？

“聂贵妃也不会同意的吧，还有老夫人。”宁尔容望着旁边的人道，“聂家与宁家世代交好，总不能因为他们两个而生了嫌隙。”

聂青云轻轻皱眉，很是老实地道：“我以为你我成亲，也算继续维系两家的关系，桑榆的日子至少能好过一点。”他这个当哥哥的，总是时时刻刻为妹妹着想。他与母亲欠了桑榆太多，总得有所补偿。

但是这话说出来，宁尔容脸色就白了，慢慢地低了头，手里的帕子都捏得起了褶子。

女人的心是细腻而敏感的，聂青云都说了这样的话了，宁尔容难免往不好的地方去想。

他答应与自己成亲，是为了让桑榆能轻松一点吗？好像看起来是这样，因为聂青云最开始是不想与自己成亲的；后来是桑榆去劝他，他才点了头。结果他还是不喜欢她，只是因为桑榆，才要娶她？

要是以前，她现在一定会大闹一场，宁可不嫁也不愿让自己受委屈；但是现在……宁尔容看着旁边这人碧色的长袍，两人这是头一回相处这么久，一年多不见了，聂青云变得更让她喜欢。他生气的时候嘴唇会抿很紧，害羞的时候脸上没有表情，耳根子却会发红；他喜欢磅礴大气的山水诗词，又喜欢触手温润的暖玉佩饰；他眉目间温和得像他腰上的清风珮，又不会似旁人一般阿谀奉承，永远是谦逊却不卑微的样子。

她这样喜欢他啊，所以不顾女儿家的矜持，也要求老夫人做主去说亲事。她不在意旁人在背后如何说自己，只要能跟他在一起就好。她哪里知道，这人要是不喜欢她，无论她怎么喜欢都没有用的。

“汤应该一会儿就好了，聂公子先看着吧，尔容先回去看看桑榆。”匆匆丢下一句话，宁尔容落荒而逃。

聂青云还看着那锅子里淡黄色的翻滚着的汤发呆，身边的人却已经一溜烟跑掉了。他张口想说什么，却也来不及拦住她。她怎么走了？他低头反省自己，是不是自己太不会找话题，她觉得无聊了？

宁尔容走得很快，到了门口，努力平息了一下呼吸，才坐到床边去。“你怎么

一个人回来了？”季曼艰难地抬了抬眼看着她，“不是让你和哥哥一起吗？”

宁尔容沉默了一会儿，努力扯着嘴角笑了笑：“他一个人在那里就够了，我回来陪陪你。”

季曼看她的神色就知道两人肯定有什么不愉快。宁尔容脸上是藏不住事情的，现在一双水汪汪的大眼睛都委屈得快要哭出来了。

“发生什么了？”季曼心里叹息一声，还是得坐起来，担任起居委会大妈的角色。

“没事，就是想到要嫁给你哥哥了，有点高兴。”宁尔容笑得自然了些。

这是婚前恐惧症不成？季曼看了她一会儿，道：“有什么烦恼你告诉我就是，我帮你想办法解决。”

桑榆也是真心对自己好的啊，宁尔容吞回了喉咙里的委屈，笑道：“好。”

只要能嫁给他，其余的她都可以不在意。不管他是为了什么跟她成亲，她都可以努力，让他爱上自己。

“桑榆，你想过离开侯爷吗？”过了一会儿，宁尔容很是认真地问了这么一句。

离开宁钰轩？季曼微微一笑：“我每天都在思考这个问题，但是想了想也不可能，所以就放弃了。”

“可能的。”宁尔容小声说了一句。

“什么？”季曼扬眉，宁尔容的声音模模糊糊的，听不清在说什么。

“没什么，你先继续休息吧。”宁尔容笑着将她按回被窝里去，“再不好，可又要接着失宠了。”

季曼觉得宁尔容有事瞒着自己，不过看这小丫头拼命掩盖眼里的委屈，自己也就不好去拆穿了。

至于失宠，谁在意这个东西？她都从鬼门关旅游了一圈回来了，还在意宁钰轩是陪在她床边还是抱着女人出去逍遥了吗？

到晚上安宅的时候，宁钰轩才去了宁尔容房间里接聂桑榆。

第三十章

病来如山倒

船上睡着到底不舒服，皇上吩咐众人在钦州刺史家安宅。宁钰轩站在床边有些嫌弃地看了一脸惨白的聂桑榆，伸手道："起来吧。"

季曼哪里能动，烧退了，整个人还是软绵绵的。聂青云在旁边都看不下了，沉着脸道："还是我来将桑榆背下去吧。"

"哪就这样娇弱了，披风裹厚一点，难不成不能走路？"宁钰轩将旁边的棉披风给取了下来，转头看着聂青云和宁尔容道，"你们先行一步吧，我带桑榆去就可以了。"

就是你带，才没有人放心好吧？宁尔容皱眉看了他许久道："堂哥，桑榆的病没有好，出去又要吹风，你别太折腾她。"

宁钰轩笑道："我知道分寸的。"

季曼在心里骂了一句，头一抬起来就还是一阵阵犯晕。她总觉得宁钰轩这架势是要拖着她的腿把她一路拖上岸似的。

毕竟这两人是已经成亲了，宁尔容和聂青云也不好多说什么，就带着人先走了。房门合上，宁钰轩就悠闲地拿了她的一套棉裙和首饰，将她扶起来换上衣裳，然后随意将她的头发绾在背后，再给裹上棉披风。

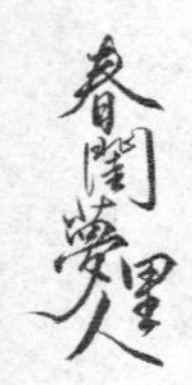

季曼很想说，这红色的披风搭配绿色的长裙真的是很难看，但是宁钰轩都没有要同她说话的意思，给她收拾好了就转身出去，让甘草和灯芯将锦瑟找了来。

宁钰轩道："扶夫人下船。"锦瑟安静地点头，一点意见也没有，伸手就来扶聂桑榆。

季曼也没推辞。她身上没力气，只能整个挂在锦瑟的肩上，跟块海绵一样地往外走。

江上风大，季曼裹紧了披风，只露出一双眼睛在外头。不过侧眼看见船下的江水，想起这水冰凉刺骨的感觉，季曼觉得自己好像开始晕水了。

晚上的时候聂贵妃送了汤药来给她，并且拉着陌玉侯说了许久的话，说聂桑榆跟着出来，一路上伺候得这样周到，侯爷不能因为她生病了就置之不理；还说了老夫人的期望，以及上升到聂、宁两家关系的问题。

季曼听着都觉得头大。聂贵妃有时候真的极其啰唆，而且她的意图明明很明显，就是想让陌玉侯宠幸聂桑榆陪着聂桑榆，偏偏绕了好大一个圈子，听得怪累的。但是宁钰轩脸上竟然没有一点不耐烦，微笑着听完，脸上竟然还有些惭愧的神色："钰轩知道了，多谢贵妃娘娘教诲。"

聂贵妃见他终于肯听进去话了，高兴地夸了他许久，才让人扶着回去了。

是夜，宁钰轩与季曼一起歇息在一间房里。季曼躺着睡得迷迷糊糊的，身子又开始滚烫起来。她这次能捡回一条命来就是奇迹了，故而也很珍惜自己的小命。感觉到不对了，她就连忙翻身喊："侯爷。"

由于聂桑榆的风寒未好，宁钰轩是睡在外头的软榻上的，闻声也没动静，估计是睡得有点沉。

季曼艰难地掀开被子起来给自己倒了杯水。她那床铺上总是觉得有些热，而且越睡越热，身子偏偏还滚烫，想找个凉快点的东西冰一下都不行，很是折磨人。于是她在屋子里站了一会儿，发现炭火烧得极旺，便去开了点窗户。

冷风一吹，她刚舒服一点，就觉得头又昏沉了。窗户在软榻的头边，季曼没多想，就按就近原则选了那软榻躺上去。

软榻没有床铺那么热，温度倒是合适。里头的宁钰轩侯正睡着，季曼想着软榻这么大，既然叫不醒他，那她这么睡也没关系。要是第二天宁钰轩被她传染了风寒，那就只能怪他免疫力差了。

季曼迷迷糊糊就又睡了过去。她的身体一直一会儿冷一会儿热，热起来的时候，就会蹭到凉快的地方去，等冷了，又会把所有被子抢过去裹得紧紧的。

宁钰轩睁着眼，就看着她一会儿滚过去，一会儿滚回来，一会儿舒服地抱着他，一会儿又一脸嫌弃地将他推开。

真是跟醒着的时候一样难伺候，宁钰轩哼了一声，摸了摸她的额头，翻身过去将屏风上挂着的衣裳拿过来。衣裳的袖袋里放着一个小盒子，里头是一丸指节大小的药，他将药融了水直接给她灌了下去。

季曼在睡梦里都有些挣扎，宁钰轩板着脸道："不是毒药，是免得你烧坏脑子。要是脑子真坏了可别怪我不要你。"意外地，季曼安静了下来，宁钰轩便将药灌完，安心地躺回去睡觉。

第二天醒来，季曼觉得轻松了不少，虽然还是头昏脑涨，心里也有些闷，但是精神了不少。

一大早就没看见宁钰轩，季曼也懒得问他去哪儿了，就和宁尔容一起用一点小米粥。

"听说皇上在处理钦州的冤假错案呢。"宁尔容兴致勃勃地道，"还真是有些意思。这钦州一向是冤假错案频繁发生之地，皇上本来只打算停留一天，却被一堆案子引起了兴趣，要太子和三皇子前去一起想办法破解。"

季曼点头。这倒是不难理解，皇帝一路上都在明着暗着考验两位皇子，一路上都是三皇子略胜一筹。听闻太子擅长破案，这也是他该表现的时候了。

"今天下午太子去查一桩无头尸案，三皇子去查少女失踪案，院子里一个人都没留下，可无聊了。"宁尔容叹息了一声。

聂青云也跟着去帮三皇子了，宁明杰本是不愿意掺和的，但是不知怎的，也心甘情愿地跟去了三皇子身边；倒是太子，只有一个陌玉侯当帮手。

季曼对这些案子没兴趣。她好不容易给聂桑榆养起来的身子，又被这一场大病搞坏了。等好一些，她还得想办法补回来。

下午的时候季曼午休，只有甘草和灯芯陪着。宁尔容跟着宁明杰凑热闹去了，季曼身子未好，自然走不得。

但是一觉醒来，屋子里安安静静的，甘草和灯芯都不见了，季曼一抬眼就看见了赵辙。

心里的阴影还在，季曼也摆不出太好看的脸色，只能平静地看着他："太子殿下可是依旧要桑榆的性命？"

赵辙微微一笑，道："你在想什么？本殿下怎么会要你的性命？"

见屋子里没有其他人，季曼有些紧张，但是抬眼看看门没有关上，想必甘草和

灯芯都在外头站着。

心里松了一点，季曼看着赵辙笑了笑："一击未中，再击且难，桑榆虽然自问没有对不起太子的地方，但是太子当真想要桑榆性命，也是容易得很。桑榆想活命，所以太子如果还想下手，就别再给桑榆留生机；否则，桑榆会咬您一口的。"

赵辙挑眉，听得忍不住笑了出来："你这话说得……桑榆，你真是多想了。都说病中之人心思重，你还是好好休息吧。本殿下不过查案到这刺史府，顺道来看看你罢了。"

他这表情十分无辜，好像她差点被害与他没有任何关系一般，连说话都是滴水不漏，她只能叹服太子不愧是太子。

赵辙起身就出去了，当真没有多停留。甘草和灯芯心有余悸地进门来，两个都低头不说话。

"他来了多久？"季曼问。

"回主子，半个时辰。"甘草小声道，"太子一进来就让奴婢们在门口守着，然后就搬了凳子坐在这里，奴婢们也不敢说什么……"

两个丫头胆子小，况且对方是太子，季曼能理解。只是赵辙吃多了没事情干，坐这儿一个小时干什么？用眼神杀死她？季曼不放心，让甘草去找了大夫来，将自己检查了一个遍，确认没有被下毒，才安心地继续躺回去。

在钦州待了三天，宁钰轩每天都早出晚归，季曼养病期间，也睡得早起得晚，所以两人虽然还是在一个房间，却是有好几天没见过面了。

病好的这天，锦瑟来跟她请安，乖巧地替她捶着腿道："侯爷说还有半个月就要开始从另一条河道北上了。"

"嗯。"季曼倒是不关心行程如何，不过在外头旅游的日子过得太舒服，不用给温婉请安，也不用天天伺候老夫人，简直是全身心的放松——如果没有人要害她的话，其实她还是不想那么早回去的。

锦瑟咬了咬唇，像是有话要说，季曼只当没看见。她才不会去问，还吞吞吐吐的，她还不想听呢。

"夫人觉得……锦瑟伺候得可算周到？"锦瑟终于开口问。

季曼微微笑了笑："这个周不周到得问侯爷，我是做不了主的。在外头你还喊我一声夫人，回到陌玉侯府，我也只不过是正室旁边立着的人而已。"

锦瑟知道聂桑榆不是正妻，但是这一路上看来，她觉得这个女人说话应该有些分量。陌玉侯虽然也对自己好过几天，但是已经明确告诉过自己，等回去京城，他是不会带自己进侯府的。

她有些不甘心，好不容易离开那肮脏低贱的地方，难不成又要回去？

咬咬牙，锦瑟朝着聂桑榆跪了下去，磕头道：“求夫人成全，让锦瑟留下吧。您去求求侯爷，侯爷一定会允的！”

季曼听得好笑，她哪里看出来只要自己开口，宁钰轩就会允？况且这种对自己半点好处没有的事情，自己干吗要去做？

“侯爷的心思，一贯不是旁人能左右的。”季曼微笑道，“锦瑟姑娘要是真想跟着侯爷，与其来求我，不如去求侯爷。”

锦瑟捏着手，有些凄惨地看了她一眼：“侯爷是不会听的……”

本以为那么不顾规矩地将她带出天香楼，陌玉侯多少应该对她有些好感。但是没想到，在他最最温柔的时候她说了一句想跟他回家，他的脸色就沉了，懒懒散散地道：“我不喜欢贪心的女人。”

拜倒在她石榴裙下的男人无数，偏巧这个陌玉侯，她是觉得没有办法。他不是油盐不进的人，但又牢牢守着自己的底线，半分也不许她越过。本是受人之命要竭尽所能伺候好陌玉侯，离间他与聂桑榆之间的感情，但是从见到聂桑榆开始，她就觉得很茫然。

离间感情，也得有感情才能让她想办法离间啊。侯爷一直陪着她，连聂桑榆生病都不去看，这夫人也丝毫不生气，还能这样笑盈盈地看着她。锦瑟不明白，自己到底该怎么做才会让聂桑榆生气？

现在她求聂桑榆让侯爷带她回侯府，本来也没指望聂桑榆会答应，只会以为这位夫人会态度强硬一点的，她也好回去跟陌玉侯哭个委屈。没想到从她进门到现在，聂桑榆一直是笑盈盈地，不主动为难她什么，连拒绝也是温声细语。这可怎么办是好？

铩羽而归，锦瑟坐在屋子里反省自己。身后的门被打开，陌玉侯有些疲惫地揉着额头道：“你怎么不点灯？”

见他回来了，锦瑟眼睛一亮，连忙上前去接了披风，为他倒了热茶，让他坐在软椅上道：“妾身一直在想事情，就忘记了点灯。侯爷今日还顺利吗？”

“嗯。”宁钰轩话不多，一副疲倦的样子靠着椅子。锦瑟也就不多问，轻柔地替他捏起肩膀来。

“你去找桑榆了？”陌玉侯闭着眼睛，轻轻揉了揉眉心。

锦瑟一顿，心里暗暗吃惊，面上却笑道：“夫人的病刚好，妾身去伺候了一

会儿。”

“倒是有心了。”宁钰轩微微弯了弯唇，“我累了，不想动，你去告诉她一声，今晚我在你这里过了。”

锦瑟一喜，连忙点头，扭身就出去了。

到底也是女人家，侯爷一连几天歇在聂桑榆那里，这病刚好，侯爷就走了，聂桑榆再怎么不在意也会有点儿生气吧？

锦瑟满怀希望地带着炫耀的神情去了聂桑榆的房间，抬着下巴告诉了她这个消息。

季曼正在吃葡萄干，闻言点头：“正好，你若是想留在侯府，就趁这个机会去跟侯爷说说吧。”

锦瑟愣住了，不敢置信地又将聂桑榆上上下下打量一遍，见她脸上当真是一片轻松，嘴里还嚼着葡萄干，眼神干净明透不带半分嫉妒的时候，终于收起了有些嚣张的气焰。锦瑟灰头土脸地告退回房。

“夫人，这女人好生奇怪。”甘草一边给聂桑榆捶腿一边道，“下午来的时候还一副可怜兮兮的模样，晚上来，就这般小人得志的嘴脸。真是窑子里出来的下作东西。”

季曼伸手喂了甘草一点葡萄干，笑道：“既然她这么不入流，那你还跟她计较个什么劲儿？她对我而言没有什么威胁，用不着担心。”

“可是……”甘草微微皱眉，“主子好不容易有这么长和侯爷相处的时间，现在全被她分去了。”

季曼觉得在这点上她还是很感谢太子的——锦瑟真是减轻了不少她的工作压力。

“无妨。”季曼将一盘子葡萄干都吃完了，舔舔嘴唇道，“歇了吧。”

甘草与灯芯都起身行礼，将灯吹灭，把帐子放下来，然后关上门就回自己房间了。夜深人静了，季曼怎么睡都睡不着，一闭眼就有一种窒息的感觉，翻来覆去良久，还是决定打开窗子透透气。

原本的房间让给锦瑟和宁钰轩了，季曼现在住在离宁尔容房间较近的一个厢房。窗子外头就是花园，花园中间有个亭子，里面有石桌、石凳。

现在那桌子边上有个人，坐着一动不动，吓得季曼差点尖叫出来。天上有月，借着月色一看，季曼看见了那人的侧脸，声音就吞在喉咙里，咕嘟一声咽下去了。

宁明杰听见开窗的声音，抬头看了她一眼。他所在的地方离她的窗户只有十步远，有什么动静他都能听得一清二楚。

“睡不着？”他轻轻问了一声。

季曼嘴角抽了抽，答也不是，不答也不是。大半夜，他们要是被人发现，那是要被浸猪笼的。所以季曼犹豫了半天，就伸了食指轻轻叩了一下窗台，表示应答。

宁明杰微微笑了笑。只是天色暗了，季曼又隔得远，也就没有看见这个笑容。“放心睡吧，我睡不着，就在这里看月亮。”他侧过身去，淡淡地说了一句。季曼怔了怔，那边的声音又轻飘飘地传来：“不会有人再能靠近你的房间。”

宁明杰是皇帝选的随侍，虽然是有让他保护安全的意思，但是现在他这样守在外面，保护她的安全，她还是觉得心里跳了跳，忍不住就道：“你不困吗？”

“白天睡得多了。”宁明杰老实回答。

季曼回想了一下，也是，今天白天一直都没有看见宁明杰的影子，还以为是跟着三皇子出去了，原来是去睡觉去了。

没有再说话，季曼将窗户慢慢关上，躺回床上重新盖好被子。有人在外头守着，她就意外地安心许多，没一会儿就睡着了。

一夜无梦，第二天起来也是精神抖擞的。季曼想去找宁明杰道谢，宁尔容却说：“哥哥好像是去睡了。”

季曼点点头，想了想，转身去吩咐厨房买自己想要的食材回来。宁明杰熬夜也辛苦，她做点小吃给他，也好让自己打发时间，不然枯坐着多无聊。

睡得好心情也好，季曼卷了袖子，哼着歌开始做两盘小炒，不怕冷的油炸点心，还做了整整一只荷叶鸡。

厨娘在旁边都看呆了，见她忙活了两个时辰——切菜、下锅、蒸糕、装盘，看起来熟练得很，一点也不像大户人家的娇气夫人。

宁钰轩问甘草聂桑榆在哪儿，甘草便带着他来了厨房外头，低声道：“夫人在做吃的。”

老远都能闻见香味，宁钰轩挑眉，这女人难不成改了性子，终于决定要争宠了？不是不管他怎么宠着锦瑟，她都无动于衷吗？

轻哼了一声，宁钰轩转身就走，走了两步却又停下来对甘草道：“等会告诉她，我找她有事。”

“是。”甘草屈膝，看侯爷今天心情不错，心想找主子应该不会有什么坏事。

季曼做完吃的，用保温的大红檀木食盒给装了，先放在厨房，吩咐厨娘晚上的时候热一热；跨出厨房的时候，甘草就说侯爷找她。

这会儿他能有什么事？季曼好奇地去了宁钰轩的房间，就看见他嘴角带笑地靠在软榻上，锦瑟坐在他怀里，一副调情场面。

嘴角微微抽了抽，她还是保持着良好的仪态上前行礼：“侯爷找妾身何事？”

宁钰轩看着她，抬了抬下巴，颇有些傲娇地道：“晚膳我与锦瑟一起用。”

“嗯？”季曼茫然，他跟谁用晚膳告诉她干什么？

宁钰轩揽着锦瑟的腰道：“你要是有空，将饭菜送到这屋子里来也可以。”

平时用膳都是大家一起的，也是在离州习惯了，人多还吃得热闹些。季曼扫了宁钰轩一眼，心想这人是不是“王子病”又犯了？他不去吃饭就算了，让丫鬟送饭不就完了，还让她送？

不过人在屋檐下，不得不低头，季曼还是屈膝应了：“好的。”

见那一张脸一点波澜都没有，宁钰轩本身很好的心情，突然就有些低沉了。什么时候能在聂桑榆的脸上见着一点正常女人该有的表情？不会吃醋，不会嫉妒，以前那样泼辣的人，现在竟然跟一潭死水一般。

宁钰轩突然有些怀念以前的聂桑榆。她至少会哭会笑，虽然有时候很烦，但是他能感觉到她的在意。而现在，无论他宠幸谁，无论他做什么，她都不会有什么反应了。本来是求之不得的，现在他却觉得恼，说不清的恼。

季曼什么也没感觉到，愉快地去吃饭了，用过膳之后，就将饭菜让甘草帮着给宁钰轩端了过去。

锦瑟有些战战兢兢地站在宁钰轩身边，宁钰轩看着桌上的菜，显然不太满意：“为什么跟平时厨房做的一模一样？”

季曼无辜地眨眼：“因为这就是厨房做的啊。”

宁钰轩一顿，抬眼深深地看着她：“你……”

“嗯？”

“没事。”宁钰轩垂了眸子，“拿下去吧，我不饿。”

“哦。”季曼当真就让甘草将饭端走了，反正饿的又不是自己。

第三十一章

归府新人见旧人

宁钰轩当真就没有用晚膳，一张脸阴沉沉的，坐在屋子里画仕女图。锦瑟站在一边，看那纸上慢慢勾勒的云鬓蛾眉，娇羞地问："侯爷可是在画妾身？"

宁钰轩笔顿了顿，仔细看纸上这轮廓，抿了抿唇——看线条的确有些像锦瑟，也有些像慕水晴，更有些像温婉。他搁了笔，轻笑道："画里美人，终究是没有画外来得真实，早些歇息吧。"言罢，他转身就要出门。

"侯爷？"锦瑟心里惊了，"您去哪里？"话出口，才发现这不是自己能问的问题，锦瑟连忙低头，退到一边去。宁钰轩脚步未停，径直去了聂桑榆的房间。

天色渐渐晚了，厨房送来的食盒还是温温的，季曼坐在桌边，拿了一小碟小炒出来，尝了一口，味道不错。

旁边的甘草小声道："主子做了饭菜，为何不给侯爷？"

季曼挑眉："谁规定我做了饭菜，就一定要给侯爷？我自己吃不行吗？"

灯芯跟着点头："是啊，你看侯爷跟那妖精在一起，半点没将主子放在眼里，主子又为什么要给他送菜？"屋子外想要抬头推门的人动作顿了顿。

灯芯的话虽然不是季曼想表达的意思，但是她也懒得解释。这两个丫头活泼可爱没错，忠诚度却不知道有多少，她总不能将要做菜给宁明杰的事情告诉她们。

“时候不早了，你们也去歇着吧。”季曼道。两个丫头收拾了房里，将她扶到床上放下帐子，才行了礼退下去。

刚跨出门槛，就看见外头的陌玉侯，甘草和灯芯都吓了一大跳，想喊一声，却被宁钰轩制止了：“我自己进去。”

灯芯想起自己刚刚说的话，也不知道侯爷听进去多少，怕他怪罪，连忙拉着甘草就走。

宁钰轩安静地走进去，将门合上，扫一眼垂着帐子的床，坐在桌边尝了一口小炒，脸上的阴霾轻飘飘地就散了。

季曼躺了一会儿，估摸着时候差不多了，就翻身起来打算开窗子看看宁明杰在不在。

结果一拉开帐子，她就看见外头桌子边坐着一个人，正将筷子无声地放下。

“你——”季曼被吓了一跳，脸都吓白了，浑身紧绷，生怕又是什么贼人。宁钰轩转过头来，看一眼她惨白的脸色，淡淡道：“是我。”

季曼心里一松，差点破口大骂。耗子偷东西还出个声呢，这人来这里不知道吃了多久，竟然一点声音都没有，不是故意吓人是什么？她刚刚就该装作不知道是他，一个花瓶砸过去喊抓贼！

宁钰轩心情似乎是好了，嘴角弯弯，睨着她道：“东西不吃，放在这里不是浪费？”

季曼一顿，连忙披了衣服下床来看。一食盒的饭菜，他竟然都给吃了？桌上只有几个空荡荡的盘子和两碟剩的小菜，一丝肉都没剩下。咬咬牙，季曼深吸一口气，微笑着问：“侯爷吃饱了？”

偷吃也不是什么光明正大的事情，宁钰轩轻咳两声，别开头道：“我是有些饿了，所以觉得这些菜尝起来还不错。”

言下之意是她做得也不是很好吃？季曼觉得以后真是要防火防盗，本来打算答谢宁明杰的东西，竟然被这个人偷吃了！

气闷地倒回床上去，季曼沉着声音道：“妾身困了，先安歇了，侯爷请自便。”难得见她有这样明摆着不开心的时候，宁钰轩起身走到床边，想了想，褪了外衣躺上去，伸手揽着她的腰。

季曼一个翻滚挣开他，朝着墙壁卷成一团，一副背上有刺的样子。

生气了？宁钰轩挑眉，倒是觉得有些好笑。他刚想说两句话逗弄她，却听见旁边的人轻声道：“算着时间，离回去也不久了，锦瑟姑娘侯爷打算如何安顿？”

宁钰轩挑眉，他还以为她不会跟他提这件事："你想让我把锦瑟带回去？"

季曼摇头："锦瑟姑娘的身份不合适；再说，若是带她回去，夫人定然会不高兴。"

想起温婉，宁钰轩眼神闪了闪。离开她这么久，也不知道她有没有懂事一点。聂桑榆说的没错，若是带了锦瑟回去，温婉是定然要不高兴的。

可是，他不可能一生只有温婉一个女人，温婉却固执地要他一心一意，这让他很是头疼；他也希望她能慢慢接受，不让他这么为难。

"锦瑟是调剂，我本身是不打算带她回去的。"宁钰轩慢慢地道，"但是看她伺候得周到，心里还是有些舍不得。"

万恶的一夫多妻制啊，季曼心里默默骂了一句，而后一本正经地道："侯爷还是顾及一下夫人的感受吧，回去家宅不宁也不好。"

"温婉有你说的这样无理取闹？"宁钰轩不乐意了，"你为什么总把人想那么坏？"

季曼回头看了他一眼，眼神有些无奈："就当是妾身心肠歹毒，把人想坏了吧。"这眼神看得他心里颇为不舒服，他皱了皱眉，却没有再多说。

一夜无话，身边有个人躺着，季曼也就很快睡着了。

接下来的一段日子，宁钰轩又日日在锦瑟处歇下，两人好得蜜里调油，看得聂贵妃担心不已地拉着聂桑榆说话。

"姑姑不用着急，眼看回京之期将到，不如先想想哥哥的婚事。"季曼笑道，"桑榆的事情，姑姑不用操心，等回了侯府就好了。"

聂贵妃更担心了："我就指着你这一路上能承宠怀个孩子，你却白白把恩宠让给那女人？"

"有失才有得。"季曼安慰她，"姑姑少操心些，好好休息，桑榆不会辜负您的期望。"

对此，聂贵妃将信将疑。船行九州之后，即将返京了，可是据她收到的消息，陌玉侯一共也才宠幸桑榆五次。

整两个月的时间，只有五次宠幸，聂贵妃觉得孩子是不用想了，现在只期盼这一路上桑榆良好的表现，能洗去以前的骂名，让陌玉侯看重两分。

事实是聂桑榆这一路的表现的确是很好，不仅各家夫人不再在背后嚼她舌根了，连皇帝回京之时，下旨赏陌玉侯的时候，都带上了她一份。

南巡一路之后再无什么风波，季曼每每打开窗户，不管是在船上还是宅院里，

都可以看见宁明杰的影子。据宁尔容说，她家哥哥是习惯昼伏夜出了，还因此抓着两回刺客，又立了功。有他守着，季曼再也没做过噩梦，也没有遇见什么危险。

回京的时候，陌玉侯带上了锦瑟。季曼不觉得有什么惊讶的，因为三天前，锦瑟被证实是怀孕了。虽然不足月查不出来，但是圣僧说她肚子里已有男婴。

众人回京之前去了一趟佛寺洗尘，这个圣僧是佛寺里的主持，皇帝颇为信任他，听他讲了半天的禅理。皇帝走的时候还留了墨宝赠予佛寺。

出于对皇帝眼光的尊重，陌玉侯默认了这个孩子，并且同意将锦瑟带回去。聂贵妃那个气啊，这简直是给他人作嫁衣了，桑榆都没有怀上！

季曼不知道为什么却心情甚好，晚饭之后还愉快地在房间里做瑜伽。有什么想不开的，她要是怀了身子回去，才真成了府里人的眼中钉、肉中刺，麻烦不知道有多少。现在好了，有个锦瑟顶上来，在路上就被陌玉侯带回来不说，还怀了身子，肯定比她刺眼多了，她可以安安静静在旁边看戏了，多好！

灯芯打开房门的时候就看见自家主子在床上扭着身子，脚背过来卷在肩膀上，整个人都很扭曲。

“主子！您不要想不开啊！”大叫一声，灯芯连忙扑了过来，吓得季曼差点扭到腰，嘴角直抽。这一声哀嚎响彻京城外的行宫，于是在临近回京之前，又有流言散开了，说是侯爷一路上桃花不断，逼得聂桑榆几欲自尽……

消息传回陌玉侯府的时候，齐思菱松了口气的同时，心又吊了起来——看来聂桑榆这两个月也没有讨着什么好，这让她开心了不少，但是，侯爷怎么又领了个女人回来？

而且，这个女人和慕水晴出身差不多，却是个实打实的风尘女子，比慕水晴的教养还不如。听说，这个女人又是太子送的？

慕水晴听见这样的消息，脸都青了。她好不容易安心养胎，现在肚子微微有些形状了，却来了个威胁到她地位的女人？

一府的女人都睡不安稳了，等到陌玉侯回府这天，不用温婉吩咐，各房各院都做了最好的打扮，等着人回来。

锦瑟自从被圣僧说了有身孕之后，整张脸都笑开了花，娇羞地一路依偎着陌玉侯不撒手。季曼本来觉得她挺安静的，可是她这一朝得势，就喜怒形于色，倒真不是个能固宠的。

上车回府之时，因着身份，本是该季曼与陌玉侯乘坐前面的马车，锦瑟与婢女们同乘；锦瑟却拉着陌玉侯的手不肯松，季曼也没有多说，自己去和甘草、灯芯坐。

于是车到侯府的时候，温婉上前一步，迎下来的就是陌玉侯和一个陌生的、娇滴滴的女人。

本是两个月不见，思念之情溢于言表，但是看着这场景，温婉的脸色沉了。

陌玉侯一路上显然是没有告诉过锦瑟府里的情况，所以一下来看见这么多女人，锦瑟也有点蒙，失神之下，也就没有行礼。

“侯爷路上辛苦。”温婉脸上是一点笑意也没有了，扫了锦瑟一眼便问，“这位姑娘是？”

宁钰轩道：“路上纳的侍妾，要劳你安排住处了。”这句话出来，众人脸上都不太好看。锦瑟大概是做了不少美梦，梦着凭借这个肚子可以一步登天，却没想到陌玉侯只给她一个侍妾身份，当下脸上也有些挂不住。而其余的女人打量着锦瑟，眼里都是不善的光芒。

“桑榆姐姐呢？怎么跟着侯爷风光地出去，这会儿反而没看见人了？”齐思菱轻声问了一句。

季曼弄了弄发髻，一身朴素的打扮，混在丫鬟堆里一起下车，颇有些狼狈地过来给温婉见礼：“夫人安好。”

温婉一看聂桑榆这模样，以前心里有什么怨气都消了，反而有些同情她。她跟着侯爷出去了又如何？还不是被人欺负了，还被一个半路上带回来的妓女爬到头上。换作是自己，早就气死了。

“我还从来没见过平妻被侍妾挤了车子的！”温婉盯着锦瑟，语气不太好地道，“到底是外头来的，不懂规矩也罢，以后跟着好生学学就是。”

一行人舟车劳顿，却被堵在门口不得进，宁钰轩的脸色有些不太好看，锦瑟也被当面给了难堪，垂着头不说话，场面有些尴尬。

季曼微微一笑，道：“时候也不早了，不如先进府。夫人想念侯爷，也要进去说话才是。”

有她打圆场，齐思菱也反应过来，上前去扶着温婉对侯爷道：“夫人准备了酒席，要替侯爷接风洗尘，咱们先进去吧。”

丫鬟、奴仆都纷纷开路，后头车上的宁明杰和宁尔容也下来了。宁钰轩垂了眸子，也没有去拉温婉，就一个人自顾自地往前走了。

温婉捏着帕子，颇有些委屈。难不成当真如她们所说，男人都是喜新厌旧的，

现在多了个女人，他连自己都不理睬了？

心下觉得难过，旁边却突然有人上来扶着她。“走吧，夫人。”季曼微微一笑，道。

齐思菱本来想来扶着温婉继续走的，奈何被聂桑榆抢了位置。不过她也不在意，见新来的女人还按规矩走在后头呢，故意放慢几步，便先去和锦瑟搭话。

“夫人何必这样不开心？”季曼见温婉只是动了动嘴唇，一言不发地任由自己扶着，便轻声开口道，“侯爷一路上都念着您的，现在摆了脸色给您看，不过也是希望您能更乖顺。”

温婉微微皱眉，看了聂桑榆一眼道：“我还不够乖顺吗？要像你这样逆来顺受，我可做不到。”

“乖顺不是逆来顺受。”季曼看了前头独自走着的宁钰轩一眼，笑道，“侯爷是想让夫人海纳百川，故意一冷一热，好慢慢磨炼夫人。不信您瞧，您要是不先低头，过上两天，侯爷自己也是忍不住的。”

这说的是实话，宁钰轩也的确是这样想的——这跟炼剑是一个道理，冷热交替，反复打磨，才能得到自己心里想要的剑的模样。

这招数在温婉身上是屡试不爽的，每回她使了小性子，他就冷上她几天，之后她就会放低了姿态主动来找他。温婉要是不知道陌玉侯的心思，那么不久之后，的确是会按照他想的发展，慢慢变得“温和大方”，能容人。但是，千算万算，他没有想到自己的心思会被季曼看透，看透也就算了，还告诉了温婉。

这下温婉算是明白了，自己一个人在那儿伤心难过都是白搭，陌玉侯压根儿就是故意的。知道他的想法了，也知道他心里还是有自己，不可能舍弃自己，温婉就觉得有底气多了。

“多谢提点了。”温婉勾了勾唇角，“他这回要让我容下这个女人，我才不会那么容易妥协！”

季曼低头，果然是被偏爱的往往有恃无恐啊。温婉要是聪明的话，听了她说的，就该好好拿捏侯爷的死穴，然后成功翻盘；若是愚蠢的话……那前途就堪忧了。季曼也没打算害温婉，毕竟是陌玉侯的心上人，堂堂的女主，怎么发展都看她自己的造化。

饭厅里，慕水晴和柳寒云都站着。锦瑟初来乍到，手脚都不知道该往哪里放，见一众女人坐下三四个，觉得自己怀着身孕怎么也不该站着，于是就想坐在陌玉侯旁边。

“怎么？你想坐我的位子？”温婉站在锦瑟旁边，幽幽地问了一句。

锦瑟赶紧跳开。这可是正室夫人，她惹不起的。可是……已经没位子了啊，她要站着？

锦瑟一双眼睛眼泪汪汪地看向陌玉侯，哪知他只专心吃饭，压根儿没有抬头看她一眼。季曼和两位姨娘也是一声不吭。温婉倒是抬头瞧她一眼，然后对慕水晴道：“你身子重了，不比以前，就先回去用膳吧，不用伺候。”

锦瑟这才注意到旁边与自己一样明丽的女子——这人穿着一身齐胸棉裙，一件宝蓝色的坎肩，肚子微微有些弧度，又小心翼翼地护着。这动作，明眼人都知道她有了身子。

得了恩典，慕水晴便被人扶着下去了。锦瑟咬咬牙，觉得这夫人针对自己也太明显了，自己也有了身孕啊，虽然还不怎么看得出来……但是这待遇也差别太大了。

不过她不敢说出来，这侯府看起来规矩严谨，要是一步行错，那可有些难翻身。于是她将委屈都咽回去，站在桌子边学着柳寒云的样子，替夫人、侯爷布菜。饭后，宁钰轩去了书房，锦瑟则被带到了蔷薇园。

“听说你这肚子，连月份都没足？”温婉微微笑着，“这可是奇了，通常有了身子，两个月才有大夫能把出来。水晴肚子里那个，以前是一月余，还是许多老名医一起下的结论。你怎么就敢断定，你肚子里一定有个孩子？”

锦瑟站在花厅中间，颇有些不知所措地道：“这是圣僧说的。圣僧的话，连皇上都要听，夫人觉得有不对吗？”

温婉很想说，什么圣僧，一个老和尚能看出喜脉？但是话到嘴边她就察觉出不对了，皇上都信任的圣僧，自己要是不信，不是甩皇上巴掌吗？

心下就算再不满，温婉也压住了，平静地道：“既然是圣僧说的话，那便没什么不对。我已经让人将知秋阁给打扫出来了，你身边没有丫鬟，我便将丁香指给你。今天老夫人进宫去伺候聂贵妃了，故而不在府里。等她老人家回来，你再去主院见礼吧。”

“是。”锦瑟都应下，带着温婉给的丫鬟，先一步回了知秋阁。

可是一到门口，锦瑟的脸就沉了。听着知秋阁的名字好听，可就是一间阁楼，连个院子都没有，门口全是落叶，一派萧条之感。

这地方能住人？她气得不行，扭身就去书房找陌玉侯。这夫人太刻薄了，一直针对她，这日子还有没有办法过了？

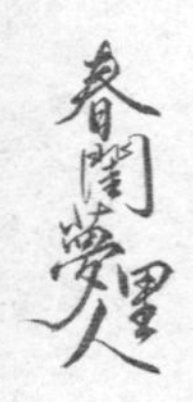

宁钰轩正在整理文书，突然听见书房门被人重重地拍开了，只见锦瑟一脸委屈地走过来，倚在他怀里就哭。

不作声地将文书都放到一边去，宁钰轩淡淡地问："怎么了？刚回来不习惯？""侯爷，夫人太欺负人了。"锦瑟嘤嘤地哭着，一把鼻涕一把泪地就开始数落温婉的不是。

宁钰轩听得微微皱眉，起身将人掀开道："她被我宠习惯了，难免做事不太周到。你去找桑榆给你重新安排吧，我去找夫人。"

锦瑟见他明显偏袒温婉，也就收了些哭声。曲意逢迎习惯了，她是不会去跟人硬碰硬的，况且那夫人，倒是真有些分量。惹不起躲得起，锦瑟果断就去找聂桑榆了。

蔷薇园，温婉摔了一地的东西，正是余怒未消。檀香匆匆忙忙进来禀告，还连忙让人将地上的东西都收拾了，免得侯爷看见不高兴。

温婉看见门口跨进来的人影，哼了一声，扭过头去看窗外，压根儿没有要搭理他的意思。

"这是怎么了？"宁钰轩软了语气，"不喜欢我回来？从我回来到现在，你的脸色就没好过。"

温婉想，聂桑榆说的果然是对的——她冷着脸，他倒是晓得来哄了。于是她道："你出去那么久，都没有想过我，还带了个女人回来气我，我能开心吗？"

宁钰轩轻笑一声，将她抱进怀里道："小心眼又犯了？"

"谁小心眼了。"温婉怒道："你以前说过只喜欢我一个人的，现在却接二连三让人有了身孕。钰轩，你太让我失望了。要是早知道这样，我当初宁可嫁给父亲让我嫁的那个人！"

温婉在嫁给陌玉侯之前是许过人家的，这一直是陌玉侯介怀的。女人吵架就喜欢耍小性子，男人不爱听什么，就偏说来气他。

可是这话宁钰轩是当真介意了，脸色都冷了下来，看着她道："你的意思是，你后悔嫁给我了？"

第三十二章

经典的女配陷害女主环节

温婉咬咬唇，轻哼一声，也知道说错了话，语调软下来道："只是叫你莫要负我……"

宁钰轩表情很平静，站起来便道："你若是哪天觉得我亏待了你，那便问我要一封休书。任凭你想嫁给谁，我都成全你。"

话毕，他转身就走。温婉被这话吓了一跳，心里的委屈压也压不住地冒上来，打湿了双眼。她张张嘴想把这人留下，奈何却抹不开面子。错的本来就是他，怎么反而成了她的不是了？温婉难过极了，想起聂桑榆的话，硬生生就将留下他的声音给咽了回去。

男人都是吃着碗里瞧着锅里的，她没有错，就不该低头。他要是心里当真还有她，就绝不会看着她受这么大的委屈，还一直冷着她。

扭身去床上趴着大哭了一场，温婉心里恨死了府里其他的女人，要是没有她们，她和钰轩该是多么般配的一对，神仙眷侣的日子也不是梦啊。怎么就有这么多烦人的女人？

当天晚上老夫人回府，锦瑟就去拜见了。本以为老人家听见有子嗣的消息应该很是开心，故而她打扮得好好的去请安。她哪知道老夫人硬生生让她一直跪着，也

没搭理她，就只优雅地喝茶。

季曼也是来请安的，看见老夫人这态度，就知道老夫人对这第二个慕水晴不是很待见。不过她也没立场开口说话，只乖巧地帮忙添茶就是了。

锦瑟跪着许久，终于是没压住性子，抬头又说了一遍："老夫人，奴婢锦瑟，来给老夫人请安。"

老夫人冷哼一声："什么时候这府里买个丫头都要来跟我问安了？那我老婆子一天是不是不用休息，就站在府门口挨个听你们请安？"

锦瑟脸上一阵红一阵白，咬牙道："奴婢不是丫头，是侯爷刚带回来的侍妾，已经有身子了。"

语气还颇有点冲，这女人跟慕水晴不同，慕水晴好歹是在太子那里调教了两年的，知道规矩，锦瑟却带着浓浓的江湖气息，受不住委屈。老夫人甩她脸子，她就立刻不满了。

"哦？听说你是风尘女子。"老夫人眼皮也没抬一下，"怀了谁的？"季曼听了哭笑不得，老夫人这是不想承认人家孩子身份啊。也是，这个朝代官家迎娶妓女为侧室的本就少之又少，陌玉侯一娶还娶俩，老夫人生气也是应该。

锦瑟委屈地哽咽了："自然是侯爷的孩子，不然侯爷也不会将奴婢带回来了。"老夫人又是好一阵子的沉默，还转过头目光凌厉地看了聂桑榆一眼，眼里颇有责备之意。

季曼低头，是自己肚子不争气，没有办法，没能如两位长辈之愿怀上子嗣。"怀上孩子不是什么稀奇的事情，多两个丫鬟婆子照看也就是了。"老夫人扣上茶杯，面无表情地道，"生下男丁来才算你们的本事。既然是外头来的女人，就在自己的院子里安分些，平时也不用往我这处来，我喜欢清净。"

锦瑟低头应了，心里也明白这老夫人是嫌弃自己的身份，当下也不多作为，由丁香扶着就下去了。怀孩子的确容易，如她，这么轻轻巧巧就怀上了不是？可是要生下来，锦瑟知道，那是不可能的。

侯爷和夫人又开始冷战了，于是不出意外地，季曼晚上就又看见了一脸阴沉的宁钰轩。

每次和温婉吵架，他的心情都不是很好。可是这一次，他的心情似乎格外差。季曼正在想温婉是说了什么才把这面瘫给气成这样，就听宁钰轩道："你今晚一句话也不要说，我不想听见女人的声音。"

不让她说话，她还省事了呢。季曼点点头表示同意，吩咐苜蓿出去打了热水洗漱，之后上床，闭眼就睡。宁钰轩很暴躁，睡个觉都翻来覆去的，吵得季曼也不得不睁开眼睛，控诉一样地看着他。

“床太硬了！”宁钰轩闷声道。季曼忍不住腹诽：你豌豆公主啊？平时都睡得好好的，今天嫌床硬？不过没办法，他说什么就是什么，季曼翻身就出去让甘草多搬两床棉被来。

“太软。”他还是不满意。季曼微笑着点头，让甘草撤了一床被子。这回他不说什么了，只是躺上去脸色还是不好看。

“你离我那么远干什么？”他微恼。季曼靠得过来了一些。“别贴上来！”他又嫌弃地推了推她。

季曼深呼吸，再深呼吸，被人吵得不能睡觉就算了，他哪里来这么多毛病？翻身下床，季曼穿了鞋披了披风就往外走。

“你去哪里？”宁钰轩挑眉。

“去死。”季曼终于开口，咬牙回了他两个字，然后将门打开就出去了。

谁爱伺候谁去，季曼踹了两脚地上的鹅卵石，果断去南苑投靠宁尔容。

宁钰轩心里不爽，见她出去，觉得她应该还会回来的，所以也就没有去追。可是他躺了一会儿气消了，见门还是开着，冷风都吹了进来，她还是没有回来。

心里有些不安，想到她说的去死，宁钰轩躺不住了，披衣下床就往外走。已经是雪融春初的时候了，外面格外冷，他没走两步鞋子就全湿了。宁钰轩将非晚阁里里外外找了个遍都没有看见聂桑榆，还不小心吵醒了苜蓿。

“侯爷？”深更半夜看见陌玉侯打开自己的房门，苜蓿吓了一跳，抓着被子茫然地看着他。这是要干什么？不是有主子伺候吗？怎么还到自己房间里来了？苜蓿惊吓之后，心里就怦怦直跳，可是还没来得及张嘴说下一句，陌玉侯将房间里扫了一眼，就转身出去了。

本来想让几个丫鬟帮着找的，但是他抹不开面子。自己把人折腾走的，干吗又要去找，而且还是这个他一直不怎么待见的女人。

宁钰轩气闷，出了非晚阁就往花园的方向一路找过去。

“什么人？”路经花园，却见亭子里有人，宁钰轩忍不住低喝了一声。

宁明杰微微侧过头来，轻笑道：“堂哥怎么也这么晚不睡。”

原来是他，宁钰轩松了口气，轻咳一声道：“月色不错，我出来随便转转。”宁明杰微微一愣，抬头看看漆黑的夜空。

"时候不早了，明杰你也早些安歇吧。"宁钰轩别开头，有些狼狈地想走。

"嗯。"宁明杰轻笑，"你去吧，我是习惯了白天睡觉，晚上是再也睡不着的了。"

宁明杰没听明白，只当他是出游的时候护安乱了昼夜，所以也没多问，急忙又往前头去找了。

府里找了一周，惊醒了不少人，宁钰轩也没能找到聂桑榆。情急之下，他返回了花园，问了宁明杰一句："你可曾看见桑榆从这里经过？"

宁明杰挑眉："大半夜的，她怎么会出来？"

张了张嘴，宁钰轩也不知道该怎么解释，只能一脸冷漠地道："她就是出来了。我随便走走，能把她寻回去就寻回去，不能就由她自生自灭。"

眼眸闪了闪，带上些笑意，宁明杰指着南苑的方向道："尔容那里你找了没有？她们素来交好的。"

宁钰轩恍然，连忙又往南苑走。觉得自己脚步好像快了些，他轻咳两声放缓了步子当散步，然后走出花园，一路使着轻功去了南苑。他不是担心聂桑榆，她没那么重要，只是要是真出事了，也不太值当。

宁尔容房间里的灯也熄了，问了下头的丫鬟，知道聂桑榆当真在里面，宁钰轩才吐了口气，接着满脸黑地吩咐白芷将人给他拖下来。

"干吗？"季曼刚睡着又被吵醒，脸色难看极了，语气也不太好。宁钰轩冷冷地道："你好大的脾气，还要我出来寻？"

季曼困得眼睛都睁不开了，站着都跟小鸡啄米一样，听着他的话，就迷迷糊糊"嗯"了一声，然后靠着墙又要开始睡。

宁钰轩本来是找得一肚子火气，全被她这啄米的模样给弄没了。他板着脸，一点不温柔地将人扛上肩膀给带回非晚阁。

"我要睡觉。"季曼闭着眼睛道。"你睡，我不吵你了。"宁钰轩哼了一声，将人往被子里一塞，"以后别没事就往尔容那里跑。已经嫁出来的人了，别叫人笑话。"

季曼已经睡着了。宁钰轩看了她一会儿，睡在了床外边，这回倒是老实了，没再折腾。

春天到了，又是要做新衣裳的时候。府里新进了许多绸缎，按照规矩，最好的两匹布都给了老夫人，温婉那儿得了一块雪绸，聂桑榆得了两块蜀锦，其余人那里的倒是普通。

裁缝来给各房的人量尺寸，偏巧不知怎么的，蔷薇园里就出了事，说是温婉不小心被剪刀划伤了手。

放在以前，宁钰轩一定二话不说就冲过去了，指不定怎么罚这些绣楼的裁缝呢。可是这回季曼一边量尺子一边看着旁边悠闲看书的宁钰轩，心想，莫不是太阳打西边出来了？

来禀告的檀香以为是侯爷没有听清楚，又低声地说了一遍："夫人手背上被划了好大一条口子，鲜血直流。夫人怕留疤，已经哭了好一会儿了。"

宁钰轩翻了一页书，淡淡地道："你去找府里的大夫不就是了，找我有什么用？我不会包扎。"

季曼一边抬着手让人量胸围，一边撇嘴想，温婉这是想给宁钰轩一个台阶下，奈何宁钰轩死活不下。直觉告诉她，有好戏看了。

檀香站了一会儿，无可奈何地走了。府里人也就大多知道，侯爷和夫人开始冷战了。

这一次的冷战比以前持续的时间都长，因为温婉没有再主动低头，而是每天该吃吃，该喝喝，顺便还偶尔出府去，归来的时候也是满面喜气。

锦瑟站在一边，觉得有机可乘了，便开始向陌玉侯邀宠。于是季曼也落得轻松，嗑着瓜子默默看戏。

"主子。"甘草一脸气愤地进屋来，看见苜蓿在主子旁边，顿了顿，先行了个小礼，"苜蓿姐姐。"

苜蓿微微点头，心里颇有不满。虽然在主子外出期间，她把府里的消息都传给主子，也算是大功，主子还赏了她东西；但是这两个月都是这两个小丫头在主子身边伺候，回来以后，她也觉得自己和主子没有这么亲近了。

这种感觉一起，苜蓿心里就很慌，总想多陪主子说说话，奈何现在有些话主子宁愿跟两个小丫头说，也不跟她说了。

"苜蓿，你去将这小样送给绣楼，说我要这个款式的衣裳，错了一点可都没赏钱。"季曼随手将衣裳小样放进苜蓿的手里，示意她出去。

苜蓿咬牙，看了甘草一眼，不甘心地接过小样，应了一声"是"，而后退了出去。甘草这才重新道："主子，奴婢和灯芯不过上街买个点心，却瞧见了不得了的事情。"

"怎么了？"季曼好奇地问。"您让灯芯来说，奴婢说不出来。"甘草将走到屋外的灯芯给拉了进来，眉头皱得紧紧的。

季曼看向灯芯，却见她也是一脸愤懑："京城有个同好会，主子知道吗？是由高官家的子女在几年前创立的，里头有公子、小姐，也有老爷、夫人。凡是爱好诗词

之人，进得同好会，便是有身份的象征。里头的人不分贵贱，不看婚否，只论诗词。”

季曼挑眉，这种组织历朝历代都有，不知这两个小丫头为什么如此气愤，便问了一句：“怎么了？”

“夫人不知道是什么时候加进去的。今天奴婢们走在街上，就看见同好会一群少爷与夫人同行，一路往落雁塔而去。夫人半点没有避嫌的意思，一路跟几个公子调笑。”

“调笑？”季曼微微抽了抽嘴角，“兴许是在谈论诗词呢。”

“哪里是？奴婢隔得那么近，夫人都光顾着和几个男人说话，半点没有注意到奴婢。”甘草接着道，“路人还赞她呢，说是同好会又添了一名才女，还说她诗词了得，颇受那些公子哥的追捧，将原先京城第一才女罗芊芊的名头都夺了去。”

这么几天时间，温婉干得不错啊。季曼笑道：“这不是好事吗？同好会里头卧虎藏龙，人才辈出，京城里的人都以能进这同好会为傲，你们不能歧视已婚妇女。”

“可是……”灯芯咬牙道，“她那样子也太不要脸了，半点没有顾及侯府的颜面。”

“侯爷都没急，你们急啥。”季曼挥挥手道，“先去把点心拿一些下去分着吃，我去南苑走一趟。”

“是。”两个丫头应了。

同好会这个东西，就相当于现在的上流社会，进去了就是光荣的，陌玉侯就算知道了，估计也不会怎么怪罪，说不定还高看温婉一眼。要说温婉勾三搭四，以她平时的形象来看，陌玉侯是不会信的。

季曼只是去找宁尔容八卦的。宁尔容听见这事就挑眉：“同好会啊，我也在里头，只是好久没和他们出去论诗词了。里头的人眼光都颇高，怎么会收温婉这样的。”

季曼摇头，自己哪知道这些。宁尔容想了想就道：“我明天也去凑凑热闹。最近春暖花开，正是同好会活动的时候，明儿我给你带消息。”

日子过得无聊，有八卦也不错，季曼就安心等着。结果第二天宁尔容没到下午就气冲冲地回来了，坐在她面前一拍桌子道：“哥哥真是瞎了眼！”季曼一口茶呛着了，咳嗽两声问：“怎么？”

“温婉原来是由我哥哥引荐的。我哥说温婉去求他，说太无聊了想出去散散心，我哥就同意了！结果到会里，她就凭她那三分姿色，引得一大批人对她吹捧不断，众人还把芊芊的第一才女之位给了她。我呸，她写的诗词连三岁孩童都会！”

季曼微微惊讶："不至于吧。夫人若是还想得到侯爷的宠爱，就应该不会做太出格的事情。"

"她大概是知道同好会是个不管规矩的地方，想去告她一状都不行。"宁尔容郁闷地道，"两年前番邦来朝，要以诗词为难，是同好会出了一众才子，将对方压得哑口无言。皇上高兴之下就给了同好会牌匾：只以文论，不以人看。里头的人只要是在聚会，哪怕是已婚妇人，也是可以和男子大谈诗词的。"

季曼点头，这倒是个培养文人的温床。闺阁之中才女也不少啊，像李清照那样的，有了这同好会，自然可以好好施展才华。但是，温婉到底是去干吗的？

陌玉侯显然是知道了消息，头也不抬地就去了锦瑟院子里，不过脸色还是平平静静的。

如此两天，还是温婉先坐不住了，不过她没有找侯爷，而是找了锦瑟。锦瑟据说已经有一个月的身孕了，只是大夫看不出来，但是因为有圣僧的话在，就算两个月以前别人查不出来，她也是个孕妇。

季曼不知道温婉和锦瑟发生了什么，但是晚饭的时候就见老夫人身边的首乌一脸凝重地来请自己："桑主子，出事了，老夫人让众人都去主院。"

衣裳也没换，季曼就穿了常服去了主院。院子里人都到齐了，温婉表情僵硬地跪在老夫人脚下。季曼挑眉，转头看了看，不见锦瑟。

陌玉侯站在一边，眉头微皱，脸色倒不算太难看，一双眼睛安静地看着温婉，开口问："今天的情况到底如何，你有没有故意推锦瑟去撞衣柜？"

听这一句话，季曼就明白了，来了，各本宅斗小说之中必出的女配怀孕流产陷害女主环节！一般来说，这一环节会有些虐。

季曼心里莫名有点兴奋，低头看向一边的温婉。温婉抬头，很平静地看了宁钰轩一眼道："温婉在侯爷眼里，就是这样心肠歹毒之人？夫妻这样久，侯爷还不相信我？"

季曼忍不住翻了个白眼，每次看书看男女主有误会，女主就是一副我不想解释但是你得相信我的态度，看得人火大。你不说清事情发展经过，人家怎么相信你？再说了，就算人家相信你，可是现在这么多人，男主总不会来一句"嗯，我相信你"，然后就说女主无罪了吧？简直愚蠢。

老夫人的脸色不太好看了，冷哼一声道："丫鬟都做证是你推了锦瑟，你有什么话说？"

温婉愤愤地道："不是我，是她自己撞上去的！"

丁香跪了下来，颤抖着道：“奴婢是蔷薇园出去的，断然不会陷害夫人。但是夫人的确是推了锦瑟主子的，奴婢在外头看见了。”

温婉气得不轻，眼泪吧嗒吧嗒地掉：“我能容下慕水晴，为什么就容不下锦瑟？今天我不过找她来谈谈心，哪知她态度极差。我们一时起了冲突，她自己就往柜子上撞，撞得要流产，实在不关我的事。”

季曼也觉得不像温婉干的，但是若说锦瑟是故意的，她又想不通。锦瑟有个孩子不好吗，难道还要故意流掉去陷害温婉？温婉好歹也算太子妃做的媒，锦瑟不是太子送给陌玉侯的吗？

“你有证明你清白的证据？这边可是有人证。”老夫人道。

温婉咬着唇，自己当时让檀香出去倒茶了，哪里来的证据证明锦瑟是自己撞上去的？老夫人的心也是长偏了的，一定不会相信自己，但是侯爷……

温婉抬头又看了陌玉侯一眼，楚楚可怜，又有些倔强。她美就美在这里，让人看了很有保护的欲望。男人都有英雄情结，陌玉侯也不例外。

于是叹息一声，宁钰轩还是道：“先让婉儿回蔷薇园闭门思过吧，等锦瑟那边的消息出来，再行定夺。”

老夫人冷哼一声，道：“若那孩子真没了，轩儿打算如何发落她？”

宁钰轩顿了顿：“母亲以为呢？”

“不容子嗣之人，能当一家主母？”老夫人严肃地看着温婉道，“若是这孩子没了，你便得将正室之位还给桑榆。”

第三十三章

谣言猛于虎

季曼本来是在看好戏，听见这话，整个人吓了一跳，万分无奈地看着老夫人。老夫人是为她好，努力帮她争取正室之位，可是在这个风口浪尖上说这个，好像不太妥当吧？

宁钰轩眼神深邃地看了聂桑榆一眼，又看了看温婉。温婉脸色都白了，嘴唇轻轻颤抖，像是想反驳，却不知道该说什么好。

“好。”过了许久，宁钰轩才吐了这么一个字。

老夫人满意地笑了笑，温婉却不可置信地瞪着宁钰轩。怎么能这样？她已经容下这么多女人了，现在反而要夺去她的正妻之位！她虽然是小门小户出身，却是被所有人一路呵护着走过来的，哪个男人不是对她一心一意？为什么宁钰轩会这样对她？

季曼也不太能笑得出来了，只能安静地站在一边。锦瑟不是多重要的一个人，但是闹这么一出，府里突然就乱了。当然，也是老夫人在借题发挥，只是没想到，宁钰轩居然会同意。

季曼好奇地看了宁钰轩一眼，但是从他的脸上永远都看不出什么。压下心神，季曼还是打算走一步看一步。

锦瑟被季曼安排住在秋水阁，比知秋阁好些，却没好多少。现在那小院子里全是大夫，声势还是很浩大的。老夫人甚至亲自去了，扶着聂桑榆的手在外面等着。

没多久，有丫鬟端了盆血水出来。老夫人嫌弃地看了一眼，就小声对聂桑榆道：“你的位子稳了。”

看这样子，是流产了。老夫人不愿多待，拉着她就走了。季曼心里还是没有想明白，锦瑟这样，图个什么啊？

温婉在房间里哭了许久了。檀香轻声安慰她：“主子，想开些，只要还在侯爷身边就有转机。正室之位，等您生个孩子，还会落在您头上的。”

“他不相信我。”温婉哽咽道，“我是那种人吗？我会推着锦瑟去撞衣柜？那小蹄子分明是想陷害我。”

“可是……”檀香道，“锦瑟拿孩子的命换一次陷害您，众人都觉得不值当，所以也就不肯相信您说的实话了。”

温婉的哭声顿了顿，抬头道：“我也觉得很奇怪，她为什么宁可赔上孩子，也要陷害我？这样对她有什么好处？”

“对她没好处，对非晚阁那位好处可大了。”檀香冷哼了一声道，“您瞧，老夫人就和她巴巴地去等着锦瑟流产呢；一流了，就可以把正室之位抢回去了。”

温婉皱了皱眉，她怎么忘记了，这府里城府最深的当属聂桑榆。当初齐思菱提醒过她很多次，她没有听，如今冷静一分析，倒是了，这背后得益最大的，可不是聂桑榆吗？

“夫人，不是妾身说您。”齐思菱来了，捏着帕子坐在温婉面前道，“您太直率，也太相信侯爷对您的宠爱了。”温婉这次当真是虚心聆听。

“您瞧聂桑榆多会做人？虽然都知道她以前不好，侯爷也未必喜欢她，但是现在她处事大方得体，又会笼络人心。相比之下，您不落了下风才怪！”

温婉想，似乎真的是这样。她太直了，觉得陌玉侯爱自己，那么其他一切都不用她来操心。如今看来，是她天真。这些人要害她，整她，她还不能反抗不成？聂桑榆不是会笼络人心，会做人吗？她也可以比聂桑榆做得更好。

望见温婉坚定起来的眼神，齐思菱笑了笑。刀磨锋利了才好用，人教聪明了，也才更有用处。

锦瑟流产，宁钰轩也按照先前所说，打算将正室之位还给聂桑榆。只是要往朝廷里走玉牒，还有诸多手续要办，这件事也就得多耽搁几天。

季曼也不急，反正非晚阁住习惯了，也懒得挪地方。只是府里的人态度瞬间变得不一样了，苜蓿去拿个衣裳回来，都是满脸喜庆地道：“绣楼多绣了两条霞帔给您。今儿我出门，门口家丁的态度可好了。厨房的赵大娘也想找时间过来请安呢。”

“他们态度变了，你们不用变就是。”季曼托着下巴道，“我总觉得这件事还有变数。这正不正的，我倒是不太在意。”

苜蓿还是很高兴：“您一路从思过阁走出来，到现在恢复正室之位，奴婢看着高兴。”

季曼转头看她一眼，笑了笑：“你也辛苦了。”

苜蓿抹了抹泪，笑道：“奴婢不辛苦。能一直跟着主子，就是奴婢的福分了。”捏了捏手，季曼心想，你要是一直不再背叛我，那也是我的福分了。

季曼往老夫人那儿请了安出来就遇见慕水晴。慕水晴走到她身边，深深地看着她道：“奴婢倒是没有想过，您还会有今天。”

任凭是谁也没想过聂桑榆还有能重回正妻之位的这一天，慕水晴觉得惊讶也是应该。季曼笑道：“日子还长，将来会发生什么，谁又说得准呢？”

慕水晴笑了笑，眉目之间都柔和不少，手捂着微微凸起的肚子道：“我现在什么也不想要了，就想让这孩子平平安安降生。”

季曼点头：“你现在安分不少，倒是不会和锦瑟一个下场。安心养着就是了。”哪知慕水晴高深莫测地低声道：“奴婢和她不是一路人，自然不会是同一个下场，夫人放心。”

季曼听得迷茫，慕水晴和锦瑟为什么不是一路人？不都是太子的人吗？

宁尔容准备了一桌子好吃的，请了聂青云过府，又把宁明杰拉来作陪，高兴地道：“如今桑榆是翻身啦，今天咱们就庆祝一下。我做的饭菜，你们可不要嫌弃不好吃。”

七八个菜色，看起来很是不错。季曼有些惊讶，这才回来几天，宁尔容竟然学会做饭了？伸着筷子尝了一口，季曼忍不住点头，小丫头有前途，学得挺快，做得还挺好吃。

宁明杰轻笑道：“这倒是像在为后头的婚事做准备了。你与青云还有四天就要成亲，按照规矩，不是不能相见的吗？”

宁尔容脸上红了红，看了聂青云一眼笑道：“我跟他早就熟了，又不是盲婚哑嫁，明天开始不见面也没关系的。今天为桑榆庆祝，就不要管那么多了。”

聂青云点了点头，道：“桑榆过得开心，我也就安心成家了。尔容嫁去聂府，以

后宁家这边就只有明杰兄多照顾了。”

季曼嘴角抽了抽：“哥哥，我能自己照顾好自己。”

宁明杰也到了适婚的年纪，过几个月该商议婚事了。虽然他这个人不错，但是季曼也得考虑避嫌的问题。

聂青云轻笑一声：“你要是能照顾好自己，我也就不用操心了。”

“多吃菜，别光说话啊。”宁尔容不满地打断他，“人家做了这么久的菜，不是放着看的。”

一桌子菜被四个人吃得差不多了，尔容才露出了开心的笑容。饭后尔容拉着聂桑榆说话，小声道：“我要是嫁出去了，你身边没个人帮着，怎么办？”

季曼拍拍她的肩膀：“不妨事，我能应付。”

温婉被贬之后就消停许多了，宁钰轩保留了她平妻的位子。不过她还是经常往外跑，结交朋友，谈论诗词，顺便找人诉苦。

季曼觉得这些都是正常的，温婉的发泄方式已经很善良了。但是有一天，季曼在花园里遇见宁明杰，宁明杰突然很严肃地道：“恕在下冒昧，敢问夫人一句，您是否真如传言所说，陷他人于不义？”

这话听得季曼一头雾水，不明所以地问他：“此话怎讲？”宁明杰不是嘴碎的人，但是最近在同好会听见有关聂桑榆的不少传言，且有越传越凶的趋势，有些话说得他都要信了，故而来问聂桑榆。

外头都流传，说是聂桑榆靠害死侍妾的孩子又嫁祸给温婉，从而夺去了正妻的身份。温婉作为受害者，却是没有多责备她，只是写了大量的闺怨词，字字句句诉说自己的痛苦无奈；加上有心人那么一八卦，结果中伤聂桑榆的话就传出来了。

“我从来没有害过人。”季曼轻笑了一声对宁明杰道，“我一直相信，这辈子做的恶事，下辈子会统统报到自己身上，所以我不会害人，但是别人也别想来害我。”

宁明杰点了点头，不再多说。

季曼忙于宁尔容的婚事，嫁衣在路上也已经绣好了，也就没有管这些流言蜚语。但是后来，她终于明白了什么叫谣言猛于虎也。本来是虚假的东西，一传十十传百，众人竟然都用同情的目光看着温婉，转而背地里指责她是蛇蝎毒妇。

这当真是百口莫辩。温婉这一招哭委屈还真是用得好，偏偏没一人觉得是温婉故意的，反而都说温婉没有说她半句不是，她陷害温婉的事都是其他人猜出来的。

季曼被这圣母白莲花的招数气得不行，晚上侍寝的时候脸色都阴沉沉的。宁钰轩看了她一会儿，也没问她怎么了，倒是问了一句：“你想去同好会吗？”

对于这个提议，季曼觉得很犹豫，看看宁钰轩的脸色，那叫一个平静不起波澜，仿佛就是随口问她一句中午吃饭吗？

同好会那种地方，虽说是进去了涨身价，写两首诗词还能得个才女的名头，可是已婚妇女要不是特别喜欢诗词，是没必要去凑这个热闹的。宁钰轩突然要她去，是为什么？而且，同好会是他说进就能进的地方吗？

看出她脸上的犹豫，宁钰轩淡淡地道：“那里面的人，我都熟悉；温婉进去能讨得到好，我也知道。不过你知道我为什么放心让她在那里，随她玩吗？”

季曼心道：你怕是想戴绿帽子。

但是这样说是不行的，季曼笑盈盈地开口：“侯爷大度，想让温婉做自己想做的事情？”

宁钰轩轻轻一笑，勾起她的下巴道：“这是其一，其二是每十年同好会会以诗词为赛选一个诗头，诗头会约束同好会众人行为，也会向皇帝推荐有真才实学之人，入仕为官。”

搞半天这还是个官方组织，季曼点点头：“那又如何？侯爷您难不成是个诗头？”

宁钰轩点头：“三年前小胜一场，得了这虚名。本来是想拿来和太子炫耀的，想不到现在还能有点用。”

季曼下巴掉地上了，这人这么变态，还会写诗词？等等，他是诗头，温婉知道吗？

“我已经很久不管同好会的事情了，都是让千应臣在管着。这些年里头的人换了不少，大概都快不认识我了。”宁钰轩打了个哈欠道，“不过引荐你进去，还是一点问题都没有的。”

季曼突然觉得面前这个人真是谜一样的，原文里也没看出来他有这么多身份啊，一会儿是六部总管，一会儿又成了同好会诗头。会不会哪天她走到街上，又看他变成了永宁街菜市场一霸？

他让她进同好会，肯定不是想帮她什么，而是想让温婉有点顾忌，因为听闻有不少王爷世子什么的对温婉颇有好感，屡屡示好，他大概也是有些危机感了吧。

女主光环照耀之下，温婉的异性缘是格外地好。温婉也不拒绝示好之人，只是绕着圈子逗弄，让人家放不下，又得不到。为了讨美人欢心，身边护花使者们就加

倍地诋毁聂桑榆。

季曼点头同意了宁钰轩的提议。闲着无聊嘛，她用前人的诗句应该也可以蒙混过关；况且温婉不惹她就算了，现在都敢抱着白莲在背后中伤她了，那就莫要怪她以其人之道，还治其人之身。

这事就这么轻飘飘定下了，也只是个小插曲。很快宁尔容与聂青云的成亲大典就到了，宁府上下，也就突然热闹起来。

镇远将军与靖文侯两家联姻，朝中重臣祝贺之人不少。聂贵妃那边自然有赏赐下来。季曼虽然还没有拿下来正室的玉牒，但是这样的日子，老夫人依旧让她穿了正红的裙子，配着青白色的坎肩，送宁尔容出嫁。

宁尔容上轿拜别，虽然嫁给聂青云是她一直所愿，然而要离开父亲、哥哥，小丫头还是一路哭着过去的。宁明杰送她到聂府门口，靖文侯却在大厅里感叹道："嫁个女儿，就少了块肉啊。"

老夫人笑道："小叔也不用这般想，青云那孩子不错，尔容也算有个好归宿了。"

聂家有酒席，宁家也来了不少人，有些跟着新娘轿子走了，有些就留了下来，宁府是要招待的。

温婉今天气色很好，穿了一件妃色的宽绣裙，站在人群里很是亭亭玉立。同好会来的人不少，都围在温婉身边。苜蓿站在季曼旁边，替她一一指认。

"穿宝蓝色袍子那个是孙太傅的长子，颇有才华。穿白色锦绣衫的是当朝淮南王的世子，比较闲散无事。湛蓝色披风的那个是御史中丞萧大人，是皇后的亲弟弟……"

苜蓿一连数了七八个，全是身份贵重之人。季曼咋舌，没一个自己惹得起的。那群人围着温婉说得正欢，温婉也笑得很开心，有种众星捧月的快感。旁边还有些女眷，想来也该是一路的，但是都站得远远的，似乎是不屑与温婉说话。

腰突然被人揽住，季曼一惊，回头就看见宁钰轩的笑脸："应臣等会儿会过来帮你介绍。"千应臣据说是现在同好会众人最心服之人，季曼点点头，宁钰轩也算送佛送到西了。

额头被轻轻吻了一下，宁钰轩一点没顾忌众人的目光，轻笑着在她耳边道："去玩吧。"而后就转身离开了。

温婉的笑容没了，一双眼眸含着怨和泪水，直直地朝这边射过来。众人便顺着她的目光都往这边看，一看见聂桑榆，脸上都带了不满和愤怒的表情。宝蓝色袍子的孙公子先嘲讽道："光天化日之下，如此不检点，也难怪婉儿争不过她。"

季曼听得好笑，这话是说她靠狐媚手段勾引宁钰轩吗？刚刚是宁钰轩亲她，又不是她吻宁钰轩，怪她？

“桑榆以前检点的时候，被你们的婉儿抢走了丈夫。”季曼浅笑道，“现在只不过是重回原点。”

“你……”温婉咬了咬唇，一张脸泫然欲泣。旁边一众想为美人出头的男人纷纷上前，怒视着聂桑榆道，“你这人嘴巴怎么如此不干净？也是陌玉侯瞎了眼，舍了珍珠要鱼目！”

谁先说话不干净的，现在倒是怪上她了？季曼觉得好笑，看了一眼躲在后头委屈得不得了的温婉，心里也是无名火起。圣母是吧，装白莲花是吧，这类女人她之前见得多了。

而对付这种女人，你绝对不能凶，你得比她还圣母还莲花，气死她。

于是季曼长长地叹了一口气，垂了眸子道："道不同不相为谋。桑榆没有做过对不起各位的事情，却要平白受这样的指责。想来也是桑榆哪里没有做好，这就不碍各位的眼了，先行告退。”言罢，季曼柔柔一礼，转身打算离开。

“宁夫人留步。”有人从身后过来，恰好挡在她面前。季曼抬头看了看，这人脸上带着笑，还朝她行了个礼，身上挂着一枚玉佩，丝绦是黄色的。

黄色丝绦，自然是五品以上官员才有的。季曼还了个礼，有些疑惑地看着他。

“在下千应臣。”来人小声说了一句，之后便站到她身边一步远的地方，道，“奉侯爷之命。”

季曼明白了，宁钰轩说的就是这个人要带她进同好会。可是这会还没进呢，一群人就对她颇有不满了；要是这会儿走过去说她要进去，她会不会被人为难？

其实她压根儿不用担心这个问题啊，因为她是一定会被为难的。当千应臣带着她过去跟众人介绍的时候，除了那群女眷脸上有些好奇，其余人，连带着温婉都是一副不屑的样子。

“应臣，你觉得同好会是什么人都收吗？”皇后之弟萧天翊开口了，“无才无学，难不成凭她一张脸蛋进来？”

这话说得有些轻浮，温婉也嗤笑了一声。聂桑榆现在的脸蛋是很好看，比她的还好看了两分，但那又如何？谁都知道聂桑榆肚子里没墨水，根本不可能混进同好会。

千应臣不卑不亢地道："这样吧，上次你们让这位小宁夫人进来，也是没有通过正规考试的，不如就刚好今天，良辰吉日，两位宁夫人一起考试。通过了，大家便

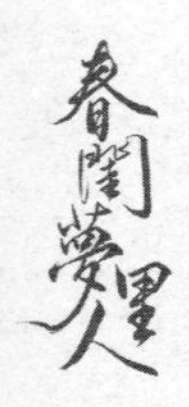

都没有异议。”

季曼觉得这千应臣说话也忒毒了些，宁夫人就算了，还加个“小”，又说温婉上次也是没经过考试，摆明了打温婉的脸啊。

温婉的脸色不太好看，旁边的女眷之中却有人掩嘴笑道：“不说这位小宁夫人是京城第一才女吗，想必自然是不怕这些的。”

季曼也点头道：“既然要考试，桑榆这就命人拿文房四宝来。”

“婉儿也当从命。”温婉淡淡一笑，颇有些胸有成竹。

府里的几房姨娘、侍妾听见消息，都纷纷出来看热闹。花园里一时人多，温婉和季曼站在院子中间，两人面前都是一张方桌，上并文房四宝，旁边一个丫鬟帮她们磨墨。

“我看这园子里的春花不错，不如就以花为题吧。”千应臣站在一边道，“两位夫人各写一首，诗词不论，众人来评判。”

温婉执笔，很是利落地写了一首诗，交了上去。季曼看着这毛笔，心叹一声，聂桑榆本来就不会写字吧？不然为什么帮自己绣花都不帮自己写字？难不成自己就写个简笔字上去？

“宁夫人是不是不会写啊？”淮南王世子一脸嘲讽，跑出来挤兑她，“要不要本王帮你写？”

“好啊。”季曼微微一笑，“桑榆刚好手疼，写不得字。不如桑榆来念，世子来写吧。想来以世子的造诣，写的字应该很好看。”

淮南王世子本来是想让她难堪的，哪知道反而被抓了壮丁。旁边有人跟着赞他的字好看，淮南王世子就下不来台了，只能板着脸站到聂桑榆的桌子边去。

第三十四章

已知情节的女二

有人帮忙写，季曼的压力就小多了。她自小语文好，写花的诗词，她印象最深的就是那首老师要求背了许多遍的《卜算子·咏梅》。

而今想来，那首词也算贴切，季曼就微微一笑，看了一眼温婉道："这首词就送给婉儿吧。"温婉正胸有成竹地看着她，没想到她会说这么一句，微微皱眉。

"风雨送春归，飞雪迎春到。已是悬崖百丈冰，犹有花枝俏。

俏也不争春，只把春来报。待到山花烂漫时，她在丛中笑。"

季曼念完，世子也写完了，听说要送给温婉，这字就写得可周正了。

"这是一首咏梅词，拿来赞颂婉儿不争不抢、无私奉献的精神是再好不过了。"季曼接着补个刀，"婉儿一直如梅花一般高洁，不是俗人可以企及的。"

温婉被她说得恼怒不已。什么不争不抢，聂桑榆这是在反讽自己？可恨的是除了那几个一直不待见温婉的女眷，旁人偏偏都听不出来，还觉得这首词写得很好，连千应臣都含笑点头。

本来已经准备好要刁难聂桑榆的各位大人，听见这首词是赞颂温婉的，又觉得

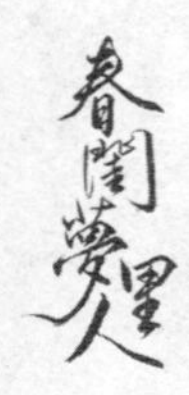

写得的确不错，便也都轻咳两声转移了话头："看看婉儿写的吧？"

温婉羞红了脸，自己的诗已经交到千应臣手里了，现在想收回来都已经来不及了。

千应臣扫那诗一眼，念道："城外一池水，碧中忽有雪。白莲当有心，不与红物同。"

平仄别扭，也不押韵，季曼听出来这是写白莲花的，当下一个没忍住，背过身去抓着苜蓿哈哈大笑。温婉当真写了一首赞白莲花的诗，这是表明自己与她们这些红物不同，高洁得出淤泥而不染？

几个男人正在绞尽脑汁想替温婉圆过去，奈何那头季曼已经不顾形象地笑出了声，他们再想装个样子称赞几句，都说不出话来了。季曼也算明白了宁尔容说的三岁孩童都能写的诗是什么意思。

院子里一时除了季曼的笑声再无其他。温婉眼里涌出了泪水，楚楚可怜地咬着唇，一双美眸看向聂桑榆，又羞又恼。

"宁夫人未免失礼了。"萧天翊站出来道，"即使婉儿写得不如你，你这样大笑，未免太不顾人颜面。"

季曼笑够了，擦了擦眼睛转过身来道："桑榆的确失礼。桑榆不是笑婉儿写得不好，而是觉得婉儿选的意象，实在是太适合她了。"

温婉迷茫，白莲花适合自己？聂桑榆不是很讨厌自己吗，怎么又是送自己诗词又是夸自己像白莲花？这一定是个阴谋。温婉定了定心神，低声道："今天这比试，婉儿愿赌服输，还请夫人放过，不要再为难婉儿。"

说话也是有艺术的，季曼搁这儿什么都没干呢，温婉先求她放过了，在外人听来，那就是她平时欺负温婉惯了。跟温婉争这些口舌也没意思，季曼道："桑榆还要回去伺候老夫人，今天这一场游戏也该结束了。诸位来了陌玉侯府，桑榆自当好生招待，午膳之后，各位可以去落雁塔继续欣赏诗词，一切费用由陌玉侯府出。"

众人一听这话，乐了。虽然都不是缺钱的人，可是落雁塔是个烧钱的地方。这么多人的花销，这个宁夫人能承受得起？

温婉看了季曼一眼，开口劝了一句："夫人这样大方，怕是有些不妥吧。"

"无妨，钰轩说让我做主。"季曼笑着说了一句，"今日比试的结果也不是很重要，一切交给千大人了，桑榆先行一步。"

一句"钰轩说让我做主"，温婉的眼睛就红了；再说到比试结果，温婉的心又不由地吊了起来。今天脸丢大了，她白白让罗芊芊等人看了笑话。这个仇，她记下了。

千应臣拿着两首诗词，淡笑道："各位自行评定吧。宁夫人的词不用说，小宁夫人的诗，到底能不能达到进同好会的标准？"

旁边看了许久的罗芊芊嗤笑道："同好会选的京城第一才女，被个妇人给比了下去，你们丢得起这人，我可丢不起。要是让人知道今天温婉写的诗被拿来作为入同好会的门槛，咱们同好会的人一定会遍布天下。"

温婉咬唇，低声道："今日所写，的确是差了些……婉儿也不过是太寂寞，所以想来同好会与众人谈诗论词。如今这样一闹，怕是要和各位道一声珍重了……"

温婉话没说完，声音先哽咽。几个男人连忙怒斥罗芊芊："罗小姐说话未免太刻薄了些，还记着婉儿抢了你第一才女名头的仇？"

罗芊芊身边几个女眷嗤笑道："那名头有什么要紧？大家都明白还是芊芊文才最好。好比世子爷不戴玉冠也是世子，玉冠给猪戴了，猪也还是猪。"

千应臣都忍不住被这话说得轻笑，只是一瞬，随即又恢复了正常，严肃道："同意小宁夫人留的人写下名字。在场十五名同好会之人，超过八人同意，小宁夫人就留下。"

十五个人里，有七八个是围着温婉的，这结果看都不用看。罗芊芊冷哼一声，甩了袖子就走。其余人也觉得无趣，纷纷散开。

温婉的心情糟糕极了。

季曼一路哼着小曲儿去了老夫人那里。老夫人也听闻了她与温婉比诗词一事，高兴地拉过她道："我就盼着你处处压过那狐媚子一头去，也好让轩儿看看谁才是最好的。"

"老夫人不用担心。"季曼笑道，"她除了比桑榆柔弱，其他地方桑榆不输她。若她真要冲着桑榆来，那桑榆就压着她给老夫人逗个乐。"

老夫人被她说得直笑，伸手刮了刮她的鼻梁道："你这小机灵，没枉费我疼你这么久。"

季曼陪着老夫人说了会儿话，用过午膳，便出门去安排落雁塔的事宜了。

如今的落雁塔更为奢华，五层上有太子亲笔写的《将进酒》下阕，又有被奉为传说的上阕，成了进京游子必来观赏的地方，掌柜也因此赚了不少银子。

季曼拿着当初落雁塔给她的小木牌，带着灯芯乘小轿过去。她刚上轿，就听见外头有声音喊："宁夫人。"

季曼捞开帘子一看，是罗芊芊。这姑娘长得不是很好看，但是气质绝佳，看着让人很舒服。

"何事？"季曼出了轿子，问她。

罗芊芊微微屈膝道："芊芊佩服夫人高才，不过那一群人都打好了算盘要去落雁塔大花一笔，让夫人账面上过不去。芊芊恰好与落雁塔掌柜有些交情，不如与夫人同去，也好有个准备。"

这姑娘倒是良善，季曼笑道："也好，多谢罗小姐了。"

当初掌柜说的是只要没人写出下阕，她凭这块木牌就能和朋友在落雁塔免掉一切费用。现在虽然下阕是对出来了，可是经济效益一点没少啊，季曼觉得这件事还是可以和掌柜谈谈的，所以也才有底气让那群人去落雁塔。

罗芊芊与聂桑榆共乘，还好两个人都不胖，轿夫不是很吃力。罗芊芊觉得聂桑榆面善，便开始跟她聊天。季曼随意问了两句关于温婉的事情，罗芊芊便跟倒豆子一样，说了许多事情出来。

比如温婉与人结交，总带着两分暧昧，又不说破，一众喜爱美色的男人便都围着她团团转。偏生那几个男人护着她得很，一概说自己与她只是诗友，不谈其他。再比如罗芊芊曾经当面指责温婉，说她有违妇道，温婉便哭着离开了同好会，导致一群男人纷纷说罗芊芊心肠歹毒，然后一起去将温婉请了回来。

温婉在这同好会里，还真是女神一般的存在。

罗芊芊有些愤恨地道："我最见不得她那狐媚样子。"

季曼轻声安慰："无妨，是狐狸总会露出尾巴。温婉若是还想要陌玉侯的心，接下来，她是断然不敢再放肆的。"

罗芊芊看了她两眼，道："您倒没有传闻里那么小肚鸡肠。"

传闻里聂桑榆是什么样子的，季曼已经不忍心去听了，于是有些苍凉地摆摆手道："我已经看淡了……"

太子同宁钰轩一起坐在了落雁塔第五层的厢房里。

听闻了聂桑榆在府里的壮举，太子哈哈大笑，看着宁钰轩道："你的家底别被她给败光了！"

宁钰轩无奈地摸摸鼻子："桑榆不会这样冲动。要真是打算败掉家底，那钰轩就搬去太子府住了。"

"求之不得。"太子笑眯眯地道，"不过你的温婉被欺负了，你倒是没有以前那样心疼。"

宁钰轩顿了顿，道："我心疼她。可是她没个分寸，我也是会生气的。这不就是因为心疼她，所以找了桑榆去吗？下午无聊，太子便与钰轩在这里看会儿好戏吧。"

太子深深看他一眼，食指叩着桌子笑道：“钰轩，你现在心里对聂桑榆，当真还是没有半点喜欢吗？”

宁钰轩垂了眼眸，轻轻笑道：“太子何必多虑？聂桑榆何德何能，能得钰轩的喜欢？只是婉儿最近行事颇有不对，还让锦瑟流了产，故而钰轩对她稍有冷待罢了。”

提起锦瑟，太子的神色倒不是很在意，随口道：“只是送你做路上调剂的人，没了孩子便没了，也犯不着冷落温婉。”宁钰轩淡淡一笑，扯开了话说到别处。

锦瑟当真只是太子在天香楼随意看中的，想着要找机会杀了聂桑榆，便得找个人去绊住宁钰轩。锦瑟容颜颇好，身段也迷人，故而被太子挑中。只是南巡那一路上宁明杰总是半夜不睡，在外头守着，太子就再也没有了下手的机会。

回京之后，宁明杰升了四品太府寺少卿。他虽然没有军器监那么有实权，但是从六品越级到了四品，足以显现皇帝对他的重视。一旦有征战的机会，就是宁明杰立功的时候了。

可惜的是，宁明杰投靠了三皇子。太子并不意外，是自己亲手将人推过去的，也没什么话好说。只是看着三皇弟什么也没做，白得一名悍将，太子不爽得很。

聂桑榆没死，宁明杰立功，三皇子还得了皇帝重视，南巡这一路太子是一点好处没捞到。不过太子不心急，棋是要慢慢下的，不到最后一刻，谁能定胜负？

季曼同罗芊芊一起，竟然很快说服了掌柜，同意这牌子继续有效。“但是，只对您同好会的朋友有效。”掌柜眼里放着精光，笑着道。

季曼明白，名人效应嘛。同好会里的人走到哪里不是前呼后拥，要是经常来落雁塔玩乐，落雁塔的名声不是又更响了一点？就相当于吃喝的东西，都是广告费了。

这么一来，落雁塔甚至在下午派了专人在门口，候着同好会的人，态度极好地迎他们上去。

“陌玉侯夫人已经将落雁塔第五层给包了场了。”掌柜迎上千应臣，笑眯眯地道，“各位大人随意。若是大人们不介意，也让这些文人雅士一睹各位风采如何？”

千应臣心里犯嘀咕：聂桑榆这么花钱，陌玉侯真的不介意吗？

不过身后的众人早已跃跃欲试了，见聂桑榆当真这么大方，当下也就跟上了五层，将所有昂贵的茶点都点了，然后请了墨官准备纸笔，一群人开始斗文作乐。

温婉自然也在，算着花销，心里冷哼。这一趟要是费上个几百两银子，她就不信钰轩当真能许了聂桑榆，自己定然也要在老夫人面前告上一状。最好这钱就让聂桑榆自己出，看她怎么哭。

季曼对这些热闹没兴趣，会进了，也不着急撕破温婉那美人脸。正好今天有空，她该去水记胭脂铺看看了。

季曼先前骗苜蓿说水娘子拿了她的方子自己去做生意了，其实是没有的。水娘子一直很诚信可靠，每月按照她的吩咐，将银票都保管得好好的，没有再往陌玉侯府送。上次埋掉的银票，季曼也找机会送回了水娘子这里。这次她打算去看看，水记这几个月赚了多少。

永宁街依旧是最热闹的街道，季曼带着灯芯到水记胭脂铺，发现铺子都扩了好几个门面，连三楼都包下来做了贵客楼。

“宁夫人。”水娘子远远看见她，连忙让伙计招呼着客人，自己亲自迎了出来，行了个小礼道，“您可算回来了。”

灯芯也是不知道雪花膏的事情的，季曼便让她在楼下等着，说是要上楼去看看胭脂。

水娘子抱了账本和一个红木雕花的箱子来，笑盈盈地道：“咱们的货是越做越好，我正想着不只在京城卖，其余地方也让人去开了店子卖。好多客人都是远道而来，买这个回去的。京城的生意红火，其他地方也该不差。”

季曼接过账本看了看，不看不知道，一看差点从椅子上掉下去。

“我眼睛花，你帮我读读这是多少银子？”季曼哆哆嗦嗦地指着那一堆繁体数字。

水娘子掩唇而笑：“三万七千八百两。这是这三个月来的纯利，奴家那份已经扣掉了，这些都是您的，全存了汇丰钱庄。”

女人的化妆品果然是利润最高的东西。好家伙，三个月就有这么多，再过几年，她是不是要成这朝代的第一首富了啊？

季曼觉得有些腿软，自己还跟那些个女人斗什么斗啊，抱着银子远走高飞，足以安度余生了。

不过神志清醒一点之后，季曼还是很想念她那世界的生活的。银子多是好事啊，不过她也带不走，就看淡一点吧。

水娘子要把装着银票的盒子给她，她连忙道：“你帮我保管着吧，我先拿三百两零用就是，需要的时候会再遣人来拿的。千万记得，万一哪一天有人来问你幕后老板，你一定要装作不认识我，就说这些东西一直是你自己弄的。”

“奴家明白。”水娘子聪明，季曼放心了不少。季曼又教水娘子，胭脂不仅可以用在脸上，还能用在眼皮上，叫眼影。那东西季曼没方子，不过水娘子做这一行的，应该能搞出来。

知道自己有钱，季曼也觉得底气足了不少，回到府里的时候看账都觉得心情好。齐思菱把后院的账本交给她的时候，她看过一遍，账面上是没什么问题，但是不知为何，府里的余钱变得很少。

陌玉侯有自己的封地，还有各方人送的东西以及皇帝的打赏，工资算是相当丰厚，养活一大家子人完全不成问题；但是这个季末的银子只剩了二十几两，开春还要给各房各院置办东西，显然不够用。

她刚刚才得正室之位，若是在吃穿用度上苛待了各房各院，落人口舌那就不好了。她想了想，挥手招来甘草，让甘草带着银票出去置办东西。别的不说，先把老夫人那儿的给置办好了。

锦瑟流产之后一直在休息，看宁钰轩的态度也是不太想搭理她，季曼想着女人坐小月子也不容易，还是给她置办够了东西。季曼唯一没让给够东西的是霁月院。

齐思菱一直有些针对聂桑榆，季曼看得出来；然而是因为聂桑榆亏了她在先，季曼也没什么好说的。一次两次她都当不知道，但是齐思菱现在在账面上动手脚，那她也只能见招拆招了。她不给聂桑榆留余钱？那行啊，她院子也别想得什么东西了。

同好会一众人在落雁塔狂欢了一下午，引了不少人围观。温婉又出了风头，被众人封为同好会第一美人。罗芊芊只暗恨，聂桑榆怎么走得那么早，不走的话，“美人”二字能落在温婉身上？

晚上回来的时候，温婉就没好果子吃了。陌玉侯去了太子府畅谈，夜不能归，老夫人就以温婉放荡为由，罚她去祠堂跪上一夜。

这情节原著里也有，季曼记得后来是温婉昏迷，然后被查出有身孕，侯爷回来还与老夫人大吵了一架，男主深情款款地护着女主，两人冰释前嫌。

身为女二，还是已知情节的女二，季曼会这么让他俩就好了？做梦。温婉不是喜欢被男人簇拥吗？那让她拥个够吧。

季曼送了消息出去，说是温婉被罚跪了祠堂，祠堂在陌玉侯府后门出去一里地的地方，墙矮易翻，请护花使者们速来。

娇滴滴的美人被人冤枉，可怜兮兮地跪在祠堂哭泣，一群风流少年都没按捺住，纷纷前往护花。不过规矩他们还是懂的，于是就没有进祠堂，只是在祠堂外头对着

月亮长吁短叹，叹陌玉侯不珍惜美人，叹老夫人歹毒。

温婉本来是在跪着的，可是祠堂没什么人，只有檀香陪着她。她本来就无聊，见外头又来了一群人来陪自己，心里一高兴，还管什么跪不跪，出去就哭诉委屈去了。

温婉有那么一群人陪着还想晕厥？那是不可能的。温婉这一晚上过得可开心了，第二天回府的时候都在想，这么多人对她好，她为什么就非吊在陌玉侯身上？

晕厥情节跳过，温婉的身孕也没有被查出来。季曼算了算日子，温婉这身子也该两个多月了，就是没什么妊娠反应，所以她自己都没察觉。当下的问题是，季曼该怎么处理这个未被发现的孩子。

孩子怎么说都是无辜的，季曼以前看宫斗剧也最讨厌女人对孩子下手。她没打算跟聂桑榆一样选择对温婉下毒，只是在什么情况下温婉这个孩子才显得不那么重要呢？除非她自己也怀了。

季曼掰着指头算啊算，从南巡回来到现在，两个月的时间，她有没有可能也怀上一个？

如果没怀，她那就等着温婉翻身吧；如果是怀了，她虽然不一定有温婉那样得宁钰轩欢心，但是正室有孕，妾室怎么都该靠边站。

怀着赌一赌的心情，她去找了李大夫来诊脉。

李大夫背着箱子来的，诊脉之后说的话却让她很失望："夫人并没有身孕。"

第三十五章

聂桑榆的死期

按照原著中的情节，聂桑榆这个时候也的确没有身孕。季曼还以为南巡一事都变化了，身孕也会有点变化呢，没想到还是一样。季曼叹了口气，也就没有多想，让苜蓿送了李大夫出去。

既然她没有身孕，那么就只能看着温婉翻身了。她不能去作死，因为聂桑榆的前世就是在这个时候死的。那本书她也就看到聂桑榆死的时候为止，后面的情节，她再也不知道了。

而且这个时候，不仅宁府要出事，还有宫里也有事。聂贵妃的身孕已经三个月，也告诉了皇上，皇后自然也就知道了。皇上大喜之下，说只要贵妃生的是皇子，便给予皇贵妃之位。

但是季曼知道，聂贵妃这个孩子会被诬陷是假怀孕，之后皇帝大怒，贬聂贵妃进冷宫，而聂桑榆也就被陌玉侯安心地赐死了。聂贵妃不进冷宫，陌玉侯就不会那么狠心将聂桑榆直接赐死。为了继续维持两家的关系，陌玉侯之后好像又迎娶了聂家的另一个嫡女。

季曼一点也不想死，所以先放下其余一切事务不管，扶着老夫人就要进宫。

“进宫去做什么？现在贵妃那里贺喜的人可多了。”老夫人一脸不解。

季曼一脸严肃地道："桑榆昨晚做了梦，梦见有人陷害贵妃娘娘，说她怀孕为假，只是腹胀气；还找了同流合污的太医一起诬陷娘娘，导致娘娘被贬冷宫，含恨小产。那梦太过真实，桑榆心里害怕，一定要与您进宫去看看。"

老夫人被这说法吓了一跳，不过看她都急出了冷汗，料想那梦也的确是有些真实得可怕。如今皇后虽然一直不得宠，萧家却权倾朝野。皇后心肠歹毒，不一定能容下贵妃这一胎的孩子。皇帝也是老来得子才格外开心，若是被人说是假的，那希望越大失望越大，惩罚必然越重。

这样一想，反正去看看也是好事，老夫人就答应了与聂桑榆一起进宫。一到凝露宫，聂贵妃还没来得及拉着聂桑榆的手说会儿话，就见她一脸严肃地道："姑姑，防人之心不可无。虽然已经有一位老太医诊断过您的确是怀了身孕，但是桑榆觉得保险起见，等会皇上若是来了，您就装一下身子不舒服，让宫里所有的太医都过来诊断。"

聂贵妃不明所以地看着她："这样兴师动众是为何？"

"桑榆不会害姑姑。"季曼道，"让所有太医都查了，皇上也在场，以后就再也没人敢诬陷姑姑的肚子是假的。"

聂贵妃叱咤后宫多年，这些手段不是没用过。不过她最近是过得太安逸了，又或者是年纪大了，不想争抢什么，以至于都忘记了这后宫里她不害人，人也要来害她。被聂桑榆一提醒，聂贵妃整个人才清醒过来。

于是皇上过来凝露宫的时候，季曼与老夫人跟着跪下见礼，就听得聂贵妃"哎哟"一声，捂着肚子，脸色痛苦。

"爱妃，这是怎么了？"皇帝被吓了一跳，连忙过去扶住贵妃。聂贵妃一边喊痛一边吩咐身边宫女，将太医都找来。

宫里的太医来了七八个，都说贵妃胎儿很稳妥。一切都很顺利，季曼也就松了一大口气。聂贵妃也就跟皇帝告了罪，说是自己太大惊小怪了。皇上正高兴呢，又怎么会怪罪她，当夜还就在凝露宫歇下了。

回去的时候，老夫人还有些责备聂桑榆："该是你多想了。看皇上这样宠爱贵妃，怎么会因为一两句诋毁的话，就质疑贵妃呢？"

季曼叹息一声，男人下一步想做什么，女人永远不知道。反正这一关过去了就好，其他的都不重要。回到陌玉侯府，见一众人进进出出，很是慌张的样子，季曼就知道，该来的始终得来。

"婉主子怀孕了。"檀香堵在门口，见老夫人和季曼回来，就一脸喜气地上前禀告。

老夫人震了震，扶着聂桑榆的手问:“怎么会怀孕了？轩儿才回来多久？这是谁的孩子？”

檀香笑容顿了顿，一脸严肃地道:“主子的身子有两个多月了，是侯爷南巡之前怀上的。老夫人若是不信，可以进去问大夫。”轻哼一声，老夫人带着聂桑榆就往蔷薇园走。

宁钰轩回来了，正坐在温婉床边，一脸温柔地拉着温婉的手。温婉眼睛红红的，想来是哭过，但是整个人看起来精神了很多。季曼进去的时候，见宁钰轩回头看了自己一眼。他眼里的神色有些奇怪，季曼没看懂。

温婉一见老夫人，就作势挣扎着要起床，本来是想做做样子的，奈何陌玉侯也没拦她，她就只有硬着头皮下床来，给老夫人行礼。

怀了身子，又是平妻，老夫人自然没怎么好为难她，就让她躺回去，然后开始问大夫情况。孩子的确是南巡之前怀上的，老夫人叹了口气，让人好生照顾，说完就朝聂桑榆使了眼色，要她跟自己回去，听自己训话。

这正室的玉牒还没拿下来呢，要是这个时候给温婉翻了身，以后再想拿正室的玉牒，那可就麻烦了。季曼觉得只要命还在，一切都好。这是聂桑榆的大劫，平安度过了，也算一件好事。所以季曼抬脚就打算跟老夫人出去。

“桑榆。”宁钰轩轻轻开口，声音听起来很温柔。季曼好奇地回头看了他一眼。宁钰轩微笑道:“昨儿与太子谈了一宿，今天回来倒是不怎么睡得着。你的推拿不错，可愿意伺候我睡上一会儿？”

老夫人顿了顿，儿子既然要媳妇儿，她老太婆自然不能抢，只挥挥手让聂桑榆去。季曼觉得奇怪:现在正该是温婉最矫情最需要人陪的时候，陌玉侯居然不陪她，而是要去自己那里睡觉？

季曼瞥了一眼温婉的脸色，果然又难看了。季曼点头应了，宁钰轩便安慰了温婉两句，就与她一同往外走。屏退了家丁，两人就一前一后走在去非晚阁的路上。季曼猜不透这人要干什么，所以也就没开口，安静跟在后头。

“温婉的孩子，你不能碰。”走了好一会儿，他才突然开口，回过头来笑得有些温柔地看着她问，“能答应我吗？”

美男计？季曼嘴角抽了抽。他问这问题有意义吗？她肯定会回答能啊，不然白白被他拖出去打一顿板子多不划算。

“侯爷不必担心。”

宁钰轩点了点头，伸手将她揽到身边并排着。

“昨天太子与我都喝醉了，他是彻底大醉，而我没有。”宁钰轩声音极轻地在她耳边道，“他最后说了一句话，是关于你的。”季曼心里一惊，抬头看向他。

“太子说，若是他一朝君临天下，要立一个跟你一样聪明的女人为后。”宁钰轩的声音很轻，“你也真是好本事。”

季曼白了脸，抿唇道：“妾身说这是太子在挑拨，您信不信？他与妾身之间，是什么都没有的。”

宁钰轩“嗯”了一声，道：“你不用解释，太子的心思我很清楚，也不会上了他的当。今天是想跟你商量一下，要委屈你一段日子，怎么样？”季曼看着眼前的人，觉得他背后有九条狐狸尾巴，正在迎风招展：“侯爷此话何意？”

“太子的话都说出来了，我总要给点态度啊。”宁钰轩笑道，“你去思过阁住十天，就十天，如何？”

因为她聪明，宁钰轩才会这样同她讲，聪明人与聪明人说话是最省事的。季曼感觉到了，宁钰轩做这个样子给太子看，无非是让太子知道陌玉侯不稀罕聂家。

叹了口气，她躲过了死期，却还躲不过这一茬；而且宁钰轩这狐狸，竟当面指着陷阱对她说“商量一下，你跳不跳？”然后她还没有拒绝的余地。不过她要是肯主动帮忙，说不定还能换点筹码回来。

季曼无奈地点头，随后看着宁钰轩问：“这样一来，妾身有什么好处？”

“嗯，户部扣着的正室玉牒，我让他们尽快给你拿下来。”

季曼：“……”敢情说什么手续漫长都是假的，这人一直在暗中阴她呢？

季曼长叹几声“人在屋檐下，不得不低头”，就跟着宁钰轩一起回了非晚阁。她装作失礼触怒了他，而后被他罚去思过阁。

老夫人问起原因，宁钰轩就去把太子的话说了一遍。老夫人也就不好再说，心想只是关十天，也正好让桑榆避一下温婉怀孕的风头。

于是从这里开始，温婉“翻盘”了，借着身孕重新获宠，而聂桑榆却一个人带着苜蓿搬去了思过阁。

“主子。”苜蓿已经哭了好久了，眼睛红红地看着这院子道，“没有想到我们又回来了。”“嗯。”季曼笑道，“要是饿了，我再去厨房偷只鸡。”苜蓿被她说得笑了，又忍不住心中悲苦起来：好不容易有好日子过，怎么就又这样了呢？

当天夜里季曼睡在床上，正在感叹自己这女二做得也太惨了些，却不承想一个人影正翻窗而入，将一把迷药捂在了苜蓿的口鼻上。

季曼察觉到了动静，翻身轻轻靠在墙壁听着，警戒地盯着外头的人影："谁？"

那人探着苜蓿的脉搏，觉得她今晚不会再醒来，才转身过来，悠闲地道："你倒是容易被惊醒。"声音熟悉得很，季曼翻了个白眼。堂堂陌玉侯，怎么也干这种半夜翻墙入户的勾当？

"侯爷怎么来了？"

宁钰轩轻轻扯开外袍，打了个哈欠道："寻不到一处安睡的地方，所以还是来你这儿。明儿一早再走。"

骗谁呢？季曼知道这人定然是有话要说，于是重新躺下来，放下了一身戒备。宁钰轩是现在最不会杀她的人了，在这人身边，她反而能轻松些。

"我在想一个问题。"宁钰轩躺了一会儿，长长地叹了口气道，"桑榆你说，温婉有孩子了，那慕水晴的孩子，我是要还是不要？"季曼心里一惊，微微睁大了眼睛："为什么不要？"

"多了。"宁钰轩淡淡地道。原来是怕子嗣将来争位，季曼搞不明白，那万一温婉生的是女儿怎么办？

这男人心思太深，她看不懂，所以还是沉默最好，免得被他忽悠着掉了什么坑里去。

"不要装睡。"宁钰轩伸手戳了戳她一副安详模样的脸蛋儿，低笑道，"你逃不过去的。"季曼翻了个身，将头埋进被子里，直觉告诉她今晚上宁钰轩来者不善，她才不会上当。

温热的气息从背后卷过来，宁钰轩环抱着她，将下巴搁在她的肩窝，温温柔柔地问："桑榆，想不想从思过阁出去？"送她进来的就是他，现在还拿这个当条件？季曼深吸一口气，继续装睡。

"你好像还欠我一个大冒险。"身后的人轻笑道，"不如现在就来履行吧。"季曼睁开眼睛，转身很是严肃地看着他道："侯爷，桑榆觉得对孩子下手是很丧心病狂的事情，对自己的孩子下手就更是禽兽不如。您不想要那孩子，当初又何必让她怀上？现在慕水晴的肚子已经快四个月了，小产很危险，您知不知道？"

宁钰轩脸上的笑容顿了顿，看着怀里这人的眼神，还真是带了点厌恶地看着自己。伸出自己的手看了看，宁钰轩开始反思：自己真的丧心病狂、禽兽不如吗？可是不这样，自己一步步走进太子布好的局里，那该怎么办？真由太子牵着鼻子走，他定然护不住这一家上下的性命。

慕水晴的孩子不能留，一旦留了，他就得任由这个太子的眼线在陌玉侯府根深

蒂固。孩子若是男丁，将来也必定是筹码。他一早就没有让慕水晴平安生产的打算，只是在等一个机会，一个能借把刀的机会。

本来以聂桑榆以往的好妒心理，要除去那孩子是很容易的。可是面前这女人意外地难对付，竟然怎么都不上钩，他有些头疼。

“侯爷不想要孩子也是您自己的事情，但是没有必要将桑榆扯进去。”季曼认真地道，“虽然妾身也明白自己是下手的最好人选，事后还能有老夫人护着，但是这件事，妾身不想掺和。”

宁钰轩伸手碰了碰她的眼睛，叹息道：“你怎么就变得这么聪明了。”季曼垂眸不语。

“聪明太过，也是让我讨厌。”他伸手揽过她，闭上眼睛道，“你就当我没有提过，只是来睡个好觉的。”

季曼轻轻“嗯”了一声，然后背对着他继续睡觉。一夜无梦，第二天醒来，宁钰轩已经走了。苜蓿一脸茫然地看着她道：“主子，奴婢昨晚好像睡得格外地沉。”

“嗯，说明睡得好。”季曼拿了几幅字帖出来，摆好笔墨，开始认真练字。在思过阁也不能无所事事，她就托赵大娘给自己买了字帖，练练字，努力提升一下自己的存活率。

之后安静了两天，外头果然就出事了。苜蓿拍着胸口大喊“庆幸”，心想幸亏她们是在思过阁。原来宁尔容回门的时候众人在一起用膳，不知怎么的慕水晴就和刚好要起身的温婉撞到了一起去。温婉身边的丫鬟护主子心切，就一把将慕水晴推开了。慕水晴退几步，撞倒了身后的花瓶，跟着一起摔下去。

慕水晴本来只是动了胎气，但是来的大夫似乎开错了药，将近四个月的孩子就这么没了。

据说慕水晴发了疯，哭喊着要温婉的孩子来偿命。温婉也是委屈不已，说完全不关自己的事。之后府里人心惶惶，每天半夜都能听见慕水晴凄厉的哭声。陌玉侯迫于无奈，将慕水晴迁去了别院休养。

季曼边听边冷笑：好一个迫于无奈，宁钰轩这一招借刀杀人玩得真是顺溜。他不是真心喜欢温婉吗，怎么也舍得拿她当刀了？

晚上宁钰轩依旧来了思过阁，依旧是翻窗，迷晕苜蓿，动作一气呵成，然后过来抱着她叹气。

“侯爷舒服了吗？”季曼嘲讽他一句。宁钰轩弯了弯唇：“你别把我想得那么没人性。自己的孩子没了，我也是会难过的。”季曼觉得心有点凉，这男人太可怕了。

“尔容回门的时候好像不太开心。”宁钰轩转了话题，“等你出去了，可以回聂府看看她。”季曼顿了顿，尔容不开心？按理来说，她与聂青云已经不像原文里那样是被强迫成亲的，而是双方彼此都有一点好感了吧？本来两人是该在南巡之前就成亲，到聂桑榆死的时候，已经和离了。

虽然她强改了两人的情节，难道他是逃不过原文的束缚？如果结局都是一样，只是推迟了的话，那聂桑榆的死是不是也没有改变，而只是被推迟了？季曼浑身都凉了凉，伸手去抱紧了宁钰轩。

“嗯？”宁钰轩有点意外，她今日竟然这样主动？“侯爷会有爱上桑榆的那一天吗？”季曼轻轻柔柔地问了一句。宁钰轩的身子僵了僵，而后慢慢放松，微微启唇道：“谁说得准呢。”

季曼暗暗吸了一口气：不行，不能放松警惕，她得争宠，只有得了宁钰轩的心，她的命才能是妥妥的。因为这府里唯一不会被他卖了的人，就是他的心上人。想明白了这一点，接下来的日子里，季曼就开始认真练字。晚上陌玉侯要是来了，她就主动一点服侍他；白天没事的时候她再练练刺绣、画画。弹琴的技术含量太高，她就不去尝试了。

十天之后出来，府里已经是变了个模样：少了慕水晴，锦瑟更活跃于人前；齐思菱握着后院账本不愿再还给聂桑榆；温婉抱着肚子一心一意养胎，却时不时会矫情两下，惹出点事情来。唯一没变的就是千应雪和柳寒云，两个人都是安安静静的，几乎没有存在感，但是侯爷一月之中还是会去看望她们。

深呼吸一下外面的空气，季曼换了一身天蓝色的长裙，朝太阳比了个加油的手势。斗女人容易，要争男人，还是有些难度的。季曼去给老夫人请了安，告了罪，老夫人说了她两句，要她以后安分些，也就没事了。

在思过阁待了十天，反而少了不少麻烦事。用过晚膳，季曼捧着熬好的汤，十分殷勤地打算去书房看望勤奋的陌玉侯，苜蓿跟在她身后。今天的天色暗得很早，两人从厨房出来，就感觉晚风凉凉的，四周都黑了不少。

从池塘边路过，季曼觉得后脖子有些凉，忍不住停下脚步往四周看了看。“主子，怎么了？”苜蓿缩缩脖子，突然有点害怕。季曼勉强笑了笑：“应该是我多想了。”季曼端着东西继续走，走到飞月阁前后，突然就听见了婴儿的哭声。季曼吓得手里的汤都掉了，滚烫的汤汁溅了自己一身。

“哪里来的婴儿？”季曼白了脸转头问苜蓿。苜蓿吓得腿都软了，拉着她哆哆嗦嗦地道：“这，这是飞月阁啊主子。”慕水晴被送走了之后，飞月阁是没有人的，

又哪里来的婴儿哭声？季曼是亲眼看见过聂桑榆鬼魂的人，当下就有了不好的联想，深吸一口气，撒腿就往书房的方向跑。

苜蓿不淡定了，跟着尖叫一声，大喊："鬼啊——"这一声嚎叫，路上被惊醒的人不少。季曼只往书房狂奔，到了地方就撞开门，扑到宁钰轩身上抓着他的衣裳哆哆嗦嗦地道："你的报应来了。"

宁钰轩挑眉，难得见她被吓成这个样子，伸手将人抱进怀里道："什么报应？""你听……"季曼指了指外面。婴儿的哭声越来越大，响彻整个侯府，宁钰轩的脸色也沉了。

第三十六章

谁织了一张大网

自古宅院里，哪处没几个冤魂？闹鬼这种事虽然也不少，但是每闹一次，必然是人心不安、家宅不宁。

前头慕水晴刚刚流产，接着就开始有婴儿的啼哭声在半夜响起。宁钰轩带着聂桑榆推开门去看的时候，声音却突然停了。飞月阁旁是霁月院，霁月院里的人听到哭声都被吓得不轻。温婉刚要入睡，也被这声音吵了起来，吓得直哭。

一众人都急急忙忙穿了衣服往陌玉侯的书房来，除了千应雪身子不适没有出来之外，连温婉都哭着来了。

“你们刚刚有没有听到？”锦瑟站在最前头，语气夸张地道，“有婴儿的啼哭声！而且那么凄厉，只会是无辜的死婴……”

“胡说什么！”齐思菱白着脸呵斥了锦瑟一声，“你当这是什么地方，也能让你张口乱讲！”锦瑟捂了捂自己的肚子，讥诮道：“姐姐没有过身孕，自然是听不出来。可怜锦瑟的孩儿也是这么没了，所以锦瑟能听清那孩子哭声里的怨恨。”

温婉几乎要站不住了，死死地抓着宁钰轩的衣袖。宁钰轩轻轻安抚着她，看了一眼众人道：“鬼怪这样的东西，也只有人能折腾出来。你们要是不安心，明日我就请圣僧来作法，顺便也将衙门的人叫来查查，看是谁人在背后作怪。”

众人相互看了一眼，都不再说话。宁钰轩又挥手道："都回去歇着吧。"一群女人慢慢散去，温婉却抓着他的袖子不肯松开："你不陪我吗？我害怕。"

宁钰轩温柔地在她额上吻了吻："我派人去守着你的院子好了。今晚公文太多，我是怎么都不能睡的。婉儿，听话。"

温婉委屈地看了他一眼，又看看旁边低头不语的聂桑榆，无奈地先跨出了门："那等你忙完了，一定要来看我。"

"好。"宁钰轩点头。

锦瑟没有什么害怕的神色，带着丁香走在前头，回头一看温婉也出来了，缩了缩脖子道："婉主子，侯爷不陪您吗？这怨气这么重，肯定是要冲着您去的啊。"

温婉停下了步子，抬起下巴看着锦瑟道："你吓唬我也没用！那孩子不关我的事，怎么都找不到我头上。"

当时她是想起来去如厕，慕水晴在旁边站得好好的，却不知道被谁推了一把，直接朝她撞过来。她又没做什么，是檀香将她推开了，怎么都算不到她头上吧？温婉在心里给自己鼓气，抬脚又继续往前走。

锦瑟有些诡异地笑了笑，也随温婉一起走了。经过飞月阁的时候，一群人的步子都加快了些。温婉走在最后，忍不住小跑了几步。

"哇——"婴儿的哭声再次响起，温婉腿一软就直接跌了下去。前头的人一个个跑得飞快，连檀香都差点舍下她跑了，不过最后还是犹豫了一下，才回来扶起她往前走。

空荡荡的宅院，婴儿哭声不断。温婉回去，当天夜里就发起了高烧。檀香被吓糊涂了，夜里没有怎么好好照看温婉，结果第二天的时候，温婉已经病得很严重了。

陌玉侯请了御医来给温婉看病，并且警告府里众人，不许将闹鬼之事外传；又请了皇上最信任的那位圣僧来，说要除除晦气。

这事不知怎么就惊动了三皇子，闲得无聊的三皇子就来侯府里看热闹了。"表妹不怕这些东西吗？"三皇子站在院子里，一边看圣僧施法，一边问聂桑榆。季曼勉强笑道："怕还是怕的，只是冤有头债有主，怎么都不会祸及桑榆。这样想想，桑榆也就放心了。"

三皇子深深地看了她一眼，笑道："你倒是想得开。"季曼一心一意看那院子里的圣僧作法，也就没有注意三皇子的神色。

作法仪式结束之后，宁钰轩请了一尊佛去飞月阁供着。圣僧和三皇子站在院子里相互问好，聊了几句。季曼无意间扫了他们一眼，觉得这两人看起来挺熟络的。

到了晚上，宁钰轩派了十名家丁在飞月阁守着，当天晚上果然没再有婴儿的哭声，也不知是圣僧作法起了作用，还是十个家丁起了作用。

温婉一直做噩梦，醒来也是浑浑噩噩的，还不爱让檀香服侍了。侯府里的人都觉得她有点魔怔。宁钰轩有些头疼该让谁伺候她。连檀香她都不让靠近，还有谁能靠近她？

御医说温婉已经动了胎气，再这样惶惶不安下去，很可能会流产。宁钰轩便将目光看向了聂桑榆。

“别考虑妾身。”季曼微微一笑道，“她肯定不会让我靠近的。”说的也是，温婉现在最不喜欢的就是聂桑榆，又怎么可能让她陪着？宁钰轩觉得头疼，头疼了好几个时辰之后，千怜雪来了。

“让妾身试试照顾婉主子吧。”千怜雪捂着嘴咳嗽两声道，“妾身本就是个药罐子，身边的丫鬟伺候人也有经验了，不如就让婉主子跟着妾身去雪松院住两天。”

千怜雪一向是温柔、没有攻击性的存在，宁钰轩点头应允了，让她去试试。温婉竟然真的不是很抗拒，抓着千怜雪的手，还能睡得很熟，不再做噩梦。

季曼觉得这位雪姨娘也是个妙人，平时一贯不管这些事情的，现在却在这个风口浪尖上把温婉带了回去。也许她当真是一时善心？季曼摇摇头，不去多想。

季曼的字帖练了一百张，终于能写一写毛笔字了，虽然还不是很好看。最近府里不太平，但是季曼依旧每天去老夫人那里请安，说点笑话逗乐。老夫人是信佛的人，听见外头的风言风语，只笑道：“心里无愧，哪怕鬼追。这些个不消停的女人，也只有你让我最放心了。”

季曼乖巧地伺候老夫人用膳，之后又十分殷勤地往宁钰轩那里送了清凉茶。忙得焦头烂额的宁钰轩都快上火了，清凉茶自然是降火解毒的佳品。要得男人的心，自然应该体贴一点，多照顾男人一点，季曼看着宁钰轩舒展了的眉头，心里默默给自己点个赞。

“桑榆，三皇子的生辰快到了。”宁钰轩扶着额头开口道，“最近府里这样乱，我也来不及准备他的贺礼。这件事你就多费心一点。”

“好。”季曼点头。做一个好女人的法则之一，就是要替男人分忧，不给他雪上加霜。

礼物嘛，小意思，先去打听打听三皇子喜欢什么。季曼选择了去问老夫人。听老夫人说三皇子偏爱山水画作，季曼便吩咐水娘子，在外头给自己淘一件五百两银子左右的山水画屏。

水娘子办事效率很高，下午就让人将画给她送来了。季曼命人将画抬回非晚阁的时候，却遇见了锦瑟。

“这是什么东西？”锦瑟好奇地看着那画屏，张口就问。对于她的无礼，季曼都习惯了，也就老实回答：“给三皇子的贺礼，侯爷吩咐买的。”

“三皇子会喜欢这个？”锦瑟嗤之以鼻，“您还不如送一幅美人图给他呢。”季曼心想这女人应该是自作聪明习惯了，三皇子不是一向寄情山水吗，怎么会喜欢美人图？再说了，锦瑟又不认识三皇子，信口胡诌，能信吗？

于是季曼微微一笑，绕过了她去将东西拿给宁钰轩交差。结果宁钰轩看见那画屏想了许久，道：“也行，他屋子里也缺这么个摆件。只是你为何不选昭君出塞图，而是选个山水画？”

季曼愣了：“三皇子不是喜欢山水吗？”宁钰轩笑道：“那是你表哥面上假正经，他向来爱收藏美人画的。”

季曼觉得脑子里好像有什么闪了过去，快得让人抓不住，好像一瞬间明白了什么，抬头又觉得茫然。

三天里，侯府平安无事，被请来的圣僧就要告辞回山了。一众人去门口送圣僧，圣僧却双手合十，看着季曼道：“这位施主请借一步说话。”

季曼不知道这个人为什么会是圣僧，虽然挺有仙风道骨，但是眼神不清澈，明明还在红尘之中。他这会儿叫她过去，又会说什么呢？

“您明日会有难，离开侯府方可避难。”圣僧认真地看着她小声道，“可回娘家，名正言顺。老衲也只能帮施主到这里了。”行了个佛礼，圣僧走了。

避难吗？季曼觉得这老和尚虽然一定没那么神奇，但是这话说得总有些警告她的意思在里头。她要避什么难？他又为什么要帮她？她是不是在不知不觉中掉进了一张大网里？宁可信其有不可信其无，季曼还是决定按照宁钰轩前几天的吩咐，回聂家去看看宁尔容。

新婚宴尔，宁尔容却和聂青云住的不是一个院子。季曼回去聂家的时候，感觉气氛有点压抑。“桑榆。”尔容看见她，几乎是哭着扑过来的，一张脸哭得花兮兮的，呜咽着道，“我想回家……”

季曼心想，你的家现在比这里可乱多了，还不如不回去呢。不过看她哭得这么惨，季曼也忍不住问：“到底是怎么了？”

宁尔容抽抽搭搭地拉着她，屏退了丫鬟道：“你哥哥从娶了我开始，就没有碰过我。”

季曼大惊，下意识地转头看了看四周。屋子里安安静静的，外头也没有什么人声。

“怎么会这样？”

宁尔容扯着嘴角脸色难看地笑了一下，道：“兴许是我自己的问题。他不喜欢我，却硬是和我成亲了，不想与我同房也是自然。只是……我连落红都拿不出来，被夫人逼着问了许久，最后要验身以证明清白……我……”话没说完，她又哽咽了。

季曼气得不行。聂青云也委实太欺负人了，堂堂郡主嫁给他，竟然要受验身这样的委屈。也亏得宁尔容是爱惨了他，才会在回门的时候一句话也不说，否则以靖文侯疼女儿的样子来看，怎么都不会与聂家善罢甘休。

“我去找哥哥去！”季曼起身就要往外走。

“桑榆。”宁尔容拉着她的衣袖，眼睛红红地道，“你已经帮了我不少了，没道理还要在这种事上为了帮我去说他，再说我也丢不起这个人。”

“那要怎么办？”季曼是真的觉得很生气，“他既然答应了娶你，就应该疼你爱你，怎么会让你受这样的委屈？一个男人连自己的女人都保护不好！”她平生最恨没有责任感的男人，没有想到一直觉得不错的聂青云，竟然也变成这样。

宁尔容被她说得愣了愣，抿唇道：“青云其实也挺好的，只是我不得他的心罢了。他没有亏待我，虽然不与我同房，却还是会变着法儿哄我开心，给我买民间的小玩意儿。他其实温柔起来……也很好。”

季曼揉了揉太阳穴，女人永远是好了伤疤忘了疼的生物，伤心难过完了，又会不停念起那个人的好来。顺了顺气，季曼重新在她身边坐下，问：“你记不记得你出嫁之前我跟你说的俘虏男人心的办法？”

宁尔容一顿，点点头：“我记得。你说要欲擒故纵，要吊着他，不要总是对他那么好……

“可是桑榆，就是这个人，我面对着他，会什么方法都不记得。我只想他眼里有我，只想他能真心实意爱上我。这种感觉你明白吗？”

季曼心里疼了疼，沉默不语。

谁年轻的时候没有爱过几个混蛋呢，但是季曼不明白，宁尔容并没有哪里不好，不管是家世还是相貌都与聂青云十分登对，为什么聂青云会这样对她呢？安慰了她好一会儿，并且今晚说好陪她一起睡，季曼才抽了空出来去见陈氏一趟。

作为宁尔容的婆婆，陈氏也不是个善茬，连给宁尔容验身都做得出来，也甭想

她平时会对宁尔容多“好”了。季曼踏进陈氏的院子的时候，见陈氏正在挑拣着一小篮子的珍珠。

那是宁尔容的嫁妆，宁尔容为了讨好陈氏而送给她的。陈素琴长长的指甲挑起一颗又一颗，嫌弃地看着，却又一颗都舍不得筛掉。

“哟，这不是陌玉侯夫人吗？”看见门口聂桑榆进来，陈氏笑眯眯地坐着道，“不是来看尔容吗？怎么往我这院子里来了。”

季曼没笑，一步步慢慢走过来，在桌子边坐下，看着她道：“好久不见，母亲的眼光还是跟以前一样。”肤浅又让人觉得可怜。

“我的眼光怎么了？”陈素琴哼笑一声，拈了一颗指头大的珍珠对着阳光道，“我是该享福的时候了，不比得你，青春正好。你少操心些不该你操心的事情。”

“聂家的事情，不该桑榆操心吗？”季曼轻笑了一声，“父亲对桑榆有养育之恩，哥哥对桑榆有照顾之恩，虽然其他人与桑榆没什么相干，但是我也不能看着他们被一些人愚蠢的做法给害死。”

“呵。”陈氏不屑地看她一眼，“你倒是说说，谁要害死谁了？”

季曼双手交叠放在膝盖上，一脸严肃地道：“靖文侯是皇上一向尊敬的长辈，封地靖州更是行兵重地，朝堂之上，靖文侯都是被允许看座的。母亲觉得，靖文侯府的地位低吗？”

陈氏放下珠子收回手，不太自在地道：“没人说他们靖文侯府低了，是青云高攀。”

行啊，还能说明白事，季曼看着陈氏道：“虽然是高攀，桑榆也不觉得母亲现在是低了尔容一头去，相反尔容是处处孝顺着您，您为何还要反过来为难她？”

“我为难她什么了？”陈氏皱眉道，“你可不要血口喷人。”“验身一事。”季曼眼神凌厉了些，看得陈氏转过了脸，“母亲一定是想着尔容深爱哥哥，所以这种事就算做出来了，尔容顾及着哥哥，也不会告状。可是这件事本身就是聂家理亏，母亲还去雪上加霜，就不怕尔容哪天受不了了，一状告到御前去？这婚事可是皇上下了旨意庆贺的，母亲心里没有分寸吗？”

陈氏被说得无言以对，自己的确是觉得这郡主爱青云爱得深，所以才无所忌惮了些。谁让宁尔容是聂桑榆塞给青云的人？虽然她人不错，但是她在聂府，陈氏心里就是不舒服。

“什么时候这府里轮到晚辈教训长辈了？”陈素琴色厉内荏地低斥了一声，站起来道，“管她是郡主还是什么，嫁进聂府，那就该听我的。要是觉得委屈了，我让青云给她一封休书就是！”

季曼真被这女人蠢得气死。陈氏半点没有为聂青云想过，就完全靠自己的心情来决定事是吗？

“桑榆该劝的都劝了。尔容是难得一见的好媳妇，母亲要是不珍惜，以后失去了，后悔莫及。”季曼站起来朝陈氏行了个礼，“望母亲多思量。”

陈素琴看着她这张脸，眼里闪过怨恨和恐惧，干脆别开头不去看。季曼行完礼就走了，让灯芯出门了一趟。一个时辰之后，季曼直奔聂青云平时住的青云阁。

别误会，她不是去当说客的，这种事情她也没立场去说什么。人家夫妻俩，你个小姑子跟着掺和什么？她要做的不过是往他房里去下药。

没错，就是春药。这事还有什么好说的啊。不肯同房？逼也要逼得你同房。都成亲了还顾忌什么，早中春药早完事。

聂青云还没有回来，他在朝里也是挺忙的，回来也是晚膳的时候了。

季曼的药是让灯芯从青楼高价收购的。也是灯芯运气好，在后门就遇见了老鸨，一锭银子砸下去就搞定了。春药一共两份，一份外用，一份内服。

季曼已经亲自下毒，不，是下厨，给聂青云做了一顿晚膳，然后把宁尔容叫去沐浴，让灯芯把外用的药给宁尔容都抹了，内服的药粉也抹了点儿在宁尔容的脖子上。季曼将剩下的药全数加进晚膳，为保险起见，又给青云阁的灯盏里还燃了一点。

于是晚上，聂青云回来，看见她来了，很关心地问了几句话之后，就开始与她还有尔容一起在青云阁用膳。

当然，没吃两口，季曼就找借口离开了，顺便带走了所有丫鬟、家丁，以制造良好环境。

事了拂衣去，深藏功与名。

季曼在宁尔容的花容阁睡得特别踏实，第二天一醒来就让灯芯去打听青云阁的情况。

哪知青云阁的消息还没打听回来，灯芯就先匆匆回来禀告：“主子，侯府里出事了，您还是快些回去的好！”

真出事了？季曼心一提，有石头高高地悬了起来。难不成那圣僧的话还是有两分可信度的，自己又躲过了一劫？“出什么事了？”季曼一边更衣上车，一边问。

灯芯皱眉道：“一大早就有侯府的家奴过来报信，说是昨晚侯府出了事。虽然他没说到底发生了什么，但是这么急来叫您回去，应该不是小事。”季曼皱眉，托着下巴想了好一会儿。

会出什么事？脑海里浮现那圣僧的模样，又想到三皇子，还有总是很惹人眼的

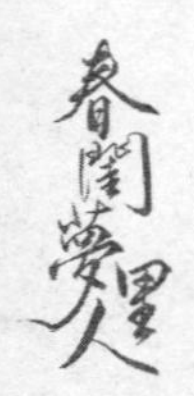

锦瑟，季曼总觉得自己有什么事情快想明白了，却又还有一点地方没理通顺。

“夫人。”甘草在府门口等着她们呢，见她们一下车，连忙就迎上来，简明扼要地道，“婉主子小产了，据说是昨天夜里被鬼婴缠身，活生生吓掉了孩子。雪姨娘也吓病了。侯爷发了一晚上的火，现在正在主院与老夫人说话。”

温婉的孩子也没了？季曼虽然很想说喜闻乐见，但是这鬼婴不是圣僧除掉了吗，怎么又冒出来，还将温婉吓流了产？

望着陌玉侯府的牌匾，季曼也打了个寒战，抿着唇跟着甘草往主院走，总觉得有什么阴谋在渐渐浮出水面。

第三十七章

女主与女二同床共枕之夜

老夫人在主院里供了一尊玉观音，观音正面含慈悲地俯视着下面跪着的众人。

季曼一进去就看见旁边裹得跟粽子一样，脸色惨白的温婉。刚刚小产，她竟然就被人抬到这里来了。屋子里焚香的气味很浓，老夫人正跪在最前头念着经，喃喃的声音让整个屋子都陷入一种莫名的紧张气氛中。

千怜雪也跪在一边，跪一会儿就靠着丫鬟的身子喘息一会儿，然后接着跪。锦瑟低着头，这次看起来倒是老实。齐思菱脸色不太好看，正有一下没一下地帮温婉顺着气。唯一一脸大无畏的反而是一直没什么存在感的柳寒云，一点都没有其他女人脸上呈现的恐惧。

这才是不做亏心事，不怕鬼敲门吧？季曼对柳寒云印象不深，只觉得这姑娘好像很直爽，虽然出身有点低贱，却一直活得挺坦荡的。

季曼转过头来看温婉，见她双目无神，身子一直在发抖，整个人憔悴得已经没了一点美人的样子，好像还在小声地喃喃自语。因为隔太远了，季曼也听不清她说的是什么。

季曼跟着跪了下来，看这样子老夫人是打算一直念经到宁钰轩回来了。宁钰轩大概是觉得圣僧不管用，就亲自出去请法师，听人说还专门请了些神婆，打算将侯

府里里外外的邪祟都清除干净。

季曼觉得这些多半都是骗子，因为自己的身子里还住着一个鬼呢，也半点没受这些佛啊经啊的影响。不过她也奇怪，为什么好久没听见聂桑榆说话了？

跪了一会儿，千怜雪像是跪不住了，小声跟老夫人告了罪。老夫人一直觉得她是个省心的，也就没多为难，让她先回去休息了。

季曼实在好奇昨天晚上到底发生了什么。温婉明明在雪松院，难不成那鬼婴还能迁移，从飞月阁又去了雪松院？好奇之下，季曼也悄悄跟着退了出去。

淡竹扶着千怜雪在前头走着，季曼也没走太急，就慢慢跟着她，看着她那柔若无骨的背影，叹息一声真是自古红颜多命苦。千怜雪的性子算是不错的，她来这里这么久，也就千怜雪和柳寒云对她态度始终如一，不与她为难，也没有过于奉承。千怜雪给人感觉很舒服很柔软，大概正是如此，宁钰轩怎么都对她多关照两分。

季曼正想着呢，就见前头雪松院就要到了，那门口还贴着黄黄的符纸，样子像是上次圣僧留下来的，估计是昨晚临时拿来贴的，乱乱的。不过这样看过去，怎么都觉得有些可怕。

季曼停了步子，正想喊千怜雪一声，却见淡竹扶着她，一点停顿也没有地就推开了雪松院的门，符纸掉在了地上她们也没顾忌，一脚踩过去，直接进了院子。

季曼有些惊讶，难不成千怜雪是不信邪的？不是说她被吓病了吗，怎么见符纸掉了都没反应的？“甘草，昨天晚上，到底是个什么情形啊？”季曼不打算去雪松院了，扭身先问了丫鬟这么一句。

甘草脸色有些发白地道：“奴婢昨天半夜被惊醒，就听说雪松院闹了鬼。婉主子不知道怎么回事，连连喊着有鬼有鬼，然后就跌下了床，一路跑出门，摔了好几下，最后还是雪姨娘出来拦住她。两人好像都听见了婴儿的哭声，子时的时候婉主子就小产了，雪姨娘也生了病。”

也就是只有千怜雪和温婉两个人见鬼了？季曼挑眉，又看了那雪松院一眼，之后还是老实回了主院去跪着。她跑去凑什么热闹啊，反正她没见鬼就成了。

中午的时候宁钰轩回来了，瞬间整个侯府就被道士和神婆包围。季曼简直不想踏出非晚阁一步，因为一出去就会看见穿得破破烂烂的神婆举着根棍子跳来跳去，看得她忍不住想笑。但是这么严肃的场合，她笑出来就太不像话了。

法事持续了两个时辰，到下午的时候，不知道是哪个脑子缺根筋的道士对陌玉侯说：“整个侯府之中，当属非晚阁最为干净，没有任何鬼怪留痕。侯爷若是想让人安寝，不如送进这一处地方试试。”

季曼嘴角抽了又抽，看着宁钰轩看过来的眼神，认命地摊手："妾身明白了。"

什么叫就非晚阁最干净，谁看不惯她想拉她下水不能直说，还非借个道士的口。季曼长出了一口浊气，让甘草和灯芯去准备。她今晚和温婉就睡一张床了，看看到底要出什么幺蛾子。

宁钰轩伸手拉住了她，目光温柔得很："婉儿就拜托你了，我今晚还是有公文要处理。"

季曼皮笑肉不笑，心想骗鬼去吧你，又不是日理万机，你哪来那么多公文看不完啊？最爱的女人都被吓流产了还看公文，说他肚子里没小九九，她季曼两个字倒着写！

温婉跟着念了一早上的经，又裹着被子看法师、神婆跳了一下午，心情总算是平和了，她清醒了不少，能正常说话了。

但是听见宁钰轩让自己去非晚阁的决定，温婉开口的第一句话就是："钰轩，她比鬼还可怕，你救我！"

季曼的眼皮子跳了跳，自己一直没有对温婉做什么事情吧，怎么就比鬼还可怕了？自己好心救她，她不感激就算了，还敢这样说自己？

宁钰轩微微一笑，轻声安慰温婉道："就是因为桑榆比鬼还可怕，你在她身边，鬼才不敢找你。乖，先去好好休息，把身子养回来，不然我要心疼的。"

温婉竟然觉得这话很有道理，看了聂桑榆两眼之后，就任由家奴抬着软轿去了非晚阁。

"侯爷信鬼神吗？"季曼看着宁钰轩，突然问了这么一句。宁钰轩笑得温文尔雅："不信。"

"那为什么要她住非晚阁？"

"因为你很聪明。"他靠近她两步，俯身在她耳边轻笑道："怪力乱神皆是假，人心叵测才是真。桑榆，我想看看你能不能找出这其中的蹊跷。"

当她是保姆就算了，还要她去查什么"蹊跷"？她只是个后院总管啊，而且要做这么多工作还不给加工资！谁爱折腾谁折腾去，只要不要惹到她头上就是了。季曼面无表情地推开宁钰轩，转身回了非晚阁。

非晚阁的主屋算宽敞的，季曼让人将所有的家具都搬了出去，空空荡荡的一目了然；然后让人将床帐也一并去掉，灯不灭。她与温婉一同睡，温婉看见什么，她就能看见什么。

灯芯、甘草还有苜蓿三个人都自告奋勇地要陪夜，季曼也就允了。五个人一间

屋子，她不信还能有什么东西作祟。

只是这氛围有点令人觉得压抑，三个丫鬟在地上打了地铺，季曼和温婉两人在床上大眼瞪小眼，都是难以入眼。这两人——一个女主一个女二，天生就是不对盘的，要在一起安寝自然是不可能。季曼托着下巴靠在床的左边，温婉就病恹恹地靠在床的右边。

“你是不是不喜欢我？”温婉看了聂桑榆许久，突然问了这么一句。这不是废话吗？季曼撇嘴：“你要是被人抢了成亲六年的丈夫，你会喜欢抢你丈夫的人？”

温婉微微皱眉：“钰轩真心喜欢的是我。你从来没有得到过他，又怎么能说我是抢的？我现在倒是觉得，我与钰轩是真心相爱，是你们在中间阻碍我们。”

季曼翻了个白眼：“宁钰轩在遇见你的时候，是不是说他一直不快乐，直到遇见你？他是不是说不喜欢他的妻子，但是一直忍受，直到遇见你，他发现他不想忍受下去了？他是不是还说会很快只有你一个人，白头到老，再没有其他女人？”

温婉张大了嘴：“钰轩连这些都告诉你了？”虽然他没有说过一模一样的话，但是大体的意思总是有那么点一样，温婉不由得慌了。

季曼没好气地道：“我猜的。一般搞婚外情的时候，开场白都这样。”

季曼看过小说的开头，知道宁钰轩和温婉的相遇非常浪漫：温婉为了救一个路中间的孩子差点被马车撞到，宁钰轩飞身而出英雄救美，空中缓慢旋转三百六十度之后伴着桃花瓣下落，两人便相爱了。

在古代，男人可以三妻四妾，所以季曼也不能指着宁钰轩骂他出轨，但是为了个认识几个月的女人，他抛弃六年的发妻，还口口声声说是真爱，这真的是季曼不能忍的。

季曼开始给温婉解释什么叫第三者：“做事情都分先来后到的，不管他心里有谁没谁，他先娶了我，就该好好对我。他没有与我和离，就为了你废了我，怎么也是负心汉的表现吧？你明知道他有发妻，还要当他的妻子，这就是第三者啊。”

温婉抿唇，倔强地摇头：“你胡说。钰轩不爱你，你再怎么狡辩，他都不是你的！”

第三者真爱论要出来了，季曼赶紧打住，伸手给她盖了盖被子：“睡吧睡吧，别说了。”

温婉颇为不服气，还想再开口，却突然听见屋子顶上响起了婴儿的啼哭声。

温婉的脸色瞬间就白了，颤抖着身子，一副要哭出来的样子。季曼抬头听了听，那声音就在瓦上，格外清晰。

“甘草、灯芯，提灯随我出去。”两个丫鬟被惊醒，正在地上发抖呢，听见自家主子这话，就差给跪下了：“主子您要出去？这东西就在上头啊。”

“就是知道在上头，才想看看到底是什么幺蛾子。”季曼跳下床，看着苜蓿道，“你守着婉主子。”

点了灯，季曼披了衣裳，在心里想，要是真有鬼，聂桑榆和这个婴儿谁更厉害？甘草和灯芯哆哆嗦嗦的，紧紧靠着她挪动。婴儿的哭声好像顿了顿，接着又再次响起。

季曼听了一会儿，道：“没有传言里说的那么阴森可怕啊，就像是普通的婴儿哭声。是不是有人把婴儿放在我屋顶上了？”

甘草扯着她的衣袖道：“主子……咱们还是先进屋说话……”

臭道士还说什么非晚阁是最干净的，不会有邪物。如今看来，要么是道士撒谎，要么是真的有人故意来吓温婉。

温婉的孩子都吓掉了，还有必要接着吓吗？季曼撇了撇嘴，被两个丫鬟推着回了屋子里。不知为什么，温婉在床上睡着了。

季曼觉得奇怪，看了旁边的苜蓿一眼，问：“被吓晕了？”

苜蓿缩在地上的被窝里，点了点头：“好像是的。”

温婉胆子也就这么小，要是真被一直吓，说不定能被吓得精神分裂呢。若是人为，什么人跟温婉这么大的仇啊？近期与温婉有怨的也就一个慕水晴，慕水晴也不像有这样本事的人。

婴儿的哭声戛然而止，季曼打了个哈欠，越发觉得这是恶作剧，心想明日让人在屋顶上守着，保证就没有这哭声了。

还是睡吧，季曼躺了下来，看了一眼温婉苍白的脸蛋，心想女主果然都是要被折腾的。

第二天一大早，温婉还没起来，季曼就已经梳洗好了，去找宁钰轩。

“你觉得有人故意吓婉儿？”宁钰轩看着她，微微挑眉，“会是谁？”

季曼微笑：“侯爷问妾身，妾身问谁去？只是婉儿胆子本来就小，若是侯爷在她身边，她怎么都不会一直被这样惊吓。侯爷当真心疼的话，不是该将婉儿带在身边吗？”

宁钰轩深深地看了她一眼，朝她勾勾手指。季曼走到他旁边。他伸手，将桌上切好的苹果取了一牙，塞进她的嘴里，笑着道：“若是口渴，就吃吃水果，不要多说话。”

季曼很想说，我不渴，但是看这大爷一副我自有安排你老实待着就行的神色，也不好多问。温婉是他的女主，又不是她的，她管那么多干啥。

“今晚我会派人去屋顶站着的。”宁钰轩小声道，“你安抚好婉儿就行。”还真当她是奶妈了！季曼嘴角抽了抽，转身就走。

宁钰轩这个人……季曼突然在想，原著后半部分是不是很虐？这么可怕的男主，女主一定各种受虐各种伤心。她向来不喜欢看女主被压得很惨的文，没看下去真是个明智的决定。

“夫人。”没走两步就遇见了千怜雪，她的精神好像好了一些，但依旧是弱柳扶风的模样。季曼朝她笑了笑：“出来散步啊？”

“妾身总觉得闷得慌，所以出来多走走。”千怜雪微笑道，“想不到夫人也起得早。婉主子怎么样了？”

“应该还在睡呢，昨儿晚上又被吓晕过去一回。”季曼叹息了一声。

千怜雪神色里没什么波澜，对于温婉被吓晕也不是很奇怪，只道：“正好闲得无事，妾身随夫人回去看看婉主子可好？”季曼允了，两人就并排往非晚阁走。

温婉依旧在睡觉，脸上有些潮红，过一会儿又变得苍白。季曼伸手摸了摸她的额头，没有发高热，但是睡得也太久了。

“要不要找个大夫来看看？”季曼嘀咕了一声。千怜雪轻声道：“这两日一直是大夫看着的。婉主子这应该是累的，没什么大碍。夫人不如同妾身说说，昨晚上又是怎么个情景？”

季曼回头看了她一眼，一五一十将屋顶上的声音告诉了她，末了顿了顿，有些气愤地道：“我今天去禀告了侯爷此事，要他安排些人手或者将婉儿接走。哪知他说他太忙，昨晚他一直没睡都没听见声音，一定是我们听错了。”

千怜雪微微惊讶：“怎么会这样，侯爷不是向来疼爱婉主子吗？”“谁知道他最近抽什么风。”季曼摆摆手道，“虽然我也觉得昨晚的哭声没什么可怕的，但是婉儿胆子小，再这么被吓下去，就该疯了。”

千怜雪转头看着床上睡着的人，眼里很是同情：“也是难为她了。”季曼垂眸不语。

午膳的时候温婉醒了。季曼亲自下厨给她做了饭菜，倒不是要对她好，而是怕她在非晚阁吃错什么东西。

下午的时候季曼就去了老夫人那里。“怜雪倒是个可怜的孩子。”跟老夫人聊着聊着，季曼提了千怜雪一句，老夫人就开始说了，“她是千应臣的姐姐，出生就带着药罐子的。轩儿怜惜她，加上这丫头又喜欢轩儿，所以就迎了回来做姨娘。”

季曼的印象里，宁钰轩绝对不是那种会同情心泛滥的人。要说他怜惜千怜雪，不如说千应臣是个很重要的人。只有千应臣重要，宁钰轩才会对这位雪姨娘一直照拂有加。

好吧，她承认是已经对宁钰轩有偏见了。反正这个人就给她的感觉就是他做什么事情都是有目的的。千怜雪背景也算单纯，为人也是和善，应该没有理由做什么伤天害理的事情，季曼觉得自己可能是多心了。

晚上的时候，宁钰轩说已经派了人，季曼却是半个人影都没看见，但还是安抚着温婉早点睡了。

几个丫鬟依旧打地铺，屋子里的灯也依旧亮着。到了子时，季曼甚至都数着三二一，屋顶上果然又有婴儿哭了。

只是这一次，这哭声还伴随着打斗声，屋顶上的瓦不知道碎了多少，然后那哭声就从屋顶上掉到了院子里。

院子里突然灯火通明，季曼连忙披衣出去看。一群家丁举着灯，中间有人押着一个手提婴儿的人。那活生生的婴儿正因为不适，发出凄惨的哭声。果然是人为。

宁钰轩站在一边，道：“明杰，将这人的面巾摘了看看。”宁明杰正押着那黑衣人的双手，闻言就将他脸上的面巾一扯。

好吧，扯下来也不认识。这人一张老实的脸，抿着唇，看了宁钰轩一眼，脖子一歪，嘴里吐出黑血，死了。

季曼后退两步，皱眉。这活生生的自尽场景，她还真是没见过。宁明杰将婴儿递到家丁手里，将这人的尸体也交给他们去处理，而后看了聂桑榆一眼道：“夫人何必出来，又该做噩梦了。”

季曼心想，我也不想出来啊，但是外头这么大动静，好奇心人人都有，怎么可能不来看：“原来鬼婴果然是人为。”

“好几次都没有抓到他，这次倒是奇怪了。”宁钰轩弯着唇道，“他一向是看见有人就不来了，今天我也提前安排了人，他倒是胆子大，竟然来了。”

“那黑衣人虽然自尽，却还是可以查出些蛛丝马迹的。”宁钰轩道，“我倒是要看看，谁要把手伸进我的府邸里来。”

宁明杰颔首：“这样的把戏，竟然是来针对女人的，倒是有些为人不齿。”按照他的思维，看不惯谁，直接去刺杀不就好了，搞什么神神鬼鬼的。

季曼打了个哈欠，这件事既然知道了是人为，那府里众人的心都该放下来了。

时候不早，剩余的事情就交给这些男人去查吧，她得去睡觉了。

季曼回房将经过告诉了温婉，温婉半睁着眼睛靠在枕头上听完，突然流了泪。“到底是谁这样恨我？”温婉哭得梨花带雨，“我的孩子，我的孩子就这么没了啊。我日日夜夜做噩梦，睡都睡不安稳！要是让我知道是谁在背后动了手脚，我必定百倍千倍还给她！”

面容突然狰狞起来，温婉咬牙，语气也变得恶狠狠的，吓了季曼一跳。季曼不解道:“你又没当真害过谁的孩子，怎么这么害怕婴儿的哭声？”

温婉一顿，垂了眼眸不说话。季曼耸肩，只当她胆子小吧。

第二天，宁钰轩就在府里将那婴儿拿出来示众了。无辜的不知道哪里来的婴儿脸都有些发紫，闭着眼睛一直号哭。

“将它送去佛寺照看吧。”温婉善良地道，“总归也是一条性命。”

宁钰轩允了，派人将婴儿送走，而后将府里的符纸一类的东西统统去掉了。

“这件事以后不要再提。”宁钰轩看着众人道，“幕后的黑手，我也一定会查出来严惩。”

第三十八章

你是那人间富贵花

说是查，但是这一查就没了个结果。不过时间长了，众人也就渐渐忘记这件事了，只有温婉开始每天跪在佛堂，为自己失去的孩子念经。

季曼让苜蓿回了聂府一趟，打听打听宁尔容与聂青云的事怎么样了。上次那两贴猛药，也不知道会不会弄巧成拙。

幸好苜蓿带回来的消息是好的，还带回了宁尔容送了她一方手帕，表达了感激之情。既然是感激，那自然应该是没坏事了。两人圆了房，感情自然能更进一步。

春日的气息更浓了些，季曼打了个哈欠，觉得有些春困。奈何陌玉侯爱折腾，在府里请了一群朋友来赏花作画；季曼作为主母，自然是要过来招待的。

现在季曼就撑着眼皮站在宁钰轩旁边，帮他磨墨。院子里摆了好几个画架，宁明杰、聂青云、三皇子以及千应臣都在。

季曼觉得有些奇怪的：陌玉侯不是一直宣称是太子党吗，这么名正言顺地让三皇子过府玩耍，太子爷不会生气？

宁钰轩正安静地画着一朵牡丹。季曼抽空瞥了一眼，见他这牡丹画得富丽端庄、雍容华贵，真是一朵人间富贵花，只是这花太富贵了些，显得有点油腻。再看看人

家宁明杰画的水仙，那叫一个清新淡雅、阆苑仙葩。

果然什么样的心画什么样的花，季曼嫌弃地看了一眼宁钰轩的画板。“不满意？”宁钰轩微微挑眉，转头看向了她。

吓了一跳，季曼连忙笑脸相迎：“没有没有，侯爷画得最好看了。”好不容易营造出的好女人形象，可不能这么毁了。季曼温柔地捧了茶盏过来：“侯爷喝茶。”

看了一眼这最近乖顺不少的人，宁钰轩眼眸里带笑，接过茶喝了一口：“今天的茶不错。”

季曼感激涕零啊！她不怎么会泡茶，每次都被这位爷嫌弃，今天终于得了句好，不枉费她摔烂了几个二两银子的高级茶壶。

“就是水多了点，茶叶少了点，水味道有点奇怪，你大概是用了井水。还有这茶叶不是去年的吗？刚来的新茶你藏着明年喝？”

宁钰轩瞥了一眼旁边人渐渐僵硬的笑容，最后安抚一句：“总之还是辛苦你了。”

这厮是处女座的是吧？这么吹毛求疵，简直不能忍。心里骂爽了，季曼脸上的笑容就顺畅了：“妾身下次会注意一些，再泡好些。”

“嗯。”宁钰轩抬手给牡丹点了花蕊，一幅画也就画得差不多了，旁边小碟子里的朱砂都快用没了。他指着这“油腻腻”的牡丹问她：“桑榆，你看我画得像吗？”

季曼看了一眼，点头：“很像啊。”一朵牡丹活灵活现的，怎么能不像？宁钰轩看看画，再看看她，轻笑道：“我是问，画得像你吗？”

季曼一顿，有些茫然，这是夸自己长得像朵花？自己是不是该谢谢他？可是看着这么娇艳的花，季曼觉得“谢”字说不出口。

旁边的几个人听着这话，都放了手里的画笔围过来。聂青云看起来心情不错，扫一眼画板又看一眼她，笑道：“倒真是挺像的。”

眉不扫而如柳，唇不点而带红，眸中黑如天生，浅痣在眉心又添几分媚态，聂桑榆柔和下来，就算是不打扮，也是美得很娇艳的。说她是人间富贵花，还真是没说错。

三皇子也笑着点头：“你瞧瞧，钰轩画的是花，倒是把表妹的神都画进去了。想来你二人最近感情也是极好的。”

宁钰轩笑两声，语气格外宠溺，点了一下聂桑榆的鼻尖道：“她呀，最近乖巧起来，又着实是惹人怜爱。要是一早让我这样省心该多好。”

季曼被他这语气说得起了一身的鸡皮疙瘩，眼皮子直跳。就算是要逢场作戏，也给她个心理准备好不好。突然这个样子，很吓人的啊！

三皇子并着众人都开始笑。最近陌玉侯颇为宠爱聂桑榆，这风声大家都听见了。今日来一看不假，几个人也就都放心了。

花园里有一处草地，在花园的正中央，是留给宴会作乐、舞姬跳舞的地方。季曼正望着那草地发呆，突然就见有什么东西从院子另一边飘了过来，跳上那草坪。

长长的白色舞袖在空中翻飞，柳腰轻束，头上只戴了一根白玉簪，温婉如同九天仙女下凡，踮起脚尖，就在那百花绿草之中翩翩起舞。

温婉这一招来得妙！温婉病了许久，宁钰轩也就只去看了她几次，并没有留宿。今天倒是好，天气好，众人心情也好，温婉来这里跳这么一支舞，一扫以前的颓废，让宁钰轩的眼睛重新亮了起来。

男人本就是视觉动物，院子里几个人当下都静静地看着温婉起舞，不再说话。远处传来的丝竹声就是配乐，温婉踩着调子，软声浅唱：

“蕊宫阆苑。听钧天帝乐，知他几遍。争似人间，一曲采莲新传。柳腰轻，莺舌啭。逍遥烟浪谁羁绊。无奈天阶，早已催班转。却驾彩鸾，芙蓉斜盼。愿年年，陪此宴。”

这样的歌喉，这样的身段，又是这样看起来只可远观不可亵玩的仙女模样，一如当初宁钰轩对温婉动心的时候，他随她胡闹去了青楼，见她在台上跳舞的样子。而今他早已经快忘却的回忆又被这支舞勾起来。季曼扫了一眼宁钰轩，看他的眼神就知道，女主成功了。

没想到温婉还会有这么一手。季曼本以为她只会一点点消耗着宁钰轩对她的喜欢呢，想不到她竟然也聪明了，会用美好的回忆唤醒男人的心。

一曲舞罢，温婉一句话也没有多说，行了礼就走了。她像只是为宁钰轩一个人来的，连三皇子也没有多看一眼。

“婉儿失礼了，钰轩代她告个罪。”宁钰轩回过神来，对三皇子行了一礼。

“无妨。”三皇子笑容淡淡的，“这女子也算是难得，竟然会唱这首歌姬陪宴的词。”

这话有些贬低温婉的意思。宁钰轩微微抿唇，没有说话，好好的气氛突然僵硬了下来。聂青云嗤笑了一声，道：“咱们还是去喝酒吧，画也画得差不多了。”

“也好。”宁钰轩问，“三皇子意下如何？”三皇子点头。宁钰轩便让他们在这里暂等，他回蔷薇园一趟。季曼想也不用想就知道，男女主的关系又和好了，自己

这女二的工作量又增加了，想想就有些头疼。

宁明杰还站在画架面前画画。“堂少爷没画完？”季曼小声问了一句。宁明杰仔细地画着水仙，看一眼走到旁边去说话的三皇子和聂青云，转头对她轻轻一笑：“你来看。”

季曼走过去，见他画板上的水仙栩栩如生，看着清雅得很。“与其说你是人间富贵花，不如说你其实清雅如此。”宁明杰将画纸晾干，心情好像不错，“你将这东西收着吧，我该是没时间送去装裱的。”

“好。”季曼很郑重地将画接过来。想了想，季曼拿笔，用还不是很熟练的毛笔字在画的旁边写了一句：“静处偏佳，心有清雅，不是人间富贵花。”

宁明杰眸子里有亮亮的东西，只是一瞬，又有礼地退开：“那我们便先行一步，到门口等钰轩了。”

“好。”季曼笑着送他们出去，然后把画给了苜蓿，让她去装裱。

晚上的时候，宁钰轩果然去了温婉那里，季曼也不觉得有什么意外，只是趴在床上看那一幅画，嘴角带笑，心情甚好。

季曼第二天去给老夫人请安，又遇见宁明杰。季曼看了他好几眼，觉得这人虽然和那渣男长了张一模一样的脸，但是真的比那渣男不知道好了多少倍。可惜这男二也是女主的，不是她的。

宁钰轩又和温婉好得蜜里调油了，只是也没太冷落聂桑榆，这几天往她院子里也送了不少东西。齐思菱开心了，因为温婉只要肯按照自己说的去做，就一定能争到宠的，自己还是没有押错宝。

虽然侯爷宠的不是自己，但是齐思菱也觉得终于翻身了，路上遇见聂桑榆，说话也有底气了许多：“夫人，最近的账本送到妾身这里，妾身看了看，觉得有很多地方不妥。您管账的时候，怎么好像多出了许多银子？”

季曼看着她，笑道：“银子不是越多越好吗？我倒想问问，思菱你管账的时候，银子都去哪里了？”

齐思菱抿唇，颇为委屈地道：“夫人这是责备妾身的意思吗？可是花销都在账本上，妾身可没有动半分。”

季曼点头：“那你把账本还给我吧，银子还是有盈余比较好。”

齐思菱只不过是想来呛两句，没想到聂桑榆当真开口跟自己要账本了。她定然是不肯的，于是打着哈哈道：“夫人劳累，这种事情，还是妾身来就好了。”

从上次出事到现在，齐思菱管账也够久了。季曼睨她一眼，转身往回走：“问妹妹要账本，妹妹既然不肯给，那我还是问老夫人要吧。”

齐思菱的脸跟肠子一起青了。她受托管账本，本来就是在聂桑榆进思过阁的前提下，现在聂桑榆出来了，就该把账本归还，但是聂桑榆没提，她也就没说。现在她的几句话惹得聂桑榆去要回账本，她简直是偷鸡不成蚀把米。

老夫人要账本，她自然是不敢再推脱的。到嘴边的鸭子，就这么又飞走了。她决定以后看见聂桑榆，还是绕道走。

季曼从老夫人那里接过账本就开始翻，翻着翻着就又看见了不对：“府里膳食的开销，是不是也太大了些？”

老夫人不甚在意：“侯府对衣食一向宽待，花销多些也是正常。”

季曼摇头，拿着账本指给老夫人看：“半个月的时间，光是吃食就用了三百两银子，老夫人觉得可能吗？您院子里吃的是最好的东西，也不过一月二十两的花销，其余的银子哪里去了？”

老夫人是不知柴米贵的，听她这么一说，才皱起了眉：“怎么会用了这么多？”老夫人院子里一月吃食的花销才二十两，其余院子自然是不超过十两的，就算加上下人、奴仆，账面上也断然不会超过一百两去。这样一算，这账面上起码有两百多两的黑账。

“我记得最开始妾身接手账本的时候，也出现过这样的情况，只是妾身不好提出来，自己先拿私房钱补了。”季曼看着齐思菱，微笑道，“想不到账本到了思菱手里，又成了这样。”

老夫人的目光陡然凌厉起来，看着齐思菱道：“你有什么话说？”齐思菱跪了下来，十分无辜地道：“采买一事都是厨房在负责，妾身只是记个账罢了，断断不可能做假账私吞银两的。”

“那银子都去哪里了？”老夫人冷笑一声，“让你管个账，你就当自己是这府里的主母了，能擅自动用银子？”

“老夫人，妾身冤枉啊。”齐思菱连忙磕头道，“妾身以性命起誓，绝对没有私吞银两。老夫人不信，也可以派人去思菱的院子里搜。”

好歹齐思菱娘家也不薄，不会这么缺钱。想起缺钱的，季曼倒是想到了温婉。温婉有个赌鬼父亲，一直是个无底洞一样的存在。这些银子保不齐就是被齐思菱抠去给温婉了，不然温婉也不会与她这样要好。

想是这样想，却不能说出来，季曼合上账本，对老夫人道：“府里没个规矩，以

后也不好管，不如以后采买都让不同的人去。至于这黑了的两百多两银子，账是在思菱手里的，思菱若是能把这三百两买来的东西都报出来，钱管家去仓库核实无误，那也就罢了；若是报不出来，思菱就把银子补上吧，如何？”

齐思菱脸色难看极了，低着头不说话。“怎么，这样的法子还不能得你点头？”老夫人怒喝了一声，“要依着我来，敢这样管账，直接让轩儿一封休书，将你撵出府去了事。”

“老夫人息怒。”齐思菱连忙道，“妾身会去与钱管家好好核查的。”老夫人哼了一声，挥手让她下去，转头对一旁一直看热闹的宁明杰道：“明杰你瞧瞧这些个女人，还是只有自家人最让我放心。”

宁明杰孝顺地在一旁帮忙剥荔枝，修长的手指沾着晶莹剔透的汁水，让季曼看呆了好一会儿。“老夫人说的是。”他伸手将荔枝喂了老夫人。老夫人的脸色瞬间就好了，乐呵呵地道：“还是你乖。看看轩儿成天那样子，没把我气死。”

宁明杰看了聂桑榆一眼，低声道：“明杰倒是觉得侯爷是做大事的人。做大事不拘小节，老夫人又何必太心急。”听着别人夸自己儿子，怎么都是开心的，老夫人哼哼两声，就拉着宁明杰和聂桑榆开始说家常。

宁钰轩待在蔷薇园，温婉站在花丛里，嘟着嘴撒娇道：“给我画一幅画吧。”想来她还是在意他那天在花园画的那朵牡丹。

连三皇子都说画了聂桑榆的神进去，温婉不开心得很，非要他给自己也画。旁边有百花齐放，温婉站在前面，就像一朵雪莲一样，虽然没有牡丹的娇艳，但是清新可人。宁钰轩提笔画下，从云鬟到裙角，画得都很仔细，但是笔落眉目，却迟疑了。

眼前佳人笑吟吟的，很好看，他却有些走神；等他再回过神来的时候，画上的眉眼，却是与那佳人半点不相似。

宁钰轩吓了一跳，连忙将画纸揉了，朝不明所以的温婉笑道：“没有画好，重画一张。”

温婉也不疑有他，那揉了的画就安静地躺在宁钰轩的衣袖里。

重画一张，美人浅笑盈盈，温婉看了尚算满意，画画一事也就这么过去了。

晚上该休息的时候，宁钰轩却对温婉说：“我还有事要去一趟书房，等会就回来。”袖子里的东西，总得丢掉吧？

“妾身等着侯爷。”温婉温柔地道。

宁钰轩出了蔷薇园，走到书房点燃了火盆，刚把东西丢进去，又觉得不妥，连忙捞了出来。

季曼现在有一个习惯，就是睡觉之前会看一会儿墙上挂着的水仙花。那画上的字不是很好看，却与画很搭，有种一精一粗的美感。季曼刚准备睡下，外头却突然有了点动静。苜蓿进门来，小声禀告道："侯爷来了，奴婢去拿药箱。"

为什么他来了要拿药箱？季曼不解地看向门口，见他抿着唇走进来，手上红红的，像是有些烧伤，但是不严重。

"怎么到妾身这里来了？"季曼有点惊讶，看着他的手道，"您不是在蔷薇园吗？"

他的脸色看起来不太好，不知是跟谁赌着气，坐在她床边就一副大爷的样子，接着把手递给她："出来处理东西，不小心烧伤了。婉儿不会弄伤口，所以就近在你这里包扎了再回去。"

"哦。"季曼接过苜蓿拿来的药箱，拿了药膏给他抹。

宁钰轩瞪着眼睛看了这女人好一会儿，终于别开头，长叹了口气。他刚想说什么，就看见了墙上那幅画。季曼莫名觉得背后有点发凉，抬头一看这人，就顺着他的目光看到了他看的东西。

"怎么了？"

"这是明杰画的？"宁钰轩轻声问。

"对啊，堂少爷送我了，说我一点也不油腻。"季曼耸耸肩，又低头继续涂药。

宁钰轩闷了好一会儿，开口道："他送你，你就挂在卧房里，这样一起来就能看见？"

"那墙上缺幅画，谁送什么妾身都可以挂啊。侯爷这不是没有将画的牡丹送我吗？"

那牡丹，温婉看着不爽，问他要了去。她多半不是烧了就是撕了。就她那小脾气……

不过这幅画也太扎眼了，画得有自己那副好看吗？宁钰轩哼了一声，收回上好药的手，道："明天送你一幅，把这个换下来。"

"……知道了。"季曼看了这人一眼，心想，男人的占有欲真是可怕，挂个画都得罪他了。

可惜了这么一幅好画。

第二天宁钰轩当真给她送了一幅牡丹图，看样子像是在外头买的，有别人的印

鉴，不过纸张厚厚的，看起来颇有质感。

季曼也懒得和他计较了，就将这牡丹图挂在水仙画的表面，将水仙给挡了就是。

齐思菱估计是变卖了不少首饰，才将银子给凑齐了，补回来许许多多的食材放在仓库里。季曼也没打算抓着不放，就让她去。可是这一天，罗芊芊突然找上了门来。

或者现在应该叫罗芊芊为世子妃。罗芊芊在不久之前就嫁给了淮南王世子，是皇上赐的婚。季曼那时候还在思过阁，也就没去参加喜宴。只是这罗芊芊与那世子据说是多有不和；不过罗芊芊是主内的一把好手，将世子治得无力反抗。

这位世子也是个奇才，一直爱慕温婉，却被迫娶了罗芊芊，心有不甘之下，从成亲到现在就没怎么给罗芊芊好脸色。

而今天罗芊芊找上门来，却是红着眼睛直接找到了陌玉侯和老夫人，将一张当铺的当票甩了出来，哑着嗓子道："芊芊也不怕丢人了，现在就想问侯爷和老夫人一句，你们家的女人，到底还能不能好好管着了？"

见陌玉侯和老夫人的脸色都非常难看，季曼上前打了圆场，拿过那当票看了看。票面上当的是一枚羊脂玉佩，很值钱的东西，却只当了一百两银子。季曼不解："这个当票，关我们家的女人什么事了？"

罗芊芊看了她一眼，摇头道："夫人有所不知，这玉佩是淮南王给世子的信物，而世子荒唐，拿去随意典当了，却将银子统统给了温婉。"

此话一出，满堂震惊。温婉站在旁边，脸红得快要滴出血："你……你胡说！"

"我怎么胡说？"罗芊芊看着温婉，冷哼一声，"你难道不是一直在和世子说你爹爹嗜赌成性，败光了家底，所以一直缺钱？世子问我要了几次我都没给，结果没想到，他会直接把玉佩给当了，就为了来讨你欢心。"

"温婉，小宁夫人，你真是生了一张好脸。"

第三十九章

才不会为女主好呢

满堂的目光都看向了温婉，宁钰轩的脸色也是第一次这么难看。老夫人端起手边的茶就直接摔到了温婉的脚下：“没教养的东西！”

滚烫的茶水溅了温婉一身，温婉吓得抖了抖，咬咬牙，扑通一声直接跪了下去，也不管地上的茶水和碎瓷片，哭道：“妾身当真没有收过世子什么银子，老夫人请明察。”

“人家都找上门来了，你还敢说没有？”老夫人气得身子都微微颤抖，“侯府里怎么出了你这么个东西，脸都给你丢尽了。这件事要是传出去，你让轩儿怎么做人？他连养个女人都养不起，是不是？”

温婉连连摇头：“我真的没有……钰轩，你要相信我，我不是那样的女人。”情急之下，温婉连“妾身”二字都不说了，直呼“我冤枉”。宁钰轩看着她，手微微捏紧：“你是哪样的女人？”

温婉一愣，觉得难过极了：“第一次你不相信我，这一次还是不相信我吗？他们要给我父亲银子，关我什么事？我一没有问他们要，二也没有让父亲收下，怎么就成我的错了？”

温婉这话也就是间接承认了世子典当玉佩就是因为她。季曼捂脸，温婉也太

蠢了。

罗芊芊一听这话，哪里还能善罢甘休，当即冷笑道："你的意思是世子自作多情，要给你父亲银子？这手段真是妙。你要是不哭穷，一个个的男人会赶着接济你父亲？陌玉侯爷、老夫人，恕芊芊在这儿说一句不敬的话：小宁夫人，麻烦您不要当了婊子还立牌坊，下次缺钱直接同我罗芊芊说，您要是实在困难，我罗芊芊也不是小气的人，看在同好会的面子上也是可以接济一下您的！"

这话说得狠了，温婉觉得羞辱难当，当下就哭了出来。老夫人嫌恶地看了她一眼，捂着头道："轩儿，你看看，这就是你一心喜欢的女人。我早说了门不当户不对，这野丫头没法儿陪着你一生一世，你不肯听。现在这样闹一场，淮南王府与我陌玉侯府，以后该怎么相处？"

淮南王不常上京城，这次来京也只是迎娶世子妃，本来小住一月就该走了，哪知道还出了这样的事情。温婉哭得撕心裂肺，摇头道："你们平白将这样的脏水泼给我，到底是什么居心？我好不容易才与钰轩安静过两日，为什么又要来害我？"

这哭得凄惨，季曼听着都要不忍心了。然而温婉这人也是有点被害妄想症。她要是自己不出错漏，又怎么会被人抓住把柄？

"谁敢害你？"罗芊芊讥诮一笑，"世子爷都甩给我话了呢，说我若是敢动你半分，他就休了我。我现在还得求您小宁夫人一句，放过芊芊吧。"

"荒唐！"老夫人怒斥一声，吓得温婉不敢哭了。罗芊芊这话说出来就比赠银子更严重了：温婉一个已经成亲的妇人，居然害得人家世子要休妻，不管真相是如何，她温婉都会一直背着骂名。

宁钰轩也不说话了。他知道温婉什么也没做，只是在同好会，她惯常会诉苦，听的男人有点心思，就自然会帮她。有的男人动了不该动的念头的人，就会说出这些几乎能将温婉置于死地的话。其实也怪他，怎么就让温婉去同好会那么玩了。

现在这样的局面，他该怎么收场？老夫人一直在怒骂温婉，温婉也只能一直喊"冤枉"。罗芊芊在一边冷笑，倒想看看这个狐狸精会是个什么下场。

"芊芊！"在老夫人都要逼着陌玉侯写休书的时候，重要角色——淮南王世子终于出场了。他几大步跨进大堂，一把抓过罗芊芊的手腕，看着地上跪着的温婉，忍不住一个耳光便甩了过去。

罗芊芊被打得微微侧头，像是怔愣了许久。世子也顿了顿，慢慢收回手道："我说过不许你来的。"

季曼皱眉，这当着这么多外人的面，世子居然就这么打了罗芊芊一耳光，这也未免太过分了。老夫人和一众女眷也都皱了眉。

罗芊芊慢慢转过头来，眼神很平静地看了世子一眼，撑开被他握着的手腕，轻笑道：“果真会是这么个结局。”世子的表情有些慌了，可是看着跪在一堆瓷片上的温婉哭得眼睛都肿了，心里便更恨罗芊芊，心肠便又硬了起来，板着脸道：“你一向嫉妒温婉，现在又闹到人家府上来，简直是不像话。跟我回去！”

罗芊芊垂了眸子，半边脸开始红肿，却只用极轻极轻的声音道：“好。”

季曼没忍住，冷笑出了声：“头一回见当人家丈夫，替别人家的女人甩自己妻子一耳光的。芊芊，你嫁错了人。”

世子的脚步一顿，有些恶狠狠地转头看着聂桑榆。季曼迎上他的目光也回瞪了他一眼。

见聂桑榆眼神里鄙视之意太浓，世子忍不住怒道：“我们家的事情，好像不关宁夫人的事。”

“也是，你的事情，也不怎么关我的事。”罗芊芊平静地接过他的话道，“从此以后，你赵凯风的事情不关我罗芊芊一丝一毫。你典当十个、百个玉佩又如何？都随你。”言罢，罗芊芊抬步就走，将世子远远甩在后头。

赵凯风又急又恼，怒视了聂桑榆一眼，便追了上去。一场闹剧，闹的人走了，剩下的就只有陌玉侯府的人，看着跪在地上、手脚都已经出了血的温婉，沉默不语。

“休书，你写还是不写？”老夫人沉默许久之后，问了宁钰轩这么一句。宁钰轩垂了眼眸，没有说话。“那就把她贬为丫鬟，关去柴房。”老夫人怒道，“我生的儿子，也是够出息了！”

温婉惊恐地睁大眼睛看向宁钰轩，却见他始终垂着眼眸，没有要开口说话的意思。几个家奴上来，将温婉带了下去，摘掉她的金银首饰，拿走她的锦绣华裳，连檀香都被带走了，只有她一个人被关进了柴房，手上、膝盖上都还流着血。

温婉哭了。她已经习惯了舒适的生活，而且当一个下人也太屈辱了。

府里的气氛有些压抑，季曼给老夫人做了新出的鸡蛋面膜都没能让老夫人开心一点；各房姨娘、侍妾也是各自回去，一句话也没多说；宁钰轩更是进了书房就没出来。

“桑榆，除掉她吧。”老夫人挥退了丫鬟，抬眼看着聂桑榆道，“都闹成今天这个样子了，轩儿都舍不得休了她，将来必定是你的心腹大患。”

季曼心里一跳，下意识地就摇头。她怎么能去动温婉，一旦动了，万一温婉身上有女主光环，那她不是白白搭去了一条命？

老夫人见她摇头，皱眉道：“当一家之主，你就不能心慈手软。现在是温婉最落魄的时候，你只用让人送一碗汤药去，事后将人打发了走，就没人知道是你做的。”

多少可怜的女二都是被婆婆这一招送上去给女主当了下酒菜的啊，她才不要呢！不过看老夫人这架势，是不达目的不罢休了，季曼便硬着头皮点了点头。

老夫人舒展了眉，起身到床榻边，拿了一小瓶子药给她：“这个是慢性的毒，长则几个月，短则半个月，她才会毒发。这样就更没人能查到是你了。”

季曼接过那瓶子，点头跟老夫人道谢，然后捏着一路出了主院，顺手将瓶子丢进了花园里的池塘。

害女主是自取灭亡的不二途径，她想活，所以就暂时阳奉阴违一下。晚上她还是带着汤药去看温婉了。把温婉关上一个月才放出来重新分出去当奴婢，也是宁钰轩要磨一磨她的性子。

刚刚从云端跌下来的女主，情绪显然很不稳定。季曼一打开门，就看见温婉陡然亮起来的眼神，而后看清是她，那光就熄灭了，还带着点厌恶：“你来干什么？”

好歹自己也是帮了她不少次的忙了，她的态度还这么恶劣？季曼叹了口气，将汤药放在一边，然后拿了药膏出来给她处理伤口。

别误会，季曼一点也不想当好人，只是算着这个点儿，宁钰轩该过来了。与其让宁钰轩看着温婉这么可怜的样子心疼，还不如她先处理了。

“我不用你装好心。你们心里肯定都很开心吧？”温婉往后退，看着她冷笑，“我还会出去的。你们抢走的东西，我都会抢回来！”

季曼翻了个白眼：“你一个月之后就能出去了，爱抢什么抢什么，但是现在不处理伤口，就会留疤。到时候侯爷再拉你的手都嫌硌手，你还有得抢？”

温婉一听留疤，便犹豫地看了聂桑榆两眼。“过来吧你。”季曼拿着药，抓过她的手来涂了，又将她的头发衣裳整理了一下，最后将带来的毯子给她，免得她晚上着凉又生病。

“你……”温婉红着眼睛，看着聂桑榆撇撇嘴。

“不用感激我，你等会就又会讨厌我了。”季曼耸耸肩，处理好就转身出去了。

温婉一时没回过神，聂桑榆摆明是来对自己示好的，怎么又会让自己觉得讨厌呢？

旁边放着的汤药黑漆漆的，她是不会傻到去喝的。裹着聂桑榆拿来的毯子，温婉觉得累了，就靠着旁边的柴垛休息。季曼前脚刚出柴房，宁钰轩后脚就往这边走过来了。

到底心里还是有女主的位置的，宁钰轩还是有些不忍心。毕竟两个人都那么艰难地在一起了，回忆那么多那么美，说要舍下这个人，又怎么舍得下呢？

一想到她身上还有那么多伤口，宁钰轩还是拿了药膏来，想替她上药。

但是，宁钰轩一开门，就见温婉手上的伤口已经是被包扎好的样子，还裹着厚厚的毯子，睡得正好。

宁钰轩站在门口看了一会儿，收回了手里的药。一想她也的确是做错了事，他不该这样心软；他总是这样纵容着，她只会更加小家子气。关上门，宁钰轩转身，还是去雪松院看千怜雪去了。

淮南王世子妃要求和离这件事闹得京城人尽皆知，还闹进了皇宫。皇帝听说了来龙去脉之后大怒，宣了陌玉侯进宫，要以温婉不守妇道为由，赐她白绫。

其实这也就是做给罗家和淮南王两家看的。两家是皇帝赐婚，自然不可能刚成亲没多久就和离，况且还不是世子要休妻，而是世子妃要休夫。

这件事牵扯到陌玉侯府，宁钰轩脸上也不好看，所以牺牲掉一个温婉，皇帝觉得很划算，奈何宁钰轩不依。

罗芊芊也知道宁钰轩不会舍了温婉，只是平静地跪在御前要求和离。世子跪在一边，偷偷看了她好几眼，她也没有要改变主意的意思。

赵凯风不是很想和离，虽然这个世子妃凶巴巴的，又不好看，脾气还大，但是打理家里是井井有条；虽然她有时候管得他过火，但是没她管着，他又觉得……又觉得哪里空荡荡的。

他爱慕温婉是因为温婉太让人有保护的欲望，而且那张脸也是清秀可人，让人喜欢。他不过是想讨温婉个欢心，所以送了温婉的父亲那一百两银子，哪里就知道，会变成这样大的事情？

他也是习惯当大爷的，那天那一巴掌是过分了，可是要他拉下脸来去道歉，他做不到。

所以皇帝很是头疼地问他是否愿意和离的时候，世子爷只能硬着脖子答："是。"

即便他同意，他父王也不会同意的，他知道！结果淮南王已经跟罗大人道了许久的歉了，闻见他答这一声，一巴掌就拍到了他后脑勺上："畜生东西！娶了芊芊才多久，半点责任都不想负？"

罗芊芊笑道："王爷不必生气，芊芊与他的缘分尽了，也没有什么好说的，只是让天下人看笑话了。"

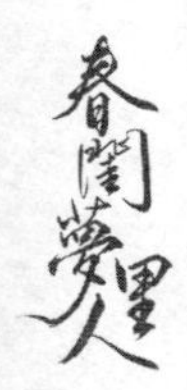

赵凯风看了自己父王好几眼，不劝了？真的不劝了？

淮南王一脚踹在他的背上，怒斥了一声：“丢了芊芊这样的好媳妇，我看你以后怎么哭！”

皇帝的脸色不太好看，一直盯着陌玉侯。皇帝钦赐的婚事，居然被陌玉侯的一个女人给搅黄了，而且现在皇帝还处理不了那女人，怎么能不龙颜大怒？

但是皇帝还是忌惮着陌玉侯三分，没有当场翻脸，只是道：“这桩婚事毕竟事关重大，你们先缓一缓，回去再冷静几天，朕再做处置。只是罪魁祸首，也该给朕个交代。”罗芊芊还想再说，却被罗父按了按肩膀。

京城里流言四起，都传陌玉侯府里有个狐媚子，不守妇道，勾三搭四，害得世子妃与世子要和离。温婉待在柴房里不出去倒也是个好事，若是出去听见这铺天盖地的骂声，估计想死的心都有了。

陌玉侯向皇帝请罪，自罚一年俸禄，并且承诺让温婉在府为奴，一生不会提位，更不会允许他嫁。这样的承诺简直是把温婉的前路全部封死了，一辈子只能当个奴婢。季曼听着倒是有些暗爽，这么久了，总算是给聂桑榆出了一口气。抢走聂桑榆丈夫的女人，现在终于有了报应。

虽然直觉告诉她，温婉的结局不会就这样轻轻松松结束了，不过想想温婉会有的表情，也是够爽的。只是陌玉侯府和罗府的关系突然就僵硬了起来。罗芊芊的父亲是三司使，也就是财政大臣，掌管全国钱谷出纳，地位十分显赫。这与陌玉侯一闹僵，六部那边就有些尴尬了。

老夫人觉得这简直是无妄之灾，念佛了一整天也还是觉得心烦，找来聂桑榆道：“你与那罗芊芊是不是有些交情？两家现在闹成这样，也不太好。”

“桑榆明白。”季曼点头。她还是挺喜欢芊芊那姑娘的，敢爱敢恨。

季曼吃过午膳就乘了轿子，带着灯芯去了罗府。刚到罗府附近，她就看见许许多多的百姓围在路上，正在指指点点。

季曼捞起了帘子看了两眼，就听旁边路过的百姓道：“这也是奇了，罗家姑娘是有多驭夫有道，竟然让一向纨绔的世子爷亲自上门赔礼了。”

“嗨，你瞧世子爷那一脸不情愿，肯定是被淮南王爷逼的。人家还赶着回封地呢，结果媳妇儿跑了！你说说，陌玉侯府那狐狸精多害人哪！”

“我要是生了个温婉那样的女儿，非在襁褓里就掐死，省得给我丢人。”

“别说，那温婉应该是有点手段和姿色，才能让这一个个男人家室都不要了。”

周围响起一些男人的笑声，季曼挑眉，放了帘子让灯芯从侧门进去。

虽然季曼一早递了帖子来说要拜访，但是罗府一看是陌玉侯府的帖子，门房瞪了半天没去通报。最后还是季曼塞了银子，说了好一会儿好话，门房才去了。

季曼站在侧门等了半个时辰，里头才有人出来，态度尚算不错地道："宁夫人里面请。"

罗府很奢华，但是也在规制之内。罗芊芊住在绣楼上，越过假山就能看见了。

季曼没让灯芯跟着，就一个人跟着带路的丫鬟上了绣楼。"宁夫人。"罗芊芊已经换回了未出阁的发髻，看见她来，有些意外，想了想，又明白了，"您是来给芊芊说好话的吗？"

季曼摇头，看着丫鬟出门去倒茶了，才发自内心地看着罗芊芊道："我来是想说，你把我不能做的事情做了，真是让我分外痛快。"

罗芊芊轻笑一声："上次去贵府参加婚宴的时候芊芊就说了，也是夫人好脾气，换作芊芊，是断然容不下那么一个人的。"

"可是你因为她和世子和离，好像也挺不划算的啊。"季曼道，"有些冲动了。"

罗芊芊顿了顿，摸了摸自己的脸："我出嫁之前就一直在想，要嫁一个疼我爱我的男人。他三妻四妾没有关系，只要他心里有我就可以。我会帮他持家，为他打理好一切。

"但是我嫁的人是赵凯风，他不喜欢我，也不在乎我。我可以忍，就算为了罗家，我也可以当个好媳妇。只是我没有想到，他会为了一个野女人，动手打我。"

季曼忍不住叹息，这一点的确不能忍，世子实在是太混蛋了。

"我想明白了，与其忍着过一辈子，不如重新找个爱我的，哪怕给人当了妾室又何妨？"

"这个我不赞成。"季曼摇头，"你这样的性子，只适合当正妻。"罗芊芊有管家的本事，又是三司使的女儿，怎么都不可能给人为妾。

"可是，我是二嫁。"罗芊芊勉强笑了笑，"嫁出去已经是靠父荫了，怎么还敢为人正室。"

"所以啊，你不要冲动，再好好想想。"季曼连忙趁机劝道，"世子已经来上门认错了，而且我看他那天的神情，也不是完全对你无意。"

罗芊芊愣了愣，皱眉："可是……"

"哪个男人年轻的时候没做过荒唐事？"季曼拉过罗芊芊的手，语重心长地道，"你看陌玉侯，抛弃发妻，我也没有跟他和离。因为我知道如果我轻易放手了，反

而就让别人得了逞。我为什么要用自己的伤心去成全他们？”

罗芊芊歪着头想了想：“好像也是这个道理。”

“我觉得你将他折腾个够，然后乖乖回去当世子妃，才是最明智的。”季曼笑道，“到底是皇帝赐婚，你也别让皇帝下不来台不是？”

罗芊芊仔细想了许久，叹了口气道：“他在花厅里，父亲也让我去了，我不肯去。现在被你这一说……不如你同芊芊一起去看看？”

“好。”季曼摩拳擦掌，看渣男被虐的戏码她最喜欢了。另外，若是他们真的不和离了，她也算大功一件，肯定可以论功行赏。

第四十章

人害我，恒还之

罗大人正在花厅里叹气，赵凯风站在一边，已经态度良好地说了许久的好话了。他虽然也不是很喜欢这个女婿，但是赵凯风背后是淮南王府，也当真是让他为难。

其实夫妻嘛，谁没个吵架拌嘴的时候。虽然这次是这女婿荒唐了，但是芊芊也实在是小题大做，闹得全京城都议论纷纷。皇上那边显然是不想让他们和离的，他现在只能盼着芊芊能想通，也免得他难做人。

“父亲。”罗芊芊并着季曼走进花厅。罗大人转头一看，连忙笑道：“芊芊肯来了，哎呀，快来听听世子爷说的话。”

赵凯风一见罗芊芊，脸上就僵了，刚刚还说得深情款款的，现在立刻就不吱声了。罗芊芊看他一眼，冷哼一声道：“世子爷说的话，芊芊每字每句都记得。芊芊在世子爷眼里是悍妇，无理取闹，不识大体。芊芊在家也反省过了，觉得这样的性子，也着实当不起淮南王府的世子妃。”

“芊芊……”赵凯风有些别扭地道，“那些话都是我气急了胡说的，你别往心里去……”

罗芊芊点头微笑：“那芊芊气急了，骂世子爷一句‘纨绔子弟，色迷心窍，目光鄙陋’，世子爷能不能也别往心里去？”

“芊芊。”罗大人咳嗽一声。赵凯风想了想，点头道：“我不往心里去。你若是能消气，骂我什么都没关系。”男人想挽回的时候，认错态度总是极好的，什么话都能说出来，什么事都能做出来，哪怕给女人跪下认了错。事情没解决，以后必然还是要在同一个地方摔跟头。

罗芊芊有些心软了，刚想说什么，就被季曼轻轻拉住了手。“他若是肯对温婉的事表个态，说以后绝不再与她往来，你再原谅他。”季曼小声出着主意。

罗芊芊一顿，点点头看着赵凯风道：“世子爷想让芊芊回去，可是芊芊性子直，就是看不得温婉那样的人，这该如何？”

赵凯风皱了皱眉：“温婉她没有你想象的那么坏……”

季曼捂脸，这白痴，这个时候还敢说这样的话，真是扶不起的阿斗！

罗芊芊表情重新冷了下来，轻哼一声笑道：“她不坏，是芊芊把她想坏了。她就是一朵出水芙蓉，做什么事都让人觉得没错，哪怕是已婚之身还勾搭别人的丈夫，你们也觉得她本性不坏。芊芊还觉得青楼的妓女不坏呢，至少人家不立牌坊。”

这话说得狠，赵凯风的脸色又难看了。罗芊芊失望地看他一眼，后退一步道：“我本来不想来，想与你就这么算了，可是宁夫人来劝我，说我不该这么冲动，于是我就想来再听听你说什么。结果世子爷死不悔改，芊芊内心以为与世子爷不合适，还是就这么散了吧。”

赵凯风本来想发火，听见这话又蔫了，自己他都上门认错了，她竟然还不肯回来。赵凯风抿唇道：“你能甘心二嫁屈居人下吗？”

“不用世子爷操心。”罗芊芊微微一笑，“农夫不识沉水香，自有雅士来追寻。”赵凯风哼笑一声：“你是我的人，我不同意和离，看谁敢来寻你？”

得了，又闹僵了。罗父在一旁直揉太阳穴，扫一眼同样表情的聂桑榆，连忙请了她出来，站在院子里小声道：“宁夫人能劝小女两句吗？”

季曼苦笑：“桑榆已经劝过了，芊芊都快想通了，奈何这世子爷说话实在惹人生气。”

罗父叹息道：“这两人也是太年轻了……夫人既然能劝，就帮着多劝几句。老夫也不知道该怎么和芊芊说，她娘又去得早……”

“好，桑榆会尽力的。”季曼点头。罗父感激地道了谢，转头一看屋里两人已经开始吵起来了，你一言我一语，谁也不让着谁。

“这……”罗父又要揉太阳穴了。“罗大人不必太担心。”季曼微笑道，“还能吵起来，就还有缓和的余地。要是哪天他们彼此再也不想多说一句了，那才是真正该结束的时候。”

想想好像也是，罗父不由得又多看她一眼，心想这位宁夫人倒是个懂事的，陌玉侯府里想来也就出那么一个祸害，其他人应该还是不错。

赵凯风被罗芊芊站着用诗词歌赋、天文地理加在一起骂了半个时辰，听得季曼笑得停不下来。赵凯风最后抿着嘴也笑了，看着罗芊芊那一脸冰霜、舌灿莲花的模样，摇头道：“不愧是京城第一才女，我吵不过你。”

“过奖，第一才女是你们捧出来的温婉。”罗芊芊讥笑一声，“凭她写出来的《赞白莲花》。”赵凯风轻咳一声：“她文才不如你。”

“谢谢世子爷睁眼说了句实话。”罗芊芊骂完，心里也舒服了不少。只是想起这男人还觉得温婉是个好女人，她就犹如一根鱼刺卡在喉咙里一样难受。

“都站着给你骂了这么久，和离的事情就先放放吧。”季曼走进去到罗芊芊身边，小声道，“明日我请你们来陌玉侯府做客，看看能不能解决你的心病。”罗芊芊低头想了良久。

赵凯风紧张地看着聂桑榆道：“宁夫人，这是我淮南王府的家事，您插手好像不太合适吧？”上次就是这夫人说什么芊芊嫁错了人，芊芊才要和他和离的，这次她又要说什么？

季曼翻了个白眼，罗芊芊也瞪他一眼：“宁夫人不插手？那我直接与你再进宫一趟，去求了皇上允许和离如何？宁夫人一直在劝我，你倒还怪人家不合适？”

赵凯风不说话了，别开头去看一边的花瓶，心里微恼，自己怎么变得这么没出息了，这不是更加被芊芊吃得死死的了？

季曼打了圆场，也给赵凯风发了请帖：“明日侯府花开正好，二位请给桑榆一个面子，一定要来。”

“好。”罗芊芊应下了。

事情有了缓和的余地，罗父和淮南王府也都松了口气。季曼回去的时候罗父还专门派了家丁带着礼物送她回去。季曼回去便将礼物都给了老夫人。

“世子与世子妃，中间不就只有一个温婉膈应着人吗？”老夫人看着罗府送的南海珍珠，高兴地看着聂桑榆道，“你这孩子聪明，想必是有办法解决的对不对？”

“老夫人请放心。”季曼微微一笑。温婉那样的女人，最会的是当着不同的男人说不同的话，楚楚可怜，滴水不漏。世子爷也就是缺一个机会看清她的面目罢了。季曼托着下巴想，自己得让宁钰轩帮这个忙。

当天晚上宁钰轩想去齐思菱的霁月院，季曼端着鸡汤半路就将人给拦下了：

“侯爷。”

宁钰轩挑眉，看着这笑得一脸甜蜜的女人，挑眉问：“怎么了？”“妾身找您商量个事。”季曼讨好地捧上鸡汤，“回非晚阁去说吧？”

宁钰轩看看她，再看看前面的霁月院，点了点头。

“想要什么？”喝完鸡汤，尝味道也是熬了一个时辰以上的，宁钰轩优雅地擦擦嘴，直接问了她这么一句。

季曼正襟危坐，一脸严肃地道：“我觉得侯爷明日应该去看看婉儿。”宁钰轩微微惊讶：“为何？”“按照一个人的心路历程来看，明天下午的时候婉儿就该想通了一些事情，必定很想见侯爷。”季曼信口胡诌，“妾身也怕她一直这样被关着，会想不开。侯爷去看看她也好。”

宁钰轩抱着胳膊看了她好一会儿，哼笑道：“你这小算盘在打什么？”平白无故让他去看温婉，聂桑榆像那么好心的人吗？

“桑榆是为侯爷、为侯府，以及为淮南王世子夫妇着想。”季曼认真地道，“您去听温婉说说话就可以了，其他什么也不用做。”

“你给我的报酬就是这盅鸡汤？”宁钰轩颇为不满地敲了敲汤盅。季曼嘴角抽了抽：“那侯爷想要什么？”“再来两盅，明天、后天我都要喝。”他道。

“行。”熬鸡汤又不难，还能证明她是个贤妻良母。于是被三盅鸡汤收买的侯爷，第二天下午当真去看温婉了。季曼带着过府来了的罗芊芊和赵凯风，一早躲在柴房的墙外，三把椅子一碟点心，开始听里面的动静。

“侯爷——”柴房门一打开，温婉带着哭腔的声音就传了出来。赵凯风下意识地回头看了一眼，奈何窗户纸太厚，什么都看不见。

宁钰轩看着温婉有些憔悴的脸，叹息道：“这次我是真的护不了你多少。皇上要我赐死你，我护了你一辈子留在侯府，只是再也不能为妻为妾，只能为奴为婢，你可怨我？”

温婉的哭声戛然而止，接着有些不可置信：“怎么会？这件事根本不关婉儿的事啊！”

简直是无妄之灾，温婉焉能不委屈？本来她都能与钰轩一起好好过日子了，却没想到先是闹鬼让她流了产，后是淮南王府上门闹事让她成了丫鬟；成了丫鬟也就算了，皇帝还要杀她；她深爱的男人护着她，保全了她的性命却只能让她一辈子为奴为婢。

温婉摇头再摇头，拉着宁钰轩的袖子哭得梨花带雨：“我从来没有跟淮南王世子说什么不该说的话，他给我父亲银子，我也是不知道的。世子妃肚量小容纳不下要和离，怎么能算是我的过错？钰轩，你知道我是什么样的人，我不会贪谁这一点银子的！”

宁钰轩温柔地蹲下来，温婉便趴在他的膝盖上。她哭得伤心，他便轻轻抚着她的秀发安慰：“是他们要为你出银子，的确不关你的事。”他轻声道，“可是他们怎么知道你父亲缺钱？”

温婉一愣，眼睛往别处看了看，抿唇道：“我不知道他们在哪里打听到的。我父亲那德行，钰轩你又不是不知道，这么多年，他因着好赌害了我多少次了。”

“嗯。”宁钰轩垂了眸子，“你是没有同其他人说起你父亲的是吗？”“……是。”温婉闭眼道。墙外的季曼看向赵凯风，却见他微微抿唇。

刚才季曼就问过赵凯风，温婉在他们面前到底说过些什么，赵凯风将大概的话都说了出来。

温婉是会玩语言艺术的好手，从来没有直接跟人说聂桑榆为人歹毒，与自己为难；也没有直接跟人说自己的父亲好赌，欠下许多债务。她只是柔柔弱弱地说两句在府里过得不好，再说两句担心哪天陌玉侯不爱自己了，众人就会追问，她就会装大度地说：“其实也不怪桑榆，她现在是夫人了……”

再比如说到自己的父亲，她就会掉下泪来，哽咽地道：“我恨不得不生为他的女儿，可是他又是我血脉相连的父亲啊。幼时因着赌债害我差点被卖，现在又……”然后在场的男人就会自发地诋毁聂桑榆，以及无怨无悔地为她父亲的赌债擦屁股，还会觉得温婉其实挺可怜的。

这样的手段，只有女人能看穿女人，男人看过去，怎么都是楚楚可怜。

“你为何非要去同好会？”宁钰轩叹息了一声，“若是不要那么贪玩，如今也不会这样了。”

“还不是你与聂桑榆太过亲近，我才会想刺激你？”温婉嗔怒地看他一眼，“你明明说过最讨厌她的，现在却天天去她那里，对她和颜悦色，还送她东西，为她画画，你要我怎么不嫉妒？”

宁钰轩淡淡一笑：“你以前不是说，只要陪在我身边，无论我有多少女人都没关系吗？”

“那只是说说而已。”温婉娇俏地嘟起嘴，“谁不想自己的男人对自己一心一意啊？她们都说聂桑榆是被狐狸精附体了，才变成现在这样会勾人。我怕你哪天被勾了去。”

季曼翻了个白眼。

宁钰轩无奈地道："你也是个小心眼的。"温婉用刚哭过的眼睛笑了笑："我心里只有你一个人，同好会那些人，我都没有放在眼里的。我知道他们喜欢我，可是我只喜欢你啊。"

"知道有人有非分之想，你还同他们一起？"宁钰轩微微不悦。温婉连忙拉着他的手："我只是想气气你，谁知道你不吃这一套。以后我保证不再多看他们一眼，不管他们做什么，我都当没看见，行不行？"

赵凯风忍不住冷笑一声，这女人人前人后，当真是两张脸。温婉在他们面前的时候那叫一个羞涩，跟不懂情事的少女一样，结果是一直在利用他们呢。她知道他们有非分之想，只是不动声色地用他们来证明她自己的魅力。

罗芊芊看一眼赵凯风的脸色，咬了一口糕点，轻轻哼了一声。屋子里两人还在继续说话，宁钰轩是单纯来安慰温婉的；温婉却因为急着证明清白，把自己撇得一干二净，最后全说成了同好会的人自作多情，自己什么也没做。

赵凯风起身就走。罗芊芊朝聂桑榆行了个礼，眨了眨眼睛表示感谢，然后也跟了上去。

季曼觉得这事其实也算好解决的，赵凯风看清了温婉的真面目，自然也就能知道罗芊芊的好了。

过了两天，外头的风声平息了，世子妃和世子也不和离了。罗芊芊重新收拾行装，准备和赵凯风一起回封地去。罗父和淮南王带着礼物亲自上门道谢，季曼又有了小小的一笔收入。

老夫人的心事了了，现在就剩该怎么整治温婉了。这女人宁钰轩是摆明了态度要护着，皇帝都动不得，其他人自然更是动不得。只是老夫人只要在一天，就定然不会让她好过。

季曼觉得最近身体好像不太舒服，有些容易困倦，找了李大夫来看，却说她没什么问题，只是太累了。难不成她就是传说中那种春困夏懒秋乏冬眠的人？季曼打了个哈欠，靠在软榻上眯着眼睛休息一会儿。

苜蓿轻轻合上门，看了甘草和灯芯一眼，道："你们守着主子，我去厨房给主子拿下午的点心。"甘草和灯芯应了，苜蓿便提着裙子出了非晚阁。

季曼又梦见了聂桑榆。她没有再哭了，表情看起来也算开心："你真厉害。""没有你厉害。"季曼撇嘴道，"到底什么时候放我走？"

聂桑榆轻轻笑了笑：“你别急啊，我是来告诉你，小心着你的肚子。”“肚子？”季曼茫然地低头，“肚子怎么了？”

“你的身子，快三个月了，别被人骗了。”聂桑榆丢了个重磅炸弹。季曼吓醒了，差点从软榻上摔了下去。

“主子？”甘草听见动静，推门进来，拧了帕子递给她，“主子做噩梦了吗？”季曼发了会儿呆，接过甘草的帕子擦了擦脸，摇头道：“无妨。苜蓿呢？”

“苜蓿姐姐去厨房给您拿点心去了。”灯芯道。季曼抿唇，想起聂桑榆的话，心都被提了起来。

她怀孕了？快三个月，就该是南巡的时候怀上的。可是中途她找了这么多次大夫，不都说她身子无碍吗？

仔细想了想，她找的大夫好像都是同一个人——李大夫。当初帮她变卖首饰的那个腼腆的年轻大夫，如今也算在府里有些地位了。因着他和苜蓿交好，所以她每次觉得不适也没有叫别人。上次李大夫还说，她是腹胀气。

好像遇见了什么有意思的事情，季曼不动声色地躺回软榻上去，闭着眼睛叹了口气。当初就说苜蓿不再背叛她就是福分了，现在看来，她还是没这个福分。

府里的孩子已经一连流掉了三个了，如今她是正室，如果怀孕生子，地位必然牢不可破。可是，她姓聂，就算最近感觉和陌玉侯关系缓和了，她也不觉得宁钰轩会喜欢自己生个孩子。

宁钰轩要是想让聂桑榆生孩子，季曼不信这长长的六年里聂桑榆都生不出来。聂桑榆要是有了孩子，这府里唯一会高兴的估计就只有老夫人。因为她生个孩子出来，哪怕是女儿，那也是嫡女，宁钰轩看在血脉的份上，也会慢慢偏向聂家。但是现在时局未定，聪明如宁钰轩，是不会这么快选边站的。

这个孩子若是给人知道，估计也是留不下来的。只是没有想到，除了宁钰轩还真有人惦记上了她的肚子。

苜蓿回来的时候带了瓜子酥，不过季曼说没胃口，倒是想去街上走走。苜蓿道：“最近街上热闹，主子想走走，奴婢便陪着。”

季曼笑道：“你还是帮我看家吧。难得今天无事，李大夫应该也有空闲，你不去和他聊聊天？”苜蓿脸红了，跺着脚嗔道：“主子就会打趣奴婢。”

“去吧，省得人家说我这个当主子的不通情理。”季曼笑着挥挥手，“我带甘草和灯芯就可以了。”她要上街找个大夫，自然是不能带苜蓿的，甚至连甘草和灯芯都不能告诉。季曼还是去了水记胭脂铺，让甘草、灯芯在一楼随意看看，然后上二

楼要水娘子帮忙。

水娘子也没多问，寻了个大夫来，隔着纱帘诊了脉。“是喜脉，两三个月了。”老大夫笑眯了眼，“恭喜夫人。”

季曼不觉得多高兴，因为想想接下来要面对的人和事就头痛。“大夫可否能帮忙看看这香料？”季曼从袖子里掏出来一个盒子，里头装的是以前用的香料。从她到这个地方开始，聂桑榆的屋子里就喜欢燃这个，是她后来觉得闷了才去掉的。偏偏宁钰轩一直说喜欢这味道。

“这香料夫人还是最好别用。”大夫闻了半天，道，“里头是有麝香和藏红花的。”

季曼了然，轻笑一声。顶着六年没有子嗣的压力也不让聂桑榆怀孕，宁钰轩也是蛮拼的。如果可以封个掌管子嗣的神，季曼觉得可以让宁钰轩来当。此人妻妾满园，然而谁该有孕，谁不该有孕，谁的孩子能生下来，谁的孩子只能早夭，都在这位爷的算计之中。

虽然慕水晴怀孕、锦瑟怀孕看起来都像是意外，温婉的流产也像是意外，但是这几个孩子来了又去，不能说与宁钰轩毫无关系。然而对于聂桑榆，宁钰轩是从来没有过让她有孩子的打算，从这香料就能看出来了——以前她停用过一次，他便说那香料好闻，让她重新用。

结果香料里头是什么？麝香、藏红花。以之前聂桑榆那身子骨，加上这些东西的毒害，能怀孕就有鬼了。不过现在她怀了孩子，宁钰轩大概也是千算万算都想不到的。南巡一路上他忍了又忍没碰她，总共宠幸五次，却没想到还是让她怀上了。

天意弄人？季曼笑了笑。她要是藏着把这孩子给生下来了，不知道宁钰轩会不会气得掐死她。只是这院子里的女人大概是不会想到陌玉侯会不要自己的孩子的，所以不知道是谁，在背后跟她玩阴的。也亏得她还有聂桑榆这个高能队友，不然当真糊里糊涂被人害了。

出了水记胭脂铺，顺便又拿了点零花钱，季曼在街上逛了逛，买了点小玩意儿回去。虽然这孩子前途未卜，但是好歹也算她也有份帮忙怀的，能保就必然要保。

府里不知道是谁知道了她怀孕的消息，也不知道苜蓿和李大夫勾搭着想怎么害她，不过这次再手软，季曼也是对不起聂桑榆恶毒女二的名头了。

回到非晚阁，季曼刚踏进屋子，就见宁钰轩正坐在桌边，苜蓿脸上有些绯红。见她回来，苜蓿的脸色微微变了变，下意识地退后了一步。

季曼当作没看见苜蓿的小动作，笑道：“侯爷怎么过来了？”“想来这里坐会儿，结果你出门了。”宁钰轩抬头看了她一眼，笑着将人拉过来坐下，“你这屋子里的香味是越来越好闻了。”

季曼心里跳了跳，抿唇道：“以前那香味压得慌，我让人换了一味花香调的。和了麝香和香草，是不是更好闻？”古代女人不通药理，不知道麝香是干吗的。宁钰轩颔首：“换个味道也不错。”

苜蓿已经去倒了茶来，递到季曼手边。季曼抬眼看了她一眼，转头对宁钰轩笑道：“侯爷，苜蓿也是到了该许配人的年纪了，我这个当主子的也不能留她太久，您说是不是？”

“嗯？苜蓿要许谁？”宁钰轩看向季曼。苜蓿的脸色变得刷白，抿唇道：“主子，奴婢还想多陪您几年。”

“这都十七了，再陪该嫁不出去了。”季曼掩唇笑道，“你不是挺喜欢那李大夫吗？恰好侯爷在这里，咱们不如就求侯爷做主，将你许出去如何？”

苜蓿勉强想笑，却是笑不出来，一双眼水汪汪地看向陌玉侯，嘴里回着她道：“奴婢还不想嫁……”

这种含情脉脉的眼神，季曼要是看不出来，那就是傻的。丫鬟爱上男主人这样的戏码都快被演烂了，苜蓿想演，她不介意帮帮忙。当下季曼装作没看见，打趣了两句就先放过了苜蓿，转头对宁钰轩道：“侯爷晚上来妾身这里吗？”

宁钰轩挑眉：“怎么？你也喜欢争宠了？上次半路将我截走，菱儿可还在生你气呢。”

季曼咯咯直笑：“无妨无妨，多气气说不定肚量还大了呢。晚上妾身还是给侯爷备着鸡汤。”宁钰轩看了她两眼，觉得这笑得跟狐狸一样的表情，还真是有点可爱。

所以不管这人晚上打算算计他什么，宁钰轩还是决定来非晚阁。季曼又让苜蓿将李大夫找了来，并且找了借口将苜蓿打发走了。李大夫站在屋子里，季曼也没让他坐下把脉，就这么一直看着他。这人也不是脸皮厚的人，被看一会儿就受不了了，小声问：“夫人找子修何事？”

“今天我跟侯爷提起了苜蓿的婚事，她年纪也不小了。”季曼微微一笑，和颜悦色起来。李大夫微微松了口气，拱手道：“在下一早同苜蓿姑娘说过，会迎她过门的。”

“苜蓿同意了吗？”季曼问。李大夫笑着点头：“苜蓿说等您愿意开口放她，她便嫁给我。”

季曼挑眉，叹了口气，心想她正梦着飞上枝头呢，你还以为她当真会嫁你？“今日我说把苜蓿许给你，侯爷也不反对。”季曼慢悠悠地道，“可是苜蓿说她还不想

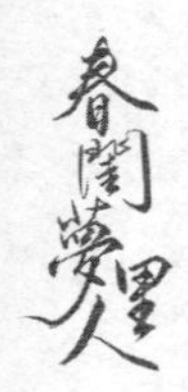

嫁人。”

李大夫的脸上一僵，微微皱眉：“怎么会？是不是她太害羞了？”季曼深深看他一眼，叹了口气道：“女人是种很危险的动物，有时候对你好，也不过是有所图谋。很多男人不知不觉中被利用了，帮着做了坏事，都还茫然不知。”

“不会的。”李大夫摇头，“苜蓿不是这样的人。她说过会嫁给我，也……也没有让我做什么坏事。”这男人眼神干净，倒不是阴险之人，只是情商有点让人着急。季曼摇摇头：“听闻今天晚上会有天雨，你不如到时候约了苜蓿看看。你俩反正也算是我允的婚事，不用有太多顾忌。”

李大夫脑子里想了很多，眼神都迷茫了，听见季曼这话，只当是恩典，点了点头道：“多谢夫人。”

陌玉侯今天的公文有点多，季曼捧着鸡汤先去了他的书房。

“怎么，怕我不过去不成？”宁钰轩看着她笑，“还将汤送过来。”

“妾身这不是怕汤凉了油重吗？”季曼颇为委屈，舀了一碗鸡汤出来递给他。

宁钰轩接过来慢慢喝了，轻笑道：“你真是煞费苦心。回去吧，我等会儿就过来。”

季曼笑着退下，出门对苜蓿和甘草道：“你们回去就都睡吧，不用伺候了，剩下的我自己来，听见什么动静都不要出来。”

两个丫鬟都红了脸，大概是觉得自家主子这是要认真争宠了，于是都回去各自睡下。

季曼关上主屋的门，在院子门口等着。天色很快黑了，也没有月光。宁钰轩是被鬼白扶着过来的，步子有点急。

“侯爷？”季曼上前接住他，鬼白告了个礼，就退下了。“聂桑榆，你想干什么？”温热的气息喷在季曼的脖颈间，宁钰轩整个人扑在她身上，浑身的热度透着衣裳传出来，很是不一般。

“妾身什么也不想干啊。”季曼无辜地眨眨眼，“侯爷这是怎么了？”她一边小声问，一边扶着陌玉侯往侧堂走。靠着屋外的柱子，宁钰轩已经有些失了神智，最后清醒地给她说了一句话就是“我再也不要喝你的鸡汤”，之后就紧紧抱着她，再没有了神智。

季曼笑得贼兮兮的，轻轻去推开侧堂的门，将宁钰轩引到苜蓿床边，而后飞快脱身，关上门。

“……侯爷？”过了一会儿，苜蓿像是被惊醒了，低呼了一声，不过之后，就再也没有声音了。

季曼站在院子里看了一会儿天，说好的天雨没有来，天上也无月，怎么看都是寂寥。

酷威文化

图书 影视

春闺梦里人

白鹭成双 著

Chun Gui Meng Li Ren

中册

江苏凤凰文艺出版社
JIANGSU PHOENIX LITERATURE AND ART PUBLISHING

目录

春闺梦里人

第四十一章

不如我亲手扶你做姨娘

第二天，甘草尖叫了一声，拉开了“战争”的序幕。“你……侯爷怎么会在苜蓿姐姐房里！”甘草本来是想叫醒苜蓿去伺候的，没想到进来就看见满屋狼藉，苜蓿与陌玉侯衣衫不整，昨晚明显是发生了什么不该发生的事情。

甘草脸都白了，大声骂了一句“不要脸”，扭身就往季曼这边跑过来。季曼揉揉头发，再揉揉脸，一副“等君一夜君未来”的憔悴模样，而后问甘草发生了什么事。甘草一边说一边气得骂，眼泪都出来了。

于是一大清早，府里就热闹了。苜蓿衣衫不整地跪在了院子里，泪水涟涟：“奴婢不是故意的，是侯爷来了奴婢的房间……”“那你为什么不喊不叫？侯爷走错了地方，你为什么不提醒他？”灯芯问。

苜蓿哑口无言。她本就爱陌玉侯的天人之姿，原以为是遥不可及的，哪知他突然到了她房里，她又怎么舍得拒绝？

苜蓿是有私心的，之所以忍着疼没叫唤，就是想着一旦木已成舟，主子就不能把她许配给李大夫了。

宁钰轩坐在主屋里，面无表情地看着季曼。

季曼撇撇嘴：“侯爷，这事真不怪妾身，妾身是想承宠的，是您后来非跑了出去。

妾身还以为您跑着去其他姨娘那儿呢，却没想到去了侧堂。”

宁钰轩将信将疑地看着季曼，毕竟不会有女人蠢到下药让自己的丫鬟承宠。可是他分明记得昨晚是见到她才松了戒备，后来又怎么会在苜蓿的床上？难道当真如她所说，是他自己要走的？

季曼掐一把大腿，落泪道：“苜蓿伺候我这么多年了，本来还想许给李大夫的，没想到侯爷您会这样……”一招恶人先告状，宁钰轩疑惑地看了她两眼，忍不住开始反思，是不是当真是自己跑错了房间？

苜蓿咬牙跪在院子里，接受众人的指指点点。非晚阁外头都围了不少看热闹的，一传十十传百，没一会儿老夫人那边就传了话下来，说是让聂桑榆做主，决定苜蓿的下场。

丫鬟本就出身低贱，承了宠做侍妾都别想，顶多算个通房丫头；可是若是通房丫头过了几年还没有子嗣，那也是要当作普通丫鬟一样打发出去嫁人的。身子都不完好了，还有谁肯娶她？

苜蓿心里很慌，可是一想到自家主子平时对自己挺好的，自己又是跟着主子从思过阁出来的，主子应该不会太为难自己。然而，见陌玉侯去六部办事，没有看自己一眼就从旁边经过，苜蓿的心凉了半截，愣愣地看着地上的泥土。

季曼过了好一会儿才红着眼睛出来，看着院子中间跪着的人，说了一句经典的台词：“苜蓿，我待你不薄，你为何要这样对我……”

苜蓿心提起来了，慌忙道：“主子息怒，奴婢真的不是要同主子争宠的。奴婢……奴婢也是真心喜欢侯爷……”

李大夫站在非晚阁门口，睡意尚浓，却被院子中间跪着的女人的一句话给说清醒了。

她是真心喜欢侯爷？李大夫掐了掐自己的脸，他一定是昨晚等她太久了没睡好，都出现幻听了。

苜蓿背对着院门口跪着，自然看不见门口有什么人，继续声泪齐下地道：“奴婢愿意以后继续伺候夫人和侯爷，绝不要半点宠爱，只求夫人留下奴婢，不要赶奴婢走……”

季曼抿唇问她：“李大夫一心一意待你，你没有为他想过吗？”苜蓿一愣，摇头道：“奴婢与李大夫只是相熟，并没有男女之情。”

等的就是这句话了。季曼看着门口那可怜的男人骤然色变的脸，勾了勾唇，叹息道：“你伺候我这样久，我也不是半点情面都不念的人，怎么可能赶你走呢？”苜蓿松了口气。

“去钱管家那听他吩咐吧。从今天开始，你被分去后院洗衣裳，依旧是留在侯府，想伺候我，也可以专门只洗我的衣裳。”季曼张口又补了一刀。

“不要。”苜蓿下意识地就反驳，语气有点急了。季曼挑眉看了她一眼。“奴婢不要离开主子身边。”苜蓿语气又软下来，哭个不停地看着季曼道，“奴婢只是错了这一次，求主子原谅，求主子原谅啊！”

季曼没理她，站着等她哭到了绝望，才挥手道：“甘草，将你苜蓿姐姐扶进房来，我单独有话要说。”

甘草应了，拉着苜蓿起来，就将她推进了主屋。季曼也进去，转身将所有人都关在了外头。“老夫人让我决定你的去留，也就是我让你走，也没有任何人能救你。”季曼坐下来，看着苜蓿道，“你觉得我是该留你，还是该让你走？”

“求主子慈悲！”苜蓿嗓子都有些哑了，跪下来连连叩首，“奴婢以后定然会全心全意服侍主子。奴婢已经跟了您六年了，没有功劳也有苦劳，主子就饶奴婢这一回吧……”

季曼支着下巴，手指有一下没一下地叩着桌子：“我记得，我第一次给你银票的时候，你也感恩戴德地说，以后一定不会背叛我。”苜蓿一愣，垂着的眼里有些心虚。

“那次我信了你，结果之后就是你衣柜里有我的银票，还引了人来查，差点将我给害了。”季曼啧啧两声，“至今为止，我还没猜到那次是谁想下手。齐思菱吗？不像。”

“主子……”苜蓿惊恐地看着她，身子都有些发抖。她竟然知道……知道那些银票是自己拿的？

“不要慌张，我话还没有说完。”季曼慢条斯理地道，“你知道我挺多秘密的，也如你所说，跟了我六年。跟着我是不差钱的，所以钱收买不了你。那么苜蓿你现在告诉我，到底是谁用了什么办法，才让你甘心为她卖命？你这次又是因为什么想对我腹中的胎儿下手？”

苜蓿整个人往后跌，跪坐了下去。她怎么什么都知道？一直以来都知道自己背叛了她吗？她从上次银票的事情就开始怀疑自己了，为什么又不说？这么长时间，她一直在观察自己吗？

太可怕了。

苜蓿眼里满是惊恐，看着季曼，下意识地想后退。“我这个人，对自己人很温柔的。”季曼笑了笑，“你不用太害怕。”苜蓿怔愣了好一会儿，闭上眼睛，深吸一

口气又长长地吐出来，重新在季曼面前跪下道：“奴婢算计不过主子，甘愿认输。”

季曼挑挑眉：“我最开始就在想，这么多年我待你一直不算很好，把你吓成个唯唯诺诺的样子，你心里应该会恨我才对。看来你大概真是恨我的。”

聂桑榆在原著里就是对苜蓿十分苛刻，动辄打骂。季曼也觉得正常，因为一个常年得不到宠爱的女人，多少都有点心理变态。只是自她来到这个世界，对苜蓿没有一点不好吧？偷鸡分她一半，挣了银子也给她花，她怎么就还是会背叛自己，而且招招都是下的狠手啊。不管是上次还是这次，要是自己一个没小心中了计，后果都是十分严重的。

季曼笑了笑，眼神冷冷地道：“看在这么多年主仆情谊上，你将你背后的人告诉我，我能给你的东西，比她能给的多得多。你要是恨我，我也没什么好说的。以前那些年是我对不起你，你要什么补偿我也可以给。”

苜蓿皱眉，苦笑出声：“以主子这样的性子，会不计前嫌待奴婢好？”“你似乎没有那么多的选择。”季曼轻声道，“你的将来在我手里。若是你执意要护着你背后的主子，那么我会禀告老夫人，将你逐出府去。”

“那也没有办法，奴婢自找的。夫人肚量小容纳不下，那奴婢走就是了。”苜蓿垂了眸子道。

看了眼前这人这一副光脚的不怕穿鞋的模样，季曼冷笑一声：“你是不是在想，李大夫对你一往情深，你要是去哭诉是侯爷强迫你的，看在你对他母亲那么好的份上，他也许还是会娶你？”

苜蓿一震。

“忘记告诉你了，”季曼伸手拿了张纸条出来，“昨儿李大夫给你传信让你去看天雨。可惜那时候你跟我去了书房给侯爷送鸡汤，纸条被灯芯当垃圾给随手丢掉了。

“还有，你刚才跪着跟我哭喊你是真心爱侯爷的时候，李大夫也正好站在门口看风景呢。”季曼笑吟吟地道，“我估计他帮着你瞒住我，不告诉我有了身孕，也是费了你不少‘情真意切’的谎话吧，苜蓿？”

苜蓿的一张脸这时候才是白了个透彻，颤抖着嘴唇，抬眼看着季曼道：“你不是聂桑榆……”她跟了聂桑榆六年，怎么可能不清楚聂桑榆的德行？但是就是因着她是一直跟着的，知道眼前的人就是聂桑榆，所以即使聂桑榆行为再古怪，她都没有怀疑过什么，只当聂桑榆性情大变了。

可是一个人的脑子是变不了的，本来那么愚蠢的女人，不可能在受了刺激之后突然变得这么聪明！这不是聂桑榆！苜蓿跪爬着往后退，眼神里满满都是恐惧。

季曼整理了一下衣裳站起来，悠悠地道："你现在可以出去围着侯府跑三圈，大喊我是假的聂桑榆，看看谁能信你。"苜蓿摇头，靠着门停下来，脸色青白。

"别磨叽了。你知道你算计不过我，还挣扎什么？"季曼道，"就算你今天不说，伟大地牺牲你自己来保全你背后的主子，总有一天我也会把她揪出来。你斗不过我，她也一样。但是，你若是肯告诉我，我也不要求你以后对我忠诚，也不会在你的主子面前揭穿你；相反，我甚至可以捧你做姨娘。"巴掌打够了，甜枣来了。这个甜枣巨大无比，甜得让苜蓿这样当奴婢当得习惯了的人，完全没有抵抗能力。

"你……你想骗我。"苜蓿眼神松动了，却还是戒备着。季曼掩唇一笑："我怎么会骗你呢？你是不信我有这个本事，还是觉得你当了姨娘，对我来说有什么损失？别忘了，在别人眼里，你可是我的人。"

苜蓿心动了。虽然面前这个女人城府深得可怕，但是她现在没有别的路可以选。跟着这样的主子，只要她不再反叛，她就有可能过上锦衣玉食、不用伺候人的日子。

季曼不催她，悠闲地喝着茶等她自己考虑。

一炷香之后，苜蓿长叹了一口气。

"夫人还记得两年前，奴婢打碎了您心爱的茶杯，您大冬天的将奴婢赶去外头罚跪的事情吗？"

季曼挑眉，她在聂桑榆的回忆里倒是没怎么看见这个，估计也就是对聂桑榆不太重要的事情，所以聂桑榆也就没放心上。

"挨冻的滋味是什么样子的，夫人一定不知道。"苜蓿道，"奴婢陪着夫人那六年，过的都不是人过的日子。那天奴婢跪在雪里，双腿都没了知觉，是雪主子经过，偷偷带了奴婢回去暖身子，然后换了厚的棉衣，奴婢才能一直撑着跪下去。"

雪主子？千怜雪？

"夫人后来还责骂了雪主子，说奴婢是您的丫鬟，用不着她来好心。"苜蓿苦笑，"要不是雪主子，奴婢可能那天就冻死在雪地里了。"

季曼有些意外，没有想到幕后主使竟然是千怜雪。她还觉得齐思菱的嫌疑更大一点，毕竟齐思菱是摆明了不喜欢她。而千怜雪，在最开始的时候，不是还因为雪花膏对她另眼相待过吗？

想起那总是病恹恹走不稳的背影，季曼脸上的笑容慢慢没有了。若是齐思菱，那还好对付些，可是为什么会是千怜雪？"你觉得她是个好人？"季曼轻声问了苜蓿这么一句。

苜蓿点头，眼含感激地道："起码雪主子一直对奴婢很好。"

一个病弱的姨娘，对聂桑榆的婢女平白无故这么好，会是好心而已吗？季曼摇摇头。这院子里齐思菱对账本感兴趣，温婉对陌玉侯感兴趣，锦瑟对地位感兴趣，她还以为就千怜雪和柳寒云两人对什么都不感兴趣呢。不是连老夫人也说，千怜雪是个可怜的女子吗？

安安分分过日子的人，为什么会利用她身边的丫鬟来害她？季曼沉思了许久，又仔细想了想，好像聂桑榆唯一没怎么得罪的人，就是千怜雪。这背后主使，为什么会是她？

苜蓿打量着季曼的神色，小心翼翼地问："夫人说的话，还算数吗？""算。怎么能不算呢？"季曼回过神来，微笑着道，"亏待你那么多年，现在怎么也要给点补偿。等会我就去回禀了老夫人，让侯爷给你个名分。"

苜蓿被这一句话给安了心。虽然觉得有些对不起千怜雪，但是她现在也没有退路了，只能相信面前这个人。

"至于我怀了身子的事……"季曼问，"你告诉千怜雪了？"苜蓿垂眸，轻轻点了点头。

"那最开始我让你做雪花膏，她也知道？"苜蓿又点点头，顿了顿，补充道："奴婢只在您送了雪主子雪花膏之后跟她禀告了一声，说东西是咱们自己做的。后来拿出去卖，您没让奴婢经手，奴婢也就只告诉她您赚了不少银子，银子就放在衣柜里。"

这千怜雪心机也是颇深，对她下手都没让她察觉，甚至都没怎么把苜蓿暴露出来，看样子是个想放长线钓大鱼的。敌在暗，我在明，季曼叹了口气，这局势真是不利啊。

第四十二章

保个孩子不容易

如今她想保这腹中孩儿，又偏生被要整死她的千怜雪知道了，前头的路，可不就是更凶险了吗？千怜雪看起来没有一点攻击力，原来也是属于沙漠草系列的——地上只有看起来寥落的枝叶，地下的根却深得很。

不过幸好当初知道苜蓿有背叛之心的时候，她将自己与水记胭脂铺撇了个干干净净，千怜雪应该不知道水记胭脂铺现在还是她的。

季曼和颜悦色地让苜蓿起来，跟她说了两句让她安心的话，就让她下去了。季曼午膳的时候带着她去老夫人那里，就顺便请了老夫人做主，让陌玉侯收了苜蓿。

“我正想着，你身边没个帮手也不行。”老夫人点头允了，“就收苜蓿做个侍妾吧。”

苜蓿大喜，立刻跪了下来谢恩。聂桑榆虽然说要扶她做姨娘，可是肯定也得一步步来，她还以为要从通房丫头开始呢，没想到竟然能当侍妾。

老夫人多看了苜蓿一眼，语气有些严肃地道：“既然是桑榆的人，就莫要干那些对不起主子的事。侯爷有宠爱固然是好，可是也别忘记你今天是踩着自家主子爬上来的。”

就算做了侍妾，在所有人眼里苜蓿还是个勾引侯爷、借着侯爷对夫人的宠爱上位的贱婢。苜蓿开心了一会儿，也就老实了。她明白，不靠着聂桑榆，自己就算真

成了姨娘，那也没多少活路。

季曼把苜蓿安排在了闻香阁，又分了院子里两个粗使丫头给她。从今儿起，她也算小半个主子了。侯府也就赐还了她本来的姓氏，称为郑主子。

苜蓿高兴地在屋子里走来走去，看着自己头上的发簪，又看看身上的衣裳，满意得不得了。

一听见苜蓿被侯爷宠幸，又被聂桑榆扶为侍妾的消息，府里很多人觉得不满。

锦瑟更是甩着帕子去了闻香阁，尖着嗓子笑道："一个贫贱人家出来的丫鬟，靠着自己主子当了侍妾，也真是八辈子修来的福气。"

苜蓿皱眉，看着她道："郑儿虽然是个丫鬟，也是清白人家的，不像锦主子，一双藕臂万人枕，一张香唇千人尝。锦主子能进来侯府，也怕是祖坟上冒青烟了。"

锦瑟也不生气，咯咯笑道："咱们就五十步笑百步吧，看谁最后能讨到好去。"送走了锦瑟这个说话讨人嫌的，又迎来齐思菱不阴不阳地教训了她几句，苜蓿只能硬着头皮听着；到最后千怜雪来拜访，她就直接装病休息了。

本以为当了侍妾会是很开心的事情，没想到头一天，苜蓿就觉得心力交瘁。晚上侯爷自然去了别处，她一个人站在院子里，突然就有些怀念李大夫的温柔了。即使她生病找大夫，来的都是其他人，李大夫怕是再也不想看见她了。苜蓿轻轻笑了笑，笑出了眼泪来。

宁钰轩坐在非晚阁里生闷气。季曼从容地帮他剥着荔枝，剥完顺手喂给他："侯爷这是怎么了？"他不语，还是张口把荔枝吃了。

他今天在六部就一直在回忆昨天晚上的事情，怎么都觉得是被聂桑榆算计了。可是她立苜蓿为侍妾，对她自己有什么好处啊？他想不通她为什么要这么做，所以他的一张脸今天都是阴沉沉的。

他太讨厌这种掌控之外的事情了。

季曼乖巧地喂了他好一会儿，又给他泡茶、捶肩，宁钰轩的脸色才慢慢缓和了下来，脱了衣裳上床睡觉。

"最近天气常变，妾身看怜雪的身子似乎又弱了些。"季曼用十足的主母语气道，"侯爷抽空还是多去看看她。"

宁钰轩斜睨她一眼："你以前不是挺不喜欢雪儿的，怎么现在倒关心起来了？"

聂桑榆以前喜欢过谁啊？季曼笑道："现在妾身不是懂事了吗？而且比起其他人，反倒是怜雪的性子最让妾身喜欢。"

"她的性子的确很好，不争不抢的，不像婉儿那么霸道。"宁钰轩哼哼了两声，闭上眼睛道，“你多学着点儿，那样的女人才让人觉得省心。”季曼撇嘴，心想：省心个鬼，什么时候给你后院点了火你都不知道。不过她嘴上还是好奇地问：“侯爷和怜雪是因为千大人认识的？”

“嗯。”宁钰轩淡淡地应了一声。可是季曼见过千应臣，他对自己好像一点敌意都没有，挺有趣的一个人。季曼闭着眼睛默默思考到底哪里得罪了千怜雪，宁钰轩也不再开口，两人相安无事地睡了个好觉。

一个月之后，京城太平无事，淮南王一家也回了封地，聂青云与宁尔容感情稳定，无风无浪，好像没有什么需要季曼烦心的事情。这一个月里宁钰轩往她这里算来得最多的；其次就是雪松院和霁月院，也算是雨露均沾；只是锦瑟和苜蓿那里都只去看过，而没有过夜。

到时间了，温婉也自然被放了出来。宁钰轩想安排温婉在自己身边伺候，老夫人却不依，将她指给了季曼。这么大一个炸弹丢过来，季曼很头疼。

可是当温婉穿着一身丫鬟衣裳安安静静地站在自己面前的时候，季曼又有些惊讶。这人好像有哪里不一样了，以前身上浓浓的“你们就该娇惯着我”的气息好像已经被柴房关没了。

“奴婢婉儿。”温婉一撩裙摆跪了下去，“给夫人请安。”膝盖和地面发出一声磕碰声，季曼微微挑眉，两边站着的甘草和灯芯也有点惊讶。

还以为骄傲如温婉，是不可能朝聂桑榆跪下去的。季曼抿唇，抬手示意她起来，突然就想起了很久以前陌玉侯迎娶温婉的喜堂之上：那时候的自己，初穿越到这里，也是那么平心静气地一跪，让所有人都吃了一惊。

看着面前低眉顺目的温婉，季曼感叹，女主的蜕变大概也开始了吧，果然是逆境使人成长。

“以后你便跟着伺候我吧，仔细一些，不会亏待了你。”

“是，奴婢明白。”

季曼观察了温婉几天，见她始终是低眉顺目，就算有人故意刁难她，摔个杯子洒个水什么的，她也跟普通的奴婢一样，一点脾气也没有地就去处理了。

宁钰轩来非晚阁的时候，温婉也一句话没有多说，垂手替他们收拾好床铺，之后便安静地站在门外。

如此一来，反而是季曼和宁钰轩有些不好意思了。宁钰轩将温婉唤进来，轻声问她：“可还习惯？”温婉声音平静地答：“回侯爷，奴婢一切安好。”

“缺什么少什么，可以同我或者夫人说。”温婉终于抬头看了他们一眼，眼里有苍凉的笑意，却是隐忍着点头说了一声“好”。

宁钰轩大概是看得心疼了，叹了一口气看向季曼道：“桑榆，苜蓿以前的侧堂不是还空着吗？让婉儿住吧！你也莫要亏待了她。”季曼点头：“我已经让甘草、灯芯替婉儿将东西搬进去了，只是婉儿似乎不喜欢，还喜欢睡柴房。”

温婉像是在苛待自己，季曼给她新衣裳和首饰她不要，让她吃好一些的饭菜她也不要，偏偏就喜欢住在柴房里，吃下人吃的饭菜，头上永远只有一根银簪。看起来，还真像是季曼虐待了她一样。

宁钰轩看着温婉，道：“能过好一点，就莫要与自己为难。”温婉抬了抬嘴角，不说话。季曼也没有空陪她玩虐待游戏，因为一直没有的妊娠反应现在来拜访她了，每天她都要忍得很辛苦，才不会被陌玉侯和老夫人发现。

厨房送来的膳食，季曼一律不吃，而是让甘草和灯芯每天偷偷出府去，带外头做的饭菜回来，屋子里香料也让人每天检查。只是在苜蓿被立为侍妾之后，她周围就再没有什么动静了。千怜雪也依旧同以前一样，足不出户，安静养病。

季曼觉得不安。这肚子这样藏着，早晚会不小心暴露出来，与其到时候被动，她不如现在想想办法。

老夫人恰好要进宫去看聂贵妃。聂贵妃的肚子也是有五个月大了，想着自己的表弟或者表妹只比自己的孩子大几个月，季曼还是有点别扭的。不过现在她的这个孩子，只有聂贵妃和老夫人有能力保得住。

于是进宫去，季曼同聂贵妃说了侯府里发生的接二连三的孩子流产事件之后，聂贵妃皱了眉道：“你们那院子，怎么比这后宫里还乱？”

老夫人叹息道：“也是我现在懒得管这些个丫头，谁的子嗣我都不心疼，只盼着桑榆丫头能给怀一个。”

季曼眨眨眼，看看聂贵妃，又看看老夫人，问：“姑姑、老夫人，你们觉得，桑榆若是有孩子，能活下来吗？”

“如何不能？”老夫人一脸正经地道，“侯府嫡子，能跟那些个不正经的孩子一样流了去不成？”

“院子里总有人在作怪，说不定哪天那怪手就伸到我这里来了。”季曼苦笑道，“我还是宁愿没有孩子的好。”

聂贵妃微微坐直了身子，拉着她的手道：“桑榆，你要相信你的婆婆。若你当真是怀了，她一定会替你保住。”

季曼看向老夫人。老夫人坐得很端庄，脸上带了笑意道：“我年轻的时候与那些丫头片子斗法了十几年，最后她们没有一个还在，只有我留下了钰轩。想要保你这小丫头，自然不难。”

当年的镇南侯也是妻妾成群、子孙满堂。但是到他战死的时候，后院里只剩下了老夫人和宁钰轩。季曼最开始还在奇怪，古人的兄弟姐妹都是很多的，为什么宁钰轩会只有堂亲。原来原因在这儿。

季曼忍不住多看了老夫人一眼，也终于反应过来，老夫人为什么那么喜欢念佛了。

老夫人是在超度什么吗？思考了好一会儿，季曼抿唇道：“最近桑榆发现了一件事，不知道说出来，老夫人与姑姑会不会觉得难过。”

“何事？”聂贵妃道，“你只管说，都是一家人。”季曼抿唇，酝酿了好一会儿情绪，将手帕尖儿上的辣椒油往眼下抹了抹，终于是红了眼眶，“桑榆嫁到侯府这么多年，之所以一直没有怀孕，都是侯爷有意为之。”

两位长辈大惊。老夫人脸色有些难看，到底是自己亲生的儿子，还是有些护着的。不过季曼拿了一盒子香料出来，也不是指责，就温温柔柔地道：“侯爷大概是怕桑榆怀孕，会令太子觉得不安，故而这么多年，一直让桑榆用这种有麝香和藏红花的香料。”

聂贵妃身边的丫鬟一听这两样东西，连忙让人将香料盒子拿出去丢了：“娘娘，这两样是会让有孕之人流产的，您莫要靠近。”

老夫人沉着眼神看了季曼良久，道：“你现在才发现这东西吗？”季曼点头，泪水涟涟：“桑榆一早没用了，可是突然就怀了身孕。这么多年都没能怀上身孕，这几个月的时间竟然给了桑榆这样的惊喜，桑榆觉得奇怪，才让人去查了这香料，想不到是这样的结果。”

老夫人本来有些责备她，竟然当着贵妃的面说这个，可是一听这下半句，两个女人的眼睛都睁大了：“你怀孕了？”季曼捂着肚子，可怜兮兮地道：“大夫说已经快三个月了。只是桑榆不敢让侯爷知道，只想安安静静地生下来。”

老夫人欣喜若狂，拉着季曼的手哎了好几声都没能说出话来。聂贵妃连忙让捧书去传了她最信任的太医来，给季曼一把脉，得一句“母子皆安”。

这下聂贵妃可高兴了，不枉费自己在南巡的时候给了桑榆那么多药。那可都是珍贵得很的秘药，能让她顺利怀上，也算是没有枉费自己的一片苦心。

季曼连连嘱咐太医不要说出去，两个女人却高兴得恨不得让全天下都知道。也是，她们盼了这么多年，总算盼来一个，能不高兴吗？高兴了之后，问题就来了，季曼已经说了侯爷不是很想让她有孩子，老夫人就该考虑怎么处理这件事了。

本来季曼要是在侯府里偷偷告诉老夫人这件事，老夫人是一定会说她多想了，侯爷怎么可能不要自己的孩子，而老夫人也会因着高兴，立刻将这件事宣告全府，让侯爷多照顾她。

可是现在季曼是捧着香料盒子到聂贵妃跟前来了，老夫人若是还一时兴起，万一孩子出了什么闪失，聂贵妃一定会觉得是宁钰轩所为。到底是贵妃的亲侄孙，若是没了，贵妃一定会迁怒宁钰轩。

老夫人作为中间的平衡杠，现在就得认真地思考，该如何保这个孩子。她防得住一院子的女人，却也挡不住自己的亲生儿子。

“回去的时候，你先来我的院子住上一段时候。”老夫人看着季曼道，“我就说你有佛缘，你跟着我念一段时间的佛。等孩子有三个月了，稳当一些，咱们再想办法。”

季曼松了口气，有靠山就是好事。老夫人懂得对自己儿子留个心眼，她也就安心了。

聂贵妃赏赐了好大一堆东西给季曼，季曼和老夫人简直是空手而来满载而归，有些哭笑不得。不过老夫人一路上是认真想了事的，回到侯府就让季曼立刻收拾东西，跟她去佛堂念经。

不过今天恰好季曼一回来，竟然碰见久病的千怜雪出门了，而且气色不错，正端着点心在花园里，与宁钰轩有一句没一句地说着话。季曼本来想装作没看见，先回去收拾东西的，却被宁钰轩一声“桑榆”给喊住了。

“侯爷？”季曼心里叹息，还是得转身笑盈盈地看着他。“雪儿今天身子好了些，做了些糕点，你要不要来尝尝？”宁钰轩心情好像也是不错。季曼毫不犹豫地摇头：“妾身回去搬东西，老夫人急着让我去主院陪她念佛呢。”

“嗯？”宁钰轩挑眉，“你好端端的，没做什么亏心事，去念什么佛？”季曼干笑：“老夫人说妾身有佛缘，妾身也觉得佛理能洗涤人心，跟着念念总是好的。”

宁钰轩不置可否地挑眉：“那你今晚不打算侍寝了？”怀着身子不宜有房事，季曼摇头：“昨儿不就说了，让侯爷多陪陪怜雪，难得她今儿身子也好。”

千怜雪终于转头看了她一眼，笑得有些柔弱：“妾身多谢夫人关心。”季曼点点头，宁钰轩也就没再多说，挥手让她去了。

避免夜长梦多，季曼直接搬去了老夫人主院的侧堂，只带了甘草一个丫头，将温婉和灯芯都留在院子里看着。当晚老夫人身子有些不适，睡得很早；宁钰轩也去了雪松院，应该是一早歇下了。季曼放松了戒备，洗漱之后就上床睡觉。

可是半夜，门突然被人推开了，有人跌跌撞撞地进来，扑上了季曼的床。季曼被惊醒了，大喊了一声，却被那人立刻捂住了嘴。

第四十三章

女主好像起了什么不得了的化学反应

门外的甘草显然是被惊醒了。季曼吩咐了她今晚守夜，可是一个男人突然闯进自家主子的房间，她吓得慌了，都不知道该叫人还是不该叫人。

温热的气息洒在她的脖颈间，季曼刚开始有点慌，闻着这熟悉的味道，反而是淡定了。她伸手掐在这人的腰上软处，使劲儿一拧。宁钰轩闷哼一声，一双桃花眼里满是嗔怒："你掐我干什么？"

季曼气得脑仁儿疼，忍不住瞪他一眼："你大半夜不睡觉，好端端地跑来这里干什么？这可是老夫人的院子，干这些勾当，不怕她打断你的腿。"他呼吸有些热，却还是清醒的，躺在她旁边冷哼一声道："母亲向来偏爱你，会因为我宠幸你而打断我的腿？"

季曼怒："也得分场合吧，妾身是过来吃斋念佛的。"宁钰轩轻笑一声，手指有意无意地划过她的肚子："吃什么斋念什么佛？你这一肚子坏水，难不成两天就能全倒给佛祖？"

季曼感觉着自己肚子上的手，背后有些发凉，连忙抱过被子来隔开他，抿唇道："侯爷认为妾身是一肚子坏水，那妾身肚子里的水也就不能是好的。只是今晚侯爷不是该在雪松院吗？又为何会来了这里？"

宁钰轩平稳了一下气息，语气陡然转凉："这不都是你故作聪明。你觉得捉弄我很好玩，什么肮脏的手段都敢往我身上用？也是我最近对你太好了，聂桑榆。"

季曼茫然得很，她今儿就搬到了佛堂，其余什么事都没做吧？"侯爷，妾身能不能问一句为什么，您再给妾身定罪？"

宁钰轩嘴角带些讥诮，一言不发地翻身坐起来道："我夸你聪明，不代表你能连我一起算计。歇着吧，我就是过来逗逗你，但是你这欲拒还迎的样子，真是没意思。"言罢，他起身就又离开了。

门外的甘草这才借着灯笼看清那闯进来的男人的脸，原来是侯爷。她松了一口气的同时又觉得奇怪，侯爷怎么会过来这里？

被他这么一搅和，季曼显然是睡不着了，托着下巴想了许久，才将甘草招进来问："侯爷用过晚膳去过哪里？"

"主子，侯爷在雪松院用的晚膳，饭后往非晚阁走了一趟，见您不在，便又回了雪松院。"甘草是个消息灵通的，立刻将宁钰轩的行踪都说了出来。

雪松院、非晚阁，一处是千怜雪，一处是温婉。季曼没想通，这是谁用了什么法子，叫宁钰轩这半夜抽风来自己这里冷嘲热讽？大半夜的自然也问不出什么来，季曼躺回去，不甚安稳地睡了一宿，第二天就去老夫人院子里禀告了此事。老夫人当即沉了脸，将千怜雪和温婉一并叫来，跪在主院里没让起身。

"昨儿是发生什么事了，你们谁能给我说一遍？"老夫人一双眼睛凌厉地看着这两人。老夫人即使还在生病，这威慑力也是半点没减。

千怜雪身子弱，跪了一会儿就有些支撑不住，勉强撑着身子道："回老夫人，昨晚侯爷打算在雪松院安寝，用过晚膳之后出去了一趟，回来没坐一会儿就走了。妾身也不知道是哪里得罪了侯爷。"

她的语气格外真诚，样子也惹人同情。老夫人抿抿唇，挥手示意丫鬟扶她起来，到旁边坐着。"侯爷去非晚阁干什么了？"老夫人盯着温婉问。

温婉跪得端正，低头道："奴婢不知。侯爷来非晚阁的时候，奴婢在屋子里没出去。"

"谁能做证？"

温婉顿了顿，摇头："当时灯芯出去拿晚膳去了。"言下之意，非晚阁只有她一个人。

老夫人冷哼一声，昨晚的事情，看来没几个人知道。轩儿到底气桑榆什么，倒成了未解之谜。总不能直接去问轩儿，这样私密的事情，也不是她这个当母亲的该插手的。

这院子里果然是不太平。老夫人扫了温婉一眼，这丫头变化也是很大，都快赶上当初桑榆丫头的变化了。也乖乖巧巧的，倒是没有以前那么惹自己嫌。想了一会儿，老夫人挥手让她们都下去了，拉着季曼道：“明枪易躲，暗箭难防。你就好好待在这院子里，莫要出去了。”

“好。”季曼点头。

温婉垂着头出了主院，一路慢慢往非晚阁走。柴房里关着的那一个月，她想通了很多事情；加上有心人的指点，她现在终于明白自己该怎么争、用什么争。

以前自己多愚蠢，以为有了宁钰轩的宠爱，就可以什么都不用担心，结果聂桑榆教了她什么叫手段。光有宠爱没有用，她还得会利用宠爱才行。她吃够了石头一样硬的馒头，睡够了让她夜夜做噩梦的柴房，也看够了下人的白眼和冷漠。她失去的东西，总要一点点抢回来的。这次，她再也不会心急了。

女主到底是女主，置之死地而后生的功能十分强大，有别人没有的筹码、翻盘的机会，自然大得多。皇上下令让温婉终身为奴为婢又如何？温婉会叫这些瞎了眼的人看看，一个奴婢究竟可以做到什么地步。

路过花园里的池塘，温婉停下来看了看，那池子里本是养了许多的鱼的，今天不知怎么，有好几条都翻了白肚。看了一会儿，她也觉得自己有点不适，喉咙突然一紧，张嘴吐出一口黑血来。

温婉中了毒。这消息很快传到了宁钰轩的耳朵里。正在六部谈事的他，二话没说就赶了回来。

李大夫替温婉诊了脉，拱手对陌玉侯道：“这是慢性毒，中毒一月之后才会侵蚀到肺腑。婉儿姑娘这毒已经开始发作，七天之内若不能将毒素清除，性命难保。”

宁钰轩的脸色很难看，温婉被关时柴房负责送饭的人被叫了来。那人跪在非晚阁里战战兢兢地道：“奴婢每次送的饭菜都是厨房里拿的，大家吃了都没有问题。只有一次是夫人送了汤药进去，奴婢没敢拦着，算算日子，正好一月。”

宁钰轩沉了眼神。季曼的安生日子是别想过了，即使是在老夫人的羽翼下，她也总会被人挖出去躺枪。比如现在，老夫人还坐在上头，宁钰轩就已经一脸要吃了她的表情，问：“你给婉儿送去的汤药里头，加了什么东西？”

老夫人虽然给过她慢性毒药，可是她分明都丢进了鱼池里，哪儿来多的去放温婉的汤药里？更何况那黑漆漆的东西，温婉一定没有喝，怎么就怪她头上了？

季曼道：“侯爷明鉴，汤药里只有补药，方子都该在李大夫那里有存根，侯爷不信，可以去取来看。”老夫人抿唇道：“温婉只是个丫头，你就因为她中个毒，跑来这样责问你的发妻？”

在老夫人的印象里，这毒就该是聂桑榆下的，因为是自己吩咐的，所以语言之中，就满是偏袒聂桑榆的意思。季曼很想说自己是真的无辜，真的，老夫人您不用这么心虚的。

宁钰轩看了老夫人良久，嗓子有些沙哑地道：“母亲不喜欢婉儿，她也已经委屈至此，您为何还不肯放过她？”老夫人冷笑：“叫她放过我才是。好好的儿子被她迷得七荤八素，现在还会反过来责问亲娘了。”

宁钰轩深深地看了老夫人一眼，起身朝老夫人行了礼，之后便一言不发地走了出去。“混账东西。”老夫人气得拍桌子，“我怎么生出来这么个没出息的！”季曼连忙安抚老夫人几句，眉头也是皱着没松开：不是自己下的手，那又是谁在背后“好心”帮了忙？

宁钰轩一连几天都住在非晚阁，没有踏进主屋，倒是住在了侧堂。皇宫里的珍贵药材都被挖来了，宁钰轩是不惜一切代价，也要给温婉解毒。温婉披散着头发，乖巧地躺在宁钰轩怀里，轻声道：“能这样死了也是值得。”

“你胡说什么。”宁钰轩低斥一声，捏着她的下巴看了看她的脸色，眸里还是忍不住流露出了心疼，“我会替你解毒的，你不会死。”

温婉笑得很开心：“要是能用这最后七天，换你对我情深如初，婉儿死而无憾。”宁钰轩一震：自己从什么时候开始，没有像最初那样深爱她了？本是约好要一起白头，不让她受任何委屈的，现在却换来她被贬为奴，危在旦夕。

再硬的一颗心也要软了，宁钰轩拥紧了温婉，低声道：“抱歉。”温婉笑出了眼泪：“我好怕好怕听见你这两个字，你千万不要对我说。哪怕以后你当真爱上了别人，也莫要告诉我，就让我一直以为，钰轩心里只有婉儿一个人。”宁钰轩呼吸沉了沉，低头吻上她的唇。

他心里一直只该有婉儿一个人，怎么会有其他人呢？有艳丽的牡丹一闪而过，宁钰轩闭紧了眼，捏着怀里人的肩，辗转深吻。

季曼在老夫人院子里念了三天佛之后，终于感叹：“这个世上果然只能人自救，佛不能救人啊。”

眼看着女主已经脱胎换骨，要走上康庄大路了，她对着佛祖天天念经也不是个事儿。季曼跟老夫人申请，再搬回非晚阁去。

“回去做什么？你这身子……”老夫人颇不放心，最近府里事情又闹腾起来了，万一伤了自己未来的金孙可怎么办？

季曼笑道：“桑榆也怕鹊巢鸠占。侯爷算是把婉儿中毒的账算在桑榆与老夫人头上了，桑榆总得回去赎罪。”老夫人看她一眼：“你这个关头回去跟那祸害争宠，怕是讨不着好。”

季曼摇头，自己不会那么蠢的，迎着人家的锋芒上干什么？“桑榆会找好时机的，老夫人不必担心。”不担心就怪了，老夫人让当归和首乌亲自送着她回去，差点将佛祖给她也捎带上。季曼拒绝了好久才打消老夫人这个念头，只带着甘草回了非晚阁。

灯芯见她回来，高兴得不得了，站在门口就喊：“主子！”季曼微笑，扶着甘草的手慢慢走过去。那头灯芯刚想跑出来，就被后头一个丫鬟喊住：“灯芯姐姐，侯爷在问药熬好了没。”

灯芯步子一顿，颇为恼怒地回头道：“药就在后院炉子上，你自己不会去端？”季曼挑眉，踏进了院子里才看见檀香不知什么时候也在这里了。

见季曼回来，檀香愣了愣，接着也不管那药了，飞一般地就跑回了侧堂。

温婉这奴婢当得也是够舒服的，还有丫鬟跟着来伺候。季曼笑了笑，拉过一脸愤懑的灯芯问：“怎么这样生气？”

灯芯跺脚，委屈地道：“主子您是不知道，侧堂那位架子比谁都大，要奴婢给她端汤送水、伺候洗漱；她哪天不吃东西，侯爷还要责备奴婢。”

“哦？”季曼看了侧堂一眼，“你不是我的丫鬟吗？什么时候换主子了？”灯芯咬牙，小声道：“还不是有人狗仗人势！”

屋子里传来几声咳嗽，颇有些厉害的架势。檀香再走出来，就朝季曼道：“夫人，侯爷叫您进去。”季曼颔首，却抬脚往主屋走了，换了一身衣裳，将东西都安置好，又用了点点心。屋外终于是响起宁钰轩低沉的声音：“我还叫不动你了？”

放下点心擦擦嘴，季曼笑吟吟地走出去，朝宁钰轩行礼道：“侯爷息怒，妾身想着婉儿还在生病，我这风尘仆仆的，所以先换了一身衣裳才打算过去拜见。”

伸手不打笑脸人，宁钰轩盯了她一会儿，抿唇“嗯”了一声，就回了侧堂。季曼跟着过去。屋子里药味有些重，温婉的脸色青白，正靠在床边轻轻咳嗽。宁钰轩见状，走过去替她将被子拉上来一些，轻声责备：“不是叫你不要起身吗？”

温婉勉强一笑：“夫人来了，奴婢怎么能不起身行礼？只是我这没几日活头的

身子，下不得床，还请夫人见谅。”多懂规矩、多善良的人啊。季曼怜惜地看着她道：“你的身子有侯爷照看，一定会好起来的，就莫要总是说丧气话了。你都这样了，还顾什么礼节不礼节？在我院子里，你想做什么都可以，就当这里是你以前的蔷薇园就好。”

温婉一顿，笑道：“夫人真是好心。”“我可是有私心的。”季曼故作严肃地道，“你得赶紧把身子给养好，这样侯爷才会开心；侯爷开心了，我也才会开心。”

宁钰轩看她一眼，眼神不太友善，像是在问：“你装什么装，我哪次开心的时候你跟着开心了？”季曼依旧笑得一脸慈悲为怀。

之后温婉用的药，都是季曼亲自来煎，还找了宁钰轩信任的大夫验药，一碗一碗往侧堂送。灯芯看得委屈得不行：“主子！那只是个奴婢，凭什么要您来煎药？”

季曼拿着小蒲扇，笑眯眯地没有答话。宁钰轩心里还当是她下的毒呢，两人中间不知道多少误会，解释就是掩饰，不能说透问透，她不是只有用实际行动来证明了吗？老夫人给的补品燕窝，她也都毫不吝啬往侧堂送；温婉半夜咳醒，她还亲自起身，披衣出去找大夫。

如此几天，宁钰轩看季曼的眼神就柔和了不少，虽然没说什么，但是季曼能感觉到他对自己刚产生的抵触又慢慢消失了。过了四天，温婉的毒终于是有惊无险地解开了，只是整个人还虚弱得很，大夫说要她好好静养。

宁钰轩也算松了口气，坐在床边拉着温婉的手道：“你且好好养身子，养好了之后，到我身边来。”温婉眼里一喜，含羞点头，却又看一眼旁边的季曼，有些顾忌地道：“这样会不会有些不妥？”

季曼放下茶杯，认真地点头：“是有些不妥，侯爷最好三思而后行。”“如何不妥？”宁钰轩微微皱眉。季曼叹息道：“侯爷莫要以为是妾身嫉妒。这些天侯爷也该看得出来，妾身对婉儿妹妹没有坏心，有人要栽赃陷害，妾身也是百口莫辩。只是妾身真心劝一句，婉儿妹妹现在只是丫鬟，又有侯爷的隆宠在身，在妾身院子里，妾身倒是能时时刻刻护着；若是去侯爷身边，一旦侯爷上朝或出门，婉儿妹妹不就落单了？”

丫鬟可是人人能欺的对象，宁钰轩皱了皱眉，道：“这院子，什么时候变成狼虎之穴了？”“侯爷若是不信，非要带婉儿妹妹在身边伺候，妾身也不能阻止。”季曼叹息道，“那就按照侯爷的意思来吧。”

温婉看向宁钰轩。她想去他身边，那样独处的机会自然更多。聂桑榆在这里危言耸听，无非就是不想她与侯爷亲近。这府里敢明目张胆对她下手的有几个？可是宁钰轩想了一会儿，竟然叹息道："桑榆说的也有道理，婉儿就继续留在非晚阁吧。我经常来这里，母亲也没什么话好说。"

温婉不甘心，却又不好开口，只可怜兮兮地看着宁钰轩："侯爷……""你先养身子。"宁钰轩摸了摸她的秀发，"等养好了再说。"温婉垂了眸子，手指微微捏紧，嘴上却只能答："好。"季曼坐在旁边继续云淡风轻地喝茶。

晚上的时候，宁钰轩没有睡侧堂，而是来了季曼的房间，颇为疲惫地揉揉眉心。季曼也不多说话，伺候他更衣之后，便上床替他按压了一下背，之后规规矩矩朝着床里面睡了。

宁钰轩看她一眼："你这么老实做什么？"她闹腾，他不乐意；她安分下来，他也不乐意？季曼翻了个白眼，真难伺候。"妾身只是有些困了。"宁钰轩顿了顿，道："等婉儿好起来，我还是会彻查下毒一事的。"

"嗯。"季曼打了个哈欠道，"认真查吧，别冤枉了谁，也别轻易放过了谁。"宁钰轩转头过来看着她的背："你不怕我查出来是你，重新废了你吗？"

"妾身一直觉得侯爷不蠢。"季曼翻过身来，看着他道，"您要是能被一群女人玩弄，蒙蔽视线冤枉好人，那妾身也就认栽了，承认自己所嫁非人。"宁钰轩哼笑："你以为你这样说，我就不会怀疑你了？"

"怀疑妾身，也要拿出证据。"季曼道，"那种慢性的药珍贵又稀有，侯爷应该很快就能查出谁那里有，届时妾身也自然有法子证明自己的清白。"

屋子里点着香，帷帐低垂，本该是花好月圆夜，床上两个人却是四目相对，一个眼含怀疑，一个目光坦坦。最后宁钰轩放弃了，闭目道："睡吧。"

"嗯。"季曼又背转了身子。

灯芯捏着鼻子走到后院，看着水缸里的死鱼，不明所以地问甘草："主子把这些臭东西留在这里干什么？都好几天了，要烂了吧。"

甘草摇头："主子不让丢的。"两人只能给水缸盖上盖子，离得远远的。

第四十四章

一个月前丢的药

季曼去问过老夫人，上次她给的那种慢性毒药是高门秘药。哪家没几个见不得人的东西，要弄死人，都是用这种药。不过这种药一般奴婢是不会有的，都是主母或者地位高的姨娘才会用。

配毒的是德高堂的大夫，专做大户人家生意的。陌玉侯派人去问了他药的去处，得知陌玉侯府这几年来就拿了一瓶，而且是在老夫人手里。

宁钰轩去问老夫人药的去处，老夫人抿唇不语，差点恼羞成怒，还好季曼听着消息，赶来救场了。“侯爷确定这么多年，侯府就拿了这一瓶药是吗？”季曼问。

宁钰轩点头。那老大夫与他也算是半熟，自然不会骗他。“那就劳烦侯爷去池塘捞一捞吧。”季曼道，“一个月以前，妾身问老夫人要了这药来，打算送给尔容拿去玩的。结果妾身路过池塘，不小心掉进去了。鱼池里最近还因为那药，死了不少的鱼，妾身都放在了后院。侯爷要查，妾身都可以让侯爷看。”

随意拿尔容当了个借口，季曼坦荡荡地道：“药既然只有一瓶，而且妾身能说出去处，侯爷是不是就该往别处查查了？”

老夫人有些惊讶地看了季曼一眼。季曼背脊挺直，没敢回头看她老人家。宁钰轩沉默地看着季曼，转头吩咐身边的鬼白去池塘捞东西，又派了人去非晚阁的后院

查看传说中的死鱼。

一番折腾之后，已经是过去了三四个时辰。药瓶子被捞上来，鱼被剥尸检验，最后得出的结论是：瓶子掉进池塘里，有鱼咬开了塞子中了毒，毒素扩散稀释，部分鱼陆续死于此毒。

季曼听着人一板一眼地分析，颇有些想笑，但是看在嫌疑被洗清了的份上，她还是一脸感激地旁观。既然毒不是府里来的，那温婉为何会中毒？她中的毒又是谁下的？宁钰轩命了刑部的人查案，看起来挺重视的，但是其实也知道查不出个所以然来，只是做做样子给温婉看。

到最后反而是温婉自己出来道："过去的事情就算了，婉儿的性命也还在。既然与府里的人无关，那侯爷就不必再追究。若是有人真想害婉儿，一定还会露出马脚。"

都已经闹得人仰马翻了温婉才出来说这话，季曼也就笑笑不作评价。宁钰轩没有让刑部的人再查，只是一连陪了温婉好几天。男女主再次和好。温婉虽然成了丫鬟，但是夜夜承宠，底下的家奴眼睛雪亮，自然不敢拿她当下人看，有什么活都不会轮到她来做，还有人阿谀奉承。如此一看，这丫鬟的日子倒是也比夫人差不到哪里去。

转眼间元节到了。这里的元节跟春节差不多，但是要晚一个月左右。过元节的时候家家户户张灯结彩，互相走亲戚、串门子。

季曼身为侯府主母，花了大笔银子来装饰侯府，一点也没给陌玉侯丢脸，但是账目上的花销是不多的。老夫人颇为感叹她的理财能力，连着夸了好几次，把旁边的齐思菱臊得坐不住。

季曼一边接受夸奖一边想，把这些金银珠玉全部用白菜价买回来，自然是不可能的，自己倒贴了不少私房钱进去呢。不过自己的钱那么多，也没其他用处，拿来让日子过得舒坦点也没什么不好。

元节头一天，倒是太子携着太子妃先上陌玉侯府来拜访了。靖文侯过了元节要回自己封地去了，故而太子也算是来给他送行的。季曼已经很久没看见宁明杰了，再次看见，倒是意外地发现他和温婉又亲近了不少。也不知道是什么时候开始，宁明杰站在院子里低头对温婉说话，模样都很是温柔。

毕竟是深情男二，可能终究抵抗不住被女主吸引的命运吧。季曼心里倒是有那么一丢丢失落，想起墙壁后面那幅水仙花，微微叹了口气。也罢也罢，她又不可能在这个地方留什么感情，那人让给了温婉也挺好。

季曼一边安慰自己，一边进去给太子和太子妃见礼。太子还是一如既往地让她觉得讨厌，看她进来，就笑道：“许久不见桑榆，更加美丽动人了。”季曼忍不住腹诽，太子妃就在旁边坐着，他喊得这样亲热，跟两人有一腿似的，真的好吗？

太子妃沈幼清是大户人家出身，颇有风度，没有当场掉脸子，倒是笑着看了季曼一眼，道：“怨不得太子爷总是夸宁夫人，宁夫人这气质典雅，也真是难得一见的美人。”

“太子妃过奖，妾身与太子妃，不过是星辰同明月，不敢相提并论。”

沈幼清掩唇而笑：“瞧瞧这嘴甜的。行了，今日也就是来蹭桌子家宴吃的，都不必拘谨，轻松一些就好。”

“是。”季曼应了。身后的温婉捧着茶就上前敬到太子妃手边去。也不知温婉哪里摸出来的道具，刚刚还没见端着茶呢。季曼看着太子妃微微有些惊讶的神情，就站着等温婉开口。

温婉名义上来说是太子妃做的媒，现在被贬成了丫鬟，也是有些让太子妃脸面上过不去。

“婉儿的事情，本宫也听说了。”太子妃接过茶看着温婉道，“委屈你了，还好听闻侯爷尚算宠爱你。”温婉偷偷擦了擦眼泪，笑道：“辜负太子妃一番心意了。”

“唉……”太子妃摇头叹息，也不知道在感叹什么。

桌子上的家宴已经准备好了，老夫人没一会儿也就踏进了饭厅。

季曼在位置上坐下。今天这宴席，陌玉侯府除了老夫人，能坐下的也就她一人，其余后院女眷统统要站着布菜。温婉靠在太子妃背后站着，宴一开，就乖巧地布菜。季曼没有多说什么。饭后太子妃拉着温婉去说话，太子与宁明杰、宁钰轩去逛花园。季曼一人闲来无事，就在府里四处走走。

当初关温婉的柴房如今都成了福地了，不少丫鬟还往这里上香，希望也能像温婉那样得到侯爷的宠爱。季曼路过的时候，就看两三个丫鬟跪在柴房门口，嘴里念念有词地作着揖。

以她这么多年看小说的经验来看，丫鬟嘴里的八卦从来是最多的。反正闲着也是闲着，她干脆躲到一边的墙角，听听她们要说什么。

“死丫头，你刚刚念太大声了，我都听见了。”几个丫鬟许完愿就开始互相打趣，大一点的丫鬟笑着推一把旁边的小丫鬟，“就你这样还想嫁给堂少爷？”

小丫鬟红着脸，不太服气地道：“你们瞧瞧温婉，不还是终身都只能是丫鬟吗？

结果被关在里面都能引着堂少爷来看她两三回。我还有飞上枝头的机会呢，说不定能给堂少爷当个侍妾。”

“白日做梦吧你。”另一个丫鬟笑道，“我倒只是想当侯爷的通房丫鬟。”“那你也学学苜蓿，借着自家主子往上爬呀。”大丫鬟笑道，“咱们只是粗使的丫鬟，能离开这后院去前面的院子里就不错了，你还想着麻雀变凤凰？”

几个丫鬟又相互打着掐着，季曼听着觉得无趣，正想走了，却突然听见一个清脆的声音：“怎么倒是点上香炉了？”季曼伸头看了一眼，外头来了个紫衣裳的丫鬟，看起来是姨娘院子里的，却不知道是哪个院子，没见过。

三个丫鬟瞬间老实了，将香炉收拾了，甜甜喊一声：“阿紫姐姐。”一群丫鬟聚会，也没啥好看的，季曼打了个哈欠继续抬步走，可是嘴还没张完，就听见大丫鬟殷勤地道：“太子妃不是来了吗？阿紫姐姐怎么没去伺候？”

太子妃？季曼收了哈欠，继续蹲回原处。阿紫笑道：“我这不是惦记着你们吗？喏，太子妃赏了我一盒子点心，是从宫里带出来的，特意拿来跟你们分着吃。”

几个丫鬟开心极了，一边喊着“谢谢姐姐”，一边去盒子里拿糕点。季曼想了想，温婉出身贫寒，陪嫁的东西都是太子妃准备的，连陪嫁丫鬟也给准备了不少，只是温婉贴身只用了檀香一个。这个阿紫听起来是太子妃的人，说不定也是陪嫁过来的。

不动声色地离开，季曼回了非晚阁。灯芯跑上来禀告，说是温婉和太子妃正在侧堂说话。季曼笑了笑，让厨房做了一碟点心，端着就去了侧堂。檀香看见季曼远远过来，就进去禀告了太子妃。季曼进去的时候，就见太子妃坐在一边，温婉站在她的手边，很是温柔。

“婉儿身子才好不久，可不能站久了。”季曼笑道，“太子妃也不是外人，婉儿你就坐下来说话吧。”温婉看她一眼，怯生生地摇头：“奴婢还是站着就好。”

“你瞧瞧你，总是这样倔强得让人心疼。”季曼话里有话地道，“做这些伤害自个儿的事情干什么？让你坐下就坐下吧，捡回一条命也不容易。”

太子妃看向季曼，笑道：“宁夫人倒是比传闻中的善良。本宫刚刚还担心婉儿是不是受了什么委屈，现在看来，倒是本宫多虑了。”

季曼笑道：“桑榆怎么敢委屈了婉儿？她可是侯爷的心尖肉，稍微有一点闪失，侯爷就心疼成什么样了。”放下糕点，季曼继续道：“这也不好多打扰太子妃与婉儿说话，桑榆也就先告退了。”

太子妃点头，目送着季曼出去，才叹息道：“婉儿你瞧瞧，人家不知比你高明多少，哪里是你好对付的？”

温婉抬头，哪里还有柔柔弱弱的模样，咬牙道："我不一定就会输给她！钰轩心里的人，终究还是只有我一个！""本宫说了，你急不得。"沈幼清道，"先安分一段日子吧，你的路比她好走多了。"

温婉平静了下来，深吸一口气，认真地点了点头。

季曼咬着毛笔，悠闲地问钱管家："当初婉儿的陪嫁丫头有哪些啊？都说来给我听听。现在婉儿身子不好，我院子里还是换些她的人来伺候才好，免得她有什么意外，侯爷又怪罪我了。"

钱管家不疑有他，将当初温婉陪嫁的丫鬟名单给了季曼。季曼当天晚上就将院子里的粗使丫头都换了，还将那位叫阿紫的丫鬟从雪姨娘的院子里要了来。

一时间非晚阁的丫鬟除了甘草和灯芯，都是温婉的陪嫁她们被季曼安排着伺候温婉的起居，以及做一些其他的粗活。

温婉有些看不明白，可是四周都是自己人，要做什么都轻松了很多，也觉得很自在。宁钰轩还因此夸赞了季曼，虽然说的不怎么好听，但是季曼自动把它归为了夸奖。

聂府的人过门拜访的时候，季曼就带着甘草和温婉前去，温婉身边还跟了个檀香。"这主不主，仆不仆的，倒也是新奇。"聂向远看着温婉道，"桑榆就多亏温姑娘照顾了。"

不阴不阳的几句话，说得温婉应也不是，不应也不是，只能可怜兮兮地看了宁钰轩一眼。但是宁钰轩正在同聂青云说话，旁边的宁尔容故意挡在宁钰轩面前，还朝温婉做了个鬼脸。温婉暗暗咬牙。

老夫人叹息着同聂向远寒暄，夸季曼懂事，又转头责备宁钰轩最近有些冷落季曼。"儿子最近不是常常去非晚阁吗？"宁钰轩似笑非笑地道。老夫人沉着脸，目光阴暗地看了温婉一眼，温婉连忙低头。

宁尔容口无遮拦惯了，张口就道："堂哥不是惯常看桑榆是个好欺负的吗？你去她院子里宠着别人，那还不是更冷落她？"温婉在府里的事情早有人传到聂府去了，宁尔容真是讨厌死了这女人，老是一副娇弱受气的样子，眼里的贪婪却藏也藏不住。

温婉轻轻颤了颤身子，宁钰轩皱眉看了宁尔容一眼："尔容，嫁出去了，怎么反倒更没规矩了，是不是青云太纵容着你了？"

聂青云微微一笑，伸手揽过宁尔容的腰，让她坐在怀里道："尔容这性子直率，青云也乐得惯着她。妻子嘛，本来就是要用来宠的。她失礼了，青云替她赔个罪。"

宁尔容脸上微红，哼哼了两声，乖乖巧巧地靠着聂青云不说话了。这绝对是赤

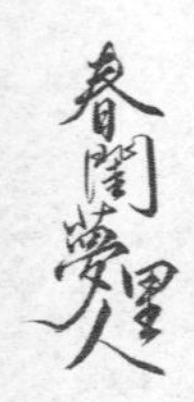

裸裸地秀恩爱，季曼心里默默吐槽，但又觉得挺高兴。这两人关系看来发展得不错，照这样下去，是一定不会和离的。

聂青云这话说得老夫人满是感慨："哎，青云这孩子好，尔容没有嫁错人。自己的发妻都不知道疼惜的人，还能有什么大出息？"没有大出息的宁钰轩淡淡地转头望着窗外。

季曼笑道："说了这么会儿话了，还是先用膳吧。用完膳，尔容可以随我回去拿几个绣花小样，顺便也可以说说话。"

聂向远轻笑："有了小姑忘了爹？我也想去你住的地方看看。""父亲要看，哪有不行的。"季曼笑道，"等饭后一起去。老夫人也许久没走动了，不如尔容和桑榆也扶着您走动走动。"

"好啊。"老夫人心情好了，笑呵呵地应下。一桌子人坐下吃饭，自然是侍妾出来布菜。温婉远远地跟丫鬟们站在一起。这桌上的人除了宁钰轩，可没有一个会对她另眼相待，她也只能是个丫鬟。她一声不吭，低头静静忍耐着。

苜蓿低头给聂向远布着菜。聂向远目光凌厉地看了她好一会儿，看得她差点没站稳。季曼伸手夹了一筷子菜给聂桑榆，解了苜蓿的围："父亲尝尝，这道菜是女儿亲手做的。"

聂向远回过头，目光里带着疑惑看了季曼一眼。季曼笑得坦然，摇了摇头。关于苜蓿上位的事情，聂向远今天过来是打算讨个说法的，奈何看自家女儿是这个反应，反倒不好开口了。

"我想吃多福楼的点心。"饭后，宁尔容嘟着嘴看着温婉道，"你去帮我买回来吧。"

宁钰轩抬头："你叫别的丫鬟也可以，做什么偏要她去？"

"她和别的丫鬟不一样吗？"宁尔容无辜地眨眼，"不都一样是丫鬟？我就随手点了点，堂哥怎么这么大反应？"

宁钰轩抿唇："让甘草去给你买。"

"我偏不。"宁尔容哼哼道，"堂哥你不吱声，她让谁替她去都没关系，可你偏偏这样袒护，搞得这丫鬟跟个主子一样。我想问一句，侯府还有没有个上下尊卑了？今儿就得她去买！"

宁钰轩皱了眉。老夫人却冷哼了一声："来者是客，轩儿你还要为她坏规矩？""没有。"宁钰轩别开头。温婉适时站出来，屈膝行礼，大方地道："侯爷不必为奴婢费心，奴婢现在只是个下人，堂小姐让做的都是奴婢该做的。奴婢这就去买。”

宁钰轩看温婉一眼，摆了摆手。宁尔容讪讽地笑了笑，拉着季曼的手朝老夫人撒娇道：“老夫人，我们去非晚阁吧。”

“好。”老夫人站起来，招呼了聂向远一声。聂向远拱手作礼，起身陪同她们一起往非晚阁走。灯芯就站在非晚阁门口生气呢，远远地看见几个主子都过来了，连忙跑过去到季曼身边，有些顾忌地看了老夫人一眼，嗫嚅着嘴没说话。

“怎么了？”季曼小声问。“主子，您做什么弄那些丫鬟回非晚阁！您去瞧瞧，一个个好吃懒做就算了，还都只当温婉是主子，奴婢叫她们烧个水都叫不动。等会儿客人来都没茶喝，这怎么像个话！”灯芯气得跺脚，压着声音在季曼耳边道。

季曼点头，这一点都不让她觉得意外。太子妃的人，从送过来都一直是干的是轻松的活计。即使温婉被贬，这些丫鬟分到其他姨娘院子里，好比那个阿紫，也是跟在姨娘身边，不做什么粗活儿的。现在让她们统统来非晚阁烧水劈柴，那些丫鬟自然不太乐意；加上太子妃前脚刚走，她们的劲头还没散去呢，都拿自己当半个主子，可不是要叫不动嘛。

“你少安毋躁。”季曼按了按灯芯的手，而后几步走到老夫人身边去，扶着她道，“新春府里进的茶，非晚阁里留了一罐子，刚好父亲和尔容来了，等会儿就拿来招待。只是我茶艺不精，还请当归或者首乌姑娘去帮忙泡一泡。”

当归和首乌跟在老夫人身边，每次季曼送老夫人什么东西，都有她们一份，心里自然是喜欢季曼得很，当即应了下来。

于是几人进非晚阁主屋去坐着聊天，季曼拿了绣花小样给宁尔容，又拿了新绣的荷包香囊送给聂向远和老夫人。聂向远看着香囊道：“桑榆这绣工倒是越发好了，没少练习着吧？”

季曼笑道：“可不是？侯爷的衣裳、香囊，都让女儿拿来当练习用了。这绣工越精湛啊，以后给老夫人和父亲绣的东西就越好。”

老夫人听得咯咯直笑：“你这讨喜的丫头。”说话间，当归已经拿了新茶出去泡了。可是等了好一会儿，她也没有泡回来。

老夫人伸手拿茶，却拿了个空，忍不住问了一句：“这怎么还没把茶端上来？”首乌往外头看了一眼，道：“奴婢去催催，当归说不定又偷懒了呢。”

果然，没一会儿当归和首乌就都回来了。当归手里拿着茶，上前就给老夫人道：“这院子里的一群丫鬟可真不像话，坐在那儿偷懒打趣，却不晓得去烧水。奴婢喊她们半天，她们才知道老夫人来了，急急忙忙去点火。”

“这像什么话！”老夫人皱眉，“府里的丫鬟什么时候这么懒了？有客人来都这样怠慢，那平时是怎么伺候主子的？”

灯芯赶紧站出来道：“哪里要她们伺候主子，主子还得伺候温姑娘呢。那一个个的，奴婢求着她们做个事，都是爱搭不理的，也不知道是谁教出来的规矩。”

老夫人当即冷哼一声，起身道：“走，咱们去后院看看，看看这些个丫鬟有多娇贵！”

温婉已经出府去买点心了，所以院子里几个丫鬟也没个人提醒。当归、首乌一走，她们就又开始坐在石头上，一边看着烧水的炉子，一边抱怨。

“这过的都是什么日子，还以为在侯府跟着主母能轻松点呢，没想到还是个劳苦命。”

“你还说呢，是谁当初抢着要当陪嫁的，拉了我来，却害了我。”

“小蹄子，你还敢这样说？要不是我，你现在还在太子府里倒夜香呢。”

阿紫戳着炉子下面的柴火，不甘心地道：“你们瞧好吧，我可是相信太子妃的眼光，温姑娘一定能重新翻身的。那聂桑榆，不过是个泼辣货色，六年都肚子里都没个货，看她能得意多久。”

老夫人冷哼了一声，吓得几个丫鬟一阵颤抖，连忙站了起来行礼：“老……老夫人。”

后院这杂乱的地方，一向是不会有主子来的，她们也才敢这样大胆，没想到，老夫人却一声不吭地来了。

“我当这家也是有二十多年，从来没有遇见过你们这种刁奴。”老夫人扫了这几个人一眼，冷笑道，“好吃懒做就算了，还敢在背后编排主子的不是。当归，你去拿了她们的卖身契，统统给我卖到乡下给农人做媳妇去！”

第四十五章

女人的小把戏

阿紫并几个丫鬟都吓了一跳，连忙跪下磕头道：“老夫人息怒，老夫人息怒，奴婢几个不是有心的……”

“不是有心还能说出这样的话来，要是有心，该干什么事出来了？”宁尔容哼了一声道，“老夫人，这样的奴才，绝对不能姑息。一个个都爬到主子头上了，侯府的规矩还要不要了？”

几个丫头都跪在地上直哆嗦，季曼也压根儿没有要帮她们说好话的意思。

“当归，去拿她们的卖身契，让几个奴才过来送她们出府。”老夫人摆摆手，语气严厉得好像事情没有一点回旋的余地。

后头几个家丁听了吩咐就过来，将这些丫鬟统统拖走了。阿紫经过季曼身边，还伸手抓着她的裙角道：“夫人大慈大悲，求您饶了奴婢，饶了奴婢吧！”

季曼淡然地将裙角扯回来，朝她微微一笑：“不好意思，我天蝎座的。”对不同路的人仁慈，她才没那么傻。阿紫明显听不懂这句话，呆愣了一会儿，就被家丁拖走了。

檀香站在季曼背后微微发抖，不知道是被气得还是被吓得，估计这会儿正在庆幸自己是跟着聂桑榆的，要不然跟这群丫鬟在一起，大抵就被一起处置了。

“让亲家见笑了。”老夫人有些抱歉地对聂向远道，“桑榆的院子里，我会另外找些懂事的丫头过来。”聂向远点头道：“老夫人您是一向宠着桑榆的，有您护着她，老夫也放心。”

甘草和灯芯去将水烧了，当归泡了茶，几个人又回主屋去坐着，有说有笑，气氛很好。

季曼觉得，有娘家人撑腰果然底气十足，他们一来，她的麻烦事好像都被解决了。她现在只等着温婉回来，看看那现在乖巧懂事的人突然被拔掉所有羽翼，会是个什么反应。

今日这些丫鬟犯的错，那是被老夫人亲自抓了的，太子妃想必都没脸来求情。季曼从太子妃来府的时候就有些怀疑，温婉的突变，是不是跟太子妃有关系。虽然这个可能性非常大，但是没有证据也是白搭。她还不如把这些纽带清除了，若真是太子妃在背后支着儿，没了带信的人，看太子妃还怎么操纵温婉。

季曼一边品着新茶一边等着，可是直到用晚膳的时候，温婉都没有回来。宁钰轩有些担心了，派人去门房问了好几遍，只说现在还没有见人。多福楼离陌玉侯府虽然不近，但是来回一个时辰怎么也够了吧？

一桌子人坐着，难得靖文侯和宁明杰都走亲戚回来了，打算一起用个晚膳，却因为宁钰轩不太好看的脸色而都没有动筷子。聂向远眉头微皱，老夫人见状，提了筷子道：“先用膳吧。今儿的菜也都是桑榆花了心思的，想必亲家会喜欢。”

宁尔容心里有些不安，倒也拿了筷子道：“看起来挺不错的。”宁钰轩依旧是望着门口，一言不发。季曼拿筷子夹了菜放到他碗里，轻声道：“侯爷不用担心，已经让人出去找了，您先吃点菜。”

宁钰轩脸上一点笑意都没有，碗里的菜一点没动。季曼撇撇嘴，不领情就算了。“上次吃桑榆做的菜，还是南巡的时候了。”宁明杰心情好像还不错，夹了些菜尝了，笑道，“现在食材更好，自然是更好吃了。”

季曼看他一眼，淡淡笑了笑：“堂少爷喜欢就好。”女主看样子是要有危险了，男二这个时候还在桌子上夸女二做的菜好吃，好像和原小说中的人物形象有些不符吧？他怎么都该冲出去先把女主找回来，然后对比出男主的薄情寡义啊。季曼低声叹息，比起自己这个女二，宁明杰这个男二还真是不尽职尽责。

几个人草草用了晚膳，聂向远显然不太高兴。好在靖文侯与聂向远算是旧识，拉着他去下棋，也算解了尴尬。宁钰轩板着脸坐在大厅里，时不时看宁尔容一眼。

宁尔容被他看得有些不好意思，加上又是她让温婉出去的，所以也就躲在聂青云背后没有说话。过了半个时辰，鬼白才急急忙忙进来禀告：“侯爷，刚得到衙门消息，说是最近人贩子猖獗，已经拐卖了不少妇女幼儿。奴才遍寻温姑娘不到，温姑娘可能……”

宁钰轩猛地站起来就往外走：“备马！”季曼坐在位子上没有动，宁尔容倒是没忍住喊了一声：“堂哥，你晚上不同桑榆守岁吗？为个丫鬟急急忙忙出去干什么？”元节一连几天都是要守岁的，夫妻同眠，寓意百年好合。

宁钰轩回头，冷冷地看了宁尔容一眼，那目光吓得宁尔容白了脸。季曼皱眉，站起身来挡在宁尔容前头，看着宁钰轩道：“侯爷早去早回。”那人一点也没犹豫地就扭头走了。季曼拍拍宁尔容的肩膀，小声安慰她：“你还不了解你堂哥的性子吗？谁真动了他的心头好，他定然是要发火的。”

“你不觉得委屈吗？”宁尔容撇撇嘴，“温婉都已经成了丫鬟了，堂哥却还是那么喜欢她。”季曼笑了笑：“喜欢一个人跟身份没有什么关系啊！你堂哥喜欢温婉是命中注定的事情，没什么想不开的。”

聂青云听着她这云淡风轻的语气，有些心疼：“你这是受了多少委屈，才能这样看开了？”季曼嘿嘿两声，之后便拉着他们一起去放花灯。她一点也不觉得委屈，可能因为是旁观者，所以感觉不到什么罢了。要是换作聂桑榆，怕是又要哭上一会儿了。

宁明杰悠闲地跟着她们去放灯。花园里的池塘上，一盏一盏的灯看起来美丽得很，季曼的心情也好了不少。顺手拿了盏灯，季曼用还不太熟练的笔法，歪歪扭扭地写上两句：“今夜灯花好，月色满乾坤。”

宁明杰低声道：“你终于会写字了。”季曼一顿，不好意思地笑道：“以前不学无术，光顾着刺绣，没有怎么练习写字。”“同好会的人都夸你是才女呢。”宁明杰道，“我最近忙于政事，倒是鲜少有看你写诗的机会了。”

季曼心想，你看女主就够了。她犹记得花园里宁明杰对温婉那温柔的笑意，只是不知为何，今晚温婉出事，宁明杰却一点反应都没有。这个人心里到底怎么想的？

看了一会儿花灯，宁尔容和聂青云还有聂向远就要打道回府了。季曼送他们到门口，看着轿子远去了才打算转身。但是通向门口的另一条街道上，传来了急促的马蹄声。这马蹄声在这寂静的元节夜，显得格外清脆。

季曼回头一看，就见宁钰轩衣袂飘飘地骑在马上，怀里抱着不知是睡着了还是昏过去的温婉。他身上只穿了一件单衣，袍子都裹在了温婉身上。“去找大夫。”宁钰轩一下马就对门口的季曼说了这么一句，然后抱着温婉就进了府。

旁边的甘草气愤不已：“这个祸害又出什么幺蛾子了？”“去给她找大夫吧。”季曼打了个哈欠，看着宁钰轩去的方向道，“去了北苑，看样子是不用到非晚阁了。”

甘草不甘心地应了，扭身去找大夫。季曼觉得不管今天温婉出什么事儿，反正都惹不到自己头上，索性就回去休息了。灯芯打听消息回来，愤愤地道：“奴婢还真当她是被人贩子拐卖了呢，没想到是自己迷了路，还要侯爷亲自去接，也是够厉害的。”

季曼拆了发髻换了衣裳，躺回温暖的被窝里道：“人家小情侣的情趣，你们当然是不懂的。你快回去歇着吧，这天气很容易着凉的。”

只要宁钰轩心里有温婉，那么温婉不管用什么苦肉计都会成功，这一点季曼丝毫没有怀疑过。她只是很期待，没了那些个丫鬟，温婉身边现在就只有一个不能出府的檀香，那温婉接下来还能做什么？

宁钰轩被这么一折腾，第二天就当真生病了，躺在北苑由温婉照顾。老夫人本来想责问他元节守夜为何不和桑榆一起，但是看他病得有些严重，也就斥骂了温婉两句，没有忍心再问他了。

各房各院因着这事儿，瞬间就活跃了起来，汤汤水水没少往北苑送。而温婉就俨然成了管家婆，这个不让宁钰轩吃，那个不让宁钰轩碰，还说锦瑟送的吃食太油腻，不适合病人。

“就是个丫鬟而已，真当自己是主母了。”锦瑟翻着白眼到季曼跟前道，“夫人您也送点东西去侯爷那里看看，看那小蹄子敢说什么！”

季曼笑着道：“有你们送的东西，就够侯爷吃了。侯爷是染了风寒，你送点暖胃的汤去就是，别让她找着话说不就好了。”

锦瑟挑眉，睨着季曼道：“侯爷这一病，各处都争着献殷勤呢，您好歹是正室，没有点表示不太好吧？”季曼点头：“我心中有数，你先回去吧。”

季曼送东西过去，就是做个样子。宁钰轩现在满心都是娇弱的温婉，难不成谁送的东西好吃他就会动容了？再说，这位仁兄心里肯定还记着仇呢，她才不去。

打发了锦瑟，季曼就跷着二郎腿悠闲地剥瓜子。宁钰轩一生病，她反而自由了很多，没准下午还可以出去逛个街。

宁钰轩靠在床边，见桌上各种各样的汤盅都摆了一片。温婉挑剔地看着，道：“雪姨娘送得太寡淡了，你嘴巴里没味道，一定不爱吃。云主子这老鸡汤你等会倒是能喝喝。还有菱姨娘的人参汤，能补一点。刚刚锦主子送的骨头汤太油腻，我帮你打发走了。还有郑主子的，稀粥这种东西，厨房准备当晚膳就好，不用她的。”

听了一个遍也没听见聂桑榆的，宁钰轩微微挑眉：“没有其他的了吗？”温婉道：“你都不喜欢吗？那我去给你炖汤可好？”宁钰轩垂了眸子：“就喝鸡汤吧，你也不用忙了。”

“那我去拿你的碗来，她们这碗也有点粗糙。”温婉到底是过过富贵日子的，说完便转身就出去拿碗了。宁钰轩了那桌上的汤一眼，问旁边的鬼白：“夫人呢？”

鬼白弯腰道：“夫人在非晚阁休息。”“她不知道我生病了？”宁钰轩挑眉，心想，连母亲都来问候了，聂桑榆怎么可能不知道。鬼白想了想道：“夫人那边应该是知道的，只是也许大家都往这里送东西，夫人就觉得没必要送了。”

什么叫没必要，以她的性子，怎么都该来看看他吧？不过转念一想，昨儿他的确是有些不对，本来该和她守岁的，却陪着婉儿过了。也许她是在赌气呢。不着急，等她赌气完了，想必也该过来把礼数做周全了。想完，宁钰轩便继续躺着养病。

季曼下午准备上街去，宁明杰和钱管家也有东西要买，恰好三人在门口遇见，干脆就一起去了。季曼身边有甘草，宁明杰的随侍常山也在，二人同去也算避了嫌。坐马车到了街上，季曼选了人少一些的街道和甘草慢慢逛，想着多散散步对胎儿也是有好处的。宁明杰和钱管家去了另一条街上买东西。众人约好了一个时辰之后永宁街头汇合。

季曼一路看着些小玩意儿，一个没留神，差点被个人撞上。甘草连忙上来护着她，低斥那人：“你没长眼睛的？”老实巴交的乡下汉子连忙弯腰道歉：“夫人恕罪，小的一时迷路，没注意到您。”

见他态度这么好，甘草也就消气了，扶着季曼道：“迷路了就去街头问问人，别乱撞。”

“是，是。”汉子点头哈腰地转身就往街头走。季曼瞧着那街头上的一家果子铺将那汉子轰了出来，他便又灰溜溜地走回来道：“劳烦您，能告诉小的，松林寺怎么走？”

甘草见他可怜，抿了抿唇对季曼道：“夫人去旁边茶楼等等，奴婢给他指个路。”季曼皱眉，看着那汉子道：“街上这么多人，非走这么长段路回来问我们干什么？”

汉子挠挠头：“小的是看两位面善，问别人，别人都不理人的……”京城里的人，是有些不太友善的，季曼看一眼他，点头道：“甘草，你就去街头上帮他指个方向，指完便赶紧回来。”

“好。”甘草点头，转身对那人道，“你跟我来。”汉子连忙点头哈腰，千恩万谢地跟着甘草走了。

这条街的尽头是个十字路口，除了一家果子铺，倒是没别的店铺，所以人也没多少。季曼上了茶楼，选了靠窗的位置，正好可以看见甘草带着那人去了街口上，然后指着一边给他讲。那汉子双手作揖了好一会儿，似乎还是不清楚怎么走，要甘草继续带路。

不太妙。季曼连忙下了茶楼，远远地喊：“甘草！”街上人声鼎沸，声音自然被淹没了。季曼连忙小步往街头跑。甘草跺跺脚，似乎是嫌麻烦，可是架不住这人再三请求，竟然就带他继续往前头走了。

前头的路，人可就更少了！季曼连忙抱着肚子一路小跑过去，想阻止甘草。然而甘草刚带着那人走过街口，到了对面一条全是杨柳树、人烟较少的路上，旁边就突然蹿出来几个人，一个麻布袋子便套在了她头上，绑起她的手脚就走。

这光天化日、朗朗乾坤的，甘草就这么被绑走了！季曼急得跺脚，连忙大喊：“强抢民女啊！有没有人，快救救我的丫鬟！”季曼跑得急了，一个趔趄差点摔倒，连忙稳住身子，焦急地看着前头。

那几个人贩子速度极快，众人听见她的喊声跟着望过去的时候，他们已经带着甘草翻墙窜巷，不知道走到哪里去了。深深的恐惧从心里泛上来，季曼有一种无力的感觉。她就这么眼睁睁地看着甘草被抓走，却一点办法都没有！

季曼急急忙忙就去找衙门报官，奈何元节期间，不少捕快都回家过节去了。京兆尹也只能赔着笑脸道：“宁夫人莫要着急，本官会想办法的。”

等这些人想到办法，甘草早就不知道被卖到哪里去了！季曼冷着脸出了衙门，刚想回侯府去找宁钰轩，就看见宁明杰有些气喘地站在门口，拧眉看着她道：“不是说了街口汇合吗？你怎么跑来了这里，害我一阵好找。”

季曼看见他，不知为何眼泪都快出来了，站在他面前低声道：“甘草被人贩子拐走了。”宁明杰一愣：“怎么会？”最近京城之中拐卖人口的事件特别多，皇上还特地命他来查。前两天侯府里有丫鬟也差点被拐卖，他也找了人询问情况。没想到今天他出来，竟然也遇见了这样的事情。

“我是眼睁睁看着她被人拐走的。”季曼道，“一个乡下汉子，老实巴交的模样，上来问路，问的偏生是比较偏僻的地方，甘草去给他指路，就被几个人装在麻布袋子里扛走了。”

宁明杰微怔，这还是头一次有人目击作案经过的：“往哪边走的？”季曼连忙拉着宁明杰去了刚刚的街道，给他指了方向。宁明杰眼里亮了亮，道："你先同钱管家回府，甘草的事情就交给我。"

季曼看他一副胸有成竹的样子，点了点头。她在外头着急也没用，只能先回去。

心神有些不宁，加上刚刚被吓了一下，回来季曼就觉得有些不舒服。摸了摸肚子，她还是将李大夫找了来。

李大夫最近憔悴了不少，大概是一直没从苜蓿的事情里走出来。不过看见季曼，他还是老老实实地行礼，上前认真把脉。"有些动了胎气。"他道，"得熬安胎药。"

为了不让众人知道她怀了身孕，季曼是一贯没喝安胎药或者是补药一类的东西，生怕被宁钰轩察觉。但是今天没办法了，季曼还是把药给了灯芯，说是一般的补药，让她去熬了来给自己。季曼想，反正光靠闻，这些人也闻不出安胎药是什么味道。

李大夫没有留药方子，药材也是亲手包了送来，末了对季曼深深一鞠躬，方才离开了。

季曼觉得这个人尚算不错，他虽然以前帮着苜蓿背叛她，但是知道真相之后，还是肯回头的，而且也没说什么以后绝不再背叛之类的废话，让她放心不少。

安胎药煎好了，灯芯刚准备端去给季曼，就见温婉突然回来了，看着那药道："这是什么东西？"灯芯翻了个白眼，答都懒得答，捧着药碗就往屋子里走。哪知温婉却还跟了进来，看着床上躺着的季曼道："夫人这是生病了吗？这药味儿，婉儿闻着，倒是有些熟悉。是什么药？"

季曼挑了挑眉，自己怎么忘记了，温婉也是怀过身子的人，对安胎药自然熟悉。"这不是给我的药。"季曼笑道，"侯爷不是生病了吗？我让灯芯熬着准备送去的。这是补身子的药，里头有人参、鹿茸。"

温婉笑道："奴婢刚才还在想，侯爷生病，夫人怎么能没个表示呢。刚好奴婢回来拿东西，顺路就替夫人送去吧。""不用。"季曼道，"灯芯亲自去就行了。"

灯芯茫然，这药不是夫人生病了要喝吗，怎么又成侯爷的补药了？不过主子的吩咐她还是要听的，当即就装了药，提着往北苑走。

"侯爷，这补药是夫人送的。"灯芯将药放在桌上，有些不放心地补充一句，"您要是觉得苦，不喝也可以的。"

一碗安胎药

宁钰轩的眼里总算有了点笑意，抿唇看着那药道："你家主子这药可是熬得真够久的。拿来给我尝尝，我倒是想看看它能有多苦。"

灯芯硬着头皮将药端给了他。他便拿起勺子，自己一勺子一勺子将药喝完，末了板着脸道："没尝出人参和鹿茸的味道。补什么的？"

"补……身子的。"灯芯心虚地答。"嗯。"宁钰轩倒是没多刁难，放下碗就让灯芯走了。灯芯逃也似的回了非晚阁，小声问季曼："主子，那药侯爷喝了没关系吧？"

季曼捂着脸道："应该……是没关系的。你再去问李大夫要一包药，偷偷给我熬了。"

"好。"灯芯走了两步，又好奇地转过头来问，"对了，甘草呢？怎么同主子一起出去，却没见回来？"季曼抿唇，将街上发生的事情又给灯芯说了一遍。灯芯吓了一跳，季曼又连忙安慰她，说堂少爷已经亲自去找了。

灯芯还是有些不放心，去拿药的时候心不在焉的，路上回来，差点撞着淡竹。"淡竹姐姐。"灯芯连忙抱着药站好。淡竹秉承了雪姨娘的特性，温柔又与人为善，也没责备灯芯，只是笑道："你这是怎么了，走得这样急。"

"奴婢替主子拿药……在想事情，走了神。"灯芯勉强笑道，"这就回去了。""你

看起来像是有心事啊。”淡竹拉着灯芯的手轻声道，“要是有什么事情我帮得上忙的，你只管说就是了。”

灯芯也是个藏不住话的，当下就觉得淡竹是好人，跟着她坐在了一边的走廊边儿上，哽咽着说了甘草被拐走的事情。“这可真是飞来横祸。”淡竹叹息道，“甘草也是个可人儿，希望堂少爷能把她找回来吧。”

说话间，灯芯手里的药不知怎么就掉在了地上。淡竹低头下去将药捡起来，放回她的怀里道：“时候也不早了，你先回去煎药，也许到时候药熬好了甘草也就被找回来了。”

灯芯不疑有他，甚为感激地跟淡竹告了别，回到院子里继续熬药。

温婉在宁钰轩的房间里，看着非晚阁送来的那药盅子，拿筷子拨弄着药渣道：“我总觉得这药味儿熟悉，而且怎么看也不是补药。”

宁钰轩轻咳两声，道：“不是补药是什么？桑榆还能给我送毒药不成？”听这一声温柔的“桑榆”，温婉心里就又不是滋味了。以前宁钰轩讨厌聂桑榆的时候，都是连名带姓叫她，现在却喊得这么亲密了。

不过她不能多说什么，以前她错就错在太小家子气，现在可不能重蹈覆辙。于是温婉笑道：“我这不是担心你的身子吗？想看看这到底是什么药罢了。夫人自然是不可能害你的。”

宁钰轩咂摸了一下，也觉得药味是有点奇怪。他现在身子轻松多了，已经可以下床，便索性穿了衣裳起来：“走吧，刚好去非晚阁看看。”温婉笑容有点僵硬：“你这身子还没好，去看什么？我去问夫人拿药方不就好了。”

“在屋子里闷了一天了，也想出去透透气。”宁钰轩拉着她就往外走。她虽然不甘心，但是也只能跟着去。温婉一路上都在想，有没有法子让宁钰轩将注意力从聂桑榆身上转过来放在自己身上。昨天自己装迷路让他紧张了一会儿，今天他也还想着去看那毒妇，真是讨厌。

灯芯熬好了药，正打算端给季曼喝，就听见门口传来声音。季曼听着好像是宁钰轩来了，吓了一跳，便赶紧让灯芯把药端过来，想一不做二不休来个一口闷。结果药太烫了，刚沾着唇就把她烫得一个激灵。

“主子。”灯芯连忙将药拿过来，“要冷一会儿才能喝。”季曼欲哭无泪，心想：这药现在放在这里，万一被人查出是安胎药怎么办？

这头正着急呢，那头温婉已经带着宁钰轩进来了。难得宁钰轩有这个闲心来看自己，季曼也不好哭丧着脸，只能笑着道：“侯爷怎么来了？”

温婉一进门就看见桌上的药，“咦”了一声道：“方才不是熬了一碗说是给侯爷吗？这一碗又是给谁的？”季曼笑道：“这是我的，我也需要补身子。”宁钰轩淡淡地走进来，扫了那药一眼道：“你补什么身子？病了？”

“也不算是病……”季曼急中生智，“我月信最近不太准，这是调经的药。”“是吗？奴婢怎么觉得夫人看起来很心虚？”温婉笑道，“药可不能乱吃。刚好府里的刘大夫对女人的病比较有经验，奴婢这就去将他传来看看这药，可别吃错了。”

“不用那么费心。”季曼道，“我自己的药，还不至于吃错。”温婉跑得飞快，已经出了门了。季曼抿唇，揉了揉眉心，嗤笑一声：“侯爷的这位丫鬟，气势可真是比妾身这主母还大。”

宁钰轩也觉得温婉这行为有些不妥，但是没多说什么，看着季曼有些苍白的脸蛋道：“你看起来的确不太好，让人来看看药也没什么。”可被看出是安胎药，她该怎么说？说是大夫开错药了不成？季曼急得不行。她还没有找到最好的公布消息的时机，现在要是被宁钰轩发现了，会怎么样？

捏紧了被单，季曼深吸一口气，努力平静了一下，脑子飞快地想着对策。温婉的速度也是够快的，没一会儿就带着府里的刘大夫来了，指了那碗药就让他验。季曼已经做好了承认身孕的准备，大不了以后多防着宁钰轩一点。反正一旦公开，她也还有老夫人护着，她怕什么。

但是刘大夫看了一会儿，又尝了尝药，却道：“这是调经化瘀的药没错，藏红花是上好的调经药材。”温婉和季曼同时皱眉。温婉皱眉是觉得聂桑榆今天行为古怪，这药一定有猫腻，所以才兴冲冲地找了大夫来看，没想到还真是调经的药。

而季曼看向了灯芯，见灯芯听着大夫的话没什么反应，因为她本来就不太知道这是什么药。灯芯心里则颇有些恍然大悟，想着原来夫人是找李大夫开调经药的，怪不得不让自己听，这倒是私密事情。

看着灯芯的表情，季曼心里又惊又怕。自己要的是安胎药，怎么可能变成藏红花！还好刚刚没喝下去，要不然自己肚子里的孩子焉有命在！可是灯芯这个反应，又不像是知情的。药肯定是李大夫给的。那么到底是李大夫要害自己，还是药中途被人调了包？

季曼脸色更难看了。宁钰轩倒是觉得没什么，摆手道：“你既然身子不舒服，那就多喝点药补补。等会我让钱管家给你送点补药来。瞧你熬的补药，人参渣子都没看见。”

季曼呆呆地点头。宁钰轩坐了一会儿，扫了一眼墙上的牡丹图，情绪似乎好了

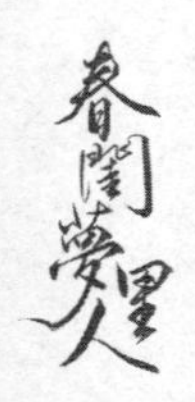

点，说了一句他最近生病要人照顾，就带着温婉和檀香又走了。温婉看着非晚阁里崭新的面孔，刚开始还没注意，这一次回来认真看，才发现自己熟悉的丫头又都不见了。

檀香战战兢兢地将昨天的事情告诉了温婉。温婉吓了一跳，连忙哭着去跟宁钰轩求情。别的丫鬟就算了，好歹把阿紫给放回来。

宁钰轩问了老夫人驱逐她们的原因，温婉就简明扼要地说是说了聂桑榆的坏话。可是没想到，宁钰轩竟然没有什么反应，只说了一句他明天去给她另寻几个丫头，就将这件事给搁了过去。

温婉不可置信，觉得宁钰轩好像在不知不觉中也变了不少。

晚上的时候，宁明杰终于带着甘草回来了。季曼和灯芯都是大喜过望，拉着甘草里里外外看了个遍。甘草还心有余悸，只是万分感谢地朝宁明杰磕头："多谢堂少爷。"

"你被绑到哪里去了？"季曼忍不住拉过甘草来问。甘草红着眼睛道："一个地下仓库，就在离那十字路口不远的地方。奴婢被带进去的时候都觉得没有希望了，没想到堂少爷突然来了……"

想起那人如天神一般踹开地牢的门，将一众女子孩童统统救出去的模样，甘草不由得连脸也红了："真是多亏了堂少爷。"宁明杰坐在一边道："我还得多谢夫人，要不是你将过程记得那么清楚，明杰也不会想到找人假扮妇人，去那附近引贼人上当。"

季曼连忙摇头："我就是个提供线索的，能破了这案子，是堂少爷自己的功劳。您将甘草救回来，桑榆真是无以为报……"说着，季曼转身去将上次南巡皇帝赐的一块玉佩用手帕包了，拿出来给他道："小小东西，就当是谢礼了，请堂少爷收下。"

宁明杰摇头："这是我分内之事，不用这么大的礼。""甘草怎么也比一块玉佩值钱啊。"季曼道，"收下吧。"

宁明杰看了看，伸手将她手里包着玉佩的帕子给抽了出来："这个就够了。玉佩夫人就自己留着，以后给甘草姑娘做个嫁妆也一样。"

甘草脸更红了，季曼也就不推辞，笑着将玉佩收回来。那手帕是她亲手绣的，帕角绣着一座雪山，她用它专门拿来包各种各样的礼物。不过这手帕单独拿出去，也拿得出手。

时候不早，人也找回来了，季曼就没有多宣扬，打算第二天再去回禀老夫人。

熄灯的时候，季曼喊住了灯芯："你今天给我出去拿药的时候，中途可发生了什么事？"

灯芯眨眨眼："没有什么事啊。"她顿了顿，又接着一拍大腿："只是撞见了淡竹姐姐，还跟她说了会儿话。怎么了，主子？"

淡竹，雪松院的。季曼闭了闭眼，道："无事，你们都去休息吧。""哎。"灯芯一点异样都没察觉出来，高高兴兴地拉着失而复得的甘草就下去睡觉了。甘草还有些后怕，晚上都是挨着灯芯睡的。灯芯见她一脸有心事的样子，就拉着她问怎么了。

"没事。"甘草垂了眸子，捂着心口翻了身。她这样身份低微的丫鬟，怎么能高攀堂少爷呢。堂少爷是为了破案去的，又不是专门为了她。可是她的脑海里还是忍不住浮现那人的身影；他在她最绝望的时候将她带上了马，还小声安慰了她一句"别怕"。听了这轻飘飘的两个字，她竟然就真的不怕了。心里要住进来一个人，也就这样简单吧。

季曼晚上睡得不是很安稳，第二天很早就去了老夫人那里，拉着老夫人偷偷说了藏红花的事情。"你怀疑是怜雪？"老夫人摇头道，"不可能是她，这应该是个误会。"季曼没想到老夫人会是这个反应，惊讶之下，也就没有多说，只是试探地问："为何怜雪不可能害我？"

"怜雪是这后院里心肠最好的人。你没见上次闹鬼，都只有她肯收留温婉吗？"老夫人捻着佛珠道，"她也是个慈悲心肠，也许是她身边的人有什么歹毒心思，但是应该同她没有什么关系。"

老夫人比她多活二十年，自然看人该是比她准。季曼忍不住有点怀疑自己，是不是想错了？或者说，苜蓿从一开始就是骗自己的，拉了千怜雪来挡枪？目前为止，自己的确是同千怜雪没有任何冲突的啊。季曼被老夫人这一句话说得迷茫了。

之后问安的人渐渐多了，见宁明杰和宁钰轩都来了，季曼也就说了昨天宁明杰救了甘草一事。"明杰这次又立了大功。"宁钰轩侯笑道，"京兆尹最为头疼的案子，皇上交给了他，居然只几天就破掉了。"

温婉站在一边，看向宁明杰的眼里也满是欣赏，甚至还有点不知道哪里来的骄傲，仿佛潜意识里，觉得这个人像是自己的一样。宁明杰低声道："破这案子也是碰巧，还是多亏了桑榆。她要是胆子小一点，忘记贼人是往哪里跑的，这案子明杰就破不了。"

季曼看向他，微微一笑。宁明杰抬头，也回了她一笑。两人这眉目传情、心有灵犀的模样，看得宁钰轩沉了脸："这与桑榆又有什么关系？""刚刚不是说了吗？

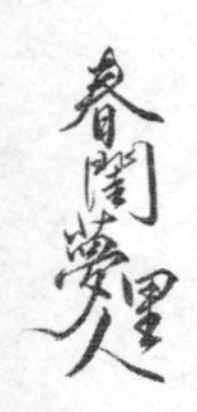

桑榆是刚好上街，甘草被人劫了，她自然是看见的。”老夫人插嘴了一句，“你自己刚刚走神，这会儿没听明白。”

宁钰轩当然不是气这个，抿了唇又不知道该怎么说。要说聂桑榆不守妇道吧，可是人家什么出格的事都没干，每天宅里宅外给他安排得妥妥当当，还得全府上下一致好评；可是她这眼里分明就没他这个丈夫，对其他男人倒是和颜悦色，还眉来眼去的。

有些气不过，宁钰轩下午就去了非晚阁，没带温婉。季曼正在修指甲，见他来，倒是有些意外：“侯爷的病好了？”宁钰轩轻咳两声坐在桌边：“还没有。”

那跑过来干什么？装柔弱？季曼翻了个白眼，笑盈盈地道：“等会要妾身再给您熬一次上回的补药吗？”这次她让李大夫过来，亲手给了她两包安胎药，确认没问题了，才让甘草和灯芯去熬药的。

想起上回的安胎药被宁钰轩喝了，季曼还是觉得有点好笑。宁钰轩倒也没反对：“你的丫鬟要是正好在熬药的话，就帮我熬一碗吧。”季曼差点笑出声，死死抿着嘴唇忍住了笑，才道：“好，妾身这就去吩咐灯芯。”

宁钰轩看着她的背影，眼里有些疑惑。等她回来的时候，他开口道：“你最近好像胖了些。”季曼顿了顿，笑道：“府里伙食好，妾身想不胖也难啊。”“你上个月的月信来了吗？”宁钰轩状似无意地问。

“来了啊。”季曼眨眨眼，“侯爷关心这个干什么？”宁钰轩摇头：“没事，就是想着，你什么时候也有孩子就好了。”“假惺惺。”季曼心里吐槽了一句。她脸上依旧带笑：“妾身也盼着呢。若是能怀上孩子，妾身一定会拿性命护着，不让人动他一根汗毛。”

宁钰轩怔了怔，轻笑道：“子嗣的命哪有你的重要，怎么用得着拿命来护着？”这话要是搁在寻常夫妻身上，那就是情话。多好的丈夫啊，保大不保小。可是季曼知道，宁钰轩这是巴不得聂桑榆一辈子没孩子，任由他摆布。

下意识地摸了摸肚子，时候快到了，她就等宫里有消息了，就将怀孕的事情告诉宁钰轩。到时候，也该四个月了，宁钰轩除非想将聂桑榆的命一起搭上，否则怎么都不敢胡来的。

“主子，药好了。”灯芯和甘草将两碗药端了进来。季曼又笑了，让她们将药凉好了，端起来对宁钰轩道：“侯爷，来。”咱们干了这碗安胎药！宁钰轩有些走神，正在想事情，还真端起碗来跟她碰了碰，之后慢慢喝完了一碗药。季曼指着这件事乐了一整天。

不过宁钰轩什么也不知道，看季曼心情这么好，他的心情反而更差了，因为她开心也没哪次是因为他的。

最后的关键一个月，季曼什么东西也没有乱吃，几乎天天让李大夫过来一趟。上次的藏红花她也没证据说是雪松院干的，雪松院那位也没了后续，两院一直相安无事。月底的时候，季曼终于等来了一个消息——聂贵妃早产了。

早产可不是什么好事，定然是被人害的。但是聂贵妃命就是硬，生下不足八个月的孩子，母子平安。那八个月不到就被人提早带到世上的婴儿，是个男婴。

聂贵妃差点丢了一条命，好不容易将孩子保下，便哭着抱着孩子求皇帝做主。聂桑榆的吃食被人动了手脚，还好不严重，只是早产了。种种证据都直指正宫皇后。皇帝大喜之下必然大怒。虽然皇后不能轻易废除，但是皇帝还是拿走了她的凤印，并封了聂贵妃为皇贵妃。

皇后与皇贵妃的势力此消彼长，聂家风头无二；加上三皇子最近颇受皇帝宠爱，受命参政，太子一党更加忧心忡忡。

再这样下去，太子之位换个人来坐，也不是不可能的事情。不过这些都不关季曼的事，自家姑姑升皇贵妃，对她只有好处没有坏处。而且凭着这个机会，她终于也能恶心宁钰轩一把，上他的北苑里去，当着温婉的面娇羞地靠在他怀里，轻柔地喊了一声“钰轩”。

宁钰轩觉得聂桑榆今天可能是坏掉了，但是没推开她，只坐直了身子问：“怎么了？”

“我……”季曼斜眼看了看温婉扭曲的表情，越发地欲语还休，扭着身子学温婉一样作娇弱状，语气也是黏腻死人，“妾身有话要说。”

“嗯，什么话。”宁钰轩倒是有些觉得好笑，支着下巴就看着她要说什么。季曼伸手捂着自己已经有些微微凸起的肚子，脸颊上两抹红晕，羞答答地道：“妾身有了侯爷的骨肉……”

宁钰轩笑容一僵，旁边的温婉更是吓了一大跳，震惊不已地看着她。“……什么时候的事情？”宁钰轩低头看着她的肚子。季曼幸灾乐祸地笑着，却半遮着脸，假装自责地道：“都怪妾身自己，太粗心了，到现在才发现有了身子，已经四个月了。”

宁钰轩就差没一把掀开她了。骗谁呢！四个月的身子了她会不知道？上次问她，不是还说来过月信吗？温婉颤抖着嘴唇，当下就扭身跑了出去。宁钰轩哪里还有空照顾温婉的小女儿情绪，只瞪眼看着季曼。

季曼半捂着脸笑得一颤一颤的，看一眼宁钰轩这表情，还甚为委屈地问他：“侯爷上次不是还说，希望妾身快些有个孩子吗？为什么现在，反而是这副表情？侯爷不想要这孩子不成？”

“没有。”宁钰轩站起来，神色有些复杂地看着她道，“你先去老夫人那里，我去宫里请御医来。”

第四十七章

牡丹花与美男子

季曼当然知道宁钰轩是要求证自己的身孕是真是假，不过肚子都已经凸起来了，还怕他查吗？好不容易能吐出积压了这么久的秘密，女主也被恶心走了，她还没玩够呢，死活也要凭借“孕妇”这一娇贵的身份，再恶心他两把。

“侯爷这么重视这个孩子，妾身好高兴。”季曼跟没长脚一样黏在宁钰轩身上，目光里满是柔情，一只手拉着宁钰轩的手放在自己的肚子上，撒娇道，“妾身来的路上就在想，若是儿子，该取什么名字好；若是女儿，又该叫什么。妾身真是太高兴了。”

宁钰轩脸色有点沉重，放在她肚子上的手都冰凉又僵硬，听着这话，张了张嘴，也不知道该接什么话上来。“起名字一向很麻烦，妾身想，干脆就依着侯爷的名字，无论男女，乳名都叫一个。”季曼身子扭得跟麻花一样，一双丹凤眼带着笑看向宁钰轩。

宁钰轩有些不好的预感：“叫……什么？”季曼咯咯笑了两声，食指轻轻划过他的喉结：“就叫——小轩轩。”鸡皮疙瘩掉了一地，宁钰轩嘴角抽了抽：“此事稍后再议，先让我去请御医。”

季曼眼神突然就忧郁了，撇撇嘴看着他道：“让其他人去请不行吗？非要您亲自

去？妾身现在不想离开侯爷，就想一直待在侯爷身边，否则妾身就心里不安稳，生怕这孩儿与府里其他的孩子一个下场。”

连点冷静的时间都不给自己？宁钰轩太阳穴突突地跳，心里当真是一时之间接受不了这个变化。换句话说，他现在只想当一个安静的美男子，认真思考一下将来，但是这朵牡丹花不肯放过他，一直在他身边扭麻花。

“夫人，侯爷，老夫人让你们快些过去呢。”季曼怀孕的消息已经在府里各处散开，老夫人自然也知道了季曼公开了这消息，所以连忙找她过去。一双眼含着秋波朝宁钰轩看了过去，季曼娇滴滴地问：“侯爷，您看……”

“先去母亲那里。”宁钰轩果断道。于是一朵牡丹花继续黏着一个想要静一静的美男子，往人声最鼎沸的主院去了。

各房各院的姨娘、侍妾都到了场，老夫人一见季曼和陌玉侯一并走进来，笑得合不拢嘴：“轩儿也知道了？”宁钰轩闭了闭眼，点头。“那正好，我想着府里最近也不太平，桑榆有了身子，也能冲冲喜气。”老夫人高兴地道，“这可是我侯府的第一个孩子。”

话音刚落，在场不少人心里都是一突。原来以为府里第一个孩子是慕水晴的，结果莫名其妙小产，人也发了疯；再后一个是锦瑟的，还凭着那孩子飞上了枝头，结果也没了。要是说这两人是因为身份低微，疏忽大意没了孩子，可温婉当时还是平妻的时候怀了孕，又有侯爷万般宠爱在身上，结果府里闹鬼，孩子也没了。

外面的人都传言说，侯府里是有什么诅咒的，冥冥之中一直有一双手，夺去了每一个孩子的性命。季曼却不怕。她连聂桑榆的冤魂都敢面对了，还怕什么怨灵恶鬼的？有时候人比鬼可怕多了，她要防的一直是人。

宁钰轩让鬼白拿着他的信物进宫去请了御医。皇贵妃听见消息，就把自己最常用的御医派到了陌玉侯府。御医证实了季曼四个月的身孕，并且说胎位很正，难得的好胎，一定会顺产云云。

季曼一直很轻松地在笑，宁钰轩却闭目沉思。最近三皇子一党本就气焰颇高，太子已经打算避其锋芒。可是他这里聂桑榆又怀了身子，还是四个月的，一直瞒着没说。这消息传到太子那里，太子怕是要觉得他有异心了。

聂桑榆的孩子四个月了，又是在这个节骨眼上，老夫人和皇贵妃又都护着，他是不能明面上动什么的。其实除开利益关系不谈，有孩子的话，他还是高兴的。早年爱折腾不要孩子，可是再过一两年，一众好友的孙子都快有了，他还没个子嗣，也不像话。可惜的是这个孩子的母亲姓聂，他就得多考虑一下，到底该怎么办了。

温婉在花园里躲着哭了许久，也没有见宁钰轩追出来。她不仅没看见他人，还听过路的丫鬟说，所有人都去老夫人那里庆祝去了。这叫她怎能不难受？夫人的位子本来是她的，她也本来有孩子的，可是转眼之间她什么都没了，还让本来都快走上了绝路的聂桑榆峰回路转，东山再起了！

温婉越想就越哭得伤心。她哭着哭着，声音没压住，被过路的一个人听见了。宁明杰回过头来，看见花丛里的人，挑了挑眉便走了过去。温婉受惊似的抬头，就看见宁明杰那令人惊艳的脸，心里一跳，脸微微一红："堂少爷。"

"怎么在这里哭起来了？"宁明杰淡淡问了一句。先前在同好会的时候，温婉时不时要他帮忙挡掉一两个行为有些过激的王孙公子，看在宁钰轩的面子上，他也没拒绝。一来二去两人也算有些熟悉。他不讨厌温婉，但是也没多喜欢她，只是当她是兄弟媳妇。

可是他这一双勾人的眼睛有个不好的地方，那就是看谁都太温柔、太含情脉脉，以至于温婉一直觉得，宁明杰大概是有些喜欢她的。自古娇柔的女子，有几个男人不爱呢？

于是当她被关在柴房无人搭理的时候，她还借着阿紫的手给宁明杰传了不少消息，无非是有家奴虐待她，或者天气太冷她生病了之类的话。宁明杰闲着无事，也去看过她两次，见她可怜，还替她拿过一次被褥。只是后来朝廷事情多了，她的请求他就没空搭理了。

前两天府里丫鬟差点被拐卖，宁明杰在院子里遇见温婉叫自己，还顺口问了她两句，只是她一问三不知，他也就没再多问了。如今碰见她在这里哭，宁明杰问了一句，又觉得有些后悔——问这个干什么，又不关他的事。

"堂少爷不知道吗？夫人怀了身子，四个月了。"温婉勉强笑了笑，眼里还带着泪，有些娇弱的倔强的意味。宁明杰点点头："我正要让人去告诉尔容呢，她该是最高兴的。"

温婉捂着自己的肚子，垂了眼眸道："婉儿也该有自己的孩子的，可惜天意弄人……"

"以后再怀便是，不用在这里哭。"宁明杰淡淡一笑，"我先走一步了。"

温婉："……"

还以为这人至少会安慰她两句，她就可以接着吐苦水，没想到宁明杰来去匆匆，竟然就这么走了。

抿了抿唇，温婉也觉得哭得没意思了，干脆就站了起来，擦了擦眼泪，去找宁钰轩。宁钰轩回到了书房，可惜跟着他一起回来的是季曼。季曼依旧在走麻花路线，非搬了椅子挨着宁钰轩坐着，一双眼就这么含情脉脉地看着他。他要是一转头，就会得到一个媚眼，外加一句娇滴滴的“侯爷想喝茶还是吃东西。”

为了不听见那让他掉鸡皮疙瘩的声音，宁钰轩已经盯着同一份公文看了两盏茶的时间了。温婉红着眼睛进来，本以为可以好好跟宁钰轩撒撒娇了，哪知道一进来就看见聂桑榆靠在宁钰轩身上，娇声道：“侯爷要是看累了，妾身可以帮您念。”

这女人明知道钰轩不喜欢她，还要借着孩子死命贴上来！温婉气得不行，跺脚喊了一声：“钰轩！”自温婉上个月被宁钰轩要到身边来伺候，就早已经没了个丫鬟的样子，每次都是直呼陌玉侯的大名。

季曼挑了挑眉，脸色当即沉了下来：“婉儿姑娘不过在侯爷身边多待了几天，难不成就忘记了自己的身份？”温婉颇为不服气：“婉儿何时忘记身份了？”“府里的丫鬟都可以这样称呼侯爷？”季曼装作恍然大悟的样子，“那我等会就吩咐下去，以后让那些丫鬟见着侯爷都照你这么喊。”

宁钰轩皱眉，轻声道：“别胡闹。”“怎么是胡闹，这不是按照婉儿姑娘的规矩来的吗？”季曼笑眯眯地道。想想看宁钰轩一回府，一群丫鬟就拖着尾音喊“钰轩安好”，她就觉得全身上下每个毛孔都特别舒坦。

温婉咬了咬唇，低头道：“是奴婢冒犯了。侯爷就是侯爷，奴婢不该按以前的身份来。”

认错也太快了，季曼有些失望，撇撇嘴道：“婉儿姑娘真是够健忘的。”温婉低头不语。

季曼笑眯眯地继续恶心了他们一会儿，看着外头天色不早了，终于大发慈悲地道：“妾身得回去休息了。”

总算要走了！温婉心里忍不住放起小鞭炮。宁钰轩也松了口气。“不过……”季曼站起来，很认真地看着温婉道，“我院子里缺人手，怀了身孕的人啊，处理起事情来定然要麻烦很多。婉儿姑娘还是跟我回非晚阁吧。”

温婉心里微微一惊，下意识地就摇头：“不要！”好不容易从非晚阁出来调到了宁钰轩身边，她怎么能又回去！

季曼微微睁大眼睛，学着温婉那娇俏的声音，兰花指一翘，委屈地道：“虽然我不该强求，可是别人伺候，我不放心。婉儿姑娘就这样讨厌我，连我有身孕了都不愿意伺候吗？”

一声闷笑从旁边传过来，两个女人同时回头，却见宁钰轩拿起一本书挡着脸，看得很是认真。应该是幻听了，这人没立场还笑得出来，季曼摇摇头，又上前一步拉着温婉的手道："妹妹就乖乖跟我走吧。来这里之前我就禀明了老夫人要你，老夫人也是允了的。"

"奴婢现在是侯爷的人。"温婉抿唇道，"你得问侯爷答不答应！"季曼心想，这温婉还真是学聪明了。季曼无奈地放开温婉的手，转身又蹭到宁钰轩身边："侯爷！"

宁钰轩轻咳两声，放下书来一本正经地道："你要走了婉儿，谁来伺候我？""不是有鬼白和其他丫鬟吗？"季曼拉着他的胳膊使劲儿摇，"妾身接下来受苦受难的日子还长着呢，侯爷都不心疼妾身吗？一个丫鬟而已，妾身借用几个月，用完自然会还给您的。"

几个月时间，黄花菜都凉了。温婉冷眼看着聂桑榆，心里是万分看不惯她这模样，真是不知廉耻！可是偏偏地，宁钰轩竟然不抵触她，想了一会儿之后，竟然还点了头。他竟然就这么将她给了聂桑榆！

温婉不可置信，失态地喊了一声："侯爷！"宁钰轩朝她看过来，眼里满是无奈："桑榆怀了身孕，就只能委屈你一番了。"季曼笑得眯起眼，又去亲亲热热地拉着温婉道："你看，侯爷都答应了，你就跟我走吧。"

温婉眼里满是嫌恶，却垂了眼眸，手都僵硬了："……遵命。"一句话都没来得及同宁钰轩单独说，她就这么被聂桑榆给带回了非晚阁。

甘草和灯芯正喜气洋洋地布置着房间，将屋子里的香料、尖锐的东西都收了起来，地毯也换上了厚厚软软的羊绒毯。等季曼拉着温婉回来的时候，两个丫鬟的表情就都僵硬了。甘草带着温婉去收拾侧堂，灯芯就在季曼旁边气得直跺脚："主子，你怎么又把这个祸害给带回来了！"

"你少安毋躁。"季曼拍拍她的手道，"我带她回来，自然有我的道理。你们别让她碰我吃的用的东西，其余的都跟往常一样，当她是个丫鬟就是。""奴婢们哪里敢当她是丫鬟？"灯芯愤愤地道，"府里谁不知道侯爷宠着她，敢使唤她的都被她告了状，下场可没个好的。"

季曼笑眯眯地道："你放心，只管使唤，不要给她一点特殊，侯爷那边不会有任何怪罪。"灯芯不相信，不过见自家主子这神色太胸有成竹，也就有些好奇，等季曼歇下的时候，就壮起胆子，去敲侧堂的门。

"怎么？"温婉开门，一脸不耐烦的神情。灯芯笑道："主子怀了身子，最近都

是半夜会醒。我和甘草已经轮流值夜四天了，今天轮到你，可别睡死了。”

温婉心里本就有气，听着这话更是冒火：“觉都不让人好好睡了不成？”“主子睡不好，奴婢自然是不能好好睡的。”灯芯翻了个白眼，“虽然有侯爷宠着，可是奴婢依旧是奴婢，别忘了自个儿身份。”

这话温婉不是第一次听见，头一回这样说的人是陌玉侯书房里的茶水丫鬟。温婉转头就去跟宁钰轩哭了一会儿，那丫鬟就被遣送出府了。打量了灯芯两眼，温婉讥诮道：“说话可别闪着舌头，不然轮到你被遣送出府，你怀了身子的主子也保不住你。”

灯芯瞪了温婉一眼：“我的本分反正已经尽到了，你要是不听，主子有什么闪失，老夫人怪罪下来，我也帮不了你。”言罢，灯芯转身就回房去休息。

温婉站在门边气了好一会儿，摸了摸自己的肚子。最近在宁钰轩身边，她也是没少承宠的，不知道能不能再怀上一个。若是有了，她定然要将现在受的屈辱，通通都还给聂桑榆。

温婉转身回去睡觉，也没将灯芯的话放在心上。结果季曼半夜醒来，喊了许久都没有人进来。摸了摸下巴，季曼就下床出门倒了热水。季曼看了侧堂一眼，心想：温婉这小脾气，明明是一点都没改啊。

第二天季曼就放了甘草和灯芯的探亲假，身边只留下温婉和檀香来伺候。甘草万分不放心地看着季曼道：“主子，奴婢们不这个时候回去也没关系的，您的身子……”灯芯也点头：“侧堂里那个半点不会伺候人，万一出什么差错怎么办？”

季曼看着门口边上的裙角，微微笑道：“怎么会出差错？婉儿又不傻。要是在她伺候我的时候出了事，她怕是要被拿来给我肚子里的孩子偿命。有皇贵妃和聂家在，侯爷拦着都没用。”

甘草和灯芯还是不太放心，季曼却给她们塞了银子，亲自送她们出府。公布怀孕的消息之后，身边的两个丫鬟被人利用的可能性太大，特别是这两个丫鬟她还没有完全信任，她们的心思又单纯得跟白纸一样，所以现在她让温婉来伺候是最好的。

现在在明面上，雪松院下手的机会少了很多；至于宁钰轩，她扣了温婉在身边，他还敢轻举妄动吗？他敢动，她就敢拖他最心爱的女人下水，绝对不会让他好过了去。

季曼捂着自己的肚子，暗下决心：她的这个小宝贝，绝对不会再受人所害。只是甘草和灯芯一走，温婉和檀香伺候起人来，的确是不周到。老夫人看着季曼有些憔悴的脸，皱眉问她：“这是怎么了？”

季曼笑着摇头:“无妨。最近夜里总是睡不好，起来又没人伺候，昨儿差点摔了，所以吓得没怎么睡着。”“这还得了！”老夫人怒道，“身边的丫鬟都死完了不成？”温婉站在一边，闻言抖了抖身子，站出来道:“奴婢还在伺候夫人。”

老夫人看温婉一眼，冷笑道:“我当谁这么大的架子，原来是你，那就不奇怪了。”温婉笑道:“奴婢向来是不会伺候人的，是夫人非要将奴婢留在身边，奴婢也没有办法。”

瞧瞧，这还挺委屈。老夫人睨着她道:“不会伺候人的丫鬟，还养在府里干什么？趁早送出去吧。正好今天轩儿不在家，我就做个主，将你许给街头的张屠夫，你觉得如何？”

温婉挺直了背:“奴婢是侯爷的人。”老夫人只是吓吓她而已，绝对不可能真来的。

“这院子里的女人，哪一个不是轩儿的人？”老夫人冷笑道，“我看是没人教你规矩，所以越发没个体统了。首乌，叫人来把她给我绑了，送给张屠夫去！”

首乌应了，还当真有家丁上来绑了温婉押着往外走。温婉吓了一跳，人已经被推出主院的门了，才惊慌失措地求饶道:“老夫人恕罪，老夫人恕罪啊！”

老夫人冷着脸。首乌亲自带人将她押出了门去，带到街头的张屠夫面前。温婉一见那张屠夫满脸横肉、一身油腻的样子，吓得腿都软了，连忙抱着首乌的腿道:“首乌姑娘饶命，饶命啊，奴婢再也不敢了，求姑娘带奴婢回去！”

首乌笑道:“老夫人怕婉儿姑娘始终学不会规矩，所以决定让你尝尝苦头。我这当下人的，可救不了你什么。”温婉被推进张屠夫的屋子，首乌关上门就在外头等着。首乌听见温婉尖叫了几声，才让人把门打开，把她给拖了出来。

温婉已经吓傻了，衣裳有些乱，却还是穿得好好的。首乌闷笑一声，递给张屠夫银子，将人给带了回去。

温婉一肚子的委屈，死命忍着就等宁钰轩回来。今天她受了这样大的屈辱，若是让钰轩知道了，是不会放过她们的!

可是，宁钰轩回府的时候，季曼偏偏派了温婉去药房拿药。等温婉拿回来的时候，宁钰轩已经走了。温婉眼睛通红，死死地捏着手帕，瞪着屋中间悠哉自在的季曼。

温婉气得眼泪直掉，转身就往外面跑，想去追宁钰轩。然而首乌又不知道从哪里冒了出来，看着她笑吟吟地问:“婉儿姑娘这又是去哪里啊？”吓得她立刻就回了非晚阁。

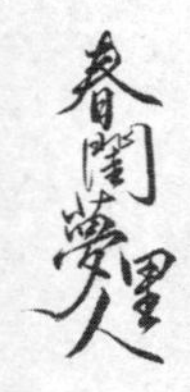

夜里温婉自然睡不着，翻来覆去之后，就披着衣裳坐在外头的走廊上叹气。

“婉儿姑娘。”一个声音从背后传来，吓得温婉差点尖叫，转头一看才发现是院子里新分配的粗使丫鬟。

第四十八章

天花来袭

季曼伸了个懒腰起了床，见檀香板着脸过来伺候自己更衣洗漱，心想，最近温婉和檀香这主仆俩乖巧了不少。

宁尔容得了空闲也过来看季曼，只是她身子好像有些不太好，一直在咳嗽。“着凉了？”季曼拉着她的手问。宁尔容吸吸鼻子道：“不知道怎么回事，半个月前去了城外烧香，回来没几天就成这样了。看了大夫也没个结果，就让我好好养着。要不是我不放心你这身子要来看看，青云还不让我出门呢。”

季曼看了看她的脸色——有些青，脸颊上又有两块嫣红；摸摸额头，乍摸时觉得是发了高热，可是再一摸，却又凉了。“我这里正好有御医，给你看看吧。”季曼不放心地道，“最近府里也有好多丫鬟生了病，都被老夫人送到府外去了。”结果御医用了大半个时辰给宁尔容诊断，最后一脸严肃地道：“请聂夫人先去外院，莫要跟过来，让丫鬟打了热水来，先将手洗了。”

季曼听着不对，这怎么像跟宁尔容得了什么传染病一样。小心为上，季曼按照御医的吩咐清洁之后，就在屋子里等着。御医诊断完毕，没先回来告诉季曼结果，而是命人去通知了老夫人。这时府里上上下下，突然就都紧张了起来。

宁尔容得的是天花。

最近城外许多百姓都染上了天花，刚开始还没人察觉，后来渐渐有人死了，才引起了官府重视。这位林御医曾医治过天花患者，所以普通大夫不知道的症状，他都明白。

天花在这个时代相当于一种慢性死亡疾病，简直令人闻之色变。不过宁尔容明显是刚染上不久，还没有什么明显症状。

“此病会传染，接触之人，皆易染上天花。”林御医一脸严肃地道，“还好老夫人明智，府里最近有感染的丫鬟，送出了府。至于聂夫人，还是赶紧让人送回聂府，不要与人接触，就留两个丫鬟伺候；再去宫里请钱御医来。”

老夫人紧张得很，连忙问：“桑榆与尔容也有接触，是否会染上此病？”林御医道：“夫人与聂夫人接触不算多，是否染上，还得看造化。老夫会一直守在非晚阁观察夫人。夫人若是没有天花症状，也就算躲过一劫了。”

屋子里的人都安静了下来，季曼坐在一边，旁边的齐思菱和锦瑟都下意识地离她远了些。这可真是天降横祸，季曼撇嘴。换作是她以前的身体，那可是出生就种了痘的，哪里会得什么天花，可是聂桑榆这身子就不一定了。

老夫人叹息两声，让人将她送回了非晚阁。林御医煮了药水，让温婉和檀香拿着，将非晚阁里都洒了个遍；然后吩咐众人等着，看十天之后，季曼会不会有症状。

“御医，得天花的人是什么样子的啊？”温婉微笑着问。

林御医板着脸道：“天花会在十日后令人寒战或发高热、恶心呕吐、失眠，还会有红疹。夫人还怀着身子，天花对她来说，太过危险，稍有不慎就会流产，一尸两命都有可能。”

“真的？”温婉眼含笑意。林御医看了她一眼，她才收敛了神情，连忙垂了眼眸道：“奴婢会小心伺候着的。”

晚上宁钰轩回了府，进门就被药水洒了全身。他听闻了天花一事，更衣后就去了非晚阁。

“侯爷。”温婉迎上去，连忙拦住他道，“御医说夫人有可能得天花，您还是不要进去了。”宁钰轩微微抿唇，靠在门边看着温婉道：“现在不是还没事吗？她也不一定就真染上了。”“那侯爷也犯不着冒险，”温婉沉了脸色，“有什么话我不能替你转达？”

宁钰轩低笑：“你这样严肃干什么，我就是顺路来看看罢了。若是不能看，那我就走了。”“侯爷。”温婉连忙拉住他，“这些天我都没见你的人，有好多话要跟你说，你为何总是躲着我？”

宁钰轩停下步子道:“你想多了。最近宫里也在闹天花呢，我只是有些忙，等忙过了，咱们再来好好说话。”温婉不甘心地咬唇，却只能放开宁钰轩，看着他大步离开。

季曼正在屋子里回忆高中生物课知识。她记得当年高考还出过关于天花的题目呢，说是天花通过飞沫和直接接触传染。今天宁尔容来看她，咳嗽都是用帕子捂着嘴的，飞沫传染的概率应该很小，直接接触更是没啥可能了，拉个手又不可能传染。所以不管怎么看，她都是没可能得天花的。但是显然，这件事会给很多人契机。她现在就等着看会有什么动静。

晚上就寝，季曼照旧拉开被子睡了进去，可是睡着睡着，突然觉得床上有什么东西，毛茸茸的，还在动。心下倒吸一口气，她忍着没叫出来，只是平静地下床，然后点灯。她拉开被子看了看，一只野猫正卷在她的被子里，一双眼睛分外无辜地看着她。

季曼松了口气，原来只是一只猫罢了。但是，没想到聂桑榆的身体对动物毛皮过敏，第二天，她身上就起了红疹。季曼将身上的红疹盖得严严实实，就当什么事都没有发生一样，出门去问温婉:“我屋子里怎么进了一只猫？”

温婉一脸茫然:“什么猫？”季曼笑了笑:“野猫，兴许是从窗户爬进来的。还好我喜欢猫，只是它脏了些，我给放出去了。你可记住，猫进来也就算了，我反正也不怕，但是别往我屋子里插花，我对花粉过敏。”

温婉有些惊讶地看了她一眼，点了点头。季曼偷偷找林御医要了治过敏的方子，只让他做什么都别告诉温婉。林御医是聂贵妃的心腹，自然是一心一意帮她的，当下也就允了。

没过几天，季曼的红疹消了，可是她的软枕里却被塞了不少新鲜花瓣，睡起来格外香软。季曼冷笑一声，第二天就问御医找了方子，对外说是预防传染的药，让御医给温婉和檀香都喝了。

第十天的时候，季曼什么事也没有，御医就解除了非晚阁的门禁。但是温婉和檀香的身上却起了疹子。

“这两位丫鬟也最好遣送出府，避免传染。”林御医道，“红疹也是天花的症状之一。”

老夫人乐了，温婉和檀香却是脸色惨白。她们怎么可能得天花？她们都没怎么出过府。

首乌笑眯眯地看着温婉，还说了一句:“张屠夫也感染了天花。哎呀呀，说不定也是巧了。”温婉使劲儿摇头，被几个家丁押着，下意识地看了千怜雪一眼。

一向病弱的千怜雪在这个敏感的时期身体倒是意外地好了起来，坐在一边一言不发，更是没有多看温婉一眼。温婉急了，见宁钰轩又不在，只能道：“我没有得天花，这顶多是过敏，应该是我吃了什么不该吃的，或者是碰了什么不该碰的。我真的没有得天花！”

“原来你知道过敏的症状和天花差不多啊。”季曼站得远远地看着她，还嫌弃地捂着口鼻，“我当你不知道呢。都告诉你我对花粉过敏了，你还往我枕头里塞鲜花，可真是煞费苦心。”

温婉脸色一僵，这才反应过来是被聂桑榆给坑了，恶狠狠地道：“你这歹毒的女人！”季曼笑了笑：“我做什么了？”“你……”温婉知道自己这一身红疹必然是她所害，却没有证据。

“老夫人，将她也关去别院吧。”季曼回头对老夫人道，“水晴在别院应该也很是寂寞；再说侯爷一贯心疼婉儿的，要是真逐出府，侯爷回来也不好交代。”温婉隐隐约约听见季曼的话，惊恐地睁大了眼：“不要！”

老夫人想了想，觉得也对，于是下令道：“送这两个丫鬟去别院。”其他生病的丫鬟都是直接送到乡下的，送她俩去别院，也足够给宁钰轩面子了。季曼笑着看着温婉尖叫着被拖走，转头对千怜雪道：“怜雪你瞧，她的眼睛怎么一直看着你？”

千怜雪靠着椅子坐着，淡淡笑道：“姐姐眼花了。怜雪与婉儿姑娘一向没有交情，她看的应该是你。”“这样啊。”季曼点点头，“怜雪你身子弱，最近天花猖狂，还是少出来吧。”

“多谢姐姐关心。”千怜雪淡淡转开头，全然一副超脱凡尘之外的模样。季曼看了她半天，摇摇头。这女人真是无懈可击，半点叫人抓不着把柄。

别院那地方虽然也是亭台楼阁，但是少有人住，怎么看都是有些阴森森的；加上慕水晴刚被贬进去不久，那院子的气氛就更恐怖了些。

檀香抱着包袱与温婉一起被推到了一个院子。接管她们的嬷嬷麻木地看着她们，还朝旁边的院子努努嘴：“疯掉的晴主子在里头，你们没事就不要出来了。”

温婉吓得一跳。当初慕水晴小产，被宁钰轩送来这里，怎么都跟她有些关系，后来府里闹鬼，她的孩子也没了。她觉得自己与慕水晴八字不合，没想到现在她俩又被关到了一起。

“主子别怕，侯爷一旦知道您被她们关在这里，一定会来救您的。”檀香死死抓着温婉的手，也不知道是在安慰她，还是在安慰自己。旁边的院子突然传来了女人的大笑，檀香尖叫一声，把温婉给吓得够呛。

“温婉，你也会有今天？”空空荡荡的庭院，传来慕水晴有些歇斯底里的笑声，“你不是他的心头肉吗？竟然也会落到如此地步，真是报应，报应啊！”

虽然笑声有些疯癫，但是话倒是还能说清楚。温婉抿唇，壮着胆子回她：“钰轩会来接我的。我不会有什么报应，你的孩子又不是我害的！”

“不是你？”慕水晴哈哈大笑，“不是你让你的丫鬟推的我？不是你让大夫故意开错的药让我没了孩儿？温婉，你怎么敢说不是你？你敢不敢对天发誓，说你从来没有害过别人孩子的性命？”

温婉抖了抖，眼里划过一丝恐惧，喃喃低语道：“她疯了，她是个疯子。”

“主子……”

“你快去想办法告诉钰轩，我要出去，我一刻都不想在这里多待。”温婉死死抓着檀香的手，指甲都掐进了檀香的肉里，“快去想办法啊！”

檀香被温婉一瞬间的狰狞吓了一跳，哆嗦着嘴唇跑到院子门外去蹲着。温婉抓了抓自己的头发，颤抖了一会儿，就躲进屋子里的床上去躺着，捂着耳朵。她要离开这里，她要快点离开这里！

京城的天花肆虐，不少人都染了病，街上的人都少了起来。皇上下了禁令：染了天花的人全部都要囚于京城外的驿站；如果有人发现身边的人染了天花，也一定要及时送过去。

聂青云不肯将宁尔容送去驿站，只是带着她搬到了城郊的院子里，离驿站不远。钱御医也跟着，还带了白芷去。季曼本来很担心宁尔容，但是一听聂青云执意亲自照顾宁尔容，又开始担心起聂青云了。

这个地方，天花要是挨不过去，那可就是一条命没了。奈何她现在怀了身子，不方便出去；更何况现在京城人人自危，她想出去也没人肯陪她。

宁钰轩从宫里回来的时候脸色就有点不太好看，到了非晚阁扫了一眼，就径直躺到季曼的床上去睡了。季曼茫然，少有看见这人有这么累的时候。“太子有些天花的症状。”鬼白小声道，“侯爷去宫里找了太医，又被皇后叫去说话，折腾了一整天，现在也该累了。”

季曼点点头，乖巧地过去翻身上床，轻轻替他按压了一会儿头部，又将他靴子外袍脱了，让他好好躺着。宁钰轩半睁开眼睛看着她，没说话。季曼微微一笑：“侯

爷只管睡吧，妾身守着您。”几不可闻地“嗯”了一声，宁钰轩靠在她怀里，很快就睡了过去。

温婉和檀香两个是没有染上天花的，只是季曼让林御医给她们喝了会起红疹的药，那红疹没两天就能消了，不碍事的。这一点小惩罚，也算是给温婉一个教训了。

只是不知道是季曼的错觉还是什么，宁钰轩最近对她也太纵容了，不但没有朝她腹中的胎儿下手，相反，还任由她摆布温婉。

这是为什么？季曼托着下巴想了好一会儿，想到刚刚鬼白说太子有些天花的症状，忍不住猜，难不成宁钰轩准备跳船了？可是看他这为太子忙里忙外的模样，又着实不像。她不知道宁钰轩葫芦里卖的什么药。

半夜的时候，季曼被宁钰轩吵醒了。宁钰轩好像是做了噩梦，嘴里一直说着胡话，嚷着婉儿、锦瑟什么的。季曼忍不住翻了个白眼，这男人的梦里还都全是女人。

可是令她有些意外的是，这厮眼眶竟然湿润了。季曼瞪大了眼睛，借着还未熄的烛火看了看。宁钰轩还会哭的？季曼挑眉，心想：指不定是他梦见他的美人都离开他了，他在这儿伤心欲绝呢。

手不经意摸到他的脸，季曼发现有点烫；她顿了顿，伸手又摸了摸他的额头。这个时期里发高热可是万分敏感的事情，季曼吓了一跳，连忙披衣起身，出去叫御医。大半夜的非晚阁突然就灯火通明，林御医脸色很难看地把着陌玉侯的脉，最后只能摇头道：“侯爷也得了天花。”

屋子里簇拥着的人瞬间全部倒退一步，步子相当整齐。季曼回头扫一眼这些女人，问御医：“天花也是有治的法子吧？”“现在皇上就在命御医所研制药方，”林御医道，“只是尚未研制成功。所以得了天花的人，最好都隔离出来。”

将陌玉侯送去驿站是绝对不可能的事情，季曼咬咬牙，大半夜也不能将老夫人吵醒了，只能看一眼身后的众人道：“事出紧急，现在连夜将侯爷送去别院，谁愿意跟去伺候？”

锦瑟将头转开了，苜蓿也垂着眸子不说话，齐思菱和千怜雪是直接装死，倒是一边站着从来不怎么爱说话的柳寒云抬头看了季曼一眼。季曼似笑非笑：“平时都说怎么爱侯爷，怎么想念侯爷，侯爷一出事，一个个怎么都成了哑巴了？”

女人胆子都小，不敢拿自己的性命开玩笑，季曼也知道那时候人都无知，以为碰一下就会传染，所以都没人敢上前，更别说去跟着照顾宁钰轩了。

“既然如此，那我就亲自去照顾侯爷。”季曼淡淡地道，“劳烦各位大驾，出去备个马车。”齐思菱应了一声就先跑了出去，其余的人都不说话。柳寒云抬头又低头，最后到了鬼白背着宁钰轩要上马车的时候，才站出来轻声道：“寒云也跟夫人去。”

季曼有些意外地看她一眼，眼里露出些真切的笑意：“好。”跟着去别院，绝对没有什么恩宠可言，甚至一个不小心就会搭上性命。季曼为什么选择冒险呢？不是因为宁钰轩让她于心不忍，而是她完完全全是为自己的小命着想。

她只要保护措施做得好，怎么都不会被传染。而这次对宁钰轩的不离不弃，宁钰轩这种恩怨分明的人，以后一定会念着她的好，说不定在什么关键时刻就会饶她一命。季曼这小算盘是打得响着呢。

但是柳寒云是因为什么，季曼没有想通。她是侯府柳嬷嬷的义女，听说是多年前机缘巧合救了侯爷一命，才得宠成了侍妾。这么多年，她在府里恩宠不厚不薄，日子也不咸不淡，比起侍妾这身份，更多时候还是只像个丫鬟。

只是没想到，她现在竟然会站出来，跟着御医一起随他们去别院。季曼戴了面纱，抱着宁钰轩忍不住轻声感叹：“你倒是难得，还能遇见这么个真心喜欢你的人。”除了真心喜欢，她实在想不通柳寒云还能因为什么跟来。宁钰轩微微睁开眼睛，又缓缓闭上，似乎是觉得马车有些颠簸，往她怀里靠了靠。

温婉终于盼来了宁钰轩，可是当她飞奔出来，却看见鬼白背着侯爷的时候，步子就迟疑了一下。她看着旁边还有季曼和柳寒云，眼里就更是疑惑：“侯爷这是怎么了？”季曼微微一笑道：“侯爷已经确诊了天花，很严重，要隔离，所以我做主陪侯爷来别院了。”

温婉跟其他女人的反应也差不了多少，下意识地后退了一步，不过看季曼还站得那么近，又有些狐疑：“既然很严重，夫人怎么还会陪着？”

“我不要命也要侯爷啊。”季曼笑眯眯地道，“婉儿姑娘不是也深爱侯爷吗？那咱们就一起和侯爷同生共死吧。”

温婉眼里有些恐惧，却不知道该说什么好。她爱宁钰轩没有错，可是……有这么多人照顾他的话，没必要再搭上一个她吧？万一她也得了天花，钰轩一定会心疼的。

想到这里，她就又退了一步。

第四十九章

扯破的洋娃娃

宁钰轩在鬼白的背上半睁着眼，眼里的笑意有些讽刺，少顷便又合上，安静地被鬼白背进了别院的主屋里。

季曼给御医和鬼白还有柳寒云都发了口罩。口罩是她闲着没事缝出来的，上头还绣了各种各样的花色，戴起来也不难看。林御医还笑着夸她："夫人想得周到。"

除了口罩，她还做了手套。她深知作为孕妇，抵抗能力不是很好，所以给自己全副武装起来。之后她便伺候宁钰轩洗漱，拿黄酒替他擦着身子降温。虽然是别有目的，可是季曼也算照顾得尽心尽力了。快天亮的时候宁钰轩醒过来一次，看了她一眼，轻咳两声道："难为你了。"

季曼微微一笑："谁让桑榆放不下侯爷呢？"宁钰轩眼神有些波动，看了看四周，又咳嗽两声，重新睡了过去。季曼一宿未眠，天亮了的时候才缓缓入睡，被子都没有盖好，就在屋子里另一边的软榻上斜靠着睡着了。

床上的人睁开眼，打了个哈欠，下床来替她将被子盖好，舒展了一下筋骨，坐到书桌边去写了文书，听见外头突然有动静，才轻手轻脚地又回了床上。

慕水晴听着陌玉侯也得了天花的消息，心里还是有些波动的。她也不是真的发疯了，只是没了孩子，没了恩宠，连太子都放弃了她，她太过绝望了，才会说话没

个分寸，跟疯了一样。

现在温婉和陌玉侯接二连三地进来，连聂桑榆都陪着来了。这阴森森的鬼屋一样的别院，突然就又让慕水晴觉得有了些希望。收拾打扮了一番，她竟然主动来了。她站在外头踟蹰了半晌，终于上前去敲了敲院门。

鬼白打开门，有些惊讶地看了她一眼。却见这面容憔悴的女人扯着衣角，有些吞吞吐吐地问："奴婢可以见侯爷吗？"于是季曼还没睡上一会儿，就被吵醒了，眼里都是血丝，听着鬼白将外头的事情说了，打着哈欠道："我去看看。"

慕水晴也是今时不同往日，原先飞扬跋扈的一个人，现在艳色尽洗，平凡得像是一个乡野农妇，站在门口低眉顺眼的，只是看见季曼出来，眼神还是有些波动："夫人……"

季曼朝她笑了笑："正好我一夜未眠，该去休息了，侯爷就交给你照顾吧。有什么事情就叫鬼白。"慕水晴有些吃惊，眼睛睁得大大的：她竟然就这么让自己去伺候吗？他们可都说自己是个疯子啊。

季曼恍若没看见她的表情，回屋去抱了自己的枕头就往主屋旁边的小院子去了。慕水晴犹豫了一下，踏进了主屋的门。她也是爱过陌玉侯的，只是那男人的心太难得到，又始终防备着她。她要时刻履行太子的命令，就只能与这个人渐行渐远。

花容月貌又如何，曾经一舞惊艳他又如何，一旦她失去了价值，她还不是变成了现在这副鬼样子？慕水晴知道自己现在什么都做不了，只是想去看看他罢了。这身上不知道背负着多少人性命的男人，如今也是命在旦夕了吗？

刚踏进门，慕水晴心里的感慨还没散开，就看见陌玉侯正坐在书桌边。这人哪有得了天花的病态，反而跟个没事人一样朝她笑道："晴儿。"慕水晴瞳孔微缩，脚下突然就不能动了，只能呆呆地看着他。

季曼一觉睡到下午。柳寒云烧了饭菜，正在往她睡的房间的小桌上摆："醒了？"季曼点点头，肚子刚好有些饿，看了一眼依旧没什么表情的柳寒云，乖乖起身洗漱了坐到桌边去："怎么是你下厨？"

"别人下厨，您敢吃吗？"柳寒云抿唇，不施脂粉的脸看起来让人觉得跟邻家姐姐一样亲切。这话说得也挺有趣，季曼拿起筷子看着她道："为什么你做的我就能吃？你也不是没可能害我的。"

"那就不要吃了。"柳寒云语气里也没有生气的意思，只是平淡地道，"等会儿让鬼白去给您做。"季曼连忙夹了一块肉放进嘴里，和着饭咽了下去，嘿嘿笑道："还是不要麻烦他了。"

柳寒云感到有些奇怪地看她一眼，将一个食盒放在一边道：“夫人等会去看侯爷的时候，可以将这个带去。这不是什么大鱼大肉，侯爷正生病，吃点粗粮有好处。”

“你怎么不自己去？”季曼疑惑地道，“平日在府里你就少有露面的时候，现在恰好没什么人，你还躲着侯爷干什么？”柳寒云顿了顿，淡淡笑了笑：“没有什么躲不躲。只是夫人顺路就能拿去，奴婢等会还有活儿要做。”

这人……季曼摇摇头，该说她当丫鬟习惯了，还是说她与世无争活得淡薄呢？侯府之中，真是难得能见这么一个人，挺有意思的。

拿着晚膳去了主屋，宁钰轩像是已经醒了，正靠在床边一副病恹恹的样子。

季曼一边将饭菜拿给他，一边问：“水晴走了？”“嗯，待了一会儿好像就走了。”宁钰轩一副刚刚睡醒的模样，无辜得很。季曼笑而不语，喂宁钰轩将晚膳吃了才道：“侯爷今日气色好了不少。”

“嗯，你照顾得好，没有发高热了。”宁钰轩笑道。季曼眯着眼睛，看着他道：“侯爷这天花莫不是太子传染的？听外头的消息说，太子好像也病了。”太子府整个都被隔离了起来，三皇子暂代太子一切事务，帮着皇帝处理国事，风头正劲。

“兴许是吧。”宁钰轩吃饱了，靠在床边跟只懒猫一样，“我这一病，一大堆事就该轮到六部头疼了。唉。”听这语气，怎么都有些幸灾乐祸的意思。季曼一瞬间甚至有点觉得，这厮是不是故意在做什么事情？

“婉儿呢？”宁钰轩终于想起来问了一句。季曼发挥的时候终于到了。“婉儿姑娘听说侯爷得了天花，就没有来主屋了。”她叹息道，“估计也是怕染上这恶疾。也是，年纪轻轻的，谁想死啊。”

宁钰轩抿了抿唇，斜看了她一眼：“那你怎么不怕死？”“都说了桑榆这是放不下侯爷，‘山无陵，天地合，乃敢与君绝’。”季曼一边说一边觉得恶心，琼瑶阿姨这台词写得真够味儿的。

“我怎么记得以前有人说的是‘山有棱，天地未合，我愿与君绝’？”宁钰轩摸摸下巴，“大抵是我听错了什么？”

“您是现在病糊涂了，记错了。”季曼嘿嘿笑着，蹲在床边就差摇尾巴了，“实际行动证明一切。侯爷您看，桑榆这不是对您不离不弃、生死相许吗？总比那些口头上说‘我爱你’，结果您一病就跑得没影的人来得实在吧？”

这话说出来，宁钰轩刚刚还想转移注意力，却又不得不面对现实。温婉不敢来守着他，甚至没有来看他。

宁钰轩很清楚地记得与温婉相识以来发生的点点滴滴，她的温柔、善良、坚强

在很久以前就吸引了他，并且让他爱上了她。可是没想到，两人终成眷属之后，发生了更多的事情，让他看见了她的另一面。

他也有看走眼的时候吗？还是说是温婉太会伪装，以至于他一直都没有发现？宁钰轩陷入了沉思。季曼没有打扰他，话说多了反而会让他起戒备，还不如就点到即止。温婉到底是个什么人，其实季曼比宁钰轩清楚多了。

刚开始看原著的时候，女主连蚂蚁都舍不得踩死一只。但是那时候，女主有男主不顾一切的宠爱，有无上的女主光环，什么都不缺。而现在二人被她横插了一脚，让女主几次失了光环，而且女主智商、情商明显都远远不够与她斗的，因此让宁钰轩逐渐看到女主露出的令人讨厌的缺点。

好比一个洋娃娃，放那儿不动的时候看起来可好看了，季曼将她带去了拖拉机上坐着，渐渐抖坏了她的洋装，扯破了她的皮肤，里头塞着的破纸条黑心棉也就全部飞出来了。

聂桑榆输就输在没有温婉这么好的待遇，因为宁钰轩从来就没有爱过聂桑榆。从一开始，聂桑榆这个娃娃就是被宁钰轩的绝情扯破了的，飞出来的东西，自然不能让人觉得喜欢。

见宁钰轩闭上了眼睛，季曼没说话，收拾了碗筷就出去了。慕水晴晚膳之后还过来帮季曼打扫院子，只是神情有些恍惚，好几次被利草割破了手。季曼看她一眼，转身从自己的包袱里拿了药膏出来给她。

“多谢夫人。”慕水晴呆呆地接过来，望着季曼道，“奴婢突然有话想问夫人。”“嗯？”季曼挑眉。“若是侯爷这一场病好不了了，夫人该怎么办？”

季曼听见这个问题，很想说慕水晴太傻太天真，陌玉侯可是堂堂男主，但是自己要理解无知群众，并且得配合人家融入到紧张的氛围之中。于是季曼双眸含泪，坚定不移地道：“侯爷要是一病不起，我便陪他在此长眠。”

慕水晴震了震，眼睛一动不动地看着她。身后开了一条缝的门，也就轻轻合上了。

喊口号谁不会啊，温婉不是喊得比谁都响亮吗？季曼抹了眼泪，捶捶有些酸疼的腿，还是决定去休息一会儿。

如果宁钰轩这次真的翘辫子了，季曼会去找聂桑榆商量一下，看她能不能就放自己一马，让自己提前回去算了。

季曼肚子有点不舒服，猜测大概是最近太过劳累，便找林御医看了看。林御医给她熬了药，并且千叮咛万嘱咐：“夫人一定不要太过劳心，这样对胎儿没好处。”

她也想不劳心啊，可是一没有神一样的男主护她，二没有神一样的男二助她，要面对那么一大群随时可能张口咬她的女人，能不劳心吗？难得来这别院，季曼也打算趁机好好养胎，万一有什么事，还能给聂桑榆留下个孩子不是？

温婉冷静了一两天，大概也觉得自己行为有些不当，于是一咬牙一跺脚，干脆淋了一夜雨，第二天病恹恹地来找宁钰轩。宁钰轩靠在床边，看着五步之外的温婉，虚弱地笑道："你舍得来看我了？"温婉同样虚弱地答："我来晚了，你可怨我？"

季曼觉得这俩完全可以被丢去一个雪地场景上，然后涂点儿番茄酱，两人一边儿摆一个，让他们一边爬一边朝对方伸手。一个虚弱地喊"钰轩"，另一个更加虚弱地喊"婉儿"，然后地上两道长长的番茄酱痕迹拖过去，最后两人手指仅隔一个巴掌的距离，双双闭眼，留下凄美的背景音乐响彻整个屏幕。

大结局。

季曼抱着胳膊在一边啧啧摇头，那边宁钰轩已经轻咳一声："桑榆。""嗯？"季曼回过神来，发现女主已经坐到了一边，咳嗽喘息着，好不可怜。男主则是看着女主，一双黑眸里情绪难辨："去替婉儿将御医请进来。"

敢情又拿自己当跑腿的，季曼撇撇嘴，依言转身出去。季曼猜也能猜到，温婉这是又博取同情来了；等会她一定会说是因为最近生病太严重，所以没有来看侯爷；说不定还会反咬聂桑榆一口，让侯爷不要听信旁人诬赖她的话。

但是这院子里大夫只有一个，那就是林御医。林御医是谁？聂贵妃的心腹。聂贵妃是谁？聂桑榆的姑姑。于是季曼在林御医那里嘀咕一阵，林御医进来给温婉把脉，就说了一句："这位姑娘是寒气入体，昨夜有雨，兴许是没关好窗户淋着了，没什么大碍，休息一下即可。"

"不用开药方吗？"宁钰轩问。林御医笑道："不严重，药自然也不用吃，今晚上不要再淋雨，好好睡一觉就可以了。"温婉的脸色青了青，又咳嗽了两下道："我都已经病了两三天了，怎么会不严重？"

林御医面有难色，看了陌玉侯一眼，犹豫道："老夫行医多年，姑娘这病应该是初发，绝对不该有两三天之久。姑娘放宽心，病自然就好了。"言下之意，颇有些她是自己装病的意思。温婉表情僵硬，看了旁边的季曼一眼，眼里恨色更浓。

宁钰轩像是有些累了，不打算多追究，挥手道："既然如此，婉儿你便下去休息吧。"

温婉起身，虽然挺想走啊，只是这一趟似乎没讨着什么好，还有些弄巧成拙的意味，有些不甘心地看了宁钰轩一眼："婉儿还想留下照顾侯爷。"

“可以啊。”季曼在旁边一个劲儿地点头，“今晚换你照顾侯爷吧。侯爷晚上会咳嗽发热，旁边有个酒坛子，你取了酒替侯爷擦身子就是。只是你要小心，不要沾着侯爷的身子，拿帕子擦就是。”

温婉脸上一阵红一阵白，没想到聂桑榆真让自己留下来照顾宁钰轩。擦身子一个不小心就会碰到皮肤，万一她也就这么得了天花怎么办？看见她眼里的退缩，季曼高兴得很，拍拍她的肩膀，像是把重任交给她了一样，果断扭身就走。

温婉站在屋子里，背后是宁钰轩灼灼的眼神，退无可退，进也不能进，手帕都捏得死紧。于是温婉深吸一口气转过身来，看着宁钰轩道：“婉儿会好好伺候……”话都没说完，就倒下去了。

季曼听着屋子里传来的那一声闷响，心想：温婉也真是不怕摔，这一下头都该起个大包了，她也算是不惜一切代价了。

宁钰轩的表情有些意思，季曼觉得一夜之间，这个男人看女人的眼光都得提高三个百分点。

宁钰轩让鬼白把温婉带下去了，季曼依旧没有逃脱晚上要照顾他的命运。不过外头天灾人祸不断，朝廷的势力争斗也是瞬息万变，待在这一方宅院也算安心。陌玉侯不在的期间，六部里有人闹事叛变，私下投靠了三皇子。太子病中急忙写信给陌玉侯，奈何陌玉侯也在病中，只能摊手表示无能为力。

三皇子处理政事丝毫不逊太子，反而出色之处甚多，得了皇帝诸多赞赏。加上皇贵妃的小皇子满月，皇帝最近总是乐呵呵的，哪怕知道自己的继承人病得严重，他也没有多难过的样子。

于是不过短短半个月，朝中很多人望风而转，改投三皇子门下。因丞相年纪过大，三皇子上书皇帝表明其可以告老还乡，皇帝允了。于是丞相之位空缺，一部分人支持另选人担任，一部分人支持丞相之子萧天翊上位。

两党相争，纷乱不已。城外诸多百姓死于天花，朝堂之上依旧是玩心计、弄权势。

季曼坐在宁钰轩的床边，忍不住感叹一句：“真是‘兴，百姓苦；亡，百姓苦’。”悠闲自在的宁钰轩斜了她一眼道：“妇道人家，好好相夫教子就是，担心什么天下苍生。”

季曼撇嘴，这位爷身子骨也实在是结实，都得了天花了，还是胃口倍儿好，吃嘛嘛香，睡得也安生。要不是他最近身上、脸上起红疹了，季曼真的要怀疑这厮是装病。

“侯爷不担心自己的处境吗？”她问。陌玉侯这个最为敏感的人物，怎么都不可能置身事外。宁钰轩微微一笑，指着自己脸上的一颗水痘，用十分沧桑的语气问：“桑榆你说，我的命都快没有了，谁还会来逼我做什么决定？这人生在世，最重要的可不是金钱权力，而是性命。”换句话说，他这是拿命换安稳呢。季曼似懂非懂地看着他。

老夫人时不时会往别院送补品，关心她这唯一的儿子。听闻陌玉侯得了天花，老夫人心都要碎了，连着在佛堂里跪了好几天。太子也派人来慰问。顺便还问他一句：“尚能饭否？”

季曼就看宁钰轩拿着毛笔，颤颤巍巍地写上两个字：“还好。”太子看见这了两个字之后就没了音信。倒是三皇子，打着给自己表妹送东西的名义，往陌玉侯这里也送了不少补品。

这一场天花波及范围很广，持续时间也很久，不过太子好像有传说中的龙气护体，第一个从病魔手里挣脱了出来。或者换个角度说，太子也是坐不住了，终于养好了身子，要重新替父“分忧”了。病这么一场，好过来也不容易，皇帝还是心疼儿子的，便让太子与三皇子一起协理国事。

只是三皇子身边有一大群帮手——聂青云最近升了户部尚书，加上又有宁明杰相助，相较之下，太子就显得势单力薄了。

于是哪怕陌玉侯这别院还是个住病人、关疯子的所在，太子爷还是不顾千金之躯，大驾光临了。陌玉侯躺在床上没起来，季曼听着鬼白禀告的消息，想想要是怠慢了这位爷也不好，于是就喊了柳寒云，一起去将太子爷迎进来。

太子久病刚愈，脸上还有些痘印，看了季曼挺着的肚子两眼，就想进去看陌玉侯。“侯爷的病还没好，太子留步。”季曼自然得拦住太子。里头那位已经是一副不想见客的样子了，身为一个贤内助，她理当拦住这只大老虎。

“无妨，御医说病过之人，只要痊愈，都不会再害此症。”太子不管季曼，径直往屋子里走，“本太子太久没看见钰轩了，甚是想念。”

第五十章

谁也别想动我的孩子

季曼撇嘴，不过面前这个男人，脸上已经不复吊儿郎当的模样，头上金龙冠熠熠生光，一双凌厉的眼里，满是天下在握的霸气。似是被最近的权势变化惹怒，这位一直像条眼镜蛇一样的太子，终于是打算正面迎敌了。

季曼站直了身子，叹息一声道：“太子千金之躯，若是因着侯爷而损了贵体，搭上陌玉侯府全府的性命也担不起这个罪过。侯爷昨儿夜里还发了高热，这会儿也不是很清醒。太子若是实在要看，不如就在门口看看，妾身让鬼白将床帐挂起来。”

赵辙静静地看着季曼，突然抬手，手背从她的脸颊轻轻划过，又往她肚子划去。鬼白和柳寒云还在旁边，这人竟然敢做出如此越矩的动作，季曼当下就沉了脸，后退一步躲开他的手，冷着声音道：“太子自重。”

赵辙轻笑两声，眼里冰凉地看着她，走近一步，低头在她耳边道：“你终究成了祸害。当初在江上的时候，我就不该心软。”想起那晚江水没头，寒气沁骨的滋味，季曼白了脸，捏紧了手望着他道：“多谢太子当初的大恩大德，桑榆感恩于心，没齿难忘。”

“呵呵。”太子抬起头，转眼看向前面陌玉侯的房间：“钰轩躲得过一时，也躲不过一世。你一个妇道人家，就莫要掺和了。”言罢，他越过季曼，径直上前去推开

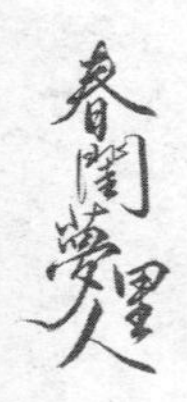

房门。季曼只能跟上去。

宁钰轩躺在床上，苍白的脸上红疹遍布，脸颊上还有两抹不正常的嫣红，像是烧得正糊涂。赵辙看了宁钰轩一眼，又看着旁边的林御医道："本太子府里的御医最近研究出了方子，能治天花。本太子将人也带来了，就在外头，林御医可以去与他切磋一二。"

一听这话，林御医眼眸都亮了，完全没看季曼的眼色，转身就走了出去。"劳烦倒点茶水。"赵辙又看向季曼和柳寒云，摆明了就是将人全部支开。季曼没动，只让柳寒云去倒茶。鬼白也守在床边，拧了帕子放在宁钰轩的额头上。

"天花这种东西，易得也易去。"太子轻笑一声，看着床榻上的人道，"我用过的伎俩，别人再用来，是怎么都逃不过我的眼睛的。钰轩是聪明人，我希望你能尽快好起来。"

宁钰轩仍旧在昏迷，似乎没有听见赵辙在说什么。赵辙轻笑一声，转头看向季曼道："既然夫人不愿意去倒茶，那便与我去院子里说会儿话吧。"季曼不想走，太子这人丧心病狂的，怎么说都不能与他单独相处。

可是宁钰轩正昏迷，在场的人，没有人敢拦住太子，哪怕现在太子抓着季曼的胳膊硬是将她拉出去，鬼白也拦不下来。太子带着她一路往外走，像是对这个别院熟悉得很，径直走到了温婉的院子。

檀香一点也不惊讶地关上门，上了门闩。昨天昏迷了的温婉，现在却精神奕奕地站在院子里，朝太子行礼道："婉儿给太子爷请安。"赵辙皮笑肉不笑地道："温姑娘曾经是侯府主母，又怀过钰轩的子嗣，现在沦为丫鬟，可甘心？"

温婉笑着看着季曼："自然是不甘。"季曼皱眉，看着这两个人跟唱双簧似的，不知道他们想干什么。周围的气氛有些压抑，季曼站直了身子，看着他们道："太子要找婉儿叙旧，桑榆就不打扰了，先走一步。"

刚转身，太子身边的踏雪就拦在了她面前。季曼的心被吊了起来，脸上却带着笑："这是干什么？还不许走了？"赵辙在院子里的石凳上坐了下来，轻笑道："本太子不想叙旧，倒是想诉苦，不知夫人愿不愿意听？"

季曼现在只后悔放甘草、灯芯走得太久了，该早点让她们回来，不然自己也不至于这样孤立无援的。无奈地转身面对着太子，季曼下意识地将手护在肚子上，眼里满满都是戒备。

"本太子生了这一场大病出来，丢的东西可是不少。"赵辙慢悠悠地道，"夫人可知本太子出来的第一件事，为什么就是找钰轩？"废话，因为宁钰轩是瓶万金油，赵辙这会儿腹背受敌，可不得逮着使劲儿抹吗？季曼腹诽两句，抿唇道："桑榆愚钝，不晓国事。"

赵辙轻笑两声："你若是愚钝，我都不知道该夸谁机灵。钰轩是我的左膀右臂，任何可能砍掉我臂膀的人，我都不会放过，未出世的人也是一样。夫人可明白？"宁钰轩避太子不见，赵辙以为是因为聂桑榆怀孕，三皇子一派又形势大好，所以宁钰轩有了反叛之心。因此赵辙现在首当要解决的，就是聂桑榆这颗钉子。

季曼苦笑，自己与这孩儿何其无辜，宁钰轩是绝对不会因为这孩子做出什么临时决定的。亏太子与宁钰轩共事这样久，竟然还不了解他。"太子想与桑榆肚子里的孩子两败俱伤？"季曼问。

赵辙笑出了声："这样愚蠢的事情，夫人以为本太子会做得出来？温姑娘不是还在这里吗，怎么会轮到我来担这罪责？"温婉顿了顿，竟然低眉顺目地站着不反驳。

季曼皱眉，太子这是明目张胆地想弄掉自己的孩子，然后让温婉来当替罪羊。他当宁钰轩猜不到吗？不过如今这形势，聂家风头太劲，太子危机感十足之下，铤而走险，也算是在情理之中。季曼捂着肚子后退一步，看着赵辙道："桑榆说过，就算拼了性命，也不会让人伤害我的孩儿一丝一毫。"

"你要怎么拼这性命？"赵辙冷笑着，"自尽吗？踏雪，把刀给她。"踏雪当真丢了一把刀在地上。季曼看了一眼，抿唇道："损己利人的事情，桑榆不会做。太子想害死桑榆的孩子，又想择得干干净净，怕是没有那么便宜的事情。"

"哦？"赵辙眼里满是轻蔑，"你能如何？"

季曼的确不能如何，但是现在命悬一线，总要说点狠话吓唬对方啊。

刀就在脚下，季曼想了想，低身下去捡了起来。杀太子吗？那纯粹找死，不能干。杀温婉？没什么好处，还会被反咬一口。想来想去，季曼狠了狠心，要不往自己身上扎个窟窿，转移一下他们的注意力，然后假装流产？可是她下不去手，刀尖都对着自己了，却迟迟不动。

太子看得不耐烦了："踏雪，帮她！"踏雪点了点头，上前一步抓住季曼的手，也就一并将刀捏住了，面无表情地往她肚子上扎。

季曼使劲挣扎，情急之下，气沉丹田，大吼了一声："中华人民共和国万岁！"

院子里的几个人都愣了，连赵辙都忍不住皱眉喃喃重复一遍。踏雪的力道也顿了顿，刀尖都已经在她肚子上了。季曼赶紧抓着这空隙，一把将踏雪推得后退半步，然后将手里的刀丢出了院墙。

"夫人？"鬼白的声音在院子外头响起，似乎是看见那把飞出去的刀，顿了顿，

开始敲门，“侯爷醒了，正在找您过去。”赵辙本来还觉得这女人实在有趣，想笑一笑，哪知外头竟然真的来了人。宁钰轩早不醒晚不醒，偏偏这个时候醒来干什么？

“夫人？”季曼大劫之后心有余悸，一时忘记回答他，鬼白再叫了一声。季曼连忙扒拉着院门大吼：“鬼白救我！太子要杀了我的孩子！”

踏雪一把捂住季曼的嘴，季曼却脚踢花盆，手掐踏雪，哪里还有平时半点优雅的样子。

鬼白顿了顿，声音也冷了许多：“还请温姑娘开门。侯爷正在找夫人，若是夫人出了什么闪失，侯爷这病怕也是好不了了。”

赵辙笑出了声：“病好不了了？好一个陌玉侯，真是吃准了我舍不掉他。踏雪，放开聂桑榆，带着她一起，我们去看看醒了的侯爷！”

季曼心跳得厉害，手被反剪在身后。踏雪押着季曼去开了门，就看见外面的鬼白眉头紧皱地看着季曼。太子大步而出，挥手道：“走。”

鬼白点头，在前面带路，时不时回头看季曼一眼。季曼被押着走得踉踉跄跄，要是摔倒就有流产的可能。太子脸色很冷，一路回到主屋，伸手接过踏雪手里的季曼，亲自带进了屋子。

季曼本来觉得，太子虽然不能容自己，但是怎么也该在私下解决自己，没想到这一次，太子竟然直接带着自己与陌玉侯对质了。情况已经危急到这个地步了？还是说，自己的这个孩子影响力真的这样大？

宁钰轩靠在床边，脸上的嫣红还没有散去，轻咳着看着进来的两人，沙哑着嗓子低笑道：“太子这是为何？可是桑榆哪里得罪了？”

赵辙轻笑一声，将门扣上，让季曼在一边的椅子上坐着，而后才开口道：“夫人没有哪里得罪，是本太子一时兴起想逗她玩玩，没想到她当真了。”季曼默默咬牙。宁钰轩垂着眸子，咳嗽了两声才道：“她有什么好玩的，跟只刺猬一样。只是婉儿还生着病，太子与桑榆逗玩，可别去惊了她。”

赵辙挑眉，看着那病恹恹的男人道：“我还当你是为什么醒的，原来是怕我惊了你的心尖儿。”宁钰轩笑了笑：“太子有话，不妨同钰轩单独说。妇道人家，就让她出去吧。”

最近传话的人都告诉他，说陌玉侯对聂桑榆宠爱有加，甚至对温婉都冷落了下来。他今日来，已经做好了将事情放在明面上来谈的准备。陌玉侯是他最有用的臂膀，自然不能生了什么嫌隙，更不能因为一个小小的聂桑榆而坏他大事。

赵辙都做好了让温婉跟聂桑榆那孩子相消相抵的准备了，也备好了后招，会让宁钰轩重新对他忠心耿耿。可是，不知为何，他押着聂桑榆进来，不见宁钰轩眼底有任何波澜；看聂桑榆现在满脸冷汗，明显是受惊不小的样子，宁钰轩也只是淡淡一瞥，似乎漠不关心。

这哪里有传说中的宠爱？赵辙抿唇，又看了聂桑榆一眼，见她已经站了起来，捂着肚子慢慢往外走。宁钰轩开口道："太子亲自上门来试探钰轩，未免也太过不信任。"

"这哪里是试探？"赵辙干笑两声，看了一眼宁钰轩清澈的眸子，别开了头。

"钰轩一直在为太子着想。六部有异是早有之事，趁这次天花，太子看清了人心，钰轩何尝不是清理好了人手？不过是皇上的心稍有所偏，太子怎么就乱了阵脚。"

太子顿了顿，抿唇道："你我共事已久，你为我做了多少事，我都记在心里。只是没想到这次人事变动会这样大，平时忠心耿耿的人，都借着这次机会离开了，我心有戚戚，故而稍有失态罢了。"

宁钰轩很是宽容地一笑："太子对钰轩应当多放心一些。"赵辙有些惭愧地点头。"三皇子抢尽风头，那便让他风光一阵就是。"宁钰轩轻咳两声，低声道，"高处不胜寒。太子既然有后招，又何妨多按捺一阵？等这阵子的天花一过，钰轩自有大礼送给太子。"

赵辙眉目松开，眼光深邃地看着他，道："我没有看错人。"果真是要得这天下，便要先得陌玉侯。

季曼躺回自己的屋子里，心还跳得很快。捂着肚子平静了一下，周身的冷汗才慢慢都冒上来。

柳寒云不声不响地去烧了热水，然后走到季曼床边道："去沐浴更衣吧，你这一身冷汗，等会儿会着凉。"季曼一愣，感激地看她一眼。不过太子还在这别院里，季曼总觉得无法放松下来。

"我替你守着。"柳寒云面无表情地转身出去，将门给带上了。这人做事一直都是温柔得很，脸上却总是没什么表情，季曼心里想着以后一定要好生感谢她。沐浴之后，整个人就好受了不少，季曼换了身衣裳出来，却看见慕水晴站在门口。

看见慕水晴，季曼就又想起了太子，心又提了起来。"太子已经走了。"慕水晴低声道，"温婉在主屋里伺候侯爷呢。"季曼点头，心里的石头落了地。

不过温婉怎么肯去伺候了，不是宁愿头上磕个大包都不愿意去照顾宁钰轩的吗？季曼好奇地去主屋看，只见温婉端了药，正坐在床边，一勺一勺温柔地将药喂给宁钰轩，宁钰轩则是脸上带着浅浅的笑意，乖顺地张口喝着。

敢情这太子来一趟，两人就又摒弃前嫌、你侬我侬了？季曼咋舌，赵辙这才是专业居委会主任啊，真是立竿见影。“夫人来了？”温婉侧头就看见了季曼，立刻放下手里的碗道，“那婉儿就先告退了。”

季曼摇头：“你能伺候就最好，我正好给自己放个假，好好休息一下。”宁钰轩也拉着温婉的手道：“你才来多久，又要走？”手拉手？要是换在昨天，温婉绝对会一把甩开当即跳起来；可是现在，温婉只笑着顺着他的力道重新坐在床边，用哄小孩似的语气说：“好，婉儿不走。那侯爷把药都乖乖喝完吧？”

季曼抖了抖，果断选择撤离。鬼白站在院子门口，看她出来，便道：“林御医已经熬了安胎药，夫人回去先喝了休息吧。”他今天是看见那院子里夫人是怎么挣扎的，换作其他女人，早被吓得流产了。也亏得夫人机智，还敢大喊一声什么万岁分散人的心神。不然就算他急急赶过去，也是来不及救她了。

“好。”季曼感激地看他一眼，依言回去喝药。

宁钰轩不知道跟太子说了些什么，总之接下来的日子里，太子没有再来，却送了不少补药来。宁钰轩的“病”真的很快好了起来，只不过再也没要季曼伺候，温婉却一直在身边寸步不离。

这感情转变得这么突然，连柳寒云这么不问世事的人都看得出来宁钰轩与温婉之间开始虚情假意了，更何况其他人？他们之间少了一个契机，一个让宁钰轩重新爱上温婉、至少是表面上重新爱上的契机。

这机会来得也快。半个月之后宁钰轩战胜病魔，终于要从别院离开回陌玉侯府的时候，出事了。事情也很简单，就是在季曼和宁钰轩以及其他人一起刚准备上车的时候，从一边的院墙拐角处突然冒出来几个黑衣人。

没错，就是那种蒙头蒙面、穿得跟个乌鸦一样、举着刀剑朝着主角去的黑衣人。季曼远远躲开，这种时候是绝对轮不到配角表现的，因为这种情况下一般就两种结果：一是男主护着女主，受伤了；二是女主护着男主，受伤了。

就当下情形来看，肯定是第二种。温婉毫不意外地替宁钰轩挡了一剑，正伤在腹部。小脸惨白的女主躺在男主怀里，问了一句经典的台词：“你没事吧？”废话，有事还能抱着你搁这儿深情对望？季曼吐槽两句，逼于形势，也得跑过去关心地看着她。

“你怎么这样傻……”宁钰轩甚为心痛，捂着她腹部的伤口，却被血染了手。“为了你，什么都是值得的。若是婉儿以后陪不了你了，侯爷也要找个跟婉儿一样爱你的人……”

温婉气若游丝，说的话真是感动得旁边的马都打了个响鼻。宁钰轩自然更是悲伤不已，抱着她轻声呢喃：“婉儿……”

“侯爷，婉儿这伤口得包扎。”季曼拍拍入戏甚深的宁钰轩，平静地道，“您再多说两句，血都该流干了。”旁边的林御医已经拿出了药箱。宁钰轩连忙将人抱上马车，季曼自然是不能同他们挤了，于是就坐在后头的一辆车上，与柳寒云和慕水晴同坐。

慕水晴是宁钰轩亲口说的要接回去的，因为她已经不疯了。季曼对此也没什么异议，反正慕水晴现在最恨的是温婉，又不是自己。马车一路颠簸，到陌玉侯府的时候，温婉都快断气了。本来没多严重的伤，被马车活生生抖去了半条命，看得季曼不得不感慨，还是小汽车靠谱。

于是宁钰轩急得连老夫人那里都没有先去，直接抱着温婉回了蔷薇园，让御医继续救治。老夫人听说温婉为了护侯爷而命在旦夕，当下也赶到了蔷薇园。

“老夫人。”季曼上前搀扶着她。许久未见的老夫人不知怎么憔悴了不少，捏着季曼的手拍了拍：“我还担心你这身子。无碍就好，辛苦你这样照顾轩儿了。”“桑榆应该做的。”季曼颔首，扶着她往屋里走。

一众人都在外厅，见着老夫人都纷纷行礼。宁钰轩却在内室守在温婉床边寸步不离。“这一趟轩儿无事，也算是佛祖保佑了。”老夫人坐在主位上，感叹了一句。

齐思菱捏着帕子站出来道：“也亏得温姑娘胆子这么大，赔上自己的命都要护着侯爷。”

第五十一章

吃亏不是福吗，夫人

老夫人看了齐思菱一眼，点头道："这次要给温婉记上一功，不用你说我也知道。"齐思菱点头，轻叹一声道："温姑娘已经是终身为奴为婢的命了，没想到现在连命也保不住了，也实在是可怜……"

屋里的丫鬟正将染血的白布和脏水匆匆拿出去处理。温婉在内室里痛得咬牙闷哼，外头的人听着，也都觉得于心不忍。

三十六计当中，苦肉计是除了走为上计之外最实用的技能，也是绝地反击的最佳选择。季曼不得不承认温婉舍得下本钱，也该她迎风而上。只要宁钰轩心里对她还有哪怕一点感情，她就可以借着苦肉计，二人重燃旧情。

不过女人是最看不惯女人用苦肉计的，可是讨厌归讨厌，这个时候你不能去冷嘲热讽，更不能去跟她对着干，因为弱者总是更容易让人产生同情。这个时候该干什么呢？没错，用春天般的温暖呵护她。

于是在温婉处理好伤口，众人轮流问候之后，季曼就捧着熬好的鸡汤来了。宁钰轩正坐在床边拉着温婉的手教训她呢："以后可不能再这样傻了。"季曼放下鸡汤，坐在床边的凳子上，跟着责备道："是啊，女儿家，身上留着伤疤可怎么好？"

温婉侧头看了季曼一眼，抿唇道："多谢夫人关心。""你这样一心为侯爷，还跟

我客气什么。”季曼嗔怒一声，轻轻吹着鸡汤道，“你那会儿那么一扑，可是把我吓坏了。要是你真有个什么三长两短，侯爷怎么办？我怎么办？”

温婉的嘴角抽了抽，自己出事，侯爷难过是正常的，关聂桑榆什么事啊？聂桑榆不是该拍着巴掌叫好吗？于是温婉的表情有些僵硬了。奈何季曼太过热情，甚至顶了宁钰轩的位置，亲手喂她鸡汤，小心翼翼地拿着帕子替她擦嘴，末了还去吩咐下人，将蔷薇园重新打扫了，让给她住。

“婉儿只是丫鬟，怎么好住在蔷薇园？”温婉嘴上这么说着，脸上可一点愧疚的神色都没有。“我说可以就可以。”季曼笑道，“老夫人那里我去说。你救侯爷有功，全府上下都得感谢你，住个空院子有什么大不了的？”

温婉不好再说，看了宁钰轩两眼，见他满眼温柔地看着自己道：“你就在这里安心养伤吧。”

季曼里里外外忙活一阵，将温婉的住处给收拾妥当了。宁钰轩在旁边瞧着，忍不住道：“你还怀着身子，不用这样劳累。”

“无妨，最近也该活动活动。”季曼摆摆手，又吩咐了厨房给温婉准备补血的晚膳。

有时候你越讨厌一个人，就越该对她好，到时再寻求机会撕开她的伪装，这才是聪明人一贯会选择的做法。

看季曼这么懂事，宁钰轩微微一笑，也就放心将温婉交给她照顾，自己去书房处理堆积成山的公文。季曼将甘草和灯芯都召了回来，一是可以帮着自己照顾温婉，再者自己也顺便能好好养胎。她怀孕不能侍寝，温婉也正在养病，宁钰轩除了白天会换着去看看她们，夜里便在其他人那里歇下。

最近齐思菱不知怎么讨着了好，宁钰轩去她那里一去就是三天，还赏了她春樱绸子。她用那绸子做了一身衣裳，天天穿着四处晃荡，惹了人不少白眼。

这日，季曼打算去山水阁看看柳寒云，可是刚走到霁月院的墙边，就看见柳寒云的丫鬟椿皮正跪在角落里，头顶着个茶杯，颤颤巍巍的。

“这是怎么了？”季曼扶着甘草的手，走过去问了一句。椿皮一惊，头一抬，茶杯就掉了下来，茶水洒了她一身，杯子也碎了。“夫人……”看她这么惊慌的样子，季曼示意甘草去将她扶起来：“怎么了？为什么会跪在这里？你家主子呢？”

椿皮抿唇，犹豫了一会儿才道：“我家主子应该在后院洗衣裳。奴婢今天犯了错，连累了主子。”季曼有些吃惊，这侯府里的侍妾虽然地位不高，可也是半个主子，洗衣裳这种粗活儿，怎么都轮不到柳寒云来做吧？

季曼让椿皮带路，一路上椿皮就断断续续地说了今天上午发生的事情。她抱着柳寒云的衣裳去后院交给婆子洗，哪知道就撞见了齐思菱的丫鬟菘蓝。菘蓝抱着齐思菱那件春樱裙，万分宝贝地让婆子先洗。

椿皮是先来的，却硬生生被插了队。不过她性子随主子，也没争抢什么。只是菘蓝心虚，非站在旁边挤她，一个不小心，就将她手里的衣裳推得也落进了洗衣池里。本来没什么，可是柳寒云的裙子上刚被泼了大片墨水，进去一染，那春樱裙自然就被染黑了。

齐思菱多宝贝那件裙子众人都知道，菘蓝当下就回去告状了。柳寒云一贯是个不会吭声的主儿，被人欺负也不会多说一句。齐思菱也是逮着软柿子出气，就让椿皮跪在外头，让柳寒云去将裙子洗了。

季曼听完，觉得这件事不是大事。齐思菱的地位比柳寒云高，要柳寒云洗个衣裳，虽然不通人情，却也在规矩之内。但是去别院的那段时间，季曼还是很喜欢柳寒云的，也说过回来一定要帮她一把。

于是季曼去了后院，看见柳寒云正熟练地扎着袖口洗衣裳。“寒云。”季曼喊了一声。旁边站着看的丫鬟、婆子转头看见季曼，都吓了一跳，连忙接过柳寒云手里的裙子道：“云主子，夫人叫您。您先去，裙子奴婢们来洗就好。”

柳寒云转头，将湿着的手在裙子上抹了抹，走过来疑惑地看着季曼：“夫人怎么来这里了？”季曼拉过她的手，冰凉冰凉的，忍不住就捂了捂：“想去找你说话的，没想到你在这里。”

柳寒云点头，看了一眼池子里的春樱裙，道：“夫人有话，就回山水阁说吧。”她只字未提齐思菱让自己洗裙子之事。回去的路上，她也就是季曼问一句，她答一句。“你在别院照顾侯爷也是有功劳的，我想着等会儿就去禀明老夫人，抬你做姨娘如何？”季曼笑眯眯地问。

柳寒云略微一怔，皱眉道：“寒云出身低贱，且无子嗣。”“院子里没几个比你心好的。”季曼认真地道，“侯爷身边的女人，哪个不是藏着自己的小心思的。可是我观察你这样久，觉得你是真心待侯爷的，也实在是难得。”

柳寒云微微挑眉，有些似笑非笑地看着季曼：“夫人不也是真心待侯爷的？”迎着她这么清澈的目光，季曼有些不好意思，垂眸道：“我一个怎么够？”柳寒云想了想，道：“寒云不会耍心计，也不怎么会说话。侯爷说奴婢偏安一隅即可，若是站在风口浪尖，寒云不一定有现在过得这样自在。”

宁钰轩竟然跟柳寒云说这样的话？季曼微微有些惊讶。面前的人长相上虽然没

有出色之处，但是处事淡然、气质清冷，倒是让她想起一首诗。

墙角数枝梅，凌寒独自开。
遥知不是雪，为有暗香来。

季曼不知为何叹息一声，拉着她的手道："我也不要你争什么抢什么，只是你这样的性子，天天受她们的气，让我看着不值。"柳寒云抿唇，看了看自己有些粗糙的双手："吃亏不是福吗，夫人？"

季曼一震。她原以为自己作为故事的旁观者已经算得上是看得开的了，没想到柳寒云境界比她还高。她是个不愿意吃亏的人，总是吃了多少亏，都记着，分毫不少地给人还回去；而今天柳寒云教她，吃亏是福。

季曼回去思考了良久，还是去老夫人那里替柳寒云说了说。柳寒云现在住的是最偏远的山水阁，吃的是跟下人无异的饭菜，还要被姨娘欺负，再怎么吃亏是福，也不能平白无故受人欺负。

老夫人对柳寒云竟然没什么印象，不过她觉得柳寒云在宁钰轩得天花的时候选择站出来照顾他，着实比其他人好了不少，就允了。剩下升姨娘的事情，她就交给了季曼去操办。

季曼让人给柳寒云迁了凌寒院，就在北苑侯爷寝室的附近；衣裳首饰、丫鬟婆子，也都统统为她安排周全。柳寒云虽然有些无奈，可是看椿皮那么高兴，吃穿用度也跟着好了起来，心里倒是有些感激季曼。

只是宁钰轩听闻了此事，倒不见得多高兴，路上遇见季曼的时候，眼神深邃地看着她问："好端端地，为什么连寒云也要牵扯进来？"季曼微微摇头："妾身没有害她之心，侯爷请安心。"

后院之中，不可能有人能一直安于一隅。柳寒云是个很好的帮手，假使她今日不挖，明日也一定有人来抢，她为何不把人提早挖来，留作己用？

季曼承认，自己这是别有用心，将宁钰轩一直暗地里护着的柳寒云牵扯了进来。可是入乡随俗啊，宅院里没个盟友，她也不敢轻举妄动。

好在她也没挖错人。即使换了华丽一些的衣裳，戴了珍贵的首饰，柳寒云眉目间依旧清冷，也没到处招摇，只是去老夫人处问了个安，就回凌寒院了，晚上的时候还给季曼送了一盘点心来表示感谢。

宁钰轩也去凌寒院住了几天。既然柳寒云不能安于一隅，那宁钰轩就保她地位稳固一些。他是始终念着柳寒云的救命之恩的，故而怎么都想让她周全一些。

柳寒云平时不声不响的，突然就升了姨娘，齐思菱是最气不过的。她前脚处罚了柳寒云，后脚聂桑榆就抬了人做姨娘，这不是明摆着跟她叫板吗？她甩了甩帕子拿着些礼物正要去凌寒院“问候”，路上却碰见了苜蓿。

苜蓿一直没得什么宠，看起来还是一副小家子气的样子。苜蓿身边跟着的绿翘正愤愤不平地道：“您怎么说也是一直陪着夫人过来的人，夫人不抬您，倒是先抬了云主子，可真是奇怪。”

齐思菱一腔的愤懑突然就消散了，笑吟吟地走过去道：“是苜蓿啊。你怎么也来看新姨娘了？”自从当了侍妾，苜蓿是最不喜人家唤她当丫鬟时的名字的，奈何齐思菱她得罪不起，只能行礼道：“菱主子安好。”

齐思菱亲手扶她起来，叹息道：“一早听夫人说要抬个姨娘，还以为会是你呢，没想到是与夫人一点也不亲近的云主子。”苜蓿抿唇，脸色不太好看：“夫人想抬谁，都是夫人自己做主，旁人怨也没办法。”

“唉，可能是你当初踩着夫人往上爬，夫人还记恨着你呢。”齐思菱摇头道，“虽然你当了个侍妾，可是不受宠，地位又不高，有什么用啊？”

苜蓿僵硬着身子站着。齐思菱用同情的目光看了她好一会儿，甩着手帕就往凌寒院去了。

外头天花肆虐的架势，过了两个月也终于有所减缓。御医研究出了治天花的方子，正让各大药堂提供药材，救济百姓。

季曼让人去打听宁尔容的情况，说是城外死了不少人，不过宁尔容吉人天相，已经缓过来了，再有一个月，痘印就该消了，人已经被聂青云带回了聂府。经此一事，两人的感情也该更加牢固了。

陌玉侯于城外设了收药点，打着太子的名义征收民间药材，用于救济百姓。不仅如此，他还在收药点旁边设了粥棚，为这场天花里死了劳动力的百姓家提供粮食，更组织了专门的医疗队来照顾一些重症病患。

如此一来，太子在百姓心中的形象陡然高大起来。到时，宁钰轩再找一两个书生一煽动，百姓纷纷自愿上书皇帝，感谢皇恩浩荡，感谢太子体恤民情。不得不说，宁钰轩的形象工程做得实在漂亮，钱没花太多，口碑赚得满满的。

于是在三皇子争权争得正起劲儿的时候，太子的民望高了起来。一场天花散尽

了之后，不仅没有生灵涂炭、一片惨淡，反倒是老有所养、幼有所教，百姓各得其所。皇帝微服出巡京城，竟然得见百姓供奉皇帝与太子为神，建神庙，跪地大呼皇帝万岁。

被百姓这样供奉，龙心岂能不大悦？皇帝本来是有些偏心三皇子了，看了一趟民情回来，在朝堂之上，当着三皇子的面，就将太子大夸特夸，连带着还将凤印还给了皇后，赞她教子有方。

季曼不得不感叹，宁钰轩真是玩得一手好把戏。三皇子笼络官心，他就替太子笼络民心，笼络了民心不算，还让百姓去愉悦了皇帝的心。

打死她也不相信这一系列的民间活动是百姓自己组织的，百姓才没那么精明，会连皇帝一起造了神像。以太子名义做的好事，一般人都只会感谢太子吧？而且，看着府里这一大笔一大笔的支出，季曼都有些心疼，太子给不给报销啊？

皇上既然夸赞了，那么造福于民的活动自然要继续下去。不过宁钰轩要转战朝堂了，便将账本丢给季曼，温柔地道："你是个会管账的，各处的粥棚药点就都交给你了，银子都往账房里支取就是。"

季曼眨眨眼，指指自己的肚子。古代的孕妇不都是什么都不干，好好休息着吗，为什么她要替他做这么多事情啊？宁钰轩笑着摸摸她鼓起来了的肚皮："就当是给孩子积德了。"

季曼认真想了想，宁钰轩本身就很缺德，这孩子有他一半血呢，自然是应该多积德，免得被他连累，所以也就点头应了。只是，第二天季曼乘着小轿去街上看情况的时候，没想到遇见了暴民。

本来是京城百姓都称赞太子的关口，却有一群脏兮兮的跟乞丐差不多模样的百姓，嚷嚷着太子的药害死了他们家谁谁谁，要太子血债血偿。这场景季曼看得熟悉得不得了——这是一帮碰瓷的，也叫"倒地要"，故意讹人的。

粥棚都是有人看管的，这一处的侍卫是太子后面派来的，看这一群无赖地痞的模样，就想上前去推。"住手！"季曼连忙喊了一声，抱着肚子下了轿。这一推还得了，人家可不就制造流言说太子府的人蛮横，要打人了？

几个侍卫看着那轿子，头顶上有金花装饰，自然是三品以上官员家的；再一看下来的人，雍容华贵。眼尖的人已经喊了一声："陌玉侯夫人。"一群百姓安静了一会儿，又接着嚷嚷着要赔钱。

季曼上前两步，甘草和灯芯都小心翼翼地护着她，生怕有人上来冲撞着。"谁是吃了这里发放的药出事的？"季曼道，"将尸体抬来，自然有验尸官做主。若当真是吃错了药，太子府自然会赔偿。”

一群人你看看我，我看看你，显然是临时被派来闹事的，还没准备好道具。季曼心平气和地道：“这里的药都是大家的救命药，这么多人因着太子的恩泽捡回性命，你们为何还要故意生事，引起争端？”

一群人都是饭都没吃饱过的，见面前一个美妇人来苦口婆心劝说，一时间都不知道说什么好。本来准备砸摊子的，看见这妇人微微凸起的肚子，也都没敢动手。

于是季曼接着劝道：“旁边有粥棚，各位要是饿了，可以领了粥咱们坐下来边吃边谈。等会我让丫鬟再去买些咸菜来发放，光吃粥也怪没滋味的。我看各位的衣裳也该换了，太子府还免费发放干净的粗布衣。大家等会去洗个脸换一身，也避免天花传染。”

排队领药、领粥的百姓都望了过来，心想这位夫人可真是好心啊，就是啰唆了点。季曼看那一群闹事的人表情有些茫然，开口道：“若是实在日子过得困难，要活不下去了，可以说一声，我身上刚好还带了碎银子。来，分你们一点。以后你们要一心向善，不要再做坏事，也莫要再断了其余百姓的活路。”

说着，季曼真拿了荷包出来，把银子给甘草，让她递给那群人。甘草飞快地将银子抛过去，那群人里有人傻傻地接了。季曼回了轿子上，伸出个头来道：“陌玉侯受太子之命，继续帮助百姓，一定会让大家吃饱穿暖。”旁边还有宁钰轩安插着的人，当即就开始煽动情绪：“太子殿下慈悲为怀，心有百姓啊！”“太子千岁千千岁。”

季曼放心地坐上轿子，让轿夫将轿子停到一边的路边上，她刚好可以一边吃点心一边看情况。拿了她银子的一群人灰溜溜地走了，可是没一会儿，又来了一大堆乞丐，纷纷排队要求领药和粥。

粥棚里的粥不够了，如今粮价又贵，很快，许多百姓也就拿不到吃的，纷纷抱怨起来。人就是这样，习惯了别人帮助自己，就把这当成了理所应当的事，一旦没有了，反而还会责怪施以援手的人。

“宁夫人，这该怎么办？”粥棚那边的人小心翼翼地过来问了一声，“咱们的粮食不够了。”“无妨，你去安抚一下百姓情绪，我带人去买粮食、药材。”季曼洒脱地挥挥手，吩咐甘草、灯芯，让轿夫往永宁街走。

不就是钱的问题吗？她啥都缺，最不缺钱。京城粮食、药材贵，可是她还有小金库水记胭脂铺，谁怕谁？于是尽管药堂和粮食行将价格抬高得让人咋舌，季曼还是砸下大笔银子，成功买回足够多的粮食和药材，吩咐了人在旁边看着，每人一份，不许人重复领取。

今天这两回闹事很显然背后都是有人安排的，鼓动百姓的人见季曼一一化解，当下就去回禀了三皇子的门客。三皇子的门客一听，心想：不对啊，这宁夫人不是三皇子的表妹吗？怎么还胳膊肘往外拐了？于是他们马上禀告了三皇子。

季曼正愉快地看着发粮食呢，就看见侯府里的家丁远远跑来，大声道："夫人，府里有贵客，老夫人让您赶紧回去。"

第五十二章

八面玲珑是个褒义词

亲戚关系一直是一条很重要的纽带，不然历代皇帝分封诸侯也不会全是一家亲戚，两家联姻在政治上也不会那么重要，太子更不会觉得生下孩子的聂桑榆是个莫大的威胁。

所以季曼今天明摆着是帮太子的行为，受到了老夫人和三皇子的一致谴责。三皇子抿着茶坐在一边，微笑道：“表妹也许是不太明白外头的事情，不知道帮太子挣名声，对表哥而言意味着什么。”

老夫人一脸严肃地看着她：“我一直以为桑榆丫头是聪明又懂事的，轩儿的命令你固然要听，可是也没必要做到那个份上。”季曼低着头让他们说了个痛快之后，才眼泪汪汪地抬头道：“桑榆是一心为表哥着想的，事先没有同表哥说清楚，害得表哥误会了，是桑榆不对。”

赵玦挑眉：她帮着太子做事，怎么还成了替自己着想了？于是三皇子问：“此话怎讲？”季曼捏着手帕，委委屈屈地道：“今日桑榆帮着侯爷收了不少粮食药材，价值千金。在皇上的眼里，这些都是太子做的。”三皇子点头，嗤笑道：“是啊，最近可是夸得大皇兄走路都带风的。”

季曼低声道：“可是太子爷不是一向两袖清风吗？他哪儿来的银子啊？”三皇子

和老夫人都是一顿，接着三皇子就明白了，敢情他这个表妹还是个了不得的角色，竟然在这儿等着呢？

太子辅政，没少在官员手里收捞油水。可是他表面功夫做得好，一直标榜不贪一丝一毫。他给皇上祝寿的贺礼都是一碗稻米粥，天天没事哭穷，惹得皇帝心疼了，赏赐更是没少了他。

但是太子背后是皇后。丞相虽然告老还乡，但是萧天翊上位成功，便是他另一根支柱，现在断然不会少了他的好处。三皇子一直想告发太子贪污一事，没想到聂桑榆竟然把这么好的机会亲自递到了自己手里！

老夫人还有些茫然，三皇子已经是坐不住了，站起来笑道："好表妹，是表哥错怪了你，日后定然让韩妃亲自登门道谢。"说完三皇子又转身给老夫人行了礼："是赵玦今日打扰，这便告退了。"

韩妃是三皇子最得宠的侧妃，竟然让她来道谢？老夫人还想问是怎么回事呢，三皇子就已经急匆匆地走了。老夫人"哎"了一声，转头看向季曼。季曼连忙小声在老夫人耳边嘀咕着解释了，老夫人这才拍着她的手，高兴地道："我就说你聪明，这倒是个贤内助了。皇贵妃要是知道，定然也是会赏你的！"

季曼笑着道："都是一家人，桑榆自然不会帮外人。""可要是太子追究起轩儿来，该如何？"老夫人又担心起来。季曼替老夫人揉着肩，轻声道："不会的。虽然大家都知道药材、粮食很贵重，但是若皇帝真让人去问价钱，粮行、药堂绝对只会按平常的价格报，至多只会说没货了而已。按平常的价格来算，桑榆买的那些东西，也在侯爷的积蓄范围之内。侯爷为太子做事，太子是不会将火引到侯爷身上的，只会自己吃下这闷亏。"

如此一来，太子的清贫形象自然是装不下去了，皇帝心里也会有杆秤，以后给两位皇子的赏赐，就不会厚此薄彼了。老夫人点点头，突然又抬眼看向了她："你的银子是哪里来的？"

季曼一顿，暗自喊了一声糟，连忙道："桑榆知道侯爷最近要做事，所以将自己的嫁妆都变卖了。如能帮上侯爷一二，自然是好的。"作为聂向远的掌上明珠，聂桑榆当初的陪嫁可是不少的，只是一直都在仓库里放着，也就是季曼重新当了主母后，才有资格使用。季曼情急之下先这样应对，等会儿就当真去把嫁妆偷偷变卖了。

老夫人半合了眼，"嗯"了一声道："你对轩儿的心，我是一直看在眼里的。既然你是为他好，我也就不追究什么了。"季曼心虚地应了一声，心想：老夫人也不是傻子，不过自己也是为她儿子好，还追究自己就真说不过去了啊。

晚上宁钰轩回来的时候，心情竟然很不错，去温婉那边探了探伤势，就来了非晚阁。

季曼笑眯眯地献殷勤："侯爷遇见了什么好事？"宁钰轩心安理得地享受着她的按摩，轻声道："听闻你今天甚是出风头，替我解决了不少麻烦。"

"应该的，为夫分忧也是妻子的分内事。"季曼十分乖巧地回答。宁钰轩抬眼，深深看了她一会儿，低笑着将人抱在怀里："你这机灵鬼，八面玲珑的，谁的面前都讨了好去。"

季曼坐在他腿上，很认真地道："妾身以为'八面玲珑'是个褒义词，能做到，真的不容易。"

"还往自己脸上贴金了？"宁钰轩低笑一声，摸了摸她的肚子道，"还有五个月就要生了吧？"季曼也伸手捂着，点了点头，有些试探性地看着他问了一句："侯爷觉得，这孩子能平平安安出生吗？"

宁钰轩顿了顿，眼里的笑意淡了些："你想那么多做什么？这孩子好端端的，怎么能不平平安安？"季曼回头看着他，眼里有柔情和母性特有的光辉："妾身这是第一回做母亲，想着无论如何也要将这孩子生下来，还请侯爷成全。"

这么长的日子，她顶着聂桑榆的身份，对宁钰轩尽心尽力，也已经从一个不懂事的恶毒女二，变成一个懂事明理、知进退的女二；若宁钰轩心里还一点涟漪都不起，她真的就想知道这人的胆结石是不是长胸腔里了。

宁钰轩的眼神闪了闪，抱着她沉默了好一会儿才道："怎么要我成全了？你安心养胎吧，会没事的。"季曼认真地点点头，无比深情地道："妾身相信侯爷。"也就相信这么一次，若是真的还出了什么问题，她定然要宁钰轩一家上下，鸡犬不宁。

第二天季曼拿了仓库钥匙，从外面雇了人回来，先将嫁妆拿去卖了。这事虽然也就等于是销个案底，圆了她在老夫人那里说的谎，不过她还是私底下进行的好。只是搬运到底是件大事，尽管季曼选在了人都在午休的时候，但是不巧的是，苜蓿没睡，并且正好打算过来找季曼说话。

于是苜蓿就看见了那一箱箱她熟悉得很的东西被抬到了府外。苜蓿很疑惑，不过没说破，只是进去给季曼问安。季曼看着苜蓿，笑盈盈地问了她最近过得如何。苜蓿勉强笑道："托夫人的福，也算是不用再伺候人了。只是侍妾的日子，过得终究也不是太好。"

季曼心里想，上次那么好的上位机会，谁让你怕死不肯去照顾宁钰轩？还口口

声声说喜欢宁钰轩。她虽然允了要扶苜蓿做姨娘，可是人要是太蠢太势利，她也是有心无力的。

“赶明儿在侯爷面前，我帮你说说话。”季曼轻柔着声音道，“你多得些恩泽，要是怀上子嗣，我再想扶你也就不难了。”苜蓿眼里划过些亮光。自她成了侍妾之后，陌玉侯便没来过她这里几次，府里不少丫鬟都在背后笑她呢。若是聂桑榆肯帮她得了宠爱，也不枉费她背叛了千怜雪。

从非晚阁出来，苜蓿心情明显就好了，一路都是笑着回闻香阁的。可是到院门口，苜蓿竟然看见了李子修。苜蓿的脸色瞬间变了，站得规规矩矩的，有些无措地揉着帕子。

“要承宠了？这样高兴。”李子修背着药箱，不阴不阳地问了这么一句。苜蓿看了身后的绿翘一眼，绿翘连忙道：“李大夫来给主子号脉吗？先进去说话吧。”李子修被请进了闻香阁。绿翘左右看了看门外面，将院门合上了。

季曼在房间里对账。最近她拿出贴补家用的银子可不少，上次药材、粮食的账，她只用正常价格给记下，在账房里支取了五百两银子。但是实际上的花销，简直是大得不能看，还好有金库支撑，不然这差事，她一定没法完成。

其他人都当她是管账的好手，能把一两银子变成十两银子，但其实这完全是靠银子砸出来的，用的就是十两银子啊！季曼默默泪流，管一个家真的好难。

不过她总要找个机会，将自己的银子抽离出去，不能再这么贴补了。不然长期下去，总有人会发现她的银子来路不明，被拆穿了，就是灭顶之灾。

当下知道她秘密的，侯府里就一个苜蓿而已。季曼支着下巴想，那丫头出卖自己的概率是百分之五十。不过她始终感觉不太安全，得找个机会，让这秘密烂在苜蓿的肚子里才行。

经过季曼两天的劝说，宁钰轩终于忍受不住，去了苜蓿那里。不过就这一次，之后不知为何，他是再没愿意去了。可是苜蓿好像很高兴，哪怕接下来侯爷再没去看过她，她都高兴得像是好日子快要来临了一样。

季曼很不解，不过两个月之后，她就知道了答案。

苜蓿怀孕了，在承宠一次之后，而且刚好在两个月整的时候被查出来有了身孕。季曼觉得这件事很奇怪。以前看小说里那种一次欢好就怀孕的事情，她觉得虽然有可能，但是总归概率也太小了，但是在侯府，这可是第二回了，上一回是慕水晴。

大夫坐在床边，神色不太好地说了这个消息之后，开了一张安胎药方就走了。

季曼看着他的背影，心想可能他还是没有放下苜蓿吧。季曼摇头，他们这一场缘分也算是可惜了。

苜蓿这一怀孕，府里接二连三传出的喜事就不少：柳寒云在苜蓿后面两天传出来怀孕的消息；连伤好了一直赖在蔷薇园不走的温婉，也再度怀孕，立刻恢复了以前夫人的架势，让几个丫鬟端茶送水地伺候着。

季曼的肚子有七个月大了，大得有点吓人。甘草和灯芯现在都是一左一右扶着她，她稍微动一下，两个丫鬟都紧张得不得了。“离生产还早着呢，你们不用太紧张。”季曼笑道。“可是主子您这肚子看起来也太大了。”甘草皱眉道，“跟人家八九个月的差不多，奴婢真是担心它掉下来。”季曼直乐，肚子的大小本来就是因人而异，有的人羊水多，肚子就大，有的人说不定还怀的是双胞胎呢。

宁钰轩最近的心情也是不错，季曼隐隐觉得，他应该是能容下自己这孩子了，所以也就接二连三让府里其他人怀了身子。这样一想，季曼的心里就踏实了很多。

温婉怀的这个孩子娇气得很，折腾得她没日没夜地呕吐，还会失眠，整个人都憔悴了不少。宁钰轩抽了空去陪她，坐在她床边轻声道：“早知道你怀孕这样辛苦，就干脆让别人替你生好了。”

“这是什么话。”温婉娇嗔他一眼，“婉儿的孩子，当然要自己来生。”他淡淡一笑，伸手将她的鬓发挽在耳后。她乖巧地躺在他的怀里，低声道：“昨天去花园看见堂少爷和夫人在一起说话，他们的感情也真是好。”

宁明杰不知何故，已经很少在侯府里走动了。靖文侯两个月前离开京城回了封地，他便自建了府邸，得了皇帝御赐的牌匾，称宁府。宁府和陌玉侯府相去不远，但是宁明杰基本没有怎么回来过，偶尔回来两次，竟然都是在宁钰轩不在的时候。他向老夫人问了安，同聂桑榆说会儿话，就走了。

可就是这唯一的两次对话，竟然都让温婉和齐思菱撞见了，加上季曼的肚子大得有些离谱，于是温婉就想着要挤兑聂桑榆一二了。流言向来是最能中伤人的，温婉嘴巧，她也不说聂桑榆如何，因为这一直以来聂桑榆处事大方，众人心里都有数，只旁敲侧击让宁钰轩生疑就够了。

宁钰轩的脸色沉了沉，一双眸子盯着温婉道：“你养身子，就莫要去管闲事了。”“婉儿这不是闲得无聊，所以在府里走走吗？”温婉撒娇道，“哪里就知道两次都遇见他们。婉儿本来觉得夫人严厉得很，可是对着堂少爷笑得那么温柔，婉儿都好生嫉妒，想着夫人怎么不那么温柔地对婉儿笑呢。”

这话说得有些俏皮打趣的意思，可是温婉知道，宁钰轩不会当玩笑话来听。

宁钰轩沉默了一会儿，起身道：“听说菱儿生病了，你就先休息吧，我去霁月院看看。”“好。”温婉竟然还是笑眯眯的，没有挽留，倒是大方地让檀香送侯爷出去。

宁钰轩阴沉着脸。聂桑榆对着宁明杰笑得温柔吗？温柔是什么东西？那人从来对自己笑得防备又狡诈，怎么还会温柔的？

宁钰轩心情不佳地去了霁月院。齐思菱正躺在床边和丫鬟说话，宁钰轩刚走到屏风处，就听见菘蓝道：“主子，不是奴婢嘴碎，奴婢总觉得夫人的肚子也太大了，像八九个月的。八九个月之前，奴婢不是还同您说，看见当时还是侍妾的夫人大清早从南苑出来吗？”

床上的齐思菱咳嗽两声，低斥道：“夫人是什么身份，容得你这样嚼舌根？”“奴婢已经让其他丫鬟都去睡了，所以才敢同主子说。”菘蓝叹了口气道，“到底是侯府的嫡子长子，这血脉要是混淆了，该当如何啊？”

齐思菱沉默了一会儿，抿唇道：“我最近倒也是总看见堂少爷和夫人在一处，不过他们也许是有事情商量呢。夫人这么贤惠大方，怎么会做出对不起侯爷的事情来？”“人心隔肚皮，谁知道呢。”菘蓝摇头，瞥了屏风处一眼，起身给自家主子掖被角，“主子还在生病，早些休息。”

宁钰轩一声不响地离开了霁月院。聂桑榆的肚子的确很大，他还调笑过，说会不会怀了一窝猪崽子在里头。而今走过这两处，听见了这些不干不净的，宁钰轩想，应该是她们想多了，宁明杰怎么会干出这种事情来，而且聂桑榆一直深爱自己……

深爱自己吗？宁钰轩停下步子，看了看天上冷清的月亮。聂桑榆对他的感情，早就不知在什么时候，被他一点一点消磨掉了。如今的聂桑榆，会曲意逢迎，会撒娇讨好，就是不会再拿一双满含感情的眸子凝视着他。

手指微微捏紧，宁钰轩嗤笑一声，自己什么时候稀罕起这个女人的感情来了。他继续往前走两步，却遇见了淡竹。淡竹提着灯笼，优雅地朝他行礼：“侯爷。”想想也只有雪松院能让他心情平静一点，千怜雪是什么话也不会多说的人，宁钰轩朝淡竹点点头，示意她带路往回走。

千怜雪的确是不会多说话的人，但是她恰好就在房间里看一本不知道是谁写的书，那书上画着怀孕的女人各个月份正常的肚子大小，宁钰轩走过去一看，心就更堵了。聂桑榆的肚子的确跟上头画的九个月的肚子一模一样。九个月之前，他压根儿就没有宠幸过她。

“侯爷。”千怜雪轻咳两声，柔柔地道，“妾身只是闲来无事翻翻，这书也不一定就是对的，您莫要往心里去。”都已经看进眼里了，怎么能不往心里去？宁钰轩烦躁地扯过她手里的书，一把丢出了窗外。

季曼第二天捧着茶去书房慰问辛苦工作的宁钰轩的时候，就见他看自己的眼神十分不友善。季曼忍不住好奇地问："妾身可有何事做得不对？"宁钰轩摇头，转眼又接着看手里的文书，淡淡地道："茶放下，你走吧。"

他不愿意说，季曼也就没多追问。只是出了书房，季曼就问甘草："昨天侯爷去了哪里？"甘草老实回答："去了蔷薇园、霁月院和雪松院。"宁钰轩能有这样的表情，季曼猜一定是有人在背后说了自己什么。宁钰轩虽然不是轻信别人的人，可是三人成虎，这三处的女人一人一句话，足以中伤她了。

但是季曼很好奇，这些人究竟说了什么，让宁钰轩没有直接发火，却是生自己闷气？

这种情况最是恼人了，你知道人家在背后说你坏话，却不知道说的是什么，也没法解释。放任他们去说吧，别人会当你默认；你认真去解释吧，别人会觉得你欲盖弥彰。

语言真是世界上最厉害的艺术品。季曼想了一会儿，扭头就往凌寒院去了，顺便让灯芯把苜蓿叫过来。堵不了人家的嘴，那就"以其人之道，还治其人之身"。季曼虽然不知道她们说了什么，但是在这个时候诋毁她，无非也就那么两种：要么说她孩子不是陌玉侯亲生的，要么说她红杏出墙跟其他人有事情。

于是季曼到凌寒院，给柳寒云和苜蓿讲了一个故事。都是怀着身孕的人，两个人听完都万分惆怅。

晚上宁钰轩来了凌寒院，就见柳寒云正供奉着一个形状奇怪的神佛，嘴巴很大，大得拖到了脚背上。

"这是干什么？"宁钰轩好奇地问。柳寒云见他来，连忙站起来，小声道："妾身在供奉大嘴佛。"

"大嘴佛是什么佛？"

柳寒云往四周看了看，低声道："人多的地方，难免有人嘴巴大，四处恶意中伤别人，所以妾身想拜拜大嘴佛，希望佛祖能保佑我免受流言中伤。"

宁钰轩顿了顿，揽着她的腰往内室走："这是哪里来的典故？""夫人今日来随口说的一个故事。"柳寒云老老实实地道，"妾身听得唏嘘。侯爷要听听吗？妾身还记得大概。"

宁钰轩眸子里带笑，看了柳寒云一会儿道："你说来听听。"

第五十三章

诗情画意的下雨天

柳寒云拉着宁钰轩坐在软榻上，低声道："夫人说城外有个叫十娘的女人，辛辛苦苦怀胎八月。十娘的丈夫有许多小妾，那些小妾天天在他耳边进谗言，说十娘这孩子非他亲生，又说十娘与人勾搭，证据确凿。他本来是相信十娘的，却被许多人说得也怀疑了十娘，最后竟然让怀着身子的十娘浸了猪笼。"

说了个故事大概，柳寒云也依旧有些唏嘘："女人怀孕本就十分不易，看夫人的腿每天浮肿也知道了。女人辛辛苦苦想留个子嗣，为的不就是夫家人丁兴旺吗？可是偏巧有那么些人爱在背后嚼舌根。故事里的十娘是多贤惠的女人啊，竟然就这么不明不白被丈夫误会，连着孩子一起没了性命。"

宁钰轩微微一怔，垂了眸子："这也当真是有些可怜。""是啊，妾身难过好一会儿了。"柳寒云有些不安地道，"如今想来，还不如回去继续当侍妾，高处不胜寒，妾身可不想做下一个十娘。"

宁钰轩轻轻拍了拍她的背，低声道："你救过我一命，就是我欠了你一辈子。不管别人怎么说，我都不会伤你性命。"柳寒云苦笑："这么说来，妾身还比其他人幸运。""不用想那么多，"宁钰轩道，"你好好养着就是了。"

宁钰轩不得不承认，聂桑榆还是有些手段，自己几乎都要信了温婉那边的话了，

她却懂得借柳寒云的口来说故事。这故事一说，他心里也就明白了，可不是高处不胜寒吗？她肚子里那侯府嫡子，依旧是有不少人盯着的呢。

宁明杰正在宁府里写字，旁边的老管家又在念靖文侯写来的信。自从陌玉侯府接二连三有喜讯传出来，靖文侯就坐不住了，死活要他娶正室，就算不娶正室，侧室先来两个总是好的。到底是侯门世子，又是朝廷重臣，他身边一个侧室没有，一直只有两个通房丫头伺候，他也实在是太清心寡欲了。

宁明杰依旧是左耳进右耳出，写完一幅字看了看，总觉得还是没有当初写《将进酒》时的那字来得潇洒。是写的东西的问题吗？宁明杰想了想，觉得还是得抽空去给老夫人问安，顺便再问聂桑榆要两首诗词来写好。

关于娶妻的问题，他也不是秉承着“非真爱不娶”的观念，只是“先立业再成家”，不是他家的家训吗？虽然旁人都觉得他现在已经是功成名就，但是他认为，这还没有达到自己想要的程度。

宁明杰起身更衣出门。丫鬟罗绮捡着他怀里掉出来的手帕，那帕子角上绣着一座小雪山，分外精致。“公子，这帕子还要带着吗？”罗绮小心翼翼地问了一声。宁明杰看了一眼，点点头，顺手就揣进怀里出了门。

今日宁明杰本是要去同六部新上任的官员交代事情的，然而刚打算出门，外头就下起了雨。他站在门口看着这连绵不断的大雨，难得就有了偷得浮生半日闲的心思，想在家休息一天。

他刚转身，眼角余光却看见那雨幕之中，有马车匆忙赶来，溅起门口一摊积水，惹得行人纷纷躲避。

“怎么突然下这样大的雨。”常山从马车上跳下来，撑了伞拉开车帘，“公子。”

宁明杰心情还算不错，就算下雨有些狼狈，也依旧带着笑接过常山手里的伞，打趣道：“这可真是成了落汤鸡了。”常山急忙往屋檐下面跑，拍着周身的雨水，一边嘀咕一边抬头，就看见了旁边似笑非笑的陌玉侯。

“侯爷。”常山连忙行礼。宁明杰走到门口，收了伞，也微微一笑：“钰轩今日没有出去？”宁钰轩颔首：“想在府里偷闲了。每天都那样忙，也是怪累的。”“是你操心的事情太多了。”宁明杰笑道，“难得今日这样凉爽，姑且什么都不要想，欣赏一番雨景也好。”

即使撑着伞，宁明杰身上也是湿了不少。宁明杰随手就将手帕拿了出来，擦了擦脸上和身上。

雪山图样的绣帕，这个地方不常见。一般人绣帕子，都喜欢拿花鸟作图，季曼绣腻了，便自己画了雪山来绣。这手帕非晚阁人手一条，季曼也往陌玉侯那儿送了一回，不过这位爷瞧不上，也就没用过。

不过现在看见这帕子，宁钰轩却是认得出来的，心里微动，抿唇道："听闻明杰来了几次侯府我都不在，不如今日一起去给老夫人问个安，之后再趁着这景色去写诗作画可好？"宁明杰没怎么注意宁钰轩的眼神，补了一句："说起写诗，还是让桑榆来吧。她念的诗我写出来，字看着都比平常我自己练要好看一些，也不知是为何。"

宁钰轩眼神沉了沉，"嗯"了一声，转身就接过门房拿来的伞，往主院里走。季曼正在陪老夫人说话，圆滚滚的肚子让老夫人开心得很，不停地念叨："要是能一次儿女双全，自然就是你最大的造化了。"

"哪有那样容易。"季曼笑道，"桑榆个子稍微高些，肚子大也是正常的。老夫人莫要太盼着，不然桑榆可就要天天提心吊胆，生怕达不到老夫人的要求了。""瞧这机灵鬼。"老夫人转头看着柳寒云道，"说话都带着巧，让我多说一句都不成。"

柳寒云依旧坐得拘谨，手护着肚子，微笑道："也就是夫人，才安得住这一方宅院。"

老夫人欣慰地笑着，抬头就看见宁明杰和宁钰轩结着伴来请安了，当下就笑道："瞧瞧今天是什么日子，明杰来了。"

季曼顺着老夫人的目光看过去，这两个男人走进来，脸上都带着笑，却不知道为什么，宁钰轩脸上的笑容让她怎么看怎么觉得有点假。

"难得你俩能一起来。"老夫人笑眯眯地道，"中午就一起用膳吧，我让下人去准备着。"宁明杰应了。宁钰轩转过头来对季曼道："外头下雨了，景色正好，我们等会就同明杰一起去写诗作画吧。"季曼挑眉，点点头，想着能出去活动活动，也是对胎儿有好处的。

花园里的凉亭又派上了用场，季曼几乎是被甘草和灯芯架着过去的。天下雨，路上很滑，两个丫头都小心谨慎得要命。到了亭子里，她俩也是里里外外检查了个遍，才拿了软椅来让她坐下。季曼哭笑不得，又觉得心里暖暖的。

凉亭地方不大，下人中只有甘草被留下来帮忙研墨。季曼看着雨水从凉亭檐上落下，深吸了一口气，心情也不错。宁钰轩摆了桌子开始画画，宁明杰拿了毛笔，却看着季曼道："请夫人再赐两首诗词。"

季曼有些不好意思，自己念的诗词可都是别人的。“我还记得一首别人写的诗，不长却很有意境。”季曼笑着道，“还是我念，堂少爷来写。”“好。”宁明杰笑着点头。宁钰轩背脊有些僵硬，抿紧了唇，却是没作声。

“春眠不觉晓，处处闻啼鸟。夜来风雨声，花落知多少。”季曼用小学生那种摇头晃脑的姿态念出这首诗来。宁明杰跟着下笔，一笔一画，皆有春情。“真是应景。”他看了一边花园泥土里的落花，叹道，“一夜风雨，花落知多少啊！”

季曼瞥了一眼宁钰轩，心里觉得有些不妥，这人是向来占有欲极强的，她与堂少爷这般诗情画意的，还当着他的面，怎么都有些不恰当。可是他一句话也不说，宁明杰这般心思单纯，也就一点都没意识到。

诗写完，那头宁钰轩的画才画了一半。雨已经渐渐要停了。宁明杰看了看天空，笑道：“明天定然有艳阳，得赠诗一首，这一趟真是令人心情愉悦。”甘草红着脸放下石墨，低声道：“堂少爷的字真好看。”

“是吗？”宁明杰微微一笑，将刚写好的字晾干，递给甘草道，“那就送你吧。”甘草整张脸都红了，手有些发抖地接过他递来的宣纸，激动得口齿不清地道：“多……多谢堂少爷，奴婢一定会拿去裱起来。”

宁明杰失笑。季曼起身，想去看宁钰轩画的是什么，没想到这厮直接将画好的东西揉成了一个团，不甚满意地道：“没有画好，这张作废了。”

“侯爷画的是什么？”季曼好奇地问。“一朵花。”宁钰轩将画纸塞进袖子里，站起来淡淡地道，“雨打了的花太难看，实在不好画。”

季曼撇嘴。不过看这位爷今天阴晴不定的表情，她还是决定不去招惹着他。宁钰轩扫了一眼一脸少女情怀围在宁明杰身边的甘草，嘴巴动了动，没多说什么。雨停了，几人便在院子里走走停停，打发时间等着晚膳。

宁明杰与他们一起从花园逛到后院，伸手想拿帕子出来擦，却摸了个空。那方手帕不见了。宁明杰挑眉，停下脚步回头看了看。“怎么了？”宁钰轩问。宁明杰摇摇头，心想，总归不过是一方手帕罢了，这会儿回去找，也不知道落在了哪里。

宁明杰转头跟着继续走，只见前头的聂桑榆挺着大肚子，侧过头来同宁钰轩小声说了两句什么，眉眼弯弯，尽染慈母的柔光。

有那么一瞬间宁明杰觉得，若是以后自己的妻子也跟聂桑榆一样就好了：可以在下雨天陪他写诗，可以侧过身子来替他擦一擦额头上的雨水，眉眼之间也都是这样动人心弦的温暖。

可惜这样的女子，天下就这么一个，再难找出第二个一模一样的了。宁明杰低笑一声，认为自己这是心魔作祟，他怎么能渴望得到自己不可能得到的东西呢？以前聂桑榆不受宠爱，他尚可对自己说，也许只是同情她罢了，而现在，聂桑榆有了孩子，也得了宁钰轩的宠，他怎么还是转不开目光？

步子越来越慢，终于还是停了下来，宁明杰抿抿唇，开口道："我有东西掉了，还是得回去寻，你们先走吧。"季曼和宁钰轩都停下步子。甘草小声地问了一句："是什么东西？奴婢替您去找。"

宁明杰摆了摆手，转身就大步往花园去了。季曼也没放在心上，还要给宁钰轩科普："都说妾身这可能是双胞胎。但是女人怀孕情况各有不同，我倒是觉得应该只有一个孩子，只是可能羊水多了些。"

宁钰轩听得茫然，这些女人的事情他自然不了解，不过关键信息他倒是听进去了，心里便松了松。其实他也没有那么不自信，自己比起宁明杰来，也没有哪里差；聂桑榆日子过得好好的，也没必要那么做。

这孩子虽然来得在他意料之外，但是他既然都决定让她生了，说其他的也没有意义。宁钰轩笑了笑，伸手扶着季曼道："你多吃点东西吧，看起来太瘦了，生孩子可要受很多罪。"

季曼点头，跟着他逛了一圈，就往主院走准备用晚膳了。

宁明杰显然是没有找到自己想要的东西，在桌子边坐着，脸色不太好看。几位姨娘都来一起用膳了，侍妾们依旧站着布菜。温婉倒是也来了，难得乖巧地站在宁钰轩身边。

老夫人正乐呵着呢，旁边的千怜雪却突然道："今天我看天晴了，就去院子里走了走，没想到在花园里捡着条手帕，不知是哪位主子掉的？"季曼心里一跳，顺眼看过去，那千怜雪手里拿着的，却像是自己院子里的东西，雪山图样格外扎眼。

宁钰轩也看了一眼，挑眉，意味不明地望向宁明杰。季曼这才想起来，当初宁明杰救了甘草，自己送他玉佩做礼，他没收玉佩，倒是收了这么一条手帕。本来这也没什么，包东西送的嘛，很正常；可是宁明杰的表情，实在是让人不多想都难。

宁明杰站起来，伸手到千怜雪面前道："有劳，是在下不小心遗失了。"千怜雪点点头，正想把帕子递给他，旁边的齐思菱却笑吟吟地顺手拿了来，道："这帕子倒是精巧，堂少爷哪里来的？不介意借给思菱回去画个小样照着绣吧？这图样别致，思菱真是一看就喜欢。"

宁明杰淡淡地将手收回来，看着齐思菱道："这图样夫人院子里应该多的是，你又何必非拿在下这一块？"老夫人神色微微一变，看了聂桑榆一眼。季曼抿唇道：

“这是上次堂少爷救了甘草，我送堂少爷的谢礼。”

寻常人送谢礼，怎么都该送金银珠宝，送块手帕，难免让人想多了。季曼自己都觉得容易误会，更别提这一桌子都是心思重的人。千怜雪轻咳两声，道：“是怜雪冒失了，怎么在这个时候拿了出来。”

温婉更是火上浇油：“夫人也是的，怎么不送点别的？奴婢一直以为，只有情人才会送手帕。”季曼百口莫辩，苦笑一声。宁明杰脸色沉得难看，开口道：“想不到一条帕子，给夫人带来这么多麻烦。人言可畏，这倒是明杰的过错。这晚膳明杰也是吃不下了。明杰还是想想怎么给夫人道歉，才能洗清夫人身上被泼的脏水才好。”

他话一向不多，也从来没有在众人面前说过这么尖锐的话。此话一出，连老夫人都微微抿唇，低唤了一声：“明杰。”宁钰轩垂眸吃着饭菜。季曼看他一眼，却完全看不懂这人在想什么。

季曼身后的甘草早就站不住了，咬咬牙，干脆就跪到了屋子中间去，“砰砰砰”磕了三个响头：“各位主子有什么话，骂奴婢就好。是奴婢不该有妄想之心，主子一点过错也没有。”

“甘草。”季曼微微惊了一下，看着那小丫头眼里的执拗，仿佛明白了什么，抿唇不语。她这是要扛下这件事，也顺便给宁明杰表白吗？可是傻丫头，这屋子里的人，怎么可能那么轻易让一个丫鬟把事情扛了？

“甘草这是什么意思？”老夫人开口问道，“你有何妄想之心？”宁明杰也看向她。

甘草咬咬唇，低着头道：“堂少爷上次救奴婢于水火，奴婢感念于心，有了不该有的心思。奴婢明知道是妄想，却还是爱慕堂少爷。所以夫人在给谢礼的时候，奴婢求了夫人将这块奴婢亲手绣的帕子给了堂少爷，并着还有夫人送的玉佩，只是堂少爷没收。”

“侯爷、老夫人明鉴，奴婢要是知道这帕子今日会被各位主子这样大做文章，奴婢是无论如何也不会求夫人成全奴婢私心的。”说完，甘草又连着磕了几个头，身子有些发抖地跪着。

甘草这话明摆着是说几个告状的人故意生事。千怜雪低头不语，一副反思的模样。温婉也委委屈屈地道：“如此说来，还成奴婢是恶人了。也怪奴婢不该多嘴说这些，奴婢该死。”齐思菱倒是抿唇轻笑：“夫人的丫鬟，还真是忠心耿耿。”

“菱儿。”一直默默吃饭的宁钰轩轻轻唤了这么一声。齐思菱抖了抖，低头不再说话。

季曼叹息一声，看着老夫人道："桑榆前些日子还说呢，肚子这么大了，定然是不会有人让我安生的，老夫人不是还让桑榆安心吗？您瞧瞧，这能安心得了吗？"

老夫人听着这话，终于收回了打量宁明杰的目光，放下筷子道："这晚膳用得也是糟心。院子里女人多了，果然是没什么安稳日子。"宁钰轩淡淡地道："不就一条帕子吗？甘草喜欢送，那一天绣一百条送给明杰也没什么大不了，有什么好赌气不吃饭的？母亲，明杰、今日厨房做的菜不错，你们都尝尝。"

宁明杰看了宁钰轩一眼，又看看聂桑榆，站起身径直走到甘草身边，先将她扶了起来。甘草受宠若惊。"父亲最近一直在念叨着明杰的婚事，让明杰至少先纳个妾。"宁明杰淡淡地道，"难得甘草一心对我，绣的手帕我也喜欢，不如今天就请老夫人做个主，把她给我了吧。"

屋里的人都吓了一跳。老夫人瞪大了眼："你要甘草？"宁明杰点头："夫人不肯割爱吗？"季曼呆愣了一会儿，摇头："若堂少爷喜欢，那也是甘草的福气。只是这件事……到底是女儿家一辈子的事情，咱们还是先用了膳，再仔细商量。"

一桌子人都沉默了。对于宁明杰这个明显是临时做的决定，有人觉得是甘草命好，有人却依旧觉得欲盖弥彰。宁明杰在护着聂桑榆，这是许多人心里的共识。至于他为什么会护着她，那就得靠人去猜了。

一顿饭没几个人好好吃了，饭后老夫人就带了宁明杰、宁钰轩、季曼和甘草到内室去说话。"让你立个丫鬟为侧室，小叔估计也不会感谢我。"老夫人看着宁明杰苦笑道，"你一向是个体贴的孩子，能告诉我你真正想要甘草的原因吗？"

说了那么多，老夫人和宁钰轩都明显是不相信甘草的话的。宁明杰坐在老夫人下首，抿唇道："明杰觉得甘草很好，要迎她也没什么大不了。父亲那边，明杰自然会去说的。要问是什么原因，当真是因为她看我的眼神太深情罢了。"

第五十四章

夏天的最后一个晚上

宁钰轩轻笑了一声，看了季曼一眼。他倒是好久没有从别人的眼里看见那种神色了——有些疯狂、无比眷恋的，除却周围所有，眸子里只映得出他一个人。

那个时候，他讨厌聂桑榆的蛮横无理，讨厌她的小肚鸡肠，恨不得一封休书将她遣得远远的。那时他觉得这样的眼神，真是没什么好稀罕的。可是如今，他倒是有些羡慕宁明杰。已经太久，没有人用甘草这样干净的眼神望过他了。

宁钰轩伸出自己的双手看了看，不知不觉中，他好像也失去了什么。他觉得不珍贵的东西，但其实是可遇而不可求的宝贝吧。

宁明杰的说法没有取信老夫人，不过他执意要人，聂桑榆不反对，她这个老太婆也没什么说的，毕竟是年轻人的事情了。“你要甘草也行，但是桑榆的身子也重了，身边不能没人伺候。若真是要，那便等桑榆生产之后，我再做主将甘草给你，如何？”老夫人让了一步。

宁明杰点头，手里捏着那一方帕子，站起来道：“如此，那也就这么说定了。天色不早，明杰也就先回去了，改日再来探望老夫人。”“好。”老夫人点头。

季曼带着甘草回了非晚阁。宁钰轩也跟着来了，让她想问甘草两句话都不成。

“聂桑榆。”他轻轻开口，却是连名带姓地叫她。季曼顿了顿，走到他身边站

着："侯爷有何吩咐？"他抬头看着她，抿唇道："那帕子到底是你绣的，还是甘草绣的？"

聂桑榆绣工极好，那帕子十分精致，怎么都像是出于她之手。季曼笑道："帕子是谁绣的有什么要紧？妾身敢发誓对堂少爷没有丝毫其他感情，甘草对堂少爷一往情深也是真的。侯爷在意的是什么？"

宁钰轩坐在床边，轻轻拍了拍床弦，季曼也就跟着坐下。"我的女人，不管是哪一个，只要跟了我，就不能有二心。"他轻轻将手放在她的肚子上，"你是跟我最久的，自然明白，是吗？"季曼挑眉，心想，这人一向最不可一世，现在为什么竟然这样没有底气地说这么一句话？

"妾身明白。"季曼道，"妾身永远不会背叛侯爷。"宁钰轩看着她的眼睛，忍不住伸手去放在她的眼上，低声道："你什么时候能变回以前的聂桑榆？"季曼瞳孔一震。

身体里不知道沉睡了多久的人，被这句话惊醒，季曼的眼里止也止不住地流下泪来。

"哭什么？"宁钰轩抿唇，伸手去擦，却怎么擦也擦不完，干脆就扯了一边的被子盖在她的脸上，"有什么好哭的？"

季曼感觉到了聂桑榆心里的酸楚，那滋味真跟自己的心也被扯着一样，疼得难受。被他抛弃了那么久的女人，现在终于被他用这种怀念一样的语气提起了，聂桑榆怎么能不流泪？

可也就只是哭了一会儿，季曼就没有再感受到聂桑榆的存在。她抹了眼泪，揭开被子道："侯爷，时候也不早了，早些歇息吧。"宁钰轩点点头，却是站起来，轻咳两声道："我去苜蓿那里睡。"

季曼愣了愣。她还以为宁钰轩会留下来呢，怎么又突然想去苜蓿那儿了？不过总比去什么雪松院来得好，季曼也就点了头，恭敬地送他出去。

之后一段时间，苜蓿很受宠。虽然季曼觉得有些莫名其妙，不过她肚子里的孩子开始折腾起她来，她也就没有空闲去想那么多了。

只是不知道苜蓿为什么变得有些幽怨，每每来季曼这里坐着，都是静静地看着她，然后长叹一口气。季曼也没有问她到底怎么了，她想说就等她说，她不想说自己也懒得去问。

季曼的肚子越来越大，宫里聂贵妃给她派了最稳妥的接生婆来候着。那婆子姓曾，看起来很慈祥，季曼心里也有点底。眼看着夏天都要尽了，季曼也差不多快要生了，老夫人却突然得了重病，府里上上下下突然就紧张了起来。

御医和民间有名的大夫都被陌玉侯请回了家里，可是一经诊断才得知老夫人的病是旧疾，上了年纪，自然就发作了，谁也没办法，只能好生伺候着。

季曼挺着肚子过去看老夫人。短短半个月，老夫人就苍老了不少，拉着她的手靠在枕头上道："人的一生都是有报应的。我年轻的时候亏心事也没有少做，不然轩儿也不会安安稳稳到成家立业的这一天。可是债始终得还，她们估计是来找我要债了。"

听得有些心惊，季曼连忙看着老夫人道："您不要自己吓自己。桑榆就快给您生金孙了，您可不能乱想。"老夫人看着她的肚子，眼睛笑得微微眯起："我就盼着这金孙，一直盼着的。"

季曼眼睛红了，伸手摸了摸老夫人的白发，抿唇下去给她熬药做汤。

厨房里的赵大娘看见季曼，魂都要吓掉了："夫人，您可别来这地方，当心着身子！有什么吩咐，奴婢们来就是了。"

季曼摇摇头，老夫人是对自己最好的人，自己怎么都得做点事不是？

路过几个大夫的房间，季曼听见里头的人小声议论说，老夫人可能活不到年底了。季曼就当没有听见，认认真真地给老夫人熬汤。

陌玉侯最近似乎有什么麻烦缠身，眉头就没有松开过。朝堂之上依旧是太子与三皇子对质，只是三皇子政绩卓然，皇帝好像也动了改立太子的念头；加上聂贵妃枕边风一直吹着，太子的地位看起来摇摇欲坠。

季曼有些不明白，这个时候自己要是生下的孩子，大概就是压死太子的最后一根稻草了吧。可是最后这几个月一直无风无浪，难道太子真的就这么大方，要让她平安生下这孩子？

宁钰轩坐在她的房间里安静地看书，察觉到她打量的目光，方才放下书，脸上没什么表情地道："怎么？"季曼摇头，觉得自己可能是多想了。

夏天将尽的最后一个晚上，季曼突然阵痛，尖叫了一声之后，惊醒了整个侯府的人。

御医和接生婆都到了位，一院子的女人也都涌到了非晚阁外面等着。老夫人在病中也派了当归和首乌过去守着，让她们一旦有了消息，就马上回去禀告。

"侯爷。"温婉亲自来喊宁钰轩，看他坐在灯光昏暗的书房里，便道，"夫人要

生了，您陪婉儿去看看吧。”宁钰轩淡淡地摇头：“我还有公文要看。她生的是男是女，等会来个人告诉我一声便是。”温婉娇俏地笑了：“侯爷怎么这样，夫人好歹也是为您生孩子，您怎么能不去看看？”说完，她好像又怕宁钰轩反悔一样，转身就道：“那奴婢替您去那头说一声，有消息就来告诉您。”“好。”安静的书房之中，宁钰轩低声应了这么一句。

季曼压抑不住的尖叫声一声声传出去，把几个怀着身子的女人吓得够呛。苜蓿拉着柳寒云的手，有些发抖地问：“夫人不会有事吧？”

“不会的。”柳寒云坚定地道，“好人有好报，夫人一定会母子平安。”甘草和灯芯在屋子里忙得晕头转向，一个不小心就撞翻了热水。接生婆怒喝一声：“没有经验的丫鬟都出去，别添乱，去重新烧水去！”

季曼已经痛得什么都说不出来了。甘草和灯芯犹豫了一会儿，看着这一屋子接生婆带来的丫鬟，有些不放心。可是她们觉得接生婆的话是对的，她们的确没有经验，待在这里只会给主子添乱。于是两人就退了出来，匆匆去烧水。

季曼恍惚间睁开眼，就看见一脸慈祥的接生婆道：“夫人听奴婢的，没错。来顺着奴婢的手用力，这一定是个胖小子！”再聪明的女人，生产的时候也是最脆弱的。季曼重新闭上眼，听着接生婆的话，一次次用力。

惨叫声整个侯府都能听见，宁钰轩低笑一声，心想：这女人的嗓门也是真够大的，不过听这叫声，好像真的很疼。手指紧了紧，他开门出去，唤了鬼白。“主子？”鬼白道，“需要属下过去守着吗？”

“不用。她哪有那样重要？”宁钰轩轻笑一声，“你帮我倒茶吧，我喉咙有些干。”

鬼白看了一眼自家主子有些苍白的脸色，没作声，下去倒茶了。

温婉跨进非晚阁，委委屈屈地站在外厅里大声道：“我去找了侯爷了，侯爷不肯来，说是在看公文，只说夫人生了孩子后，去禀告一声就行。”

这声音，里间的季曼自然也是能听见的，心中不禁暗笑：温婉还真是逮着机会就来刺激自己，可惜了，自己不在乎。

她现在只想将这个孩子好好生下来，其余的，她不是聂桑榆，什么都不在乎。季曼在心里给自己打气，只是不知为何，还是有些生气。人非草木，朝夕共处了这么久，她和宁钰轩也能算得上亲近吧？聂桑榆怎么说都是他的女人，生的也是他嫡亲的孩子，这时他竟然还看什么鬼公文？

狠狠咬牙，季曼竟然觉得更有力气了一些，干脆就化恼恨为力量，顺着产婆的力道用劲。半个时辰了，孩子都还没有生下来，里间里一个小丫鬟跑出来道：“各位主子，谁能留下来继续守着？夫人可能是要难产了！”

那丫鬟双手上竟然都是血，看得众人都忍不住犯恶心。齐思菱冷着脸道：“你收拾好了再出来，这里可还是有怀着身子的人的，别冲撞了。要守着，就咱们这些没怀身子的守。”

怀了身子的就柳寒云、苜蓿和温婉，三人看里头这情况，也实在是觉得不吉利，都纷纷离开了。最后剩下千怜雪、锦瑟和齐思菱三人守着。千怜雪看了锦瑟一眼，低声道：“锦瑟平时与夫人也不是怎么对盘的，没想到心却是好，这么晚了也守着。”

锦瑟一直没怎么说话，看着那屋子的方向，在这三个人当中倒是最紧张的：“奴婢不过想看看夫人生的是男是女罢了。”千怜雪轻轻笑了笑，继续等着，只是有些困乏了，便挥手召了淡竹道：“点些醒神的香来。”

淡竹应声去了，没一会儿就捧了香炉回来。三个人并着当归和首乌，还有一些丫鬟婆子，就继续在外间等着。季曼的叫声停歇了一会儿，又再次响起，众人听到最后，都已经习惯了。

婴儿的哭声在耳边响起，季曼感觉身上一轻，整个人都脱了力，还没来得及看一眼生下的孩子，就晕了过去。接生婆轻手轻脚将孩子抱到盆子里洗了，接着朝旁边的丫鬟使了个眼色。

一屋子的丫鬟都井然有序，有人拿来篮子，将篮子里的东西放在了床上，有人抱着啼哭的婴儿，轻手轻脚装进竹篮。孩子哭声这么大，外间却没一个人醒过来。一个丫鬟打开门看，所有人都在外头坐着，睡得十分香甜。

婴儿哭够了，夏虫低语，这一片院子也就显得更安静了。

季曼是被尖叫声和疯狂砸东西的声音吵醒的，尽管她很困，很想睡上几天几夜，奈何有人在她床边不停地低吼：“不可能的，到底是怎么回事！”

屋子里吵吵嚷嚷，好像人很多，季曼艰难地睁开眼睛，就看见自己的床边放着一只猫。

一只湿漉漉的小猫，睁着眼睛，还很无辜地对她喵了一声。季曼有些想笑，谁把猫儿带这儿来了？

可是接下来她就听到了宁钰轩有些沙哑的声音：“你们觉得聂桑榆是妖，还是我是妖？分明是两个人，却生下一只猫，不觉得可笑吗？那么多人守着，却让一群丫鬟消失得无影无踪？接生婆不是宫里来的人吗，为什么会自尽？”

脑子里轰的一声，季曼瞪大了眼，身上已经没有什么力气，却还是强撑着半靠在床边，抿唇看着这一屋子的人问：“我的孩子呢？”各房各院的姨娘、侍妾都在，

柳寒云和苜蓿的脸上尽是担忧，其余的人都低着头看不出有什么情绪。她唯一能看清的就是温婉脸上那幸灾乐祸的神情。

宁钰轩转头，见她醒了，微微收敛了一点怒气，抿唇道："聂桑榆，你给我生了一只狸猫，你觉得好不好笑？"季曼一愣，继而笑出了声："人和人会生出猫？隐性基因都不带这么遗传的。"

"是啊，我也觉得好笑。"宁钰轩没听懂她的后半句，却还是笑着点头，坐在她床边，眼睛通红地看着她，"可是你的确生了一只猫啊。"季曼浑身都僵硬了。

湿漉漉的猫在旁边无辜地叫着，屋子里的人也都是一片沉默。脑子空白了好一会儿，季曼才深吸一口气，用仅剩的力气问："侯爷能告诉妾身发生了什么事吗？"宁钰轩轻轻摇头："母亲听见消息晕过去了。我没有时间给你解释，你先休息吧。"

季曼一震，环视四周。这些人分明都是一夜未眠，宁钰轩也是才到她这里来的样子，为什么老夫人那里就会知道了？她不过是生个孩子，为什么还没有睡醒，就会遇见这样可怕的事情？她的孩子变成了狸猫，打死她也不能相信。

屋子里一群人都纷纷离开了，首乌和当归站在她床前还想说什么，却看了那狸猫一眼，匆匆离开。外头好像有官兵的声音，像是在检查什么人的尸体。甘草和苜蓿哭着跪在她床边，磕着头道："怪奴婢们没有照顾好主子，没有看好主子！"

季曼呆呆地碰了碰那只狸猫，小猫咪伸出舌头，舔了舔她的手。"到底……发生什么了？"季曼问。甘草哽咽着道："昨天奴婢们被打发去厨房烧水，之后就听说主子房间里没了动静。侯爷心急火燎地赶来，却发现外间的人都睡着了，里间只有夫人和一只狸猫；接生婆……接生婆也自尽在了主子床边。"

季曼吓得一抖，侧头看了看，这才看见床脚的地方，有些血迹。控制不住地干呕两下，季曼笑得眼泪都快出来了："我以为还能侥幸让聂桑榆有个孩子呢，没想到这背后阴毒的手，真是一刻也没有停下来过！"

甘草和灯芯哭着，没有注意她话里的不对，只是一个劲儿地自责："奴婢们应该在主子房外守着，不该走的，不该走的！"季曼觉得很累，身上本来就已经没什么力气，被这件事一刺激，眼前突然一片黑暗。

陌玉侯府里出了个妖怪，侯府夫人怀胎九月，却生下一只狸猫。这消息传得飞快，连宫里的人也都知晓了。皇贵妃脸色惨白，因着这事病了好几天。皇帝觉得晦气，还命人前往侯府做法。

老夫人本就病重，吊着一口气等着聂桑榆的孩子出生，却没想到会是这么个结果。本来一天还能吃两碗粥的老夫人是彻底吃不下了，每天噩梦连连，快速地憔悴了下去。不管陌玉侯请多少大夫，用多少药，老夫人的病都不再见有起色。

聂家的人都赶来了陌玉侯府。本来季曼即将生产之时，按照规矩，陈氏作为母亲就该来陪伴的。可是陈氏一直称病，也不许宁尔容来。宁尔容心里本就有不满，现下聂桑榆还出了事，她简直要恨死陈氏了。

奈何有聂青云在中间，她也不能跟长辈抬杠，只能飞快地去找聂桑榆。季曼昏迷了好几天，聂青云看着自家妹妹这惨白的脸色，捏紧了拳头问灯芯："侯爷呢？"灯芯抹了抹眼泪答："侯爷忙着处理后续的事情，也已经好几天没合眼了。"

接生婆自杀，衙门来了人验尸立案。至于那只狸猫，被人关在了后院，不敢杀也不敢放，就等着陌玉侯发落。太子给宁钰轩介绍了得道高僧，说是让高僧去看看聂桑榆到底是不是猫妖变的，被宁钰轩拒绝了。

外头流言四起，这件事要是不好好解决，影响也很大，但是季曼一直没有醒过来。大夫说她消耗太大，得休息够了才能醒。陈氏却在一边冷笑道："狸猫都能生出来，指不定是人是妖，你们这么担心她干什么？"

"母亲！"聂青云终于是恼了，"桑榆已经这个样子了，您就不能说点好的？"宁尔容气不过，怒道："夫人这是巴不得桑榆死，好把你嫡亲的女儿再送进侯府来？""放肆！"陈氏怒斥宁尔容一句，"什么都轮得到你来编排？可别忘记了自个儿身份！"

"我什么身份？"宁尔容忍着这位婆婆实在是太辛苦了，现在聂桑榆逢此大难，陈氏还在这里说风凉话，叫她怎么忍得下去！

"我是靖文侯家嫡亲的郡主，夫人您说我是什么身份？要不是看在青云的份上，我早就忍不了你了！"

陈氏气得一手捂着胸口，一手拉着聂青云道："你看看聂桑榆给你选的好媳妇，胳膊肘果然是朝着她拐的，竟然跟你母亲这样说话？这样的媳妇，你还要？"

聂青云皱眉："母亲，现在桑榆有难，您能不能消停一点？""我消停？"陈氏睁大了眼睛，劈手指着宁尔容道，"不是这个没分寸的先出口顶撞，我能闹吗？"

宁尔容死死抓着聂桑榆的手，抿唇不语。聂青云低声道："母亲要是不想来，大可以回去，不用做给父亲看。桑榆还需要休息，经不起这么吵。"

陈氏深吸一口气，连说了两声"好"，搬着凳子就坐在聂桑榆床边了："我等着她醒。我不闹腾，我就看她醒过来到底是人还是妖怪！"

第五十五章

犯她一步者，必百步以偿

宁尔容真是想好好跟陈氏理论一番，桑榆分明也是喊她一声母亲的，就算不是亲生，桑榆的母亲也是陈氏的同胞姐姐，陈氏怎么就能这么心狠！可是没办法，这人如今是她婆婆，她得忍。只是回头看见床上那人憔悴惨白的脸，她还是有些气不过，转身就出去找宁钰轩。

她原以为堂哥只是有太多的身不由己，所以有时候对桑榆冷漠了些，也因着以前的一些事，所以还对桑榆有些偏见。可是现在桑榆怀胎十月，落得如此下场，他人却不知道去哪里了！人心不都是肉长的吗？堂哥对桑榆为何就不能有一点动容？

她气冲冲地赶到宁钰轩的书房，却被家奴告知，陌玉侯出门了。眼下老夫人正病着，门口还有六部的人等着找他，他哥这个时候会去哪里？

城东的一座宅院，一个丫鬟正挎着竹篮，从后门出来。她左右看了许久，才抱着竹篮上了马车。这两天城里风声很紧，到处都有官兵追查，本来计划打算送去城外的竹篮，现在去往太子府的马车上。

丫鬟很谨慎，上了马车靠在帘子边一直观察着四周。马车穿过几条巷子，越过两条官道，经过相国寺的时候，车轮子好像被什么石头硌着了，马长嘶一声停了下

来。车夫连忙下车查看，竹篮里的婴儿好像也被惊醒了，却不哭不闹，刚睁开不久的眼睛湿漉漉的，无辜地看着外头。

丫鬟抱着竹篮摇了摇，低声问车夫：“还行得？”车夫摇摇头：“您先下来，得推一推。”丫鬟不疑有他，跟着下了车，站在一边。她刚想用布将竹篮盖好，后头却突然上来一大群人，将她团团围住。

“你们干什么？”丫鬟惊恐地抱紧竹篮，看看路上的行人，刚想大声呼救，却见那人群里走出一个人来。“还给我吧。”宁钰轩在这丫鬟面前站稳，淡淡地伸出了双手。“不可能！”丫鬟震惊地睁大了眼睛。陌玉侯怎么来了？自己的行踪一直隐藏得很好，连太子那边也只有几个亲信知道，他怎么可能就这么轻易地找过来了？

丫鬟摇着头后退。宁钰轩却冷笑一声，一挥手，旁边的人便上前去按住了那丫鬟，将竹篮稳稳地接了过来。马车夫依旧还在看车轮，像是压根儿没看见这边发生的事情一样。丫鬟不可置信地看了车夫一眼，再看向宁钰轩，颤颤巍巍地道：“有人背叛主子……”

宁钰轩不再抬头看她。旁边的人将她的嘴捂了，拖回刚才的马车上。不一会儿，挣扎、呜咽的声音都没有了。篮子里的婴儿睁眼看着宁钰轩，撇撇嘴，突然哭了起来。

宁钰轩嘴唇动了动，身子有些僵硬，扭头看着旁边的鬼白。“主子，属下也不会哄孩子。”鬼白摇头，“回去找个奶娘应该就好了。”宁钰轩轻轻摇头：“哪里还能回去。”

旁边的相国寺人渐渐多了起来，宁钰轩一身常服，端着一个竹篮，小心翼翼地迈着步子进去了。

季曼觉得自己好像做了好长好长的一个梦，醒来之后发现自己没有怀孕，也没有生孩子，只是像大病初愈，浑身都没有力气。

宁尔容坐在她的床边，眼睛还是肿的。“醒了？”一杯茶递了过来，宁尔容扶着她的头喂她喝下，勉强挤出了一个笑容，“可算是醒了。”季曼眨眨眼，扯了扯嘴角：“我这睡得是有多久？”

“睡了两天啊。你可真能睡。”宁尔容笑道，“我还给你熬了鸡汤，等着我让人去拿。”

季曼点头，稍微一抬眼就看见了聂青云：“哥哥。”聂青云抿唇，想表情柔和一点，却怎么也笑不出来：“想吃点什么？”

“吃鱼吗？”陈氏阴阳怪气地问了一句。季曼微微一怔，下意识地往床旁边看了一眼。那只猫已经不见了。“猫呢？”季曼问。陈氏嗤笑一声：“担心猫儿子了？在后院放着呢。要喂奶吗？”“母亲！”聂青云忍不住低喝一声，恼怒不已地看着陈氏：“您何必在这里给桑榆添堵？”

脑子里划过什么东西，回忆好像就一点点冒上来了，季曼想起来，自己好像怀胎九月，生下了一只狸猫；接着接生婆自尽，丫鬟们不知所踪，老夫人知道了消息，满院都是嘲讽、厌恶的声音，宁钰轩也是来看过自己一眼就走了。

她原来爱看《少年包青天》，还笑那时人怎么会这么傻，真会相信人能生出猫来。可是现在，她竟然亲身体验了一把。众口铄金，积毁销骨，当真是让她连辩驳的力气都没有。

陈氏冷冷地道：“要不是她姓聂，我现在也不会坐在这里。当她母亲可真丢人，至少我没有生出过猫来。听听外头都是怎么说的，我说她一两句又怎么了？出去还不是一样？”

睡了两天，精神也恢复了一点，季曼没有去听陈氏在说什么，只是等宁尔容将鸡汤拿来，便吃得一点不剩。之后御医来，季曼也将御医吩咐的产后事项统统记了下来，认真履行。

甘草和灯芯都以为自家主子会难过好长一段时间，一蹶不振都有可能。可是没想到，季曼每天都十分配合地吃饭、吃药，只是一切事情做完之后，会坐在床上发呆。

季曼的身体是不需要任何人担心的，只是精神的话……也没人敢去多说什么。宁尔容天天陪着她，她看起来也就不那么难过了。月子是女人最难熬的一个月，更何况是季曼这种情况：孩子没有了，宁钰轩也再也没来看过她，外头天天在传老夫人病重，她也不能下床去看一看究竟如何了。

狸猫事件过了半个月，也就渐渐消停了，因着陌玉侯上书皇帝，说是有贼人心怀不轨，偷龙转凤，以狸猫换去侯府嫡子，居心叵测。皇帝也就顺着他的话，令刑部严查此事，务必找回侯府的孩子。

聂桑榆是妖怪的揣测，也随着侯府洒了无数狗血、请了无数道士无果之后便渐渐消散了。只是聂桑榆失宠是必然的，非晚阁每天都只有聂家的人在守着，哪怕中途聂桑榆生病，宁钰轩都没有踏足过半步。

怀着子嗣的温婉重新得到了陌玉侯无上的宠爱，即使她只是个丫鬟，但是住的是蔷薇园，吃穿用度与正室没有什么区别。对此府里不少人颇有微词，然而老夫人

病重，侯爷又偏袒温婉，众人说不上什么话，也就不了了之了。

太子妃给温婉送了不少东西来，要她好好养着孩子，钱管家也重新对蔷薇园照顾有加，一时间温婉丢失的女主光环又回到了头上。先前那股子怨念消失了，女主又恢复了她起初“善良”的模样，在院子里四处走动，今天看看苜蓿，明天看看柳寒云。

柳寒云和苜蓿的肚子也不小了。只是自从季曼出事之后，柳寒云直接闭门不出，任何人都不见，侯爷也给了她特权，叫其他人不要去打扰。苜蓿反而更活跃些，挺着大肚子，时不时还去挤兑一下锦瑟，日子过得挺舒坦。

月子快坐完的时候，季曼整个人胖了一大圈，先前聂桑榆那种风一吹就走的身板已经再也找不回来了。她摸摸下巴，还是个双数。甘草和灯芯将屋子里的镜子都收了起来，生怕主子看了伤心。然而季曼已经调解好了心情，把那只小猫也抱在屋子里养，每天看着，也算是个精神寄托。

温婉踏着莲花碎步来看她的时候，下巴都快掉了，特意带了镜子来，捂着嘴道：“夫人怎么变成这样了？”镜子里的人白白胖胖，还露出了一个开心的笑容，有些像弥勒佛。

季曼笑眯眯地道：“身子养好了，才有机会报答各位的大恩大德，你说是不是？婉儿姑娘？”温婉被她的眼神吓得退后了一步，抿抿唇小声道：“你这个样子，还指望钰轩会多看你一眼吗？”

“不指望。”季曼摇头。她现在这模样，任谁看了，都只会觉得她再没有威胁。温婉叹息了两声，端了汤药过来给她，温柔地道：“你想开些吧，好好过日子，比什么都强。”

季曼扑哧笑了一声，拿帕子擦了擦眼角：“多谢你教诲了。”她也想好好过日子，谁给过她机会？既然有人不想让她好过，那么这侯府上上下下，就别想有一个人安生！她季曼今天就对天发誓，犯她一步者，必百步以偿！血债血偿！

月子过了，许多事情也就该做了，比如在老夫人病前是将甘草指给了宁明杰的，但是老夫人这一病，加上府里出了这么多事情，便搁置了。等季曼再提起的时候，甘草看着自家主子，说想再伺候几个月。季曼点点头。

季曼沐浴更衣的时候发现，柜子里那些怀孕时穿的衣裳，都好像有些紧了。

身体是革命的本钱，这一个月她拼命地补身子，整个人就圆滚滚的了。她捏捏腹部上的赘肉，以为要减下去，还得花好大的力气。

绣楼连夜给她赶制了新衣。季曼穿着那明显比以前大三个号不止的衣裳，闷笑一声，推开门走了出去。外头已经是秋天了，天气凉爽，一阵风吹过来，让她整个人都觉得轻松了不少。

路过的丫鬟看见她，都吓了一跳，慌慌忙忙地行礼，然后低着头走开。季曼就当没有听见她们压抑的笑声，继续往老夫人的院子里走。胖又怎么了？没听过莫欺少年穷，莫嫌女人胖吗？少年的命运和女人的身材，都一样是一个未知数，谁知道以后会变成什么样子呢？

千怜雪和齐思菱正在老夫人的院子里伺候，听见丫鬟通报说夫人来了，心里都是一惊，连忙起身往门口看。季曼踏进门来，朝她们笑了笑："都在啊。"千怜雪微微一愣，齐思菱则是直接吓得身子一抖，连忙转过背去捂住了嘴。

这一前一后，压根儿就是两个人，谁能想到当初那么风姿绰约的聂桑榆会成了如今这个鬼样子？老夫人靠在床边，见她进来，闭了闭眼。季曼规规矩矩地在床前跪下："给老夫人请安。"

老夫人心情有些复杂。她放在聂桑榆身上的期待太多，如今全部落空，怎么都难掩失落。但是孩子没了不是桑榆的错，是自己这个老太婆没有保护好桑榆。没想到月子之后桑榆又变成了这样，她真是连一句安慰的话都说不出口。

"你先起来吧。"老夫人道。季曼起身，很自然地坐到了老夫人床边，看了看老夫人的气色，果然是比先前更差了些，有些担忧地问："老夫人可有按时吃药？"老夫人点点头："药是吃了，可是也没什么用，就只能挨着。"

季曼叹息一声，也就帮着老夫人捶捶腿。她和老夫人说了一会儿话，老夫人就倦了："你们都下去吧。"千怜雪和齐思菱也跟着一并告退，随着季曼一起退出了主院。季曼回头看了她们两人一眼，笑道："有空也去非晚阁坐坐吧，我那儿怪冷清的。"

饶是以前再看不得聂桑榆得宠，如今见她成了这样，千怜雪和齐思菱心里也不好再为难。二人只是客套了两句，也就推脱不去了。非晚阁现在，也就跟思过阁差不多，至多不过富贵些，恩宠是一点也没有的。

季曼的心情一点也没有被干扰。她被甘草扶着，坚持往各房各院都走了一遭，以至于全府上下都觉得，聂桑榆的好日子已经到头了。

借着这样的机会，陈氏果断带着聂沉鱼往老夫人那里走了一趟。聂沉鱼今年也就十六岁，顶好的出嫁年纪，尚未婚配，人长得也娇小可爱，嘴巴也甜。

陈氏的意思很明显，也不用一步到正室，聂桑榆的亲妹妹，嫁过来做个平妻也不吃亏；万一什么时候聂桑榆真的顶不住了，那聂沉鱼还能延续陌玉侯的恩宠

不是？

陈氏的算盘打得啪啪直响，老夫人那儿却没点头。老夫人心想，桑榆刚刚失了孩子又失了宠，怎好再送她的妹妹给轩儿，让她更加难过？陈氏见这里走不通，便又让宁尔容带着聂沉鱼去聂桑榆那里，说是要来伺候姐姐。

季曼冷笑，坐月子怎么不见聂沉鱼赶着来伺候？不过想了想，季曼也没有拒绝，指了非晚阁旁边的一处落雁轩给聂沉鱼住。聂沉鱼是个机灵的，一进来就去温婉跟前讨着了好，好姐姐喊个不停，捧得温婉心花怒放，看起来倒像是姓温的。

甘草气呼呼地道："这是个什么妹妹，说是来伺候，半步都没踏进非晚阁，倒是往那蔷薇园去得勤，不知道的还以为是给那温婉买的丫鬟！"

季曼正在跳操，穿了一身特意让绣楼缝制的体操服。以前上大学的时候化学系有个老师专门爱研究减肥操，上课时教给他们不少，季曼庆幸自己记性不错，勉强能记得几个动作，便把记住的动作画下来编成了一本减肥操，每天照着跳。

甘草和灯芯已经从最开始的惊掉下巴，变成现在的一边聊天一边围观了。因为她们的主子说，这是一本武功秘籍，她要强身健体，两个单纯的丫头也就信了。

"沉鱼跟她母亲一样，很有远见，想法很不错。"季曼一边跳一边回道，"如今蔷薇园侯爷去得最多，她怎么能不上赶着过去蹭恩宠？来我这冷清的非晚阁，她怕是什么东西都捞不着。"

灯芯不服地道："谁说咱们非晚阁没恩宠的？"季曼瞥她一眼，小丫头撇撇嘴，低声道："我今儿去厨房，赵大娘还是同以前一样热情，东西都是往多了给。侯爷要是不关心主子，赵大娘那铁公鸡，能这样大方吗？"

"奴婢也觉得。"甘草道，"咱们院子里好吃好用的一样没少过，虽然侯爷不来，但是未必就是不关心主子。"季曼笑了笑："他怕是觉得愧疚，所以想补偿我；但是他要是来看一眼我现在的样子，怕是会吓得扭头就走。"

"走去哪里？"院子门口响起个冷冷清清的声音。季曼一愣，一身体操服还没换，脖子僵硬着，不敢扭头看。宁钰轩安静地走进来，身后一个人都没跟着，一身常服，依旧风流倜傥。

"侯爷。"甘草和灯芯都站起来行礼。灯芯屈了屈膝就飞快地将一边的外袍捞过来，披在季曼的身上。拢了拢鬓发，季曼转身也行了礼："侯爷。"宁钰轩挑了挑眉，走到她面前上下打量了许久，抿唇一脸严肃地道："太胖了。"

季曼嘴角抽了抽，低眉顺眼地答："生完孩子，难免都会胖。"一个月大的狸猫在院子边儿上追着小虫子，叫了一声。宁钰轩转头看了一眼那猫，再看看季曼，低声道：“也是苦了你了。”

季曼莫名眼睛有点湿，挺直了背道：“侯爷能解妾身的苦吗？能帮妾身把孩子找回来吗？”宁钰轩张了张嘴，想说什么又吞了回去，摇头道：“不能。”季曼微微一笑，拢着衣裳道：“妾身这个样子，估计也不能伺候侯爷了。妾身的妹妹已经被母亲送了进来，侯爷要是有兴趣，倒是可以去看看。”

“你说沉鱼吗？”宁钰轩在一边的凳子上随意坐下，淡淡地道，“昨天婉儿已经带来见过了。”说着又扫一眼她，“和你以前的样子挺像的，现在嘛……”季曼自动忽略他嫌弃的眼神，心想，温婉那丫头可是做得比自己这个夫人都尽职尽责，后院交给她，都不用操心了。

“侯爷打算怎么安置妹妹？”季曼问。“嗯，你不还没死吗？她就做个侍妾吧。”宁钰轩淡淡地转过头，“凡事盛极必衰，还没到你们猖狂的时候，急着站稳，反而会摔跟头。”

季曼专心于他前半句话，倒是没怎么去想后半句的含义。

只给聂沉鱼当个侍妾？那岂不是和苜蓿、锦瑟之类同流？陈氏不气死才怪。可是谁让她自己做主把女儿送了进来，现在想挖出去重新嫁人，那可就没那么好嫁了。季曼想，宁钰轩也太缺德了，估计是不想聂家太猖狂，所以不给聂沉鱼面子。可是到后来她才明白，宁钰轩这里说的“你们”不是聂家，而是三皇子与皇贵妃。

没坐一会儿，宁钰轩又走了，跟没来一样。不过对于她现在这副尊容，他倒是没表现出她意料中的那么意外和震惊。

当天晚上聂沉鱼就被宠幸了，据说，还是温婉亲自搭的桥。季曼两耳不闻窗外事，一心只跳减肥操，顺便给自己规划了饮食，坚持要在两个月之内把原来的身材找回来。

可是，就算她现在只想减肥不想惹事，还是有人看不过去。不知是谁去陈氏跟前说了小话，说是她压着不让侯爷抬聂沉鱼的位份，所以聂沉鱼才会屈居低位。

陈氏那个气啊，当即就进宫去找皇贵妃哭诉了，说聂桑榆如今已经是半个废人，却还要挡着自家妹妹的道，不让侯爷宠幸。皇贵妃因着狸猫事件，恩宠也淡了些，听着这事，也就传了旨意下来，找聂桑榆进宫谈话。

季曼不用想都知道，皇贵妃一定会让自己帮着聂沉鱼上位，好巩固聂家与陌玉侯府的关系。曾经一心一意帮着她的姑姑，在她没用了之后，也会选择放弃她。

第五十六章

你做了什么我都知道

季曼一直觉得，人与人之间的关系都是很单纯的——单纯的相互依存的关系；至于那些常常被歌颂的各种美好感情……如果人人都有的话，为什么会被歌颂？

皇贵妃现在靠在软榻上，抱着小皇子，柔和地看着她道：“桑榆，本宫一直觉得你是个懂事的孩子。”一般要人家做什么不太想做的事情的时候，开场白永远是先夸人一句，接下来的话就好说很多了。

季曼老老实实地坐在一边，如同皇贵妃期待的一样乖巧地回答：“桑榆知道姑姑想说什么，但是沉鱼的事情，不是桑榆有意为之，而是侯爷自己的决定。姑姑也知道桑榆现在这个样子无法得侯爷青睐，侯爷又如何还会听桑榆的话，不给沉鱼妹妹好过？”

皇贵妃微微蹙眉，想了一会儿道：“是这个道理。陈氏来本宫这儿哭了半天的委屈，本宫也不好打发她，到底陪了你父亲这么多年。”季曼笑了笑，聂桑榆的母亲也死了很多年了，关于她当年到底为什么突然暴病而亡，到现在都没查出真相，时间久了，自然也就那么过去了。

季曼知道聂桑榆心里唯一欣慰的是，尽管陈氏被扶正了这么多年，在她父亲的心里，依旧是有她母亲的位置的。聂家主屋里那幅她母亲的画像一直没有被拿下来

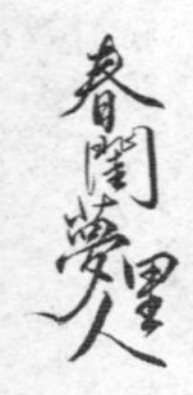

过。这大概也是陈氏的心病，所以从小对她不怎么好。

“到底是亲姐妹，若是能帮上沉鱼，桑榆一定会尽力的。”季曼道。皇贵妃见她这么通情达理，甚至一点怨怼和嫉妒都没有，心下也是觉得她的确是个可造之才，只是这身子……到底是可惜了。

那接生婆是她的人，却不知道什么时候被人收买，造成桑榆如今这样的下场。只是她身份贵重，自然是不可能跟桑榆道歉的。如今沉鱼比桑榆看起来更有用，她这个做姑姑的，自然就希望她们姐妹能相互帮衬。

说了两句话，又赏赐了些东西，皇贵妃就让她走了。

季曼回到府里，正和甘草一起往非晚阁走，就看见一群家奴慌慌张张往雪松院跑。“怎么了这是？”甘草过去拦下一个人问。“雪主子吃错了东西，旧疾犯了，侯爷正大发雷霆呢，要奴才们去请大夫。”家奴匆匆说了一句，就走了。

千怜雪？季曼挑了挑眉，她不是一向行事低调、与世无争的吗？怎么也出了这么大的动静？“走，甘草，去看看。”季曼道。季曼现在还记得老夫人说千怜雪是不会害自己她的，可是不知道为什么，季曼总觉得自己的孩子没了，应该和这女人脱不了干系。

季曼刚走到雪松院门口，就碰见了挺着肚子的苜蓿。苜蓿看见她，顿了顿，还是过来行礼道：“夫人。”“你不好好养胎，怎么也来了？”季曼问。苜蓿目光有些闪躲地道：“听说侯爷在，奴婢就想着过来看看……”

季曼抿唇，心想，这也是正常。她记得自从苜蓿当了侍妾之后，就似乎与雪姨娘没什么来往了，平常连雪姨娘院子也没踏进过。现在在千怜雪病着的时候，苜蓿让侯爷多看自己几眼，倒也在情理之中。

和苜蓿一起踏进雪松院，季曼才看见屋子中间跪着的身子有些发抖的锦瑟。温婉坐在千怜雪旁边，甚为恼怒地道：“你明知道雪主子不能吃腰果、花生，还非做了点心送过来，这安的是什么心？”

宁钰轩坐在一旁，揉了揉眉心道：“我早想将锦瑟送去教坊，想来现在也是时候了。”

锦瑟惊恐地睁大眼睛，拼命摇头道：“侯爷，奴婢不知道雪主子不能吃那些啊，旁边的丫鬟也没人提醒，奴婢还说了里头有腰果、花生的。”

“你何时说过？”淡竹微怒道，“你要是说了，奴婢能不提醒主子吗？你分明就是故意的！”季曼安静地入场，找了宁钰轩旁边的椅子坐下，当个观众。“害了雪主子，奴婢有什么好处？”锦瑟苦笑道，“奴婢一向很敬重雪主子的。”

季曼微微点头，心想这倒是真的，锦瑟虽然经常同苜蓿和齐思菱等人为难，见着千怜雪却是恭恭敬敬的，她以前看见过好几次锦瑟同千怜雪走在路上，锦瑟都是一副丫鬟的模样。

“谁知道你想干什么？”齐思菱轻笑道，“说不定是见不得侯爷对雪主子宠爱有加呢。现在证据确凿，你狡辩就有用了不成？”“好了。”宁钰轩开口，淡漠地挥了挥手，“将她送出去吧。”

旁边的鬼白应了一声，吩咐了家丁进来，带着锦瑟就往外拖。“侯爷！雪主子！夫人！”锦瑟最后喊了这三个人，声音越来越远，很快听不见了。

人一般在绝望的时候，会喊的都是能救自己的人。季曼托着下巴想，她喊侯爷抑或喊自己都还情有可原，但是她为什么会喊千怜雪呢？千怜雪现在因着她做的点心还在昏睡，她怎么会觉得千怜雪会救她？

季曼没有搞懂，宁钰轩却脸上什么表情都没有。鬼白进来禀告他书房还有事，他就先离开了。只是他离开的时候瞥了季曼一眼，低声说了一句：“照顾好雪儿。”季曼点了点头。众人也才在这时候才注意到她，也没起身向她行礼，就点了个头算是致意了。

“甘草留着照顾雪姨娘吧。这时候也该用晚膳了，都各自回去吧。”季曼道。温婉站了起来，应了一声，先出去了。齐思菱也跟在后头往外走，只有苜蓿看了季曼两眼，有些迟疑。

“怎么了？”季曼问。苜蓿飞快地摇头，上来扶着她道：“奴婢同您一起回去吧。”

甘草刚好要留下来，季曼也就允了，被苜蓿扶着往外走。路上的时候，季曼看着苜蓿有些闪避的眼神，突然兴起，就笑眯眯地看着她道：“你做过些什么事情，我都知道。”

苜蓿手一僵，呆呆地抬头看着季曼。季曼心里暗笑两声，面上却带着高深莫测的笑意：“你知道我的手段的。你若是还想站在我这边，那就先老实说了吧。”苜蓿站不住了，脸色陡然苍白，嘴唇哆嗦了两下，差点给季曼跪下了。

心口凉了凉，季曼收敛了笑容，心想，这时候的人还真是经不起吓，一吓，什么秘密都能被抖出来，怪不得有人喜欢装鬼吓人呢。

“奴婢绝对没有背叛主子！”苜蓿道，“奴婢这两天去雪松院，都是为主子去的。”

季曼看着她，敢情自己这没注意，她又往雪松院跑了？“怎么是为我去的？”

季曼收回手，看着她问。

苜蓿定了定神，靠近她一些，低声道："主子临盆那天，听说外屋守着的人都睡着了，主子不觉得奇怪吗？"有什么好奇怪的，有人要换走她的孩子，定然会迷晕所有人。季曼微微捏紧了手，说起那件事，还是不太淡定："你知道些什么？"

苜蓿拧着手帕，眼神有些飘忽地道："奴婢也不知道什么，奴婢就是猜测。听说雪主子后来让淡竹点了香进去，然后其他人就都睡着了。奴婢觉得……那香说不定有问题。"

季曼似笑非笑地想了一会儿，看着她道："你从哪儿听说是雪姨娘点的香？我记得那时她们说我临盆的时候血气太重，你们这些怀了身子的，都先离开了吧。"

苜蓿顿了顿："奴婢也是道听途说……"季曼嗤笑："你这点演技，真的不够看的，心思都写在脸上了。"苜蓿吓了一跳，有些不明所以地看着季曼。苜蓿现在就像一只受惊的小白兔，偏偏脑袋笨，想在两个人之间保全自己，左右逢源，却不想被季曼一眼看破。

"你想告诉我雪姨娘有问题，来证明你和她没关系，好取得我的信任吗？"季曼轻笑了一声，伸脚轻轻踢了踢苜蓿颤抖的腿，痞子样儿十足地道："那你别抖啊。这副心虚的样子，叫我怎么能相信你？"

苜蓿吓得连连后退。偏偏她退一步，季曼就近一步，胖胖的脸看起来可爱极了："继续说说，雪姨娘的香有问题，那她把我的孩子弄去哪里了？""这个奴婢不知道……"苜蓿摇头，"雪主子自己不也被迷晕了吗？"

戏做得真，才让人不会怀疑啊。季曼冷笑一声，自己她的直觉是准的，千怜雪果然有问题。只是千怜雪在府里一直是个好人形象，而且一点作案痕迹都不留，叫她怎么追究？

苜蓿在别人眼里是她的人，把苜蓿的话拿出去当供词都没用，说不定还会被人说她诬赖千怜雪。不过若真是千怜雪动了她的孩子，那她怎么也要扒千怜雪的一层皮下来。

千怜雪一直很聪明，唯一失误的一回，就是用了苜蓿这个盟友。苜蓿跟着聂桑榆多年，会因为千怜雪的一次示好就背叛，那么也会因为季曼给的好处再次背叛回来。

苜蓿就好像一根墙头草，风往哪儿吹，就往哪儿倒。现在这根草被风吹得倒来倒去，终于扭了腰——苜蓿被季曼领回了非晚阁继续审问。

"这院子里，终究我才是夫人。"季曼微微一笑，"你若是肯将你知道的全部说出来，我保证你这孩子生下来之后，你就可以当个姨娘。可你若是依旧对我有隐瞒，暗地里帮着千怜雪，那你就一辈子跟在她身后当个侍妾也可以。”

顿了顿，季曼补充一句：“你也知道我刚没了孩子，你的孩子也快生了，若是我同老夫人说一声，将你的孩子抱过来养，想来也不难。”苜蓿瞳孔微缩，有些不知所措。季曼没放过她，也不再给她编谎话的机会，接二连三地问：“你是不是知道千怜雪在计划什么？你是不是帮着她害了我的孩子？”

“没有。”苜蓿连忙摇头，“夫人临盆那时候的事情，奴婢……奴婢没有帮过雪主子。只是前头几天奴婢去雪主子那里，见淡竹拿着香料回去……雪主子是不爱香料的，奴婢当时也没多想。后来奴婢听雪松院的丫鬟议论您生了狸猫的事情，才偶然听见一句雪主子去您外屋点了香。”

“奴婢没有觉得是雪主子偷换了您的孩子，只是这么个猜测罢了。”苜蓿接着说。季曼点点头：“看来我临盆前那一段时间，你也没少往雪松院走。”苜蓿低头不语。千怜雪那时候经常找苜蓿谈心。念着她以前恩情，也念着她对自己多有照顾，苜蓿自然就去了；甚至在那段时间里，苜蓿是很想帮着她做事的，因为她比起聂桑榆，实在温柔太多。

但是没想到今天自己就被聂桑榆抓住了，苜蓿依旧没有想通她是从哪里知道自己做的事情的。难不成聂桑榆就这么神通广大，哪里都有眼线吗？

季曼看了苜蓿一会儿，挥手道：“如此，你便先下去吧。其余的事情，我有分寸。”

“是。”苜蓿退了出去。

走在路上，苜蓿想想千怜雪那边也不是好应付的，眉头就皱了起来。千怜雪固然温柔，但是府里她的眼线也不少。刚才自己被带回非晚阁的事情，她一定会知道的。只是不知道到时候自己又该怎么应付她，现在想想，自己真是里外不是人。

季曼坐在屋子里想了许久也想不到千怜雪的动机，只能让灯芯暗地里先去跟雪松院的奴才套关系，能问多少是多少。可偏生雪松院的人嘴巴似乎都特别紧，人虽然好相处，却怎么都不透漏自家主子的事情。灯芯与一个粗使丫鬟梦儿熟络了，闲聊了许久才套出一个消息。

千怜雪的娘家每月都会寄很多家信来。季曼记得宁钰轩以前提过，千家就剩下千应臣和千怜雪两兄妹了，那么写家信的会是谁？千应臣？他们姐弟俩关系应该不是很好吧，不然千怜雪身子这么差，怎么不见千应臣多来看看？

灯芯说千怜雪的家信来得也是有些奇怪，每月寄来的时间都不同，而且都是由

人从后门递进来，由淡竹亲自去收，以至于旁人都不知道千怜雪每月收信。也就雪松院子里的丫鬟可能撞见过一两回，嘀咕两句便也没放在心上。

后门处也是有门房看守的，只是那老大爷年纪大了，时不时会打个瞌睡。只要给他塞了银子，不管送什么东西，他都会睁一只眼闭一只眼。季曼平心静气地跳完减肥操，就包了一包银子，让灯芯往后门去走了一遭。

千怜雪好像是有哮喘，甘草照顾了她好几天，她才终于缓过来。不过季曼没有让甘草马上回来，而是继续帮着千怜雪调理身子。千怜雪也没抗议，反而还谢谢了季曼这么关心自己。

季曼直感叹，什么叫会咬人的狗不叫，温婉真该跟这位好生学着点。

过了两天，正是月中的时候，后门那老大爷的孙子机灵地跑到了非晚阁，喊了灯芯一声。

季曼朝灯芯使了个眼神，灯芯便往雪松院跑，赶在淡竹拿信回去之前，给甘草交代了两句。甘草是在房内伺候的，一般情况下千怜雪都不会避着她，反而对她不错，让她也觉得这位雪主子是个好人。

不过灯芯来跟甘草说了让她看家书的事情时，她还是一心向着季曼的，谨慎地点了头，就回到了主屋里。淡竹后脚就回来了，站在雪主子身边。千怜雪也开口道：“甘草姑娘辛苦，先下去休息吧。”

甘草点点头，却是出门去寻了灯芯。甘草想，那封信一定是有古怪。若是一般的家书，千怜雪是不会支开她的；若那信真有古怪，千怜雪看完一定会烧了，那她的主子就不知道上头到底写了什么了。所以甘草追上灯芯，让灯芯想办法制造点动静，好让她有机会进去偷信。

灯芯应了就走，左想右想，走到雪松院墙边，干脆咬咬牙，趁着没人翻进去，拿了打火石，将后院的干柴点了。怕火不够大，她还将墙边藏着的酒坛子拿来，掀了盖子倒在上面一些。

后院一般都是放杂物和藏酒的地方，这火一烧起来，前面肯定没办法安生。灯芯拍拍手，左右看看无人，便踩着墙边的杂物又翻了出去。甘草怕千怜雪看家信看得太快，于是与灯芯说了两句话，就急急忙忙去敲门。

千怜雪信看了一半，顿了顿，抬头问：“什么事？”甘草咬咬牙，直接就将门推开了，笑着道：“奴婢忘记说了，主子的药还在炉子上，应该是快好了。主子打算什么时候喝？”

见她这一开门，千怜雪赶紧将信收了起来，又觉得自己这动作太欲盖弥彰，于是就将信折好放在桌上道："那药等会儿喝。淡竹会帮我拿来的，你不用操心，下去吧。"

甘草一边等着灯芯的动静，心里没个底，又怕神色让千怜雪怀疑，只能低着头道："夫人让奴婢来伺候，奴婢定然是要伺候周到的。淡竹姐姐忙里忙外也辛苦，不如奴婢现在趁热将药端来……"

"走水啦！"院子里的丫鬟突然尖叫了一声。甘草一回头，就看见外面不知哪里飘来的浓烟；再往屋子里一看，后院好像有火光，都透着窗户纸亮起来了。"主子，走水了！"几个丫鬟跑进来，急急忙忙地道，"您快走。火是后院烧起来的，没一会儿就得把这屋子吞了！"

千怜雪也惊了惊，伸手就去拿桌上的信。甘草见状，连忙走过去一把将千怜雪拉开，顺便把淡竹也往外推："别愣着，你们快护着主子走啊！"古代的建筑都是木头的，极容易着火。千怜雪皱眉看了甘草好一会儿，可身子已经被几个丫鬟推了出去。屋子的确是着火了，可是只是烟雾大，要说烧起来，也没那么严重。

"我还有东西忘在里面了！"千怜雪咬唇道，"我去……咳咳……"浓烟对有哮喘的人来说根本受不了，千怜雪背对着主屋就咳了个死去活来。淡竹扶着她帮忙顺气，一边的甘草就连忙道："主子的东西在哪里？我去帮您拿。"

没等千怜雪说话，甘草就冲进了那冒着浓烟的屋子。千怜雪被扶得远远的，看着那屋子，皱眉看了淡竹一眼。淡竹会意，跟着小跑过去。屋子里渐渐也起了浓烟，甘草进去一把抓起桌上的家书就往外跑，却不想就撞在了淡竹的身上。

甘草吓了一跳，下意识地将信塞进了自己的袖子。"拿来。"淡竹笑得很温柔，却是堵在甘草面前，一步不让。"什么东西？"甘草别开脸，"快先出去，后面真的烧起来了。"

淡竹冷笑一声，双手抓住甘草的手，就要去拿她衣袖里的东西。甘草死命挣扎，滚到了地上。屋子上头已经都是浓烟，外头的人还在救火，可是水都是朝后院去的，屋子里却没人来。

淡竹压着甘草，手已经伸向了她的衣袖。甘草却咬牙拿头撞了淡竹一下，硬生生将她挤开，跌跌撞撞地站了起来要往外跑。半合着的门外头救火的声音不断，甘草刚站起来，脚腕却被人给抓住。被用力一扯，她整个人就向着两扇门倒去，撞合了门，猛地一头磕在地上。

后面的淡竹起来，见她撞得晕了，屋子里也已经燃起了火，连忙将她袖里的东西掏出来，然后一把将她推到门后去，自己拉开门，咳嗽着跑了出去。

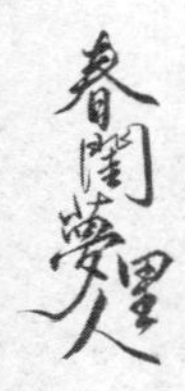

雪松院修得太早，木头中的许多地方都空了，烧起来格外容易。淡竹刚出去，就撞上个端着水的丫鬟。淡竹浑身都湿透了，手里的信也落在地上，被晕染开。

“快让让，救火啊！”后面的家奴都端着水过来。淡竹想伸手去捡那信，却被几个人差点踩到手。推推嚷嚷一阵之后，地上的信竟然不见了。

淡竹大惊，连忙跑回千怜雪身边说了一句。千怜雪脸色白了。

第五十七章

一定会一点一点，全部处理好

季曼听见雪松院走水消息时，心里咯噔一下，连忙起身就往外走。灯芯走在她旁边，也有些不安地道：“本想制造点混乱就好，哪里知道雪松院真这么容易着火，也不知道甘草怎么样了。”

“她一向机灵，不会有事的。”季曼低声安慰了灯芯两句，紧了步子一路小跑过去。

千怜雪在雪松院外头，被一群丫鬟簇拥着，还在抹眼泪，见聂桑榆来了，便低唤了一声“夫人”。

季曼点点头，左右看了看，没看见甘草的影子，又抬头看看那烧起来的院子，已经是大火熊熊。古人灭火就只能将水一桶一桶地往上淋，压根儿也不起不了多大作用。看这大火的架势，估计也只有将整个房子烧完才罢休了。

“怜雪，你看见甘草了吗？”季曼问。千怜雪眼里泪水突然就更多了，咳嗽两声，呜咽着道：“妾身没有瞧见甘草。她刚刚还说回我房间去拿东西，转眼间人就不见了。”

不见了？季曼愣了愣，往雪松院里走了两步，看着进进出出救火的奴仆，一张张脸都陌生得很。这里面的人没有甘草。

灯芯站在季曼身后，捂着嘴，身子有些发抖。季曼低笑两声道：“吉人自有天相。甘草不会有事的，兴许是去别的地方了。灯芯，你再去找找。”

“是……”灯芯扭身，往外走了走，却有些茫然。大火吞噬了整个主屋，房梁坍塌，所有东西都化成了灰烬。好在救火的人多，也就只烧了主屋而已。等火彻底灭了之后，钱管家带着人将废墟里的东西清理了。有的金银珠宝没有被烧坏，就还能拿出来，其余的东西是什么也不剩了。

钱管家掀开烧成炭的门，就看见门后一具焦尸安静地躺着。天色突然阴沉了不少。在灯芯遍寻甘草的时候，钱管家已经命人将那焦尸抬了出来。季曼退后两步，笑道：“这样吓人的东西，钱管家指给我看干什么？”

钱管家拱手道：“夫人，在下已经将府内的丫鬟都清查了一遍，这……好像是甘草。”

灯芯没站稳，跌坐在了地上，惊恐地睁大了眼睛。季曼紧了紧手，慢慢蹲下来小声道：“无凭无据，怎么能说她是……”

黑漆漆的尸体，腰间有一颗没有被烧坏的红珊瑚珠子。季曼记得，那是甘草最宝贝的东西，是宁明杰送的。那时宁明杰说是再等两个月，就迎甘草过门。季曼沉默了下来。

千怜雪捏着帕子站在季曼身后，哽咽着道：“是怜雪对不起夫人，没有照顾好甘草。那屋子里有东西，妾身本是让淡竹去拿的，没想到甘草先进去了，却再也没能出来……”灯芯没管旁人的眼光，撕心裂肺地哭着，一边哭，一边朝那尸体使劲磕头，额上都磕出了血。

若不是她想的这馊主意，甘草就不会死了！灯芯大口大口喘息着，哭得整张脸上都是泪。哭声让周围的氛围瞬间沉重了起来。季曼呆呆地看了许久，慢慢站起来，朝着钱管家道：“厚葬了吧，是我欠她的，她家人那里，也由我来安抚。”

钱管家应了一声“是”，就有家奴上来，将尸体抬走了。

天上一阵惊雷，本来是半下午，却不知怎么四周都暗了下来，闪电霹雳作响，倾盆大雨说来就来。四周的丫鬟扶着千怜雪匆忙躲避，只有季曼和灯芯站着没有动。

“夫人，打雷了，这么大的雨，快到旁边避一避。”千怜雪停下步子，朝季曼喊了一声。

季曼侧过头对她笑了笑：“没做过亏心事，怕什么打雷？”千怜雪一震，远远看着季曼的眼神，不知为何打了个寒战。

淡竹拉了拉千怜雪，千怜雪也就匆忙转身，顺着她的力道走了。季曼浑身都湿透了，一动不动地站在原地。远处电闪雷鸣，一阵阵轰鸣声就像一块块铁石砸在她心上。她没能像灯芯这样畅快淋漓地哭出来，只觉得心口闷痛，都快无法呼吸了。

这场大雨来得太迟了，要是早来一点，甘草是不是就不用死了？谁也没能劝动季曼，季曼便在这阵雨里站到了天晴。天边晚霞甚美，映在人的脸上，让她看起来也就不那么苍白了。

宁钰轩慢慢地走过来，将季曼的手拉住，往非晚阁带。季曼像一股游魂，没多少力气，就随着他走。"明天我给你找更贴心的丫鬟来。"宁钰轩抿唇道，"你现在本来就够丑了，不要再摆出这副表情。"

季曼不说话。宁钰轩带她回去，命人给她准备了热水洗澡，看着她呆呆的眼神，本来还想说什么，却是抿了唇，转身走了。

季曼病了，吃不下东西，也没什么精神。李大夫来看过两回，都说是心病，没个药方子能开的。

灯芯哭够了之后，也跪在季曼面前劝道："主子您不要太难过，甘草若是还在，也不希望看见您这样的。"季曼摇摇头，轻笑一声："我也想好好的，也从来没有折腾自个儿的习惯。可是灯芯，我吃不下。"灯芯捂着嘴呜咽一声，背过身去。

宁明杰来了陌玉侯府，将甘草的尸体领走了。季曼跌跌撞撞地跟着去看他将甘草下葬。甘草还没有过门，也没有行过什么礼，宁明杰却以丈夫的身份，将那尸体抱进木棺，立了碑，那碑上写了"宁刘氏甘草"五个字。

甘草家里还有两个妹妹，一双父母。季曼给了他们足够多的银子，让他们下半辈子都不用再担心吃穿。只是看着甘草的父母高高兴兴地跪下给自己她谢恩的时候，季曼不知为何，心里说不出的难受。

"对不起。"她站在宁明杰背后不远的地方，轻声说了一句。宁明杰微微侧过头来，下巴上有了一些青茬，苦笑一声道："大概是我没有福气吧，好不容易遇见一个深爱我的女人，却阴阳相隔了。"季曼眼睛红了。山上的风有些大，宁明杰的衣袍被吹得扬起，背影看起来甚为孤单。

回去后，季曼的病更重了。她生病的那一个月，没有吃什么东西，几乎就是靠着药度过来的。人也就迅速消瘦了下来，虽然没有恢复以前那样，但也是苗条匀称，刚刚好。这是甘草送自己的最后一份礼物了吧，季曼苦笑，这比减肥操有用多了，只是自己的胃也差不多坏掉了。

苜蓿临盆了，按日子算有些早产，不过大概是有李大夫照看，她这孩子生得很

是轻松，是个男孩儿。府里有了些喜气，到底是第一个孩子，还是长子，老夫人虽然不喜庶出，但是病中能抱个孙子，也是开心的。

季曼就趁机跟老夫人提了提，将扶苜蓿做了姨娘。柳寒云的孩子也快生下来了，最近正好有大夫照看着。季曼过去看柳寒云的时候，发现她也胖了不少，整个人显得有福气多了。不过柳寒云看季曼这模样，有些心疼地道："夫人好像遭遇了许多大磨难，眼神都变了。"

季曼朝她笑了笑："没有什么大磨难，都是一些小事情罢了。小事情，我自己会处理好的。"一定会一点一点，全部处理好。

雪松院自上次烧毁之后，千怜雪就住在侧堂。宁钰轩拨了款，让人重修雪松院。千怜雪说是有个亲戚会做此修葺一事，就将活儿揽给了那人。

季曼很大方，那人说什么材料是什么价，季曼都不问一声将钱给他。那是个三十出头的男人，脸上有点油腻，猴精的模样，不像个老实的。他见季曼这样好说话，就以为宅院里的女人不懂事，可以捞笔大的，于是很多材料都往贵了报。

到最后，这一座雪松院，只修一个主屋，却花了三千两银子。季曼将账本往宁钰轩面前一送，平心静气地道："因着是怜雪推荐的人，所以妾身没有多说什么。但是这账目，侯爷还是看看吧。"

宁钰轩支着下巴打量了一会儿面前这人，才翻开账本看了两眼，脸色变了变，翻手又合上。"妾身不明白为何侯爷和老夫人都如此偏袒怜雪。"季曼微笑道，"但是从妾身的角度来看，她似乎比妾身更加八面玲珑，而且，没有看起来那么病弱吧。"

宁钰轩顿了顿，无奈地道："怜雪一贯是对我忠心耿耿的，加上她那身子，故而我不希望她被卷进什么争斗里。"卷？搅浑水的说不定就是她呢。季曼冷笑，看着宁钰轩道："侯爷要是有兴趣，咱们去玩个半路截杀的游戏，您觉得如何？"

"截杀什么？"宁钰轩挑眉。季曼笑了笑："左右侯爷今日没什么事情，不如我们一起去干点坏事，当一回梁上君子。"宁钰轩来了兴趣："你要去哪里当？"

后门老大爷的孙子又蹦蹦跳跳地来了非晚阁。季曼拉着宁钰轩就走，两人蹲在淡竹必经之路旁的草丛里。不一会儿，宁钰轩就听见旁边的女人一本正经地道："侯爷，等会您从这里出去，在背后敲晕淡竹吧。"

宁钰轩想，这类打手干的事情，叫自己来是不是也太大材小用了？不过他最近听说这女人都不吃饭，看这模样是瘦回来了，脸上却没什么血色，难得她能蹦跶两回，陪她玩玩也无妨。

宁钰轩将视线移开，穿着一身昂贵的锦绣长袍，却陪季曼像个街边混混一样躲在一颗圆球形的万年青后头。淡竹匆匆从雪松院往后门去了，回来的时候，刚经过他们面前，季曼就掐了宁钰轩一把。宁钰轩轻吸一口气，很有高手风范地移到淡竹身后，一个手刀砍向淡竹的后脑勺。

快准狠，练家子都知道敲哪儿能晕，所以淡竹两眼一翻，就晕了过去。季曼连忙出来，帮着将人抬进旁边的草丛，然后开始搜身。宁钰轩就用一种陪孩子玩捉迷藏的眼神看着季曼。

袖口里的信被季曼拿了出来。季曼想，今天是月初，跟上回的时间不一样，那么信的来源是不是也会不一样？她正想打开那信看一看，却被宁钰轩伸手拿了去。“你看这东西干什么？”他问。

季曼轻笑道：“若是我说甘草可能就是因为这东西死的，侯爷信吗？”宁钰轩皱眉，过了一会儿才道：“桑榆，你管的事情太多了。有些东西你知道了，反而不是什么好事。”

“侯爷要妾身安安静静在非晚阁当一个温柔夫人吗？”季曼咯咯笑了两声，“那甘草的命谁来偿？我孩儿的命谁来偿？”宁钰轩张了张嘴，很想说点什么，但是捏着手里的信，又什么都不能说，只是道：“你能相信我吗？”

“不信。”季曼不用思考地就回答了，顿了顿，觉得有些失礼，才笑着补充，“我娘说过，男人的话最不能信了。”宁钰轩叹了口气。季曼不知道他为什么要叹气，但是这地方显然不能久留。信已经被他塞进了他的衣袖里，她想拿显然是不可能的了。

想了想，季曼将身上带着的一方绣着雪山的手帕拿出来，放在淡竹的身边，然后拉着宁钰轩出来，装作散步一样离开，往雪松院那边走。

新修的雪松院与以前的外观差不多，不过是更新了一些。季曼毫不畏惧地跟着宁钰轩坐在屋顶上的时候，宁钰轩忍不住问了一句：“你到底翻过多少墙？”因为季曼刚刚那动作也太熟练了。

季曼没有心思回答他这个问题，因为身下这地方是甘草丧命的地方。她笑不出来，只能面无表情地坐着。宁钰轩也安静了，两人就静静地等着，看着远方的太阳渐渐往下落。

“主子！”淡竹终于醒了，一身狼狈地跑回来，关上门道，“奴婢半路上被人敲晕，信不见了！”“什么？”千怜雪的声音听起来倒是比平时有力气多了，有些焦

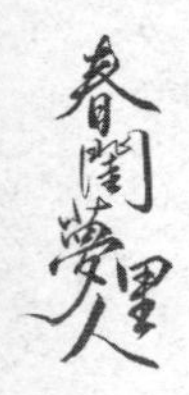

急地道，“你没有看见是什么人打晕你的吗？”

淡竹拿了捡到的雪山手帕，递到千怜雪面前。千怜雪脸色沉了，抚摸着那雪山的纹样，沉默了许久。“上次的信，你也没看见是谁捡走的？”千怜雪问。“奴婢不知，当时人太多了。不过甘草那丫头的确是回来拿信的。也不知道她是从哪里知道的消息，瞧上了这东西。”

季曼的身子僵了僵。宁钰轩看她一眼，犹豫了一下，伸手握着了她冰凉的手。季曼转头看他一眼，眼里滑过很多情绪，最后轻轻将头靠在他的肩膀上。

“那丫头死了也好。”千怜雪说了一句，又道，“你传信出去，让那两位主子都暂时别送消息来，我被聂桑榆盯上了。”

“是。”淡竹应了一声。

“死了也好？”季曼捏紧了手，冷笑了一声。宁钰轩抿唇，将自己的手解救出来，抱着她轻手轻脚地下了屋顶，翻墙离开。

季曼是很聪明的，她知道只要宁钰轩觉得千怜雪是无辜的，那么她找再多的证据都没有用，所以今天，她拉着宁钰轩一起。那信上写了什么她不知道，但是聪明如宁钰轩，拿着信就说她管得太多，那么信里一定有秘密，而且是个不小的秘密。

剩下的东西，以他的脑子，自然会自己去查，等查出了真相，她手里的验尸证词，才能发挥最大的作用。甘草被烧死，头上却有遭到重击的伤。她不相信甘草会笨到将自己关在那屋子里被活活烧死，一定有人推了一把，才将甘草送上了黄泉。

宁钰轩将她送在非晚阁就走了。最近他来看她，似乎都是偷偷摸摸的，旁人都不怎么知道，还当她是一直失宠。

季曼收拾好心情，往老夫人那里走。

苜蓿没出月子，孩子却被聂沉鱼抱来逗老夫人开心了。老夫人这两天的气色也的确好了不少，脸上的笑容也多了。孩子真是最重要的。季曼看着那襁褓里睁开了眼的孩子，微微闭了闭眼。

“桑榆丫头。”老夫人乐呵呵地招手让她过去，“你来看看这孩子，长得跟轩儿像不像？”季曼走过去看，皱巴巴的一张小脸，眼睛鼻子都没个模样，哪里看得出像不像了？

“这嘴巴倒是像侯爷呢。”虽然心里觉得不像，季曼觉得哄老人家开心却是要的。老夫人乐呵呵的，将孩子放在床榻边逗弄，一边逗一边道：“昨儿我跟轩儿商量给孩子起名，想着还是先起乳名的好，等他满周岁了，再起正名。看这孩子福气满满的，就先叫他福儿吧。”

“福儿好啊，保证小少爷以后都福气护体。”聂沉鱼嘴巴甜极了，回头看季曼一眼，娇俏地道，“沉鱼也好久没看见姐姐了，姐姐好像更美了。”季曼笑了笑，道：“你不是一直在蔷薇园伺候吗？婉儿那肚子也大了，你可得小心些。”

说得自己真跟丫鬟似的，聂沉鱼眼神暗了暗，脸上依旧笑道：“婉儿姐姐那身子可稳当呢，姐姐不用担心。”老夫人看她们两人一眼，有话想说，但是见齐思菱还在旁边，便只道：“你们两姐妹，能一直这样和睦就是最好的了。”

季曼点头，聂沉鱼也点头。只是这府里最近喜事连连，孩子眼看着一个接一个地出来了，聂沉鱼却没有多得宠，甚至一月也没看见陌玉侯两次，怎么都有些急了。坐了一会儿，聂沉鱼就走了，因为她算着时辰，侯爷这时该去蔷薇园了。

齐思菱看季曼背后的灯芯手里还捧着账本，就笑道：“最近听闻雪松院修葺开支甚大，夫人可是要来同老夫人报账的？”季曼点点头，顺便就让灯芯把账本放在了老夫人手边，轻笑道：“老夫人，侯府虽然是富贵地，但是也养不起这样的亲戚。账本已经给侯爷过目了，侯爷让我酌情处理。桑榆这会儿来，就是想问问老夫人，怎么处理最为恰当？”

提到雪松院的事情，老夫人抿了抿唇，看了齐思菱一眼道：“思菱就先去温婉那边看看吧，我同夫人有话要说。”齐思菱捏了捏帕子，有些不甘愿地站起来，告了退。

“怜雪那里又怎么了？”老夫人微微坐起来，看了看账本，之后便皱眉道，“这些……让那人给吐出来也成，不用太过责罚怜雪。”

“为何？”季曼直直地看着老夫人，“您一向是赏罚分明的，为何偏就一直袒护怜雪，还说她不会害桑榆？老夫人也知道，甘草是死在她的院子里的。”老夫人顿了顿，低声道：“说不定是个意外呢。”季曼一脸严肃地看着老夫人：“甘草丧生火场，头部却有伤，怎么看都不是意外。”老夫人沉默了。

当归和首乌看了看老夫人的脸色，都纷纷退了出去，关上了门在外头守着。“桑榆，你也知道，高门大户，总有那么些人是不能动的。”老夫人叹了口气，开口道，“我干脆实话告诉你吧，怜雪一直……是替我们做事的，是自己人。”

季曼觉得好笑，眼睛微微睁大：“自己人？”自己人会害死她的丫鬟？自己人会让她的孩子下落不明？“她一直是听命于三皇子和皇贵妃的皇贵妃在这件事上，对我也多有提点。”老夫人道，“所以我一直说，她不会害你，如果有什么，那也一定是误会。”

季曼领悟这句话良久，之后抿唇道：“老夫人，桑榆最相信的是自己的眼睛和耳朵。若她真是自己人，那么桑榆提醒老夫人一句，这个人不能信，也请老夫人务必

转告姑姑和表哥。”

老夫人有些震惊。她在屋子里待久了，自然也不知道外面发生了什么。“老夫人若是不信，就等着看一看。”季曼抿唇道，“上次我在她那里拿了东西，她若真是自己人，就不必慌张，大可直接问我拿回去；若不是自己人，她必会害我。”季曼已经有预感了，若真是一个不得了的秘密，千怜雪必然会对聂桑榆下手。

“明日正逢街上赶集的日子，桑榆想出去走走。”季曼恢复了正常的神色，“老夫人有没有什么想要的小玩意儿？桑榆替您带回来。”

第五十八章 蜘蛛开始织网

正好雪松院也有东西需要采购，季曼从老夫人那里出来，就又去了千怜雪那里一趟。千怜雪捂着嘴咳嗽，看了她许久，问："夫人亲自出去买吗？"季曼笑着点头："凡事亲力亲为还是最好的。就算是身边丫鬟，也有出错漏的时候，不是吗？"淡竹站在千怜雪身后，眼皮微微跳了跳。季曼这是明显在承认，打晕淡竹的就是她，东西也是她拿走的。

千怜雪表情有些不自然，递了清单给季曼。季曼却笑着起身，带着灯芯就离开了。她回非晚阁布置了一番，让灯芯就留在非晚阁守着。晚上的时候，她又偷偷去宁钰轩的书房，邀他明天一起去采买。

"你是觉得我最近闲到可以当管家了是吗？"宁钰轩微微不悦，"上街采买也要叫上我？我很忙的。"季曼笑得甜甜的，抓着他的手左右晃悠："最近街上不太平，我一个人去，万一出什么事情怎么办？"

"那就让别人去，你别去了。"宁钰轩抿唇。男人不管在什么时候，都是一样讨厌陪女人逛街。季曼学着温婉的模样，将身子扭成了麻花："难得我有心情，你就陪我去吧。"

季曼能感觉到，最近宁钰轩对自己更温和了些。女人最大的本钱就是男人的纵

容和心软，温婉以前有，但是利用得不恰当；而今她也看见点苗头，自然要好好使用。宁钰轩被缠得没办法，不耐烦地挥手道：“知道了。你先回你的非晚阁去，明日我在后门等你。”

季曼就知道这人定然又是偷偷摸摸的，不过也甚为符合自己的心意。季曼满意了，乖巧地回了非晚阁。鬼白站在一边，看着侯爷脸上有些严肃的神色，忍不住问：“明日可要多带些人？”“不用。”宁钰轩摇头，有些恼地道，“但是我陪那女人逛街，该穿什么？”

他的衣裳都是华贵无比的，穿出去在街上走，不被人盯着跟看猴子似的才怪。鬼白倒是没想到他是在为这个伤脑筋，忍不住轻笑了出来：“侯爷若是不介意，属下有一套新做的衣裳，甚为寻常，可以先给侯爷穿。”“好。”宁钰轩松开了眉，看着桌上太子来的信，轻巧地提了笔回了。

第二天季曼去了后门，还带了两个粗壮的下人帮忙拿东西。后门外，她看见有家奴驾着马车，她也就乐得轻松，跟着上去坐着，掀开帘子就看见了宁钰轩不太耐烦的脸。宁钰轩拿着那清单看着道：“怎么这么多东西？”

季曼微微笑了笑。东西不多，她怎么找理由在外面多留一会儿？她带着“保镖”出来的，自然心里有底，任是什么来都不怕。就算死也跟宁钰轩死在一块儿了，聂桑榆看在这份上，怎么也不能算她任务失败。

季曼今天穿了一身嫩绿色的长裙，整个人看起来活泼了不少。那裙子不贵重，就是常服罢了，和宁钰轩那一身普通的青衣倒是挺搭调。季曼前脚刚离开府邸，后脚就有家奴出来，一路跟着他们的马车。

“这东西怎么都不值五十两，十两还差不多。”陶瓷古董店，季曼挑剔地拿着一个花瓶道。她面前的架子上摆了各种各样的花瓶，胎薄、瓶身通透，均是上品。季曼现在就看中一个火红的花瓶，正在砍价。不过宁钰轩觉得，她这价砍得也太狠了。

店里自他们进来之后生意就好像不错了起来，好多人跟着进来四处看东西。宁钰轩不声不响地站到了季曼身后。那些人都是一路跟着他们的，从花圃到正街再到这古董店。宁钰轩看人的记性一向很好，即使这几个人还特意换了外袍。

看看面前正毫无察觉地挑着花瓶的女人，宁钰轩心里笑了笑，她还真是机灵，又将自己给扯下水了。掌柜的一脸苦瓜相看着季曼道：“夫人，这个花瓶是古董，十两银子是万万不可能的。”

季曼还想再说，就见面前的古董架子却不知怎么突然摇晃了起来，好像是有人不小心撞到了上面，之后整个架子就突然朝她砸了下来。无数古董瓷器落地，碎片四溅。宁钰轩咬牙挡着那倒下来的架子，季曼却缩在他胸前，目光凌厉地看向旁边的人。

“小心！”季曼道。店铺里掌柜正“哎哟，哎哟”地叫着，他们身后的几个人却已经抽出了匕首，直直地朝季曼而来。“掌柜的，你愣着干什么？快去报官啊！”季曼喊了一声，推着宁钰轩离开那架子。瞬间屋子里尘土四起，几个人的匕首擦过她的身子，吓得她连忙往宁钰轩怀里躲。

“你这祸害。”宁钰轩怒道。季曼撇撇嘴，想说自己很无辜的。宁钰轩捞起季曼，带着她就冲出了古董店的门，落在了正街上。街上不少的人，听见这边这么大的动静，都纷纷停了下来围观。

三四个拿着匕首的人追出来，不要命地往宁钰轩的身上扑。宁钰轩护着身后的人，顺手抽了街边小摊子上的木条，挡着匕首低喝了一声：“鬼白！”不远处停着的马车边，鬼白飞快地跑了过来，接过宁钰轩丢过来的季曼，护到了人群外。

宁钰轩以一打三都有些勉强，更何况对面是四个，手里还都有刀。这些人好像不认识宁钰轩是谁，只觉得碍事，就留了两个下来对付他，另外两个去抓聂桑榆。

生死攸关的时刻，季曼却蹲在人群外头盘算：这边动手了，幕后之人肯定也没有百分百的把握能杀了自己，那么非晚阁里一定就有后招，那自己安排的东西，说不定就能派上用场；另外，这次就算没有确凿的证据，不能定千怜雪的罪，但是也能动摇宁钰轩和老夫人对她的信任，起码能先将她从姨娘的位置拽下来，府里她的眼线也至少能被拔掉一半。算起来还是笔不错的买卖，如果千怜雪真的跟季曼想象中的一样，是心怀不轨之人的话。

古董店里也是有伙计的，这些人砸了那么多古董，掌柜的一边叫人报官，一边让伙计上去把这几个人按住。这些伙计虽然不能制伏他们，但是拖着时间等捕快来不成问题，这就帮了宁钰轩不小的忙。

这里的捕快倒是挺给力的，没一会儿人就来了，将几个还在和宁钰轩纠缠的人统统押住。由于宁钰轩打得也很起劲，穿的又是平常百姓的衣服，所以就被一起带回了衙门。季曼看着宁钰轩被押走时那铁青的脸，笑得眼泪都快出来了。不过，之后她便让鬼白驾车，去衙门赎他。

几个持匕首行凶的人长相都挺普通的，被押在衙门里，脸上一点畏惧的神色都没有，只是有个人小声嘀咕一句：“失败了，可能要受罚。”为首的一个男人瞪了宁钰轩一眼道：“若不是他突然冒出来，怎么会失败？”

“是侯府的侍卫吧？”后头的人嘀咕了一句，“功夫倒是不错。”“谢谢赞赏。”宁钰轩冷哼了一声道，“杀人犯法，你们倒是还有心思在这里闲扯。等京兆尹来了，你们还想活命？”

那几人神色都很镇定，似乎是不怕死，抑或觉得他们死不了。宁钰轩心神微动，低着头不再说话。等京兆尹先提审了这些人，再叫他进去的时候，他才亮了陌玉侯府的腰牌，说明了事情经过，请京兆尹主持公道。

这个京兆尹是新官上任，没见过陌玉侯的模样，只是多看了他两眼，之后就道：“他们也没有伤着人，死罪自然是不至于，关一段时间就可以了。”澧朝刑法，杀人未遂也是要偿命的，这位大人却这么轻轻松松地说关一段时间就可以了。宁钰轩笑了笑：“大人借一步说话。”

季曼在衙门外头等捕快通传，还没等多久，就看见宁钰轩出来了，脸色很难看。

“怎么了？”季曼问。宁钰轩摆摆手：“回去吧，剩下的东西让其他人来买。”看得出他心情很糟糕，季曼也不敢啰唆，老老实实跟着他回去了。

只是季曼回了府里，没去非晚阁，而是去找了聂沉鱼。“妹妹要不要去非晚阁坐坐？”季曼笑着道，“老夫人让你我二人好生相处，我们也不该辜负了她老人家的期望。”聂沉鱼一脸戒备地看着她：“姐姐突然这样盛情，妹妹却有些不敢去呢。”

聂沉鱼小时候没少与聂桑榆互掐，可是聂桑榆没了娘，于是每次不管是谁错，最后挨骂受罚的一定是聂桑榆。季曼笑着道：“不会有什么事的。侯爷刚跟我一起回来呢，估摸着去书房坐一会儿，也就该过去了。”

聂沉鱼的眼睛这才亮了亮，收拾了一番就跟着季曼走了。聂沉鱼刚踏进非晚阁，就见灯芯已经笑眯眯地站在院子里了，冲着季曼道：“主子，屋子里有惊喜，您还是慢些开门。”聂沉鱼好奇地问：“什么惊喜？”季曼耸耸肩，示意聂沉鱼去开门。

高门大户家的女儿，大概是从来没有见过这样的场景的。聂沉鱼刚推开门，就看见屋子里满地满桌都是蛇，长长短短，红的、青的，盘旋着、蠕动着，在一具尸体边吐着蛇信子。听着门打开的声音，有几条还转过了三角形的脑袋，望了过来。

“啊！”一声惨叫，聂沉鱼退后了几大步，一个没站稳就跌坐在了地上。那几条蛇见门开了，还扭动着要往外爬。灯芯连忙过去将门给重新关上。聂沉鱼吓哭了，抓着季曼的手，一边哭一边道：“我就知道你叫我来没好事，你这屋子怎么会这样！”

季曼抿唇，自己也有点被吓到了。季曼本来是想着让灯芯带了人在院子里埋伏，有什么动静就把人拿下，让聂沉鱼来看这出戏，也是好让她也帮着在老夫人面前说说话。到底是唯二两个聂家人，一起说的话，老夫人怎么也该信一点。

结果没想到，千怜雪直接来了个大招，把聂沉鱼吓崩溃了。“你一定是故意的，我要去找老夫人做主！”聂沉鱼腿还软着，拉着身后的丫鬟泽兰的手，颤颤巍巍地站起来往外跑。

非晚阁里头还有一具尸体，这不是后院可以草草处理得了的。季曼一边跟着聂沉鱼往主院走，一边让灯芯去知会了宁钰轩。死的人是厨房采买的小五，挺老实巴交的一个小伙子。

宁钰轩也来了主院，听着灯芯跪在屋子中间道：“夫人出府去了。奴婢本来是打算带着众人去厨房给夫人做点点心，也好让夫人回来享用。没想到厨房被蔷薇园的人占了，奴婢只好带着人回去。结果一回去就听见主屋里有动静，奴婢就并着几个奴才去看。门推开一条缝就看见满地的蛇，于是奴婢赶紧将门锁上了。后来屋里听见两声喊叫，奴婢才发现里面有人。”

厨房里的人，怎么会提着一笼子蛇，到了非晚阁去？那蛇咬死了人，分明是毒蛇。聂沉鱼还坐在老夫人身边哭，身子还在发抖：“那场景太吓人了，灯芯还骗沉鱼说有惊喜。要不是我习惯先推门看看再进，定然也是要被毒蛇咬了的。”

灯芯严肃地道：“奴婢没有说错，的确是‘惊喜’。谁待我家主子这样好，特意让小五送了这么多毒蛇来，奴婢只望老夫人明察秋毫。”宁钰轩深深地看了季曼一眼，之后道：“这件事我自然会让刑部的人来亲自查清楚，非晚阁里的蛇，自然也会找人来清理。”

“另外，今日妾身上街，顺便去问了一些东西的价格。”季曼扫了一眼旁边一直坐着没有反应的千怜雪，翻手将账本拿了出来，并着一张清单道，“雪松院的修葺费用，按照外头卖的中等价位材料来算，里里外外，总共不会超过一千两。

“而那位怜雪推荐来的人，总共报的款项是三千两。这件事，妾身也已经报了官。”

千怜雪终于动了动，抬眼深深地看了看季曼，之后站起来，跪在老夫人和陌玉侯的面前轻喘着道：“这件事怜雪不知情，还请老夫人和侯爷恕罪。”

千怜雪是四处逢迎的人，谁也不知道她背后到底有多少个主子。千怜雪觉得聂桑榆这手段也太浅了，抓着她了又如何？老夫人和侯爷相信她，自然是不会怎么怪罪她的。至于那两封信，若是都落在聂桑榆手里，那也无妨，上头只有命令，没有称谓，聂桑榆无法指证那信是给她的。

千怜雪轻咳了两声，一张人畜无害的脸抬起来，可怜兮兮地看着上座的两个人。老夫人沉默了一会儿，却是问季曼：“你觉得怎么处置最为恰当？”季曼合上账本道：“怜雪虽是无过错，却给府里的人都起了不好的头。若以后人人都觉得攀关系就可以坑侯府一笔，那还怎么立规矩？妾身以为，罚也不宜过重。怜雪本就是不争不抢之人，位份对她来说也不是很重要，干脆就降她为侍妾，以儆效尤。相信怜雪也能接受，是不是？”

千怜雪心里一紧，抬头看向陌玉侯。聂桑榆这话是把她堵死了，她自然不能说不能接受，这时只能让陌玉侯帮她说情了。她一向在府里低调乖巧，也帮着陌玉侯做了不少的事情，他没有道理不帮她。但是这次，宁钰轩听了季曼的话，却只是点了点头道：“也好。”

千怜雪微微睁大了眼，却又怕失态，连忙低了头，轻咳两声。陌玉侯不会不知道，她一旦被降为侍妾，身边的丫鬟就要被分走不少，他怎么会同意？她自问行事滴水不漏，为几个主子也算是尽力了，虽然踢到聂桑榆这块铁板，但是日后也不是没有解决的办法；但这时陌玉侯的心思，她怎么就突然看不明白了呢？

千怜雪被降为侍妾，身边的丫鬟被季曼亲自挑着分走了一半，全部分到了非晚阁和苜蓿的闻香阁。不过老夫人体谅千怜雪身子不好，地方就没让她搬了，还是让她住在雪松院，只是吃穿用度，都是大不如前了。

季曼看着她有些僵硬的脸，微微一笑道：“没关系，日子还长着呢，怜雪妹妹。”

柳寒云眼看着是要临盆了，府里却又出了这么血腥的事情，极为不吉利。柳寒云出了院子，想去老夫人的佛堂里为还没出世的孩儿求个福荫，正好就遇见了同来求福的温婉。

温婉的肚子比柳寒云小一些，不过也小不了多少。虽然柳寒云已经是姨娘，温婉只是个丫鬟，但是看见温婉，柳寒云还是习惯性地行了礼。“云主子快生了吧？怎么也出来了？”温婉跪在柳寒云旁边的蒲团上，低声问了一句。

柳寒云微微一笑：“府里出了事，你不也是来求心安的吗？”温婉勾了勾唇角：“自从那位当上夫人，这府里的事情不就是没断过吗？今天烧死一个，明天毒死一个，我这心里可真是不安得很。”

“不做亏心事，不怕鬼敲门。”柳寒云朝佛像拜礼道，“双手不沾鲜血，自然不会有东西闻着过来。”温婉嘲讽地笑了一声：“我没做过什么亏心事，如今不也落得个连名分都不能有的地步了吗？可见这院子里，当真只有心狠手辣的人才能活下去。”

柳寒云张了张嘴，看着温婉有些狰狞的侧脸，却还是什么都没说。柳寒云的肚子突然疼了起来，一阵阵的，像是要生了一样。“椿皮。”额上冒了冷汗，柳寒云咬着牙喊了一声。她这肚子是快足月了，只是不想会在今天要临盆。

椿皮是一直小心看着她的，见状连忙喊：“快来人，云主子要临盆了！”这佛堂在主院的旁边，离老夫人的住处也就几步路。可是柳寒云已经疼得躺在了蒲团上，众人见状也不敢动她，还是一边的温婉连忙道：“扯了旁边的帷帐来给她垫着，就在这里生！”

消息很快传到老夫人和季曼耳里，老夫人不能动，季曼却连忙赶过去了。两个孕妇都在佛堂，一个还要生了，这可是真够乱的。

温婉本来是跪在柳寒云身边，看着她叫得凄惨的样子，肚子不知怎么也有点疼。她这是刚九个月的身子，还没到生的时候吧？伸手抓着檀香的裙摆，温婉终究也没忍住，痛呼了一声。

季曼要来面对的，就是两个孕妇同时要在佛堂里生孩子的事情。一个头两个大，季曼连忙吩咐人找了接生婆来，又让一众丫鬟下去准备临盆要用的东西，顺便又让灯芯把宁钰轩给请了来。

两个女人同时生产，可比季曼当初一个人生孩子热闹多了。宁钰轩脸上的表情却还算镇定，跟季曼一起在屋子外头守着。佛堂中间隔了有人搬来的屏风，所有门窗都关上了，丫鬟也抱了被子来，接生婆一声一声地喊着让她们用力。

没过一个时辰，就听见里头传来了哭声。再过一会儿，就是哭声双重唱。季曼觉得，其他女人生孩子好像都比自己轻松。手指微微捏紧，季曼上前去对着宁钰轩屈膝：“恭喜侯爷了。”

宁钰轩点点头。接生婆抱着两个孩子出来了，左手一个右手一个，欣喜地道：“奴婢还是头一回给两位夫人一起接生。恭喜侯爷，云主子生了个女孩儿，婉主子生了个男孩儿。”

宁钰轩顿了顿，看着被裹在襁褓里连脸都被遮住了的两团，抿抿唇，眼里终究还是有些喜悦：“辛苦，你去领赏吧。”“哎。”接生婆笑盈盈地就将孩子放到了奶娘怀里，左一个右一个，分得十分清楚。

温婉生了个儿子，柳寒云生的却是女儿，季曼微微觉得可惜。

第五十九章

风云变

在这个十分重男轻女的时代，不会有人觉得女儿是贴心小棉袄，只会抱着大胖小子呵呵直笑。眼下就是如此，两个孩子被抱去了老夫人那里，老夫人就只是抱着温婉的孩子逗弄了一会儿，连旁边柳寒云女儿的襁褓都没有掀开。

季曼叹息了一声，自己上前去抱过了女娃儿，心想也是柳寒云的命不好，不然她将来也能有个依靠了。“主子，椿皮在外头，说是有要事求见。”灯芯提着裙子进来，小声在季曼耳边说了一句。

老夫人逗着孩子正高兴，不少亲戚也都过来恭喜陌玉侯一次得了两个孩子，又添男丁。季曼隐隐觉得椿皮应该要说的是家事，这场合不太适合，于是便道：“你先让她等一会儿，等这里的人走了，再进来禀告。”

灯芯应了，出去说了一句，便又进来站在季曼身后。季曼小心翼翼地将襁褓揭开一点，就看见一张皱巴巴的小脸儿。柳寒云的孩子是足月的，却看起来跟苜蓿那早产的孩子差不多。那孩子被季曼抱着两下就哭了，季曼便赶紧将她交给奶娘去喂着。

“这孩子也算长得好，没什么早产带来的先天不足。”老夫人抱着孩子跟旁边的人说着。心里微微一动，季曼上前去看了看温婉的孩子。温婉是早产，柳寒云的孩

子却是足月的，可是为什么她觉得，温婉的孩子反而要大一些？

想起灯芯说椿皮有事要说，季曼连忙出门去，就见椿皮已经在屋子边上蹲着哭了。季曼带她回了非晚阁。

“奴婢觉得主子生的应该是男孩儿。那接生婆一将孩子拿出来，看也没看就说是个女儿，剪了脐带就抱去洗澡了，奴婢都没能看上一看。温主子的孩子后生，接生婆抱着就说是个儿子。两个孩子混在一起，不会出错吗？奴婢始终觉得不甘心……”椿皮哭得很伤心，摇头道，“主子好不容易熬出了头，她的命不该这样不好的。”季曼想了想今天看的那两个孩子，心里也觉得是有些不对。为何早产的孩子会比足月的还大？也就是柳寒云的女儿生下来没什么人关心，也没人仔细看，所以才没人提到这个问题。

“灯芯，快些，去将那接生婆拦下来！”季曼急急地吩咐一声，自己也跟着往外跑。

椿皮一抹眼泪就道：“那接生婆还在蔷薇园领赏呢。奴婢刚刚就一直盯着她，到她进去了才来找夫人说话。”

季曼点点头，一边让灯芯去拦人，一边又去寻鬼白。府里小五的尸体已经让鬼白带人抬去了衙门。鬼白刚从外头回来，就被季曼抓着去了蔷薇园。

蔷薇园里，接生婆正在领赏钱，满脸喜气洋洋。温婉给的赏钱可不少，一大包银子，给了她就道：“足够你后半生衣食无忧，你不用回京城，也不用再帮人接生了。”

接生婆正要谢恩，灯芯却先一步跨进房间来，笑吟吟地道：“恭喜温婉姑娘了。杨婆子，夫人有请，让您去一趟非晚阁，也有赏钱呢。”温婉靠在枕头边上，闻言皱了皱眉，看了檀香一眼。檀香便道：“贪心不足可是没有什么好下场的，姑娘给的银子已经够多了，杨婆子还是见好就收，何必再让夫人破费。”

杨婆子是惯常给这些高门大户接生的，遇见这情况倒是头一次，心里有些慌，看了灯芯一眼道：“夫人的赏钱老身就不拿了……”季曼带着鬼白刚好到门口，鬼白进来就直接强硬地扶着杨婆子出来：“在这府里，夫人的话，您还是听一听比较好。”

温婉吓了一跳，正是浑身无力的时候，连起身都没力气，只能瞪大眼睛看着。檀香跺了跺脚，怒道：“姑娘正要静养，夫人带人来闹事，不觉得过分了些吗？”季曼挑眉，笑吟吟地道：“你看仔细了，我请个接生婆走，怎么就叫闹事了？婆子爱闹腾，就让鬼白快些带走就是，不会吵着你家姑娘休养。”说罢，鬼白就将杨婆子带了出去。温婉抿紧了唇。

杨婆子是接生婆里较为有名气的。在柳寒云九个月的时候，她就被陌玉侯带回了府里，一直留着等临盆。季曼打量她良久，道："九个月大的孩子和足月大的孩子，杨婆子可分得清？"

杨婆子站直了身子，手里还抱着银子，一个劲地往怀里塞稳妥了，才开口答道："自然分得清，只是这回贵府两位主子身子骨不一样，生的孩子自然有些不同。足月的那个身子差，所以生下来的孩子小；早产的这位身子一直保养得不错，生的大胖小子也就结实。"

这样一听，倒是觉得还说得过去。季曼也不敢肯定这里头是不是有人做了文章，没证据的话，就算椿皮再不甘心，那也没办法。看了这接生婆一会儿，季曼突然笑道："杨婆子觉得我这住处如何？"

杨婆子往四周看了看，点头："自然是比我们这些穷人家要好上千万倍。""那你就安心在这里住一阵子吧。"季曼笑道，"府里女人多，刚添了三个孩子，有两个都是早产，还有很多需要你您操心的地方。"

杨婆子连连摇头："我家里还有两个儿子、两个媳妇，要接我回去享福咧。"灯芯过来，往她手里塞了一锭金子。杨婆子傻了，呆呆地看了好一会儿，犹豫不决。张口咬了咬那金子，觉得是真的，她才勉强道："那老身就再多住几天。"季曼点头。

从雪松院分配来的丫鬟里头有个涟漪，灯芯每天都给她安排最少的活儿，饭后也经常拉着她聊天。她很谨慎，话都不爱多说，只是最近好像很伤心。灯芯一直陪着她，她也有点感动。在夜晚无人的时候，她终于和灯芯说了两句话。

"我本来都可以许人了，"涟漪幽幽地道，"可惜要许的人死了。"灯芯点点头，安静地听着。"他很踏实，就是家里穷，下不起聘礼。我说那有什么要紧，给我两个地瓜我也肯嫁他。"涟漪眼睛又湿了，"只是他不肯委屈了我，坚持要挣足银子，却没想就这么去了……"

灯芯轻轻拍着涟漪的背，也觉得万分可惜："怎么去的？"涟漪愣了愣，抿抿唇没有再说，将眼泪擦干就睡了。

第二天灯芯就把这事告诉了季曼。涟漪是季曼特意要过来的丫鬟，因为小五死的时候刑部的人来查案，就问了与小五关系亲近的人。厨房里的赵大娘告诉季曼，小五和涟漪是青梅竹马，都快成亲了。

季曼觉得涟漪应该知道些什么。只是她是个好姑娘，就算被分到了非晚阁，却不肯说千怜雪半句不是，所以季曼要想办法撬开她的嘴。千怜雪的背后迷雾重重，

直觉告诉季曼，要扳倒她一点也不容易。虽然现在她安分了许多，但是有她一天在，季曼就不会有安生日子。

朝廷里最近发生了一件大事，算是澧朝开国以来的头一回：太子调戏后宫新晋的妃嫔，被皇上撞了个正着，龙颜大怒之下，罚太子东宗人府思过。太子民望极高，这下被关，有不少百姓激愤不已，还有书生写诗嘲讽皇帝听信谗言。百姓中甚至有激进的人，冲去了原来为皇帝和太子立的神庙，将皇帝的神像砸了，扬言只有太子是民心所向，众望所归。

自古皇帝都有严重的疑心病，本来皇后求情，皇帝都稍微有些心软了，现在事情一闹，皇帝直接摘了赵辙的太子龙冠。朝廷沸腾了，民间却突然没那么闹腾了。街上的百姓该买菜买菜，该吃饭吃饭，除了几个闹事的被抓，其余的都照常过着自己的日子。

下一步，就是要看皇帝什么时候把太子的龙冠赐给三皇子了。经此巨变，陌玉侯也闲了下来，不再每天往六部跑，也有闲心在家里逗逗鸟、抱抱孩子了。三皇子却又登门造访，穿着一身依旧很出尘的衣裳，来了季曼的非晚阁道："表妹一直做得很好，现在是不是也该帮表哥最后一把了？"

"最后一把"的意思，就是彻底将陌玉侯收归已有。季曼看着赵玦，笑道："表哥还不明白宁钰轩是什么样的人？他尽忠的对象是太子，无论那位置上的是大皇子还是表哥你，他都一样会尽职尽责。"

赵玦看了她一眼，摇头："不够。"得到陌玉侯的尽职尽责不难，可是他想要陌玉侯尽心尽力。不过聂桑榆应该也帮不了自己太多，三皇子想了想，跟她寒暄了几句，转身直接去宁钰轩的书房。

"三皇子殿下。"走到半路，赵玦就遇见了千怜雪。她看起来更加柔弱了，一身素净的白色长裙，纤腰不盈一握，脸上还带着些病态的嫣红。左右无人，淡竹行了礼就站到一旁去望风了。三皇子看着她，开口道："听闻你惹着了桑榆。"

千怜雪摇头，叹了一口气，低声道："怜雪没有得罪夫人，是夫人偏要与怜雪为难。您上次给的信都被她抢了去，还打晕了怜雪的丫鬟。"

三皇子微微挑眉："怎么会？""怜雪怎么会骗您？"她咳嗽两声，道，"怜雪一心一意为殿下做事，却被夫人逮着怜雪亲戚的不对，硬生生将怜雪贬为侍妾。怜雪身边不少联络的人手，都被她分走了。"

赵玦心里微恼，心想，难不成聂桑榆还是跟以前一样，为了争风吃醋，其余的什么都不管不顾了？千怜雪可是他的人。“等会儿我自会去找她说话，你仔细做好自己该做的吧。”三皇子甩了袖子就继续往书房走。当务之急，他还是得先去找陌玉侯。

宁钰轩坐在书房里，见三皇子来了，便请他进来坐下。“钰轩一早料到我会来？”赵玦看旁边的客座上摆了茶，笑了笑。宁钰轩点头：“大皇子大概就等着看您出这府门口时候的表情了。”

赵辙虽然被关在了宗人府，但是百足之虫，死而不僵，他身后还有萧天翊和皇后在。

“那我倒是得练一练，虎着脸，装出分外不悦的样子，才能让我那大哥安心。”赵玦笑得温柔，端起茶还故意虎了脸色。宁钰轩失笑，不过想到什么，又严肃了神色道：“我这里有两封信，恕钰轩直言，殿下还是莫要小看了女人。”

“信？”赵玦想起刚刚千怜雪说的话，有些尴尬地问，“是从哪里送来的？”陌玉侯将两封信拿了出来，一封被晕染了，但是还能看清一些字，另一封则是完好无损的。接过来看了看，三皇子脸色沉了，冷哼一声道：“却是我识人不清。”

顿了顿，他还有些不可置信：“两封都是她那里得来的？”宁钰轩点头：“还都多亏了桑榆。”要不是她往后院门口送那么多银子，他也不会注意到淡竹，更不会去追查信的事情。是他一直小看了女人，所以没有注意到自己眼皮子底下，会有这么大一颗钉子。

三皇子插手侯府后院的事，他都可以当成是他在替聂桑榆铺路而不计较。可是扯出来的这个千怜雪，却叫他吓了一跳。这女人的后院之争，倒是比他想象的凶猛多了。三皇子沉默了良久，将那被晕染的信仔细看了又看，合了眼道：“你觉得该怎么处理？是利用，还是干脆处置了？”

被晕染的信虽然没写明来自哪里，上头的命令却不是他写的。千怜雪在听命于他的时候，竟然还听命于其他人。晕染掉的部分让他没办法看出千怜雪的另一个主子是谁，不过她明显就是将他玩弄于股掌之中了。这样的人留不得。

“利用是不用考虑的。”宁钰轩道，“她能在几个主子间周旋这么久也不被人发现，就是她天生的本事，利用来也做不了什么。至于处置……不如就交给桑榆吧。”夺子之仇，杀甘草之恨，他相信那女人自然会替他们处理得分外干净。

“应臣那里怎么办？”宁钰轩顿了顿，叹气道，“他与怜雪并不亲近，否则怜雪也不会干这些蠢事了。桑榆若要处置怜雪，一定会找到令人心服口服的由头，应臣那里自然也就能说过去了。”赵玦挑眉，仔细看着面前的人道：“钰轩，你有没有觉

得，最近你提起桑榆的时候，眼神都很温柔？”

他原以为，宁钰轩是再也难爱上桑榆的，现在瞧着却……“殿下多虑了。”陌玉侯面无表情地道：“钰轩答应殿下的事情，自然都会全部完成，其余的事情，殿下不必多想。”

三皇子撇撇嘴，整理了衣裳起身道：“我这会儿也该回去了，你府里的事情我就不掺和了。”

“多谢。”宁钰轩弯腰行礼。赵玦转身走出了书房，脸上恢复了愁苦冰冷的神色，一路往府外而去。

非晚阁内，季曼正拉着杨婆子在屋子里聊天说话。干接生这一行的，杨婆子自然知道聂桑榆生出狸猫的事情，心下也一直防着她套话；蔷薇园的人平日里都说这位夫人不是个好人，自己要小心些。

可是聊着聊着，杨婆子觉得这位夫人说话让人觉得很舒服，完全没有那些人说得那么可怕；加上杨婆子自己生了三个子女，有一个夭折了，也是一位失去了孩子的母亲，所以说着说着，她就放松了戒备。

“婉儿这次生的是侯府次子，只是她无名无分，那孩子足月了之后，可能还得抱给我来养。”季曼支着下巴叹息一声，“她定然又要生气难过了。”杨婆子抿了抿唇，还是压制不住老婆子常有的长舌，开口道：“园子里不是都说夫人不喜欢那婉儿姑娘吗？抱了她的孩子来养不是正好？”

季曼心里冷笑，温婉还真是没闲着。“我怎么会讨厌婉儿？她善良又温柔，不主动招惹事情，又能体贴侯爷，对我也是守着礼节的，我喜欢她还来不及，如何来的讨厌？”杨婆子咋舌，蔷薇园里的人背后都将这位夫人编排成什么样子了，她竟然还傻兮兮地觉得那位姑娘对她守着礼节？

按捺不住，杨婆子说了一句：“夫人可别把那位姑娘看得太好，她在背后指不定手段这么翻着玩儿呢。”季曼微微惊讶：“是不是有什么误会？婉儿那么单纯，怎么会玩手段？”

杨婆子冷哼了一声，正想开口说什么，却是脸色一变，住了口，伸手轻轻打了一下自己的嘴巴：“瞧我这老婆子，又管不住嘴了。”季曼暗道一声可惜，眼看着就要套出话来了。她想，这个杨婆子一定是知道事的。

灯芯从外头跑进来，到季曼耳边轻声嘀咕：“主子，按照您的吩咐找了人，已经安排好了。”季曼点点头。万事俱备，还差个东风。换了一身明艳一些的衣裳，季曼果断抱着一盅子补药就去了宁钰轩的书房。

三皇子刚走不久，季曼听人说他估计没讨着什么好，出府时脸都是阴沉的。她想宁钰轩到底还是偏向大皇子的，要他动摇，除非大皇子被挫骨扬灰。季曼猜不出宁钰轩为什么非在一棵树上吊死。

宁钰轩正起身打算去非晚阁看看，却见聂桑榆直接推门进来了。他赶紧坐下拿了本书来看。季曼笑盈盈地走过来，将补药放下道："侯爷，忙吗？""嗯。"宁钰轩头也不抬，心下也奇怪自己刚刚的反应，干吗突然坐下了。

见他似乎心情不太好，季曼就乖巧地走到他身后，替他揉着肩，想起一些炮灰女配的经典台词，咬咬牙，娇声道："您好久没有去看妾身了。"宁钰轩眉毛动了动，轻咳一声道："怎么，你这是来邀宠？"

季曼眨着眼，顺势往他怀里一坐："太久不见侯爷，妾身自然是会想念的。这都多久了……"说着，季曼深情款款地拉着他的手，往自己胸口放。一般女配书房勾引男主的时候，必然会被女主撞见，这是自古以来言情小说里经久不衰的桥段。

季曼正想着等会儿温婉会不会也推门而入，宁钰轩放在她胸口的手就紧了紧，之后温热的唇就落了下来。她不禁心中暗骂，男主也太没定力了！

气氛瞬间暧昧了起来，宁钰轩的眼神深沉，呼吸都带着些热气："你这……""停！"季曼一把捂住了宁钰轩的嘴，很严肃地道，"侯爷千万不要叫妾身磨人的小妖精，妾身会笑场的。"

第六十章

聂桑榆，你不得好死

宁钰轩顿了顿，亲吻了她的掌心一下。季曼飞快将手拿开，就听得他郁闷地道：“你怎么知道我要说什么？”季曼忍住要笑的冲动，心想，这个时候一定不能破坏气氛，小妖精就小妖精吧，现在把人勾引到手才是最重要的。

外裳被丢到了一边，季曼被直接压在了桌上。气氛正缠绵，书房半掩上的门却又被推开了。侯府的书房外头一般是不会有人拦着的，除非是侯爷有事情要商量；闲暇的时候，其他人都是可以随意进来的。

所以聂沉鱼推开门进来，就看见了书桌上缠绵的两人。宁钰轩的动作停了，将季曼抱起来，拉上了衣裳，看着门口淡淡地道：“你怎么来了？”

聂沉鱼虽然不是女主，可是也是挺喜欢陌玉侯的。眼里含了泪，脸也有点红，聂沉鱼小声道：“奴婢替温婉姐姐送点吃的给侯爷。”季曼也有点不好意思，整理了衣裳坐起来。宁钰轩道：“你放这里吧。”聂沉鱼点头应了，放下点心，看了季曼一眼，飞快地转身跑了。

这虽然是个小插曲，不过气氛已经被毁得差不多了。季曼干脆就穿了外裳，温温柔柔地道：“侯爷能晚上再来看妾身吗？”

宁钰轩轻咳两声，别开头道：“我会考虑的。”季曼看他那样子也该是会来的，

也就老老实实行了礼，退了出去。天色也不早了，季曼吃过晚膳，又去逗了逗柳寒云的女儿，就回了院子里。

涟漪这两天一直做噩梦，灯芯陪她一起睡在了侧堂。今天天上云层厚，晚上自然没有月亮，院子里入了夜就黑漆漆的。宁钰轩还是来了，缠绵之后，季曼死活缠着他不让他睡。宁钰轩就跟逗猫似的，有一下没一下地戳着季曼的脸。季曼一口咬在他的脖子上，才把他疼醒了，很是不悦地看着他。

"啊！"院子里传来了一声喊叫，声音不大，却让主屋里的两个人都听得清清楚楚。

宁钰轩睁开眼就看见季曼有些兴奋的眼神，挑眉道："你又在搞什么鬼？""侯爷有没有兴趣去看看？"季曼笑得一脸奸诈。

宁钰轩叹了口气。他就知道这人今天这么乖顺，一定是有什么事情需要他。宁钰轩被她拖起来，披了黑色的披风，两人跟蝙蝠侠一样轻手轻脚到了前院。院子里黑漆漆的，只有涟漪跌坐在一边，正捂着自己的嘴。

院子中间有个"鬼"，身上还挂着正在扭动的蛇，脸被长长的头发遮了起来，声音虚无缥缈："涟漪，我对不起你，说好要娶你回家的……"宁钰轩嘴角抽了抽，看了季曼一眼，好像是在责备她装神弄鬼，对去世的人不敬。

季曼耸耸肩。谁让古人都这么固执，信奉鬼神，她也只有用这个俗却有用的办法了。

院子里的涟漪捂着嘴哭了，站起来想去触碰那黑漆漆的影子："阿五……""小五"连忙往后退，轻声道："我身上怨气太重，摸不得，你还要活在阳间的。"

涟漪哭得更厉害了，却压着声音看了看四周，生怕把其他人吵醒了。"我这几天常常梦见你。"她哽咽着道，"梦见你说要来娶我……要和我永远在一起……刚刚我又惊醒了，却没想到真的是你来了。"

"小五"叹息一声："我很后悔，为什么要去帮主子做这件事，不然，你跟我都还会好好的。"涟漪拼命摇头："你是为了我，要不然，也不会答应帮雪主子。"

宁钰轩一愣，季曼感慨真相终于大白。

"是我太过粗心，蛇刚出来就咬了我一口。"黑影子叹息道，"如今因为害人而死，阎王要罚我魂飞魄散，不入轮回。我是来同你道别的……"涟漪惊恐地睁大眼，支起身子道："怎么会？没有人死啊，只有你自己……"

"这都是因果循环。""小五"无奈地道，"我助人为恶，阎王说倘若真相不得大白，那就只能罚我不入轮回，以示这人间，善恶有报。"涟漪怔住了，眼泪不停地往下掉。

季曼拉了拉宁钰轩的袖子，两人又悄无声息地潜回屋子里。

“你想让涟漪指证千怜雪？”宁钰轩问。季曼抿唇：“不可以吗？”“那你要怎么处置她？”宁钰轩又问。季曼认真想了想，道：“她谋杀我之心，按律不是也当偿命吗？”

宁钰轩微微皱眉，好歹也是陪了他这么多年的人，也帮他做过不少的事情，要是这么死了……“妾身知道侯爷定然要心疼。”季曼了然地拍拍他的肩膀道，“妾身也不是得理不饶人的人，不如就由侯爷来写休书，如何？”

宁钰轩扫了季曼一眼，不相信她会这样善良地就放过了千怜雪。季曼认真地道：“妾身不会食言。”宁钰轩想了想，自己姑且看看明日情况如何，说不定以千怜雪那张嘴，聂桑榆也还整不死她。

第二天，不出意料地，涟漪跟着季曼去了老夫人跟前，直接将非晚阁毒蛇事件招了出来，直指背后黑手是千怜雪。千怜雪大怒，哭着跪在老夫人面前：“奴婢一心一意伺候侯爷和老夫人这么多年，没想到夫人还是容不下奴婢。涟漪这丫头，奴婢待她也不薄，没想到她会反过来咬奴婢一口。”

老夫人皱眉看着季曼，没懂这是哪一出。季曼却道：“侯府一直不太安宁，不少下人说是桑榆一直在兴风作浪。可是老夫人可知道，这最温顺的人才是最可怕的？涟漪是雪松院的人，若不是昨晚她遇见了小五的鬼魂，也不会这样将实情说出来。”季曼看向一边的宁钰轩道：“侯爷也在场。”

老夫人怔了怔，看向宁钰轩。宁钰轩静静地看着地上的千怜雪，就算这个女人背后藏着许多的事情，是该早些处理了为好，但毕竟他们同床共枕这么多年，他也不是可以冷眼旁观的。若是让她继续留在陌玉侯府，聂桑榆必然还要与她不死不休，说不定还会扯出更多的事情来。如此，宁钰轩觉得还不如就放了她。“休书我来写吧。”宁钰轩开口道，“怜雪可以回千家去。”

千怜雪不可置信地看着宁钰轩，压根儿不知道自己已经失去了价值，只是觉得荒唐：“侯爷要休了怜雪？”“你意图谋害夫人，本该是死罪。”宁钰轩看着她，淡淡地道，“可是念在这么多年的情分上，我放你出府。”

老夫人看了自家儿子一眼，也就不再说话。老夫人不是有多喜欢千怜雪，只是因为她帮着自家儿子做了不少事，虽然上次不知她为何将锦瑟赶走了，但是其他时候，她做的事还是没有什么错漏的。

季曼笑了笑，看着千怜雪脸上震惊的表情，轻声道：“多谢侯爷替桑榆主持

公道。”

从姨娘贬为侍妾，千怜雪已经觉得聂桑榆很过分了，没想到现在，她竟然让侯爷直接休了自己。

她被休弃的后果是什么？不是名声差，而是她这个人会完完全全失去任何价值。三皇子那里且不论，这是聂桑榆动的手；但是其他主子那里呢？她一直隐藏得很好，根本不该在这个时候翻了船啊！她太不甘了！她以为帮着那么多人做事，总有一个人成事之后，可以让她安享富贵荣华，不用再当一个可怜的妾。可是为什么，为什么在这个关口上，陌玉侯会放弃了她？

千怜雪恼恨不已，重重喘息两声，直接就晕了过去。“主子……”淡竹看着家奴将千怜雪扶出去，跪下来朝着老夫人和侯爷磕头道：“主子身子本来就不好，现在又晕过去了。千家没有什么人了，老夫人和侯爷就网开一面，饶了雪主子吧！”

季曼抬步就往外走，让灯芯去将淡竹扶了起来：“不用担心，我会亲自送你家主子回去。千家的宅院，也定然替你家主子打点好。”淡竹还想说话，奈何灯芯力气特别大，抓着她就往外拖。

“聂桑榆，你不得好死！”淡竹这一声带着十足的恨意，眼睛通红地朝着季曼吼了出来。她的主子已经够可怜了，还要被这女人害得个被休弃的下场。聂桑榆为什么不能放过她的主子？

这还是在主院，淡竹就敢这样喊了出来，想来也真是护主心切。不过旁边的当归可不会管她哭得多可怜，一个巴掌扇过去，怒斥道：“大胆，当面辱骂夫人，你是不想活了？”

淡竹被打得侧过脸去，依旧恨恨地看着季曼。老夫人咳嗽两声，气得将茶杯给摔了出来：“混账东西，嘴巴这么不干不净的，还不叫人来撕了她的嘴！”

旁边的家奴听着就要来动手，淡竹吓了一跳，连忙收敛了神色，朝老夫人磕头道：“奴婢该死，老夫人恕罪，奴婢只是一时情急……”

季曼站在旁边没动。家奴已经上来按住了淡竹，当归过来便是两个耳刮子，接着当真要撕嘴。摸了摸自己的嘴角，季曼打了个寒战，开口道：“当归姑娘仔细着手，这刁奴还是由桑榆带回去教训便是。”

不是季曼心软，只是甘草的验尸状还在她的袖子里安静地躺着。淡竹眼里满是愤恨，却只能低着头被季曼带回了雪松院。老夫人咳嗽两声，像是更累了，被首乌扶着回了卧房。

宁钰轩终究是念旧情的人，找了大夫去给千怜雪看病。季曼就坐在她床边，让人押着淡竹跪着。“这世间是真的有鬼神的，不知道做惯了亏心事的人，是信还是不信？”季曼扫了一眼床上紧闭双眼的千怜雪，又看了看地上跪着的淡竹，轻笑道，“睡在这屋子里，午夜梦回，有没有看见甘草？”

淡竹的身子微微一抖，安静了下来。旁边正在诊脉的李大夫也顿了顿，低头就当没有听见。淡竹动了动嘴唇，硬声道：“甘草是自己被火烧死的。”“是吗？”季曼从袖子里拿出了验尸状，慢慢在淡竹面前蹲了下来：“她头上有撞伤，衙门的人推断说是她撞在门槛上晕了才会被烧死在屋子里出不来。甘草一向机灵，你说她会不会自己没事跑去门槛上撞一撞？”

淡竹睁大眼，别开了头。“这状子上只写了死因，却说不出个凶手。”季曼微微一笑，捏过淡竹的下巴来，看着她的眼睛道，“甘草马上就可以嫁给自己最喜欢的人了，却被人害死在大火里，面目全非，就是上奈何桥等上百年，也不一定能让那人再将她认出来。你觉得，我会善罢甘休吗？”

淡竹眼神闪避着，却倔强地道：“不关奴婢的事。”“没关系。”季曼笑着拍拍她的脸蛋，“你以为侯爷休了你家主子，就是她最后的下场了吗？不会的，你家主子做过多少见不得人的事情，我会统统挖出来。她始终逃不过王法的审判。”

淡竹一愣，接着眼里泛上恨意：“夫人为何偏生和雪主子过不去？”季曼笑了笑：“你等她醒了，问问她，为什么要和我过不去？”说罢，季曼起身，看了依旧没醒的千怜雪道：“马车已经在外头了，李大夫要是不介意，可以跟着我去千家继续诊断。”李大夫点点头，站起来收拾东西。床边有力气大的丫鬟，也准备将千怜雪抬出去。

“你们住手！”淡竹扑到床边来护着，恶狠狠地看着上来的丫鬟道，“不许动我家主子。她的身子已经很虚弱了，你们就不能让她好好休息吗？”季曼回过头，看着淡竹道：“又不是丢出她去，她再赖在侯府也没有什么意义吧？我亲自送你们回去，还要如何？”

淡竹被人拉开，千怜雪被丫鬟们抬了出去。灯芯扶着季曼，一起上了马车。丫鬟是没有资格与主子同乘的，可是淡竹死活要守着千怜雪。季曼觉得在这府里，能有这么个丫头在身边，也真是难得。

淡竹一直满怀戒备地看着季曼，季曼也没什么好说的。若真是千怜雪抱走了她的孩子，那么这主仆再情深义重、感情深厚，她也要报她的骨肉分离之仇；至于甘草的仇，她觉得宁明杰比她更有讨债的立场。

马车走得尚算平稳，千怜雪躺在淡竹怀里，依旧没有醒来。淡竹抿唇看着窗外

的景色，看着看着就觉得有些不对："这不是去千府的路。""嗯。"季曼托着下巴，淡淡地道，"顺路去接个旧人。"

马车去的方向是偏远的长乐街。长乐街上丝竹声声，是众多教坊曲馆聚集之地。淡竹戒备地看着季曼："接什么人？你不是要送我们回去吗？"季曼不语，马车已经停了下来。车夫将帘子掀开，就有一个娉婷素雅的女子抱着琵琶上来了。

"锦主子！"淡竹吓了一跳，看着面前这满身风尘的女人，瞪大了眼。锦瑟恭恭敬敬朝季曼行了礼，之后就坐在她旁边，也没有多看淡竹一眼。"侯爷念着旧情，也因着与千大人的交情，觉得不能薄待了怜雪。"季曼笑道，"我让锦瑟留在千府照顾，到怜雪身子好了为止。"

淡竹微微颤了颤，怀里的千怜雪也眉头稍动。锦瑟是被千怜雪亲手陷害，让侯爷赶出了侯府的。这只不过是千怜雪执行的命令之一。她事后也跟三皇子解释过，说旁人下手，借了她做文章，她当时昏迷不醒无法阻止。三皇子因为锦瑟不算得宠，也就没有在意。

可是现在，为什么聂桑榆会将锦瑟找回来伺候自己？千怜雪惊疑不定，却不敢睁开眼。锦瑟这一生出了青楼，本来是可以从良的，却成了千怜雪左右周旋的无辜牺牲品。被队友出卖，谁不会愤怒？于是季曼几天前让灯芯将锦瑟赎了出来，就等着让她伺候千怜雪。放千怜雪回千府，就是放鱼回池塘。在季曼的孩子找回来之前，她还得给这鱼塘布个网。

千府门口，千怜雪已经被人送了进去。锦瑟朝季曼微微屈膝，娇俏地笑道："还以为这一辈子，就要这么过去了呢。"季曼笑道："你不怕我在利用你？""那又如何？"锦瑟抱着琵琶，轻轻拨了拨弦，"奴婢已经习惯了，真被人束之高阁，反倒是觉得悲怆。"

惯常会看人脸色、迎来送往的女子，其实都是分外寂寞的。锦瑟本想在陌玉侯那里做个停留，却不想侯府水太深，不得保全。她以后还是老老实实随意嫁个商人为妇吧。季曼笑了笑，反身上了马车。

千怜雪一回去就是重病，据说是药石无灵，就吊着一口气在。季曼一点也不担心她，因为她是个聪明人，知道什么时候该躲该藏，她怎么死都有可能，就是不可能病死。

雪松院里的人除了淡竹被带走了，其余的人都还在，每个人都是惶惶不安的，生怕季曼迁怒于他们。然而季曼只是将他们都分配到了后院，让他们干些粗活儿，日子平淡，月钱也不高，只不过季曼时不时会找几个人谈谈话。

被找去谈话的人都说夫人只问了一些无关紧要的问题，但是有的人回来被调到了其他的院子里继续伺候姨娘，有人却依旧在后院里干粗活儿。时间一长，就有人按捺不住，主动跑到季曼这里来透露消息了，以换得更好的前程。

灯芯笑眯眯地道：“主子真厉害。”季曼精心选了个金锁放在锦盒里，抱起来道：“人心不总会在一条线上，稍微利诱，总有人肯说话的。”她相信这些人说的话里头，总有东西是有用的。至少她现在知道，千怜雪一定是参与了换走她孩子的事情。

府里的两个新生儿快满月了，温婉那里自然有各种各样的礼物赏赐，她都不用操心，只是柳寒云那里她需要去看看。自从生了女儿之后，凌寒院似乎冷清了不少，只有慕水晴偶尔念佛念得累了，会去走动走动，其余时候也就季曼一个访客。

陌玉侯倒是赏了柳寒云玉如意一类的东西，但是他最常去的还是蔷薇园。季曼瞧着他有些不悦。她就比较偏爱女儿，只是不知道她当初生下的那个，到底是男是女。

宁钰轩今天一早就出了门，不过走的是后门，只带了鬼白，换了常服，鬼鬼祟祟地坐着马车走了。马车在街上绕了七八圈，最后才停在了相国寺门口。相国寺香火鼎盛，外头围着许多善男信女要求见主持，只是小沙弥一直道“主持正在忙”。

宁钰轩径直穿过佛堂到了后面。主持虚无的确正在忙，只见他抱着一个奶娃娃，笑得跟弥勒佛一样地给那奶娃娃喂着羊奶。

第六十一章

传说中的私生子

两个月大的孩子，已经是粉嫩嫩的了。宁钰轩走过去瞧了瞧，那孩子格外乖巧，只含着虚无的手指，睁着眼睛看着他，不哭也不闹。宁钰轩想伸手去抱，虚无却躲开了他："你身上浊气太重，可别污了这天生的干净身骨。"

虚无也是颇有名气的圣僧，只是为人性子古怪，说话也让人难以参透，故而与权贵没什么交集，倒是不知怎么在多年前与宁钰轩看对了眼，成了知己。

虽然是知己，虚无也是依旧有话说话，抱着奶娃娃转了个方向坐着，背对着宁钰轩。虚无继续沾了羊奶在手指上，逗弄着奶娃儿。"你可有净手？"宁钰轩嘴角抽了抽。虚无顿了顿，撇嘴道："人死之后，也是要归于尘土的，现在提前让娃儿尝尝尘土滋味，以后必当更解生死之道。"说白了，就是没洗手。

宁钰轩叹了口气道："不是说让你请一位奶娘吗？你怎么照看得好他？"虚无转头看了他一眼："这是相国寺，你要贫僧藏一个奶娃儿已经是不容易了，还让贫僧请个奶娘？那你怎么不干脆大张旗鼓地告诉别人，你侯府嫡子在我这儿？"

宁钰轩无话可说，抿唇道："我是来接他的。"虚无不高兴了："接回你那满是血腥的侯府里去？可别造孽了，这孩子根骨很好，贫僧还想着养大他，刚好可以继承贫僧的衣钵。"

本来还在犹豫要不要将孩子接回去，听见这句话，宁钰轩直接就上前去将孩子抱了过来："老和尚，你休想。"他嫡亲的儿子，想给栽培成下一代秃驴？做梦！虚无撇撇嘴，摇头道："你总道红尘难舍，却不知六根清净，才会少了诸多磨难。他纵然是天生贵骨，却也终究要卷进红尘是非之中。他跟在我身边，自可免去不少无妄之灾。"

"我会保护好他。"宁钰轩低头看着怀里的孩子，那孩子的眼睛像极了某个人。"贫僧只怕你有心无力。"虚无叹了口气，双手合十行了个佛礼，"不过骨肉分离，到底是这世上最痛苦的事情，也该带他回去见见他娘亲。"宁钰轩闭了闭眼："我自有安排。"

侯府里，季曼正陪着柳寒云说着话。屋子里燃着炭火，比外头暖和了不少。柳寒云靠在床边，月子坐完虽然也胖了不少，却没有季曼当初那样夸张，整个人倒是看起来富态了些。只是女儿不受宠，她也有些产后抑郁，季曼变着法逗她开心，才让她笑了几声。

"妾身昨天晚上做了梦，"柳寒云抱着孩子，抚摸着她的眉眼道，"梦见这孩子长大了，像极了温婉姑娘。"季曼顿了顿，轻声道："你不要总是乱想。""也许是妾身想太多了。"柳寒云将季曼带来的金锁放在了孩子的襁褓里，抱着她拍了拍，"如今的日子也算是好的了，寒云再也不想去强求其他的。这孩子他们都不疼，妾身便自己来疼吧。"

"还有我疼着呢。"季曼笑道，"这孩子以后的吃穿用度，绝对不会少过谁；将来出嫁的时候，我就当是亲生女儿那样给她操办嫁妆。"柳寒云眼眶微红，抿抿唇道："多谢夫人。"季曼心里叹息，算起来也是自己拖人家下水的，不补偿一番，也实在对不起自己的良心。

温婉出了月子，活跃得很，嚷嚷着要给自己的儿子办满月酒。不过她忘记了，她现在只是一个没有名分的丫鬟，连侍妾都算不上。丫鬟的儿子，哪有什么满月酒？灯芯笑道："她怕是在蔷薇园住傻了，以为自己又是夫人了。"

季曼去了老夫人跟前，当着所有人的面，笑道："婉儿姑娘生了子嗣，按照规矩是该有个名分的。可是圣意在上，我也不好做主。这孩子也算是府里的次子，满月之后，似乎是该由我来继续抚养了。"

温婉上一刻还笑着，听完这话，脸色立马就变了，死死拽着旁边宁钰轩的手。老夫人抱着两个孙儿，脸色却比月前更差了，咳嗽了两声道："按照规矩，是该给正室抚养。不然这孩子，也得被人低瞧了一等去。”

宁钰轩正在想事情，被温婉掐得疼了，才回过神来，看着老夫人怀里的两个孩子道：“一切由母亲做主就是。”温婉不可置信地睁大眼，张口想说话，却被身后的檀香拉了拉衣袖。她不解，自己都生了儿子了，为什么还要当个丫鬟？自己的儿子，又凭什么要给聂桑榆养？天知道这歹毒的女人会不会虐待她的孩子？

然而被檀香这么一拉衣袖，温婉回过神来了。如今她也该学会看清形势，这府里的夫人是聂桑榆，那她就得忍。“奴婢位卑言轻，一切也由老夫人做主。”咽下一口气，温婉站在宁钰轩身边，偷偷掉了眼泪。

泪水砸在宁钰轩的手背上，他侧头看了温婉一眼，无声地握了握她的手。温婉哭得更凶了，却没出声，眼泪就跟断了线的珠子一样往下掉。骨肉分离的痛，季曼何尝不知？她一个人挣扎了几个月，才走出那阴影，现在午夜梦回，也是依旧会梦见自己的孩子。然而对于她的孩子，没有人再提及过。

苜蓿的孩子乳名是福儿，温婉的孩子老夫人起了个名叫曦儿，至于柳寒云的女儿，老夫人就唤了一个筠儿。现在曦儿抱给了季曼，非晚阁也就“热闹”了。每逢半夜，季曼必然被吵醒，然后让奶娘抱着孩子喂奶，她就在旁边顶着黑眼圈唱催眠曲。大概是因为自己失了孩子，没个寄托，曦儿一来，季曼倒是觉得心情好了不少。

温婉也算是解脱了。她现在忙于产后恢复身材，然后与宁钰轩侯重新培养感情。一连好几天季曼问灯芯陌玉侯去哪里了，灯芯都回的是带着温婉出府游玩去了。温婉和宁钰轩的感情升温很快，季曼就趁着这段时间，往宁明杰的府上多走了几趟。

朝里有消息说宁明杰明年可能会上阵打仗，因此来宁府攀关系的人也不少。只是自甘草去后，宁明杰的心情都不是很好，一直闭门谢客。季曼去拜访的时候，却是他亲自来开的门。

宁明杰看着沧桑了不少。不知为何，季曼总觉得他有些悲伤，脑子里也会禁不住地想起甘草红着脸怯生生地站在他旁边的样子。“桑榆有些东西想给堂少爷，”季曼定了定心神，将袖子里的验尸状以及府里人的一些口供交给他，“也请堂少爷帮桑榆一个忙。”

甘草的案子，季曼没办法拿到确切的证据，要破案还是得靠专业人员。宁明杰是最适合的人。仔细将那些东西都看了一遍，宁明杰抿唇道：“明日在下会去府上叨扰。”“有劳堂少爷。”季曼朝他行了个礼，将披风上的帽子重新戴上，转身离开。今天天气已经凉得很了，宁明杰却开着门站着，直到那影子消失不见。

侯府里的人都当温婉重新得了宠，羡慕不已。但是在宁钰轩带着她出门的第五

天，却领了另一个女人回来。那女人长得很普通，却有三分像聂桑榆，怀里抱着一个孩子。

温婉在旁边红了眼，一声不吭地就直接回了蔷薇园。“这是夏氏。”宁钰轩看着季曼，认真地道，“是与我在南巡路上有过缘分的姑娘，有了我的孩子。到底是侯府子嗣，不能流落在外。”

“夏姑娘的闺名，是不是叫雨荷？”季曼干笑了两声问。夏氏不解地看了季曼一眼，抿唇道：“奴婢夏莲心，夫人说的雨荷是谁？”季曼摆了摆手：“无妨，不用在意那个。既然是侯爷领回来的，那等会我便带你去见老夫人。”

宁钰轩看她一眼：“你不要看看孩子吗？”自己最近看孩子都快看厌了，季曼撇撇嘴，不过还是走近了夏氏，看向她怀里的孩子。

那孩子明显比曦儿大了许多，不哭也不闹，就睁着一双黑溜溜的眼睛，好奇地看着她。

季曼心里某个地方，突然就软了一下。

这孩子看模样有五六个月大了，算起来的话，他才是侯府的长子。这可有点麻烦了，长幼有序，关乎侯府的继承问题。本来苜蓿生的孩子是长子，可宁钰轩突然领回来一个女人和孩子，季曼已经可以预想到等会儿老夫人院子里的腥风血雨了。

“朝中还有事，我得先出去。”宁钰轩看着季曼复杂的眼神，轻轻拍了拍她的肩膀，“照顾好夏氏和孩子，别让他们委屈了。”季曼点点头，心想，这个夏氏也是不简单，还能让宁钰轩这么特意嘱咐一句。

夏氏抱着孩子跟着季曼去了主院。季曼领着人刚站在门口，就看见丫鬟、小厮们忙忙碌碌的。她伸手拦住当归，看当归急得满头是汗，心里有些不好的预感：“当归姑娘这是怎么了？”当归急道：“老夫人又发病了，这会儿已经晕了过去。奴婢得去找侯爷，让他请御医才行。”季曼连忙让开路，让当归去找大夫。

随后，季曼回头吩咐灯芯道：“去找钱管家，让他把南苑里的采莲阁收拾出来，暂且给这位姑娘住下；再让我院子里的几个丫头先过去伺候着。”灯芯应了，看了夏氏一眼。夏氏有些犹豫，轻声问：“不用先见老夫人了吗？”“老夫人昏迷，也见不了。等老夫人醒过来再见也是一样。”季曼提着裙子就往里走，“你先随灯芯去吧。”

夏氏顿了顿，见灯芯已经在前头带了路，便跟着走了。侯府繁华，夏氏不过是普通人家出身，自然一路上东看西看，好奇得不得了。刚穿过花园，她们就撞见了抱着孩子匆匆往主院赶的苜蓿。

苜蓿如今的日子好了许多，一头的珠翠，满身的锦绣，远远看着夏氏这个村妇，本来是不甚在意的，没想到却瞥见了她怀里抱着的孩子。心里微动，苜蓿停下来，看着灯芯问：“这是谁家的夫人？”

灯芯屈膝行礼，答道：“这位夫人是侯爷今日亲自领回来的，怀里抱着的，是侯府的孩子。”苜蓿心里一惊，又走近了两步，一边哄着自己怀里的孩子，一边看向夏氏的。

“多大了？”苜蓿问。夏氏老老实实地回答：“快六个月了。”脸色微变，苜蓿眼神凌厉起来，盯着夏氏道：“怀着身子的时候怎么不来找侯爷，孩子都这么大了才来？”

夏氏被她吓了一跳，后退一步道：“奴婢是江南人士，怀着身子，来侯府路程遥远恐有不便，孩子太小也不能颠簸。奴婢先前有写信给侯爷，只是侯爷现在才来接了我们母子。”这话听起来也是合情合理，可是苜蓿不甘心。

她没有陌玉侯的宠爱，只能靠福儿出头。只要正室一天无所出，她的孩子就是侯府的顺位继承人。可是现在这个凭空冒出来的男孩儿，竟然比福儿大！苜蓿捏紧了手，怀里的福儿大概是感觉到了不舒服，哇哇大哭起来。这头一哭，夏氏怀里的孩子也就跟着哭了起来。

夏氏有些慌神，连忙哄着自己的孩子，满脸不悦地看着苜蓿。“夫人还有吩咐，让夏氏先去采莲阁。郑主子要是有什么问题，等会去主院问夫人便是。”灯芯护着夏氏，朝苜蓿行了礼，便拉着夏氏越过她继续往前走了。苜蓿哄着孩子，回头看着她们一路往南苑而去。

现在已经是冬天了，不过还没有要下雪的征兆。老夫人的病反反复复，看样子是快要挨不住了。季曼坐在床榻边，红着眼睛握着老夫人的手。老夫人微微动了动，半睁着眼睛看着季曼，眼神涣散。

“老夫人，桑榆在这里，想要什么，想做什么，都告诉桑榆就好。”季曼低下头，温柔地道。老夫人眼珠子动了动，张了张唇，却没能吐出声来，脸色青白，没一会儿又晕了过去。季曼抿唇，轻轻为她盖好被子。

“老夫人这病症，也只能拿药吊着了。”一旁的御医叹息道，“老夫人指不定什么时候就去了，夫人也要做好准备。”心里顿了顿，季曼觉得有些荒唐：“老夫人不过才半百未满，怎么会老得跟七八十岁一样？”

“心力交瘁、操心太多的人，都会老得快。”御医写着药方子，全是清一色的名贵补药。季曼失笑，自己也操心得很多，难不成以后要和是老夫人一样的结局吗？

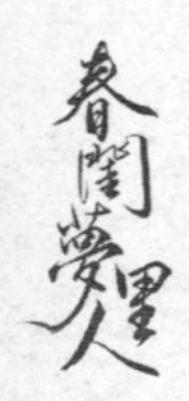

老夫人重病，宁明杰自然也来看望。伺候喂老夫人喝了药之后，他跟季曼说了一声，就离开主院，在府里四处走动。府里女眷太多，季曼也就干脆陪着他一起去，免得哪里有什么冲撞。

宁明杰手里从刑部拿来了三个无头案，都是在陌玉侯府里发生的：一个是鬼婴案，一个是狸猫换子案，还有一个就是甘草被烧死的案子。这三个案子都找不到任何线索，也查不出背后主谋，但宁明杰不知怎么，看起来颇为有把握。他带着季曼在府里走，时不时找几个家奴聊聊天，看起来倒像是两人在闲逛。

季曼一点也不怕麻烦，因为她想，要是宁明杰能找出真相，说不定她的孩子也能找回来。所以不管宁明杰怎么逛，做什么，只要她有空，就都陪着。宁明杰也以看护老夫人的理由重新住在了南苑。

下午的时候季曼召集了后院的所有人，向众人介绍了夏氏和她的孩子。温婉作为最早知情的人，脸上没什么波澜，倒是其余的人心思各异，上上下下打量着夏氏。晚上的时候宁钰轩回来，先去看了老夫人，之后去采莲阁看了夏氏和孩子，最后就来了非晚阁。

“给她个位份吧，也别太低了。”宁钰轩躺在季曼身边，轻声道。季曼觉得奇怪：“侯爷不是真心待婉儿姑娘的吗？”宁钰轩模糊地“嗯”了一声。“那当着婉儿姑娘的面将夏氏和她的孩子接回来，不怕婉儿姑娘伤心？”季曼咋舌道，“您怕是完全都没有考虑她的感受。”

宁钰轩轻咳一声别开头：“我自己的孩子，自然要接回来。我为什么要考虑婉儿的感受？”

季曼抽了抽嘴角：“侯爷还没学会如何真心待人。”

那自己身边，有人真心待自己吗？宁钰轩嘲讽地勾了勾唇角，一把揽过季曼的腰，狠狠地在她脖子上咬了一口。

季曼吃痛，这人的唇却压了上来。季曼记得，以前聂桑榆偶尔有侍寝的时候，宁钰轩是绝对不会亲吻她的嘴唇的。季曼伸手环抱着他的脖子，忍不住问了一句：“侯爷现在，有没有一点喜欢桑榆？”

宁钰轩冷哼一声，掐着她的腰问：“你呢？”季曼眨眨眼：“桑榆自然是一直喜欢侯爷的。”那丹凤眼里没有一点波动，瞧着他的眼神就跟看台上戏子一样。宁钰轩的脸色沉了下去，炙热的身子很快覆盖了上来。他抿着唇，脸上没有什么表情地看着她，却还是没忍住，低下头来，轻轻在她唇上落下一吻。

季曼原以为宁钰轩的唇会很冰凉，其实吻起来却暖暖的。这时隔壁的曦儿准时号哭了起来，声音之大，瞬间将这暧昧的气氛扫得干干净净。宁钰轩太阳穴跳了跳，咬牙问：“奶娘呢？”

季曼连忙穿了衣裳起来，道：“奶娘哄不住他的，喂了奶都要听我唱歌才能睡着。妾身先伺候您更衣，让奶娘将曦儿抱进来。”揉揉眉心，宁钰轩是头一回觉得孩子还有这么烦的。

张着嘴哭得凄惨的孩子，脸上其实压根儿没啥眼泪。奶娘喂了奶抱进了季曼的房间，季曼就将他放在床边的自制婴儿床里，一边摇一边哼唱：“我的宝贝，宝贝，给你一点甜甜，让你今夜都好眠……”

季曼唱了好几遍，曦儿才终于睡了过去。她松口气扭头，就见宁钰轩一脸嫌弃地看着自己：“什么曲儿，没个词、没个调的。”对于这种没情趣的人，季曼是不会和他计较的：“哄睡了孩子就行。”

宁钰轩哼了一声，躺回被子里重新抱着她。

“侯爷刚刚是不是还有问题没回答妾身？”

“不喜欢。”冷冷地答了她，宁钰轩将她的头按在自己怀里，“老实睡觉。”

季曼撇撇嘴，这可真愁人，心里纳闷：宁钰轩这到底是傲娇呢，还是真不喜欢自己？

第六十二章

身在局中不自知

这可直接关系到她能不能回去的问题。虽然在这里久了，日子不算无聊，但是她还是想回去的。她还有销售报表没有做完，还有小说和电视剧没有追完，也还有丰厚到可以给家里双亲买几个大件孝敬孝敬的年终奖金。

季曼叹了口气，觉得有点惆怅。身边的人却突然抱着她紧了紧，但只紧了一下，之后又松开，平稳的呼吸像是已经睡着了。季曼抬头看了看他，这个让聂桑榆喜欢得丢了命的男人，睡着的时候比醒着时的确要可爱多了。

第二天季曼听说老夫人清醒了，就赶紧带了夏氏去拜见。但老夫人只清醒了半炷香，抱着夏氏的孩子连连喊了几声“好”，就又睡过去了。于是季曼一脸镇定地，叫夏氏的孩子为“好好”。

这名字太过奇怪了，夏氏有些不满意，但是宁钰轩竟然没反对，还扶着夏氏的肩膀安慰道：“总归只是个乳名，等他满了周岁，我亲自给他起。”温婉还站在一边，眼睛有些红。季曼想，男主带回私生子加移情别恋，原著要是看到这里，大概就是在虐女主的戏份了。

冬天的各房各院炭火和衣裳、食物分配的问题又来了。由于许多院子添了孩子，

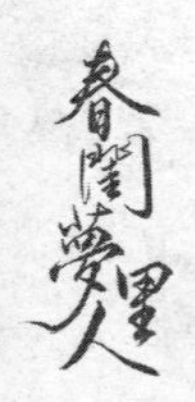

季曼也就不得不多算几份。夏氏的孩子作为陌玉侯的长子，已经被记入了宁家族谱，季曼分东西的时候，自然也要多分给采莲阁一点。至于夏氏的名分，因府里已经有太多人对夏氏不满，季曼也没敢往高了给，就给了她个侍妾的身份，屈居柳寒云和苜蓿之下。

千府那边传来消息，说是千怜雪病得快要死了。宁钰轩看在千应臣的面子上，便到府去看望。“妾身也一起去。”季曼拉住了宁钰轩的袖子，笑着道。宁钰轩没拒绝，两人同乘到了千府，进去一看，千怜雪瘦得只剩皮包骨头了。千怜雪一看见陌玉侯，眼泪就不停地往下掉。

“侯爷还能来看怜雪，真是太好了。”千怜雪伸出瘦弱的手，想拉一拉陌玉侯。宁钰轩站在她拉不到的地方，却没想着前进一步。季曼咋舌，原以为千怜雪是装病，没想到还是真病了。季曼看了旁边的锦瑟一眼，锦瑟做了个出去说的手势，她也就顺着将屋子让给了里头的两人。

“真是病的？”季曼问。锦瑟拉着她到无人的一角，嗤笑道：“她是聪明，自己把自己弄成这样。本来还有主子想灭她的口，都听闻她快死了，也就没人想脏了手。说是快死了，她死了这么久不也还是吊着气吗？”

果然如季曼所想，千怜雪在装病。可是她不太明白千怜雪一直以来图的是什么。“本来侯府里那次她误食糕点，奴婢就觉得奇怪。”锦瑟嘲讽道，“奴婢拿她当半个主子，她却转身来害奴婢，真是让奴婢措手不及。”

季曼心念微动：锦瑟最开始是太子送来的人，但是除了南巡路上为难过自己，之后在府里，倒是没怎么与自己作对，反而还常常来提醒自己一两句；太子恨自己，若锦瑟是太子的人，自然不会让自己好过。

中间有一个细节季曼大概是忽略了：给三皇子送生辰贺礼之时，锦瑟知道三皇子喜欢的是美人图，而不是山水画。也就是说，锦瑟其实应该是三皇子的人。那么锦瑟说拿千怜雪当半个主子，也就是说千怜雪也听命于三皇子？

季曼有些糊涂了：虽然自己与赵玦算不上太亲近，但是他们利益相同，赵玦是不会害自己的；千怜雪若是一心一意听从三皇子的话，又怎么会害自己，怎么会害锦瑟？除非，千怜雪在听命于三皇子的同时，还听命于其他人，左右两边都执行任务。

季曼觉得可能是自己想多了，因为这里女人都养在深闺，很少有女人会有这样的心计和胆魄。毕竟一旦被拆穿，千怜雪就完全无法立足了。但如果她猜对了的话，那么千怜雪的另一个主子是谁？她的孩子，会不会就落在了那个人的手里？

屋子里，千怜雪正望着宁钰轩含情脉脉地道：“怜雪自小身子不好，没有父母庇佑，还要照顾弟弟，是侯爷将怜雪从无助的境地里解救了出来。从那一刻起，怜雪就爱上了侯爷。”宁钰轩安静地坐在床边。

“小时候看应臣被欺负了，我这个做姐姐的也不能帮他打回来，反而要他来保护我。”千怜雪哽咽道，“我是个没用的姐姐，所以才想在后来，尽自己的力气，为应臣多争取一点东西。”“我迎你回门，是觉得你需要人照顾。”宁钰轩开口，看着她道，“你不想被人欺凌，想过好日子，我懂。但侯府没有亏待你，你为何要插手那么多的事情，替别人卖命？怜雪，你只是个女人。”

千怜雪摇头：“我是应臣唯一的姐姐，他后来不理解我，我也没什么好说的。只是他跟着侯爷做事，侯爷的手段怜雪看不明白，怜雪只怕一朝朝廷事乱，他被波及，所以我才……”“自作聪明。”宁钰轩淡淡地给她下了定论。

千怜雪咬着唇，咳嗽了两声才道：“怜雪也从来没有想过伤害侯爷，伤害侯爷的子嗣。只是侯爷的后院太乱，怜雪不过是想求个平衡。”宁钰轩知道千怜雪在狡辩，想博取他的同情，可是他们中间到底还有个千应臣，他也不好多说什么。

“侯爷晚上可以留下来陪陪怜雪吗？”千怜雪双目含泪地道，“怜雪最近，天天都梦见侯爷。”

季曼站在门外，心想，这位还真是不消停，都病成这样还想要陌玉侯留宿。难不成她还想借这一晚假怀孕翻身回侯府？想得美。

推开门，季曼走到床边，装作没听见刚才千怜雪的话，只是有些焦急地道：“侯爷，方才府里有人来报，说是老夫人的病更重了。”于是宁钰轩二话不说站起来，拉着季曼就走了。

“侯爷！”千怜雪虚弱地喊了一声，可是宁钰轩没有回头。

季曼没有谎报军情，老夫人的病每天都更严重一点，今日是昏迷了一整天都没有醒了。宁明杰正守在老夫人床边，听见他们回来的动静，回头看了一眼。

御医正在旁边诊脉，还是与之前一样地摇着头：“也就是这两天的事情了。”季曼一愣，望着那榻上憔悴的脸，抿了抿唇。宁钰轩脸色不太好看，只询问御医还有没有其他的法子。屋子里的气氛突然就悲伤了起来，当归和首乌咬牙流着泪，一众姨娘、侍妾也都默不作声。

老夫人若是去了，这一院子的女人会真心难过的也就只有季曼一个人。其余人是没有受过老夫人多少庇佑的，而温婉甚至会觉得痛快，因为她头上的一座大山终

于要倒了。

温婉想，等老夫人去了，自己就找人去皇后那里说说话，让皇帝取消对自己的惩罚，然后从聂桑榆那里抢回自己的孩子。聂桑榆没有子嗣，老夫人一去，这正室的位置稳不了几年，温婉觉得一切都还是有机会的。

季曼转头就看见温婉扬起的嘴唇，心下一阵厌恶，眼神冰冷地瞧着她。“夫人？”温婉吓了一跳，装作甚为无辜地看着她。季曼别开头，心下不屑：温婉这样心眼小的女人，比千怜雪还不如。

温婉唯一有的，不过就是原著作者的设定——陌玉侯爱她。有爱就能一路畅通无阻，什么都不用做就可以得到一切吗？这种不劳而获的价值观，季曼是不认可的。

接下来几天，季曼都守在老夫人院子里，宁明杰和宁钰轩也守着，只是宁钰轩偶尔会有事出去一趟。两天后的下午，在宁钰轩出门的时候，侯府里响起了丧钟。老夫人终究还是去了。

季曼坐在床边，看着老夫人脸上一种类似解脱的笑容，呆呆地问：“为什么死会是一种解脱？”宫里有圣旨下来，追封老夫人护国一品诰命夫人，以贵妃礼仪厚葬，墓就在平南侯的旁边。两座墓碑一新一旧，却并排着挨得很近。

出殡那天季曼没有掉眼泪，只是一路上都不说话，因为这个时代真心真意一直护着她的人走了。季曼突然发现，一直以为自己可以用旁观者的角度静静看着，却不料原来自己早就牵涉其中。

哪怕这真是一场梦，可是要做到无动于衷，季曼发现自己没那个能力。宁钰轩要为老夫人守孝三年，也就是说未来三年，侯府里都不会有嫁娶之事了。一干女人松了口气，夏氏则更是幸运，赶上了最后一班车。她虽然来路不明，但是有宁钰轩护着，也就这么安稳地住下来了。

让季曼稍微有点意外的是，皇后竟然在重扶大皇子上位的百忙之中，抽空帮温婉在皇帝面前说了两句话，说温婉已经是一心相夫教子了，总得给她一个机会。

淮南王世子夫妇的事情过去得久了，皇帝竟被说得心软，收回了当初说的要温婉一辈子为奴为婢的话，还在陌玉侯面前夸了温婉两句。

女主果然能置之死地而后生。面对这种不可抗力，季曼也只能站在一边看着檀香兴高采烈地捧着新的绸缎走在路上，一边走一边愉悦地跟旁边的丫头道：“咱们主子终于到了翻身的这一天。”

皇帝都松了口，那么陌玉侯想抬温婉的位份自然是很轻松的事情了，连季曼都觉得，指不定晚上陌玉侯就要跑来给自己说，让自己把平妻的位子还给温婉。温婉自然更是高兴，一早就在屋子里试衣裳了。温婉在蔷薇园住得名不正言不顺，连儿子也不能自己带；现在有皇后娘娘撑腰，她想着身份能要回来，儿子自然也能要回来。

不过让众人跌破眼镜的是，宁钰轩从宫里回来，只字未提要抬温婉位份的事情，只是告诉季曼，皇贵妃的儿子要满周岁了，宫里有喜宴，让她准备着。

老夫人的丧期没有过去，皇贵妃给小皇子的周岁礼也就一切从简。两人当了一辈子好姐妹，奈何老夫人走的时候皇贵妃没能求到出宫省亲的旨意，就连老夫人的最后一面她也没见着。对此皇贵妃哭了许久，皇帝这才追封了老夫人为护国一品诰命夫人。

皇子的周岁宴，自然是顺带着要给各家女子展现才艺的机会，毕竟皇帝选秀女的时候又快到了。宁钰轩让季曼准备，是因为各家各户难免都要拿些才艺去上面讨个彩头。“妾身明白了。”季曼点点头。

献艺这种东西，要是有未出阁的女子，季曼自然也就安排上去了，可惜的是侯府里全是妇女，没有少女，最小的也只能叫幼女，正在襁褓里呢。季曼想着要不然就随意在坊间找个歌舞团，可是那样显得也太没诚意，到底是自己的小表弟满周岁。

季曼正发愁的时候，温婉上门来了。不得不提的是，温婉虽然不聪明，但是会跳舞，当初她就是在台上跳了一支舞，才重得到了陌玉侯的心。而现下，温婉捧着一件长长的舞衣来求她了：“奴婢想在小皇子的周岁宴上献舞，作为我侯府给小皇子的贺礼。”

季曼看着她低下去的头，心想，这是怕宁钰轩心里没了她的位置，故而急急忙忙地想出风头搏好感？但是眼下也的确只有她这个身份适合，妾不妾奴不奴的，所有人还得称她一声姑娘。温婉能去献艺，自然是替她了了一桩心事。想了想，季曼就同意了。

“请夫人帮婉儿瞒着侯爷。”温婉娇羞一笑，“婉儿想给他个惊喜。”季曼看着温婉的脸，僵硬地点头。她已经可以预想到温婉出风头的场面了，不过她倒是觉得，以宁钰轩的性子，大概是不喜欢自己心爱的人在外头出什么风头的，不然上次同好会的事情，他也不会让她去破坏温婉的好梦。

温婉显然是没有发现这点的。她回去很精心地准备了一支舞，就准备在小皇子的周岁宴上脱颖而出，让宁钰轩重新对自己刮目相看。曦儿最近身子不太好，时不时会发热吐奶，奶娘说也许是早产的原因，季曼也就让李大夫时不时来看着。李大夫检查了曦儿的饮食，都说是没有问题，季曼也就安心了。

到了小皇子周岁这天，温婉的确狠狠地出了一把风头。她穿着舞姬的衣裳，跳了一支仙乐舞，那场面堪称澧朝史上前所未有。仙乐舞在坊间是很有名的舞，舞姿优美又魅惑十足，对男人来说，是很够吸引眼球的。

但是，温婉得意忘形了，忘记了这是小皇子的周岁宴，该出风头的人不是她；更何况，男人虽然喜欢看女人妩媚妖娆，但是没有哪个男人喜欢看自己的女人在一大群男人面前妩媚妖娆。宁钰轩的脸色很难看，因着皇上和皇贵妃在场，没有发作，只是垂着眸子低头喝酒。

皇贵妃抱着小皇子冷笑道："前两日皇后娘娘还说，温婉姑娘是一心想相夫教子，却没想今日来了这么一出。这身段看得本宫都要心动了呢。"座上的皇帝倒是看得微笑："怨不得钰轩那般喜欢，这温家姑娘也的确是个尤物。"

在场不少皇子公主，男人都看得连声称好，女人却都站在一边面带嘲讽。温婉一舞完毕，暗暗给自己打气：女人讨厌自己，那是因为嫉妒，说明自己做得很好。她朝宁钰轩那边看了一眼，见他没有抬头，有点伤心。但是她转念一想，宁钰轩的性子不是一直这般吗？所以她权当他也是看得欢喜的。

表演之后，温婉就下去更衣。可是今日到场的不少人都不知道侯府的纠葛，真当温婉是未嫁女子。于是在她更衣好了之后，就有不少王孙公子围了过来："敢问姑娘芳名？"

温婉羞涩一笑，拢了拢耳侧的碎发道："温氏贱名，不足挂齿。"

这样的笑容，又给人小家碧玉的娇羞之感，十分讨男人喜欢。于是这一天，女主又俘虏了大部分男人的心，一路上都是带着微笑，回到季曼身边。季曼看着一旁宁钰轩的神色，似笑非笑地提醒温婉一句："你既然已经是侯爷的人，便最好拒绝身边其他对你有心的男人。"

"夫人在说什么？"温婉一脸无辜，"谁对婉儿有心了？"季曼摇摇头，心想，提醒她对自己又没好处，何况这人还不领情。很多女人都喜欢同人玩暧昧，即使已经名花有主，却也不会与人说清，只会拿不知道当理由，享受别人喜欢自己的感觉。不过暧昧玩多了，就会连爱情也葬送了。

皇贵妃拉着季曼说了好一会儿话。聂沉鱼也被皇贵妃叫到跟前，被赏赐了不少东西。"都是嫡女，沉鱼倒是有些委屈了。"皇贵妃看着她，温温柔柔地说了这么一句。季曼抿唇："桑榆明白。"

聂沉鱼以嫡女之身庶嫁，在陈氏看来肯定是委屈得不得了。陈氏也没少往宫里哭，才会让皇贵妃这样暗示聂桑榆。可是季曼不是女主，这样委屈地去劝男主宠幸人的事，她干不出来，所以也就是应着而已。

晚上回府，宁钰轩却没有像温婉想象中的那样宠幸她，甚至连蔷薇园都没去，直接就去了非晚阁。“奴婢觉得，一定是因为曦少爷在非晚阁，侯爷才会经常去的。”檀香安慰温婉道，“侯爷心里还是有您的。”

温婉红着眼坐在桌边道：“我的孩子，被她抱去争宠，让我怎么甘心？”檀香想了想，小声道：“主子可以把曦少爷抱回来的。”“现在我连名分都没有，怎么抱？”温婉说起这个又红了眼，“皇帝都松口了，钰轩为什么还不恢复我的身份？”

檀香低头，也实在想不到什么话来安慰了，只能道：“大概是夫人在上面压着吧。”

温婉一顿，捏紧了手道：“皇后娘娘给的东西在哪里？”

非晚阁内，季曼看宁钰轩今晚心情不佳，便没有说话，替他更衣之后，就老实躺下睡觉了。曦儿喂过奶就被奶娘抱了出去，今晚倒是意外地不吵不闹。睡到半夜，季曼总觉得不太安心，起身披衣开门，去隔壁房间看了看。

曦儿安静地躺在床上，小脸红红的。这孩子倒是安静，但她总是觉得哪里不对。“夫人？”背后的门口，突然传来奶娘的声音。

第六十三章

天上掉下个青天

季曼回头，就看见老实巴交的奶娘搓着手，有些无措地道：“您怎么过来了，是不放心曦少爷吗？”这奶娘是府里老一辈的婆子推荐来的，人很可靠，刚生了孩子，奶水也多，每天都抱着曦儿寸步不离，季曼还是很放心她的。

“我只是半夜睡不着，起来看看。”季曼道，“这孩子一贯半夜哭的，今天倒是没个声响。”奶娘顿了顿，走过去摸了摸曦儿的脸蛋，皱眉道：“曦少爷这是又发高热了。奴婢方才不过出去解了个手，怎么就又……哎，奴婢去叫大夫来。”季曼闻言，心也提了起来，跟着摸摸曦儿的脸蛋，想着小小的孩子，怎么就遭了这样的罪。

李大夫连夜过来了非晚阁，宁钰轩也被吵醒，一群人就围着床边，等着结果。“小少爷最近是不是吃了什么不干净的东西？”李大夫皱眉道，“屋子里很暖和，如果照顾得周到，是不会有问题的。”

宁钰轩看向季曼，季曼看向奶娘。奶娘慌忙摇头道：“奴婢每天都只给曦少爷喂奶，其余的是一概没有喂的。”“这倒也是，曦儿也不会碰其他东西。”季曼皱眉道，“会不会是季节性感冒……我是说风寒？”

“不像是受凉发的热。”李大夫摇了摇头。宁钰轩将孩子抱过来，摸了摸他红苹果一样的脸蛋，沉默不语。“主子。”灯芯跑了进来，皱眉道，“温婉姑娘在外头求

见。”三更半夜，温婉怎么会过来了？季曼挑眉，看了宁钰轩一眼，低声道：“你让她进来。”

温婉披头散发地就跑进来了，一身寝衣，外面披着披风，也是个不怕冷的。她一来就将宁钰轩怀里的孩子抱了去，眼里犹带着泪：“我梦见曦儿在哭，半夜惊醒了。曦儿这是怎么了？为什么脸这么烫？”

李大夫在一边轻声道：“小少爷发高热，婉儿姑娘最好还是将他放在床上，不要抱着摇晃。”温婉的眼泪一下子就落下来了，压根儿没听李大夫的话，抱着孩子就扑通一声就跪了下去：“侯爷，这是婉儿的心头肉啊。您怎么能这样狠心，让婉儿的骨肉在别人这里受苦受难？”

她哭得凄惨，也够真切。季曼看着都微微动容，更何况那儿坐着的是心里一直有她的宁钰轩。“你先起来。孩子难免生病，你这样哭闹像什么话。”宁钰轩道。温婉含着泪，哀切地道：“钰轩，孩子都这样了，您难道不心疼吗？我是他亲生的母亲，是绝对不会害他的人，您为什么不让我养着曦儿？”

宁钰轩这时候要是回答一句“你身份不够”，那么接下来温婉绝对会问，那为什么不提升她的位份？因为大家都知道老夫人都已经没了，这府里他最大了！可是宁钰轩这种大尾巴狼，是不会那么回答的。他只是温柔地将人扶起来，擦干她的眼泪道：“我也是为了曦儿好。在桑榆这里，他是不会受委屈的。”

“都病成这样了，还不叫受委屈？”温婉气红了眼，抱紧了孩子不撒手。曦儿大概是被勒得难受了，终于号哭了起来。整个屋子的气氛瞬间凝重了起来。季曼上前两步，叹了口气，将宁钰轩拉着温婉的手给拉了回来，握在自己手里，温柔地道：“侯爷，妾身看婉儿妹妹实在也哭得可怜，不如就将曦儿还给她吧，也省得她心里还怨恨着妾身抢了她的孩子。”

温婉眼神里怨毒颇深，狠狠地看了季曼一眼。宁钰轩顿了顿，摇头道：“灯芯先下去熬药，李大夫跟着去看着点。等曦少爷喝完药，奶娘继续在这里照顾便是。”“钰轩！”温婉瞪大眼睛，“我都这样跪下求你了，您都不肯把孩子还给我吗？”

宁钰轩有点头疼，终于是没了办法。他将温婉拉起来，把孩子递给季曼，然后拽着她到一边低声道：“你为何这么笨？”温婉双眼通红地看着他。“你的孩子是这府里的三公子，你不知道吗？”宁钰轩深深地看着她道，“养在主母这里，有什么不好？”

温婉怔了怔，看着宁钰轩的眼神，突然好像明白了什么。她想，他还是爱着自己的，只是想为曦儿谋前程，所以让曦儿跟着正室。可是，她总觉得不甘心，好不容易得来的孩子，却要拱手给了聂桑榆……

宁钰轩拍了拍她的肩膀。温婉叹了口气，觉得自己明白了宁钰轩的良苦用心，并且以为自己不该这么闹腾；宁钰轩并不是不爱自己了，只是换了法子为自己好……

有时候女人就是这么一种会自我安慰的动物。这个一心一意以为男主爱着自己的女主，就这么傻傻地被说服了。她完全没有想过，要是以后聂桑榆又有了孩子，她的孩子该怎么办。

大闹一场，却一无所获，温婉不仅没有意识到自己被人忽悠，还往宫里传了消息，替宁钰轩说了好话。宁钰轩就是喜欢这样“天真可爱”的女人，像季曼这种，实在是太难对付了。

温婉不闹了，可怜的曦儿却一连病了好几天。季曼一直衣不解带地照顾曦儿，好不容易松了口气的时候，宁明杰却同锦瑟一起来了非晚阁，还带回来一个噩耗——千怜雪死了。

季曼第一反应就是千怜雪诈死。背后藏着无数秘密，甚至打算借病重翻身的千怜雪，怎么可能就这么悄无声息地死了？

“她是服毒自杀的。”锦瑟淡然地道，“就在案子被查出来，官府的人还没有来得及与她对质的时候，奴婢去她的院子，就发现她死在了床上。毒药瓶子在她自己手里，淡竹却不见了。”

季曼一时无法消化，宁明杰却拱手道：“有负所托，不过案子是被刑部另一位大人查出来的，也算真相大白。”季曼呆呆地跟着他们去了千府。千应臣正跪在千怜雪的房间外。屋里，葬仪馆的人正在给千怜雪化死人妆，千府准备停尸三天之后下葬。

门开着，一般的人却不敢进去。季曼连鬼都不怕，也不在乎多见一个死人，于是就跟宁明杰进去了。“为什么说是自尽？”季曼问。“没有任何挣扎的痕迹；而且据下人说，千怜雪养病的时候都没有穿外裳，死的时候却是打扮得好好的，药瓶子就在手里，所以判定是自尽。”

季曼扫了一眼，千怜雪生前因为身子弱，不能用胭脂水粉，只能用雪花膏；而如今人没了，倒是有人给她用了厚厚的胭脂水粉，让她整张脸都艳丽了起来。

她的陪葬物正有丫鬟在慢慢收拾，季曼不经意地扫了一眼，恍惚间就看见了一块龙形的玉佩。季曼也没多留意，朝千怜雪行了个礼就退出去了。死者为大。

走到院子里，季曼就看见了宁明杰说的那位刑部的大人。他将千怜雪的罪状都

写了下来，正在给宁钰轩过目。宁钰轩的脸色特别难看，难看到季曼很好奇上面到底写了什么。“你看吧。”他瞟了季曼一眼，将状子递过来了。

季曼连忙接过来。纸上密密麻麻的繁体字，让她看起来很头痛，不过她理解起来倒是没有问题。三桩案子，在这么短的时间内，竟被这位大人将所有证据全部找到，且人证物证俱在；连给她接生的丫鬟都被他找回来好几个，且无一例外地指证所有的罪状都是千怜雪犯下的。

鬼婴是千怜雪操纵的，府里众人多次流产是千怜雪操纵的，连她的孩子被换走，也是千怜雪操纵的。证据太足，众人都以为的三桩无头公案，在他手里却就这么机缘巧合地统统被解决掉了。这人姓范，从此开始，民间都称他为“范青天”。

季曼看向这位三十多岁成熟稳重的范大人，此时他正朝宁钰轩拱手，看起来一身正气，却让人觉得有些假。一个藏着许多秘密的人，莫名其妙死掉了，而且罪名全落在了她的头上，这摆明了她就是个替死鬼。季曼突然很想知道千怜雪背后的主子都是谁。

大案告破，聂桑榆的孩子却没能找回来。因为千怜雪已经死了，没有人知道她把聂桑榆的孩子送去了哪里。

千应臣受到波及，被皇帝降了官，调度到了徐州。宁钰轩沉默了许久，拉着季曼的手往回走。“那个范大人是你的人吗？”季曼轻声问了这么一句。宁钰轩淡淡地道：“什么我的人，他是朝廷的人。”

一直在刑部默默无名，没有被宁钰轩注意到的范天行，却突然间冒了头，解决了一切难题。

范天行这个人一直是在刑部的，可惜不上不下，没能给宁钰轩留下什么印象。这次他破案有功，所以宁钰轩就奏请了皇帝，升了他一级官，把他提拔成了刑部侍郎。

侯府里的谜团全都被解开：千怜雪因为身体虚弱无法怀孕，所以接二连三毒害府中子嗣——吓得温婉流产，害得慕水晴喝了堕胎药；至于锦瑟，那是她自己作的，扯也扯不到千怜雪头上。

季曼觉得好笑，一个女人要是因为自己生不了孩子，就去谋害别人的孩子，那叫心理变态；而显然，千怜雪是一个聪明又追求的女人，才没有那么无聊。事情可能的确是千怜雪做的，但是目的应该没这么简单。只是现在死无对证，季曼只觉得憋屈，一点都没有大仇得报的快感。

眼看着府里有这么多孩子了，自己的孩子却好像石沉大海，再也找不回来了，一连几天，季曼心情都很低落。宁钰轩来非晚阁看她，淡淡地问："怎么了？""我想孩子了，生的是男是女都不知道。"季曼郁闷地道。

宁钰轩顿了顿，侧头对灯芯道："把曦儿抱过来，给夫人抱抱。"季曼哭笑不得，曦儿又不是自己亲生的，看着他只会更难过好吗？不过曦儿最近似乎胖了一点，上次温婉来闹过之后，曦儿的病就好了，抵抗力增强了不少，也没有再发高热。院子里几个孩子当中，就属曦儿最壮实，夏氏的好好看起来却有些营养不良。

"侯爷，夏氏求见。"刚说着呢，人就来了。最近这位夏氏好像颇为多灾多难，李大夫都往采莲阁跑了不知道多少回了，不是她病了就是好好病了，难得今天还有精神头来拜见。

"让她进来。"曦儿又哭起来了，季曼抱着来来回回地走动哄着，就见夏氏一个人跌跌撞撞地进来，哭得满脸是泪地道："侯爷，好好中毒了！"宁钰轩猛地站了起来，吓了季曼一跳，瞪着夏氏道："你说什么？"

夏氏有些畏惧地看了他一眼，小声道："今天好好一直不吃奶，奴婢找大夫来看了看，发现是中毒了。还请侯爷、夫人去看看。"季曼还是头一回见宁钰轩脸上有这么惊慌的神色。走过来一把将曦儿抱去给了奶娘，然后拉着她就往采莲阁去。

"侯爷很喜欢这位夏氏？"路上走得匆匆，季曼看着宁钰轩，还问了这么一句。宁钰轩瞪她一眼，闷声道："不喜欢我接回来干什么？"看他紧张的程度，季曼摸摸下巴，心想，女主的最大情敌出现了？

好好的确是中了毒。府里最年迈的老大夫来把的脉，抖着胡子道："是慢性毒，不会立刻致命，只是日积月累下去，大少爷的身体总会被拖垮。""谁的心这么狠？"夏氏站在一边气得跺脚，"连孩子都害，真是没人性！要不是好好本不爱哭，最近却哭得厉害，我都发现不了。"

好好已经断奶了，虽然平时还喝母乳，但是也吃些其他的。季曼命人将好好吃剩的东西都检查了一遍，却没有发现毒下在哪里。采莲阁是季曼原先的两个粗使丫头春风和沐雨在伺候。季曼将人喊来问，两个丫头也说没有外人送什么吃食，一切都是采莲阁自备，给好好吃的东西也都检查过。

宁钰轩侧头看了夏氏一眼，道："你最近有没有吃什么药？"夏氏一怔，脸有些红："奴婢在吃一些调养身子的药。""药罐子呢？"宁钰轩问。"在后院放着……侯爷要那个做什么？"夏氏疑惑。

季曼拍了拍脑袋，心想自己怎么就这么笨呢，便道："春风，去将药罐子拿来给大夫看看。"春风应了，出去就把药罐子拿来给了老大夫。"给孩子喂奶，娘可不能

吃错东西。”老大夫唠唠叨叨地道，“这药就是有问题。所以说带着孩子的人不能乱吃药，这道理小李没有说给你们知道吗？”

“这药就是李大夫开的。”夏氏不满地嘀咕一句，“我这需要养身子，问他有啥方儿好，他也没告诉我不能吃呀。”季曼顿了顿，看着床上时不时啼哭的好好，皱了皱眉。宁钰轩没多说什么，让大夫给开了解毒剂，喂好好吃了，便转头对季曼道：“你先回去，我同夏氏有话要说。”

果然是妻不如妾，妾不如侍妾，反正女人就是越新鲜越得人喜欢。季曼啧啧两声，应了宁钰轩一声“是”，就出去了。季曼觉得是时候坐山观虎斗了，虽然夏氏粗鄙，一看就是农家出身，不会琴棋书画，眼皮子也浅，但是只要被男主看上，说不定也是可以摇身变女主的。

大夫开了药方走了，丫鬟们都被打发出去熬药，宁钰轩抱着好好看着夏氏，问：“莲心，你答应过我什么？”夏氏搓搓衣角，不好意思地道：“我已经尽力了，谁知道药会往我身上下呀。你这宅子也太深哩，做什么都怕被人害了。”

“以后你多抱着好好往夫人那里走。”宁钰轩无奈地道，“让夫人多护着你们些。”

夏氏点点头，犹豫了一下又问：“侯爷，这孩子到底是谁的？为啥要给奴婢带着哩？他亲娘不在了吗？”

宁钰轩抿了抿唇：“不该你问的也就少问。你照顾好他，你的孩子我自然也会让人照顾好，长大以后送他上私塾。”“侯爷大恩大德。”夏氏学着其他人的样子，笨拙地行礼。

要不是陌玉侯，她一个寡妇生了孩子，不知道要被多少人戳着脊梁骨骂。她觉得陌玉侯真是个好人，给她住大院子，还有丫鬟伺候，只是不能说这孩子究竟是谁的。夏氏抿抿唇，看着这院子里的夫人一个赛一个好看，心想，自己这个寡妇，还有没有可能被这位侯爷瞧上？

季曼带着灯芯散步，经过后门的时候，突然就看见了苜蓿。苜蓿现在是姨娘了，架子端得一向很大，只是眼前的她抱着福儿，一身装束倒是十分平常，像极了她以前当丫鬟的时候。

于是季曼开口就喊了一声：“苜蓿。”苜蓿吓了一跳，回头看是季曼，脸色白了白，连忙过来行礼道：“夫人。”“你这是去哪里了？”季曼好奇地看着她怀里的孩子，“怎么把福儿带出去了？”

李大夫跟在后面进了后门，苜蓿想使眼色都来不及。他一进来就迎上了季曼审视的目光。“奴婢……妾身是出去走走，府里怪闷的。”苜蓿低着头，眼睛四处瞟着。“这样啊。”季曼转开眼神，朝大夫修笑道，“今儿采莲阁那边出了事，好像是李大夫开的药有问题。这会儿侯爷还在采莲阁，李大夫还是过去一趟为好。”

李大夫一愣，下意识地看了苜蓿一眼。苜蓿抱着孩子低头哄着，当没看见。“在下过去看看。”李大夫朝季曼行了礼就走了。季曼看着面前的苜蓿，轻声道：“其实我一直挺怀念那个帮我留着荷叶鸡，结果发现鸡被老鼠吃了，一脸心疼内疚的人。”

苜蓿惊讶地抬头看季曼一眼，垂了眸子。“有些东西，不是你的就莫要强求。”季曼笑了笑，“就算想强求，也别对孩子下手。”“夫人您在说什么？”苜蓿有些慌了，后退两步道，“妾身只是出府去逛一逛，对谁下手了？”

季曼笑道：“我只是随口说说，怕你最后走上歧路。”苜蓿抿唇。

陌玉侯下令：以后府里大夫所开的药方，必须全部留根底交给钱管家。这么大的阵仗，温婉好奇发生了什么，就问了聂沉鱼。

聂沉鱼正在剥瓜子，阴阳怪气地道：“还不是那个带着孩子的农妇那里闹腾的。侯爷看起来可紧张了，把夫人拉着一起去看，还闹得差点将李大夫赶出府。”“那个农妇？夏氏吗？”温婉撇嘴。她是从来没将那女人放在眼里的，粗俗不堪，钰轩怎么会喜欢？大概就是因着儿子罢了。

“婉儿姐姐你别说，那农妇还真是有本事。这一个月，侯爷不是去了她那里五六回吗？”聂沉鱼轻哼道，“来咱们院子才几回？”

温婉顿了顿，笑道：“你不是夫人嫡亲的妹妹吗？怎么不让自家姐姐分些恩宠？你那院子也就不至于那么冷清了。”说起这个，聂沉鱼就更气。各方的人来说的都不少了，聂桑榆还是没有让侯爷来宠幸她，简直就是不识好歹。

想当初在聂府，她才是真正的嫡女，吃穿用度都不比聂桑榆差。只是她恼这个人，凭什么她的同胞哥哥要对聂桑榆比对她还好？凭什么爹爹一直就宠着聂桑榆，让聂桑榆嫁得这么好，她就只能当个侍妾？聂沉鱼这辈子最讨厌的，就是聂桑榆。

第六十四章

夺君心

聂桑榆的娘是个狐狸精，聂桑榆也是个狐狸精，这是陈氏自小就告诉她的。虽然按理来说聂桑榆的娘亲是她的亲姨母，但是她不知为何，她母亲会那么恨聂桑榆的娘亲。上一辈的恩怨先不管，她现在在陌玉侯府，却始终被聂桑榆压得不得翻身，也不是个办法。

“婉儿姐姐，沉鱼有事想请你帮忙。”聂沉鱼转过身来，拉着温婉的手轻轻摇晃，“若是侯爷下次来蔷薇园，婉儿姐姐能不能给妹妹一个机会？”

温婉心里微微不悦，可是聂沉鱼嘴巴甜又会来事，一直在这里哄自己开心。她虽然是聂家人，但立场没有聂桑榆那么坚定。“你想博得侯爷欢心，我自然可以帮你。”温婉想了想，笑道，“我最清楚侯爷喜欢什么样子的女人。但是你该怎么报答我？”

聂沉鱼眼眸一亮，欣喜地问：“姐姐要我怎么报答？”跟着温婉的确是没错的，要是听皇贵妃的话跟着聂桑榆，这辈子都别想被侯爷宠幸了，聂沉鱼暗暗开心，眼巴巴地望着温婉。

温婉故作沉思，之后便笑道：“我对夫人的事情还是很好奇的。这府里也无聊，你要是将夫人以前的事情都告诉我，我保管侯爷宠幸你一次后，还有第二次。”聂

沉鱼想，这个多简单啊，咯咯笑着道："婉儿姐姐果然心疼妹妹，不会为难妹妹。聂桑榆在我手里的把柄可多着呢。事成之后，姐姐想听什么，妹妹就说什么。"

温婉眼里划过一丝鄙夷，却还是笑着道："好。"

宁钰轩当晚就正好来蔷薇园，本来是有些累了，打算来同温婉说说话的，却不知怎么，推门进去就是一片黑暗。 屋子里点着暖香，气氛甚好。月光透着窗户洒进来，屋内隐隐可以看见床上红绸翻动，有女声轻声呢喃："侯爷……"

宁钰轩不是禁欲的人，知道这不是温婉，也照旧宠幸。他欣赏女人的聪明，却从来不欣赏女人自作聪明。想玩弄他于鼓掌之中，那可就没有后悔药。一夜缠绵，聂沉鱼几乎快折了腰，第二天日上三竿都没有起来，躺在温婉的床上昏睡着。

温婉进来的时候，脸色有些不好看，让丫鬟伺候聂沉鱼起身。"多谢婉儿姐姐。"聂沉鱼笑得一脸满足，身上青青紫紫的痕迹，叫温婉看得心如刀扎。"不必，你先回去歇着吧，这一身伤也好好处理。"温婉道。

聂沉鱼笑着起身，却是娇软无力，被一众丫鬟扶着更衣，然后回了落雁轩。 聂沉鱼是个不会做人的，借着温婉的光得了宠，就该低调一些，但她偏生笑得这么张扬，让温婉心里起恨。可是自这次之后，宁钰轩就跟换了口味似的，再也没去过蔷薇园，倒是每次路过蔷薇园的时候，都直接去了落雁轩。

聂沉鱼可算是得宠了。她虽然还只是个侍妾，但是宁钰轩有空就去落雁轩，就算不过夜也要在她那里用膳。如此一来，府里的人都见风使舵，一时间落雁轩的待遇好得跟主院一样。聂沉鱼说话有底气了不少，季曼这天送这个月的衣料过去的时候，聂沉鱼还一脸嫌弃地道："这料子，比聂府丫鬟的还差，夫人就不能好好选选吗？妹妹可是每天要见侯爷的。"

季曼笑道："这府里规制就是如此。你说这不如聂府丫鬟的衣料，也未免太过。寻常人家可是穿不起绸缎的。"聂沉鱼轻哼了一声，睨着她道："夫人现在可嫉恨沉鱼？"季曼一头雾水："嫉恨你什么？"

"我如此得侯爷宠爱，你难道心里不恨吗？"聂沉鱼娇笑两声，手指挑着桌上的绸缎道，"若是不恨，也不会送这样的绸缎来，叫我在侯爷面前没个好衣裳穿。"

季曼忍不住笑着摇摇头，道："你要是不满意这个，那就自己带着银子去仓库挑。不然这府里谁不满意衣料都要拿最好的，可没个规矩了。"

聂沉鱼是绝对不缺银子的，陈氏给她的陪嫁光是金条都有一箱子，只是旁人不知道罢了。聂沉鱼冷笑一声，下午就带着金子去仓库里换了一大堆衣料出来。虽然聂沉鱼拿的都是最贵重的料子，但是金子是给足了的，钱管家也没多说什么。

但是当衣裳做出来，聂沉鱼穿着招摇过市的时候，问题就来了。尊卑有别，她一个侍妾却穿得跟正室夫人一样，路上看见她的人都在心里嘀咕，但是因为她是正室的妹妹，又正当宠，也就没人敢说出来。

“聂桑榆小时候就没个规矩，更是爱勾引我哥。”坐在蔷薇园里，聂沉鱼按照约定来给温婉说聂桑榆以前的事情。温婉扫了她一眼这一身的装扮，安静地听她说。

聂沉鱼脸上满是怨怼，捏着帕子道：“我哥什么都护着她，她却对我娘甚为冲撞，每次都是出言不逊，也不知道她娘是怎么教的。”温婉对这些没兴趣，摆手道：“你说的把柄是什么？”

聂沉鱼正了正身子，左右看看，低声道：“聂桑榆是个没羞没臊的，原先未出嫁就经常跑到外头去玩。有一回她一宿未归，听说是跟我哥走散了，同个男人一起过了一夜。这件事没有人知道，我哥只告诉了我，并且威胁我，不让我告诉我娘。”

温婉挑眉，心想，这是许多年前的事情了，也能算把柄吗？不过又觉得未出嫁就跟个男人过夜，可是有损名节的事情。“那男人是谁，你知道吗？”温婉问。聂沉鱼摇头：“我怎么会知道？”

温婉失望地看她一眼，觉得真是不该信她，白白把宁钰轩的恩宠给了她不说，还得不到什么有用的东西。看她这副小人得志的模样，温婉也有些不爽，说了两句就让她走了。

温婉要扳倒聂桑榆，还真不是个容易的事情。

“主子，聂桑榆能嚣张这么久，自然是没有犯过太大的过错的。”檀香在她身后道，“她没有做，您就让她做，还问什么前尘往事。”“可是……”温婉有些无措地揉着帕子，“我怕我真变得那么歹毒，钰轩也会像当初讨厌她那样讨厌我。”

“主子还不明白吗？”檀香道，“这院子里善良的人是活不下去的。您要是想得到想要的东西，就得去抢才行。”温婉沉默。

宁明杰从朝中回来，没有乘马车，而是慢慢地走着。靖文侯已经给他选了正妻，是恭亲王的女儿。他没有见过那个姑娘，但是听闻她不会琴棋书画，规矩也学得很差，很是蛮横。他有些不明白父亲为什么会选这样的女人给他为妻。

只是他也老大不小了，若是能有个女人安家室，也就……适应一下吧。正想着，前头突然有抹影子，像是没看见路，直接撞上了他。“抱歉。”温婉穿着斗篷，连忙低身行礼。

宁明杰挑眉：“怎么会是你？”

对于温婉，宁明杰一直印象很好，因为他没看见过她阴暗的一面。他觉得这女子知书识礼，柔弱得让人怜惜；如果不是……他也许会欣赏这样的女人。温婉似乎是才认出他来，苦笑一声道："原来是堂少爷。婉儿冲撞了。"

"你怎么会自己一个人出来？"宁明杰甚为奇怪地左右看了看。"奴婢本就是奴婢，不一个人出来，难不成还有人护着吗？"温婉笑得凄凉，"堂少爷要是不介意，可与婉儿到旁边茶楼坐坐。"宁明杰微微颔首。

"上次宴会一舞，称赞姑娘者甚多，怎么如今一见，姑娘似乎还是不开心？"宁明杰多问了一句。温婉低了头，许久才叹息一声道："大概也就是那次光芒太盛，回去之后，夫人还是没有让侯爷给婉儿名分。"

"你不是生有子嗣？"宁明杰挑眉。"那又如何？"温婉眼睛红了，"连孩子都被夫人抱走了，哪怕是我亲生，也没有用。"看她似乎有很多苦水要倾诉，宁明杰看了看天色，起身道："改日再聊吧，今日也不早了，再晚可能会下雪。"

温婉一顿，点点头也要站起来，却突然脚下一软，朝着宁明杰就跌了过去。宁明杰伸手扶着她，微微皱眉："怎么？"温婉连忙忍着疼站直了，倒吸着冷气道："无妨……脚扭伤了。"

"还能回去吗？"宁明杰问。温婉勉强笑道："可以……"看她疼得脚都吊起来了，宁明杰虽然觉得不妥，却还是雇了马车，将她送回侯府。"到后门停下就好。"温婉对车夫道。到了后门，温婉却是疼得下不了车，一双杏眼水汪汪地看着宁明杰。

宁明杰静静地看着温婉，却没有要动的意思，只是道："我让车夫去唤你的丫鬟来，可好？"温婉的眼神暗了暗，低声道："婉儿自己就是个丫鬟，哪有那么娇贵，还是自己走吧。"

说着，温婉起身越过宁明杰就要下车，却疼得跌在了他身上，一张俏脸绯红，颇有些恼地咬唇，似乎是在埋怨自己为何这样笨。宁明杰伸手，将她扶起，却是按着规矩，只单手搀扶手腕，带着她下了车。

"多谢……是婉儿没用……"温婉眼里含泪，低声道，"怪不得钰轩最近总是冷待我，若是我有夫人那样聪慧就好了……"宁明杰顿了顿，低笑道："人各有不同，桑榆那样的女子，也就那么一个了。"

见温婉的脸色有点难看，宁明杰自觉失言，补充道："温姑娘也有温姑娘的好。""堂少爷不用夸婉儿，婉儿知道自己不好。"温婉将重量都倚在宁明杰手上，一只脚踮着往前走。宁明杰要扶着她，也就只能跟着往前。

温婉径直从后门往里走。天色阴沉，没一会儿就下雪了，两人走到蔷薇园时，肩头都已经湿了。“堂少爷不如还是在南苑住下吧。”温婉轻声道，“雪大了，路也远，婉儿让人将地方收拾出来。”

侯府也是宁明杰住习惯了的，看看外面天色，抿抿唇，也就点了头。于是檀香去把南苑收拾了出来。

非晚阁内，季曼刚用过晚膳，正在绣一幅昭君出塞图。灯芯小步跑进来，轻声道：“主子，厨房那边起了争执，听说是春风拿了郑主子的燕窝，和绿翘扯起来了。奴婢刚路过训斥了她们，哪知春风不服气，回去告诉了夏氏，那夏氏一贯没规矩的，捞了袖子就去厨房把燕窝掀翻了。”

这画面感十足，听得季曼忍不住轻笑。夏氏直爽，有股子农妇的泼辣劲儿，竟然能冲去掀了燕窝，也是有趣。“主子，您怎么还笑？”灯芯轻轻跺脚，“那头都快打起来了。”

放下绣针，季曼起身道：“外头这样冷，你也揣个暖手再出去。什么大不了的事情，就是碗燕窝，慢慢走，不着急。”灯芯“唉”了一声，却还是麻利地拿了狐毛斗篷和手炉给季曼，出去撑着伞就搀着她小跑。

甘草刚去的时候，灯芯的眼神里充满了恨意。季曼当时还有些担心灯芯会有些偏激，现在灯芯恢复了活泼乱跳的样子，也让她缓了口气。

不过厨房这边的状况倒是真的很激烈，苜蓿也来了，却不知怎的和夏氏掐到了一处去。夏氏力气极大，压着苜蓿骂骂咧咧地道：“没见过你种阴毒货，一碗子东西谁稀罕你的，大冬天的让我跪外头？要跪也是你跪！”

苜蓿气得脸通红。周围的丫鬟、婆子都来拉，夏氏却挣扎着连踢带踹地“赏”了苜蓿好几脚。“真是没个尊卑体统了！”苜蓿怒道，“抱个野种回来，就真当自己是主子了！我让你跪，你还犯上打我？看我今天打死你！”

绿翘抓着夏氏起来，甩手就是两巴掌。春风看得急了，连忙去拉。几人推推撞撞的，直接就将刚进来的季曼撞了出去。季曼的脚勾着门槛，摔了一跤。果然女人打架的时候，绝对要远离。

“主子！”灯芯一个没扶住季曼，低呼了一声。灯芯连忙将她拉起来，转头朝闹哄哄的厨房吼了一声：“都住手！”苜蓿和夏氏都顿了顿，朝门口一看，两人都吓了一跳。苜蓿连忙过来帮着扶季曼，夏氏则有点不好意思，站在原地搓了搓手。

“有什么好闹腾的？”季曼觉得屁股很疼，可是现在还得撑起正室的颜面，板着脸道，“当这是菜市场吗？还打起来了？”厨房旁边倒挂着的鸭子无辜地“嘎嘎”两声。苜蓿颇为委屈地道：“请夫人做主，妾身的燕窝，凭什么她要来拿？绿翘骂她

的丫鬟两句，她还敢过来直接打我！”

夏氏不服气地道：“燕窝不是还你了？你非逮着人不放干啥？哪个丫鬟不是爹生娘养的？你的丫鬟给‘赏’了两个嘴巴子，还不能让我给她打回来了？”“你这没规矩的……”苜蓿气得不行。

季曼抿唇道：“各自让一步。因为一碗燕窝闹成这样，不知道的还以为侯府多缺这东西。郑儿等会儿让人去非晚阁，灯芯会补给你。”“夫人不是说府里该有规矩吗？”苜蓿不服地道，“夏氏不过是侍妾，却以下犯上，当着这么多人的面打了妾身，夫人难道就这么算了吗？”

不知道怎么回事，苜蓿对夏氏似乎格外不满。季曼也不能直接告诉苜蓿，夏氏是陌玉侯在意的人，陌玉侯在意的，那就算是个丫鬟也不好惹。虽然夏氏是粗鲁了些，但是这事她也的确不好处理。

“等我想好了处罚，会告知你们的。”季曼揉揉额头道，“现在都散了吧。天色不早，别都围在这里。”苜蓿仍旧心有不甘，却只能行了礼，带着绿翘走了。季曼叹了口气，拉着夏氏道：“好好如何了？”

提起孩子，夏氏倒是柔和了不少，扁着嘴道：“出来的时候还正睡着哩，好好可不比那些个没日没夜哭着的娇少爷，可乖哩。”“那我随你回去瞧瞧。”季曼捂了捂腰眼子，心想，这一家主母也不好当，水得端平，谁都亲近，谁也都不亲近，架子也要拿足，真是太难了。

季曼刚摔那一跤有点重，也不知道要不要紧。不过她觉得现在走着倒是没察觉到痛，想着回非晚阁再让灯芯揉揉药酒好了。去采莲阁走了一遭，季曼抱了抱已经清完毒的好好。小家伙呆呆地看着她，冒了个鼻涕泡泡，咯咯地笑了。

季曼心情总算好了点，告诉夏氏要有尊卑，不可再以下犯上，随后就打道回府。夜色深了，宁钰轩没说今晚在哪里睡，指不定要去非晚阁，她还是得早些回去。

季曼从采莲阁出来，没走几步就到了南苑的客苑。自靖文侯一家走后，这里就空闲下来了。季曼不经意地扫了一眼，发现这里竟然亮着灯。“谁来府里拜访了吗？”季曼问灯芯。

灯芯摇头：“今日未曾听闻有什么人来。”那怎么会有灯？黑漆漆的晚上，周围就当初宁明杰住的那间屋子亮着灯。季曼打了个寒战，裹了斗篷就要走。

“夫人。”檀香脆生生的声音在旁边响起。季曼脚下一顿，旁边的灯芯看着来人，奇怪地问：“你怎么会在这里？”檀香过来行了礼，乖巧地道：“侯爷醉了酒，刚走到南苑就吐得一塌糊涂，奴婢只能将侯爷安置在这里了。婉主子今晚不舒服，恐怕不能来伺候。夫人既然恰好在，就帮着照顾一下侯爷吧。”

季曼挑眉，宁钰轩那么冷静自持的人，怎么会喝醉？脚下刚踏了一步，腰窝子就传来一阵锥心的疼，季曼倒吸一口冷气，捂着腰疼得冒冷汗。

“夫人扭伤了腰吗？”檀香连忙过来扶着她，朝灯芯道，“醒酒汤在南苑的小厨房里，灯芯姐姐去拿吧，奴婢扶夫人进去。”说着，檀香已经带着季曼往里走了。

灯芯没多想，转头就去找小厨房。季曼觉得哪里有些不对，可是腰眼子太疼，想着檀香还在这里，就应该不会有什么大事，于是就跟着进去了。她还是挺好奇宁钰轩喝醉了是什么样子的。

季曼刚坐下，檀香就去倒茶了。门被合上，有一阵轻响。季曼轻轻揉着腰没听见，好一会儿才缓过来，就听得有个惊讶的声音：“桑榆？”季曼心里一跳，转身就看见隔断处站着的宁明杰。

一瞬间脑子里就闪过很多片段，季曼的第一反应就是跳起来、去拉门，一瞬间都忘记了腰伤。门被锁了，外头的环扣被扣了锁头，季曼苦笑一声。这种一旦被抓住就要浸猪笼的事情，竟然真的被自己遇上了。檀香也真是胆子大，摆明了告诉季曼谁要害她。可是这种事情，被抓住就是百口莫辩的。

季曼有些绝望地回头看了宁明杰一眼。看她的反应，宁明杰也不笨，搬了一边的凳子来，踩着窗台，顺着柱子就爬到了房梁上。动作之麻利之潇洒，看得季曼瞠目结舌。

飞快地帮着把椅子挪回原处，腰又闪了一下，季曼龇牙咧嘴地坐回椅子上。门口的锁又响了一声，季曼也没起身去拉，就捂着腰坐着，一脸痛苦的模样。“怎么会在这里？”宁钰轩随着檀香进来，檀香还在担忧地道：“奴婢看夫人过来这里就没出去了，也许是哪里不舒服……”

抬眼扫了一眼屋里，檀香愣了愣——宁明杰人不见了。宁钰轩几步走进来，瞧着季曼这神色，轻笑了一声：“这是怎么了？”“刚才在厨房处理事情时摔了一跤。”季曼说着，好奇地看着他道，“侯爷不是喝醉了吗？檀香引妾身进来，不是说侯爷需要照顾吗？”

第六十五章

我本身就很傲娇

旁边的檀香一脸无辜："夫人记错了吧？奴婢一直在蔷薇园，还没有出来过。奴婢刚刚想帮婉主子摘两支梅，遇见侯爷问夫人哪里去了，这才带着侯爷过来。"

"哦？"季曼听得好笑，"你一直在蔷薇园没出来，那又怎么看见我进了这里？"檀香一顿，脸色有些难看了。宁钰轩伸脚踢了踢季曼坐着的凳子，低笑道："都痛成这样了，怎么还浑身带刺的。还走得动吗？"

季曼挺直了腰杆，嘴角抽了抽："要是走不动，妾身也不会在这里歇着了。"宁钰轩扫了一眼旁边铺好的床铺，低笑道："你还打算在这里睡吗？"季曼一顿，干笑了两声，旁边的檀香已经开始里里外外将屋子里翻了个遍，喃喃低语道："人呢？"

朝宁钰轩摇摇头，见他似乎要过来抱自己，季曼抿唇道："妾身还有话想问檀香。你好端端地把我引来这里，骗我说侯爷醉酒，又支开灯芯将房门锁上，是想干什么？"檀香一愣，就见陌玉侯一脸莫名其妙地看着自己。

灯芯从外头进来了，看见陌玉侯好端端地站着，"咦"了一声道："侯爷不是醉酒了吗？已经醒了？奴婢在小厨房找了许久也没看见什么醒酒汤，檀香你放哪里煮着的？"

宁钰轩顿了顿，再次扫了四周一眼，眼神有些凌厉地落在檀香身上。檀香身子

有些发抖，抿唇道：“什么醒酒汤？奴婢当真只是引侯爷过来找夫人的，其余的什么都不知道啊。”

季曼装作不经意地抬头看了一眼，房梁上的人正看热闹。那么大个人，宁钰轩要是一抬头，一定就会看见了。“也罢，这件事就不用追究了，就当是个误会吧。”季曼朝宁钰轩伸出双手，“有劳侯爷了。”

宁钰轩挑眉，过来想给个公主抱，可是聂桑榆伤的是腰，要是公主抱，她的腰都该折了。想了想，宁钰轩直接像抱娃娃一样，面对面，手搂着她的臀，将她整个人直挺挺地抱了起来。

季曼的脸皮子有点薄，脸红了。檀香和灯芯都有点惊愕，宁钰轩却很淡定，面无表情地道：“拿夫人的斗篷来。”灯芯急忙去将斗篷拿来，把季曼整个人包住，下摆也就挡住了这不太雅的动作。

季曼干笑了两声：“辛苦侯爷了。”“嗯。”宁钰轩转身就往外走，“你重了不少。”

季曼：“……”

外头还下着小雪，她被暖和的斗篷包裹着，将头埋在宁钰轩的胸前，突然觉得很安心。

灯芯本来想上来打伞，但是不知怎么，拿着伞没敢靠近。宁钰轩偏生走得很慢，嘴上说着重，也不肯快些回去。季曼叹息一声，脸贴着他的胸口问：“你是不是傲娇？”

“傲娇为何意？”宁钰轩的声音从胸腔传出来，震得她耳朵微麻。“傲娇就是……很英俊很潇洒的意思。”季曼一点也不脸红地道。宁钰轩有点恍然大悟：“这个词倒是没有听过，不过倒是有意思。我本身就很傲娇。”

胸口传来两声闷笑，接着又有那人疼得倒吸冷气的声音，宁钰轩觉得真是有点莫名其妙，不过他倒是想这么抱着再多走一会儿。“侯爷……”灯芯第三次看了看非晚阁的牌匾，终于忍不住小声喊了一声。

宁钰轩“嗯”了一声，感觉到怀里的人已经睡着了，自己的手也实在是酸了，才终于踏进了院子。“怎么会摔着的？”他问灯芯。

“今天夏氏和郑姨娘在厨房打起来了，主子过去的时候不小心被推了一下。”

“也真是够闹腾的，你拿点跌打酒来。”

“是……奴婢来擦吧？”

“不用。”

季曼恍惚间觉得衣裳被脱了，有点冷，之后又有香香暖暖的被子盖了上来。腰间的疼痛处被人揉着，没一会儿她就彻底沉睡了。第二天起来的时候，她就看见宁钰轩一张面无表情的脸："我上朝去了。"

"恭送侯爷。"季曼捂着腰替他更了衣，揉了揉腰眼子，发现似乎好了许多，心情也就不错。送走这大佛，季曼就去看了看曦儿，又去逗了逗后院里的狸猫。

狸猫也已经很大了，黑灰相间的颜色，一双黄色的眼睛深邃而好看。那天灯芯问季曼这只猫要叫什么好，她想了想，道："就叫大喵吧。"

灯芯一直觉得自家主子是一个十分有才情的女子，不然也不会将这个地方叫非晚阁，更不会写出那么多好诗词。所以她想，她主子也许就取什么诗里的字给猫作名字了，可是没想到主子竟然很认真地说，叫大喵。

灯芯叹了口气，每天捡着厨房里的鱼骨头和肉喂大喵。季曼摸了摸大喵的毛，有些伤感。大喵望着她，乖巧地蹭了蹭她的手，"喵呜"一声。"这猫可跟我们那地方养的猫差不多。"身后传来个声音，季曼不用看也知道是夏氏。她回头，夏氏正抱着好好，笑道："没想到夫人会养这普通的猫。他们都说大户人家养的猫毛可长了，眼珠子颜色都不一样的。"

"也就是随意养的。"季曼应了她一句，回头看了看，灯芯好像是去做事了，没有来通报，也就抱着孩子这么大大咧咧地进来了。"外头冷，别冻着，先抱着孩子进去吧。"季曼道。夏氏应了两声，抱着好好去了主屋，一坐下就将孩子顺手放在了季曼的床上，然后伸着手去炉子边烤火。

"这儿可比咱们那儿冷多了，雪花都是大片大片的。"夏氏吸吸鼻子道，"也就是屋子里暖和，跟夏天似的。"季曼坐在一边，有丫鬟上来上了热茶，就见夏氏直接丢了茶座，揭开茶杯跟捧碗似的轻嘬了一口，再吐了口热气。

季曼忍不住笑了笑，她这模样，多像自己在大学时的模样，每天回寝室就是缩在电暖器边，捧着热茶直哆嗦。夏氏听见笑声，有些尴尬地道："夫人也觉得我不懂规矩？""没有。"季曼摇头，"不是嘲笑你，就是想起了以前的一些事情，觉得有趣罢了。"

夏氏抿抿唇，道："就是嘲笑也没啥，我都给人笑习惯了。原先在村里，他们笑我；现在来这里，背后也有不少人笑我。在乎这些的话，我老早就活不下去了。"季曼本来也觉得她粗鲁，这一瞧，倒是觉得与她有些亲近。

"你跟侯爷是怎么相识的？"季曼问。夏氏烤暖和了，笑眯眯地道："我是小渔村的，丈夫死了，被人天天戳着脊梁骨骂。侯爷无意间打村头路过，就……"说了一半，觉得话不对，夏氏连忙"呸"了两声，道，"那些旧事，侯爷不让我说的。"

季曼震惊了，没想到这夏氏还是个寡妇。季曼眼神复杂地看了夏氏很久，觉得她也真是不容易。在这里改嫁是要顶着很大压力的，难得夏氏现在还笑得这么自在。

“侯爷让我把好好多往您这里抱，亲近亲近。”夏氏嘀嘀咕咕地道，“可是夫人不是有个孩子了吗？咋还会喜欢好好？”季曼想宁钰轩也真是费心了，这女人实在单纯，好好不往自己这儿放，还真的活不久。

“曦儿也非我亲生。身为一家主母，只要是侯爷的孩子，我都喜欢的。”季曼笑道。

夏氏盯了她一会儿，道：“我还是最喜欢自己的孩子。”天下哪个母亲不是最喜欢自己的孩子？提及伤心事，季曼垂了眸子，旁边放着的好好却突然咯咯地笑了。

“这才是个好孩子。”季曼将好好从床上抱起来，拿指头轻轻戳着他的小脸道，“曦儿每天都哭得很厉害，也就只有好好是每天笑着的。”“好好年纪大些，这是自然。”夏氏裹着手捂子，眯着眼睛道，“听说这府里就一个女儿，是哪个夫人的？我还没见过。”

季曼道：“柳氏生的是女儿，在凌寒院呢。正好今天心情不错，你抱上好好，我也抱上曦儿，咱们去看看寒云。”“好啊。”夏氏暖和了，人也精神许多，“她那里也有暖炉子吧？”

“自然是有的。”季曼吩咐奶娘将曦儿抱上，自己抱着个乐呵呵的好好，倒也不想放下了，干脆就这么走了出去。一到凌寒院，院子里一个人也没有。季曼想起自己是好久没来了，心下有些愧疚，连忙往主屋里走。

“寒云？”推开门，里头的温度竟然和外面是一样的。季曼微微皱眉，听见床上传来几声咳嗽：“夫人？”椿皮从床边跑了过来，见着季曼，连忙行礼。柳寒云怀里的孩子正不安地扭动着，小脸看起来也没有那么圆润。

“其他丫鬟、婆子呢？”季曼沉了脸。夏氏在一边冷得跺脚：“哎，说好的炉子呢？”

椿皮咬咬唇，季曼越过她就看见了床上脸色苍白的柳寒云。“天气冷了，其他的丫鬟、婆子也怕冻着，就没来伺候。”柳寒云轻咳两声坐起来，靠在床头道，“夫人怎么来了？”

季曼将好好放在她的床边，后头的奶娘也将曦儿抱了过来放下。两个奶娃娃像是也有些冻着了，好好瞪大了眼睛，曦儿则是撇撇嘴直接哭了。“想起许久没来看你，正好和夏氏带着孩子一起过来。”季曼脸色不太好看，转头对灯芯道，“把凌寒院的下人都给我叫到院子里站着。”

灯芯应了一声就去了。夏氏犹自在屋子里跺脚，啧啧有声地道："那什么郑姨娘还骗我说尊卑有序。你瞧瞧这可怜见儿的，我屋子里都有三个炉子，她这儿倒好，一个没有。要不等会儿我让人抱两个过来？"

柳寒云将曦儿抱了起来，轻轻拍着哄着，闻言多看了夏氏一眼，苦笑道："不用，我这里原也是有的，只是被他们拿去了。""被谁拿去了？"季曼沉了脸。柳寒云迟疑了一会儿，旁边的椿皮已经嘴快地道："还不是院子里那几个婆子？仗着是沉鱼主子房里丫鬟的亲戚，说什么年纪大了怕冷，就将主子屋子里的炉子都拿去了。还有几个丫鬟，背地里嚼舌根，说主子生女儿触霉头，一辈子不得翻身了。"

季曼抿唇，虽说大院子里见高踩低是常有的事情，只是柳寒云好歹也是侯爷护着的人，这段时间侯爷和自己都没时间来看她，一院子人就敢翻天了？"主子，人都喊到了。"灯芯一脸严肃地进来禀告，看她那神色也是刚刚跟人吼了一通。

季曼点头，起身走到屋子外面。院子里零零散散四个家奴——两个婆子、两个粗使丫鬟，都不情不愿地站着。见着季曼，打头的一个婆子还就笑了，迎上来就喊了一声："二小姐。"

聂沉鱼过来当侍妾，丫鬟、婆子带的不少，可惜她的位份没那么高，许多家奴就被分到了其他地方。眼前这个，季曼虽然想不起来她是谁了，但是看这一脸逢迎的笑和奸滑的眼神，也知道与自己一定不是一路人。

"你们的规矩，是管出嫁了的人都喊小姐？"季曼淡淡地问。那婆子被呛了一声，蔫了些，退后一步喊了一声："夫人。""我原以为是侯府的奴才这么不懂事，那罚一罚也就算了。"季曼看着她道，"原来是我聂府的下人。不知道的还以为聂府的主子们这样不会管教下人，聂府的脸都被你们丢尽了。"

那婆子颇为不满，还嘴道："奴婢是跟着三小姐的，谁知道被分配到这么个冷清的院子！冬天来了，奴婢去要个炭都不给，比当初伺候三小姐时不知道差了多少。"灯芯横眉："只听过主子挑奴才，没听过奴才嫌弃主子的。云姨娘多好的性子，选了你伺候自是你的福气，你竟然还能说出这样的混账话来？"

那婆子气势渐弱，哼哼两声，嘀咕道："三小姐如今可是得了宠，夫人何不把她的位份提一提，顺便把奴婢送回她身边去？"季曼笑了笑："你不想伺候云主子，是吗？"那婆子看季曼一眼，点头。

"行，收拾包袱吧。"季曼摆摆手。那婆子大喜，连忙鞠躬道："多谢夫人！"旁边几个丫鬟见状，也都跟着求："奴婢们也不想伺候云主子。""都行。"季曼微微一笑，"都去收拾就是。"

一众奴婢欢呼，连忙跑回各自的房间收拾东西。灯芯看着自家主子脸上的冷笑，抿唇道："奴婢去安排些懂事的丫鬟、婆子过来凌寒院。""去吧。"季曼道。那四个丫鬟、婆子收拾好了，钱管家也就站在了凌寒院门口。季曼朝他笑道："有劳钱管家，这四个人，都送去后院洗衣裳吧。天气冷了，能洗衣的丫鬟也少。"

本来还兴高采烈呢，一听这话，四个人脸色都变了。钱管家也怔了怔："夫人……这……"

"侯爷让我照顾好寒云，是我疏忽，怎么就让这些人来伺候了。"季曼笑着看着钱管家道，"要是侯爷怪罪，我吃罪不起。为了防止这些东西再欺凌主子，我只能以儆效尤了，你说对吗？"

钱管家顿了顿，点头，招呼了家丁进来，让他们将这四个丫鬟、婆子带走。"夫人！夫人恕罪啊！"临到被拖走的时候，几个人脸上才现出惊恐的神色，哀求着。椿皮在季曼旁边，一脸解气地道："总算是处置了！这几个可恶的东西，看着云主子心性好，不伺候就算了，还敢抢主子的东西。"

季曼回到屋子里，叹息一声，看着柳寒云道："受了委屈，怎么不晓得让椿皮来找我？"

"也不是多大委屈。以前当丫鬟的时候，冬天也就是这么过的。"柳寒云苦笑一声道。椿皮抿抿唇，低声道："还不是因为那几个丫鬟、婆子是夫人妹妹的人，主子怕得罪，连训斥都没敢。"

聂沉鱼如今风光得很，连带着她带过来的丫鬟也都是个个耀武扬威的。季曼轻笑一声，摇头道："妹妹是妹妹，规矩是规矩，我不会偏袒她一分一毫。往后再有这样的事情，你只管来找我，我给你做主。"柳寒云笑着点头。她怀里抱着曦儿，曦儿竟被她哄得直接睡着了。

"这倒是奇了。"季曼眨眨眼看着那小家伙，"我每天哄他许久他才会睡着的，现在竟然你一哄就睡了。"柳寒云笑道："哄孩子方法可多呢！你瞧筠儿，也不是让人省心的，可是有椿皮哄着，就不哭不闹了。"

季曼瞧着柳寒云身上那种慈母的光辉，觉得果然是当娘的女人最迷人，不懂宁钰轩为什么最近喜欢聂沉鱼那个调调的。晚上的时候，雪停了，外头依旧很冷，季曼得知了宁钰轩今日又打算去落雁轩，于是穿了斗篷，抱了筠儿，专门在路上等着。

"你这是干什么？"宁钰轩走近才看见有个人，没好气地道，"装鬼呢？"季曼抱着筠儿，叹息道："要不是侯爷白天见不着人，妾身至于在这里堵着吗？您有多久没去看寒云了？"宁钰轩走到她身边停下来，看了看筠儿，伸手接过道："说起来，是有些时候了。”

“今儿我去看了，凌寒院屋子里都没炉子，寒云的脸色也苍白。”季曼伸手摸了摸筠儿的脸蛋道，“就算是个女儿，也是你亲生的骨肉吧，瘦成这个样子，还没曦儿一半大，您看着不心疼吗？”

筠儿不知是天生的还是如何，身子小小的，看起来格外可怜。宁钰轩的眼神柔和了一些，抿唇道：“你这半路拦着，就是想让我去凌寒院？你不怕你妹妹生气吗？”季曼耸肩：“我坏人当习惯了。侯爷赶紧改个道吧，不然别人欺负死了寒云，你又得怪我当初把她拖下水。”

宁钰轩微微颔首，看了她一眼，当真转身去凌寒院了。季曼摸着下巴想，一般男主要是喜欢一个人，那人让他去宠幸其他女人，不是该赌气的吗？也不对，有时候她明明觉得宁钰轩对自己是有点情意的，只是怎么都看不真切。低下头在雪地里画圈圈，她在心里长叹：革命的路到底还有多漫长……

宁明杰已经悄无声息地离开了侯府，季曼再看见他的时候，是在两天后宫里的宴会上。

宁钰轩特地让人赶制了两套新的礼服，深紫色绣边的袍子和长裙，还是个情侣款。其中一套他已经让人送到了季曼面前，要她好好打扮，跟着他去赴宴。

这里是没有情侣装这一说的，估计也就是因为宴会上人多，怕人家牵错了夫人，所以自家人都是一个颜色。这个宴会只能正妻去，所以府里一干人等心里十分不悦。宁钰轩和季曼前脚刚走，府里就开始折腾了，当然，这个后面来说。

季曼坐得很端正，配上那紫裙和首饰，一看就让人觉得很有架势。她一路上遇见谁都带着微笑，哪怕压根儿不认识。大皇子已经出了宗人府，度过了思过期，只是没有当太子时的风光，人却还是一样带着笑，他远远看见季曼，还笑了笑。

季曼对这人没什么好感，转头就又看见了自家表哥。三皇子最近可是春风得意——皇帝将藩国的一个公主指给了他当皇妃，皇贵妃又不断在为他铺路。估计再过不久，三皇子也就该稳稳拿下太子宝座了。

“表妹日子过得不错，我看着也就放心了。”三皇子笑道。季曼赔着笑，就跟见客户似的。皇子、公主来来往往的，季曼也分不清谁是谁，只是其中有个人倒是很显眼。那人坐着一把木轮椅，头上戴着金冠，穿着一身青色的四爪蟒袍。“那是二皇子。”宁钰轩看着她的目光，淡淡地说了一句，“不用多看。”

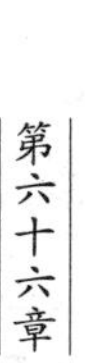

第六十六章

我快要成亲了

为什么不用多看？季曼心中有疑问，但是很快旁边一群闲得无聊的贵妇就替她解答了这个问题。“今年怎么二皇子也出来了？”“大概是怕太久不出来，皇帝该忘记他了吧。”“这个瘸子也是可怜，无缘皇位，连个王爷都捞不着，说不定是吃不饱饭，所以想来宴会上多吃点。”

季曼听了一阵，总结出了一点信息：第一，这个皇子是个瘸子；第二，他不可能当皇帝。她想，怪不得宁钰轩说不用多看，这样没有价值的皇子，也的确不在他们的考虑范围之内。

宁明杰今日穿了一身湛蓝色的长袍，上绣银色云纹，玉冠高束，一进来就受人瞩目。季曼忍不住也多看了两眼，感叹道：“原来男人也可以一年比一年好看。”

也许是经历了一些事情，宁明杰看起来倒是没有以前那种孤傲冷清，沉稳了许多。他目光扫过来看见季曼的时候，微微颔首。上次他的爬房梁之恩，季曼还没找到机会感谢他，这会儿盯着他想着，不如等会自己无事的时候去向他道个谢。

“聂桑榆。”宁钰轩用食指叩了叩面前的矮桌。季曼回过神来：“啊？”宁钰轩微微眯眼，抬手指了指自己的脸。“脸怎么了？”季曼顺手就摸了摸。宁钰轩瞪了她一眼，有些恼地别开头去，搞得季曼很茫然。

不过接下来宴会开始，走完正常的流程之后，一群有身份有地位的皇亲国戚就开始跟放风似的在梅林里自由活动了。季曼本来想转头跟着宁钰轩走，结果这人跟没见过女人似的，看见个美妇人就迎上去说话了。

嘴角抽了抽，季曼还是决定去找宁明杰。宁明杰站在一处僻静的假山后头，看样子像是在等人。季曼站在旁边犹豫了一会儿，没看见什么人来，便走过去喊了一声："堂少爷。"

"嗯。"宁明杰好像毫不意外，回头过来看着她道，"上次一别匆匆，倒还没能好好打招呼。"想起上次那情形，季曼还有些无语。要不是宁明杰会爬房梁，她估计现在已经被沉湖了。这笔账她还得跟温婉讨回来。

"是桑榆还未道谢。"季曼道。宁明杰笑着看了她一会儿，道："我快要成亲了。"

季曼愣了愣，道："恭喜啊。"季曼不解，在原著里，宁明杰是一心一意帮着温婉做事的，但是不知为何，自自己过来，他好像由男二变成了群众演员，甚至现在在女主前途未卜的情况下，他竟然就要成亲了。

摸摸心口，季曼觉得有点可惜。不过她又不是读者，现在在她面前的宁明杰仿佛只是一个亲近的朋友。"届时桑榆一定同侯爷一起送上一份大礼。"季曼笑道。宁明杰平静地点头："好。"

太傅夫人看着面前的陌玉侯，轻唤了一声："侯爷？"宁钰轩将目光收回来，垂着眸子应了一声："晚辈在。""既然想看，怎么没把人捆在身边？"太傅夫人打趣两声。宁钰轩闷声道："捆着人有什么用？"捆不住眼睛，捆不住心。

太傅夫人与老夫人生前交好，看宁钰轩也跟看自己孩子一样，叹息两声道："你这孩子就是想得太多了，喜欢的就去捆着，谁还能从你手下溜走了去？错过的东西只要还有抓住的机会，那就逮稳喽。"宁钰轩笑了两声，拱手道："夫人教训得是。"

季曼也不好和宁明杰独处太久，说了两句就告辞了。只是她看着远处那三五成群的贵妇，又看着正笑着和美妇说话的宁钰轩，觉得自己还是不适合过去，干脆就去池塘边走走。池塘这边没什么人，远远地却停着轮椅。季曼心里一顿，默默地转身装作没看见，躲到一边的树后打算溜走。

宴会上偶遇什么不受宠皇子的戏码实在是没意思，她宁愿回去花精力勾引宁钰轩，也不想掺和这些事情。正打算走，她却见上次在千府看见的范天行从一边走了来，停在二皇子的轮椅边，拱手作礼。

范天行倒是没有像旁人那样看轻二皇子，脸上还带着恭敬的笑意。季曼对他们的说话内容没兴趣，觉得还是早走为妙，免得听见什么不得了的事情，然后又一踩树枝被人发现，小命休矣。

跑回宴会场地，她却迎面撞上了宁钰轩。这人还是没什么表情，一把抓住她的手腕道：“不要乱跑。”“哦。”季曼乖巧地站在他身边，开始应付各种各样的人寒暄问礼。回去的时候，季曼就吩咐钱管家准备一下给宁明杰的贺礼，虽然说是还早，不过既然是亲戚，礼物也该费心一些。

“堂少爷要成亲了？”温婉听见这消息，惊讶地张大了嘴。檀香点头道：“夫人正吩咐准备贺礼呢。”温婉怔愣了一会儿，心里竟然有点说不出的难过。宁明杰一直对她有礼又温柔，让她下意识地觉得这男人应该是喜欢自己的。乍一听他要成亲了，她还真有点惆怅。

不过宁明杰也的确该成亲了。他比宁钰轩大，宁钰轩都有四个孩子了，他却还没个正室。“上次利用了他，还真是有些不好意思。”温婉想了想道，“咱们也准备点贺礼吧。”檀香点头。

季曼上次将聂沉鱼带来的婆子罚去了后院，苜蓿与夏氏打起来的事情又迟迟没给夏氏个处罚，所以聂沉鱼和苜蓿心里多多少少对季曼都有了些不满。于是在季曼和宁钰轩去宫里赴宴的时候，夏氏和柳寒云就遭了秧。

夏氏一个人出门去花园摘梅花的时候，跟看护梅花的一个婆子吵了起来。那婆子竟然没管夏氏的身份，直接与夏氏打了起来。夏氏也是个泼辣货，扯头发抓衣服，跟个下人打得不可开交。

而柳寒云那里，聂沉鱼身边的泽兰将本该分给凌寒院的绸缎和木炭统统买了去，是花了金子买的。因着上次季曼给聂沉鱼开的头，钱管家也不知道该怎么说。

柳寒云身子弱，一直在咳嗽。椿皮想去请大夫，结果大夫也都被落雁轩请了去，说是聂沉鱼觉得肚子难受，去看看是否是怀了身孕。季曼同宁钰轩一起回来，便看见地上跪着的满身伤痕的护花婆子和旁边衣衫不整还一脸“我打赢了”表情的夏氏。

宁钰轩突然觉得，女人这么多，也真是让人挺头疼的。“区区下人，怎么敢和主子动手？”季曼沉声问。那婆子显然是被人教了话的，硬着脖子道：“奴婢不是听闻上次夏主子都可以打郑姨娘吗？夏主子还没受罚。那这次夏主子折了奴婢辛辛苦苦种的花，奴婢为何不能打她？”

说是打，其实也是被打，夏氏可没让这婆子讨了好去。旁边的宁钰轩听着，颇为头疼地道：“我就没见过哪个女人喜欢打架的。桑榆，你没有教夏氏规矩吗？”他

的女人闯了祸，还怪自己？季曼翻了个白眼，却好脾气地道："妾身倒是觉得夏氏直率，难得的可爱。"

宁钰轩看季曼一眼，抿唇道："这府里没个规矩也不像话，你整顿一下吧。""妾身如何敢整顿？"季曼嗤笑道，"别动不动碰着侯爷的心头肉，这个骂不得，那个说不得。"

宁钰轩眼眸微亮，竟然还笑了："如今这府里的人，你想怎么处置，只要由头正当，我也不会说你什么。"

季曼挑眉，想了想，好像明白了些什么。如今大皇子、三皇子忙着争权，已经没空管陌玉侯的家事了，这些女人要是真闹得家宅不安的，那她还是处置了为好。她想，那该先拿谁开刀好呢？当然是聂沉鱼了。

柳寒云是这院子里性子最好的，可惜也是被欺负得最惨的。她一个转身，这些人都能逮着空掐上柳寒云两把，偏生柳寒云还是那种逆来顺受的款。

季曼带着灯芯去了落雁轩。府里两个大夫都被扣在这里，聂沉鱼就坐在床上抱着肚子喊疼，非让人给她看是不是喜脉。

"你这应该是吃多了不消化。"季曼无奈地道，"怀孕不会肚子疼，吃坏了肚子才会肚子疼。"聂沉鱼躺在床上哼了一声，撇嘴道："你反正是巴不得我怀不上就对了。"季曼没反驳，想想这也是实话，要是聂沉鱼怀了孩子，这日子不知道该多闹腾。

"李大夫先去凌寒院吧。"季曼道。聂沉鱼支起身子来，皱眉道："凭什么？我先请的大夫。"季曼回头看着她，笑道："侯爷在凌寒院等着。侯爷平生最讨厌恶毒的女人，你不知道吗？"

聂沉鱼的脸色苍白，抿了唇没敢再说。季曼扫一眼她这屋子，真是富丽堂皇，比正室还正室。陈氏果然还是最心疼自己的亲闺女，没少把聂家的钱往聂沉鱼的妆匣子里塞。

只是聂沉鱼太图安逸，从来没把自己的位置放对。就算她出嫁前再怎么风光，嫁过来是什么位置，就该安于什么位置。总是拿过去说事，是很惹人烦的。

季曼带着李大夫回了凌寒院。凌寒院内，宁钰轩正在床边握着柳寒云的手："倒是我无能，没有照顾好你。"

柳寒云微微一笑，道："寒云这一生已经足够幸运，侯爷不必再自责。"季曼在旁边看着，有那么一瞬间觉得宁钰轩也真是够博爱的，对谁都可以深情款款，一眼万年。他的心到底是什么样子的？装了谁？

要说他现在心里还装的是温婉，季曼不信。他要是还如最开始那么深爱温婉，现在绝对不可能依旧只让她当个丫鬟。

看护梅花的婆子换了人，夏氏依旧没有被处罚。不只聂桑榆护着她，哪怕捅给了侯爷，侯爷也护着她。苜蓿想不通了，如今自己已经不是低人一等的丫鬟，而是有了子嗣高高在上的姨娘，为何还要受人欺负，没人给自己做主？

李大夫来的时候，就看见苜蓿一脸阴郁地坐在屋子里。“我有话要说。”李大夫沉声道。绿翘识趣地出去将门带上。“娘亲病重，想看看孩子。”屋子里只剩这两人的时候，李大夫终于开口道，“今天找个时间，带孩子去看看她吧。”

苜蓿不太乐意：“万一给人看见怎么办？上回带出去，你娘抱着福儿就差点摔在了地上，我还没同她理论呢。”李大夫无奈地道：“娘亲手上本来就没多少力气，大不了这次你不让她抱就成了。老人家也就这点时间看看孙子，你总不能这样心狠。”

苜蓿皱皱眉。她的确不喜欢那屋子，破破烂烂的，带着福儿去多了，指不定就染上什么病呢。不过她怕李子修恼，也只能不甘不愿地答应：“好吧，等会午休没什么人的时候，你把马车准备好，停在后门。”

福儿是谁的孩子，这个答案只有四个人知道——除了苜蓿和李子修，还有李子修的娘亲和绿翘。宁钰轩只宠幸过苜蓿两回：第一回是季曼促成的，苜蓿不知情；第二回是苜蓿做了万全的准备，就挖了个坑给宁钰轩跳。

自苜蓿当了侍妾却第一次不得宠之后，就找过李子修哭诉，说自己是被人陷害，说自己是不得已的。李子修固然伤心难过，然而苜蓿直接以身相许，他也没有不接受的道理。

李子修是老实人，也是读过圣贤书的。然而男人总有那么些脑子不清楚的时候，被女人花言巧语骗着，也就心甘情愿当个奸夫了。以至于后来，苜蓿怀孕、惊恐不安的时候，李子修还帮着出了主意——一个月的时间差，说成陌玉侯的就可以了。

如今苜蓿母凭子贵，已经是姨娘了。李子修的娘亲却因为病重，总是想看孩子，苜蓿心里不乐意，面上又不能说，嫌隙就渐渐产生了。午休的时候，府里的确没什么人，都在暖暖的被窝里不想出来，就只有慕水晴趁着这个时间准备往主院走，去找聂桑榆聊会儿天。

自打回来侯府，慕水晴一直老实得像几乎不存在似的，但是这府里哪个角落发生什么，她倒是知道得不少。因为宁钰轩分配给她的丫鬟，全是爱四处闲聊嘴碎的。慕水晴正收集了一大堆家长里短准备去和夫人说，路过后门走廊，却正好看见李子修和一个穿着大斗篷的女人正匆匆往后门走。

这是谁？慕水晴好奇地停下步子，躲在柱子后头看。后门的老头儿跟李大夫打了个招呼，李子修塞了他点东西，便扶着那穿斗篷的女人上了门外的马车。只是上车的时候不知道是不是磕着碰着了，突然就有婴儿的哭声传了出来。

慕水晴一惊，不知道李大夫把哪个孩子带出府了。马车飞快地走了，慕水晴也就提着裙子匆匆去了非晚阁，把事情说给了季曼听。“拐卖孩子？”季曼揉了揉眼，“李大夫没那么大的胆子吧。”

“奴婢很好奇那女人是谁，孩子又是哪个。”慕水晴抿唇道，“趁着无人的时候出府，怎么都有些可疑。”季曼伸手给她倒了茶，想了想道：“既然可疑，那等会儿咱们就去后门堵着呗。估摸一个时辰之后众人差不多要起身时，他们才会回来。你先喝点热茶。”

慕水晴接过茶杯，扫了一眼季曼这屋子，香香暖暖的，还有一只猫在优雅地走来走去。

“没想到最后会是你的日子过得最好。”慕水晴感叹了一句。“我也没想到最后和我平静地坐在这里喝茶的是你。”季曼笑道，“当初你不是恨死了桑榆，见着就得掐吗？”

慕水晴淡淡地笑了一声，低声道：“我掐不过你，也觉得侯爷就该喜欢你这样的。我争也没什么好争，不在冷院子里被当成疯子过日子就好了。”说话间，灯芯拿了账本来给季曼看。这是她的私人支出小账本，这个月花费也不多，除了买一些衣裳首饰，就只有一个数字比较显眼，写的是赠人五十两。

慕水晴瞟了一眼，觉得有些奇怪，不过她没多问。夫人有钱，要赠谁是夫人自己的事情。

一个时辰之后，季曼穿着斗篷，跟着慕水晴去了后门。后门的老大爷看见季曼还是很高兴的，颤颤巍巍要出屋子来行礼。季曼连忙阻止他，让他回屋子去烤火。

没一会儿，当真有马车停在了后门门口，李大夫扶着一个人下来，那人似乎正火着，一下来就将他推开，气冲冲地往院子里走。“苜蓿？”季曼看着帽子下的那张脸，有些意外，却又觉得在情理之中。

“……夫人？”苜蓿吓了一跳，手里的福儿都差点没抱稳。李大夫脸色一白，跟着进来跪下。季曼扫了他们好一会儿，又看着苜蓿怀里的孩子，轻笑着问：“出去干什么了？”

苜蓿眼睛四处看着，想了许久也没想到借口，干脆就跪着没说话了。李大夫犹豫了一会儿，倒是开口道：“今天是集市，所以……”

这还不如不开口。集市怎么了？集市就轮到一个大夫带着姨娘抱着孩子出去逛街了？

“主子。”苜蓿声音有些颤抖地喊了一声。她不叫季曼主子久矣，自从成了宁钰轩的女人，她都改口叫季曼为夫人。现在她又叫这么一声“主子”，季曼就觉得好笑了。

“妾身只是想着李大夫的娘亲病得可怜，所以抱着孩子去哄她老人家开心的。”苜蓿咬咬牙，干脆就直说，“主子也知道奴婢和李大夫……虽然得侯爷宠幸之后，妾身与李大夫再无瓜葛，但是妾身不忍心看她老人家含恨而终……”

李大夫侧头看了苜蓿一眼，没说话。季曼认真地道：“苜蓿，你抬头。”苜蓿惊疑不定地抬头看着她。咧嘴笑了笑，季曼伸手指着自己道：“你看我长得像不像白痴？”

慕水晴：“……”

苜蓿的嘴唇抖了抖。季曼却笑眯眯地伸手接过了她怀里的孩子：“这件事，还是直接交给侯爷来论断吧。”“主子！”苜蓿扑通一声跪下，拉着季曼的斗篷道，“主子，看在奴婢伺候您这么多年的份上……”

“没用，我不接受人情牌。”季曼耸耸肩，“这件事对我没好处没坏处，但是我觉得侯爷有知情权。”苜蓿的身子有些发抖。慕水晴倒是觉得有些好笑：“还没说什么事呢，自己先紧张成了这个样子，不是不打自招吗？”

季曼挥挥手，抱着福儿就往非晚阁走：“水晴，你去把侯爷叫来，各房各院起了身的，都叫过来吧。”慕水晴应了一声，裹着披风就走。苜蓿被李子修扶了起来。看着季曼的背影，李子修小声地道：“不如我们逃吧，苜蓿。”

狠狠甩开他的手，苜蓿咬牙道：“她没有证据，不能证明什么。好不容易能过好日子，我不会就这样认了。”李子修的手顿在空中，慢慢地收了回来。

宁钰轩坐在主位上，听慕水晴把事情经过说了，脸色很难看，就像刷了一层黑漆，又刷了一层绿漆。

“你们有什么话说？”宁钰轩看着下面跪着的苜蓿和李子修问。苜蓿连忙磕头道：“侯爷，福儿可是您亲生的儿子。妾身不过带着他出了一趟门，就被人诬陷，还请侯爷明察，虎毒不食子啊！”

各房各院的人都来看热闹了。这苜蓿的命也真是够不好的，前脚长子被人挤成了次子，后脚次子直接变成不是侯府的儿子了。

第六十七章

你不怕我告状吗

宁钰轩冷笑了一声，怀里的福儿大概是觉得有些不舒服，张嘴就哭了出来。苜蓿慌了，要是陌玉侯问什么说什么，她都好歹还能说两句；但他什么都不说，只是冷笑，那眼神像是看穿一切一般，盯得她无处遁形。

季曼在旁边安静地喝茶。对于苜蓿这丫头，季曼也算看明白了——她就是那种很努力想往上爬、但是目光短浅又容易被蛊惑的人。先前苜蓿周旋于她和千怜雪之间，她还觉得苜蓿有点脑子，但是千怜雪莫名其妙死亡，这丫头倒跟松了口气一样，开始在府里谋自己的地位了。

苜蓿以为千怜雪死了，她就能将过去一笔勾销？季曼叹息一声，苜蓿还是太单纯。“侯爷若是怀疑这孩子的出身，不如来个滴血认亲如何？”温婉又在旁边出馊主意了。季曼翻了个白眼，真是个愚蠢的法子。

“也好。”宁钰轩点头。

季曼：“……”她忘记了，他们认为血能融那就是亲生的。照这么说，聂桑榆和宁钰轩还可能是失散多年的兄妹呢。

“怎么？夫人的神色看起来像是不认同？”温婉问了一句。

季曼点头：“你们要是觉得血能相融可以判定是否亲生的话，那咱先来试

试。”“为何不能判定？”温婉蹙眉，“夫人没看过古书吗？自古就有人滴血认亲……”“我读书少，”季曼摆摆手，“不过，试试才知道。”

季曼伸手就将茶杯底子给取了下来，又让灯芯拿了刀来，拽过宁钰轩的手，使劲儿在他的手指上划了一刀。宁钰轩眼角微微抽了抽，低声喊了一句：“疼。”大男人，割个手指叫唤什么？季曼瞥他一眼，拿了手帕出来把他手指包了，而后端着血碟子走到温婉面前，没等她反抗，抓过手来就是一刀。

“啊——”温婉吓得跳了起来，手指上的血甩到了碟子边儿上。温婉震惊地看了季曼一会儿，立马就扑到宁钰轩身边：“侯爷！”“嗯。”宁钰轩应了一声，好奇地看向那碟子。

季曼拿茶盖子将他们的血赶到一块儿融为一体，放在宁钰轩旁边道：“恭喜侯爷找到自己失散多年的妹妹。”温婉震惊了，脸上一瞬间闪过很多复杂的情绪，一屋子的人鸦雀无声。

“母亲只有我一个孩子。”宁钰轩淡淡地道。“嗯。”季曼点头，又抓了后头站着的鬼白给了一刀，血依旧能融：“妾身只是想证明，滴血认亲不可取。”众人恍然大悟。温婉捏着受伤的手指含着泪看着宁钰轩道：“侯爷，夫人这是故意的。留疤了怎么办？”

聂沉鱼也在一边问：“姐姐怎么不割自己啊？”“我怕疼。”季曼一脸严肃地道。温婉气结：“谁不怕疼？我还怕呢！”“没事，忍忍就过去了。”季曼安慰道。温婉：“……”

“言归正传吧。”齐思菱开口道，“夫人说滴血验亲不可信，那什么法子才能查出这孩子究竟是不是侯爷亲生？”“这很简单啊。”季曼道，“不是都说相国寺有个和尚神得很，精通医术药理吗？早产的孩子和足月的孩子总是有区别的，一般的大夫看不出来，那和尚总看得出来吧？”

苜蓿的孩子说是早产的，日子也正好对得上宁钰轩宠幸她的那一次，若是有假，孩子月份不对，那就不该是亲生的了。虚无的名头响得很，季曼足不出户，也是听了点传言的。宁钰轩的眉头松开了，转头对鬼白道：“请虚无大师来一趟吧。”鬼白应声而去。

苜蓿一直低着头跪着，心下万分不安。那孩子是足月的，李子修帮着隐瞒才说了是九个月早产。若是被查出来，自己又该用什么借口隐瞒过去？心下惶恐，苜蓿免不得就生了些恨意。好歹主仆一场，聂桑榆为什么就逮着自己不放？自己手里还有她的把柄呢，真惹急了自己……

李子修跪得笔直。见季曼一直打量着自己，他就别开头，有些心虚地看着地面。宁钰轩拿帕子包着手指，静静地看着怀里的孩子，没吱声。屋子里也就一直一片沉默，直到虚无来了，众人才松了口气。

“别人家都是请老衲做法事，抑或问问禅理。”虚无上来，很客气地跟宁钰轩行了礼，然后站直了身子，就开始吐槽了，“只有侯爷您会让老衲来看孩子是几月生的。”季曼打赌，刚刚这老和尚一定翻了个白眼，只是太快，自己没看见。

宁钰轩面无表情地将孩子递给了他。他抱着孩子，低头看了看，撇嘴道：“这孩子没什么富贵相，没上回的奶娃儿好。”“咳咳。”宁钰轩微微皱眉，“你说这孩子有几个了月就好。”

“身子厚实，骨骼也结实，肯定是足月的孩子啊。”虚无抱了两下就觉得没兴趣，塞还给宁钰轩道，“你的孩子太多了，红尘生业障，还不如学学老衲，六根清净……”宁钰轩已经没心情听他说这些了，只见旁边的灯芯将记府中女人承恩的册子拿了来。皇亲国戚家基本都有个这个玩意儿，以免混淆血统。

“郑姨娘从承宠到生下这个孩子，只有九个月的时间。”灯芯道。季曼同情地看了宁钰轩一眼。“接下来的事情，也就什么都不用问了。”宁钰轩气极反笑，看着季曼道，“给他们选两块好石头，绑着给我沉湖去。”

季曼微微抿唇，接过被宁钰轩塞来的孩子。地上的李子修脸色苍白，苜蓿更是头也不敢抬，只哭着喊：“侯爷饶命！”宁钰轩道：“关去柴房，明日连着这孽种给我一起沉了。”鬼白应了一声，后就有家奴上来，将李子修和苜蓿都拖了下去。有人要来抱季曼怀里的孩子，季曼顿了顿，放开手交了出去。

“夫人怎么这样狠心？”温婉跺脚道，“孩子是无辜的啊，你怎么能不劝劝侯爷？”

“你为什么不劝？”季曼扫她一眼。温婉看了看那盛怒之中的男人，缩了缩脖子。此时此刻，谁敢上去劝？

苜蓿哭得嗓子都哑了，一路被拖拽到了柴房，同李子修一起被关了进去。

“也是可怜。”夏氏抱着好好，叹息了一声，“怎么就想不开干这没羞没臊的事？”季曼发了会儿呆，就打算回屋休息。齐思菱站在季曼身后，淡淡地开口道：“夫人真是一贯地心狠手辣，连自己的丫鬟也要处理得一干二净。”

“怎么是我要处理她？”季曼没听懂。宁钰轩已经带着虚无大师说佛理去了，屋子里的人就剩了齐思菱一个。“丫鬟总是知道主子最多事情的人，今日这一出卖仆求大义，难道不是夫人想掩盖什么？”齐思菱笑得高深莫测。

不过季曼转头想想，苜蓿要是就这么没了，自己的确省事很多。怨不得齐思菱多想，季曼叹了口气："一切都是冥冥中有注定的。思菱你还是早睡早起，找点事情做，看你这黑眼圈……"说罢，季曼就进了屋子里去休息。

齐思菱站了一会儿，捏着帕子往后院去了。

季曼刚要睡着，灯芯就带了绿翘进来，说是这丫头死活要求见。"奴婢知道郑主子的所有事情。"绿翘的脸上带着精明，望着季曼，满是期盼地道，"要是奴婢全部招出来，夫人可以让奴婢以后的日子好过些吗？"

自家主子一倒，丫鬟自然是要重新分配出去的。季曼看着绿翘，感兴趣地道："你知道些什么？""奴婢知道福儿少爷是怎么来的。"绿翘答。季曼很想说我也知道，可是看着绿翘这双亮晶晶的眼睛，就把话吞了回去，点点头。

苜蓿和李子修被关在北苑的柴房。哭过之后，苜蓿就开始一个劲儿喊着要见夫人。季曼用过晚膳就去看了看她。"主子救我。"苜蓿哭得十分可怜地道。"你犯的错，又不是我能救的。"季曼耸耸肩。

哭得凄惨的脸瞬间变得狰狞，苜蓿看着季曼，狠声道："夫人就不怕我将您曾经从商的事情告诉侯爷吗？"啧啧两声，季曼看着这张脸，摇头道："你真以为侯爷还会见你？"

苜蓿怔了怔，接着有些恍然大悟："夫人就是觉得侯爷不会再见我，所以才就这样将奴婢抛弃？"季曼嘴角抽了抽："我一不知道你背着侯爷跟李大夫生了孩子，二不知道你今天会和李大夫一起出门，怎么就成我抛弃你了？你有告诉过我什么我反过来出卖了你，那才叫抛弃，你懂不懂？"

苜蓿眼含愤恨，福儿被李子修抱着，也是哭得凄惨。"夫人要是觉得苜蓿死了，您就可以高枕无忧的话，那就走着瞧吧。"苜蓿道，"您会后悔的。"季曼觉得自己来这里听她说这些威胁的话，还不如去偷听宁钰轩和那蛮有意思的老和尚说佛理。

灯芯还抱着曦儿，季曼挥手让她跟着往北苑前头走。宁钰轩这会儿也该平静下来了，正是需要亲儿子安慰的时候，她就正好把曦儿带过去讨个好，顺便也让那虚无看看曦儿。

对于当初柳寒云和温婉一起产子的事情，季曼依旧耿耿于怀。季曼将那杨婆子养在了乡下，每个月给她五十两银子，足够她一家人足不出户就有吃有喝的。杨婆子虽然还是不怎么肯说话，但已经是嘴松了。要是知道什么秘密，季曼逮准了时机，也就差不多肯让她开口了。

钱虽然是能使人开口说真话的好东西，但是也得看怎么用，要是一次性给杨婆子五百两，她可能顾及性命，也不会要这银子。但是现在季曼将她送到安全的乡下，每个月给五十两，不用十个月，这人的心也是肉长的，还有什么不肯说？

虚无正在和宁钰轩下棋，棋盘上黑子行步急乱，已经被逼到了死角。宁钰轩有些烦躁地甩了一颗棋子出去。“侯爷也不用太过心烦，错不在你，只不过歹人作祟。”虚无一脸大智慧地道。

季曼抱着曦儿，远远地行礼：“打扰大师和侯爷了。”“怎么了？”宁钰轩扫她一眼，讥讽道，“你难不成要告诉我，曦儿也不是我亲生的？”季曼吐吐舌头，想着宁钰轩火气看来还没消，道：“只是让大师看看面相罢了。那会儿不是听大师说了福儿的命数吗？那曦儿的呢？”

虚无看了她一眼，颇有兴趣地朝她招招手：“你过来。”季曼抱着曦儿过去，将孩子递给了虚无。虚无却是打量了她许久，才将目光落在曦儿身上，看了一会儿，笑道：“其实老衲那会儿是瞎掰的。一个人的命数，怎么能从这么小就确定了？这位少爷面相是挺有福气的，也是足月生的好孩子。”

宁钰轩的手顿了顿，目光带红地抬头看着虚无道：“你说什么？”虚无双手合十道：“侯爷身上杀气太重，老衲不过说这孩子有福气罢了。”“你说……曦儿也是足月的？”

季曼站得近，明显看见宁钰轩太阳穴旁边起来的青筋，连忙道：“侯爷先别激动，大师也请稍等，这儿还有一个孩子……”

“聂桑榆！”宁钰轩一把掀翻了棋盘，怒视着季曼道，“你到底要搞什么？想证明这一院子里的孩子都不是我的？”季曼被他这动作吓了一跳，抿唇道：“妾身没有说曦儿不是你的孩子，只是一直有个疑问没有解决；正好大师有这能力，妾身就想查查当初到底是怎么回事罢了。”

“你想查什么？”宁钰轩红着眼问。“妾身觉得，曦儿和锜儿，可能是抱错了。”季曼后退一步，低声道，“若曦儿是足月生的，锜儿是八月生的，那就可以证实妾身的猜想了。”宁钰轩一怔，皱眉看着她。

“请稍等。”季曼转头就吩咐灯芯，让她将柳寒云和温婉都叫来，把锜儿也抱来。一天之内要受两回刺激，宁钰轩揉着头，觉得从来没有这么后悔过。为什么自己不少收一点女人进来？

锜儿被抱来，虚无也就看了看，如实开口：“这女娃儿是八个月生的，身子骨明显比男娃儿弱嘛，你们怎么没看出来？”温婉后退了一步，怒道：“怎能凭这老和尚

一句话，就这样下了定论？我当时明明生的是男孩儿，那么多人都看着的。”

“奴婢可没有瞧见。”椿皮终于有机会说这话了，连忙道，“当初生产的时候，只有接生婆一个人看了我家主子生出来的孩子，又马上抱走了，奴婢是没看见自家小主子是男是女。”温婉脸上一阵红一阵白，转头看向宁钰轩。

宁钰轩捂着眼睛，一言不发。“侯爷，您每次都不相信婉儿，这次也依旧不相信吗？”温婉落了泪，“当初不是你说的，生男生女有什么要紧，是我的孩子不就好了。既然有你这句话，我还非去换个男孩儿做什么？”

“况且生了孩子，我当时都没力气睁眼看一看，又怎么去换柳寒云的孩子？接生婆可是侯爷您找来的……”“说起接生婆，”季曼拍了拍手，“我已经让人去接她了，不过应该要明天才能到。侯爷如果想要个真相，那不妨多等一日，如何？”

柳寒云一脸震惊地抱着锜儿，温婉听着这话，更是惊愕地转头看着季曼。“行了。”宁钰轩终于开口，声音里却是浓浓的疲惫，“既然能找到接生婆，那就明日再说此事，你们都出去。”

“侯爷……”温婉带着哭腔喊了一声。“出去！”宁钰轩是真火了，放着棋盘的矮桌都被他掀开丢了过来，吓得一众女眷花容失色。季曼跑得最快，拉着柳寒云，跟兔子一样消失在了门口。曦儿还留在老和尚的怀里，柳寒云走得一步三回头，她怀里的锜儿不停哭着，整个府邸上空的云都是黑压压的。

一个老和尚的几句话，搅乱了整个侯府。温婉坐立不安，急得团团转，却不知怎么是好，柴房里的苜蓿也是一夜未眠。季曼安慰了柳寒云，回去却睡得极好，一夜无梦。第二天她神采奕奕地出了非晚阁，便往关苜蓿的柴房走去。

七出之条，按理当是休弃；可是被出轨的对象是宁钰轩，这件事无论如何也不能简单将苜蓿休弃了事。季曼也没讲什么情面，让人绑着李子修和苜蓿两个，连带着一个襁褓，统统送去城外的接天湖沉没。

“真是好狠的心，连孩子都不放过。”“是啊，孩子还那么小，有什么错？”旁边的人都在议论纷纷，季曼就当没听见。“主子。”苜蓿的嗓子已经哑了，被人绑着手拖拽在马车后头，张口喊了这最后一声。

“嗯？”季曼伸出头来看了看她。“不可以放过福儿吗？”苜蓿踉踉跄跄地走着，带着恳求的眼神看了季曼一眼。人之将死，其言也善。季曼摇了摇头：“侯爷的命令，现在没有办法违抗。”

换作温婉来处理这件事，一定会苦苦哀求侯爷放过这三个人，让他们一家三口隐姓埋名生存下去。可是季曼觉得苜蓿这样的人，也就在临死前会有良知，要是善良地放了她，她估计还会寻仇。

绑了石头，季曼将襁褓抱过去，塞在了苜蓿与李子修之间。周围的百姓有骂奸夫淫妇的，也有说聂桑榆恶毒的。只有李子修在季曼把襁褓塞进他怀里绑好的时候，带着万分感激的目光看了她一眼。

“沉吧。”季曼挥了挥手。旁边的家奴将这一家三口推了下去。苜蓿凄厉地叫了一声，之后便带着百斤重的石头，深深沉入了湖底。回到府里，还有温婉和柳寒云的事情要解决，不过季曼觉得自己不用做什么，只需要把杨婆子平安送到宁钰轩面前就可以了。

但是，接杨婆子的人回来了，却没有带回杨婆子，而是跪着请罪，道：“奴才按照主子说的地方去找了，没有人。”她已经尽了自己最大努力把那唯一的人证给好好保护起来了，结果还是没有保住。季曼耸耸肩，没办法，自己又不是万能的。

人证没了，温婉就轻松了不少，一口咬定自己什么都不知道，柳寒云则是双目殷切地看着宁钰轩。两个女人，一个是宁钰轩最开始心爱的，一个是对他有恩，他说了要一直护着的。季曼很开心能够捧着瓜子在旁边看戏。

可是最后，宁钰轩直接就以接生婆抱错了为理由，将两个孩子换了回来：曦儿还给柳寒云，筠儿也不用季曼养了，直接送回蔷薇园给温婉带。

温婉抱着筠儿勉强笑道：“误会解开了就好，是男是女都没什么要紧，只要你心里还有我。”宁钰轩闭了闭眼，淡淡地“嗯”了一声。

第六十八章

你喜欢什么样的男人

宁明杰大婚的日子到了，宁钰轩早几天就开始让季曼准备贺礼。季曼挑了金银砖，取了八宝琉璃盏，还有两样御赐的宝物，都包了当作贺礼。因着上次的闹剧，宁钰轩有很长一段时间没有回府，都是住在外面。季曼一度很担心他因为打击过大而对女人失去信心，故而总是去尚书府、侍郎宅看他，顺便送些点心。

六部的高官都觉得聂桑榆是大方得体的当家主母，宁钰轩却有些不想看见她。宁钰轩大概也就是想静一静，在宁明杰大婚当天，他还是回府来接她了。季曼特意穿了一身浅蓝绣彩蝶的端庄礼服，挽了青色霞帔，头梳凤仙髻，耳垂明月铛，眉目浅画，出门上车的时候，果然就看见宁钰轩的眼眸微亮。

“走吧，可不能迟了。”季曼上前挽了他的手。宁钰轩“嗯”了一声，伸手帮她抿了抿耳发。季曼觉得他手指倒是暖和，抬头一看，脸还是冷冰冰的。“三皇子也在。最近时机成熟，他也是快完成心愿了。”上了车，宁钰轩轻声开口道，“说不定要不了多久，就得去他府上喝喜酒了。”

三皇子还未立正妃，只有一个颇为受宠的韩妃。以前韩妃来侯府走过一遭，但季曼对她没什么特殊印象。现在一听要有喜酒，季曼也觉得正常，只是好奇三皇子会娶谁，会让宁钰轩都说他心愿快完成了。

三皇子的心愿，是太子的龙冠。马车走了一路，宁钰轩都没再说话。季曼几次侧头看他，见这人都没什么反应。聂桑榆想要这人爱上她，季曼已经做了自己能做的——帮他安好宅里，也替聂桑榆除去异己。季曼说起爱情理论头头是道，可是真的要用理论分析宁钰轩要怎么才能爱上聂桑榆，还是觉得有点难。

到了宁府门口，正是黄昏时刻，门口人来人往，新娘子看样子已经快到了。季曼跟着宁钰轩下车，将礼物给了门房，便也站在门口等。宁明杰娶的是恭亲王的女儿，架势很大，这一街过去十几丈的墙边儿上都挂了红绸，达官贵人自然也是来了不少。没扫两眼，季曼就看见了人群里的三皇子。

赵玦穿着一身淡金色蟒袍。不知什么时候起，他眉目间尽是得势的爽朗笑意，看起来，竟然有些像当初的太子赵辙。说起赵辙，季曼再看过去一些，他竟然也是在的。他的头上没有了太子金冠，身上穿的也只是皇子的蟒袍。只是他竟笑得很自在，携着皇子妃，正被一群大臣簇拥着。

没了太子光环的大皇子，丝毫没有落魄之感；即使是三皇子的党人宁明杰大婚，他竟然也带着亲信和正妃过来庆贺。季曼觉得女儿家的小心思自己还可以陪着玩玩，这些老谋深算的，还是交给宁钰轩吧。

迎亲队回来了，宁明杰一身喜服，坐在高头大马之上，脸上带着淡淡的笑意。他身后是一顶火红的花轿，四周的丫鬟、奴才也都是一身艳红，捧礼抬妆，一直绵延到巷尾。季曼瞧着这场景，微微有些恍惚。

宁钰轩侧头看她一眼，低笑道："你在想什么？""妾身想起侯爷当初的十里红妆。"季曼淡淡地答，"现在轿子里的新娘子，大概是和妾身当初一样的心情吧。"宁钰轩深深看着她："你还记得以前？"

"记得。"季曼笑道，"满心欢喜，换来侯爷新婚夜跑去丫鬟的房里，妾身怎能不记得那种从云端跌落之感？"宁钰轩轻咳两声，有些狼狈地别开头："还以为你都忘了。"

"妾身记性很好。"季曼看着他道，"恩十分报，仇百倍还。"

"依旧是个小肚鸡肠的女人。"

"嗯，性子就是这样，改不了了。"

说话间，宁明杰已经下了马，开始踢轿门，背新娘了。一系列繁文缛节之后，众人终于得以进府入席。跟平民百姓的嫁娶不一样，新娘子是郡主，她在完成礼节之后，还得与各命妇见礼。身为命妇之一的季曼就理所应当地捧着酒杯上前了。

由于是亲戚，季曼还得叫这位郡主一声"表嫂"。所以在季曼敬酒的时候，郡主微微掀开了面帘，很有礼节地将酒饮尽。郡主容颜俏丽，隔着面帘也让人觉得养眼。宁明杰坐在一边应付着。他娶了恭亲王家的郡主，对三皇子一党来说也是有利无弊。只是尚未谋面，他对这位新娘子也没什么感觉。

府里很热闹，不少人借着喜宴的机会四处攀结，宁钰轩也被人拉去灌酒了。季曼一人坐在郡主旁边，替她拿些吃食。“陌玉侯夫人面色也是越发红润了。”大皇子妃端着酒过来，坐在季曼旁边笑道。

季曼坐直了身子，微微一笑：“过奖。妾身庸脂俗粉，怎比得上大皇子妃国色天香？”

“瞧这张嘴，怪不得侯爷喜欢。”大皇子妃抿唇笑道，“听闻最近侯府里出了不少事情，你也是好手段。”来者不善，善者不来，季曼叹了口气道：“这也非桑榆所愿。要不是有人暗中拿孩子做文章，桑榆也不用做这些事情。”

“听闻都找到当初换了小世子的凶手了，”大皇子妃道，“你的孩子还没找回来？”

季曼眼神沉了沉，旁边的郡主开口道：“大皇子妃不是来同倩儿喝酒的？怎么倒是说起桑榆来了。”

“哎呀呀，瞧我。”笑了两声，大皇子妃起身到郡主另一边去，看着郡主道，“这一杯敬新娘子，可是要好好喝完。”因着酒量不好，赵倩是打算喝了就全部吐在袖子上的，但是其他人好说，大皇子妃却硬盯着她，她就只能将酒全部喝完。加上季曼那杯，她也一共才喝两杯，可是头突然就很晕。

“我想回房了。”新婚之夜，还是不想失态，赵倩转头想找自己的丫鬟。“这气氛正好，郡主怎么好走？”大皇子妃压着她的肩膀道。季曼微微皱眉，起身扶着郡主道：“既然表嫂想回去，那桑榆就送送表嫂。”

赵倩感激地抬头看季曼一眼，挣脱了大皇子妃的钳制，被季曼扶着离开。

宁府很大，丫鬟、家奴都去伺候喜宴了，季曼对这里不熟悉，左看右看好一会儿才看见一个红衣丫鬟过来。

“要带郡主去休息吗？”那丫鬟伸手想接过赵倩，“奴婢来吧。”

“无妨，我亲自送郡主。”季曼有些不放心，躲过那丫鬟的手道，“你带路就好。”

红衣丫鬟也没说什么，转身带着季曼七拐八拐，最后停在一处挂满红绸同心结的院子门口。

“喜婆都在里头，夫人就不便进新房了。”丫鬟将赵倩接过去道，“多谢夫人。”

看着到地方了，季曼也不能厚脸皮跟着进去。只目送赵倩被扶进新房，季曼便转身去找宁钰轩。宁钰轩已经被灌醉了，一向冷清的脸上现在微红，见她来，还幼稚地朝她伸出手：“桑榆。”心里微微一怔，季曼走过去。这人便抱着她的腰道：“堂哥分明是新郎官，却要灌我的酒，你说他厚不厚道？”

宁明杰也是喝高了，一双眼里满是亮晶晶的东西，哈哈大笑道：“让他说真话他不说，可不就只有灌酒了？等他醉了，自然会说真话。”季曼嘴角抽了抽，扫一眼这一桌子的年轻人：聂青云已经醉得人事不省了，细细一看眉头还皱着，也不知道最近是不是有烦心事；再看其余醒着还能出声的，也就宁明杰和宁钰轩了。

“你帮我喝。”白净的酒杯递到嘴边，季曼一低头，就闻到了浓烈的酒味。澧朝高级宴会用酒，不掺水，高纯度，怪不得把宁钰轩喝成这副傻样子。季曼接过来，一口干了，抬起袖子就全吐掉，辣得脸色通红：“嗯，我帮你喝。”

宁钰轩竟然笑了，揽着她的腰问：“桑榆，你喜欢什么样的男人？”季曼一愣，仔细看了看宁钰轩的眼神，发现这人的确喝醉了：“妾身喜欢一心一意，工资不高不低，能一起供房子，对我很好，会做饭，我说东他不往西，世上老婆第一，不花心，上能安灯泡、下能修电脑的男人。”

面不改色地说完，季曼想了想，又补充道：“这种男人已经濒临灭绝了，还不如找个钟点工实在。”宁钰轩呆呆地看着她。旁边的宁明杰也听傻了，没一会儿，突然笑了出来：“其他的条件我不知道是什么意思，光一条一心一意，这世上就不会有桑榆喜欢的男人了。”

季曼认同地点头：“这个时代背景不允许，也怪不得你们。”宁钰轩抿着嘴巴趴在一边，颇为不高兴地看着她：“你原来不喜欢我。”季曼捂着嘴笑两声：“侯爷您喝醉了，妾身也喝醉了，咱回家洗洗睡吧。”

“嗯。”宁钰轩的眼神很深邃，却在看了季曼一眼之后，缓缓合上了眼。宁明杰意味不明地笑了两声，摇摇晃晃地起身道：“我也该去洞房了。桑榆你照顾好钰轩便是。”季曼点点头，扶着这人起来，出去唤了车夫。

“灯泡是什么东西？”季曼坐在马车上，忍住想一巴掌把怀里这人打晕的冲动，揉着太阳穴答：“就是孔明灯。”宁钰轩抿唇，又问：“那电脑呢？”

“就是被砧板垫着的猪脑子。”季曼低头看着他道，“侯爷您喝醉了，头不晕，不难受吗？”宁钰轩顿了顿，闭眼道：“很难受，很晕。”“那为什么还要问这么多问题？妾身觉得您该好好安眠了。”季曼换了只手垫在他脑后。他蹭了两下，“嗯”了一声，当真就闭眼睡了。幸好宁钰轩喝醉了没吐也没闹腾，季曼将他带回非晚阁安置，这一晚也就这么过去了。

结果第二天发生了大事情，吓得季曼头撞在床头上，起了个大包。“主子，宁府出事了。”鬼白进来禀告，还是直接推门而入。季曼正在更衣，被宁钰轩一把塞进了被子里。

“什么事？”

“……昨晚三皇子醉酒留宿，恭亲王府郡主不知为何行错房间，与……与三皇子殿下……”大概是顾忌季曼在场，鬼白后头的话没有说出来，季曼却一头撞在了床头上。

宁钰轩的脸色很难看，怔愣了半晌才呢喃道：“怎么会？”恭亲王家的郡主，那就是三皇子的堂妹，三皇子不可能在知道对方身份的情况下，还能做出这样的事情来。急急忙忙更衣，季曼也收拾下床。宁钰轩没能顾上她，直接就去了宁府。季曼等了一会儿，自己坐了马车追上去。

这样的事情也太过荒唐，好端端的一桩喜事，也算是恭亲王对三皇子抛来的橄榄枝，却出了这样可笑的差错。如此一来，宁明杰定然不会再要郡主，三皇子也无法给宁明杰一个交代，这好端端的左膀右臂，就要被三皇子自己断去。

若是被人陷害的，季曼只能说，真是高手。她昨天分明是亲自送了郡主到房间门口，怎么还会让郡主进错了房间？

赵倩正坐在新房里，一身衣裳已经换过，抓着床弦默默掉着眼泪。韩妃在她旁边站着，又气又急地道：“怎么会走错地方？”

宁明杰站在房外，旁边站着的三皇子有些无措地道：“应该是有人故意陷害，我昨晚……以为是韩妃。”闭着眼，宁明杰一句话也没有说，脸色有些苍白。他昨天也是喝过头了，连新房里不对劲都没有发觉。没有喜娘，没有新娘子，他也就那么倒下去睡了，一觉便是到天明。

现在事情已经发生，说什么都没有用，就算知道是计，他也不可能释怀。恭亲王府家的这门亲事，必定是要退掉了。

宁钰轩赶来的时候，赵玦也顾不得这么多人在场，一把拉过他就道：“钰轩，你看这事该怎么处理？”

陌玉侯深吸了两口气，无奈地道：“郡主不是随便的人家，三皇子若是不想惹得龙颜大怒，便还是先进宫请罪，再给恭亲王一个交代吧。”三皇子有些为难地看了宁明杰一眼。

宁钰轩会意，点了点头，赵玦便转身匆匆往宫里走。

季曼来的时候，宁钰轩和宁明杰都已经不见了，刚踏进新房，就看见韩妃正在吩咐丫鬟收拾东西。“这是做什么？”韩妃转过身来看见她，勉强笑了笑道：“我正打算将郡主接回府里去。”赵倩咬唇：“我不想去。”

季曼看了赵倩一眼，见她脸色惨白，一夜之间好像憔悴了不少，却是固执地抓着床弦，不肯松手。旁边的丫鬟轻轻拉着她的手，她依旧是一动不动，固执地道：“我想留在这里。”韩妃张了张口，却把话吞了回去。季曼知道，韩妃很想说这里已经容不下郡主了。

如今的状况，就算赵倩再怎么想留下来也是不成的。本来宁明杰那安静的性子，配个这样的女人正好，可惜就这么生生错过了。轻声安慰郡主两句，季曼心想，其实宁明杰才是最需要安慰的人。

“江东要打仗，我正好可以无牵无挂上战场。”宁明杰看着池水，淡淡地道，“家室之类，以后再说吧。”宁钰轩站在他旁边，抿唇道：“我不会害你，这次也一样。你为何不听我一句劝？”

宁明杰轻笑一声，侧过头来看着他道：“我何尝不知道你为我铺的路？本来太子屡次示好，我心里也有所动摇；南巡路上你却引着我去救落水的桑榆，之后我便顺理成章地归在了三皇子羽翼之下。如今局势，三皇子是最有可能摘下太子龙冠的人，你自然是不会害我。”

宁钰轩微微一笑：“原来你知道。”南巡时聂桑榆落水一事，是他一早收到太子在各个房间布了迷药的消息，也是他偷换了宁明杰和聂桑榆房间里的迷药；之后聂桑榆落水，他引了宁明杰去救，而没有自己亲自下水，一方面是算计着可以将宁明杰推到三皇子一边，另一方面却是因为自己不怎么会水。

当然这些前尘往事，是没有必要再拿出来说的。只是现在宁明杰无法再一心一意追随三皇子了，宁钰轩总得再替他指条路。“党派之争，也的确是没什么意思。”宁明杰拒绝了他想要招纳他归于六部的建议，而是道，“正好眼下有这个机会，我若向皇帝上书要求随军出征，皇上不会拒绝。”

随军出征风险很大，但是宁钰轩觉得，以宁明杰的本事，当武将自然比文臣有前途。

没有再劝，宁钰轩只是微微叹了口气：“你的情路也是多有坎坷。”宁明杰淡淡地摇头：“无妨，身边总还是有人陪着的，那就够了。”

赵倩最后还是跟着韩妃走了。只是恭亲王又岂是那么好打发的，就算是意外，那也不能让自家女儿为人妾室，定然是要娶作正妃的。三皇子对此很不乐意，他的正妃之位还要留待他人，怎么能因为这一晚的意外，就给了赵倩？

三皇子这边一不愿意，恭亲王就生气了：自己有开国功勋不说，赵倩也是自己唯一的、嫡亲的女儿，她身为贵重的郡主，到底哪里配不上三皇子了？皇帝也是左右为难，心里更气三皇子竟然会做出这样的糊涂事。

大皇子趁机推波助澜，道："恭亲王家的郡主容貌可人，这错也有错的缘分，父皇不如就下旨赐婚，让郡主给三皇弟当个正妃吧。"三皇子站在一边，脸色铁青，却不敢再反驳。

皇贵妃召了聂桑榆到凝露宫里，拉着她，气得骂了好一会儿："就知道那边的人没安什么好心，竟然将郡主直接给了你表哥，用心何等险恶！"季曼其实不明白为什么皇贵妃这么生气，恭亲王好歹也是亲王，娶了堂堂郡主也的确不算委屈了三皇子啊。

但是接下来她就明白了。"玉珍国的公主还有半月就要入京选婿了，玦儿本是最好的人选，如今可好，人家堂堂公主是不可能甘心做妾的，玦儿也就与她无缘了。"玉珍国是澧朝边境的国家，地方不大，却十分富饶。玉珍国王将公主送来选夫婿，其实就是和澧朝联姻的意思。

季曼恍然大悟，怪不得宁钰轩那会儿说三皇子心愿将了。若是三皇子娶了玉珍国的公主，太子之位怎么都是非他莫属。结果不知是谁从中作梗，让三皇子不仅要娶郡主，还与宁明杰生了嫌隙。

皇贵妃气得不行，拉着她的手道："你一向是最聪明的。等那公主进京，本宫会负责安排命妇陪伴她。你到时候，可还要想想办法替你表哥说说话。那郡主现在是正妻，以后说不定就犯什么事了呢。一旦玦儿得势，那是绝对不会委屈了公主的。"

季曼点点头，皇贵妃为三皇子操心是理所应当，自己这个当人侄女的，自然要帮着出力。只是堂堂一国公主，哪会那么轻易给人做妾？

回去府里，宁钰轩一脸凝重地写文书，季曼去给他送茶水的时候，他飞快地将桌面盖了起来，一脸平静地道："最近可能有些忙，你将府里的孩子们都照看好些。"

"嗯。"季曼应了一声。"另外，半月之后明杰要出征江东。"宁钰轩想了想，低声道，"他宅子里的事情，你也可以帮着打理一下。"季曼撇撇嘴："侯爷，涨月钱吗？"

第六十九章

漫天都是小星星

宁钰轩扫她一眼，竟然将她的这句话当成是玩笑，转头道：“明杰最近心情应该很不好，你有哪些还未出阁的姐妹，也可以带着往他那里多走走。”人家才经历了这么一段灰暗的婚姻，就又赶着去给人做媒？季曼心里吐槽了两句，点头应了，转身就打算出去。

“等等。”宁钰轩开口喊住了她。“怎么了？”季曼好奇地回头。宁钰轩淡淡地移开眼神，低声道：“晚上你到北苑来。”季曼点头，虽然不知道他要干什么，不过上级的命令下级执行就可以了。

温婉听着屋子里筠儿的哭声，不耐烦地喊了一声：“奶娘呢？”奶娘连忙抱着筠儿出来，低声道：“婉儿姑娘，这孩子身子弱，容易生病。奴婢刚刚给她喂奶的时候，发现她有些发高热。“病了？”温婉神色微动，接过来看了看。她想，都怪柳寒云那穷酸丫头，没照顾好筠儿，不然现在这孩子也不会这样病弱了。

“正好，筠儿也好久没看见侯爷了，咱们现在带着去书房看看。”温婉起身，檀香连忙将披风拿过来给她披上，裹紧了孩子就往外走。

孩子换回来之后，柳寒云终于是高兴了，每天里里外外将曦儿照顾得妥妥当当，人也跟着精神了不少。只是温婉这边，男孩儿变成了女孩儿，心里怎么都有些落差。

温婉现在的目标，就是想多得些宠幸，再怀上一个。

走去书房，温婉却见宁钰轩正拿着一个孔明灯发呆，拆了两根竹骨，又摩挲着装了回去。

“侯爷？”人未到，筠儿的哭声就已经先到了。宁钰轩抬头看了温婉一眼。她笑得很是温柔甜美，抱着筠儿道：“侯爷许久未来看筠儿，您瞧，筠儿都一直哭。”

放下孔明灯，宁钰轩笑了笑，伸手将筠儿抱过来道：“你是没照顾好她吧。”“怎会？”温婉抿唇，笑里有些苦涩，“只是婉儿最近一直觉得侯爷渐渐将婉儿冷落了，婉儿顾着想侯爷，大概就有些忽略筠儿了。”

宁钰轩抿唇，将筠儿给了奶娘，低声道：“家事、国事都还没有处理完，你且再等等我吧。”“婉儿也不是想要别的，”温婉低声道，“只是现在带着筠儿，旁人还都唤婉儿姑娘……侯爷还不肯给婉儿一个名分吗？”

他就知道一般女人找上门来，都是有事要说的。宁钰轩叹了口气，自己现在不是很想给温婉名分，因为一旦要给，给低了她肯定不乐意，给高了，那就轮到家宅不宁了。很久之前，宁钰轩觉得温婉是可以替他安好宅里的，后来他才发现，喜欢的女人不一定就是适合过日子的女人；适合过日子的女人，也是可以慢慢喜欢上的。

看着角落里放着的孔明灯，宁钰轩神色柔和了一些，道：“名分这类的事情，你就去找夫人安排吧。”温婉眼里流露出不可置信的神色：“这样的事情……也要她同意才可以吗？”

“她毕竟是一家主母。”宁钰轩道，“况且无论你是什么身份，对我来说也都一样。”

温婉颇有些委屈，眼泪滑过抖动的嘴角：“侯爷现在还敢捂着心口，说温婉是您心里最重要的人吗？”宁钰轩顿了顿。

“犹豫了？”温婉睁大眼，笑了两声，“曾经对我说过会一辈子护着我，不会让我受委屈的人哪里去了？”

“婉儿……”

“怨不得人都说，男人的话最是信不得。”温婉笑着后退，连一旁的筠儿都不管了，直接扭身跑了出去。

宁钰轩坐在原处没动，只长长地叹了口气。

“主子！”灯芯跑进门来，十分幸灾乐祸地道，“今儿有好笑的事情。”季曼的昭君出塞图已经要完成了，瞥她一眼道：“什么事情这么好笑？”

灯芯捂着嘴将刚才书房发生的事情给季曼讲了，末了还笑道：“许多奉茶的丫鬟都在笑呢。当初多得宠的夫人啊，现在变成了没名没分的丫鬟不说，开口问侯爷要名分，竟然还要不到。”

季曼顿了顿，绣花针扎错了地方，出塞图上微微有一处瑕疵。“情随事迁吧。”感叹了一声，她继续绣，“人的感情本来就是需要经营的。自己没经营好，就不能回头指责别人变心。毕竟爱是一瞬间的事情，婚姻则是需要长久相处的。”

灯芯似懂非懂地点头，又笑道：“主子如今可算是出了一口恶气。温婉大概也没想到，当初那么风光地抢了主子的正室之位，如今会落得这么个下场。”季曼垂了眼眸笑道：“是啊，这世上只有不会用心的正室，没有敌不过的第三者。”灯芯虽然听不懂，但是还是觉得自家主子很厉害。

温婉自然是没脸过来跟季曼要名分的，季曼也就装作不知道这件事。到晚上的时候，季曼按照和宁钰轩约定的时辰，去了北苑。宁钰轩下午就吩咐人往府里搬着东西，季曼也没过问。她想，男人总该有点自己的小秘密不是？

但是季曼觉得很奇怪：到了北苑，宁钰轩就指了个位置让自己坐着不动，然后他蹲在院子里，把竹筐里的类似孔明灯的东西一个一个拿出来，就开始捣鼓。他将一筐子竹骨坏了的孔明灯都一一修好，而且一修就是一个时辰。估计他那脚在雪地里也该冻僵硬了，他却一句话都没说。

本着敌不动我不动的原则，季曼也就一句话没问。他将所有孔明灯修好了之后，又吩咐鬼白帮他点了，将灯一个一个地放上天去。今晚云层很厚，是不见月色的，这孔明灯一放，倒是引来不少人围观。天上星星点点，看起来也是颇为壮观。

“好看吗？”宁钰轩走过来，问她。季曼点点头，终于开口问：“侯爷是觉得桑榆管理家事劳累，所以来请桑榆看孔明灯？”宁钰轩嘴角抽了抽，强调了一句：“我修好的。”

所以自己要发朵大红花给他吗？季曼有些茫然，看着他亮晶晶的眼眸，也就捧场地拍拍手：“哇，好厉害！”宁钰轩的脸色微微沉了些，还带了点怒气看着她。季曼眨眨眼，看眼前这人明显不喜欢自己拍的马屁。可是她想不通，他半夜没事过来修这么多孔明灯放上去是要干什么？

“侯爷。”温婉的声音从院子门口响起，季曼一愣，下意识地就蹿到了身后的屋子里。等反应过来季曼才觉得有些奇怪，自己干吗要躲？

温婉是看着孔明灯过来的，穿着薄薄的裙子，披了披风，如一只蝴蝶一般朝宁钰轩扑了过来。

也是夜色深了，她没看见季曼："婉儿就知道，侯爷心里还是有婉儿的。"宁钰轩僵硬了身子，转头看了身后的屋子一眼。温婉抬头看着他道："今天我还很伤心，觉得您是不是忘记我们从前那么多美好的回忆了，可是没想到您统统都记得。"陌

宁钰轩："……"

"这灯，不是原来七夕节您给我放过的吗？"温婉看着院子里不断被放上天的孔明灯，眼里含泪地笑道，"那时候您我还是初识，我骂您登徒子，您却不生气，写了我的名字在灯上，放到我的绣楼上给我看。"

季曼在屋子里听着，心里闷笑，心想温婉还真是自作多情了。不过这倒是个好台阶，多好的晚上啊，大家一起看看孔明灯，看看雪，聊聊人生，聊聊从前。

"最近婉儿是真的很伤心，您这眼里心里，好像都只有聂桑榆一个人了一样。"温婉抱着宁钰轩的腰，脸贴在他的胸口呢喃道，"婉儿以前说过，您要是敢爱上别人，我也是敢离开的。"

宁钰轩嘴角微抽，也没伸手回抱，只淡淡地"嗯"了一声，顺带踢了身后的门一脚。

"嗯？"温婉放开他，看了看门，"怎么了？""没什么。"宁钰轩的语气淡淡的，"看这门不顺眼，平时倒是很好用，一到关键的时候门轴就卡了。"季曼怔了怔，抿唇。

"好端端的说门干什么……"温婉嗔怒一声，看着天上的孔明灯道，"侯爷还要让婉儿等多久？"宁钰轩又沉默了。

遇见男人连承诺都不敢给了的时候，一定要记得快些跑，季曼默默吐槽，觉得脚有些酸了，就站起来揉了揉腿，想了想，拉开了门。

"只要侯爷答应婉儿，以后心里只有婉儿一人，那么就算再久，婉儿也会等……"温婉的话没说完，身后的屋子突然开了，一个女人飘了出来。"啊！"温婉吓得尖叫一声，连忙往宁钰轩的怀里躲，"什么东西！"季曼朝他们甜甜一笑，看着宁钰轩道："侯爷加油！妾身先告退。"

温婉的脸色在看清季曼的时候变得很复杂，就像是他们眼前这炸上天空的烟花，红的黄的白的绿的交相混杂。季曼说完就想转身跑，却听见宁钰轩一声低喝："聂桑榆！"

如果有人连名带姓地叫你，那准没好事。季曼脚步顿了顿，缓缓转身过来看着他。"这么急着走？"宁钰轩平复了一下心情，将温婉的手轻轻掰开，看着季曼道，"你不饿吗？"自己不是刚吃了晚膳过来的吗？季曼觉得今天宁钰轩的脑袋一定是

被门夹了，不过还是站得端端正正地答：“妾身不饿。”

温婉无措地站在原地，手捏得紧紧的，看着宁钰轩的眼神，心里一阵阵地难过。以前他无论在哪里都是只看着自己的，可是现在，她就站在他的身边，他却看不见了吗？本以为这孔明灯是为她放的，可是为什么聂桑榆会在这里？

心绪难平，温婉急急地喘了几下，想往前走一步，却直接晕了下去。宁钰轩反应倒是快，伸手将人接住了，一探她的额头，有些发热。温婉大冬天的穿这么少扑过来，不发热才有鬼。宁钰轩皱了皱眉，弯腰将人抱起，推开房门走了进去。

“既然不饿，那你先回去吧。”

季曼耸耸肩，看着那天上已经快要渐渐消失的孔明灯，转身离开了北苑。

温婉做噩梦了，梦里见宁钰轩挽着聂桑榆的手渐行渐远。她努力想追上去，却怎么也追不上：“我不要……不要……”聂桑榆的脸侧过来，笑得满足而幸福。而她的心却像是被带了毒刺的藤蔓纠缠着，让她呼吸都困难：“坏女人”。

北苑的屋子里，大夫收回手，开了药方递给一边的檀香，临走的时候忍不住看了一眼旁边的桌子。那桌子上有一桌饭菜，尤为奇怪的是，中间放着一个卤猪头，垫着砧板，也不知是个什么想法。侯爷的口味好像越来越重了。

宁钰轩静静地坐在一边，看着梦里都不安稳的温婉，微微叹了口气。温婉醒来的时候，心里的疼痛仍在，抬眼看见了宁钰轩，总算稍微舒服些。只是想着梦里的场景，她还是忍不住落泪，拉着他的袖子声泪齐下地问：“侯爷为什么心里没有婉儿了？”

宁钰轩轻轻抚着她的秀发，淡淡地问：“你知道我什么时候对你最为心动？”温婉一愣，仔细回想了一下：两人从相识到相爱，要说宁钰轩最动心的时刻，似乎是有一次他被人追杀，自己奋不顾身将他藏在家里的时候。

那个时候，宁钰轩的双眼温柔得像是可以包容整个世界，看着她道：“你怎么这么傻。”

那时候两人爱得多单纯：她只是个普通的小户人家的女儿，他是高高在上的侯爷；她不慕富贵，他给她所有。

什么时候悄悄改变了的？温婉抿唇，静静地看着宁钰轩。这美好的男人低下头来，在她耳边轻声道：“情为最深之时，是你对我钟情无二；情潮退却之时，是你对我情意已绝。”

“钰轩……”温婉想争辩，自己没有，自己没有对他……

她恍然想起什么，天花肆虐之时，自己在别院似乎……是真的没有以前那样能为他不顾生死。换作以前她什么都没有的时候，她是会愿意照顾他的；可是尝到了富贵滋味，知道了人生可贵，她竟然退缩了。

宁钰轩的眼眸深深的，也没有多说什么，倒是替她温柔地将被子拉了上来："好好休息。"桌上的菜已经凉透了，宁钰轩看着那个猪头，沉默了很久。"主子，是要让厨房热一热，明日再让夫人来吗？"鬼白小声问了一句。

宁钰轩摇头，眼神复杂地道："我还不太明白她说的'修'是什么意思，再过两天也不迟。"鬼白严肃地点点头，命人将这一桌菜撤了下去。

因为要替宁明杰管家，季曼就往宁府走了两趟。宁府没有管家，事情都是一个叫罗绮的丫鬟在管理。季曼从她手里接过账本的时候，不知为何看见些敌意。"少爷吩咐将账本交给夫人，奴婢也没什么话好说。"罗绮站起来，柔媚的脸上带着些愁怨，"奴婢自然是要跟着少爷去的，只是这府里还有许多人要留着。夫人掌管事务，怎么都有些不便利，不如让暖玉协助您。大事您来做主，府里小事，您就没必要来来回回折腾了。"

听这语气也不是一般的丫鬟，季曼点点头，郑重地将账本接了过来，也看了一眼旁边的暖玉。这两个丫头生得都俏，罗绮有些像她印象中的林黛玉，暖玉则像秦可卿。季曼道："既然得堂少爷信任，我自当尽力。"

府里的红绸还有一些没有撤去，看着倒是有些凄凉。本是红红艳艳喜满堂，现在冬雪寥落，已经再也没人会提起那个满心欢喜嫁过来的新娘。"堂少爷的书房在哪里？"季曼问。宁明杰现在是去了朝廷未归，季曼也就可以大胆参观了。

哪知罗绮的反应却微微大了些，前行一步拦在她面前道："少爷的书房不可以进去。"

季曼微微一愣。暖玉拉了拉罗绮的衣袖，摇了摇头，罗绮才反应过来，低声道："少爷的书房一般都是不让人进的，夫人要是有什么东西要拿，就告诉罗绮，罗绮帮您。"

"无妨，我也就是想看看罢了。"季曼笑了笑，转身道，"书房不能去，其他地方可以去吧？"罗绮点头："奴婢带您看看这府邸。"书房里有什么东西，会让罗绮这么紧张？季曼觉得很好奇，可是前头罗绮带路，显然是不会带自己去看的。她想想也就作罢，人总是有点隐私的。

将府邸逛了一半，罗绮就被一个家奴叫走了。季曼隐约听见什么醉酒，罗绮就提着裙子匆匆往府门口去了，只让那家奴留下来照看她。“怎么了？”季曼好奇地问了一句。家奴叹息道：“皇上改赐婚恭亲王郡主和三皇子。少爷被大皇子拉着去喝喜酒，好像是喝醉了。”

这赵辙做的也真不是人干的事，哪壶不开提哪壶，一肚子坏水。罗绮这一去也不知道什么时候能回来，季曼想了想，试探地问那家奴：“堂少爷的书房在哪里？”家奴是门房的，不在内院伺候，知道这位夫人是自家主子的堂弟媳，也就殷勤地给她引路：“在那边。”

敢情只有罗绮一个人知道宁明杰的书房不能进？季曼挑眉，跟着那家奴过去看。打开书房的门，灯芯低声道：“主子，您要做什么？”季曼挠挠头，小声回她：“我就是想进去看看。”

虽然说知道越多死得越快，但是季曼下意识地觉得，宁明杰是不会伤害自己的。这人好歹是个男二，没什么阴暗背景，自然也没有什么惊天大秘密。家奴有礼地和灯芯一起守在门口，季曼踏进去，就看见摆得整整齐齐的书和墙上挂着的书画。

宁明杰的字很好看，所以写的诗词也很多。每一幅都被简单地装裱起来挂着，只有一幅诗，被挂在对墙的最中间，是被人用心装裱过的。

“春眠不觉晓，处处闻啼鸟。夜来风雨声，花落知多少。”

曾有一个温润的男子，在花园凉亭之中挥笔而下。旁边有人看红了双颊，小声地赞美了一声：“堂少爷的字真好看。”

“好看吗？送你吧。”

季曼怔愣地看着那幅字，心里竟然有些酸涩。旁边还有些美人图，或站或坐，都没个正脸。不过季曼稍微细看，就看得出来那是谁。

季曼没有在湖边这样坐着给宁明杰画过，也不知道是不是自己自作多情，只是这画中人的身影太像自己，特别是头上那支梅花簪子，有一段时间是自己最爱戴的；还有腰间裹素，发髻也总是简单一个堕马髻，分明是南巡时候自己的装扮。

季曼心里顿了顿，再看了一眼旁边。落雁塔第五层的宝贝也在这里，一首《将进酒》，第一篇上还有一个墨团。几乎是落荒而逃，季曼跑出书房门，刚想拉着灯芯离开，就看见宁明杰带着罗绮，慢慢地朝这边走来。

季曼一顿，飞快调整了一下呼吸，微笑着道：“不是说堂少爷喝醉了吗？这样看着倒是清醒。”罗绮抬头看了她一眼，又看看背后开着的书房门，怔了怔，微微皱眉。

宁明杰双颊微红，眼神却格外清醒，在离她五步的位置站定，微笑道：“不说醉酒，怕也是逃不出来了。”

“账本我已经从罗绮那儿拿到了。时候不早，我也就回去了。”季曼朝宁明杰行了个礼，就当什么都没有发生。宁明杰笑着颔首，表情很镇定，也当没有看见她是从书房走出来的。

擦肩而过，谁也没侧眼。季曼觉得，奇怪的情绪，还是早些丢了为好。

第七十章

说句“我爱你”有多难

好女孩在感情之中是有基本道德底线的。你要是不知道那个人喜欢你，你也不想自作多情，那你可以保持距离当什么都没有。你如果已经知道人家喜欢你，但是你不能给人以回应，那你就得彻底打破那人的希望，不能留有余地。

季曼在心里组织语言，准备明天就去跟宁明杰说清楚了，自己已为人妇，断不能再受人相思。“主子！”非晚阁的粗使丫鬟站在门口等着她们，见季曼回来，连忙急急地道：“筠小姐重病，大夫都告假回乡了。侯爷不在，婉儿姑娘找您都找疯了。”

季曼一愣，好端端的孩子怎么就病重了？蔷薇园里充斥着哭声，大人的小孩儿的响成一片。季曼踏进去就看见温婉抱着筠儿哭得很是凄惨，嘴里还喃喃念着：“连大夫都没有吗？为什么要狠心到这个地步……”

“我已经让人去请德高堂的大夫了。”季曼抿唇道，“不是谁狠心，是今天府里的老大夫告假回乡了。”温婉望向她，眼里带着些血色：“你何苦假惺惺的，抢了钰轩的心不是很开心吗？你下一步是不是想着怎么弄死我，好让钰轩对我再无留恋？”

凭着温婉和大皇子以及皇后那边的关系，季曼能弄死她就有鬼了。抢了宁钰轩的心？他也是有心的？季曼道：“你想多了。”温婉眼神有些狠戾，盯着她道：“我

不会让你好过的。”“哦。”季曼点了点头，站了一会儿，见大夫来了，便让到一边，让大夫给筠儿诊治。

“不许碰我的孩子！”温婉退后几步，抱着啼哭不止的孩子，戒备地看着她道，“谁都不许动我的孩子！”

季曼：“……”怪大夫不来的是她，来了不让看的也是她，她到底想干什么？

“怎么了？”宁钰轩下朝归来，疲惫地站在门口问了一声。“钰轩！”温婉看见他，眼泪当真就如断了线的铅球，一坨一坨往下砸。不过她偏偏只有眼泪没有鼻涕，梨花带雨地抱着筠儿迎上去道：“你看看筠儿。”

敢情大夫没用，男主看一眼就好了。宁钰轩看了看季曼，伸手将筠儿接过来道：“怎么又瘦了些？”府里几个孩子都是白白胖胖的，就只有筠儿，一天比一天瘦，小脸上都没什么肉了。

说不心疼是不可能的，就算是女娃儿，那也是亲生的。宁钰轩叹了口气，将孩子给了大夫。温婉就抱着他的胳膊，拿眼角扫着季曼。这等拿孩子争宠的戏码，季曼也是看得多了，不过觉得自己没什么好忍耐的。

“钰轩，皇贵妃娘娘将接待玉珍国公主的事情交给了妾身，妾身对玉珍国不了解，正想问您该怎么做。”季曼上前，一手挽住宁钰轩另一只胳膊。宁钰轩微微挑眉，瞥了季曼一眼。温婉脸上泪痕犹在，抿唇道：“夫人不能等会儿再说吗？就这一会儿，都不能把钰轩还给我？”

季曼松开宁钰轩，轻叹一声道：“也罢。”没关系，大度放手，义正词严地拿不可推卸的正事来等着就好：“妾身在侯爷的书房里先候着，皇贵妃那边还等着回话，侯爷可要快些来。”

宁钰轩微微颔首，眉头微微松开了些。温婉的泪水还没干，嘴角却挂上了得意的笑容。到底年纪轻，想法也是够单纯的，她以为侯爷没走，就是她赢了。

接待玉珍国公主来澧朝一事，季曼是当真一直在准备的。按照皇贵妃的意思，她首先得使劲儿牵红线给三皇子；若是不行，那她宁愿把红线牵给宁明杰，也不能让肥水流了外人田。

当今适婚的皇子只有三个，除去已经有正妃的大皇子和三皇子，二皇子倒是没有婚配，可是他母妃已逝，双腿残疾，爹不疼舅不爱的，实在不可能被公主看上。那么朝中的青年才俊，左看右看也只有宁明杰是热门人物。

宁钰轩手里资料甚多，连哪个重臣家的狗是什么品种都知道，季曼觉得这个玉珍国公主，他也应该了解一点。在书房坐了没一会儿，宁钰轩就来了，看样子温婉也没能留住他。

“听闻玉珍国公主最喜武将。”宁钰轩道，“我觉得你可以直接不用将公主扯给三皇子。那公主心高气傲，弄不好还会惹恼她。你直接牵线给明杰吧。”季曼嘴角抽了抽，自己又不是红娘，只不过是个接待以及导游，都当自己指谁，公主会嫁谁?

“妾身尽力。”本都说宁钰轩是赵辙的挚友，可是这段时间赵辙安心当大皇子，宁钰轩倒是与他没多少交集了，季曼隐隐在想，大皇子应该是无缘太子之位了，不然宁钰轩也不会这么快见风使舵。若是三皇子地位稳固，那显然，聂桑榆的小命就是锁在保险柜里的了，谁也别想动。

季曼下定了决心，将宁明杰的好处统统写在了纸上，准备运用铺陈、衬托等一系列方式，将其特点充分展现。

不过在那之前，季曼还是打好了腹稿，去了一趟宁府。宁明杰在院子里煮着茶，安静地看着她。“堂少爷书房里的画像我都看了。”季曼开门见山，笑了两声道，“长得跟我挺像的。”

“嗯。”宁明杰微微垂了眸子，“偶尔看着山水，不知怎的就将你画出来了。”季曼点头：“我心里只有侯爷一个人。”宁明杰一怔，看了她一眼道：“无妨，我只是随意画画。”“那都卖我吧。”季曼笑道，“正好最近喜欢收藏画作，还有书法。”

茶香袅袅，宁明杰垂了眸子没说话，过了好一会儿才低声道：“早知道就不让你进去了……”“嗯？”季曼扬眉，没听清楚。“没事，你要是喜欢，就统统送你。”宁明杰笑了笑，脸上满是无谓的神色，“书房墙上也该换些东西挂。”

“好啊。”季曼一点没不好意思，今儿还专程带了两个丫鬟来帮忙搬东西。“拿了堂少爷这么多礼物，桑榆也无以为报。”她道，“还有些日子堂少爷就要出征了，出征前三天，桑榆请堂少爷到落雁塔喝酒，咱们再论一回诗词如何？”

他出征前三天，就正是玉珍国公主到达京城的时候。宁明杰垂了眸子，装作不知道，轻轻点头道：“好啊。”

季曼将书画都带回了非晚阁，往院子里挖了一个大坑，连着箱子一起埋了。

季曼走回房间。她的床榻对面挂着一幅画，是一幅普普通通的在外面能买到的牡丹图。她伸手把牡丹取下来，背后那一幅水仙图就露了出来。“主子，这个也要一起埋了吗？”灯芯问。“嗯。”季曼伸手将水仙图取下来，咧嘴笑了笑，“一起埋了吧。”

灯芯接过水仙图丢到了外面的箱子里。季曼手里的牡丹图一个没拿稳，哗啦一

声掉在了地上。裱好的画的一角，不知怎么微微翻开，露出里面的夹层来。

季曼微微挑眉，好奇地将牡丹图撕开了，里头是一张皱巴巴的美人画，云鬓微染，眉梢一颗浅痣，唇色朱红。

季曼挑眉，聂桑榆的脸被这么画，可还真是好看。只是，宁钰轩送来的牡丹图，里头夹一张皱巴巴的她的画像，是什么意思？

季曼眼眸一亮，飞快地跑去宁钰轩的书房。宁钰轩正在写密信，见门突然被打开，难得他还很镇定地拿了书过来把信盖住。“怎么了？”他问。季曼微微喘着气，一把抓住他的衣襟道：“侯爷，说句爱我。”

“爱我？”宁钰轩被惊了一跳，呆呆地看着面前的人。“不是说爱我，是说‘你爱我’。”季曼急了，能回去的激动让她身子都有些微微发抖。“你爱我？”宁钰轩抿唇。

季曼气急，现在只要他说这么一句，估摸着自己就能回去了啊：“不是‘你爱我’，是‘我爱你’！”脸颊微微泛红，宁钰轩抿唇将头别开：“我知道了。”

季曼看了他许久之后，终于平缓了呼吸，拿过他的毛笔来，随手扯了宣纸写上“我爱你”三个字：“怎么念？”宁钰轩挑眉，看着今天对这几个字格外执着的季曼，抿唇问：“你想干什么？”

“妾身就想听侯爷对妾身说这三个字。”季曼道。宁钰轩沉默了一会儿，将宣纸拿开，很酷地道：“晚上再说吧，现在我正有事要忙。”

季曼：“……”激动的心情稍微平缓了一下，转身走出书房，望了望碧蓝澄净的天空，季曼长出了一口气。这场梦也做得太长了。

回到非晚阁，灯芯来禀报了许多事情，季曼都没有听。反正只要宁钰轩今晚说了那三个字，她就可以回去了，那么还管这么多干什么。

她坐在床边将来这里的事情都想了一遍：想起老夫人，想起甘草，想起千怜雪……这个世界与自己的联系还是挺多的。但是三观不合适她，她不可能在这里找个男人过一辈子。所以晚上宁钰轩来的时候，季曼还是很兴高采烈地拉着他坐在床边，双目期盼地看着他。

宁钰轩不傻，现在的聂桑榆又不是喜欢甜言蜜语的人，怎么会为这么几个简单的字这么殷切？“今天宫里赐了梨花酒下来。”宁钰轩指了指放在了桌上的酒坛子，“春天酿的，现在也刚好能喝，味道很好。”

季曼犹豫地看了看那酒坛子：“妾身酒量不行……”宁钰轩轻笑两声，过去拿了杯子，亲自倒了两杯道：“你可还记得，你我成亲之时，合卺酒没能喝成？”

聂桑榆那时候死活要他喝酒，可能是太热情了，他没招架住，酒喝了一口就呛着了，咽都没咽下去。旁边的喜娘、婆子笑个不停，宁钰轩也就应付一下，将酒往袖子上倒了。

季曼当初看见这段回忆的时候，也终于明白古人这么大的袖子是用来干什么的了。“现在侯爷要补喝吗？”季曼问。

宁钰轩将酒端到她面前。浓烈的味道有些呛鼻，可是闻习惯了，却也能闻见淡淡的香味，犹豫了一下，季曼还是接了过来。这杯子就是普通茶杯大小，她想，喝一点，不喝完总是可以的。

双手交绕，宁钰轩看着她，低声道：“这次我不吐，你也要全部喝完。”嘴角抽了抽，季曼果断抿了一口，剩下的就要往袖子里倒。下巴被人捏了起来，她一怔，他的双唇就贴了上来，浓烈的酒顺着唇齿，就一滴不剩地全进了她的嘴里。

“下人洗衣裳也不容易，为何要浪费这梨花酿？”烈酒入喉，火辣辣的，季曼觉得有些难受，可是一回味，竟然还有余香。“你不是想听我说你写的话吗？”有人在她耳边轻声诱惑，“那喝完再说。”

抬眼看了看宁钰轩，季曼摇头。她突然想起了宁明杰说的话，不肯说真话，那就灌醉了，总能说实话的。宁钰轩现在就是在履行那句话。可这酒劲还真是大，想必聂桑榆是一滴酒不碰的，因此一口下去，她的脑子竟然有些晕乎。

恍惚间，她好像又看见了聂桑榆。“你错了。”清幽幽的声音飘过来，有影子在远处虚弱地道，“你错了。”季曼踏在软绵绵的云上，很茫然地看着远方问：“错什么了？”

“心愿未了，不是这个心愿……”

心里骂了句脏话，季曼提起裙子就追着聂桑榆跑：“不是要他爱你吗？你逗我呢？我不管！他说了他爱你，你就放我回去！”

“心愿未了，无法轮回……”

季曼要被气死了，这蠢姑娘连心愿都不能好好说清楚？难道她不是要宁钰轩爱她吗？“你不是不甘心吗？不是要我帮你吗？那他现在要说他爱你，你听好了行不行？”远处一片漆黑，没有人再回答她的话。她跑得气喘吁吁，脖子又像是突然被谁掐住了，憋得她喘不过气。

“你到底是谁？”有人的声音带着怒意，穿透了层层黑雾。季曼恍恍惚惚地看着夜空：“我就是我啊，我是季曼——花季的季，季曼的曼，英文名叫 Jinan。”夜空里安静了，脖颈间的力道也松了。季曼觉得很困，就地躺下来，翻了个身嘟嘟囔囔

囔地道："说句'我爱你'，然后让我回去吧。我的年终奖金，还有等我回去相亲的帅哥……"

梨花酿，梦里梨花。季曼这一觉睡得很沉的，醒来的时候已经是第二天的中午了，睁眼时便看见灯芯正用一种担忧的眼神看着自己。

"主子。"

"嗯？"季曼恍惚了好一会儿，终于回过了神，"哎？侯爷呢？"

"侯爷一早走了。"灯芯叹了口气，跟小老太太似的道，"主子伺候侯爷还是该更周到些，侯爷昨天离开的时候脸色也太难看了。"

季曼回想昨晚的事：自己说着说着话然后就醉过去了，好像梦见了许久未见的聂桑榆，之后被谁掐了一下，再之后就睡着了。宁钰轩竟然没有说他爱她！她有些气愤，这人竟然说话不算话。

季曼气呼呼地去沐浴更衣，之后去书房找宁钰轩，却是没看见人。晚上的时候她再找，发现他已经在聂沉鱼的温柔乡里了。

"姐姐这是干什么？"聂沉鱼半敞着衣裳，媚眼如丝地看着她道，"都从妹妹这里截去侯爷多少回了，现在侯爷都已经在妹妹的床上了，姐姐还要来抢不成？"季曼站在屋子外头，干笑了两声："你们继续。"

宁钰轩开始躲着自己，季曼不是察觉不出来。他轮流在府里各个女人那里歇息，却始终没有时间再见她一面。她跟他说有要事商量，他也竟然只是让鬼白来传话。她想来想去也就一个原因——自己的梦话可能被他听见了。至于被他听见多少，她又说了些什么出来，她就不得而知了。不过她觉得应该不是太严重，否则宁钰轩就该直接将自己绑起来，而不是躲着自己了。

筠儿的病每况愈下，温婉也就借此机会将宁钰轩一直捆在蔷薇园。夏氏偶尔带好好去蹭个父爱，柳寒云则是一心一意抚养曦儿。只要聂桑榆不去抢宁钰轩，其实这府里的日子也是很平顺的。季曼苦笑两声，不知为何觉得有点难过。

好在玉珍国公主很快来了，她也没时间难过太久，收拾打扮好了，就进宫去跟着见礼。

玉珍国这位公主也是蛮奇特的——一身雪白狐毛裙，腰间一条火红长鞭，和那红白相间的靴子倒是挺配；明若朝阳的脸上带着被宠溺坏了的骄傲，下巴始终是微微抬着，扫了一眼旁边的命妇，就跟皇后见礼。

她叫捧月，复姓上官，是玉珍国唯一嫡亲的公主。本着维持两国友好邦交、顺便联姻的目的，捧月公主笑得很是灿烂地朝皇后道：“捧月要住在宫外，不要住在宫里。他们都说皇宫的墙太高，不适合我。”

在场的妃嫔都微微松了口气。虽然捧月才十几岁，但是每年宫里新晋的妃嫔也都是这个岁数。万一这公主想不开嫁给了当今皇帝，以她这背景、容貌，也是各宫的劲敌。不过听她这句话，也就是不嫁皇帝的意思。皇后高兴地道：“大皇子妃最近正吵着说无聊，少个伴儿。公主要是不介意，可愿意去大皇子府上玩玩？”

皇贵妃听着不乐意了，抿唇道：“皇上前些日子才让大皇子思过勤政，公主过去，想必是没什么有趣的。本宫瞧着捧月公主与倩儿的年纪倒是相当，不如去三皇子府上住几天。”

皇后微微一笑：“三皇子刚刚成亲，有了正妃。新婚宴尔，公主过去怕是不太合适。”

听她们这争来争去的，捧月不高兴了，板着脸道：“两位娘娘不用争，捧月会自己选好去处的。”“公主来京，皇上可是吩咐过不能怠慢。”皇贵妃笑着看了季曼和旁边的宁尔容一眼，“正好桑榆和尔容今天也是空闲的，就带着公主四处走走如何？”

宁尔容是好久没出来了，也没去看季曼。季曼今天见她神色不太好，正想问问她是怎么回事，却因着这场面不好开口。捧月看了她俩一眼，点头道：“也好，我是不认识这里的路的。”

季曼笑了笑：“那公主是想从宫外逛起，还是在宫里看看？”“自然是宫外。”捧月扬眉道，“这两位看起来都是夫人，也不知能不能陪着捧月四处走？”因为捧月听说澧朝的贵妇都是不爱在外头抛头露面的。

第七十一章

当一个称职的导游

哪知皇贵妃早就有了准备，掩唇笑道：“公主是贵客，你们款待公主，带上宁大人即可随意行走。本宫特意跟陌玉侯和聂大人都告了假，借你两人几天。你们年龄相当，自在玩耍就是。”

皇后冷笑一声：“凝露妹妹这行为怕是有些失了体统。”“皇后娘娘不必担心。”皇贵妃笑道，“皇上将此事交给凝露处理，凝露也就有权安排。要是桑榆和尔容陪伴不了，不是还有宁大人吗？”

宁明杰已经按照约定去了落雁塔，接下来就该看季曼如何引着这捧月公主去了。皇后沉了脸不再说话，聂贵妃拿皇帝来堵她，她还真不好说什么。捧月公主微微皱眉，似乎心情不是太好。不过很快季曼和宁尔容就拉着公主出宫了，公主的脸上也就渐渐有了笑意。

“我是想嫁人来的。”马车上，捧月直勾勾地看着对面的两人就道，“不过我喜欢自己选人，不喜欢别人替我选。”季曼心里微微一跳，敢情这是个处于叛逆期的公主。“公主有喜欢的人吗？”季曼问了一句。

季曼想，之前朝廷应该也送去过不少画像给捧月公主。“没有。”捧月撇撇嘴，“就看了几张画像，有些长得很是好看。我想自己亲眼瞧瞧。父皇非让我嫁来澧朝，

我已经允了；具体嫁给谁，也该我自己来选了。”

这样的女孩子倒是有些与众不同，只是在这时代，估计也不会过得太好。季曼笑了笑，展开一张早就准备好的京城地图，指着落雁塔道：“这里的人特别多，而且爱好诗词，还有美味的点心。公主要是不介意，咱们就从这里开始玩起。”

捧月眼睛亮了亮，点了点头，可是低头看了看自己身上的装束，又捞开车帘看了一眼外头：“停车！”

马车停在了街边，季曼伸头看了看，是一家成衣铺。也是，三人要是真出来玩，还得换身装扮。

“走走。”捧月兴奋地蹦了下去，后头跟着的几个会武的丫鬟、侍卫也都一窝蜂跟了上去。

“尔容？”季曼拉了拉旁边的人，宁尔容才回过神来，垂了眸子应了一声。“怎么了？”季曼好奇地看着她，“我还觉得捧月公主这性子应该和你挺玩得来的，才给皇贵妃说了一声让你同我们一路。但是你怎么看起来像是有心事？”

宁尔容张张嘴，却是苦笑：“算了，今天出来好好玩，我也不说那些不开心的事情。走吧。”

宁尔容和聂青云成亲也有一年了，没有出过什么大事情，中途来看聂桑榆的时候，二人感情也是甚好。季曼有些疑惑地跟着下了车，想着等会儿有空，一定要问问她是怎么了。

成衣铺里有很多不错款式的长裙、坎肩和背心，季曼带着捧月挑了许久，给她指了一件湖水蓝的长裙：“这个怎么样？”捧月嫌弃地摇摇头，转头拿了一件很不起眼的灰色棉袍：“我穿这个。”

季曼顿了顿，无奈地跟着拿了两件差不多的给宁尔容和自己。两人还将妇人发髻都拆了，换成寻常姑娘的发型。三个白富美走进成衣铺，出来的时候就变成了仨村姑。不过这衣裳难看是难看，却一点不束手束脚。

“别跟着我们。”刚上马车，捧月就伸了个头出去朝后头一堆护卫吼了一声，“这么多人跟着，生怕别人不知道我们是贵重人物？”宁尔容轻声道：“京城不太平，公主还是留下些人来防身，让他们跟远一些就好。”

捧月撇撇嘴，捏着自己的红色长鞭道：“就不。要是有什么坏人，我也可以保护你们。”

这姑娘浑身上下散发着叛逆的味道。宁尔容耸耸肩，外头的护卫也就统统都装作离开，然后远远地跟她们的着马车。

落雁塔热闹依旧，第五层的墙中间没有了《将进酒》的上阕，只剩下下阕孤零零地挂着，也就只能当个装饰。季曼掐着时间上来的时候，宁明杰正好在写词。笔下龙蛇飞动，银灰色绣蓝纹的袖子跟着微微晃动，五层之上鸦雀无声，众人都在欣赏面前这场景。

可惜这人的眉头未松，嘴角却带着轻嘲的笑，喃喃念着："当初不知意，画作美人桂堂西。如今方识愁，比无知更恼不休。"宁尔容有些怔愣，捏着季曼的手低声道："哥哥怎么变成这样了？"

季曼拍拍肩膀安慰她："每个人都会遇见错的人。你哥没什么大碍，忧郁一段时间就会振作的。"宁明杰不笨，心有家国天下的男人，不会栽在情字上。

捧月找了位置坐了，支着下巴看了好一会儿，问："这是谁家的公子？"

宁尔容有些不喜欢她这挑白菜的语气，撇嘴道："那是我哥。""靖文侯家的世子，三天之后就要随军出征了。"季曼补充道，"也是个不错的人。"捧月眨巴着眼看了一会儿，见他将写好的诗词挂在一边，引得众人一阵喝彩，低哼道："这男人心里有人。"季曼有些无语，难不成古代女孩子都早熟，修炼的都是火眼金睛吗？

"哥哥前些日子差点娶了恭亲王家的郡主呢。"宁尔容说起这件事，也是万分不好过，"可惜被人横刀夺爱，将郡主立为了正妃。"

"尔容。"季曼按了按她的手。宁尔容有些愤慨，但是一想三皇子是聂桑榆的表哥，她也不好说什么，只是心疼自家哥哥。"哦？还有这样的事情？"捧月公主来兴致了，拉着尔容就问，"到底是怎么回事啊？"

宁明杰挂好了诗词，就见季曼已经来了。只是不出意料，她不是一个人来的，她不仅带着尔容，还带了个陌生的女人。今天他是接到三皇子的命令，要他去充当护卫的。只是他与季曼有约，来了落雁塔。没想到，他始终躲不过。

"哥哥。"见他来了，宁尔容自然不能和捧月公主八卦，连忙笑着朝他道，"几日不见，哥哥更英俊了呢。"宁明杰失笑，先无声朝捧月公主行了礼，之后便在一边坐下，看着季曼道："夫人果然没有爽约。"

季曼有些不好意思，干笑两声之后，严肃地道："聂桑榆觉得堂少爷也是该好生看看其他地方的风景，也不要怪桑榆多管闲事。"宁明杰笑了两声，看了捧月一眼，淡淡地道："昨天罗绮被查出怀了身子，我想我这余生也该不会孤独。"

"什么！"顾不得公主在场，宁尔容直接跳起来了，"罗绮怀孕了？"宁明杰笑着点点头。捧月公主撇撇嘴："好男人果然都已经有妻有子有心上人了。"季曼被宁明杰这炸弹炸得有些无措了。虽然他没有正室，可是当着公主的面说自己的女人怀

孕了，这不是摆明了不想与公主有后续发展了！

皇贵妃的算盘估计是要全部打空了。“澧朝男子之中佼佼者甚多。”宁明杰还反过来安慰捧月，“公主慢慢看，不着急的。”“好的。”捧月扫了一眼墙上的书法，站起来道，“这里都是书生，换个地方再走走如何？”

季曼叹息一声站起来，朝宁明杰道：“堂少爷今日正好得空，陪着一路，也好有个照应。”“嗯。”宁明杰没拒绝，跟着她们出了落雁塔。季曼走在捧月身后，听见她小声嘀咕：“可惜了，可惜了……”

宁明杰这样的男人，光是看皮相就少有女人不会动心。只是他若是不愿意，也没人能强迫他做什么。马车上四个人坐显然有些拥挤，捧月就提议直接走路，将京城先逛一半。

季曼心想，还好穿的不是高跟鞋，否则走这么多路，回去估计得挑脚上的水泡了。过了长宁街，就是古乐街。这条街两边的店铺都关着门，看起来冷冷清清的。“为什么没人？”公主好奇地问了一句。

宁明杰扫了一眼这地方，也不故作正经，直接道：“晚上人就多了，这都是青楼歌坊。”

捧月的脸红了红，但是明显眼里有小星星。季曼赶紧带着她往其他地方走，自己可没胆子带着公主逛窑子。

“聂大人……”有软酥入骨的声音从旁边的楼上传来。三个女人都没听见，倒是宁明杰耳朵尖，停下步子往楼上看了一眼。

红色的纱帘，二楼之上明显是有人的，风光旖旎。光天化日之下，也有人影成双成对，在那帘子之后嬉戏。朝中姓聂之人不少，宁明杰也没往多处想，抬步就跟着前面的人走了。

逛得无聊，捧月直接就嚷嚷着要去校场。校场一般是练兵的地方，就在城郊之外不远。季曼忽然想起宁钰轩说公主喜欢武将，心下也是惊叹一声，他是不是管理中央情报的官员，竟然真的什么都知道。

宁明杰是挂着官职的，自然能带她们去。可是季曼陪着捧月逛了一会儿校场，竟然看见了一个最不可能出现在这里的人。一众禁卫正在训练，呼喝声震天，刀枪棍棒耍得都是虎虎生威。公主看得津津有味，季曼一侧头，却看见训练场地的旁边有个人坐着。或者说，有辆木轮椅停着。二皇子静静地看着场上正在训练的人，脸上什么表情都没有，但是周身散发的浓浓的羡慕气息，看着真是让人觉得可怜。捧月自然跟着就看见他了，一看那人身上的蟒袍，心下好奇，扯着季曼的袖子问：“贵国有皇子是残疾？”

季曼点头：“那是二皇子，不太出来的，总是在宫里待着。他的腿据说是一生下来就这样。”捧月掂了掂手里的长鞭，莫名地想走过去跟他说两句话，可是远处那人竟然当作没有看见他们这一行人，转了轮椅就径直离开了。

“堂堂皇子，没事怎么可能出现在校场？既然出现了，又为什么要走？”捧月蹙眉，甚为不满地道，“澧朝男人都喜欢玩欲擒故纵？”这公主也真是爱吐槽，看懂了人家的意思不就算了，非说那么明白干什么？

宁明杰过来轻声提醒，他们也该离开了。校场又不是动物园，凭着关系进来看两眼就该走了。捧月刚出校场的门就在念叨：“他要是想跟我说话，那就直接来说啊，露个脸就走了是什么意思？虽然我不会嫁给瘸子，可是交个朋友也好嘛。”

季曼失笑：“公主要是想和二皇子交朋友，去皇子府找他就可以了。”“谁要去找他？”捧月哼了两声，转着眼珠子看了四周一会儿道，“没地方好去了，也是走累了，先去你们谁家里歇一歇如何？”

“公主不回宫中？”宁尔容问了一句。“皇贵妃说的，我可以在你们家里住。”捧月看着宁尔容问，“你家在哪里？”宁尔容闷了闷，心想，公主去人家家里能不能不要说得跟恩赐一样，虽然公主人倒是还不错，就是说话语气太嚣张了。

“桑榆的陌玉侯府比我家里大。”宁尔容撇嘴道，“公主还是去那边吧。”“不欢迎我吗？”捧月撇撇嘴，“今天一起走这么久，你总是拿眼角斜我。”季曼听得出来，这公主倒是个有什么说什么的，虽然骄傲了一些，但是也没什么坏心，这句话还带着点委屈。

但是公主要是直接回宫这么说，那宁尔容就惨了，怠慢贵客可不是好玩的。“尔容今日心情不是太好。”季曼连忙道，“就去聂府吧，正好我今晚就不回去了，陪着你们说会儿话。”

“你要和我一起睡吗？”捧月公主问了一句。

“房间够多，公主可以自己睡的。”宁尔容道。捧月垂了眼眸，哼哼道：“离家这么远，我一直没睡好。你们要是可以就同我一起睡，说什么悄悄话我都不偷听。”季曼被她逗乐了，点了点头。宁明杰看了季曼一眼道：“命人回去知会侯爷一声吧。”

“就是，免得他担心。”宁尔容羡慕地看着季曼道，“听闻你和堂哥最近感情一直很好，我和青云也就放心了。”季曼干笑两声，自己这都几天没看见宁钰轩的脸了，都快忘记他长什么样子了。

几人回聂府。路上捧月忍不住又问了一句：“二皇子一直不受宠吗？”宁明杰开

口道:“算是吧。他母妃早逝，他又不得皇上重视，公主选婿可不能选这样的。”“你说不选就不选啊？”捧月轻哼了一声，别开头去摩挲着手里的长鞭。

季曼心里微微一跳，看了宁明杰一眼。宁明杰脸上有淡淡的笑意，转开眼看向了别处。

聂府知道要招待公主，也是准备得甚为充分。宁尔容带着季曼和公主进去的时候，宁明杰就先告辞了。

穿过山水画廊，捧月脸上一直是惊奇的神色:“你们的屋子修得也太精致了。”小家别院，自然与皇宫辉煌不同，可是更有韵味。宁尔容笑着指着画廊下头的池子道:“夏天这里会开荷花，是青云替我种的。”

“你夫君吗？”捧月有些羡慕。“是啊。”提起聂青云，宁尔容微微一笑，“他待我极好。这池荷花是他种的，那边的绣楼也是他为我建的。”“嫁给这样的男人才对啊。”捧月甩开了一众丫鬟，走得步子都有些小跳，活泼地道，“我父王千叮咛万嘱咐，让我嫁个有权有势的，可是我就不，我只想嫁个对我好的。”

“这想法不错。”季曼点头道，“只要不是穷得只剩下白日梦、连自己都养不活的男人，只要对你好，就可以考虑。”捧月看着季曼笑了笑:“难得你也这样认为。你的夫君也对你这样好吗？”

季曼顿了顿，摇摇头。捧月做了个可惜的表情，看着宁尔容道:“可见现在好夫君不好找，你可要珍惜。”宁尔容点头，微微垂了眼。“少夫人。”刚踏进绣楼，就有丫鬟上来行礼。宁尔容点了点头，轻声问:“少爷呢？”

那丫鬟看了季曼和捧月一眼，低声道:“还未回来。”季曼看了看天色，这个点也早该办完事回家准备吃晚饭了啊，聂青云做什么去了？宁尔容脸上也没有太意外的神色，转过头来对她们笑道:“也好，咱们三个今晚可以一起睡了。”

季曼微微皱眉:“哥哥晚上也不回来吗？”“嗯，他最近忙。”宁尔容头也不回地往楼上走去。捧月看看宁尔容又看看季曼，跟着上楼，完全没把这里当别人家。

陈氏带着几个庶女过来问了安，捧月嫌麻烦，刚见了个面，还没等人家说两句话，就说困了要休息。

陈氏不太高兴地走了，走的时候还扫了宁尔容一眼。宁尔容垂着眸子不说话。天色晚了，聂青云当真没回来。季曼让人在屋子里加了很多火炉子，三个人穿着寝衣也不觉得怎么冷。

“你和哥哥怎么了？”季曼终于拉着宁尔容，开门见山地问。捧月在床上假装睡觉，小手捂着眼睛。季曼很想提醒她听见声音的是耳朵，但是面前的宁尔容明显是要哭出来了，也无心顾及其他。

“也没什么，寻常的事情，就是你哥要纳妾了而已。”宁尔容笑着说的，眼泪却掉下来了，赶紧拿帕子擦了道，“是我小心眼，总想着他能一辈子只看我一个人。可是一年无所出，婆婆执意要他纳妾，他也……没反对。”

捧月噌地就坐起来了，瞪大眼睛道：“才一年没孩子，夫君就该纳妾吗？我父皇就我母后一个人，这么多年都没娶妃子。”跟一个才认识一天的公主聊这些，季曼本来还担心她抵触的，但是一瞧，这小姑娘八卦意识还挺强烈。到底是要在澧朝朝扎根的公主，关系能亲近些，季曼自然觉得是好的。

“玉珍国人少，且民风习俗就是一夫一妻。”季曼轻声道，“不比澧朝，人多地广，三妻四妾是寻常。男人追求了权力、金钱、土地之后，自然会追求各种各样的女人。”捧月不高兴地道：“今天不是才说了尔容的夫君对她很好吗？怎么又要纳妾？”

“在男人心里，对一个女人好和同时拥有很多女人是一点都不冲突的。”季曼撇嘴道，“原以为我哥会例外呢。”宁尔容红着眼睛，沉默了一会儿又笑道：“我也想通了，纳妾就纳妾吧，我总不能一辈子霸占着他。可是……我让他不要爱上其他人，他却说我无理取闹。”

季曼揉揉太阳穴，看样子宁尔容和聂青云的婚姻是出现问题了。时间才过一年，当初聂青云娶宁尔容的时候也有些不甘不愿，现在是终于爆发了还是怎么着？老夫人已经去世，宁、聂两家的联系突然就薄弱了不少，若是还不能好好相处，将来该如何？

或许她也是做错了，聂青云当真不喜欢宁尔容的话，她不该帮着促成好事的。没有爱情的婚姻乃涸辙之鲋，再挣扎也活不了多久。“哥哥一般会去哪里？”季曼突然问了一句。

宁尔容抿唇，苦笑道：“我怎么知道？他只说忙，不回来，我也不知道他具体会去哪里。”

“那就派人跟着啊。”捧月兴致勃勃地出主意。

第七十二章

最棒的红娘

宁尔容笑笑道："跟着做什么。他有他要做的事情，让他做吧。"捧月鼓了鼓嘴，还想再说，季曼却道："时候不早了，先睡吧。"三人一起睡在大床上，倒是暖和。捧月也觉得自己跟这两个女人亲近了不少，只是一个看起来太傻，另一个看起来却很聪明，心肠也不坏。

第二天聂青云依旧没有回府，宁明杰却一早就过来接她们了。按照皇贵妃的旨意，宁明杰还得当两天护卫，之后才随军出征。"今天去集市上看看如何？"宁明杰道，"正好赶集。"

"好啊。"捧月昨天睡得不错，神采奕奕的。季曼也还好，只是宁尔容没什么精神，脸色有些苍白地道："今天你们去吧，我有些不舒服。"宁明杰皱眉，看了宁尔容一眼道，"怎么憔悴成了这样？"

"无妨。"宁尔容笑了笑，朝他们挥手，"你们先去吧。"季曼同他们两个上了车，回头看了一眼，见宁尔容已经被白芷扶着，消失在了朱门后头。

集市也真是热闹，不过想到昨天自己夜不归宿侯府也没人过问，季曼也就无心看热闹，心里在想宁钰轩到底是怎么想的。这天气骤变还有个预兆呢，他这翻脸翻得比书还快，也不能没个由头吧。

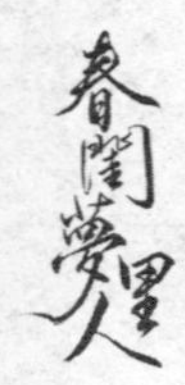

宁明杰带着她们在路口下车。捧月看着熙熙攘攘的人群就兴奋，穿着她那灰溜溜的袍子就左钻右看的。手里拿满了小玩意儿之后，捧月终于走不动了。宁明杰随手一指道："去茶楼上坐坐吧。"

季曼看了看这茶楼，京城名牌，里头怕是该有不少达官贵人。捧月应了就上去了。昨晚上季曼就给三皇子那边送了信，说了一下大概情况。既然宁明杰不肯娶公主，且原因不明，那么总要找个人接手公主吧？

赵玦给的回复是，只要不是大皇子那边的人，都行。那朝中人可就多了。落雁塔今天已经聚集了朝中多名年轻有为的官员，就等着一会儿聂桑榆将公主引过去，开一场盛大的相亲大会。

但是没想到，今天被人捷足先登了。季曼一上这茶楼就觉得气氛不太对，平时很是热闹的茶客来，今天竟然安安静静的，大堂里没什么人，二楼也是空荡荡的。"客官三楼请。"小二殷勤地道。

一般这种场面，季曼会觉得是有人要求婚了，但是……"捧月公主。"一个声音打断了季曼的思绪。三楼的走廊上，二皇子安安静静地坐在轮椅里，一张脸上没什么表情，身上绣着暗纹的银色袍子也有些泛旧。

捧月脸色微变，皱眉看着他。旁边的宁明杰更是直接护在公主面前，看着二皇子道："您为何会在这里？"二皇子赵离抿唇道："我有话想同公主说。""二皇子这样怕是有些不合礼数。"宁明杰回头看了捧月一眼道，"公主您还是先走吧。"

"他敢说，我有什么不敢听的？"捧月轻哼一声，从宁明杰身后走出来，走到二皇子面前，微微眯眼看着他，"你想说什么？""公主不介意去厢房里谈？"赵离微微挑眉。

捧月看了看他的腿，抿唇道："好啊。""公主。"季曼哭笑不得，这么明显的阵仗，二皇子一定会说关于成亲的事情，公主还要跟着去？"不用担心。"捧月扬了扬手里的鞭子道："我可是会武的。他一个手无缚鸡之力的人，能把我如何？"

"那桑榆就和宁大人在隔壁等着。"季曼看了宁明杰一眼道，"公主有事，可以大声唤我。"捧月点了点头，走过去，还好心地伸手将二皇子的轮椅推进了厢房。赵离有一瞬间的怔愣。

季曼推开隔壁厢房的门，看着宁明杰道："堂少爷，请。"既然都踏进这茶楼了，她也阻止不了什么，只是最没想到的是，捷足先登的竟然是二皇子。季曼道："堂少爷有其他打算了？"

恭亲王郡主被赐给三皇子之后，见他一直没什么动静，季曼还以为是他脾气好，就只打算上阵打打仗了。结果不知什么时候，他已经开始当起二皇子的红娘了；并且点儿可抓得真准，知道捧月的性子，还非反着来引公主上钩。这一路上她甚至都没有发现。

怪不得他要说罗绮怀孕来拒绝她牵红线，原来是在这里等着。她还以为是他有什么心结没解开，真是……“夫人还是照顾好侯爷便好。”宁明杰低叹一声道，“你不用操心得太多。”

季曼敲着桌子，不解地道：“桑榆只是想不通，为什么会是二皇子？”当今三位年纪合适的皇子，二皇子得势的可能性是最小的，因着他那残疾，基本就是小到可以忽略不计，为什么宁明杰会抛弃三皇子选择他？好吧，三皇子睡了他的新婚妻子可能是原因之一，但是他也可以选择大皇子啊。

“二皇子宅心仁厚，不失为明主。”宁明杰笑了笑，“况且我觉得，公主可能会喜欢二皇子这样的。”才怪，说好的公主喜欢武将呢？赵离肩不能扛手不能提，连站起来都做不到，捧月怎么会……季曼闷闷地低头。

隔壁厢房，捧月打量了二皇子许久，摇头道：“你为什么觉得我会答应你？”赵离淡淡地道：“因为我给你的条件是最好的。”他说，请她嫁给他，他会尽力照顾她一生；若是她觉得哪里不满，也可以随时休了他。他会尽力做到她所有想要的，给她最好的。

这简直是这个时代的男人能提出的最具有突破性的条件。捧月听得饶有兴致：“你很需要我？”“嗯，很需要。”赵离抿唇，“若是你不想答应，我也不强求，毕竟女人都不希望嫁给一个瘸子。”

捧月咯咯地笑了：“我得考虑一下。”赵离微微一顿，抬头看着她道：“公主能考虑，已经是很不错了。”“那天我在校场上看见你，你为什么转身就走了？”捧月看着他问。

她还一直对这事耿耿于怀呢。虽然这不算大事，但是昨天晚上，她不知怎么就总是梦见这么一个坐在轮椅上的背影，一副孤独无助的模样。“因为走近了也不知道说什么。”赵离别开头，“你是其他皇子都想争夺的对象，可惜他们都有正妃了。”

“也就你最合适了是吗？”捧月一时兴起，拿鞭子抬了抬他的下巴。赵离微微皱眉，眼里有些被轻视的恼怒：“公主慢慢考虑，离先行一步了。”脾气还挺倔的。捧月支着下巴想了很久，直到季曼进来接她。

“公主还想去前面的落雁塔看看吗？”回过神，捧月抿唇道：“不看了，不看了。

桑榆，我们进宫吧。”进宫干吗？季曼一头雾水。捧月却风风火火，拉着她进宫，跟皇后、皇贵妃请了安之后，竟然直奔银雪宫。

银雪宫是冷宫，也是二皇子生母生前住的地方。刚才对话之中，赵离偶有提起，捧月就忍不住来看看。这冷宫平常是没什么人的，今天却有老宫女在院子里除草，然后叩拜。

想都不用想，接下来捧月就去问那老宫女事情，老宫女是以前惠妃的贴身丫鬟，被个陌生女人一问，竟然将惠妃和二皇子以前的事情都说了出来。“娘娘是遭人毒害，二皇子才会瘸了腿。”老宫女声泪齐下地道，“自二皇子瘸了腿，皇上就从来没有来看过他。二皇子被淑妃抚养到七岁，就自己到皇子府过活了。二皇子不知道受了多少委屈……”

捧月听得唏嘘，捏着手里的鞭子道：“没事，我以后可以保护他。”季曼嘴角抽了抽：“公主要如何保护二皇子？”“嫁给他不就好了。”捧月无所谓地道，“反正在这里我也没遇见什么特别心动的人。赵离长得不错，腿脚不好也没办法跑出去花天酒地。我不高兴推他走的时候，他也只能看着我一个人，多好啊。”

季曼哭笑不得。要是公主嫁给二皇子，那么大皇子和三皇子都不用争了，毕竟赵离没什么竞争力，两方都会觉得心安一些。但是季曼想了想今天宁明杰的行为，突然觉得，二皇子是不是也没有那么简单？

季曼陪着捧月逛了两天，几乎都会遇见二皇子。第三天的时候宁明杰要出征了，捧月也就禀告了当今圣上，自己不嫁其他人，就嫁二皇子。满朝文武都惊呆了，消息传至后宫连皇贵妃都震惊不已地劝道：“公主可不要想不开……”

捧月站在赵离的轮椅边，甩着鞭子笑得一脸灿烂：“我就喜欢他当我夫君，从此以后谁欺负他，就是欺负我，辱他就是辱我。他不能走，我就推他走。”众人都一时无话，季曼却忍不住轻轻鼓掌。

这个地方还能看见真爱，也真是不容易了。

捧月公主就这么让众人大跌眼镜地选择了二皇子，婚礼由皇后筹划，择期举行。宁明杰要出征了，挂帅的虽然不是他，但是作为裨将，出征誓酒之时，他是随着去了的。

校场之上，宁钰轩安静地站在皇帝身侧，大皇子与三皇子皆在。宁明杰站在行列之中，跟着一众将士一起以刀剑饮酒，划天指地而誓：“以吾之血，守家国之门，不退敌军绝不归！一朝吾等归来，刀剑必染敌血千万！”

三皇子带着微笑看着场上的人：挂帅的是韩德，自己一手提拔的年轻将军，韩妃的亲哥哥；裨将乃宁明杰和沈伯仲。这一场必胜之战，他这一方势必会将功劳尽收囊中。届时，大皇子还拿什么跟他争？

赵辙沉默不语，静静地看着沈伯仲。一次以保家国名义的出征，背后翻涌的依旧是皇子的权势争夺。宁钰轩这个时候也是该替着大皇子打算一二的，但是他走神了。

“你到底是谁？”

“我就是我啊，我是季曼——花季的季，季曼的曼，英文名叫 Jinan。”

他一早想过，聂桑榆有可能不是最初的那个人，但是她又能将以前旁人不可能知道的事情那么清楚地说出来；再者先前他一直让柳嬷嬷监视着聂桑榆，她也不可能在人的眼皮子底下突然就换了个人吧？

可是，他拿了梨花酿试探，里头有他得之不易的一株致幻草，她竟然说，她是季曼。

季曼是谁？为什么她和聂桑榆一模一样？他摸过她的脸，没有假，连脖子后的胎记也都跟聂青云说的一模一样。那这到底是怎么回事？

会不会，她是被妖怪附体了？他躲了她许久，想请道士来，又有些不忍心。可是这种无法掌控的人，他是不喜欢的。不知道她要做什么，不知道她为什么而来，他就该杀了她，免得她日渐对他产生影响，免得她最后坏了他什么大事。

手指微微收拢，宁钰轩抬头，却看见了大皇子的眼神。“钰轩，你是不是被家事分去了太多心神？”赵辙看着他，微微眯了眼。心里一顿，宁钰轩淡淡笑道：“怎会？家里也没有多少事。”

“听说你最大的孩子都快满周岁了。”赵辙低声道，“我可还连一个子嗣都没有。”

“大皇子想生，可以让大皇妃生。”宁钰轩别开头，“钰轩最近忙于给六部重新分配调度，倒是还没顾到家里的孩子。”

“是吗……”赵辙笑道，“等一朝事成，你大概也就能儿孙绕膝、安度余生了。”

“嗯。”

宁钰轩手心里微微有汗。

誓酒仪式结束，众士兵收拾准备出征，宁钰轩假装身子不适，上车便回了府。

季曼也终于从聂府回来了。这一趟也没看见聂青云，她已经让个可靠的丫鬟去

盯着了，看看聂青云到底在干什么。

刚下马车，两人就碰到了一起。季曼看了一眼宁钰轩，微微一顿，上前打算行礼。

结果面前那人竟然直接越过她就往府里走了。是可忍孰不可忍，季曼当即大步跨上去，一把拉住他的衣袖："侯爷。"宁钰轩身子僵了僵，停住了步子，没有回头："何事？"

季曼又气又笑，干脆拿帕子往眼睛一抹，靠在他身前道："当年花前月下，侯爷总是温柔地问人家怎么了；如今感情淡了，侯爷就只板着脸问人家一声何事。妾身到底是哪里做得不对了？"

宁钰轩沉默了良久，终于看了她一眼："我只是有些忙，并没有说你哪里错了。"季曼抿抿唇，站直了身子道："后院里的账本，妾身还要同侯爷说说……""交给菱儿吧。"宁钰轩打断她的话，低声道，"你一直忙里忙外，还要帮忙管着明杰府上，这后院里的事情，就交给菱儿吧。"

季曼一怔。"过两日我要带几个孩子去城外佛山上祈福。"宁钰轩看着远处，声音很轻，"你留在府里照看便是。"季曼茫然，自己这是行错了哪一步，要招得这人如此对待？

"我先去看曦儿了。"锦绣袍子自她面前拂过，带着点风。季曼站在原地没动。

一家之主的态度转变，自然瞒不过下人的眼睛，季曼还没回去吩咐什么，钱管家就已经将账本交去了齐思菱那里。

管账就相当于后宫之中的协理六宫，不管账本，她这主母平时也就没什么事情做了。灯芯在旁边愤愤不平地道："侯爷冷落人都不给个名头吗？也不让人明白错在哪里。"季曼摇摇头，女人再怎么争权争地位，最后还是由男人来决定其命运，这就是万恶的旧社会！

"主子，外头有聂府的人求见。"非晚阁的外房丫鬟进来通报了一声。季曼一愣，自己这回来还没多久呢，有动静了？匆匆赶着过去，一路上听着丫鬟说的话，季曼心里都是拔凉拔凉的。

陈氏要聂青云纳妾，要他娶什么盐运府的庶女，他不从，却泡在青楼三天，带回去一个青楼女子。陈氏气得不轻，聂青云却说那青楼女子是他难遇的真爱。季曼想都能想到宁尔容会哭得多惨。

当初这是联姻大家都知道，可是宁尔容是一心一意待聂青云的，两人感情不是也好过一阵吗？结果现在在外头遇见个女人，他就带回家说是真爱？季曼一路风风火火地冲到聂府，却见聂向远也在，一家子都在大厅里坐着，下头跪着的是聂青云和一个穿着舞裙的女人。

季曼抬头先看向宁尔容。出乎意料的是，宁尔容竟然没有哭，只是安静地站着，看着下面的两个人。她的神色甚至很平静，就像是看见家奴在行礼一样自然。“桑榆怎么回来了？”聂向远看见季曼在门口，朝她招了招手。

虽然与这位老爹见面次数不多，但是季曼对他还是很有好感的。“桑榆听闻哥哥要纳妾，他与宁尔容的婚事好歹是桑榆促成的，所以回来看看是怎么回事。”季曼有礼地朝聂向远和陈氏屈膝，然后坐在了一边。

地上跪着的女子轻轻抬头看了季曼一眼，季曼正好对上她的视线。这女子生的是好相貌，风情万种，眉梢有一颗浅痣，唇不点而朱。在看见季曼的脸的时候，她眼里有一丝震惊，随即有些了然，低头苦笑一声。

季曼呆了，不可置信地看了聂青云一眼。这个女人虽然五官不像，可是这神态和那浅痣，怎么和聂桑榆一模一样？厅里的人不只季曼有眼睛，聂向远、陈氏等人也都看得出来，宁尔容也不傻。

季曼心里突然有点凉，转头看向宁尔容。怪不得她连哭都哭不出来，若是其他女人，她还能问句为什么。大厅里一时安静，还是聂青云从容不迫地开口：“母亲既然让我纳妾，那便纳了歌扇吧，她有了我的孩子。”

宁尔容轻轻笑了一声。陈氏的脸色分外难看，低斥道：“我让你纳妾，不是娶个脏东西回来。我给你选的孟小姐，你为何不要？”聂向远抿唇：“你说话也注意些分寸。”陈氏不满，转头狠狠瞪了季曼一眼。

季曼觉得自己这一趟来得还不如不来，这么个尴尬的境地，也不知道该怎么化解。虽然季曼从聂桑榆的回忆来看兄妹俩的感情是的确很好，可是那不是爱情，聂青云只是一直在保护聂桑榆罢了。

“母亲、父亲若是不同意，那青云将歌扇养在外头也行。”聂青云微微侧头看了宁尔容一眼，抿唇道，“你们不是非想要孩子吗？那总不能让我的孩子流落在外。”聂向远沉了脸色：“你为聂家延续香火是可以，但是青云，你没有考虑过尔容的感受吗？”

宁尔容还在笑，摇头道：“无妨，是我自作孽，是我亲口说的允他纳妾。他有子嗣，我也是应该高兴的。”嘴里是说高兴，她的眼睛终于还是忍不住红了。季曼张了张嘴，但是这情况自己完全没有说话的立场，只能苦笑看着聂青云。他都保护了聂桑榆这么久了，这个时候为什么要这样？

“先将这位姑娘安置在别院吧。”聂向远看了聂青云一眼，站起来道，“桑榆、青云，你们随我来书房，我有话要问你们。”

聂青云微微一顿，继而起身：“是。”

第七十三章

转眼富贵皆云烟

在聂桑榆的记忆里，聂青云和聂向远是聂府对她最好的两个人，偶尔聂向远有顾不上她的时候，聂青云会护着她，甚至帮着她对抗陈氏。所以当初在侯府有什么事情，聂桑榆第一个想到求助的就是聂青云。

但是现在，站在聂向远面前，聂青云却垂着眸子道："青云不觉得自己有错，歌扇与桑榆不是同一个人。"

聂向远觉得头疼："你让尔容怎么想？堂堂郡主嫁给你才一年，你便要纳个跟自己妹妹长得一样的艺妓为妾？"季曼站在一边沉默。

聂青云微微抿唇道："是尔容自己说的允我纳妾。她一年无所出，在母亲眼里就是罪过。"

"素琴的话，你不是一贯不听的？这次倒是上心了。"聂向远板着脸道，"最近朝政上本来事情就不少，你为何还要闹出这样的乱子？青云，你不是不懂事的孩子。"

聂向远手底下的军械所最近出了不少纰漏，因着要供应此次出征所用军械，皇帝难免就责备了一二，让聂向远好生处理。本来聂向远是打算向靖文侯求援，一来靖州盛产黑铁，二来因为是亲家，也放心一些。

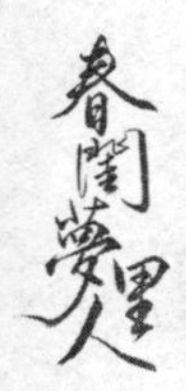

结果他一回来，聂青云竟然就说要纳妾，还是陈氏出的馊主意。

聂向远心里对陈氏的厌恶简直已经到了顶点。这么多年他因着陈素心的缘故一直忍着她，结果她还得寸进尺，不会管家也就算了，还小肚鸡肠屡次为难聂桑榆；现在她为了一己之利要聂青云纳妾，却坏了他的大事。

聂青云低声道："父亲若是不愿青云纳妾，那就让歌扇在别院安置，直到生下孩子。"

季曼侧头看了他一眼："哥哥要怎么跟尔容交代？"

"有什么好交代的？"聂青云轻笑道，"她压根儿不在意这些。"季曼愣了愣。

宁尔容方才的表情虽然镇定，却怎么都算不上是不在意吧？这段日子这两个人究竟是怎么了，为何她觉得聂青云是在意宁尔容的？

"桑榆。"聂向远叹息着唤了她一声。季曼侧头看他。

"最近一段时日，你还是不要回聂府了。"聂向远摸了摸她的头发，低声道，"你哥哥不清醒，分不清愧疚和感情，你让他冷静一下。"

季曼茫然地看着聂向远。聂青云嘴巴动了动，皱眉看了她一眼："桑榆你不用多想。"

呆呆地点头，季曼的脑子里有些空白。总结一下意思就是说，她不用回聂府了，聂府很长一段时间都没有她的容身之处，至于这个时间是多长，看情况。

"走之前，我可以去看看尔容吗？"季曼问。聂青云垂了眸子。聂向远叹息道："你去看看她肯不肯见你吧。"怎么会不肯呢，她和宁尔容感情一直很好，有什么话都是可以说的。

但是被白芷拦在绣楼门口的时候，季曼终于明白了，宁尔容大概也是在生她的气吧。

在门口站了一会儿，季曼就回侯府了。在门口下车的时候，季曼刚好就遇见聂沉鱼正在指手画脚地吩咐人收拾东西。

"哎呀，这不是姐姐吗？"聂沉鱼看她一眼，笑道，"这冬天也是越来越冷了，听侯爷说佛山里有温泉，所以特地要带我去。辛苦姐姐照顾府里了。"柳寒云、温婉、夏氏都是因着孩子要跟去佛山里祈福的，至于聂沉鱼为什么也会去，季曼不想知道原因。

这个冬天也真的是越来越冷了。齐思菱、慕水晴与季曼一起留在府里，其余的人都在两天之后上车走了。季曼坐在屋檐下，看着空落落的宅院，有些走神。

二皇子的婚礼如期举行，据说也算热闹了一回，只是之后捧月公主和二皇子的消息就很少了，整个京城变得十分安静。聂青云最终也没有纳妾，只是有消息说，他与宁尔容已经分房睡了。

是不是不管她怎么挣扎，命运的绳子最后还是会把她渐渐勒死？季曼抿唇在院子里坐着，静静地等着。江东一仗本是胜券在握，然而据说是因为军械出了问题，盾不挡箭，弓拉即断，一战惨败不说，主帅韩德被十箭射死马上，宁明杰暂代管理兵符，调军撤返百里。

皇帝大怒，直接下令将军械所监工处死，连带着聂向远也被投入了天牢。

皇贵妃大惊，三皇子党也纷纷上书求情。不知过程如何，总之消息到季曼这里的时候就是："老爷被革去了官职，遣还乡里。尔容郡主与少爷要和离。"聂府的家奴跪在季曼面前说了这些之后，就领了钱回去收拾了。季曼呆呆地伸手，一片小雪花落在掌心，慢慢化了。

聂家权势滔天，有皇贵妃和三皇子撑着，又一直有聂向远以及聂家一众亲戚四处搭桥，仿佛一棵参天大树。它正等着这一次大战凯旋，顺顺利利送三皇子登基。结果这一战败了，还是败在自家的问题上。军械所一直是聂向远负责的，出了这么大的纰漏，皇上没有直接处死他，也是看在皇贵妃的面子上了。

参天大树被砍了主根，终于是慢慢萎落了。季曼收拾好一些东西，跟着出城去送自家父亲。没了官职，聂向远看起来苍老了不少。陈氏在旁边不停地哭着，带着几箱子的东西，说是要聂青云养她，她不要回乡。

聂青云也在家乡买了宅子打算安置聂向远。听得陈氏这话，他只淡淡笑道："圣命不可违。"陈氏狠狠地瞪了远处的一辆马车一眼，那车边站着的是白芷。"怪不得她总是说要和离呢，也是真有远见。树倒猢狲散，她还假惺惺地来送什么送？"

季曼顺着陈氏的目光看过去，那是宁尔容的马车。她和聂青云终于还是和离了，在延迟了大半年之后。那么会不会，聂桑榆的死期其实也只是被延迟了？季曼轻笑了一声，将一个包袱放进了聂向远的手里。

"女儿无力尽孝，等父亲安顿好，女儿再回乡去请安。"季曼道，"这些东西，女儿虽然知道父亲不缺，可是也是女儿的一番心意。"聂向远眼神复杂地看着她，终于还是叹了口气："你也好生照顾自己吧。"

一院子的姨娘还有其他庶女，都是跟着聂向远一起回乡的。陈氏现在最后悔的，就是没趁着聂家风光的时候，将女儿全部嫁出去。谁会知道这瞬间风云变，转眼富贵就全部成了云烟？

朝中少不得又有一部分变动。本来皇贵妃都想好了要怎么跟皇帝求太子之位，也因着这一场战事，悄悄搁置了。宁钰轩祈福也是选的好时候，恰好避过了这一场风波，回来的时候已经是风平浪静。

“怎么憔悴了不少？”他看着门口站着的季曼，伸手替她温柔地抿了抿耳发。季曼仰头看着他，笑得云淡风轻：“思君令人老，轩车来何迟。”宁钰轩放在她脸边的手一顿，嘴角带了些嘲讽的笑意，转瞬即逝。

“好好也要满周岁了，我想着你也没有子嗣，不如就在他满周岁的时候，立他为世子吧。”季曼顿了顿，看了后头的柳寒云和温婉一眼，笑道：“侯爷觉得可以，妾身也就没有异议。”

世子一向是立嫡不立长，不过宁钰轩既然说她没有子嗣，那没办法，她肯定就没有了。

柳寒云安静地抱着曦儿，温婉站在宁钰轩身侧，看着季曼的目光里带着些幸灾乐祸。不过这一场祈福并没有给筠儿带来什么好运，回府的时候这可怜的孩子已经被折腾得奄奄一息。只是不知道筠儿的这条命，会被算在谁的头上。

季曼是提防着的，所以第二天听闻温婉抱着筠儿要来非晚阁请安的时候，她果断选择了遁逃，带着灯芯一起躲去了柳寒云的院子里。柳寒云正在逗曦儿，见着她来，眼里有些好久未见的疏远，不过还是念着当初的恩情，抱着曦儿过来给她逗乐。

“侯爷此次上山，虽然没有带着夫人，但是到底是想着夫人的。”柳寒云看着她轻笑道，“只是夏氏不懂事，喜欢那山里的温泉，赖着不肯走，侯爷才多待了两天。”

季曼不在意地笑笑：“无妨，这府里只有一个人的时候，也是挺清净的。”柳寒云顿了顿，犹豫了一会儿，看着她道：“夫人真的不介意好好成了世子吗？这样一来，万一您以后再有了子嗣，那可就……”

“这是侯爷的决定。这府里他最大，我也没什么办法。”季曼淡笑着摸了摸曦儿的脸，“按岁数来算也没错，好好那孩子也乖巧。”“夫人肚量大。”柳寒云抿唇道，“只是也莫让自己太吃亏，毕竟男人靠不住，自己的孩子才是最靠得住的。”

季曼怔愣了一下。柳寒云是一直受宁钰轩庇佑的，怎么也会觉得男人不靠谱？“况且，夏氏也真不是个上得了台面的人。”柳寒云没注意到季曼的呆愣，接着道，“她的孩子若是成了世子，将来她指不定怎么得意忘形。”

季曼低头哄了两下曦儿，便放回柳寒云手里道：“侯爷一直喜欢好好，这件事我也的确做不了什么。夏氏若是不懂规矩，我会多管教着的。”柳寒云没有多说，叹息道："听闻夫人家里也遭逢了剧变。"

"嗯。"季曼道，"也没什么，不过是父亲年纪大了，回乡安享晚年而已。"柳寒云点点头，又说了些安慰的话。季曼没有多留，聊了一会儿就离开了凌寒院。

"主子。"灯芯走在她身边低声道，"非晚阁那边的消息，说是婉儿姑娘带着筠儿小姐去书房了。"

"嗯。"季曼点头。温婉抱着的简直是个定时炸弹，炸哪儿都好，只要不来惹着她就是。她现在比较忧心的是聂青云和宁尔容的事情。两人和离已经成了定局，再过几天，尔容就该要回靖州了。

聂家正当危难之时，宁尔容其实也不是贪慕富贵的人，可能就是两人闹僵了，谁都不肯解释清楚，所以才走到了今天这个地步。她不宜出面说什么，可是有一个人倒是十分合适。

这阵子宁钰轩一直不在，可宁尔容是他表妹，聂青云又算他的大舅子，他去当个和事佬，也算是名正言顺。想了想，季曼就干脆去书房附近的屋子里等着，吩咐了灯芯，一旦温婉离开了就告诉她。

"主子，好像有些不对劲啊。"灯芯在门口望着风，突然说了一句。季曼走到门口去看，见鬼白难得慌张地出来，不一会儿就找了大夫去。书房离这边的屋子只有几步路，可是季曼没有听见婴儿的哭声。

看这样子也该是筠儿又出问题了。这段日子温婉一直靠筠儿搏宁钰轩的同情，宁钰轩倒也真吃这一套，几个孩子当中最受他关心的就是筠儿了。季曼想了想，裹了斗篷过去看看是怎么回事。

温婉跌坐在地上，也不怕地板凉。宁钰轩站在一边，脸上的神色分外痛苦，右手微微发着抖。大夫正跪在软榻边，上头放着的襁褓安安静静的，一点声音都没有。季曼心里跳了跳，就听得那大夫道："已经没了脉搏，侯爷还是节哀顺变……"

宁钰轩痛苦地闭上了眼睛。温婉似乎是有些发狂了，上去扯着宁钰轩就道："她是您亲生的女儿啊！您怎么能这样狠心？我不过是要您抱抱她，您为何要推我？"宁钰轩哑着嗓子："我不是故意的，方才我没有注意。"

"婉儿大病初愈，本就抱不好孩子。想让您抱抱，却换来这么个结果？"温婉哭得声嘶力竭，"你赔我孩子！"这戏演得不够真。小小的襁褓里，筠儿的小脸已经渐渐发青发紫。季曼抿着唇，突然想起了历史上的武则天。

宁钰轩怎么说也是会武的人，不会控制不好自己的力道。刚刚他们到底是怎么

回事，也就只有他们两人知道。孩子被奶娘抱了出去，温婉哭着跟上去，嚷嚷着让奶娘把孩子还给她。

即使一早料到筠儿活不长，可是眼睁睁看着这么个小孩子死去，季曼还是觉得很难受。宁钰轩的目光已经扫了过来，她也就没有掩饰难受，轻轻福身道：“侯爷节哀。”

“你能帮忙将筠儿找回来吗？”宁钰轩看着季曼的眼睛，说了一句这样莫名其妙的话。

季曼茫然。“罢了。”宁钰轩垂了眸子道，“是我糊涂了。”“侯爷也别太难过。”季曼道，“筠儿去了，说不定下一次又会回到婉儿姑娘的肚子里，再做一次您的孩子。”

嘲讽地摇摇头，宁钰轩低声道：“不会了。”默默腹诽一阵，季曼却听得面前的人又开口道：“安葬了筠儿吧，我会请法师来府上超度，顺便将婉儿的名分也定下。是我对不起她。你且让她做回平妻，吃穿用度都莫要亏待了她。”

季曼微微一呆，这敢情好，摔个孩子就把生孩子都没搞定的位份问题给搞定了。心里不舒服，季曼垂了眸子道：“婉儿姑娘几升几废太过频繁，旁人也该不拿我侯府的尊卑规矩当回事了。妾身以为，婉儿姑娘做姨娘也不算亏待，毕竟吃穿也与平妻差不得多少，这个思菱也自然会安排周全。”

宁钰轩挑眉，看她一眼道：“你觉得婉儿不该做平妻？”“自然是不该。”季曼认真地道，“夏氏、柳氏有子嗣在先，且都为男丁。侯爷要提升婉儿的位份，那她们该如何提？将婉儿直接从丫鬟升为姨娘已经是难得，若是成了平妻，让夏氏、柳氏如何想？”

宁钰轩想了想，好像也是这个道理。

“妾身觉得，若是侯爷想扶婉儿一把，不如就让寒云来当这个平妻。”

“嗯？”宁钰轩慢慢坐下来，“为何是寒云而不是夏氏？好好是要做世子的。”

季曼点头：“好好做世子无妨。可寒云也是生子有功，加上伺候了侯爷这么多年，从来不争不抢，侯爷难道不该给她些恩赐吗？既然要提，那不如众人都一起提了，免得几个做娘的心里都不痛快，侯爷觉得呢？”

揉了揉太阳穴，宁钰轩捏紧了手道：“随你去做吧。筠儿的事情，我还得好好平复一下。你先回去吧。”“好。”季曼点头。

女主想打翻身仗，下的本钱也是够大的，牺牲一个女儿，换自己一个名分，这种事季曼做不出来，只得道一声“佩服”。如今聂家形势不算好，她在这侯府里的地位都有点微妙。不得已，今天只能拉着夏氏和寒云来和她同一战线了，不然再放任温婉蹦跶上来，她又该头疼了。

给筠儿下葬超度，季曼就又看见了虚无老和尚。据说这和尚道行挺高，不过人有点疯疯癫癫的，远远地看见她就道："你最近要有麻烦喽。"宁钰轩站在虚无旁边，闻言皱眉看了她一眼，问虚无："什么麻烦？"

"险恶之人缠身，就是有麻烦。"虚无卖着关子，又凑近季曼一步，"老衲总觉得你这夫人哪里有些奇怪……"宁钰轩一愣，下意识地就挡在了虚无面前："大师还是先去超度。这是钰轩失手犯下的罪孽，还望大师看在往日情分上，送筠儿走一遭好轮回。"

虚无啧了一声，往左移，宁钰轩便也往左移，死死地挡着他。

"我说你这人，要让看的是你，护着的也是你，真怕我收了她不成？"虚无不乐意了，黑着脸拆宁钰轩的台。"我只让你看有没有……其余什么奇怪不奇怪的，不用你管。"宁钰轩说着，转身面无表情地看着季曼道，"你去看看婉儿如何了。"

季曼被他们这谜一样的对话说得有点茫然，点点头就往蔷薇园里头走。温婉一身素缟，像极了季曼刚到这里的时候，聂桑榆的那一身装扮。

"你是不是很得意？以为你与钰轩之间的阻碍又少了一个？"温婉从镜子里看着身后进来的季曼，咯咯笑道，"心里早就笑开花了吧？"季曼抿唇："你的脑回路是不是复杂得过分了？"

"……你不要说我听不懂的话，我知道你心里在想什么。"温婉顿了顿，转过身来看着她道，"钰轩是我的，不管怎么样他都只会爱我一个人。你以为他那时候给你放孔明灯，对你好，是因为你喜欢你？"

季曼挖了挖耳朵。"他在佛山上的时候都告诉我了，他不过是跟我闹脾气，所以拿你来刺激我罢了。"温婉笑得脸有些扭曲，"他无论如何都不会爱上你的，你死心吧。""哦。"季曼点头，"好的。"

温婉一哽，恼怒地道："你不相信？"

"为什么不相信？"季曼看着她道，"侯爷爱你爱得死去活来、翻天覆地、海枯石烂，会生生世世与你永不分离。"温婉呆了呆。

"可他还不是跟别的女人生了孩子，将来还会把侯爷的位置给其他女人的儿子。"季曼耸耸肩，"我至少还是个正室，老了都不用愁。温婉姑娘在满心欢喜拥有男人的心的时候，有没有想过将来？"

"你说这些我也不会难过。"温婉抿唇道，"将来我都会有的。"

第七十四章

你以为是《白蛇传》呢

有一瞬间季曼觉得温婉这样的女人，放在工作中应该是挺有趣的——有一颗往上爬的心，但是又只会玩愚蠢又低级的小手段，末了说不定还会怪自己的上司："为什么不提拔我？"

没有继续同温婉争，季曼只是喊她早些到灵堂。小小的灵堂，中间的棺材也不大。宁钰轩对这个孩子毕竟是重视的，亲自到灵堂来上了香，还一直蹲在旁边烧纸。

温婉到了灵堂，眼睛就跟自来水管爆炸了一样，哗哗地流眼泪，边哭边喊："我的孩子……"宁钰轩心里愧疚之意更浓。

各房的人都来了，只是夏氏和柳寒云都有些忌讳，没有带孩子来。挨个跪着给筠儿上了香，夏氏就站在季曼身边嘀咕道："好端端的娃子，说没就没了，当娘的怎么这样不小心。"

温婉像是听见了声音，转头过来狠狠瞪了夏氏一眼。夏氏缩了缩，站在季曼身后，伸了半个头道："可真吓人。""你少说两句。"柳寒云低声道，"侯爷心情正是不好的时候，婉儿没了孩子也该难过，你就别说些有的没的。"

夏氏撇撇嘴，颇不服气地道："我不过是觉得，若是我抱着孩子，谁骑驴子撞我我都不可能撒手将孩子给丢了。""采莲。"宁钰轩闭着眼睛，轻轻斥责了一声。夏氏终于不说话了。

“天地明鉴。”温婉红着眼睛道，“我若是当时抱得稳，又怎么可能让筠儿摔了去！”

“对啊。”旁边一直没开口的慕水晴终于幽幽地说了一句话，“孩子的怨灵可是最重的，婉儿姑娘想必也不想被筠儿的怨灵日夜纠缠，又怎么可能去害筠儿。”

这话说出来，旁边的虚无就念了一声佛号：“阿弥陀佛。”温婉垂了眸子。行了礼之后季曼就跟着宁钰轩离开了灵堂，温婉是要留着继续守的。趁这机会，季曼就跟宁钰轩说了宁尔容和聂青云的事情。

“不是该你去处理吗？”宁钰轩勾了勾唇，“怎么要来找我帮忙？”季曼轻咳两声，看着身后不远处走着的其他人，压低声音道：“妾身有些不方便。尔容都不愿意见妾身了，所以只能拜托侯爷。”

“他们和离也不是坏事。”宁钰轩扫了她一眼，淡淡地道，“你何必这样心急。”难不成要老死不相往来了才叫坏事？季曼咬牙：“侯爷说得未免太轻松了些。”

“你何不等宁明杰此次凯旋之后再看你哥和尔容的婚事问题。”宁钰轩低笑道，“你不是很聪明，一直是什么都知道的吗？”季曼一顿。

先不说出征挂帅的不是宁明杰，宁钰轩怎么就知道宁明杰一定会凯旋？这场仗不是说因为军械的问题，一直是节节败退的吗？再者，宁明杰凯旋，关宁尔容和聂青云的婚事什么事？

聂家崩盘，皇贵妃最近也受了冷落，宫里新人胜旧人，渐渐皇帝的恩宠就被分了去，后宫的形势也开始让人看不清楚。镇远大将军一位空缺，皇帝也没有马上选人填补的意思，而是让人暂代职务。

按照这形势看，季曼觉得宁钰轩可能要继续冷落自己一段日子了。

但是出乎意料的是，他没有。晚膳刚过，宁钰轩就来了非晚阁，由季曼伺候着沐浴更衣之后，躺在床上安静地看着帐顶。“侯爷有话要说吗？”季曼问。“你呢？”宁钰轩侧过头来看着她，“你我许久未见，你可有什么话要说？”

季曼想了想。“从别后，忆相逢，几回魂梦与君同。”季曼深情地看着他道。宁钰轩愣了愣，修长的手指轻轻拂过她的唇瓣，轻笑道：“什么时候你能说真话就好了。”

季曼心里轻笑，谁都喜欢听真话，可谁也都承受不了真话。比如她现在要是直接跟宁钰轩说，他带着女人孩子上山打老虎这么久不回来，让她一个人面对家里剧变简直不是个男人，她会是个什么下场？

“你能去佛寺吗？”过了一会儿，宁钰轩这样问。季曼满脸问号：“佛寺虽然清冷无聊，不过也是个求个心安的好地方，妾身自然是可以去的。侯爷想妾身去？”“不是。”宁钰轩收回目光，长长地吐了口气。

季曼撇了撇嘴，跟着躺进被窝，靠着他闭上眼睛。“明天我还是带你去相国寺一趟，据说……据那虚无老和尚说，明天有佛会。”在她快睡着的时候，宁钰轩突然又说了这么一句。

“哦。”季曼翻了个身，继续闭眼睡觉。宁钰轩看了她的背影好一会儿，伸手想放上她的肩膀，却顿了顿，又收了回来。

府里要做三天的法事，配着温婉没日没夜的哭声，真跟灵异现场一样。季曼也乐得偷个闲，跟着宁钰轩一起出府，去相国寺。

一路上宁钰轩的脸色都不是很好看。季曼扫了一眼他的手，一直是紧紧握着的。“鬼白，车慢一点。”走到一半，宁钰轩喊了一声。季曼本来就被这澧朝版拖拉机颠簸到不行，他还来这么一句，当即就不能淡定了：“侯爷，能早些到，为什么不走快些？”

宁钰轩看她一眼，抿唇道：“我晕车。”

季曼：“……”

好不容易到了相国寺，还真是人来人往。今天有佛会，所以门口四处都挂着小佛像，看起来很是热闹。

“桑榆。”季曼刚要抬脚往里走，手就被宁钰轩拉住了。他的手微微汗湿，眼眸深深地看着她道：“如果我要害你，你会怎么办？”季曼顿了顿，看他的眼神也不像是开玩笑，突然就在想这佛寺里该不会有什么机关，自己一进去就给万箭穿心了吧？

不过也不可能，宁钰轩要弄死她，简直可以是翻着花样不费劲。她这命如今也不太值钱，他不用这么光天化日、朗朗乾坤地来害她。“侯爷不是要妾身进这相国寺吗？”季曼微微一笑，“那妾身就进去。若是侯爷要害妾身，那妾身就认了。”

宁钰轩微微一震，拉着她的手稍微紧了一些。“你有没有想过害我？”他问。季曼歪着头看他。“妾身若是想要害侯爷，也就不会嫁与侯爷了。”她笑道，“多亏啊。”

今日冬阳正好，暖暖地照射过来，让聂桑榆的脸看起来分外柔和。宁钰轩怔愣了一会儿，抿唇道：“那，我们便回去吧。”这一路颠簸过来，门口都没进就要回去

了？季曼不高兴地道："为什么不进去？人看起来很多，很是热闹啊。"

"你想进去？"宁钰轩看了一眼四处飘荡的佛像。"要收门票吗？"季曼拉着他的手使劲儿一拽，跑到门口去看了看，也没有检票员。"桑……"宁钰轩不知为何有些心慌，伸手想拉住她，她的一只脚已经跨进了相国寺。

"当一"相国寺的钟声响起，伴随着长长的佛号念诵，人虽然多，却一点也不喧哗，显得庄重而肃穆。季曼左右看看，回头朝宁钰轩比了个安静的手势，示意他进去。宁钰轩身子僵硬，有那么一瞬间忘记了呼吸。等他回过神来，却见眼前的人还是活泼乱跳的，拉着他要往里走。

心里有一块石头重重地落了地，宁钰轩抿唇跟着她进去，站在她身后看她将能看见的佛都挨个儿拜了一个遍。之后佛会上，虚无大师坐在场子的最上面，一众善男信女都在下面听禅。

宁钰轩坐在季曼身边，时不时拿眼角扫她一眼。"侯爷，妾身一直很想问一个问题。"季曼转过头来看着他道，"很久之前您让妾身喝梨花酒的那个晚上，您到底听见了什么？"

宁钰轩一愣，抿唇道："没听见什么。"

没听见什么会跟演《白蛇传》似的带她来什么佛寺，又问她会不会害他之类的话？季曼忍住要吐槽的冲动，深深地叹了口气："妾身睡着的时候经常容易说胡话，请侯爷都不要当真。"

"嗯。"虚无只是说她命格有变，也看不出其他异常，加上她在佛寺里能这样自在行走，他应该不用再担心家宅的问题。

"既然出来了，侯爷介意与妾身一起走回去吗？"季曼想了想，善良地建议道，"侯爷不是晕车吗？这里街道也都繁华，走回去不会太无聊。"

实际上，若是要用双腿从相国寺走回陌玉侯府，估计需要一整天。可是宁钰轩出门都是马车、轿子轮番上下，虽然知道距离，但是没有想过走起来多累，竟然就答应了。

季曼唯一庆幸的就是自己穿的是平底绣花鞋。为什么她要跟他走这一段路呢？因为就原著来看，宁钰轩喜欢温婉是喜欢她的真情和朴实，聂桑榆也有真情，也有朴实的地方啊，只是没有机会展现给宁钰轩看，有机会了展现的方法也不对，所以宁钰轩对聂桑榆一直有偏见，而对温婉青睐有加。

回到当下，从相国寺出来，季曼就当真拉着宁钰轩一起慢慢走了。鬼白就在他们身后不远的地方跟着。季曼当然不会白痴兮兮地拿一串糖葫芦就开心地满街跑。

她带着陌玉侯专挑那种小摊子多的地方走，什么同心结啊、红绳啊、对佩啊，有什么买什么，反正是街边小玩意儿，带的钱也够。

几条街走下来，宁钰轩身上的玉佩、扳指就都换成了同心结和同心环。

他脸上的神色颇有些不以为然："你觉得戴这样的小玩意儿，我就当真能跟你长长久久？"

季曼摇头："不能。只是看着有意思，买给侯爷戴一戴。侯爷要是想丢了，那也无妨。"她摆弄着自己腰间的同心结，低声道。

宁钰轩轻哼了一声，继续跟在她旁边慢慢走着。两人走得很慢也走得很久，街上的百姓渐渐少了，太阳也慢慢下山了，前头的路却不知道还有多远。"找个客栈住下来算了。"宁钰轩皱眉道，"没想到这么难走。"

季曼也不亏待自己，挑了家看起来比较好的客栈，加上鬼白，三人要了两间上房。你以为是她和宁钰轩一间、鬼白一间吗？季曼也是这么以为的，结果宁钰轩拉着房门道："我和鬼白一间，你在旁边。你要是有什么事，叫一声就好。"

季曼瞠目结舌地看了宁钰轩很久，又看一眼垂着眸子表情恭顺的鬼白，之后便乖乖走去了隔壁房间。季曼在房间里发了会儿呆后，跳起趴在了靠床的墙上。天还没黑，那头只隐隐有宁钰轩吩咐鬼白去传晚膳的声音，其他什么都没有。

"夫人。"鬼白来敲门了。季曼连忙跑过去，装作困倦的样子："怎么了？""夫人晚膳在房间里用吗？"鬼白问。

季曼点头："好的，送过来就可以不用管我了。"

晚膳很快就送来了，还是鬼白亲自端来的。季曼看见饭也觉得饿了，坐下拿起筷子道："你先去伺候侯爷吧。吃完饭这里让小二明天来收拾就行，也不早了。"

"是。"鬼白应声出去，看了她一眼，关上了门。

桌上三个菜，季曼尝了一口，竟然很咸。这里的膳食本来就够难吃了，盐还放这么多，怎么吃？不过幸好她今天在街上还买了点心，准备带回府里的，干脆就先吃一些。

吃饱了，就着房间里的水洗了个脸，季曼就躺在床上去等着了。结果她等了许久，那头没什么动静，倒是她的门被人轻轻动了一下。

季曼吓了一跳，烛火已经熄灭了。这大半夜的不会有采花贼吧？她装作梦里咳嗽几声，门口的声音就停下来了。她蹑手蹑脚地走过去，看了看门闩——睡前特意检查过的，应该不会有人能打开，除非撞门。

她继续躺回床上，这次隔壁终于隐隐传来了说话的声音。"睡了？""该是睡了，

只是房门锁着。”“她的防备意识倒是强。”

季曼心里一紧，忍不住坐起来，跟壁虎一样贴在墙上。“韶安此次来，也是想让侯爷念念兄弟情谊。”一个陌生的声音响起，带着些圆滑，“宁大人若是能出任镇远将军一职，对于侯爷来说，也必然是有益无害。毕竟是血缘的关系，打断骨头还连着筋呢。”

“秦大人太看得起钰轩。钰轩不过闲散侯爷，朝廷大事，怎轮到钰轩做主？”

“侯爷何必谦虚，谁人不知如今皇上越发依赖侯爷？本来宁大人担任此职也是众望所归，不过朝中有人爱拿年纪、资历说事，皇上也就犹豫不决。侯爷要是能说上两句……”

“二公子新婚宴尔，日子过得可还好？”宁钰轩打断了来人的话。秦韶安顿了顿，接着道：“二公子娶了个好夫人，更是个好助力。”“那便好，代我向二公子问安。时候不早，秦大人的意思钰轩也明白了，就且让钰轩自己思量，如何？”

“好。”那人微微有些迟疑，“不过韶安还是冒昧提醒一句，侯爷若是想独善其身，尊夫人也着实不该再留。”

“劳您费心。”宁钰轩的声音有些沉了，“夜色凉，大人小心慢走。”

季曼深吸了一口气，慢慢地倒回床上，安静地盖上被子。

她还以为宁钰轩真的傻到陪她走这么远的路呢，原来是陪自己的同时可以顺便出来跟人碰个面、接个头啥的。

这对话听得也有些搞笑，竟然是一个外人来劝宁钰轩推宁明杰做镇远将军。宁钰轩语气之中多有推诿，那人却还劝他连聂桑榆一块儿舍了。

这是要做什么？

“门锁了？”那头宁钰轩又问了一声。鬼白答了一声“是”，季曼接着就听见有开窗户的声音，心里一紧，自己的窗户忘记关了！

翻墙爬窗真是会功夫的人必然会干的事情！宁钰轩的动作也很干净利落，从她的窗子进来，摸索着找到了床，而后十分自然地躺了上来，完全当她是个死的。

手搂腰，腿跨腿，宁钰轩跟抱娃娃似的将她抱着，长长地叹了口气，睡了。她一动不能动，还要保持身子放松，呼吸平稳悠长，夹杂一些熟睡的磨牙声。抱着她的人闷笑一声，轻轻地在她的头顶落下一吻。

浑身鸡皮疙瘩都起来了，她装作梦里挣扎，一把将这人推开，翻身朝床里睡。宁钰轩轻啧了一声，终于老实躺在她旁边不动了。

打败仗死了元帅，宁明杰顶上，现在又有人要宁明杰出任镇远将军。季曼睡不着，脑子里反反复复地想着这些事情，可是想不出个结果。

第二天清晨天还没亮，宁钰轩就偷偷摸摸翻窗回了自己房间，季曼则挂着一双熊猫眼，支着下巴想事情。“回去吧。”宁钰轩用过早膳之后，光明正大地来敲她的门，“府里该来贵客了。”

季曼下意识地拿身子挡着他的视线，不让他看见桌上一动没动的饭菜：“什么贵客？”

“捧月公主听闻我们家有不幸，说来看看。”宁钰轩淡淡地道，“你和她说过话，能有两分熟络，就好好招待吧。”

想起那个拿着鞭子威风凛凛站在轮椅旁边的女子，季曼点点头：“那坐车回去吧。”

宁钰轩还没进房间就被季曼推了出来，急急忙忙拉着往下走。鬼白结了账，三人雇了马车一路赶回侯府。因着要见客，宁钰轩就将腰间的同心结取了下来，换上正式的玉佩。

“做什么不连同心环一起取了？”季曼也将同心结取下，捏着玉质粗糙的同心环看着他问。宁钰轩整理了衣裳，云淡风轻地道：“就当留个回忆吧，你难得跟我出来。”说得跟她下一秒就要英勇就义、壮烈牺牲，与他阴阳相隔了一样。季曼撇嘴，将玉环丢进了腰间的荷包。

齐思菱站在侯府门口，见他们回来，很是有礼地上来道：“侯爷、夫人。二皇子府上的拜帖已经到了，二皇子妃估计也在路上，妾身已经准备了二皇子妃最喜欢的点心和香料。”

“甚好。”宁钰轩微笑点头，“有你在，我也省心不少。”齐思菱看了季曼一眼，笑着引他们进去。

灵堂还有最后一天，温婉却哭不动了，就红着眼睛跪着。

季曼回非晚阁换了一身银线裹素梅的袍子，掐着捧月快到的时间，去门口等着。

第七十五章

就当买个保险吧

马车停下，捧月一身火红长裙，配着绣金雀的红色斗篷，跟团火似的从车上冲下来，站在季曼面前盈盈笑道：“好久不见了，陌玉侯夫人。”

季曼微微一笑，跟这位有过几面之缘的公主也不是特别熟络，只屈膝道：“难得您有心，会在这时候来寒舍拜祭。”

捧月脸上带着灿烂的笑意，倒是没有旁人说的那样，嫁给身有残疾的皇子之后会伤心难过。季曼瞧她这脸色，倒是比成亲前更好了些。

“左右我在皇子府也无事，这京城里也就跟你有点交集了，听闻府上出这样的事，自然得来看看。”捧月跟着她往里走。

季曼侧头看她一眼，她这满身红色，怎么都不是诚心来拜祭的吧？

果然到了喜堂，温婉一见捧月这一身红色，脸就绿了。她因着捧月的身份没好开口，却跪在蒲团上都没起身见礼。捧月也就只是象征性地上了个香，之后便拉着季曼道：“我还没来过这府里呢。桑榆，你可愿带我逛逛？”

“好。”季曼带着她往非晚阁的方向慢慢走。“你不好奇我嫁给阿离之后，是怎么样的吗？”捧月问。季曼抿唇，今儿这位主子好像是有很多话要说，却不知为什么偏偏找上了自己。

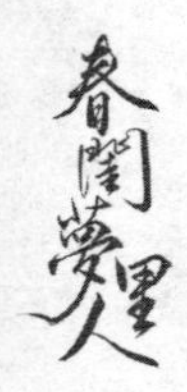

季曼道："看您的脸色，就知道过得不错。"捧月笑着看她一眼，摇头道："阿离的日子可难过了，虽然同样是皇子，却与大皇子和三皇子的待遇天差地别。我这一嫁过去，他才得以出宫建府，不用再住皇子府里。看起来好好的一个人，褪了衣裳，身上却全是伤疤。"

季曼顿了顿，微微有些惊讶。

捧月依旧笑着："我的新婚夜就是数着他的伤疤过的，刀伤、烫伤，还有淤青，总共得有八十多处。"

"我没有想过皇子会过这样的日子，问他是谁做的，他却说都是很久以前的事情了。我想着，肯定跟他周围那些刁奴有关系。"

季曼耐心地听着。

"他问我是不是嫌弃他，我说不会。"捧月捏紧了手，"他已经把所有能给我的都给我了，为我画眉，为我种花，我想要什么，他能做到的都去做。他分明过的不是人过的日子，却总还怕委屈我。我已经写了信回玉珍，要我父王来说，为阿离要一个王爷的位置。"

脚步放慢了些，季曼侧头看着捧月，心里有点愕然。二皇子不得宠是众所周知的事情，从小没了娘亲，自然免不得被人暗地里欺负。只是没想到捧月竟然不嫌弃那样的人，还要为他争取这么多东西。

等等，原著里究竟是谁夺了皇位季曼都不知道。她本以为三皇子已经胜券在握，哪知有人突然使绊子，聂向远落马，三皇子一派也就安分了不少；大皇子虽然有皇后和丞相撑腰，但是最近一直无所作为，也不能够重夺太子龙冠。

那么这个一直默默无名的二皇子呢？季曼皱眉。"来同你说这些，不过是想让你帮我个忙。"捧月终于说到了重点，"就算是我父王开口，也不一定能让阿离有个好的封地。若是陌玉侯能够美言几句，这事自然就稳妥了。"

捧月也就才十几岁的小姑娘，懂这么多人情世故真的好吗？季曼看她一眼，笑问："为什么人人都觉得陌玉侯是万能的？"二皇子封王要找他，宁明杰夺镇远将军之位也要找他，他只是个管着六部的闲散侯爷，又不是皇帝，怎么一个个都觉得他一句话就能搞定事情一样？

"没有人说侯爷是万能的，只是能得侯爷帮忙，自然是最好。"捧月笑眯眯地拉着她的手道，"我自然也不会亏待了桑榆姐姐。"季曼沉默了良久，带着她进了非晚阁。"灯芯，给皇子妃上茶。"季曼朝灯芯使了个眼色，看向架子上的一套茶具。

灯芯会意，取了茶具下来放在桌上，倒了壶里的茶进去："皇子妃请。"捧月接过那茶杯，微微一怔。上好的白玉瓷，上有仙鹤起舞的浮雕，难得的是那仙鹤头绕翅膀之下，雕刻浮出而未断，水草摇曳有层次，是千金难买的上等茶具。

这是水娘子上个月送账本来的时候给季曼捎带的。胭脂铺越做越大，钱跟滚雪球一样越来越多，水娘子跟官府也就有了点联系。这套茶具是水娘子辗转从一位官夫人手里高价求来的，因此就附送了人家 VIP 会员卡。

季曼拿这茶杯给捧月倒茶，就是想告诉捧月，自己不差钱，好处自然不能是钱。虽然她也没决定帮还是不帮，但是也得先让捧月心里有个底。

捧月抿唇喝了一口，浅笑道："真是好茶。"

"皇子妃也知道，桑榆家道中落，如今在陌玉侯面前，怕是说不上什么话。"季曼叹了口气道，"就算是想帮，怕也是有心无力。"

捧月眨眨眼，道："阿离说，你说话才是最管用的。""哈？"季曼嘴角抽了抽。二皇子不是一直深居简出？他从哪儿得出来的这个结论？她要是说话管用，早让宁钰轩说了那句"我爱你"，然后逃之夭夭了好吗？

"我只是想让姐姐试试。"捧月看着她道，"我说过我会一直护着阿离，不让他再受欺凌，还请姐姐成全我。"

可是捧月有没有想过，她的表哥是三皇子啊。她帮着二皇子去给宁钰轩说好话，怎么想都缺个动机吧？总不能说她是因为同情二皇子吧。

季曼垂着眸子犹豫。捧月想了半天，咬牙将自己腰上的红色长鞭取了下来："姐姐若是觉得捧月给的代价不够，那不如这样吧，这鞭子给你，算捧月欠姐姐一个莫大的人情。他日若是姐姐有难，只要捧月能帮，一定在所不辞。"

这种承诺是季曼这种身在异乡的贪生怕死之人最喜欢的了，不过谈判的时候，喜欢可不能表现在脸上。季曼掐着大腿暗自掂量了许久，终于为难地道："皇子妃既然都已经这样诚恳了，那桑榆也只能尽力一试。"

捧月松了口气，满心欢喜地道："我等你的好消息。"

这边答应了下来，那宁钰轩那边该怎么说？在答应的时候季曼就想好了：如今正值战争时期，朝廷最缺的是什么？钱。她最多又放着最没用的是什么？钱。

综上所述，季曼一句话不用多说，只将捧月的要求原原本本告诉宁钰轩，然后把大礼从鞭子换成巨额银票就可以了。这相当于她花钱买个保险，宁钰轩替她去办事，想想还是挺划算的。

宁钰轩这种老奸巨猾的人，举手之劳又能得二皇子好感的事情，是不会拒绝的。况且他又不是什么清官，养活这么一大家子人，真以为封地和俸禄就够了吗？只是

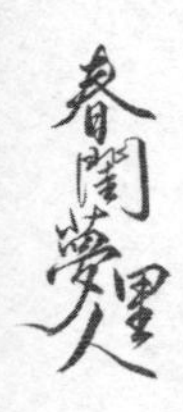

作为三皇子的表妹，这事她还不能一脸高兴地去跟他说，还得十分不情愿、为难又被迫无奈地告诉他。

虽然给二皇子封个王爷也就是提升一下二皇子的生活水平，依旧不会对其余皇子产生威胁，但是还是得注意影响。捧月走了之后，季曼就摸进宁钰轩的书房，打算说这事。

结果季曼一推开书房门就看见聂沉鱼雪白雪白的肩膀和背。“呀。”听见开门声，聂沉鱼连忙从宁钰轩的身上下来，娇羞地拉上衣服跺脚道，“姐姐你进来怎么不敲个门的。”

宁钰轩抬眼看着季曼，身上的衣裳倒是丝毫未乱。每次书房都不会锁门，门口又没个人提醒，怪我？季曼翻了个白眼，看着聂沉鱼那一脸得意的神色，淡淡地道：“我有事要同侯爷商议。”

“可是妹妹的衣裳都坏了。”聂沉鱼拉着宁钰轩的衣袖，娇嗔道，“外头天气那么冷，出去冻坏了怎么办？好歹是亲生的姐妹，姐姐有什么不能当着妹妹的面说？”“哦。”季曼找了旁边的椅子坐下，点头道，“那你们继续，等你回去了之后，我再同侯爷说，反正是亲姐妹。”

聂沉鱼一噎，小心翼翼地看了一眼宁钰轩的神色宁钰轩眸中带笑，挥手道：“你先出去吧。”“侯爷……”聂沉鱼不满地嘟起嘴。“出去。”宁钰轩看她一眼。

聂沉鱼打了个寒战，裹了斗篷，狠狠瞪季曼一眼，转身开门走了。宁钰轩盯着季曼的脸，没放过她脸上任何一个表情，然而他又失望了，这女人一点没表现出该有的嫉妒和恼恨，而是一脸假笑地看着他：“侯爷，妾身来转达今天皇子妃的意思。”

“嗯。”宁钰轩收回目光，不太感兴趣地玩着手里的毛笔。

季曼很尽职尽责地将捧月的话转达了，末了委婉地道：“要封王是捧月替二皇子求下来的，该封什么，大概朝中又得有好一番争论了吧？”宁钰轩淡淡地哼了一声，看着季曼放在桌上的银票，一数数额，还当真是够让人惊讶的。

“你只用传话即可。”他道，“我知道了他们的意思，自然会衡量。”“好。”季曼笑眯眯地点头，这样将她自个儿完全摘出去，自然是最好的。“晚上我去落雁轩，你不用等我。”宁钰轩又看了她一眼，抿唇道。

季曼点头：“好，那妾身就先告退了。”

宁钰轩：“……”

前脚刚跨出书房的门，后面就听见一声低喝：“聂桑榆，你是没有心的吗！”

季曼一顿，回过头来看着那人有些恼的脸，一个没忍住笑了：“人怎么能没有心？只是有了心在不该动的人身上乱动，那也是会死的。”宁钰轩一震。

“自己没真心，就莫要讨别人的真心。桑榆现在不求侯爷的真心相待，只愿日子安稳罢了。”季曼的笑容淡了些，“侯爷不是一直希望桑榆温柔懂事，桑榆现在做到了，您怎么反而还恼了？”是自己失态了，宁钰轩低笑，摆手道：“你去吧。”

“是。”走了几步，季曼才想起来有些后悔。说实话干什么？她就该直接骗他一句“我爱你”出来。只是忍不住开启嘲讽模式，看他现在这恼恨的模样，她实在忍不住替聂桑榆高兴。

晚上他要去落雁轩，那就没自己什么事了，季曼沐浴之后就打算休息。只是不知怎的，今夜外头的风突然有点大，灯芯着凉了，早早下去休息，屋子外面就只有两个粗使丫鬟。

“好冷……”窗外好像有什么影子飘了过去，发出令人毛骨悚然的声音来。季曼刚要闭眼，听见这声音就坐了起来。

“接天湖的水那么冷，主子您怎么忍心？”悠长悠长的声音在院子里响起，从窗户飘到门前。两个粗使丫鬟尖叫了一声，然后就倒在了地上。

季曼挑眉，苜蓿沉湖都这么久了，这会儿才想起来找自己索命，她这反射弧也是够长的啊。

门被一阵风吹开了，桌上的灯也被吹灭。黑暗之中，季曼就看见一坨东西飘了进来，长长的头发湿淋淋的，拖在面前，一路进来，地上都是水渍。

“主子想不想去湖底看看？”一张惨白的脸从头发中间露出来，带着笑问季曼。季曼坐在床上，笑着摇头：“不想。”“苜蓿”顿了顿，季曼已经摩挲着将枕头边的一支木簪子拿到了手里。

“主子这么狠的心，连福儿也不放过……”“苜蓿”继续幽幽地道，“今日便用你的命来偿我孩儿的命吧。”听到这里，季曼就一脚踹到了鬼的肚子上，果然是个实体。“苜蓿”被踹得头发甩了甩，后退了两步。

趁着屋子里黑，季曼立马将簪子使劲儿往“鬼”的肩上捅，听得一声惨叫。季曼又使出不知在哪儿看见的防狼招数，一掌往上拍在鬼”的下巴上，然后下床就往外跑。“灯芯！快报警！”跑到门口季曼就敞开嗓子嚎了一声，嚎完发现不对，立马又道，“快喊人来，有贼！”

背后的黑影已经又卷了上来，木簪显然没能给他造成太大伤害，毕竟冬天衣裳厚。季曼的脖子被掐住，挣扎着摸到那人的手臂内侧下的嫩肉，拼命拧了一把。

“啊—”

男人的声音？季曼的嘴角抽了抽，趁他松手的间隙，慌忙往他下身踹了一脚，然后跌跌撞撞地跑进雪地，跑过去打开非晚阁的院门。

灯芯因着病睡得很熟，但是这么大的动静，也不可能不醒了，披衣起来就看见院子里一个披头散发的东西正在追她家主子。“来人啊！”灯芯嗓子哑了，叫人都没多大用，连忙扑过去想将季曼从那人手里扯出来。院门开了，外头的人也有不少被惊动了，几处院落的灯都亮了起来。

季曼几乎快被掐死了，好几次都觉得心脏快停止了跳动。但是突然地，那鬼放开了她，竟然转身就跑出了非晚阁。“主子。”灯芯急得嗓子几乎说不出话，就抱着她，掐她的人中。

季曼连忙摆手，自己还活着，只是没缓过气来。“发生什么事了？”第一个赶来这里的还是柳寒云，见着季曼衣衫不整地跌坐在门口，连忙上来将她往屋子里扶，“怎么了？这么冷的天，怎么在外头？”

两个粗使丫鬟还倒在门口，柳寒云看了看，命椿皮去点了灯，再去告知侯爷一声。季曼裹在被子里，好一会儿才回过神来，道：“有个人装成苜蓿的样子来吓我。”柳寒云怔了怔，四处看了一眼：“苜蓿？”

“嗯，假的，是个男人。”季曼摸了摸自己疼痛得很的脖子，接过灯芯倒的热茶喝了，“嗓子疼，等侯爷来了再说。”

“侯爷不是去落雁轩了吗？”柳寒云抿唇道，“这会儿也不知道能不能叫来。”说话期间，慕水晴也来了，安静地陪着季曼坐着。听说了有人装鬼的事情，慕水晴皱了皱眉道：“可真是不消停。”

想起虚无说的她最近有险恶之事缠身，季曼心里叹息一声，老和尚说得可真准。他既然算得这么准，为什么不帮她挡个灾什么的？院子里的女人陆陆续续都过来了，连温婉都跑来看好戏，可是夏氏没有来。

柳寒云蹙着眉头道：“谁去唤一声夏主子？有人装神弄鬼，那还是大家在一起弄清楚了为好。”宁钰轩和聂沉鱼也来了，问了季曼经过，季曼如实答了，之后夏氏才姗姗来迟。

“大半夜的又做什么了？”夏氏颇为不满，一副被吵醒了的样子，看着季曼道，“夫人这位子就是惹人眼红，所以这么是非不断的。”宁钰轩看了季曼一眼，抿唇道：“我已经让府里的家奴都到院子外头站着了。”

季曼点点头，抱着茶杯出去。外头点着很多灯笼，每个家丁都有些衣衫不整、睡意蒙眬。抓贼要趁早，不然等人家把证据都销毁完毕了，那还抓个什么？季曼亲自往家奴堆里走，挨个看了，将身高不符的去掉，体型不符的去掉，剩下最后八个样子都差不多，却有一个人头发还有些湿。

“你是哪个院子的？”季曼上前问他。那家奴低头答：“奴才在采莲阁伺候。”旁边的夏氏点头：“对，那个是我院子里的，挺勤快的。”季曼顿了顿，转头看向鬼白道：“帮我查看他的身体，右手手臂内侧和左肩上有没有淤青。”

鬼白应了。一群女人等在旁边看好戏，夏氏咋咋呼呼地道：“不可能吧？夫人怀疑他去扮鬼了？我睡前他就下去歇息了哩。”柳寒云垂着眸子道：“你莫要多说，等着看结果便是。”

聂沉鱼颇为不满，不耐烦地在宁钰轩身侧站着。宁钰轩瞧着季曼脖子上的淤青，微微皱眉。“回侯爷、夫人，”鬼白检查了出来，按着那人的手道，“如夫人所说，这人右臂内侧和左肩上有些许淤青痕迹。”

季曼得意，一群家奴里就他一个头发湿的，一抓一个准啊。宁钰轩微微皱眉，看了夏氏一眼。夏氏有些茫然，看着那家奴道：“还真是他哩……”“鬼白，”宁钰轩低声道，“带人去采莲阁搜。”

“是。”鬼白应声而去。夏氏这才觉得有些慌：“好好才睡下，你们跑去莫把好好给吵醒了。”鬼白哪里听她的话，带着人就去了。聂沉鱼拉着宁钰轩的衣袖道：“也不是什么大事，侯爷咱们回去歇息吧？您的衣裳也太单薄了。”

宁钰轩摆手：“你先回去，我去采莲阁看看。”聂沉鱼不乐意了，旁边的温婉笑道：“沉鱼妹妹也太不懂事了。侯爷心里当然还是夫人最重要，眼下出了事，哪里还顾得上你？”

宁钰轩看了温婉一眼，带着夏氏就往采莲阁走。季曼抿唇。柳寒云扶着季曼的手往外走。

这一夜注定是不消停，采莲阁里搜出了扮鬼用的东西，好巧不巧是在夏氏的卧房里。

夏氏很茫然地跪在地上。柳寒云轻嗤道：“亏得夫人往日对你多有照顾，你竟然想借着闹鬼的幌子，对夫人下手？”

“我没有。”夏氏抿唇，抬头看着陌玉侯道，“侯爷相信我，我干不出这事，这东西也不是我的。”

第七十六章

真亦假来假亦真

季曼瞧着她这乡里乡气的样子，也觉得不应该是她，况且这贼抓得太容易了，她倒是更像被人栽赃陷害的；反而柳寒云今日格外积极，平常都不怎么开口说话，今天倒是一路跟来，指责了夏氏不少不对。

想起柳寒云那日劝自己不要轻易让好好当了世子，再想起她还有个曦儿，季曼觉得这些事疑窦丛生，抿唇道："不如明天再慢慢查吧。""夫人。"柳寒云微微皱眉道，"此事已经到了这个地步，为何不现在做个决断出来，反而要留到明日？"

夏氏仰头看着柳寒云道："我也没得罪你呀，你做什么非逼我呢？这真不关我的事。夫人都说要查，你还把帽子往我头上扣？""你……"柳寒云抿唇，眉头微微皱起。

宁钰轩也看了柳寒云一眼，思量了一会儿道："今日实在太晚，又吵得没个好觉睡，不如就依着桑榆的，明日再说。"柳寒云低头，扯了扯嘴角道："既然侯爷和夫人都不着急，那寒云也自然没什么好说。"

"嗯，上次提过的要将你转为平妻之事，"宁钰轩提了一句，"等好好周岁的时候，就一起办了。""多谢侯爷。"柳寒云行了礼，也没多留，转身就走了。

夏氏拍拍膝盖站起来，听见隔壁屋子的婴儿哭声，一拍大腿道："哎呀，我的好

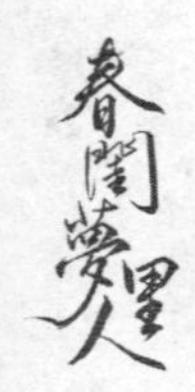

好！”也没说别的，人就急匆匆走了，看起来还是很担心好好的。宁钰轩眉头松了松，看着季曼道：“夏氏什么也不懂，你得多照顾些；有些时候，你护着点她。”

季曼挑眉，裹着斗篷咳嗽两声：“妾身明白了。”这一出甚为滑稽的闹鬼事件，最后也算是怪在了夏氏头上的，只是念着夏氏还要照顾好好，侯爷也示意了轻罚，季曼就罚了她半年例银，只是吃穿的东西依旧没少给。

柳寒云抱着曦儿，脸色不太好看地道：“夫人是觉得寒云要与夏氏过不去？”难道不是吗？季曼心里嘀咕两声，安慰她道：“你不用多想，鬼神这些东西也吓不着我，没什么大碍。这件事侯爷不愿意再深究，那也就算了。”

柳寒云张了张嘴，有些气闷地将话吞了回去，抱着曦儿不再说话。

好好满周岁的时候到了，季曼有些恍惚，这日子，真跟自己临盆的日子相去不远。夏氏在南巡路上怀的孩子，想必日子与她的也差不多。

虽然从那日季曼与宁钰轩商量了开始，温婉就享受的是姨娘的待遇，但是周岁宴上，还是要正式换装出席。柳寒云也穿了妃色的长裙，抱着曦儿前来。依旧是在给老夫人服丧期间，就算是侯府长子周岁也没敢大办特办，而是自家人在一起用膳，然后进行抓周和给予世子身份。

温婉重新被人称为婉主子，好像很快从锈儿死掉的阴影里走了出来。柳寒云得了平妻之位，脸上也有淡淡笑意。齐思菱管账，穿得也风光了一些。唯一一个心里不太满意的，大概就是聂沉鱼。

最近一直颇为受宠的聂沉鱼依旧只是个侍妾，和冷冷清清的慕水晴坐在一起，一张脸铁青铁青的。可是聂家式微，她也实在没有什么本钱跟陌玉侯要位份赏赐。肚子又不争气没能怀个一男半女，她只能坐在角落里看着。

夏氏今天不知为何，穿着一身正红色的袍子来参加周岁宴，抱着好好，整个人笑得很开心。可是她这一踏进大厅，季曼的嘴角就抽了。正红色在古代宴会上都是正室才能穿的颜色，侧室都只能穿水粉或者妃色。

一屋子人顿时都没有说话，夏氏犹自不觉，笑眯眯地抱着好好到了宁钰轩身边道：“今天给好好喂饱了，等会儿一定能抓个好东西起来！”宁钰轩上下打量她，似笑非笑地问：“你这身衣裳，谁给你的？”

“衣裳？”夏氏低头看了看，笑道，“我自己做的呀。他们说好好满周岁，我得穿亮堂些，送来的料子里就这块最好看，就拿来做了。怎么样，侯爷？”宁钰轩淡淡地笑了，伸手接过好好，侧头看着季曼道：“带她去换身衣裳。”

季曼颔首，起身就拉着夏氏往非晚阁走。“咋的？”夏氏茫然不解地看着季曼，

"这衣裳不好看吗？不会啊，我看夫人您穿着就不错。""是不错。"季曼叹了口气道，"但是也只能我穿。"

"为什么？"夏氏挠挠头，"你怕别人穿着比你好看？"季曼哭笑不得，转头看着她道："你们那里就没有正室才能穿正红的说法吗？""没有。"夏氏茫然地摇头，之后才有些慌张地道，"我是不是又做错事啦？这料子是别人送来的，我也不知道不能穿啊。"

季曼点头："我知道，所以没打算怪你。你跟我回去换一身衣裳就是。"夏氏终于老实跟着走了，回去换了身季曼的淡紫色的长裙，又兴高采烈地回到了宴会上，继续抱着好好道："夫人的衣裳就是舒服。"

柳寒云看了夏氏一眼，旁边的温婉冷笑一声道："夫人的衣裳当然舒服，就看你有没有那个资格穿。"夏氏不明所以地看了温婉一眼，接着低头逗弄好好。宁钰轩脸上没什么高兴的神色，隐隐还有些疲惫。用过膳之后抓周，夏氏将好好放在地毯上，一个劲儿地趴在旁边喊："抓前面那个匕首，要不毛笔也行！抓啊抓啊！"

屋里闹腾得聂沉鱼都忍不下去了，开口道："夏主子，孩子抓什么是看孩子自己的，您喊也没用。"夏氏撇撇嘴，坐在一边终于安静了。好好睁着眼睛看着前面的一堆东西，爬啊爬的，竟然伸手去抓了一个金元宝。

齐思菱笑了笑："世子以后定然富甲一方。"到底是官宦人家，自然更希望儿子文武双全什么的。宁钰轩抿抿唇，下意识地看了季曼一眼。季曼盯着好好在发呆，看着好好抓着元宝，在夏氏的嘀咕声中，竟然扭了身子，爬啊爬的，爬到了自己的脚边，将元宝放下了。

众人都愣了愣，季曼也傻了，低身下来将好好抱起，拿着金元宝道："好好这是要挣钱孝敬我？"聂沉鱼扑哧一声就笑了出来："姐姐说这话，可别把夏主子气着了，到底是夏主子亲生的儿子呢，要孝敬也有个先后。"

"倒是个有孝心的孩子。"宁钰轩伸手将好好接过来，将腰间的羊脂玉佩取下来，挂在了他的脖子上，"名字我昨晚也想了，便叫宁瑾言吧。美玉其瑾，文才其言。"夏氏又笑开了，见宁钰轩高兴，也就乐呵地道："美玉好，文才好，这名字听来好福气！"

众人跟着称赞几句，好好的名字也就这么定下了。仪式完成之后，柳寒云抱着曦儿去了非晚阁。"夫人依旧觉得夏氏是可留之人？"她问。季曼伸手戳了戳她腰间戴着的"宁"字玉佩，笑道："没有什么可留不可留。侯爷喜欢好好，好好也需要人照顾。夏氏毕竟是好好的亲生母亲。"

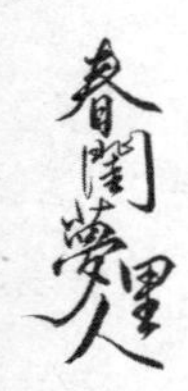

“恕寒云直言，夏氏并非简单之人。”柳寒云一脸认真地道，“既然是世子，就该由您抚养。可是侯爷竟然执意要她带。那万一小世子以后长大，对您没有感情。侯爷一去，您当如何是好？”

季曼心想，那个时候自己应该已经达成目标回去吹着空调吃西瓜了。“再者，夏氏这样上不得台面，侯爷竟然也一直容忍。那要是有一天夏氏当真犯到您头上，侯爷还以她不懂规矩的理由宽恕，您不会觉得委屈吗？”

“寒云。”季曼抬眼，打断她道，“你有些变了啊。”柳寒云轻轻一怔。“你以前不会关心这些事情的。”季曼看了看她手里的曦儿，“是不是因为有了孩子，想要的东西就多了？”

轻轻咬唇，柳寒云没有否认。“还是勿忘本心为好。”季曼拍了拍她的肩膀，“你一如当初，侯爷就会待你一如当初。余生有曦儿在，你也不用愁什么。”屋子里沉默了一会儿，柳寒云起身道：“夫人教训的是，那妾身先告退了。”

“雪地上滑，小心着吧。”季曼摆了摆手。她看起来有那么好当枪使吗？夏氏是宁钰轩护稳了的人，她才不会去乱动。

二皇子的王爷之位不久也要下来了，不知是谁背后给皇上进了言，一向被冷落的二皇子竟然得了个长郡王之位。长郡之地离京城甚近，又是富饶肥硕之地，算是一个不错的地方。

二皇子先于大皇子和三皇子封王，但是也表明无缘于太子之位了，赵辙与赵玦都没有什么话说。捧月在走之前，来感谢了季曼一番。“答应你的事，我会记得履行的。”捧月认真地道，“以后你若是有难，我和阿离都必然会全力救你。”

“好。”季曼笑着应了。宁尔容已经回了靖州，聂家不少人陆续降职。虽然三皇子依旧受皇帝器重，但是聂家看起来怎么都有点岌岌可危的样子。

过了元节，宫里的封赏也就下来了。皇后对于各家皇妃以及命妇多多少少都有些恩赐。去年季曼也收到不少，但是今年不知为何，季曼竟然只得到两封雪纹银。

“皇后娘娘这是手里拮据了吗？”灯芯一边将赏赐放起来一边嘀咕道，“去年好歹是四串珊瑚珠、八颗东珠、两支缠金镯子。今年如何就这样了？”季曼支着下巴想了半天，只得出一个结论：“送礼也是看身价的。”

要不是顾着陌玉侯正在三年丧期，往这侯府里塞人的就不知道该有多少了。聂家如今只有一个聂青云支撑，几个叔伯还都一一被牵涉进了贪污案件，她这没有子嗣的陌玉侯夫人，不知道是多少人的眼中钉。

灯芯叹了口气："娘家的地位决定人在夫家的地位，可是奴婢看那鱼主子就没有主子这样看得通透，还天天想着往上爬。她这两天没少纠缠侯爷，昨儿还从云主子那儿将侯爷拉走了。"

聂沉鱼也只敢欺负柳寒云这样没什么背景的人了，季曼叹了口气："赶明儿给她送个忠告，也让她消停些。她背后没个支撑还敢这样跳，指不定就有枪来打出头鸟了。"灯芯点点头，刚将柜子给合上，就见夏氏院子里的春风急急忙忙跑来："夫人夫人，您快去救救夏主子啊！"

心里咯噔一声，季曼站起来问："怎么了？"春风眼睛都红了："云主子无端地跑来了采莲阁，说我家主子害了曦少爷。天可怜见，我家主子最近可是连门都没出去过。"灯芯一听就知道没个好，已经去取了季曼的斗篷来。春意料峭的，还是有些冷。

"曦儿怎么了？"季曼披上斗篷，一边走一边问。"曦少爷据说是被奶娘喂了点糊糊，那糊糊是从厨房里拿的我家主子的。我家主子准备给好好少爷断奶吃的，结果被凌寒院的丫鬟拿错了。"春风委屈地道，"她们自己拿错了东西，还怪我家主子，哪有这样的说法。"

季曼挑眉，加快了步子往采莲阁走。曦儿正号啕着，大夫则在一边验食。夏氏有些无措地抱着好好站在一边。柳寒云的眼神凉凉的，死死地盯着夏氏。

"夫人来了。"丫鬟打了帘子，季曼便进去，脱了斗篷看向屋子里的人。"夫人。"柳寒云收回了眼神，过来行礼。夏氏还是委委屈屈地站着，抱着好好看了季曼一眼道："夫人来了。"

"嗯。"季曼走过去看了看曦儿。大夫检查完了一旁的碗，拱手道："曦少爷有些湿疹，不能吃鱼虾。这碗里有虾类，所以曦少爷才会浑身红肿。"可怜的小脸蛋上起了不少红疙瘩，季曼抿唇，看着柳寒云道："怎么会拿错了碗？我记得曦儿还不到断奶的时候。"

"妾身不知。"柳寒云咬唇道，"是奶娘没看好，误食了吧。"季曼皱了皱眉："奶娘要是照顾不好，那就换一个。""夫人明鉴。"曦儿的奶娘站了出来，有些发抖地道，"奴婢不是故意的。奴婢今日从厨房端了点东西打算自己吃的，结果曦二少爷小手直抓。奴婢想着少爷说不定可以提早断奶，就喂了些，哪里知道这碗里有少爷吃不得的东西。"

"如此说来，怎么怪得到夏氏头上？"季曼看了夏氏一眼。"谁知道啊。"夏氏撇撇嘴，"抱个孩子来就说是我害的。我照顾好好都来不及，哪有空去害谁？孩子

多无辜啊，那东西好好能吃，我才让厨房做的。”

柳寒云死死瞪着夏氏：“奶娘跟我说，是沐雨主动将东西给奶娘的。不是给好好做的吗？给我家奶娘吃是什么意思？”沐雨顿了顿，跪在季曼面前道：“奴婢是一时好心，见曦二少爷的奶娘来找吃的，想着她照顾少爷也不容易，厨房里没别的，奴婢就让她先吃着糊糊，奴婢打算再做的。”

柳寒云冷笑两声，伸手将曦儿抱起来道：“你们总是有道理的，总归因着世子，侯爷、夫人都会偏袒你，我也没什么话好说。”“寒云。”季曼拉了拉她，“你别激动。”“曦儿都成这样了，我怎能不激动？”柳寒云眼睛有些红，跺脚道，“这不是个善茬，夫人您得小心些！”

夏氏不服气地顶嘴：“说得你跟个单纯人似的。这院子里头哪盏灯省了油？”“你……”柳寒云咬牙。宁钰轩踏进屋子来了，见着这剑拔弩张的架势就皱了皱眉：“怎么了？”柳寒云抱着曦儿不说话，夏氏倒是抱着好好迎上去，嬉皮笑脸地道：“云主子跟我过不去呢，说我害她的曦儿吃错了东西。侯爷你来评理，好好都是世子了，我害她的孩子做啥？”

宁钰轩将事情经过听了一遍，皱眉看着柳寒云道：“云儿，回凌寒院吧。”柳寒云红了眼：“侯爷当真不用查清事情真相，就要这般偏袒？”“都是一家人，有什么好查的。”宁钰轩走过来，轻轻揽住柳寒云的肩，顺带看了季曼一眼，“咱们先回去，给曦儿弄药。”

季曼也点头：“各个奶娘都仔细些，再出这样的乱子，那可就不是今天这么轻松饶过了。”两个奶娘都点头。宁钰轩带着柳寒云往外走，季曼也就跟在后头出了采莲阁。“你何苦与夏氏为难？”宁钰轩走在前头，揽着柳寒云的腰道，“等曦儿长大，我也会给他安排好将来。”

“侯爷，妾身没有要与她为难。”柳寒云苦笑道，“不是曦儿的东西，我也不会替他争。只是这夏氏本就来路不明，粗鲁无礼不说，还野心颇大。您若因着世子一再放纵，她只会得寸进尺。”

季曼听着，也难免觉得是柳寒云有些咬着不放了。夏氏除了说话直接一些之外，也没有做什么多余的事，傻傻的倒是很容易被人陷害，所以她和宁钰轩才会一直护着。宁钰轩显然和季曼是一个想法，所以没有多说，只是将柳寒云送回了凌寒院，又让丫鬟、奶娘去熬药。

“明杰不久之后就快回来了。”回非晚阁的路上，宁钰轩侧头对季曼这么说了一句。

几个月的战争，时间不长，死伤却不知道是多少。不过就战报来看，宁明杰立下不少汗马功劳，暂代元帅之位，行兵布阵让一众老将都心服口服，据说是军心归顺。

裨将沈伯仲乃大皇子妃沈幼清之叔伯，此次也居功至伟。皇帝为此还夸奖了大皇子妃，连带着也让大皇子参与了一部分军政之事。总之就是在聂家给军械陪了葬之后，这场仗就突然就顺风顺水，一路凯歌。

季曼听着，点头问了一句："最近侯爷要保聂家，压力是不是挺大的？"聂家一直出事，陌玉侯作为聂家女婿，自然是要在其中出力的。只是聂家人实在太多，只能保部分，却保不了全部。因着聂家的事，皇帝对陌玉侯也有些意见。大皇子的意思，是让陌玉侯疏远聂桑榆和聂沉鱼一些。

然而对于聂桑榆，他是疏远了，但是外界传言这个聂沉鱼颇为媚人，使得陌玉侯在这个关口还是对她宠幸有加，并且一力帮着保聂家平安。皇贵妃元节时还特地赏了东西给聂沉鱼，但是季曼隐隐觉得，宁钰轩这行为更像是在拿聂沉鱼当出头鸟。

"也没什么。"看她一眼，宁钰轩道，"聂将军早年也对钰轩有恩，只是当时我远在佛山，来不及替他说情，现在也只能尽力保住你聂家族人。"季曼点点头，这话换聂沉鱼听该高兴死了。

可是陌玉侯神通广大，季曼不相信突发那样的事情他会一点风声都听不见。带一大家子人上佛山，偏偏只留她一人下来应对，他现在还好意思装无辜？

"你哥哥最近好像也很辛苦。"宁钰轩伸手握住了季曼的手，"不如明日请了他来府里。最近朝中职位也有空缺，我替他谋划一番，也让其他长辈轻松一些。""多谢侯爷。"季曼点头行礼。

虽然是好事，不过不知为何，她心里总是有些不安。大皇子与三皇子的竞争日渐激烈，聂青云这个时候顶上去，是不是也就成则一人之下，败则尸骨无存了？一阵风吹来，她打了个寒战。宁钰轩轻轻抱住她，低声在她耳边说了一句："你放心，我如今舍不下你的。"季曼翻了个白眼，伸手回抱了他一下："桑榆相信侯爷。"

回去睡了个好觉，季曼觉得应该就等宁明杰回来之后才有大事发生了吧？她最近就该好好休息，养精蓄锐。

结果她想错了，柳寒云和夏氏可能才是命中注定的八字不合，争斗起来，简直是没完没了。"夫人，云主子落水了！"季曼觉得很头疼。

第七十七章

珍惜你现有的

季曼最开始扶了柳寒云上来，是想有个照应：宁钰轩护着柳寒云，柳寒云感念她的恩德，那么万一她以后有个什么事，柳寒云还能帮她求情啥的。结果如今有了孩子的柳寒云，竟然一改以前不争不抢、安分知足的性子，开始与夏氏闹了起来。

季曼觉得有些头疼，却不得不去看。大冷天的，柳寒云落在了花园的鱼池里，脸色惨白，被救上来后裹在被子里都在发抖。夏氏手足无措地抱着好好站在一边，低声喃喃："不是我。"

大夫收回手，道："云主子受了惊吓，也着了凉。先去煮姜汤，再熬药吧。"季曼转头吩咐灯芯去做，而后有些痛心地看着柳寒云。"夫人。"柳寒云抖着嘴唇，恶狠狠地看着夏氏道，"她要害死我，她是故意推我下去的，夫人信还是不信？"

夏氏慌忙摇头："我抱着好好哩，去推她做什么？她自己要往桥上挤，不小心掉下去的。"季曼揉了揉太阳穴："你们能不能不要撞到一起去？"夏氏无辜地道："我就是抱好好出来散个步罢了。"旁边的沐雨不满地道："倒不是我家主子想推她，怕是她想来推我家主子，力气不够大，自己掉下去了。"

柳寒云气得脸色更白，闭着眼睛在床上喘气。因为牵扯到好好，季曼也不知道该怎么处理了。她倒是想保柳寒云，可是这一次两次的，柳寒云的动作实在太过明

显，宁钰轩也不傻，不过真要公平公正处理，夏氏也讨不着好去。

正犹豫呢，那头温婉已经拖着宁钰轩来了。“听闻云主子这里又出事了。”温婉拉着宁钰轩的手，啧啧两声道，“这一天两天的总不消停。”宁钰轩走进来，坐在床边看了看柳寒云的脸，皱眉道：“怎么弄成了这样？”

柳寒云睁开了眼睛，眼里有了一点光：“侯爷。”“嗯，我在。”宁钰轩握住她的手，抿唇道，“自己也该多小心些。”柳寒云微微激动，颤抖着嘴唇道：“侯爷相信寒云吗？”

宁钰轩顿了顿，看一眼旁边的夏氏，抿唇道：“你不用想那么多，先将身子养好。”

“侯爷。”夏氏咬咬牙，抱着好好也跪了下去，“侯爷在，我就直说了。侯爷让云主子放过我和好好吧。好好还这么小，我又是个什么都不懂的，保护不了他。万一好好真出什么事，我也对不起侯爷。”

好好睁着眼睛，无辜地看着四周。宁钰轩沉默良久，叹了口气，转头看着柳寒云道：“云儿，我答应过你的事情不会变。”柳寒云一怔。

“你不该被卷进来的。你还是如同最开始那样，安于一隅是最好的。”宁钰轩轻轻将她的乌发别在耳后，“你照顾曦儿也不容易，不如我命人将别院布置好，你就去那里安心照顾曦儿，如何？”

惊恐地睁大眼睛，柳寒云有些不敢置信：“侯爷，您……为什么这么相信她？她才是搅事的人，为什么要让我走？”因为夏氏带的是世子啊，总没有把世子放去别院养的道理吧？季曼轻轻叹息一声，柳寒云是救过宁钰轩，可是这救命的恩情，也敌不过骨肉情。宁钰轩想保全好好。

“等曦儿大一些，我就接你们回来。”宁钰轩的眼神很温柔，修长的手指从柳寒云的脸颊边划过，低声道，“我不是冷落你，因为只有这样，你和曦儿会过得更无忧无虑一些。”夏氏自顾自地拍拍膝盖站了起来，抱着好好站在一边不说话了。

柳寒云呆呆地看了宁钰轩很久，突然笑了出来。一屋子的人被她笑得茫然，她却抓紧被子，笑得眼泪都要出来了：“妾身一直以为侯爷和夫人都是能看透一切的聪明人，没想到今日会被个裹着泥巴的村妇骗了。也罢也罢，在别院里，我和曦儿也的确更自在些。”

说着，她起身掀开被子下床，在地上，重重地朝季曼和宁钰轩磕头：“寒云多谢侯爷、夫人。”

季曼心里有些沉，看了她好一会儿，还是闭上了眼睛。别院又不是什么比天远的地方，宁钰轩想起要接她回来，她还是能回来的。宁钰轩能把她和夏氏分开，也不错。温婉笑着站在一边，眼里带着幸灾乐祸。

从凌寒院出来，夏氏左看右看，拉着沐雨问："别院是个什么地方啊？"沐雨笑着道："就是城郊处的一所院子，侯爷基本是不去的，比思过阁还惨呢。曦少爷要是一直在那里被养大，侯爷定然不会与他有什么感情。"

夏氏恍然，抱着好好柔声哄着，回了采莲阁。柳寒云走得很快，是鬼白亲自送走的。临行的时候季曼去送她，她依旧是定定地看着季曼道："夫人多防备着夏氏，那农妇不是个简单角色。"

难不成夏氏真是传说中的扮猪吃老虎？可是好好已经是世子了，她要争的话，争个什么劲儿？难不成她还想要这夫人之位？柳寒云走的时候都这样说，季曼还是留了个心眼。

可宅院之争终究是比不过朝中势力变化的。陌玉侯当真给聂青云谋了个礼部侍郎之位，聂家看似稳固了一些。入春之后，宁明杰回来了。

此番江东之战，玉珍国派了五万援军，宁明杰打了一场漂亮的仗，死伤甚少：除了韩德战死之外，士兵损伤不过两万，折了敌军四万。敌军退东山百里之后，两年之内，应该是没有力气再犯。

龙心大悦。宁明杰班师回朝的消息刚传回来，皇帝就下旨迎接，文武百官罗列，圣驾更是亲临。这等待遇，自澧朝开国以来还没有将军享受过。宁明杰还是暂代元帅，名头也只是个裨将罢了。但是这一趟的功劳，经朝中官员几次上书，竟然都堆到了宁明杰的头上。

宁钰轩站在人群里，看着远处兵马扬尘，一路而来。宁明杰骑马走在最前面，容颜早已被洗礼得沧桑而刚健，策马到城墙之下，下马而跪："臣，幸不辱命。"城墙之上的皇帝哈哈大笑。太监、宫娥捧了酒杯下去，宁明杰与一众将领都饮过，圣旨便展开了：

"天子建国，必选贤而任能；诸侯有功，则加地而进律。朕操文武之大柄，居华夏之至尊，名器无私，忠劳是属。伊我良帅，时惟旧勋，爰旌坐树之威，更建爪牙之寄……"

洋洋洒洒一大篇，简单概括来说就是宁明杰有谋略有胆识，当个镇远将军绰绰

有余；皇帝以后还要靠着他继续抢地盘，平定天下。宁钰轩微微笑了笑。

镇远将军之位，就这么落在了宁明杰的头上。接下来对其他人的一些封赏不必赘述。

将士凯旋，宫中必有盛宴。宁钰轩带着季曼去了，却被一众官员拉去敬酒作陪，只来得及回头看一眼季曼，就消失在人群里了。

聂青云站在季曼旁边，缓慢地饮着酒。“哥哥很累？”季曼侧头，有些担忧地看了他一眼。聂青云憔悴了不少，玉冠束着的头发里，微微有一些白色。“也没有。”他轻笑着看了她一眼，“还扛得住。”

聂家的担子不轻，要扛住，不知道得花多少心神。“哥哥还知道尔容的消息吗？”季曼忍不住问了一句。“知道。”聂青云眼眸微微黯了黯，“她在靖州应该过得不错。”

女子和离，背着弃妇的骂名，要怎么才能活得不错啊？她到现在还没有想通，两人为什么就和离了。“哥哥还打算与尔容继续好吗？”聂青云侧头看了看天，轻轻弯了弯唇：“心有所愿，但是天往往不遂人愿。桑榆，你有的东西，就且好生珍惜着。”

叹了口气，旁边却突然热闹了些，季曼侧头去看，就见宁明杰正被一群大臣围着打趣。

“早听说宁将军心有所属，这到底念的是谁，不妨说来听听？”“这帕子带着有几个春秋了啊，都这样旧了。”

微微一怔，季曼皱眉朝那人群里看去。不知是谁抢了宁明杰的手帕，一方淡蓝色绣着雪山的帕子，被人扬在了天上。宁明杰微微有些恼，伸手将帕子接住，揣回怀里道：“不劳各位大人操心。”

三皇子在旁边笑道：“我还担心你因为倩儿的事情生我的气，没想到我算是帮你挡了桩婚事。这帕子的主人是谁？我倒是想看看谁有这么好的福气。”宁钰轩也看了过来，在看清那帕子的时候，终于放下酒杯站了起来，走到季曼身边。

“站着不累？”他板着脸问。季曼收回目光，耸肩道：“我同哥哥说会儿话。”聂青云与宁钰轩相互点头示意。宁钰轩拉着她的手腕道：“我有些喝醉了，陪我去外头走走。”

季曼莫名就被拉了出去。宁明杰在人群之中终于松了口气，余光里看着那人走远，脸上的神色倒是更自在了一些：“三皇子与皇妃感情甚好，明杰就敬三皇子与皇妃一杯，祝你们白头偕老。”

三皇子哈哈大笑，接过酒来一饮而尽。旁边的赵倩脸上倒是没什么笑意，一双眼睛看着宁明杰，充满了愁怨。宁明杰如今的立场很微妙，看起来像是依旧归顺于三皇子，然而与三皇子之间因着一个恭亲王郡主，却始终有些隔阂。三皇子不以为意，觉得花些时间精力，慢慢拉拢宁明杰就好了。

宫里花园自然比外头的好看得多。季曼和宁钰轩站在明湖边，黄昏正好，虽然没什么话说，但是站着也觉得不错。

“明杰此次立了大功，皇上一定会再次赐婚。”宁钰轩突然开口道。“嗯。”季曼点头，这是情理之中的事。侧头看了旁边的人一眼，宁钰轩微微抿唇：“他要将罗绮提作姨娘，听说孩子都好几个月了。”

“对啊。”季曼又点头，这事不是早就听说了吗？

“言下之意，就是他也会三妻四妾。”

季曼莫名其妙地看宁钰轩一眼：“那又如何？”宁钰轩张了张嘴，看着这女人眼底里的一片坦然，心里突然就松了口气，嗤笑了一声。

他担心个什么劲儿，这女人压根儿没心的。“侯爷想说什么？”季曼眨眨眼看着他。“没什么，只是最近可能都不会去看你，你在非晚阁，也莫要有什么动作。”宁钰轩友情提示了一句。

你要提醒就提醒彻底一点啊，这样半遮半掩的算怎么回事？季曼颇为不满，不过转头想想，他还能提前知会自己一声，已经算是很不错了。

季曼听宁钰轩的话，在侯府老实待着。聂沉鱼估计是没收到什么消息，感觉有皇贵妃撑腰，她便可以再蹦跶个三百回合，于是跳舞引诱、下药春宵，什么招数都往宁钰轩身上用了。

宁钰轩没躲，都接受了，甚至时常带着聂沉鱼招摇过市。没过多久，宫里有消息传出来，说是皇帝病重了。这一天早晚得来，皇帝病重，太子就要急立。一旦立了太子，朝中形势明朗，那么自然有一大批人要牺牲，又有一大拨人会上位。中间牵扯的，都是家族人命。

季曼没那么神通广大，只能坐着等。聂青云来回奔波，忙得焦头烂额的时候，季曼也只能给他送些银票。朝中打点，钱自然是少不了的。季曼从水娘子那里将积蓄都拿了来给了聂青云，说是宁尔容给的。

结果聂青云死活不肯收，还逼问季曼为何宁尔容会有这么多钱。编不下去的时

候，季曼就只有把自己做生意的事情给聂青云说了。聂青云脸色很苍白，捏着她的肩膀道："银票我收下，你快断了与那掌柜的一切联系；其余的东西，你都当送给她也好，保全你自己要紧。"

季曼点头，打算找日子去水记。结果皇帝驾崩得十分迅速，前几天才听见说病重，没两天宫里就直接敲了丧钟。一群大臣呼天抢地，因为太子还没立出来！皇后一党与皇贵妃一党正式开战了：一个是正宫皇后，说要立长子；一个是一直受宠的皇贵妃，说手里有先皇遗诏。

先皇遗诏既然在皇贵妃手里，那要立谁自然是不用说。两党相争，牵连之人无数。然而最后，却是陌玉侯带着一众老臣，在宁明杰的护送之下，将三皇子送上了金銮殿。皇后被尊为圣母皇太后，皇贵妃为母后皇太后，大皇子被封亲王，送往封地宜都。

季曼就是听着这么个消息，也不知道背后到底是怎样的风起云涌。三皇子是如愿以偿登基了，还大赦天下，将聂青云和陌玉侯、宁明杰等人封为功臣，礼遇有加，恩赐无数。大皇子也就安静地踏上了去封地的路，带着皇妃和一众女人，甚为逍遥自在的模样。

这皇位之争最后的结局给人的感觉就好像天上突然打雷了要下暴雨，你已经收好了衣服疏通好了排水管，结果一阵小雨之后，春天来了。

季曼觉得皇帝死得也太简单了，还以为会有什么逼宫的情节，结果大皇子就这么大方地让三皇子登基了。不过三皇子登基，季曼的好处还是很多的。新帝的表妹，那就是郡主之流，没封号也好歹是皇亲国戚了。聂向远也受了恩旨，打算回京继续当官。

聂家简直是枯木逢春，重新活了过来。季曼正感叹命运多变呢，突然有一个晚上，正打算睡觉的时候，她就被宁钰轩给一把从床上捞了起来，送到了外头等着的马车上，一路狂奔，差点把她的胃都给抖得吐出来。

马车停下，却是一处有些荒芜的小村子。"夫人请在此住上一段时间。"鬼白拿了她的包袱下来，将她和灯芯领到一处安静的农院。季曼呆呆地点头。两天之后灯芯才从外面得知了消息回来，说是二皇子造反了。

二皇子赵离天生残疾，最幸运的事情就是娶了玉珍国的公主捧月。捧月不仅帮他要到了王爷的位置，如今更是替他向玉珍国借兵，要诛杀赵玦这样杀父夺位的不仁不孝之人。

其实说白了，就是如今三皇子战胜大皇子，双方各有损伤。在三皇子防备最弱的时候，二皇子打着来祝贺的幌子，直接带兵攻入了京城。

“侯爷呢？”季曼微微皱眉问。灯芯摇头：“那里形势正乱着，奴婢也不知道侯爷如何了。”

聂桑榆的心有些躁动不安，季曼伸手替她捂着，皱眉道：“你男人是九条尾巴的老狐狸，他才不会有事。”

半个月之后，京城里才终于来了人，将季曼带回陌玉侯府。不过来的不是侯府的人，而是官兵。

季曼看见院子中间的那把轮椅，以及轮椅旁边站着的捧月的时候，不知为何，反而有些心安。宁钰轩毫发无损地坐在椅子上，看着下面跪着的季曼。“聂氏桑榆，你可知罪？”季曼笑着问：“这次的罪名是什么？”

齐思菱站在一边，手里抱着高高的账本，跟着跪在季曼身边，将账本放在地上磕头道：“二皇子明鉴，聂桑榆勾结商户，以暴利之银两助三皇子买通官员，篡改先皇遗诏，证据确凿。这些账本上有她每月的进账、出账，奴婢看着，都很是心惊。”

二皇子微微笑着，示意旁人拿了一本账本上去，扫了一眼道：“商人可的确是暴利。只是我记得，澧朝之制，官妇是不能行商的吧？更何况你这涉嫌行贿，数目还这样大，可是要株连九族的。”

季曼心里凉了凉，看了旁边的齐思菱一眼。齐思菱嘴角带着胜利的笑意，却是仰视着二皇子，没有看她。宁钰轩轻声开口：“聂桑榆没有那么聪明的脑子。她只是将钱给了聂青云，这件事聂青云也供认不讳。若是按二皇子所说，要株连她的九族，那么钰轩是跑不掉了。”

“我同你开个玩笑，你何必认真啊。”二皇子笑道，“捧月来之前就同我说了，无论如何也要饶了聂桑榆的性命。我自然是会听她的。”捧月点点头，上前几步将季曼扶起来：“我的鞭子可是给了桑榆姐姐，没有收回来的。”

季曼弯了弯唇，屈膝行礼：“多谢皇子妃。”她一开始就在什么可怕的局里吧，只是当蜘蛛终于出来张开牙齿的时候，她没有想到会是这一只。“只是她犯了这么大的罪过，该如何是好？钰轩，你觉得呢？”二皇子轻声道，“我可是舍不得你这亲手为我打开城门的大功臣。”

宁钰轩垂了眸子道：“早在两年之前，我就想休了聂桑榆了。二皇子如今不是正好给钰轩一个这样的机会吗？至于沉鱼，我有些舍不得，这该如何是好？”

“哦？”赵离摩挲着大拇指上的玉扳指，轻笑道，“我是不喜欢三弟的人的，钰轩你也该知道。聂桑榆这里你要休那也就罢了，毕竟是你的发妻。可是聂沉鱼只是

个侍妾，钰轩也要护着？”

宁钰轩轻笑一声，叹了口气道：“也罢也罢，交由二皇子处置可好？”赵离这才会心地笑了，转头看着季曼道：“啊，对了，我那聪慧的三弟，并着你们聂家的一大帮子人都要被处死了，罪名是叛国。你算是唯一一个幸存下来的人，要不要去看看热闹啊？”

心里一沉，季曼眼神有些茫然地看着这微笑的人。“正好顺路，不如捧月与钰轩，咱们带上她同行吧？”“二皇子。”宁钰轩脸上的笑容消失了，抿着唇微微皱眉。

“舍不得？”二皇子侧头问。宁钰轩深吸一口气，摇头：“只是马车太挤了。”“无妨。”二皇子推着轮椅的轮子，笑道：“你们夫妻，也就最后这一次同乘的机会了。”

第七十八章

从此以后，你也与我，再无什么瓜葛了

天上一阵响雷，倾盆大雨这时候才是真正落下来了。季曼呆呆地跟着宁钰轩走着。他没有回头，只是一路带着她出门上车，往刑场而去。车帘放下，车上也就他们两人。雨水打在车顶之上，气氛压抑得很。

“侯爷一直是帮着二皇子的？”许久之后，季曼开口问了一句。宁钰轩微微侧开头，轻笑道：“何来帮谁不帮谁之说？钰轩为政，不过是辅佐在位之人。”太子当初在位，他就一力相助太子；三皇子若要继位，他也就助三皇子。只是他审时度势，觉得三皇子坐不稳皇位，所以又亲手替二皇子打开了入城的大门。

若说当初的千怜雪是双面间谍，那宁钰轩就该是多面业务员。她还以为他是平衡了两端，结果他一直平衡着一个螺旋桨。这种炉火纯青的见风使舵的技术，季曼觉得也该他在这么乱的局势之中保全了自己，也保全了侯府上下。

“去过刑场之后，你还是跟着鬼白走。”宁钰轩望着车帘，很镇定地道，“他会安排好你的去处。”季曼的脑子没有怎么转过弯来，没有想到前面等着自己的是什么，只是安静地点头。

“你还是没有什么话要跟我说吗？”宁钰轩终于转过头来看着她。季曼笑了笑：“侯爷有话要对桑榆说吗？”沉默良久，外头的雨声也越来越大，宁钰轩轻声开口

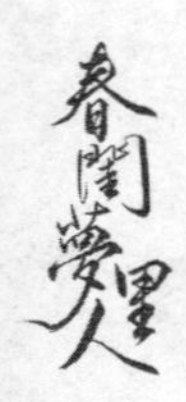

道："我会照顾好夏氏和好好，寒云和曦儿也会没事。"

都是离别的气氛了，他还跟她数自己的女人和孩子？季曼的嘴角抽了抽，轻笑了一声："祝侯爷子孙满堂，长命百岁。"深深地看了她一眼，宁钰轩抿唇道："大喵还在你的院子里，我也会照顾好它。"

"谢谢啊。"季曼还真有点舍不得那家伙。不过此去刑场之后，她的未来可是一片迷茫，养自己都有点问题，更别说养猫了。

这一路好像走得很远，终于到了的时候，宁钰轩先下了车，替她撑着伞，扶她下来。雨大得吓人，刑场周围的人却一点不少，穿着蓑衣的、打着伞的，各式各样。旁边的看台上都坐满了衣饰华丽的官员、命妇，监斩的台子正中间，更是坐着宁明杰。

季曼打了个寒战，裹紧了衣裳随着宁钰轩走过去。"桑榆就坐在监斩席吧。"前头的二皇子回过头来，笑道，"还有你替聂家活下去，也能让他们安心。"季曼脚步一僵，点了点头，离开宁钰轩的伞下，往那雨幕中走去。

"桑榆……"刑场上跪着百号人，最前面跪着的是三皇子。他没有被绑，因为他不是要行斩首刑的。都说二皇子顾念兄弟情谊，只让三皇子饮鸩自尽。而他身后跪着的，都是他的一众心腹和聂家人。

季曼一侧头就看见了聂向远和聂青云。他们就在三皇子的身后，都抬眼望着她。心里狠狠一紧，季曼走不动了，呆呆地在雨幕里站着，任着大雨将她从头到脚淋了个遍。陈氏和聂沉鱼也跪在里头。聂沉鱼自看见陌玉侯那一刻起，就哭个不停："侯爷，侯爷……为什么不救沉鱼，为什么不救沉鱼？"

陈氏哭得浑身发抖，死死地靠着聂向远，喃喃喊着："老爷，老爷……"聂青云一句话也没说，看见季曼，倒是有些放心的神色，微笑着闭上了眼。

"桑榆。"宁钰轩远远看着那在大雨中站着的人，抿唇道，"你过去，去明杰那里。"

"好。"季曼张口想说这个字，却是哽咽得只做出了口型。她只是个局外人，这本书里人的生生死死，她是早就应该看习惯了的。但是她为什么，为什么现在会觉得这样难过？

恍惚记得就是不久之前，她回去聂府，聂向远还温柔地摸着她的头发，说受了委屈就回来；还记得聂青云站在她的床边，看着假装昏迷的她，责备地看着陌玉侯问是怎么了。这个世上聂桑榆仅剩的这两个对她最好的亲人，也要离开了吗？

无边无际的孤寂从四面八方卷上来，季曼白着脸，慢慢地转身。巨大的雨声之中，她听见自己身体里传来的哭声。那应该是聂桑榆的，哭得撕心裂肺。季曼想笑，她也不知是来帮聂桑榆的，还是来害聂桑榆难过的。原本聂桑榆死的时候，至少家人都还活得好好的。

跌坐在一边的凳子上，感受到旁边的人投来的目光，季曼微微一笑，眼神呆呆地道："我真是幸运，一个人活了下来。"宁明杰微微抿唇，伸手让常山将自己的斗篷拿来，披在了她的身上。

二皇子高坐三层观台，眼里带着玩味。捧月推着他的轮椅，微微有些困倦。"真的该留她下来？"赵离轻声开口，"我是不想留的，这女人太过聪明。"捧月像是被他惊醒了，嘟着嘴道："当初可是说好了要帮她一次的。一个女人也不能翻了天去，你就放她一命又如何？阿离，做人不能恩将仇报。"

赵离轻哼了一声，睨她一眼道："妇人之仁。"不过终究，他还是握紧了捧月的手。

宁钰轩与其他人一起在二层的看台上，静静地等着时辰。午时一到，便是三皇子一党该彻底消失之时。

季曼也安静地等着，旁边有人好像在跟她说什么话，她完全都没有听清。远处好像有急匆匆的车轮声，溅开一摊摊的泥水，破风而来。"宁尔容求见二皇子殿下！"马车停下，有肚子微微凸起的妇人急匆匆地下车，手里握着一件物事，跪在了法场之前。

"尔容！"宁明杰一惊，起身想出去，却往观台后看了一眼。宁尔容满脸倔强地跪在雨水里，高昂着下巴将手里一卷圣旨托起："宁家愿以先皇当年免罪之恩旨，换得尔容腹中孩儿父亲一命！"

看台上一片哗然，宁钰轩也站了起来。刑场上跪着的聂青云终于是变了脸色，直起身子怒道："我聂青云再不堪，也轮不到一个女人来救！且青云与郡主早已和离，没有任何瓜葛……"

"我肚子里的孩子，不算瓜葛吗？"宁尔容轻笑两声，雨水打湿了发髻，耳发沾在脸上，回头看着他道，"你以为我想救你这无情无义的负心汉？不过是因为我怀了你的孩子，难过日子，所以需要你这么个男人罢了。"

宁明杰深深皱眉，旁边的常山已经举着伞过去，撑在了宁尔容的头顶。聂青云看着宁尔容的肚子，脸上神色分外懊恼："你这是做什么……""你做什么，我就做什么。"宁尔容抿唇，转头再看向后头的看台之上，"敢问二皇子一句，在您眼里，先帝的圣旨还算不算数？"

当年靖文侯有功之时，先帝曾赐他免罪恩旨，可救一人性命，也相当于后来的免死金牌。靖文侯一直是当宝贝供着的，没想到倒是被宁尔容拿来了。二皇子能轻松将三皇子拉下马，是因为喊着为先帝报仇、指责三皇子弑父的名头，才借着舆论的压力，里应外合一举成功。

二皇子让捧月推着自己下了看台，来到宁尔容面前，双手接过了圣旨笑道："郡主还怀着身子，可别受凉了。你要用恩旨换聂青云一人性命可以，可是其他人的命，你保不住。"

宁尔容笑道："尔容不过是想要孩子有个父亲，其他的人，与尔容何干？"

"好。"二皇子将圣旨给了捧月拿着，看着聂青云道，"如此，那我就将这人送去你靖文侯府做个奴才，如何啊？"聂青云一震。聂向远眼里满是恨意地看向赵离。"好啊。"宁尔容垂了眸子应道，"多谢二皇子殿下。"

季曼呆呆地看着，看着聂青云被人押着到了一边，宁尔容站在离他不远的地方，两人谁也没有看谁。但是鼓声阵阵，午时已到。"没有人会再救得了谁了吧？"二皇子抿唇，看了宁明杰一眼。

宁明杰深吸一口气，拿了筹子出来掷地："行刑。"鸩酒被灌进三皇子的嘴里，后头大刀举起，聂向远闭上了眼睛。哭声凄厉，响破天际，却又在一炷香之后，彻底归于宁静。

季曼眼里只有无边无际的红色。谁的头颅滚在了雨水里，谁又在死前大吼着不甘心，她都分不清了。

"父亲——"有人哭得撕心裂肺，但是周围的人都听不见，只有季曼一个人能听见。也就她一个人能感受到聂桑榆心里那种撕裂的痛。

"乱臣贼子，也都只有这一个下场。"二皇子笑道，"钰轩，你说是不是？"

宁钰轩眼角扫着那呆呆坐着的女人，抿唇颔首："嗯。"季曼轻轻笑了出来。"休书写了吧？"二皇子看着宁钰轩。宁钰轩也就将袖子里的休书拿出来，走过去放在了季曼的怀里。

"从此以后，你也与我，再无什么瓜葛了。"宁钰轩看着她，眼眸深深地道。季曼点头，伸手将休书收下，再抬头，双眸平静地看着宁钰轩道："桑榆谢过侯爷。"

宁钰轩微微一怔，垂了眼眸，捏紧了手，压低声音道："你跟鬼白走。"鬼白已经站在了不远处的马车旁边，灯芯也还跟着。

这场雨没有小，反而更大了，大得将刑场上的血冲得满地都是，血水流过来，打湿了季曼的鞋。

季曼的脑子有些乱，也需要找个地方好好休息。聂桑榆现在已经没有任何价值，某种意义上来说还是个祸害，宁钰轩已经没有再利用她的必要了，所以季曼是打算跟鬼白走的。

但是，身体残疾、心理变态的二皇子又开口了，看着远处那马车，笑着道："钰轩打算送桑榆去哪里啊？"

宁钰轩回过身来，拧了眉有些不知怎么回答。旁边的宁明杰淡淡地道："聂家已亡，留聂桑榆一人孤苦无依也是可怜。尔容与她是手帕交，不知可否将聂桑榆接回靖州，正好照顾尔容。"

聂青云抬眼看了看宁尔容。宁尔容捂着肚子，裹着斗篷道："这也不错。靖州离京城甚远，二皇子殿下也不至于不放心一个弃妇。"捧月替二皇子打着伞，也点头道，"尔容这样心地良善的，怀了身子也的确需要照顾。就让桑榆去呗。"

二皇子无声地叹了口气，抿唇道："罢了。"妇人之仁是最要不得的，他知道。只是她难得跟他提个要求，他总不能也拒绝了去。只是嘴里答应着，他还是扫了旁边的侍卫一眼，摸了摸腰间的一块龙形玉佩。

季曼不经意地抬眼扫了扫，觉得那玉佩有些眼熟，却不知哪里见过。聂家人的尸体被拖走，裹了草席丢去城外的乱葬岗。因着是罪臣，连祖坟也不得进。太后自尽宫中，以昭仪之礼下葬。三皇子被贬为庶民，尸首只被随意埋了，立了无姓氏的石碑。

京城风云变幻之中，二皇子暂代玉玺，扬言清朝纲。无数人下狱流放，倒是朝中原本一直碌碌无闻之人，突然就翻身升了官。当然这些东西，与季曼是没有什么关系了。她带着灯芯上了宁尔容的马车，大雨倾盆之中，再也没回头。

宁钰轩静静地看着那马车远去，未发一言。"以后跟着我过吧。"马车之上，宁尔容紧紧拉着季曼冰凉的手，"忘记其他的事情，跟我过吧。"

聂青云仍旧穿着囚衣，坐在宁尔容对面，眼睛血红。"怎么能忘记呢？"季曼微微闭上眼，"尔容，等会去找个客栈换一身衣裳之后，我与哥哥同乘，你单独乘一辆马车。""为何？"宁尔容捏紧她的手，"你想做什么？"

季曼抬了抬嘴角："我要是二皇子，绝对不会让聂家两个余孽活着离开京城。"宁尔容一震，突然就慌了："他拿了先皇圣旨，不能说话不算话啊。""皇权面前，谁说话算话，谁脑子进水。"季曼深吸了一口气，看着她道，"你能来救哥哥，倒是在我意料之外。"

原以为今天，聂青云也难逃一劫了。宁尔容看了聂青云一眼，抿唇道："他以为

我傻，我又不是什么都不懂的人。本来我回去也还是很伤心，可是爹爹跟我一说，我也就懂了他在想什么了。”

季曼点头：“你们能彼此理解那就是最好了。哥哥也想活下来的吧？”聂青云捏紧了拳头：“不活下来，怎对得起尔容为我千里迢迢而来？”“那咱们就在前面的客栈停了，让人去买衣裳来换了，多雇一辆马车上路。”季曼捏了捏自己完全湿透的衣裳，轻声道，“等会听我安排便是。”

宁尔容有些紧张地看了聂青云一眼：“不会有什么事吧？”“看运气了。”季曼苦笑，“这可是虎口逃生，况且咱们没什么帮手。”马车轮子突然卡进了水坑里，停了下来。车上三人都是一惊，外头的灯芯和白芷却从后面的马车下来，打着伞道：“主子们先下来，得将车拉出水坑。”

季曼掀开车帘一看，马车旁边恰好就是一家不起眼的客栈。由于大雨，街上都没什么人。“就在这里换吧。”宁尔容也点头。几人进了客栈，让小二将马先牵去喂草，再去买一辆马车来。

季曼和聂青云都是一身狼狈，幸而掌柜的没问什么，领着他们就上了楼，还热心地帮忙拿了两套普通衣裳。“等会我们下楼上车，尔容一个人坐一辆，我和哥哥坐最前面那辆。”季曼穿着干衣裳，吸着鼻涕皱眉计划，“要是有人帮我们就好了，还可以浑水摸鱼。”

他们这一行人，也只能她和聂青云一辆车。她想着身上衣裳裹厚一点，再做一个特制棉头盔，随时准备跳车，不连累宁尔容是最好。逼不得已的时候，她还可以利用跳河潜逃法。跳崖这个选项她还是不考虑了，毕竟不是女主，一跳下去就没了那可不好。

宁尔容还是觉得不稳妥，正犹豫呢，就听见客栈后院里的马好像被人牵了，发出些嘶鸣声。季曼一愣，连忙去推开窗子看，见后院里站着几个人：三个车夫、一个一身粗布衣裳的男子，另外四个都是女子——两位夫人、两位丫鬟。

这配置怎么有点眼熟啊？季曼挑眉。马夫套好了马，一共三辆马车。一男一女坐在第一辆，中间那辆只坐那个肚子有些凸起的女人，剩下的丫鬟坐最后一辆。怎么跟自己想的一样？季曼干笑两声，一把拉开房门，果不其然，门外站着的就是鬼白。

“夫人请放心。”鬼白拱手道，“侯爷已经安排好了，你们等天黑了再走即可。”宁尔容和聂青云都微微惊了惊，靠在门口看着鬼白。还好这客栈没什么人，大堂都是空空荡荡的。

“我已经不是夫人了。”季曼朝他笑了笑：“再替我谢谢你家侯爷的大恩大德。”鬼白微微抿唇：“其实侯爷他……”“侯爷还是护着我的，我知道，谢谢啊。”季曼脸上笑着，不知怎么，眼眶还是有点红。

他护聂桑榆，所以他打开城门，让三皇子功亏一篑，然后聂家随之陪葬？他护她护得好，所以聂家到最后就剩她一个在刑场边看着，不用跪在那雨水里，只用睁眼看着全家被处死。

护一个，让人家死全家，他这是什么路数的护法？

也是这个时代的女人太弱势，所以这些大男子主义的人就觉得女人不用参与什么，躲在他背后就行了。要不是因为这是他们的地盘，她也想让这些人毫发无伤，全家死光。

季曼一直是抱着替聂桑榆完成心愿的目的活着的，可是今天经历了这么一场杀戮，突然觉得，反正也不知道聂桑榆那小女人到底想完成什么心愿，不如先完成自己的心愿。

本来自己也是没什么心愿的，但是现在，她突然有些事想做。

三辆马车出了客栈，一路往城外而去。季曼等人在客栈里等到了天黑，才跟着鬼白从小门出去，上了一辆很大的马车，辗转到了城郊的驿站歇下。“等明日雨停了，再继续赶路吧。”聂青云扶着宁尔容冰凉的手，微微抿唇道。

季曼点头表示赞同。三人分了两个房间歇息，打算明日天一亮就上车离京。天黑的时候，季曼在房间里点了灯，等着人来。外面的雨已经小了，窗户半开着。灯芯燃了一半的时候，宁钰轩终于没有辜负她的期望，从窗户里翻了进来。

“在等我？”肩头微湿的男人走到她身后，轻声问。“我知道侯爷会来。”季曼回头，看着他笑得嫣然。宁钰轩微微怔愣，心里竟然有些轻微的疼。“不难过吗？”他在旁边坐下，伸手给自己倒了杯热茶。

聂家百余人口死于刑场，今天一直被众人议论。她不知道他为什么会打开城门，原以为自己是会恨他的。“难过，但是想着如今能保全自己的性命，也是多亏了侯爷。”季曼看着宁钰轩，伸出手去轻轻拉着他的，“还能活着已经很好了。”

一直冷静自持的聂桑榆，现在红着眼眶这样拉着自己的手，宁钰轩心里微动，伸手将人抱进了怀里：“我会找机会去接你的。”季曼无声地笑了笑，声音很轻地道：“侯爷要让桑榆等多久？”

“不会太久，你且跟着尔容好好过。”宁钰轩闭上眼，“这一次，我终于不用辜负你了。”背后的势力全部倒塌，聂桑榆现在是比当初的温婉还干净的一个人。季曼知

道，先前宁钰轩因着聂家而有的种种防备与猜忌、顾虑与迟疑，现在统统不见了。

他还肯来，就只说明了一点：他爱上如今的聂桑榆了。除去聂家的背景，他爱上了这个人本身。也就是他将主动权，亲手交到了她手里。

第七十九章

重新过活吧

季曼轻轻靠在宁钰轩的怀里，嘴角扬起。自古英雄难过美人关，是只要心思猜得好，没有事情办不到。

宁钰轩当真觉得聂家荡然无存之后，她还会乖乖做他后院里的女人？季曼的手指轻轻往下，划开他的衣襟，抬头吻上他的嘴唇。大概是没见过她这样主动，宁钰轩微微怔愣之后，也就当真顺着她的力道，倒在了床上。

雨是渐渐停了，积水滴滴答答地从屋檐落下来，敲在青石的地面上。屋里两人一番云雨之后，感情像是更浓烈了一些。季曼趴在宁钰轩的胸口，捻着他的头发问：“侯爷能不能说一句‘我爱你’？”

宁钰轩轻轻地笑了，闭着眼睛道：“我是不会说这三个字的。”微微怔愣，季曼颇为不服气地掐了他的脸一把：“小气鬼。”他哼笑一声，捏了她的下巴过来，轻柔地在她的唇上印了一吻。

第二天起来的时候，季曼就听见门外鬼白的禀告：“夫人可以安心上路了。”枕边的人早就已经走了，季曼穿好了衣裳，也就跟着上了车。她的包袱里被人放了一个荷包，打开就看见里面不值钱的小玩意儿——一个同心结，一只同心环。她轻轻笑了笑，就将荷包塞到了包袱底。

鬼白将他们送出一段路才返回京城。宁尔容等人全作了普通人的装扮，一路上在个茶店子歇脚，就听见有人议论："昨儿有辆车在山路上翻车了啊，听说车上还有人呢。""那么高的崖，翻下去还能有命在？据说是靖文侯家郡主的车，那郡主就在后头坐着呢，亏得只有第一辆翻下去了。""上头有什么人啊？""不知道，听闻那郡主是哭得很伤心，就在前头不远处的小镇歇下了。嘿，你要不要去看看那郡主长什么样子？"

宁尔容低着头听着，旁边的聂青云看了那几人一眼，将茶钱给了，带着她们继续上路。

二皇子的确是没有打算放过他们的。幸好有宁钰轩来帮忙，不然跌下山崖的马车，就得是他们坐的。听着这消息，二皇子总该放过他们了，毕竟他现在正想着法子要登基，没有空管这么多。

皇位如今空悬，大皇子又老老实实待在封地没有动静，四皇子尚在襁褓没有威胁，二皇子也就缺个助力将自己推上皇位。最后群臣跪请，二皇子如愿以偿地坐着轮椅上了皇位，成为开国以来第一个瘸子皇帝。

捧月自然是皇后，六宫不纳，也算是二皇子履行当初对她的诺言。

一个月后，季曼回到靖州的时候，朝中局势也算渐渐安定下来了。三皇子一党尽除，聂青云与聂桑榆也都改名换姓，重新活过。本以为宁明杰会受一些牵连，然而不知为何，新帝对宁明杰格外信赖，不仅没有丝毫怪罪，反而将康元郡主许给了他。

靖文侯也不用操心自己的儿子了，倒是看着季曼和聂青云很发愁。老爷子的担心有些多余，因为靖州山高皇帝远的，也压根儿没有人认识他俩。季曼就道："从今以后我便改名季曼，聂桑榆是跟着那马车摔下了悬崖的。"

"那我呢？"聂青云微微皱眉。季曼认真想了想："既然是亲兄妹，那你叫季快如何？"

聂青云嘴角抽了抽，很认真地摇头："我不喜欢这个名字。"

"那要叫什么？"

认真地想了想，他道："叫季柱吧。"

一家子人坐在厅里，看着他这万分真诚的表情，都有些哭笑不得。季曼不客气地笑了出来，笑着笑着眼睛却红了。季柱，记住，她当然记得住那满地流淌的血水和聂向远死的时候的表情。

在靖文侯府，他俩怎么也算是有些寄人篱下。宁尔容对外说季曼与季柱是远房亲戚，不可薄待。可是在下人眼里，他们终究不是正经主子。

季曼出去打听过水记胭脂铺，那个曾经开遍所有州的万分红火的胭脂铺，如今也都关了门，据说老板娘被关进了天牢，所有产业也都被充了公。雪花膏倒是被这里的人模仿，一时间各种各样牌子的雪花膏如雨后春笋般冒了出来。

这就叫辛辛苦苦二十年，一朝回到解放前。她作为一个化学专业的学生，毕业了还是个没啥特点的销售人员，也就会做点这种化工制品了。现在被牵连进权势争斗里，没了经济来源，她又得重新奋斗了。

好在她起点够高，因着是靖文侯府的亲戚，很多事情就方便了不少。想了几天之后，季曼咬牙对灯芯道："给我拿把剪子来。"

自新帝登基之后，各处的赏赐就没少往陌玉侯府里送。来逢迎攀关系的人也不少，只是宁钰轩都不怎么见，统统让管家打发了。

柳寒云依旧是在别院里，所以府中也就只有夏氏、齐思菱、慕水晴和温婉。聂桑榆被休之后，正室之位悬空，齐思菱和温婉都觉得自己是该坐上去的人，故而没少往宁钰轩面前凑。

宁钰轩安静地在书房里画画，慕水晴站在一边，微微有些叹息地道："想不到会是这么个结局。不过夫人到底是懂事的，没有迁怒于您。"

"你以为，她会一点都不怨我吗？"宁钰轩轻轻一笑，抬头勾勒画中人的眉眼，"她是笑得开心，心里不知道难过成什么样子。就像她每次很温和地跟我说好，心里却将我骂了个狗血淋头。"

她那双眼总是像能看透一切一般，可是每每自以为不露痕迹，其实里头的不屑鄙夷，他每次都看得很清楚。

慕水晴深深地看了他一眼，抿唇道："侯爷的孝期还有一年，看新帝这架势，您若是一直没有正室，一旦除服，必定会有赐婚下来。"

"嗯，你觉得谁来当正室合适？"宁钰轩随口问了一句。慕水晴道："夏主子是世子生母，可惜言行粗俗，不堪为妻。婉主子一向为侯爷所爱，但是没有菱主子稳重。只是菱主子……"

齐思菱揭发了聂桑榆经商的事情，是聂桑榆最后被休的直接原因。"她不适合。"宁钰轩淡淡地哼了一声，往画上缀了两朵牡丹，"婉儿也不适合。她的性子太不稳，镇不住宅院。"

"那侯爷的意思？"

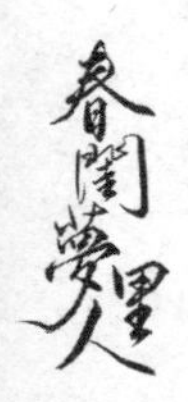

“将寒云接回来吧。”宁钰轩想了想道，“我听说她有堂弟在靖州为官？”慕水晴了然，点了点头。

季曼着了一身男装，正坐在靖州第一大胭脂楼的三楼，拿着靖文侯的信物，气定神闲地喝着茶。

没办法，生意还是得做的，来钱最快的也就是女人的东西了。她这次做的是眼霜和护手霜，试验了许多次才出来这么两盒子。效果嘛，也就差不多有点保养效果，关键是得看广告，很多时候女人使用护肤品都是心理作用。

季曼这次不傻了，用的是男人的身份，来和这添香楼的掌柜谈。只是不知道为什么，掌柜的一见她拿的信物，就说是要和东家商量，她也就在这里等着。也许是他们有些顾忌靖文侯，毕竟这是靖州。

一炷香之后，他们给的答案倒是也没让人失望，说只要她能供货，给个抽成，就可以帮着卖。“只是，我们这儿有位柳大人，听闻兄台卖的东西奇特，倒是想见上一见。”那东家和颜悦色地道。

季曼挂着职业性的笑容，摸摸脸上贴着的胡子，点头道：“也好，在下也爱广交朋友。”

东家点点头，掌柜的便下楼叫人。没一会儿就上来个二十来岁的男人，穿一件青衫，彬彬有礼地朝季曼道：“在下柳如风。”

季曼嘴角抽了抽，干笑两声道：“好名字。在下季满。”“季公子样貌不俗，看起来也是人中龙凤。”柳如风抬起头来，一张脸长得很老实，还带着点书生的温润，“不知可否交个朋友？今日湖光甚好，公子可以移步，与在下去画舫上一谈。”

季曼一直保持着笑容，却起身道：“看这天色也是要下雨了，不如赶明儿吧，在下今日要早些回去吃饭。”没等柳如风回话，季曼就一路狂奔回了靖文侯府。进了门才放下心，季曼往后看了好几眼，决定去问问宁尔容认不认识这个什么大人。

结果她刚走到他们院子外头，就听见两个下人在碎嘴，说的话也分外难听。“这季公子怎么与郡主那么亲近啊？郡主可是有身子的人了。”“嗨，聂大人不是已经死了么，郡主身边有些人癞蛤蟆想吃天鹅肉也是应当。什么都没有的穷酸小子，自然喜欢什么都有、就差个丈夫的郡主喽。”“这不是吃软饭么……”

季曼抿了抿唇，抬步走过去，笑嘻嘻地一巴掌拍在她们靠着的门上。两个下人吓得一抖，看她一眼，撇撇嘴站起来，惊疑不定地打量着她这一身装束。

“我哥在里头？”季曼笑着朝宁尔容的房间努努嘴。

年纪大些的婆子这才将她认出来，缩了缩肩膀道："在……在呢。"季曼点点头，抬脚往里走。两个婆子站在后头相互使着眼色。半个主子也是主子，要是这季小姐记仇了，万一哪天季少爷软饭吃成功，那她们不是倒霉了？

心里不太舒服，季曼进去便看见聂青云与宁尔容坐在一起，气氛有些尴尬，像是刚刚争吵过。"桑……曼儿。"宁尔容扁着嘴，见她进来了就有底气多了，拉着她道，"你快劝劝你哥，他想去军营做事。"

靖州作为封地，自然是有自己的兵力的。聂青云本是文官，但是也会点拳脚，要投笔从戎的话，倒也可以。从军虽然辛苦，但是军营里是最好往上爬的。季曼侧头看了看聂青云，见他的神色很正经，一点也没有要动摇的意思。一旦去军营，他可就是不能陪宁尔容的了；宁尔容正有身子，难免会怨他。

犹豫了一会儿，季曼拉着宁尔容的手道："哥哥有自己的抱负，也是好事。"宁尔容不满地道："就不能再等等吗？我肚子都这样大了……"聂青云也很是为难，他是绝不想靠着女人过活的。正是因为宁尔容有了孩子，他才想快些闯一番天地，好再次迎娶了她，也免得她总是被人背后说闲话；再者，他也有大仇要报。

季曼叹息一声，轻声道："有时候女人是很需要男人，但是与他的抱负冲突的时候，也没必要跟个情敌都算不上的东西拼个你死我活啊。你会难过，那些事业又不会难过。想当个好女人的话，不如换个法子，背后多支持他，与他同进退。"

"这要怎么支持？"宁尔容皱了眉，"他一去军营就回不来了。"季曼点了点她的额头，凑近她耳边低声道，"就算是军营，也是靖州的军营，你还怕见不着哥哥？"宁尔容微微一顿，好像是明白了什么，看着季曼迟疑了一会儿，终于点了点头。

聂青云松了口气，脸上总算带了点笑容。季曼又宽慰了宁尔容两句，才接着问："你认不认识一个叫柳如风的人？""嗯，听父亲提过。"宁尔容道，"据说是年纪轻轻，擅交际，不到二十岁就坐到了军器监察的位置，年少有为。"

就那个样子，还叫擅交际？季曼嘴角抽了抽，眼珠子转了转道："他人脉很广？""嗯。"宁尔容点头，"你怎么问起他来了？""没事，今天出门去卖东西的时候遇见了。"季曼摸着下巴想了想，"我把他当登徒子了，看起来是我误会他了。"

"既然如此，我可不可以请柳大人来府上做客？"季曼眼睛亮亮地看着宁尔容。"无妨，你想请就请，反正府里一直没什么事。"宁尔容眨巴着眼就看着她，"等你的东西开始做多了，我就让一些闺中来往的姐妹都去试试。"

"好。"季曼应下。这有靠山的感觉就是好啊。她靠着这关系，季氏护肤品就可以直接从草根牌子跃升为上流品牌。宁钰轩给她的包袱里还有许多银票，除开一部分拿来购买原料和盒子之外，另外一部分是广告费。心里粗略算了算，季曼就回房找灯芯打小算盘了。

第二天天刚亮，季曼就起身，带着灯芯往街上走，走了三条街，终于找到一个刚起身的酒楼女掌柜。这酒楼女掌柜一张嘴唇艳红艳红的，看站姿就透着股子泼辣劲儿；不过这不是重要的，重要的是她皮肤不太好，手上还有裂纹和茧子。

季曼送了她一小盒护手霜。“什么东西？”她眼里透着怀疑。季曼就笑着将靖文侯府的牌子拿给她看，又递了一张广告宣传单：“抹红楼新推出的护手霜，我们在寻试用的人。我见掌柜您花容月貌，要是用好了，也是个口碑，所以送您一盒。”

不知是季曼的话说得好，还是靖文侯府的牌子管用，女掌柜兴高采烈地就收下了，说一定会用。之后季曼又找了青楼老鸨、客栈老板娘、果子铺老板娘等具有宣传效用的人，她们一见靖文侯府的牌子，个个都很高兴地拿去用了。

季曼做完这些刚要去抹红楼，就撞见了柳如风。“柳大人。”季曼没有像昨日那样落荒而逃，反而朝他行了礼。柳如风笑着回礼：“昨日在下唐突了。”“是在下有眼不识泰山。”季曼笑道，“昨日回去才听郡主提起，说是柳大人年少有为，喜结交朋友。在下初来靖州，还以为……”

“无妨无妨。”柳如风摇着扇子，甚是温和地道，“今日天气也是正好，千百楼上有个聚会，都是些商户，不知季兄有没有兴趣？”季曼眼眸一亮，心想这柳如风还真是个贵人，莫不是想攀结靖文侯府，所以来给自己铺路了？

“难得柳兄相邀，在下怎能不去？”季曼厚着脸皮道，“走吧，正好去开开眼。我身后的丫鬟，带去也没关系是吧？”“可以的。”柳如风看了灯芯一眼，笑道，“季兄这丫鬟生得也真是可人。”

灯芯微恼，低着头跟在季曼身边。她是不喜欢这些孟浪之人的，只是跟着主子出来做事，以后怕是少不得见。哪知季曼伸手就将地她揽在了怀里，笑吟吟地道：“可不是长得一张花容月貌吗？等我存够了聘礼，就得娶她回家了。”

季曼是玉冠束发，一身黑色长袍，站这儿也是风流倜傥的模样，只不过比其他男人矮了那么一点，一张脸上眉毛画粗，还贴了胡子。只是她这一抱，灯芯竟然还羞红了脸。柳如风哈哈大笑，转头道：“季兄这边请吧。”

生意是要慢慢做的，人也是要慢慢处的。季曼跟着柳如风去了千百楼。他倒是给她介绍了不少可以合作的人，末了出来的时候，他还说了一句：“靖州这地方不大，要发财也发不了什么大财，不知您对京城可有兴趣？”

“没兴趣。”季曼想也不想就回绝了他。“怎么？”柳如风颇为意外，“京城是最为繁华之地，季兄要是想做生意，那里自然是最好的；而且在下也认识一些朋友，需要帮忙的时候，你开口就是。”“我还是想先攒些本钱。今日就多谢柳兄了。”季曼朝他拱手。

告别之后，季曼就回去了府里，让灯芯去买了一幅字画送去柳如风府上，顺便请他有空来靖文侯府一坐。她受了柳如风照顾，送他钱也不太恰当，就改送礼了。

季曼雇了一批工人，在城外弄了个小作坊，开始认真生产一系列护肤品。

她要是没有万全的准备，是不会再回京城的。两个月之后，季曼终于有本钱开了一间自己的铺子，季氏护肤品也有了正式的招牌，不再依附于抹红楼。由于是新兴的东西，又只适合有钱人用，季曼就专注于在大户人家推销。一来二去，借着靖文侯府的光，护肤品卖得倒是很不错，小门小户的姑娘家攒好久的月钱，就为了来买一盒子东西。

雪花膏在这地方已经泛滥，价格从原来的十几两银子跌到了五钱银子。可是这些新品不一样，又掀起了一轮抢购的热潮，价格在五两银子到十两银子之间，加上广告宣传和精美的盒子，一度成为靖州上流贵妇的专用。其实这些新品的成本，一盒子也就两钱银子。

季曼忙活了两个月，等生意上了轨道，就将铺子交给了灯芯，她则带着各种各样的新奇礼品跟着柳如风去各家串门子。一家好的店铺背后是有无数势力的，本来季曼也不熟悉这些，不过好在柳如风懂，带着她一一打点了，也就什么乱子都没出。

很快，季曼就又开始过上整日数银子的日子。

宁尔容的肚子越来越大，聂青云也已经去了军营。等聂青云熬出头的时候，两人就可以再度团圆了吧？数着数着银票，季曼的手顿了下来。她突然很想知道，宁钰轩和温婉那边现在是怎么样了。

“季小姐。”院子里的丫鬟匆匆跑进来，激动得声音都变了样。

第八十章

一种头顶真爱、嘴塞莲花、心藏鹤顶红的生物

季曼不慌不忙地将银子锁回箱子里，抬头看着那丫鬟问：“怎么了？”小丫鬟激动得脸蛋通红，一双眼里泛着水光，还有些少女的娇羞：“世子回来了，郡主让您快去前厅。”

季曼的第一反应竟然是好好怎么来了，过了一会儿才恍然，宁明杰回来了啊。据说宁明杰已经被新帝赐婚，娶了康元郡主；这时候他带回家来给靖文侯看，那也就是说京城已经没有什么大事需要他坐镇了。

季曼想了想，换回女装，跟着去了前厅。宁明杰身边站着一个十分出尘的女人。他的脸上没有太多表情，只听着靖文侯说话，时不时颔首。听见身后有人进门的声音，他才转过头来看了一眼。

季曼为了男装发型方便，就将头发剪短了不少，发髻就只能梳一个最简单的，插一根簪子，衣裳也是随便穿的一件，没抹什么胭脂水粉，看起来就像是院子里的丫鬟一般。

宁明杰皱了皱眉，刚想张口说话，宁尔容就拉着季曼过来道：“哥哥你还记得吗？这是咱们远房亲戚，叫季曼，她哥哥是季柱。”很多话都咽了回去，宁明杰深深地看了季曼一眼，点头“嗯”了一声。

毕竟宁明杰是带媳妇儿回家，季曼就是来看一眼的，坐在宁尔容旁边不声不响就够了。可是看见宁明杰，她脑子里也总会想起那天大雨之中飞下的筹子以及聂家人的惨叫声。

有很多事情她没有来得及想，比如宁明杰为什么会是监斩官，比如为什么那么巧是他替捧月和二皇子牵线，又是他得到了镇远将军的位置；再比如新帝既然会对聂家人赶尽杀绝，那为什么一点也没有牵扯到宁家？两家到底曾经是亲家。

脑子里有些乱，季曼的脸色就不太好看。康元郡主已经给靖文侯敬了茶，又跟靖文侯的其他几个姨娘见了礼，转头却看见宁明杰在看着季曼发呆。“夫君？”康元郡主轻唤了一声。

宁明杰回过神来，轻笑道：“你在这里坐会儿吧，我同尔容有话要说。”康元郡主是很懂事的女子，点点头就乖巧地坐在了几个姨娘旁边，陪着说话。宁明杰朝宁尔容使了个眼色，就将季曼带回了宁尔容的院子。

“你过得还好吗？”季曼坐在宁尔容旁边，听着宁明杰问这话，忍不住笑了：“还活着，怎么能不好？”宁明杰眼里有些愧疚，抿唇道：“聂家的事情，我也很遗憾。我和钰轩都没有想到你行商的事情会被扯进来，新帝也就正好用这个借口，灭了聂家满门。”

这么说来，还是她害聂家被灭门的？季曼怔怔地看着他。“钰轩将你送走的那段日子里，是尽力在与二皇子斡旋的。”宁明杰道，“只是二皇子暗中的势力比我们想象中的大，到最后谁也无力阻拦什么，只能顺着他的方向走。”

“世子想说什么？”季曼抬眼看着他，“我如今只是一个无足轻重的人，世子也用不着说愧疚之类的话了吧。”宁明杰顿了顿，叹息道：“不知为何，就是想跟你说一说。你以后打算怎么办？听说钰轩……要重新立正室了。”

季曼顿了顿，点头：“那也不错。就算他自己不立，新帝也会替他立，那还不如他选个自己的人。”“你呢？”宁明杰眼神深深地看着她，“你有没有想过……跟我走？”旁边的宁尔容吓了一跳：“哥哥！”

再怎么说季曼也曾是宁钰轩的女人，现在又怎么能……宁明杰抿唇：“我问她的意思。”

季曼笑了笑：“世子爷带着新婚妻子回来勾搭小情人，康元郡主知道吗？”“小……”宁明杰有些茫然，“什么东西？”

“没什么，一种头顶真爱、嘴塞莲花、心藏鹤顶红的生物。”季曼笑道，“我只想余生好好过日子，不想再卷进谁的后院争斗之中。多谢世子高看了。”

原以为宁明杰会带给她什么好消息呢，结果是要让她跟他回去当小妾？她现在看着这张熟悉得不能再熟悉的脸跟自己说这样的话，就觉得难受，一如当初看见徐希劈腿一样的难受。

宁明杰眼里有些失望，却仍旧笑着道：“我会在靖州住上一段日子。你若是改变了心意，依旧可以同我说。”季曼呵呵笑了两声。

接下来几天，康元郡主就跟着宁明杰住在靖文侯府里，时不时来找宁尔容说话。季曼在旁边看着，觉得这位郡主也是个挺不错的女人，温和又不娇弱，说话也有分寸。

只是这几天，季曼时不时会在花园或者自己的院子里碰见宁明杰。他什么也没有说，只是静静地看着她。那目光太过缠绵，就算他什么都不说，路过的丫鬟都可以察觉到不对劲。康元郡主也不迟钝，自然就也感觉到了不对。

季曼提前将自己目前有的资产盘点了。除了还投资在铺子里的，她现在也有五百多两的存款，算得上小康了。然后终于有一天，康元郡主找季曼去谈话了。“季姑娘是个聪明人。”康元郡主温和地看着她道，“我眼里容不下沙子，也不希望将军这么快纳妾。你明白我的意思吗？”

季曼坐得端端正正的，笑道：“不用郡主说，季曼也早就有了想离开的想法。只是我不知道该去哪里才不会被找到。”康元郡主想了一会儿，道：“你觉得永安郡如何？”永安郡是康元郡主住的地方，其父永安侯只有她这一个女儿，故而疼爱有加，封地也给了她大半。

“可以是可以。”季曼有些为难地道，“不过郡主能允我一些便利吗？若是到永安，我也是要做生意才能过活的。”康元郡主点头：“这个不成问题，只是……你当真愿意马上离开这里？”

听闻这女子在靖州的生意也是刚刚有起色，只不过是一直仗着靖文侯府在做。康元郡主原以为，她是不会这么轻易离开的，自己都准备好了很多套说辞，结果她竟然这么轻松地同意了。

“嗯。”季曼点头，生意哪儿都能做，这里大不了就交给灯芯处理。她离开，也对靖文侯府有好处，免得以后宁明杰脑子一热做出什么不恰当的事情来。

更重要的是，她现在的积蓄能养活自己，也想离开宁钰轩的视线。敌在明，我在暗，才有主动权。柳如风帮她帮得太顺风顺水，她不得不怀疑，这个人大概是宁钰轩派来的。

与其说是康元郡主逼她离开，不如说她是借着康元郡主将自己的行踪彻底掩藏干净。聂青云和灯芯在靖州都有自己的活路，她现在也可以放心地做自己想做的事情。

“妾身这辈子只爱过侯爷一个人，侯爷呢？”

“她的命是命，妾身的就不是了吗？”

“……”

宁钰轩从梦里惊醒，睁开眼坐起来喘息，周围却是一片黑暗：“鬼白。”

门吱呀一声打开，鬼白轻声应了：“侯爷？”擦了头上的冷汗，宁钰轩皱眉问：“靖州那边怎么样了？”“宁将军带着康元郡主回去了，那位主子的生意做得不错。”鬼白答，“柳大人一直帮衬着，她应该是一帆风顺。”

“她不肯回来京城？”宁钰轩问。鬼白抿唇：“柳大人说他在尽力。”她还在自己的视线里，还能知道她在做什么，这样也好。宁钰轩长长地吐了一口气，手往空落落的枕边一放，抿唇道：“什么时候有空，我也想去看看她。”

“侯爷。”鬼白微微皱眉，“这边您应该是走不开的。”“我知道。”有些烦躁地挥手，宁钰轩披了衣裳站起来，“你先下去吧。”鬼白应了，屋子里便留他一人站在窗边看着月色。

如今风头已经慢慢过去了，他想念那人得紧。哪怕把她接回来改名换姓也好，他府里多一个人，只要藏得好，应该也不会出什么问题。只是，那样一直遮遮掩掩的日子，不知道以她的性子，愿不愿意过？

想起临别时两人的痴缠，宁钰轩觉得心口有些微微发烫，恨不得马上见到她，看看她这么久了，到底变成什么样子了。每每他只能从别人嘴里听见她的消息，连话都不能传上一句，该是有多难过。

宁明杰都比他幸运，因为宁明杰还有去靖州的借口。而他，现在被赵离控制着，真是一步都不能踏错。他没看错人，二皇子当真是比三皇子狠绝得多的存在。二皇子登基之后，为政有些暴虐，也不知道是不是跟从小受多了欺凌有关系。在新帝手下做事，他都快没精力去想儿女私情了。

季曼趁着夜色收拾了东西，揣着康元郡主给的令牌和盘缠，回头看了靖文侯府一眼，转头就上了马车。只她一个人，安静地消失在了路上。

新帝登基元年，陌玉侯依旧掌六部之权。上有丞相萧天翊与孝仁太后，下有萧家旧臣，新帝的日子也不算太好过。只是新帝与皇后的感情极好，又与玉珍国结为盟国，皇位还是万分稳固的。

大皇子已经安于宜都王之位，故而萧家之人都表示对新帝忠心耿耿。新帝忙于处理政事，自然也就容下了长郡王。只是新帝似乎对宁钰轩格外感兴趣，没少掺和人家家事。比如宁钰轩往户部递了文书，要立柳寒云为正室，新帝便拦了下来。

“柳氏的身份，怎么也不足以为正室吧？”新帝笑眯眯地问。宁钰轩坐在一边，心想，真不愧是天子，管得比天还宽，跟他父皇也真是一个德行的。“臣觉得柳氏很合适。”

新帝不乐意了：“论伺候你时间长短，也是齐思菱最久，身份也称得起，怎么就柳氏适合了？”宁钰轩微微一笑：“齐氏最近犯了过错，臣已经在写休书了。”新帝微微挑眉，轻咳了一声：“她犯了什么罪过？”

“给世子下毒。要不是臣发现及时，世子就没命了。”宁钰轩很是镇定地道，“臣是顾及齐家，才写休书。否则是该直接赐死她的。”新帝不说话了，毕竟是人家家事，只可惜齐思菱跟了自己这么多年，现在大概也是要废了。

“朕听闻你最近一直与靖州有联系。”转移了话题，新帝的眼眸却更深了，“靖州有什么事情，让你这般放不下？”宁钰轩微微一顿，答：“靖文侯府的郡主是钰轩的堂妹，她怀了身子，加上……所以臣就多问候着。”

新帝笑了笑：“想起来也是可怜，朕都放了他们了，他们还是没能好好活下来。钰轩，你可怨朕？”“怎会？”宁钰轩轻轻低头，“臣不缺女人。”新帝哈哈大笑，赞赏地看着他：“钰轩真是可造之才。”宁钰轩轻笑不语。

出宫的时候，路上两边的柳树都已经嫩绿了，宁钰轩看着，转身问鬼白：“靖州那边的事情进行得如何了？她要什么时候才能回京？”鬼白低着头没说话。“嗯？”宁钰轩挑眉，“没听见我问你？”

“主子。”鬼白犹豫了片刻，低声道，“夫人不见了。”上扬的嘴角慢慢垂下，宁钰轩呆呆地看了他半晌：“什么叫不见了？”

靖文侯府已经乱作了一团。季曼走得悄无声息，一封书信都没留下，只是将季氏铺子的房契、地契留给了灯芯。

宁尔容坐在空空的房间里很茫然：过得好好的，人怎么会不见了？旁边的宁明杰脸色有些苍白，垂着眸子笑道：“她是自己走的？”灯芯红着眼睛点头：“若不是自己走的，主子也该没有机会将东西都留在了奴婢的房间里。”

康元郡主站在宁明杰身边，脸上还是一片平静，任谁也不会想到季曼的走跟她

有关系。

虽然她不认识聂桑榆，但是她不喜欢宁明杰的身边有别人。那女人识趣的话就乖乖走远，若是还来纠缠，她也会送走第二次。

陌玉侯突发重病，皇帝亲临陌玉侯府看望，见他面如枯槁、咳喘不已，便也就放他病假，准许他康复之后再上朝。朝中重担，暂时就落在了丞相萧天翊的肩上。

一辆马车飞快地往永安郡走着，行到一半，车上的人说肚子疼，在驿站之中偷换了马车，踏上了另一条路。

此后一年间，没有人找到季曼。哪怕宁钰轩装病偷偷去了靖州，也只查出季曼的离开和康元郡主有关系，其余的，就再也不知道了。

一年后。

藩王进京面圣，各路马车都朝一个方向飞奔而去。季曼坐在一辆奢华的马车上，感叹道："马车还是抖得跟拖拉机一样。"马车里坐着的人淡淡哼了一声："你这次大可不必来的。"

季曼回头看着赵辙，拱手道："王爷此言差矣。在下虽只是小小幕僚，却也可以搭个便车来京城做生意吧？"赵辙抿唇扫她一眼："你不挂官职，就是为了卖你的大米？"

离开靖州之后，谁也没想到，季曼投靠了宜都王。季曼一身男装，带着五百两的家底，从在宜都王府门口卖大米开始，勾搭上王府总管，进而认识府中幕僚，最后因为谈吐不凡，被人引荐给了宜都王做幕僚。

现在想起当时赵辙看见自己时脸上那种像是被人打了的表情，季曼还是觉得很有成就感的。毕竟天下人都以为她死了，知道她没死的也以为她失踪了，而她竟然跑去给宜都王说"我来帮你画一幅将来的美好蓝图"。

赵辙当时还真的让人拿笔墨来给她，让她画。她嘴角抽搐地解释了良久，才让他明白蓝图不是一幅画。聂家人已经都没了，她现在对于赵辙来说，也是没什么威胁的人。相反，赵辙曾经因为她的聪明想弄死她，而现在她的聪明可以为他所用。

季曼现在一直是一身男装，为方便行事，还特地花大价钱从民间手艺人那里买了一张人皮面具，只是戴上和摘下都相当麻烦。不过效果也很好，除了赵辙知道她的身份，其余人都当她是男人。

话说回来，这次回京，季曼是真的想来卖大米的。她现在没有挂任何官职，宜都又是个盛产大米的地方，所以她依旧一边经商一边替赵辙出些小主意。没有什么大风浪的时候，赵辙也就用不着她干什么，她只需要愉快地卖大米就可以了。此番藩王面圣，她也正好把业务扩展到京城来。

虽然她心里也是隐隐有些想看看，在自己不在的这一年里，宁钰轩过得怎么样了。要是他完全将她忘记了，那可不太妙。“需要在陌玉侯府门口停一停吗？”赵辙笑着问了一句。马车已经进了京城，这一条条的街道有些看起来还是很熟悉的。季曼吸吸鼻子，摇头道：“不用，会有机会的。”

马车停在了客栈门口，季曼刚下来，就看见早到了一步的沈幼清。“王妃。”沈幼清皮笑肉不笑地受了季曼的礼，转身就进了客栈。季曼想她可能是有点生气，因为宜都王宁愿和个男人同乘都不愿与她一起。

耸耸肩，季曼去找了自己的房间放行李，然后出去联络京城的粮行联盟会的人。

宁钰轩抱着好好逗弄着，旁边的夏氏穿着一身嫩绿色的薄纱裙，靠在他身边道：“侯爷您瞧，好好长得真像您。”

“嗯。”宁钰轩感叹地道，“孩子大了。”夏氏点头，拉着他的胳膊轻轻蹭着：“可惜了不是正室所出。如今夫人又是柳氏了，她的儿子还不是世子，不知道她多不甘心。”好好睁着眼睛，茫然地左右看着。

“世子是该由正室带着。”宁钰轩点了点头。夏氏一喜，捏着衣带道：“那……也这么久了，侯爷为何都不看看妾身？”“你没他亲娘好看。”宁钰轩抱着好好，很认真地道。

笑容僵在了脸上，夏氏顿了许久才道：“您说什么？”

“好好到了该学话的年纪了。”宁钰轩站起来道，“既然好好已经断了奶，那就不用你继续带了，我会去寻个合适的夫子回来。”“侯爷！”夏氏慌忙跟着起身，拉住他的衣袖道，“妾身有哪里做得不对吗？上次与夫人争吵，那是因为夫人先惹事的。还有她要拿针扎好好，妾身已经拼命将好好护住了，为什么……”

“寒云的性子没有那么张扬。”宁钰轩看她一眼，淡淡地道，“我给你准备好了余生你要用的银两。好好得换个人来教。”夏氏倒吸了一口凉气：“侯爷，您不能过河拆桥啊！我是好好的……”

“你不是他的亲娘。”宁钰轩将她的手拂开，“拿着你该拿的东西，回去看看你自己的孩子吧，马车已经在外面等着了。”夏氏如遭雷击，怔在了原地，见陌玉侯已经抱着好好出了门。

好好越来越黏自己了，甚至他平时去六部办事的时候，他都会抱着好好一起去。他一身深蓝官服，抱一个奶娃儿，没少被六部的人笑话。“你的娘亲也该回来了。”他对好好道，“你想不想她？”好好茫然地吐着口水泡泡，一扭身，圆滚滚的身子

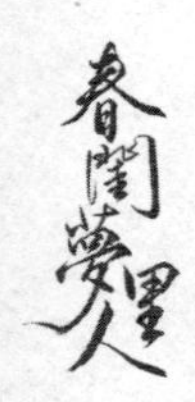

就钻在宁钰轩的怀里。

季曼拿着凭证打算去粮行联盟会，因为只有得了许可才可以在京城开铺子卖米啊。可是她刚走到半路，街上竟然有辆马车的马受惊了，直接就朝她撞了过来。

没有任何的英雄救美，季曼被马鞍生生擦倒在地上，手上脚上瞬间全是血淋淋的。“抱歉！”疯马终于被人拉住了，驾车的人跳了下来，走到季曼旁边道，“这位小哥，对不住了。我带您去旁边医馆看看可好？”

听到熟悉的声音，季曼顿了顿，抬头就看见鬼白那张分外老实的脸。马车里的人跟着下了车，惊魂未定地扶着车辕哭道：“我这是造了什么孽？”

第八十一章

竟然一直在骗她

时间并没能将夏氏身上那股子浑然天成的乡土气息磨掉。季曼倒吸几口凉气，看了看鬼白，压低声音道："有劳扶我去医馆吧。"鬼白点头，伸手将季曼扶上了马车，然后把马蹄子里的钉子取了出来。夏氏裹着包袱，哭哭啼啼地也跟着坐上来，顺便还打量了季曼两眼。

季曼下意识地摸了摸自己的脸，人皮面具戴得好好的，是张颇为清秀的男人脸，没错。

"这位夫人为何哭得这样惨？"季曼粗着声音问了一句。夏氏将鼻涕抹了，抱着包袱道："辛辛苦苦伺候人家快两年了，突然被一脚踹开，你说我该不该哭？"

季曼有些没想通，夏氏不是好好的生母吗？宁钰轩怎么会将她遣送出府？那好好怎么办？"也确实可怜。"看了夏氏一眼，季曼开口道，"看你衣着也不简单，应该是大户人家的夫人啊。你是犯了什么错？"

"我可没错！"夏氏捏着手，眼神有些阴狠，但是随即想到对面坐的是个陌生小哥，便又柔和了神色，低声道，"是他那人心太狠。我以为随着孩子长大，他也会对我有些感情，谁知道他竟然是一直拿我当个奶娘。"

医馆到了，鬼白勒马拉开了车帘："小兄弟，下来吧。"季曼不能再问，点点头

就跟着鬼白下去。夏氏看着，倒是抱着包袱跟了下来：“看你这伤重得，我也跟着去瞧瞧。”

鬼白看了夏氏一眼，也没多说什么。他带着两人去找了大夫看伤，让药堂伙计替季曼包扎了，又问了季曼要去哪里，打算顺便就将他送去。季曼说了粮行联盟会的地址，鬼白就让他们两人继续上车。只是上车的时候，鬼白眼含警告地看了夏氏一眼。

夏氏安静多了，不再跟季曼闲聊。季曼见状，倒是很暧昧地跟她做着口型，问她家住哪里。脸蛋红了红，夏氏低声道：“我就住百余里地外头的打渔村。”季曼傻了，宁钰轩不是说夏氏是南巡路上遇见的人，那么她怎么也该是江南一带，为什么会住打渔村？

脑海里有什么东西闪过去，季曼笑着看着夏氏，眼里满是深意，低声道：“我倒是想去看看你的家是什么样子的。这城里待久了，我还没见过渔村。”“公子见笑。”夏氏不好意思地抿抿头发，“怪远的，您不是还有事吗？忙完了再去看看也行，我就住在村头。我这次回去也想修间大屋子住，正好少个人帮我拿主意哩。”

这暗示也是够明显的，看夏氏眼里亮晶晶的，季曼忍不住摸了摸自己的脸，难不成自己还挺适合当男人的？马车停下，鬼白道：“小兄弟，我只能送你到这里了，你往前走两步就是刘记粮行。”

“好，多谢。”季曼起身，将随身带着的一把竹扇塞进了夏氏的怀里，朝她挤挤眼。

夏氏红着脸捏紧了扇子，跟季曼挥了挥手。下了车，季曼进去粮行应付了一番，拿宜都王的印信成功换了经营许可，然后急匆匆地就回去换了一身亮堂些的衣裳，抹好人皮面具，雇了车就打渔村赶。

京城外头也就那么一个渔村，天色不早，季曼到的时候已经是深夜了。村头的一户人家还亮着灯，时不时传来娃娃的哭声。季曼上去敲了门。夏氏笑着来开门，一点也不避讳，直接就将他迎了进去。

狭小的屋子里有三个孩子，最大的看起来七八岁了，最小的还只有两岁的模样，都睁着眼睛愣愣地看着季曼。“家里地方不大，明儿我再去买东西修房子。好在那人大方，我后半生是不用愁的。”夏氏叨念着，将包袱塞进柜子里，转头对最大的孩子道：“把弟弟妹妹都带去歇着，你书读傻了不成？”

七八岁的孩子连忙抱着两岁的娃娃，再牵着五岁的妹妹，跑到隔壁屋子去了。“这些……都是你生的？”季曼有些愕然。“我是个寡妇，孩子多也没啥。”夏氏眼睛红了红，“反正没几个男人真心待我，多养点孩子，长大说不定还孝敬我呢。”

季曼轻咳两声：“就只有三个吗？还是还有其他的？”夏氏瞥了季曼一眼，哼了一声就坐在了季曼的腿上：“千里迢迢来我这里，你还假正经什么呀？问孩子的事情干什么？你难道不是想与我……”

感觉到有手在往下伸，季曼惊了一跳，连忙站起来抓着夏氏的肩膀道：“你误会了，我只是想来借宿一宿，明天看看渔村日出什么的。”季曼看着夏氏有些不屑的目光，心想宁钰轩当初为何会看上她的。

“都跟我来了，还说这些。”夏氏娇嗔一声，拉着季曼的衣襟道，“我是个寡妇，不在意名节的。都不怕和你说，去一趟那富贵地方，不敢行错踏错的，我也是有许久没尝过那销魂的滋味了。”

季曼拉着她的手，轻笑道：“姐姐莫急。我倒是有些好奇，你去的是什么地方，不是富贵地吗，怎么还让你这样伤心？”夏氏哼了一声，提起这事还有些愤然：“我原以为是天上掉馅饼，白给我个孩子就让我去当娘，结果当的是奶娘。那男人还说我没那孩子的亲娘好看，今天真是没把我给气死。”

季曼震了震，许久才找到自己的声音：“好好不是你的孩子？”“当然不是了。”夏氏嘴快地答了一句，下一秒，却是浑身僵硬地看着季曼，“你……”季曼深吸一口气，突然笑了出来。

好好不是夏氏亲生的，那又是谁的孩子？宁钰轩会立为世子的孩子，自然是他亲生的。他什么时候有个亲生儿子，这样凭空就冒了出来，还要给找个娘？想来想去，也就只有自己当初那不见了的孩子，可以被偷龙转凤，再被他重新带回府里来。

这一场瞒天过海，将她也蒙在鼓里，真是瞒得她好苦。慢慢起身往外走，季曼笑得都快停不下来。自己的亲生儿子就在自己眼皮子底下，她甚至都看着他抓周，却不知道那是自己的孩子。

“你到底是谁？”夏氏回过神来，一把抓住季曼的胳膊。季曼被夏氏的力道带得险些跌到地上，身后却突然有人进来，将她一把抱起，接着就有一群人拥进这小屋子。夏氏尖叫了一声。季曼眼神没有焦距，不知道发生了什么，抱着她的人也没管屋子里的一片杂乱，带着她就出门上了马车。

渔村里有孩子的哭声，还有女人骂骂咧咧的声音，季曼呆呆地抬头，看见的却是她现在最想打的一张脸。宁钰轩抱着好好，安静地看着她。

季曼的手紧了紧，想打，却没敢伸手。“这张脸很难看。”宁钰轩轻声道。“你怎么知道是我？”季曼看着他怀里的孩子，呆呆地问。“碰碰运气罢了。他们说宜

都王身边有个幕僚叫季满。”宁钰轩垂着眸子，“你不是说你叫季曼吗？我听着名字差不多，就试试看是不是你，想不到你真的跟来了。”

季曼嘴角抽了抽，难不成这人遇见每个名字差不多的人，都会去试探一番？好好睁着眼睛，被宁钰轩抱着，乖乖地吃着手指。宁钰轩将他翻了个身对着季曼，伸手将他的小手拿出来，指着季曼道：“娘亲。”

眼眶微微一红，季曼抿唇，看着这一直以为是别人儿子的亲儿子，一时间不知道说什么好。好好吐了两个口水泡泡，撇撇嘴没有开口，眼神可怜巴巴地看着宁钰轩。伸手将小奶娃抱过来，季曼将头埋在小小的肩膀上，闷声道：“侯爷的心，真是太狠了。”

宁钰轩轻笑：“你的心又软到了哪里去？”“我不喜欢被人这样保护。”季曼沉默了一会儿，开口道，“我想自己能保护自己，就不用站在你身后。”宁钰轩抿唇，低笑道：“所以你去当了宜都王的幕僚吗？桑榆，你是个女人，这些事情不该你来做，你也做不来。”

“我是季曼，不是桑榆。”季曼抬头，抱着好好看着他道，“侯爷没有见过女人到底能做到什么地步，那我做给您看。”“好好呢？”宁钰轩微微皱眉，“你不要好好了吗？”

微微一怔，季曼收拢了手，怀里的小家伙一个劲儿往她胸口蹭。

她已经在宜都王麾下，就不可能现在半途退出。但是她已经错过了好好这么久，现在还要离开他，错过他成长的一点一滴？虽然心里反复告诉自己，这是聂桑榆的孩子。但是抱着好好，她的心还是软成了一团。

季曼道：“你能把好好给我？”宁钰轩轻笑了一声：“你抱的是我的世子。她在你觉得世子可以随意给人？”“那……”季曼皱眉。“好好缺个先生。”宁钰轩淡淡地道，“只是以你的身份，怕是也不合适，你自己想办法吧。”

季曼就这么抱着好好，瞪着宁钰轩，在马车上度过了一晚上。第二天天微亮的时候，马车才回到京城之中。整整一晚，她的眼睛一直没能合上，因为宁钰轩说的这句话。但是宁钰轩睡得是格外好，即便马车抖得厉害，他也能顺手拉过她，将她的大腿当成免费枕头，一觉到天亮。

下车的时候，鬼白朝季曼伸出了手。当然他不是来扶她的，而是要她怀里的孩子。季曼皱眉，虽然手都已经抱酸了，可是她不想松开啊！好好还没跟她说过话，一路上就听他小声喊了两声爹爹，之后就闷在她怀里，还颇有些害羞地看着她。

季曼抱着好好赖在了车辕上，戳着他水嫩嫩的小脸蛋道：“我要走了，这么久了，你大概都不记得我了。”好好伸出小手捂着眼睛，喃喃说了一声：“记得。”季曼眼睛一亮，有些意外地抱着他问：“我是谁？”

眨巴着眼睛，好好想了一会儿，回头看了马车里的爹爹一眼：“娘亲。”一种无法言喻的喜悦从心里冒出来，季曼应了一声，抱着好好使劲儿亲了两口：“小宝贝。”鬼白伸手将好好接了去，提醒了她一句：“夫人，等会儿就该有人来了。”

晨光熹微，客栈门口暂时还没人，不过早起的人已经该要出来了。季曼又往好好脸上亲了两口，然后跳下车看着宁钰轩道：“我会好好考虑的。”“嗯。”宁钰轩接过好好，淡淡地点头。

马车安静地走了，季曼深吸两口气，揉揉酸疼的胳膊，飞一般地跑回房间。马车上，宁钰轩抱着好好，吧唧亲了两口，笑道：“真聪明。”好好咯咯笑着，抓着他的衣襟，又有些迷茫地问：“娘呢？”

宁钰轩怔了怔，抿唇道：“刚才的就是你娘。”好好眼神忧郁了，呆呆地看了他一会儿：“我娘不长这样。”他喊的第一声娘，是冲着夏氏喊的。就算要换娘，也换个女的吧？可是刚才那是一个男人啊……

宁钰轩暗暗拍了一下自己的脑袋，他眼里的季曼是什么样子都无所谓，可是好好是小孩子，只知道季曼是个男人，怎么当娘？失策失策。“爹带你回去玩好不好？”他果断地转移孩子的注意力。好好咯咯地又笑了：“嗯！”小孩子真是世界上最好骗的生物。

季曼刚回房不久，就有人来知会她，准备进宫。宜都王今日要先进宫去拜见太后，总共就带了四个人——王妃沈幼清、护卫踏雪，还有两个亲信。季曼作为亲信之一，觉也不用睡了，收拾好了就跟着出门。

“王爷，近来民间对新帝暴政颇有微词，六部上书谏言的折子也不少，只是新帝似乎不听。”马车里，谋臣吴庸轻声道，“自古有帝训：不得民心，必失帝位。王爷作为新帝的手足，自然也当劝谏一二，让朝中老臣们安心一些。”

赵辙半睁着眼听着，沈幼清在后面的马车上。季曼轻声道：“劝谏是可以，但是新帝似乎不太爱听直话，王爷可以恰当事物比喻之，也好让新帝更易接受。”“嗯。”赵辙笑着看了季曼一眼，“据说今日陌玉侯也要进宫。”

季曼颔首：“陌玉侯作为两朝重臣，又掌握六部之权，任何大小事宜，他来处理都是情理之中。”“我一直很欣赏钰轩的睿智。”赵辙眼神凉了凉，“只是我不喜欢他没有什么仁义道德束缚，看形势准是准，跟着变主子，可就不太让人开心了。”

当初大皇子与三皇子夺位，宁钰轩帮着将三皇子扶了上去，赵辙是对这事一直耿耿于怀的。季曼干笑两声："陌玉侯可当锋利之刀，但非一人能永久握之。谁力量足，谁便去用，可稳山河，可安社稷。"

"你这评价倒是到位。"赵辙哼笑一声，"他这把刀，握不好就会往自己心窝子里捅。现在看他不是对新帝忠心耿耿吗？我倒是乐意看看，一朝新帝式微，他会捅新帝多深。"季曼与吴庸都是一怔。赵辙也觉得有些失言，抿了唇道："我说笑的，你们等会记得将我献给太后的礼物给带上。""是。"

要说赵辙会永远安于宜都王之位，季曼不信，不然她也不会选择在他手下做事了。只是赵辙对宁钰轩的成见颇深，大概是因着被背叛过。她若是说想去给陌玉侯的世子教书，估计赵辙会掐死她。

到了宫门，受检入宫，季曼一路低头跟在赵辙身后走。快要到太后宫里的时候，却见远远的龙辇仪仗缓缓而来。这是赵离登基之后，赵辙第一次看见他。以前可以随意欺凌的小瘸子，现在已经是高高在上的帝王了。

"臣参见陛下。"宜都王一点也没犹豫地跪下了，季曼等人也就跟着跪。"好久不见了，大皇兄。"赵离让龙辇停下，高高在上地俯视着他们这行人道，"没有想到，你也有向我跪下的这一天。"

"皇上应该自称为'朕'。"赵辙难得语气还很是轻松，笑道，"可不能因为兄弟亲近，就失了规矩。""是朕失态了。"赵离笑了笑，"大皇兄的日子看起来过得不错。"

"托皇上洪福。"赵辙道，"太后娘娘也蒙受皇上照顾了，臣无以为报，就只能磕个头。"

说着，赵辙还当真磕了下去。季曼头低在地上，只感觉周围突然都安静了一瞬间。片刻之后，赵离失笑："皇兄客气了。朕还有事，就先走一步了。""恭送皇上。"赵辙叩下去的头，直到龙辇消失在宫道尽头了才抬起来。

季曼觉得有些心惊，心里不知为何就觉得震撼。一直笑得不太正经又总是高高在上的宜都王，这一叩头，形象反而高大了不少。

"儿臣给母后请安。"进了太后宫里，季曼和吴庸捧着礼物跪在赵辙的后面。

太后轻笑着道："都起来吧，难得回来一次，不要把时辰都浪费在行礼上了。"赵辙谢了恩，抬头却看见了宁钰轩。宁钰轩气定神闲地站在一边，还朝他行礼："见过宜都王。"

"别来无恙啊，侯爷。"赵辙还是笑着，眼神却冷了冷，"怎会有空来了太后这里？"

宁钰轩还未开口，太后先答道：“我想修葺宫殿，奈何皇帝那边像是不太允许。陌玉侯主动过来与哀家商议预算，看能修个什么样子。”听得这话，赵辙的脸色就好看了不少：“原来如此。”

宁钰轩拱手道：“臣就不打扰太后娘娘与王爷团聚了，先行一步。”赵辙点了头，宁钰轩也就当真目不斜视地走出了大殿。“你何必摆脸色给他看。”四周宫娥都退下，就剩了几个亲信和王妃，太后拉着赵辙的手语重心长地道，“新帝不是我亲生，也没什么感情，我在这宫里就靠陌玉侯时不时照顾着，不然宫殿都修葺不了。”

“母后为何不告诉舅舅？”赵辙皱眉，“您不用这样委屈自己。”“后宫之事，前朝也不好过问；加之最近国库紧缺，实在也是抽不出银子。”太后道，“你在宜都可好？”

沈幼清上前一步，帮着答：“妾身一直伺候着王爷。宜都尚算丰饶，日子也好过。”

“你当初退一步倒是对的。”太后抿唇，“没想到最后会是老二来翻了盘……”赵辙看了季曼一眼，拉着太后转移了话题说别的。太后还是说了陌玉侯不少好话，看来的确是没少受照顾。赵辙就想不明白了，宁钰轩还对太后这么好做什么？

“在下以为，陌玉侯这是对您示好。”吴庸在回去的车上道，“萧家势力仍在，比聂家可是好得多了。大概是新帝为政该是让许多人不满，所以陌玉侯有再度投靠您之心。”

“不会的。”季曼打断吴庸。

赵辙看着她，挑眉。“在下了解的陌玉侯，是不会在风向尚未明确之时便有什么举动的。”季曼道，“如今朝政尚算安稳，他没有必要冒着得罪新帝的危险对王爷示好。相反，在下倒是觉得这次陌玉侯是真的想照顾太后一二。”

“哦？”赵辙轻哼了两声，“何以见得？”“当初政变之时在下不在京城，不知具体的情况。”季曼一本正经地道，“敢问王爷，与三皇子的皇位之争，是您主动让步，还是陌玉侯帮着三皇子强抢？”

赵辙顿了顿，皱眉道：“当时老三已经控制了局面，我若不让，还能做什么？只是要是没有宁钰轩最后那一送，老三也不可能那么顺利地登基。”“对啊！”季曼一拍大腿，“所以王爷您误会了！”

第八十二章

只是想当个夫子罢了

赵辙被她吓了一跳："什么误会？"季曼坐直了身子，表情格外严肃："据在下所知，陌玉侯是一直为您考虑的；而当您要放弃皇位之时，他才选择了帮三皇子登基，否则他何以保全自己？如今天下已定，您与陌玉侯的嫌隙却也已生。侯爷无法与您说什么，只能默默照顾太后，以示自己之心。"

"哦？"赵辙冷笑了一声，"是这样？""就是这样。"季曼背后的冷汗都下来了，面上却镇定得很，"在下有幸在侯府伺候过，知道一些事情。陌玉侯是王爷可以拉拢之人，若是错失这一把刀，也是王爷的损失。"

赵辙换了个坐姿，眼里带笑地看着她："你想拉拢陌玉侯？哪怕他间接害死你全家？"

旁边的吴庸看了季曼一眼。季曼咬牙道："在下自己的仇，自己自然会想办法报。不过王爷大事未成，在下又怎能顾得上私仇，自然是以大局为重。就大局看来，若是王爷能与陌玉侯摒弃前嫌，倒是百利而无一害。"

车子里安静了许久，赵辙脸上的表情阴晴莫辨。季曼只能在心里祈祷赵辙可以信自己的胡言乱语。"你觉得从哪里入手，才能把陌玉侯拉拢过来？"许久之后，赵辙缓缓开口，"如今他对新帝可谓忠心耿耿。"

季曼擦了擦冷汗，微微一笑，吐了两个字："温婉。"赵辙的眼神突然就凌厉了起来，像是要穿透她一般。季曼微笑着迎视，努力稳住跪得发软的腿。

温婉一直是一枚很重要的棋子，齐思菱被废，她也依旧可以在府里安稳度日。说不清是因为她背后的人，还是因为陌玉侯对她不一样的感情。但是只要她还在，陌玉侯与赵辙之间的联系就断不了。

赵辙以为谁都不会知道，但是季曼是侯府里面出来的人，怎会不知？"原以为你说要做幕僚，只不过是混口饭吃。"赵辙慢悠悠地开口道，"没想到还真的有些小聪明。"季曼干笑两声："王爷若是觉得在下可用，在下也可以去往侯府，为王爷打探消息。"

"你？"赵辙挑眉，"你怎么去？""王爷忘记了，在下如今是季满。"季曼伸手摸了摸自己的小胡子，"听闻侯府要给世子招夫子，在下不才，觉得尚可一试。""你的消息倒是灵通。"赵辙轻笑，"只是万一被人认出来，你的命也就可能丢在那里了。不怕？"

"不怕。"季曼硬声道，"在下无拖无累，心里只有复仇二字。只要王爷允我功成之后手刃仇敌，在下便愿为王爷肝脑涂地。"她最大的仇敌不是陌玉侯，而是高高在上的新帝。那是凭她一个人的力量，无论如何也无法杀掉的人。

赵辙没忍住，笑了一阵，伸手摸着季曼的脸道："你也真是个宝贝。"吴庸在旁边打了个寒战，低头不语。回到客栈，季曼就跑回房间去换衣裳准备去侯府看看。吴庸跟着站在她门口，迟疑地敲了敲门框："季兄。"

"何事？"季曼回头，看见是他，连忙道，"吴兄进来说话。"吴庸是宜都王府学问最渊博的幕僚，也是当初引荐季曼之人，季曼对他还是很客气的。

"今天在车上的话，我听着总觉得有些担忧，所以来嘱咐你一二。"吴庸在桌边坐下，看着她道，"我还不知，你与陌玉侯有这么大的愁怨。你投靠宜都王，也是因为想报仇？"

季曼抿唇，报仇是对的，对象却该是新帝，只是这话不能说出来。

见她沉默，吴庸也就觉得自己猜对了，叹息一声道："我跟在宜都王身边已久，他的谋划，我能知道大半。你也说陌玉侯是一把好刀，哪怕王爷一朝功成，你觉得他会断了自己的刀吗？"季曼摇头："自然不会。"

"那你这般辛苦潜入陌玉侯府是为何？"吴庸不解，"难不成你想暗中刺杀？""吴兄不必担心，我不会那么愚蠢。"季曼也不知道该怎么跟这位好心的大叔解释，只能道，"先大家后小家，我为王爷做事，自然不会做不利于王爷的事。此番前去，也就只是想教导世子，拉近关系，以后也好做一做桥梁。”

吴庸脑子里不知道想了什么，片刻之后恍然大悟，拍着季曼的肩膀道：“天将降大任于斯人也！你得多受些苦了。王爷是念恩的人，你这样为他，日后事成，自然也少不了你的好处。”“一定一定。”季曼笑着将人给送走，长长吐了口气，将门锁了继续换衣裳。

吴庸却是一边感叹一边去了赵辙跟前。此时赵辙正在捏着玉珠子思考今天季曼的行为，吴庸上来叩首道：“庸不负王爷恩典，季满的确是可造之才。”赵辙被他这一句说得有点蒙：“何出此言？”

赵辙还正在想季曼是否在计划着什么，不然怎么会让他与陌玉侯冰释前嫌，结果他最信任的谋臣竟然给他来这么一句。

“庸方才仔细问过了季满。”吴庸一脸认真地道，“他的确是一心为着王爷做事，不顾一己之利，时时刻刻为着王爷着想，甚至是深谋远虑，而且已经想到了以后。他甘心潜入侯府教导世子，想着卧薪尝胆数年之后，世子必然会很信赖他。届时他若想助王爷，就方便了很多。”

季曼的一句话，吴庸自动扩充成了一段可歌可泣的献身颂，听得赵辙愣神了许久，心里的疑虑竟然也慢慢消散了。毕竟就算她曾经是宁家媳，但是如今她没有子嗣，陌玉侯又害了她满门被灭，以女人的胸襟肚量来看，她是无论如何都不会原谅陌玉侯的，他根本不用担心什么。再者，侯府里不是还有温婉吗？季曼一个小女人，能翻起什么波浪？

心里想明白了，赵辙脸上的笑容也就自然了许多：“如此，也是你慧眼识珠。若以后季满立功，自然也少不了你的奖赏。”“多谢王爷。”吴庸叩首。

陌玉侯府今天很是热闹，门口贴了招夫子的榜，要求甚多，但是月钱也甚高。季曼挤在人群里，一身书生装扮，一点也不起眼。

钱管家站在门口，挨个递牌子让人进府。“听闻今日是给世子招夫子，所以是侯爷亲自来选的。”旁边有书生议论，“世子才两岁多，要教的话可得费心力了。”“费心力怕什么？世子的生母好像病死了，侯爷可疼爱着，都没让夫人养，自己亲自带着。你想想，你要是当了世子的夫子，是不是算一步登天？”“指不定还能捞着个官当呢。陌玉侯是什么人，随意一个举荐，说不定就让你进六部了。”季曼听得连连点头，宁钰轩如今的确是块肥肉，也无怪这来应征夫子的人都排了长龙。只是……

那天在马车上，他不是说了要自己去给好好当夫子吗？现在竟然还张了榜，这么多人，她万一抢不过人家怎么办？深吸了一口气，一想到能见到好好了，季曼就振奋了不少。到底是聂桑榆亲生的孩子，怎么也该跟她亲近一点，当然是她来教最合适了！

“先观面相，若是太过凶恶，则不必入内。”钱管家说着，看了面前的好几个人，没有给牌子。季曼带着温暖的笑容走过去，朝着他伸出了手。钱管家看她一眼，倒还点了点头，给了牌子。

选个夫子竟然跟选秀一样麻烦！

十余个书生，跟着穿过走廊，竟然去的是陌玉侯的北苑。好好正在一边站着，手里拿着木头做的玩具，丢来丢去；陌玉侯斜靠在软榻上，很是悠闲地看着门口。“侯爷，人都到了。”钱管家禀告了一声。

季曼站在一群人中间，都能感觉到周围人紧张的气氛。“嗯，写首词来看看吧。”宁钰轩眼皮子都没抬，说了一句。季曼乐了，他果然还是偏向她的。文房四宝呈上来后，众人各自在地上垫着写了。季曼胸有成竹地抄了一首李清照的《如梦令》。

当初季曼是很喜欢这首词的，春闺睡意浓，多悠闲自在的日子啊。结果众人将诗词一起呈上去，宁钰轩拿着她的那份就沉了脸。“知否？知否？应是绿肥红瘦。”他嗤笑一声，终于抬眼望了过来，“日子过得不错啊？”

季曼下意识地想点头，可是看看这主儿的眼神，只得干笑两声。“为世子选夫子，要德才兼备，要能与世子亲近，会照顾孩子。”陌玉侯扫了下面的人一眼，“你们谁有照顾过孩子？”

本以为这儿举手的就该她一个吧，到底她是女人啊，结果她扭头一看，周围的人全部不要脸地举手了。季曼扫了一眼旁边人的喉咙，都是有喉结的真汉子啊，这个时代哪个男人带孩子的？这群人为了竞争上岗真是拼了啊。

季曼不服气地踮起了脚。宁钰轩竟然笑了，起身将好好拉过来，指着这边一群人问：“你喜欢哪个？”好好抱着木头小人，茫然地看了一会儿，小脚一迈，就往季曼这边扭了过来。

季曼大喜，蹲下去就朝他伸手。旁边的人看急了，连忙道：“都听闻侯爷此次招纳夫子，是要求颇高。在下曾在太学教书，所教学生有入朝为官者……”“在下祖父乃是先帝太傅，只是家道中落，祖父之学，在下也全部继承。”

比不过亲和力，就得比文凭了。周围一群书生开始说资历，甚至有人是前几年的榜眼、探花，可惜官途不顺，现在还只是个无名小官，想着来借借陌玉侯的光。

一听这一众介绍，季曼倒是觉得汗颜，这里随意一个人都比她有资格。

好好已经到了她面前，她忍不住抱了抱他，蹭蹭他粉嫩嫩的小脸。“你呢？”宁钰轩的目光落了下来，一点也没有徇私的意思，直接问她。季曼干笑两声，抱着好好站起来道：“在下没有各位那样好的出身和成就，不过若干年后，在下倒是可以拿一个名头出来给侯爷。”

“嗯？”宁钰轩挑眉，“什么名头？”“陌玉侯世子的夫子。世子跟着在下，必将熟读四书五经，知礼义廉耻，不迂腐，不逢迎。世子还小，需要慢慢教导，在下相信自己比在场各位对孩子更有耐心，也不会虐待孩子。长大之后世子建功立业，在下自然会跟着有了名头。”

宁钰轩思考了很久，抿唇道：“此次为世子选夫子，我是费尽了心思，自然要选一个世子喜欢的，能听其话的，也能为我分担照顾世子的重担。各位都是不错，我也难以抉择，不如就由世子自己选吧。”

众人的目光都落在了季曼身上，世子都在她怀里了，还有得选吗？“他身上是不是带了什么能引诱小孩子的东西？”书生们议论纷纷，看这人也不像有什么背景，陌玉侯也没有徇私，全是世子来决定的。两三岁的小孩子能决定个什么啊，肯定有猫腻。

看似严格的夫子选举，最后就以好好抓着季曼不放告终，季曼也就正式成为好好的夫子。进入陌玉侯府的人，都是要被揭老底的。好在京城没有多少人知道长郡王有这么个幕僚，加上吴庸做了点手脚，季曼也就以“博学多才的粮行老板”的身份进去了。

宫里也有主子问起过此事，但是人人都说侯府选夫子很是严格，那粮行老板不过是讨了巧。没什么背景的一个人，也就没人再多问，毕竟只是个小角色。

回到这熟悉的府邸，钱管家带着季曼住进了北苑的安心居。季曼抱着好好一路没撒手，跟个变态怪叔叔一样地笑道：“往后你要和我天天在一起喽。”

好好眨眼，长长的睫毛抖了两下。刚安置好，钱管家就说晚膳众人会一起在北苑用，也算是见过这位府里新来的夫子。对着镜子看了看自己这张亲娘都不认识的男人脸，季曼很自在地去了。

物是人非，已经是一年过去，府里的人好像也少了不少，来用晚膳的也就三个女人——温婉、柳寒云和慕水晴。想起当初自己过来的时候那满院子的莺莺燕燕，季曼有些感叹地坐了下来。

“这是季夫子。”宁钰轩给众人介绍了一句。温婉抬头看季曼，一张脸依旧美

丽可人，温和地笑着。旁边的柳寒云则是小声道：“以后世子就要倚仗夫子教导了。”“在下自当尽力。”季曼拱手，粗着声音道。

慕水晴一连看了季曼好几眼，低着头安静地站在宁钰轩身后。“等曦儿到了年纪，我也会给他找个夫子的。”宁钰轩侧头对柳寒云说了一句。柳寒云点点头，眼里却有些忧愁：“夏氏……侯爷当真打算就让夫子带着世子吗？世子毕竟还小，没了娘……”

“夏氏已经病死了，你忘记了吗？”宁钰轩打断她，伸筷子用膳，“夫子也能照顾好的，你不必操心。”柳寒云竟然能当了正室夫人，季曼也是有些意外。她不在的日子里，也不知道侯府到底发生了什么。

安静地用过晚膳，宁钰轩说是书房有事，便先走一步。季曼正准备回去带好好，却被檀香悄悄拉到了一边：“婉主子有请夫子。”季曼好奇地看檀香一眼：“有何事？在下去婉主子那里，不太合适吧？”

“夫子抱着世子来，不就合适了？”檀香嗔怪一声，带着香气的帕子往她身上一扫，“快去呀。”自从扮成了男人，季曼倒是见识了不少女人的柔媚。自己如今是季满，也就是宜都王的人，指不定王妃往温婉这儿知会过了。

回去抱了好好，季曼当真去了蔷薇园。反正知道她身份的就赵辙一人，赵辙还想利用她的话，就不会将她的身份告诉温婉。她倒是想去看看，温婉要做什么。进了蔷薇园，就有婆子想来接过好好。季曼皱了皱眉，抱紧儿子不撒手：“还是我来吧。”

婆子无奈，只得让季曼进去。檀香打了帘子，看见季曼来，笑道：“主子在里头等着夫子呢。”季曼点头，直接进了温婉的卧房。温婉坐得端正，看季曼进来，便笑道：“夫子当真不负侯爷所托，将世子看得真是紧哪。”

“婉主子过奖。”季曼将好好放在地上，牵着他的手道，“侯爷将世子交给在下，万一出什么差错，在下担当不起，自然只能好好照看。”房门被关了起来，温婉站起身扫了好好一眼，看着季曼道：“一家人不说两家话，夫子既然进了陌玉侯府，就得与婉儿相互照顾啊。”

季曼轻笑一声，自在地在旁边坐下，道：“这是当然。”果然还是有人与温婉通了气的。“只是在下远从宜都而来，不知这侯府里的状况，还得请婉主子告知一二。”温婉盈盈一笑：“如夫子今晚所见，府里只有柳氏一位夫人，以及婉儿这姨娘，再有就是个侍妾，无足轻重。侯爷有两子，你身边这个是世子，另外一个是夫人的次子。”

季曼抿唇："据在下所知，世子非现在的夫人亲生，府里没什么争端吗？""有啊。怎么没有？"温婉哼笑一声，"没听见说世子的生母病死了吗？那是夫人容不下那女人，找了借口送出府去了。我估摸着不久柳氏就该朝你身边这位小世子下手，帮她儿子夺世子之位了。"

季曼不以为然，温婉这视角太过狭隘，看见的东西都不一定是事实。柳氏若是心肠当真这样歹毒，宁钰轩也不会让她坐了夫人之位。说起当初柳氏与夏氏之争，季曼现在回想起来，又联系到上次见过夏氏的那样子，反倒觉得，也许是夏氏想争宠，所以利用好好打压柳寒云，制造柳寒云想害自己的假象，好让侯爷多怜惜着自己，进而能留在府里。

"夫子既然与世子亲近，也自然会经常看见侯爷。"温婉看着季曼道，"有机会还请夫子帮忙告知婉儿，侯爷现在喜欢什么、想要什么、会去哪里走动。"听着这话，季曼有些错愕："你不是一直很得陌玉侯的心吗？你问这些东西做什么？"

温婉苦笑一声，别开头去："请夫子帮忙就是了。"这一年间，外人看着她都是得宠依旧，宁钰轩的心到底去了哪里，她却是不知道的。也许是在那次大雨滂沱里，他有心随着聂桑榆一起跌到山崖下也说不定。

温婉觉得悲凉，自己曾经享受着的东西，现在全都没有了。那人也始终不肯告诉她，到底是因为什么变成了现在这个样子。"好的。"季曼应承了下来，拿了温婉塞过来的银两，带着好好出去了。

最近宁钰轩的心情甚好，拿了纸笔在花园里准备画画。园子中间摆了小桌子、小凳子，季曼半蹲在好好面前，教他说一些短的句子。"世上只有母亲好。"好好歪着脑袋看着季曼："母亲好。"

画笔一顿，宁钰轩黑着脸扬声问："那父亲呢？"好好回过头来，小手背在身后，一本正经地答："父亲也好。"

第八十三章

要想富，先修路

宁钰轩开心了，眼底透出些光彩，满意地点了点头，又继续低头细画。季曼微微有些失神，不过很快就回过头来，继续教好好说话。

她已经详细地计划过了，可以给好好每天上五节课：第一节历史课，顺便也就可以搬了史书来自己研究一下这个朝代；第二节诗词歌赋，好歹她也是对诗词有些研究的人；第三节音律礼仪，这个……好好还小，教些儿歌就能蒙混过关；还有两节是画画和四书五经。

娃娃要从小抓起，季曼也不打算逼他成才，只是自己有的会的，都想全部教给他。她不求他以后有什么大作为，但求他能保全自身。世上没有比亲妈更尽职的老师了，季曼教了好好两三天，就得到了府里管家以及夫人的一致好评，陌玉侯也就意思意思，赏了她一些东西。

季曼兴高采烈地打开礼盒，却发现是一幅画，展开来看，画的是那天她在花园里教好好的场景，只是她自动被他脑补成了女人模样。他为什么不直接一点，给她金银珠宝？季曼嘴角抽了许久，将盒子锁起来，塞进床底最深处。

由于成了陌玉侯府的夫子，季曼也就无暇照看新开的米铺了，于是花钱雇了个精明的掌柜，叫严不拔。人如其名，一毛不拔，季曼很放心把米铺给他。只是她开米铺不是为了赚零花钱，宜都的米质量甚好，但因为地势不好，总是没能外销。这回来京城，她是想要试水：如果销路好，那就打开宜都卖米的路，大不了花一点运费，或者干脆一劳永逸，将路给修一修。

上下打点了关系，塞了不少银子，季氏米铺也就顺利上了运营轨道。本着优质大米童叟无欺的宗旨，宜都大米开始在京城畅销。

季曼白天教好好，上完课之后就出府打点，这忙得简直连吃饭的时间都没有，快跟以前跑销售一个样子了。季曼是觉得没什么，可整个人是瘦下去了，连人皮面具都显得有点大，还得特意修了修才能戴上。

“你在忙什么？”宁钰轩终于是没忍住，站在侯府后门，拦住了又要匆匆出府的季曼。

季曼看见他就摸了摸自己的脸，而后才一本正经地道：“出府做事。”“做什么事？”宁钰轩皱眉，“你每天光教世子就是大半天，还有空做其他的事情？”

“侯爷也说了是大半天，还有小半天自然属于在下的私人时间。”季曼笑眯眯地道，“世子的夫子不算官职，在下也是可以有自己的其他事情的吧？”宁钰轩不满地抿唇，正想再问，背后却传来温婉的声音：“侯爷。”

侧过身子，宁钰轩看着温婉，淡淡地应了一声：“怎么了？”季曼趁机朝温婉拱手，之后立马蹿出了府。原先跟着柳如风也学了不少与人打交道的手段，季曼今儿还约了户部度支主事吃饭，打通关系。做生意的人都知道，生意想做大，那必须得上下通吃，阿谀奉承简直是必不可少的功课。

比如这个度支主事，算是户部最小的一个官，架子却大得很，要不是看在季曼是陌玉侯府夫子的份上，还不会应了粮行的约来吃饭。刘记粮行的刘掌柜作为联盟会领头，自然帮着牵线搭桥，替季曼引见了这主事，顺便自己也去蹭点好。

落雁塔第八层之上，书香盈盈，高雅得很，中间却摆着一张红木大桌，山珍海味摆了一桌不说，旁边还坐着不少“才女”。落雁塔是个文人雅士汇集的地方，但是有些个官偏生就喜欢装清雅，明明最想去青楼，却非板着脸说落雁塔是个好地方。

下面的人又怎能不懂事，就算是落雁塔，那也能有女人啊，才女也是女人。季曼坐在席间，就被两个“才女”夹在中间。度支主事坐在上位，笑眯眯地看着季曼道：“季夫子也是年少有为，怎的做起了商人？在侯爷门下，不如弃商从仕。”

“在下胸无大志，”季曼拱手道，“不比唐大人年纪轻轻便到了主事之位。听闻大人最近也许还有升迁之喜，也是可喜可贺。”唐主事笑道：“也亏其他大人提拔。”

席间酒一杯又是一杯，季曼接过来就没犹豫，还主动帮主事挡了不少，当然是全吐袖子上了。最后扶着主事下楼的时候，季曼还格外体贴地道：“主事看起来有些醉酒，季满在旁边客栈里已经准备了上房，让徐才女帮忙扶着您过去吧。”

唐主事一双眼里泛着了然的猥琐笑意，拍了拍季曼的肩膀：“季夫子果真是明白人。”

刘掌柜一直敬酒送礼，都没与主事说上什么话，反而是季曼借着刘掌柜送的人得了好。出落雁塔的时候，刘掌柜的脸色就不太好看，季曼也没在意。同是粮行，本来就是竞争之人，刘掌柜今儿来不也就是想借着她的名义来讨好的吗？

天色不早，回去侯府的时候后门还没关。她探头探脑地看了看，然后飞一般地往自己的房间跑。好好就同丫鬟一起住在她的隔壁，她这一身浓烈的酒味自然是不能直接去看好好。她进了房间正准备更衣沐浴，却突然被人捂住了嘴。

在别人的家里就是有这点不好，主人随时都可能蹿出来吓你个半死。季曼无奈地拿开宁钰轩的手：“侯爷，在下现在是男人，您这样半夜还在在下的房间，是不是有些不妥当？”

宁钰轩脸色不太好看，抬手点了灯，皱了皱鼻子道：“你去喝酒了？”

“应酬。”季曼将外袍脱了丢在一边，总算是好受了一些。宁钰轩现在就像是半夜抓着带着满身酒气回家的丈夫的妻子，已经是一副打算盘问的姿态了：“你是不是又忘记自己是个女人了？”

季曼点头：“侯爷也忘记了吧，在下现在就是个男人。”下巴一紧，季曼抬眼就好像要撞到这人的鼻尖。宁钰轩抿唇看着她：“你还想要什么？”他都已经将好好给她了，怎么还不够？她就不能安安静静在他的后院带孩子？她为什么非得出去抛头露面？

季曼眯着眼睛看了他一会儿，道：“我想成为一棵树，不是一朵凌霄花，侯爷可明白？”

宁钰轩怔了怔，还没来得及开口问她这是什么意思，季曼就自顾自地打断他：“你这种大男子主义的没有浪漫情怀的人怎么会懂。”

自顾自地洗了把脸倒去床上，季曼伸手指了指门口道：“我明日还要给好好上课，这就不留侯爷了，侯爷慢走。”被她堵得无语，宁钰轩皱眉，颇为恼怒地转身离开。

宜都米的价格跟普通大米差不多，但是颗颗饱满，卖得不错。季曼也就拿了积蓄出来，在京城东南西北各个地方都租了店面，扩大销售范围。宜都一边还在不断

供货，只是看看存货，也是时候得考虑是修路还是继续扛着高运费薄利多销了。

赵辙进宫面圣之后，又到了太后宫里说话。从宜都出来到京城要走许多山路，故而母子这一别，估计又是要好几年不见了。吴庸正在想找什么借口让宜都王在京城多留一些日子，结果季曼就找上门来了。

“我觉得有必要修路，吴兄觉得呢？”季曼一脸认真地道。吴庸好奇地问：“好端端的修路干什么？那可是项大工程。”“就是因为是大工程，所以这笔钱得朝廷来出，就该趁着王爷还在京城的时候，利用太后去给皇上说说。”季曼道，“一旦路修好了，对我们以后的事情也是大有帮助。吴兄你想，修好一条路直达京城，以后万一运些兵器之类……是不是也要快得多了？”

吴庸皱眉：“宜都到京城之路，原本王爷也多次上书了新帝想要修的，但是新帝都以国库紧缺为由，全部拒绝了。”

“国库紧缺？”季曼笑了笑，“给太后修宫殿国库紧缺，给宜都修路国库也紧缺。可是听闻皇帝不是要给皇后修一个望月阁吗？那国库怎么就不紧缺了？”“这……”吴庸叹息，“也是情理之中。”

“身为谋臣，吴兄也该想想办法。”季曼一脸忠心，“总不能一直让皇帝亏待了王爷。”

吴庸郑重地点头。没过几天，陌玉侯这边就收到了要求拨款的折子，说是宜都王写的，新帝不好直接当面驳回，反而是送到了他这里。新帝的言下之意，就是要拿他当借口拒绝。

“要想富，先修路。”季曼立着一块小黑板，瞥着不远处宁钰轩的影子，一本正经地教好好，“跟夫子念一遍。”好好张开嘴：“要香父，先绣鹿。”宁钰轩嘴角抽了抽：“你这是什么意思？”

身子被人拉到了一边，季曼抬眼就对上了宁钰轩有些深沉的眼神：“修路一事，你也知道？”“什么修路？”季曼一双眼睛茫然无辜，摇头道，“在下不过是在教好好念无意在书本上看来的一句话罢了。”

“哦？”宁钰轩冷哼一声放开她，“什么书？你倒是说来听听？”季曼理了理衣襟，一本正经地道：“这句话出自《论语·修路》，《修路》是遗失的一则儒家经典，主要意思就是告诉后人，要想创造财富，就要先将路修好。道路往来方便之后才能更加节约时间，减少运输成本，最后降低商品价格，促进消费。”

看了看一脸呆滞的宁钰轩，季曼叹了口气拍拍他的肩膀：“就知道说了你也不懂。”

宁钰轩颇为无奈地看了她许久，随后转身打算离开。“侯爷刚刚说的修路一事，是什么？”季曼拉住了他的衣袖。宁钰轩顿了顿，侧头道：“宜都王上书请求修长郡与京城之路，你能不知此事？”

“知道啊，原来是这件事。这不是很正常的吗？皇帝也该允了。”季曼笑了笑道，“新帝刚登基不久，总不能就给众藩王落下个苛待兄弟的印象。一条路罢了，也费不了朝廷多少银子。”

“妇人之见。”宁钰轩轻哼了一声，“这条路不能修。”“为何？”季曼不解。宁钰轩没有多说，睨了她一眼就走了。

自然是不能修的啊，国库出钱替宜都打开贸易之路，运输一旦方便，很多事情也都方便了起来。新帝自然不会当这个冤大头。

只是，正值藩王进京的时候，太后对着几个亲王、藩王一通哭诉，新帝苛待母亲、薄待兄长的名声也就传出来了。本身赋税之上就多有严苛，新帝在民间的声望可谓极低，更有不少文人雅士写诗词歌赋暗讽。新帝昏君之名，不知为何也就渐渐让百姓心照不宣了。

陌玉侯以户部资金不足为由驳回了宜都王的折子，然而此事一出，望月阁也不得不停工。新帝的脸色很不好看。宁钰轩本想劝新帝忍过这一阵，等藩王回各自领地之后再继续修建也可。但是不知为何，新帝像是钻了牛角尖，非要继续将望月阁修完。

各路藩王不知收了宜都王或者太后什么好处，竟然纷纷上书帮着宜都王说话。一致谴责之下，新帝竟然宁愿同意修宜都之路，也不肯再让望月阁停工。季曼听着消息，简直要感叹一句，原来赵离那种心狠手辣心理畸形的人，心里也是有爱的。望月阁，望月阁，也真是不负捧月当初助他的一片真心。

宁钰轩对于新帝的这个决定表示很不满，但是没办法，人家是老大，老大的决定，他也就只能下达，令户部拨款。

季曼打着小算盘，路大概是要修个一两年的，其间自己还得一直薄利多销宜都米。不过好在她已经在赵辙那里拿了许可，宜都的米，外销都由她负责，就算以后路子打开了，利润多了，那也是都进她的口袋的。

季曼最近格外忙碌，因为再过一段时间，就到了粮行联盟会领头重选的日子。她不是京城人士，没有太多人脉，资产也不算太丰厚，可是她想要那个位子。虽然那个位子没什么实权，但是那位子是与官府打交道最多的。

想升职，除了业绩得突出，最重要的就是得会做人。季曼已经稍微抬高了宜都

米的价格，不会给各位同行带来过大的压力，继而就是约着各个粮行的掌柜一起吃饭喝酒了，顺带还约一下上次的唐主事，大家也就都乐意去。

没人会觉得季曼是在拉拢他们，因为每年联盟会竞争都特别大，季曼这种在他们眼里完全是小虾米，没有竞争的可能。

宁钰轩听着鬼白将季曼最近的行踪都禀报了一遍，嗤笑了一声道：“这女人怎么这样爱折腾？”卖个米都能这么忙碌，还请什么官吃饭，她难道不知道，户部也是在他手里的？夜色降临，季曼又是晚归，一回房就累得让丫鬟准备浴桶要洗澡。她脸上的人皮面具也戴了十天了，再不取就该满脸痘痘了。

关了窗锁了门，取了面具脱了衣裳，季曼将脸埋在水里再起来，长长地松了口气。果然工作压力再大，回来一个热水澡也就解决了。季曼愉快地将脸洗了个干净，擦干全身刚准备从浴桶里出来，就听见门“吱呀”一声开了。

季曼飞快埋回水里。她刚刚明明锁了门的啊，就这么被人推开了是怎么回事？“你倒是好闲情。”宁钰轩的声音已经到了浴桶边，看着水面鼓着的头发，无奈地将人拉出来，“也不怕把自个儿闷死。”

季曼红透了脸，看着他道：“侯爷能不能守着君子之礼，非礼勿视？”看着她，宁钰轩有一瞬间的怔愣，倒是没听见她说什么，只呆呆地伸手过去，碰了碰那许久未见的脸：“桑榆。”

季曼皱眉：“侯爷，在下是季满。”恍若未闻，宁钰轩低下身子来，拉过她的脸，轻轻吻上她的唇：“真是许久未见。”

图书 影视

春闺梦里人

白鹭成双 著

Chun Gui Meng Li Ren

下册

江苏凤凰文艺出版社
JIANGSU PHOENIX LITERATURE AND ART PUBLISHING

目录

春闺梦里人

第八十四章

朱玉润是个好姑娘

身上都没件衣服，季曼咬牙："让人知道侯爷闯世子夫子的房间图谋不轨，侯爷的名声还要不要了？""名声是什么？"宁钰轩一把将她从水里捞了起来，湿淋淋的溅了他满身，"我什么时候在乎过那个东西。"

早在他打开城门之时，陌玉侯三个字就已经成为不少人心里暗自诅咒的名字了。季曼微微一怔，被他抱着，身上的水都蹭了个干净。身子被放在床上，接着她麻利地裹着被子一滚。季曼抵着他的胸口，认真地道："两个没有感情的陌生人上床，就为了释放内心欲望，这样好吗？"

宁钰轩刚要吻上她的额头，却被这句话说得顿住了。他低头，静静地看着她："你和我，是没有感情的陌生人？""至少不是合法关系。"季曼干笑两声，"侯爷给的休书，在下还一直珍藏着。"

身子僵硬在了床边，宁钰轩定定地看了她一眼，抿唇道："我都忘记了，你已经不是我的夫人了。""嗯。"季曼随手拿了一件床上的衣裳穿上，"天色不早了，侯爷还是早些回去吧。"

"好。"宁钰轩起身，离开床榻正准备出去，又想起来道，"我来找你，是打算说，明日户部朱侍郎家有一个宴会，是贺朱家老夫人八十大寿的。你要不要随我去？"

户部侍郎？那可是户部副官，正四品的大人。她先前当侯府夫人的时候不觉得人家官有多大多厉害，现在成为平民百姓，才发现那真是该巴结着的人。

季曼就差摇尾巴了，眼睛亮晶晶地看着宁钰轩道："多谢侯爷。在下明日定当等着侯爷一同去。"宁钰轩淡淡笑了笑，转身离开了房间。他推开了门不知道关上，以至于季曼坐在床上，都被门口吹进来的风弄得有点冷。

第二天傍晚，宁钰轩的马车在正门等着，季曼将好好哄着去休息了之后，麻利地就跟着跳上了马车。"侯……"柳寒云正走到门口，本想说今日有宴会，自己作为正室，是不是也该跟着去，结果陌玉侯根本没有打算带上她，竟然带着好好的夫子去了。

这位季夫子最近也真是得侯爷器重，也因着对好好的偏心吧，侯爷把什么好的都给他了。柳寒云叹息了一声，转头回自己院子。

季曼一路上都在暗想该做些什么，会不会有什么忌讳。

宁钰轩靠着车厢打了个哈欠，倒是漫不经心地道："朱侍郎家有一子，与好好同岁，只是顽劣不堪，颇为让他头疼。你去，他应该还是挺欢喜。"微微一怔，季曼转头看他。这人是在帮她的意思吗？

"他不喜人话多，你自己注意便是。"宁钰轩扫她一眼，撑着头闭上了眼睛。季曼这感恩戴德，家里有尊大佛还是有点用处的。虽然万一宁钰轩哪天要是知道了她真正想要的东西，估计是不会继续帮她的，但是现在他能为她想着，带她来走后门，也是能让她有些感激的。

虽然这人可能与自己有不共戴天之仇，但是季曼不急，仇慢慢报，先得让自己站稳才是。

朱府门口人来人往，马车都要没地方停了。季曼本来还在担心，哪知宁钰轩的马车直接驶进了后门。一个四十岁左右的男人正拱手相迎："侯爷亲临，真是令叔友不胜感激。"

这人虽然穿的是常服，可是看起来肥头大耳的，又对宁钰轩如此恭敬，还自称其字，多半就是户部侍郎无疑。季曼先宁钰轩一步跳下了马车，朝他行了礼之后，就掀开帘子让宁钰轩下来。

奴才的模样倒是学得很像，宁钰轩看她一眼，站在门口对朱叔友点了点头："朱大人。"

朱侍郎笑道："因着正门口人多，所以叔友才在后门相迎，还请侯爷与这位大人莫要见怪。”

季曼笑着拱手：“在下不过是侯府夫子，大人唤一声季满即可。”

朱叔友呵呵笑了两声，一双眼睛将季曼打量了个遍，又看向宁钰轩道：“侯爷里面请。”

朱府也算是金碧辉煌。季曼一路走进去，感叹着果然是个官都会腐，官越高还腐得越厉害。四品之官，家里的规制都快赶上陌玉侯府了。

宁钰轩与朱侍郎有一搭没一搭地说着话，季曼就安静地跟在后头，时不时听见一句小女什么什么的，心里忍不住嘀咕，这些人还真是没闲着，不停想往宁钰轩身边塞人啊。可惜了陌玉侯还在三年孝期，不能有喜事，再怎么想塞也是白搭。

经过一个院子的时候，旁边突然就冲出来一个小姑娘，横冲直撞的，径直就冲进了宁钰轩的怀里。“玉儿！”朱侍郎脸色一变，怒喝一声。季曼就站在后头看着，心想这又是一出偶遇的好戏，只是不知这朱家小姐长得如何。

宁钰轩这等对女色来者不拒的人，伸手就将人扶了起来，看清朱小姐的脸之后，笑了一声道：“小姐小心些。”季曼往他身边蹭了蹭，一伸头就看见了这位小姐的尊容。“这是小女玉润，冒犯侯爷了。”朱侍郎擦着额头的冷汗道。

朱玉润，也是人如其名，一张脸圆圆的，身材也有些圆润。朱玉润虽然长得不难看，但是这样微胖的身材，显然不太符合宁钰轩的审美。看见自家爹爹的眼神，朱玉润才回过神来，松开宁钰轩的衣裳，不好意思地站到朱侍郎身边去：“玉润见过侯爷。”

宁钰轩点了点头，就继续和朱侍郎道：“方才说的宜都修路支出一事……”完完全全被无视了的朱小姐看见没有发生任何自己想象中的浪漫情节，小嘴嘟了起来，不乐意地跟在后面走着。

季曼看着，觉得有些同情她。一见钟情大部分情况下也是得看脸啊，脸不行，起码也要有点身材吧。朱小姐要啥啥没有，但是值得表扬的是，她有一颗勇敢的心。

跟着他们走了一路就算了，快到喜宴会场的时候，朱玉润一把将季曼拉到了旁边。没错，就是一位千金大小姐，直接将一个陌生男子拉到了一边。“你是侯爷的亲戚吗？”朱玉润眨巴着眼看着季曼问。

季曼想了想，算不算亲戚呢？她孩子管他叫爹，应该也算亲戚吧？遂点头。“那……那侯爷喜欢什么样的女人？”朱玉润扯着帕子问季曼。季曼低头仔细打量了一番这位小姐，看年纪应该也不小了，按理也该出嫁了。

“他喜欢苗条的、温柔的。”季曼没给她一点幻想空间，“而且他还有一年的

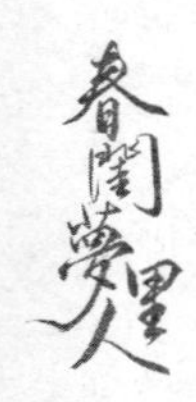

孝期。”

朱玉润垮了脸，眉毛都耷拉了下来，颇为沮丧地道：“好不容易瞧见个比他好看的……”

说到这里，朱小姐顿了顿，抬头看了看季曼。

“你是做什么的？”季曼转头望着那边的喜宴，自己应该跟过去的，得赶快摆平这里，“我是给世子上课的。”“夫子？”朱玉润的眼眸亮了亮，拉着季曼道，“你有妻室了吗？”

太阳穴跳了跳，季曼干笑两声拂开她的手：“没有，但是暂时还不打算娶。”

被女人看上可不是什么好事，季曼不管三七二十一，连忙挣脱开，飞一般地往宁钰轩身边跑去：“失陪了。”朱玉润站在角落里，依旧在碎碎念：“得嫁了，再不嫁就来不及了。”转身就往院子里跑。

季曼惊魂未定地站在宁钰轩旁边，他还好心地递了杯水过来：“不要乱跑。”“是。”季曼跟标杆似的立在他身边，跟着见了不少达官贵人，个个都夸季曼什么学识渊博。明明都没有说两句话，哪儿看出来的渊博啊？

寿宴进行到一半，有丫鬟跑来跟朱侍郎嘀咕了两句。朱侍郎神色微变，挥手让她下去。

“听闻季夫子尚未婚配？”季曼正在吃菜，听见朱叔友这么一句，一口菜差点喷出来，连忙站起身来道：“在下不急成家。”

宁钰轩在不远处与一群朝臣寒暄。朱叔友看宁钰轩一眼，伸手就将季曼拉到了一边。敢情这个习惯也是家族遗传。“季夫子在陌玉侯府，前途也该是一片光明，”朱叔友一脸和善地看着季曼道，“听闻还有些家业？”

“……家里有亲戚在开粮行。”季曼干笑了两声。朱叔友点点头：“最近进贡的米也该换了。宫里的米一直是在刘记米行进的，但朱某以为其实哪家米行的米都差不多。季夫子家里是何处米行？”

进贡的米！季曼倒吸一口凉气，有些戒备地看着他道：“朱大人太过抬举了，在下家里不过是小米行……”“呵呵。”朱侍郎轻轻笑了两声，“何必谦虚，只要成了贡米，什么小的大的，不都会立刻身价百倍？这件事说来也巧，恰好就是我在负责，内务府那边，我也是有熟人。”

话都说到这个份上了，季曼干脆就直接问了：“大人有何需要在下效劳的地方？”

能把这么大块肥肉让出来，估计这忙不会小，季曼也没猜错，真的不小。朱叔友张口就道："季夫子既然没有家室，那看小女如何？"

见过愁嫁的，没见过这么愁嫁的，朱玉润是得有多可怕，才会要她父亲赔上这么个代价才能把她嫁出去？季曼有些欲哭无泪，自己是女人，就算把皇宫给自己，自己也娶不了女人啊。

"我也知道这事急不得，你可以慢慢考虑。"朱叔友拍拍季曼的肩膀道，"毕竟小女也真是……唉。"坦白说朱玉润也不是很难看，季曼有些不解，为何愁嫁成这样了？归途的马车上，她就问了宁钰轩这个问题。

宁钰轩一脸踩着狗屎的表情看着她："他要你娶朱家小姐？"季曼点头："估计是看我相貌堂堂……""不能娶。"宁钰轩打断她，黑着一张脸道，"先不说你是个女人，就算是个男人，娶谁也不能娶朱玉润。"

"为何？"季曼有些惊讶。"她未出阁而怀有身孕，是不贞不洁之人。"宁钰轩一脸严肃地道，"你也最好离她远些。"季曼微微蹙眉，回想起朱玉润那身板，看来不是真胖，是有些孕后发福。

那时候的女人未婚先孕，多半不是要羞愤上吊就是要被人骂得不敢见人的，可是这位朱小姐好像很开朗。季曼不觉得她不贞不洁，而是觉得她有这样的心态，倒是不错。

回去府里，宁钰轩默默在她房间坐了一个时辰，喝了两壶茶，然后就走了。季曼没空猜他什么心思，第二天给好好上完课，又赶着去粮行看情况。"季夫子。"刚跨进粮行，就听见一个黏腻腻的声音，一转头，果不其然又是朱小姐。

周围的人看着朱玉润，都在指指点点。朱玉润却像没有看见一样，径直走进粮行，站在季曼旁边问："今日天色不错，季夫子有空能陪玉儿去游湖吗？""呸，不要脸！"季曼还没答话，外头就有个路过的老婆婆看不下去，随手丢了个臭鸡蛋砸在朱玉润的脚边。

好端端的裙子就脏了，季曼微微皱眉，朱玉润却当没看见，抖了抖裙角依旧看着季曼。

"去吧。"季曼也不知道自己是同情心作祟还是好奇这个女子背后的故事，点了点头。粮行里的伙计眼神古怪地目送他们出去，只有严不拔打着算盘，拉住了丢了鸡蛋想走的老婆婆道："清扫地板，或者赔两文钱。"

朱玉润拉着季曼，一点也没避嫌，丫鬟都没带一个，上了画舫就招呼季曼去坐。"朱小姐可是有什么事？"季曼明知故问。对面的女子看着季曼，笑容收敛了起来道："都说商人不喜欢亏本，今天我来找夫子谈生意的。"

季曼苦笑一声：“如果小姐希望在下能娶了小姐，那可能这生意谈不成。”“为何？”朱玉润皱眉。“我不举。”季曼一点也不羞愧地道。朱玉润的脸红了红，竟然笑了：“那更好了，我还白送你一个儿子呢！”季曼：“……”

“朱小姐只是想给肚子里的孩子找个爹的话，应该不难。”季曼轻咳两声，抿了口茶。

“我知道。”朱玉润咧着嘴道，“但是我想找一个比他更好看的男人，那可就难了。”他？季曼的八卦之魂被唤醒了，竖起耳朵问：“他是谁？”

第八十五章

当个新郎官

朱玉润咯咯笑了两声，眼睛弯成了月牙，还伸舌头舔了舔嘴唇，咽了口水道：“他呀，长得很好看很好看，一身青色绣竹的袍子，笑起来外面的雨都要停了。好看的眼睛、好看的鼻子、好看的嘴巴……”

季曼正准备在脑子里描绘一下模样，听见这个描述，嘴角抽了抽：“是怎样的好看？”

朱玉润捧着脸，一双眸子里泛着光：“就是很好看啦，我也说不出来。”

季曼：“……”

“可惜他不会娶我，不然我也不会天天被人骂了。”朱玉润叹了口气，嘟着嘴巴道，“肚子大起来啦，不嫁不行。你不举正好，我还想着有一天他想通了会接我回去，所以要为他守身！”

这朱小姐一旦嫁人，谁还愿意娶她？怀了身子人家都不肯娶，更别说嫁过人了。朱玉润是碰见怎么个男人，会这样狠心？“好歹是侍郎家的女儿，你爹不去找那男人负责？”

朱玉润又笑了，左右看看，红着脸道：“我不知道他姓甚名谁，也不知道他家住何处呀。”季曼傻了，看向她的肚子：“那这个？”

“半年前我跟着哥哥去游山玩水，路过一小镇，恰逢大雨，与哥哥走散啦。我走到一家客栈，经过一扇门的时候就看见门里那人俊美非常，实在忍不住，就半夜去找他了。”朱玉润语气很是平常地道，“那人还好凶，中了迷药还能睁着眼死死瞪着我。第二天他大概是有事，走得匆匆忙忙，都忘记带我走了。”

季曼下巴砸地上了。这意思是，这位大小姐路过人家房门看见一位英俊公子，春心萌动之下就直接给人下迷药了？季曼抹了把脸，干笑道：“既然是游山玩水遇见的，那自然不好再找了。只是朱小姐，在下是住在陌玉侯府的，还没有自己的宅子，你嫁过来恐怕会委屈了你；而且……我是真的不方便娶亲。”

“没关系啦！”朱玉润豪迈地挥挥手，“我不会嫌弃你的，就是给肚子里的孩子找个爹罢了。我被骂没关系，小孩子生出来还被骂，多惨啊。”

季曼沉默，娶女人这种事，自己是真的有点心虚……

“对了，爹爹说你那里开了米行的。”朱玉润眯着眼睛看着季曼道，“只要你肯当我孩子的爹，我爹爹会给你很多好处。你要什么路子我爹爹都有，不会让你亏本。”季曼眼眸亮了亮。

坦白说她也的确是蛮同情朱小姐的，可是她这身份实在不适合蹚浑水。不过要是有动力的话，她还是可以铤而走险的。

思考了一会儿，季曼道：“那我们来定个契约如何？我能娶你，但是不能一辈子和你在一起，你要是找到了孩子他亲爹，那咱们就和离。要是一直找不到，那季夫人的名头给你，咱们各过各的，也保不齐我哪天会突然失踪……”

“你想多啦！”朱小姐笑着摇头，“我没想坑你一辈子的。等孩子生下来满了周岁，你给他个名字咱们就能和离。”季曼突然觉得这么通情达理的女人竟然没人要，真是太没天理了。

“既然要成亲，那我还是回去同侯爷商议一番。”季曼道，“我还要教导世子，住得远也不方便，要看看侯府附近有没有什么宅子。”“你同意了？”朱玉润眼眸一亮，高兴地拍手道，“那我也回去跟爹爹商量嫁妆，一定不会亏待了你！”

季曼心情有些复杂，第一次要当新郎，觉得有点紧张，点了点头就下了船回侯府。她想过自己想得到一些东西，就一定会付出什么代价，但是没想到一来要自己做的，就是把自己卖了。季曼有些哭笑不得，幸好朱小姐虽然看起来有些另类，但是还是挺可爱的，就当互帮互助了。

回到侯府，季曼又去逗弄了一会儿好好，抱着他问丫鬟：“侯爷呢？”“侯爷那会子去了凌寒院，不知道现在在何处。”丫鬟答。季曼点点头，看着睁着眼睛望着自己的好好，又舍不得放下，干脆就抱着往凌寒院的方向走。

柳寒云正皱眉看着宁钰轩，他已经半个月没有在谁的屋里歇过了；今日好不容易做了饭菜请他来坐一坐，结果他还是一副心不在焉的模样。“侯爷可是有什么心事？”柳寒云轻声问，“最近都没怎么见着您。”

宁钰轩颔首，顺手抱起一边的曦儿，抿唇道：“朝里有事要忙。”可是他明明在府里的时间很多，还经常往好好那里跑，怎么就没空来看看曦儿？柳寒云垂了眸子道：“曦儿已经会念短诗了，侯爷都不来听听。”

“嗯？什么短诗？”宁钰轩抱着孩子微微挑眉，“曦儿，念来听听。”曦儿羞怯地看他一眼，别开头不说话。柳寒云有些急，轻轻扯了扯曦儿的小手：“念啊！”

撇撇嘴，曦儿就是不张口，还挣扎了起来。宁钰轩只得将他放下，刚松开手，就见季曼抱着好好来了。好好今儿早上刚学过诗歌，一看见宁钰轩就扭着小身板要下去。

季曼放下他，就看见一团棉花糖一样的小东西飞快地扑到宁钰轩的怀里，仰着小脸分外讨好地看着他。要是背后有尾巴，季曼觉得这小子肯定甩得跟雨刷一样。

“鹅鹅鹅，曲项向天歌。白毛浮绿水，红掌拨清波。”好好啥也没说，上来就背了新学的诗，一脸“你快夸奖我啊”的表情望着宁钰轩。宁钰轩轻笑，一把将他捞起来：“又会了一首新的啊。”

柳寒云的脸色有些难看，曦儿怯怯地抱着她的腿站着。季曼走进来，先跟她行了礼：“夫人。”点了点头，柳寒云看着季曼道：“这个时辰，怎么抱着世子过来了？”该用晚膳了，季曼看了看天色，干笑道：“在下有事要同侯爷商议，故而冒昧前来。”

“商议事情，带着世子干什么？”柳寒云语气有些不好，抿了抿唇才又柔和了一些，“万一磕着碰着，总是不好。”季曼抬头看了她一眼，她如今是正室夫人，虽然没什么背景，但是这一身打扮起来，气势还是很足的。跟以前的清淡有些不一样，她已经变得稳重而懂事了。

“是在下的疏忽。”季曼拱了拱手。宁钰轩抬眼看了看季曼，抱着好好站起来道：“有什么事，就回去商议吧。”“是。”季曼点头。

柳寒云的反应比季曼想象中的大。以前那个与季曼亲近、温和不争的人，今日看着好好和季曼的眼神里，多了太多的东西，也明显有些不悦。难不成有了孩子的女人，都是会脱胎换骨的？

季曼跟着宁钰轩走出去，觉得背后有点扎得疼。“你要说什么事情？”宁钰轩问。季曼一边走一边小声道：“我想成亲了。”宁钰轩的步子停了下来，眼神里满是迷茫："你刚刚说什么？再说一遍。"

"我说我要成亲。"季曼抬眼看着他道，"我已经答应要娶朱家小姐了，现在是想跟侯爷商议，在何处置办房子，才好每天来给好好上课。"宁钰轩很久都没反应过来，等明白季曼说的是什么意思之后，他的脸色才变了："你以为成亲是儿戏？你这样的……怎么同人家成亲？"

"都已经说好了，我只是给她孩子个名分，又不是真要洞房。"季曼道，"我不是来征求侯爷同意的，只是来告诉侯爷一声罢了。"宁钰轩的眼神凉了，抿着唇睨着她："不需要我同意？"

"为什么需要你同意？我又没卖身给侯府。"季曼道。嗤笑一声，宁钰轩抱着好好走近她一步，俯视着她道："你在侯府也有些日子了，我待你如何，你不知道？成亲这么大的事情，你竟然说不需要我同意，只是告知一声？"

季曼皱眉："侯爷，你与我之间唯一的联系只有一个好好，还有其他东西吗？"好好眨巴着眼睛，无辜地看看左边，再看看右边。宁钰轩深吸了两口气，显然是被气得不轻，笑了两声道："好，好，你爱如何便如何吧，同我没什么关系。"

"如何是什么？"好好茫然地看着自家爹爹，"好好不爱如何。"两个人都愣了愣，季曼没忍住，轻笑了出来。宁钰轩的脸色却没一点好转，抱着好好转身就走。"哎，侯爷，还没商量好我要住哪里。"季曼连忙喊了一声。

宁钰轩没理她，步子跨得极大，转瞬就走得没了影子。季曼愁了，最近资金紧缺，要买房子还是有点困难，在这里的京城买宅子，就好比在北京买房子。

天色不早，今儿就先回房休息，季曼始终坚信，船到桥头自然直。

第二天季曼起来的时候，遍寻好好不到，只有钱管家对她鞠躬道："夫子，侯爷说世子今日不必上课。"

季曼惆怅了，不上课是什么意思？她今天还打算教好好唱儿歌呢。季曼换好衣裳往北苑走，刚到门口就被人拦住了，说是侯爷正在见客。见客都抱着好好不撒手？季曼站在门口朝着鬼白干笑了许久，逮着机会往主屋里望了望。

好像那屋里依稀是有说话的声音，还听见什么"恭喜恭喜""必将到场"的话。无奈，好好是世子，她又不能跟宁钰轩强抢。他不让上课，那她还是歇着吧。

好既然答应了朱小姐要成亲，那么婚事自然得开始准备。关于聘礼的问题，季曼已经想过了，按照这里的规矩来办，大概也就花个几百两银子，置办一些像样的彩礼，再请个媒人上门去就行了。朱侍郎赶不及要嫁女儿，自然不会跟季曼太过计较。

往街上走了一趟，东家订红绸，西家订几坛子美酒，季曼怀着一种十分复杂的心情，准备好了大部分东西，又去了朱家一趟，商量婚期和具体细节。朱侍郎笑得很是开怀，觉得季夫子替自己解决了一个大麻烦。虽然随随便便将女儿嫁出去了也是有些委屈，不过能有人肯娶她，已经是天大的幸事了。

季夫子看起来实诚，听闻家底也算殷实，自己再帮着他打开两条路，前途也必然一片光明，自家女儿是不会吃亏的。朱叔友这样想着，便笑着跟季曼说了不少话，末了又带着他说去粮行看看。

季氏粮行生意尚算不错，不过做的都是寻常百姓的生意，铺子不大，虽然东西南北各有一间，但是每间也就两个店面大小。户部侍郎微服探访，带了一些亲信，到季氏四个粮店去指点了一番。旁边有人拿着纸笔不停跟着记着，逛了一圈之后，季曼一行人就撞上了刘记粮行的掌柜。

换选在即，刘掌柜也是铆足了劲，特意花大价钱请了唐主事出来吃喝。这厢刚从落雁塔出来，就撞上了季曼。季曼有礼地鞠躬道："唐大人。"唐主事对这个人还是很有好感的，点点头算是打招呼，正准备继续同刘掌柜去逛前面的玉器店呢，就看见季曼旁边的那顶轿子微微掀开了帘子。

脸色微变，唐主事上前就朝那轿子鞠躬，也没喊出名姓，就是行了个大礼。刘掌柜吓了一跳，连忙跟着行礼。这唐主事都要行礼的人，怎么会和季夫子在一起？"免了，我不过和季夫子随意出来走走。"朱侍郎扫了唐主事一眼，"你先去吧。"

唐主事脸上满是笑容，看着季曼道："季夫子果然是人中龙凤。""多亏唐大人提拔。"季曼笑着说了客套话。刘掌柜脸色不太好看。幸好这大路中间，几个人也没法多站，季曼跟着轿子走了，唐主事便继续走在刘掌柜前面。

"你说的下一届联盟会的事情也不急。"唐主事改了刚才的口风，笑道，"还有一月，你资历又足，不用太担心。"刘掌柜勉强笑着应下。

朱侍郎说季曼最近就准备着成亲的事即可，粮行的事情都不用操心。季曼谢了恩，就被丫鬟带去看朱玉润。

朱玉润的院子里已经开始准备贴喜字挽红绸了。她整个人好像又胖了不少，圆滚滚地坐在桌边道："满哥哥你过来，看我这喜帕绣得如何？"季曼自动忽略了她这称呼，走过去一看，一张红帕上面绣了一只奇怪的鸭子。

"唐老鸭？"季曼嘴角抽了抽。"……什么鸭？"朱小姐不高兴了，嘟起嘴道，"这是鸳鸯！""好的，鸳鸯。"季曼捂着脸坐下来，没忍住拿过她手里的绷子，"刺绣不是这样的。一般女儿家不是都会刺绣吗？你怎么连鸳鸯都绣成这样？"

旁边的丫鬟识趣地关了门出去，给他们两人留了空间。“爹爹没有强迫我学这些，我嫌麻烦，就没怎么绣过。”朱玉润撇撇嘴看着季曼落针，“你竟然会啊？”季曼好久没绣过了，觉得手痒，拿起被朱玉润绣坏了的鸳鸯就开始抢救。

“小时候闲着无事跟我娘学过。”朱玉润一脸崇拜地看着季曼，“我娘死得早，爹又只有我一个女儿，所以把我宠得什么都不会做。”季曼点点头，自己也看出来了。“没关系，有下人可以做。今天同朱大人商量了，后天我就来下聘，然后问了媒婆婚期，定下在这个月内迎你过门。”

朱玉润眼睛又笑成了月牙：“那可好呀，我终于能穿嫁衣了。”笑着笑着，她的眼睛就红了：“可惜你不是他。”季曼真是越来越好奇朱小姐嘴中的这个“他”是谁了，可是问又问不出来，只得憋着绣鸳鸯。

“对了，我其实会画画的。”朱玉润拉着季曼的手，有些骄傲地道，“这也算我唯一会的才艺了。爹爹说一个才艺都没有，会被夫君嫌弃。”季曼低头认真绣着，嘴里应道：“嗯。会画什么？”

朱玉润高高兴兴地就去将一幅画拿了出来，展开道：“你瞧，我会画他！”季曼一怔，抬头看过去，画上的男人一身绣了翠竹的袍子，有些狭长的眼睛笑起来带着点放荡不羁。

季曼觉得这画上的人长得就一般吧，也算有两分气质，看起来还有那么点眼熟：“画得不错。这是谁？”

朱小姐红着脸跺脚道：“他啊！就是我给你说那个，很好看很好看那个！”季曼瞪了那画几眼，眼皮直跳：“你说这是……你孩子的爹？”

朱玉润满眼星星地点头，手指小心翼翼地摸着画上人的脸，轻声道：“我没有见过比他还好看的人了，连他皱起眉头的样子都是那么迷人。”季曼打了个寒战，手差点被针戳个洞。

虽然画上这男人还不错，可是也没有朱玉润说的那样好看。可能是朱小姐的画工不到家，没有将这男人的风华全部画出来。季曼睁着眼睛凑近了画，就只有一个感觉——眼熟。

直到回到侯府，季曼都还在思考这个问题。结果踏进北苑，她发现宁钰轩还在见客，只是没在房间里，而是在北苑的走廊里下棋。他一手抱着好好，一手拿着白子，靠在走廊的红柱上，笑得颇为胸有成竹；而对面的人则是微微皱眉，执黑子不语。

听见动静，宁钰轩侧头看了过来，见着季曼，脸上的笑容瞬间消失得干干净净，板着脸将头扭了回去。对面的人下棋太专心，压根儿就没有抬头。“夫子。”好好张嘴先乖巧地喊了一声。

季曼找着台阶下了，连忙应着走过来，伸手想要接好好。宁钰轩抱着好好有些挣扎的小身子死活不放：“季夫子不是要成亲了吗，哪有空来教好好？”季曼走到棋盘边，规规矩矩地行礼道：“侯爷，在下有空给好好上课的，聘礼等一切东西都已经准备完全了。”

宁钰轩冷笑一声：“你还真打算娶？”“在下已经说过了。”季曼抿唇道，“在下没有卖身，有娶亲的自由。”宁钰轩气极反笑，把一颗白子丢到了远处的水潭里去，僵硬着脸别开头。

千应臣再沉迷于棋局也终于抬了头，有些诧异地看了一眼情绪变化极大的陌玉侯，再看向一边的季曼：“这位就是世子的夫子？”季曼一顿，侧头看向他，一见这眉眼，立刻就想起来了：“千大人！”

当初季曼与他有过一面之缘，他是千怜雪的弟弟、陌玉侯的挚友——千应臣。季曼还记得当时是他引着自己去见同好会的众人的，只是他后来似乎是被贬到了徐州，没想到如今还能在京城看见他。只是这张脸……季曼看了两眼就觉得凌乱了。

朱玉润画的那人不就是千应臣？季曼深深地看了千应臣一眼，这也太……千应臣看着季曼很是奇怪的眼神，不由得摸了摸自己的脸：“季夫子竟然认得在下？”“久仰千大人大名。”季曼干笑两声，又将他的脸扫了一遍，“听闻大人不是远在徐州吗？怎么……”

千应臣笑着道：“半年前就被调回京城了。季夫子是哪里的人，怎么对应臣似乎甚为了解？”不但了解，我还要娶你女人，给你的孩子当爹呢，季曼心里默默想着，笑道：“在下是宜都人士，只不过久仰大人，知道些消息，倒是不怎么了解的。”

千应臣曾也是同好会的管理人呢，有粉丝也不奇怪。这厢聊得开心，那头宁钰轩心情却不是很好，板着脸道：“应臣，棋就下到这里吧，我们去屋子里喝会儿茶。”

第八十六章

侯爷的喜好

千应臣回过神来点了点头，笑着朝季曼拱了拱手："在下与夫子也算投缘，再过不久便是应臣大喜之日，若是不嫌弃，夫子也可以来喝杯薄酒。"季曼的心瞬间变凉，脸上的笑容没了，愣愣地看着千应臣："你也要成亲了？"

旁边的家奴已经来将棋盘收了。"是啊。"千应臣起身，弹弹衣衫，笑得倒是的确好看，"侯爷亲自牵的红线，应该也是一段好姻缘。"季曼抿抿唇，想起朱玉润，心里有些觉得可惜。她还痴痴念着要为他守身生孩子呢，这厢都快另结良缘了。

不过朱玉润这样的女子，也的确不是谁都敢娶的。千应臣这小身板，估计也经不起那大小姐折腾。落花有意，到底是流水无情。长叹一声，季曼刚说了一句"恭喜"，旁边的宁钰轩就已经站起来了。

好好伸着小手，一直不停地去扒拉季曼的衣摆，可惜小手不够长，压根儿就够不着。好不容易要够着了，宁钰轩竟然一个起身，抱起他来往屋里走了。白嫩嫩的小爪子从空中划过，还是没能拉住季曼的衣角。

"夫子。"好好不乐意了，趴在宁钰轩的肩头上望着季曼，可怜巴巴的。季曼被他叫得心软，咬咬牙，还是决定厚着脸皮跟进主屋里去。

虽然人家换地盘聊天，显然就是要避开她的，但是她很好奇朱玉润与千应臣到

底是怎么回事，也舍不得好好小可爱这么眼巴巴地瞧着她。跟在宁钰轩的背后，季曼几次换着方位想伸手去抱好好，可宁钰轩偏跟后脑勺有眼睛一样，就是不给她碰着。

季曼气急，很想朝着这后脑勺来一拳。结果宁钰轩开口，凉飕飕地来了一句："夫子最近既然要忙成亲，定然无法照顾好好，不如我就另请高明吧。""怎会？"季曼吓了一跳，连忙将双手背在身后，战战兢兢地道，"在下成亲只需要忙碌一天，反正没有什么亲戚友人，也不会请假休息，当然是有时间照顾好好的！"

宁钰轩侧过头来，一张脸上没什么表情："成亲了便要在侯府外面住，好好若是有事，你能马上来府里？""能啊能啊！"季曼点头如捣蒜，"成亲之后我和朱小姐也是可以分开住的。她住在外面的宅子里，在下可以继续住在侯府。"

淡淡地哼了一声，宁钰轩道："你这样对朱小姐未免太不公平了。"季曼看着好好，心下只急见不到好好这回事。"朱小姐通情达理，不会责怪在下。"季曼说着，还侧头看了千应臣一眼，"并且在下的婚事，说不定就有什么变数了呢。"

千应臣专心想着刚才的残局，压根儿没有注意季曼说了什么。宁钰轩看了她一会儿，"嗯"了一声没有再说话。季曼松了口气，这位爷手握好好，还真是个自己惹不起的。不过当务之急，她应该去告诉朱玉润，她知道是朱玉润的心上人谁了。

千应臣就在这里，还要成亲了，万一朱玉润知道，以她那性子，会不会拿着菜刀去抢亲啊？思索良久，季曼还是决定请朱玉润来侯府一趟。正好宁钰轩好像与千应臣有说不完的话，今晚看着也是打算秉烛夜谈。

季曼原打算是给朱小姐送消息，让她第二天来的，可是真的是小看了朱玉润，那小姐一听闻有疑似她画中人的人出现了，二话没说，大半夜挺着个大肚子，直接翻了侯府的墙。

季曼一边心惊胆战地给她扶着梯子让她从墙上下来，一边左右看看防着护卫巡逻。"你这么着急干什么？"季曼看着她的肚子，再看看高高的墙，吓得魂都快没了，"不能明儿走正门吗？"

朱玉润擦擦额头上的汗水，嘿嘿笑着道："太久太久没见他了，再来晚一点，我怕他忘了我。我反正睡不着，不如就过来看看。"这过来的方式也是真的非同寻常。季曼都不知道该怎么教训她了，分明是养在深闺的大家闺秀，做事比自己还大胆，朱府竟然也没个能管得住她的！

季曼正叹息着，胳膊就被朱小姐给抓住往前拖了："他在哪里？"季曼连忙先将人拽回自己的房间，给她从后院晾衣竿上偷了一套最大码的丫鬟衣裳来，让她换好了，才带着她往北苑走。

幸好侯府的地形季曼都熟悉得很，选了最近的路线，没一会儿就到了宁钰轩的房间。灯显然还是亮着的，门都没有关上，宁钰轩和千应臣还在里头边下棋边说话。“宜都之路一旦通了，侯爷行事也会便利许多。”千应臣敲着棋子道，“本是不该提的，倒是没想到新帝竟然会这么允了。”

“也是在我意料之外。”宁钰轩抿唇道，“这法子早先就有人提过，我觉得不可行，便否了。没想到倒还是我想少了一层。”季曼听着这对话，微微怔了怔。朱玉润却已经扒拉着门框往里瞧，眼珠子都快掉出来了，挤着季曼，发出沉重的撞击声。

嘴角抽了抽，季曼赶在里头的人出来看情况之前，一个狮子滚绣球就滚到了屋里，半跪着道：“侯爷，季满有事禀告。”宁钰轩皱眉看她一眼：“这么晚了，你过来做什么？”

千应臣也往这边看了过来，一脸的迷茫。

季曼甚至都可以听见朱小姐倒吸凉气的声音了，连忙道：“侯爷请跟在下来，急事，真的很急！”宁钰轩被她这语气吓了一跳，想了想，站起来就拉起她的胳膊往外走：“应臣，你稍等片刻。”

“好。”千应臣笑着应了，看着季曼被跌跌撞撞地拉出去，眼里倒是有些笑意，但是很快他就笑不出来了。宁钰轩和季曼刚走不久，一团衣裳便从门口飞奔了进来，抓着他的衣襟激动得浑身颤抖：“公子，我可算找到你了！”

看清来人的脸，千应臣脸上一阵红一阵白，最后变成了青色：“你……”“是我是我是我！”朱玉润高兴地道，“就是在徐州里县客栈里跟你有过肌肤之亲的那个！想不到你还记得我！”

要忘记这样的女子，也真的是蛮难的。千应臣噎了好一会儿才长出一口气，脸色不太好看地道：“姑娘来找在下，有什么事吗？”

这头宁钰轩带着季曼走到花园附近，皱着眉问：“到底怎么了？”

季曼想了很久也没想到充分的理由，只能拉着他的手有些生硬地道：“今晚月色很好，想和侯爷出来散散步……”宁钰轩表情一滞，随即冷笑了一声。“侯爷别生气啊。”季曼松开他的手，双手背在身后道，“我不是故意要假装有急事的，是因为……因为……”

“怕我赶你出府，见不着好好了？”他帮她补上半句。季曼连连点头，没错，就是这样。

今晚的月亮也真是挺好的，月华洒在地上，两个人的影子很近很近。宁钰轩突然叹了口气，看着她道：“既然不想离开好好，那成亲做什么？”

“成亲也是有我自己的原因的……”季曼撇嘴道，“对别人好也对自己好的事情，为什么不做呢？”“你都能考虑到好好，为什么不能考虑到我？”宁钰轩哼笑一声，深深地看着她的眼睛，“娶了朱侍郎家的女儿，对你来说是很好，我呢？”

他的眼眸深不见底，看得季曼有些心惊，下意识地想躲开：“侯爷怎么了？”她是娶女人，又不是嫁男人。宁钰轩深吸了一口气，伸手将她抱在怀里，万分无奈地叹息：“你这自私鬼。”

季曼的身子有些僵硬，腰被搂着，整个上身都贴近了他怀里。他微微弯着腰，手倒是越收越紧。

温婉带着茶点从旁边小路而来，正整理着衣裳，却被檀香拉了拉袖子：“怎……”檀香就示意温婉别出声，伸手指了指那边。

月色之下，侯府花园门口，侯爷竟然公然抱着一个男人！温婉微微错愕，接着踮脚走近了一些。宁钰轩松开季曼，捏着她的下巴就吻了上去，像是久旱逢甘霖一样的饥渴，差点把季曼的腰折了。

温婉倒吸了一口气，捂住了自己的嘴，眼里满是不可置信。后面跟着的三个丫鬟都连连后退，装作没看见，迅速离开这是非之地。只有温婉待了好一会儿，才跌跌撞撞地转身回去。

温婉摇头，不可能啊，他怎么可能……最近他虽然一直没有来后院，可是孩子都有了，他怎么能……跌坐在地上良久，温婉起身往柳寒云的院子里去。她太久没承宠了不清楚状况，这事还是得问问其他女人！

柳寒云正拉着曦儿教他说一些漂亮话，外头椿皮就禀告说温婉来了。这大半夜的，温婉能有什么事？柳寒云皱眉让温婉进来，就见温婉脸色有些发白地站在自己面前，抬眼看了看旁边的丫鬟。

“怎么了？”柳寒云顿了顿，挥手让丫鬟们都下去，椿皮也就将曦儿一起抱了出去。

“妾身从北苑来，见着些不该见的……”温婉想起那画面，还觉得心里难受，“夫人可了解季夫子？”提起季夫子，柳寒云表情也不太好：“我从哪里了解？自从他进府教世子功课，侯爷就常常与他在一处，连曦儿都没来看上两眼。”

顿了顿，想起上次的事，柳寒云还有些不能释怀：“上次朱侍郎母亲大寿，本还想问侯爷我是否要同去，结果侯爷带着那夫子去了，半句也没问过我。”温婉听着，心里更凉，捏着帕子轻声问：“侯爷多久没来夫人这里了？”

柳寒云看了她一眼：“你还能不知道吗？”时时刻刻打听着侯爷在哪里的女人，怎么可能不知道侯爷半个月没进她院子了？侯爷就算是来她这里也只是用膳，坐坐就走了。

温婉抿唇，鼻子有些酸："我日日夜夜盼着侯爷来，想着是不是自己哪里没做好，已经努力改掉侯爷不喜欢的地方了，侯爷不来看我也就罢了，今晚竟然和那夫子在院子里……"

"和夫子在院子里怎么？"柳寒云看着温婉这表情，有些好奇。温婉凑近她耳边说了两句，柳寒云睁大眼睛，摇头道："不可能！""这是妾身亲眼所见。"温婉红着眼睛道，"原以为他进来只是教世子的，没想到是只男狐狸精，还会勾引侯爷！"

柳寒云扶着桌子，深吸了好几口气才道："我不信这样的事情。你且先回去，等明日天亮了，我去找侯爷问个清楚。"有人愿意当出头鸟，温婉自然是乐意的，揉着帕子就告退了。

这头北苑里，千应臣已经冷笑着将朱玉润推开，睨着她道："在下从未见过你这般惊世骇俗的女人，客栈之中对在下施以迷药不说，身为女儿家，竟然还做那般事情。"朱玉润半跪在地上，嘟着嘴巴道："人家喜欢你嘛。"

"我也喜欢人家院子里的花，是不是就可以直接翻墙进去采了？我还喜欢路过的农家里的小女儿，是不是可以直接抢来带上马走了？"千应臣铁青着脸道，"不问自取是偷，偷乃下流之事。我没有与你为难都算好，你还敢再次找来？自己都不洁身自好，我又为何要对你负责？"

朱小姐被说得一愣一愣的，歪歪头看了他半晌，张口问："你喜欢哪家农家里的小女儿？"千应臣快被气死了，他压根儿就不知道这女人是从哪里冒出来的。徐州那一晚让他窝火至极，一连做了好几个晚上的噩梦。他本以为离开徐州到京城就没事了，结果时隔半年，竟然还又遇见了这疯女人。

"我快要成亲了，喜欢谁都与你无关。"千应臣冷笑一声，扫了一眼她的肚子道，"你该不会是要说你怀的是我的孩子，所以我就必须娶你吧？你这样的女人，难道不该被送去浸猪笼？"

朱玉润被他说得有些手足无措，扯着衣角道："你不要这么生气，也不要同别人成亲啊。我……没问过你就……是我不对。可是爹爹告诉我喜欢的就要去争取，我不知道会被浸猪笼，而且，这真的是你的孩子。"

揉揉太阳穴，千应臣不知道该说什么好了。半年前的事情本身就是个意外，非他所愿之事，他讨厌被人强加到头上。朱小姐想了一会儿，小心翼翼地看着他道："要不然你娶我当妾室也是可以的，总不能让孩子就这么没了爹啊。"

“恕在下直言。”千应臣打断她，站起来道，“我不会娶一个没规矩、不知廉耻的女人。当初是你强迫我，你这孩子不管是谁的我都没有要娶你的打算。别说妾室，你就是去我府上当丫鬟我都不敢要你。”说罢，千应臣抬步走到门口：“有人吗？”

鬼白正好端着茶来，闻言进去道：“千大人有何吩咐？”“劳烦把这丫鬟带下去吧。”千应臣道，“不知贵府为何会留这样的人。”鬼白一愣，低头看了看地上跪坐着的女子。

朱玉润呆愣愣地仰头看着千应臣，一动不动。

“这……”鬼白打量了一会儿，将茶放到一边，抿唇道，“这位姑娘不是侯府的丫鬟吧？面生得很。”千应臣一愣，转头嫌恶地看她一眼：“还敢冒充侯府丫鬟？既然不是府上的，那就移交官府处置吧。”

朱玉润回过神来，这才有些慌了：“不要不要，送去官府，我又得给爹爹丢人了。”

“你丢的人还不少？”千应臣嗤笑一声。鬼白已经将她扶了起来，将她的双手押在背后。朱玉润挣扎了两下，看着千应臣道：“我知道你只是一时之间无法接受，也明白我的做法是过分了一些，我们只是缺一些相处的时间。相处久了，你也是会接受我的。”千应臣像是听见了什么笑话，上下扫了她两眼，摇了摇头。

季曼伸手推开了宁钰轩，有些不自在地别开头，下意识地伸了袖子将嘴巴擦了擦。这人真是不分时间不分地点，说亲就亲。要不是怕惹毛他不给见好好，她该帮他咬舌自尽了去。

不过宁钰轩没注意她的动作，心情甚好，松开她转头看向别处，嘴角也是微微弯起。

趁着花好月圆的良好氛围，季曼顺便就将朱玉润的事情告知了宁钰轩。宁钰轩看她的眼神有点奇怪：“你若是想要什么，为何不同我说，还要牺牲自己去娶妻？”

眼睛亮了亮，季曼就差摇尾巴了：“想要什么侯爷都可以给吗？”“嗯。”宁钰轩很大方地点头，“只要你给得起相应的代价。”还不如不说呢，季曼撇撇嘴，比起朱玉润要的东西，宁钰轩要的肯定多多了，自己还不如多走点弯路。

“啊，对了，也不知道玉润和千大人怎么样了。”季曼拍拍脑门，“我们回去看看吧。”

方才那亲密的气氛，转眼就被季曼抛到了脑后。宁钰轩还有许多话想说，统统堵在了喉咙里，最后只得叹一口气。

走回屋子，季曼老远就看见鬼白小心翼翼地押着一个女人出来。那女人手被锁在背后，脚还死死地勾着门槛，不泄气地朝屋子里吼道：“我是认真的，我不会放弃的！”季曼擦了擦额角的汗，这朱小姐怀着身子还不消停，也不怕孩子有事。

连忙走过去，季曼朝鬼白笑道：“这是在下的朋友，请高抬贵手。”鬼白一愣，松了手。朱玉润瞬间就跟一个弹力球一样蹦回了千应臣身边：“我会画画，可以每天安安静静地陪着你不吵不闹，还能给你生孩子，多好啊。”

宁钰轩微微挑眉，跨进门去看着脸色分外难看的千应臣，明知故问地道：“这是怎么了？”千应臣快被烦死了。虽然他知道一般这种情况下男人得负责，可是朱玉润实在是他的噩梦，他不想多看她一眼。

“侯爷，应臣的喜帖，择日就送上府来。”千应臣深吸一口气道，“至于这位姑娘，还请侯爷帮个忙，让她离我远一点。”朱玉润撇撇嘴，抱着他的胳膊道：“都说了你不要忙着成亲啊，给我们彼此一点时间，你会爱上我的。”

宁钰轩看了季曼一眼，轻笑道：“朱小姐不是要同季夫子成亲吗？”朱玉润和千应臣都是一愣，千应臣看向季曼的眼神里瞬间充满了同情：“你要娶她？”季曼干笑了两声，朱玉润立马摇头：“我找到你了，那我与季夫子的婚事就可以不作数了。我跟你回去！”

“我不会带你回去。”千应臣再次将她推开，“劳烦你，有些女子的矜持可好？”第三次被推开，朱玉润好像老实了些，终于站在原地不动了，只是一双眼睛，还是眨也不眨地看着千应臣。

“这是朱侍郎家的女儿。”宁钰轩拍拍千应臣的肩膀道，“你过两天，可能还得去户部与朱侍郎说一些事情。”千应臣脸色沉了，自己此番从徐州调回来，当的也不过是户部主事，官居侍郎之下。而这个烦人的女人，竟是朱侍郎的女儿？

头有些疼，千应臣朝宁钰轩行礼道：“应臣今日就不在府上叨扰了，还是早些回去为好。”“这么晚了你还回去？”朱玉润眨眼道，“就在侯爷府上歇息了多好啊。”季曼悄悄拉了拉她的衣袖。这姑娘也真是不把自己当外人，明明是偷偷翻墙进来的，还敢在主人家面前邀请其他人就在这里住下？

千应臣没看她，就当没听见她说的话。宁钰轩看了朱玉润两眼，朝千应臣点了点头：“也好，我让马车送你回去。”“多谢侯爷。”朱玉润甚为不甘心。季曼伸手拽着她的衣袖，差点没拽住。这姑娘的眼睛就差粘在千应臣身上了，许久也没收回来。

“朱小姐。”宁钰轩微笑着开口了。朱玉润站在宁钰轩面前就格外乖巧，双手背在身后，脚尖并拢，老老实实地应一声：“侯爷。”“应臣要娶的是彭太傅的孙女。”宁钰轩微笑道，“彭小姐温柔贤惠、知书达理，是很适合应臣的人。”

朱玉润的身子僵了僵，有些茫然地抬头看着宁钰轩。“不过，要他纳妾也不难。

你取消了与季大夫的婚事，我来帮你想办法如何？”大尾巴狼一脸温和地道。眼眸亮了亮，朱玉润几乎是毫不犹豫地就往坑里跳：“侯爷愿意帮玉润吗？”

宁钰轩点头：“应臣虽然讨厌你，可是你毕竟有了他的孩子。你也说你们缺的是相处，我还可以给你们一些相处的机会。”“多谢侯爷！”朱小姐大喜，挺着大肚子就给宁钰轩跪了下去。

季曼微微皱眉，从方才千应臣的反应来看，怕是恨死了朱玉润，怎么肯再纳她为妾？季曼总觉得朱玉润这样的傻姑娘，不太适合在情场里纠缠，下场不会好了去。

天色太晚，宁钰轩吩咐鬼白给朱小姐安排了房间，打算第二天带她去千府玩玩。

季曼打算回自己房间。临走的时候宁钰轩伸出手拉住了她。季曼回头，脸上都是无邪笑意：“侯爷晚安。”宁钰轩深深地看着她的眼睛，点头：“嗯。”

假如一个人害了你全家，你看他的眼神里，会没有恨意吗？可是季曼看着他的眼神里很干净、很坦然，像是他们之间什么也没发生过一样。她不拒绝他的拥抱、亲吻，浑身对他都没有抵触，只是他能感觉到，自己从来没有走进她的心里过。

他突然就有些恼，很想跟她说他打开城门引二皇子之兵入城的经过，很想问问她是不是在恨着自己。可是她只是个女人，就算知道当初情形是如何，她也不会原谅他的行为吧。而他就算想求得原谅，对上的都是她一双无波无澜的眸子，连一句对不起都说不出来。

他没有遇见过这样的女人，所以完全不知所措了。明明有大业未成，他却每天想的是这些东西，也不知是不是魔怔了。松开她转身回房，宁钰轩暗暗在心里发誓，明日要进宫与朝臣商议大事，断不能把心挂在她的身上。

季曼送了朱玉润回房间之后，便回去洗漱就寝。今晚她做了噩梦，梦见自己与宁钰轩站在月光之下，他温柔地靠近自己，而后张开了血盆大口，将整个人吃了下去。季曼醒来的时候已经天亮了。丫鬟抱着好好站在她的床前，轻笑着道：“夫子，该给世子上课了。”

宁钰轩终于肯让好好上课了，季曼笑着揉了揉眼睛，麻利地起来收拾，带着好好去花园里。身后的丫鬟目送他们出去，站在房间门口笑着等他们走远，而后转身进了季曼的房间，关上了门。

季曼的房间干净得很，几乎没有什么东西。丫鬟在放配饰的匣子里翻了翻，就只翻到一个荷包，打开看，里头是一些不起眼的街边小摊上卖的东西：一个同心结，一个同心环。

丫鬟正犯嘀咕，门外却传来朱玉润的声音：“季夫子你起了吗？”

丫鬟吓了一跳，连忙端起旁边的水盆，装作收拾房间。朱玉润直接推开门，看见丫鬟，疑惑地问："夫子呢？""领着世子去花园了。"丫鬟笑了笑，端着水盆很自然地走了出去，那荷包也就顺手揣在了衣袖里。

夫子也是很忙的啊，朱玉润想了想，还是自己去千府吧。昨晚上她一直睡不好，总担心她的画中人出什么问题。

季曼上了两个时辰的课，其实也是陪着好好玩了一个半时辰，然后给他唱了半个时辰的儿歌。季曼蹭蹭他的小脸蛋，感叹地道："你要是我一个人的就好了。"

好好歪着脑袋："我还是爹爹的。""对啊，所以夫子很难过。"季曼假装伤心地说了一句。好好认真地想了一会儿："爹爹没有好好也会难过，好好先让爹爹不难过，再让夫子不难过。"

季曼哭笑不得，这就是儿子跟着爹久了，事事以爹为先了。不行，她还得多给他讲几个世上只有妈妈好的小故事，洗脑就该从小做起。

丫鬟带着荷包从花园经过，径直去了柳寒云那里。"这东西有什么意思？"柳寒云看了看那同心结和同心环，抿唇道，"那季夫子不是要成亲了？这兴许是他与别人的定情信物呢。"

温婉坐在一边，皱眉道："谁家定情信物用这破东西，一点分量都没有。妾身也打听了，那季夫子要娶的是朱侍郎家的女儿，昨晚还在北苑闹腾着呢。就是这样妾身才觉得可恶，一个要成亲的男人，还来勾引侯爷。"

柳寒云将东西还给那丫鬟，示意她放回去，转头看着温婉嗤笑道："如今这府里都没什么人了，就剩些自家人，我还以为可以安稳度日了，结果又来了个男人。""成亲之后，他也是该搬出去住的，应该就不会有什么威胁了。"温婉绞着帕子，"妾身只恨他成亲的日子还远，指不定这段时间就把侯爷的魂给勾走了。"

若是女人，还可以抢一抢，若是男人，那该怎么抢？不过温婉尚可以安慰安慰自己，侯爷说不定是一时冲动，毕竟自己也跟在他身边这么久了，从来没发现他有这样的嗜好。兴许只是月色太美，人都被迷惑了。

那位主子已经有了她，不可能还派一个人过来跟她争宠，这不是以子之矛攻子之盾吗？兴许是季夫子在用特殊的方式做什么事。

教完好好，季曼出府了一趟，打算还是先将聘礼给置办好。虽然宁钰轩说了要帮朱小姐，但是她有预感，这事很不靠谱，她还是先准备着。

但是没在街上走两步，一辆马车就在季曼旁边停下来了。车帘微微掀起，吴庸

轻唤了季曼一声："季兄。"季曼一顿，很自然地上了车。赵辙自然是在的，看着她笑得不带感情："季夫子似乎最近过得不错。"

季曼恭恭敬敬朝他行礼，手交叠，头叩下："不负王爷厚望。""听说你要成亲了，是打算离开陌玉侯府吗？"赵辙也没让她平身，就这么悠闲地问了一句。季曼摇头："在下已经考虑周全，即便成亲，也会依旧住在侯府。"

"如此甚好。"赵辙颔首，"你与陌玉侯倒是亲近得很，有些事交给其他人，倒不如交给你了。"就知道赵辙突然找自己定然有事，季曼垂眸道："但凭王爷吩咐。""宜都之路一旦修好，铁石必会被军器所征收，此事你可知道？"

季曼点头，凡事有利有弊，要把宜都通往京城的大路打开，定然会有代价。宜都除了大米之外盛产的就是铁石，因此宜都之兵，用的铠甲刀剑都是极好的。"在下能做什么？"

赵辙深深地看着她道："我需要你替我偷陌玉侯的印鉴，篡改征令上的一些细节。"

季曼嘴角抽了抽，宁钰轩那防备心极重的人，印鉴之类的东西说不定是藏在暗格里的，自己现在以夫子的身份，房间都不太好久留，还怎么偷？"你不用担心，必要的时候有人会协助你。要是实在拿不到，你也先保全自己。"赵辙摆了摆手，一副我没有在你身上寄托太大希望的表情。

"在下明白。"幕僚有幕僚的价值，她身上的剩余价值也就是跟一些人还有些扯不清的关系，加上她会审时度势，知道赵辙要什么，也知道他每个举动的意义，并能帮着他一点，所以他才会留下她。

虽然这个任务看起来很艰巨，但是她还是得想办法完成。平静地下了马车，置办完东西季曼就回到侯府。宁钰轩还没有回来。他不在的时候，他的书房和卧房都是有人看守的，无法靠近。

季曼正觉得有点惆怅的时候，赵辙口中的帮手就来了。"季夫子，"温婉笑着朝他行礼，"听闻夫子要成亲了，婉儿还没来得及道喜。""多谢。"季曼朝她拱了拱手。温婉打量了一番他的脸，分明是一个脸苍白得没血色有些病弱的书生，哪里比得上自己的秀丽容貌。

"想必夫子出去一趟也知道了。"温婉皮笑肉不笑地道，"晚上待侯爷回来，就需要夫子与婉儿多配合了。""你打算怎么做？"季曼看着她，总觉得很不靠谱。"等侯爷回来，婉儿会去书房将侯爷引到外庭，夫子趁机进去将东西拿了，如何？"温婉道。

季曼心里冷笑，她万一没引住，宁钰轩一个转身，那不就死定了？"好主意，就这样吧。"想了想，季曼却应了。

第八十七章

拿印鉴是个技术活儿

温婉见季曼答应，分外高兴，捏着帕子道："既然如此，那婉儿就下去准备了。时候到了，婉儿会让檀香来知会夫子。""好。"季曼笑着点头。

宁钰轩是盏不省油的灯，没事的话，季曼是不会去挑战他的底线的。就算他现在可能对她这个人有点兴趣了，但是也仅限于有点。温婉这计谋简直是过家家，宁钰轩是不会就这么让人把最重要的印鉴弄到手的。

季曼吃了个饭，下午就出府去找人了。朱玉润与宁钰轩今天一天都不知道去哪里了，季曼也就正好跑去长郡王下榻的客栈里，找吴庸借了个人。晚膳时分，宁钰轩才回来，一回来就将季曼叫到书房去说了个坏消息："应臣昨晚从这里回去的时候，马车在路上翻了车，人受了点伤，朱小姐已经过去照顾了。"季曼微微吃惊："伤得不重吧？""不重，朱小姐本是不该留在千府的，奈何她执意要留，还说要照顾到应臣伤好为止，我也就随她去了。"宁钰轩说着，看了她一眼道，"你今天都干了些什么？"

季曼眨眨眼："教了世子功课之后，与婉主子说了会儿话，之后就去街上逛了逛，置办了聘礼。""你这婚事明摆着成不了，还置办什么聘礼？"宁钰轩冷笑一声，"你还真铁了心要娶个女人？"

“不是。”季曼微微叹息道，“大皇子是觉得千大人应该不会给朱小姐名分，到头来为了不得罪朱侍郎，在下得替侯爷收拾烂摊子，给朱家一个台阶下。”“怎么成了你帮我收拾烂摊子了？”宁钰轩挑眉。

季曼叹息道：“千大人与侯爷是挚友，官职不如朱大人，但若他实在不想娶朱小姐，朱大人顾着侯爷的面子，自然也不会强求。但是如此一来，朱大人心里也必然有怨恨。在下的举动，不过是替侯爷消了朱大人的怨恨。”

宁钰轩愣了愣，站起来走到她面前低头看着她：“你说的倒也有几分道理。”这人的气息又靠近了，季曼低头。宁钰轩的手好像抬了起来，像是想碰碰她脸上的人皮面具。“侯爷。”手都已经快到脸旁边了，温婉突然出现在门口，看着屋子里两人这情形，脸上的笑容僵了僵。

“你怎么来了。”宁钰轩收回手，坐回一边的椅子上，端了杯茶掩饰尴尬。温婉抬了抬嘴角走进来，将一盅鸡汤放在桌上道：“婉儿许久没看见侯爷，想着也该给侯爷做点东西来。”“你做的？”宁钰轩看了一眼那汤盅。

温婉害羞地颔首：“侯爷不是曾经说婉儿不会下厨吗？婉儿如今可是会了。”季曼站在旁边看着，只觉得宁钰轩那脸上的表情淡得很，完全没有了最开始一看见温婉就自动融化的温柔。

喜欢你的时候你哪里都好，不喜欢你的时候你做什么也是不值一看的。温婉不去认真想想对方为什么不喜欢自己，而是盲目地想改变想挽回，有用吗？

“嗯，你放着吧，我等会再吃。”宁钰轩轻声道。

温婉看了季曼一眼，伸手去拉着宁钰轩的胳膊撒娇：“难得人家这么远走过来，侯爷不陪婉儿出去看看月色吗？就一会儿，婉儿想同您说说话。”宁钰轩微微皱眉：“我与夫子还有事要谈。”

温婉抿唇，才不相信这两人刚才那般暧昧地站在一起，是想谈事。“侯爷……”眼里迅速涌上了泪水，温婉拉着他的胳膊低声道，“婉儿这些日子以来，再也没吵没闹过，也没要侯爷天天来看妾身，更是为了侯爷都下厨了。您难道就真的这样狠心，连婉儿这么一个要求都要拒绝吗？”

季曼帮着开口道：“侯爷不如先与婉主子去吧，在下候着便是。”宁钰轩僵硬了身子，沉默了一会儿，终于站起来往外走。温婉大喜，朝着季曼使了个眼色，便跟着跑了出去。季曼一刻也没停留，跟着跨出门槛，趁着鬼白来守门之前，让屋外暗处等着的人飞快地蹿进书房。而后她亲自去叫鬼白来守着门，自己去院子里的石桌上坐着。

偷东西这种事，怎么能自己亲自动手？况且她也不知道那印鉴是在书房还是卧房，今天跟吴庸借的这个人也是宜都王府里的幕僚，擅长偷盗，不用她费心。

没过一炷香的时间，温婉竟然拉着宁钰轩回来了。季曼看着她跨进院子的身影，心想，还真是没白防着她，一炷香的工夫，她就带着宁钰轩这么悄无声息地回来，自己要真是在里头翻找东西，宁钰轩一打开门自己就完了。

“侯爷。”鬼白站在书房门口，替他们推开了门。温婉先让宁钰轩进去。屋子里什么动静都没有，宁钰轩好像问了一句“夫子人呢”，季曼才伸着爪子在月色之下摇了摇：“在下在这里赏月。”

人隔得远，天又黑，脸上的表情是看不清楚的，所以季曼不知道温婉是什么表情，只感觉她僵在原地好一会儿，才跟着宁钰轩一起走过来。“没事的话，你就先回去吧。”宁钰轩看着温婉道。

温婉有些不甘心，看了季曼好几眼，还是只能跺脚离开。这夫子太狡猾了，看来不是个好对付的。温婉回想着书房里那暧昧的场景，只觉得心肝脾肺都在被蚂蚁撕咬。就算是要违背那主子的命令，她也不能让宁钰轩被个男人抢去了。宁钰轩心里只有她，也只能有她！

季曼回到自己的房间，暗处那人便来禀告：“书房里没有任何暗格，也没有找到印鉴。”

一炷香的时间，专业人士就将书房摸清了。季曼叹了口气，不在书房，那就只能在卧房了。在卧房，那还是只能靠温婉。

第二天两人在花园相见，温婉皱眉道：“夫子为何不照约定去找东西？”季曼笑道：“我找过了，不在书房。”“昨日夫子分明没有在书房里找。”温婉的脸色不太好看，“白费了婉儿一番心思。”

“有其他人替我去找的。”季曼温和地笑道，“不然侯爷在一炷香之内返还，在下无法全身而退。”温婉一愣，继而别开了眼神：“那该如何是好？”“婉主子也该有承宠之时吧？”季曼低声道，“去侯爷的卧房看看也可。”

温婉的脸上红了红：“侯爷都许久不去后院了。”“我知道。”季曼点头，“所以婉主子去侯爷房里，主动一点不就好了。唇上涂些迷药，等侯爷昏睡之后，婉主子立功的机会就来了。”

温婉有些娇羞，毕竟对面坐着的是个男人。拧着帕子犹豫了许久，她才道：“我只能尽量试试。”唇上涂迷药是个好办法，只要温婉不蠢到自己将迷药吃下去的话，应该是不会失败的。季曼满怀期待地等着。

结果温婉还是失败了，宁钰轩没有昏过去，她自然也没有机会翻遍整个卧房。见着季曼的时候，温婉的脸色还格外难看，一句话都没说，转身就去了凌寒院。季曼很茫然，宁钰轩宠幸是肯定宠幸了的，但是温婉为什么会失败？难道是迷药过期了？

“夫人，咱们怕真是要跟男人抢男人了。”温婉在柳寒云面前坐下，眼里的泪已经是控制不住地往下砸。“怎么？”柳寒云逗着曦儿，疑惑地看她一眼。“您还记得那同心结、同心环吗？”温婉抹着眼泪道，“昨日妾身去侯爷房里伺候，就瞧那东西摆在侯爷床边的台子上，妾身碰都碰不得。”

柳寒云脸色变了变：“一样的东西？”“可不是？”温婉咬牙道，“您还说什么定情信物呢，原来定的是咱们侯爷的情。他一个男人，也真是不要脸透了！”温婉哭得难过极了，更难过的事情她没好意思说。昨天计划得那样周密，她都已经想好了找到印鉴要怎么弄出去，结果宁钰轩与她欢好，压根儿不肯吻她的唇。

“这样的人还能教导世子？早早赶出府去为好！”温婉看着柳寒云道，“夫人若是再心软，一个男人都得爬到咱们头上来了。”柳寒云沉默。温婉说的话她只信三成，重要的是她很清楚宁钰轩不会喜欢男人。她想，也许是那夫子哪里得罪了温婉，才会被温婉一直诋毁？

心里想着，柳寒云嘴上还是道：“你先回去歇歇，这件事我会看着处理的。”

季曼真是愁，温婉怎么就失败了呢！叹息了一会儿，季曼站起身来，做了个决定：给宁钰轩请个妓女回来。

于是季曼收拾好出门，直奔青楼而去。但是她前脚刚出门，身后就有家丁跟上了她，她却浑然不觉。在青楼逛了许久，她也没找到合适的人。这些姿色的姑娘，宁钰轩会多看一眼才怪了。

晚上回去的时候季曼依旧没有找到合适的人。她有些泄气地回到房间，打算明天去问吴庸要人，反正他跟个人口贩子一样什么人都能找来。结果她刚踏进房间，就看见宁钰轩在桌边饮茶。

“回来了？”他抬眼看了看她。季曼颔首，在门口站定：“侯爷怎么来了？”“听闻你今天兴致很好，去青楼了，所以我来看看你今晚还打不打算回来。”宁钰轩淡淡地道，“若是没回来，明天你也就不用教好好了。”

背上一凉，季曼连忙讨好地靠过去，斟茶倒水：“我只是有些好奇那地方的姑娘长什么样子，没有其他想法。”宁钰轩看了她几眼，道：“今天朱姑娘在千府大闹了一场，应臣把她关去柴房了。”

说起朱小姐的事情，季曼忍不住就坐了下来：“怎么回事？”“她说应臣是喜欢她的，只是不肯承认，然后彭家小姐上门去探望，她把人家堵在门口不让进去。”宁钰轩抿唇道，“她也真是能闹腾。应臣本来伤不重，被她气得一口气没缓上来，直接晕了。”

季曼没忍住笑了两声：“朱小姐也是厉害。”“我打算劝他先将朱小姐纳为妾，给朱侍郎一个交代之后，再迎彭家小姐。”宁钰轩道，“彭家小姐本身就是个不太想嫁人的，好不容易让我撮合了，可别在朱玉润身上坏了事。”

季曼有些惆怅，自己和朱小姐这亲成不了的话，自己的粮行可怎么办？虽然朱侍郎已经说了要用宜都之米做贡米，可是朱小姐没娶过门，人家会不会赖账啊？说着话，两人之间的氛围就没有最开始那么紧张了。

宁钰轩讲了几件朱玉润的事情，便道：“突然想起，我房里还给你带了些点心回来，是千府厨娘最拿手的东西，你要不要去尝尝？”季曼一愣，抬头看了他一眼。宁钰轩脸上的表情很镇定。

“好。”犹豫了一会儿，季曼点头道，“那侯爷先走一步，我换一身轻便一些的衣裳。”“嗯。”宁钰轩走了，季曼关上门，看着台子上的匣子发了会儿呆，而后去换了一身白色的长袍，将脸上的面具取下，又从枕头底下翻出一小包迷药，将它混着唇脂一起涂在了嘴唇上。定了定神，季曼戴上纱帽便往北苑而去。

“怎么？”宁钰轩看着她这装扮，微微挑眉，“倒还戴上纱帽了？”反扣上门，季曼伸手将纱帽摘了，朝他笑道：“若是不戴，那可就完蛋了。”宁钰轩怔在了原地，看着那张许久未见的脸，一时竟然没能说出话来。

这人一点都没变，眉梢浅痣，朱唇艳红，一张脸笑起来媚气横生，看得他喉头微紧，心里也跟着一阵阵地疼。季曼微微一笑，走过去坐下，看着桌上的千层糕：“难为侯爷一直惦记着我。今日也是良辰吉日，我便夜而奔之，与侯爷再续一次前缘如何？”

这人没有多少真情实意，也不是真的因为想念他而来的，他心里清清楚楚地知道这些，然而看着她这张脸，他还是没忍住，将她拉过来，轻轻吻了她的额头：“桑榆。”

季曼轻笑一声，很是乖巧地靠在他的怀里：“侯爷。”

那场大雨之后，他就再也没见过她了。就算知道她如今在这里，但是天天看着那张男人脸，他也没什么真实感。直到现在她变回原来的样子，他心里所有压着的

情绪才又统统翻卷了起来。

他必须控制她，不然就会被她控制。宁钰轩知道这个，可是当季曼的唇吻上来的时候，他终于还是放弃了挣扎，闭上眼，吻上她那满是迷药的嘴唇。

这是不是自作孽呢？曾经他倚仗的是聂桑榆的喜欢，无论怎么对她，都觉得她还会爱着自己；而现在，自己竟然控制不住，先缴械投降，自动将所有防备都卸下，任她宰割。

果然在情爱里，谁爱得多了，谁就输了。

抵抗了好一会儿，还是没能抵抗住眩晕的感觉，宁钰轩闭上眼靠在季曼的肩头上，沉睡了过去。季曼捞起着他的身子，费了点力气将他扛上床去，伸手替他盖上了被子，然后松了口气，开始满屋子的翻东西。

书房没有暗格就算了，季曼将整个房间翻了一遍，发现卧房竟然也没有暗格。果然那些偷东西的情节都是不靠谱的，害她还将地砖也都敲了一遍。有些泄气的时候，季曼扭头就看见了一边的红木台子。

那是放玉佩等饰品的地方，上头打开的锦盒里放着不少琳琅玉翠，满目璀璨之中，倒是见旁边有一个普普通通的同心结，并着放着的还有一枚廉价的指环。季曼飞快地移开了眼睛，转头看了看，将宁钰轩身上也搜了一遍。她打开他随身带着的锦囊，果然印鉴是在里头的。

将宁钰轩的身子摆正了，盖上被子，季曼将印鉴拿出来在准备好的纸上盖了，然后小心地将印鉴放回，对门口的鬼白道："侯爷说要让婉主子来伺候，在下在此不太方便，就不久留了。"

鬼白看了季曼一眼，点了点头："劳烦夫子在此伺候一二。""嗯。"季曼应了，站在门口发了会儿呆。幸好温婉来得快，季曼很快便脱身，连夜出府将东西送去了长郡王处，之后返回，当作什么事也没有，回屋睡觉。

一觉到天亮，宁钰轩睁开眼睛看着旁边躺着的女人，眸子里的黑暗翻涌上来，将温婉吓了个半死。"侯爷？"宁钰轩慢慢撑起身子，呆坐了一会儿，突然冷笑出声："婉儿，我是不是很傻？"

温婉拉着被子坐起来，有些怯生生地看着他："侯爷怎么了？""没什么。"宁钰轩坐起来，揉了揉眉心。不知道季曼到底做了什么，但是宁钰轩觉得这种被利用的感觉，真是太糟糕了。

一连三天，季曼都没有再看见过宁钰轩，宜都王那边倒是给了她很多奖赏，赵辙看她的眼神也显然更信任了。千应臣被朱玉润烦得快疯了，拉着彭家小姐要一起踏春。朱玉润觉得自己势单力薄，死活要季曼也去。

千应臣对季曼的印象还是不错的，毕竟宁钰轩看重的人，都不是什么一般人，所以也没拒绝，反而甚为欢迎。见状，朱玉润就差整个人吊在季曼身上了："季夫子，我的终身大事就靠你了！"

季曼无奈，总归给好好上完课之后就没什么事，也便允了。几人商量在接天湖边汇合，季曼早到了一些，远远地就看见一辆马车缓缓朝这边而来，马车后面，一个圆滚滚的胖子正小步走着。季曼皱了皱眉。

"季夫子。"千应臣下了车，朝季曼笑了笑。季曼拱手行礼，抬眼又见车上下来个端庄的姑娘，猜那大概就是彭太傅的孙女。

"千大人。"看着朱玉润这肚子，季曼皱了皱眉，"无论如何朱小姐都还怀着身子，为何要让她跟在后面走？""没事没事，我肚子大，马车坐不下，走着来也行。"朱玉润擦擦额头上的汗水，摆着手道，"夫子不用担心，我身体好着呢，可比其他怀着孩子的人要结实多了，再说千府离这里也就几步路的工夫。"

彭家姑娘万分无奈地站着，心情像是很不好，只微微屈膝算是跟季曼打过招呼，而后就自己上了旁边的船。千应臣笑着道："夫子请。"季曼回头看着朱玉润，见这一群人都是完全忽略她的，怪不得她要拉着自己来了。

"千大人先请吧。"季曼伸手扶了朱玉润一把，"我们后面跟上即可。"千应臣笑容淡了些，看了朱玉润一眼，转身上了船。船上空间不大，四个人面对面坐着，还好季曼会调节气氛，跟彭小姐和千应臣不断说着话，从诗词歌赋聊到人生哲学，气氛也算融洽。

但是他们说这些，朱玉润也就插不进话了，只能坐在一边眼巴巴地看着千应臣。"今天有幸与夫子同游，也是想向夫子请教一番。"千应臣开口道，"听闻夫子是打算娶朱小姐的，这还算不算数？"

第八十八章

别想美了爱情

朱玉润紧张了起来，在桌子底下使劲儿扯季曼的衣裳。季曼一脸正经地看着千应臣道："千大人依旧不打算娶朱小姐？"千应臣摇头："应臣不喜欢被人逼着娶谁，再者彭小姐到底是彭太傅亲口要在下好生照顾的，总不能还没进门，便先让她受了委屈。"

朱玉润小胖子不安地扭着身子，头上的珠翠晃来晃去，显得不安分极了。季曼再看看旁边的彭小姐，船虽然在晃动，人家都能保持身子坐得端正，头上的步摇都没怎么乱晃。跟彭小姐一比，朱玉润这简直是难登大雅之堂，搁谁谁都不会喜欢。

"原本的婚期定在十天之后。"季曼道，"若是那时候千大人还没有改变想法，在下自然还是愿意迎朱小姐过门。"千应臣有些诧异地看季曼一眼："夫子相貌堂堂，为何就……"

就这么不长眼睛哪？

朱玉润这样的女人，真是世间少见了，原先半年之前偶然遇见，还是个眉目清秀的姑娘，不比现在这样圆润；但是半年过去，她这作风真是一点没变，见着个男人就往上扑。千应臣回想起当初相遇的场景，还忍不住微微皱眉。

他本来第一眼看见这姑娘印象不错，客栈里的一面之缘罢了。谁知道第二天他

醒来就在她的身边，她还笑眯眯地道："你是我的人了。"

那时候，他正拿着升迁令回京，不能败坏名声，早上看见她起来在客栈里四处找自己，也都没吭声，径直离开了。遇见这样的疯女人，也不知道是不是徐州那一帮人要故意害他。好在最后没坏事，不然他不会放过这女人。

深吸一口气，千应臣把后半句吞了下去，拱手对季曼道："那就先祝贺夫子了。"季曼笑了笑。旁边的彭小姐似乎是没听见，依旧淡淡地看着湖水。下了船，几人就一起在岸边散步。朱玉润好像是蔫了，耷拉着脑袋也不再蹦蹦跳跳，就跟在千应臣和彭小姐身后不远的地方走着。

季曼陪在她身边，才显得她没那么可怜。两人越走越慢，前面的两个人却越走越远了。"你为何不能放弃他呢？"季曼没忍住，小声问了一句。她在这里见过了太多的利益，真情实感倒是见得太少了，以至于乍一遇见朱玉润这样的姑娘，完全无法理解。

朱玉润咧着嘴笑了笑："我自从与他遇见之后，就经常做一个梦。我梦见自己在寂静的亭子里安静地等着，四周一个人都没有，天上下着雨，感觉不会有人来了。但是等到最后的时候，他还是来了，打着油纸伞策马而来，说要娶我。天上的雨突然就停了，他站在那里，笑得很好看。"

季曼嘴角抽了抽，忍不住打断她："骑着马打油纸伞，伞会被风吹破的，绝对没有你想象的那么美好。"为什么傻姑娘们总是将爱情想得这样美好呢？看清楚一点，实际一点不好吗？

朱玉润顿了顿，低头看着自己的鞋尖道："我跟在他身边这么多天，已经尽量让他了解我了，可好像得到的结果都与我想的恰恰相反。也许你们说的都是对的，我总是按照自己想的那样子去做事，都是我想得太好了。

"可是，我不知道为什么就是很喜欢他。"挠挠头，朱玉润停下来看着季曼笑了笑，"让我放弃，我不甘心呢。"季曼怔了怔。

前头的千应臣和彭小姐已经走得没影了，朱玉润看着，"哎呀"了一声，跺脚道："你看你看，他们又把我们给忘记了。看着这天色也是该散步回去了，应臣身上还有伤疤没好全呢。夫子你先回去吧，咱改明儿见。"

她又笑得春光灿烂的，跟一团棉花糖一样往前面小步跑去，还回过头来冲季曼道："再试试，不成我就嫁你啦，总要让我甘心才行。"季曼站在原地，看着那小胖子跑得越来越远，最后没了个影子，才长长叹一口气。

朱玉润赖在千府，朱侍郎竟然也没说什么，大概是因为反正名声已经够差了，不在乎这一点，好歹说不定还能让孩子有个正经爹呢。不过由于不知道内幕，朱侍郎对季曼是觉得愧疚得不得了，不仅将粮行贡米的事情办妥了，还替季曼吩咐了下头好生关照，以至于季曼的身价突然攀升，一跃就成了京城粮行里头闪闪发亮的金星。

粮行联盟会选人的事情，几家大粮行都准备得很充足，其中刘记和荣记竞争最为激烈，最后重选的时候两边的人差点打起来。最后刘记请了唐主事来喝茶，颇为胸有成竹，没想到唐主事却道："往年一直是老人，也该让让年轻人了。"

唐主事这话一出来，又是看着季曼说的。刘记和荣记都脸色不太好看，但是两家私下争斗已久，只要不落到对方头上，那还是好说的。于是粮行联盟会领头的头衔就落到了季曼身上。

为此季曼没少往唐主事和刘家、荣家那里送礼盒，礼数也做得周到至极，连谁府上的嫡子生辰都记得送个小玩意儿去，渐渐地也就没人对季曼不满了。摆平了这些事情，季曼心情还算不错，在府里带着好好采花也是兴高采烈的。

结果冷不防就遇见了许久没出现的宁钰轩，季曼有些心虚。因为那天过后，宁钰轩竟然就当什么都没有发生过一般，也没拦着她见好好。"侯爷。"规规矩矩地行礼，宁钰轩却当没看见，抱着好好坐在一边的石桌边去，伸手抹了抹好好手上的泥，淡淡地道："听闻你粮行生意做得不错，恭喜了。"

季曼干笑两声："托侯爷的福。""是你自己聪慧，不关我的事情。"宁钰轩道，"明日宜都王也该启程回宜都了，不如你跟我一起去送送？"身子僵了僵，季曼摇头："送就不必了吧。自从来侯爷府上，在下就辞去了在宜都王府的职务，已经与宜都王没什么干系了。"

"是吗？"宁钰轩语气显然是不信。"在下如今只想一心一意教导世子。"季曼真诚地道，"请侯爷相信在下。""嗯，我信，所以明天还是陪我一起去。"宁钰轩道，"鬼白到时候会来提醒你。"

季曼总觉得来者不善。宁钰轩应该是不知道她还与宜都王府有联系的，再说了，她跟着宜都王进过宫，虽然别人不知道她以前是宜都王的幕僚，太后身边的人却是都见过。明日她去送别，万一谁将消息传出去，保不齐新帝还以为她是宜都王与陌玉侯的沟通桥梁，直接就将她斩了。

季曼心里懊恼，却只能应下，想着什么法子好脱身。晚膳之后，柳寒云却主动给季曼来铺路了。"夫子还打算在侯府住多久？"柳寒云开门见山地问。

这两天柳寒云一直派人跟着季曼，看季曼去逛青楼，看季曼教好好，再看季曼

跟着出去，没有发现任何异常。侯爷那边却是坐立不安，甚至病了两天。她去照顾，却从侯爷嘴里听见了夫子的名字。

季满，温婉还当真没冤枉了他，竟然把侯爷迷到这种地步。柳寒云身为正室夫人，是不会眼看着这种事情发生的。正好季夫子要成亲了，还不如先打发了去。

季曼看着这往昔温柔的连话都不会多说的女子，叹了口气道："在下想在侯府长住，也方便照顾世子。"

"夫子不是要成亲了吗？"柳寒云皱眉，"成亲也不搬出去？""不搬。"季曼摇头道，"这件事在下已经跟侯爷商议过了，侯爷也是同意的。"柳寒云都恨不得一巴掌扇过去了。这人也真是没点廉耻，仗着侯爷喜欢，就真赖在侯府不走了！

本来还想好好打发，毕竟是没什么背景的老实人家，结果要这样赖着，就别怪她不客气了。"夫子可否随我来一下？"柳寒云起身，虽然是询问，却径直往外走了。季曼想了想，转身去将匣子里的荷包拿出来，出门对外头的丫鬟道，"请把这个给侯爷，我先同夫人出去一趟。"

外头守着的丫鬟老实应了去，季曼也就跟上了柳寒云。季曼刚走到后门，就见外头停着马车。季曼刚想问，车上就直接下来几个家丁，七手八脚将她绑了上去。季曼的头咚的一声撞到了车壁，后头跟上来几个家奴牢牢堵在了门口，马车飞快地就跑了出去。

季曼捂着脑袋坐起来，看着面前的人道："不用这般粗鲁，我会好好配合的。"几个家奴也不是第一次干这事了，一个个坐着都目不斜视，就当没听见季曼的话。柳寒云这是要将她送去哪里呢？

柳寒云应该是不敢杀人的，至多将她送出个几百来里地，不让她回去就是了。正好她不想去送宜都王离京，柳寒云也是算帮了她个忙。车行一路，季曼很平静地偷偷摸了摸身上备着的碎银和铜钱，一点一点悄悄塞进了靴子里。身为被劫持的人，她很老实，靠在角落里一动不动，眼神茫然地看着家奴们。

天色暗了，宁钰轩正准备就寝，就有丫鬟捧了季曼给的荷包送来。"夫子让奴婢转交给侯爷。"丫鬟道，"说他与夫人出去一趟。"宁钰轩顿了顿，接过那荷包来打开，里头是当初他与她一起上街买到的同心结。

宁钰轩轻笑，这样不起眼的东西，她竟然还留着，他还以为傻的就他一个人。连他印鉴都能偷走的女人，怎么还会留着这个？"侯爷，要去夫子那里看看吗？"鬼白轻声问。

“去看她做什么？”宁钰轩淡淡地将东西丢在枕边，“她不是聪明吗？什么都能拿来算计，自然能有自己的办法。”

鬼白点头，老实地去将房里的灯熄了。“等等。”宁钰轩低喊了一声。鬼白回过头，疑惑地看着黑暗里的主子：“怎么？”沉默了一会儿，宁钰轩掀开了被子，“我们去凌寒院吧，也好久没去看曦儿了。”

“是。”鬼白觉得最近的主子好像有点反常，不过他是不懂这些复杂的事情的，听着吩咐就好。

柳寒云还没有睡，抱着曦儿等着外头的消息。她本是想干脆一劳永逸，但是这夫子背后还牵着人，她不能灭口，只能有多远送多远。

若是有人怪罪，她就当作不知道这件事就好。一个世子已经分去了侯爷大半心神，无论如何也不能多个男人再来搅浑水。“云儿。”宁钰轩踏进门来看见她，微微有些意外，“你回来了？”

柳寒云一惊，随即大喜，抱着曦儿就迎了上去：“侯爷怎么来了？妾身一直在府里，未曾出去过，怎么叫回来了？”难得宁钰轩今日竟然主动来了后院，柳寒云高兴极了，放下曦儿就往宁钰轩那边推了推，“叫父亲。”

曦儿茫然地看着宁钰轩，小退了几步，又缩回柳寒云身后，抓着她的裙子不说话。宁钰轩半蹲下来摸了摸曦儿的头，轻声问柳寒云：“你今日没出去？”“没有啊。”柳寒云摇头。

宁钰轩顿了顿，回头看了看门口，鬼白已经从后院过来，拱手道：“夫子出府了，尚未回来。”柳寒云心里一跳。“夫子去哪里了？天都已经黑了。”宁钰轩笑着问了一句。

鬼白摇头，看了柳寒云一眼。

“夫子去哪里，妾身也不知道。”柳寒云垂了眼眸道，“妾身只与他在后院说了两句话，之后就回来了。”宁钰轩脸上的笑容一点点淡了，站起身来看着柳寒云道：“云儿，我不喜欢人对我撒谎。”

柳寒云挺直了背脊，抿唇道：“妾身没有撒谎。”“夫子是对世子来说很重要的人。”宁钰轩看着她道，“就像你哥哥对你一样，也是很重要的人。”

这是威胁，柳寒云心里一惊。她哥哥柳如风正要被调到京城来做京官，私下都是陌玉侯在处理相关事宜，因着她的关系，大概也很快能办好。养母年纪大了需要人照顾，她照顾不来，就指望着哥哥快些进京。

只是现在侯爷没有任何证据说她与夫子离府有关系，就直接这样威胁她是为什

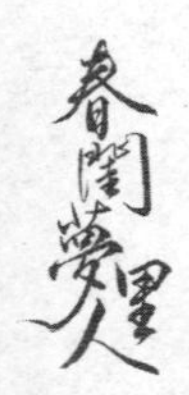

么？柳寒云皱眉，揉着帕子不知道该怎么办。旁边的曦儿更是不喜欢这氛围，扭身跌跌撞撞扑到了奶娘的怀里。

“既然你没有撒谎，那便我自己去找吧。”宁钰轩笑着将柳寒云的鬓发别到耳后，“你好好休息。”“侯爷！”柳寒云不解地睁大了眼，“天色已经这样晚了，您要自己去寻吗？”

“嗯。”宁钰轩头也不回地走了。

柳寒云慌了，那季夫子在侯爷心里，原来真的已经重要到了这种地步。那这一院子的女人又算什么？“去给侯爷指路。”柳寒云慢慢蹲下来，轻声对旁边的椿皮说了一句，“是锦州方向。”

“主子，”椿皮红了眼，“做什么还要指路？侯爷想去找就让他去找，反正他也不一定找得到。那样的祸害要是带回来了，说不定还会咬您一口。”柳寒云苦笑一声，从奶娘手里抱过曦儿低声道：“总不能看着他白白寻那么久。人总有一天是会被找出来的。听侯爷的意思，大概也是知道这事与我有关，还不如就这样算了，免得连累哥哥。”

椿皮咬牙，跺脚道：“侯爷也真是没良心。主子于他有恩在先，生了曦少爷在后，现在他竟然因为一个男人要这样对主子。”柳寒云摇了摇头，叹息一声。

马蹄高扬，宁钰轩知道了方向就带着鬼白一路追上去。从京城到锦州也就只有一条路，只不过要追上可能得费不少时候了。

真是不让人省心，他完全可以不追出来的，让鬼白来寻也可以。大概是自己睡不着，也顺便出来散散心？马鞭重重落下，宁钰轩低笑，大概就是这个原因吧。

不知道走了多远，天好像已经很暗了，季曼靠着车里都睡了一觉，车才终于慢下来。一群人将她拉下去，看样子打算在山林里过上一晚。这林子是旅人的最爱，因为没有猛禽而多野兔野鸡，搭个棚子就可以歇上一晚。

季曼老老实实地坐在一边。几个家奴生火的生火，搭棚子的搭棚子，也不愧是侯府出身，干净利落得很。记得聂桑榆曾经将陌玉侯的几个通房丫鬟送走了的，搞不好用的是这同一批人，现在想起来倒是觉得有趣。

看看天色，估计明早之后就可以离开京城的范围了，季曼思忖了一下，问：“这附近听着应该有河，我可以去洗个澡吗？”几个家奴看她一眼，出来一个人道：“我同你一起去。”

季曼嘴角抽了抽，想想也点了头。她不可能真的离开京城，要从这么些家奴手里逃出去，自然得用奇招了。他们来到河边，天已经黑了，月色正好，隐隐可以看见河水粼粼。远处似乎也有人声，这林子里夜宿的人不少，故而这河看起来没那么可怕。

季曼脱了外袍，直接穿着内衣和靴子就下了河。旁边的家奴盯着季曼，见季曼这样奇怪，忍不住皱眉道："你可别耍花样！""不会，我又没办法跑去哪里。"季曼笑了一声，在水浅的地方划了一会儿，趁着家奴脱衣服的时候没注意，一个猛子就扎进水里去。

岸上传来家奴的笑声："你可别想借河水跑了，下面几步就是一个水潭。"这是一条河的分支，前头的确是有一个水潭，平静得很，就算她现在潜水跑过去，家奴只要发现她不见了，往那边岸上一堵，她就跑不掉了。

但是，她有个保命技能——变脸。扎在水里，季曼伸手就将人皮面具取了下来塞进了怀里，然后将头上的木簪放开，脱了身上剩下的一件袍子，穿着靴子一路顺着水游到尽头的水潭里去。

"我就知道你会耍花样！"岸上的家奴穿了衣裳，没有下水，直接往水潭那边跑。"休得靠近！"刚要跑到水潭边上，家奴就被一队穿着铠甲的人拦住了。"这……"家奴有些傻，停下步子解释道，"我家有个家奴顺着上面的水下来了，他想跑，我是来抓人的！"

几个侍卫皱眉。有人低声去禀告了一句，就有小丫鬟朝水潭里头喊："夫人，您可小心，外边说是有家奴逃窜，别冲撞了您。"

水潭里有水声哗哗作响，家奴站得远，被侍卫挡得严实，只听得里头道："这边都是女子，哪来什么家奴？别是些登徒子想冒犯，让侍卫打发了去。""是。"家奴被一个侍卫押着赶离了这片水潭。

水潭里一众女眷纷纷上岸，颇有些扫兴的意思。为首的女子裹上衣裳，淡淡地道："眼看着就快到京城了，这路上遭的罪，回去可要好好补回来。""可不是？"一个娇俏的女子道："郡主以前哪里在这荒郊野外露宿过。"

见水潭里还有一个女人在安静地沐浴，有人回头看了一眼，笑道："这是谁？忘记带衣裳了不成？怎么还不上来？"

第八十九章 不期待的相遇

季曼已经浑身都僵硬了，逃个命而已，一浮出水面全是女人也就算了，竟然还看见不少熟悉的脸。康元郡主为什么会在这里？周围还并着一群丫鬟、姨娘，这是集体春游呢？康元郡主可是认识她，还亲手将她送出靖州。她这要是再遇见郡主，那可不太好办。

“说你呢，怎么不动？”有丫鬟站在岸边，朝着季曼继续喊着。季曼转过头看了那丫鬟一眼，勉强笑道：“我是不小心顺着水下来的。”

还好康元郡主那一群人都已经走远了，剩下都是几个收拾东西的丫鬟。季曼松了口气，转过身来抱着胸口看着她们道：“能不能劳烦姑娘借一套衣裳？我的衣裳刚刚被水冲走了。”

梳着双包头的丫鬟皱眉看着季曼道：“我可没有什么多的衣裳。你快出来走远些，前头是镇远大将军与郡主的临时宿地，可不要冲撞了。”几个丫鬟都好奇地看过来，有个绿衣裳的丫鬟不忍心了，道：“我那儿还有一套换洗的衣裳，要不先借给你。没有衣裳你可怎么上岸。”

“哎，多谢。”季曼连忙朝她点头。旁边的丫鬟小声道：“你管什么闲事，那几位主子还要人伺候呢。”“总不能让人一直泡在水里啊。”那小丫鬟转身就朝远处跑了，

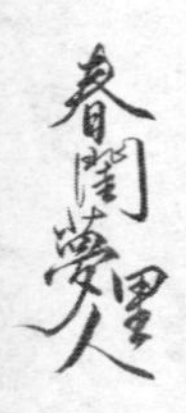

没一会儿周围的人都走了，她却依言抱着衣裳回来，放在岸边道：“借你啦，我正好要做新衣裳了。”

季曼感激不已，上岸将靴子脱了，换上那套衣裳，将碎银子掏出来给那绿衣丫鬟：“这些给你，算个小意思吧。”绿衣丫鬟惊讶地看了她的靴子一眼，推了推银子道：“我没多的鞋子，你这鞋子……怎么是男人穿的……”

“啊。”季曼呆了呆，脑子转了个弯道，“我是离家出走的，自然是扮作男装要方便些。这些银子你收下吧。”“既然是离家出走，那你就自己留着，我不缺的。”丫鬟心地善良极了，推了银子扭头就跑远了。

季曼换上衣裳，想了想还是将靴子里的水倒了，放在一边晾一会儿，才勉强穿上。这丫鬟的裙子够长，也没人会看见她的鞋子。现在她还得想个办法找个车回京城。人皮面具刚刚游着游着不见了，她现在就跟没了保护色的变色龙一样危险。

随意将头发挽了个髻，季曼走出水潭边的丛林，果然远远就看见一片营地。宁明杰和康元郡主也真是好兴致，五辆马车，一群丫鬟下人，竟然就在这山林里住下。不过等季曼走到一边的高丘上去望了望，就知道他们压根儿不是想要什么情趣，而是这里一眼望过去附近人烟罕见，村子都没一个，更别说客栈了。

她该怎么回去？“那个丫鬟，过来帮忙拿东西。”身后不远处有人喊了一声。季曼没反应过来。“嗯？”常山手里拿着野兔山珍，走过来看了看这发呆的丫鬟：“没听到吗？这些拿回去让厨娘收拾了……”

季曼茫然地转头看着他，然后两个人都吓了一跳。“你！”常山后退了两步，下意识地就去看后面不远处走着的自家主子。季曼看清了这人就想跑，奈何常山反应极快，丢了手里的野兔就一把抓住了她的手腕，大喊了一声：“主子！”

这人形容狼狈，那一张脸却错不了。自靖州一别，主子回去就生了几场大病，书房里挂满了没有脸的美人画，但是那身段风度，怎么都像是面前的这个人。他跟在主子身边这么多年，主子想的是什么，他不会不知道。

宁明杰听见声音转头看过来，就看见常山抓着一个挣扎不已的女人。月色之下，这场面颇有些可怕。“你这是干什么？”拿着弓箭走过来，一看清常山手里女人的脸，宁明杰的脸色却变了。

“桑……”

“认错人了。”季曼放弃了挣扎，无力地道，“我只是个路过的。”常山的手一点没松，宁明杰却像有些恍惚，呆呆地看了她许久，才伸手像是想要触碰她的脸。

“将军自重。”季曼皱了皱眉。

宁明杰突然就笑了，手指停在半空中，又慢慢收回来："竟然当真是你。"梦里见着的人，都会朝着他温柔地笑；也只有真实的人，才会带着这般抵触的眼神看着他。"靖州一别，真是好久不见……你怎会在这里？"

季曼抿了抿唇："被人所害，从京城一路被带出来的。"宁明杰皱眉，又觉得不对："你怎么会回了京城？"她这张脸，给人看见了还能有活路吗？当初说她与聂青云跌下山崖，陌玉侯还特意去佛山给聂桑榆立了灵位，新帝才没有追究。若是现在她又活回来了，岂不是欺君之罪？

季曼示意常山松开手："此事说来话长。我一般不用这张脸出现的，现在是个意外……不知将军可否看在相识一场的分上，送我回京城？""自然是可以。"宁明杰张口，有好多话想说，却在看见她眼里的抵触之意时通通咽了回去，拿出一块手帕道，"你且先挡着脸，我亲自送你回去。"

淡蓝色的手帕，上头的雪山依旧。季曼顿了顿，二话没说接了过来，展开却不够大，只能将就拿手按着。

"常山，牵我的马来。"

常山微微一怔："主子要连夜赶路送她吗？"

"不能让郡主看见。"宁明杰低声道，"不然她这命可是彻底保不住了。"

常山应声而去，剩下两人站着面面相觑。自从上次靖州宁明杰要季曼跟着他走之后，季曼就对他有些抵触了。虽然她是很支持男二成家立业抛弃女主奔向新生活，但是她对他没什么兴趣，就算原本有些感觉，也渐渐消散了。

宁明杰是个好人，但是太过多情，必定难成大事。对她来说，此番就当欠个人情，回去送个礼什么的也就算了。常山回去牵马，自然惊动了康元郡主。无奈常山什么也不肯说，带了马就走。康元郡主一路跟出来也只能看见宁明杰带着一个丫鬟模样的人上了马。

"那是谁？"康元郡主沉了脸。旁边的丫鬟瞧了瞧，"哎呀"了一声道："那不是刚刚同绿绮借了衣裳的人吗？"

宁明杰将季曼围在胸前，用身子将她挡得严实，没人能看见她的脸。

他来不及跟康元郡主打声招呼，便带着季曼朝路上飞奔而去。

季曼缩着脑袋，一路忍着快被马颠簸出内脏的痛苦，一声不吭。"你来京城，是想找钰轩吗？"宁明杰问了一句。季曼当没听见。"我还以为你会怨他，毕竟是他打开的城门。"宁明杰笑道，"看来是我担心过多了。钰轩当时也是别无选择，不是他开，别人也会开。他开了，反而还能保全宁家的人。"

季曼怔了怔。“一直没个机会跟你说，在靖州你又总是躲着我，说不到一句话人就不见了。”宁明杰苦笑道，“是不是也在怨我监斩了聂家的人？”“当时你不在京城，也许是不知道，很多事情都是逼不得已。钰轩为了保全你，已经是尽力了。”

马蹄声声，风声也呼啸，季曼冷笑一声。她什么都没听见，她只知道聂向远死了，只知道聂青云被迫改名换姓忍辱偷生，只知道聂家人统统都没了，其余的什么迫不得已，什么有苦衷，她都不知道。

耳边的马蹄声突然杂乱了起来，前头好像也有人策马而来，跑得极快。“吁—”小道上遇见，两边的人都停了下来。“明杰？”宁钰轩喘着气，皱眉看着他，“你怎么一个人走到这里了？”

听见宁钰轩的声音，季曼松了口气，抬起头来朝他挥了挥爪子：“是我……”话没说出来，头就被宁明杰按在了怀里。宁明杰一脸正经地看着宁钰轩道：“我送她回京。你是出来找她的？”

宁钰轩眼的神沉了沉，策马到他旁边，伸手将季曼拽到了自己马上：“府里出了点事，我是来寻她的。”季曼被这动作吓了一跳，靠在宁钰轩怀里，倒是微微松了口气，闷着头不打算再说什么。能看见宁钰轩，那么她自然能周全地回去了，奔波了一整天，也真是怪累的。

“她怎么会和你遇见了？”宁钰轩淡淡地问了一句。宁明杰摇了摇头：“刚去打野味就看见了她。钰轩，恕我多管闲事，如今她这张脸不适合在京城行走，你……”“不劳费心。”宁钰轩调转马头道，“想必康元郡主还在后头，堂哥还是管好自己。”

身后鬼白也跟着换了方向。宁明杰看着那两匹马渐渐走远，皱了皱眉，还是策马跟了上去。这附近都没有人烟，只有五里地外有个破旧的城隍庙。宁钰轩带着季曼进去了，刚落地，就看见背后的人追了上来。

“堂哥不用回去照看郡主？”宁钰轩看着宁明杰问了一句。宁明杰摇头道：“有些远了，不如明早再回去寻她们。”城隍庙里什么都没有，只有一些旅人留下的干柴和稻草。鬼白收拾了一番，几人才勉强可以在这里停留一夜。

“你脸上的东西呢？”宁钰轩沉着声音问。季曼抿着唇道：“为了从他们手里逃出来，撕了。”“那你回去怎么办？”宁钰轩皱眉。“只有找人再做了。”季曼无奈地道，“还好我那里有上次做面具的图纸，只要京城有会做的手艺匠人即可。”

“我有认识的匠人，恰好擅长此物。”宁明杰低声道，“你回京可以找一处宅子暂住几日，等面具做好再出来走动。”宁钰轩扫他一眼：“堂哥从锦州回来，应该先去面圣吧？想必兵部还有一些事宜也要交接，她的事情就不劳堂哥操心了。”

季曼顺着点头："多谢将军了。"宁明杰失笑："也是我多管了，钰轩莫要介意才是。"

自己有什么好介意的，宁钰轩靠着柱子坐下，扫了一眼安然无恙的季曼，淡淡地将头转了过去。这一路从京城策马过来，也是很累的。

季曼低头看着地上的稻草尖发呆，安安静静地靠在宁钰轩身边。只是他同她说话，问她今日是怎么回事，她都是漫不经心地答着。这人完全不知道自己是什么心情，宁钰轩冷笑了一声，也觉得困倦，靠在柱子上就睡了过去。宁明杰与鬼白也各自找着地方靠着睡，只有季曼一直低着头，安静地想着事情。

等四周都寂静无声了，季曼才抬头看了宁钰轩一眼，长长地叹了口气。"爱不得，恨不得，求不得，连死也死不得……"有人在她脑海里轻声叹息，"你又比我好得多少？""不要嘲笑我。"季曼低低地回她，"我不会走到你那一步。"

天刚破晓，几人也没休息好，宁钰轩就带着季曼继续上路，而宁明杰则回去接康元郡主。分别的时候，宁明杰很担心地看了季曼许久，忍不住嘱咐了宁钰轩一句："可要藏好了她。"

因着这句嘱咐，宁钰轩一路上没给季曼一个好脸色，带着她丢到别院去，便回到侯府她的房间找图纸。人皮面具做出来也得整整两天，这两天里，宜都王安稳地回了封地，与皇后冷战的皇帝据说也重新进了皇后宫里。

宁钰轩似乎很忙，没有来看过季曼，但是总也会给她送些好吃的。两天之后，季曼好不容易重新得到了保护伞，一踏出别院，却被一个小丫鬟哭着抓住了衣袖。"季夫子，您快去府里看看小姐吧，小姐她……"

一张脸哭得五官都皱到了一起，压根儿看不清是谁，季曼愣了半晌才反应过来，这是朱玉润的贴身丫鬟珠儿。朱玉润出事了，就在这两天的时间里，六个月大的孩子没了，整个人差点都没捞回来。

季曼吓得脸色一白，急急地就跟着珠儿走："怎么会这样？"珠儿哭哭啼啼地道："是那负心人害的，都是他，简直是畜生不如！他明明知道小姐有身孕，还不管小姐，甩手就将小姐从酒楼的楼梯上推了下去。"

季曼听得哑然，心里有些沉重，却还是板着脸道："都跟她说过了早些放弃，本身那样来的孩子，男人肯定是不会接受的。""夫子也这样看小姐吗？"珠儿红着眼睛，看着季曼哭得更凶了，"所有人都误会小姐，小姐不知道扛了多少事情，你们这些男人哪里知道！"

见她情绪有点激动，季曼连忙安抚道："先去看看吧。"朱玉润会扛什么事情

呢？那笑得傻兮兮的大胖妞，没个规矩没个分寸的，见着千应臣就什么都不管什么都不顾……

想起她那张笑得胖乎乎的脸，季曼竟然觉得心里很难受。朱玉润注定就是个小说配角而已，她难受什么？

死胎已经引出了，朱玉润像是一宿都没有睡过，睁着眼睛靠在床边，眼底下有深深的黑眼圈，整个人看起来憔悴了，没了一点之前珠圆玉润的样子。

“夫子怎么也来了？”朱玉润一看见季曼，拉着季曼的手眼泪就往下掉，边掉边笑，“你可算解脱啦，我的孩子没有了，不用拖累你给我孩子当爹了。”屋子里甚至还有淡淡的血腥味，其余人都不在，也不知道干什么去了。季曼就坐在床边看着她道：“怎么没的？”

朱玉润勉强抬了抬嘴角，笑得真是难看极了：“他同人开玩笑，大概是没看见我，不小心就将我推下楼了。要是没个孩子的话，我还能顺着滚下去不受伤呢，那楼梯也没多高。可是我滚下去，肚子就撞到台阶上了……”

季曼微微收紧了手。“没事。我最近一直在苦恼，见着他了，我不想嫁给别人，可是他不愿娶我，那又该怎么办。”朱玉润的嗓子有些哑了，笑容也慢慢淡了，“现在终于不用苦恼啦。”

心有些疼，季曼低头看了看，聂桑榆还真是善良，遇见这样不关自己的事情，怎么心疼成了这样。“你好好养身子。”季曼轻声道，“等身子养好了，说不定会有更好的男人等着你。”

“你在说什么胡话。”朱玉润摆摆手，“我这样的姑娘，没人再敢要啦，我也不想嫁了。”季曼不知道说什么好，只拉着她的手，无声地叹息。“你的手真滑。”朱玉润笑嘻嘻地摸了摸季曼的手背，道，“我累了，得睡一觉。你先去同爹爹说，将你我的婚事取消了吧，也免得拖累你。”

季曼站起来，替她将被子盖好：“婚事就再说吧，你先休息。”旁边的珠儿咬着嘴唇将季曼拖了出去，在走廊上看着季曼道：“夫子一定不要嫌弃我家小姐，我家小姐是很好的女子。她与那负心汉之间，最开始也根本不是她说的那样……”

“季夫子。”朱侍郎的声音在远处响起。季曼一回头，就看见朱侍郎一脸沉重地站在月门处朝她挥手。看了珠儿一眼，季曼还是先走到了朱侍郎身边：“朱大人。”千应臣也在后头站着，脸上没什么表情，倒是神色也有些憔悴。

“季夫子现在还愿意娶玉润？”朱侍郎开门见山，就问了这么一句。季曼毫不犹豫地点头：“愿意。”这个时代的女子，未婚就怀了身孕，又流了产，简直是一系列毁灭性的灾难。季曼觉得朱玉润这样的女子很难得，哪怕她彪悍一点，那脸上那么灿烂的笑容，也是值得人去尽力留住的。

旁边的千应臣有些怔愣。朱侍郎冷笑一声，看着千应臣道："千大人可听见了？小女依旧有人家，请回吧。"千应臣皱眉看了季曼一眼："她根本不爱夫子。夫子难不成也是为了名利，可以不顾一切之人？"

季曼看着千应臣笑了笑："她不爱我有何关系？我爱她就可以了。玉润已经受了很多苦，余生当有一人替她将这些伤痕全部抹去。而这个人，在下觉得，千大人不适合当。"千应臣抿唇，还想再说，朱侍郎却直接撕破了脸："来人，请千大人出去，朱府不欢迎千大人。"

后头当真有家奴上来，千应臣却挺直了身子，自己先走了出去。朱侍郎气得不轻，身子都微微颤抖。季曼瞧着，轻声问了一句："大人为何不愿让千大人娶了玉润？""让他娶？"朱叔友冷笑，"他这是被侯爷赶着来的。你没见他这一脸的不情愿？把玉润嫁给了他，还能有什么好结果？"

语气之中，朱叔友对陌玉侯也颇有迁怒之意。千应臣是陌玉侯的挚友，身上有的婚约也是陌玉侯帮着定下的，如今千应臣害得朱小姐流产，怀的还是千应臣的孩子，朱大人焉能不气？

季曼安抚了朱侍郎两句，转身出去找人给吴庸传信。宜都王虽然离开了京城，却留下了吴庸在礼部做主事，朝中大皇子一派势力仍在，只是潜伏已久。朱叔友作为户部侍郎，自然也是一个很好的盟友，关键就看吴庸怎么拉拢了。

季曼回到侯府，几日不见的好好扑上来，亮晶晶的眼神总算是让她心里好受了些。"床前明月光，疑是地上霜。举头望明月，低头思故乡。"好好抱着她的腿就背了一首诗，一副摇着尾巴讨好的样子。

季曼摸摸他的头，将他抱起来掂了掂："又重了。"好好咯咯笑着，拉着她指了指不远处的宁钰轩。宁钰轩最近烦心事甚多，扫了这边一眼，就又沉思着看向府里的花圃。季曼抱着好好走过去，看着他道："侯爷，朱侍郎似乎甚为生气。"

宁钰轩看她一眼，皱眉道："你去过朱府了？""嗯。"季曼笑了笑，"刚好看见千大人被朱侍郎赶了出去。"原以为听着这话宁钰轩会变脸，结果他倒是松了口气："也好。"

第九十章

祭祖大典

宁钰轩是不太想让千应臣娶朱玉润的，本来是碍着颜面，让千应臣去一趟朱府表个态，结果朱侍郎拒绝了，那便更好了。彭太傅的孙女比起朱玉润来，自然是更适合千应臣的，彭家的背景也更利于千应臣往上走，这是宁钰轩考虑的事情。

如今正是好时期——无敌国外患，无大奸之臣，想创造一个盛世并不难。但赵离为政稍显死板，不会妥协，更无法笼络臣心。如今他与宁钰轩是一荣俱荣、一损俱损的同船人，宁钰轩自然是会帮着他稳固社稷、安定山河的。

朝中原先拥戴二皇子的人也有不少，只是二皇子登基之后，许多人仗着功劳，安于享乐，已经是难当大任。彭太傅是三朝元老，若有他相助，朝中之事必然更是稳妥。

祭祖的日子也快到了，宁钰轩也正计划利用一些天象，让百姓归心，少不得要朝中一些有分量的人帮着演戏，彭太傅的作用也是很大的。

季曼看着他这反应，心里也想到了彭太傅那一层。若她是他，自然也会觉得千应臣不娶朱玉润是好的。只是想起那张笑得很难看的脸，季曼心里难免觉得有些悲凉。跟高位之人说什么感情呢？终究利益才是最重要的。

只是这一回宁钰轩怕是望着上头就忽略了下头。朱叔友虽然只是个侍郎，却也

是正四品的朝廷重臣，身居户部官职。朱侍郎倒戈宜都王，必然也是好的。季曼没有多说什么，抱着好好就想走，却突然被宁钰轩伸手拉住。

“这么些天不见，你可曾想我？”宁钰轩抬头，看着她问了一句。季曼皮笑肉不笑：“想死你了。”眼底有一丝失落，宁钰轩收回手来，抿唇道：“朱玉润的事情你就不要插手了，安心教好好吧。”

“嗯。”季曼嘴上应着，眼睛却没看他，抱着好好往房间走，一边走一边逗好好，“夫子回去教你画糖画可好？画完还能吃的。”好好眨着眼睛，脑袋后头两根细细的头发辫子晃来晃去的：“我要画太阳。”

“为什么画太阳呀？”季曼笑得眯起眼。“因为全世界都是太阳，画了太阳我可以吃好多好多糖。”好好伸出小手，比了很大的一个圆。季曼被他逗乐了，拿脸蹭了蹭他的小脸。即便是隔着块皮，她也能感觉到这小子嫩得跟水豆腐一样的皮肤。

“季夫子。”刚走过走廊，就撞见了牵着曦儿的柳寒云。季曼收敛了一些笑意，站定了脚：“夫人。”柳寒云没有笑，怔怔地看了好好一会儿，才转头看着季曼道：“你为什么还要回来？”

季曼轻笑：“在下是好好的夫子，自然应当回来。在下倒是想请问夫人，打算把在下送到哪里去？”送走季曼的那几个家丁据说已经被宁钰轩赶出去了，柳寒云现在看着季曼的眼神也更为不善：“你若是好好当夫子，我便不会多说什么。你若是还存着歪心思想勾引侯爷，那便不要怪我不客气。”

季曼点头。柳寒云这正室的架子倒是很足，在不知不觉中，也已经变得有一家之主的气势了。“在下明白。”季曼倒是的确没有什么想勾引陌玉侯的心思，只是为了一些目的，难免逢场作戏。

回到房间，先将好好交给丫鬟去带着玩，季曼便回房去理账。米铺的生意顺风顺水，她的收入也是相当可观，除开支付给严不拔和伙计们的工钱以及一些运送费、门店费，她这一个月还能净赚一千三百两。虽然卖米不比雪花膏来钱快，但是也是有足够的运转资金了。

至于即将到来的祭祖仪式，吴庸那边也有宜都王的吩咐。宜都王想让她在祭祖当天，想办法将陌玉侯引到曲艺亭去。曲艺亭是去天坛路上会经过的一个供人休憩的地方。将宁钰轩引去那里也很简单，只是她想不通去那里要干什么。

季曼觉得赵辙也真是有用人的本事，怎么就盯准了她来对付宁钰轩？她本身只是想在陌玉侯府多接近好好一点罢了。其实宜都王心里对她还是一直不信任的吧，上次偷印鉴大概也就是想试试她的真心，跟过家家一样的。

赵辙不会那么迫切地需要篡改公文的，只是等她反应过来已经晚了，赵辙都已经对她赞不绝口，夸她会做事了。赵辙这次想让宁钰轩去曲艺亭，难不成又是想考验她？

“夫子，侯爷送给您的袍子。”钱管家笑盈盈地捧着刚做好的衣裳来，看着季曼道，“今年府里就两匹这缎子，侯爷自己用了一匹，剩下这一匹给您做了件，您瞧瞧？”季曼一愣，侧头看着他手里的东西，伸手接过：“有劳管家了。”

这袍子贵气十足，也不知道宁钰轩怎么想的，让个夫子穿得这样富贵。吐槽了两句，季曼还是换上了，对着模糊不清的镜子努力看了看。好像还不错。

祭祖在这个地方，是表示皇帝是天命所归的迷信活动。新帝刚登基，民心不稳，自然需要靠天力来让万民归顺。宁钰轩已经布置好了，在祭坛上设置了机关，祭祖的时候皇帝会发出金光。宁钰轩更是请了人去故弄玄虚，用金色涂料画了龙形的巨大风筝，打算到时候放上天去。

一切都准备就绪，到了祭祖那天，宁钰轩沐浴更衣之后，一人前去了天坛。他前脚出门，季曼后头便跟上了。这里离天坛有些远，但是为了表达对祖先的敬意，只能步行，不能用车轿。街上百姓都在朝着天坛的方向走。季曼看着远处那个穿着一身朝服的人，一步步跟着。

她已经想好了，这差事很简单——到曲艺亭附近自己直接现身去，将宁钰轩拉进去就好了。“你可准备好了？”吴庸悄无声息地出现在人群里，轻声问季曼。季曼点点头，好奇地道：“将他带到曲艺亭就可以了吗？”

吴庸点头：“王爷已经在那里等着了。”王爷？季曼脚下一个踉跄，差点就摔下去。宜都王不是回宜都了吗？

吴庸扶了季曼一把，拍了拍她的肩膀：“交给你了。”“好……”季曼有些明白了，宜都王在曲艺亭，那在这个祭祖的时间里，将陌玉侯也带去……

宜都王想挑拨新帝与陌玉侯的关系。新帝若是知道陌玉侯与宜都王在曲艺亭密会，还会不会像现在这般对陌玉侯充满了信任？那信任可是宁钰轩打开城门、灭掉聂家、亲手休了聂桑榆换来的。

季曼皱眉，一步步走着，竟然没注意前面的人回头看了她一眼。宁钰轩步子走得很慢，背后那人的跟踪一点水平都没有，太过刻意，也不会掩饰目光。他不知道她这一路跟着，又是想做什么了。

“侯爷，曲艺亭有变。”旁边经过的百姓模样的人，若无其事地擦过宁钰轩的肩膀，在他耳边说了一句，“其余事情安排妥当，只亭中有不可见之人。”宁钰轩点头，

继续往前走。

天亮透了的时候，刚好就看见了曲艺亭的影子，季曼心里莫名一沉，一个没注意，被身后的谁推了一把，脚一软就跪了下去。前面一直走着的人不知什么时候却到了季曼面前，伸手将她拉起来，淡淡地道：“走路都不会看路？”

季曼惊讶地抬头看了他一眼。宁钰轩微微一笑，朝阳之下显得格外好看：“摔着没？”

一瞬间季曼有种被耍了的感觉，这人一直知道自己跟着他，却装作没发现？季曼半蹲在地上，有些懊恼：“我没事。”

“要不要我扶你去旁边的曲艺亭坐坐？”他问。季曼愣了愣，看着他朝服之下露出来的银色袍子的衣角，再低头看看自己这一身，抿唇，犹豫了半晌之后才低声道：“不用了。”

宁钰轩挑眉。

“我没摔伤，能继续走，就不去坐了。”季曼站直身子，跟着继续往前走。“不想休息了吗？”宁钰轩微微诧异。“嗯。”季曼垂了眸子，轻笑一声，“早些去看祭祖仪式更好。”

眼里有些东西微微化开，宁钰轩往前走着，越过了季曼，走到文武百官的队列中去。

曲艺亭里安安静静的，没多少人去歇脚。吴庸站在亭子门口，看着远处季曼的背影，摇了摇头。

皇帝被皇后用轮椅推上天坛，周围突然发出的金光将众人都吓了一跳。“皇上万岁万岁万万岁——”彭太傅带头跪了下去，身后的人也便都一一跪下。皇帝念了祭词，天上突然有金龙飞来。百姓惊呼，有人大喊：“吾皇乃真龙之子，故而真龙降之！”

一众愚昧百姓纷纷大呼而跪，季曼跟着跪下，心想这百姓也真是太好骗了。天上飞的显然细看就知道是风筝，但是周围竟然没一个人敢抬头，都战战兢兢地跪在地上，有的人甚至吓尿了裤子，一股子腥臊味。

季曼嫌弃地退了退，抬头一看，那龙形风筝好像断了线，竟然掉下来了，随着风飘向了后头的道上。风筝万一真落下，被百姓看见，这等愚弄人之手法，必定被万民唾骂。

那头宁钰轩已经不顾一切地起身追赶了，人群之中有那么两三个人也一跃而起，往风筝落下的方向追去。礼乐监连忙让人奏乐，巨大的号角与钟磬声压了下来，方才还觉得有异而想动的百姓，顷刻间又老实了下去。

季曼蹲起来，压着身子跟着那几人一起飞奔而去。宁钰轩骑了马去追，百姓里跃起那几人竟然也有马备在一边。季曼两条腿自然追不上，瞅着旁边树桩上有人拴了骡子，便将绳子解开，放了银子在原地拿树叶盖上，然后急急牵了骡子追上去。

大典之上，京城之中都格外安静，宁钰轩不敢策马，连吆喝声都不敢发出，只能夹着马肚子朝着风筝飘的方向追。他身后也响起了马蹄声，有三四人跟着，但不是他的人。

他顾不得许多，今日祭祖好不容易有点成效，总不能让个风筝毁了。风筝从天坛一路飘到了城北。街上没太多人，但是也有一些来往的农妇、小贩。宁钰轩看着那风筝要落在一边的房顶上，立刻勒马，朝旁边的茶楼跑去。

后面几人穷追不舍，进了茶楼便追上了宁钰轩，四个人一同将他堵住。茶楼的掌柜正要关了门去看祭祖大典，见突然冲进来几个人，吓得可是不轻。不过茶楼里没什么人，掌柜的只哆哆嗦嗦将易碎的东西抱到柜台后头，人也一并缩着。

几个人一句开场白都没说就打作一团。宁钰轩功夫不错，但是双拳也难挡八掌，只能利用地形一路往茶楼上头跑。楼上有个阳台，他借着力就可以上房顶去。季曼骑着骡子慢悠悠地追上来的时候，就看见宁钰轩已经很潇洒地飞上了屋顶，手已经要拿到那风筝了。

季曼觉得这人为了新帝，也真是蛮拼的。正想着呢，她的身子却被人拉下了骡子。有蒙着脸的黑衣人带着她一路奔进茶楼，也上了屋顶。“干什么？”季曼踩着瓦，双腿都有些发抖。怪不得妈妈从小教育她，热闹看不得。

“他不是害了你满门吗？”身后这人开口，竟然是吴庸的声音，“你没能将他引到曲艺亭，现在也该将他手里的风筝抢过来。不然你岂不是蒙骗王爷的？”季曼无奈地道：“大哥，那会儿在曲艺亭，他明显都知道我在跟着他，还主动问我进不进去。陌玉侯那样的人，问这样的话，我还傻兮兮地说好不成？”

吴庸顿了顿，没再说话，却推着季曼前行了两步。季曼在屋顶上一个踉跄，踢了一片瓦下去。瓦片砸在了路中间，引来了一片惊呼和骂声。那头三四人正在与宁钰轩对质，而宁钰轩已经开始动手撕手里的风筝了。还抢什么抢啊，直接销毁了就是最好的办法。

不得不说宁钰轩这决定是对的。他一撕风筝，本来胜券在握的几个人都慌了，连忙上去要抢夺，一步步将他逼到了屋脊的边上。吴庸推着季曼过去，低喝了一声：“住手，不然我就把他推下去。”

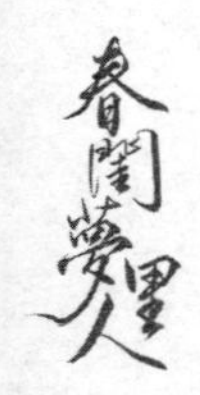

宁钰轩侧头就看见了满脸无奈的季曼，嗤笑一声道：“你们拿他来威胁我？”吴庸也不知道宜都王怎么想的，季满就是一个夫子而已，但是宜都王总说，季曼可以威胁到陌玉侯。那要是威胁不到，自己还真将人推下去不成？吴庸有点惆怅。

季曼蹲在屋顶上，看着宁钰轩道：“你赶紧撕啊，别光顾着说话。”吴庸伸脚放在了季曼背后，看着宁钰轩，大有你敢撕我就敢踢的意思。宁钰轩的手顿了顿，无奈地叹口气，从衣裳里掏了个东西出来。

众人都有些紧张，他这会儿掏来的难不成是暗器？结果那东西是一个火折子，打开一遇见空气，就燃了起来。众人都愣了一会儿，下一秒宁钰轩就以飞快的速度将大风筝撕毁揉成了一团，点着了火丢了出去。

“你！”吴庸气得说不出话。旁边几个人跟着那团火就一起跳了出去，想在烧完之前捞点回来。季曼默默在心里称赞，下一刻，宁钰轩就飞快地朝这边冲了过来。吴庸冷笑一声，抓着季曼就直接跳下阳台，出了茶楼，上了宁钰轩刚刚骑来的马，一路往城外奔去。

“季兄有些事情该同王爷交代。”吴庸道，“你曾信誓旦旦地说会助王爷一臂之力，可是我今天总觉得你没有做到自己该做的事情。”季曼干笑两声，她只是在任务和自己的小命之间，先选了自己而已。

赵辙是当真没有离开京城的，在城外十里亭里，带着高深莫测的笑容看着季曼。“也许是我以前没将目的说清楚，故而让你不知该怎么做。”赵辙捏着酒杯，淡淡地道，“一连几日我潜伏在京城，也算是看明白了，赵离不得民心，臣心也尽在陌玉侯手里。要毁之臣心，能拉拢陌玉侯固然很好，拉不拢，能除掉也可。”

季曼垂着眸子没吭声。“你该不会忘记了，是谁让你有今日回京之资本，又是谁才能助你手刃仇敌吧？”赵辙放下杯子，靠近她一些道，“宁钰轩不也是你的仇敌之一？”他不知道的是，宁钰轩还是她儿子的亲爹呢。

季曼有些烦躁，本身凭着一腔仇恨重回京城，却因着好好在中间而变得左右为难。以前她不知道那是聂桑榆的儿子就算了，现在知道了，又怎么还能对他亲爹下手？

想起那水嫩嫩的小脸以及那可怜巴巴的小眼神，季曼再硬的心都软了，抿着唇道：“在下自当尽力。”尽力是尽力，办不到就不怪她了。她不想杀宁钰轩，倒是可以等着一朝功成之后，收他来当好好的奶爸。这个主意不错。

想通了事情，季曼就轻松多了。她正准备朝赵辙再表一表忠心，旁边的人却突然押着她继续往前跑。“陌玉侯追上来了。”吴庸有些惊讶地带着季曼上马。王爷说的果然没错，这季夫子竟然真的能引得陌玉侯一路追来。

龙形风筝已经彻底销毁了，宁钰轩才策马而来，追了一路，却见绑着季曼的人更多了，当下有些后悔方才为什么不报官。赵辙已经不见了，四周只剩黑衣人和季曼，明显是个以多欺少的阵型。季曼被丢在一边，一众人朝着宁钰轩就围了上去。

宁钰轩又不傻，遇见这么多人，果断扭身往回跑，一点没有英雄救美横扫千军的气势。

季曼忍不住笑了，趁着吴庸他们都上去的时候，机灵地缩到一边去。宁钰轩没往回跑几步，就看见有官兵赶了过来，诧异之下也是大喜。有官兵来助，这群人自然是一哄而散。

“侯爷。”为首的捕头看见宁钰轩，拱手行礼。“你们倒是来得及时。”宁钰轩夸赞了他们一句，转身就去寻季曼。一众官兵面面相觑，他们方才是听见有百姓报官，说街上有人打斗，瓦片砸着了人才出来追捕的，也没想到逃犯是侯爷，更没想到还被夸奖了。

大家都决定隐瞒事实，接受了这个夸奖，顺便意思意思地朝着四散的黑衣人追了追。季曼从草丛里出来，长叹了一口气道：“为了安全着想，在下以后必须远离侯爷。”宁钰轩瞥她一眼，冷哼一声将她带上了马。

祭祖大典据说是尚算成功，在宁钰轩和季曼走后，还出现了彩虹等奇异天象，一时万民归心，龙心大悦。

宁钰轩坐在马上慢悠悠地带着季曼朝府里走，看着她的后脑勺，唇角微微弯起。

“主子，你看这个！”在祭祖大典正在进行的时候，檀香趁着季曼不在，将季曼的房间里里外外又搜了一遍。她本想找一些季夫子勾引侯爷的证据，抑或找些能将季夫子赶出去的蛛丝马迹，哪里知道就从床下翻出来了一个带锁的盒子。

什么东西还要上锁？檀香觉得定然有猫腻，找了个会开锁的家奴打开，里头竟然是一幅画。温婉接过来看，画上画的是一家三口的天伦之乐，看着就让人觉得温暖。细细看了看那画上女人的脸，温婉却是吓得后退两步，急急忙忙去找柳寒云。

“这是什么意思？”柳寒云没有注意那女人的脸，倒是看着那端正坐着的孩子，“这画的不是世子吗？穿着这小袄子，还是最常穿的那件。”“是侯爷画的。”温婉看着那落款处的印鉴，白着脸道：“这难不成是侯爷所想？可是为何会在夫子的房里？”

第九十一章

愚蠢的女人

这若是一幅普通的画也就罢了，上头画的偏偏是聂桑榆、世子以及侯爷。柳寒云本来就对夏氏突然被送走有些耿耿于怀，按理说侯爷会立好好为世子，多多少少应该也有喜欢其生母的意思在里头。她从未见过就这般将世子的生母遣送出府的。

本来柳寒云还觉得，也许是夏氏实在粗鄙不堪，侯爷唯恐她以后拖了世子的后腿，所以才将她遣送。可是现在看着这幅画，柳寒云心里倒是有个可怕的猜测。

当初聂桑榆怀胎十月生下狸猫，亲子不知所踪；后来侯爷带着夏氏回府，抱的正是个差不多大的孩子。会不会那个孩子其实就是聂桑榆的？心里微微一惊，柳寒云下意识地看了温婉一眼。当初都说侯爷深爱的是温婉，并不是聂桑榆，那侯爷对聂桑榆又怎么可能费心到这个地步？

但好好若不是聂桑榆所生，只是随意一个农妇的儿子，那侯爷为何要这样执着地保住好好的世子之位？心里沉了沉，柳寒云看了旁边正在冥思苦想的温婉一眼，低声道："这画会在夫子的屋子里，那也就是说，夫子对侯爷来说，是十分特别的人吧。"

温婉皱眉，心里的不安越发强烈：自己在宁钰轩的心里，到底还剩下了多少位置？孩子要占据他的心，她也就忍了，自己以后终究也是会有孩子的；可是若来个

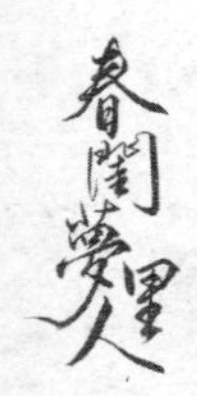

男人分薄自己的恩宠，她实在接受不了。

起身回蔷薇园的路上，经过走廊，温婉正好就遇见侯爷与季夫子一道回来。

“上次的荷包还忘记还给你了。”宁钰轩将季曼给自己的荷包丢回她手里，“拿好了，下次说不定还可以救你。”

季曼接过来，捏了捏里头的同心结，都还在，干笑两声揣回衣袖：“多谢侯爷了。”“先回去吧，好好今天还没上课呢。”宁钰轩停下步子看着她道。季曼点头，转身就朝好好的房间走。宁钰轩就站在原地一动不动，直到她的身影消失在月门后头。

温婉看红了眼睛。很久以前，在她与他尚未成亲之时，他每天送她回家，也是这样站在门口，看着她关上门了才走。宁钰轩爱上一个人的时候真的会很温柔，所以她以前也才会那么骄纵，这都是被他宠出来的。

而现在，他将这温柔转手给了别人，却让她在旁边看着。这种折磨，当真是叫人比死还难受。大皇子要以她为棋的时候说过，听他的话，事成之后，便可以让钰轩只有她一个人。那是她的梦啊。要是这几个院子的人尽除，只有她一人与他白头，那该多好！

现在看着他的心一步步从自己手里被人抢走，温婉更是坚定了决心：自己一定要将钰轩身边的人统统赶走，当只有自己的时候，钰轩的心一定会重新回到自己身上。

“侯爷。”宁钰轩一回头，看见温婉，点头道：“在这里等我？”

“嗯。”温婉笑得小心翼翼，“侯爷去蔷薇园坐坐吧？”宁钰轩犹豫了片刻，点了头：“也好。”温婉欣喜不已，拉着他的手臂像从前一样小步跳着走，“妾身今天让人出去买了西街的糖葫芦，侯爷还记得吗？”

宁钰轩挑眉，恍然想起，那是很久以前，温婉喜欢吃西街的糖葫芦，自己便经常带着她去买。以前他回想起这些事情，心里总会有淡淡的怀念，现在反倒是没什么感觉了，像是无意间记起以前发生的一件小事，无波无澜。

他侧头认真地看了看温婉。她依旧跟以前一样素雅动人，自己曾经爱过她，甚至想过白头到老，可是后来世事无常，他终于看明白，原来单纯的爱意，真的不能持续到一辈子。因为温婉，他可以完全不顾当初聂桑榆的心情，给她十里红妆，给她明媒正娶。但是现在报应也来了，他给过聂桑榆多少伤害，现在也终于要统统被还回来。

温婉完全不知宁钰轩心里在想什么。她如以前一样，穿了薄纱的裙子，腼腆而矜持地坐在他的怀里，轻声呢喃：“侯爷，婉儿还想要一个孩子。”宁钰轩微微一怔，下意识地看了一眼旁边红木柜台上点着的香。

“嗯，想要便再怀一个吧。”宁钰轩垂了眼眸。温婉高兴不已，勾着他上了床，缠绵之间还看着他问了一句：“侯爷觉得是婉儿重要，还是季夫子重要？”宁钰轩一愣，继而皱眉：“怎么和他比上了？”

“婉儿就想听听答案。”她撒娇。宁钰轩轻哼一声，闭了眼睛道：“自然是你更重要。”男人怎么和女人相比？温婉咯咯笑了，满心欢喜地投入他的怀里。可是欢好之后，宁钰轩没有留宿，而是去看了好好。温婉半夜醒来，望着窗户透进来的月光，心想他果然还是最爱孩子的。她得想办法怀个孩子。

第二天温婉便上街去求医。德高堂的大夫诊断之后，说她没有任何问题，是可以怀孕的。温婉觉得好奇，这都一年多了，如果能怀，为什么还没怀上？

“温姑娘。”刚出德高堂，就遇见了康元郡主，温婉连忙行礼。康元郡主与温婉倒是有两分亲近，拉着她在旁边的茶楼上闲聊。

“将军回京了，郡主又可以与婉儿一同游湖玩耍了。”温婉笑得很是开心。这位郡主地位颇高，又是宁明杰的正妻，温婉时常指点她一二，告诉她宁明杰以前的事情。一来二往，康元郡主也就当温婉是知心朋友了。

“湖也游腻了，今日不如去你府上看看？”康元郡主笑道，“顺便也问候一下侯爷。”

温婉很高兴地答应，带着郡主回去。柳寒云都得向郡主行礼，她也有一种高高在上的喜悦感。只是康元郡主眉宇之间颇有些悲伤，温婉没忍住，开口问：“郡主有烦心事？”

康元郡主点了点头，苦笑道：“你可知谁的闺名唤桑榆？”温婉一惊，脸上一阵慌乱：“郡主好端端的，为何提起这个名字？”康元苦笑一声：“自从从锦州回来，将军在半路上遇见个奇怪的女人之后，心情便一直不是很好。我与他同眠，时常会听见他说什么聂家、什么桑榆。”

桑榆这名字听起来，怎么也该是个女子，康元郡主觉得难以释怀。她是远嫁而来，自然不知道宁明杰以前与这个叫桑榆的发生过什么事，只是宁明杰反反复复念叨让她觉得不快。

“桑榆是一个死人的名字。”温婉脸色不太好看地道，“郡主不必担心这个，将军必然不会是因为喜欢才念的。那聂桑榆是侯爷休弃之人，已经死在悬崖之下了。”康元郡主听得一愣，抿唇道：“有那女人的画像吗？我想看看她是个什么模样。”

聂桑榆的画像温婉哪里有？但是为了能帮上郡主的忙，温婉还是努力想了想，一拍脑门道："我那里有一幅画，你随我来看。"一家三口的画像温婉是放在自己屋子里的，还没来得及还回去。康元郡主要看，那就给她看了。

结果看见那画像，康元郡主脸色陡然变得很难看。"这女人便是聂桑榆？""嗯。"温婉点头道，"她死之前我也是恨极了她，可是人都死了，还拿什么同我争？也就罢了。"

画画的人功力很深，画上三个人都惟妙惟肖、五官清晰。康元郡主看了一眼落款处的印鉴，心里沉了沉，将画卷起来道："这幅画我很喜欢，送我可好？""这……"温婉有些为难，"这不是我的。"

"难得一幅好画，我也想与明杰像这画中人一样幸福。"康元郡主一双眼十分真诚地看着温婉，"就送给我吧？"画是从夫子房间里偷出来的，温婉想了想，反正也不会有人知道到底是谁偷的，干脆就送郡主一个人情；而且这画除了让自己看着有些难受以外，也的确什么用都没有。"那郡主就拿去吧。"

"多谢。"康元郡主很是开心，脱了手上的玉镯便戴到了温婉的手腕上，"好妹妹。"温婉笑得很开心，丝毫不知道自己送出去的到底会关乎什么，拿着郡主给的镯子，还很是沾沾自喜。

康元郡主出了侯府便入了宫。温婉戴着镯子，心情甚好地在府里逛了几圈，遇见季曼的时候，还很得意地摸着镯子道："夫子这么晚了，才给世子上完课？"季曼看了她一眼，不明白这姑娘今天怎么又开屏了。

"嗯，正要回房休息。"温婉笑了笑，走近他几步道："昨儿我小性子犯了，问侯爷夫子与我谁更重要，夫子猜猜，侯爷怎么答的？""自然是婉主子重要。"季曼嘴角抽了抽，躬身道，"在下明日还要继续教导世子，天色不早，就不陪婉主子说话了。"

"哎。"见他这样平静，温婉这一拳头就像是打在了棉花上，分外不爽地跺脚。不过看着腕间的镯子，温婉又平静下来了。以前的聂桑榆不是惯会拉拢人心，所以侯爷觉得聂桑榆能干的吗？她想叫侯爷看看，如今她也可以。

"皇上，臣以为陌玉侯势力过大，威胁皇权，必得有所削减才好。"范天行跪在殿下，一字一句地道，"宜都王面圣也已表露其野心，太后念及亲子，也必然有所作为。万一陌玉侯有了反心，陛下将处于万分不利的地步。"

勤政殿里，赵离正坐在轮椅之中，表情颇有些不耐："陌玉侯为国尽忠，你要朕舍弃他？”“也谈不上舍弃二字。”范天行叹息道，“陛下若是能完全掌控此人，那便无妨。”

赵离淡淡地应了一声。此番祭祖大典就有宁钰轩的功劳在里头，他本还想着给宁钰轩封赏，但是没想到范天行这类的心腹之臣都接连进言，说要他对宁钰轩多加防备。

聂家一门斩在宁钰轩眼下，他都没什么动容，相反还一直助自己安稳社稷。因此，他已经对宁钰轩渐渐松了戒心。至于赵辙，待他有力起兵之时，自己这皇位早已经牢不可破了，有何可担心的？

赵离本是这样想的，但是身边的近侍突然道：“陛下，康元郡主求见。”康元是他最疼爱的表妹，也是一直默默支持他的人，所以他才会将她嫁给宁明杰。宁明杰作为如今的镇远将军，手握兵权，自然是必须拉拢的。

“请郡主进来。”康元郡主带着画卷而来，一句话也没有多说，只将画先给了赵离看。一幅天伦之乐图，就墨水和纸张来看，应该也是刚画了没几个月的。“这是在陌玉侯府意外所得。”康元郡主道，“画中的女人，康元在靖州见过。”

赵离微微直了身子。自齐思菱被休之后，陌玉侯府后宅之事他已经没有插手了。乍一看这画上的人，他还有些恍惚：“聂桑榆？”“镇远将军最近在午夜梦回之时，也时常念这个名字。”康元看着赵离道，“此人在靖州，也与将军多有往来。若不是我拦着，她大概就该被将军带回来立了姨娘。”

赵离认真地看了那画许久：“你确定你没有看错人？”“没有。”康元郡主认真地摇头。

赵离摸了摸画上的孩子，轻声道：“你先回去吧。”“是。”康元郡主看了赵离一眼，带着些不舍。无奈还有朝臣在场，她也只能退下。

“当初千怜雪换走的孩子，到底去了哪里？”赵离看着范天行问。范天行拱手道：“本是由当初的大皇子接应走的，可是中途出了些事情，最后那孩子不知所踪，大皇子那边也没有消息。”

陌玉侯就不该有子嗣，因为有了子嗣之人，难免会被牵制。赵离叹了口气，可惜千怜雪败给了聂桑榆，使自己不得不放弃这最为有用的一颗棋子，否则，陌玉侯府一个孩子也不会有。“你去给朕查，务必将那孩子给朕找出来。”赵离看着范天行道。

“是。”范天行应下。

再看了那画一眼，赵离微微抿唇。他希望一切不是自己想的那般，不然，宁钰

轩此人也太可怕了。

季曼今日总有些心神不宁，教着好好说成语，好好说得万分认真，她却走了神。“一诺千金，一个承诺值得上千金。”好好摇头晃脑地念着。好好今儿头上戴了一顶帽子，是绣娘新绣的福寿帽，这帽子衬得他整个人更水灵了。

背完成语扭头一看夫子在晃神，好好不乐意了，撅着小屁股爬到季曼的腿上：“夫子，夫子！”“怎么？”季曼回过神，就见小不点坐在自己怀里，一本正经地道：“夫子是不是日有所思？”

季曼轻笑：“日有所思不是这么用的。夫子是在想，好好这么可爱，等会奖励什么比较好。”好好乐了，摇晃着小腿道：“我想听夫子讲故事。”“好，等会夫子就给你讲《国王的新衣》。”季曼摸摸他的头，正要抱他起来去喝口水，却听得那头丫鬟喊：“季夫子，夫人请您过去。”

季曼微微皱眉，想想强龙不压地头蛇，还是老实将好好交给丫鬟照顾，自己去了凌寒院。柳寒云摆了茶，脸上没什么表情地请季曼坐下。“曦儿也该到上课的年纪了。”柳寒云道，“这次请夫子来，就是想让夫子看看，能不能带着曦儿一起教。”

曦儿躲在隔断处，一声不吭地看着外面。季曼笑了笑道：“曦少爷要上课，也得和侯爷商量，这个在下做不得主。”“侯爷不是不在嘛，我这才想同你商量。”柳寒云慢悠悠地问，“夫子不想教？”

“岂敢。”季曼拱手，虽然自己的确不想教。她教好好一个才有空出去做其他事情，教两个就有些太累了，侯府又不是请不起两个夫子。哪知柳寒云像是要与季曼长谈，压根儿没有想放人走的意思。季曼几次想借故离开，都被她挡了。

季曼渐渐忍耐不住了，柳寒云如今没有什么话同自己好说，又死活不让自己走是为什么？

“我要回去照看世子了。”季曼第五次站了起来。柳寒云依旧想挡，季曼却没管，直接冲了出去。

“给我拦住他！”柳寒云变了脸色，“我的话还没说完你就想走，也太不把我放在眼里了。”

季曼这才真正慌了。陌玉侯不在，又将她困在这里不让走，那就只有一个目的。“让开！”季曼也不知道自己哪里来的力气，竟然将拦着的两个家丁都推开了，不要命地往北苑跑。

身后家丁很快追了上来，季曼踉踉跄跄铆劲儿往前冲。但愿是她想多了，好好怎么可能出事，除非这些人都不要命了，那可是陌玉侯的心头肉。

她咬牙奔到刚才的花园，好好已经不见了，只有方才的丫鬟还站在原地，颇有些无措。看着季曼来，丫鬟便道："夫子，世子被宫里的人接走了。"

除了皇帝，没人能把世子这么突然地接进宫去。几个家丁追过来，见这边已经没事了，还都赔着笑脸道："夫子何必跑那么快？小的们不过是想让夫子再坐一会儿。"季曼冷笑，转身就去找钱管家要马。

宁钰轩被赵离招来，倒是安闲自在地下着棋。"朕已经与众爱卿商议过，钰轩你为国效力，居功甚伟，所以每年的俸禄就多加一百石。"赵离微笑道，"可还满意？"意料之中，皇帝若还是加他的权，他反而不好自处。宁钰轩笑着拱手："臣多谢陛下厚爱。"

赵离摆摆手："如今这朝中，朕可以倚仗的也只有你一人，只愿你不要辜负朕的期望。"

宁钰轩点头："臣自当继续为陛下效力。"御花园里安静得很，赵离看着对面这男人无波无澜的表情，突然问了他一句："爱卿如今可还会惦记发妻？"

宁钰轩一愣："陛下何故提起此事？"赵离笑道："钰轩之心从来不曾与谁袒露，朕想你对发妻的惦记应该还是最多的。"皱了皱眉，宁钰轩扫了一眼赵离的表情，心里有些不安："怎么会？聂氏已死，臣对她，一直都没有太多感情。"

"是吗？"赵离的表情突然冷了下去，惊得宁钰轩心里一跳。御花园那头走来几个女人，大概是宫女，只是其中一个看起来很格格不入，东张西望，惊叹不已地低喊着："这园子可真是大哩！"

本来安静的御花园，因着这一声打破了宁静。宁钰轩手里的棋子没拿稳，滚落在了地上。"这样好的地方，谁住啊？"夏氏咋咋呼呼地问，"比我以前待那侯府还要好哩！"

宁钰轩的脸色终于白了。

赵离轻轻笑了笑，捻着黑子往棋盘上敲了敲："爱卿甚为厉害，竟然蒙过了所有人。"

"陛下。"宁钰轩抿唇，僵硬着脸道，"这其中应该有什么误会。""无妨，朕可以听爱卿慢慢解释。"赵离笑道，"对了，朕将你家的世子也接进了宫里来。他聪明伶俐，长得也讨人喜欢。朕打算给他封赏，让他就留在宫里陪伴皇后，爱卿觉得如何？"

"陛下！"宁钰轩皱眉。赵离转动轮椅，看着外面盛开的花道："爱卿是要做大事的人，自然不能有软肋。世子皇后会替爱卿照顾周全，爱卿是信不过朕吗？"宁钰轩微怒，压抑了许久才将手从石桌上慢慢收回来："臣喜欢自己照顾自己的孩子。"

"那可不是你一个人的孩子，他母亲不是还活着吗？"赵离笑了笑，"朕正值用人之时，也万分舍不得爱卿，爱卿就不要让朕为难了。"宁钰轩深吸一口气，拳头捏得死死的，却找不到什么反驳的话。

赵离这是向他表示让步，也是在进一步拉拢他。只是他觉得不可思议，好好与季曼的事情，赵离是怎么知道的？

第九十二章

猪一样的队友

赵离的笑容深不可测，拍着他的肩膀道：“等山河彻底安稳之后，朕就将世子还给你。”

这无异于是绑架。

皇帝亲自给好好赐了字，说宁瑾言太过普通，便改作了宁瑾宸。宸，乃帝王所居也。

宁钰轩什么话也说不出来，一步步走出宫里，步子从来没有这般沉重。季曼在宫城之外徘徊，一看见他的马车出来，便急急地迎了上去：“好好呢？”宁钰轩坐在车辕上，抿唇道：“皇上将好好接进宫了，还赐了名，要皇后带着。”

季曼睁大了眼睛：“为什么？”苦笑一声，宁钰轩翻身上马坐在她身后，“不知是谁将好好的身世捅到了皇上那里。皇上竟然也知你还活着。”季曼一震。

“他没有说其他的，只是将好好接进宫去，我无能为力。”宁钰轩闭了闭眼，将头搁在她的肩膀之上，低声道，“抱歉。”这其中的关节她自己也能想明白。只是他们一直掩藏得很好，为什么会被发现？

想起好好被接走之时柳寒云对她的极力阻拦，季曼皱了皱眉，冷笑了一声：“侯爷也该回家清理后院了。”宁钰轩皱眉：“后院怎么了？”季曼没说话，她只能感觉

到这事跟柳寒云有关系，但是不知道到底是什么关系。好好被带进宫里，她现在整个人也已经乱了。

宁钰轩想了想，没多问，两人一路回了侯府。一进门，季曼回了自己房间，宁钰轩却去了凌寒院。坐在房间里想了许久，季曼四处翻找，将床下那装画的盒子翻出来看了看。果然不见了。

“谁来过这个房间？”季曼出去抓了隔壁照顾世子的丫鬟来问。丫鬟有些茫然：“这人来人往的，我也没太注意。前几天倒是看见蔷薇园里的檀香来过，她说是帮你收拾屋子。”

自己的屋子，什么时候轮到檀香来收拾了？季曼抿唇，拿着空盒子就去了蔷薇园。

柳寒云正低着头抱着曦儿，平静地回答宁钰轩的问话：“妾身什么也不知道，宫里来人的时候，妾身正在与季夫子谈教导曦儿的事情。”

宁钰轩揉着额头。对于柳寒云他是一直能包容就包容的，不仅因为她曾不顾一切救过自己一命，更因为她是曦儿的娘亲。可是她是主母，宫里来人带走了世子她竟然说不知道，这便有些说不过去了。

他不过质问了几句，柳寒云竟然自己先崩溃了，抱着曦儿怒视着他道：“侯爷那般关心世子，为什么就不看看曦儿？曦儿也是您亲生的骨肉，更是正室嫡子。世子送去了宫里有何不可？那里富贵荣华享受不尽，再者侯爷不是还有曦儿吗？”

宁钰轩皱紧了眉。曦儿被自家娘亲这大吼吓得哭了出来，小脸红通通的，直往奶娘怀里跌。“我不是不关心曦儿，只是……”再大的怒气听见曦儿的哭声也是消了，宁钰轩觉得有些愧疚。他的确是太偏心好好了，几乎所有的时间都在陪伴好好，将好好娘亲的那一份一起陪了；他对曦儿，难免就有些疏忽。

“侯爷，妾身不多要什么。”柳寒云哭得凄凉，看着他道，“妾身不争侯爷的宠爱，只想侯爷多看看曦儿，难道不可以吗？”宁钰轩抿唇不语，长长地叹了口气。

这边季曼直接闯进了蔷薇园。温婉正兴高采烈地看着康元郡主送来的礼物，檀香在旁边道：“这可真是划算，送了郡主一幅画，换回这么多东西不说，郡主也与主子的感情也更好了。”

“可不是？”温婉笑道，“等会儿侯爷回来了，就把这人参拿去熬了汤，晚上我去北苑瞧瞧去。”檀香正乐着要奉承两句，身后的门就被人撞开了。季曼脸色有些不太好看，嗤笑着摇了摇自己手里的盒子：“婉主子可是将这东西送给康元郡主了？”

温婉吓了一跳，没想到季夫子会在这个时候冲进来。“你……你放肆！”她下意识地站起来挡在桌子前头，“我的房间也是你可以随意闯的？”季曼冷笑一声，直接上前一步，拿着空盒子压在了她的脖子间：“婉主子还犹自高兴呢？可知你将这东西一送，世子就被皇上带进宫里去了？”

温婉一愣，世子被带进宫了？她皱了皱眉，想着难不成康元郡主将画给皇上看了，皇上觉得世子可爱，所以接进宫了？“那侯爷还得谢谢我。”撇撇嘴，她道，“世子被带进宫，自然是前途无量，说不定得了皇上、皇后喜欢，还给他提前选个世子妃呢。”

季曼气极反笑：“你觉得侯爷会谢谢你？”“自然！”她瞥了季曼一眼道，“你将手放开！若是再这般无礼，我就告诉侯爷你非礼我！”“好歹是同一条船上的人。”季曼看着她，一步步将她逼到墙边，“温小姐还真是会整自己人。”

同为宜都王效力，虽然温婉没有像自己这样被利用得彻底，但是好歹与自己也是一个战线的，结果这傻姑娘脑子里还是争宠第一。若是这船沉了，一定是被她蠢沉的。季曼深吸了一口气，伸手掐住了她的脖子，终于忍不住一耳光甩在了她脸上。

“你去告诉侯爷我非礼你吧，我实在是忍不住，我想打你很久了！”“啊—”旁边的檀香尖叫了一声，疯狂地往外跑，“来人啊，来人啊！季夫子打人啦！”温婉被这一巴掌扇得有些蒙了，季曼却是没停下。

好好去了皇宫里还能是好事？那就是个人质！一有什么利益争夺，或者陌玉侯踏错一步，好好绝对是第一个去偿命的！她好不容易找回了自己的儿子，好不容易能陪在自己儿子身边，结果这蠢货给自己说，送了好好进宫，还得感谢这蠢货？

季曼眼眶微红，压着傻了的温婉便死命掐。她知道掐不死这祸害，但是怎么也得让温婉尝尝快死了是什么滋味！温婉反应过来，拼命挣扎，两人竟然就这么扭打在了一起，从墙上滚到地上。季曼左右不停甩她耳光，她这没啥力气的小家碧玉，也就只能挣扎着踹季曼两脚。

季曼一向是理智的，坚信武力解决不了问题，做事也不能太直接，总要找到最周全的办法……但是现在好好已经被带走了，自己留在侯府也没意思了，还考虑那么多干什么？能打温婉两巴掌，就绝对不打一巴掌！

门外家奴都进来了，看着这架势，竟然都愣住了，没个敢上来拉的。季曼打得十分解气，看着温婉红肿起来的脸，恍惚间好像听见脑海里有人咯咯在笑：“使劲儿！”聂桑榆其实也想打温婉很久了吧？

“都看着干什么？上去拉人啊！快去叫侯爷！”檀香尖叫着喊着，四周的人才纷纷上来，将季曼给拖开。温婉已经哭得没有人样了，两边脸都高高肿起，恶狠狠地看着季曼道：“你不会有好下场的！竟然打我！”

自己开心了就行，季曼挣开家丁的束缚，整理了一番衣裳之后，那头宁钰轩和柳寒云也来了。“天……”柳寒云看见温婉这脸就傻了，站在门口都没敢进来。宁钰轩更是深深皱眉，看着季曼道：“你干什么？”

“侯爷还记得曾经送给在下的一幅画吗？”季曼也懒得跟他废话，指着温婉道，“她送给康元郡主了。她等着侯爷来夸奖她能干呢。”宁钰轩一惊，转头看向温婉。温婉犹不知发生了什么事，只是捂着脸哭泣不已，扑到他怀里来道：“侯爷可要为婉儿做主。无缘无故的，季夫子便冲到婉儿房间来动手打人。婉儿还没受过这样的委屈……”

身子有些僵硬，宁钰轩低头看着她，只开口问：“你把那画送给康元郡主了？”温婉一愣，不明所以地抬头，看见宁钰轩有些怒意的眸子，吓得站直了身子：“那画……是郡主非要拿走的，婉儿也不好拒绝……”

“就算再怎么样，哪有夫子动手打姨娘的道理？”柳寒云站在门口道，“侯爷，妾身知道您一向偏袒季夫子，可这次的事情，却不能让婉儿委屈了！”“她委屈？”季曼笑了一声，“她若不偷在下的画，不将画送给康元郡主，今日什么事都不会发生。在下打人也有不对，夫人觉得该怎么处置就怎么处置，在下没有话说。”

宁钰轩捏着温婉的胳膊，捏得她疼得挣扎：“侯爷？侯爷还记得婉儿上次问您的问题吗？”宁钰轩垂着眼眸没吭声。温婉挣扎着看着他道：“上次婉儿问您，是季夫子重要还是婉儿重要，侯爷不是回答说婉儿更重要吗？为什么现在偏袒的却是他？”

一众家奴、下人像是听见了什么了不得的八卦，都万分震惊地看着里头。柳寒云轻咳了一声，示意椿皮带着其他人出去，将门给合上。“这不是偏袒或者不偏袒。”宁钰轩终于开口，松开了温婉的手道，“你为何要去偷拿季夫子的画？”

温婉哑然，双颊肿起来，整张脸看起来就像猪头，嗫嚅了一会儿，又理直气壮起来：“侯爷都没有送过婉儿这样的画。他是个男人啊！婉儿还比不上一个男人吗！”温婉只要一哭，宁钰轩就拿她没办法。

可要是遇见有关身家性命的事情还来这一套，那就是属于自取灭亡。“那画上画的是什么？”宁钰轩突然问了温婉一句。温婉一愣，想起那画的内容，心里还是如刀割一般的难受：“是天伦图，是侯爷和……聂桑榆的。”

提起那名字，温婉眼泪就下来了：“都已经过去那么久了。侯爷不是说该怜取眼前人吗，为什么还要念着她？她到底哪里比我好？”柳寒云安静地坐在一边，跟看戏一样地看着温婉，只是时不时扫季曼一眼，眉头微皱。

“哪里都比你好。”季曼接了一句，“侯爷这样背景的人娶了你，真是倒了八辈子血霉。”“你胡说什么？”温婉狠命瞪了季曼一眼，“轮得到你来说这个？难不成你觉得侯爷娶了你这个男人更好？婉儿虽然不堪大用，但是也是知书达理！”

“嗯，不堪大用是真的。”季曼点头，看也没看她，淡淡地道，“当初被关进柴房，就自己给自己下药，还想嫁祸到我身上。太子妃拉拢两句，你就心甘情愿给人家当枪使。你口口声声说着爱侯爷，却为了争宠宁愿将侯爷出卖出去。本身侯爷还对你很有感情，硬生生被你自己一点一点磨没了。女人当成你这个样子，不如当初出去嫁给张屠夫。”

一口气说完不带喘，季曼端起旁边的茶喝了一口，长叹一声道：“侯爷未必像你所说的那样对我念念不忘，只是我更适合管这家罢了。更何况身边有你当陪衬，他自然更是觉得我好。”

宁钰轩皱眉，微微眯了眯眼看着季曼。季曼用的是原来聂桑榆的声音，没有再做什么伪装，这一番话说下来，温婉和柳寒云都傻了。“你……”温婉有些颤抖地指着季曼。“我怎么了？”季曼又恢复了季夫子的声音，呵呵笑了两声，“放心吧，我不是回来找你索命的。”

温婉一口气没喘上来，吓得跌在了地上。柳寒云也是有些发抖地看着季曼，终于低声唤了一句：“夫人？”“你现在才是夫人。”季曼侧头看着她，淡淡地笑了笑，“你已经是不用人庇护，也不用安于一隅，可以自己撑起一片天的夫人了。”

柳寒云心里莫名觉得难受，看着这张男人的脸，眼眶竟然渐渐红了。“够了吧。”宁钰轩有些不悦，看了季曼一眼道，“你现在告诉了她们知道，往后要是再传进了宫里怎么办？你自己的命，当真不会珍惜了？”

季曼诧异地看他一眼，指了指温婉道：“这样背后捅你刀子的人，你还打算留下？倒也真是真爱了。”温婉终于没忍住尖叫了一声：“鬼啊——”屋子外头的家奴都被吓得一抖，急急忙忙想冲进来看，奈何门已经被锁上了。

温婉这笨脑子，柳寒云都反应过来了是怎么回事，她却觉得这季夫子是被聂桑榆的鬼魂附体了，尖叫着退到了墙边去。季曼看着她这被吓白了的脸，忍不住就阴森森地笑了。她退，季曼就进，还用聂桑榆的声音悠长地道：“婉儿，你还记得我啊？”

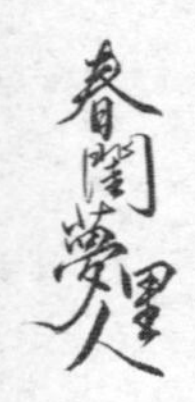

温婉也不知道是有多怕聂桑榆，竟然大叫一声就晕了过去。宁钰轩微微皱眉，一把将季曼拉回来，又把温婉送到了床上。柳寒云怔怔地看着季曼，就是没怎么反应过来。“寒云，明日安排马车，送婉儿回温州吧。”宁钰轩坐在床边淡淡地道，“她不适合留在这里了。”

听着这话，柳寒云心里猛地一跳，有些不可置信：“侯爷要送婉儿返乡？”“她今日酿成这样的大祸，再留下来，未免就是我妇人之仁了。”宁钰轩淡淡地道，“好歹也曾经夫妻一场，你帮着多准备些吧。”

愣愣地点头，柳寒云下意识地看了季曼一眼。季曼眼里有些嘲讽，一言不发地转身就要走出去。“站住！”宁钰轩低喝一声，“你去哪里？”季曼头也没回：“好好都不在了，我留在侯府做什么？侯爷也不必处置自己心上人给我看，她的错误，我是不会原谅的，您最好护好了她。”

“桑榆！”宁钰轩追出来几步，皱眉拉着她的手，“好好那里我会想办法。你能不能别冲动？都到现在了，难道你还要离开？”“为什么不能？”季曼回头看他，眼里有些莫名其妙的神色，“侯爷以为我是因为什么留在侯府的，又是因为什么才对侯爷不计前嫌？”

宁钰轩微微一怔，抿着唇道：“都是因为好好，就没有其他原因了？”“没有。”季曼笑了笑，“在下该回粮行了，侯爷保重。”手心终于还是空了，宁钰轩站在原地，看着那人穿着泛银光的袍子，打开门跨了出去，脚下一点也没有迟疑，就像一直以来都是他自作多情。

“侯爷。”柳寒云低声唤了一句，“她……侯爷不去追吗？”那竟然是夫人，她上次害的，竟然是一直对她有恩的夫人。柳寒云有些不知所措，捏着帕子，像是又变回了以前那个不善言辞、不知该怎么争抢的小侍妾，眼眶微红地看着宁钰轩。

“追得回来吗？”他低声问。她与其他女人都不一样，说要走，就当真有归处。他拦不住，也拉不回来。他可以当其他女人的依靠，可以做她们的靠山，然而那个人，却一直没有依靠过他，这反而让他觉得不知该怎么办才好。

自己用什么才可以留住她？宁钰轩苦笑一声。

简单收拾一番，将自己原来的衣裳都塞进包袱里，季曼扫了一眼这屋子，目光落在了台子上的荷包上。有一瞬间的怔愣，季曼收回了目光，背上包袱就跨出了门。

府里安安静静的，她走了几步，步子却慢了。转身回去将荷包重新塞进包袱，季曼这才走得头也不回。粮行在严不拔的管理下，生意很稳顺，季曼也就用盈余的钱在粮行附近置办了一间宅子，然后去朱府看朱玉润。

得知好好被接进宫了，正在坐小月子的朱玉润可惜地叹气道：“这样一来，你以后不是见不到好好了？”季曼抿着唇点头，眼睛却红红的。“哎，别伤心。”朱玉润连忙道，“以后爹爹要是有机会进宫，我就让他帮你看看小世子过得好不好。”

在宁钰轩面前季曼没哭，在侯府更是不能哭，可是现在看见朱玉润这满脸苍白的小胖子，季曼却是忍不住号啕大哭。朱玉润慌了手脚，连忙让珠儿去拿帕子，还嚷嚷：“多拿个盆子来接！”

拍着季曼的背，朱玉润一边安慰一边嘀咕：“你说你哭起来怎么也跟个女人似的，手也跟女人一样滑……”季曼哭得正伤心，哪里理会她。

日子真是好难过啊，本来还有好好可以支撑，这下子也没有了。好好在皇宫里，也不知道会不会被虐待。宁钰轩应该可以经常进去看他吧？可是她就再难见到了……聂桑榆，出来商量一番，放自己回去可好？有谁叹息了一声，声音却微弱得让人几乎听不见。

门口有人正往这边而来，听见这哭声，皱着眉加快了几步跨进门来：“你哭什么？”

季曼哭够了，抹了眼睛回头一看。千应臣站在门口，正一脸严肃。四目相对，千应臣明显愣了一下，才不自然地转开头：“抱歉，听错了。”

第九十三章

爱是深情，不爱便绝情

季曼微微错愕，摸了摸脸上的面具，还好没哭花。朱玉润一看见他就嘿嘿笑了起来，捋了捋头发："你来啦！"千应臣跨进门来，走到季曼旁边的凳子上坐下，淡淡"嗯"了一声算是应答，一双眼落在季曼身上，疑惑地打量着："季夫子这是怎么了？"

"在下季满。"季曼轻咳一声，拱手道，"我已经辞去了夫子之职。"千应臣微微惊讶，先前钰轩不是还说这位夫子是顶好的，又怎么会让辞了？不过这不是重点，重点是他为什么会在朱玉润的房间里哭？

朱玉润坐在床上对千应臣道："你就别提满哥哥的伤心事啦。"千应臣看她一眼，冷哼一声站了起来："你的身子也该恢复得差不多了。"因着朱玉润引产要养身子，千应臣才天天来看她。朱侍郎依旧很生气，可是朱玉润很高兴啊，每天就眼巴巴地盼着他来。

不过祭祖大典都结束了，他和彭家小姐的婚事也近了。朱玉润听见他这句话眼神就黯了下去，扯着被子道："是啊，要好了，明天就能下床走动了。""那明日我便可以不来了。"千应臣微微笑了笑，"也算我仁至义尽。"

"嗯。"朱玉润乖巧地点头。季曼听着，叹息一声道："这些天也谢谢千大人这样

来看望玉润了。等她好透了，我们的婚事也该办了……对了，大人与彭小姐的婚事是在什么时候？”

千应臣看了季曼一眼：“四日之后。”季曼点头：“我和玉润也差不多是那个时候。只是准备得仓促，最近发生的事情又多，婚礼可能没法特别盛大了。”朱玉润张了张嘴，有些惊讶地看着季曼。孩子已经没了，他们还要成亲吗？

季曼朝她使了个眼色叫她不要吭声，这头千应臣却沉默不语。过了一会儿，千应臣也没看朱玉润，拱手对季曼道：“先恭喜一声，在下就先告辞了。”“千大人。”季曼笑眯眯地起身道，“千大人等会儿可有什么事？在下近来因着季氏粮行贡米一事，还有一些细节恰好要同大人相商。”

千应臣微微惊讶：“今年的贡米在季氏？”“正是。”季曼有礼地拱手。贡米可是很重要的东西，整个皇宫里每天吃的都是贡米。去年的刘记粮行也是凭借贡米一路飞升，粮行遍布各州，一跃成了京城最大的粮行。他本以为今年赢家会是荣记，没想到却落在了季氏身上。

看看床上的朱玉润，千应臣眼里有了一丝了然，低笑一声道：“那季兄便请，去落雁塔商谈吧。”季曼应了，嘱咐了朱玉润两句，让她好生养身子，然后便跟千应臣出去了。

“季兄也真是好本事。”千应臣坐在落雁塔上，有些不阴不阳地道，“原以为季兄是坦坦荡荡的读书人，没想到还开着粮行，更是娶朱家那身败名裂的女人来换取贡米的资格。”

季曼笑得一脸猥琐狡诈，眼里闪着贪婪的光，万分小人地看着对面的男人：“蒙大人高看了，在下就是讨口饭吃的。能往上爬，为什么要留在原地？朱小姐身败名裂也无妨，在下只是想借个台阶罢了。”

千应臣的眉头深深皱了起来，看着季曼这嘴脸，心叹自己上次在侯府还真是瞎了眼才觉得这夫子谈吐有礼，是个不错的人。“如您所知，朱侍郎可是很喜欢在下。”季曼笑道，“贡米之事要由户部经手，还希望到时候大人也多关照，过秤检查之时，也请高抬贵手。”

无商不奸，每次送进宫里的贡米，多多少少都有缺斤少两的。只是像季曼这样坦白说出来的倒是头一回，千应臣却因此心里厌恶更重。他觉得眼前那这人也就是凭着朱家的后台才敢这样嚣张，一副商人的嘴脸，又怎么会是真心对朱玉润的。

那姑娘傻，看不清人也就算了，以后受了什么委屈，指不定还要哭呢。朱侍郎不是一直疼爱自己的女儿吗，怎么就找了这么个人？端着茶杯喝着，千应臣脸色不太好看，没应季曼的要求，倒是反问他“季兄不在意以后成亲之后，被人在背后指指点点？”

“为什么要在意这个？”季曼睁大了眼睛，“我就是娶个人回来放着，以后分开住也是可以的。人们背后指指点点，肯定是骂她的多，骂在下的少，因为在下是男儿。”这个世界对女人就是这么不公平。

“再说，千大人为何会说这样的话？”季曼轻笑一声，“朱家小姐的名声，不都是被大人败坏的吗？”“我败坏她？”千应臣像是听见了什么笑话，“是她败坏我吧？你没听过她怎么说的？当初在徐州……”

“当初在徐州，大人醒来的时候，是在自己的房间还是在朱小姐的房间？”季曼笑着问了一句。千应臣愣了愣，自己一直没有去回想这件事，现在努力想想，当时醒来，是……在她的房间。

“朱小姐对人说的，一直是她看上了大人，所以夜而奔之。”季曼抿唇道，“夜而奔之，该在谁的房间里？”千应臣有些没反应过来。季曼笑着朝他拱手：“总之等季氏的粮食都运到了仓库，也就该进贡了，到时候找大人合作，大人可莫要推辞。”

该说的话说完了，她也只能帮着到这儿了。千应臣听到这里，怎么着也得去查查事情真相再给朱玉润扣帽子。不过那小胖子是真傻，孩子都叫他弄没了，还半点不记仇，看见他来竟然还是笑眯眯的。

宜都的路在修建之中，速度竟然比预想的快了不少。季曼离开侯府的事情也已经禀告了宜都王，没说好好的事情，只说因为温婉，世子被送入宫，她这个夫子自然也没用了。

“温婉？”宜都王坐在帘子后头，微微叹息道，“我原以为她会是一张王牌，怎么半途没用了不说，还坏事了。”沈幼清也坐在旁边，闻言微微抿唇道：“妾身好久没有与她来往，也不知她是何想法，竟然与康元郡主搅作了一团。”

“侯爷说要送她去温州，也不知最后到底会怎么处置。”季曼垂着眸子道，“她在府里便屡次三番陷害于我，不顾王爷立场。在下以为，这样的人还是早些处置了为好。”沈幼清微微皱眉，看向一边的宜都王。赵辙沉吟一会儿，道：“处置也可，只是钰轩大概会护着她。”

“这次侯爷若是还护着，那在下也无话可说。”季曼抿唇道，“在下已经给了侯爷一个选择，要么她死，要么在下亡。”沈幼清没听懂这话的意思，有些茫然，旁边的赵辙却道：“清儿，出去看看厨房的饭菜做好了没有。”

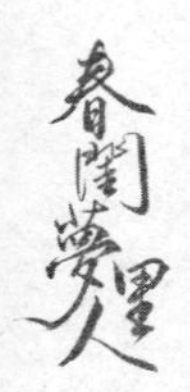

赵辙竟然还支开自己？沈幼清微微抿唇，看了季曼一眼，起身出去。“你做了什么？”门合上，赵辙饶有兴致地问季曼。季曼抬头道：“在下暴露了身份给温、柳二人。”赵辙微微一惊，皱眉道：“你为何如此冲动？她二人要是有人将你的身份泄露出去，你焉有命在？”

“就是因为不会有命在，在下才给了陌玉侯这样一个选择。”季曼笑道，“若是他不顾我性命也要保全温婉，送她回乡，那在下也无话可说；若他还念及与我的一点情意，温婉就绝对不会有好下场。”

“你这是拿命在赌。”赵辙有些不能理解。“在下不会丢命。”季曼轻笑，“在下的身份一旦暴露出来，陌玉侯也要被牵连进欺君之罪。在下保命的可能性高达九成。”就算她没有温婉重要，宁钰轩自己的身家性命，怎么也比一个温婉重要。她是有了足够的把握，才敢那样暴露了自己。

赵辙愣了许久，轻笑出声：“你这女人也真是够狠的。”季曼以头磕地：“在下若是不狠，便不能帮王爷成就大业。虽然在下不堪大用，但是能尽微薄之力也好，王爷有什么都请尽管吩咐。”

她这话说得忠心耿耿，将她在赵辙心里犯下的过失一笔勾销。赵辙甚是愉悦地道：“你拿了宫中贡米之资格，便是帮了本王一个大忙。等时机成熟，本王自有吩咐于你。”“是。”季曼闭了闭眼。

温婉被关在房间里，双目无神地看着窗口。宁钰轩坐在一边，也已经沉默了半个时辰。

“我都已经想通了，你若让我走，我也认了。”温婉淡淡地道，“本就不该在一起，你与我，都是缘分错了。我看得清你的心，只是一直不肯承认。”

“但是为什么，你现在连走都不让我走？”温婉嗓子有些哑，抬头红着眼看着宁钰轩道，“我知你爱时深情，却不知你不爱之时可以绝情至此！”宁钰轩一直安静地坐着，目光里带着些温柔，就听着温婉歇斯底里。

“你说过会护我一辈子的，说过不会让我受委屈的！”温婉眼里的泪又翻涌了上来，“为什么现在统统不算数了？”承诺是男人给当初那个时间的你的，又不是给现在这个你的，温婉还真就指着两句承诺过一辈子了？

宁钰轩不打算跟她争辩什么，只温柔地将她的手拉过来放在自己手心。“你曾经说，只要能同我在一起，名分你不在意，我身边有多少其他女人，你都不在意。”宁钰轩低声道，“我曾心属过你，所以即便你没有做到这些，我也不怪你。”

温婉睁大眼睛，委屈地摇头道：“我哪里没有做到？我同谁争，同谁抢了？”宁钰轩的目光有些深沉，看着她，声音却轻柔：“你真当我什么事都不知道吗？”温婉一愣，对上他的目光，竟然有些心虚。

“从别院回来，遇见刺客之时，你替我挡过一刀。”宁钰轩松开她的手，轻轻笑道，“其实不用你挡，我也躲得过去。那些黑衣人的身份，我想查不难，但是我没有查。”哭声停了，温婉惊愕地看着他。

“桑榆曾经是把给你和寒云接生的杨婆子留着的。”宁钰轩转开眼，淡淡地道，“她都将人送到了府门口，却被我拦下来了，你知道为什么吗？”温婉抿唇：“侯爷……”

“我大概还是爱着你的。”宁钰轩垂着眸子，嗤笑一声道，“只是我在想，人怎么会那么绝情，你毕竟同我真心爱过，又怎么会帮着大皇子来对付我？……直到你将筠儿摔了出去。”

身子重重地跌在床上，温婉睁大了眼睛，像是想起了什么可怕的回忆，连连后退：“我没有！”“是啊，我也觉得，你应该只是不小心。”宁钰轩侧头看了她一眼，“没有母亲会狠心到杀死自己的孩子，就算只是一个女儿。”

温婉浑身发抖，惊恐之下伸手拉住了宁钰轩的衣袖：“我没有那样做，筠儿……筠儿那次真的是我手软，加上侯爷您推我……”“人的变化也真是大。”宁钰轩打断她，依旧温柔地低头看着她，“我若是知道有朝一日你会变成今天这个模样，当你第一次对晴儿动手的时候，我就不该纵容你。”

浑身的血好像都被凝固了，温婉呆呆地看着宁钰轩，一动也不敢动。他真的什么都知道，她一直以来做的这些事情，他全部都知道。怎么会？他明明还是一直对她很好，只是从正室之位被聂桑榆拿去了之后才渐渐冷淡的。是聂桑榆勾走了他的心，又怎么会是她的过错！

“我知道你现在容不下我，”温婉努力找着自己的声音道，“你爱上了聂桑榆。我也知道，你可以堂堂正正说你是爱上了别人，不用这样说……”“我爱她？”宁钰轩顿了顿，轻声笑了出来，“婉儿，我与她没有你我以前那样的轰轰烈烈，我甚至都没有察觉到我对她有什么感情。

“只是现在终于失去了她，我才觉得这样的日子好生无趣。”他笑道，“这是爱吗？”

温婉哭得已经没了神智，张大了嘴努力呼吸着：“你不爱……那不是爱……”“嗯，不叫爱。”宁钰轩慢慢站了起，“我会继续护你一辈子。你便在这蔷薇园里，度过余

生吧，也算是不负了你我相爱一场。”

“我不要！”温婉哭着跌下床来，拉着宁钰轩的衣袖道，“钰轩，我不要一个人孤独一生。为什么连放我走都不可以？”“你看见她了。”宁钰轩回头看着她，眼里的温柔也终于一点点散了个干净，“她还要活着，所以你不能出去。”

温婉哑然，过了许久才忍不住大笑出声。她爱着的这个男人，好不容易从一群女人手里抢来的男人，竟然要因为另一个女人，让她终身不得见天日？好一个深情的陌玉侯！好一个绝情的宁钰轩！

“哈哈哈—”温婉笑得凄厉，声音穿透了屋顶，响彻整个侯府，“竟然是为了她，竟然是为了她！”宁钰轩只安静地看着她，淡淡地道：“你好自为之。”“侯爷，”鬼白在蔷薇园外头候着，见他出来便道，“堂少爷过府了。”

宁钰轩现在心情算不上很好，但是宁明杰如今是镇远将军，就算是亲戚也是不可怠慢的。

“你先去问问季夫子那边情况如何，等会回来禀告我。”

“是。”鬼白应声去了，宁钰轩才长叹一口气，走到正厅去。

他以前还笑宁明杰是多情之人，不堪重用；现在倒好，自家这乱七八糟的事情没个结果，倒是让人看笑话了。宁明杰是带着康元郡主过来的，宁钰轩刚一踏进正厅，没说两句话，康元郡主就说要去找夫人说会儿话。

康元郡主带着丫鬟就去了后院，刚准备往凌寒院走，就听见了不远处传来的哭声。“那不是婉儿住的地方吗？”康元郡主挑眉，“这是怎么了？”领路的丫鬟小声道：“侯爷已经吩咐了府里上下，任何人不得靠近蔷薇园，里头只有婉主子和檀香二人。”

康元惊讶极了，不都说这位婉儿姑娘是侯爷的心上人吗，为什么会被软禁？“也不是头一回了。”领路的丫鬟是府里的老人，嘀嘀咕咕多说了两句，“从前多少次被侯爷贬了位份，赶去别院，最后不都是回来了？”

如今侯府的后院根本没什么人，温婉不管几起几落，最后陌玉侯都没能舍了她。这才是真爱啊。康元郡主若有所思地去了柳寒云处。

季曼上下打点，终于让季氏贡米稳妥地进了宫。严不拔笑得眼睛都快没了，拿着新购的房契、地契道：“往后东家的生意可就好做了，咱们是贡米，还比其他米价格没高多少。要不是粮行开得少，其余几家也都该没生意了。”

粮仓买了好几个，宜都的路修得快，运的米自然也快。户部全是熟人，季曼又即将和朱玉润成亲。哪怕其他几家米行使劲儿下绊子，季曼也是四平八稳的没绊倒过。千应臣看季曼是越发不顺眼了，称量的时候一点油头都没给。季曼也不在意，偷工减料也就是说说而已，到底是第一年当贡米，自然是越好才好。

大婚之日很快就到了，千府张灯结彩，朱府也张灯结彩。季曼一边看着喜服一边叹气，这千应臣是不是脑子有问题，想了四天还没有把事情始末想明白？“我不想嫁……”朱玉润穿着一身大红的喜裙，颇为憋屈地看着季曼说了这么一句。

季曼笑着安慰她：“没事，我觉得事情还会有转机。”可是哪里来的转机？千应臣已经骑马去彭府迎亲了，据说场面很盛大，很是壮观。朱府这边没有那么复杂的礼节，毕竟朱玉润名声不好，朱侍郎也就默许了季曼简单操办婚礼。

再简单也是要上花轿的，季曼叹了口气，背着朱玉润出门上轿。这朱家小姐差点压断她的一把老腰。两家的迎亲队伍刚好在同一条路上擦肩而过，只是千府迎亲那是一路红，季曼这边虽然也有仪仗，但是始终没有那么隆重。珠儿在旁边快要气死了。

朱玉润安静地坐在轿子里，听着外头擦肩而过的礼乐声，心里也是放开了。终究是难成姻缘的，她一步踏错，后来就无法挽回了吧。“哎？”外头不知是谁家的喜娘叫了一声，就见千府迎着的花轿突然停下了。花轿里头传来一个颤颤巍巍的声音：“差……差不多了。”

千应臣停下来了，莫名其妙地回头看，季曼这边也好奇地看过去。两边迎亲的都停了下来，千府的花轿上下来个新娘子，抖着身子自己将盖头掀开了：“差不多就到这里……小姐应该已经走远了。奴婢……奴婢进不得千府大门。”

众人哗然，定睛一看，这哪里是彭家小姐，分明是那小姐的贴身丫鬟！千应臣的脸沉了，下马走到那丫鬟面前：“这是怎么回事？”“小姐……小姐她不想嫁。”丫鬟已经跪在了地上，身子抖得不像话，“还请大人高抬贵手，饶了奴婢吧。”朱玉润在轿子里听着这消息，乐了。

彭家那位小姐本来就十分不愿嫁，被家里逼着上的花轿，结果半路跑了！这可真是一个天大的玩笑。季曼估摸着那位小姐也没想过后果，这样一来，宁钰轩的心思算白费了。

可是更不考虑后果的还有一个，朱玉润竟然高高兴兴地下了花轿，捂着盖头从这个花轿跳到了那边的花轿，一把将丫鬟给掀开，自己坐进千府的迎亲轿子里：“好啦，你现在没新娘子了，还是把我娶回去吧，也免得这一场婚礼都做了流水。”

姑奶奶，季曼捂脸，这边的婚礼这小姐完全没考虑过啊！

第九十四章

系统提示：您的白莲花已升级

见过婚礼出乱子的，没见过这么出乱子的，虽然季曼很想把朱玉润给千应臣塞过去，但是她现在必须是一张愤怒的、可怕的、被人夺了妻子的脸。

翻身下马，在千应臣还没反应过来的时候，季曼就过去将他推了一把："千大人这是什么意思？"季曼这姿势，跟街头混混有一拼。千应臣后退半步，皱紧了眉看着季曼："这是朱小姐的行为，与在下无关，季兄何必迁怒？"

"那行，我把人带走了。"季曼抬着下巴，伸手就要去拉朱玉润。朱玉润自然是抵死不从，抵着轿子口死活不出来："我喜欢这个轿子！"众人都围过来看热闹，千应臣脸上有些挂不住："你不要胡闹！"

"不是胡闹。"朱玉润梗着脖子道，"你欠我一个孩子呢！怎么也得跟你讨了才算完！"

四周人哗然，朱家小姐这言行实在是令人叹为观止。千应臣脸上微红，有些无措地看着季曼。

季曼一副伤心欲绝状："朱小姐不愿意嫁给在下了吗？"朱玉润咬咬唇，盖头下的声音听起来闷闷的："满哥哥是个好人，但是我还是喜欢他，忘不掉他，也没办法嫁给别人。"

千应臣一怔。

“这个人不喜欢你也没关系？”季曼挑眉。“盲婚哑嫁多了去，我至少能嫁个自己喜欢的，不是已经幸运多了？”朱玉润扒着轿子道，“满哥哥你就成全我们吧！”

周围的人一片唏嘘，不少人拿同情的目光看向季曼。季曼长长地叹了口气，看向千应臣道：“今日朱家小姐是千大人从在下的花轿里夺去的，来日若是不能珍惜，在下即便只是一介草民，也不会就这样轻易算了！”

千应臣很茫然，这为什么又成自己抢的了？“起轿！”季曼一声大喝，旁边的轿夫吓得一个激灵，当真就抬了轿子起来。媒婆见状，为了红包到手，连忙也将千应臣重新扶上马。

“哎，良辰吉日，时候也快到了，赶紧去千府拜堂成亲啊—”

迎亲队伍又重新闹腾了起来，浩浩荡荡地挤开围观人群就继续往前走。千应臣呆呆地在马上坐了很久，等回过神来的时候，千府都已经到了。季曼高高兴兴地给迎亲队发了工钱，回到刚买的宅子里让丫鬟将东西都拆了，然后换了一身衣裳，去千府吃喜酒。

没见过被人抢了新婚妻子还这么坦然的人。虽然季曼看起来还是很伤感，但是众人都觉得他也不是真的伤心。连千应臣远远看着他的表情，都有些庆幸朱玉润是跳对花轿了。

这人当真只是为了利益才娶玉润的。

拜堂之后新娘子被送去了洞房，珠儿站在一边，颇为不服气地道：“小姐，你怎么就这样傻。千大人心里没有您，还害得您流了产，您怎么还这样兴高采烈地嫁给他？”朱玉润在盖头下偷偷啃着苹果，口齿不清地道：“因为我想跟他过日子，有些东西总是搁在心里，那就过不下去了。我也怨过他，但是想着怨他又得不到什么，我就释怀了。”

珠儿表示不能理解：“千大人一开始可不是想娶您的。”“我知道。”朱玉润低声道，“嫁给他总比嫁给满哥哥好。我这样的，总不能还连累满哥哥一辈子。”说着，她忍不住小声嘀咕一句，“到底是满哥哥，还是满姐姐？”

珠儿没听清她后头的话，只是唉声叹气地道：“奴婢总觉得千大人不会善待小姐的。”

“无妨。”朱玉润将苹果核丢了，“他就算是再不喜欢我，我也是他明媒正娶回来了。以前我被骂，都是因为他，现在我就跟他捆一块儿，人家骂也没处骂，我看谁还背后给我爹爹和哥哥泼脏水。”

珠儿微微一怔。朱玉润也觉得自己语气微微过了些，又笑道："总之，成亲之后，还得找机会去谢谢满哥哥。"季曼哪里用得着她谢啊，这一场婚事告吹，朱侍郎就将季曼喊了过去，十分尴尬地问："你可还有什么心愿未了？"

自己女儿那样子，这人都肯娶，一直没说过悔婚，结果都上花轿了，自家女儿跑了。朱侍郎真是觉得万分对不起季曼，都不知道该做什么来补偿了。"大人不必挂心。"季曼苦笑道，"是在下与朱小姐没缘分，也就罢了。"

"唉……"朱侍郎拍拍季曼的肩膀道，"以后你有何处需要帮忙，老夫都定然相助。"

"多谢大人。"季曼深深鞠躬。朱大人这般的父爱如山，让她觉得衷心地敬佩。

婚事没成，宁钰轩是喜忧参半。彭太傅已经亲自登门谢罪，宁钰轩也没什么好说，只是两边关系会尴尬一些；但是季曼没能娶了朱玉润，宁钰轩还是松了口气。

先不管千府那头状况如何，宁钰轩得了空闲，便去找季曼。如今季氏粮行是越做越大，再过一年，季曼都有信心能慢慢掌控京城粮价了。户部关系很硬，又有严不拔这样优秀的掌柜，在很长一段时间里，季曼都觉得是高枕无忧的。

至于宁钰轩，在得知温婉被软禁在侯府里之后，季曼就不太想见他。所以不管宁钰轩去哪里堵，都没能堵着她的人。直到有一天外头传来消息，说是陌玉侯府的姨娘上吊了。

女主都自尽了，那这本书是不是该大结局了？她又该去哪里？顾不上许多，季曼赶去了侯府。看门的本来要拦住她，但是柳寒云恰好在门口等陌玉侯，看见她就将她先迎了进去。

"夫人……"

"不要叫我夫人，叫季公子即可。"季曼匆匆走着，心情很是复杂地问，"情况怎么样了？""人是救回来了，就是昏迷不醒。"柳寒云皱眉道，"刚吊上就被救下来了，只是不知道为什么就是不醒，还一直说胡话，我已经去叫人告知侯爷了。"

还活着？季曼大大地松了口气，连忙去温婉的房间看看。季曼本来是很想这女人死了算了，但是想着她就这么死了，是不是也太便宜她了？

温婉一身穿的都是白色，跟寿衣一样，脸色也是白中透着青色，嘴里还喃喃喊着话。

大夫在一边已经开始收拾东西，看见柳寒云，便又禀告了一遍："婉主子没有大碍，醒来就没关系了。"

柳寒云点了点头，季曼就坐到了温婉的床边去。"救命……"温婉的神色看

起来像是在做噩梦。季曼盯着她看了一会儿，有些不解。上吊的人喊救命？你逗谁呢？

"不要……"季曼有些没听清，忍不住皱眉将耳朵贴上去一些。哪知道温婉突然就睁开了眼睛，空洞的眼神，吓得季曼差点一滚。"这是哪里？"温婉茫然地看了帐顶好一会儿，转头看着季曼和柳寒云。

柳寒云一怔，旁边的檀香已经哭着扑了上去："主子，主子您为何要这样傻……"温婉一脸茫然，看了看檀香，问了一个让人大吃一惊的问题："你是谁？"一屋子人都傻了。

柳寒云最先回过神来，皱眉摸了摸她的额头，温度正常："你不记得我们了？"

温婉皱眉，将这一屋子的人都扫了一遍："不记得了。这是在哪里？你们是做什么的？"

有一瞬间季曼怀疑温婉可能是装失忆，仔细一想又觉得不对，因为以温婉那种智商，是没这么好的演技的。

宁钰轩也回来了。他刚一踏进屋子，温婉就呆呆地看着他挪不开眼了："这是？""这是侯爷啊主子！"檀香哭得眼睛都红了，"您当真是什么都不记得了吗？"宁钰轩走过来，有些惊讶地看了看季曼，而后才看着温婉道："你闹什么？"

"我？"温婉一副痴傻的模样，始终没能正常说话。刚要走的大夫又被拉了回来，诊断一番之后，大夫只能推测："大概是受的刺激太多，一时忘记了一些东西。"宁钰轩呆愣了好一会儿，指着季曼问温婉："她是谁？"

温婉依旧一脸茫然。众人都无奈了，季曼认认真真地打量了她许久之后，起身道："在下唐突来府上，也是不妥，这就告辞了。""站住。"宁钰轩皱眉，"你既然来了，又那么急着走干什么？"

自己只是来看女主死没死，女主没死，自己自然得走了，还留下来干什么？季曼笑着转身道："最近粮行事务繁忙，在下得先回去了。""我今日进宫去看了好好。"宁钰轩抿唇道，"你不想跟我说会儿话？"

季曼很想甩下一句不想，然后潇洒离开，但是听见"好好"两个字就怂了，乖乖拱手道："侯爷有什么话，在下都听着。""嗯。"宁钰轩缓和了脸色，带着她往外走，"去北苑吧，这里不方便。"

季曼就乖乖跟着宁钰轩走了，温婉这边就交给了柳寒云处置。"好好很得皇后喜欢。"宁钰轩抿唇道，"你不用太担心他。"

皇后与皇帝一直无子，宫中四皇子又不得皇帝待见，故而能抱来个小娃儿，宫里也就热闹了不少。知道好好是聂桑榆的亲儿子，捧月待好好也就亲近了两分；又有新帝亲自赐名，好好在宫里的日子也是很好过的。

季曼听着，眉头依旧没有松开。自家儿子在宫里终究是个人质，她时时刻刻都得担心万一哪天皇帝看陌玉侯不顺眼了，第一个遭殃的就是好好。但是她现在顶多是个有钱一点的粮商，根本没力气和皇帝斗。

陌玉侯倒是有足够的实力，但是他忠于皇帝，比她还不如。季曼叹口气，男人靠不住，还得靠自己。"我可以进宫去看看他吗？"虽然知道不太可能，季曼还是问了这么一句。

宁钰轩想也不想便摇了头："你最近最好隐藏好自己，莫说进宫，连侯府也不要经常来。我有事会去找你。"季曼垂了眸子，淡淡地应了一声。除了好好的事情，她真是不想再看见他了。

温婉醒来之后就在府里安静了许多天，一直没什么动静。看起来她失忆好像是真的，凡事还得靠檀香提醒。她偶尔有头痛，却说是什么都没想起来。

季曼也就没再关注过温婉的消息，反正失忆不失忆她都是被软禁的。要是哪天温婉被陌玉侯放出来了，那她还可以再看看。不过这个概率也是小之又小。

粮行开始扩大店面，在京城也打响了招牌，季曼正开心呢，结果就出事了。有人吃了季氏的米，发了病死了，家属一张状纸就将季氏告上了公堂，接着陆陆续续就有不少的百姓声称季氏的米有问题。

开玩笑，这米季曼自己都吃，怎么可能会吃死人？这摆明了是有人看季氏这么风光不顺眼了，要朝季氏下黑手。季曼奔走几家百姓家里，搜集证据，又暗地里请了衙门官老爷吃饭。一阵喊冤之后，官老爷掂量着袖子里的金子重量，笑着对季曼说包在他身上。

可是开堂当天，审案的官老爷竟然换了一个，要派人全面检查季氏的米。因着是贡米，还得向宫里汇报。这件事要是闹大了，对季氏是绝对没有好处的。季曼咬牙，堂外几家粮行的掌柜却看热闹来了，还纷纷笑着安慰季曼："身正不怕影子斜，季氏的米只要没问题，是不怕查的。"

先不说米有没有问题，就是这大量官兵涌去粮行检查，对粮行本身的影响就不好了。季曼看了看堂上那位老爷，果断让人去知会了朱侍郎。贡米是朱侍郎推荐的，季氏要是出了问题，朱侍郎自然难辞其咎。所以一听到消息，朱侍郎就让千应臣前

往查看。

身为钱粮主事，千应臣是黑着一张脸到衙门的，没看一众正要去检查的人，直接去找了官老爷。一番耳语之后，官老爷道：“找人去背两袋米回来检查就是。”季曼微微松了口气，带着人回去粮行。严不拔正打着算盘，道：“送去检查的两袋估计是拿不回来了，损失一两六钱。”说完，严不拔替他们选了两袋好米带回去检查。“刘掌柜、荣掌柜，几位都别走啊。”检查出结果得要一段时候，官老爷说了明日再继续审理此案，季曼便招呼住了几个来看热闹的粮行掌柜。

刘掌柜转过身来笑道：“季氏有麻烦，咱们这也帮不上忙，可不只有先走吗？”荣掌柜也点头附和：“季老板得多费心了。”“这不算什么大麻烦。”季曼笑道，“许久未见几位掌柜了，今日瞧着倒是有些空闲，不如一起去落雁塔坐坐，几位觉得如何？”

京城如今比较大的粮行也就刘记和荣记两家，他们本来是水火不容的，但是中间冒出来一个季氏，被他们一起推上了台面就算了，还成了贡米专供商家。眼看着季氏生意做得越来越红火了，还是粮行联盟会的领头，两边粮行早就心有不满。

有共同敌人的时候，原来的敌人也就是朋友，于是刘记和荣记是联合起来想看季氏笑话的。季氏掌柜就是个文弱书生罢了，虽然人不错，但是实在不能给人威胁之感。刘记和荣记的掌柜想了想，去就去吧，吃个饭能怎么了？

季氏粮行的案子被推到了明日，不过各家掌柜心里都有数，这次季氏怎么也要掉层皮。他们上下都已经打点好了，不会轻易放季氏过去。

季曼态度极好地请了他们上落雁塔顶层。正是该用晚膳的时候，山珍海味一点也没少，众人看着都觉得这季老板也真是大方。“这位子还空着一个，可是还有什么人？”刘掌柜好奇地问了一句。

季曼笑了笑，往楼梯口那边看去。众人跟着回头一看，傻了，竟然是户部的朱侍郎。

先前不是说季氏想迎娶朱小姐结果被弃婚了吗？朱侍郎怎么还会来这里？“朱大人。”季曼笑着上前，拱手作礼，“大人有空光临，在下真是不胜感激。”

朱侍郎笑得很和蔼，拍拍季曼的肩膀道：“你请客，我焉能不来？”这一句话，听得在座的人心里都直打鼓。本以为婚事未成，季氏和朱大人家就该攀不上什么关系了，怎么今日这一见，朱大人对这季满还是这样亲切？

也是季曼会做人。虽然婚事告吹，但是因着朱侍郎的愧疚之心，季曼没少往朱府走动。上头的关系搞好了，下面还能闹出什么风浪来？刘掌柜和荣掌柜都想借机和朱侍郎亲近一二，只恨自己今日出来匆忙，没把传家宝带出来一两件，只能小心翼翼地在一边敬酒。

哪知朱侍郎就一直跟季曼聊。两人坐在一起，无视了旁边一桌子的人，端着酒杯你来我往，跟忘年之交似的，让旁边的几家掌柜只能陪着干笑。“哦，怎么把其他人都忘记了。”季曼笑着道，“来来，一起喝酒啊。”

“啊对，喝酒喝酒……”几家掌柜脸都要僵硬了，看着朱侍郎分外开怀的样子，却是只与季曼说话，心下都是既震惊又恼恨。

朱侍郎的办事效率还是很不错的，第二天开堂官老爷就又换回来了，检查了大米说没有问题，只是几户人家在食用的时候吃了其他有忌讳的东西，引得病发，与季氏粮行无关。

季曼长长地松了口气，不仅给朱侍郎府上送了厚礼，更是给朱玉润也做了两套上好的锦绣裙送去。结果朱玉润没两天就穿着新裙子蹦蹦跳跳地上门来了：“满……不对，季先生！”

看她一双眼睛明亮亮的，季曼觉得她的日子过得定然是不错。出了粮行，季曼带着她去吃福满楼的点心：“千夫人今日怎么有空来找在下？”“我刚回门，顺路就来看看你怎么样了。”朱玉润眨巴着眼，不经意扫到季曼的耳垂，微微一怔，而后笑眯眯地道：“先生不娶玉润，是不是好过许多？”

“朱小姐何出此言？”季曼叹息道，“在下孤家寡人……”两人在一个厢房里，珠儿站在外头候着。朱玉润按捺不住好奇心，干脆直接开口问：“先生说自己不举，是真因为不举，还是因为其实不是男人？”

“噗—”季曼一口桂花糕喷了出来，有些讶异地看着朱玉润，“你……”怎么知道的？

朱玉润是有一点笨，但是也心细，看她这么慌张的反应，也就知道了，连忙小声道：“我不会说出去的，就是一直觉得好奇而已。”

季曼清了清喉咙，强调道：“我是男人。”朱玉润扫看着她的喉咙，点了点头：“是，那是为什么要扮男人？”“……都说了我就是，不是要扮。”季曼脸有些红。那么多聪明人都没有看穿她，倒是被这个又笨又傻的小胖妞给拆穿了。

“嗯。”朱玉润还是一脸好奇地看着她。季曼败了：“自然是男人要方便一点，我有事要去完成。”“这样啊。”朱玉润恍然大悟地点头，然后还是一脸迷茫，“女人能有什么大事要去做呢？自从嫁进千府，我觉得我一点想做的事情都没有了。”

季曼无语地看她一眼：“千大人很疼爱你了？”

“没有。”

“他对你开始改观了？”

“没有。”

“他府里的丫鬟、小妾都认可你了？”

“没有。”朱玉润哈哈大笑，“你不问我还不知道，原来我还有这么多事没做完啊。”

季曼无奈地翻了个白眼：“你得给自己找个目标，然后前行，就不会那么无聊了。”“可是，”朱玉润干笑两声道，“能嫁给他我已经觉得是幸运了，其他什么都不想要，这可怎么办？”季曼呆了呆。

第九十五章

粮食的战争

怎么会有人什么都不想要呢？像她，她还想着替聂家老爹和聂桑榆手刃仇敌，还想着接回好好，最后还想着能回去，有一份踏踏实实的感情能过一辈子。

朱玉润现在的处境明显很糟糕，但是她说什么都不想要了。季曼不懂她的世界，但是看着这小胖子脸上开心的笑容，倒是有些羡慕。手段可以学，心胸却是学不来的，有的人天生宽容，那也是一种幸福。

可惜了她是那种睚眦必报、小肚鸡肠、记仇十年不算多的人，体会不到朱玉润的快乐。她不信这世上有不劳而获的事情，就像不信那些小说女主什么都不做就会有大批的人喜欢女主，并且一路幸运的设定。

“对了，我来找你是想说，我今天在家里的书房外头偷听了爹爹与人商议时的话。”朱玉润道，“为了感谢你送我裙子，所以我来提前知会你一声。”季曼有些好奇：“什么事情？”

“具体的我也不懂啦，反正就听见什么江北一带闹了旱灾，来年可能颗粒无收什么的，说是要提前征粮。”朱玉润笑道，“卖粮食的反正都能赚上一笔。”季曼心里一惊，这傻姑娘，这等机密的事情，也能来告诉自己？

“我也就是来提前告诉你个好消息，盼着你开心些。”朱玉润笑道，“总觉得自

己也有些亏欠你。”季曼刚想说没什么亏欠的，这姑娘就自顾自地道，“结果谁知道你当真是个女人，我也就放心了。”

“我是男人。”季曼不得不再次强调。朱玉润咯咯笑着，将桌上的点心扫光，吃得饱饱地就走了，临走还道：“我不会告诉别人的。”换作别人，季曼一定不放心，可是对于这个小胖妞，季曼竟然也就笑着摇摇头放过了。朱玉润是个死心眼的好姑娘，答应了什么，就一定不会食言。

回到粮行，季曼才招来严不拔商量：“据说朝廷要提前征粮。”朝廷提前征收了粮食，那么来年歉收，粮价上涨，苦的就是百姓。自古粮食就是很重要的一环，这也是季曼放着高利润生意不做，改卖大米的原因。

“东家从何处听来的消息？”严不拔好奇地问。“消息来源你别管，现在想办法应对。”季曼道，“朝廷想屯粮，到时候各大粮行也说不定会被牵扯进去。就算不为百姓为自保，咱们也得想办法。”

严不拔打了一会儿算盘，一双闪着精光的眼睛看着季曼道：“在下有一个方法，只是投入甚大，不知道东家有没有兴趣。”“什么办法？”季曼好奇地看着他。严不拔低声说了一遍，看着季曼有些震惊的眼神，还特意拿来纸笔给她算了一遍。

结果就是季曼跪在了宜都王的面前。“你要那么多粮食做什么？”赵辙听着季曼的话，很是觉得好奇，“有那么大的粮仓？”“有，在下已经在京城各处买下不少粮仓，保管再多的粮食都可以放下。”季曼以头磕地，恭敬地道，“此一举，将为王爷打下半壁江山。”

赵辙轻笑出声，似乎是觉得她这话说得太大了：“我朝地大物博，粮食也丰富，你就算垄断京城的粮价又如何？还能说打江山？”“民以食为天。”季曼道，“长郡是产米最多的地方，只要王爷相信在下，在下必定能在关键的时刻，为王爷打开京城的大门。”

赵辙脸上的笑容渐渐收敛了起来，很是认真地看着她道：“你可知道，这么重的担子，不是你一个女人可以扛起来的。”“在下明白。”季曼道，“在下没有要侯爷太多的期望，粮食也是真金白银地买，只是先赊欠一部分，来年必当返还。若是不成，盈亏也是在下一力承担。”

赵辙看着这女人，只觉得有些可笑。用她来在关键时刻牵制陌玉侯也许还有用，但是她竟然说要帮他打江山，赵辙觉得不可思议，更是有些不屑。这个时代所有的男人心里最根深蒂固的念头便是女人是成不了大事的，除了倚仗男人，女人还能干些什么出来？

宜都的路正在以肉眼可见的速度往京城延伸，赵辙再在这里停留一段日子也是要回去了。信还是不信她，赵辙有些犹豫，毕竟是二十万石粮食，整个宜都一年的粮食产量。“过几天你再来。”赵辙想了许久之后道，“带上能说服本王的理由。”

季曼叩首，带着一身冷汗退了出来。严不拔已经按照与她商议的那样，以一个虚构的粮行名字开始在京城收粮。朝廷收粮尚在计划之中，季曼这边却已经开始动手了。如今粮食的价格是八钱银子一石，几乎一夜之间，京城粮行现有的米粮就全部进了季曼的粮仓。算了算，她也就只吃得下这么多，总共一万石的粮食。

这一收购，各大粮行就觉得奇怪，但是粮食卖得快是好事，他们便统统取出自家粮仓里的存货，抬高了一钱银子继续卖。百姓茫然无知，只知道第二天起来所有粮行的价格都贵了一钱银子，抱怨了几句，还是只能买回家继续吃。

季氏粮行的粮价也跟着在涨。贡米的钱结算了出来，加上这个月的进账，严不拔用他的三寸不烂之舌，在两家大粮行那里，用七钱银子的单价又买了几千石。季曼甚至找了钱庄，抵押了粮仓的房契、地契，换回本金，继续倒腾。

没过两天，各处粮行就都开始在京城附近征粮了，存货已经几乎被季曼掏空。但由于严不拔是以个人商户的名义分开购买的粮食，谁也不知道是季氏粮行在背后收购，都以为是行情看涨，有人要将京米运去其他地方卖。

结果没过多久，朝廷的征令当真下来了，要征收京城附近所有农户家的粮食，一律按七钱银子算。农户们可高兴了，平时卖给粮行那都是五钱银子，朝廷给七钱，谁还卖给粮行，于是都纷纷上缴粮食。

京城的粮行傻眼了，无可征之粮，那他们卖什么？存货卖一些少一些，几家粮行看着提前入账了的一年的收入，也不知道是该高兴还是该不高兴。百姓买粮食却没个好去处了，几家粮行的价格都是越来越高，之后的粮价竟然涨到了一两银子一石。京城附近都没有了粮食，外运来的粮食加上运费，也比一两低不到哪里去。

季氏也没搞特殊，人家卖多少他们也卖多少，只是斤两更足，不会缺斤少两，生意自然是一时大好。由于存货充足，所以到后来其他粮行都挂出了售罄的牌子，季氏粮行也没有断货。

季曼带着上次严不拔写的东西再次去求见了宜都王。看着这几天京城粮价的陡然变化，赵辙也有些心惊；再一看严不拔的计划书，与吴庸商量一阵，决定将宜都的粮食借给季曼。

宜都算是离京城最近的粮食大产地了，也被人垄断。几家粮行求粮无门，干脆咬牙想了个办法——集体来季氏买粮。

季曼看着对面坐着的五家粮行以及一些小粮商，端着茶静默不语。“季氏既然粮食来源这么广，咱们都是联盟会的，季老板负责着联盟会，就怎么都该为大家着想。”刘记的掌柜站出来道，“如今粮食紧缺，粮价一路上涨，咱们也就是想问季老板借条路，帮着从宜都运些米粮来卖。”

人家独自吃着一块肉，你们要去跟人家抢，你觉得人家会不会让？季曼微笑着放下茶杯，却很好脾气地道：“让大家有米粮卖倒是不难，这也是在下应该做的。”几家粮商都有些意外，不过都是十分期许地看着季曼。

“季氏有存粮一万石，可以统统以九钱银子的单价卖给各位。”季曼看着他们道。众人相互看了看，以目前的粮价趋势来看，九钱不算低，但绝对也不是最高的。看这架势，米粮单价以后指不定要涨到一两银子以上呢。

“但是，”季曼声音一转，吊起了众人的胃口，“天下没有免费的午餐。季某把钱让出来给大家一起赚，大家是不是也得回报季某一些东西？”就知道没这么简单，荣掌柜皱眉道：“季老板是爽快人，有什么条件，不妨直接说出来让大家听听。”

季曼笑着道：“那我就明人不说暗话。要季氏供粮可以，但是以后季氏便都做各位供粮的来源，各位手里佃户的合约，也都转交给季氏如何？”这简直是趁火打劫！刘掌柜当即拍案而起：“你想垄断整个京城的粮食供应？你胃口是不是也太大了些？”

季曼不动声色地坐着，手指敲着桌面，不慌不忙地道：“季某只是想换个方式卖粮食而已。同意将手里佃户合约转让给季某的，季某可以将粮食以八钱银子的单价供应。不同意的也可以，苏州盛产粮食，各位也可以自行进粮。”

从苏州运粮？那运过来的粮食成本都要九钱多一石，还有什么赚头？几位掌柜都沉默了下来。小粮商倒是没有那么多的顾虑，反正是小本买卖，赚多赚少，能赚就行了。“季老板，咱几个手里有几十户的合约。”小粮商里站出来一个领头的，看着季曼道，“不过这合约可是只有半年的，今年过了就得重新签订，您看……”

“无妨。”季曼背后一直站着的严不拔打着算盘道，“短期合约到今年为止的，每份合约转让补银子十两；要是有明年、后年合约的到期，那就每年多十两。”季曼给的这条件可算是丰厚了，不仅买他们手里的残约，更是将现有的大米便宜到八钱银子卖出去。小粮商简直是欢天喜地地就跑去一旁看合约了，剩下几家大的粮行的掌柜面面相觑。

与佃户的合约就是他们这些粮行的粮食来源，要是都交给季氏，往后这京城的粮价不都是季氏说了算？这怎么得了？可是眼下无粮，除非粮行关门到朝廷征粮结束。朝廷征令大于合约，粮行是怎么都不可能同朝廷抢的。

一众人都陷入了两难的境地。刘掌柜沉思了许久，拱手道："此事关系甚大，不如改日咱们商量好了，再上门与季老板说，如何？"荣掌柜也拱手道："是啊，这事得回去好好商量才行。"

季曼也没拦他们，笑着点头："在下恭候各位再次大驾。"几位大掌柜擦着冷汗出去，一路上都在嘀咕。"咱们不如联合在一起，将季氏的粮食全吞了。"刘掌柜表情有些狠，"先前怎么就没察觉到有人在暗中收粮，定然是提前知道了朝廷的政令。事情已经成这样了，咱们总不能任凭季氏摆布。"

"要吞季氏的存粮？"荣掌柜想了想，"我们几家联合在一起，可以吞下十万石吧？"

刘掌柜冷笑一声："荣掌柜可别这样谦虚，咱们几家都是大家，怎么可能才能吞下十万？"

荣掌柜不好意思地道："我家里最近那个败家子去赌场，给我欠了一屁股债，我也是实在拿不出多少钱了。"旁边有人附和："最近刚收的账，全被套住了，能用的银子本也就没有多少，十万石差不了。"

一个粮行存粮一般也就几千石，存多了那可就会是陈粮了。季氏虽然是从宜都运粮，但是存粮也定然没有多少。他们全吞了来，自己操控粮价涨价，也是有些赚头的，总比把合约交出去的好。

季氏一旦没了粮食，拿什么跟他们争？几个人一商量，觉得这倒是可行。为了保险起见，他们还让人去打听了一下季氏的粮仓。外头人知道的季氏粮仓里，也就一万石到两万石，就算季氏后头再从宜都运粮，他们也可以再吞。

心里的小算盘打得都是啪啪直响，回去商议了一番，几个人第二天就带着银票到了季氏粮行。季曼正笑眯眯地挂着粮价牌子，昨天才一两银子的大米，今日陡然涨价到了一两二钱。

"你怎么不去抢啊！"荣掌柜看着这价格，忍不住怒骂了一声，"还有这般坐地起价的？"季曼没有介意他这态度，笑着道："几位掌柜来了？不知道你们听闻最新的消息没有啊？"

"什么消息？"刘掌柜皱眉问。"今年好多地方不是闹了干旱就是发了洪水，好几处大的粮食产地都是春苗子都没剩几颗。"季曼啧啧道，"来年的米粮一定会更贵，各位还不抓紧囤粮？"

这倒不是季曼危言耸听，的确是全国各地都是天灾不断，宁钰轩昨儿来喝茶亲

口说的，比朱玉润那里的还靠谱。刘掌柜暗暗心惊，他们怎么就一点风声都没收到？不可能啊，各处官老爷他们也是打点了的，有消息不会不告诉他们。

看季满这一脸胸有成竹的样子也不像撒谎，几个掌柜又撤退了，先去问消息。他们拿着礼物去几个官老爷家里，结果都说没听见什么消息。几位掌柜心里冷笑，这是季氏在借故抬价吧？他们还不如联系苏州的粮行买粮呢！

几位掌柜安心地坐回家里，写了信去苏州联系。结果信才到半路，就有风声传出来了，说是苏州等地以及江北、江南，都是十年难遇的洪灾、旱灾。朝廷一直压着消息，直到最近有难民流浪到了京城，才知道很多农户都流离失所了。

怪不得朝廷会这么大动静地征粮，甚至连宜都也派征粮官去了。只是粮仓里竟然是空的，宜都王说宜都无粮，征粮官也没办法。荣掌柜坐不住了，心下思量了一番，带着银票先去了季氏粮行。

“我想买下季老板的一万石粮食，您可愿卖？”荣掌柜笑眯眯地问。季曼慢悠悠地挂上一两四钱的单价，看着他道：“荣掌柜是直接当个大客户来买？那这价格可是分文不会少。”

“无妨！”荣记咬牙。这粮囤着只有赚的没有亏的，看这粮价一天天飞速上涨，老百姓都知道要存粮食，更何况他是个商人。“好。”季曼笑着拍拍手，“严掌柜，带荣掌柜去提货。”

严不拔打着算盘，脸上终于有了点笑容：“荣掌柜请。”几家掌柜这次都是分开来的，荣记来了之后是刘记，剩下几家也是揣着银子陆陆续续来，这联盟看起来也是脆弱得很。

季曼也没问他们要合约了，就把米粮按高价通通卖给他们。从他们手里七钱银子收来的米粮，现在以一两四钱银子的价格统统还了回去，还把宜都来的米粮卖了五万石。严不拔看着银子，眼睛都笑得眯起，终于在粮行外头挂上了售罄的牌子。

几家粮行各自有了存粮，也有底气了，看季氏无粮，便开始抬高粮价，一石粮食直接涨到了一两六钱。百姓们连连叫苦，然而世道如此，他们也只有买的份。

“时候差不多了。”过了七天，见京城已经隐隐有些水深火热的味道，季曼看着几家粮行的粮价，笑道，“咱们继续开店吧。”季氏粮行重新有了米粮，开业之时，挂牌上便写了“一两三钱”几个大字。

这时候处处米粮都是一两六钱，百姓乍一见季氏居然这样便宜，都连忙去哄抢，没钱的人家都凑着钱去买粮。季氏一天就卖出去三万石的粮食。这头有粮便宜，几家粮行自然就傻了。

季氏是要跟他们死磕？死磕就死磕，谁怕谁？他们就不信季氏能一直撑住！结果季氏就真的一直撑到了夏末。秋天即将来临，季氏的米粮依旧没有售罄，甚至降价到了一两二钱。

几处粮行亏得血本无归，不得已跟着季曼的价格走，好歹能卖出去。“你这算盘打得倒是响亮。”宁钰轩坐在季曼的房间里，看着她桌上厚厚的账本，抿唇道，“动作也太大了，户部不少人都在议论你这几个月的所作所为。”

季曼穿着一件商人常穿的富贵金银大锦袍，笑得一脸温和地道：“侯爷不是在上头帮在下顶着吗，在下还怕什么？”粮价不归朝廷管，自然是商人想卖多少就是多少。她不奸诈，季氏能一直好好存活下来？

这几个月赚的银子数目相当可怕，不仅将宜都的债务还清了，还有钱去跟百户佃农签订了合约。一直忙碌，她也才没有空去想念好好。那小家伙，现在也不知道怎么样了。

“粮食是一国根本，你在天子脚下，动静最好小一些。”宁钰轩抿唇道，“万一惹了谁，一本将你季氏参到皇帝那里，我也保不住你。”这人一月要来二十次，就是坐在这里看着她记账，像只是想单纯来看看她，只不过偶尔会说两句朝廷里的事情。

季曼开始还有些抵触他，后来他来得多了，说的有些话还对她很有用，她也就忍了。

如今各家粮行已经是强弩之末，她明日就将粮价下调到一两。几家亏空，明年的佃户合约定然是别想签了。

这边搞价格垄断，那头季曼也在联系各地粮行询问粮价，她手里的余粮也不多了。

“明日淮南王世子会到京，要请一众人去登高。”宁钰轩淡淡地道，“都是些你熟悉的人，你去还是不去？”

季曼一愣，淮南王世子？那好像是好久好久以前的事情了，她还记得敢爱敢恨的罗芊芊。“去啊。怎么不去？”季曼看着手里的账本道，“感谢侯爷邀请。在哪儿等？”

“明日我来接你。”宁钰轩起身，漫不经心地道，“你准备一下就是了。”最近他对她的态度也没有多亲近，不远不近的，没什么压迫感。季曼倒是喜欢这样的感觉，也就不介意与他同行了。

罗芊芊与赵凯风已经有了一个儿子，两人看起来比以前和谐多了。千应臣和朱玉润也去了，这样看起来登高的这一群人倒都是成双成对的。但是当宁钰轩带着季曼去的时候——两个男人，怎么看怎么不和谐。

第九十六章 人间芳菲尽

罗芊芊依旧是一张普通的脸，但是穿着秋香色的对襟坎子，配着湖蓝色的长裙，整个人显得很有气质。即便她的容颜不比旁边的人好看，但也总给人一种很舒服的感觉。

周围的人看见季曼与陌玉侯一同来，都略微有些惊讶。因着是同好会的游玩活动，会里的人带各自的家属也就算了，陌玉侯为什么带个与他什么关系都没有的男人来？

只有朱玉润很是高兴，一看见季曼就摇摇招手："季先生！"季曼朝她笑笑，过去扫了一眼，就是当初那一群同好会的公子、小姐，只是如今都成家了，曾经围着温婉转悠的一群人也都各自有了夫人。这等聚会就相当于同学会，还要风雅一回登高望远。

当朝丞相萧天翊也来了，一扫以前的风流公子形象，如今已经是成熟稳重的一国重臣。只是这样的聚会他还来，未免就让旁边的人有些拘谨。

"长别几载，大家都是别来无恙。"罗芊芊笑着道，"没想到还能一个不少地都来再度重游。"

赵凯风站在罗芊芊身旁，手护在她腰间，轻笑着应和："可不是？"看这样子，

芊芊现在过得应该也很好，季曼不知为何倒是松了口气，微微一笑。曾经是孙太傅的长子如今已经官居御前知谏的孙长阳扫了周围一圈，目光落在陌玉侯身上道：“侯爷怎的也来了？”

千应臣轻笑道：“都这样久了，同好会新人辈出，知道侯爷的人就更少了。这同好会的诗头是他，今日聚会，他自然是最该来的。”众人都是吃了一惊，不少当初追逐温婉之人都有些尴尬：“原来如此。也只有侯爷这般才高八斗，才能当这同好会十年诗头。”

顿了顿，孙长阳忍不住问了一句：“小宁夫人现在如何了？”他这一问，许多人的目光也就都落在了宁钰轩身上。宁钰轩淡淡道：“她在府中安好，不劳各位费心。”问人家的妾室也的确有些失礼，众人打着哈哈就转移了话题。

朱玉润是没人理的，季曼也是没人理的，朱玉润就干脆凑到季曼身边，小声道：“听闻你发财了！”季曼笑着看她：“是啊，还得给你分红。”朱玉润咯咯笑道：“我不差钱，只觉得你好厉害。换成是我，绝对做不来这样的事情。”

哪个女人会胆子大到与那么一群商人周旋？季曼看了远处的千应臣一眼，他正抿着唇跟宁钰轩说着话，转头皱眉看朱玉润一眼，就被季曼抓了个正着。千应臣有些狼狈地转开眼，脸色不太好看。季曼见状倒是笑了，傻姑娘也有傻姑娘的福气，这千应臣看起来，也不是完全对玉润没有心思嘛。

“阁下可是季氏粮行的东家？”萧天翊走慢了两步，皱眉看了季曼一眼问。季曼点点头，拱手道：“一介草民，今日能与丞相大人同行，也是在下的福分。”萧天翊上下打量季曼一番，倒是笑了，轻声道：“自古英雄出少年。”丢下这么句话，他就往前走了几步，站去了孙长阳的身边。

季曼耸耸肩，都得丞相大人夸奖了，那自己的确没做错事。马上秋收了，刘记、荣记几家粮行这次元气大伤，都不一定能按照合约将银子与佃户付讫。这样她也就刚好趁机再“抢劫”一轮，把佃户的合约都拿到手。等明年，宜都之路修好了，她就能将京城的粮食都掌握在手里了。这时代的商户大概还没领教过真正商战的可怕，更不知道一旦让人掐住粮食的咽喉，会造成多大的威胁。理论上来说民以食为天，但是朝廷重农抑商，一直是没注意过商人这一块的。赵离为政喜欢修建宫殿，劳民伤财，颇有些昏君的架势。他那皇位，估计也坐不了多久。季曼正想着呢，就听见前头有人喊她：“你走快些。”

这些个公子、小姐来爬的是佛山，说是不仅可以登高，还可以上山祈福。这里山路尚算好走，只是实在太高了，季曼走得气喘吁吁，跟几位夫人一起瘫坐在了半路上。

“在下与天翊留下来照看各位，其余男儿可以先走，以免上山太晚，寺庙里都没了个可以歇息的地方。”千应臣道，“既然是同好会出游，各位就不要在意官职，一视同仁。”

他这话倒是解开了众人身上一直带着的压力，众人纷纷应和，于是夫人、小姐就在原地休息，一众男儿继续爬山。宁钰轩站在季曼面前，伸手道：“起来吧，别跟个女人一样。”季曼苦了一张脸，勉强挣扎着爬起来。

要不是想着这一次能来看看罗芊芊现在过得如何，她才不来受罪。她现在又没有登山鞋，靴子穿着难受死了。宁钰轩瞥了她好几眼，跟着她慢慢继续往上走。前头的孙长阳回头看了一眼，笑道：“钰轩这是爬不动了？”

“嗯，慢慢走吧。”宁钰轩挥手道，“你们先走，我同季先生跟在最后。”“好。”孙长阳笑了笑，拉着赵凯风就走。季曼扫了宁钰轩一眼，淡淡地道：“侯爷不用顾及在下，在下自己可以。”

“方才应臣说了，不要顾忌官职。”宁钰轩轻笑一声，也没看她，“你该唤我什么？”

季曼顿了顿，撇撇嘴：“钰轩。”宁钰轩眼里微微亮了亮，别开头去看着远处的树：“我也有些累了，慢慢走吧。”

“嗯。”季曼也没看他，两人中间隔了一大步，就这么并排慢慢走着。山路很崎岖，一路上谁都没有再说话。终于到达山顶佛寺的时候，季曼看着夕阳，突然觉得有种长出一口气的喜悦之感。

季曼侧头看一眼旁边的人，见他安静地站着，也望着夕阳，跟自己肩并着肩。“出来走走，心情是不是要好上许多？”他问。季曼笑了笑：“我本来心情也不错。”

宁钰轩瞥她一眼，眸子里像是有鄙夷，也没多说什么，转身带着她进佛寺。这佛寺是以前陌玉侯拖家带口来祈福的地方，估计是捐了不少香油钱，寺院即便是在山顶也修得十分精致，里头香客甚多。

季曼很担忧，可是宁钰轩道：“我提前派人打过招呼，房间是够的，大家先休息，等着后面的人来，分配了房间便去用斋饭。”有小沙弥引着先上来的众人去后院。众人坐在饭堂里休息了一会儿，后面的女眷也就都赶了上来。一众富贵人家的人在这里吃了一顿青菜豆腐，个个却好像很开心的模样。

房间只有五间，刚好两人一间。季曼看着面前的房间，再看看旁边的宁钰轩，皮笑肉不笑地问：“钰轩不是说，房间都够吗？”“嗯。”宁钰轩脸上一点羞愧的神色

都没有，一本正经地道："两人一间，自然是够的。你与我也不必见外。"

旁边的罗芊芊倒是投来些奇怪的眼光，看了看季曼，低声对宁钰轩道："听闻贵府遭逢剧变，宁夫人已经亡故了。芊芊也能理解您的心情，毕竟宁夫人是个很好的人。但是人已经没了，您也没必要这般看不开……"

宁钰轩低笑道："多谢关心。季先生睡觉很老实，不会压着我，这样也就行了。其余的不必操心。"罗芊芊倒吸一口凉气，这陌玉侯是丝毫不掩饰，怪不得听闻那季氏粮行能在京城翻云覆雨，原来是有侯爷在背后撑腰。

想起宁夫人，罗芊芊还有些惆怅。她很欣赏那样聪慧大方的女子，要是没有宁夫人，自己与凯风也不会走到现在。这寺庙里还有宁夫人的灵位，等会她去拜祭一下也好。用沉痛的目光看了季曼一眼，罗芊芊就转身走了。

季曼嘴角直抽，跟着踏进屋子去看，只有一张床。同行一共五个女人，她是个女扮男装的，怎么都不可能去和别人睡。寺庙香火鼎盛，已经没有空的房间了。若说宁钰轩不是故意的，她名字倒着写！

季曼扫了一眼这人的表情，见他倒是没有特别在意的意思。他进去换了身轻便些的鞋子，便看着她问："想不想看看自己的灵位？"季曼皱眉，为了掩人耳目，他是给聂桑榆立了灵位的，但是聂桑榆还在自己的身体里，万一自己靠近灵位出什么意外可怎么办？

"不去了，在下就在寺庙里随意逛逛。"和他在一个房间里，怎么都觉得压抑，季曼扭身就走了出来。山上有些冷，一入夜寒风嗖嗖的，季曼竟然在寺庙后头找到了一丛桃花。

山下都已经是秋季了，山上居然还开着桃花，也真是两处人间。季曼正感叹着，就听见了一个和尚的声音："夫人若是要求姻缘，这里还有五棵树无主，你去选上一棵刻你心上人之名就是。树好，姻缘自然便好。"

季曼心里一惊，回头一看，一个和尚正在和罗芊芊说话，两人站在不远处，被桃花挡住了。

"这桃树要是没存活下来，当如何啊？"罗芊芊双手合十，好奇地问了一句。和尚笑眯眯地道："这里的桃树都被照看得很好，虽然因着山上气候冷，花开得晚，但是终究也是会开的。带着各位施主的心意的桃树，更是不会死。"

这种跟她那时代的寺庙里常见的长明灯一样，都是些骗钱的东西。季曼听着罗芊芊问一棵树的价格，当即也就明白了为什么还有五棵树是空的了。

季曼低着头在桃花林里穿梭，想着是出去和罗芊芊打个招呼呢，还是就偷偷潜走。不经意经过一棵桃树，树干上好像被刻了什么字，季曼也就扫了一眼，反正这上头多的是别人的名字。

结果这一棵树上头刻的是聂桑榆。季曼呆了呆，蹲在这树前看了好一会儿，嗤笑一声，转身就走。那痕迹已经是刻了好久的了，想必是很久以前有人上山祈福，一时兴起刻上的，旁边说不定就有温婉、柳寒云、齐思菱。

走了两步，季曼又扭身回来，眯着眼睛把那棵“聂桑榆”周围的树找了一遍。没有其他熟悉的名字。季曼抿唇，心里觉得有些好笑。这若是宁钰轩刻的，那也只能是上次他举宅来祈福的时候刻的。

留她一人在京城面对那时候聂家的突然横祸，自己在这山上深情款款地刻字，是什么意思？她还真是不懂他的感情。若说他有多少真心，她是不信的。他喜欢她可能有，但是将她和他的大业放在一起对比一下，她绝对被甩出三个太平洋。

她不想在这里有什么感情牵扯，更不可能和宁钰轩有什么感情牵扯。与宁钰轩这样的男人相爱的话，受伤的一定是她。摇摇头，季曼从另一个出口出了桃林。身后，罗芊芊正很认真地往树上刻着赵凯风的名字。

晚上众人秉烛夜谈，围着寺庙里最德高望重的老和尚写些禅诗。这是同好会各位的拿手好戏，但是朱玉润明显不擅长这个，紧张得满手是汗，看了千应臣好几眼。千应臣没有看她，只在自己手里的小札上写着。

季曼坐在朱玉润的另一边，随意写了一句之后，看着她那空空的小札，忍不住拿过来替她写上一首，然后不动声色地塞回去。朱玉润感激得连连点头。

每个人写的诗都要念出来。千应臣是不指望朱玉润能写出什么东西的，稍微能写个一两句就不错了。方才晚膳过后，萧天翊也来问他为什么会娶朱家小姐。在众人眼里，他娶朱玉润，是亏大发了。

同行的几位夫人，除了罗芊芊不知情，对朱玉润尚算友好，其余几位都是斜着眼睛看她的。朱玉润一无才二无貌，实在不配来这次的聚会。只是千应臣若让她待在家里，指不定他回去就能看见个可怜兮兮的被欺负了的包子。这样想想，他还不如带她来呢。

大师睁开了眼，开始拿过众人手里的小札一一过看，看过好几个，都一句话未说，倒是在看见朱玉润手里的小札之后，眼睛亮了亮。“兴来每独往，胜事空自知。行到水穷处，坐看云起时。”

“这位女施主倒是胸襟开阔，颇为潇洒。”大师将小札还给朱玉润，双手合十念了句佛号，“难得，难得。”众人都有些惊讶。千应臣拿过朱玉润的小札看了看，抬

头皱眉看着她。

朱玉润有些心虚，下意识地往季曼身边靠。结果她没缩过去一半，就被千应臣拦腰扯回来："你给我坐好，不要动。"小札传了一周，几个夫人看着朱玉润的目光也稍微温和了点。到底是以才会友的一帮人，才华是最重要的。

朱玉润缩着脖子没说话。

季曼的小札被拿了过去，那大师喃喃念了几句，竟然哈哈大笑："曾虑多情损梵行，入山又恐别倾城。世间安得双全法，不负如来不负卿。"

"这位施主当真是红尘中人，哪怕为僧，也是多情的僧。"大师笑了好一会儿，一双眼灼灼地看着季曼道，"真是一首好诗。施主的心上人，想必当真很是倾城，才让施主能将之与如来比较。"

季曼也很喜欢这首仓央嘉措的诗，双手合十，回大师一个礼："红尘纷纷，在下割舍不了，让大师笑话了。"宁钰轩看着那小札上的诗，似笑非笑地瞥她一眼。季曼目不斜视，继续看其他人的。

"不负如来不负卿，你的心上人是谁？"月色姣好，宁钰轩与季曼走在走廊上，穿过这一排排的厢房要回自己的房间去。这一路上他喃喃念着，终于还是忍不住问了这么一句。

季曼嫌弃地看他一眼，撇嘴道："反正不是侯爷，侯爷不必挂心。""是吗？"宁钰轩倒也没生气，看着那天上的月亮，淡淡地道，"心口不一之人，在传闻里是会受五雷诛心之痛的。"

"那就让暴风雨来得更猛烈些吧。"季曼做了个拥抱太阳的姿势，然后收回来，打了个哈欠道，"今晚侯爷睡地铺吧。"宁钰轩哭笑不得："这地方，睡地上可是会着凉的。"

"那我睡，我身子骨好。"季曼进了房间就开始铺床。"就这样讨厌我？"宁钰轩万分无奈地叹了口气，"我又不会对你做什么。"

男人的三大谎言：我爱你，她只是朋友，我不会做什么的。

季曼翻了个白眼，微笑道："在下睡相不好，怕冒犯侯爷，还请侯爷高抬贵手。"宁钰轩轻笑了一声，当真就躺在了床上去，眼看季曼往地上铺了两层棉絮，再盖上一层厚被。

虽然有些冷，不过遇见宁钰轩这种没风度的，她也不指望能换回来睡。两人一夜无话，第二天季曼醒来，却是已经在床上了。腰和肩膀被人的手臂压着，怪不得她昨晚梦见天塌了。

季曼冷着脸看着旁边仍旧在熟睡的宁钰轩，起身就跨过他下了床，穿好外袍之后，将门窗全部打开。清晨的凉风灌进来，直接将宁钰轩冻醒了。“怎么都打开了？”他睡得迷糊，眼里有些茫然，看起来竟然有点呆呆的。

季曼微微一笑：“侯爷该起身了，今天不是还要下山吗？”宁钰轩翻了个身，面对着她撇撇嘴：“你不喜欢这里吗？”为什么要喜欢一处寺庙？季曼觉得不能理解：“我更喜欢自己的房子。”

宁钰轩的眼睛有好一会儿都没找到焦距，呆呆地道：“上次来这里住我就觉得挺好的，远离凡尘俗世，什么麻烦都找不到我头上。”“您这是逃避的心理。”季曼皮笑肉不笑，“在其位谋其政，侯爷也该回去了，定然有很多事要忙。”

回去的话，她又得住在离他很远的地方，每天与一些商人打交道，累得眼下的黑色越来越浓？宁钰轩淡淡地哼了一声：“好不容易出来一趟，再多留一会儿吧。对了，据说淮南今年秋收不错。虽然今年很多地方歉收，但是也有很多地方丰收。朝廷很快也会放粮，稳定粮价。你手里的粮，还剩多少？”

季曼抿唇，老实回答：“粮食都赶着好时候卖完了，秋收的粮一部分被朝廷征收，也该还剩下一部分来，能让我安心卖几个月。”“嗯。”宁钰轩点头，“明日再回去吧。”

季曼皱眉，还以为来这山上只需要一天的工夫呢，所以明日还约了户部的唐主事一起用膳。最近粮行的竞争很大，上下关系自然更加需要打点，给上头送礼自然是少不了的。

“有问题吗？”宁钰轩脸上的笑容收敛了，很是认真地看着她问。季曼摇头，比起唐主事，这位爷明显更得罪不得。多了一天的空闲不用看账，她也就乐得自在。同好会的一群男人在一起偶尔说些国事，她也就听着。

中午的时候大家觉得素菜没什么味道，便决定去山里打些野味，在外头烤着吃。当然，这活儿还是得男人干。季曼作为“男人”，老实地帮着拿了弓弩，跟在宁钰轩的身后。

山里有野兔，宁钰轩一箭射过去便射穿了兔子脑袋，看得季曼吓了一跳，死皱着眉。“这副表情干什么？”宁钰轩撇嘴道，“别告诉我你还会同情自己的食物，你又不是女人。”

季曼接过那兔子装在布袋里，嘀咕了一句：“我没有。”“没有便好。”宁钰轩又看见了野兔，拿起弓弩瞄准，对她道，“对对手一定要狠。你若是太仁慈，那就该你饿肚子了。”

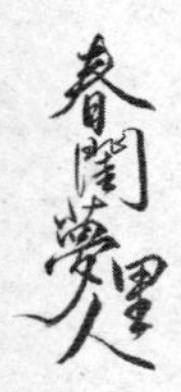

季曼轻哼一声，这些道理自己自然都知道。

下山之时，本来进了京城便该各自回家，宁钰轩却道:“一起去季氏粮行用个膳如何？”

第九十七章

一山更比一山高

众人都有些惊讶，这陌玉侯带着个粮行老板来聚会也就算了，毕竟这老板还得了大师称赞，诗写得也不错。可是这都下山了，不去酒楼吃饭，竟然去粮行吃？

在粮行吃什么？吃米吗？季曼也觉得有些意外。一片沉默之中，倒是千应臣开口说了一句："也好。听闻季氏粮行的米都进贡了，吾等也好去尝尝到底是个什么滋味。"

许多官家也买的是季氏的米，哪里吃不到？都知道千应臣是帮着说话的，但是陌玉侯都开口了，众人也没有拒绝的道理。于是一行人乘坐三辆马车便往季氏粮行而去。

季曼在山上的这两天，粮行出了点问题。从一众老油条手里挖钱出来，自然是会遭到报复的。刘记和荣记现在算是和季氏撕破了脸，粮价跌到了一两银子，他们便一张状纸告上了官府，说季氏恶意压低粮价，造成京城粮价不稳，几大粮行亏得血本无归。

本来这个时代的法律是没管着那么宽的，但是刘记和荣记这回是下了血本，变卖了几处家产，辗转找到了户部尚书与刑部尚书，可劲儿贿赂拉拢，势必要让季氏倒台，好把他们把亏空的钱财都补回来。

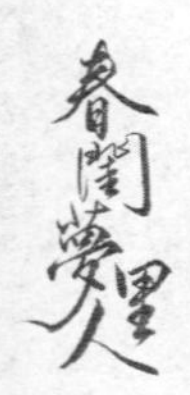

于是官府也就接受了这状纸，在季曼不在的时候，将严不拔带回了衙门审问，留下捕快在季氏粮行守着，等季曼回来。

舍不得孩子套不着狼，季氏有户部侍郎撑腰，刘掌柜便只能去跟那贪得无厌的户部尚书拉关系了。他已经打听过了，朱侍郎那边正忙着其他事情，听见尚书有吩咐了，也就没有了要保季氏的意思。季氏这回无论如何也是死定了。

季曼在马车上打了个喷嚏，换来宁钰轩轻轻一瞥："都说了让你睡床上，非那么倔。"

"在下何德何能，能与侯爷同寝。"吸吸鼻子，季曼看了看马车里其他几位大爷，心里直犯嘀咕。她得去哪里订酒菜，才能招呼好这一群人啊？

季曼提前找了个人回粮行去吩咐，让严不拔去落雁塔订外卖。季曼可没指望吃了好几天素菜的这些大人还能对清淡家常菜感兴趣，自然是什么肉多来什么。

拿着赏钱的路人跑去粮行知会，却被守着的捕快拦住了。听见季老板要回来了，刘掌柜和荣掌柜丢下正在吃的晚膳就连忙赶去了季氏粮行看热闹。

想起季满那么从容地就卷了他们几年的血汗钱，两位掌柜都恨得牙痒痒，恨不得马上看着季满被押着关进天牢里去。守着的捕快也被打了招呼，一看见季满，直接抓了就是。

三辆马车慢悠悠地到了季氏粮行，季曼刚一下车，还没反应过来发生了什么事，就被几个捕快反手押住了。"做什么？"季曼皱眉。"阁下可是季氏粮行的季老板？"捕快问了一句。

"就是他！就是他！"旁边几个看热闹的掌柜连忙叫唤起来，"他就是季满！"捕快点头，正准备把人押走，车上却又下来几个人。头一个下来的人看着这架势，二话没说便一脚踢开了押着季曼的几只手。

捕快没有防备，被踢到了一边，当即抽出腰间的刀："大胆，还有人敢反抗？"车上下来的人一身朴素长袍，颇有些翩翩公子的味道，看起来温和极了，压根儿不会有人觉得刚刚那一脚是他踢的。

捕快都忍不住往旁边看了看，心想，会不会是其他人踢的。宁钰轩伸手将季曼拉过来，扫了那捕快一眼："你是哪个衙门的？""在下奉京兆尹之命前来捉拿季氏粮行老板季满。"捕快看了宁钰轩两眼，自己不认识这个人，只觉得他气度不凡，大抵是什么官宦子弟。

"嗯，为何要捉拿？"宁钰轩一边说着一边让车夫掀开帘子，后头几个好奇的人也都纷纷下车来。饭还没吃成呢，就要抓人了？面前突然多了一大群男男女女，且都衣着不凡，捕快有些慌乱了，退后一步道："这是上头的命令，在下也不清楚。"

"上头？"萧天翊挑了挑眉，看了宁钰轩一眼，"哪个上头？"旁边刘掌柜和荣掌柜瞧着这架势也不对啊，心里嘀咕这季满又去哪里认识了什么大官不成，不过看一眼这一群他们没几个认识的，觉得这些人大概也没有多大的官职，毕竟连尚书他们都见过了。

想了想，荣记掌柜就跑去衙门帮那捕快求援了。捕快看着萧天翊答不上来，只能说是京兆尹老爷。"你叫他来，我们在里面等着。"萧天翊笑着说了，带着众人就往里走，"晚膳未用，五脏庙实在空虚，大家就先进去吧。"

季曼皱眉看了看人群里的刘掌柜，真是一看见他就没什么好事。亏得她还给他们留了活路，没有一次将佃户的合约都垄断了去，这次他们在背后又在搞什么？

她就不该给这些敌人留活路，宁钰轩还真没白给她提了醒。

进去粮行，季曼找了二楼的厢房给这一群人坐下，然后吩咐伙计去买点心和订菜。刚刚还很饿的一群人，现在倒是对这季氏的事情好奇了起来。"季老板是黑商？"孙长阳问。季曼黑着脸摇头："在下是做本分生意的。"只不过用了点手段，赚的钱多罢了。

"那为什么会捕快来抓你啊？"孙长阳嘀咕道，"还是你拐卖了谁家姑娘？"自己这张脸看起来像人贩子吗？季曼哭笑不得。旁边的朱玉润却小声开口道："季先生是个好人。"这句话毫不意外地换来千应臣一声冷哼。朱玉润撇撇嘴不说话了。

菜还没来，一群粮行掌柜簇拥着京兆尹来了。京兆尹也是万般无奈，若不是尚书吩咐，他才不在这晚饭时间来做事。"那群人在哪里？"京兆尹骂骂咧咧地道，"还不让捕快抓人了？犯了罪的就得抓，谁护着都不行！"

粮行伙计战战兢兢地引着这位老爷上楼，几家掌柜就在季氏粮行里左右看看，摸着那白花花的大米，嘿嘿地笑着。结果没一会儿，京兆尹面无人色地下来了，一句话没说，上轿就走。

"大人？"几位掌柜傻了，不明白这是发生了什么事，连忙去追轿子。结果就见轿子窗口挥出来一只胖胖的手，京兆尹道："你们去找别人去，这件事本官摆不平，这季满也告不得！"

能把京兆尹吓住，难不成上面还真是大官？刘掌柜想了想，可是再大能有多大？能大得过从二品的尚书大人？几人觍着脸又去拜访户部尚书李鲤城了。这位李大人拿人手短，自然要帮着做事。不过他想京兆尹居然被都吓跑了，那会是什么人在季氏粮行？

也带着点好奇，李鲤城乘着轿子就去了季氏粮行了。在这间隙，季曼已经招呼着一众人用了落雁塔的饭菜点心。众人都道他细心，知道这一群人以前最爱吃落雁塔的菜。饭后他们正闲着没事，就有人来说户部尚书到了。

“这小小的粮行，面子也真是够大的了。”罗芊芊掩唇微笑，“今儿这么多人在，又都吃了季先生的菜，可不会让季先生受了委屈去。”季曼拱手，背后也是出了一层冷汗。真是感谢宁钰轩的心血来潮，不然今天她说不定就不明不白地被送进天牢了；到时候再让人来救，少说她也得少几层皮。

李鲤城进来这粮行，竟然没见什么人来迎自己，当下心里就有些不满，再一听说所有人都在厢房里，便更是不悦。刘掌柜和荣掌柜看着尚书大人的表情，心里也是乐开了花，连忙引着往楼上走，也跟着进去看看。

好在二楼地方够大，是季曼平时用来给一众伙计开会的高级会堂，容下这么多人倒是不难。只是那头李鲤城一进门来，屋子里的气氛就有些变了。刚刚还说笑的众人，就都停下来看向门口。

李鲤城也没想到进来看见的会是这些人，当即脸色就白了白。刘掌柜和荣掌柜站在后头，见尚书没什么反应，还帮着立威似的喊道：“你们见了尚书大人，还不行礼？”季曼心里跳了跳，尚书都搬出来了？刘记和荣记这是不计成本也要搞垮季氏不成？

“在下季满，见过尚书大人。”季曼先行了礼。一边的孙长阳倒也跟着行礼：“李大人。”李大人没有像几位掌柜心里想的那样大发官威，而是顿了顿，走到萧天翊和宁钰轩面前抱拳：“想不到竟然能在这里遇见丞相大人与侯爷。”

后面的几个掌柜都傻了。季曼直起身来，就看见萧天翊同宁钰轩都是一脸亲切的笑意。宁钰轩很温和地道：“李大人这个时候，怎么突然来这里了？”

好端端的当朝丞相还有自己的顶头上司陌玉侯为什么会都在这个粮行里？李鲤城再侧头看两眼，刚刚给自己行礼的是御前知谏，可直达圣听之人，旁边更是有淮南王世子和世子妃。一屋子大大小小的神佛，这是做什么都来护季满那一个布衣？

“刚用完膳，过来转转。”李鲤城这也不敢直说是来拿人的了，拱手笑道，“相请不如偶遇，一众大人都在，不如就一起出去喝会儿茶如何？也好饭后消化。”赵凯风笑道：“也好。刚吃了季老板一顿饭，又得李大人一盏茶，这倒是省钱。”

李鲤城哈哈大笑，有些殷勤地朝宁钰轩道：“有些天没看见侯爷了，正好去说说最近六部之情况。”宁钰轩点头，很随意地转头问季曼：“你去吗？”季曼觉得这阵仗不是她个小老百姓能去的，当即就摇头：“侯爷与各位大人去就是了，在下还要照顾粮行。”

李鲤城看了季曼一眼，朝宁钰轩笑道：“也是啊，季老板最近应该挺忙的。”“嗯，那我就留在这里陪他忙一会儿，凯风先同大家去吧。”宁钰轩微笑道，“不然我怕这一个转身，人可能就要被抓走了。”

这话一说出来，场面就有些尴尬。宁钰轩不动，其他的人自然不好动，就连萧天翊都没有要走的意思。李鲤城干笑两声，不得不解释道：“季老板这边是被人状告，说是恶意压粮价，导致其他几家粮行不好做，这……也就是想带回衙门去问问就该放出来了。”

“有粮就卖，价格多少也是季某自负盈亏，是触犯了什么律法？”季曼好奇地问了一句，“被谁告的？”门口站着的几个腿都有些发抖的掌柜不禁都往门外退，刘掌柜勉强笑道：“这是误会。粮食是季老板的，自然想怎么卖就怎么卖。不告了，不告了……”

李鲤城狠狠回头瞪了他们一眼，果然是商人，钱多但是上不得台面，不弄清楚这个季氏的背景就来找自己帮忙，还说什么只有朱侍郎撑腰，害得自己这里也下不来台。

“原来是误会啊。”季曼笑着朝李尚书拱手，“既然是误会，解开了也就不用再辛苦尚书大人了。不如就由在下做东，请各位去落雁塔一坐。听说这秋日的落雁塔，从七层可以看见远处江景，甚为有趣。”

宁钰轩就这么看着季曼，等她说完，他便说好。这下李尚书算是明白了，原来这位粮行的后起之秀竟然是侯爷的人。怪不得他这一路顺风顺水，将几个老粮行都逼得无处过活。只是，不曾听闻侯爷有亲戚姓季啊？

李尚书心里犯着嘀咕。众人却觉得季曼的提议不错，纷纷开始动身，李鲤城也就不得不跟着走了。几个掌柜已经跑得没影，这一群大人物压下来，他们几个小蚂蚁自然是扛不住的，而且他们还得赶紧把季氏粮行的掌柜给人家还回来。季氏后台太硬，连丞相和陌玉侯都帮着，他们还争什么？不得罪人就算谢天谢地了。

罗芊芊慢慢走到季曼身边，打量了两眼道：“恕我冒昧，小女子实在很想知道，阁下与侯爷是什么关系？”这般摆明了的偏袒，这一路上他们又是始终在一起的，罗芊芊心里大概都能猜到一些，只是实在开不了口说出来。

哪知季曼笑了笑，却是看着前面走在一起的萧天翊和宁钰轩道：“侯爷不会做没有意义的事情，在下大概是对侯爷在什么地方有帮助，故而侯爷会在这时候帮在下一把。”罗芊芊不信，若是没有什么关系的话，侯爷大可以不用帮得这么彻底。

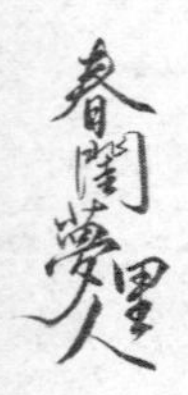

“若要说实在有什么关系。”季曼想了想，笑道，“那大概是侯爷是爱花之人，舍不得桃花树早死。”罗芊芊一脸茫然，季曼却已经多走两步去了千应臣旁边，问他关于粮价的一些问题了。

“哎，你觉得侯爷会喜欢一个男人吗？”罗芊芊始终是个女人，拉着赵凯风，还是忍不住八卦了两句。赵凯风看了看一边的季曼，拉过罗芊芊来搂着，低笑道：“若是有人能走进侯爷的心里，也都算是难得。”罗芊芊仔细想了想，觉得自家夫君说的话好像也挺有道理的。

落雁塔上，一众人相谈甚欢。李鲤城大概是觉得今儿的事情有些尴尬，清醒地喝着茶已经消除不了这种尴尬了，故而喝着喝着，就让人将茶换成了酒。

一群人在七层的落雁塔上都干脆放开了，以诗为赛，输了的就喝酒。季曼和罗芊芊自然是半点事不会有，宁钰轩也是不会输，但是朱玉润就惨了。可怜的小胖子，季曼帮着她递纸条都没能拯救她。因为纸条被千应臣拦了下来，一看上头什么“身无彩凤双飞翼”，千应臣直接就把条子撕了，还恶狠狠地瞪了季曼一眼。

小胖妞手足无措，千应臣帮她作了几次弊之后，终于不敌罗芊芊，被灌了几杯。也就几杯而已，她就靠在千应臣怀里不动弹了。到后来众人谁还管什么诗啊，直接拿着酒就乱敬。李鲤城喝高了，端着酒壶看着季曼道：“你好好干，会有前途一片大好！”

“借您吉言。”季曼没推辞他的酒，喝了几小口，辣辣的。萧天翊和宁钰轩也在一边饮酒。萧天翊轻笑着道：“想不到侯爷还好这一口。”宁钰轩轻哼了两声，拿着杯子跟他碰了碰，一饮而尽。

看着大家都喝得挺多的，季曼作为东道主，还撑着去让掌柜准备马车送各位回去。这一顿酒花了季曼两百两银子，但是她不心疼。户部尚书这条路是刘记和荣记帮着她挖的，她自然也可以在上头走。今日一过，想必她那季氏，也再无人敢动了。

虽说是不想倚仗着男人过活，但是她好像还是靠着宁钰轩护着她。打了个酒嗝，季曼笑了笑，想了想这也没什么不好，多个人多条路，宁钰轩就是她能走得最稳的一条……

宁钰轩伸手将这摇摇欲坠的人接了，坐上最后一辆马车，淡淡地吩咐车夫：“陌玉侯府。”虽然也喝了不少，但是宁钰轩一点也没有醉意，抱着季曼，还能容忍她使劲儿往自己衣襟上擦鼻涕。

“我想妈妈了……”季曼嘀咕道，“说好春节回去给她买暖脚器的，这都多少个春节了。”宁钰轩微微皱眉，伸手将她抱紧了些。季曼觉得不舒服，伸手就将人推开，半睁着眼看他半晌，嘀咕道："奇怪，你为什么对我这么好了，我还是觉得不踏实呢？总觉得你在利用我什么。你太聪明了，聪明得不敢让人相信。"

怔了怔，宁钰轩低笑一声："你也很聪明。""嗯，两个聪明人在一起是不会幸福的。"季曼靠着车壁，歪着脑袋看着他道，"还不如像朱玉润和千应臣那样，一个聪明，一个笨得跟什么似的，要好过多了。"

声音模模糊糊的，话却是一点都不含糊，也不知道是真醉还是假醉。宁钰轩叹息一声，将人抱过来。马车到了门口，他便直接抱着她进了陌玉侯府。季曼还是一身男装，脸埋在宁钰轩胸前被抱进了北苑。路上候着的家奴都震惊了，就看着月色之下侯爷抱着个男人，衣袂飘飘地跨进了侯爷的房间。

至此这件事得到了证实，之后有人为了贿赂陌玉侯，还特意送来了男人，个个身姿妖娆。当然，那是后话了。季曼一醒来就看见这熟悉又有些陌生的屋子。宁钰轩已经不见了，鬼白倒是站在门外，听见动静就让丫鬟进来伺候。

"侯爷吩咐了，您有些醉酒，可以休息好了再由人送回去。"丫鬟乖巧地道，"厨房已经备了早点，等会就可以用了。"季曼怔愣了一会儿，点了点头。

结果事实证明在陌玉侯府待久了是不明智的，她一边等着早点，一边在院子里做伸展运动，结果就见柳寒云往这里来了。看见她的脸，柳寒云才长出一口气道："原来是您。"

"怎么了？"季曼收了架势。

"无事。"柳寒云擦了擦冷汗，"您昨晚醉酒了？""嗯。"季曼点头，"正好遇见，那就一起吃个早点。"

"正好我也有事想找您商量。"柳寒云眼神有些闪烁，望着别处道，"已经过去这么久了，我一直在暗中让人盯着温婉。她，的确是已经失忆了，什么都不记得。季曼微微一愣，抿唇道："然后呢？"

第九十八章

一对紫玉一千五

柳寒云捏着帕子，像是下了好大的决心："我想着，这院子里也没几个人伺候了。本来晴儿还能帮着伺候侯爷，但是最近她身子不好，在养病，剩下的就只有妾身了。妾身要照顾曦儿，侯爷也不常来凌寒院。温婉反正已经没了记忆，连您是谁都不知道，不如就将她放出来伺候侯爷，也免得侯爷总是在外面不回来。"

季曼听得愣神，她连当初温婉换了她儿子的仇她都不计较了，还想着把温婉放出来重新伺候侯爷？"夫人是这一家之主，为何会问在下这样的问题？"季曼抿唇道，"只是在下奉劝夫人一句，人心隔肚皮，有些人你对她好，她未必会领情。"

柳寒云别开眼看向别处："我也是担心侯爷从外头带些女人回来。婉儿好歹是他曾经喜欢的，现在没了记忆，也就是全新的一个人。可以的话，妾身想试试。"

野火烧不尽，春风吹又生啊，季曼心想，到底是曾经爱过，宁钰轩对温婉还真不是一般的心软。"夫人自己可把握此事，不用问在下。"早膳来了，季曼端着清粥喝完，看着外头早出的阳光，笑道，"现在正好在府里，夫人可否带在下去看看婉主子？到底是旧人。"

"好。"柳寒云点头，起身带着季曼就往蔷薇园走。蔷薇园里还有花开着，温婉坐在院子里的石桌边，正微笑着绣花。季曼踏进去的时候，她转眼看过来，眼里有

陌生，眼神却十分温柔。

“夫人？”温婉将针线放下，起身走到柳寒云面前，盈盈拜下，“妾身给夫人请安。”

“免了。”柳寒云带着季曼进去，季曼就站在石桌边打量温婉。

上个吊就失忆了的温婉现在好像变了一个人，站着看起来虽然还是弱柳扶风，脸上却带着很温暖的微笑。她一身白色长裙，配着嫩黄的坎肩和霞帔，看起来清新脱俗，像极了邻家姑娘。

季曼不得不承认，后头温婉的脸是被她自己给败的，好好的一张美人脸，天天含着怨恨，自然越来越难看。如今好好像是放下了一切，整个人看起来也重新让人觉得舒服了。

“这位公子是？”温婉看着季曼，一双眼里满是疑惑。

柳寒云道：“这是侯爷的挚友季先生。”温婉行了个小礼，眼睛忽闪忽闪地看着季曼：“季先生来这里，可是有什么事情？”季曼直视着她的眼睛，微笑道：“顺路过来看看罢了，也没什么事情，等会在下就该离开了。”

温婉似懂非懂地点头。让温婉重新去伺候宁钰轩？季曼觉得柳寒云的想法也真是很独特。“夫人，恕在下多嘴一句。”在出府的路上，季曼低声对柳寒云道，“对对手仁慈，就是对自己残忍。夫人要救蛇，也当心被蛇咬。她现在看起来是当真失忆，不会威胁到季某性命，那季某也就无话可说。若是发现她这是装的，那么不管如何，季某为了保全自己的性命，一定不会留她。”柳寒云微微一怔，抿唇点头：“我明白。”

回到粮行，季曼刚坐下来，严不拔就带着些伤来见她。“这是怎么了？”季曼茫然，还不知道严不拔被抓进天牢的事情。

“昨日官府将在下抓进天牢，鞭刑三鞭，板子五板。”严不拔打着算盘道，“后来他们又赔礼道歉将在下放了出来，说是误会。在下在衙门门口击鼓鸣冤，得了二十两银子的补偿，除开医药费，净赚十九两。”

季曼哭笑不得，敢情昨儿严不拔被自己连累了，也亏得他还能算自己挣了多少。“另外今天一大早，刘记和荣记等粮行已经将佃户合约统统送了过来。”严不拔收起算盘道，“在下已经问过他们，他们分文不取，只愿以后得您庇护，在下也不明白这是发生了什么。”

季曼噌地就站了起来：“合约在哪里？”严不拔将一个盒子捧了上来，里头厚厚一叠的合约，季曼数了数，足足五百多份。几个粮行掌柜都疯了？竟然就这样把合约都给了她？季曼有些茫然，一拍脑门才想起来昨天的事情。那几个老头子是怕她报复，所以干脆将合约统统都送过来，免得她一气之下将他们的粮行都吞了。

严不拔笑眯眯地打着算盘："因着各大掌柜的举动，东家你一夜之间赚了几千两银子。咱们本钱足够，这些佃户的合约都可以履行。秋收朝廷征粮之后，剩余的粮食全部可以进季氏的粮仓。其余粮行那边签了合约，粮食以低于市场价一钱的单价出货给他们即可。"

季曼真是觉得感天动地，宁钰轩帮自己这么大的忙，自己该往他那里送点礼了啊。想了想，季曼起身道："我上街一趟，粮行你照顾着，顺便帮我约了几家掌柜晚上一起用膳。""好。"严不拔点头。

今天天气不错，季曼只是想出来逛逛，顺便给宁钰轩买个礼物什么的。上送下收本来也是人情世故，陌玉侯这样的大官，她自然也是该送礼的。礼物也不用太费心，往玉器店一进，什么贵买什么就好了。季曼低头仔细看着那一件件上等玉器，眼角一晃就看见一对紫玉。

紫色的玉佩实在罕见，这玉佩还是个半成品，上头没有刻字。"公子好眼光，这紫玉世间难得，本店也就这一对，是镇店之宝。"掌柜殷勤地过来道，"上头您想刻什么都可以。"

"多少钱？"季曼拿了一块放在手里，触手温润。掌柜的搓着手道："这一块是一千两，两块倒是只算您一千五百两。"季曼差点就将这东西给丢了出去。

"您可小心些。"掌柜连忙将玉从季曼手里拿过去，嘀咕道，"这玉本来就难得，已经是很低的价格了。"季曼缓了缓呼吸，想再看看别的，但是一旦看过那紫玉，再看其他的，竟然都没了兴趣。

"两块一千五百两，一块不是该七百五十两？"季曼心疼地问。掌柜摇头道："不行，一块就要一千两。""你这又不是对佩！"季曼咬牙。"可是本店就是这个规矩。"掌柜地道，"多买多送，少买自然会贵一点。"

季曼犹豫不决，买一块吧，太贵，可是买两块更贵啊。她还不舍得送那么贵的东西给宁钰轩，就算他执掌六部也一样！"另一块我要了。"门口站了许久的一个人终于开口道。

季曼一惊，回头一看，见宁明杰穿着一身常服，带着常山慢慢走了进来。掌柜的一听就笑开花了："哎，这倒是可以。二位可以一起买，也算是一千五百两一对。"季曼有些没反应过来，宁明杰已经站在了她身边，看着那玉佩道："既然是个半成品，总要刻字吧。你想刻什么？"

“不劳大人操心。”季曼微微后退半步，“这是要当礼物送人的，不用花太多心思。”

宁明杰微微抿唇：“送人的礼物，也不能是个半成品。”“嗯。”季曼点头，看着掌柜道，“刻个‘宁’字即可。”然后季曼果断将自己那份的银票给了。

常山也去付了银票。宁明杰看着掌柜道：“我的不用刻。”掌柜的收着银票，笑得眼睛都不见了，客人说什么他自然都是好好好。店里有雕刻师傅，让季曼等半个时辰就可以拿玉。

“最近你过得不错。”宁明杰拿了玉也没有要走的意思，只是深深看着她，“上次一别，又是许久不见了。”季曼扯着嘴角笑了笑：“是啊。”然后两人就无话了。常山捧着玉盒站在宁明杰身后，小声问了一句：“主子，还要选其他的东西给夫人吗？”

宁明杰颔首：“你随意去挑一个吧。”季曼挑眉：“将军是来给夫人买东西的？”“嗯，她的生辰。”宁明杰淡淡地道，“只是她要去宫里过，兵部那边也正好有事我不能陪她，故而送她些物事。”

生辰为何要去宫里过？季曼有些奇怪，不过康元郡主据说和皇帝的兄妹感情很好。季曼继续等着玉佩，宁明杰也就安静地等着常山挑选东西。外头一辆马车经过，车戛然而止。萧天翊从车窗上看出来，朝背后的人笑道：“你瞧，那是不是你家那位季先生？”

方才还在说季曼好，这会儿他们就看见了。宁钰轩借了位置往外头看了看，果然是季曼在那店里。只是，宁明杰为什么也在？“这倒是有意思。”萧天翊轻笑道，“宫里要有一出好戏，不如就借你家先生的手，请宁将军去看看如何？”

宁钰轩皱眉，放下了帘子沉声道：“他只是一介草民，丞相未免太抬举了。想让宁将军入宫，自然有别的方法。”“哎呀，你看你把人护的。”萧天翊轻笑一声，“这都护得我都眼红了。不就是借来用一下吗？宁明杰那人，又不会轻易上什么当。我打听了许久也没听说他跟谁特别亲近，这好巧不巧地撞见他和你家季先生有点交情，你怎么这般小气？”

“我有别的办法，你又为何心血来潮要他做事？”宁钰轩垂了眸子，道，“他能与宁明杰有什么交情，不过是我以前带着见过，现在买东西，大概是遇见了。比起他，我有更好的人选。”

萧天翊扬眉：“是吗？我不过一句玩笑，你也别放心上。”

宁钰轩轻哼了一声：“你多想了。”

季曼在店里站着，不知为何打了个大大的喷嚏。旁边宁明杰看过来，轻声问："昨儿没睡好，着凉了？"

"多谢将军关心。"季曼吸吸鼻子，"昨天是在陌玉侯府过的，估摸着是有人没给我盖好被子。"宁明杰皱了皱眉："你现在还经常去侯府？"

"也没有经常，昨日不慎醉酒而已。"季曼看他一眼，轻笑道，"将军是不是也许久未去侯府了？最近府里婉主子上吊未遂，倒是将这凡尘俗事尽望，也不知还记不记得将军。"

宁明杰一惊，摇头道："我也有两三月没去看看了，因着最近事务繁忙，很可能再起战事，故而连钰轩都没空去看。"季曼只听见"再起战事"这四个字，耳朵就竖起来了："要打仗了？"

"没有。"宁明杰别开眼，转移了话题，"我看我明日还是抽空去侯府一趟吧。""嗯。"见他不愿意说，季曼也没追问，毕竟是军机不可泄露。玉雕好了，装在了精美的盒子里，季曼接过来便道："先走一步了。"

宁明杰颔首，旁边挑东西挑了半个时辰的常山也终于松了口气，解脱了。本来想自己送去侯府，但是想了想，季曼还是回去让严不拔找人送吧。就是个贿赂的礼，哪里要这么刻意地自己去送。

宁钰轩与萧天翊商议完事情之后回府，柳寒云便忐忑不安地过来道："侯爷，妾身觉得这后院伺候的人太少了，不如就将蔷薇园解禁了吧？今日早上季先生还去蔷薇园看了婉儿，婉儿也是的确什么都不记得了。妾身觉得，侯爷身边多个人伺候也是好的。"

"什么都不记得了？"宁钰轩轻笑一声，"这倒是新鲜。"说完便起身去了蔷薇园。

温婉正绣着帕子，绣得不好，歪歪扭扭的。她便咬牙，气鼓鼓地换了一张重绣，看起来孩子气极了。

宁钰轩一踏进门，温婉眼睛便亮了起来，带着些小女儿的娇羞，乖乖地站在一边行礼："侯爷。""在绣帕子？"宁钰轩走过去坐下。温婉连忙将帕子藏了起来："绣得不好看，我在这屋子里也没什么事情做，随意玩玩的。"

"是吗？"宁钰轩伸手将她拉了过来。温婉低呼一声，脸蛋儿红红的，乖乖巧巧地靠着他。"你都什么都不记得了，还能绣帕子，也是难得。"宁钰轩脸上一片温柔，轻声道，"刚才夫人说要你继续伺候我，你可愿意？"

温婉微微一喜，娇羞不已地问：“真……真的吗？”都失忆了，还这样爱着他，真是让人感动。宁钰轩眼眸深邃，没放过她脸上一丝一毫的神情：“真的。”温婉绞着帕子道：“自从醒来一见侯爷，妾身就爱上了侯爷。以前的事情妾身虽然都不记得了，但是要伺候侯爷，妾身是一百个愿意的。”

“嗯，那就好。”宁钰轩笑道，“后日我要去宫里看世子，你以前也很喜欢世子的，不如便扮作我的小厮，随我一起入宫可好？”温婉微微迟疑了。

“怎么？”宁钰轩笑道，“不愿意吗？还是你不记得世子了，所以也不想去看他了？”

“不是……”温婉垂了眸子，抿唇道，“妾身没有去过皇宫，怕闯祸。侯爷这么突然地带妾身去，妾身有些惶恐，不如还是……”

“没关系，不会有什么事的。”宁钰轩放开她，站起来道，“明日你且好好准备，后日进宫之时，我让鬼白来唤你。”“好……”温婉垂头行礼。温婉心里有些惶恐，自己都已经什么都不记得了，还带自己进宫做什么？

这种惶恐持续了很久，不过她的禁令也就这样被解除了，也终于可以走出蔷薇园去看看外头的世界。女主和男二的相遇也是不需要理由的，刚走到花园，温婉就撞上了宁明杰。

钱管家正引着宁明杰去前厅等陌玉侯回府，撞见温婉，两方都有些惊讶。“这是堂少爷，当朝镇远将军。”檀香像模像样地在身后提醒了温婉一句。温婉恍然大悟，朝宁明杰行礼：“堂少爷安好。”

玉器店里听季曼说了温婉失忆之事，宁明杰开始还有些不信，这一看，温婉好像的确是不记得了，看自己的眼神里也尽是陌生。“可惜了。”宁明杰微微叹息。正打算继续跟着钱管家走，哪知温婉却开口道：“堂少爷与侯爷……应该很是亲近吧？”

宁明杰一愣。旁边的檀香接口道：“主子糊涂了，堂少爷与侯爷是兄弟，又一同共事，怎么能不亲近？”温婉似懂非懂地点头，为难地看着钱管家道：“我有些事情想请教堂少爷，管家能否给个方便？”

钱管家看了她一眼，躬身退下。宁明杰好奇地看着她，既然她没了记忆，那往日她的好与不好都该一笔勾销了，现在她还能有什么事情请教自己？檀香也退去了一边把风。温婉揉着帕子，很是委屈地道：“不知堂少爷可知最近宫里有什么事？婉儿什么都不记得了，但是侯爷明日竟然要带婉儿入宫。”

宁明杰微微皱眉，宁钰轩最近动作倒是颇为频繁，在皇帝的眼皮子底下都敢要花样。这次他来本来也是想来劝劝宁钰轩，当今圣上虽然为政无甚大作为，却也不失为一个好皇帝，只要安心尽忠即可，不必再去弄那些个权术手段。

但是这头不知道又要发生什么事了，明日宫里除了康元要去找皇帝。皇后过个生辰，其他好像什么事也没有吧？

“婉儿不想入宫。”温婉道，“婉儿不记得侯爷所说的世子，也没有心思去看。堂少爷能否帮婉儿说上两句，让侯爷进宫，就别带上婉儿了。”

说起来温婉失忆之前还同康元交情不错，看她这一脸惶恐的模样，宁明杰身上的温柔光环就又闪烁了：“钰轩的决定很少人能改变。你要是害怕在宫里行错踏错，不如就去找康元郡主。”

温婉一愣，抿唇道：“康元郡主是谁？”宁明杰想了想，道：“明日你让侯爷带你去找她也可，她就在宫里。”温婉还想再说，那头却有家奴来报，说是宁钰轩回来了。宁明杰朝温婉抱拳，接着就往前厅而去。温婉站在原地，轻轻跺了跺脚，总觉得明日这一趟会有什么事情。

宁钰轩正拿着季曼送给他的玉佩，眼里带笑，语气却平平淡淡：“倒是块好玉，季氏也算有心了。”鬼白没拆穿自家主子的心思，点头应和：“的确是块好玉。”

宁明杰踏进前厅，微笑着唤了宁钰轩一声：“钰轩。”宁钰轩伸手将玉系在腰间，站起来看着他拱手道：“许久未见，堂哥还是这般英武逼人。”宁明杰笑着跟他客套两声，在一边坐下，袍子微微一抖，腰间尚未刻字的紫色玉佩就映入了宁钰轩的眼帘。

笑容慢慢淡了，宁钰轩抿唇，别开眼沉默了一会儿，才道：“今日来侯府，堂哥可是有什么要紧事？”语气明显比方才冷淡了不少，宁明杰有些茫然，也不知道他是怎么了，只道：“我是许久未来看你，就来看看。听闻你明日要进宫，也就请你顺便将康元的生辰贺礼带给她，我就免了往宫中去一趟，兵部还有些事情走不开。”

“明日兵部哪有什么事情。”宁钰轩淡淡地道，“堂哥与郡主成亲这样久，感情似乎一直不咸不淡。康元郡主竟然连生辰都要在宫里过，堂哥还不亲手去送礼物？”

“宜都之路已经完成一半，兵部那边自然是有事情的，你可别当作不知道。”宁明杰正经了神色道，“我与康元没有什么感情，她同我都心知肚明，这日子不过也是得过且过罢了。”

宁钰轩独自生了好一会儿旁人都不知道的闷气，低声开口道：“就算是没有什么感情，堂哥也不能这样忽视康元郡主的生辰。这礼物，我是不会帮你去送的。”

第九十九章

意外惊喜

宁明杰也不过是随口一提，因着方便要宁钰轩去送。宁钰轩既然不愿意，那他另外派人也就是了。只是他觉得今天宁钰轩的心情好像有些奇怪，一会儿晴一会儿阴的。

转开话题说了两句，宁钰轩留他下来用膳，他也便同意了。

温婉那边依旧在忐忑，一张脸上尽是无辜的神色，看起来可怜极了。她揉着帕子小声问檀香："进宫会有什么事情啊？"

檀香将房门关上，想了好一会儿才道："奴婢觉得，侯爷也许是有些怀疑您，故而想带您进宫去看看。不过明日宫中无大事，只有康元郡主的生辰。"又是康元郡主。温婉垂着眸子，眼里的神色阴晴莫辨，过了好一会儿才道："我知道了。"

宁明杰在侯府用过午膳，又被宁钰轩带到兵部去走了一趟。一路上宁钰轩都像个关心自己兄长婚姻家庭关系的好心弟弟，帮着劝解道："康元郡主是当今圣上最疼爱的表妹，既然嫁与了你，也是皇帝对你的重视。你怎能因为琐事就忽略了郡主的生辰？郡主想必也是跟你赌气才去宫里过生辰的。"

听着他说，宁明杰抿唇："你希望我进宫去陪她？""何止，你该将康元郡主带回府去，两人好好培养感情才是。"宁钰轩道，"自己的妻子，还是要好好呵护才是。

曾经有那么个人，我不就是因为没好好珍惜，现在才追悔莫及吗？”

宁明杰看他一眼：“你倒也知道？”“自然，所以现在我才来奉劝你，”宁钰轩轻笑，“怜取眼前人。”宁明杰微微皱眉，自己与康元成亲也有这样久了，两人似乎都是井水不犯河水。除了那一次靖州她将人送走惹恼了他之外，两人好像就没什么交流了。

因为是皇帝赐婚，他也明白皇帝的心思：无非是要靠他安邦，他安也就是了。如今江山安稳，他是没有什么别的想法的。皇帝给了他建功立业的机会，他自然要回报其一生的忠诚。

至于康元，现在想想，他也的确是亏欠了。“那，你便将兵部的事情安排一下，我明日便不让康元进宫了。”宁明杰道。“皇上在宫里都准备了宴席，你怎能让郡主不进宫？”宁钰轩瞥他一眼，摇头道，“打了几场仗，人都打傻了。你不会等宴会结束之后亲自去接她，给郡主一个惊喜吗？”

“惊喜……”想想随意买的礼物，也不知道她喜不喜欢，宁明杰叹了口气道，“也罢。明日你不是也要进宫去看望世子？如果宴会结束，你让人去宣右门知会我一声。”“好。”宁钰轩笑着颔首，扫一眼他腰间的玉佩，又别开了头。

第二天下午，宁钰轩带着温婉就入宫了。温婉打扮成小厮模样，紧紧地靠着他道：“侯爷，妾身真的怕犯错。”“无妨，你也不用多做什么。”宁钰轩笑着道，“等看完世子，去宣右门喊一声明杰即可。”

温婉一怔，低着头应了一声。宁钰轩好笑地看向她：“你知道明杰是谁？”旁人给她介绍，都只会说那是堂少爷、大将军，绝对不会说宁明杰的字。温婉一怔，手微微紧了紧，有些茫然地抬头看着他道，“妾身不知。”

宁钰轩没有责怪她，轻轻替她将耳发别回耳后：“就是堂少爷，你昨日在府里见过的。宣右门的位置等会我指给你看。”“……好。”温婉垂了头靠在他身边，白着脸不再说话。

宁钰轩心情算是很不错，一路进宫，去了太后宫里请安，又去皇后宫里拜见。

康元郡主说是找皇上、皇后一起过生辰，结果皇后还独自抱着好好在宫里逗弄，皇上人倒是不在，出去一打听，说是在紫辰殿接见康元郡主。宁钰轩带好好去御花园里散了会儿步，温婉还直夸小世子可爱。好好抱着宁钰轩不撒手，眼睛哭得红红地道：“爹爹这次来了又要走，下一次是什么时候来？”

宁钰轩心里微微紧了紧，抱着好好叹了口气：“爹爹会很快来接好好的。”“真的吗？骗人是小狗。”好好撇撇嘴，委屈得快要哭出来了。虽然皇后娘娘很好很温柔，可是他好想回侯府，也有好久好久没看见夫子了。

“嗯，不骗你。”宁钰轩蹭了蹭他的小脑袋。“为什么带这个人来，也不带夫子来？”好好看了温婉一眼，往宁钰轩怀里缩了缩，“我想夫子了。”温婉的笑容有些僵硬。宁钰轩小声道：“下次爹爹来看你，就带上夫子好不好？”

好好乖乖地点头：“嗯。”然后小手一搂宁钰轩的脖子，逮着可劲儿蹭。时辰看着差不多了，有个小太监一路跑过来在宁钰轩耳边低声说了两句。宁钰轩点头便对温婉道：“去宣右门知会堂少爷一声吧，他也该去给郡主惊喜了。”

温婉点头，有些僵硬地往外走。她是没来过宫里的，万一走迷路了，也怪不得她吧？

“这边请。”刚刚来禀告的小太监笑盈盈地追上温婉，替她引路。温婉笑不出来了。

宁明杰重新买了一份礼物，包得好好的拿在手里。昨天宁钰轩说那么多话，他也就想通了，康元郡主是个不错的女人，对她好一点也没什么不对。一直以来他对她太过冷落，今天给她一个惊喜也好。

温婉被太监引到宣右门不远的地方，想迷路也迷路不了，只能上前行礼：“堂少爷，侯爷说时辰已经到了。”宁明杰看见是她，便颔首：“正好昨日说你也可以去见见康元，我带你去也无妨。兴许你看见她还能想起来什么。”

温婉摇头：“这不太好吧，这样贸然……”“无妨。”宁明杰道，“走吧，这里去紫辰殿也不远。”温婉只能硬着头皮跟了上去。

紫辰殿里，赵离是的确给康元准备了宴席的，只是捧月说自己不舒服不想来，他也便就一人陪着康元了。

康元饮了许多酒，眼神都开始有些迷离，痴痴地看着他道：“皇上您可知道，您当初那一纸婚书，让我一点也不幸福？”赵离挑眉：“宁将军待你不好吗？”康元苦笑：“他那个人，看起来温暖得很，对人也好，只是心不在我身上，怎么都是冰凉的。我与他，自新婚夜之后就再也没有同房过。”

赵离一怔，微微皱眉。康元大概是喝醉了，挥手让宫人们都退了下去，起身就扑到他怀里号啕大哭：“为什么要把我嫁给别人？你很喜欢那玉珍国公主吗？她到底哪里比我好？皇上，毓儿爱了您这么多年，为什么最后要给毓儿这样的归宿？”

赵离坐在厚厚的垫子上，腿不能动，只能任凭她哭，叹息道：“是我对不起你。”他答应了捧月六宫无妃，自然也是要做到的。虽然，将来某一天他可能因为利益而

坏了这承诺，但是能多有一天，就尽量多一天吧。

康元哭得凄惨，抬头看着面前这男人。她爱了他这么久，她还甘愿为了他去拉拢宁明杰，献出自己这一辈子的幸福，他为什么还是不会动容呢？抬头抱住赵离，康元哭着就吻了上去。

赵离皱眉，推开康元低斥了一声。康元却哭得梨花带雨地问："连毓儿生辰这天，皇上都不能让毓儿圆满一次吗？就当，就当是给毓儿最后的恩赐了。"空气里有些燥热，赵离看着面前这哭花了的一张脸，叹息了一声，终于是没有再推开。

外头守着的大太监挥手让一众宫人都退了下去，只留他一人在外头守着。四周寂静无声，大殿里的声音也没有怎么压抑，清清楚楚地传了出来。"毓儿爱您，皇上，毓儿爱您啊……"

宁明杰站在紫辰殿外，脸上的表情一点点冷了下去，手里捏着盒子，浑身都僵硬了。

皇帝身边的大太监瞧见他，连忙喊了一声："皇上，镇远将军求见！"大殿里的声音顷刻间消失了个干净。赵离衣裳还没怎么乱，康元的衣裳却是一塌糊涂，慌忙地整理着。

"公公不必通报，我在这里等郡主出来便是。"宁明杰淡淡地说了一句。那太监脸上也有些尴尬，笑着道："将军别误会，郡主这是喝多了，方才胡乱喊着呢。""嗯。"宁明杰垂了眼。

殿门打开，康元有些跌跌撞撞地出来，万分意外地看着宁明杰："将军怎么会……"

再一侧头，康元就看见了他身后做小厮装扮的温婉。温婉为什么会和宁明杰在一起，还来了这里？康元心里又惊又怒，压根儿没有顾虑自己此刻是个什么模样——衣裳不整，头发凌乱，脖子上还有一个印记。

宁明杰冷笑一声，转身就往回走，将手里的盒子重重一丢，丢进了不远处的花丛里。温婉低眉顺目地跟着走，自己这是要遭池鱼之殃啊，郡主别以为将军是她引来的才好。"将军！"康元有些慌了，回头看看紫辰殿，连忙又追上宁明杰。

赵离坐在紫辰殿里，皱眉宣了太监来问："外头怎么回事？"太监跪在地上战战兢兢地道："镇国将军不知何时来了，带着康元郡主已经离开。""为何他进宫没有人禀告？"赵离一扫桌上的酒杯，颇为恼怒地问。

"将军进宫好像就是为了接康元郡主，没有往这边递要觐见的牌子。"太监吓得腿都软了。赵离觉得头疼，揉着太阳穴道："今晚之事是朕与康元郡主都喝多了，闹着玩笑。谁敢将风声透去皇后那里，那就等着人头落地吧！”太监应了，哆哆嗦嗦地退了下去。

康元一路追着宁明杰出宫，但是男人走路怎么都比女人快，没一会儿温婉和康元两个就远远落在了后头。“谁带将军来的？”康元目光如箭，像是要穿透了温婉。温婉一脸无辜，低头小声道：“婉儿只是听侯爷的吩咐带将军来……”

“侯爷的吩咐？”康元郡主停下了步子，拧着眉将温婉拉到了宫墙边一处无人的地方，“真是笑话！他吩咐你，你就带着将军来让我下不得台？温婉，你可别忘记了，那男人可是将你圈禁起来的人，没有我，你可想不到办法出来！”

温婉抿唇，低头道：“婉儿不是故意的，怕是侯爷有意要揭穿郡主……”康元郡主是她的恩人。大皇子妃得知她被幽禁，都再也没了消息，想必是放弃她了。而康元郡主却给她出了装失忆的主意。

陌玉侯为了掩盖聂桑榆的身份而圈禁她，那么她忘记一切，只要装得像一点，再想法子让柳寒云帮忙，自然就能翻身。为了不被识破，温婉对着镜子练习了一个月。她不要一个人孤老终身，宁钰轩负她，聂桑榆欺她，她总要找机会一一还回去。

哪怕心里再多的怨恨，再多的痛苦她都压住了，现在她的眼神谁也看不出破绽。人果然是要到了绝境才能迸发力量。聂桑榆的身份是她最后的王牌，她谁也没告诉，就等着一个合适的机会，让聂桑榆不得好死。解禁了蔷薇园，只是她计划中的第一步。

但她没想到刚一出来，宁钰轩就会带她进宫，会让康元郡主这样误会她。温婉咬紧了牙，极力解释：“婉儿绝对没有要害郡主的意思。”康元郡主在气头上，一边理着衣裳发饰，一边带着哭腔道：“今日之事，将军是一定不会原谅我，我该怎么办？”

她心系的是赵离，但是毕竟是宁明杰的正室。今日之事若是宁将军要追究，就算她是堂堂郡主，也是不得翻身的。温婉想了想，道：“郡主不妨再去求一求皇上，也只有皇上能救您了。”

再聪明的女人遇见这种事也会乱，康元帮着赵离做事已久，有些小手段，但是对朝政之事不是很明白。温婉出这馊主意，康元竟然也觉得不错。于是她就没有出宫，而是折返回去找皇帝，也就这么生生错过了给宁明杰解释的最好时机。

宁明杰一路出宫，气得眼睛微红。他没想过皇帝会做出这样的事情来。他投靠当初的二皇子门下已久，帮着他出谋划策，那时候二皇子还不过是后宫里不得宠的皇子而已。他明面上借着宁钰轩给的机会投靠三皇子，实际上一直以来帮的都是

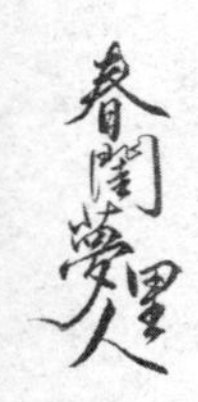

赵离。

自小他便牢记家训之中忠诚：一旦效忠一人，便是不可背叛。他效忠了赵离，替赵离拿下了江山，结果到最后，反而被自己效忠的人背叛了。真是可笑。

“明杰。”急急出了宫，宁钰轩不知从哪里出来，笑着看着他道，“结束了？郡主呢？”

宁明杰停下步子，有些沙哑地道：“你看完世子了？那陪我去喝酒如何？”“好。”宁钰轩笑着应下，出宫与他一起上了马车，往酒肆而去。

康元郡主回到紫辰殿，见皇后却不知什么时候来了，坐在赵离的对面。康元看着赵辙有些惊慌的脸，未发一语。“皇后娘娘。”康元知道这位皇后是个好脾气的，先前皇后好像是病了一阵子，之后就没怎么与皇帝亲近了。她不如就趁着今天这机会，将一切都说明白了，说不定皇后心软，还就帮她了呢？

捧月回头，轻轻地看了康元一眼：“毓儿还未出宫？”“毓儿有事禀告。”康元鼓足勇气跪下来，没看见赵离骤然变了的神色，自顾自地道，“请皇后娘娘成全毓儿与皇上。毓儿是真心对皇上的，也已经与皇上有了肌肤之亲。”

方才那一番亲热，虽然没到最后一步，可是该有的肌肤之亲，也是的确都有了。捧月听了之后很安静。皇宫上头的天突然就暗了不少，划过一道闪电，京城便下起了秋雨。

季曼睡了一个好觉起来，觉得轻松极了，压根儿什么都不知道，还做了一个好梦。“东家，这京城怕是要变天了。”严不拔站在粮行里，一脸严肃地道。季曼吓了一跳：“怎么个变法？”

“要变冷了。”严不拔看了看外头道，“一场秋雨一场寒。”

季曼：“……”吓死她了，她还以为要出什么大事。

季曼帮着粮行的伙计将外头摆着的几袋米抬了进来，就看见街上有一群好事之人咋咋呼呼地道：“不得了不得了，听闻宫城那头出事了！”

“怎么了怎么了？”旁边屋檐下躲雨的一群大叔大婶就连忙八卦了起来。“今日不知是怎么，听闻皇后发了怒，将康元郡主拿着鞭子一顿好打，之后撵出宫来了！”一个人压着声音道，“我家闺女在宫里当宫女。今儿我去右掖门等着探亲呢，就听见几个宫娥跑来碎嘴。哎呀呀，一直以为皇后娘娘端庄温和呢，没想到竟然会拿鞭子打人！”

季曼听得愕然，捧月鞭打康元？她不过是休息了两天，这到底是发生什么事了？

秋雨连绵，过了两天才晴。天晴之后朱玉润又蹦蹦跳跳地来了，一一解开了季曼的疑惑。

"康元郡主向皇后直言与皇上有肌肤之亲，要入宫为妃，被皇后一怒之下打出了皇宫。"朱玉润一边抱着点心啃着，一边跟她道，"那镇远将军倒是个好肚量的，据说是一封休书休了康元郡主，还向皇上写了忠心表。皇上龙颜大悦之下，赏了他年俸多五百石。说是赏赐，看起来倒像是安抚。"

季曼一边给她喂食一边示意她继续说。朱玉润一点也没藏着掖着，千应臣说的一些猜测，她都一字不漏地说给季曼听。"宜都的路快修好了，皇上突发奇想说是要与宜都来一次练兵演习。宜都那易守难攻的地方，皇上让宁明杰带一万人去演练。宜都王那头还没回复呢，估计也是觉得咱们皇上是吃多了没事做的。"

嘴上没个把门的，也亏得只有季曼一人在听。宜都那一块怕是成了皇帝的眼中钉肉中刺，现在时机成熟了，在找机会拔掉吧。季曼皱了皱眉，宜都王回了宜都，联络自然不方便了，也不知道那位主子打算怎么办。

"总觉得快要打仗了，心里不安得很。"朱玉润放下吃了一半的点心道，"应臣说朝廷里看起来是风平浪静的，镇远将军的事情也没起多大波澜，但是我有些担心应臣。""担心他做什么？"季曼有些好笑地道，"他是文臣，又不是武将，跟着陌玉侯，谁还能动他不成？"

"你不懂的。"朱玉润叹息道，"你不知道那种感觉，爱一个人的时候，哪怕他出门去散步都害怕他崴到脚；只要不在看得见他的地方，就会担心突然失去他。"季曼一愣，弹了弹朱玉润那光洁的额头："你想太多了，没事的。"

"嗯。"朱玉润垂着眼眸道，"日子太平就好。"太平得了吗？康元郡主被休，皇后因她的事情与皇帝又开始了冷战；康元郡主之父永安侯也上书了皇帝，无非就是请罪自己教导无方，再请皇帝看在一家人的面子上给康元个名分。

赵离坐在轮椅上，在望月楼之下停留了很久很久，但那扇窗子始终没有打开。他和捧月的误会是越来越多了，他也没有力气去多解释。曾经那个笑得一脸张扬说会护着他的女人，现在也终于被他伤透了心。

"皇上，康元郡主在宣右门跪了许久了。"太监有些为难地来禀告。赵离慢慢合上眼："带她去后宫吧。""是。"太监松了口气，转身离开。康元郡主得到名分只是早晚问题，永安侯的面子，始终也还是要给的。

赵离看了看那高高的望月楼，终于转身，自己转着轮椅离开了。太和殿里，赵

离召见宁明杰与宁钰轩。宁明杰对他的忠诚又经历了一次考验，他也就放心地将兵权交给他了。

只是宁钰轩……赵离心里还不是很有把握，虽然陌玉侯世子在自己手里。

等宜都的路一修好，便是举兵而去之时，他身边的人，一个都不能出差错。

第一百章

自作孽

“此番带兵操练，朕对你二人寄予厚望。”赵离开口道，“还望你兄弟二人，能同心同德，替朕完成朕心之所想。”

宜都盛产米粮与铁石，当真是一处心腹之患。如今秋收缺粮，宜都粮仓也是空的，他正好可以借着早先征的粮食，让这一万人打着操练的旗号，去探宜都的虚实。宜都王若是强硬，那他便找借口攻打长郡；若是服软，他便将铁石之地统统征收，也好充实军库。

他总不能坐着看宜都一天天强盛。若真是到了那时候再逼宜都王反了，他也未必控制得了局面。宁钰轩控制着六部，他便给宁钰轩挂了副将之名，将宁钰轩调出去，也好趁机整顿六部。六部之事，便由萧天翊暂为管理。

宁钰轩拱手行礼：“臣必当不负圣恩。”赵离深深地看着他，眼眸一扫，倒是扫到了他与宁明杰腰上一模一样的紫玉。赵离心里微微松了松，宁家这两人到底是兄弟，宁明杰是他深信之人，宁钰轩自然也不会弃自己兄弟于不顾；而且看起来，这两兄弟都能佩戴一样的玉佩，感情自然也是很好的。

只是立康元为妃之事，他也得等他们启程之后再做了，顺便也得给宁明杰一些补偿，不然就算是再效忠于他的人，也是会有反叛之心的吧。赵离想着，长叹了一

口气，捧月这次不知道又要生多久的气了。不过不管如何，她总是会原谅他的吧。

宜都之路尚未竣工，皇帝便让宁钰轩先交接一些事务，明为交接，实际也就是夺权了。宁钰轩倒是没反抗，除了户部，其余的都慢慢松了手。于是他每天也就多了很多的时间来找季曼。

季曼很忙，秋收要亲自下乡去和一些佃户收粮，还要钻朝廷征粮的空子，争取多收一些。往常是宜都给她往京城运粮，现在眼看着时局有些紧张，她不用赵辙说也知道得从京城往宜都运粮了。

下乡绝对不是一件浪漫的事情，没有想象中大片大片美丽的稻田，倒是一路的颠簸和泥泞，季曼都没敢穿什么好看的衣裳。只是宁钰轩不知为何也跟来了，坐在颠簸得跟蹦床一样的马车里，难得还很气定神闲："你为何要亲自来？不是有个很能干的掌柜吗？"

季曼被颠得脸色发白，道："就是因为他能干，才要留他在城里帮我做大事，这等苦差事。他会说我虐待员工。"宁钰轩轻轻地哼了一声，伸手将她捞进自己怀里，好歹不用被颠得满车厢乱撞。

"侯爷，您知道京城里最近都在流行什么吗？"季曼侧头，一脸严肃地看着他。宁钰轩淡淡地"嗯"了一声，一只手横在她的腰间，跟安全带似的。"流行娈宠。"季曼指了指自己，"长得比我还水灵的男人满街都是，我都白戴个人皮面具了；还有新开的几家倌馆，据说生意好得很。侯爷知道都是怎么兴起的吗？"

宁钰轩冷哼一声："谁让你要扮成男人？"他怎么不知道是如何兴起的，最近户部尚书已经往他府里塞了不少水灵的小厮了。季曼翻了个白眼，被他勒得难受："在下只是想说，大庭广众之下还是要注意影响，侯爷不用与在下太过亲密。"

宁钰轩闻言，好像也觉得很有道理，于是点点头，将手松开了。马车轮子陷进了一个小石坑，车厢剧烈地一抖，季曼没个支撑，一脑袋就撞上了车厢。宁钰轩闷笑两声："自作孽。"

季曼坐到一边，气急败坏地抓着座位边缘。到了地方下车，季曼就拿着单子挨家挨户去核对，收粮，给钱，后面一群伙计帮着搬运。宁钰轩竟然就一直跟在她身后，一身月白色长袍，也不怕沾着泥。

几家农妇看着宁钰轩都挪不开眼睛，价都给季曼报错了。季曼没好气地见少就不吱声，见多就提醒人家回神。忙碌一下午，最后季曼的脚都快抬不起来了。"东家，咱们先将粮食运回去了啊。"粮行的伙计坐在牛车上打着招呼。

季曼有气无力地让他们先走，转头看着自己的马车，只觉得一阵屁股疼。"急着回去做什么？”宁钰轩笑着问她，“还有什么事情要忙？”“没了啊。”季曼没好气地翻个白眼，“可是不回去，你要在这乡下过夜吗？”

宁钰轩挑眉，伸手指着一家农户外面的牛车道：“既然不忙，咱们就慢慢回去也无妨。”虽然牛车是没有那么颠簸，会舒缓很多，可是很慢，回去都该深夜了。

“当家的，我拿马车换你的牛车如何？”

没等季曼点头，这人竟然就直接去和那农夫商量了。最后他以马车加二两银子换牛车的价格成交，完全没有问她这个主人的意愿，就带着她去抱了一些松软的干草铺在牛车后头。季曼愤愤地抱着干草，这人的大男子主义，也真是改不了了。

不过往牛车上一趟，缓慢上路，不仅不那么颠簸，还可以看见天边的秋日黄昏，倒是一番不错的景致。“这样是不是觉得很舒服？”宁钰轩一点形象也没要，穿着贵重的袍子陪她躺在牛车里，望着天边问她。

“嗯。”季曼点头。秋虫叫了两声之后就没了声响，天色渐渐暗下去，季曼差点晃进了梦乡。直到旁边的人轻声开口问她：“你所喜欢的男人，这个地方真的找不到？”季曼睁开了眼，对他突然问这个问题表示很茫然。

“你说你要会修孔明灯、会修垫脑的男人，”宁钰轩抿唇，微微别开头道，“这倒是好办；可是要一心一意，只能有你一人的，倒是好难。”季曼更糊涂了，修孔明灯和垫脑是什么东西？

侧头看了他一眼，季曼笑道：“的确很难，所以也没指望能找到。这一辈子我若是回不去了，那等做完自己想做的事情之后，我便找个地方隐居。”

“去哪里隐居？”宁钰轩微微皱眉，都这样久了，她还是说找不到吗……“找个山清水秀的好地方，可以看日落日出，没有官僚阶级压榨的地方。”季曼随口说了一句，“其实以前我看书的时候，很羡慕那种男主为了女主能抛弃江山归隐的情节。但是现在真正在这里头，倒是终于明白不可能了。

“一旦登上高位，有几个人能甘于再次平凡？平凡之中的爱情没有那么轰轰烈烈，谁又能保证对方一直不变心呢？就好比那些跳楼的人，纵身一跃的时候可能是鼓足勇气觉得再也不会回头，但是若是楼高一些，给他们一些下落的思考时间，他们就会后悔了。”感情也是一样。

宁钰轩听得似懂非懂，只是将头与她轻轻靠在一起，看着天上的晚霞变成了黑夜。繁星闪烁，四周也都一片宁静。“你是不是还在恨我？”许久之后，宁钰轩开口问了这么一句。

季曼想了想，最开始的时候自己是挺恨他的，想好了一百种要报复他的方法，

但是来了京城，知道他是好好的亲爹，又一直受他照顾，时间久了，心里的恨意倒是渐渐没有刚开始那么浓烈了。

怪不得勾践要每天尝一遍苦胆呢，时间流逝，很多东西就变得容易被原谅了。只是，该她得的东西，她依旧一样也不会少算；该杀的人的名单上，却已经没有他的名字了。

“侯爷想多了。”季曼笑道，“在下与侯爷之间，早已经因着那一封休书结束了。在下不恨侯爷。”宁钰轩微微撑起身子，眼眸里有些亮光。“只是也没什么关系罢了。”季曼补了一句，微微闭上眼，“如今侯爷尽忠于新帝，在下却还背负着血海深仇。道不同，到底是不相为谋。”

能原谅他，却是不可能原谅让她眼睁睁看着聂家一门尽亡的赵离的。那双眼睛陡然就黯淡了下来，方才像是装满了繁星，听见她的一句话，却像突然下了一场雨，星星都不见了。

宁钰轩苦笑一声，声音有些沙哑，捻了她一束落发：“你这人，怎么这样绝情呢？”“不是跟侯爷学的吗？”季曼别开了头。牛车缓缓地走着，宁钰轩安静地看着她的侧颜，一动不动。

说她自作孽，到底自作孽的是谁？

在京城没几天之后，季曼就收到了宜都王的信了，果然是要她收粮，并且慢慢抬高京城粮价。今年本就歉收，朝廷还征收了大批粮食用于带兵操练，百姓之中早有怨言，季曼这一抬粮价，许多人便是吃不上饭，怨声载道。

朝廷不得已放了一部分粮食出来，季曼便又全部吃下，运往宜都，京城的粮价一点也没有好转。皇帝却不在意百姓之言，依旧在年末之时，要宁明杰带兵前往长郡。

蔷薇园虽然被解禁，但是温婉也一直没能伺候宁钰轩。先不说他每天回来都径直睡在北苑，就算是要来后院，也顶多是去慕水晴那里看看。慕水晴的身子却是一天比一天差，温婉几乎都看不见她人，连去看望都被告知卧床不得见。白天侯爷又不在府里，温婉便只能往柳寒云一处跑。

“我得想个办法。”温婉微笑着，拿帕子掩着嘴小声道，“夫人得再帮帮我，侯爷就快要离京了，再没个动静，我出不出那蔷薇园，岂不是都一样了？”柳寒云蹙着眉，抿唇道：“我当初答应康元郡主的，只是想办法将你解禁，其余的事情，可能帮不上。毕竟侯爷连我这里也是不来的。”

温婉抿唇："如今康元郡主也已经进宫了，有头衔是早晚的事情。你若是帮了我，我便给郡主美言两句，将来曦少爷的好处，定然是少不了的。"

柳寒云垂眸不语。"夫人难不成还念着她当初的恩情？"温婉脸上表情未动，语气却不屑，"她当初将你从侍妾提为姨娘，也不过是要你跟她一起蹚浑水。现在你看，她人不在府里，孩子也不在府里，可侯爷的心和世子之位，她是一个没落下。她那等的好手段，又岂是良善之人？"

柳寒云摇头："她一路护着我，我总不能恩将仇报。我可以为了曦儿帮你做一些事情，但是要害她，我做不到。人要是不懂感恩，那岂不是连畜生都不如了。"

温婉嗤笑一声，将旁边靠着的曦儿抱了过来："谁要害她了？我不过是想在侯爷身上下功夫。夫人有没有听过致幻草？我偶然得了一株，想用在侯爷身上。只是他连我院子都不来，送的汤药也未必会喝，我不想浪费罢了。"

曦儿在温婉怀里挣扎了两下，一脚踢到她的肚子上。温婉吃痛，脸色骤变，差点将他给丢出去。"曦儿。"柳寒云连忙伸手将孩子抱过来，拍着背安慰着，皱眉看着温婉道，"那等乱七八糟的东西，怎能在侯爷身上乱用？我不会帮你。"

温婉揉着肚子，紧紧抿唇："夫人当真要这般固执？"柳寒云抱着曦儿往内室走："椿皮，送客。"温婉气愤不已，脸上却依旧带着笑，招呼了檀香就一起离开了。既然柳寒云不肯帮，那她就自己等机会，总不信宁钰轩这一辈子都不再理她。

京城街上的行人都有些蔫蔫的，街上大小粮行挂出的粮价都是高得惊人，宁钰轩在季氏粮行里喝着茶，听着外头不懂事的小孩子边跑边唱：

"不吃米，改吃糠，朝廷打仗民遭殃。瘸子不懂路遥远，穷人不知米饭香。"

侧头看了一眼旁边的人，宁钰轩道："你编的？"季曼摇摇头，看着账本道："不知道是哪里传出来的，已经唱了好几天了。京城这头顶上的乌云是散不开了，好多人被粮价逼得远走他乡，就是为了好好吃饭。"

赵离当初夺位是何等的传奇，以残疾之身，于众多皇子争夺的空隙之中生存下来，最后竟然打了赵玦个措手不及，荣登九五之位。众人都以为他会开创一个盛世，最开始也有不少文人赞他，说他这样的人定然适合当一国之君。

结果没有想到，赵离在乱世里可以崛起，却在盛世之中不能自立。他偏执张狂、刚愎自用、不听劝谏、为所欲为，也怪不得人心离散。

季曼写好了账，转头看着旁边的宁钰轩道："侯爷一向聪明，对当下这形势，竟

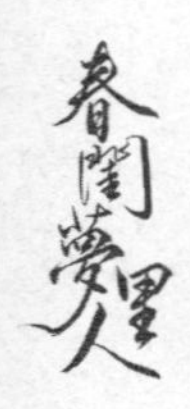

然没有任何动作？”“我要如何有动作？”宁钰轩笑道，“六部之权是皇上自己慢慢收回去的，那么这些事，自然也就该皇上自己操心，我想操心也是无能为力。”

季曼挑眉，不知是不是自己的错觉，自从好好进宫之后，宁钰轩对皇帝的态度好像有了很微妙的变化。“侯爷这是，准备倒戈了不成？”季曼开玩笑似的问了一句。“没有。”宁钰轩撑着下巴，望着窗外道，“他在位一日，我便效忠一日。”直到能将好好安全救出来。

季曼耸耸肩，自己和他也真是够奇怪的，彼此都清楚立场，结果还能好好地坐在这里聊天。

“你什么时候回宜都？”宁钰轩问。季曼抱了厚厚的账本去放在柜子里，想了想道：“也就最近这几天吧。安排好了粮行的事情便走，不然到了年末，就回不去了。”

宁钰轩皱眉：“这样快？”“嗯。”季曼回头，看着他笑道，“舍不得？那侯爷说句‘我爱你’来听听？”脸色微沉，宁钰轩别开了头，闷声不语，过了一会儿又道：“你一个女人家，去宜都那里有些不适合吧，还不如留在京城。”

“宜都王让我回去的。”季曼叹了口气，有些得意地道，“如今京城粮价尽在我手，身为一个重要人物，我自然得去更安全的地方。留在京城，万一谁恢复了记忆走漏了风声，你家主子抓了我要砍头，你保还是不保？”

宁钰轩愣了愣，垂了眸子：“也是。不过你走那么早，我们可能就很久见不到了。”季曼顿了顿，低笑一声：“无妨，侯爷身边不是还有其他人吗？对着她们也总比天天对着一张男人脸来得好。”

季曼转身继续收拾柜子，将陈账和新账分开，一一摆好之后，累得腰酸背痛，结果一转头，桌子旁边已经没人了。这来无影去无踪的，有功夫的人就是好。季曼啧啧两声，出门去找严不拔安排些事，然后就要着手准备行李了。

接下来几天宁钰轩都没有再来，季曼也没在意，大概他是有什么事情在忙吧。可是到她上车准备要离开京城去长郡的这一天，宁钰轩还是没有出现。“最近朝廷里可是出什么事情了？”季曼有些不安地看着严不拔问，“有没有什么大官被抓起来了，或者被软禁什么的，比如陌玉侯？”

严不拔打着算盘，奇怪地看她一眼道：“东家放心上路吧，陌玉侯一直好好的，没被抓也没被软禁。”那为什么不来看她了？季曼皱眉。习惯真是个可怕的东西，宁钰轩天天来，她不觉得有什么；突然有一天他不来了，她便觉得浑身难受。

季曼收拾好了东西，带上两个镖师就上了路。不来送就不来送吧，她也不在意。

但是她觉得这马车夫是不是故意的，为什么是出城的方向，还会经过陌玉侯府？

“停。”季曼黑着脸喊了一声。马车乖乖地停下了，车夫一脸茫然地回头看着她：“东家？”“里头有故人，我得进去道个别。”季曼咳嗽两声，将包袱放了跳下车，“你们在门口等我。”

“是。”

季曼到门口，门房一看见他，连通报都省了，笑眯眯地鞠躬喊道：“季先生。”

季曼尴尬地点点头，还没问呢，门房就自己道：“侯爷还在府里，应该在北苑，先生进去便是。”真热情啊，季曼抿唇，朝他道了谢便往里头走。

今天宁钰轩其实起来得很早，一边皱着眉让丫鬟更衣，一边问鬼白：“她是今日离开？”

鬼白点头：“侯爷不是说不去送了吗？”宁钰轩轻哼一声：“我只是问问罢了，等会去街上逛逛，不是要送她。”

鬼白点头：“那便不用急，等厨房做好早点，主子吃了再去逛也可。”宁钰轩脸色青了青，看着鬼白道：“我平时是不是太惯着你了？”“主子息怒。”鬼白一脸茫然，完全不知道自己错在哪里，不过看主子生气了，还是得跪下请罪，“早膳不用的话，等会儿会饿。”

“侯爷。”门外传来温婉的声音，“妾身给侯爷备了早点，刚好端来了。”宁钰轩挑眉，鬼白已经起身去开了门。温婉微笑着进来，带了七碟小菜、一碗清粥，看起来格外让人有胃口。

“侯爷要出去，也得先用膳。”温婉站在一边，有些娇羞地揉着帕子道，“不知道侯爷以前喜欢吃什么，妾身随意做的。”七个小碟子放在一个大盘子里，像极了南巡之时季曼做的饭菜。宁钰轩看了一会儿，便在桌边坐下，拿筷子尝了一口。

嗯，没有她做得好吃。不过温婉以前从来不会做饭，现在倒也懂得下厨了。吃了两口，见天色不早，宁钰轩起身就打算往外走。温婉过来收拾碗筷，脚下一绊，却跌在了他的怀里，惊慌害羞之下，拉着他的袖子喃喃喊了一声：“钰轩……”

宁钰轩一震，呆呆地低头看着她。鬼白看了看外头的时辰，想提醒自家主子一句，结果宁钰轩却道：“鬼白，你先出去吧。”

第一百零一章

送你一把伞

有些诧异地看了自家主子一眼，鬼白也一向不是多话的，主子让他出去，他便关上门出去就是。眼前的人眉眼很是模糊，慢慢地竟然变成了另一张脸，宁钰轩有些恼怒，伸手想推开温婉："你动了手脚？"

温婉一张脸无辜极了，带着些紧张无措地道："我什么也没有做啊。"宁钰轩皱眉，脑子昏昏沉沉的，想站起来，却又跌了下去。"侯爷。"温婉连忙将他扶到床上，见他眼神有些涣散了，才眉眼含情地看着他，有些娇羞地问："妾身美吗？"

宁钰轩伸手，抚上他眼里看见的那眉梢一颗浅痣，"嗯"了一声道："很美。"温婉笑了，将他带到床上，温言软语地道："侯爷，您这是喝醉了，不是妾身动了手脚。您看您，站都站不起来了。"

宁钰轩靠在枕头上，半睁着眼看着她，许久之后，才又"嗯"了一声。温婉眼里闪过亮光，伸手将自己的衣裳解了，靠近他轻声问："侯爷现在的心里，最重要的是什么？"

宁钰轩很不想回答，因为他自己都不知道答案，但是无意识地竟然开口了："天下安定。"

温婉一怔，接着竟然笑了出来。看在宁钰轩眼里，便是季曼脸上已经很久不见

的明媚笑意。

知道是陷阱，他还是忍不住伸手去触碰，触碰她难得笑得这么开怀的脸。“妾身想跟侯爷再求一个孩子。侯爷一直好狠心，不肯给妾身。”温婉伸手解开宁钰轩的衣带，带着些委屈地道，“这么长的时间，妾身什么法子都试过了，就是怀不上，为什么啊？”

宁钰轩有些心疼地拉过她，低声道：“府里的香料都是有专人调制的，香味越浓的院子，是越不可能有子嗣的。桑榆，对不起。”温婉浑身一震，不仅因着他这话，更因着他喊的名字。

竟然是聂桑榆吗？康元郡主说过，这致幻草会让人神志不清，有心爱之人，便会将面前之人幻想成那人的模样。她一直不愿意相信，曾经一心一意爱着她的钰轩，现在竟然真的爱上了别人。

“怎么哭了？”宁钰轩有些惊慌地看着她，“别难过，以后我们还会有很多很多的孩子，等我将好好接回来，我们就在一起好好过日子。”温婉擦了脸上的泪，垂了眸子靠在他胸前。康元郡主得那东西不容易，自然是拿来让她问陌玉侯事情的，她还得完成任务才行。

“侯爷不是要去宜都了吗？这一战，侯爷可有把握？妾身总觉得心里不安，怕您出什么意外。”温婉低声说着，靠在他的胸口闭上了眼睛。宁钰轩一只手搁在枕头边，死死地捏着个东西，声音却还是有些恍惚：“不用担心，我都已经安排好了，会完成皇上交代的事情，如期而返。”

温婉松了口气，又问：“皇上将好好关在宫里，侯爷不怨吗？”“有什么好怨的，在宫里好好更周全些。”宁钰轩道，“我还要感谢皇上，让我没了后顾之忧。”“如此，那万一宜都王造反，侯爷要怎么办？”温婉说着，拥紧了他一些，“侯爷如何保全自己啊？”

陌玉侯淡淡一笑：“男儿生而为国，死又何惧？能保皇上基业稳固，我与明杰必定与宜都王一战到底。”暗处隐藏着的人悄无声息地离开了，功夫之高，连宁钰轩都没有察觉。

温婉接到了一声叩窗的响动暗号，才终于松了口气，将自己衣衫褪尽，勾着宁钰轩的身子道：“嫁给侯爷，妾身这一生无悔。这屋子里没有香味，侯爷便与妾身……”

宁钰轩捏着枕头底下放着的匕首，将手指割破了，才能继续保持一点清醒。只是眼前这人的脸，怎么看都是聂桑榆的。他能控制自己说话，却控制不了自己去推开她。

眼神迷离之中，他就见她那一张艳红的唇，已经落了下来。

季曼进了北苑，就看见那紧闭的房门以及门口站着的鬼白，有些好奇地问："侯爷呢？"鬼白慌了，连忙跨步过来道："侯爷不在，季先生与在下先去别处……"

"侯爷……"屋子里传出来的声音媚到了人的骨头里，带着些喘息娇吟，一听就能知道里头是何等的旖旎风光。鬼白僵硬了身子，没想到温婉会突然出这么大的声音，一时间也不知道该怎么跟面前这人解释了。

季曼的动作也顿了顿，朝那房间惊讶地看了一眼，随即看着鬼白道："你在的地方侯爷能不在吗？你还帮着打掩护？"鬼白左右为难，一时间也不知道该说什么。季曼看了那紧闭的门一会儿，冷笑一声，转身就走。她这一趟也真是白来了。

"季先生！"鬼白情急之下，大喊了一声。屋子里的动静停了，季曼也停下步子回过头，脸色不太好看。鬼白抿唇道："您就这样走了？"他这会儿要是留不住人，等会侯爷出来就得把他撕了。

季曼歪着头想了想，也对，就这样走了多不划算啊，气着的只有她自个儿，屋子里头两个还在翻云覆雨呢。转身过去，季曼一把就将合着的门推开了，里头不意外地传出一声尖叫，接着就是温婉慌忙躲进被窝里的场景。

宁钰轩穿着里衣，侧头看着门口进来的人，那是个男人，只是那张脸不知怎么，也变成了聂桑榆的脸："桑榆……"季曼微笑着站在门口，拱手道："在下今当远离，不慎打扰，还望侯爷见谅。到底相识一场，季某这就祝侯爷龙马精神，顺便等会让人给侯爷送个临别礼。"

手上的口子已经是鲜血淋漓，宁钰轩挣扎着想下床，浑身却没什么力气，只能看着她喊："先别走。"季曼笑了笑，转身果断就走了。她有什么好气的，这地方的男人哪个不是三心二意、三妻四妾的，宁钰轩不过老实了一阵子，她还真当他能改了本性？

鬼白跟着追了出来，却没敢硬拦着季曼，只是随着季曼一路往外走，边走边小声劝她："季先生既然都来了，为何不等等侯爷，侯爷是想去送您的……"

"免了。"季曼走出府，走到马车边，伸手取了一把油纸伞出来塞进鬼白怀里，"就此别过，这礼物你送给侯爷吧，是在下对他最诚心的祝愿。"鬼白愣愣地接过来，那头季曼已经上了车，头也不回地走了。

等宁钰轩穿好衣裳追出来的时候，鬼白就只给了他这一把一点也不起眼、压根儿不会被人当作礼物送的油纸伞。"伞，散？"宁钰轩心里闷痛，手上的伤口依旧

在流血，握着那伞，雪白的伞面上就跟洒了梅花一样。

她要跟他散了吗？难不成就因为今天这个误会，她就要将他这么长时间的努力一并抹去了？其实宁钰轩想多了，季曼的意思很简单：你若不举，便是晴天。只是是不会懂的，犹自抱着这一把伞，看着那空空荡荡没了人踪迹的路，心里像是被挖了一角，天色都阴沉了下来。

季曼在路上走了半个多月，好在宜都到京城的路已经修得差不多，进宜都的时候不用再翻山越岭了。到宜都之时，她也疲惫得不行，想着要不然去找间客栈歇下，明日再去宜都王府报到。结果她刚一进城门，就被人带到了宜都的天仙阁。赵辙亲自接待她，摆了一桌子的好菜。

“季先生辛苦。”赵辙的态度与之前相比，简直是云泥之别。季曼也没什么好意外的，毕竟自己现在手里可是握着京城的命脉。以前给赵辙说过她能用粮食打开京城大门他还不信，现在他估计也是知道厉害了。

“王爷，季某幸不辱命。”季曼朝他拱手。赵辙笑得很是和蔼，看着她道：“你一路奔波也该累了，本王已经让人在王府里给你清了一处院子出来，等会用完膳，便可以回去歇息。”

季曼行礼谢恩：“多谢王爷厚爱。”一番场面话说下来，赵辙才开口问：“如今京城形势如何？”季曼想了想，道：“民怨载道，陌玉侯权力被削弱，朝中势力走向不太明确。恕在下远在江湖，看不清朝廷形势。”

赵辙笑了笑：“无妨，你做的事情已经是极好了，本王最初也没有想过米粮还可以这样用。朝廷征粮那段时间，你怕是已经赚得盆满钵满了吧？”说到这事，季曼连忙坐直了身子道：“在下有所盈余，也是王爷在背后支持。眼看宜都即将起战事，在下愿意将这一段时间所得全部捐献，用于打造兵器，以固宜都之地。”

“哦？”赵辙笑得更和蔼了，“季先生竟然这样大方？”季曼赔着笑。她敢不大方吗？自古以来多少富甲一方的人都没有好下场。商人有钱没有权，她还不如自己抽了油脂先保命。

效忠于赵辙还是有出路的。“在下不才，也知道国存家才存。”季曼道，“宜都若是任人欺凌，不作抵抗，那离家亡也不远了。季氏粮行的盈余，账本等会在下便交给吴大人，还望王爷不要见外。”

赵辙笑得很是开心，连连说了几个“好”，看着她道：“从前倒是我小看了你，原以为……哈哈，没想到你倒是个心怀天下的。”

在位之人，不管多英明都是喜欢被人捧着，季曼也没吝啬，举了酒杯便道：“如今天下四处有灾，民不聊生，皇上还一意孤行，要与宜都过不去。身为宜都之人，在下自然应该尽绵薄之力。且王爷为政有方，领军有道，使得这宜都比京城更为繁华。在下去了京城之后回来，更是觉得投奔王爷是没有错的。”

先前赵辙拿她威胁宁钰轩，把她当一颗不起眼的小棋子用；如今不同了，她手里有筹码，可以让赵辙更加重视她，她自然也就不会再被当成可留可不留皆可之人了。赵辙笑着跟她喝了会酒，又问了一些京城之事，便安静用膳，之后回去王府，替她安排好了一切，让她安心休息。季曼也就终于睡了半个月以来的第一个好觉。

京城内，从侯府回去的探子将宁钰轩所说之言一字不漏地转告给了赵离。赵离听着，终于放心了不少。康元郡主穿着一身梨色宫纱裙，娇俏地依偎在赵离身边道：“皇上这下该放心了吧？”

赵离淡淡一笑：“多亏你的法子。”“那草很难得，毓儿可是花了大价钱。”康元郡主笑道，“能让皇上舒服些就好，免得您最近晚上总是翻来覆去睡不着。”赵离低笑一声，摸了摸自己手上的红色玛瑙扳指：“你有心了。”

要是这件事解决了他就能睡好，那便才好了；怕就怕这事解决了之后，他依旧还睡不好，那时候就骗不了自己了。这世间最难得的东西他都有了，金钱、权力、美人。他纳了康元，捧月并没有反对，而是将自己关在了望月楼再也没出来，群臣见状也就开始接二连三往他的后宫里塞人了。

有了一个就有第二个，他当初答应捧月的事情，终究是没有做到。不过她好像也已经不在乎了，不是吗？赵离轻笑一声，转动轮椅进了内殿。

自从季曼走后，宁钰轩便一直带着那不太好看的油纸伞。六部的人打趣：“侯爷，今日晴天，未曾下雨啊。”他还会淡淡一笑：“是啊，晴天也好。”

温婉给他下药之事他没有追究，相反还当作完全不记得。他手上的伤口包扎好了，心里却留了一道口子，不知道什么时候才能好。每天盼着年末快些来，快些让他去宜都，也好见着她……他倒不是想解释什么，而是想把伞还给她。送伞多不好啊，他还是更喜欢紫玉，哪怕宁明杰那儿有块一模一样的。

皇帝对他的疑心渐渐少了，也开始重新将一些大事交给他处理，于是他每隔一段时间就会去蔷薇园表忠心，无论是说话还是写诗作词，都表现出一股子忠诚劲儿。这样没过几个月，皇帝找宁明杰商议军机大事之时，也会带上他了。

“宜都易守难攻，故而你们要以休息为借口，先过了西河再说。”赵离看着地图道，“西河之后，便找地扎营，而后往宜都城中传达朕的旨意。宜都王若是开门接旨，那你们便带重兵镇守宜都的几处铁矿、兵场，将宜都王控制起来；若是不接，那么就直接以抗旨的罪名，举兵压城。”

宁明杰郑重地应下，宁钰轩也一脸严肃。“朕知道大皇兄迟早会有异动。”赵离笑道，“你们此番若是能替朕解决了心腹之患，回朝之后，必然有重赏。”“臣遵旨。”宁家两兄弟看起来真是一条心，无比的忠心耿耿。赵离放心地示意他们回去休息。

踏出紫辰殿，宁明杰侧头看着宁钰轩道：“你什么时候动身？”“今晚。”宁钰轩走得健步如飞，还说着话呢，人就已经走出十步开外了。宁明杰大惊，连忙追上去：“出兵是三日之后啊，你这么早去干什么？”

宁钰轩不答，等了这么久，等得叶子黄了又白了，雪都铺了起来，他还要再等三天？他才不想听什么“这么久都等了，多等三天又何妨”这类的话，多一炷香的时间他都等不了了。

出兵操练，名义上不是正式的打仗，所以也不用皇帝亲自送，三天之内陆陆续续启程就可以了。宁钰轩挂着副将的头衔，却是两人两马，连夜就往宜都赶。“侯爷，您不必着急。”鬼白在后头追得气喘吁吁，“总不能不眠不休一直赶路。”

“你哪里见我急了？”宁钰轩冷哼一声，一马鞭又甩了下去，“驾—”马跑得飞快，鬼白跟在后头也是无奈，侯爷说不急，那就不急吧。他们这个赶路速度，估计小半个月就能看见宜都的影子了。

离京城之兵到达宜都已经没多少日子了，宜都已经开始戒严，出入城门都已经有禁卫在把关。季曼看着城中这有些紧张的气氛，也不由得跟着有些激动。她这算是身处战场，好在这是冷兵器时代，不会有导弹满天飞，但是就听那号角铁器之声，也让人有些振奋。

“带兵的还是宁明杰，宁钰轩竟然也来了。”赵辙看完密信，随手烧了，转头过来看着府里这一众幕僚道，“此番是皇帝逼着我们反了，没有别的退路。你们也要做好准备，养兵千日，用在一时。”

吴庸带头行礼。赵辙将目光投向一边低着头的季曼，轻笑了一声道：“有季先生的老朋友要先到宜都，不知季先生能不能替本王接待一二？”季曼微微一惊，抬起头来：“老朋友？”

宁钰轩？季曼皱眉，他应该和大军一起来才对，怎么可能单枪匹马先闯这宜都之地？他脑子又没进水。“本王已经替你安排了。”赵辙笑道，“他大概明日便到，你在城外思君亭等他便好。”

季曼微微变了脸色：“侯爷，在下只不过是一介商人，去迎接侯爷的话，恐怕……”

“不愿意？”赵辙依旧是笑着，只是眼神凉了两分，带着些深意看着她道，“本王可是一直觉得季先生是一心效忠于本王的，季先生可别让本王失望。”

吴庸也看了过来，季曼有种骑虎难下之感。这赵辙也真是够物尽其用的，她都已经帮着挣钱了，怎么还要拿她去当饵？“在下自当尽力。”季曼干笑道，“只是怕屡次得罪侯爷，在下的小命……”

“你怕什么，还有本王在。”赵辙笑道，“好生准备吧。”一众幕僚都纷纷投来羡慕的目光。一同在院子里住，季曼却偏生如有天助，一路而上得了王爷信任，现在又要去做这样重要的事情。事成之后，她的地位必然更高一层啊。

季曼脸上还带着笑，只是没人看出来她笑得有些勉强。赵辙这是防着她和宁钰轩勾结了还是如何？非要她去干这种缺德事情。

宁钰轩来是来得早，但是是想悄悄入城的，哪知道行踪走漏。有人过来给他送了信，说是季曼在城外思君亭等他。

思君亭，思君令人老，轩车来何迟。宁钰轩看着那信上季曼的亲笔字迹，犹豫了许久，还是去了。太久太久未见，他第一眼想看的，就是她如何了。虽然知道这其中定然有诈，但是他还是让鬼白住在西河边的客栈里，自己孤身一人前往思君亭。

季曼面无表情地坐在亭子里，四周的风吹得人浑身发凉。看着空荡荡的四周，她还在想，宁钰轩那么聪明的人，应该不会这么轻易地就来了吧？等过了黄昏，她刚想松一口气，远处却有人慢慢走过来了。

“还真是脑子进水了？”季曼扫一眼自己身后藏着的伏兵，忍不住站起来，看着远处的宁钰轩，笑得有些僵硬，“侯爷。”宁钰轩眼眸深邃，一步步走过来，看着这一点没变的人，微微松了口气道：“嗯，是不是久等了？”

季曼缓缓地摇着脖子：“没有……”自己她的表情都这么明显地写着周围有问题了，他还走过来？宁钰轩微笑着看着她，走到亭子外头十步站定，手里还拿着一把不太好看的伞：“我是来还你东西的。”

第一百零二章

宁愿再等三年

这里明显危机四伏，他拿把伞来装什么情圣？“看着这天色，晚上说不定要下雪，侯爷还是自己留着伞吧。”季曼忍不住往前走了两步，“天色也不早了，您……”她希望他能赶紧向后转拔腿就跑。

四周的伏兵显然没给宁钰轩这个机会。就算季曼的眼睛都眨累了，宁钰轩也没抓住最佳逃跑时机，被周围突然涌出来的人团团围住。白色的油纸伞还握在他的手里，上头开了一点一点艳红的梅花。宁钰轩站在原地，扫了一眼周围的人，目光深深地看向人群之后的那人：“你就不会担心我吗？”

季曼抿唇，有些哭笑不得。他不是一向从容冷静，一双眼睛看得破他人之局，今天这么明显的陷阱，怎么就踏进来了？若说他能为她意乱情迷到这个地步，那两人之间，也就不会一直走不拢了。

领头的人上前将宁钰轩押住。人多势众，识时务者为俊杰，宁钰轩也就没有挣扎，只是伞落在了地上，他有些心疼地看了一眼。“侯爷保重。”季曼只能拱手对他说这句话。

宁钰轩凝视着她，轻声道：“我很想知道，若是我这一去，宜都王将我关入天牢永不见天日，你当如何？”

季曼微震，低头看着地上的伞。宜都王反心已生，城中也已经满是戒备。宁钰轩自投罗网，自然不会有什么好下场。一瞬间季曼脑中已经闪过宁钰轩受鞭刑、老虎凳等一系列酷刑的残酷场面，最后竟然觉得有点后悔。

早知道装病不来了。“我会去天牢看侯爷的。”季曼硬着头皮说了一句。宁钰轩的脸色沉了沉，方才还有一丝笑意，现在终于归于平静：“多谢。”“嗯。”一众人将宁钰轩押走了，季曼捡了伞，远远地跟在后头。看着那昔日气质出尘的人被这般押着，颇有些狼狈，她心里也莫名地觉得有些难受。

回到宜都府，也是该歇息的时候了，奈何她在榻上辗转反侧了许久都不得入眠，干脆起身披衣去看看情况。据说宁钰轩是被带去了王府主院，王爷亲自审问，现在也不知道如何了。

吴庸刚好从主院出来，皱着眉一副忧心忡忡的模样。季曼连忙迎上去问：“吴兄，里头情况怎样？”“你怎么还没休息？”吴庸挑眉看了季曼一眼，随即道，“王爷已经决定全力抵抗朝廷派来的士兵了，也就是说，这天要变了。陌玉侯此人心机深沉，又手握大权，我是觉得既然已经抓到，不如就斩首示众，也正好表明宜都的立场。可是王爷不同意。”

“当然不行！”季曼有些激动，声音稍微大了些，把吴庸吓了一跳。稍微平静了一下，季曼才干笑道：“杀了陌玉侯，不是更给皇帝派兵讨伐的名头了吗？如此一来咱们便处于被动地位，自然是不好的。”

吴庸想了想，也点头，可是还是很担忧地道：“陌玉侯这个人，留着总有一天会成大祸患。王爷已经下令将他关去天牢了，也不知要怎么处置。”“关去天牢了？”季曼吓了一跳，“宜都城北边的那个吗？”

吴庸点点头：“应该是那里。”王爷刚刚才吩咐的。季曼二话不说，拿了宜都王府的腰牌，揣上银子便走。“季兄，你去哪里？”吴庸忍不住喊了一声。可是季曼没听见，一溜烟地就跑了。

主院里，正要被关去天牢的宁钰轩却在出门之前开口说了一句话，使得赵辙让人松开了他。宁钰轩说：“萧丞相有一封信要在下转交给王爷。”赵辙变了脸色，连忙让人松开他，将房间的门重新关上。

季曼匆匆雇了马车去天牢，天色已经晚了，街上一个人都没有，赶车的车夫还热心地道：“晚上去天牢倒是不错，带点热酒热菜，塞两封银子，那些人就让你进去了。”

勉强笑了笑，季曼道：“是啊，挺方便。”

"看公子这么急，是哪位亲戚进去了？"车夫叹息道，"这年头兵荒马乱的，抓人也是乱抓。"季曼没心思跟他聊天，就坐在车辕边看着远处，直到出现天牢的影子。给了钱，急忙下车，季曼理了理衣裳，就去门口找守夜人。在宜都混这么久，她还是有一点的人脉，但是大半夜的也不好打扰人家，就自己拿了银子去当敲门砖。

好说歹说，她才得以进入天牢，一问是找宁钰轩，却都说没这个犯人。季曼想了想，又多塞了些银子："烦请大人给个方便，让在下看看今日进来的一些人即可。"

银子给的足，狱卒也就好说话，带着她就往里头逛了一圈。这地方的天牢可不是什么纪律严明的地方，私刑用得很多，墙上挂着的一排排刑具叫人看着都害怕。季曼越走心里就越沉重，结果找了一圈都没有宁钰轩。

吴庸骗她？不可能。那就只能是宁钰轩被秘密关押了，那就不是有钱就可以去看的了。

沮丧地出了天牢，季曼也觉得有点后悔。人家男人干大事的，她个女人去当什么绊脚石？万一宁钰轩就栽这儿了，那多不划算啊。说不定以后有人写陌玉侯传记，还会把她给写成红颜祸水。

季曼回到王府，再去打听了一下，却没人知道陌玉侯到底去哪里了。季曼一夜没睡好，天亮的时候还做了个噩梦，醒来的时候十分茫然，记不清梦的内容，只觉得有些后怕。结果用早膳的时候，鬼白竟然来了。

"侯爷已经出城了。"鬼白一脸严肃地看着季曼道，"有话让我转告季先生。"出城了？季曼一怔，心里一块大石头"哐当"一声落了地。"什么话？"季曼微微笑着问。

鬼白低着头，连陌玉侯的表情大概都学了，抿唇道："侯爷说，千里迢迢，满心期许，竟是一场空欢喜。三月未见，如同三年。只是这一见，他宁愿回去再等三年。"季曼笑容僵硬了些，嘴角也慢慢放下来，最后撇了撇嘴，轻笑道："最后的几句不押韵，不好。"鬼白朝季曼深深鞠了躬，转身走了。

今天天气冷，天上竟然飘了雪。季曼站在屋子门口呵着白气，看着远处屋檐尖，不禁又低低笑了一声。不留情也好，她莫要对他留情，他也莫要再给她情，终究不过是过客，别以后徒增伤心了。

朝廷大军已经在西河驻扎，宁钰轩也已经回到了营帐之中。宁明杰看着他不太好看的脸色，轻笑着问："怎么了？不是早早地就来了，怎么看起来，倒是不太高兴？"宁钰轩面无表情地道："天气太冷，冻僵了，脸动不了。"

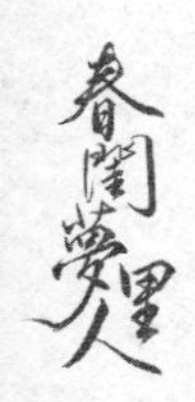

宁明杰哭笑不得，招手让他过来："宜都那边已经让人去宣旨了，不过看这架势，也是必然会开战的。我已经写了战报回去请圣上增派援军。""嗯。"宁钰轩到旁边看了看桌上堆着的文书，淡淡地道："按兵不动吧，等朝廷援军到了，再计划攻打宜都之事。"

"我也正有此意。"宁明杰微微一笑，"这一仗，估计要打很久，等我们回去，都不知道孩子们该多大了。"宁钰轩一愣，想起尚在宫里的好好，不由得叹了口气。

宜都拒接圣旨，并紧闭城门，收宜都周围十二城，以西河为界，扬言要清君侧。消息传回京城，皇帝大怒，一边派兵增援宁明杰，一边将太后软禁，更是想趁机对萧家下手。

硝烟味从朝堂到民间，萧家百年根基，岂是一朝能拔除的？萧天翊煽动百姓，文武百官联名上书保萧家，赵离这才从梦中惊醒。放眼朝中，自己的人竟然不知不觉之中被萧家笼络了不少去。

六部之中除了户部，其余被他安排让人接手管辖的几部竟然是叛徒出的最多的。他们个个都说萧丞相是为国为民的好官，萧家也一直担当着匡扶社稷的重任，不可除之。

赵离被逼无奈之下，只有放弃萧家不理，立了康元郡主为淑妃。永安侯便借机进京勤王，并借兵于宁明杰，说势必要助他拿下宜都。朝中形势突然就紧张了起来，赵离有些茫然，回头往后看，捧月已经是许久没有见他了，康元倒是待他一心一意，只是……他心里说不清的空落。

援兵不停地派往宜都，只是宁明杰一直按兵不动。春初的时候，宜都之外的援兵已经达到了五万人，粮食供应稍显紧张，但是朝廷依旧在苦苦支撑。皇帝连下了四道圣旨，让宁明杰尽早进攻，宁明杰都置若罔闻。

春意浓了的时候，攻城之战才正式打响。战场在西河之上，是水战，第一场宁明杰与宁钰轩兵分两路，打了宜都个措手不及，歼敌五百人，算是小胜。然而在写战报的时候，宁明杰却让人写的歼敌五千，大军渡过西河。

战报只有主帅、副将知道内容，宁家两兄弟也就心照不宣。战报传回去，龙心大悦。本对宁明杰四次不听圣旨多有恼怒，但也因着此次大捷而既往不咎，赵离还亲自督促后方运粮，以免将士吃不饱饭。

然而京城粮价一直没有下来过，严不拔替季曼操控着京城的粮食进货，多余的都运去了宜都，剩下的粮食便因供小于求，价格一度高涨至一两六钱。

朝廷下征粮令，以一两银子的价格强征佃户之粮，严不拔便先在私底下以一两三钱的价格收粮。佃户无粮，朝廷便也没有办法，只能向粮行购粮。严不拔甚至又被抓进了天牢，只因为粮价和朝廷谈不拢。

这边被抓进去，季曼那边便写信煽动京城粮行集体关门。朝廷杀鸡儆猴，他们要是不反抗，不仅不能赚钱，连身家性命都无法保全了，于是京城粮商纷纷出逃。京城无粮可卖，百姓无处买粮，连官家有钱也吃不到多少好米。

于是层层压力之下，严不拔又被放出来了，带着一身伤痕，计算自己该跟东家要多少工钱。季曼在远处冷眼旁观，觉得这一场仗有些奇怪：宜都城里都没一点紧张的气氛，西河那边晚上竟还有人放河灯，一点打仗的氛围都没有。

不过赵辙可没一点放松的意思，一边联系着各地的亲王和旧部，一边认真布置兵力与宁明杰一战。季曼替赵辙将京城搅成了一锅粥，得了赵辙甚为隆重的夸奖。赵辙从此将她视为心腹，走哪儿带哪儿，偶尔还开玩笑问她一句："你可还记得本王当初说过的一句话？"

她怎么知道是哪句？季曼笑笑示意他说，赵辙却又意味深长地转过头去，吊着她胃口当好玩似的。不过宜都这边的后勤运粮工作也交给季曼了。季曼每天也算忙碌，忙碌起来，就不太容易去想一些很复杂的事情。

打仗这几个月，一晃眼就过去了，双方损伤一点都不大，更多时候两边都是熄火的，各自在营地里做饭、烧烤，跟野炊一样。三个月后的一天，季曼终于知道为什么这场仗打得这样冷静了。

赵辙带季曼去天仙楼见贵客。推开厢房的门，季曼就看见了宁钰轩。他依旧未变，只是一张脸上没有多少笑意。看见她的时候，他微微一怔，一双眸子就微微亮了些："季先生。"

当真又是三个月不见，季曼有些尴尬地笑了笑，乖乖地跟在赵辙身后。赵辙进来便打趣道："你瞧你瞧，侯爷倒是没看见我，先看见季先生了？侯爷这眼可这是看得远。"这两人看这样子，竟然是早就勾结了的。

季曼心里有些震惊。宁钰轩收回了目光，微微有些暗恼。上次虽然是他试探她的，但是她也真是半点没有将他放在心上。要是他再傻一点，将命真的就放在她手里，她是不是也会这样轻易地就出卖他？

"王爷见笑了。只是看季先生一张脸一点都没有变过，所以好奇地喊了一声而已。"宁钰轩坐在了一边，淡淡地道。赵辙挑眉，回头看了季曼一眼，点头道："也的确是。这面具戴着很难受吧，桑榆？"

已经很久没有人叫自己桑榆了，季曼微微有些怔愣，半晌才回过神，低笑一声：

“习惯了也就好了，多谢王爷关心。”

赵辙看了宁钰轩一眼，又看看季曼，道：“也用不了多久了，宜都到京城之路已经完工，这一路过去，畅通无阻。到时候，你便可以用自己原来的身份过活。当今圣上昏庸无道，残害手足，冤枉忠臣，等本王进京之日，便是还你聂家一个公道之时。”

季曼起身，深深朝他行了一礼：“多谢王爷。”赵辙又看向宁钰轩，笑道：“当初被迫休弃桑榆，想必侯爷心里也是有万般无奈。等一朝事成，本王亲自替你们圆回这一段姻缘如何？”

季曼一愣，宁钰轩倒是微微一笑：“多谢王爷厚爱。”“世子在宫里，侯爷想必也是左右为难。”赵辙叹息，“二皇弟到底是不懂事，怎能拿小儿性命相威胁？”对啊，宁钰轩与赵辙勾搭上了，好好怎么办？季曼有些着急，目光带了些怒气看着宁钰轩。

宁钰轩道：“也是因为好好尚在宫中，所以待王爷攻破京城之时，还要王爷与在下演一场好戏。”

在赵离眼里，宁钰轩才是一直没有背叛的人。宁明杰按兵不发，他却是屡次说要听从圣旨，可无奈兵符在宁明杰手里，他也没办法。皇上应该也能体谅他的“无能为力”。

“这个自然。”赵辙道，“这仗打了也有不少时候了，是该有个胜负之分了。侯爷觉得该以什么作为借口，要宁明杰撤兵呢？”宁钰轩脸色微沉，看了季曼一眼，似乎是有些不高兴：“王爷今天带了她来，这样的问题还要问在下？”

“我这不是怕你不乐意吗？”赵辙哈哈大笑，拍着他的肩膀道，“我知你心里有桑榆，舍不得她，但是现在看来她是最合适的。你不是很早以前就在非晚阁里挖出一箱子东西吗？也是时候该让人告诉给皇帝，做个铺垫了。”

难不成是她很早以前埋的那个，装满宁明杰画聂桑榆画像的箱子？他们怎么知道有个箱子的？她飞快抬眼看向宁钰轩，见他却是在思考。赵辙的眼神里有些威压，摆明了这件事没有别的选择，也只有拿聂桑榆当借口，才能合理解释这宁家兄弟俩反目的原因。

“我知道了。”宁钰轩皱眉道，“府里的事情，晴儿会看着办的。再有半个月，我便与明杰翻脸。明杰带兵退回京城，我慢走几步。”“好。”赵辙笑道，“丞相的眼光也是很准，钰轩你果然还是肯帮着我的。先前的事情，咱们就都既往不咎了。”

宁钰轩站起来，朝赵辙行了礼，眼神飘过季曼，里头是浓浓的担忧。这几句对话，季曼是没怎么听懂的。他们为什么要拿聂桑榆当借口？慕水晴原先不是赵辙的人吗，怎么这听起来，倒是成了宁钰轩的人？

走出天仙楼的时候，季曼都没注意旁边赵辙什么时候走了，她身边走着走着，就只剩下了宁钰轩一个人。“去年夏天的时候，我找人翻了非晚阁的土，打算再为你种一片蔷薇花，哪知道就挖出了一个箱子。”宁钰轩淡淡地看着前面的路，轻声道，“他还真是有心了。”

季曼回过神来，左右看了看，杨柳河岸没什么人，河面上都快结了冰。宁钰轩的侧面很好看，说话还呵着白气：“宜都王的意思，是让我借着某人的嘴，将明杰早就倾心于你的事情告诉皇上；而后宜都王以你为威胁，明杰也就顺理成章地退兵。我要当个六亲不认的人，为了皇上的皇位，誓死抵抗，上书于帝言明宁明杰之背叛，逼着宁明杰造反投靠宜都，之后我再回京守城。”

这么一长串，难得季曼还听懂了，点了点头明白了自己的立场：“也就是说，我可以恢复本来的面貌，不用再做男人了是吧？”“嗯。”宁钰轩步子突然快了一点，“回到你住的地方，将面具取了吧。”

这样一来，她的身份不用再掩饰，她在别人那里也就少了一个把柄，即便柳寒云再出卖她，抑或温婉恢复了记忆，身份的问题都不会再成为她的威胁了。季曼大大地松了一口气，不过随即又有新的问题了：自己现在扮演的是红颜祸水的角色，会不会没有什么好下场？

宁钰轩看了她一眼，伸手将她的手给牵住了。大而温暖的掌心，将她整个冰凉的手包住，一阵暖意瞬间传遍全身。季曼微微一顿，倒也没挣开，只是低头做沉思状，没有多说什么话。

宁钰轩勾着嘴角笑了笑，送她回了长郡王府。等季曼回去取掉面具，换了一身女装兴高采烈地出来，门口的人却已经没了。依旧是鬼白站在原地，这次终于脸上有笑意了：“侯爷说，怕见了人舍不得走，于是就先走了。”

宁钰轩原话不是这样，不过鬼白觉得这才是正确的表达方式。

第一百零三章

最大的忠臣

季曼微微失神，随即笑了出来。这话怎么都不会是宁钰轩说的，不过，倒还是挺中听。

此时她换上轻飘飘的女装，都恨不得去街上蹦跶两圈。

跟鬼白道了别，季曼想想还是往回走，回府里安全一些。结果她忘记自己这突然的身份变化大多数人接受不了，于是一路上遇见一些幕僚，他们都拿惊讶的眼神看着她。

自从赵辙成了王爷之后，沈幼清在来宜都的路上便将他的后院其他女人遣散了，说是女人太多，会影响王爷卧薪尝胆之心。太后没有反对此事，宜都王也就默默接受了。结果今天突然冒出来一个女人。

"吴兄。"遇见吴庸，季曼终于停下来，朝他盈盈一笑，行了屈膝礼。吴庸傻了，这府里敢唤他吴兄的就一个季满，面前这女子是谁？"在下季满，瞒着吴兄这样久，实在是抱歉。"季曼不好意思地道。

吴庸到底是见过大世面的人，虽然十分震惊，却是很快回过了神："原来是……季姑娘。王爷正在找你。"吴庸心里可没表面那么镇定。他难得欣赏个人，这人竟然会是女儿身。王爷应该也是一早知道的吧？王爷留她在身边，又是出于什么

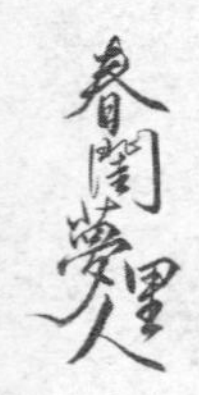

目的？

季曼恢复女儿身，自然得有女儿身的用场。季曼见了宜都王。在一阵沉默之后，赵辙让她明日跟着议和使去一趟西河边的大营。每场战争都有议和使这个东西，不管有没有用，双方总得来往两下，显示己方不想打仗，爱好和平。

季曼知道自个儿就是借这个机会亮个相的，于是好生打扮了一番：一身大红的绣牡丹长裙，梳了朝天髻，步摇玉翠都戴了个齐套。她走进对方军营的时候，毫不意外吸引了所有人的目光。

将士们窃窃私语，都在猜测这女人是不是宜都王送给将军来讨好的？结果宁明杰一见此人，竟然失手打翻了酒。他失神的模样，所有人都看得一清二楚。宁钰轩不在场，宁明杰演得十分成功，不仅一直看着季曼，在季曼离开的时候，甚至策马相送，目光依依。

这下军中就有不少人八卦这女人是谁，宁明杰身边的亲信道："那是聂桑榆。"一句激起千层浪，聂桑榆不是死了吗？她不是陌玉侯之妻吗，怎么又被镇远将军给惦记上了？

与此同时，侯府里久病不出的慕水晴出来了，带着人去了非晚阁，很是神秘的样子。她故意引了温婉过去。温婉一跟上，她便叫人开始挖那院子里的东西。

一大箱子落着宁明杰印鉴落款的聂桑榆画像，虽然没有画脸，但是那衣着背影，认识之人都知道是谁，尤其其中还有那落雁塔传奇的一首《将进酒》上阕。慕水晴装作是无意之间发现的，惊慌失措之下又埋了回去，继续去府里其他地方闲逛。

可温婉没那么聪明，没看懂人家是故意吊自己的。待慕水晴一走，她就将箱子挖了出来。看着里头的东西，她大喜，觉得自己立功的机会又来了，连忙让人给淑妃送了信，让淑妃来取箱子。

赵离坐在龙椅上，正收到宜都那边传来的密信，说是聂桑榆现身了，没让宁钰轩激动半分，倒是让宁明杰失了分寸。他不解，聂桑榆关宁明杰什么事？结果淑妃这一箱子东西送来，并且同他解释了一番，他才恍然大悟。宁明杰爱上了宁钰轩曾经的妻子？好巧不巧，还在战场上遇见了？聂桑榆是赵辙的人？

冷笑几声，赵离下旨给了宁明杰，说只要他这一仗功成，未婚之女，无论是谁，都可以赐婚。这是一道对宁明杰来说很有吸引力的圣旨。聂桑榆已经被宁钰轩休了，只要他得胜回去，便可以迎娶她。

宜都那头已经将季曼吊在了军营之前，扬言要宁明杰撤兵。宁钰轩捏着那圣旨收好，下达了撤兵的命令。两方军中已经流传着当初宁明杰如何深爱聂桑榆的传言，版本多样，故事情节曲折，听得几个老兵都潸然泪下。

于是宁明杰下令撤兵，没人觉得奇怪，但是不少人不同意。好不容易与宜都开战，就这么走了算怎么回事？反对得最激烈的便是宁钰轩。劝谏了宁明杰许久，宁明杰他不听，宁钰轩一怒之下便带着自己的亲信继续死守，宁明杰却带着大部分人返回京城。

消息传回赵离耳里，赵离大怒，下令不准放宁明杰之军进京城半步。赵离后悔留下了聂桑榆这个红颜祸水。他一边整顿兵力收拾残局，一边夸奖宁钰轩。聂桑榆本是他的妻子，他反而不受威胁，只为江山大业，真是一个忠臣。

宁钰轩一边写信怒斥宁明杰之行为，一边带着自己这部分人且战且退。宜都开始进兵了，压着宁钰轩百里开外的距离，从宜都一路压到京城边郊。赵离连忙让各路亲王勤王，甚至去了望月楼，想让捧月再帮自己。

然而捧月病了，是重病，躺在床上眼睛都是半睁着，一脸的憔悴。听完他说的话，她未发一言，最后才呢喃说了一句："也只有这个时候，你才会想起我了。"玉珍国是习惯一夫一妻的国家，女人之间自然少了很多钩心斗角，所以捧月不会用什么手段，也压根儿斗不过淑妃。在他冷落捧月的这些日子里，捧月早已经心力交瘁，一病难好了。

赵离坐在她的床边，心里虽然有愧疚，但是更多的是担心皇位能否保住。安慰她两句，见她还是不肯答应向玉珍国借兵，他便有些急躁了。

"负了你是我不对，可是我们这里的帝王，不可能六宫无妃。我心里只有你，这样还不够吗？"捧月笑得惨淡，痴痴地看着他道："当初我明知你是利用我，却还是心甘情愿地嫁给了你。那时候你不爱我，却不知道校场上那一眼，我就将心交给了你，那是你不可能知道的事情。如今我这一颗心，终于被你磨得再也没有力气爱你了。你心里最重要的是你的皇位，我心里却只有一个你。这日子太难熬，我不想再煎熬了……"

赵离气急："我若是丢了皇位，对你来说有什么好处？"捧月轻轻一笑："你若是丢了皇位，最后肯陪你去死的，一定只有我一个人。那时候，你就不会有借口说，身边需要其他女人了。"

身子一震，赵离扭头看向了别处："你当真要如此？"捧月闭上了眼睛，不再开口。

离开望月楼，赵离气愤不已。"主子，您为何不直说您借不了？"捧月身边的丫鬟哽咽道，"您直接说了，皇上也不会这样怨您。"

玉珍国内乱，民不聊生，连皇权都岌岌可危，更别谈借兵。“他若找不到人怨，就会怨自己。”捧月笑道，“那还不如怨我呢，至少别让他耿耿于怀也好。”高高的望月楼，本是无上的恩宠，却不知为何到最后，成了囚禁她的地方。

玉珍国没有援军，各大亲王、侯爷倒是响应了勤王之令，只是怎么都不太积极。宁明杰已经带兵驻扎在京城之外了，各番地的兵力还没有出发。赵离是真的感觉到危机了，下令先召回了宁钰轩，让他在京中守城。

宜都之兵一路压到京城，赵辙也亲自上阵带兵，直言赵离才是弑父杀兄弟之人。三皇子何其无辜，要被他斩于刀下；聂家何其无罪，要被他灭了满门。季曼是随军而行的，依旧穿着一身大红色的衣裳，坐在马车里，随着赵辙一路前往京城。

“王爷答应过桑榆的话，可还记得？”季曼问。赵辙看着她，爽朗大笑：“记得，自然记得。他当初如何对你，你统统可以去要回来。只是桑榆，本王倒是没有想到，你区区女流之辈，竟然也真能报了这血海深仇。”

京城已经被大军包围，宁明杰向宜都王递交了归顺书，顺理成章地与宜都之兵一起围困京城。赵离手里只有宁钰轩一人可用。京里已经闹翻了天，百姓怨声载道，太后与丞相之党罢朝。赵离的皇位，怎么看都是在风中摇曳的。

然而宁钰轩十分忠心耿耿，拱手对赵离道：“有臣在一天，便会守京城一天。群臣罢朝，臣一人也会依旧上朝。”赵离被感动得当即就封了陌玉侯护国侯的称号，并且觉得自己用人家的世子当人质简直是太让人寒心了，还好陌玉侯不计较。

“京城若能守住，爱卿要什么朕都可以给。”赵离道。宁钰轩安静地跪着，低声轻笑：“臣无欲无求，只愿皇上万岁万岁万万岁。”这样的忠臣哪里去找？于是在局势紧张之时，皇宫大门紧闭，也只有陌玉侯一人能出入自由。

“都这个时候了，皇后娘娘还不肯为皇上想一想？”淑妃站在望月楼之中，睨着床上的人冷笑道，“枉费皇上对娘娘一片情深，却不想娘娘连皇上的皇位都不顾，独自在这望月楼之中安寝。”

捧月轻轻咳嗽着，看着淑妃，忍不住就强撑起身子来。她是玉珍国受惯了宠爱的公主，哪里轮得到这么个弃妇爬在头上？“怎么？娘娘现在这样子，还想拿鞭子来抽我不成？”淑妃笑得轻蔑，“你能站起来就不错了。蚀骨毒，骨头是要一点点被侵蚀掉的，娘娘可小心别折了腿。”

捧月靠在床边，疼得头上都是冷汗，看着淑妃，只能咬牙骂道：“你这毒妇！”“我毒？”淑妃哈哈大笑，笑得眼泪都快出来了，“我有你狠毒？不过是半途插进来的公主，你凭什么要求皇上六宫无妃？你知不知道我本是可以入宫一直陪伴皇上左右的，却因着你这话，被迫嫁给了宁明杰。我这弃妇之身，也再难得到他的一心一意了。捧月公主，皇后娘娘，我与你，到底谁更毒一点？”

捧月微微一怔，垂了眼眸道：“皇上要是当真心里有你，就算我要他六宫无妃，他也不必将你嫁给宁将军。”“你胡说！”淑妃怒道，“我与皇上自小便相识，每年来宫中过元节，都是我与他一起过的。他最辛苦的时候我都陪着，他怎么可能心里没有我？你不过是背后有个玉珍国，不然拿什么跟我争？”

捧月微微怔愣，之后轻笑。若是没有玉珍国，他又怎么会选她呢？现在玉珍国也终于是帮不上忙了，所以他便不会来看她了。

她想起自己曾经一身红衣站在他面前，拿着长鞭说的那句“从今以后他就是我的夫君，谁欺负他，就是欺负我”，笑着笑着落了泪。之后她慢慢倒回床上道：“我不会同你再争什么。你走吧，玉珍国不会出兵，你去皇上身边陪着吧。”

淑妃恼怒不已，甩袖便离开了望月楼。

京城被围困了一月，因着陌玉侯誓死顽抗，力压群臣，才得以一直固若金汤。但是被困时间久了，问题就来了。京中粮行已经统统关门，无粮可卖，百姓都已经改吃其他的东西，可是能吃的东西也渐渐在变少。

各路勤王的人倒是来了一些，与宜都之兵像模像样地打了两个月的仗。打仗期间，季曼就暗中联络了严不拔，让他将季氏粮行仓库里的粮食偷偷运出来。她找人在京城护城河周围，用这些米开始架锅煮饭，并在城中散布消息，说城外发放免费的米饭，而且强调了不是粥，是米饭。

京城之中饿死之人不知道有多少，听见这消息都疯了似的去挤城门。帝王下令镇压，一众将士还未先上阵杀敌，便先屠戮起自己的百姓。人心惶惶，京城被笼罩在一片阴霾之中，已经是强弩之末。偏偏这时候，本是打着勤王旗号而来的靖文侯之兵竟然直接进了宜都之兵的营地。

“哥哥！”季曼看着那掀帐子进来的人，忍不住叫了出来。聂青云也恢复了本名，在进入京城边郊的时候便一改勤王旗号，扬言要赵离血债血偿。两年过去，如今聂青云已经坐到靖州都督的位置上，卧薪尝胆，也终于等到了这能报仇的机会。

“桑榆。”聂青云笑着看她，眼里有些激动，但是在赵辙面前还是压抑住了，“你当初离开，怎么都没个消息的？要不是宜都王告知，我都不知道该去哪里寻你。”说着，他伸手摸了摸她的头发：“你嫂子生了个男孩儿。”

季曼微微有些哽咽，一时竟然说不出话。生男孩儿好啊，一定有他的英气，也

有宁尔容的真性情。“聂大人远道而来，实在是辛苦了。”赵辙笑道，“如今本王拿下京城也只是时间的问题。你能来与本王一起见证这一场盛世，也是难得。哪像永安侯那等冥顽不灵之人，非要与本王作对。”

聂青云了然一笑，胸有成竹地抱拳道：“青云此次带来的皆是靖州之精兵。永安地处高地，水战必然为其软肋。青云已经与众将士商量好一计，引永安之兵，往秋水一战。”

“好！”赵辙拍了手，“你兄妹二人，此次便是本王的左膀右臂。本王若是能成事，定然也少不了你们的好处。”

“多谢王爷！”季曼与聂青云一起行礼。“你兄妹二人自然还有话说，本王便不打扰了。”赵辙笑着走了出去，“慢慢聊。”两人一起躬身送赵辙离开，聂青云这才一把抓住季曼，皱眉道：“你知不知道你不见了之后，尔容担心得许久睡不好觉？差点就难产了！”

季曼吓了一跳，连忙道：“没出什么问题吧？”“倒是母子平安。现在尔容还在靖州带着孩子。本来是想跟来的，但是孩子离不开她。”聂青云长长地叹了口气，看着自家妹妹这憔悴不少的脸，闷声道，“仇应该我来报，你不必掺和的。”

季曼朝他咧了个大笑脸：“哥哥和爹爹待我这样好，我总不能就看着什么都不做。女人怎么了？女人也是人啊，为什么不能替自己的家人报仇？”“你啊……”聂青云叹息，又皱眉道，“现在还那样喜欢宁钰轩吗？”季曼一愣，有些不知道该怎么回答。

在聂青云的印象里，聂桑榆就是爱宁钰轩爱得死去活来的。可是聂青云现在不知道宁钰轩等人的安排，还以为宁钰轩当真是要替皇帝守住这江山。两方对立，这情事该如何成全？

“哥哥不用担心我。”季曼想了想道，“一切顺其自然吧。”聂青云以为她心里也是两难，便不再说这个问题，只是问她这两年来过得如何，又说了些靖州的事情。之后便有人来报，声音大得半个军营都能听见：“报——京城百姓有暴动，数千百姓挤在城门后要求出城。”

聂青云一愣，与季曼一起掀了帐子出去，就听得赵辙站在外面，平静地下了两个字的命令：“攻城！”“是！”军心沸腾。赵辙亲自带兵，上马之时还回头看着季曼道：“想不想去看看？”

聂青云皱眉：“王爷，战场上刀剑无眼。”“无妨，本王会护好她。”赵辙命人牵了一匹马来，笑盈盈地看着季曼道：“上来吧，本王带你看看这江山，到底是如何变了天的。”

季曼微怔，不远处沈幼清的帐子微微掀开了一角。

军中士兵全部在起哄，季曼也只有硬着头皮上了马：“多谢王爷。”“你可得跟紧了我。”赵辙朝她一笑，以剑指天，“出兵！”呼喝声震天，季曼死死抓着缰绳，生怕被这马给甩下去。好在这马比较温顺，赵辙的速度也不是很快，滚滚烟尘之后，她就跟着大军消失在了营地之外。

“王妃。”丫鬟轻唤了帐子门口的沈幼清一声。她回过头，垂了眸子道：“无妨，替我将头上的东西卸了。”“是。”

百姓暴动，便是天赐良机让宜都之兵攻入京城。控制粮食，果然就是掐住了京城的咽喉。官家抵得住饥饿，可是百姓不一样，他们眼里谁当皇帝都没什么差别，只要有饭吃就可以了。

赵辙这一场之所以会亲自去，是判定了今日必然能破京城之门。沈幼清从他还是太子的时候就以太子妃的身份一直陪伴着他，如今这一朝荣耀，她以为自己可以与他共享，甚至都已经梳好了朝凤髻，穿好了黄色的霞帔，他却拉了另一个女人上马。

沈幼清当初一直不明白赵辙为什么会让一个卖粮食的人进府当幕僚，后来也不明白为什么会那么简单地就将宜都之粮借给那个人，更不明白为什么在长郡知道这人要回来的时候，他那一整日的心情很好。

直到那人脱下了面具，沈幼清终于全部都明白了。曾经赵辙开玩笑对聂桑榆说：“若是有一朝我君临天下，必定立你这样的人为后。”玩笑话他说得多了，也就这一句让她有些介怀。他身边的人回来告诉她的时候，她都有些怔愣，她也就记住了聂桑榆的名字。

手指微微收紧，沈幼清平复了一番情绪。她要镇定，她是经历过无数大风大浪的女人，怎么可能就输给一个嫁过人的弃妇？

季曼在马上喷嚏连连，好在四周马蹄声重重，没人注意到。京城这一片路望过去都是荒无人烟，但是在靠近城门的地方却民声鼎沸。

“放我们出去！”千人的呼喊，声音越来越大，像是要把城门掀翻了。

第一百零四章

用粮食可以打开城门

赵辙在护城河的另一边策马而立，远远看着京城那头吵吵嚷嚷。“你曾说，会为本王打开京城的大门。”赵辙微微一笑，转头看着季曼道，“现在这门就在眼前了。”

季曼失笑：“王爷不用太着急，这门总不能让桑榆去用手推开吧？桑榆已经安排了人手在里面制造混乱，也言明了季氏最大的粮仓在京城外头，里面有粮食千石，无人把守，只要百姓能冲破那城门，就可以去季氏粮仓拿米粮了。”

赵辙抿唇：“本王还想直接攻过去，光靠那些个百姓，怕是很难打开城门。”“王爷切莫小看百姓的力量。”季曼正色道，“水能载舟，亦能覆舟，百姓才是国之根本。当今圣上不得民心，暴戾执政，民怨积攒到一定程度，自然会变成滔天洪水淹了这京城。”

“是吗？”赵辙的眼神看起来还是不太相信，“再等半个时辰，若是这城门还不开，那本王便下令攻城。”“好。”季曼点头。

宁钰轩站在城墙之上，远远看过来，人群之中就看得见季曼那一身红装。她与赵辙并排立于马上，看起来有些刺眼。

“主子，下头百姓已有三千之多，皇上下令冲城门之人一律斩杀，您看……”

收回目光，宁钰轩微微皱眉：“三千血肉，全部斩杀，只会让更多的人暴起。皇上为何会下这样的命令？”

鬼白摇头：“宫里也是一片混乱，皇上已经发了火。”甚至那位帝王还吼出了“顺我者昌，逆我者亡”这样的话。到底是被压迫欺负了许久的帝王，一朝翻身，难免刚愎自用，为所欲为。

宁钰轩怔愣了一瞬，看了一眼城楼下面的人，抿唇道：“既然如此，那便依照皇命吧。我进宫一趟。”明眼人都看得出来，他替赵离守这江山，已经是尽力了。眼看着城之将破，他也是时候去接好好了。

“皇上！”淑妃站在紫辰殿里，慌张地道，“您息怒，冷静一些。外头不过是些不中用的乱臣贼子，父亲已经带兵来援了。您先不要自乱阵脚。”赵离一双眼通红，坐在轮椅之上道：“这天下我得之不易，为什么现在又要拱手让出去？大皇兄幼时便处处与我过不去，现在好不容易我坐拥这江山，他为何还要来抢？”

这些话有些幼稚，也的确是他气得头晕了找不到办法。他身边只有一个范天行，也是跟着他一步步从底层走上来的心腹。“皇上，陌玉侯在守城，但是臣依旧觉得，不如换个将军去守。”范天行皱眉道，“陌玉侯曾经为您打开过这城门，微臣担心，他也会为大皇子再打开一次。”

赵离转头瞪着范天行：“我花了多少心思在宁钰轩身上，旁人不知道，你还能不知道？”

范天行微微一愣。当初争权之时，大皇子与三皇子都争相拉拢陌玉侯，甚至插手了他的后院。二皇子当时无权无势，只有凭着一些效忠的臣子去分一杯羹。可是陌玉侯最后没有选择大皇子和三皇子，却选择了二皇子。

这也是当年赵离为人的成功之处，韬光养晦，不露锋芒，在暗地里积攒力量，一朝爆发。但是范天行也不得不承认，夺位成功了之后，赵离便性情大变了，从前含蓄低调的人，登上皇位之后便是唯我独尊的姿态，不听人言，不纳劝谏。连他这样一心追随的人，走到现在，也难免有些寒心。

只能说大皇子造反虽为不忠，但是能这样一路势如破竹，却是赵离自己给大皇子的机会。

“皇上虽然为陌玉侯费了心思，陌玉侯看起来也甚为忠诚。”范天行叹息道，“但是臣始终觉得不安。”

赵离淡淡冷哼：“有何好不安的？城中文武百官出逃之时，只有他一人还坚持替朕守城，你难道还不能看出他的立场？”范天行欲言又止，最后长长地叹了口气。

宁钰轩进宫没有限制，径直去了皇后宫里。捧月已经有些头脑不清了，好好却还是被宫女带着，只是一张小脸皱巴巴的，看起来很是不开心。“爹爹！”看见他，好好飞快地就扑了过来，眼泪啪嗒啪嗒就落下来了，“爹爹骗人，上次明明说了很快来接好好，却一直没看见人了！”

粉嫩嫩的脸，哭得好不可怜，宁钰轩连忙一把抱起他：“爹爹没有骗你，只是爹爹被事情耽误了，来得晚一些罢了。”好好大声地哭着，内室里的捧月也被惊醒了，有些着急地喊了一声：“宸儿？”

好好一愣，连忙将眼泪都抹了，抓着宁钰轩的衣裳，指了指里面：“娘娘叫我了。”住在宫里将近一年，好好一直是唤捧月为娘娘，奶声奶气的，听起来让人觉得暖心。

宁钰轩怔了怔，旁边的宫女已经去将帷帐给放下了。“臣宁钰轩，叩见皇后娘娘。”放下好好，宁钰轩过去行了礼。床帐里的人好像松了口气：“是你啊……”接着捧月想了想，又笑道：“如今兵荒马乱，宫里的人都没有多少了，你还当我是皇后娘娘？快别行礼了。”

说几句话，捧月就喘上一会儿。宁钰轩抿唇道：“娘娘对世子照顾有加，臣自当行礼。”

“京城是不是快破了？”捧月有些恍惚地问了一句。宁钰轩没有回答，只是道：“娘娘要保重身子。”

“这身子，还有什么好保重的。”轻咳两声，捧月长叹了一口气，“我很早就告诉他，不要太过固执，打江山和守江山是两回事，他不听。那么骄傲的人，这一跟头摔狠了，也再没有爬起来的机会了。”

说着，她竟然笑了笑：“大概他这会儿正气得跳脚吧，他那个人……”宁钰轩沉默不语。“侯爷带着宸儿走吧。”捧月道，“虽然是皇上抢进宫来的，但是我也要谢谢他，陪着本宫过了很多特别难熬的日子。有他，就像我怀过的孩子生下来了一样，我也不至于一辈子在阴影里走不出来。”

捧月怀过一个孩子。她太困倦，回宫让太医诊断，才知道是怀了孩子。当时她多开心啊，有孩子了，赵离也是开心得不得了。然而，不知道为什么，那孩子流掉了。她每晚每晚做噩梦，都梦见自己的孩子来怨她。

是她太笨了，她完全无法原谅自己，哪怕赵离为她修了望月楼，她也始终没能开心起来。后来有了宸儿陪着，小家伙活泼又聪明，难得的是小小年纪还很体贴，一看她伤心，就会耍宝逗她开心。时间久了，她才慢慢地从阴影里走出来。

本来是个小人质，她却不知不觉疼到了心底去。宁钰轩朝她深深行了一礼："多谢娘娘。""快走吧。"捧月艰难地翻了个身，将身子朝着墙的一面。好好以为只是简单的拜别，还规规矩矩地按照宫里嬷嬷教的那样，跪下来，小手撑地，行了叩礼："宸儿告退。"

捧月咬着嘴，眼泪直流。听见脚步离开的声音，她终于忍不住掀开帐子，往外看了一眼。小小的身子已经消失在了门外，外头传来宸儿依旧活泼的声音："爹爹看见夫子了吗？夫子也在外面等宸儿吗？""嗯，再过几天，就能看见了。"

捧月慢慢闭上了眼睛。

接到好好，宁钰轩秘密地离开了皇宫。城门据说已经被百姓打开了，想镇压百姓的官兵反而被暴起的百姓打死。几千百姓冲开城门，浩浩荡荡地往季氏粮仓而去。

半个时辰刚刚好，季曼松了口气，朝旁边的赵辙拱手道："桑榆答应王爷的事情，已经做到了。"赵辙哈哈大笑，狂喜地看了季曼一眼之后，挥手道："攻城！"呐喊声震天，京城大门洞开，无数宜都之兵蜂拥而入，开始与里头的守军打巷战。

京城一片水深火热，皇宫的门却大开着。范天行惊慌不已地道："皇上，臣早就说过陌玉侯留不得，留不得啊！城门已破，他将皇宫之门大开，摆明是要迎接大皇子进宫！皇上，咱们先走吧！"

赵离满脸的不可置信，抓着他的官袖道："怎么可能？怎么可能！他的世子可是还在朕的手里，他怎么敢！""皇上！"淑妃跌跌撞撞地跑进来，万分恼怒地道，"皇后娘娘私自将世子还给了陌玉侯！臣妾收到消息过去的时候，已经晚了！"

"什么？"赵离大怒，转了轮椅便往望月楼而去。"皇上，留得青山在，不怕没柴烧啊！皇上，当务之急，还是赶快离开皇宫！"范天行几步上前，拦住赵离道，"皇后那边也管不了了，您先走！"

后头一群禁卫已经上来，推着赵离的轮椅就要往宫外去。"放开朕！"赵离怒道，"大胆！带朕去望月楼。除了望月楼，朕哪里也不去！"远处的喊杀声似乎已经渐渐逼近了皇宫，禁卫也管不得其他，直接将轮椅抬了便要从晨晖门离开。赵离一路低吼都没有用，腿是废了的，怎么也反抗不了。

京城里的巷战没有持续多久，因为宁钰轩带着文武百官一起来恭迎大皇子进宫。抵抗的军队慢慢地就全部散了。远处传来捷报，说是聂青云在秋水外与永安侯一战也是大胜。朝中忠心于赵离之人，都跟着纷纷出逃。

晚霞洒满天空的时候，京城慢慢平静了下来。季曼与赵辙也才终于进了城，踏着一地的鲜血尸骨，慢慢地往宫里而去。一到皇宫门口，宁钰轩与身后文武百官便朝着赵辙无声地拱手行礼，分列两边。

“抓到人了吗？”赵辙立马微笑，问了宁明杰一声。宁明杰自然知道他问的是赵离，低头道：“臣早已命人将皇宫六门全部把守了起来，皇上只会在宫里，走不出去。”“很好。”赵辙笑了笑，转头看向季曼道，“你答应本王的事，自然是已经做到了，论功行赏之时，定然少不了你的。现在，你便可以去做你最想做的事情。”

季曼深吸一口气，下马行礼：“多谢王爷成全。”宁钰轩微微皱眉，见季曼转身就想往宫里走，便无声地拉住了她的胳膊。微微一怔，季曼回过头来：“侯爷有何吩咐？”宁钰轩看了看赵辙，微笑道：“我陪你一起去。”

赵辙要赶着去坐龙椅，当即就策马进宫，带着一众亲信直奔紫辰殿，自然是没那么多精力来关心他们的。季曼被宁钰轩拉着，手腕都有些烫：“侯爷要带我去找赵离吗？”宁钰轩点了点头，拉着她慢慢离开宫门口往里走：“桑榆，你想杀他？”

季曼冷笑：“我倒是不急，自然会等着哥哥来了再动手。但是无论如何，我是不会放过他的。聂家那么多冤魂人命，总要在他身上讨回来。”“你不是季曼吗？”宁钰轩突然轻轻问了一句。

季曼一愣：“此话何意？”“你说你是季曼，不是聂桑榆。”宁钰轩皱眉道，“那聂家人的死，与你何干？”心里微顿，呼吸都慢了一拍，季曼有些茫然地看着前面走着的这人。

她一直是以旁观者自居的没错，她和聂桑榆是两个人，不能混为一谈，她的感情是她的，聂桑榆的感情是聂桑榆的。

可是……为什么聂桑榆的心情，也会影响到她呢？聂桑榆的家人，对她好的，她也就自然当成了她的家人。聂桑榆讨厌的，她被影响着也有些讨厌。聂桑榆喜欢的，她也被影响，有些……喜欢。

苦笑一声，季曼闭了闭眼：“因为我和她，就是一个人啊。”自从活在了这个身体里，她与聂桑榆，就是同一个人啊。聂桑榆的心痛就是她的心痛，聂桑榆的喜悦也是她的喜悦，好像……根本无法仔细区分开来吧。

宁钰轩震了震，回过头来看了她一眼：“是同一个人的话，也就跟她一样……”“嗯？”季曼好奇地看着他。“没事。”宁钰轩将头转了回去，“我想给你一个建议，赵离……你最好不要对他动手。”

“不动手？”季曼嗤笑一声，“难不成要我动嘴骂死他？可是他那样丧心病狂的人，会在意我如何骂他？我恨不得将他千刀万剐！”宁钰轩叹了口气：“我知道你很恨他，毕竟当初他让你亲眼看见了聂家那一场斩首，但是他到底是宜都王的亲

兄弟。”

“你知道我当初为什么会投靠宜都王？”季曼笑了一声，“就是因为他答应过我，有朝一日若是能将赵离拉下马，一定会给我机会手刃仇敌。”她一个家破人亡的女人，除了有点不一样的脑子，其余什么都没有。要杀当今圣上谈何容易？帮赵辙却可以让她实现愿望。

而且赵辙刚才自己也说了，她答应他的已经做到，现在她也可以去做自己想做的事情了。

她最想做的就是让赵离不得好死。宁钰轩抿唇，想再说，前头却有人来了。跌跌撞撞的人，正是曾经的康元郡主，现在的淑妃。几个禁军在她身后追着，她却不要命地朝这边跑，看见陌玉侯，更是像见着了救星：“侯爷救我！”

季曼也停下了步子，看着这疯狂跑来的女人，微微皱眉。“我知道皇上在哪里，我知道，你让他们不要抓我！”淑妃嘶喊着，发髻一团糟，身上的宫装也没了模样。“哦？”季曼倒是对她说的话感兴趣了，“赵离在哪里？”

身后的禁卫看见陌玉侯，都站定了没有继续追。淑妃扑在季曼脚下，咬牙道：“带我去见皇上，我就算是死，也要和皇上死在一起！”“你知道皇上在哪里，为什么不自己过去？”季曼好奇地问了一句。

康元满眼怨恨地看了身后的禁卫一眼，抿着唇忍不住红了眼：“眼看着就能在皇宫被包围之前出去了，结果他死活挣扎着回来了，命也不要，就为了去望月楼看那贱人！”

“我想追上他，可是追他的人那么多，我总得引开一些吧？”康元愤然地道，“现在我后悔了，为什么要帮他将人引开？将我们一起抓走才好呢，让他再也无法看见捧月那狐狸精才好呢！”

许久没有听见捧月的名字了，乍一听，还真有些怀念，季曼脸色稍微柔和了一些。当初毕竟是捧月帮忙求情，她才能留下这一条性命；就算是有交易在先，她也是念着捧月的恩情。

“赵离去望月楼了？”

“他还能去哪里？”康元勉强站起身子道，“你要过去，便带我一起过去。作为交换，过去之后我可以告诉你一个秘密。”带不带这么一个人都无伤大雅，还有秘密听，季曼也就同意了。宁钰轩跟着季曼一起去了望月楼。宫里人烟罕见，四处的宫灯花盆都东倒西歪的。

望月楼看起来倒是很宁静，到底是当初赵离花了大心思修建的楼，在这一片荒芜之中依旧有遗世独立的宏伟壮观之感。楼下没有人，里头也什么响动都没有。季曼进去就看见了一楼放着的轮椅，上头没有了人。

抬眼看了看高高的楼梯，季曼跟着上去了。上到三楼，就听见一个人的咆哮声。“你为什么要放走陌玉侯世子？你明知道那是最重要的人质。你是朕在这宫里最信任的人，所以朕才将宁瑾宸交给你。朕以为虽然你不向玉珍国借兵，但是怎么也不会害朕！”

赵离没有了轮椅，是一路从楼梯上爬上来的。尊贵的龙袍上满是泥污，样子虽然狼狈，气势却依旧强大，就好像他不是趴在地上，而是站在天上。

“没有想到最后还是败在了你的手上，真是成也萧何败也萧何。捧月，你不心痛吗？你陪我打下来的江山，现在却要因为你的一时任性，要亲手葬送了！你明知道朕就算纳妃，心里也只有你一人啊。你为什么不会满足，为什么要那么伤心难过？

“朕不来看你就算了，你不会去看朕吗？你不是总那么主动，一条长鞭连康元都敢打吗？要是生朕的气，你为什么不告诉朕？你为什么就是一句话也不说？捧月你说话，朕爬不动了。”

在屋子中央的地方，赵离终于累了，双手都磨破了皮，趴在地上已经起不来身。

身后的脚步声越来越近了，赵离皱眉，使出了浑身的力气，又继续往前爬：“现在皇宫守不住了，你该开心了吧？朕来带你走。你就算错了很多，咱们以后慢慢算账，朕不会轻饶你，但是现在你得跟朕走，他们都在晨晖门等着……”床帐里一点声音也没有，要不是轻轻吹进来的风让人能隐约看见床上有拱起的被子，他几乎要觉得捧月是丢下他先走了。

“你也会有今天。”季曼靠在门口看着，嗤笑一声，“做什么要在地上爬，皇上，您一声令下，自然有奴才来背。”

赵离顿了顿，回头看了一眼。“皇上！”康元奔了进来，又气又急地将他扶起半个身子，“都说了您必须早些离开，为什么要固执不听话？这个要病死了的女人有什么好看的？”

“滚！”赵离一把将她推开，身子又跌回了地上，看着季曼道，“聂桑榆，果然是你。当初捧月为你求情的时候朕就知道你这女人太过聪明，只要你还活着，朕就不得安生。”

季曼微微一笑：“承蒙陛下夸奖，您还活着，桑榆也是半点不得安生。”宁钰轩抿唇，抬脚跨进了门里。赵离仍旧继续想往床边爬，看着床上那人道：“捧月你看，

这也是你的不对。你一时仁慈，现在人家就要来杀我了。你说，朕怪你是不是对的？你是不是做错了？”

“捧月嫁给你，才是最大的错事。”季曼嗤笑一声。

第一百零五章

好一个宜都王

"你胡说什么！"赵离怒道，"朕待她不好吗？她该有的，朕有的，朕都给了她，她嫁给我怎么能是错？她当初要是选了三皇弟，那便是上斩首台的下场；选了大皇兄，他那王妃定然不会让她好过。这次要不是她犯糊涂，朕又如何会败？"

季曼摇头，越过他往床边走去："嫁给你若是对的，她便不会这样不开心了。""你站住！"赵离怒喝一声，"我与她还有账要清算，你就算要报仇也得等等！"季曼一顿，转头厌恶地看了他一眼，步子却终究还是停下来了。

双腿沉重，赵离狠命往前爬了几步，终于在季曼之前爬到了床边。他气喘吁吁地坐起来，捞开床帐，就看见捧月睡得安详的脸。"朕已经成了这副模样，你还能睡得安稳？"赵离狠狠地抓过她的手，"你的心还是肉长的吗？！"

瘦弱的手，被他一扯，好像就有什么东西断了。赵离一惊，连忙放缓了力道："你的手……朕不是故意的，分明没有用多大力气……"床上的人一点动静都没有，脸上的表情分外平和，哪怕手骨被扯断了，也没有什么反应。

又生气又惊慌的表情就这么凝固在了脸上，赵离呆呆地看了床上那躺着的人良久，伸手去摸了摸她的鼻息。他触碰到脸就知道了，冰冰凉凉，那是死人才有的温度。

赵离安静了下来，一肚子的怒火都转为了震惊，睁大了眼睛无神地看着床上的人，抿了抿嘴唇，傻傻地开口：“这是怎么回事？”康元在后头，看着捧月的模样，忍不住笑出了声：“她死了。”

康元走到床边去，跪坐在皇帝身边，开心地道：“皇上您看，她死了，您不用再处处为玉珍国顾忌她了。您最爱的，终究是毓儿，对不对？”康元想这两人从头到尾只是一场交易罢了，若不是需要玉珍国，皇上才不会娶这个女人。

赵离微微侧头，看了康元一眼。康元笑中带泪，拉着他的胳膊道：“我们走吧，皇上，这人已经死了，没什么好看的了。”一把将康元推开，赵离挣扎着撑着床沿，想坐上去，无奈力气不够，腿又太笨重，怎么都上不去。

“她才不会死。她精神着呢，不过是装病要朕心疼，朕心疼也就是了，她会好起来的。”赵离眼睛睁得很大，里头的泪水越来越多，却没有掉下来，只是无神地睁大着眼，想坐上床去。

宁钰轩叹息一声，伸手扶了他一把。赵离坐在床沿上，将捧月捞进了怀里。咔，不知捧月身上又是哪里的骨头断了，吓得赵离一个哆嗦，想抱紧又不敢抱紧，手足无措地道：“你怎么成了这样……怎么会一碰就像是要碎掉了。朕让御膳房给你熬骨头汤不好？你一定是挑食了身子才会这么弱。”

跌倒在一边的康元轻笑着开口：“皇上您多抱抱她，抱紧一些，她的全身骨头都会碎掉的。听着那声音，我就觉得解恨。”赵离满眼通红地望过来。季曼被捧月的死弄得有些回不过神，听见康元这句话才蹙眉问：“你害的？”

“哈哈哈，我害的！她的下场就该是这样！”康元有些癫狂地笑道，“嫁给镇远将军之后，我进宫拜见皇后娘娘之时，便给她喂了蚀骨毒。这毒无色无味，缓慢而发，没想到她竟然挨了一年有余，骨头真是够硬的。”

咔咔，捧月在赵离怀里，被他抱着半截身子，骨头在不停地断裂。赵离本是怒视康元，却被这声音吓得连忙回头，捞着怀里的人又舍不得放，不放，就要听着她全身的骨头都慢慢断裂的声音。

“啊—”赵离怒吼一声，眼泪横流，抱着她想放又放不下去，看着她身子以扭曲的姿态慢慢软在他怀里，也只能双目赤红，干脆就抱紧了她。赵离张大了嘴呼吸着，泪水止也止不住。男儿是不能哭的，更何况他是帝王。他有千秋江山未顾，怎么就能抱着她在这里哭成这样？

捧月全身的骨头都碎得差不多了，软软地被赵离捞着。赵离只有伸手捧着她的脑勺，头才不至于会掉下去。季曼不忍地转头，捧月何其无辜，竟然就这样没了。

虽然她恨赵离，但是看着这情形，也是忍不住想哭。

宁钰轩握了握季曼的手。她侧头，就看见他镇定的面容。"我们不会走到这一步。"微微一怔，季曼垂了眸子。赵离的吼声望月楼四周都能听见，一众士兵赶过来将望月楼围住的时候，季曼已经掏出了匕首。

聂青云火速入宫，铠甲上还染着鲜血，上了望月楼，看见床边呆呆抱着捧月坐着的帝王，微微一顿之后，也是抽出了佩剑。"青云，"宁钰轩皱眉道，"你与桑榆，可还能听我一言？"

聂青云看了他一眼，眸子里有些意外，不过还是一脸严肃，抿唇道："我兄妹二人苟活这样久，就是为了有朝一日能拿下这狗贼的项上人头。你若是想求情，还是不必开口了。"

宁钰轩摇头："我不是为他求情，只是为你们着想，再怎么说，赵离也是宜都王的亲兄弟，不该由你们来杀。"血海深仇一朝能报，谁还听得进他的话？季曼轻笑了一声道："能手刃了他，我是不会管其他的。"

宁钰轩僵硬了脸，终究是长叹一声让开了路。康元有些惊恐地扑到赵离面前："你们要干什么？难不成想弑君？""新的帝王，大概已经坐上了龙椅。"季曼微笑道，"在我们面前的，不过是不共戴天的仇人罢了。"

"不要！"康元摇头，带了些乞求地看着他们，"不要对皇上下手，你们……你们要杀可以杀我。""把她带出去，远离这望月楼。朕的性命，你们想拿走便可以拿走。"赵离慢慢将捧月放下，侧头，一双赤红的眼里倒是有些释然，"朕想死在这里，倒是比其他地方来得好。只是这个女人……"

他伸手指了指康元："将她带得远远的，无论生死，朕都不想再看见她。"康元一愣，呆呆地回头看着他："皇上？""好。"季曼答应了他，出去吩咐一声，外头便有人进来将康元拖走。

"皇上！"康元睁大了眼睛，喊得撕心裂肺，"为何要这样对我！为何要这样对我！毓儿只是想和您在一起啊，皇上！"声音渐渐远了，却更加凄厉。望月楼的门关上了，季曼和聂青云站在赵离面前，手持利刃看着他。

"想凌迟，还是给朕个痛快？"赵离轻笑着问了一句。聂青云红了眼，一剑刺向他的腹部，想腰斩了他。"别啊。"赵离低低地道，"要是黄泉路上还没有腿，朕可能就追不上她了。"

聂青云哪里管他那么多，直接一剑穿透腹部，接着又是数剑接着落下，专挑不致命的地方，一剑剑将当初聂家的债，都讨了回来。季曼没有杀过人，匕首是拿出

来了，却有些不敢下手。她多怯懦啊，说着恨死了这个人，却还是下不去手。

赵离痛得额头上都是汗水，却他一声都没吭，只在没有力气的时候，撑着身子倒在了捧月旁边。“够了。”宁钰轩看着，轻轻地喊了一声。匕首一翻，季曼终于鼓足了勇气，给了赵离的脖子一刀。

身子的抽搐停了，赵离有些感激地看了季曼一眼，想转头看看捧月，却是没力气再转过去了。地上一片鲜血，床也被染红了。季曼呆呆地看着，闭上了眼。大仇得报了，也不知聂家人的在天之灵，有没有一点欣慰？

楼梯上突然传来杂乱的脚步声，好像许多拿着刀剑的人都冲了上来。宁钰轩脸色一变，伸手便将季曼手里的匕首拿了过去，一把将她推得远远的。门被撞开了，吴庸带着一群人进来，一见里面的场景，便挥手道：“将那手持兵器杀害皇上的人抓起来！”

“是！”

季曼愣了，靠在墙边，就看着一群人涌进来，将聂青云和宁钰轩抓了起来。

“在场的人也一起押往天牢，听候发落。”身子被人押住，季曼呆呆地看了看皱眉的宁钰轩。他们几人一起，在宜都王坐在紫辰殿里之时，被送入了天牢。

宁钰轩和聂青云是被单独关起来的，季曼就在他们隔壁。等狱卒都走了，宁钰轩才苦笑道：“就知道赵辙有后招。”聂青云一向忠厚老实，不懂这是闹的哪一出：“我们杀赵离，不是他同意的吗？为什么现在他又把我们抓起来？”

季曼想通了其中关节，苦笑一声道：“帝王家的人，果然都是信不得的。”赵离再如何也还是皇帝，尚未退位，更是赵辙的亲弟弟。赵辙想杀赵离，但是怕人骂他不顾手足，所以借了他们的手来杀，末了，将责任都推给他们就好了。

好一个宜都王。可是就算知道这是个陷阱，她和聂青云也是会跳的。这么长时间的努力，不过就是为了报仇而已。只是……季曼看了宁钰轩一眼，最后的时候，他抢了她的匕首。

让吴庸来抓了她与聂青云不就算了，脖子上致命那一刀是她给的，聂青云大不了受些刑罚，还有靖文侯可以保他。她还指望着宁钰轩保呢，结果他把自己也送进来了。

季曼有些疲惫，大仇得报，好像什么牵挂都没了，可是细细一想，又还有好好啊，她还得出去照顾好好。想到这里，季曼就有点急，起身隔着栅栏看着宁钰轩问：“你把好好放在哪里了？”

“在陌玉侯府。”宁钰轩微微皱眉。她不提，他都还忘记了。好好放在侯府里由鬼白带着，应该也不会有什么问题。季曼抿唇："你抢我匕首干什么？要是不抢，以你的身份，完全不会这么轻易被抓进来，就还可以出去照顾好好。"

宁钰轩轻笑一声："我要是不抢，你这没个背景没个后台的人，简直就是背黑锅的好选择。"换作是他，赵辙还必须顾忌一二。聂青云皱眉道："宜都王会把我们怎么办？"

一向心机深沉的赵辙，会怎么处置他们？

"死不了。"宁钰轩低笑道，"我与你都死不了，只是看他要开什么条件，怎么处理了。"一阵沉默，几个人心里都清楚，赵辙那样的人，会开什么轻松的条件。

此时，宫里正是大乱之后的平静。赵辙坐在龙位之上，堂下都是亲信。沈幼清姗姗来迟，进来看见那龙位旁边没有站着别人，才终于松了口气。"今日之功，当与众位共享。"赵辙正在发表振奋人心的演说。京城里的形势也已经控制了下来，沈幼清站到他旁边，底下的臣子都纷纷跪下，他更觉得自己已经登基为帝了。

吴庸跨进门来，拱手行礼，一言未发。但是看他的神情，也是已经将事情办好了，赵辙微微一笑，转头道："当今皇上虽然不仁不义、不忠不孝，但是到底是本王的亲弟弟，本王决定放他一条生路。只要他让出这皇位，本王愿意以德报怨，养着他在宫里安享余生。"

"王爷仁慈—"一众人齐喊。"禀王爷，皇上已经遇害了。"吴庸适时站出来，拱手道，"微臣方才赶去望月楼，见皇上已经躺在鲜血之中。陌玉侯与聂将军手持利器，被臣抓了个正着。"

众人都是一惊，赵辙也有些意外。"真是好大的胆子！"赵辙拍着扶手站起来，"皇上尚未退位，虽然身负罪孽，却也轮不到他们来动手！陌玉侯与聂将军现在身在何处？"

"回王爷，两人都在天牢。"

"宫里事宜，都交给王妃和吴大人处理，本王先去天牢看看，定然严惩凶手！"赵辙愤然而去，留下一堂大臣面面相觑。

废帝左右是逃不出个"死"字的，虽说王爷仁慈，但是陌玉侯与聂将军所为，也在情理之中。看破不说破，自保为上，大殿里没有人开口求情。

赵辙心里是万分喜悦的，这么多年的谋划，终于是成事了，所有的麻烦都已经解决，接下来就看要怎么处理这几个人了。挥退了狱卒，赵辙带着亲信，往天牢深处走去。

"放我出去，我要见皇上！"路过一间牢房，就听见一个女人的尖叫。赵辙淡

淡一瞥，看见披头散发的康元，冷笑一声，又继续往前走。

“钰轩、青云。”走到最深处的牢门前，赵辙突然就换了表情，一脸痛心地看着他们，又看看隔壁牢房，“桑榆，你们怎么就……被他们逮了个正着？”季曼一愣，看着这假惺惺的人，眼里有一丝厌恶。

聂青云也没说话，倒是宁钰轩道：“王爷，这可真是有些不巧。王爷身边的亲信不知是听了谁的命令，来望月楼将我们都抓了进来。”“这事，本王还不知情。”赵辙皱眉道，“本王正在紫辰殿处理其他事务，突然就有人来禀告说你们被抓进来了。”

这表情诚恳得连季曼都要以为他是真的不知道了。可是她到底在宜都王府待过，吴庸有多忠心，她能不知道？除了听宜都王的命令，其他谁能吩咐得了吴庸？“皇上皇后都死了。”宁钰轩淡淡地道，“王爷大事已成，在下几人想必也是没什么用了，不如就这样给皇上陪葬了也好，也成全得了王爷的名声无瑕。”

“钰轩你这说的是什么话？”赵辙不满地道，“本王怎么会为了自己的名声，而牺牲掉你们这些为本王打下江山的人？这要是传了出去，谁还肯跟着本王啊。”顿了顿，他有些为难地道：“只是你们是被他们抓了个正着，要是对皇上的死没个交代，好像也说不过去。”

“皇上打算如何让我们交代？”季曼挑眉问。赵辙看了看她，目光柔和了不少：“朕想着，要不然便对外宣称斩了你们，拿死囚去替你们死，然后本王偷偷将你们放走，如何？”

宁钰轩冷笑了一声，好一个放走，将他们三人从这世上抹去，从此以后他们便要隐姓埋名远走江湖。聂青云不再有靖州兵权，他也不再能控制六部朝廷，真是一举清除了两个大祸害。更可怕的是赵辙此人心狠，一旦他们没了背后的东西，他们就真能平平安安地离开京城吗？

“世上没有不透风的墙。”季曼微微一笑，道，“王爷若是要斩，还是将我们都直接斩了吧，也好对天下人有个交代。万一死囚的身份暴露了，天下人怕是还要骂王爷欺骗天下人。”

赵辙脸色微变，旁边的宁钰轩也点头道：“还是直接斩了为好，在下也不是贪生怕死之人。”要是直接斩，他对靖文侯怎么交代，又拿什么去安抚朝中文武？要斩也要等他将臣心全部收拢，再有力气与靖文侯撕破脸的时候才行。

况且……扫了季曼一眼，这样聪明贤惠、能执掌后院免他后顾之忧的女人，他哪里舍得斩？犹豫了许久，赵辙长叹一口气道：“此事便容后再议吧。你们先委屈几天，本王会让人送干净的被子和食物来。”

"多谢王爷。"宁钰轩行了礼。赵辙似乎是真的很舍不得，看了他们许久才离开。

过了三天，朝中几位大臣联名上书请赵辙继位，赵辙也便在半推半就之下披上龙袍，成了新帝。

只是，宁钰轩被关在牢中，他的手里有许多朝廷机密的文书，更有联络各方的人脉和关系。他一不在，整理起朝事来就分外麻烦，许多事情都被耽搁着无法完成。无奈之下，有人上书替陌玉侯求情，说也许是误伤，罪不至死。

接着就是靖文侯带着女儿和外孙进京了，跪在紫辰殿外将聂青云这一路来立下的战功统统细数，宁尔容更是抱着不满两岁的幼儿求皇上还了她的丈夫来。压力重重之下，赵辙不情不愿地又去了一趟天牢。

"聂夫人都抱着孩子来了。"他看着聂青云叹息道，"将军既然有妻儿，就该为妻儿多考虑，怎么能直接死在这里呢？"聂青云微微动容，看向季曼。"聂将军与侯爷都是对社稷有功，且不可缺少之人。"季曼看着赵辙道，"废帝是桑榆所杀，桑榆愿一力承担，还望皇上放了聂将军和侯爷。"

宁钰轩抿唇道："废帝的确是罪臣所杀，桑榆是弱质女流，怎么下得去手。还请皇上明察。"聂青云道："我也伤了废帝，他是流血而亡的。"三人都不知道外头是什么情况，以为赵辙还是必须让他们承担后果。

赵辙也就没有说破，而是看着季曼道："朕有一个办法，可以保住你三人性命，你愿意听吗？""什么办法？"季曼挑眉。宁钰轩微微皱眉，有些不好的预感。"陌玉侯与聂将军的罪过，可以推到你一人身上。"赵辙开口，微微一笑，"而你的罪过，朕可以帮你消了。"

季曼一怔，随即皱眉："既然可以如此，皇上为何还要关上我们这么多天？""唉，办法是刚刚才想出来的。你若是承担了所有罪过，想活命可没那么简单。"赵辙轻笑道，"朕是念恩的人，可以说你以前救过朕的性命，饶了你的性命。但是你要到宫里去为废帝的魂魄超度一年，这样也算给了大家一个交代，你可愿意？"

季曼不解，旁边的宁钰轩却变了脸色："皇上大可以找人直接替了桑榆的罪，又何必来这一出？""她已经隐姓埋名过了这么久，你难道还忍心让她继续苟且偷生，不能活得光明正大？"赵辙挑眉看着宁钰轩。

宁钰轩捏紧了拳头，赵辙此人心怀不轨，自己早该想到！

第一百零六章 不放

“桑榆其实不介意隐姓埋名。”季曼干笑两声，“总归以前的名声也不是很好，换个名字也不错。”赵辙一顿，皱眉看着她道：“你不介意？”古人最讲究认祖归宗，没人愿意改名换姓地过日子。

季曼点头：“皇上如果是真心实意要宽恕桑榆，那便直接放过桑榆吧。”她还要出宫去带好好，难不成真要关在宫里天天念经？宁钰轩微微松了口气，赵辙的脸色却是有些难看，一双眼睛深邃地看着她道：“宫里荣华富贵你不愿意要，竟然喜欢平淡无实的生活？”

“桑榆没有什么大志向。”季曼行了个礼，“让皇上见笑了。”赵辙铁青着脸，抿唇看了她好一会儿才冷哼道：“既然如此，朕也无法强求。只是这样一来，朕便不好找借口替你开脱了。”

几人都是一愣。聂青云皱眉道：“桑榆如果不介意隐姓埋名，那皇上大可以找死囚替了桑榆处死，然后放了桑榆即可。”赵辙扫他一眼，嗤笑道：“不是你们说的愿意光明正大直接被处死，弄些偷龙转凤之事，万一被拆穿，岂不是让万民都唾骂朕？”

聂青云一噎。赵辙后退了几步道：“先将聂将军放了。”“是。”背后的太监上前

将牢门打开。“请文侯与郡主在陌玉侯府等着，聂将军就先回去。至于侯爷和桑榆，朕再想想办法。”

这摆明了是赵辙的推脱之词，他只是不愿意轻易放了季曼而已。宁钰轩微微一笑：“有劳皇上费心。”赵辙甩了袖子就走。聂青云跟着被带出去，一步三回头地看着那牢房，目光里满是担忧。

天牢里又重新恢复了宁静。宁钰轩将床铺铺在了两个牢房中间的栅栏旁边，坐下来叹了口气：“怎么办，桑榆？”季曼也学他，将被子铺过来，往上头一倒，闲闲地道：“皇上看上我了？”

宁钰轩横她一眼：“很开心？”“不开心，而且是祸不是福。”季曼耸肩道，“听闻以前大皇子府里的侍妾、丫鬟，全部被皇子妃沈幼清清理了。那女人的手段也是厉害，我这样的小虾米，还是离远点更安全。”

“我想跟你打个赌。”宁钰轩闭着眼睛道，“你赌还是不赌？”“什么赌？”季曼好奇地挑眉。“这次你要是不允他进宫，他会一直关着你，直到你答应为止。后面他也许会以你的死来相逼，让我答应。”宁钰轩低笑一声，“从多年前葡萄藤下那一遇开始，我就一直防着今天。想不到，还是防不胜防。”

季曼微微一愣，皱眉道：“他会这样？夺臣妻可不会有什么好名声。”宁钰轩一愣，睁开眼睛，目光灼灼地看着她：“你是谁的妻？”季曼翻了个白眼：“我不是你的……”

话说一半顿住，季曼才发现，她的确不是宁钰轩的妻子，休书都已经拿了。

宁钰轩低笑：“你以为他为什么会逼你进宫？就是因为你与我没有名分，过了这一段时间，他便可以名正言顺地纳了你。”季曼皱眉，赵辙都当上皇帝了，要什么样的女人没有，何必跟自己过不去？

“咱们来赌，这次你要是进宫了，便是你输。”宁钰轩接着道，“输了的话，你就要把原本属于我的东西，还给我。”“什么东西？”季曼好奇，“我没有拿你什么东西吧？”

宁钰轩意味深长地笑了笑：“很多年以前，曾经有人对我说，‘山无陵，江水为竭，冬雷震震，夏雨雪，天地合，乃敢与君绝’。那是你早就给我的东西，只是不知道什么时候收回去了。”顿了顿，他又道：“我希望你还给我。”

季曼使劲儿在脑海中搜寻聂桑榆的记忆，许久许久之前，有个傻姑娘在大雨之中不回家，跟着宁钰轩一路到了一间城隍庙。孤单寡女也不避嫌，聂桑榆却在那漆黑的雨夜里对着冷漠的宁钰轩喊出了一首《上邪》。

“上邪，我欲与君相知，长命无绝衰！山无陵，江水为竭，冬雷震震，夏雨雪，天地合，乃敢与君绝。”

回过神来，季曼低笑：“那不是我给你的东西，是聂桑榆给的。我和她的，该也是有区别的。”“季曼？”宁钰轩呢喃了一声，也躺在被子上。两人就隔着栅栏，离得很近，宁钰轩继续道，“你有一次喝醉了，对我说你叫季曼，还有什么英文名字，叫 Jinan。这两个名字听起来不是一样的吗？”

季曼一愣，随即扑哧一声笑了：“是啊，一样的，这是个笑话。”宁钰轩完全不觉得哪里好笑，一脸茫然。

天牢里黑漆漆的，这里一点也不浪漫，不远处还有老鼠在跑来跑去，远处还有不知哪里的死囚在呻吟，很是阴森可怖。

但是月光从窗户里透进来，两人便一起躺着。大概是月色实在美好，季曼忍不住就开口道：“侯爷知道我不是聂桑榆，为什么从来没有怀疑过我的身份？不好奇我是谁吗？”

宁钰轩抿唇：“好奇过，所以我还带你去了寺庙，结果你不怕佛像，还带着我去参拜，我就知道你不是邪物。”

季曼嘴角抽了抽，很想告诉他，那些神啊佛的都是不太准的，虽然她和聂桑榆应该都不算什么邪物。“本来想查清你的身份，但是无处可查，你也没有做什么不利于我的事情，渐渐地我就把这件事忘了。”宁钰轩闭了闭眼，“差不多全忘记了。”

季曼咋舌：“你们不是都很怕什么鬼怪吗？光是侯府里闹鬼都是好几次，你不怕我？”“你会害我吗？”宁钰轩问。季曼摇头：“不会。”“那我为什么要怕？”他道，“感情是世上最温柔的东西，有感情的，都不算什么大奸大恶。”

这点季曼可不认同。人都有感情，那为爱作恶的人，还不是那么多？“你刚刚说……你们？”宁钰轩微微有些不解，“你到底是哪里来的？”季曼组织了一下语言，反正也没有事干，不如就来吹吹牛。

“我是天上来的。”她道，“为了达成这个身体主人的心愿，特意降临凡间。当然我没有法力，凡事只能亲力亲为。”宁钰轩有些呆愣，睁着眼满是震惊地看着她：“神仙？”

“嗯，对。”难得看这一向精明的人这么傻兮兮的模样，季曼心里闷笑，脸上表情却格外严肃，“所以有时候我说话你们听不懂，因为那是天上的话。天上说的话跟你们这里的区别很大，写的字也不一样，所以我不会写你们这里的字。”

宁钰轩将信将疑，皱眉撑起身子来："你若是神仙，那可以掌握自己的生死吗？"如果可以，他就不用这样担心了。"啊，这个不能。"季曼笑道，"当然，我也会争取让自己活下来的。"

宁钰轩眼神有些黯淡，闷闷地扭开头："天上是什么样子的？""天上啊。"季曼将她那世界的城市的模样描绘给他听，末了笑问："是不是很厉害？""所以你才这样想回去？"宁钰轩的声音更低沉了些。

季曼一顿，笑道："我总得有自己的生活。""那……"那他呢？宁钰轩闭了闭眼，"聂桑榆的心愿，就是让我说出一句'我爱你'？"季曼挠挠头，干笑道："大概就是这个吧。你愿意帮我试试看吗？"

"不愿意。"宁钰轩翻过了身去，脸色不太好看地道，"时候不早了，睡吧。"季曼："……"心里微微有些暖意，季曼也缩进被子里，闭上了眼。

赵辙将他两人一关就又是好几天。群臣上书，赵辙也还是压着宁钰轩不放。因为宁钰轩一旦出来，赵辙也不一定能阻拦住他救聂桑榆。

身边的亲信也劝他，不过是个女人罢了，不要为她得罪陌玉侯。赵辙抿唇不语，女人好找，可是他始终就是忘不掉那个在江水里挣扎的女人。那一抹影子和那人以后看见他时那句从容的"太子安好"，每每在他梦里回旋。

有胆有谋，进退得宜，这女人他就是放不下。原先为宜都王，他尚能因着沈家势力按捺住自己的心；现在他既然已经登基为帝，为何还不能按照自己心意做事？她一天不服软，他便关她一天。

宁明杰去牢里看望，忧心忡忡，甚至是想帮着劝桑榆入宫的。天牢里的日子怎么会好过？她又是一个女儿家。结果宁明杰走到天牢之中，还没有到那牢门口，就听见了隐约的笑声。

"桑榆以前那大胆的行径，还真是跟朱玉润有得一拼，连你家墙头都爬。"季曼笑着对宁钰轩道，"这样敢爱敢恨的好姑娘，你还怕个什么劲儿？你要是好好爱她，我也不至于来这里了。"

宁钰轩倒是不赞同这话，想起原来聂桑榆的所作所为，依旧是不太喜欢的，只是唯一觉得珍贵的是聂桑榆那一片真心。缘分也就是如此吧，他错过了一个聂桑榆，得到了一个季曼。虽然季曼是神仙，但是只要他不让她完成那心愿，她也就走不了。那么他也就可以多留她一会儿吧。

"起先也没有如何讨厌桑榆。"宁钰轩低声道，"她不过是不太懂规矩，任性了一些，到底也算是心地善良。但是后来迎了她进府之后，她拈酸吃醋，背着我私自做主送走几个一直伺候我的丫鬟，又欺负后来入府的姨娘、侍妾，我才会对她慢慢没了好感。”

季曼点头，她知道聂桑榆做的那些事情，的确是十分不懂事而且霸道任性，不得丈夫喜欢也是正常。傻姑娘是用错了爱的方式，之后也渐渐误入了歧途。

“所以侯爷喜欢现在我这样的吗？”季曼隔着栅栏看着他，甚为妩媚地眨了眨眼睛，“不争风吃醋，你想要多少妾室都没关系。只要那些女人不犯到我头上，我也就不与她们计较。这样是不是正室之模范？”

宁钰轩没笑，面无表情地看了她一眼，摇头道：“一点也不好。”他丝毫感觉不到她的心意，真的一点也不好。季曼撇撇嘴，嘀咕道：“真难伺候啊，这样也不喜欢，那样也不喜欢。”

宁钰轩轻哼一声，看着她有些凌乱了的发髻，抿唇问了一句：“想出去了吗？”关了这些天了，一般的女人早就崩溃了，也就她还这样淡定地每天和他说话。“想倒是想。”季曼无奈地道，“可是皇上不放人。在想到办法之前，我应该是出不去的。”

“你就没为皇上的提议动心过？”宁钰轩难得开个玩笑，“宫廷富贵地啊。”季曼翻了个白眼：“富贵于我有何用？我又带不走。就算能带走，皇宫那胭脂杀人堆，我能有的富贵还不一定比我卖大米的多。更重要的是，我不喜欢……”

宁钰轩笑了，别开头去笑得很是欣慰。宁明杰站在天牢的过道里听着，虽然有些没听懂，但是季曼的最后一句话他倒是听明白了。哪怕是被关着，她也比出去开心。无声地叹了口气，宁明杰转身，就跟从来没有来过这里一样，安静地走了出去。有宁钰轩在的地方，总是不需要他来担心什么的。

聂青云在陌玉侯府里，一脸严肃地与几位大臣商议该如何救陌玉侯出来。宁尔容站在一边，也是颇为着急，毕竟聂桑榆也还在里面！“在下不明白的是，皇上为何要扣押侯爷。”一个大臣问道，“已经有传言说，是聂桑榆一人杀了废帝赵离，那为何侯爷也还是被关着？”

旁边的人小声道：“侯爷为国为民，一向是人心之所向，新帝登基，必定有所忌惮。依在下看来，朝臣可以联名上书请皇上处决聂桑榆，之后侯爷就必定可以脱险。”见聂青云脸色沉了沉，大臣中有人咳嗽一声，抱拳对聂青云道：“几位大人也是着急，说话不当之处，还请都督海涵。”

聂桑榆可是聂青云最疼爱的妹妹，怎么可能上书杀之？众人也纷纷反应过来，

闭了嘴。只是聂桑榆在他们眼里不过是个妇人，更是个红颜祸水，死了倒是正好，反正他们只想救陌玉侯而已。

宁尔容红着眼睛看着聂青云。他用眼神示意她少安毋躁，新帝不会让桑榆真的死了。

赵辙此时也正在宫里头疼。时间越久事情越难办，朝中也有大臣屡次提醒他，要在封功臣和后宫之妃的各种大典完成之前，将废帝的事情交代了，免得落人话柄。

关了这么久，聂桑榆也没有松口，他还能有什么法子？沈幼清从宫外回来了，带着一个人。她今天特意出宫去，想去找昔日京城里交好的几家姐妹，专挑那种姿色上乘脑袋笨的，好让她们进宫为妃，结果半路上就被温婉拦住了轿子。

温婉曾经也是她的人，只是被圈禁之后失去了价值，她也就再也没联系过。如今一见，她倒是依旧客套："婉儿。""我知道一个秘密。"温婉笑得很温和，"本来秘密是有两个，但是现在也只有这个是您与皇上都不知道的，并且能帮上您的忙。"

赵辙当了皇帝，沈幼清自然便是皇后，只是还没有举行封后大典。六宫空悬，眼看着皇上对聂桑榆的兴趣越来越浓，沈幼清自然是要想办法的。而温婉与聂桑榆是从开始一路斗到了现在，温婉应该是最能帮上她的人。

听了温婉说的秘密之后，沈幼清便带着温婉进了宫。"皇上。"跪在御前，沈幼清心情不错。赵辙却颇为烦忧："何事？""妾身今日上街，遇见一桩事情，还想问问皇上怎么看。"沈幼清微笑道，"东街上有位掌柜，不顾一个寡妇已经有了孩子，强娶了她。皇上觉得此事是否荒唐？"

赵辙微微皱眉："寡妇若是无子，倒是可以另嫁；既然有子，便该夫死从子，怎能另嫁？""妾身也觉得是，有了儿子的女人，不管是寡妇还是弃妇，都不该再嫁。"沈幼清笑着让温婉上前，"婉儿姑娘有事要禀告，皇上可要好好听听。"

温婉上前一步拜倒在御前，磕头道："启禀皇上，民女一直在侯府伺候，知道些情况。侯爷的世子生母并非夏氏，而是聂氏桑榆。世子宁瑾宸，是聂桑榆嫡亲的儿子。"赵辙一震，一拍龙椅站了起来："你说什么？"

温婉吓得一抖，连忙又跪得端正了些："民女所言句句属实，还望皇上明察。"眸子里的光有些狠戾，赵辙愤怒不已地看着温婉，又看看旁边的沈幼清："温氏，你可知若你撒了谎，便是欺君之罪？"

"民女不敢欺君。"温婉咬牙道，"此事康元郡主也该知情，皇上若是不信，还可以去天牢问问她。"赵辙深吸了几口气，一拂袖子便往天牢而去。

赵辙竟然当真为了聂桑榆的事情这般冲动？沈幼清咬紧了牙，挥手让温婉起来道:“你随本宫来！”“是！”温婉尽量低眉顺眼，怯懦地跟着沈幼清走了。

赵辙一路到了天牢。牢头都已经习惯地要给最里面牢房的钥匙了，皇帝身边的亲信却拿走了康元郡主牢房门的钥匙。

康元犯的不是死罪，顶多是太过效忠废帝，让新帝心里不舒坦罢了。放了她回去，指不定她怎么撺掇永安侯呢，所以他打算是关她一阵子等她关老实了再说。

牢门被打开的时候，康元两眼无神地看着皇帝，一看那龙袍，眼泪却落了下来:“是你吗……”伸手要去触碰，却被旁边的人推开了。赵辙居高临下地看着她，道:“朕来问你些事情。”

康元恍惚着没有回过神，半天才看清赵辙的脸，眼里浓浓的失望铺天盖地。那人死都不愿意与她死在一起，又怎会愿意来看她？她真傻。“皇上有何事要问贱妾？”康元嗤笑一声。

赵辙抿唇，低声道:“有人告诉朕，陌玉侯世子宁瑾宸乃聂桑榆之亲子，此事你可知晓？”“有人？”康元哼笑两声，“是温婉说的吧。知道这件事的，也就我和她还活着了。”

身子一僵，赵辙听这话的意思，像是温婉没有撒谎。

“陌玉侯将他们的孩子保护得可真好啊。”康元痴痴地道，“要是我能怀上离表哥的孩子，他也能那样护着就好了。”赵辙一脚踢到旁边的栅栏上，巨大的一声响，连里头的季曼和宁钰轩都听见了。他们停下正在说的话，望了望黑漆漆的天牢。

“皇上息怒。”吴庸在旁边拱手道，“您若是真想得那女子，微臣有办法，还请皇上少安毋躁。”“你能有什么办法？”赵辙余怒难消，“宁钰轩竟然骗朕，当初分明那么讨厌桑榆，竟然偷偷从朕手里将那孩子抢了去。要不是后面事情太多朕一时疏忽，还能让这个孽种活下来？”

吴庸低声道:“皇上，此事并非什么坏事。侯爷瞒得越好，对皇上来说也就越是便利。”“此话怎讲？”赵离回过头。吴庸轻声与帝王耳语一阵。赵辙皱紧了的眉头也就慢慢松开了，眼睛还微微亮起:“这倒是个好主意。”

康元也懒得去听他们说什么了。赵离已死，她神智都有些不清，每天都会在幻象中看见赵离的脸，却看不真切。她想也许是下黄泉才能再看见吧。“对了，我还欠聂桑榆一个秘密。”康元咯咯笑道，“就当谢她带我见了离表哥最后一面吧。”

“什么？”赵辙挑眉，侧头看着她。“让她小心喽。”康元咧嘴，笑得有些阴森森的，“温婉没有失忆，可是不会轻易让她好过的。”

第一百零七章

糟糠

赵辙跟看疯子一样看了康元一眼，之后便转身离开了牢房。温婉在他眼里根本不算什么，她本就只是一颗废了的棋子罢了。康元还在笑，笑声在牢里越传越远。赵离带着吴庸，急匆匆往宫里走，让身边的奴才去将康元的话转告给季曼。

季曼听着这些话，倒是有些惊讶。可是她看温婉那个样子，倒是看不出来是装的。宁钰轩倒是一点不觉得意外，他毕竟比季曼更了解温婉。他只不过以前要利用着她向废帝表忠心，所以才让她出了蔷薇园，跟在他身边。

而今这人于他倒是终于没什么用了，他与她的缘分，一早就尽了，与宜都开战以来，就算回了京城，他也没有再见她一面。“说起来，你若是神仙，能看得懂人心吗？”宁钰轩突然侧头问了季曼一句。

季曼摸了摸下巴做严肃状：“人心是最复杂的东西，有透视眼也是看不懂的，只能去感受。就算我是神仙，也会觉得人心叵测啊。”宁钰轩点点头，那就好。他曾经有些心思，还是不让她知道最好。

两人在牢里，也当真是无话不谈了。季曼是因为无聊没事做，宁钰轩则是真的掏心掏肺地将心里话说得差不多了，除了一句表明心迹的话。

季曼问他：“侯爷，你爱我吗？”宁钰轩摇头：“我不爱你，你呢？”季曼长长地叹了口气：“我也是。”然后两人就会长久地沉默。

季曼算着时间，觉得自己应该是会赢那个赌约的，因为赵辙不会关他们太久，而现在，她依旧没有进宫的打算。直到有一天，吴庸来到了牢里，将宁钰轩放了出去，转头对季曼道：“皇上有旨，赦免聂姑娘之罪，杀害废帝者另有其人。”

季曼跟着吴庸走过一间间牢门口，路过康元郡主那一间的时候，就看见有人正用白布将她的身子盖起来。季曼微怔。

“永安康元郡主，害朕之手足，罔顾君臣之界，忤逆九五之位，毒杀玉珍国公主，手刃朕之皇弟，罪大恶极，虽死不足以抵其罪。着令其身葬于孤冈，不得入祖坟，其亲不得立灵位，其戚不得供香火。令其魂反思于地下，来生当知纲常孝悌……”

康元毒杀了捧月是不假，竟然将赵离的血债也算到了康元身上，下场如此之惨，也让季曼松了一口气。终究是天道好轮回啊，这女人最爱的便是赵离，现在却说赵离是为她所杀，估计她是死了也不得安生。

季曼出了天牢，却被带着与宁钰轩分开了。“季姑娘，皇上召见。”吴庸笑眯眯地道。

季曼微微皱眉，而后了然一笑：“可是吴大人，小女子尚未更衣洗漱……”“无妨，玉漱宫里已经备好了。”吴庸伸手做了个请的姿势，旁边的马车已经停稳。

季曼下意识地回头看了一眼宁钰轩。他被人引着上了另一辆马车，似乎是感觉到了她的目光，回头朝她微微一笑，做了个口型：“我赢了。”

果然，出了天牢，那龙位上的人也是有后招等着他们的。跟着赵辙最久的宁钰轩，自然最是了解他。季曼现在才反应过来，他们的赌约里甚至没有说她赢了会得到什么。因为宁钰轩知道，皇权不可违，不管是用什么办法，赵辙一定会让她进宫。

他陪她在牢里那样久，也不过是担心她一个人会不好过。季曼叹了口气，回头打算上车，却又听得那人喊了一声：“等我。”

皇帝让她进宫干什么呢？她的罪名已经被康元顶了，他不能再让她在宫里超度一年了吧？一路上季曼都在思考这个问题。到了玉漱宫，却有一大群宫女来伺候着她更衣洗漱。牢里关了十多天，一身早就脏得不像话了，季曼心安理得地享受了一番服侍，然后换上她们拿来的衣裳。

那是一身藕色的宫装，配着翠色的霞帔，再加上一个宫髻，怎么看怎么像后宫的人。

季曼扶了扶额头，问旁边的宫女：“等会儿去哪里见皇上？”旁边的宫女回答她道：“镇远将军临时进宫，皇上暂时没有空，等空闲了可以接见姑娘的时候，会有人来知会的，还请姑娘先在玉漱宫等待片刻。”

季曼点点头，又问："皇后娘娘在哪里？我可以先求见皇后娘娘吗？"小宫女摇头："宫中暂时没有册立皇后，由皇上的原配正妃暂时执掌后宫，现在称为沈娘娘。"

季曼又道："沈娘娘与我是故人，可以让我先拜见沈娘娘吗？"

小宫女还是摇头："皇上吩咐了，在传召之前，您不得见任何人，任何人也不能踏入玉漱宫一步。"季曼心里冷笑，沈幼清好歹是陪着赵辙荣华苦难都一同走过来了，他登基之后没有第一时间给她封后也就罢了，还接自己进宫给她添堵。

自己才没兴趣看情节从宅斗再发展成宫斗。"那便算了，我等着就是。"季曼走到铜镜前看了看自己，将头上的步摇和金钗取下来两支，就留几根玉簪，看起来朴素多了。过了一会儿，外头有声响，丫鬟便带着她出了玉漱宫，一路往紫辰殿而去。

"站住！"走到半路便听见一声呵斥，季曼心里微微松了松，转头一看，沈幼清果然没有辜负她的期望，带着几个宫女远远而来，一脸镇怒地看着她。"这是何人，为何会往皇上宫里送？"沈幼清分明认出了她，却还是板着脸问一旁的宫女。

宫女哆哆嗦嗦地跪下去道："娘娘恕罪，这是皇上的吩咐，要将这位姑娘送去面圣。"

沈幼清的眼神扫到了季曼的脸上，季曼扑通一声就跪了下去，声音哽咽地道："沈娘娘救命，沈娘娘救命啊！"

没见过往皇上跟前送的女人还哭得跟鬼似的，沈幼清微微一愣，命身后几个宫人将面前的宫女拉开，踏着金丝绣雀鞋走到了季曼面前："你要本宫救你什么命？"季曼以头磕地，因为声音哭得惨脸上没眼泪而不敢抬头："民女心有所属，不愿入宫。只是民女这一去，也不知道会是个什么下场，还请娘娘救命，放民女离开吧。"

沈幼清现在的立场对季曼来说简直就是最佳助攻，只要撞上了沈幼清，那她就有保障了。果然，听季曼说这话，沈幼清的脸色便好看了不少："心有所属？"

"不仅心有所属，还已经嫁过人，娘娘也知道的。"季曼努力掐自己手上的嫩肉，疼得逼出点眼泪来挂着，然后凄凄惨惨地抬头看着她，"民女只愿皇上只是一时兴起召见民女，过后民女还想回家去带孩子呢。沈娘娘菩萨心肠，又是处处为皇上着想的，不如同民女一起去？"

沈幼清抿了抿唇，颇为同情地低身将她扶起来："你这样说，倒是皇上做事不妥当了。皇上兴许只是召见你说说话，但是在玉漱宫洗漱……那可是历代皇后才能去的地方。既然你也让本宫一起去见皇上，那本宫便陪你去。"

季曼连忙谢恩，一路上都是一副怯懦的样子，捏着帕子小声喃喃："民女虽然已经被侯爷休弃，但是在牢中这几日，与侯爷再续前缘，也是想着继续回侯府伺候的。

皇上真龙之体，民女哪里配伺候？也只有沈娘娘这样高贵大方的女子，才能陪伴皇上左右啊。”

沈幼清微微一笑：“你倒是懂事。”“民女觉得皇上也就是图个新鲜。”季曼道，“娘娘应该劝皇上以大局为重，毕竟沈家也是开国立了大功的。娘娘为沈家嫡女，又是皇上的发妻，怎么也该封后了。”

沈幼清连连点头，心想聂桑榆这张嘴可真是能说，将自己心里想说的全说出来了；要不是立场有些冲突，自己还真是想和她好好谈谈。

紫辰宫里，赵辙正满心欢喜地等着，结果打开大门，就见沈幼清竟然和季曼一起进来了。

“参见皇上。”

“免礼。”赵辙的脸色沉下去不少，“清儿怎么也来了？”“民女与娘娘在路上遇见，相见恨晚，畅谈了一路。”季曼脸上已经没了哭过的痕迹，笑吟吟地道，“娘娘思念皇上，故而就与民女一起来了。”

赵辙不悦：“朕说了只你一人来，下面的人都听不懂朕的话？”带路的几个宫女早就跪在了前头，战战兢兢地不敢开口。沈幼清有些不满：“皇上召见聂姑娘，臣妾可是不适合在场？”

赵辙心里真是懊恼得很，无奈沈幼清毕竟是发妻，又没有为难聂桑榆，而且看起来两人倒是很谈得来的样子。赵辙心里便想，二人相谈甚欢的话，沈幼清是不是其实也不会阻拦自己纳了聂桑榆？

事实证明他想多了，再大方的妻子也会不高兴自己的丈夫纳妾，只是说出来与不说出来的区别而已。沈幼清明显属于会说出来的那种。一看赵辙这表情，不等他先开口，她便直接跪了下去道：“臣妾知错，皇上若是想纳聂姑娘为妃，臣妾还在场的确是有些不懂分寸。但是臣妾的父亲常对臣妾说，女子当有三从四德，为人当遵三纲五常。聂姑娘心有所属，儿子尚在，实在是不宜纳入宫中。”

赵辙被堵得说不出话，脸色沉了，眼看着就要怒斥出口，旁边的季曼却轻笑着道：“沈娘娘过虑了。皇上这样英明神武之君，怎么会纳民女这样的弃妇？况且民女与陌玉侯有约在先，是要回去陌玉侯府的。陌玉侯对皇上忠心耿耿，又是朝廷重臣，皇上怎么会与他为难呢？”

说着，季曼看向赵辙道：“民女猜测，皇上一定是因着民女先前立下的开城之功，要奖励民女了，对吗？”这一唱一和的，把赵辙抢白得无话可说。心里恼怒不已，赵辙面上却只能顺着季曼的话道：“正是，清儿你想多了。朕对聂姑娘……如何会有纳妃的想法呢？”

两个女人都松了口气。沈幼清赞赏地看了季曼一眼，而后起身道：“这样说来，倒是臣妾想多了。不过皇上既然不想纳了聂姑娘，又为何赐浴玉漱宫啊？白惹妾身误会。”

要不是有人特意来提醒她，她都还不知道皇帝将聂桑榆从天牢里带出来了。

赵辙皮笑肉不笑地道：“桑榆对国家有大功，被冤枉关在牢中这样久，也自然是该有些赏赐的。你们女人不都喜欢去那里沐浴吗？朕便赏了。清儿要是喜欢，也可以去玉漱宫。”

“多谢皇上。”沈幼清笑得开怀，盈盈站起来道，“既然皇上要赏赐聂姑娘，聂姑娘先前又被陌玉侯休弃，臣妾觉得啊，最好的赏赐，就是再赐他们一段姻缘，皇上觉得如何？”

赵辙脸上的笑意都散了，抿唇道：“如今朝中局势未定，钰轩还有很多事情要做，恐怕来不及再成一次亲。这件事可能要延后些，等空闲了，朕可以再赐婚。”

季曼嘴角抽了抽，沈娘娘这是太急了，反而帮了倒忙。要是皇帝一直不赐婚，他们还就成不了了。沈幼清的笑容也顿了顿，抿唇道：“如此也好。那皇上今日还有什么话要与聂姑娘说？需要臣妾回避吗？”

“不用。”赵辙深吸一口气，勾了勾唇角道，“让踏雪亲自送聂姑娘出宫去吧。清儿你留下，朕好久未与你好好说话了。”沈幼清一喜，连忙应下。季曼心里也松了松，赶紧跟着踏雪逃也似的离开这里。

“姑娘不喜欢皇宫？”踏雪走在路上，小声问了她一句。季曼摇头道：“不是不喜欢皇宫，只是皇宫里没有我喜欢的人，这地方对我来说也就与牢笼无异。”踏雪一愣，回头看她一眼：“姑娘依旧喜欢陌玉侯？”

“嗯？”季曼轻笑，宁钰轩对她来说也是书中一个角色而已。“若是不喜欢，那外头也依旧是牢笼，姑娘何必放弃一个繁华的牢笼，去一个更普通的牢笼？”踏雪说着，转过了头去，带着她往一条小路走。

季曼被他这句话说得怔愣了，垂了眼眸苦笑一声，没有想到踏雪还是个智者。出宫的路明明很短，但是踏雪带着她绕了好长一段路，从后宫的宫道上经过。“哎，那孩子不是已经送出宫了吗？怎么又回来了？”两个不知哪个宫里的宫女抱着衣裳走在路上，小声议论着。

季曼抬头看过去。那两个宫女看见他们，就行了礼，而后靠在墙边站着，等着他们走过去了，再继续边走边议论：“我怎么知道那小孩儿哪里来的？原先在望月楼

里照顾得好好的却不见了，后来再回来，也不知道丢给谁去照顾了。我就看着一眼，多可爱的孩子啊……”

微微一顿，季曼回头看向那两个宫女，见她们已经走得很远了，消失在了宫墙的拐角。

“踏雪大人。”季曼愣愣地喊住他，“她们在说的，是不是陌玉侯府的世子？”踏雪停住脚步，看她一眼道：“姑娘若是不放心，可以回去问问皇上，但是这个时辰，您再耽误一会儿，就出不了宫了。”

季曼皱眉，看了看天色，从这里走出宫门，差不多刚好要到宫门落钥的时候，而自己要是回去的话……要是回去，估计就走不出去了。想了想，好好毕竟是陌玉侯世子，赵辙再丧心病狂也不可能拿好好来做文章，除非他想逼陌玉侯造反。

咬咬牙，季曼道：“还是请大人带我出宫。”踏雪深深地看了她一眼，之后也没多说，将她送到了宫门口。

宁钰轩在宫门口等着，见她出来，才松了口气，将手里紧握着的进宫令牌放回了袖子里。

“我以为你今天暂时还出不来。”他看着她笑道，“还让你等我呢，结果竟然是我等了你出来。”季曼一路跑到他面前，脸色有些苍白，来不及开玩笑，正色问他：“好好呢？”

“应该回府了。”宁钰轩皱眉，“方才我在府里的时候，鬼白似乎是带他出去呢了。那小家伙，最近可是调皮得很。走，我带你回去见他，你还没用这个模样见过他呢。”

伸手将季曼拉上马，宁钰轩心情不错：“回家了。”

季曼侧坐在他怀里。这马还特地用的是双马鞍，舒服了不少。一路狂奔回侯府，远远地就看见门口站着不少人，季曼还以为自己这么大面子，一回府就要接受众人欢迎。结果一过去才知道，管家带着一众家奴，是刚刚从外面找了一圈才回来。

“侯爷，小世子和鬼白都还没回来。”钱管家皱眉道，“这天都黑了，小世子就算再贪玩，鬼白也不会不知道分寸！”宁钰轩的脸色沉了，季曼也是慌张不已地跳下马，看着他们道：“城里都已经找过了吗？”

“找过了。”聂青云骑着马从外头回来，满头是汗地接过她的话：“刚刚问了附近这几条街，都说没有看见。”季曼垂了眼眸。聂青云倒是不知她为何看起来这样难过，毕竟只是世子啊，又不是她亲生的孩子。

下马拍了拍她的肩膀，聂青云道：“受钱管家之托，我也已经尽力找了，找不到也没办法。你也不用替钰轩难过，先去和尔容说说话吧。”

季曼心想，聂桑榆这命怎么就这么坎坷的？如果她刚刚在宫里没有听错的话，好好就应该是在宫里了。

宁尔容抱着儿子来找季曼，季曼看着那襁褓里的孩子，心里就更是难过，勉强逗弄了两下，便说不舒服要休息。宁钰轩继续出去找了一阵，归来已经是半夜。

季曼躺在床上，还是没有睡着。“好好在宫里的话，我该怎么办？”季曼问他，“你能去直接搜宫吗，将好好给找出来？”宁钰轩眼里的神色有些复杂，轻轻摇了摇头：“若是证据确凿，还可以问皇帝要人；没有证据的话，质问皇上，那是以下犯上。”

季曼闭了闭眼：“你怎么没把好好送去安全的地方？”宁钰轩苦笑。他从将好好接出来那一天开始，就想着要让好好看一看自己娘亲真正的样子，免得好好以后连娘亲是什么样子都不知道。结果谁知道刚将好好接出来放在侯府，后面就发生了一连串的事情让他分不了身。

两人都沉默了许久。宁钰轩突然开口道：“你要是觉得好好是在宫里，那么不如明日你我一起进宫，我去求见皇上，你去问沈娘娘可否帮忙。”为了不让聂桑榆进宫，沈幼清那里简直是什么都好说啊。季曼点点头，这倒是个办法。

夜深了，宁钰轩看样子也不打算再走，就直接脱了外袍躺在季曼旁边。季曼倒是不觉得有多抵触他了，挪了挪位置，就跟在天牢里一样，只是两人之间少了一个栅栏。“若是能将好好接出来，你愿意……再重新嫁我？”黑暗之中，宁钰轩轻轻问了一句。

季曼点点头：“不嫁你，怎么圆满结局啊？”聂桑榆的心愿不管是什么，也总除不开要宁钰轩爱她，和她在一起。等着一切困难都解决完了，季曼也就该回去了。

第一百零八章

一生最爱

季曼干笑两声，长长吐了一口气。她都已经好久没听见了聂桑榆的声音，等真正完成聂桑榆愿望那一天，她的会不会耳边“叮”的一声响起系统提示音，然后在眼前出现“恭喜玩家季曼完成‘女二’心愿任务”几个大字，任务的奖励是返回故乡。

笑着笑着，她就有点笑不出来了。侧头看了看旁边躺着的人。宁钰轩闭了眼，喉头微动，声音有些沙哑地道：“上次在牢里与你打的赌，是我赢了。你是不是也该将我该有的东西还给我了？”季曼微微一愣：“什么东西？”

这人翻过身来，不愧是情场老手，伸手从她的心口划过，一字一句认真地道：“这个，你可不要装作不知道。”心口微热，季曼有些狼狈地避开了他的手指，退后一些道：“这东西若是能自如地给来给去，那聂桑榆也不会走到那个下场了。”

宁钰轩看着她，忍不住轻轻一笑：“你一向聪明，有时候糊涂起来也真是可爱。难不成这样久了，你对我，就没有一点点动心？”季曼老老实实地点头：“有过几次是动心了的，因为我喜欢温柔的男人。”

“哦？”宁钰轩挑眉。季曼又接着道：“但是一想到你的温柔不知道给了多少人，我就觉得自己的心动十分不值当。不值当的事情我不会做，所以我拼命想着你的不

好，也就不会对你再动心。”

宁钰轩哭笑不得：“我也记得你说过你喜欢专情的男人。可是这世上哪有男人一辈子就一个女人的？”“所以我想回去。”季曼撇嘴道，“我们那里虽然车很快，信件也很快，一辈子可以爱上很多人，但是能娶的只有一个。”

宁钰轩微怔。“如果是在我们那里，当初你要娶温婉，就必须先和桑榆和离，而且要将你财产的一半给她。”季曼一脸严肃地道，“若是你不和离就收温婉做妾室，那桑榆这个正室可以打上门去，骂她不要脸。你要是对桑榆用家法，那就是家暴，官府会判你赔钱。”

听得有些傻了，宁钰轩皱起眉：“还有这样不讲道理的世界？”“那才是男女平等的公平世界，所以这里再好、钱再多，我也想回去。”季曼叹息一声道，“睡吧睡吧，明日我去找好好。”宁钰轩“嗯”了一声，仍是静静地想了许久的事情，才闭上了眼睛。

第二天两人按照安排入宫，季曼跪在沈幼清面前道：“求沈娘娘替民女找找孩子，孩子如果没了，民女也就不一定还能进侯府了。”

沈幼清皱眉，这件事自己自然是想帮的，把这女人打发得越远越好。可是那日皇上留她单独说话，已经说了一大堆希望她宽厚能容人的话，还承诺了会尽快封她为后。她被赵辙说得心软了，已经答应了明面上不会再他阻拦什么。

况且，温婉昨日跟她进言，皇上想做的事情，阻拦得住一时，阻拦不住一世。聂桑榆早晚要入宫的，她又何必给皇上留个不好的印象。不如她等聂桑榆入宫了再慢慢收拾，这宫里，终究是皇后最大不是？

沈幼清也想通了，如果自己真的拦不住，倒是不如推一把，也好歹在皇上那里讨个好。

想到这里，沈幼清便又拉着季曼的手笑道：“不如这样，本宫带着你在宫里走走，你也正好四处看看，可好？”

季曼寻好好心切，当然点头说好。宁钰轩还在宫里，她有个倚仗，不会那么害怕。她跟着沈幼清从御花园走到昨日她听见宫女说话的地方，在周围问了一个遍，也没人说什么孩子之类的话。宫里没有什么妃嫔，也就几处废帝的妃嫔住的寝宫，季曼都挨个找了，没有看见。

与此同时，宁钰轩站在大殿里，上头的皇帝正笑得灿烂：“侯爷此次的大功，朕还没有想到法子来赏呢，不如侯爷自己想想，可有什么想要的？”宁钰轩拱手道：“皇恩浩荡，臣现在什么也不缺，只是……”

“啊，对了。”赵辙笑眯眯地打断他的话，“侯爷后院里的人该是不多了吧？朕记得的，也就只剩三个，是不是也该添一些了？”宁钰轩皱眉：“是，但是……”“你放心，朕手里头最近正好有许多宫女。”赵辙根本不给他说话的机会，笑着道，“等会朕就选一两个，送去你府里，你看可好？”

“皇上。”宁钰轩深吸一口气，“臣只要聂氏桑榆，其他的就不劳皇上费心了。”大殿里安静了一会儿，赵辙轻笑了一声，脸上却是面无表情：“你要聂氏桑榆？”宁钰轩一捞袍子跪下：“是。”

赵辙嗤笑了一声，转过背去道：“朕也要聂氏桑榆。倒是不知道，聂氏有几个桑榆？”

宁钰轩一震。“若你当初没有休了她，那么现在，就算朕再喜欢，也不会夺了臣妻。”赵辙低声道，“可是你已经休了她，那她便是可嫁之身。你想要，朕也想要。朕若是成全你，谁来成全朕？”

宁钰轩皱眉看向皇帝的背影，新帝刚刚登基，竟然会对重臣说这样的话，赵辙对聂桑榆，难不成也是一片真心？这该如何？臣下是无论如何也抢不过君上的。他手里虽然有权，却也大不过皇帝。若是要来硬的，那么他在这澧朝之中也将无法立足。

要她，还是要这奋斗了半生的荣华富贵？十几岁的小伙子才会毫不犹豫地选择前者，带着他轰轰烈烈的爱恋妄图安稳度过下半辈子。可是他是与人斗争了半辈子的陌玉侯，多少权力纠葛、明争暗算都过来了，难不成现在他就要把这一切都放弃了？

宁钰轩眼神有些复杂，跪在地上也不知道该说什么好。“朕记得，最开始你娶温婉的时候便说，此生有她一人，也就无憾了。”赵辙转过背来看着他道，“现在温婉依旧可以在你身边，你为什么又不能对桑榆放手了？”

所以人千万别遇见个爱人就说是这辈子最爱的。人的一辈子长着呢，等到要死的时候来回忆这一生，那时才有资格评论谁是这一生最爱。

“是臣无知。”宁钰轩闭了闭眼道，“现在桑榆与臣已经有一子，子不可无母。温婉是臣曾经所爱，只是不想情随事迁。现在想来，臣也是该放她去过自己的日子为好。”赵辙哼笑了一声，淡淡地道：“你与桑榆育有一子？侯爷怕是记错了，宁瑾宸可是你府上夏氏的孩子。”

宁钰轩皱眉。“此事众人皆知，你可不要把孩子强加给桑榆。”赵辙抿唇道，“她只是一个无子的、被你休弃的弃妇，朕可以纳了她。”“皇上为何非要与臣为难？”

赵辙挑眉："如今朕是帝王，侯爷说话，可是要注意一些才好。这件事，怎么看都是侯爷与朕为难，阻止朕纳佳人。"

宁钰轩有些恼了，很想站起来与赵辙对质，可是他不能。虽然他手里握着六部之人，旁边还有宁明杰和聂青云两处兵权相助，是有把握与新帝对弈的，但他若是先自乱阵脚，给了新帝借口，那不仅他得死，这些人也得陪着他一起死。

"对了，听闻桑榆进宫了。"赵辙微笑道，"她与清儿似乎很谈得来，今晚便留在清儿宫里吧。""皇上！"宁钰轩眼睛有些红了。"侯爷是不是还有很多事情没有处理？"赵辙和蔼地道，"先退下吧。若是处理不完，明日上朝朕要是问起，你也不好交代。"

手紧紧捏着，宁钰轩慢慢将头磕下去，然后起身，跟着太监离开紫宸宫。"皇上。"吴庸从旁边的屏风之后出来，看着陌玉侯远去的背影，轻声道，"这真是恰到好处，不会把他逼得太紧，也没给了他喘息的机会。"

赵辙轻笑一声，摸着一旁书桌上的玉玺，啧了啧："还真是红颜祸水啊。朕一开始还不信，现在终于也是不得不信。"吴庸笑着拱手。

季曼将宫里找遍了都没看见好好的影子，心里也明白要是赵辙故意将好好藏起来，她就是将皇宫翻过来也没用。

眼看着天要黑了，沈幼清道："不如今晚你便在我宫里歇息，明日再找？""多谢娘娘美意，民女还是想出宫。"季曼抿唇道，"宫外还有人等着民女。""哦？"沈幼清倒是好奇，"走，去看看，谁在等着啊？"

季曼跟着往宫门口走。还能有谁，宁钰轩与她约好了出宫之时要一起的。但是，这次的宫门口，却是空空荡荡。"没人啊？"沈幼清笑着道，"你看，你自己回去可是够远的，还是回本宫那里吧。"

季曼皱眉，期人不至是最恼火的，就像是约会，你好不容易洗了次头发从家里出去，结果发现对方完全忘记了与你的约定。一腔期待都落了空，这种感觉简直是从天上落到地下，而且还是没带降落伞的那种。

季曼也不知道自己竟然会这样生气，还有点小女生似的那种说不上来的委屈。

那人不是说什么在意，说什么要心吗？她还以为是白马王子终于姗姗来迟要接个落难公主回去，谁知道这也就是嘴上说说。他不等她，那她不就只有被沈幼清拉着走了？不过还好的就是沈幼清肚量小，应该没有大方到把她往龙床上塞。

"娘娘既然如此说，那民女也只好恭敬不如从命了。"季曼咬着牙，跟在沈幼清后面一步步往宫里走。她默默地将宁钰轩的祖宗，从一代一直问候到了十八代。

沈幼清笑道："今天晚上皇上正好也空闲，会过来用晚膳，等会便一起吧，总归聂姑娘也不是外人。"季曼一边笑着一边心也悬了起来。到了宫里就更不对了，沈幼清竟然还嫌她这一身太素净了，让人拿了宫装给她换。季曼有些慌了，抱着宫装跪下来，磕头道："桑榆只是民女，不用穿这样贵重的宫装，还望娘娘收回成命。"

沈幼清脸上勉强维持着的笑意也终于是收起来了："你以为本宫愿意给你穿？圣命难违，聂姑娘到底懂不懂何为圣命？"季曼抿唇，沉默了好一会儿才抬头道："民女只知道天命尚可逆，何况圣命乎？娘娘若是不愿，大可另想办法避开，而不是屈服。"

沈幼清冷笑了一声："避开？你来教教本宫，怎么避？""将民女遣送出宫即可。"季曼认真地道，"也许会让皇上不满，但是娘娘为了讨皇上欢心，做这样违背自己意愿的事情，是不会开心的。且有一次就会有第二次，不开心的事情做多了，娘娘过得也不会好。既然做违背自己意愿的事情就不会过好日子，那娘娘为什么还要去做？"

沈幼清愣了愣，半天也没绕过这弯子来，竟然还觉得她说的很有道理。可是就在沈幼清发愣的时候，外头已经有太监来通传："皇上驾到。"大殿里的人都是一愣，季曼暗叹一声天要亡她，便换了个方向跪着。

沈幼清也跪在一边，道："恭迎皇上。""嗯。"赵辙进来，扫一眼季曼，脸上便带了笑意，"清儿你辛苦了，都起来吧。""谢皇上。"沈幼清站起来，迎着赵辙坐在了一边的凳子上，"皇上来得正好，臣妾正在与桑榆商量，晚上给皇上用什么点心最好。"

"哦？"赵辙转头看向季曼道，"你竟然这样有心？"季曼笑了笑："民女以前在侯府，也是经常为侯爷想着晚上用什么点心的。沈娘娘倒是同民女一样，对自己的丈夫情深不移。"

这话赵辙明显不爱听，嗤笑了一声道："你已经没有丈夫了。""好女不嫁二夫。"季曼认真地道，"若是桑榆以后不能再服侍侯爷，也愿了却残生，以保清白。"话说得重了，已经涉及了生死，赵辙也就没有再笑，脸上的神色有些复杂。大殿里沉寂了一会儿，沈幼清声音低沉地道："皇上，这地方太小，臣妾就先告退了。"

"嗯。"赵辙点头。季曼有些惊恐地睁眼看着沈幼清。沈幼清只垂着头，一言不发地走出了大殿，还顺手将门带上了。这个女人终究还是打算违背自己的心意，只为得到赵辙的好感？

季曼全身都紧绷了起来，看着面前的赵辙。“朕这次，让钰轩做个选择。”赵辙倒是没有像她想象中那样扑上来表达爱意，而是依旧平平静静地坐在桌边。他一手敲着桌子，一边看着她笑道：“你猜，在这半世荣华和你之间，他会选什么？”

季曼有些茫然，不明白为什么要选。“若是朕要与谁争一个女人，天下是没有谁能赢了朕去的。”赵辙啧啧两声，“就算他权倾朝野，龙位上的人也还是朕。”季曼点头，是这个理没有错，万人之上的人，也依旧是在一人之下。

“你是个聪明的女人，如果可以，朕很想如当初所言立你为后，为你遣散六宫。”赵辙轻声道，“可惜等朕坐上这龙位，朕才发现，这功名利禄实在太诱人，给一百个美人，朕也舍不得放弃这江山。男人对权力的渴望是天生的，谁也不能例外，就算是陌玉侯也一样。”

季曼听了许久才听明白他的意思。原来赵辙的意思是，他抢她来，就是想看陌玉侯的反应。若是要她，那陌玉侯就只能离开澧朝，才能避开他的权力范围，与她一起白头到老；若是要权力，那陌玉侯也就失去她了。

为何非要二选一，不能找个平衡点吗？宁钰轩那种连螺旋桨都能好好平衡的人，她还担心他平衡不了这个？不过她是挺担心的，毕竟她现在是在平衡木的一端，要是被放弃了，那她可能就会摔得粉身碎骨、死无全尸。

季曼长长地吐了一口气，赵辙真是够狠的，从多年以前他将她逼得跳河那时候开始，她就该知道了。“今天他出宫了，就在朕说朕要你之后。”赵辙笑得有些意味深长，“你是不是很盼着他能来救你？但是他没有马上选择你，而是走掉了。”

季曼点头：“要是有人将五百亿和我前男友一起放在我面前让我选，我也会犹豫的。”

“你不生气？他这等于是放弃你了。”赵辙有些意外地看着她，“女人若是爱一个人，不是至少都会生气难过的吗？”

季曼微微一笑，道：“不知皇上知不知道有一种人，这种人情绪都是会埋在心里的，遇事都能很冷静，哪怕一夜醒来房子没了，也能淡定地先起身去警察局。”赵辙嘴角抽了抽，完全听不懂她说什么。

“这种人不是没有喜悲，而是反射弧很长很长。”季曼面无表情地道，“长得可以绕地球两圈再打个蝴蝶结。但是一旦让他们反应过来到底发生了什么事，后果会很可怕。

“大概翻译成你们这里的话，便叫作‘君子报仇，十年不晚’。”

宁钰轩要是真的敢放弃她，她定然要他后半生鸡犬不宁。赵辙这才听明白，轻笑一声道："你直接说你是在乎的，不就完了？"季曼冷哼一声，低声道："我是有些在乎，但是也无可奈何。总归我是相信他的，他一定有办法顾我周全。"

"他能有什么办法？"赵辙突然站了起来，走到她身边，挑起她的下巴道，"朕要是现在宠幸你，他能有什么办法？闯宫吗？朕还真是求之不得。"笑了几声，他道："认清事实吧，你与他，不过都是朕手里的棋子。"

季曼别开头，起身后退了两步，大殿里气氛陡然紧张了起来。她已经在想等会儿要是踢赵辙的下身，会不会算是谋杀圣上了。结果赵辙刚前进了一步，外头便传来踏雪的声音："皇上，聂将军与宁将军求见。陌玉侯也已经在紫宸殿候着，说是边关传来紧急战报，请皇上尽快过去。"

屋子里两人都是一僵，把踏雪的话听完，赵辙的脸绿了。季曼没忍住，扑哧一声笑了出来。"你最好别太得意。"赵辙颇有些愤然，但是也只是一瞬。一瞬之后他便恢复了镇定，看着她道："你的孩子不是还没找到？"季曼笑不出来了。赵辙冷哼了一声，转身踏出了大门。

宁明杰与聂青云一路上听闻桑榆还在宫里，一个个都眉头紧皱。皇帝要纳谁，谁也拦不住。但是宁明杰很好奇地问了一句："若是圣上真的想纳桑榆，为何不直接下一道封妃的圣旨？"

聂青云傻兮兮地道："兴许是不愿强迫桑榆？"宁钰轩用十分难以言喻的眼神看了聂青云一会儿，暗叹一声，大舅子也太单纯了，若是皇上不愿强迫，今日也不必强留她在宫中了。

等着等着，赵辙就已经来了，不知为何衣裳有些凌乱，头上的龙冠也是微斜。宁钰轩看着他，浑身僵硬，连礼都没行。"边关发生何事？"赵辙有些气喘吁吁地坐下，问道。

面前的三个人都没有说话，宁钰轩许久之后才淡淡地开口："玉珍国以捧月公主死得冤枉为由，向澧朝发起了战事。战报现在才传回来，估计边关已经打了一个多月了。"赵辙皱眉，扶正了龙冠："怎么会这样？朝中理当增派兵力前去守卫啊。"

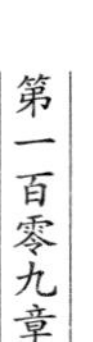

第一百零九章

真心莫给

宁钰轩没有接话，脑子里已经是一片混沌。他不敢去想刚才到底发生了什么，分明应该是来得及的，为什么……

旁边的聂青云拱手道：“臣几人正是要与陛下商议该由谁带援军增援之事。玉珍国边境一处，倒是离靖州很近。臣原在靖州之时有幸结识几位将军，可担当此重任，特来向皇上举荐。”

“哦？”赵辙看了宁钰轩一眼，抿唇道，“玉珍国虽为盟国，此番却是撕毁盟约在先，侵犯我边境。朕以为，边境兵力虽然不多，但要应付上半年，应该都不是问题，所以援军不用找近的，得找有用的。”

宁明杰皱眉：“皇上，兵贵神速，何又为有用之援军？”“朕以为，就靖州之便利派兵，不能显示朝廷对此次玉珍国撕毁盟约的愤怒。朕最放心的武将当属你三人。但宁将军要镇守京城，聂将军也是要回靖州镇守的，不如便让侯爷亲自挂帅，征讨玉珍国。”

宁明杰和聂青云都愣了愣。宁钰轩一向执掌六部，应该是文官吧，什么时候成了武将了？而且这个时候让他远征，那聂桑榆怎么办？

宁钰轩一捞袍子便跪下了：“臣何德何能，能担此重任？皇上勿要拿国家大事当

儿戏，还是该寻经验更丰富之人挂帅才是。”赵辙大笑：“侯爷如何不能担任？宜都与京城一战，侯爷运筹帷幄，可是立下许多大功。在朕看来，侯爷熟读兵法，又有勇有谋，援助边关而已，足以胜任。”

宁钰轩脸色铁青，差点要起身拂袖而去，旁边的宁明杰连忙伸手按住他。大殿里气氛有些紧张，赵辙将自己扯乱的龙袍都一一整理好，皮笑肉不笑地道：“侯爷可是不愿意？”

“臣不……”

“钰轩。”聂青云背后出了层冷汗，连忙打断他的话。他是气糊涂了吗？当着皇上的面忤逆，那可是要定罪的。平时说话也懂分寸会圆滑的人，今日怎么就乱了？宁钰轩深吸了一口气，闭了闭眼道：“臣不会辜负皇上的期望。”

“好！”赵辙哈哈大笑，走下龙椅来，拍了拍他的肩道，“爱卿真是会为朕分忧啊。”宁钰轩冷笑，低头不语。

季曼待在沈幼清的宫殿里发呆。陌玉侯这个人，已经经历了多少次皇位变更了，每次都作为关键的一环，在最后发挥作用，足以见此人在朝廷之中权力多大。

而权力越大的人，一般在盛世都是没有好下场的。陌玉侯不贪恋皇位，倒是扶了一个又一个的人上位。季曼也搞不懂他是怎么回事，说要挟天子以令诸侯吧，他没有；说他要老老实实当辅国大臣吧，可是历任皇帝都是防着他的。

也无怪，陌玉侯此人当真是城府极深、阴险狡诈，换成谁都不会放心自己龙位旁边睡着一只狼。要么除掉狼，要么拔掉狼的牙齿。现在她就不幸成了拔牙器。

正叹息着呢，宫殿的门被推开了。大半夜的，一个小宫女伸了脑袋进来：“聂姑娘，请随奴婢来。”她看是沈幼清身边的人，便皱了皱眉，起身跟出去。宫里没什么人守着，小宫女竟然带她去了右掖门。宁钰轩正一脸疲惫地站在那里，看见她，眼眶微红。

季曼悬着的心终于是掉下来了，忍不住快走几步，差点不矜持地扑去人家怀里。季曼在他面前站定，身后的小宫女就匆匆走了。季曼忍不住咧了嘴看着他道：“你还知道来接我？”

话一出口，就把她自己吓了一跳。她什么时候说话也这么矫情了？季曼闭了闭眼，心想一定是聂桑榆又出来了。宁钰轩的眼神很复杂，看着她身上换了一身衣裳，许久才沙哑地开口：“对不起。”

季曼干笑两声：“也没严重到要道歉的地步。”“嗯，我们……回家吧。”宁钰轩朝她伸手，手有些微微发抖。季曼注意到了，有些不解地皱眉：“你怎么了？是不是好好出什么事了？”

“没有。”宁钰轩拉着她的手，力气大得让她微微皱眉。没走两步，他又停下，伸手紧紧将她抱在怀里。这……是感情脆弱期不成？季曼忍不住伸手拍拍他的背：“不难过不难过啊。”

宁钰轩抬头，眼睛有些红的看着她：“你不难过吗？”季曼很莫名其妙：“我为什么要难过？”宁钰轩深吸一口气，闭了眼转过头去继续走：“我忘记了，你说过你们那里……不在意这个的。”

季曼完全搞不懂这人在说什么，刚想问个清楚，他又道：“皇上让我十日内出发去玉珍边境，支援我朝边境之兵。”季曼一愣，好好都还没找回来，而且十日之后她怎么办？跟他走的话，难道好好不要了？留在京城的话，估计他回来的时候她都在后宫里升职加薪了。

“你……走还是留？”宁钰轩问了一句。牵着的手轻轻一挣就松开了，季曼皱眉看着他：“你要我自己做选择？那我选择留下，你当如何？”宁钰轩站在她面前不远的地方，没有回头，空了的手慢慢握紧：“你想留下？”

“为什么不留？我若是跟你走，好好怎么办？”季曼深吸了一口气，“为什么不能跟皇上谈判？他不过是忌惮你手里的权力，那你为什么不能用他忌惮的东西，将好好换出来？我们……我们一家三口大不了远走高飞，那样不好吗？”

宁钰轩回过头，似乎是低笑了一声：“我与他们争斗半生换来的东西，就要这样拱手让人？”而且就算让了，他们就真的能有活路？“你别忘记，我还有一个陌玉侯府，不止我们一家三口，是一家上百口人。”

季曼一震，哑然失笑。她最近也当真是傻了，不过是在牢里将一切都与他说了，怎么就这么把他不当外人了。他说的半点没错，奋斗半生的东西，哪里是那么容易抛弃的，家里那么多口子人，还有他亲生的儿子，又哪是那么容易就能放下的。

她在心里反复提醒着自己不能动情，更是不能对这个人动情，理智清楚，心却不听话。

忍不住扑哧笑出了声，季曼摇了摇头，道：“是我忘记了，我改。”宁钰轩皱眉，垂了眼眸道：“先回去再说吧。”

“嗯。”季曼快走两步跟上他，安静地上了外头的马车，两人的手却再也没牵上。情字害人，能把聪明的姑娘变成傻瓜。季曼最后问了他一句话：“侯爷不在意好好了？”宁钰轩心里很乱，闻言只轻轻抿唇：“若是在皇上手里，皇上……不会伤

害他。”

季曼嗤笑一声，别开了头。一路再也无话，回到陌玉侯府，季曼独自去了非晚阁。桑榆非晚，打开门里头什么也没有变，只是物是人已非，没了苜蓿，没了甘草，也没了灯芯。季曼一个人踏进去，有陌生的丫鬟迎上来小心翼翼地唤她一声：“聂姑娘。”

宁钰轩跟在她后头，本是想拉住她说一些什么话，然而温婉突然从旁边出来。一年多不见，在府里也从来没遇见过的温婉，拉着他的手哭道：“侯爷，您总算回来了。”淡淡地应了一声，宁钰轩甩开她的手：“有何事？”

温婉一点也不气馁，重新拉起他的手道：“侯爷回来这样久也没去过后院，婉儿一直在凌寒院伺候，夫人可是生病了。您一直关心着外头的人，都没有发现夫人好久没跟您请安了吗？”

柳寒云病了？宁钰轩轻叹一声。也是他原先欠下的债，对于云儿，他算是欠得最多的。

想了想，宁钰轩转身还是往凌寒院去了。温婉没有跟过去，而是看着他走远，然后去了非晚阁。

季曼正在想办法。她想，要是在这十天之内能找回好好，还尚算是有回旋的余地吧？

她刚准备去一趟南苑找宁尔容和聂青云商量一下，结果门就被推开了。“听闻这院子里新住了姑娘，婉儿特地来看看。”温婉还是一脸无辜的模样，压根儿不知道康元已经告诉过季曼她失忆是装的了。

季曼又重新坐了回去，带着点笑意看着她：“婉主子啊。”温婉双眼里都是看见陌生人的兴奋：“这院子里好不容易来了人，姑娘想必也很是得侯爷喜欢，才会住在这里吧？”

季曼心里冷笑，就想看看这人又要说什么：“哪里哪里，不过是随意选一处地方住。”

“听人说，这非晚阁曾经住的是侯爷喜欢的女人。”温婉咬着唇道，“婉儿实在很好奇，什么样的女人能得侯爷的喜欢。上次婉儿侍寝，侯爷半夜又是叫的夫人的名字。侯爷的心，婉儿实在是没有弄懂。”

季曼冷笑，她上次侍寝该是一年多以前了吧？她有必要现在才来说吗？这温婉离间人家感情的技术，真是拙劣。“侯爷这会儿已经往凌寒院去了。”温婉叹息一声，“婉儿这一生大概是没指望得到侯爷的一心一意了。本以为夫人有曦少爷，会得侯爷真心相待，哪里知道非晚阁又住了姑娘进来。婉儿觉得姑娘在侯爷心里不同吧，但是侯爷现在又没来这里。”

说着起身，温婉颇为同情地看了她一眼道：“姑娘保重，对侯爷啊，还是莫要用真心。”

季曼忍着将她的话听完了，若是自己不知道她是失忆的，还真会当她是苦口婆心真情流露。

“婉儿姑娘放心吧，没人会对侯爷用真心。”季曼轻声道，“你也是，我也是。”

温婉一怔，别开眼道：“我是用过的，从看见侯爷那一刻开始，我就……”“温姑娘的感情，只感动得了自己，感动不了别人。”季曼打断她的话，轻笑道，“你可以跟人哭诉侯爷抛弃你，你是如何夜夜垂泪到天明，你可以跟人诉说你与侯爷以前有多恩爱，现在恩情不在，只留你一人伤心，让人觉得侯爷负心。

“但是你在这场爱情里，没有为这段爱情的延续做过多少努力。你只懂让侯爷疼你爱你，却不知道体谅他，不会分担他的压力。只要他爱你如初，你自己却不如当初那样可爱。伤心的虽然是你，但是不值得同情的人也是你。”

温婉一愣，脸色微微扭曲，看着季曼，都忘记了装失忆：“你胡说，分明是你抢走了侯爷！”“婉主子记错了吧。”季曼笑道，“多年以前，侯爷便是桑榆的心上人，后来更是先娶的我。你借着天真单纯抢走了侯爷，又不许人家抢回来吗？”

温婉哑然，却板着脸强辩：“他真爱的人是我，你破坏人家的真爱，才是横刀夺爱之人。”季曼“哦”了一声：“我们那里有很多跟你一样的人喜欢说自己和别人的丈夫是真爱，这爱真的都可以让一个人抛家弃子。我觉得你倒是适合和她们交个朋友，她们有个统一的名字叫第三者。”

温婉茫然。季曼倒是站起来，推着她送到了门口：“另外，不得不说，康元郡主已经告诉过我你的失忆是装的，结果你还来演了一出好戏。虽然你的演技很差，不过我还是看得很开心，晚安。”

把人推出去，将门关上，季曼靠着门，就听见外面一声抓狂的尖叫。演戏被人拆穿，是世上最令人羞愤难当的事情之一，估计温婉今晚上是别想好睡了。“聂桑榆，你个贱人，活该你找不到儿子！”温婉咆哮了一声，扭头就跑，一张脸气得通红。

季曼却飞快地打开了门，几步追上她去拦住：“你知道好好的下落？”温婉浑身都在发抖。檀香在背后扶着她，也是一脸戒备地看着季曼。“哈哈，想知道？”温婉眼里充血，看着季曼道，“你跪下来求我啊！”

季曼想也不想就跪了下去，抬头看着她道：“我求你，把好好的下落告诉我。”这一跪真是一点犹豫都没有，把温婉和檀香都吓了一跳。温婉勉强抿了抿唇，哼了一声道：“你求我我也不会告诉你。”

季曼冷笑一声，猛地站起来就推了温婉一把。饶是她背后有檀香扶着，受着这一推也是两个人一起往后跌在了地上。“你见过护崽的母狼吗？”季曼慢慢走近她，轻声问了一句。

温婉摔得疼了，脸色青白地看着她：“你要做什么？”“拿什么开玩笑都好，拿我儿子开玩笑，我会要你的命。”季曼轻轻笑着，神色大概是十分恐怖，吓得檀香都尖叫了一声，扶着温婉死命往后退。

路过的家丁大多也被这边的动静吓了一跳，纷纷上来看着。季曼心里很乱，看温婉已经吓得没人色了，也就冷哼一声，转身去凌寒院找宁钰轩。如果温婉当真知道下落，她是问不出来的，只有宁钰轩才行。

宁钰轩此时正在柳寒云的床边，看着憔悴不已的寒云，心里也颇为愧疚。他怎么会变成现在这样，变得眼里只有一个季曼？他怎么都将其他人忽略得这样彻底，以至于柳寒云病成了这样他都不知道？

季曼不是属于这个地方的人，她是神仙，迟早都要走的，自己又何必那么傻，满心满脑都是她？闭了闭眼，他正打算和柳寒云说会儿话，就听见外面吵吵嚷嚷的。“我要见侯爷。”

“聂姑娘，侯爷在陪夫人，您这样闯似乎不太妥当。”椿皮拦在季曼面前寸步不让。侯爷都已经多久没来看过夫人了，好不容易来一趟还要眼前这人被抢走不成？

“我有要紧的事情。”季曼皱眉。椿皮冷笑：“再要紧，有夫人要紧吗？”季曼抿唇，自己的声音已经够大了，宁钰轩要是在里头听见，应该是会出来的吧？然而等了许久，里头也没动静。椿皮松了口气，轻哼道：“姑娘可以回去了。”

季曼愣了好一会儿，嗤笑一声，没再喊话了。他有他的家室要照顾，现在的自己，才更像个第三者吧。季曼去南苑找了聂青云和宁尔容一起商量。他们即将启程回靖州了，在那之前会帮着她将京城里都找上一遍。季曼点头，决定明日自己去盘问温婉。

然而，第二天没等她去找温婉，屋子门口就涌进来很多家奴，不问其他，先就将她拿下了。季曼正觉得茫然，那头檀香就出现了，红着眼睛道：“就是她害的！”温婉死了，在她去凌寒院和南苑这两个时辰不到的时间里，在房间里毒发身亡。

季曼很茫然，温婉可是这本书的女主啊，虽然智商不够用，但是也是个重要人物，为何会死得这么突然？来不及让她辩解一二，家奴直接将她押送去了衙门。

“毒是剧毒，不到两个时辰就发作了，死者生前只与聂姑娘接触过，并且有证人称，聂姑娘曾经说过威胁死者性命的话，故而本官就只有先将聂姑娘收押了。”京兆尹站在公堂之上，一本正经地道。

季曼冷笑一声，自己要是有那种隔空撒毒的技巧，温婉早死了不知道多少回了。耳边有谁的叹息声，季曼闭上眼，自己很久没看见聂桑榆了。“她死了啊……”聂桑榆的声音听起来又感叹又像是松了口气，“你替我报了前世的仇了。”

“那你的心愿是不是了了？”季曼着急地在心里问她。“我的心愿很简单，是你想错了。”聂桑榆满是叹息地用尽最后一点力气，替她重放了当初那个画面：安静的房间里，聂桑榆伸手替陌玉侯披上一件雪松披风，陌玉侯抬头，眼里尽是温柔。

道理季曼都懂，所以聂桑榆心愿到底是什么？季曼要抓狂了，心里反复地问聂桑榆，却再没了回应。

“妾身绣这披风，绣了许久许久。雪松是不是栩栩如生？披上它会特别暖和，哪怕外头下雪都不怕……而且这披风去月老庙里供过，带着我的心意。旁边的夫人、姑娘都赞我手巧呢。”

画面没了，倒是有聂桑榆满是期许的声音，透着女儿家的娇羞和期盼，大概是将东西递了过去。“我不需要。”有人无情地将披风挥开，“聂桑榆，你先来解释一下，为什么要打菱儿院子里的丫鬟。”

……

季曼愣了愣，好像有什么东西从脑子里闪过去。聂桑榆说自己的心愿很简单，那是不是……其实只是想让宁钰轩穿上那件披风？那件带着她少女心事，精心绣了许久的披风？

这女人的脑回路不是自己能理解的，不过万一真是这样呢？季曼回过神来，挣扎着想起身，想回去找找那披风。“带走！”身后的衙役将她押得死死的，转身就往大牢里送。

刚刚发生了命案，又哪里容许她回去拿披风？季曼慌了，好不容易解开了谜底，难不成又要离回去的路越来越远？“钰轩！宁钰轩！”她忍不住大叫，还是第一次这般失态。

然而宁钰轩正在侯府里陪着柳寒云小声说话，哪里听得见她的喊声？季曼都想笑自己，还真当那人有顺风耳吗？

等她被押走了半个时辰之后，宁钰轩才将柳寒云的被子拉上来盖好，转身出去

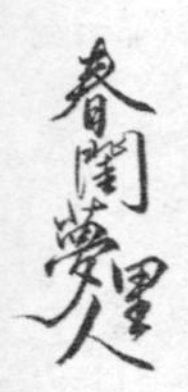

问怎么回事。

“听说是聂姑娘杀了婉主子。”外头不懂事的椿皮直接开口道，“蔷薇园的家奴情绪激动，已经擅自做主，将聂姑娘带去衙门了。”宁钰轩一震，过了好久才开口：“她……在哪里？”

“在衙门啊。”椿皮以为他问的是聂桑榆。“我是问，婉儿的尸体在哪里？”宁钰轩深吸了一口气。椿皮低头道：“在蔷薇园。”昔日被他万般宠爱的温婉，满身红装地进了侯府，最后却惨死在蔷薇园，眼睛都没有闭上。

第一百一十章

你走吧

“是中毒？”宁钰轩看了一会儿，问旁边的檀香。檀香哭得已经没了人样，抽抽搭搭地道：“主子不过是去非晚阁看了一趟，大概是哪里话没说对得罪了聂姑娘，聂姑娘就扬言说要主子的命。许多家奴在场，都是听见了的。结果主子一回来，就当真中毒而亡了。”

宁钰轩抿唇，旁边还有衙门的仵作在候着。他侧头看了那仵作一眼，道：“验尸吧。”

仵作表情有些为难地扫了檀香一眼。檀香死死护着温婉的尸体道：“侯爷，主子生前便是冰清玉洁之身，现在她都死了，您怎么还能让别人碰她？”

“你家主子这样死了，不该验尸来找到凶手？”宁钰轩板着脸道，“让开。”“不行！”檀香摇头道，“凶手就是聂姑娘，所有在场的家奴都可以做证。这案子根本没什么好查的，侯爷又何必偏袒？”

“主子一生都是为着侯爷活的，现在死了，侯爷还不让主子安生吗？”檀香哭得撕心裂肺，连旁边的仵作都有些动容。宁钰轩却是冷静地看着她，轻声道：“檀香，你伺候婉儿，也有好几年了吧。她是为了我死的，还是为了其他人死的，你会不知道？”

檀香一怔，也不知道是生气还是害怕，身子微微颤抖："侯爷怎么能这样说……主子她这辈子只爱过您一个人，您难道不知道吗……"

宁钰轩轻笑了一声，挥手让家奴将檀香给拉开："验尸之后，自然会知道。"檀香脸色惨白。不是说侯爷心里至少还会有主子的位置吗？不是说主子这一死，怎么也能让侯爷微微动容吗？是她说的不够让侯爷感动还是因为什么？侯爷怎么会执意要验尸？

檀香慌乱了，虽然被家奴拦着，但是不停地越过家奴要去看地上的尸体。温婉的尸体就在一床被子之上放着，衣衫整齐，脸上却青白难看，再也不复当初风姿。

温婉是用来压垮宁钰轩的最后一根稻草，也是宫里那位算计好了的，是将宁钰轩与聂桑榆彻底分开的最后一刀。只可惜宫里那位不知道，做事果决之人，在感情上也是不会意气用事的；况且他选这把刀，也实在是太钝了。

仵作验尸，因为是中毒，所以必须将死者的肚子划开，取胃中残留之物去查。这死者是侯爷的家眷，所以仵作很是为难地询问宁钰轩："真的要验尸吗？"宁钰轩点头："务必查清真相。"檀香跌坐在了地上。

尸体是现场验才最精确，仵作也没耽误，遣散了周围的人，留下檀香和宁钰轩，以及背对尸体拦着檀香的家奴。仵作便将温婉的衣物尽除，用刀将肚子划开，取出胃中之物。

空气里散发着一股令人作呕的气息，檀香也忍不住捂着口鼻，眼泪都流不出来了。

"查清此物即可知道是何毒。"仵作道。宁钰轩点头，最后看了温婉一眼，伸手拿了旁边的白布替她盖上："厚葬吧。""是。"家奴应了。檀香看着陌玉侯脸上始终未变的神色，终于是彻底放弃了。这个男人对曾经那般深爱的女子都能如此狠毒，还能期待他为情做些什么？

最赢不过的就是这种没有感情的人，宫里头那位也赢不过。"查出毒和来源还要一天的时间，今晚聂姑娘估计只有在衙门过夜了。"仵作朝宁钰轩行了礼。"无妨，你们照顾一二便是。"宁钰轩淡淡地道。

家奴站在自家主子旁边，看着温婉的尸体被抬走，看着仵作拿着东西离开。四周都没人了之后，宁钰轩才长长地叹了一口气："还是莫用情最好，情才是穿肠毒药。"

家奴似懂非懂地点头，看着宁钰轩转身要走，便问了一句："侯爷去哪里？"

"衙门。"

家奴："……"侯爷不是说不去看了吗？

因着是陌玉侯府的人，季曼没有被用刑，堂上问了两句话，又与府中家丁对质了之后，便被关进了天牢。

她还真是与这地方有缘分，出去了也再得进来。只是这次，隔壁牢房没有人陪着她说话了，只有一个浑身脏兮兮的囚犯，对着窗户哀号着。

季曼将来这里的每一件事都回想了一遍，也就不至于那么无聊。但是一回想，她首先想起的竟然是刚来这里的喜堂之上，宁钰轩那厌恶的眼神；再然后是蔷薇园，他也是一脸嫌弃地看着她，之后种种，一张张的都是那张虽然很好看，但是很讨厌的脸。

两人的交集明明不多，为什么她回想的时候，全要想到他？季曼有些怔忪。牢房里只有囚犯的哀号声，别的什么也没有。她靠在因关系而得来的棉被上，渐渐地就睡过去了。反正男主是不会破窗而来，带她乘月而去的，她也不用抱什么期待。

天牢的过道曲折，她这间过去几步的地方就有一个拐角，宁钰轩现在就站在那里，从栅栏的缝隙间看过去，勉强能看见她。千应臣陪着宁钰轩在这里站了很久了，忍不住就重重地咳嗽了两声。吓得前头的宁钰轩转头狠狠瞪他一眼，又慌张地看牢里的动静。

好在季曼已经睡着了，压根儿没听见，只是翻了个身。松了口气，又有点失落，宁钰轩挥手轻声道："回去吧。""好。"千应臣无奈地撇嘴，叫自己出来，就是陪他在这儿装了一会儿石头就算了？

侯府发生的命案，初步判定聂桑榆有杀人动机，嫌疑最大。但是第二天，仵作便查出温婉所中之毒，乃是宫里才有的"红颜醉"，专为赐死嫔妃而制。宁钰轩抱着温婉的灵位跪在皇宫门口，惹得一众大臣百姓围观。皇帝不得不亲自出来将他扶起，解释对此事并不知情，并且一定会严肃处理。

宁钰轩天天去宫门口守着，也不进去，就抱着灵位施压。不得已，赵辙拉了个新封的宫嫔出来顶罪，并且一命还一命，赐死那宫嫔，好让宁钰轩安心出征。

结果问题来了，这宫嫔是宫里除了沈幼清外的第一人，自然也是有来头的，乃是三司使罗大人家的庶女，罗芊芊的亲妹妹。赵辙有点麻烦了，并且为这些麻烦事，一时半会暂且没有精力应付季曼和宁钰轩。

季曼被放出来，没有去找宁钰轩，而是继续在找好好。皇上的麻烦是暂时的，

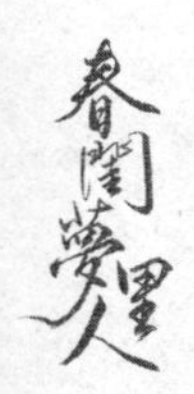

等他忙完了，自然也还是会与季曼为难。不过她不怕，因为她已经计划好了，若是十日之后，宁钰轩出征，好好尚未找回，她就亲自去送他，将雪松披风给他披上，离开这个地方。

什么烂摊子都留给这群书里人吧，她不想奉陪了！在京城里找了五天，依旧没有好好下落，季曼已经快放弃了。她猜好好应该是在宫里没有错，就看皇上什么时候肯还了。

小小年纪就被人拿来当筹码放来放去的，也不知道以后还认不认识她这个娘亲，要是不认识，她一定要去毁了宁钰轩的容，让好好也不认识他了，两厢也就算公平了！

宁钰轩这两天格外老实，几乎没有怎么看见人，好像是在做什么事情。他撞见她两回，也只是远远点头，匆匆就走了。大概是准备着出征，所以很忙吧？季曼轻笑一声，看了看从柜子里翻出来的披风。

这是那件聂桑榆亲自绣的雪松披风，配上宁钰轩那一身白色铠甲，也该是好看。

三日之后便是出征之时，这次出征不知为何有些特殊：要在城外校场之上，皇帝亲自点兵出征，文武百官皆在，只是怎么看都觉得少了点什么。

季曼央求了宁钰轩许久，宁钰轩也就同意了让她去送自己出征，可以当着一众士兵的面秀个恩爱，比如将披风披上他的身子。她终究是选择了留下来，他也没有强求。季曼觉得有一句话说得很对，等会儿一定要告诉宁钰轩。

一起去校场的时候，他们共乘了一辆马车。宁钰轩道："如果可以，你还是回天上去吧。等这一切平息了，你再回来找我。"季曼轻笑一声："好啊。"只可惜她一旦回去了，也就再也回不来了。

不过季曼已经想通了，这终究不是她的世界，宁钰轩也不是她的良人。要求宁钰轩一心一意，就像要求马必须站起来和人一样走路。世界都不一样，她也不能自私地要求他那么多。

在这里发生的一切事情，都当是一场梦吧，她已经改变了聂桑榆的命盘，结果是聂桑榆没有死，反而温婉死了。温婉死了，这本书也就该大结局了。她不会有什么舍不得的。

捏着披风的手紧了紧，季曼深吸了一口气，旁边的人也没再说话。到了校场，一番礼节之后，赵辙下令出兵。季曼也就抓着这个机会小步跑上前去，喊了一声："钰轩……"

那人回过头来，眉目间满是温柔，看得她微微怔了怔。

“我……亲手给你做的披风，还是披着走吧。”披风抖开，上头的雪松依旧栩栩如生，带着一个女人的心愿，很是温暖。“好。”宁钰轩轻轻应了一声，放开马鞍，转身走到她面前。

文武百官皆在，皇帝也在上头站着。季曼觉得可能是人太多了，所以她手有些抖。“你曾说，桑榆的心愿是听我一句‘我爱你’。”宁钰轩借着她系披风的动作，轻轻在他耳边道，“我现在说，你是不是就可以离开这里了？”

“嗯。”季曼垂着眼，慢慢将手绕过他的脖子，将带子拉到了他的衣襟前头。“聂桑榆会变成一具尸体吗？”“应该是，又或许不是。”季曼慢慢地给他打了个蝴蝶结，“桑榆的灵魂好像很虚弱了，或许会撑不住这身子。”

宁钰轩的眼神陡然有些凌厉起来，伸手将她抱在怀里，声音也有些急了：“不管如何，你能离开的，是不是？”“我当然能啊。”季曼不知他到底是怎么了，被他勒得腰都快断了，怎么也无法回头看。

“那便好。”她听见宁钰轩的声音，那声音带着些如释重负的坦然，“我爱你。”季曼一震，心里突然就有种说不出来的感觉。一阵风吹过来，披风微微翻动，上头的雪松也像是活了一般，发出些光来。他死死地抱着她没让她回头，倒是不停地轻声道：“我爱你，季曼。”

她听见自己的心跳声，像是哪里坏掉了，跳得很快很快。眼前的光也越来越多，意识渐渐模糊，好好像突然飘到了半空之中，猛地就看见了身后的场景。本是要出征的士兵，突然都提前将钩戟长铩使了出来，一步步朝抱着个人的宁钰轩逼近。而他一直死死抱着聂桑榆，在她耳边喃喃说着话，眼睛却是看向那群士兵。

季曼一惊，这也才终于发现了这场出征到底是哪里不对劲。今日来的文武百官之中，没有宁明杰，没有聂青云，更没有六部平时熟识之人。萧天翊站在皇帝身边，四周都是萧家的人。

只有宁钰轩一个人，站在百人包围之中。“不要……”季曼很想发出些声音，然而没人听得见她说什么，宁钰轩怀里的女人也像死掉了一般慢慢跌了下去。“谢谢你。”有疲惫的声音轻轻地说了这最后三个字，终于彻底消失在脑海。

季曼睁大了眼睛，慌张地喊：“不—”她不要走，至少不应该在这个时候走啊。宁钰轩怎么办？他一个人，怎么会踏进这么可怕的陷阱里！天边响起了阵阵惊雷，季曼想留在这里，却也是徒劳。

季曼猛地睁开眼睛，看见的竟然是公寓的天花板。闹钟还在旁边不停地转动，旁边的日历显示着 2014 年 8 月 27 日，还有她准备带去公司的一大堆报表。

没有复杂的古色刺绣，也没有血腥的尔虞我诈，没有尔容、玉润，也没有温婉、宁钰轩。

她茫然地坐起来看了看四周，那个世界已经过了好几年，却只是她睡了一夜的一个梦吗？呆呆地坐着，伸手掐了掐自己的大腿，季曼失笑。原来都是一场梦啊，没有什么女一、女二，也没有什么陌玉侯。这么多年的争斗，活得小心翼翼，斗得头破血流，原来都是一场梦。

睁眼，就还是太平盛世，男女平等一夫一妻的世界，多好啊，季曼干笑两声。只是觉得脸上有些痒，好伸手一摸，才发现不知道什么时候流出来的眼泪，竟然已经在脸上干了不少了。

为什么会哭呢？她歪着头没有想明白。不过是一场梦，那里面的人也就是梦里虚构出来的人罢了，怎么会让她哭？季曼呆呆地洗漱了，拿上报表，踏了高跟鞋，出门上班。

A 市的空气依旧让人觉得讨厌，乘地铁的时候也是拥挤得让人想吐。空气里都是早餐包子的味道，不过地铁可比马车平稳多了，不会像拖拉机一样地颠簸，而且转眼之间就可以跨越半个城市。

季曼出了地铁口的时候还在想，若是让宁钰轩也来坐一趟地铁，估计不管那人平时有多镇定，也会被挤得面无人色。“早。”跟公司几个隔间里的人打了招呼，季曼跟平时一样坐下，麻利地准备开始工作。旁边的同事偷闲逛网页，突然叹了一口气道：“这句话说得可真好。”

季曼没有听。她一向是讲究工作效率的，虽然看着手里的报表，已经很是茫然，但是她必须快些适应。旁边的同事已经自顾自地念了出来：“卦不敢算尽，畏天道无常。情不敢至深，恐大梦一场。哎，季曼，你说这句话是不是特别有意思？”

开电脑的手一顿，季曼愣愣地转头看着那位同事。“卦不敢算尽，畏天道无常。情不敢至深，恐大梦一场。”自己不就是大梦了一场吗？幸得未情深。

“你怎么了？”同事被她吓了一跳，连忙抽了纸巾给她，“哎，你别哭啊，这是怎么了，昨天看你还是好好的，是不是失恋了？”“我怎么会失恋，都没有谈过恋爱。”季曼也愣了，拿纸过来将脸上的泪擦干，笑道，“多半是昨天小说看得太晚了，眼睛累了。”

同事一脸八卦地看着她：“别装啦，我谈过那么多恋爱，还能不知道失恋是个什么模样？你啊，太要强了，不知道背后多少人喊你灭绝师太呢。你偶尔温柔一点，打扮一下出去约个会吧。好男人那么多，不要在意那么一个两个。”

“是啊。”季曼应了一声，笑道，“没事，我不在意的。”那般风流的男人，有什么好在意的。伸手摸了摸手机，发现竟然忘记带了，猛然想起，那上头还有她看的小说，还没有看见结局。

想了一会儿，季曼还是打开了网页，百度昨天看过的那本小说，翻到最后一章。“陌玉侯被困于大军之中，也真是赵辙精心设计，要就此除去陌玉侯。眼看着一柄长枪就要穿透宁钰轩的胸膛，校场之外却传来了……”

省略号之后是下一章的内容，季曼屏住呼吸点下一章，然而，竟然显示资源不存在！

翻开书的封面页看了看，最后一次更新，竟然是半年前！季曼大怒，一看作者姓名，竟然是匿名。翻开网站客服，季曼忍不住就是一阵狂骂。客服十分抱歉地告诉她，作者更新到这里之后就联系不上了，书也只能一直断更。

竟然没有结局？季曼气笑了，翻着前头没看过的章节来看，一看便愣了。女二没有直接死去，而是诈死归来，之后慢慢地一步步夺回了男主的心，将女主挤下神坛。

季曼愣愣地看了一会儿，肩膀突然被后面的人拍了拍，回头一看，自家上司正黑着一张脸看着她的电脑屏幕。“抱歉。”季曼闭了闭眼，转手就想把网页关了，却在关的一瞬间好像听见了谁在喊她：“季曼。”

“上班不要做与工作无关的事情。”上司还在背后唠叨，“如今公司不景气，随时准备裁人。你要是不想干了，多少人在后面等着呢……”“我不甘心……”这次不是聂桑榆的声音了，细细一听，竟然是宁钰轩的。

“你还不关掉这个乱七八糟的东西？”

“其实你也是爱我的，为什么总是骗你自己说没有感情？”

“季曼？”上司有些怒了。季曼傻了，盯着那网页使劲儿看，末了想起什么似的，起身就往公司外面冲。

“季曼！”上司在背后怒吼，“你被开除了！”

开除就开除吧。

如果是一场梦的话，就让她一直梦下去吧。

“季曼……”

“别喊了。”季曼踩着八厘米的高跟鞋跑得飞快，“老娘一定会回来的！”

脚下突然一崴，季曼整个人就摔了出去。

睁开眼，这次是古色古香的帐子顶。“姑娘怎么了？”侯府里的丫鬟推门进来，

看着她道，“您该起身了，侯爷那边也准备得差不多，等会就要去校场了。”季曼傻了，瞪着眼看着丫鬟：“今天是侯爷出征的日子？”“是的。”丫鬟奇怪地看她一眼，“姑娘先起来吧。”

第一百一十一章

挑战

季曼怔愣了一瞬之后，弹簧一般地跳了起来，飞快地穿衣洗漱。速度之快，把小丫鬟都吓了一跳。聂桑榆的雪松披风还放在旁边，季曼抿唇看了一会儿，郑重地将披风放回衣柜里去。

不管她刚刚回去的事情是一场梦也好，还是什么也罢，她现在首先要做的就是去将宁钰轩拦下来。她替聂桑榆恨了他这样久，也替聂桑榆爱了他这样久。聂桑榆前世因他而死，心愿竟然不是要他爱上她，也不是要他做什么，而是他能披上她亲手绣的一件披风就好。

那女人多傻，害她白白绕了这么大个圈子。她以为爱而不得的女人会痴狂，会想要男人的心，结果聂桑榆要的，竟然这么少，少得让她都有些心疼。聂桑榆爱的方式不对，做的事情也不对，即使是因为爱，那也是不对的。季曼只能祝聂桑榆轮回到一个好人家，下辈子爱一个对的人。

关上衣柜的门，季曼提着裙子就冲了出去。“侯爷，校场那边已经安排好了。”千应臣等在他的房间外头，见宁钰轩出来，便低声道，“要带聂姑娘走吗？”“要。”宁钰轩抿唇，走出院子道，“她还说，要给我披件披风呢。”千应臣点头。

两人出了北苑，便看见聂桑榆跑得飞快，过来一头撞在宁钰轩的怀里。

“侯爷！”季曼气喘吁吁地抬头，“不要去校场，校场有埋伏，皇上想杀你！”千应臣和宁钰轩脸色都是一变。宁钰轩的第一个反应，竟然是伸手将她的嘴捂住。

季曼睁着一双眼睛，有些焦急地看着宁钰轩。“你……”宁钰轩倒吸了一口凉气，左右看了看，压着声音道，“你为什么会知道？”“我是神仙啊，你忘记了？”季曼拉开他的手，“反正就是不能去！”

旁边的千应臣用一种看疯子的眼神看着她。神仙……宁钰轩沉默了一会儿，轻叹一声道：“你相信我吗？”季曼看着面前这人一脸平静的神色，不由得也跟着镇定了下来，别开眼看着别处道：“倒是挺相信的……”

“相信我的话，就跟我走。”宁钰轩笑道，“我不会害你。”她当然知道他不会害她，还在最关键的时候傻兮兮地说什么“我爱你”，想让她离开。季曼叹了口气，看这样子她也拦不住，不如先去联系了自家哥哥，带兵去校场守着。

宁钰轩没给她动作的时间，拉着她就上了马车。“不是说有披风要送给我？”车上，宁钰轩扫着她空空的两只手，有些不满地道，“骗我的？”“不是。”季曼连忙解释，“我要是把那披风给你，说不定真的会消失回天上去，所以我不给了。”

宁钰轩侧头看她一眼，伸手将她的手拉过来道：“你要是哪天要回去，先告诉我一声，不要突然就不见了。”“好。”季曼心里有些沉重。她已经回去过了，回到她一直心心念念想回去的地方，却不知为什么，会哭得那么伤心，好像整个世界都已经不是世界，而是牢笼。

也就那个时候她才发现，原来自己不知不觉被聂桑榆影响着，也爱上了这万恶时代的浑身上下充满大男子主义的宁钰轩。不过人家要钱有钱，要权有权，要脸还有脸，也是她高攀了。除了当他的女人有些挑战，并且还要承担三妻四妾的压力之外，其他都还是挺好的。

世上没有完美的爱情，有些缺陷想办法弥补一下也就是了。既然决定要好好在这里与他一起写个结局，那自己就不能再轻易放手了。季曼深吸了一口气，将宁钰轩的手也握紧了些。

前方还有挑战在等着他们。

走到校场门口，文武百官已经陆陆续续来了，跟上次的场景简直是一模一样，季曼也有些心慌。程序走完之后，皇帝下令出兵，季曼也是依旧抓着这个空隙要去宁钰轩身边。

只是这次她没披风要送，只能尴尬地站过去看着他。

“要说什么？”宁钰轩轻笑着看着她。季曼轻咳了一声，想了想，干脆大胆一些，半跪在宁钰轩面前，将他的手执起来，轻轻吻了一下手背。“妾之余生当与侯爷一起，生死与共，风雨同舟。”季曼抬头看着他，眼睛亮亮地道，“不管侯爷此去多久，妾都当守在京城，等待侯爷荣归。”

宁钰轩轻轻一震，旁边的文武百官也是听得一清二楚，不仅有些哗然，皇上的脸色更是难看，死死地盯着场中那二人。“好。”许久之后，宁钰轩才伸手将她拉起来，看了一眼皇帝道，“臣未过门之妻，就有劳皇上多照顾了。”

赵辙没笑，只淡淡地哼了一声。校场上起风了，吹得人周身都有些冷。“侯爷为国效力，朕也是的确应该好生照顾。”赵辙开口道，“只可惜最近朝中有人上书，言明侯爷有谋反之心，私下贿赂大臣，掌控朝政，藏朝廷之奏折，还私制龙袍。”

季曼站在宁钰轩身边，闻言皱眉看向赵辙。“朕虽然痛心，却也只能依法将侯爷拿下。”赵辙拍了拍手，四周的人便渐渐拥了上来。钩戟长铩，一如上次那样对准了宁钰轩。只是这次，季曼是在他身边，与他并肩而立的。

宁钰轩笑得很从容，侧头看着季曼道：“有一句话我想说很久了。”“嗯。”季曼抢在他前头淡淡地道，“我爱你。”宁钰轩：“……”

本来深情的氛围被她扫得一干二净，宁钰轩哭笑不得地道：“你不是一直想听我说吗？这个时候了，你怎么还不让我说出来？”“你的爱情观和我不一样。”季曼看着周围越来越近的士兵道，“你觉得爱一个人是保护她，让她躲在自己背后？”宁钰轩点头。“我觉得爱一个人是站在他旁边，与他一起承担风雨。就像我很早以前给你说的，我不喜欢凌霄花，我喜欢橡树。”季曼认真地道：“简而言之就是今儿要生一起生，要死一起死。”

宁钰轩怔愣了一会儿，旁边的人听得也是微微一愣。季曼站在他身边，看着远处的赵辙，深吸一口气，然后很小声地问宁钰轩：“所以你到底是要生还是要死？”还以为她要说什么豪言壮语呢，宁钰轩捂住了眼睛，闷笑两声道：“尽量活下去吧。”

“好。”季曼挺直了腰杆。眼看着前头一个士兵的长枪就要刺了过来，外头却突然响起了一阵整齐的士兵踏步声，声音之大，犹如天边响雷慢慢逼近。校场的人都吓了一跳，纷纷往远处看去。

黑压压的一片士兵穿着铠甲，从军营一路延伸过来。宁明杰骑马走在最前头，慢慢进了校场，下马走到圣驾面前道：“八万大军已经整合好了，就差主军元帅，还请皇上下令出发。”

赵辙脸青了。大军是屯在京城旁边的城镇里的，要出发也是宁钰轩该出发去整合这些士兵，然后继续往边界带。宁明杰没有兵符，怎么去将人都调来了的？这

八万多人压过来，是要吓死谁啊？

一众官员脸色都青了。那头几个不长眼想抢功的士兵已经和宁钰轩打起来了，虽然部分人已经停手，但是始终有那么几个不怕死的。季曼说了与他共进退，就一定是共进退，在士兵们围上来的时候，她就已经跳到了战圈之外。

宁钰轩哭笑不得，难得还有闲暇说话："不是说要与我同生共死吗？"季曼点头："是啊，可是我不会武功，站你旁边只有添乱的份。你现在要是大吼一声让我快跑，我绝对会头也不回转身就跑，给你减轻负担！"

宁钰轩大笑，抽出刀就将近身的一个士兵砍飞。地上躺了两个，旁边还有两个负伤的，宁钰轩身上也挂了彩，毕竟是以一敌五。"把这几个犯上作乱的人给朕拿下！"大军都压境了，还能有什么说的？赵辙果断翻脸不认人，将与宁钰轩对砍的几个人统统抓起来。砍头啊！敢伤朕爱卿？

宁钰轩松了口气，季曼也松了口气，周围的文武百官都在纷纷称赞："侯爷好身手啊，有此良将，必不再畏他国来犯。""是啊是啊，刚刚那场比武真是精彩，侯爷的实力大家有目共睹，三军莫有敢不服者。"

明明是一场谋杀，被他们说成了比武，季曼心里骂着，过去扶了宁钰轩。他肩上一个窟窿，也算是伤得不轻。"多谢皇上厚爱。"宁钰轩还给赵辙行了礼。赵辙笑得虚伪："侯爷免礼，平身准备出征吧。"

"是。"宁钰轩应了，被季曼搀扶着起身，却毫无预兆地突然就晕了过去。季曼只觉得手上一沉，整个人差点跟着他摔到地上，忍不住惊呼了一声："侯爷！"周围的人都吓了一跳，那头宁明杰也赶紧过来扶住宁钰轩。

"兵器上有毒？"季曼只能想到这个了，抬头怒视赵辙。赵辙微微抽了抽嘴角："怎么会有毒？都是比试用的兵器，点到即止的。"季曼扶着宁钰轩，有些着急地道："先去找大夫！"

"皇上，侯爷再不出征，会误了吉时。"旁边有礼官皱眉提醒，"吉时一过，再出征便是大大不利。"那些人都迷信这个，并且认为十分灵验，不然也不会有这么多礼官和研究天象时辰的部门了。八万大军已经在外头等着，主帅却突然昏了。要是硬扛上马，士兵们看着昏迷的主帅，这仗还用打吗？直接送给敌国算了。

可要是等宁钰轩恢复过来再出兵，误了吉时不说，让八万人站着等你一个人，这主帅还能服众？旁边的人掐人中、点穴位，什么方法都用过了，宁钰轩还是昏迷不醒，肩上的伤口还被折腾得更深了，看起来有些可怕。

赵辙铁青着脸看了宁钰轩许久之后，终于是咬牙道："宁明杰何在？""臣在。"

宁明杰重新跪了下来。“朕现在赐你西征元帅之位，带领援兵，远赴边关，固我澧朝疆土，保我百姓平安，你可愿意？”

宁明杰深深叩首：“谢主隆恩。”季曼扶着宁钰轩，简直是大喜，他不用出征了。虽然她也担心他为什么突然晕过去，但是这就不用出征了也挺好。“罢了，将侯爷先送回侯府吧。”赵辙看了季曼一眼道，“临时换帅，也是无奈之举。但钰轩实为战场良将，等病好之时，便也跟着去边关吧。”

“是。”季曼替宁钰轩应了。看来就算是装病，宁钰轩也得病上很长一段时间了。季曼带着宁钰轩回去侯府，路上他就醒了，睁着眼睛看着她道：“免你两难了。”

他不用出征，便可以和她一起想救好好的办法，不用将她一个人留下面对赵辙了。季曼看着他还在流血的伤口，皱眉问：“你故意的？”“嗯。”宁钰轩微微撑起头，放在她的腿上，找了个舒服的位置闭上眼睛，“赵辙已生除我之心，要么是我死，要么是他这朝亡。”

季曼一惊，皱眉道：“又要争权？你也折腾了很多次了，为什么不干脆自己做皇帝？”

“我也想过。”宁钰轩无奈地笑了一声，“但是宁家祖训，不可谋夺皇位，不可更改天下姓氏。所以皇位上的人在不停地换，却是如何也不能让我自己坐上去。”

否则那么多次机会，他又怎么能甘心一直位居臣下？季曼恍然大悟，原来是因为这样啊。她还真当他没那么大的野心，一心只想匡扶社稷呢。“皇上要我病好出征，所以我只会越病越严重。”宁钰轩看着季曼，深深地道，“我只将这些性命攸关的话说给了你一个人听，你可莫要负我。”

“好。”季曼认真地点头。新帝又处于刚刚登基、根基未稳的时刻，但是季曼觉得这次宁钰轩的胜算没有上次大，毕竟赵辙是城府很深的君王。当初他做太子之时的那份心机与谋略，都是赵玦和赵离比不上的。

宁钰轩有妻儿的掣肘，虽有六部之臣与武将为伍，但是怎么看也是处于弱势的。季曼挺愁的，一是不知道现在自己处在的这个位置到底是梦境还是现实，二是自己怎么就选了个这么麻烦的男人，随时随地都有可能性命不保，自己还得帮着操心。

情不敢至深，恐大梦一场。但是大梦一场又如何？总算是好好爱过了，也比醒来茫然四顾，连哭都不知道为何而哭来得好吧？

深吸一口气，季曼摸了摸宁钰轩的脑袋，低声道：“这次我站在侯爷这边。”宁钰轩睁开了眼，灼灼地看了她一会儿，又慢慢将眼睛闭上：“嗯。”他也是很开心，虽然知道女人应该没什么用，但是她终于肯跟他在一起，已经足够让他觉得幸运。

至于过去的事情……那就让它过去吧。季曼跟其他女人不一样，不会因为与谁有了肌肤之亲，就寻死觅活。他……也可以忘记那件事。

季曼全然不知自己被赵辙暗中摆了一道。回去侯府，她先是将宁钰轩的伤口处理了，接着找了大夫来诊断，让大夫断定陌玉侯是中了奇毒，半年之后才可能将毒素全部清除。报去赵辙那里，赵辙冷笑了几声，却也无法，只能让宁钰轩好生休养。

休养的时候，赵辙就想对宁钰轩的权力下手。但是宁钰轩比赵辙的动作更快，当即就上了奏折，将自己养病期间的职权分配全部列好交了上去，还往朝中元老那几处递了。宁钰轩将手里的权力分散，给了千应臣大部分，给了六部尚书小部分，最后一部分给了自己门下的亲信。

赵辙本想不同意，然而这奏折写得极好，用词委婉而显含劝谏之意，也让几位老臣表示赞同，都觉得没有更好的办法了。于是千应臣升为了六部司察，跟随丞相左右。宁钰轩也就乐得清闲，每天在府里逗逗鸟看看花，再逗逗季曼，日子也是挺好过的。

沈幼清据说是怀孕了，季曼听了，二话不说就进宫去见。为何她一个民女能随时进宫？因为赵辙下令，聂氏桑榆有进宫之权，无需令牌。皇上的话自然是没人敢反驳的。正常情况下季曼也不会进宫找不痛快，但是这次不一样。

怀孕的女人都是最心软的，更何况是这么多年之后好不容易怀上孩子的沈幼清。季曼作为过来人，分享了不少经验之谈给沈幼清。沈幼清的封后大典即将举行，整个人也高傲了不少，听季曼说了许久，也是一脸狐疑。

“娘娘也知道，给腹中胎儿积福是最重要的。”季曼一脸正色地道，“饮食休息都是次要。在怀孕期间，不能害了别人，否则就会折损肚子里孩子的福气。相反，若是帮了谁完成心愿，那人感谢娘娘，娘娘肚子里孩子的福气也会跟着增加。”

沈幼清心里微紧，这里的女人愚昧，听科学知识听不进去，对这些迷信的反而上心。季曼看她害怕了，便又多说一句：“特别是小孩子害不得，孩子与孩子之间有能沟通的灵魂。您要是害了其他的孩子，自己的孩子也不会安生。”

脸色微白，沈幼清站起来道：“多谢聂姑娘。本宫今日有些乏了，便先去歇息了。聂姑娘自便。”季曼点头离开。但是接下来几日，她都往宫里跑，跟沈幼清说些神佛之事。第五天的时候，沈幼清已经是对那些“害人折孩子福气”的传言深信不疑了。

女人比男人是好对付多了，沈幼清手里不知道有多少冤魂，现在定然是日日夜夜都睡不好的。季曼也就开始在宫里继续找好好，并且时不时在沈幼清宫门口晃悠，询问宫女有没有看见她的孩子。

沈幼清做噩梦了，梦见聂桑榆化为了厉鬼，来问自己她的孩子去哪里了。她尖叫着醒来，见窗子外头还真有鬼影："啊—"

沈娘娘这一吓可是不轻，直接导致胎像不稳，吓得宫里的太医急急地过来保胎。

季曼第二天就被传召进了宫里。沈幼清抿唇看着她道："聂姑娘去过望月楼找吗？"

望月楼自废帝、废后在那里一起死了之后，便成了宫中禁地，一般是不准人进去的，季曼自然没有去过。

听沈幼清这样说，季曼也才匆匆往那头跑。推开带锁的宫门，走到望月楼几层楼里都去找了，最后看见有地下仓库的门，季曼这才喊了人来，和她一起将仓库的门打开。"有人？"里头传来鬼白的声音。

季曼跌坐在了地上，听见里头好好的哭声："爹爹！"好吧，不计较他喊的是爹还是娘了，孩子找回来了！

鬼白和好好在街上的时候突然被人用迷药带走，醒来的时候便在这地窖了，每天就从一个洞口拿吃的。所以不管季曼怎么找，也是找不到他们的。

看见好好一点血色也没了的小脸，季曼咬牙，心疼地将他抱起来。"你是谁？"好好疑惑地看着季曼，扁起小嘴，脸上还挂着眼泪。

第一百一十二章

男人靠不住

季曼张了张嘴，很想说我是你娘亲。可是好好已经这么大了，看着她的眼里全是陌生，季曼突然就有些难过。“先回侯府再说吧。”鬼白看着季曼，点了点头，跟着快速离开宫里，赶在赵辙发现之前回到侯府。

季曼不打算同赵辙争论好好为什么会在望月楼的地窖，只要人回来了，以后保护好，那就没有关系。少了好好当筹码，赵辙大概也会头疼上一阵子。

“为什么会被带走了？”赵辙低喝一声，怒视着床上的沈幼清。

沈幼清脸色苍白，刚刚喝完安胎药，皱眉道：“聂氏不是已经当着那么多人的面，与陌玉侯立下誓约要生死相许吗？皇上也就不可能再将聂氏迎进宫里。既然如此，那妾身将陌玉侯世子还给聂桑榆，为肚子里的胎儿积点福又如何？”

“荒唐！”赵辙气得上前去抓起她的手腕，“你为何目光如此短浅？只看得见宁瑾宸是聂桑榆的儿子，看不清他还是侯府世子吗？那孩子能威胁得了聂桑榆，自然也能威胁宁钰轩。朕辛辛苦苦将人藏了那么久，你却直接把人送回了聂桑榆那里！”

沈幼清懂得后院争宠，却是不明前朝争端。自己怀了身孕差点流产，皇上不来关心，却一通指责，沈幼清怎么都有些寒心，低了头不说话。“本以为你能助朕一起安定江山，却没想你竟然在背后害朕！”赵辙甩开她的手，拂袖而去，“你自己

在宫里好好反思吧。”

他好不容易抓着一个能稳定局面、吓住聂桑榆又稳住宁钰轩的筹码，竟然就这么被自己人给弄没了。如今宁瑾宸回了侯府，那宁钰轩还有什么可顾忌的？赵辙揉了揉太阳穴。旁边的大太监却道：“内务府将新进宫的宫女名单送了上来，皇上可要过目？”

除了上次顶罪死的罗宫嫔，宫里还没有新人充盈后宫。赵辙想了想，点头道：“拿来吧。”

好好回到侯府，扑去宁钰轩怀里便是一阵哭号。宁钰轩连忙好声安慰，顺便让鬼白去领板子。

季曼就在旁边站着，有些无措。她是第一次以聂桑榆本来的样子见好好，按理来说，应该是亲亲热热抱着喊儿子的，但是她竟然有些紧张了。“好好，你认识这个人吗？”见他哭够了，宁钰轩将好好转了个面对着季曼。

好好眨了眨眼睛，想了很久道：“跟爹爹书房里挂的画很像。”季曼挑眉，看向宁钰轩。宁钰轩干笑两声，捂着自家儿子的嘴：“不是要你说这个，而是你觉得她熟悉吗？”季曼手心微微有汗，朝着好好僵硬地笑了笑。

好好眼神里满是疑惑，摇头，在宁钰轩的手心里呜呜地道：“不太熟……”宁钰轩连忙将声音给他捂了回去，笑着看着季曼道：“孩子从来没见过你这个样子，自然会陌生一点，多相处便好了。”

季曼叹息一声，蹲下来用原来季夫子的声音道：“世子今日可会了新的诗？”好好一愣，下意识地就背起小手，摇头晃脑地念：“日照香炉生紫烟，遥看瀑布挂前川。飞流直下三千尺，疑是银河落九天。”

季曼捻了捻不存在的胡须，点头道：“世子聪慧。”“夫子？”好好睁大了眼睛，惊奇地看着她，挠挠脑袋一脸的茫然，“夫子不长这样啊……”“没关系，不用去想了。”宁钰轩伸手将孩子抱起来，让他看着季曼，“以后你得叫她娘亲。”

好好傻了，半晌之后，抿唇低下了头。季曼笑着问：“不喜欢叫我娘亲？”好好是个聪明的孩子，知道面前的人是个好人，但是他记忆中的娘亲，不长这样。看面前这姐姐笑得有些悲伤的样子，好好的心都纠结起来了：叫还是不叫呢？不叫人家多难过啊，可是叫了的话自己也觉得难过，自己好早就没有娘亲了。

“不叫娘亲，以后叫夫子也行。”季曼笑着捏了捏他的小脸，摸着没有以前光滑了才道，“好好受委屈了。”

话题转移开去，好好扯着自己的衣角避开自家爹爹的目光。不是他不愿意啊，是大姐姐说叫夫子就可以了的……宁钰轩无声地叹了口气。一家三口终于团圆了，可是季曼总觉得侯府里阴风阵阵的。柳寒云卧病不出，只有慕水晴偶尔来陪季曼说会儿话。

“听闻皇上要选宫嫔了。”慕水晴也是大病初愈，难得精神头好，来与季曼聊闲话。许久没见这人，季曼倒是觉得她又好看了一些，也许是因为心里放开了，没什么烦忧，皮肤也是水亮亮的，虽然有些苍白。

“选宫嫔怎么了？”季曼拿了茶点给她。“有热闹看了啊。”慕水晴轻笑两声，“谁不知道沈娘娘是个爱拈酸吃醋的。沈家与萧家现在是姻亲，没什么嫌隙，皇上的龙位自然是稳稳当当。但是万一后宫人多了，出现两个厉害的角色，沈娘娘出了事，那还会这般和平吗？龙椅一旦缺个脚，可就不好坐得稳了。”

季曼觉得慕水晴有时候也是有大智慧的，这番话说得自己恍然大悟。

赵辙一向风流，登基之后，后宫迅速充实起来。沈幼清即将面临的是一大群比她年轻的宫女与她抢恩宠的局面。季曼想想就觉得自家这位还是不抢皇位来得好，一旦登上皇位，再怎么六宫无妃，自己也终究难免和捧月一个结局。

“靖文侯家的庶女听闻也进宫去了。”慕水晴道，“这些日子养病，听见不少丫鬟在碎嘴。靖文侯的最后一个女儿，年方十六，这次也进去了，只是不知道结果如何。”

宁尔容还有妹妹？季曼有些惊讶，但是一想庶女本就地位低微，又是女儿，不便出门。除了有郡主头衔的宁尔容，其余庶女的存在感的确是很低。

找到了好好之后，宁尔容最近是不想回靖州的：一来这样可以免了她的儿子舟车劳顿，二来她怕她家瑞儿孤单，有好好陪着，两个孩子一大一小的倒是好玩。聂青云和靖文侯是先行回靖州处理事情了，季曼去南苑的时候，就见宁尔容笑得花枝乱颤。她随着看去，旁边的好好和瑞儿正一大一小抱在一起在厚地毯上翻滚。

“当心伤着。你这当娘的还笑得这样欢。”季曼轻斥尔客一声，伸手将瑞儿抱上床去，又看了看好好。好好也是开心得脸蛋微红，这两天好东西吃了不少，却没能马上补回来，看起来还有些瘦弱。

季曼摸了摸他的头，轻声道：“世子该去睡会儿午觉。”好好乖巧地点头，爬上床去和瑞儿一起睡。“你妹妹闺名为何？”季曼将尔容拉到院子里说话。宁尔容自然也知道庶妹要进宫之事，抿唇道：“她叫尔馨，是个很机灵的女孩儿。”

“说起来，很久之前皇上还是太子的时候，去靖州，还与尔馨见过。尔馨对他心属已久。亏得堂哥此番推荐，她才有机会进宫圆梦。”宁尔容感叹道，“堂哥真是个好人。”

她的意思是，宁尔馨还是宁钰轩送进宫的？还早就对皇上有好感？还很机灵？她怎么觉得宁钰轩这回是不打算武力解决，倒有些要玩政变的意思。她也不知道是不是自己想多了。

“你在这府里，就打算这般没名没分地一直住下去吗？”宁尔容看着她，有些担忧地道，“不如去求求皇上，早些赐婚吧。”“求也没用。”季曼叹息道，“他喜欢这样吊着我们。况且侯府里已经有正室，总不能让皇上赐婚娶个妾吧？钰轩还没这么大的面子。”

宁尔容一脸惆怅：“你说你命途怎么就这么多坎坷？都过去几年了，怎的老天爷还不给你安生日子过？”季曼抬头望了望天，叹息道：“天将降大任于斯人也，必先苦其心志，劳其筋骨……”

“好了。”宁尔容打断她，认真地道，“如今侯府里只有一个正室一个侍妾，只要她们不惹事，你的日子也算是好过。但是你还是将堂哥给抓牢些吧，毕竟他身边也会不断有新人的。”

宁钰轩到底是封建社会的男人，不会一心一意。季曼想起这个也是有点惆怅，自己一颗心已经给出去了，要是他不珍惜，那自己怎么办？她刚想到这个问题呢，结果那头就有人来告小状，说是千大人给侯爷送了几个美婢来伺候。

季曼噌地就站起来了，先不去宁钰轩那里，转身就回房去找被收藏起来了的人皮面具，然后换一身宁钰轩的衣裳。她稍微收拾一下，去找了朱玉润。

朱玉润越来越珠圆玉润了，看见她也是分外开心：“你怎么又变回这个样子了？不是可以以真面目示人了吗？”季曼笑眯眯地靠在朱玉润身边，手把手教她写诗：“你家男人给我惹麻烦了，所以我决定来和你聊聊天，直到他将麻烦自动给我解决好喽。”

朱玉润一脸茫然，不明白她说的是什么事。那头千应臣已经被姨娘拉扯着来这头抓奸了。“大人，不是妾身跟夫人过不去，夫人平时不管事就算了，还常常跟男人厮混，实在是不适合当这后院的主子。”姨娘说着，将千应臣拉到了院子里来。

千应臣一看见季曼这装束脸就绿了，打发了姨娘去，拉着季曼就走到一边，恶狠狠地道，“聂姑娘，您不在侯府伺候，过来给千某添什么乱？”季曼笑眯眯地道：“千大人不是往侯府送美人吗？那侯府里哪还轮得到我来伺候？”

千应臣头疼地揉揉额头：“姑娘误会了，那些人是提前送去府里调教，后面要送进宫的。”原来是这样啊。季曼点头，也省得自己去宁钰轩那里落个小气的印象了，抓奸果然还是要从男人的身边开始下手。

“不过，那里头也有几个不错的姑娘，侯爷万一要是喜欢了想自己留下，那在下也没有办法。”千应臣同情地看了她一眼道，“姑娘可别再做以前那样的傻事了。”她又不是聂桑榆，怎么能跟以前一样傻？季曼拍了拍他的肩膀道：“烦请大人以后要调教宫女，就送去别院，找专门的嬷嬷、夫子来调教，别往侯府送。”

千应臣如今也算是权臣了，聂桑榆不过是一个无名无分的小女子，为什么他要放在眼里？可是后头后知后觉的朱玉润捏着毛笔靠过来了，还频频点头：“是啊，为什么要送女人去侯府上给聂姑娘添堵？应臣你就不会体谅一下聂姑娘吗？”

千应臣对这祖宗最近是越发没脾气了，本想有点大男人的威严，但是一看她那圆嘟嘟的脸蛋上一副认真的表情，他也就没辙了，叹息一声道：“好，我知道了。”

季曼咧嘴一笑，当即行了大礼，之后就去搜罗了不少珍奇玩意儿，一并往朱玉润的院子里送。朱玉润开心了，千应臣就不与季曼为难了。已经送进侯府里的婢女，也统统被他领出来带去别院。

只是离开千府的时候季曼回头看了一眼朱玉润脸上那没什么杂质的笑容，心里也有些羡慕。世间女子能如此幸运的也就这么一个人了，什么也不争什么也不抢，爱得单纯，自有夫君愿意护着她。

宁钰轩还什么都不知道，只知道千应臣正在调教一批宫女，送去了自己的别院，也没往心里去，就应了一声。季曼没名分，却依旧住在非晚阁，与柳寒云井水不犯河水，相安无事。

季氏粮行重新开张，却失了贡米的头衔，卖的也不再是宜都的大米，而是京城里一般的米。不过已经将京城大部分佃户的合约捏在了手里，季曼也不担心自己会饿死。严不拔替她打理着，她也就安心在侯府照顾宁钰轩。

没两天宫里第一轮选秀的结果就下来了，宁尔馨不仅入选，还头一个封了个嫔，听闻是容颜出众，处事大方，皇上当天晚上便召幸了。

宁尔容也觉得高兴，在侯府里与季曼一起开了桌酒席庆祝了一番。来给宁尔容道喜的人也不少，毕竟现在靖文侯府就她一人还在京城。不过高兴归高兴，宁尔容还是很担心那后宫险恶地，宁尔馨会受欺负。

季曼花了几天时间，给宁尔馨写了一本警示录。为人处世当守之法，圆滑赞人当说之言，自己曾经看见的小段子什么的，统统写上去，当成礼物让宁尔容转交。虽然是纸上谈兵，不过也能帮上她一二。

宁钰轩肩上的伤好得差不多了，却还是常常躺在床上不肯起来。季曼便抱起好

好往床上放，好好便笑着压在宁钰轩身上，直到他起床了为止。

"唉，连你们都欺负我。"宁钰轩一头长发未梳，用锦条儿捆在了身后，宽大的白色袍子看起来仙得很，加上一双似睁未睁的桃花眼，真是让季曼看得恍惚了好一会儿。

好好趴在他的膝盖上，笑眯眯地道："夫子说，人躺久了也不好，爹爹该下来陪好好去花园走走。"外头阳光正好，季曼也笑了笑："正好，你要是走不动，我找把轮椅来推你？"

宁钰轩定定地看了季曼一会儿，突然伸手将她拦腰抱过来，轻轻在她的唇上印上一吻。好好在旁边看呆了。季曼嘴角抽了抽，推他一把道："好好还在，你教坏小孩子。"宁钰轩失笑，抱着她看着好好道："好好以后也要找跟夫子一样美丽的女儿家回来当媳妇才是。"

好好似懂非懂地点头，小脸儿一扭就往门外跑。季曼拧了一把宁钰轩的腰，扶着他一起出去。花园里暖洋洋的，宁钰轩和季曼坐在一边，好好和丫鬟们在院子里嬉戏，远远看着就让人觉得幸福。

"你说要是当初我没有来聂桑榆的身体里，坐在这里的是不是就该是温婉了？"季曼突然问了一句。宁钰轩微微皱眉："过去的事情，提它做什么？""也对。"季曼闭了闭眼。

她这一路来没有故意害过谁，能得到宁钰轩，也许算是她用了手段，不过她的手段，只是将聂桑榆变得更好。只有把自己变得更好，更适合这个男人，才有可能彻底地抢回这个男人；也恰好，自己就挺适合这个男人的。

算来自己并没有刻意报仇，但是千怜雪死了，温婉也死了，大概是自己的到来打破了某种平衡？感到大仇得报的人是聂桑榆，而问心无愧的是她。没有比这更好的结局了。轻轻靠在宁钰轩的肩上，季曼睁眼看着远处的好好，心想，自己这一辈子，大概就要在这里过了吧。

花园的另一边，披着披风的柳寒云牵着曦儿站在园子门口，看着远处那美好得有些刺眼的场景，忍不住红了眼。曦儿依偎在她的身边，怯怯地道："娘亲，曦儿想回去，不想出来。"

柳寒云闭目点头："好，娘亲带你回去。"比起好好的外向和受众人喜爱，曦儿却是十分怯懦，不敢说话。除了柳寒云之外的人问他什么，他都一律不会开口。柳寒云上次以为自己要病死了，觉得这样也好，就能把曦儿托付给侯爷，让侯爷多疼爱他一些。结果哪里知道自己不但没死，好好也被人找回来了。柳寒云苦笑，这真是天命吧。

过了几天，宁钰轩去别院看那些宫女的情况，第二轮选秀也快开始了。赵彻上次选的秀女人数不多，自然是要补选的。这一院子千应臣亲自挑的人都亭亭玉立，有的温柔，有的英气，更有的琴棋书画样样精通，要容颜有容颜，要身段有身段。

看见一副病态的陌玉侯，不少女子心神荡漾，当即以琴声传情，以香囊相赠。回陌玉侯府的时候，宁钰轩故意带着一身的胭脂气味去了季曼那里。季曼面不改色地将他迎进去，先给伤口换药，看样子也要愈合得差不多了，然后伺候他用膳。

本以为她会责问两句的，没想到她不仅没有反应，还这样温柔。宁钰轩心里放松了不少，却也有些奇怪。用膳的时候他忍不住问她："我要是纳妾，你当如何？"季曼抬头看他一眼："侯爷，我现在只是无名无分的姑娘而已，侯爷问这个问题未免有些奇怪，再说也轮不到我来担心。"

"你不是喜欢一心一意的男人吗？"宁钰轩挑眉。季曼点头："侯爷何尝不是喜欢宽容大度能容下众多女人的正室？"宁钰轩轻咳一声，瞄了她好几眼才道："那你打算做那样的？"

"不打算。"季曼微微一笑，"现在我未嫁，还有选择去留的权力。等哪天我对侯爷失望透了顶，我自然会离开。"宁钰轩一愣，接着脸色有些难看："你还想着离开？"

"自然，我说过只喜欢一心一意的男人。"

"我做不到，你便要离开？"

"留下有什么意思？"季曼笑着看着他，"天上的日子比这里好过，我为什么留下？侯爷不知道，若是留下的理由都没有了，那还有什么意思？不如回去算了。至于好好，我说不定也可以带回去。"

"你休想！"宁钰轩怒喝一声。季曼恭恭敬敬地站起来，行礼道："侯爷息怒。"恍惚间好像又回到了原来，他气得跳脚，她还一副淡定的样子。这是一场拔河赛，她有她喜欢的，他也有他喜欢的，是让对方满足，还是让自己满意？谁爱得多谁输。

宁钰轩无奈地叹了口气，伸手将她拉过来坐下，硬着头皮解释道："这些香囊是别院的宫女给的，说是能宁神。你最近不是睡不好吗？我拿回来给你的。""多谢侯爷。"季曼笑眯眯地将香囊全部收过来。

女人得有自己的原则，并且要让男人知道你的原则。一旦打破，那就拜拜，说到做到，他才不会敢次次犯错。

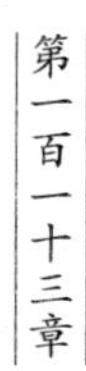

需要娶的和不需要娶的

女人可以柔弱，也可以强硬，不管是以什么样的姿态，做到以下三点，基本就能不被自家丈夫欺负了。

其一，尊重自己的丈夫。无论是工作选择还是关于某件事的决定，给予他足够的尊重，不指手画脚。哪怕你觉得不对，也要小心翼翼地用正确的语气提出建议。

其二，不过度依赖自己的丈夫。花丈夫的钱是可以的，但是最好不要只靠丈夫养活。

其三，再体贴温柔的妻子，也要有底线和原则。一旦被触及，必须来场让他能狠狠记住的大爆发。

她要是和宁钰轩过不下去了，还能立马走人啊，反正有粮行，饿不死自己。要是不开心了，那她就去找尔容啊、玉润啊，反正她的世界里又不止他一人。

不过不能光想着与宁钰轩抗争，两人也还是要过日子的。她的优势在于她比一般的女人懂得多、聪明一点。现在宁钰轩大概是在暗中筹备大事，身为站在他旁边的女人，定然不能只给他添乱，而是要尽力帮助他。

男人有男人的战场，女人也有女人的。宁尔馨被封嫔之后，季曼就同尔容一起进宫去看了看她。嫔位不算高，但是除了皇后之外，也就宁尔馨一人最得宠。季曼看这姑娘眉目清秀、知书达理，一步步都按着规矩来，倒是与宁尔容的大大咧咧不同，也难怪会得皇上喜爱。

宁尔容留下与宁尔馨说话，季曼就去了皇后宫里。封后大典已经过了，没有想象中的隆重，皇上说是不想皇后怀着身子还劳累，但是沈幼清明白，赵辙是对自己没那么上心了。

如今怀着身子不适合承宠，又有一批批的新人进宫，沈幼清心里难受得很。可她偏偏要母仪天下，不能争风吃醋，连随意罚人都不能。她这皇后当的，还不如个嫔。

季曼去的次数多了，沈幼清宫里的人对她也算熟悉，二话没说就将她引到沈幼清面前请安。

“你今日怎么有空来了？”沈幼清对她没什么好脸色。这次得宠的秀女里，有好几个长得跟聂桑榆像的都被皇上留下来了。这聂桑榆，依旧是她最大的威胁。

季曼笑道：“只是当个寻常朋友来给娘娘请安。听闻娘娘最近心神不宁，桑榆便想着陪娘娘说会儿话。”

聂桑榆现在不过是民女，出入皇宫若无人之地，做错什么皇上也不会怪罪于她，怎能不让一众女眷嫉恨？要是没有皇上厚爱在背后撑着，聂桑榆拿什么来和她提“朋友”二字？又来请哪门子的安？沈幼清心里怄气，表面上却还是微笑：“你有心了。”“民女觉得娘娘不必担心失宠。”季曼认真地道，“娘娘之家族是为皇上立下汗马功劳的，劳苦功高，无论如何娘娘的皇后之位都不会动摇。”

沈幼清点头。这个她知道，只是没有皇上的恩宠，光要个后位有什么意思？“娘娘当不必避着一众新人，亲自去调教了，倒还都是自己熟悉的，以后也亲近不少。”季曼笑着道，“民女多嘴了，这些娘娘自然知道。”

沈幼清当然知道，后宫笼络人心那一套，自己还轮不到她来教，只是她不是个容人的性子。季曼没有说多余的话，只是一边安抚着沈幼清后位安稳，一边又暗示她，新人是需要调教和提防的，万一哪天就变成大威胁了呢。

其实不是每个皇宫里都有宫斗的，即便有，也没有电视剧里演的那么激烈。但是季曼这么轻轻一搅，沈幼清心里的浑水便都翻起来了。季曼前脚走，她后脚就叫人下令去六宫，让新晋的宫人来东宫聆听教诲。

宫里也有宁钰轩的人，正好趁着这个机会，就弄了些小动作。宁尔馨的腿就在皇后教诲的时候不小心被人推了一把，扭脱臼了。皇上正宠着的人，转眼就被皇后为难了。赵辙压着火气将宁尔馨带了回去，也没去指责沈幼清。

但是东宫的人便有那么几个在沈幼清耳边嘀咕，说是皇上心里肯定怨恨皇后了。发妻一贯到了富贵时就是最不受宠的，皇后娘娘哪怕怀着孩子，估计在皇上心里都没什么分量了。

这些个宫人也是人精，不当着沈幼清说，反而坐在宫殿门口的阶梯上偷偷说，却又让沈幼清想不听见都难。沈幼清捂了捂自己的肚子，难过得当即就要乘轿子去问皇帝。结果轿夫带着她绕了道，磨磨蹭蹭半日，刚好掐着皇上准备宠幸宫人的时候将她送到了紫辰殿。

在侯府里，季曼和宁钰轩面对面坐着，一起端起茶杯来喝了口茶。"听闻帝后冷战了，皇后气得差点流了产。"季曼放下茶杯叹了口气，"你也太狠了。""沈家、萧家这桥不拆，最后不安生的还是我们。"宁钰轩放下茶盏，颇有些赞赏地看着她道，"不过我倒是没有想到，你会知道我想做什么，还帮我递了梯子。"

季曼啧啧两声摇头："碰巧而已。"谁知道这人的手竟然长到宫里去了？他不是看起来挺安守本分的一个侯爷吗？她与他现在算不算是狼狈为奸？

宁尔馨的确是个机灵姑娘，一步步往上爬，一点困难都没有。脚脱臼了，换来一个贵嫔之位，还去皇后宫里谢了恩。

宁钰轩以生病为由要求冲喜，恳请皇上快些下旨赐婚，让他好和聂桑榆快些成婚，然而赵辙还是不同意。

不仅不同意，赵辙还趁着宁钰轩重病的时候，召季曼进宫去写诗论词。"朕犹记得你当初写的落雁塔的那一首《将进酒》。"赵辙笑道，"可还能写别的？"季曼点头，又顺手抄给他一份苏轼的《水调歌头·明月几时有》。

龙心大悦，笑得紫辰殿外头路过的宫人都听得见。于是宫里之人都彻底明白，皇上心里有一人，求之不得，格外宠爱。季曼去赵辙跟前写了三天的诗词，皇后终于是受不了了，当面劝说赵辙，给聂氏和陌玉侯赐婚。

"为什么要赐？"赵辙抿唇，"朕不想赐。"沈幼清气得发抖："皇上，那是他人之妇，残花败柳，皇上何以如此钟情？"赵辙怒斥："身为皇后，心胸岂能如此狭隘？朕愿意与聂氏谈诗论词，怎能轮到你来置喙？"

男人都会要求自己的妻子大方，不要乱吃醋。沈幼清被赶出了紫辰殿，回到宫殿哭了一宿，之后胎像又是不稳。接二连三的折腾，太医都觉得这胎龙子该是难保了，结果宁尔馨给皇后送去了保胎汤，家传秘方，果然使胎儿保住无误。

只是之后，宁尔馨推宠于皇后。三个月胎像已稳，皇后也愿意侍寝，只是这一侍寝，便流了产。季曼听见消息的时候，仿佛又闻见了血腥味，忍不住就有些干呕。

“怎么了？”宁钰轩放下书看着她。

皇上让皇后流的产，怪不到旁人身上去。沈幼清有些傻了，闭门不出，一整月都不见人。沈家在朝中又被人查出有贪污受贿之情况，虽然有萧天翊力保，但是下头还是牵扯了不少人进去。

季曼有种预感，沈家会是第二个聂家。来侯府的人越来越多，打的是探病的旗号，却与宁钰轩一起关在书房里半天，之后散去，每个人表情都很凝重。季曼也不会去问宁钰轩说了什么，只是帮他泡一壶茶，然后给他揉揉肩。心情好的时候，她还给他哼了小调。

宁钰轩已经很久没有去别处歇息了。季曼在的时候，他身边连一个女的都没有。背地里季曼也曾偷偷跟过他，发现他也没有与谁过分亲密。一只老虎突然只喜欢吃胡萝卜了，你信不信？季曼反正是不信。不过他表现这样好，她也开心，时不时给他下厨做饭，当个贤惠的小女人。

有天她出门的时候听见后院里有丫鬟在议论：“现在怎么觉得，侯府就要那一处北苑，要那一个聂姑娘就够了，还留其他地方干什么？反正也没用。”旁边的丫鬟连忙捂着她的嘴：“你小心给人听去告了你的状，这府里也不缺一个丫鬟。”

季曼反思了一下自己，这样的生活，宁钰轩是真喜欢还是假喜欢？晚上的时候躺在床上，季曼就忍不住这样问他。宁钰轩有些茫然：“什么是这样的生活？”

“就是现在这样，只有你、我和好好，丫鬟和下人都很少，我给你做饭洗衣裳，然后出去粮行看看，你下朝回来，我们再一起吃饭，你周围就只有我一个女人。”宁钰轩认真地看了她许久，抿唇道：“也不是不可以，毕竟现在我也没有什么需要娶的女人。”

他的女人只有两种：需要娶的和不需要娶的。季曼有些泄气，原来他不是喜欢两人在一起，而是没有其他需要娶的。看见她突然暗淡下去的眼神，宁钰轩忍不住弯起了唇，只是别开头，想着莫要让她看见了才好。

后院女人多了有什么好处？除了各方面利益牵制，剩下的就是无休止的争斗，还会波及他的子嗣，危害到他本身。如果可以的话，其实一个女人也是就够了的。只是他不想让她那般得意，也不想被她掌握在手心里。

季曼最近一直觉得不太舒服，偶尔有些反胃，想着找大夫有些麻烦，便也就算了。但是她正陪着宁钰轩说话呢，突然就晕倒了，吓得他连忙找了大夫来看。“恭喜侯爷，这位姑娘有了两个月余的身孕了。”大夫笑眯眯地拱手道。

宁钰轩一喜，坐在床边紧紧抓着季曼的手。他又可以多个孩子了？季曼醒来的时候看见的就是宁钰轩笑得一脸傻兮兮的样子。“曼儿，生个女儿吧。”他道。

季曼哑然，听旁边大夫重复了一遍才知道自己又怀孕了，不禁有些恍惚。她上一次怀孕的时候满心想的是该如何活下来，如何保全自己，这一次怀孕，心里竟然满满的都是温暖。看着自己旁边坐着的这个人，她只想伸手去牢牢抓住。

最好是女儿，她可以给她扎小辫子、穿公主裙，把她打扮得漂漂亮亮的。季曼想着也忍不住笑出声来。如今后院一片太平，宁钰轩也就没有顾忌，将消息立刻传遍了全府，随即又传进了宫里。

季曼已经怀了他的孩子，那么赵辙总不可能还来抢了吧？结果，宫里派了人来，说是接聂桑榆进宫养胎。全府都有些震惊，季曼怀的是陌玉侯的孩子，为什么要进宫去养胎？宁钰轩坐在季曼的床边，也没有想通这个问题。

府里不知道从哪里开始传出了流言，说聂桑榆进宫之时是被皇上宠幸过的，皇上为了避免皇室血脉外流，自然要将聂桑榆接进宫。流言一旦起来，就止也止不住。季曼躺在屋子里休息都能听见外面人的议论：“侯爷真可怜，偏偏那人是皇上，反抗都反抗不得。万一是龙子，侯爷拿什么跟皇上抢啊？”

“我与赵辙，未曾有过肌肤之亲。”季曼认真地解释。宁钰轩听着，只垂了眼“嗯”了一声。可是哪个女人会承认自己与其他男人有肌肤之亲？就算是她，这解释也有些苍白，毕竟现在赵辙都派人来接她了。

他有些矛盾，不知道这次是该拦还是不该拦，一旦拦着，事情越演越烈，对季曼的名声便是毁灭性的打击，估计以后她都没办法出去见人了；但若是不拦，白白将她送进宫？他做不到。

季曼现在心里当真是恨透了赵辙。那人什么脏水都往她身上泼，自己的老婆不会管，抢其他的女人倒是想得周全。在沈幼清宫里那一夜，前后也就呆了三炷香时间不到，他这是侮辱他自己也要扯她下水啊？

“侯爷，宫里的人在外头等着了。”鬼白站在门口，皱眉道。季曼抬头看了宁钰轩一眼：“你要让我进宫？”宁钰轩已经想了很久，深吸一口气道：“进吧。”季曼眼神一暗。

“我陪你一起进。”宁钰轩起身将她抱起来道，“去谢主隆恩，然后告诉皇上陌玉侯府的风景很好，适合养胎，就不劳皇上费心了。”微微一愣，季曼又笑了，抱着他的脖子，任由他将自己抱出府，当着宫人的面，一起上了马车。

在爱情里被相信是一件很温暖的事情，季曼觉得，宁钰轩其实可以是个很好的丈夫。

马车离开陌玉侯府，鬼白也跟了去，府里就没什么人了。荒废许久的蔷薇园里钻出来个丫鬟，一路朝着花园而去。花园里头，好好正被一个丫鬟带着，在摇头晃脑地背诗词。

“关关雎鸠，在河之洲。窈窕淑女，君子好逑。”旁边的丫鬟听得红了脸，想起自己与厨房小三哥的约会，忍不住左右看了看，低头对好好道：“世子待在这里三炷香，不要乱走好吗？”

好好回头，眨眨眼看了看她：“你有事便去，我就在这里不走。”“世子爷真好！”丫鬟忍不住轻轻摸了摸他的脸蛋，“如果有人问起，就说我去如厕了可好？”“嗯！”好好应下。

丫鬟高兴地离开了，好好就继续背下头的。檀香看着那丫鬟走远了，心里暗道一声真是天助我也。檀香上前轻手轻脚地走到好好背后，看看左右无人，便笑着开口：“世子爷，夫人请您过去呢。”

好好放下书，一脸茫然地看着她：“什么夫人？”“就是凌寒院里头那位正室夫人啊。”檀香笑得很假，看得好好心里都害怕，忍不住后退几步：“我不去，我要在这里等人回来。”

“不去也得去！”檀香的面容有些扭曲，上前就将好好嘴巴堵住，拿绳子绑了就放进麻布袋里，往凌寒院扛。

“我收拾不了你娘，还收拾不了你个小孩子？”檀香冷笑一声，又左右看了看，扛起好好就往凌寒院去。自温婉死后，她是一个人住在蔷薇园的。府里的人都说她是疯子，所以就算有人看见她举动奇怪，也不会敢上来阻拦她，因为疯子会咬人。

主子死了，她活得比府里的狗还不如，想不到什么办法能替主子报仇，就只能背地里中伤聂桑榆；现在顺便，将世子给夫人送去，看夫人想怎么处置。

柳寒云才是这院子里活得最悲哀的女人。她是正室，又生了儿子，竟然连见侯爷一面都难。侯爷天天带着世子和聂桑榆逍遥，却看不见她的孩子，更看不见她，檀香就不信柳寒云心里没有怨气。

听见聂桑榆再度怀孕的消息，柳寒云不是晕过去了吗？檀香很想知道把世子悄悄塞过去，会是个什么下场。世子若是死了，那曦儿少爷就会是世子了。

柳寒云看着檀香带来的人，竟然没有太意外，只是看着檀香问：“你想要什么？”檀香笑得脸有些阴森：“奴婢只想要聂桑榆痛不欲生。”“那你为什么来找我？”柳寒云平静地看着她，“你自己动手不就是了？”

檀香一愣，微微收敛了一些神情，站得端正地道：“奴婢位卑言轻，有些事情还是夫人来做较好。而且，奴婢的主子已经去了，奴婢只想做完这最后一件事，安心出府……”

柳寒云这才放心，点头从旁边的梳妆台里拿了银票给她。

“多谢夫人！”檀香连连叩首。好好静静地看着柳寒云的脸，也没有挣扎。柳寒云目光扫过来，温柔地将他抱起来道：“世子受惊了。”嘴上这样说着，却没有给他松绑，也没有拿下他嘴里的东西。

“我这里有蜜糖，世子要吃吗？”柳寒云拿了一个红色的小瓶子出来，“很好吃哦。”

好好摇了摇头，抿唇，有些想哭。奈何柳寒云将他压得死死的，一张脸越笑越可怕。嘴里的东西终于被拿下去了，下一秒却被人塞了药。好好挣扎无果，只得吞了下去。

“乖孩子，好好睡一觉就好了。你已经安逸得这样久，也是时候该让让你的弟弟了。”柳寒云轻声说着，手却忍不住有些抖。她不想这样的，当真是不想的，然而，也别无选择了啊。

一想到曦儿的遭遇，手上的颤抖渐渐消失，柳寒云整张脸都温柔了下来，一下一下的，像哄曦儿入睡那般拍着好好。

季曼与宁钰轩进宫，赵辙笑得比自己当爹了还开心，全程无视宁钰轩，看着季曼道：“胎像可稳？”

“多谢皇上关心。”季曼跪下道，“如今桑榆怀了侯爷的孩子，皇上还是不打算赐婚吗？”赵辙的笑意僵了僵，抿唇道：“你怎能说，这一定是侯爷的孩子？”“因为妾身自始至终，只跟过侯爷一个人。”季曼皱眉，都当面对质了，这人还能这样不要脸。

“只跟过他一个人？”赵辙像是听见了什么笑话，突然就笑了起来，目光里还有那么点伤心难过，看得季曼都有些怀疑自己是不是记忆出了偏差。宁钰轩的脸色很难看，站在季曼身边，只伸手将她慢慢扶了起来。

“皇上要如何才肯放过我夫妇二人？”宁钰轩问。赵辙挑眉：“朕未曾赐婚，你们也敢称为夫妇？”“没有名分，但桑榆与侯爷早已是夫妇。”季曼抬头看着他道，“皇上可以阻碍我们的婚事，也可以诋毁桑榆的名节。但是桑榆与侯爷，是夫妇。”

“他已经有正室，你嫁进去也不过是个妾。”赵辙劈手指着宁钰轩道，“朕不明白，侯爷难不成还好过了帝王去？”季曼笑了笑：“他不好啊，女人成群，心狠手辣，

让我猜不到他在想什么，还已经跟其他女人有了孩子。他岂止是不好，简直糟糕。”

宁钰轩嘴角微抽，侧头看着她。“但是我喜欢啊。”季曼垂了眼道，“他什么都不好，恰好我喜欢啊。我曾说过不会喜欢三心二意、三妻四妾的男人，要上会修灯泡、下会修电脑的人才好。可是遇见他，那些个条件，全都作废了。皇上明白那种感觉吗？”

第一百一十四章

天堂地狱

赵辙当然不会明白，他只是简单地想得到聂桑榆，以及不想让他们两人一条心了而已。

宁钰轩听着这话倒是微怔，深深地看着季曼，心里倒是头一次被她说得有些感动。世界上最美好的事情莫过于你爱着一个人的时候，她也以同样的心情爱着你。

曾经他是喜欢温婉那样的女子，小鸟依人，温柔娇弱，让人能有保护欲望。他觉得自己喜欢的就该是那种听话又大方的。但是遇见季曼之后，他看见了不需要男人保护的女人，看见她的倔强、她的从容、她的聪慧，才发现自己原来也可以喜欢上这样的。

喜欢一个人，根本没有什么模子。遇见个对的，便就是那个样子了。

“朕已经将华福宫准备了出来。”赵辙转了话头，避开了季曼的目光，“说其他的也没什么用，你便在那里养胎吧。”

“皇上。”宁钰轩沉了眼眸。“侯爷还有什么话要说？”赵辙坐在龙位之上，高高地俯视下来，“臣可敢逆君命乎？”宁钰轩一顿，继而一撩袍子跪下道：“臣得蒙圣恩，受陌玉侯之位，掌六部之事，虽无震天大功，却也有汗马之劳。而今妻子不得保，更留身为何用？”

赵辙一愣，季曼也有些傻了，侧头就看见宁钰轩一脸苍凉，拱手对龙位之上的人道：“夺臣之妻，如同夺臣之命，今日钰轩不妨就将这一身恩典还给圣上。臣只求圣上，将桑榆还给钰轩！”

这听着，怎么都像是遗言。季曼摸着下巴，有些好奇他搞什么鬼。结果下一刻，这厮当真朝着一边的柱子冲过去了！紫辰殿里有一根红柱被称为谏言柱，因为无数老臣为了劝谏皇帝，不惜以头触柱，以生命来换取帝王的动容和反思。宁钰轩现在撞的就是这根柱子。

季曼拉都拉不住，这人跟斗牛似的就朝柱子去了。赵辙大惊而立，却没有开口阻止，估计心里想的还是撞死一个少一个。宁钰轩是那么冲动的人吗？他不是，所以撞上的是旁边太监的肚子。大殿的门正好在这时打开，一群大臣蜂拥而进。

“臣等给皇上请安。”哗啦啦跪下去一片，也不知道是不是彩排好了的，吓得季曼往旁边跳了一步，赶紧去扶宁钰轩。虽然有太监来挡，但是宁钰轩这一撞也是有些狠，把太监都撞得都翻白眼了，自己定然也好不到哪里去。

“平身。”赵辙看着这一群人，微微皱眉。旁边的大太监这才将觐见牌子呈上来，哆哆嗦嗦地道：“皇上，萧丞相、孙太傅并六部官员求见。”人都直接进殿了，还用来禀告吗？赵辙狠狠瞪了大太监一眼，转头看着下面跪着的人道：“众爱卿此时觐见，所为何事？”

萧天翊已经看见了旁边的宁钰轩，连忙几步上去帮着季曼将人扶起来。外臣在场，季曼自然是该回避的，也就靠在柱子的另一边站着。宁钰轩头有些晕，被萧天翊扶着站在龙位之下。

“臣等听闻陌玉侯夫妇进宫，想着我朝开国以来尚无喜事，不如就奏请皇上赐婚聂氏与陌玉侯，也好让京城有些喜气。”

赐婚这样的小事，用得着堂堂丞相并这一众老臣一起来面圣吗？又刚好是聂桑榆进宫的时候？赵辙气得笑了，看了宁钰轩一眼，只怕是他早就安排好了的。

而萧天翊等人，怕是为皇后而来。聂氏一旦进宫，皇后定然是不得安生。没想到陌玉侯一直没反抗，一反抗就来了个大的。这么多重臣来求一桩婚事，他怎能不允？但是赵辙还想挣扎一下，选择了沉默。

孙太傅开口道：“侯爷如今虽有正室，然而聂氏才是侯爷的发妻。发妻始终为大，皇上若是赐婚，可直接将聂氏赐为正室，令其余之人屈居其下即可。”刑部尚书也开口道：“如今皇上已经有后，馨贵妃身怀龙子也需要积福。”

赵辙轻笑一声：“众爱卿似乎管得有些宽了？”见赵辙还要顾左右而言他，萧天翊便扭头问宁钰轩："侯爷方才为何要撞谏言柱？""此事……"宁钰轩看了赵辙一眼。要是当着这么多重臣的面说是因为皇上要抢聂桑榆入宫，那群臣会如何看？

赵辙闭了闭眼，叹息一声道："罢了罢了，不就是要一道赐婚的圣旨？朕赐婚便是。"

说罢，他信手扯过一张空白的奏折就开始写。季曼长长地松了口气，宁钰轩也有些开心。这赐婚的旨意，终于是要到了。

可是等赵辙写完，笑着对宁钰轩道"侯爷看看，这样可对"的时候，宁钰轩皱了皱眉，上去拿了那旨意来看。赐婚是赐婚，可是婚期定在……五年之后！宁钰轩脸色很难看，抬头看着赵辙道："皇上既然已经成全，又何必再为难？"

"五年之后的今日便是十年难遇的黄道吉日。"赵辙淡淡地笑道，"天将有奇观，是个适合成亲的日子。钦天监特意来告诉朕的，你们可不要辜负了朕的一番美意。"这婚赐的，你不能说他没赐，但是赐和没赐有区别吗？只是给季曼头上冠上了宁钰轩未婚妻的头衔。不过这样也好，至少他不会再要季曼入宫了。

离开皇宫的时候，赵辙叫住了走在最后的萧天翊。"别忘记谁与谁才是一家人啊，舅舅。"赵辙这样道。萧天翊颔首，行了大礼之后离开。

季曼一路满心欢喜，坐在宁钰轩身边一会儿哼曲子一会儿摸他额头，看他没什么反应，还关心地问一句："你撞傻了？"宁钰轩拿下她的手握在手心，轻笑道："我没有傻，只是难得看你这样开心。"

"能不开心吗？"季曼觉得自己要是有尾巴，一定都是翘在天上的，"摆脱了一个大变态，又有了孩子，现在谁给我五十两黄金让我哭，我都哭不出来。"宁钰轩轻笑一声，心情也好了起来，忍不住想快些回家，带着她和好好一起去外头吃点心。

结果一回府，府里的气氛就很是不对。照顾好好的丫鬟一直在府门口等着，见着他们回来就直接跪了下去，磕头磕得头上流血："奴婢该死！奴婢该死！"一般下人行礼都不会这么实诚的，季曼笑了笑，想着这丫鬟是犯了什么错，才会磕得头都出血了。

宁钰轩神色已经变了，上前一把将那丫鬟拉起来问："怎么回事？世子呢？""世子在府里……在院子里……"那丫鬟吓得浑身发抖，看着宁钰轩道，"侯爷饶命，饶命啊。"

人还在院子里，又饶什么命？季曼不解，心里有不安也被压了下去。好好不会有事的，不是有和尚说好好是大富大贵的吗？转身就往院子里跑，季曼和宁钰轩头一次跑得这样没个风度，甚至从花圃里踩了过去，一路去好好的院子里看。

屋子里静悄悄的，没了好好平时的念书声，也没笑声。大夫倒是已经到了，却开着药箱子，拿着银针坐在旁边，手足无措。“这是怎么了？”宁钰轩走到床边，看着床上那张发青的小脸。

好好安静地躺着，无声无息。旁边的大夫抖着身子道：“侯爷，世子中了奇毒……”

季曼听着这句话就笑了，奇毒，又是奇毒，这哪来那么多阴毒的东西，又哪来那么多狠毒的人心啊！

上前摸了摸好好的脸，季曼看向旁边的大夫：“不用银针吗？你都拿出来了，为什么不用？”大夫为难地道：“刚刚已经用过，没有用，世子这毒没有解药，怕是……”

季曼睁大了眼，宁钰轩也有些不敢置信。回头看向额头上还带着血的丫鬟，宁钰轩怒道：“谁干的？”丫鬟连连摇头：“奴婢不过是去如厕，哪里知道回来就看见世子倒在花园里。最近府里的丫鬟、家奴告假回乡之人甚多，也没人看见到底谁去了花园。奴婢……奴婢真的不知道。”

宁钰轩红了眼，季曼也愣愣地坐在床边不说话。大夫收拾了东西，好好便有些痛苦地挣扎起来：“爹爹……”“我在。”宁钰轩连忙回到床边，将好好抱起来，“爹爹在这里。”

好不容易养胖了些的小脸蛋现在又是一片青白，季曼咬着牙落了泪。上一刻明明还在天堂，为何下一刻就在地狱里了？谁那么狠心，对孩子都下得去手？“将府里的人统统给我查一遍。”宁钰轩吩咐鬼白，“要是有不见了的人，更要告诉我。”“是。”鬼白应声而去。

府里仿佛笼罩上了一层黑雾，宁钰轩请了不少名医来府里，都说好好要是没有解药，便活不了几天了。季曼衣不解带地照顾好好，甚至跪下来对着衣柜里的披风求聂桑榆：“他也是你的孩子，能不能送他回我家乡去就医？那里的医疗可以救活他的。”

然而自从她那一梦之后，聂桑榆再也没有出现过了。好好一天天憔悴下去，醒来的时候只会疼得不停地大叫哭喊，哭得季曼实在心疼，宁愿就让他一直昏睡。

檀香不见了，鬼白很快就查了出来。宁钰轩冷笑，画了画像去衙门，让人张榜通缉，从京城开始千里之地，都不再有檀香的容身之所。

慕水晴看着眉头不展的宁钰轩，轻叹了一声道：“侯爷以前从来懂得不偏爱人，越是不偏爱，那人就越是安全。若当真要偏爱，也知要提前护他周全。这次怎么就糊涂了？”

宁钰轩没听懂，皱眉看着她：“晴儿此话为何意？”“侯爷不止世子一个儿子，但是您眼中，的确也就这一个儿子。”慕水晴叹息道，“妾身多次看见曦少爷怯生生地跟在夫人身边，跟夫人一样要许久才能见上侯爷一面。虽然夫人是正室，他却跟庶子无异。相比于世子，曦少爷也实在太过可怜。”

宁钰轩一怔，继而皱眉：“你觉得世子被下毒，与寒云有关？”“妾身不是要有意中伤。”慕水晴行了礼道，“妾身一直是侯爷的耳朵和眼睛，只传达侯爷看不见的一些事情。世子之毒为何人所下妾身不知，但是世子的祸患，定然是侯爷招致的。”宁钰轩沉默，而后点头道：“我明白了。”

晚上的时候，宁钰轩便去了凌寒院。院子里的梅花开得正好，柳寒云安静地坐在屋子里，见他进来，轻咳了两声道：“妾身给侯爷请安。”

她的身子也是越来越弱了，指不定与宁瑾宸两人谁先去呢。宁钰轩深深地看着她，伸出手道：“把解药给我吧。”

柳寒云一点也不意外他会这样问，只是咳嗽得更厉害了：“妾身不明白侯爷说的是什么解药。妾身这一屋子都是药，却没个能解毒的。”宁钰轩抿唇，在她旁边坐下：“我记得，你一直是最无争的一个。唯一一次求我，只是让我将你哥哥调来京城侍奉养母。”

这也是他一直对柳寒云很好的原因，即便她的养母柳嬷嬷是皇后的人，但是她一直没有违背自己的本心做事，没有从他身上打听什么消息，更没有帮着谁做过什么。她只是单纯地想在他身边。

柳寒云笑了：“侯爷，妾身也是个很贪心的女人，也有很多想要的。但是知道有些东西侯爷不会给，所以妾身也就识趣地不要了而已。”

“但是妾身有了曦儿，妾身可以什么都不要，侯爷能不能把该给的东西给曦儿？”柳寒云眼里有泪，看着宁钰轩道，“他也是您的孩子，不过因为是妾身所生。妾身出身卑微，不想自己的孩子也遭人看不起……”

“没有人看不起曦儿。”宁钰轩打断她，“你以为我为什么选你做正室？一是因为你大度，二便是想给曦儿一个好的出身。”

柳寒云一愣，咳嗽得更猛了一些，不解地看着他道：“侯爷既然也是爱曦儿的，为什么总是陪着世子？为什么不多分一点时间给曦儿？”“这两年来，世子娘亲不在身边，我若还不在，你让世子该怎么办？”宁钰轩苦笑道，“我也不是没有陪伴曦儿，只是更多时候是陪着好好的，因为曦儿有娘亲在身边，好好没有。”

柳寒云沉默，随即红了眼："那如今世子的娘亲已经回来了，侯爷为何还是只在北苑陪着他们？多少次妾身带着曦儿想去见侯爷，都只能看着你们一家三口在远处其乐融融，曦儿都快不认识您了……"

宁钰轩沉默，这个是他不对，最近太享受与季曼和好好在一起的时光，故而将其他人都忘记了，也有些后悔，当初为什么要让这么多女人生了孩子。"妾身这次要是死了，侯爷能不能像上次那样答应妾身，好好照顾曦儿？"柳寒云咳嗽得喉咙腥甜，帕子捂着，全是血。

宁钰轩皱眉："你先将好好的解药给我。""不是妾身所下。"柳寒云靠在桌边喘气，固执地摇头道，"妾身怎么会让曦儿背上娘亲是杀人犯的骂名？所以不是妾身下的。"

这样的理由实在很有说服力，宁钰轩看了她一会儿，出去替她叫大夫。

大夫来了，说是痨病，就这几日了。宁钰轩亲自将她的房间搜了一遍，没有找到解药，便也只有离开。

世子坚持不了几日了，柳寒云也坚持不了几日了。季曼守在好好床边不吃不喝，睁眼再闭眼，就想着能不能让她再做个梦，带着好好做个梦回去？

"阿弥陀佛。"最后一天的时候，虚无和尚来了，还是一脸智慧的光芒，透着点儿玩世不恭，走到好好的床边道，"早说了让你们将这孩子给我带走，不就什么事情都没了？非要走到现在这一步。"

季曼眼睛一亮，看着这和尚就扑了上去跪在他面前："求大师救救世子！"宁钰轩跟在后面进来，伸手将她扶起来。虚无和尚摸摸胡子道："救救救，当然得救，侯爷已经一路上念叨了老衲无数遍了。只是老衲现在还是要问二位施主一句，可舍得？"

季曼看着他认真地道："大师要什么我都舍得，金银珠宝、身家性命，甚至是侯爷……"

凌厉的目光从旁边射过来，季曼恍若未见，只朝虚无再行一礼："求大师救命。"

虚无哈哈一笑，上前去看了好好的情况，直接将他抱起来搭在肩上道："老衲是出家人，金银珠宝和夫人的身家性命对老衲来说都是俗物，用不着。老衲只是很早之前便说这孩子与佛有缘，是侯爷非要拉他入这红尘，现在果然便遇了大劫难。而今要救命，只能让这孩子随老衲走，去天山上寻药，方可救之。"

说着，他还往好好的嘴里塞了一颗不知道是什么东西的药丸。大夫都说好好是熬不过今晚了，这虚无大师的话，又是否可信？季曼万分不舍地看着好好，自从出生就与她分离的孩子，到现在也不过团聚了几天，竟然又要被送走了。

“有舍才有得。”虚无看出季曼的不舍，轻笑道，“今日世子要是不跟老衲走，可能就活不下命来；跟了老衲走，才有可能安乐一世。”还能让她有什么选择呢？季曼心里安慰自己，好好还在就好，还能活着就好。头点下，应了，心里却是舍不得，看着那和尚抱起好好就走，季曼忍不住一路追了上去。

“曼儿。”宁钰轩拉住她，“别追了。”“我再送送，就多送几步路。”季曼回头看着他，“就送到门口。”宁钰轩心里也是痛苦，看着她这模样，也只能叹息一声，松手看着她提着裙子往外跑。

虚无抱着好好跑得贼快，有一瞬间季曼都觉得他是人口贩子，跟装了马达一样一路冲出去。光头在阳光下熠熠生辉，还听见他的碎碎念：“可惜了好孩子，沾染了红尘之气，也不知道以后会不会有其他的劫难，安心跟老衲走吧。”

柳寒云的气也多喘不了几天了，痨病在这时候治不好。她也觉得这是死的最好时候了，趁着侯爷没有查出真凶，趁着他心里对她还有怜惜。“以后，府里就只有你一个孩子了。”柳寒云将曦儿叫到床前，看着他道，“你要多与父亲说话，多陪在父亲身边，不要怨父亲，知道吗？”

曦儿呆愣地看着自己一脸苍白的娘亲，突然就大哭了起来。“不哭，你该多学学世子，多笑笑。”柳寒云一边捂嘴咳嗽一边让丫鬟将曦儿带远些，继续嘱咐他，“聂姑娘若是下一胎生的是男孩儿，我化为鬼也会帮着你；若是女孩儿，你便要成为这府里的世子，莫要总是躲在别人身后了。”

“娘亲……”曦儿哭个不停，想过去拉拉柳寒云的手，却被丫鬟制止。柳寒云笑着挥手，示意丫鬟将他带出去：“去带给侯爷吧。”她不后悔自己那么狠毒地对一个孩子下了手，只是心里过不去，所以她病越来越重了。柳寒云摸出旁边放着的匕首，鼓足了勇气送进自己的胸口。

这次，她不会再活下来拖累曦儿了，曦儿也没有了娘亲，侯爷定然会对他更好一些。看在是她亲手了结了自己的命的份上，侯爷再如何，也该多怜惜这个孩子啊。椿皮哭着将曦儿带到北苑，只跪在侯爷面前哭个不停。宁钰轩问了两遍怎么了，椿皮都哭得无法说话。于是他大概也就猜到了。

“厚葬吧。”宁钰轩道，“她也是个傻子。”曦儿还在哭，站在屋子里只有往椿皮身后躲，一双眼睛里充满了恐惧。

第一百一十五章 与你并肩

柳寒云是自尽的，虽然有痨病在身，也不该死这样早。季曼有些唏嘘，但是刚刚失去好好，她没心情来想别的。宁钰轩询问她觉得曦儿应该如何的时候，季曼还是叹口气道：“到底是侯爷的嫡子，亲生的骨肉，自然不能薄待了。侯爷想如何？”

宁钰轩道：“不如交给晴儿带吧。晴儿在院子里也有些寂寞，这么多年为我做事，她院子里也怪冷清的。”“好。”季曼没有什么异议，只默默起身将屋子里好好的一些东西给收起来，好歹当个念想。

陌玉侯府更冷清了。季曼未过门，却没人敢把她不当夫人看，下人们在柳寒云的头七过了之后都是直接唤她夫人。慕水晴倒是喜欢曦儿，带着他天天逗弄，每天晚上会定时来请个安，其余时间不是在花园里玩，便是带出府去逛。

冷清归冷清，宁钰轩倒是觉得省心了很多，基本不用再担心后院着火的情况。于是眼下，他就更有空闲来应付朝廷的事情了。不少官员想往陌玉侯府重新塞女人，陌玉侯都委婉拒绝了，说是自个儿身子不好，就不耽误各家姑娘了。

季曼很感动，但是自古以来姻亲都是很重要的建立关系的手段，宁钰轩正是需要笼络人心的时候，自己如何能当了他的绊脚石？

于是季曼创立了一个“百花会”，先是请了罗芊芊、宁尔容和朱玉润，后又陆

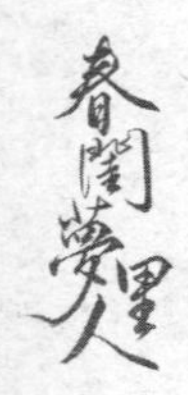

续请了各大家的夫人。百花会以贤良淑德为标准，有才有貌，能歌善舞，懂琴棋书画之女子皆可成为百花会的一员。

这抄袭的是同好会的创意，但是季曼营销得很成功。百花会的成员不仅能享受掌握护肤、化妆、首饰、衣裳等各方面的最新潮流趋势的待遇，未婚女子一进百花会，说媒的婆子嘴皮子都利索了一些，保管替姑娘寻着一个上好的人家。

如此一来，每天闲在家里闷得慌的各家高官夫人、小姐，便都爱往陌玉侯府走了。季曼分得很清楚，哪些人可以收入百花会，哪些人不可以。这完完全全是与陌玉侯配合，他要拉拢之人的家眷一定在百花会邀请名单之中，他抵触之人季曼便会亲自出面，以抄袭来的千古绝句打败之，拒绝收纳。

一个月不到，百花会名声大噪，因为一贯不通诗词的朱玉润，上落雁塔去写了一首《天净沙·秋思》，此词以意境得到众位学士的夸赞。不过也有部分人觉得区区女子不会有如此之遭遇胸怀，生在闺阁之中，如何会有断肠人在天涯的感概？

朱玉润捂着脸按着季曼教的话地说："我是看了百花会里有人画的画，配上去的词罢了。"罗芊芊适时将自己画的画也送上了落雁塔，画上景物与词中一点不差，笔触苍凉惊人。

"这是芊芊在淮南边城所见。"罗芊芊行礼道，"各位大人见笑。"如此也算说得过去，百花会一众女子这天在落雁塔留下不少墨宝，留待后人评说。此举虽然略显张狂，但也给人留下十分深刻的印象。一众书生面红耳赤，感叹自己不如妇人之见。

季曼是一贯会做人的，结识不少夫人之后，便各家都处好关系，时不时送些新鲜的发髻样式、珠宝玉钗。宁钰轩一脸莫名地回来，看她正在忙碌着写个什么，凑近一看，一叠子厚纸，她在第一页写了四个字：时尚杂志。

"这又是做什么？"宁钰轩哭笑不得，"这府里最近人来人往的，你都鼓捣些什么？"

季曼看他一眼，扯出一份单子来："户部李大人的夫人张氏、孙太傅的夫人赵氏、刑部徐大人的夫人钱氏……"

"你……"宁钰轩挑眉，拿过她手里的单子来看，短短一个月，她怎么把这些东西搞到手的？"这些夫人们好像人都很不错。"季曼笑眯眯地道，"大概因为你，她们对我态度很好，我们一起玩得很开心呢。"

陌玉侯："……"她这一张单子上密密麻麻地写着朝中许多重臣家夫人的姓氏和喜好。

"我是在想，既然不愿意让你纳妾，那总得从什么地方帮你一点吧？"季曼撑着下巴看着他道，“你这陌玉侯府门槛太高，所以他们都觉得只有姻亲才算是跟你搭上关系。其实后院的夫人交好了，那也是一层关系，就像……就像以前聂贵妃与老夫人。”

宁钰轩一震。“你不用担心我做什么，反正不会害你。”季曼将他手里的名单抽回去，“你在前头努力，我自然也要在你后头努力，那样才配和你站在一起。”看了季曼许久，宁钰轩才重重地出了口气，伸手将她抱在怀里：“真是捡了个了不得的宝贝。”

季曼有些不好意思：“我们那里的女人其实都这样聪明的，只是恰好是我过来了而已。”

“嗯。”宁钰轩笑着吻了吻她的额头，“刚好就是你。”季曼笑了笑，拉着他到旁边坐着，开始给他看她这一个月来的成果。

宁钰轩脸上没有什么表情变化，心里却翻江倒海。“你如何知道……朱侍郎是忠心于我的？”宁钰轩似是不经意地问了一句，“应臣与朱玉润的婚事坎坷，朱侍郎说不定背地里早有了其他属意。”

“不会啊。”季曼拿笔杆子点着纸上朱玉润的名字道：“朱侍郎很疼爱玉润，玉润嫁给千应臣，现在也过得不错，回娘家的时候也报喜不报忧的，让朱老爹宽心了不少。就算最开始朱侍郎怨你，可是后面朱玉润跟千应臣过得好，朱侍郎就该什么气都消了。”

她来这儿看见最单纯的女人就是朱玉润了，对自己孩子爱得最真的也就是朱侍郎了，完全一副女儿好他就好的模样。朱玉润嫁了千应臣，他就不可能会不帮陌玉侯。

宁钰轩眼神微暗，季曼实在是跟这里的女人太不一样了，她会揣度人心，甚至会分析政事。最近这些日子，他不过是在偶尔遇见麻烦的时候提上两个人名，没想到她都记得，还分析出了一张朝中的关系网，利用什么心理分析和立场分析，将一些她知道的人，都分析了出来。

虽然妇人之见比较浅显，但是她也就知道那么点信息。若是全知道的话，这朝中大臣怕是要被她分析个干净。这样的女人有点可怕，甚至是对皇权有些威胁的。万一如同妲己那般妖颜媚主，她很可能就是下一个亡国红颜。

但是不会的，季曼没有那么坏。宁钰轩闭了闭眼，伸手将人抱在怀里摸摸肚子。他知道，她现在不过是想与他一起挣脱束缚，活得更好一点罢了。不过有了她帮忙，他与六部之人倒是亲近了不少。李鲤城来与他打招呼，甚至会开玩笑说：“贱内屡屡

夸赞聂姑娘，说聂姑娘真是贤惠大方，有空也要在寒舍摆了酒席请聂姑娘赏光。”

宁钰轩听着，便会忍不住嘴角上扬。他的女人，能这样得人夸奖，自然是让他很开心的。季曼跑销售习惯了，与人打交道也有自己的一套技巧，绝对不会得罪人，只会在不知不觉中与人拉近关系。侯府里虽然人少，但是每天都会有各家的夫人、小姐过来嗑瓜子、绣花、聊天，倒是比以前还热闹了不少。

只可惜宁尔容和罗芊芊很快就离开京城回各自的封地去了，只有朱玉润天天端着点心陪着她。季曼问朱玉润："你这两天为什么常来？不用陪千大人吗？"朱玉润扁着嘴道："应臣最近看上一个会跳舞的姑娘，不用我来陪了，于是我过来陪你。"

季曼哭笑不得，也就只有朱玉润能看得这样开。千应臣偶尔就看上一个其他女人，她也不生气，就自己避开。等千应臣腻了，她又圆溜溜地回去，两人恩爱得跟什么也没发生过一样。

能把日子过得这样开心的，季曼觉得只有朱玉润一个，也不打算去打扰她了，就安心一边养胎，一边陪着各家夫人、小姐说八卦。

春天到了的时候，边境那边传来战败的消息，宁明杰带着的八万援军到边关成了十二万，中途还在各地征了不少兵，结果一到边境，刚打了两个月，竟然不知为何在攻防之时战败，十二万又变回了八万，损失惨重，边境如实发回战报。

朝廷震惊，宁明杰所领之兵是精兵，如何会败得这样惨？龙颜大怒，当即将目光看向陌玉侯，大有"就是你当初不愿意带兵出征的错"的意味。眼看着皇上又要让陌玉侯挂帅，一众大臣纷纷推荐萧家的副将，也是皇上的远亲萧四海上阵立功。

赵辙犹豫一阵，竟然也同意了。只是这最近朝中颇为团结，不知为何，总让他觉得六部之人都更忠心于陌玉侯了。朝廷里的人太过团结可不是什么好事，赵辙为此几夜未眠，想着法子让六部的人利益产生冲突，从而站不同的阵营。

而这次边关战败，明显也是让他很头疼的。分明是很轻松能打败的玉珍国，为什么会在最后的关键时刻败了？边关没有战报说明情况，只有报告死伤损失和请求增派支援粮草的。

因为赵辙在军中最重要的几个亲信都莫名其妙战死了。接下来的日子里，后宫祸事连连，宁尔馨几度差点被害死，惹得皇上大怒，处死了宫里不少的人。皇后争宠，却误食藏红花。也不知她是怎么个误食法，竟喝了大半碗下去。她知道是藏红花之后发了疯，一路从宫中出来，也不顾宵禁，回了沈家大哭。

赵辙被一箩筐的事务缠身，偏生皇后还这般不识大体，干出回娘家的事情来。

皇后可以随意回娘家，这不是惹天下人笑话吗？于是赵辙没有去接，沈家的处境就十分尴尬了。府里供着皇后娘娘，送回去吧，没那个仪仗；不送回去吧，这像什么话？

沈幼清先是痛失孩子，进而喝下了藏红花，子嗣再也无望，哪里能不万分委屈？一贯是她欺负别人，没想到如今被别人欺负成这样，她又哪里吞得下这口气？只是皇上偏心宁尔馨，她跪在紫辰殿外哭诉都没用，不得已才想出回娘家这一招，来逼一逼皇帝。

只是她不知道现在的皇上已经被政事烦得焦头烂额。聪明女人就该避开这个时候，不帮男人端茶送水默默支持也就算了，绝对不能再添乱。她没注意，于是跳进了这个别人挖好的陷阱里。

如果自己回去，这后宫还焉能有她皇后的地位在？上朝之时，沈大学士向皇帝进言，言明糟糠之妻不下堂。话还没说完，旁边刑部就有本奏，奏最近沈大学士不仅不检点，流连烟花之地被多次发现，更是收受贿赂，有密信列了数目告之。

朝堂之上，沈大学士好歹是国丈，竟然被告发做出这样的事情来，不仅沈家面子挂不住，皇上的面子也挂不住。赵辙板着脸怒斥了他几句，便令他下朝回家。官员被令提前下朝回家是万分屈辱之事。沈大学士上了年纪了，虽然为老不尊，但是还是念着气节，一口气没缓上来，竟然就这么去了。

沈家发丧，皇上本是要追究沈家受贿之事，然而人都死了，还有什么好追究的？因着是国丈，皇帝还追封了个头衔给他。沈幼清自愿在沈家守孝，皇上也没要她回来。皇后不在，后宫里倒是更热闹些。一个个的美人层出不穷，以前躲着皇后的，这会儿全都出来了。

赵辙不是昏庸之人，每月不过去后宫六七次罢了，然而这些倾城倾国色，怎么也是要分去他一点心神的。趁着他分神的时候，宁钰轩便渐渐开始替他处理一些奏折。大小之事，宁钰轩能处理得和皇帝的手法差不多，甚至朱批笔迹都相似。慢慢地，送去皇帝那里的奏折就少了。

赵辙起初不觉得有不对，等觉得奏折少了的时候，那些美人又缠了上来。除了宁尔馨，还有几个面容很似聂桑榆的，那几个女子也是聪慧，知道他喜欢什么，偏就故意学着聂桑榆的模样，几次三番叫他回不过神来。

他也许不是真心喜欢聂桑榆，只是觉得她特别，不一样吧。他这种风流薄幸满天下的人，猎奇心自然很重。然而不知道为什么，得不到聂桑榆，他竟然连与她相似的人都这般喜欢。

季曼这次怀孕的反应有点大，吃不下什么东西，反胃也厉害。宁钰轩每天回来看见她的脸都是一次比一次憔悴。“怎么会这样？”宁钰轩皱眉，“你想吃什么？”季曼摇摇头，抿唇道：“女人怀孕都很辛苦，你又不是头一回看见。我现在不太想吃东西。”

宁钰轩的确不是头一回看见，却是第一次这样心疼。季曼看着他这一脸纠结的表情，心里倒是好受多了。不错啊陌玉侯，知道心疼老婆了。以前他处理起自己的女人来跟切白菜一样，现在终于懂得体贴了，也不枉她抛弃美好生活来这里陪他。

“等再过一阵子，我陪你去游山玩水可好？”宁钰轩突然问了这么一句。季曼挑眉：“你朝中不是还有很多事情要处理吗？”最近府里来的官员也越来越多了，许多人宁愿来找宁钰轩处理事情，也不愿直接进宫，不知道是为什么。

“是啊，这段时间有些忙，所以你要再等一等我。”他的笑容里满是胸有成竹，“不用等太久。”

赵辙之前一直是在宜都的，而现在朝廷里的官员大多是以前沿用的，毕竟熟悉业务，只要不是绝对效忠前面几位主子的，那都继续担任原来的官职。

比起天降的这位皇帝，宁钰轩自然是与朝中之人关系更近。宁钰轩从偷改奏折开始，就有了许多事情的处置权。不知不觉中，众臣做什么事情，都会去问陌玉侯。等萧丞相告诉皇上有异之时，赵辙转头才发现，自己想知道城墙修得如何了，都得问陌玉侯。

上朝的时候陌玉侯一个人来就可以了，因为他知道所有的事情，只是没有禀告皇上，都要皇上一一来问。赵辙觉得不对劲了，自己好像慢慢被宁钰轩架空了。不过他发现得晚了，想挽救已经没有精力。

边境与玉珍国的战争越来越激烈，据说玉珍国犹如天降神兵，一路打得澧朝之兵落花流水，退败百里。眼看着边关要守不住，赵辙只得将几处重兵都调遣去边关。军事上麻烦依旧不断，粮草供应问题、军队花销问题，每天都有户部的人去烦他。他甚至突然有点庆幸陌玉侯帮他分担了一部分。

陌玉侯却开始只挑着大事来处理，将琐事的折子统统往皇帝的桌子上堆。赵辙问萧天翊折子去哪里了，然而萧天翊也是一问三不知。萧天翊最近在金银窝里，日子过得也实在逍遥。

眼下除了边关战事，朝廷里一派其乐融融，除了赵辙和宁钰轩，谁也感受不到底下的波涛汹涌。赵辙找了亲信来商议，然而眼下家国动摇，谁还能顾及去争权的事情？先把边关的仗打了吧。

赵辙是狐狸，那宁钰轩一定就是有九条尾巴的高超选手。以退为进，请君入瓮，三十六计估计都被宁钰轩翻了个新。

“我们走吧。”宁钰轩看着季曼已经圆滚滚的肚子，有些犹豫，“你这身子，咱们还是慢慢走吧。”

季曼很好奇：“去哪里？”“先前不是说好游山玩水吗？”宁钰轩笑着道，“正好现在得空了，咱们往东边走。”宁明杰当初出征也是往东边去的，行三千里，便是与玉珍国的交界。

“好。”不过季曼愿意跟他走，哪怕只是出公差，能带上自己老婆的男人，也是难能可贵。“你以后想过什么样的日子？”宁钰轩问。季曼想了想，道：“安安稳稳的，能有自己的事业，能不为其他女人心烦，孩子平安出生，好好也在远方安然无恙；然后某一天他游历归来，我们一家人可以坐下来，吃我做的饭菜。”

宁钰轩歪着头，很是严肃地道：“有点难，喜欢我的女人毕竟太多了。”季曼白了他一眼：“喜欢我的男人还多呢。不是还听说宫里长得像我那位，已经封妃了吗？啧啧，皇后都还没回宫呢。”

宁钰轩的脸黑了，上前一步抓住她的肩膀：“你还惦记着他？”“许你炫耀，不许我说道？”季曼哼哼两声，“我惦记着他早点死。”脸色好看了一些，宁钰轩坐在床边，玩着她腰间一块并不起眼的玉佩道：“我想你也不会惦记那个三心二意的男人。”

季曼嘴角微抽，这位仁兄似乎完全忘记自己原来也是个三心二意的。曾经温婉还因为要他一心一意，还被他说是心胸狭隘了呢。她没有要求过他只要她一个，因为这时代背景，她也没那么任性。所幸，陪他走到最后的，还是她。

启程上船，一路往东而去，季曼站在船头，伸手回头对宁钰轩道：“过来抱着我的腰。”宁钰轩早因为她站的位置而脸色发白了，几步上前稳住她的身子，低斥道：“你做什么？”

季曼张开双手做泰坦尼克号的经典动作，闭着眼睛感叹道：“早想这样做了，可惜一直没个男人。”宁钰轩不懂这姿势有什么好，不过看她笑得这样开心，也就将她护牢了。

想着自己至今不会修垫脑，宁钰轩觉得自己该在其他地方对季曼好些来补偿。

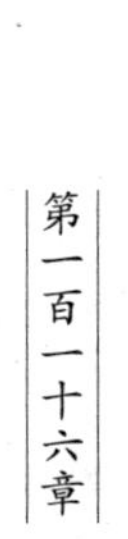

第一百一十六章 捧心

这一路东去，宁钰轩已经将朝中之事安排妥当，倒也不是只去游玩，而是已经有人在暗中返京，要他去接应才行。只是想着季曼自从跟着他以来，除了南巡，还没怎么过过几天悠闲自在的日子，也实在不放心将她一人留在京城，于是他就带着她一起上路了。

季曼的肚子已经五个月，稳当了不少。大夫又告诉她这一胎胎位很正，一定好生。鉴于上次生好好的经历，季曼决定无视大夫的话。这卫生条件，生个孩子去了命的都有，能平安就不求其他了。

一艘船上带了宁钰轩的几个亲信，除了鬼白之外，都是独身来的六部官员。每天就看着侯爷与季曼神仙眷侣，大晚上不睡觉躺在甲板上看星星，白天一时兴起又拿着鱼竿坐在船上钓鱼。

“为什么钓不到？”宁钰轩第无数次拉起鱼竿，看着空空的钩子，很纳闷，又重新装上鱼饵。“因为船在前行，比鱼的速度快多了，自然钓不到。”季曼坐在他旁边，气定神闲地道。

宁钰轩挑眉：“那我们为什么还要钓？”季曼侧头朝他一笑：“我想看看，与侯爷在一起做无聊的事情，会不会觉得无聊。”后头偷窥的一众官员都有些无语，真

的很无聊。

宁钰轩却笑了，继续将鱼饵丢回了河里，与她一起闲闲地坐着，看着远处渐渐沉下的夕阳，没有说话。

季曼将头靠在他的肩上，眯着眼睛看着天边的霞光。原来当真只要喜欢的人在身边，就怎么也不会无聊。她以前一直笑恋爱中的人傻，原来谁到这里头，都会变成傻子。

船停靠在繁华的城镇，季曼拉着宁钰轩去逛集市。集市上人多，宁钰轩便干脆伸手将她的手拉住。两人并肩走在人群里，步子缓慢从容。周围的人都匆匆来回，只有这两人像是吃了晚饭出来散步的，惹得百姓都忍不住停下步子羡慕地看他们几眼。

郎才女貌，真是好一对般配的人。亲信们在后头跟着，鬼白觉得晚上一定有必要回去提醒侯爷，让这么多人跟着出远门是没有什么的，不准带家眷也是正常，可是在独身之人面前与夫人这样恩爱，着实有些不妥！

害得自己也想成亲了，鬼白苍凉地拿起旁边小摊上的镜子看了看自己，都二十又二了，也是时候娶妻了。侯爷与夫人的第二个孩子都快有了，他还是孤家寡人，唉……

季曼看着什么东西都想要，然而她是克制着的，自己身上就带了三十两，那就只买二十两的小玩意儿，捧回船上去慢慢玩。虽然在这里女人用男人的钱是天经地义的，但是既然自己拿新的要求来对宁钰轩，那自己总也要做到一般女人没有的坚强独立。

然而宁钰轩有些不高兴，一路都黑着脸。到了船上收拾东西的时候，他坐到她面前，拿出一支古铜孔雀的发簪来："刚刚不是很喜欢这个？为什么不让我买给你？"他也瞧见她只带了三十两，可这簪子就要十五两，她摸了两下假装不喜欢，就放回去了。

这种不被需要的感觉太糟糕了。季曼干笑了两声，接过簪子来往头上一戴："好看吗？"

宁钰轩哼了一声别开头，闷气了半晌才不高兴地道："好看。"将他的脸掰正，吧唧亲了一口，季曼笑道："好看就行啦。你留意到我喜欢的东西，我很开心啊。多谢侯爷。"

宁钰轩气消了一点，还是哼哼两声，伸手摸着那古铜孔雀，抿唇道："我希望能成为你的依靠，你也不用一直那么累。"季曼低头反思，自己也的确有不足的地方吧，每个男人都有英雄情结，太独立的女人是很容易失去男人的，要让这人觉得自己需要他才好。慢慢改吧，他在越来越好，她也要越来越好才是。

鬼白刚要进来给侯爷说照顾一下其他大人情绪的事情，一踏进来就看见自家侯爷吧唧一口亲在了夫人的额头上，当下就给吓得缩回了脚。想了想，他拿着从集市上买回来的镜子照了照自己，叹息着走开了。

船行出千里，停靠江边，有人黑衣黑帽上船，进了船舱。“明杰。”宁钰轩笑着道，“总算是见到了。”宁明杰取下帽子，一张脸看起来柔和不少：“想不到赵辙竟然放你出京。”

“他不得不放。”宁钰轩笑道，“就指望着我不在，能把权力给收回去呢，可惜回天乏术。玉珍国那边如何？”“这次让你来，便是因为不放心任何人。你得将一个人送回京城去，顺便看看玉珍国国王的信。”

宁钰轩一惊，脸上却不动声色：“国王为何会写信？”“大概是因为这半年，我绑架了他玉珍国的公主。”宁明杰板着脸道，“而且还送不回去了。”宁钰轩不懂送不回去了是什么意思，但是提起玉珍国的公主，他就想起捧月。玉珍国对澧朝应该是恨的，因为捧月是他们何等珍惜的公主，甚至曾经借兵帮着赵离拿下皇位。

玉珍国与澧朝之战，澧朝是不可能输的，毕竟地大人多。边关的战败战报，也不过是虚发。宁明杰手里，已经握有十八万大军兵权。那是宁钰轩架空赵辙的最后武器。宁明杰已经将信放在了桌上，宁钰轩小心翼翼地拆开看了，哭笑不得。

玉珍国是以爱情为上的国都吧？姻亲是比血亲更重要的关系，玉珍国公主捧心看上了宁明杰，玉珍国王竟然愿意让宁明杰开条件，借兵借地甚至割城，只要宁明杰肯将捧心娶回去。

这个关口要是宁明杰娶了捧心，还拿什么当借口让皇上将手里的兵权都交出来？宁明杰的确是来打仗的，只是用了点手段，绑架了公主打算逼得玉珍国投降。玉珍国退兵百里，公主却是送不回去了：杀了会出事，留着……也是个祸害。

捧心比捧月还厉害，一把三环大砍刀砸在桌上，扬言非宁明杰不嫁。经历过几次不愉快婚事的宁明杰已经看淡了，但是战事为重，玉珍国愿意合作那是最好了，大不了先将公主送回京城府里，再坐下好好谈谈合作。

于是这个合作得好好谈，得先找人将公主送回去。送不好要是出了什么事，那玉珍国倾尽一国之力也会连着捧月的账一起算了；若是送得好，那边关的战况，他们说是什么样就是什么样。

宁钰轩看完信，摸着下巴打量了宁明杰许久，道：“堂哥这张脸，真的是很值

钱的。”

见宁明杰的脸黑了，宁钰轩轻咳两声道：“那便将人交给我吧。还有，这是几卷干净的圣旨，盖了玉玺的，你收好了。”

两人都明白接下来是该做什么事情的，将机密之事小声交谈了，宁明杰便又戴上帽子离开。“对了。”临走的时候宁明杰回头，看着宁钰轩道，“听闻桑榆又有了身孕，恭喜了。”宁钰轩笑着点头，道：“她在旁边的厢房休息，你要不要去打个招呼？”

宁明杰想了许久，轻笑一声背过身去：“罢了，还是不用了。”

船调转了方向，准备要回京了。这一趟出来，陌玉侯计划的时间刚好。他不在的这一个月里，赵辙已经将后宫临幸了一个遍，其中恰好有四个宫嫔都是他送去的。

虚无带走好好的时候给他留下了四瓶宝贝——四种味道的香料，混在一起，便是慢性之毒，太医都不会查得出来，是世间少有的宝贝。

他回去依旧可以掌握朝中大事，低调地做个辅国之臣，等着皇帝一天天衰弱。他一天天控制大局，真到皇上驾崩那一天，天下就不会大乱；他也就可以扶着后宫角落里那个一直被人忽略的四皇子，坐在龙椅上玩弹弓了。

换而言之，他依着家训不会登上皇位，但是他可以将这最后一个对他有芥蒂之心的皇帝，再掀下马来。季曼睡醒过来，就看见床边坐着一个气鼓鼓又满脸欢喜的姑娘。那姑娘见她睁眼，便好奇地一直盯着她看。

“我叫捧心，你叫什么？”“我……叫季曼。”季曼睡得有些迷糊，看见这么个有些眼熟又陌生的人，还真不知道怎么回事。宁钰轩端着汤进来，扫了捧心一眼。捧心不知为何有些怕他，很自觉地让去一边。

“我们出来这一趟，就是为了接她回去。”宁钰轩温柔地坐在床边，将汤一口一口喂给季曼，“她是玉珍国公主。”季曼一口汤呛着了，忍不住再看捧心一眼。怪不得她觉得熟悉呢，这人长得和捧月有几分相似，倒是比捧月更泼辣些。

不过接玉珍国公主回去是什么意思？季曼睁大眼睛看着宁钰轩：“与玉珍国的仗，不打了吗？”“打啊。”宁钰轩很认真地道：“再打一个月就可以了。”连仗还要打多久都知道了，季曼不禁有些同情赵辙，跟宁钰轩这万年老狐狸对上，下场又不知道是如何。

只是人家玉珍国公主还站在旁边呢，这么说没问题？季曼小心翼翼地瞥了捧心一眼。

哪知人家压根儿没听他们说玉珍什么，就盯着季曼看。见季曼看过来，捧心立马转开视线，去擦桌上放着的大砍刀。乖乖，玉珍国的公主都是习武的?

宁钰轩回头看了捧心一眼："捧心公主，贱内怀有身孕，容易受着惊吓，您这刀……"

"怀孕了？"捧心眼睛一亮，立马笑开了，"哈哈，我刚上船，不知道。怀孕了就好好休息啊，捧心这就不打扰了。"

本来她听闻宁明杰喜欢的女人在船上，还是个有夫之妇，她就想着来看看，见着长得比自个儿好看，心里正犯嘀咕呢，没想到竟然是怀孕了的。有夫之妇就已经不可能了，怀孕了更是没威胁，捧心将心吞回肚子里，愉快地去甲板上耍她威风凛凛的大刀了。

好不容易寻得如意郎君，她一定要练好武功，将郎君一举拿下!

天气有些凉，季曼也就越来越嗜睡，经常一睡一整天。于是捧心每天路过宁钰轩与季曼的房间，就看见传闻中权倾朝野的侯爷将睡得迷糊的女人连着被子一起抱起来，坐在桌边，问她想吃什么。

季曼困得只想张嘴，然后宁钰轩便夹了菜和着饭给她喂了，还一直低声道："你倒是多嚼两下。"捧心看得心里暖洋洋的，心想怪不得捧月姐姐宁愿死在澧朝呢，原来澧朝的男人都这样温柔。

赵辙开始咳嗽体弱，然而太医只说是劳累过度，他便将一部分事情交给了丞相处理。

千应臣替陌玉侯担当着重任，陌玉侯以带着聂氏去求保胎药为由头出了远门，皇上竟然也没拦着，还派了船。有人说皇帝还真是心疼聂氏，一听是为了她，连陌玉侯这样忙碌的人都可以派出京去。

可是明眼人都知道，皇帝是想支开宁钰轩而重夺朝政之权，萧天翊与千应臣的斗争也一直在持续。结果宁钰轩比预计的早回来了十天，千应臣激动得带着一众大臣穿着常服去侯府门口等他。朝中局势明朗，陌玉侯一回来，天平自然往他们这边倾斜，日子就更好过了。

结果刚看见马车停下，宁钰轩便抱着聂桑榆出来了。京城刚入秋，有些冷，宁钰轩直接拿披风将季曼裹了，朝他们点头道："先进去再说。"然后抱着季曼跑得又稳又快。

这架势，众人还以为聂氏又出什么问题了，连忙急匆匆跟着去北苑。结果宁钰轩安顿好季曼出来，只是长出了一口气道："她那身子又重了，我差点要抱不动了。"

众人："……"

他们关上书房的门商讨到了夕阳西下，捧心也被安排到了南苑住着。季曼不知道自己睡了几个春秋，迷迷糊糊地醒来，又看见来喂饭的宁钰轩。"你身子都快睡肿了。"他道。

季曼翻了个身，起来稍微吃了点东西，看着屋子里熟悉的东西，反应有些慢地道："已经回到京城了？""嗯。"宁钰轩抱着她道，"你再睡会儿，起来就是一个太平盛世。"

季曼皱眉，好像宁钰轩接下来该有大事要做了，她是不是应该与他并肩作战？可是她现在实在是太困了。"安心交给我吧。"耳边的声音轻轻的，像是有催眠的效果，季曼又安静地睡了过去。

皇上病重，萧四海据说战死边关，萧家终于觉察到了不对，要入宫勤王。陌玉侯抓住萧家暗地里兵权调动的把柄，以萧家有反叛之心为罪名，将萧家一干人等送进了天牢。

皇太后直呼陌玉侯有不臣之心，声音还没传出后宫就断了。陌玉侯曾经为她翻修的宫殿现在成了牢笼，隔音的那种。皇后进宫不得，后宫宁尔馨独大。赵辙最开始还能说几句话，但是在面容酷似聂桑榆之人的陪伴下，渐渐地连话也说不出来了。

看着面前这几张跟聂桑榆差不多的脸，赵辙觉得很奇怪。为什么会有人这么像她？甚至其中一个叫竹儿的，简直与聂桑榆一模一样，也才会格外得他宠爱。竹儿坐在他的床边，听着他喉咙里发出来的干燥的呻吟声，轻笑道："想不到主子曾经跟了的三个主子，都没一个有好下场。早知如此，还不如一心一意跟着侯爷。"

赵辙听着这话，皱眉。虽然说不出话身子也动不了了，但是他还是能听懂话的。大殿里的人都退下了，只有竹儿还在陪着他。"面具戴久了，皇上可能不认识我原来是谁了。"竹儿笑了一声，慢慢将脸上的人皮面具撕了下来。赵辙惊恐地睁大眼睛，就如同见了鬼。

扯下面具的那张脸，他倒是见过的。"是……你……"喉咙都快撕扯破了，他也才说出这两个模糊的字。"嗯，正是奴婢。"淡竹看着赵辙，温和地笑道，"皇上很意外吧，当初帮着千怜雪传递多少信件，都是奴婢亲力亲为。如今主子的尸体怕是都该只剩一架白骨了，奴婢却坐在这里看着您死。"

千怜雪身边的贴身丫鬟淡竹，知道一切秘密的淡竹，曾经据说是失踪了，却是在暗地里被宁钰轩所收，所以宁钰轩从千怜雪死后便知道三位皇子以前的谋划，最后选择了二皇子。

赵辙哑然失笑，摇着头张嘴，却说不出话来。这盘棋，他们都以为自己是在同宁钰轩对弈，没有想到，他赵家兄弟三人，一直都只是宁钰轩手里的棋子而已。偏生他们都还曾以为自己掌握了这天下，却从来挣扎不出那人的掌心。何等的悲哀。

淡竹坐在他床边喃喃低语："雪主子是个可怜的人，她不过是想让自己过得好一些。已经失去了价值的东西，是没有什么再利用的必要了。可是皇上您当初何必那么狠，要将主子灭了口，还推给二皇子？"

众人以为杀了千怜雪的是二皇子，他随后还派了范天行来将一切案件都查清楚了。可是淡竹是唯一知道真相的人：先下手的是赵辙，之后赵离不过是要让范天行上位，所以顺便借了此事罢了。

淡竹说是替雪主子报仇才留下来的，其实不然。她本来想逃，想隐姓埋名过一辈子，然而竟然被宁钰轩抓住了，逃无可逃。宁钰轩不但不追究她身上的罪孽，只将当初府里发生的事情都问清楚问明白了，知道哪些是雪主子干的，哪些不是，而后便问她愿不愿意效忠。

她不是愿意，而是不得不。跟了侯爷之后才明白自己主子当初真是自作聪明，放着侯爷不好好追随，去求那些个虚妄的。叹息一声，淡竹回过神来，借着旁边金盆里的水将面具慢慢戴回去，再看一眼床上的人，气若游丝，也就吊着这口气了。

据说边关是还在打仗，但是因着皇帝无子病危，宁明杰便先带着五万大军返京了——书面上说是五万。皇上若是驾崩，那谁来做皇帝？亲王倒是有不少，但是到底不是正统。宫中还有一位四皇子，也不过六七岁，不知能否担当重任。

各路亲王、侯爷都纷纷领兵来京城了，这等分一杯羹的好事，没他们怎么行？朝中元老都慌了，纷纷求助于陌玉侯。宁钰轩大手一挥，将一脸茫然的四皇子抱了起来。众人就明白了，皇帝要驾崩，那无论用什么都拦不住。

赵辙死之前，宁钰轩去看他。他的眼神里充满了不甘和怨恨。宁钰轩看着他，轻声道："其实，很早以前，我是有过辅佐你一辈子的打算。所以明知道婉儿算是你的人，我也依旧疼爱。"赵辙微微一愣。

"然而你最不该做的，就是让千怜雪换走了我的儿子。"宁钰轩轻轻笑了笑，坐在龙床旁边道，"从我亲自去将好好接走开始，我与你，就不会再是同一条路上的人了。"赵辙眼里满是不可置信。他还以为会有什么更重要的原因……那时候，宁钰轩不是说不喜欢聂桑榆吗？这个骗子！

赵辙一口气没缓上来，喘得十分痛苦。宁钰轩似乎是才想到，提醒了他一句："您现在的身子，若是太过激动，会提前驾崩。""你……"赵辙眦目欲裂，终于死

不瞑目。

宁钰轩上前将他的眼睛合上，退后两步跪下叩头。“吾皇，万岁万岁万万岁—”丧钟响起，整个宫里一片哀号。宁钰轩安静地穿过层层宫廷回廊，抱起了还在花园里玩弹弓的四皇子赵喻：“殿下，该换身衣裳去跪着哭一会儿了。”

第一百一十七章

春闺梦

赵辙驾崩，宫中只哭号了三日，陌玉侯便以各路亲王即将到达京城为由，将四皇子赵喻捧上了皇位。朝中也有人有异议，四皇子年纪甚小，自然是不可能亲政的。陌玉侯此举，无非是想挟天子以令诸侯。

这么简单的事情也不用他们说，天下人都知道。可宁明杰大军回京，黑压压的一片，镇守在京城旁边之重镇，又有朝中大部分官员归顺，甚至有人提议陌玉侯自封摄政王。

宁钰轩打开京城城门，也迎接各路而来的亲王，准许他们驻兵百里之外，带数十亲信进京。都是皇室宗亲，先帝已去，无法挽回，升为太皇太后的萧氏为了换得萧天翊的性命，便忍下了丧子之痛，只说四皇子登基乃是正统。

亲王们也没想到新帝登基会这样迅速，边关的战事也停得没有任何的预兆。四皇子坐在龙位之上玩着玩具，陌玉侯便站在他的身边指点天下之事。

玉珍国宣布退兵并进贡补偿，宁明杰要迎娶玉珍国的公主，算是两国又重新归为了盟国。萧家人获罪的获罪，流放的流放，倒是萧天翊被宁钰轩留了出来，重新做一个不大不小的官。

天下所有繁杂的事情好像都慢慢被解决掉了。陌玉侯乘着轿子回府，路上不经

意掀开帘子往外头看了一眼，不少闺阁女子便低呼了一声，娇羞地退却开去。

灯芯刚被召回京城，在人群里看着陌玉侯，也是有些感叹。一别多年，侯爷风华更胜从前，怪不得主子愿意心甘情愿地留在他身边了呢。原先不过是个气质非凡的侯爷，如今已经是一副天下在握的王者姿态了。

灯芯提着包袱匆匆去侯府，侯爷也正好落轿。灯芯走了侧门去找钱管家报到，之后才换衣服去北苑伺候。到北苑的时候，床上的人好像是刚刚才睡醒。灯芯端着补药进去请安："主子。"

"灯芯！"季曼大喜。灯芯原是被她留在靖州的，怎么还会来了这里？灯芯将药放下，端端正正地行礼："主子有孕，灯芯自然是该回来照顾。"因着季曼留下的店铺，她在靖州过得很好；也是到了嫁人的年纪，柳如风又缠着她不肯放，她干脆就嫁了。

这次柳如风调来京城，她也就跟着一起来，正好侯爷说主子又有了身子需要人照顾。

甘草和苜蓿都已经不在了，主子就只有她一个人了啊。季曼高兴得都不困了，抱着宁钰轩的胳膊使劲儿掐，吓得灯芯背后直冒冷汗，连忙低喊一声："主子！"

以前主子多知道分寸啊，现在怎么这般大胆了？侯爷如今的身份，与以前更是不可同日而语，应该更加小心才是。哪知被自家主子掐得眉头微皱的侯爷只是将她的手拿下来，仔细看着她的指甲道："你最近这指甲脆得很，当心等会儿劈了又来喊疼。灯芯，拿剪子来。"

灯芯有些怔忪，连忙应了，将旁边的剪子递上去。于是她就看见刚刚在街上如同天神一般的侯爷，现在安安静静地坐在这里，低着头给自家主子剪指甲，一边细细剪着一边还嘀咕："女人都喜欢留那么长的指甲干什么？你当心划着自个儿，我都先给你剪了，等生完孩子再说。"

季曼朝灯芯挤了挤眼，乖巧地任由他剪着不说话。灯芯看傻了，以前那些场景仿佛都还在眼前，侯爷对主子是不喜欢的、不亲近的，时常板着一张脸，或者被气得脸色铁青。

没有想到现在，侯爷会这样温柔地坐在主子身边。虽然侯爷脸上的神色还是有些硬邦邦的，但是看起来真是让她觉得……好极了。

灯芯眼睛有些红，突然就想起了甘草，很想让她也来看看。甘草坟头上的草，都不知道该有多高了吧。背过身去擦擦眼泪，灯芯捧着药汤过来："侯爷先让主子把这个用了吧。"

宁钰轩点头，剪完了指甲接过汤药，当着灯芯的面却有些不好意思，抿唇对季曼道：“你自己喝。”自己喝就自己喝，又不是残废，季曼撇撇嘴，拿过盅子就慢慢喝完了。宁钰轩还是忍不住伸手去接，然后递给灯芯，轻咳两声道：“灯芯你陪夫人说会儿话，我还有事。”

“是。”灯芯颔首。见着她头上的妇人发髻，季曼也有很多话想问。陌玉侯一走，灯芯干脆就自己招了。“柳如风算是个不错的人，不过倒是不知道云主子已经去了。”灯芯摸摸鼻子道，“还打算回来问安的。”

季曼看着她这白白嫩嫩的脸，也知道她没受什么委屈，不由得叹息：“也算是圆满了。”

“听闻宁将军又要成亲了。”灯芯抿唇道，“要是甘草知道，也不知会开心还是会难过。”

“一定会开心的。”季曼笑了笑。“甘草是希望堂少爷好的，她是个善良的姑娘。”

“嗯。”灯芯吸吸鼻子，“奴婢还是想去看看她。”好像剩下的人都已经有了各自的生活，而甘草还一个人孤零零地躺在地下，怎么想，都觉得悲凉。季曼有孕不宜上坟，灯芯便自己去了，带着些果子和纸钱，走到甘草埋葬的地方。

再过两日便是宁明杰该迎娶捧心的时候了，墓碑边却有人坐着。野草和四周的落叶都已经清扫过，披着斗篷的男子带着一壶酒，饮了一口，以指沾了地上残酒，一点点在墓碑上写着“花落知多少”几个字。

灯芯抿唇，忽然笑了。她还以为除了自己与主子，不会有人记得那个死在了火场里的丫鬟，原来宁明杰也还记得。他也还记得那个傻兮兮的一脸娇羞称赞他字写得好的女子；他还曾赠她珊瑚珠，还曾说过愿意迎她过门。

灯芯觉得，甘草应该也是幸福的，因为至少在宁明杰的心里，一直会有个角落属于她。

陌玉侯正式辅政，年仅七岁的四皇子开始被称为皇帝，戴龙冠，正式上朝下朝。宁钰轩就站在皇帝右下角的第一个位置上，听臣之言，向皇帝言明该如何处置，而后借皇帝之口，下传命令。

宁明杰被封镇国大将军，统率兵权，娶玉珍国之公主，功高震主。有人向陌玉侯进言，不宜让宁明杰手中兵权过大，即使是亲戚兄弟，也难免会有矛盾的那一天。但是宁钰轩没有任何动作，并且笑言：“若是明杰想要什么，直接来拿就是，钰轩绝不会有半点吝啬。”

宁明杰从门下听来这句话，哈哈大笑，至此更是忠心不二。后有史书言，陌玉侯乃是王佐之臣，扶持几代帝王，都无半点犯上之心；宁明杰更是忠君之将，手里兵权早可以翻天，但是一生忠诚只听君命。这两人都是历史上的一段传奇，当然那是后话了。

朱玉润紧张兮兮的半夜起来往陌玉侯府跑，千应臣追在后面急忙喊：“你慢些！”“慢不了啦，慢不了啦！”朱玉润鞋子都少穿了一只，“季先生要生啦！快些，马车再快些！”千应臣只得跟着她往侯府跑。

季曼今天临盆，一路平平安安地怀胎十月，各路人听见风声都赶来祝贺，哪怕孩子还没生出来，侯府门口各家的夫人也都已经到了。大半夜，天气又凉，季曼的房间里炭火却烧得很旺。产婆被朱玉润和灯芯两双眼睛死死盯着，吓得手都抖了，还要季曼还安慰她：“你别紧张，先深呼吸……”

大家都是担心以前的事情重演，所以半步也不敢离开。宁钰轩因着规矩守在产房之外，急得转个不停。“侯爷。”慕水晴都被转晕了，无奈地道，“您先坐下来休息一番。”

“我怎么休息？”宁钰轩看起来有些焦躁，哪里有平时朝堂上的半点镇定。一听见屋子里季曼开始痛苦呻吟的声音，他眼珠子都红了：“我真的不能进去？”鬼白和慕水晴都齐齐摇头。

现在鬼白终于明白上次侯爷在夫人生产的时候为什么要把自己关去书房了，他这股子不安太强烈，压根儿就掩藏不住啊。“啊—”里头竟然是意外地快，刚听见季曼没惨叫一会儿，便有婴儿的啼哭声传了出来。

外头的人都大大地松了口气，千应臣连忙道：“恭喜侯爷。”宁钰轩却傻了，跟全身断了电一样站在原地一动不动，许久之后才问：“生了？”接生婆抱着孩子出来，有些沮丧，却还是笑着道：“回侯爷，夫人生了个女孩儿。”

真是晦气了，接生婆还以为接生个男孩儿出来，能得更多的赏钱呢！“女孩儿？”宁钰轩伸手将孩子接过来，愣愣地看着她。没有睁开眼的孩子张嘴哇哇哭着，一点也没她哥那样安静。但是在他怀里，孩子突然就不哭了，眼珠子在眼皮下头转着，像是很想睁开眼睛看看他。

皱巴巴的脸蛋儿，一点都看不出长得像谁。宁钰轩愣愣地看着她，那薄薄的眼皮儿像是用尽了力气，终于睁开的时候，黑漆漆水汪汪的眼眸里，好像有光，一下子就映出了他的脸。

四周的人都以为侯爷是抱了女儿不开心，却只有朱玉润出来，瞅着宁钰轩这眼神，惊讶地道："侯爷，您怎么哭了？"听着朱玉润的话，宁钰轩才回过神来摸摸自己的脸，真的有泪。

"接生婆下去领赏吧，我去看看曼儿。"宁钰轩抱着女儿，没有再多想，就想进产房去。"侯爷！"灯芯连忙拦住他，"里头还没有收拾干净，血气甚重，您不能进去。"宁钰轩挑眉："血气重你们还将夫人留在里头？她既然都不怕，那我怕什么？"

众人竟然都说不出话来，宁钰轩也就越过灯芯进去了。这次当真是顺产，大夫没有再骗她。季曼的精神也就还好，人还醒着。只是不知道为什么，她看着周围，总觉得有些恍惚，恍惚到觉得这依旧是梦境，她稍微再挣扎一下，就又会醒来，因为四周总有些裂痕在不断扩大。

一想到眼前这美满的一切有可能都是一个梦，季曼忍不住就红了眼。屋子里血腥味盈鼻，丫鬟们正忙碌地收拾着。宁钰轩抱着孩子坐在床边，伸手抹去了她眼角的泪，有些紧张地问："很痛？"

季曼回神看着他，勉强笑了笑："不痛。""那怎么哭了？你看她多可爱。"将女儿放在枕边，宁钰轩道，"给她取个小字吧，先叫着，等周岁之后我再给她正经名字。"

女娃儿一离开父亲怀抱，就又开始哭了起来。季曼有些怔愣，听着这撕心裂肺的哭声，忍不住就想起了聂桑榆。曾经聂桑榆也是在她的脑海里，哭得撕心裂肺，当真是跟孩子哭的声音没什么两样，放肆又不管不顾。

"还能……叫她桑榆吗？"季曼小声问了一句。聂桑榆要是真的能转世投胎到她的肚子里，季曼也觉得没什么不好。那傻姑娘，要是做她的女儿，她一定会从小就好好教她，到底该如何爱一个人；而陌玉侯也终于能将欠她的感情，统统以另一种方式还给她了。"女儿的名字，总不能与你的重复了。"宁钰轩皱了皱眉，"这是规矩。"季曼挑眉，问："赵辙是不是死了？"宁钰轩点头。"那你可以把'季曼'两个字还给我，把'桑榆'给我们的女儿吗？"季曼微笑道，"这样就不会重名了。"

她也不想顶着聂桑榆的名字过一辈子，聂桑榆有她自己的故事，而她，只是季曼而已。

宁钰轩好像终于被提醒了一样，眼眸微亮，站起来道："好。"如今朝中大小之事都是他说了算，一个名字而已，怎么能不给？更重要的是，先帝赐婚的圣旨，季曼一旦换了名字，那就不作数了。

也就是说，他可以给季曼一个名分。季曼在月子之中天天陪着小桑榆玩。小桑榆好像跟她哥哥一样聪慧，笑起来也十分可爱，颇受府中之人喜爱。

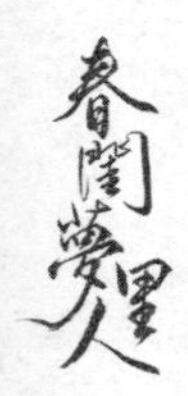

慕水晴带着曦儿，曦儿也渐渐开朗了，时不时来院子里给季曼请安，看起来比以前活泼了不少。到底是宁钰轩的孩子，生母也死了，季曼觉得有些恩怨也可以放下，太计较了对自己没什么好处，于是对曦儿也是多加照顾。

偌大的陌玉侯府，想进来的女人多如牛毛。朱玉润很好奇地问季曼："先生，你是怎么做到让侯爷不娶第二个女人的？听闻想嫁给侯爷的人，哪怕是只做个通房丫鬟，那排队的人也已经到南门口啦。"

季曼耸耸肩，很是无辜地眨眼："他自己不要的，怪我？"连她坐月子期间，他都只是哄女儿，晚上与她在一个房间分床睡。季曼也不知道这人哪里来的这么高的觉悟。

季曼没有想过院子里一个女人也不留，相反，她对慕水晴也算是提拔了，也没有强硬到让宁钰轩一生只能看着她一个人。只是宁钰轩不进慕水晴的院子，慕水晴也不争宠，就是每天带着曦儿平静地过日子。

终于有一次季曼忍不住问宁钰轩："你这半生风流人，为何现在都不看其他女子一眼？"

宁钰轩斜她："你也知我半生风流，再美的女人都已经看腻了，现在只不过想好好过日子。你就偷笑吧，恰好是你，赶上了我想一生一世一双人，白头不相离的时候。"季曼嘴角抽了抽。

季曼出月子的时候外头好像很热闹。灯芯和朱玉润来将她里里外外一通好收拾，然后带她去了聂家的旧宅。从聂家灭门之后，这宅子就闲置了下来，今天不知为何，竟然是人来人往的。

季曼好奇地走进去，就看见到处都挂着红绸，贴着喜字。喜婆甩着帕子上前来，扶着她就往里走，边走边道："哎呀，我的新娘子，赶紧梳妆，花轿都快到了——"季曼怔然，一路被扯过去，穿上喜服，盖上盖头，到了主堂拜别。

聂青云在上头聂向远原来的位置坐着，红着眼睛，学着聂向远当年的话道："你如今出嫁，到了陌玉侯府，可要恭顺良德，莫要违背丈夫意愿。"季曼嘴角抽了抽，这简直是封建礼教啊。

可是她还是不由自主地叩了下去，以头磕地，轻声答："是。"锣鼓喧天，外头真正的十里红妆，从聂府一路延伸到陌玉侯府。宁尔容在她身边扶着，几个未出嫁的姑娘在前头充当傧相，丫鬟、喜娘延伸一路，都是一身大红。

身上的嫁衣熠熠生光，有着鸳鸯和鸾的好意象，比当初聂桑榆绣的不知道精致多少，季曼一看就明白，这场婚礼怕是蓄谋已久。一路出府，上轿，季曼还有些恍惚，恍惚间看见梦境碎裂的样子，恍惚间觉得眼前的一切都已经消失了，只留下她一个人。

情不敢至深，恐大梦一场。季曼呼吸有些紧。轿子还在前行，她却觉得没了方向。梦醒了她当如何？当如何？锣鼓鞭炮之声散去，她周身好像都被噩梦包围，拥有便害怕失去，恨不得自己从未拥有过。

一双手将她从噩梦里拉了出来，季曼睁眼，盖头已经不知道什么时候被取下，眼前是洞房花烛。宁钰轩正好奇地看着她："你怎么了？"季曼眨眨眼，看了看四周。

"傻了？"宁钰轩失笑，将她的头冠取下来，轻轻把她拥进怀里，"明明是大喜的日子，怎么像是被吓着了一样？""我掐你的话，你会疼吗？"季曼傻傻地问他。宁钰轩挑眉："自然。你不如掐掐你自己，看看这是不是梦？"

季曼垂了眼眸，依言掐了自己大腿一把，倒吸一口冷气："不是。""那不就好了。"宁钰轩伸手，将两个普通的同心结拿了出来，挂在床帐的两边，"从今以后，你我便又是夫妻了。"

"嗯。"

"结发为夫妻，恩爱两不疑。"

"嗯。"

宁钰轩不满地横她一眼："除了这个你还会不会说别的？"季曼出其不意地一把将他扑倒在床上，笑着吻上他的唇："我爱你。"宁钰轩一愣，轻轻哼了一声，别扭地也抱住她。

"其实我有一个问题一直想不明白。"宁钰轩很认真地道，"你能回答我吗？""嗯？"季曼挑眉。

"垫脑是什么东西？"

"垫脑？"

抿抿唇，宁钰轩有些不好意思地道："当初不是你说，喜欢上会修灯、下会修垫脑的男人？孔明灯我会修，垫脑……我总觉得不是拿砧板垫着的猪脑子这么简单的东西。"

季曼傻了，突然就倒在床上哈哈大笑："垫脑……"是电脑啊不是垫脑！笑出了泪花，看着宁钰轩恼怒的脸，季曼突然就释怀了，不再去看四周那些裂缝，只紧紧将这人抱住："嗯，垫脑，就是垫着的猪脑子！"

宁钰轩满脸怀疑地看着她，季曼却笑得更欢。如果能长久沉浸在这场梦里，她也就愿意这样一辈子不醒来。可是，周围的裂缝越来越大，季曼睁大眼睛，再用力

抱紧宁钰轩，黑暗也像潮水一样向她涌过来。

梦境一块块破碎，一块块地跌落进黑暗。“不……”季曼嘶哑地喊了一声，宁钰轩好像没听见，依旧温柔地抱着她，温热的气息从鼻息间蔓延下来，要吻上她的唇。

“钰轩！”一阵失重的感觉传来，季曼艰难地呼吸着，像是被人扯了老远。再回首时，四周一片沉寂，天上有一点光洒下来，洒落在远处的宁钰轩和聂桑榆的身上。“聂桑榆？”季曼心里一跳，连忙低头看了看自己。

季曼飘在虚无的空中，已经是自己原来的模样。远处的宁钰轩和聂桑榆深情相拥，她却越飞越高，朝天上那一点光亮飞了去。

梦是要醒的，无论多美多长。季曼握了握自己的手，心里钝痛。情不敢至深，恐大梦一场！恐大梦一场！竟然当真只是大梦一场！她早该知道的，早该收回自己的真心，可是来不及了啊！

好好的影子从她眼前飞过，然后是聂青云的、宁明杰的、宁尔容的、灯芯的，越来越多，越来越浅。每个她记得的人都出现了，眼里却都看不见她，伸手去抓都是虚无。“谢谢你。”最后飘过的是聂桑榆，她脸上有泪，笑着道，“也对不起你。”

季曼张了张嘴，却觉得喉咙堵得疼。她是来替人完成心愿的，她完成得很好，然而……

她不甘心啊！她怎么能甘心这一切只是一场梦！她才刚刚愿意敞开心去好好爱一个人，才刚刚拥有完美的结果，才刚刚触碰到真正的爱情，老天怎么能在顷刻之间全部收回？

疼痛在心口炸开，简直叫人无法呼吸。她飞到了光的里面，回头也看不见任何东西了。

“季曼？”她不想醒来。“季小姐？季小姐！”耳边嘈杂的声音越来越真实，另一个时空的一切都消失得干干净净。她闻到了医院的消毒水味，也听见了医院的仪器声，她知道自己已经醒了。然而，她不想睁开眼睛。

“已经醒了吧。”“是啊，眼泪流成这样，怎么都该醒了，可是为什么不睁开眼睛？”穿着白大褂的医生站在季曼的病床边，听着护士们的议论，看着床上这个泪流不止的植物人。

这是该多伤心，眼泪才会流这么多，将鬓发都打湿透了？“宁医生，您去先忙吧，病人可能是没有足够的体力睁开眼睛，等会再输点葡萄糖看看。”“好。”医生点头，转身往外走。

季曼动了动手指，眼珠在眼皮下动了动，许久之后，终于慢慢睁开眼。是医院的天花板，季曼深吸一口气，撑着手慢慢坐起来。“啊！你睁眼了！”旁边准备挂葡萄糖液的护士欣喜地喊了一声。

季曼呆呆地看了看四周，适应了一下之后，伸手就将手背上插着的针头拔了。细微的疼痛，她感觉到了。这身体是她的，也不是梦。

她还是回到了这里，以前心心念念要回来的地方。这里有水有电有网络，吃穿住行全部都很方便，她等会就可以去玩电脑，还可以去游乐园玩古人从来都没玩过的过山车，新一季的衣服也该上市了吧。

季曼咧着嘴笑了笑，笑着笑着，还是忍不住号啕大哭。这里没有聪明绝世的陌玉侯，没有愿意陪她一生一世的宁钰轩啊……护士小姐吓傻了，连忙跑出去叫医生。季曼哭得鼻涕泡都出来了，披头散发的跟鬼一样，眼泪横流，张大嘴跟个孩子一样不管不顾地嚎。

“这是怎么了？”有人冲了进来，好看的眉头皱成一团，瞧着她这模样，又好笑又觉得心里跟着难受，忍不住就摸了摸她的头。季曼余光只看见旁边的白大褂，哭得抽抽搭搭地抬头看了这人一眼。

就这一眼，哭声顿止。

陌玉侯不愧为他的名号，一如她初遇他时见到的那般。

“春日游，杏花吹满头。陌上谁家年少，足风流。妾拟将身嫁与，一生休。纵被无情弃，不能羞。”季曼低声喃喃。

医生挑眉，看着面前这个不认识却又让他觉得熟悉的女人，终于忍不住问：“你是谁？”季曼满脸鼻涕地咧嘴：“我就是我啊，我是季曼——花季的季，季曼的曼，英文名叫 Jinan。”

窗外有风吹进来，吹得那一身白大褂犹如锦缎长袍。他微微睁大眼，她一点也不美丽地笑。庄周晓梦迷蝴蝶，到底庄周是梦，还是蝴蝶是梦？这春闺一场梦，也不知道下一次梦醒是什么时候。

不过刚醒来的植物人，以夸张的姿势扑倒医院医生的八卦，倒是让医院里热闹了许久。

“你怎么找到我的？”

“是你故意出现在我面前。”

“骗人，世界这么大，为什么你偏偏在这里？”

“是啊，我也很好奇。”他扬了扬嘴角，“世界这么大，为什么你偏偏在这里？”

为什么刚好的时间，遇见的偏偏是你？

（正文完）

番外一

摘下月亮送给你

捧月打小就是众星捧月，手拿一根红色长鞭，傲气的下巴从未低下来过。父皇在她小时候将她抱在膝盖上，问她：“月儿以后想要什么样的夫婿啊？”小小的她高昂着下巴道：“做我夫君的人，定然要顶天立地，力能扛鼎，还要能打得过我这手里的红色长鞭！”

玉珍国是一夫一妻制的国度，繁荣而安稳，然而旁边的强国澧朝总是虎视眈眈。终于还是有一天，父皇将她叫去，十分抱歉地道：“你可能得嫁去澧朝。”“我不要！”捧月嘟起了嘴。澧朝男人三妻四妾，哪里有玉珍国一心一意好？而且离家这样远，她才不想去。

然而父皇道：“你是玉珍国唯一的公主，只有你了。”生下来锦衣玉食，自然就该为国家做出牺牲。捧月哭了许久，终于是妥协了，带着自己的长鞭，远赴澧朝。

一路上她想过自己会遇见些什么样的男人。她应该是要嫁皇子吧，可是她喜欢会武功的。听闻澧朝会武的男儿不少，皇子倒都斯斯文文，只会拳脚功夫。捧月有些不太高兴，一路上都没什么精神。

澧朝的皇宫倒是繁华，里头女人也多，可是笑起来都假得很。聂贵妃给了她两个夫人作陪，要带她四处看看。这两位夫人大概就是她以后的样子了吧？捧月悄悄

打量她们。那个叫尔容的活泼些，不过不知为何眉宇间有些忧愁，大概是在操心自己的夫君被哪个小妾抢走了。旁边叫桑榆的颇为端庄大方，她偷偷跟着学了学，却学不来那模样。

澧朝就三位适婚的皇子，两个都有正室了，还有一个没看见人，也没听人提起过。"二皇子呢？"她忍不住问身边的随从。随从摇头："打探过消息了，宫里没人知道二皇子的消息，看样子也没打算来与公主见上一面。"

好不容易有个未婚的，竟然不来见她？捧月有些好奇，那是个怎么样的人啊。结果下午去校场的时候她就看见了，那人说是不想来见她，却穿着皇子的暗纹锦绣，坐在轮椅上远远地看了她一眼。

捧月看见了他，一瞬间觉得心里有些奇怪。那人竟然是个残疾，却出现在了校场。他眉目间有些忧郁，只看了她一眼，便转身走了。欲擒故纵？捧月冷哼一声，自己才不会上当。这些个皇子个个都想与她成亲，好得玉珍国之助力。这人分明也想要她，却没诚意。

他不主动，她才不要主动。往他离开的方向看了好几眼，捧月气哼哼地甩着鞭子走了。

那人怎么会适合做她夫婿，手无缚鸡之力，别说会武，连站起来都不可能。

"二皇子从小就是不受重视的，说是皇子，还不如外头的寻常百姓呢。"有知道了点消息的丫鬟来跟她讲，"公主千万莫要选了二皇子，晦气。随便谁，也至少手脚完好啊。"

捧月微微皱眉："只是因为腿不好，他才被冷落的吗？"

"自然。"小丫鬟低声道，"听说是打小就被人害了，皇上也不管。"捧月点点头："好吧，那就不用考虑他了。"

聂桑榆继续带着她去准备见其他青年才俊，可是走到半路，她们就被人请上了一家空荡荡的茶楼。

"捧月公主。"坐在轮椅上的人微笑着看着她，"在下冒昧，想与公主谈一桩交易。"柔柔弱弱的书生模样。

捧月皱眉，她想有什么好谈的，但是看着他温润的双眼，她拒绝的话竟然说不出口，想了一会儿，还是点了点头。

她和他的纠葛，就是从这桩交易开始的。他许她六宫无妃，并承诺登基之后给玉珍国边关之便利，货物来往都减免赋税，玉珍之人可横行澧朝无碍。捧月有些心动，却也觉得不可置信。这个连站都站不起来的男人，当真能够登上皇位？

赵离看着她的眼睛，不知道是用了什么妖术，竟然让她看得走了神。反应过来之后，她竟然就这么答应了。也许她一直是在给自己找借口，应该是早就在那一眼里看中了，不然后头的事情，也不会这样顺利轻巧。

一眼就错了一辈子。她的鞭子，是特意带来挑选夫婿的，而现在，却成了她保护他的利器："自此之后，他便是我捧月的夫君，欺负他便是欺负我！"

赵离的处境当真是万分艰难的，娶了她才能搬出皇子府，自己另立府邸。捧月不知为何就甘心收起了自己的蛮横，依着澧朝的规矩，替他打点。"二皇子有什么了不起？就算娶了公主，那也是个瘸子。"宫里的丫鬟小声嗤笑着，却被旁边突然飞来的红色长鞭抽烂了嘴。

捧月安静地收回鞭子，推着赵离去给皇后请安。宫女吓得尖叫，一路捂着嘴满手是血跑了出去。赵离低笑道："你何苦同她们计较？""我不喜欢别人欺负你。"捧月皱眉，"管他是谁都一样！"

赵离忍不住回头看了她一眼，失笑。捧月不知什么时候开始，就替代了他身边的亲信，每天推着他的轮椅，无论是进宫还是去皇子府办事，都是她安静地推着他的轮椅在他身后。

赵离娶她，不过是因着玉珍国，但是现在他觉得自己也有些运气，竟然遇见了这样没心眼的好姑娘，一股子侠义劲儿，保护得他再也没听见过什么污言秽语。

她替他求来了好的王爷之位，随着他一起远去封地，又帮着他借了玉珍国的兵力，助他打回京城，夺下皇位。知道他要造反的时候，她其实是很震惊的。她大概是想两人在封地上愉快地过一辈子就够了，结果他想要的东西更多。

她怎么能不想要呢？聂贵妃害他出生就是个瘸子，还送他的母妃下了黄泉。大皇兄与三皇弟欺辱他多年，这些仇怨，他怎么能轻易就放下了呢？打回京城，他也正好许她母仪天下。

"你曾允我六宫无妃，现在还算数吗？"捧月皱着眉头问他。"算数。"他温柔地拉过她的手来，"我不会忘记你的恩德。"

坐上龙位，亲手给她戴上后冠。大仇得报，大权在握，捧月又怀孕了，赵离觉得自己什么都不缺了。他身边现在多的是阿谀奉承之人，不会再有人敢骂他是瘸子。

这些人争着给他推轮椅，恭恭敬敬地跪着给他说好话。赵离觉得扬眉吐气了，享受这种高高在上的感觉，也便将这么多年积攒的怨气全部发泄。为政暴虐又如何？这是他的天下。

捧月却不如以前那样护着他了，她变了，经常会皱眉看着他道："阿离，你不该

这样做的。”“以前你总是站在我这边的。”赵离觉得不理解，“现在为什么要帮着那群老臣来说我？”“我是为了你好。”捧月蹙眉。

怀孕的女人都喜欢啰唆？赵离冷哼一声离开。现在他不用她推轮椅，自然有宫人抬着他四处走。“皇上，宜都之路通不得。”范天行跪地谏言，“一旦通达，宜都王来往京城必然便利，不是好事。”

“以国库紧张为由拒绝，那望月楼也该停下。国之初稳，不宜大兴土木。”陌玉侯正色道。赵离正觉得烦心，现在的捧月让他感觉不到被保护，反而有些束缚。他现在是帝王，不想被束缚。

可是，望月楼是她想要的。她曾经说要是有一栋很高的楼，让她可以看见玉珍国就好了。虽然是有些胡言乱语，可是他听进去了，让人修建望月楼。他现在是皇帝，想要什么不可以？

“望月楼不可停。”他道，“宜都之路，让他们修了便是。”“皇上！”范天行大悲，“红颜亡国啊皇上！”赵离拂袖而去，望月楼依旧在修建之中。

他生捧月的气，于是好久好久没去看她。康元郡主心属他许久，即便是嫁给了宁明杰，也依旧常常进宫来陪他。她就像康元这样捧着他、夸着他不好吗？她为什么偏生要与他作对？赵离哼哼着，午夜翻身，终究还是忍不住摸了摸身边，空空的。

他不去找她，她也就没有来争过宠。也就是想着后宫反正只有她一个人是吗？赵离有些恼怒，六宫无妃这话他就不该说，叫她这样有恃无恐！

过了许久，他终于是忍不住派人去打听她的消息。他想，自己不是认输了，就是问问而已。

结果问回来的消息却是：“皇后娘娘流产了。”他们的第一个孩子，就这么莫名其妙地没有了。赵离白了脸，匆匆往捧月宫里而去。只可惜他不能走，被人抬着去的时候，也终究有些晚了。

流产都已经是好几天以前的事情了，他现在才赶来，捧月已经一脸苍白的坐在床上，开始给逝去的孩子抄心经祈福了。周围为何没有一个人禀告他此事？赵离很生气，问了内侍和太监，结果个个都是沉默。

捧月身边的丫鬟哭着跪在地上道：“奴婢半月以来天天往紫辰殿去，都被人拦在了外头，说是皇上不肯见皇后宫中之人。”他怎么会不肯见她宫中之人？这么多天以来他是一直在等着盼着吗？他也没见人来啊。到底是谁在撒谎？

“都过去了。”捧月惨淡一笑，“反正这孩子也没人稀罕。没了，就没了吧。”赵离怒：“没人稀罕？朕稀罕！你不是很厉害吗？你不是有你的长鞭吗？你怎么就没保住孩子？”

捧月抬起头来看着他冷笑：“皇上堂堂君王，不也是没能保住自己的孩子？”皇宫之中如今敢这般顶撞他的，也就她一人了。当着这么多宫人的面，赵离下不来台，想关心她两句都说不出口了，只能冷着脸吩咐宫人照顾，然后带着帝王的尊严离开。

康元将陌玉侯画的一幅画拿了来，上头画着一家的天伦之乐。那女人分明是聂桑榆，孩子却正是陌玉侯府的世子。宁钰轩过得比他还幸福。赵离看着，竟然是有些羡慕的。然而为了稳住陌玉侯这一颗大棋，他决定将世子抓进宫来。

那孩子真是个伶俐的，看见他不吵也不闹，一双眼睛满是茫然。“我想见爹爹。”他说。赵离看了他许久，让人带去捧月那里：“以后你跟着皇后吧，多陪陪她。”

孩子眼里满是不甘愿，甚至一出大殿就还是忍不住哭了。赵离觉得自己大概是心里有些扭曲了，听见孩子的哭声，竟然也觉得心里畅快。

赵辙进京，依旧对皇位虎视眈眈。康元在他身边帮着他，他却始终忍不住往后看。

望月楼修好之后，捧月就再也没出来过了。她不再推着他的轮椅，不再站在他身后护着他。

现在他不需要人保护，是天下最大的帝王，却觉得寂寞好像从四面八方涌上来，让他比小时候还更孤独。下大雨了，他喝退了宫人，一个人艰难地推着轮椅去望月楼。

康元在他身后不远处跟着，见他费力地往前推着轮子。不知道为什么，他今天就是很想见她。帝王的架子什么的他都想摆在一边，要是他再度孤立无援，她还会不会拿着鞭子护在他身边？

“这么大的雨，过来做什么？”她出来接驾了，眉目间满是焦急，拿袖子帮他挡着雨，推着他的轮椅往望月楼里走。赵离孩子气地笑了，看这人，总是不来看他，却还不是这样关心他？

他享受着她温暖的怀抱，就坐着让她给他擦头发、换衣裳，看她皱着眉忙进忙出的样子，心里空洞的地方好像就被慢慢填满了。“捧月，你还怪朕吗？”他问。她顿了顿，直起身来淡淡地哼了一声：“有什么好怪您的，是我自己不小心。”

他主动进了一步，两人便就这样冰释前嫌了。赵离觉得，他果然还是喜欢这样温柔的她。结果，康元与他在紫辰殿缠绵，被她撞见了。她跟了他这么久，早就变得温顺了，没想到她竟然还会耍鞭子，直接将康元打出了宫去。

赵离很惊讶，却忍不住哈哈大笑。看着捧月那叉腰怒目的模样，他笑得直不起腰来。

“好笑吗？”她却没笑，站在他面前，身子都微微发抖，“看我这样，为跟人抢一个男人狼狈成这样，很好笑吗？”

赵离一愣，继而皱眉：“捧月，你是皇后。”没有人会抢得过她。“是啊，皇后。”捧月丢开鞭子，冷笑道，“皇后之下，还有贵妃娘娘吧？”他愕然，心里有过这样的想法，却不知怎么被她看穿了。

捧月转身走了。身边的近侍道：“皇后娘娘实在太过骄纵，皇上不应该太惯着了。”

说得对，他的确是太惯着她了。赵离叹息一声，六宫无妃是个传说罢了，真正的帝王，后宫怎么可能没有其他妃嫔？不为调剂生活，也要稳定朝纲。

他是念着她的恩德的，所以还是常常去看她，陪着她。只是永安侯要让康元入宫，他也就默许了。皇帝立妃，皇后应该理解才是。

后来他才知道自己错了，只是这一次错，没人来原谅他，也没人给他再一次的机会。

康元也是帮着他的，也会为他做事，但是他始终会想起以前的捧月那般张扬放肆的公主将他护在身后的模样。

到底是共患难，富贵怎能相忘？但是宜都王要谋反，她为何就不肯帮他借兵？本是听闻她生病了，他要去看望她。说起这件事，他却又生气了。“我不会向玉珍国借兵的。”她这样说。

曾经一直护着他的捧月，现在竟然不帮他了？为什么？就为他纳了康元？她也知道他的难处，为什么就不能理解他？比皇上最爱的其实是您自己。”捧月笑得凄凉，看着他道，“我费尽力气想从您这里得到爱，但是到头来发现自己错了，您爱的只有您自己。”

赵离大怒，他爱她啊！她不知道吗？她怎么能说他只爱自己？与他在一起这么久了，难道她都还不能理解他？“简直是荒唐！”他最后一次离开了捧月楼，并且发誓再也不要主动去看她了。

他怎么可能……不爱她？她的话像是魔咒，将他捆在一个地方不得动弹。叛军都已经破城而入了，他都舍不得走。“朕要去望月楼。”他道。捧月奄奄一息，床边只有一个一直陪着她的丫鬟。外头兵荒马乱，宫人来往奔逃，她却十分平静，因为她知道自己快死了。

“我这辈子错了一件事，毁了一辈子。”捧月看着哭泣的丫鬟，又像是看着别处，“我选错了人来爱。早知道我就嫁一个人当正室的也好，不用我护着，换他来护我。他要力能扛鼎，要打得过我……”

红色的鞭子安静地挂在不远处，颜色好像也黯淡了不少。“我后悔了。”捧月笑了笑，“我后悔了。”要什么六宫无妃，要什么护他一生，她只是一个想得到爱情的女人，得到一份普普通通的爱情也就好了，总好过这半生的等待，好过这无边的孤寂。

是她太过贪心，所以她什么都得不到了。浑身的骨头都痛，痛得钻心，捧月咬着牙，最后吐了一句话：“来世，我再也不想看见他了。”但愿，生生世世不复相见，少这几多折磨，少这岁月蹉跎。

她曾经不懂什么是爱，在遇见他的时候她学会了，然而他始终没能守住他的承诺。

丫鬟泣不成声，眼睁睁看着她去了。在楼下的声音响起之前，小丫鬟收拾了包袱，朝床铺行了礼，慢慢下楼去。

“来人！来扶朕上去！”

宫人四散，自然没有人来扶他。赵离红着眼，头一次这么厌恶自己是个瘸子，连上去将她带下来都不能。见楼上下来一个宫女，他眼睛亮了亮：“扶朕上去见皇后！”

宫女悲悯地看了他一眼：“皇后娘娘遗旨不愿见君，皇上若非要上去，那便自己爬上去吧。”遗旨？赵离笑了笑，这宫女也是傻了，人还活着呢，叫什么遗旨：“你休要胡说……”

宫女已经转身跑走了，赵离喊了几声，她都没有回头。楼上安安静静的，赵离摸索着下了轮椅，拖着沉重的腿往上爬，边爬边骂：“宫里的宫女什么也不懂就会乱说，什么叫遗旨，那叫懿旨还差不多。真是笨死了。”

没有知觉的腿被楼梯剐蹭着，他觉得很费力，一个台阶一个台阶地用手撑着上去。“望月楼真是够高的，也不知道在屋顶的话，是不是真的能看见玉珍国。”爬不动了就靠在扶手栏杆上歇一会儿，赵离看着上头，闷声喊：“月儿—”

那人一贯心疼他，怎么就舍得让他这么累呢？唉，爬吧，她大概是生气了，非要看他亲自爬上去才行。赵离失笑，女人发起火来，也真是让人觉得可怕啊。楼里安安静静的，终于爬到她房间门口的时候，他开心地笑了，却又板着脸道：“你还不来扶朕？朕的腿已经断了，不想手再断了！”

屋子里没有人回答他，他就靠在门边笑："大皇兄的人要进宫了，你再不跟我走，就晚了。"床上有人，却是不回答他。他叹息一声，板着脸继续往里面爬，一边爬一边怒斥她。捧月的性子很急的，被他这样骂，等会就会跳出来反驳他了！

可是这次他等了这么久，为什么她都再也不肯反驳他一句了呢？赵离睁着眼睛笑："女人发起脾气来，真的好别扭啊。"他这次愿意哄她，真的，她要什么他都可以给，只要……只要她再醒来看看他，只要她再……帮他擦一擦脸上的血。

朕还没来，你为什么要先走？

番外二

铁罐子的内心世界

男性天生有保护欲，保护自己的妹妹，自然更是义不容辞。聂青云一开始和聂桑榆不是很亲近的，直到某一天偷听到了自家娘亲和丫鬟的对话。陈素琴在屋子里气得发抖地道：“人都已经死了，老爷还心心念念。她不就是长得狐媚些，至于吗？”

丫鬟劝道：“您现在已经是正室夫人了，老爷念着也就念着吧。”“你不懂。”陈素琴有些歇斯底里，“我斗了她半辈子，好不容易将她弄死，她却还活在老爷的心里……这种感觉，就像是我一辈子也赢不了她了。”

“夫人……”丫鬟压低了声音，好像是在阻止她，让她不要这样大声。陈素琴顿了顿，冷哼一声：“我说出来又如何？陈素心就是被我一瓶毒药弄死的！我只恨不能将她挫骨扬灰，叫老爷记着她、想着她！”

“唉。”丫鬟低声道，“您与老爷还有下半辈子可以在一起，先夫人只能在地下长眠，想想您也就安心些吧。”聂青云睁大了眼睛，彼时不过几岁的年纪，听懂了这话，转身就跑。

她的娘亲是杀人凶手，杀了他的亲姨母，就为了得到父亲的心？小孩子分辨不了太多是非，一颗心却干净得很，只知道杀人的就是坏人。他的娘亲也是个坏人。他跑去花园里，见聂桑榆正躲在假山后面哭。她才刚刚会说话，却因为找不到娘亲，

常常哭得惨兮兮的。

聂青云跑过去将她拉了起来。“我娘亲对不起你娘亲，所以以后我会好好保护你的。”小小的男子汉道，“我会将欠你的都还给你。”从此以后聂桑榆的背后就多了个小小的身影。

聂青云是府里唯一的男孩儿，又变成了嫡子，有陈氏护着，聂老爷也算疼爱，府里自然无人敢欺。几个庶妹想欺负没了娘的聂桑榆，聂青云都总是站在她身后，替她撑腰。“你可以把我当你的母亲。”聂青云一脸正经地道，“我一定会同你母亲一样的。”

聂桑榆抓着他的衣角，开心地拍手。没有娘亲，她却被哥哥保护得很周全。聂青云当真是同她娘亲一样，没让其他人伤害她分毫，她要什么他也都去同爹要。哪怕陈氏偶尔为难，聂桑榆也是无忧无虑地长大的。以至于她还是被宠坏了。

聂桑榆在侯府不得宠，聂青云也三番两次去帮着她出头，哪怕有人说这不合适。可是桑榆就像是他养大的一样，虽然他就大她那么几岁，但是他实在心疼她，也就顾不得其他人说什么了。

可是后来，桑榆竟然变了，变得懂事，也变得好像不再需要他那么护着。聂青云有些茫然，却也是高兴的。她能过好自己的日子的话，他也能安心一些。

这么多年的陪伴成长，算来也应该是将自己母亲的罪过给还清了，只是他竟然也有一种为人父的心理，还是不放心桑榆。她与陌玉侯之间的纠葛，看着都让人觉得闹心。宁钰轩不喜欢桑榆，强在陌玉侯府其实真的很没意思。只是两家联姻的关系在，断不得。

这个时候桑榆对他说：“宁尔容其实是个很好的姑娘。”宁尔容，以前他就知道这人，靖文侯府的郡主。看桑榆也有撮合他们的意思，只是他现在还没什么大的成就，要娶人家郡主，怎么都有些底气不足。

“青云想先立业，再成家。”他回答。双颊绯红的少女黯淡了眼神，静静地离开了。聂青云看着她的背影，有那么点觉得想挽留，毕竟他也老大不小了。但是他没好意思开口，虽然谁都知道娶了这郡主好处很多，但是他不想靠着女人。

结果桑榆亲自来当说客了，聂青云觉得自己真是无耻，明明心里已经点头了几百次，脸上却还是要镇定地犹豫，最后为自己找着个替桑榆着想的借口，还是答应了下来。他真是太无耻了！

尔容多开心啊，围着他绕圈圈，跟个孩子似的笑得开心，问他：“这次你不会反悔了吧？”“不会，在下愿意娶郡主为妻。”他答。尔容咯咯笑着，往他怀里塞了手帕，一跺脚跑走了。他淡定地收好了那帕子，从此以后那帕子就再也没有离过身。

他们要是在一起，也算是良配吧？聂青云是这样想的，大不了自己再努力一点，今年升到从四品之位，也就算没辜负了郡主的选择。但是，尔容好像误会了很多的事情。

南巡路上，她常常到他的房间来，借着明杰当幌子，给他煮茶，看他们下棋。明杰离开的时候，他们总是没什么话说，然后他这个笨嘴笨舌的，就只会拿桑榆当话题。因为他与她之间，就都熟悉桑榆而已啊。

“桑榆在侯府过得好吗？”“侯爷有没有欺负桑榆？”“你与桑榆平时都说些什么？”……

他真的已经尽力找话题了，但是不知道为什么尔容的脸色越来越难看，之后来他房间的次数也少了些。望着无边的江水，聂青云觉得很惆怅，怀疑自己是不是做错什么了。

没过几天，尔容就又恢复了以前的样子，在他周围绕了。这次聂青云管住了自己的嘴巴，什么也不说，就一副优雅的模样拿着棋子装酷就好了！结果尔容看起来竟然有些想哭，没一会儿又走了，又是好几天没来。

聂青云一个人在房间里的时候忍不住拿头撞柱子，女人真的好难哄啊，到底该怎么做才好？聂贵妃是为了让他们两人培养感情才带着他们一起南巡的，结果两人之间好像越来越奇怪了。

还是等着成亲吧，成亲就好了。结果亲是成了，他却不敢碰她。新婚夜那么重要的时刻，他很没出息地直接抱着她睡了，没做其他的！不是他不想，而是他不知道做什么啊！好在她没太介意，他也就想慢慢来吧。后来直接被桑榆的不光明手段给解决了，聂青云觉得……表面上还是生气一下才好吧。

尔容是个聪明的姑娘，虽然与陈氏看起来就不怎么对盘，但是成亲之后一直忍着让着，对他也极好。聂青云吊着的一颗心放下了，沉沦在新婚宴尔的幸福里。

小娇妻可爱又懂事，他每天下朝的步子都快了些。旁人惊奇地看着他：“聂大人这样急着回去，可是有急事？”急啊，很急，想快些看见她！不过面上他是不动声色的，一边快走一边回头：“嗯，有急事。”

本以为他这一辈子都是要给桑榆赎罪度过的，也乐得照顾桑榆。但是现在有了尔容，他好像突然找回了自己。只是他常常板着脸，尔容不知道他在想什么，行事都有些小心翼翼的。

他虽然有了娇妻很开心，但是也不能因为有娇妻就忘记了对桑榆的责任啊。陌

玉侯府里一出事，他还是要第一个去的，他没空就让尔容先去顶着。不过次数应该也不多，不知道为什么，尔容好像偶尔有些闷闷不乐。她一对上他的眼睛，却又笑得跟什么事都没有一样。

“你……是不是喜欢桑榆啊？”终于有一天晚上，尔容轻轻问了他这么一句。他吓得差点滚下床，却还是很镇定地抓着床弦：“为什么会这样问？桑榆是我的亲妹妹。”

尔容苦笑道：“总觉得你对她，比对谁都要好。我也不是嫉妒，吃桑榆的醋也有些过了，只是……”

咬咬牙，她后头的话没说出来，只闭眼靠在他怀里：“罢了，睡吧。”他叹息一声，为什么他们会觉得自己对桑榆有其他的想法呢？连父亲有时候也说，让他分清楚感情的界限。

他有什么分不清的？他最疼爱的妹妹是聂桑榆，最爱的女人是宁尔容。都当他是傻子吗？

钰轩和桑榆的感情好像越来越好了，他也就放下心来，正准备回去和尔容商量要个孩子，结果就被宁钰轩拉去了青楼。

“做什么？”聂青云一贯是不来这种地方的，看着远处起舞的舞姬，微微皱眉。“京城要出一场大事。”宁钰轩淡淡地道，“聂家是无法保全了，但是你可以保全尔容。”

聂青云觉得有些好笑，聂家怎么可能出事？三皇子和皇贵妃还在呢，这么多年的根基，怎么会……宁钰轩眼里没有半分开玩笑的神色，一字一句地道：“尔容是我堂妹，所以我才会想保全她。你若是念着夫妻情分，也该听我一句。”

“你要我做什么？”聂青云终于沉了神色。“休了尔容吧。”宁钰轩低声道，“与你聂家断了关系，靖文侯府会保住她。”聂青云白了脸。

可笑，他与尔容在一起这样久，怎能因为宁钰轩一句话说休就要把人休了？聂家能有什么大灾难，连保住她都不行？聂青云半点也不想相信，可是宁钰轩拿了一封密信出来。

“三皇子一旦上位，不是好事，而是京城动荡的开始。”宁钰轩看着他，无奈地笑了笑，“这场动荡告诉你也无妨，因为我都阻挡不了，你更是回天乏术。”如今朝中局势，大皇子势头稍弱，三皇子呼声最高。但是二皇子娶了捧月公主，也是暗中突起，信上所言二皇子的动静若是真的，那么三皇子再得势，也是岌岌可危。

三皇子背后是聂家，聂家倚仗的也就只有三皇子和皇贵妃。聂青云僵硬了身子，坐在原处一动也动不了。

没有人比宁钰轩更可怕，明明是一个侯爷，却管的六部的事情。看起来不过是文弱之人，武功却比武士还好。要问这朝里有什么是他不知道的，他连哪天哪家府上去了什么人都知道。

聂青云很想怀疑宁钰轩是不是在诈他，可是他休了尔容，对宁钰轩来说是没有半点好处的；相反，一旦聂家得势，少了他与尔容这条线，对宁钰轩有害无益。

他想多考虑几天，毕竟现在是太平盛世，一点风声都没有。于是这几天，他都没有回府。宁钰轩替他包下这一处厢房，顺便给他指了一个叫歌扇的舞姬。

歌扇长得很像桑榆，眉梢一点浅痣，朱唇映红，腰肢很是轻柔。聂青云却看不进眼。尔容在府里也不知道在做什么，他三天就回去过一趟，换了衣裳就离开。他忍不住拿眼角扫着她，见着她憔悴了不少的脸，微微心疼。

不过还是离开为好，万一有了风声，他也正好顺理成章地以感情淡了为由休了她。但是他喜欢尔容，每天都更喜欢一点，恨不得抱着柱子不走了，就留在她身边。不过，万一钰轩说的是真的呢？

陈氏拦住要出府的他，板着脸道："宁尔容既然都已经无法将你留在府里了，那你还不赶紧纳妾？她嫁进来这么久，都没能怀上个一男半女，你也该另作打算。"

聂青云觉得有些烦躁，点了头便离开了。他是从未有过这样的想法的，有尔容就够了。

可是朝里终究还是传来了聂向远要被革职的消息。兵器库出了问题，朝廷打了败仗，皇帝的怒火，自然有人要承受。

宁钰轩提前来告诉了聂青云这个消息。他白着脸，将歌扇带了回去。他看得见众人惊讶的眼神，甚至看见了自己最疼爱的妹妹不可置信的眼神。其实真的，他们想多了，他爱的只有尔容而已，他才不会对自己的亲妹妹有什么想法。

也不知道宁钰轩找这么个舞姬给他是什么意思，变态。他纳了歌扇做妾，尔容躲在自己房间里哭。他就站在她的房间外挠墙，想解释又不能解释，连进去安慰她一句都不行。

宁钰轩最好没有骗他，不然不管他是不是侯爷，他都要赏他一记老拳。聂向远被革职了，就在他领回歌扇回去后没两天。宁钰轩没有骗他，聂家再稳固的地位，也因着主心骨的缺失而慢慢崩塌了。

"后面会发生什么事？"他白着脸问宁钰轩。"保全你自己吧，或者你放不下聂家，那就等死。"宁钰轩下着一盘很大的棋，棋盘上密密麻麻的，根本看不清战况。

聂青云没有想明白，这人竟然当真什么都未卜先知，竟然也就这么直截了当地告诉了他。但是告诉了他，他也什么都改变不了。他放不下聂家，无论如何，他也想撑起自己的家族。

他休了尔容，每个人都觉得他十分绝情冷静，只有他自己知道自己是如何咬着手帕哭着写完休书的。那样子太丢人，他是不会说出来的。

聂家现在局势太不安稳，宁可先休了她，也不想以后连累她。聂青云仰望蓝天，觉得自己真是为爱付出的好男人。只是下一秒，看着空了的阁楼，他还是忍不住背过身去哭得眼泪鼻涕横流。

送父亲离开京城的时候，尔容也来了，只是她坐在马车里没有下来过。陈氏还骂她，说她是共富贵不能同患难。聂青云垂了眼眸，他才是最自私的，连休了她都没给个理由，也不知道她会难过成什么样子。就算她知道真相，大概也是不会原谅他的。

不过她走了，他就没什么顾忌了，拼尽全力保住聂家。皇上驾崩，大皇子与三皇子争权，他自然是要帮着三皇子上位的。即使宁钰轩已经提醒过他，二皇子暗中的势力不可小觑。那又如何，他只有帮三皇子这一条路。

赵玦登基的时候，聂青云松了好大一口气，觉得应该可以将尔容接回来了。结果宁钰轩摇头道："你最好别惦记尔容一丝一毫，聂家大祸将至。"他觉得要是宁钰轩去摆个算命摊子，生意一定很好。聂青云看着宁钰轩，恨不得掐死他。

当真被他给说中了，二皇子举兵入京，三皇子没有任何防备，输掉这一仗是早晚的事情。只是宁钰轩看准了机会，替二皇子打开了城门。

聂家必亡，宁钰轩此举，不过是保住了侯府。宁钰轩没有骗他，休了尔容是对的，不然现在尔容就会跟他们跪在一起，作为聂家人被斩首了。

跪在法场之上，聂青云还是觉得有些欣慰的。他这辈子最在乎的两个女人都没有死，虽然桑榆神情悲惨，虽然尔容可能还不知道他快死了。他与她在一起那么久，其实他都还没有好好说过一句情话。她笑嘻嘻跟他说一些趣事，他就只会点头，张张嘴就是接不上话。

舌头笨死了，下辈子他得弄条聪明点的来。只是不知道砍了头，他在黄泉路上抱着自己的脑袋等着她，会不会把她吓着？他们还没有孩子呢，那傻丫头也一定不知道，自己一直好喜欢好喜欢她，喜欢得恨不得抱起她来转圈圈。

她大概一直觉得她是一厢情愿，其实他俩早就是两心相悦了啊。

"宁尔容求见二皇子殿下！"

身后突然传来这一声大喊，拨开层层的雨幕，好像有什么重要的东西一蹦一跳地回到了他身边。

睁开眼，就看见肚子微挺的她，一扫以前的调皮，表情严肃地跪在雨幕之中道："宁家愿以先皇当年免罪之恩旨，换尔容腹中孩儿父亲一命！"聂青云震惊。尔容怀了他的孩子了？还来救他？疯了吗！他好不容易休了她，她怎么能又搅和进来？怀着他的孩子就好好过下去啊，有孩子陪着，她也不会太无聊。

怎么会来跪在这里，雨水这么凉，动了胎气怎么办？"我聂青云再不堪，也轮不到一个女人来救！"看着二皇子有些阴翳的眼神，他连忙起身想反驳，"且青云与郡主早已和离，没有任何瓜葛……"

"我肚子里的孩子，不算瓜葛吗？"她回过头来看着他，眼里竟然有泪，"你以为我想救你这个无情无义的负心汉……""你做什么，我就做什么。"聂青云心里微微温热，即使身上戴着镣铐，即使跪在冰凉的雨水里，他也不觉得太过绝望了。尔容到现在心里还有他，想救他。知道这些，就足够他含笑九泉。

他虽然看起来冷冰冰的，不太爱说什么好听的话，但是他喜欢她，想和她长长久久在一起的那种喜欢，想永远保护她的那种喜欢。

聂家血海深仇，他隐姓埋名之耻，都是要靠赵离的血才能还清的。他跟着她回了靖州，从军中小官开始做起，一步步到靖州都督，再率兵打回京城。他为的倒不止是聂家，而是还想着尔容喜欢京城福满楼的点心，打回去给她买点吧。

他们的孩子慢慢长大了，可惜是个臭小子，跟他抢尔容不说，还跟他一个德行——板着小脸，一点也没有人家世子可爱。在床上抱着尔容，聂青云黑着脸看着另一边的瑞儿，不满地道："为什么今晚又要带他一起睡？"

尔容红着脸道："瑞儿说他怕黑啊。""瑞儿。"聂青云沉声喊了那小子转过头来，然后指着自己的脸，"你怕黑？"瑞儿看了他一会儿，面无表情地道："我去找奶娘睡。"

"乖。"聂青云微微一笑，下床亲自将他给送到奶娘那里，又回来，重新怀抱美人睡个安稳觉。尔容轻嗔他："做什么要让瑞儿出去？"因为床上有他俩就够了啊。聂青云哼了哼，却没说出来，鼻息喷在尔容的脖子上，温柔地咬上去。

尔容闷哼一声，张张嘴说不出话来了。原先还不觉得，这相处的时间越久，她为什么总觉得青云越来越黏人，还是那种一本正经板着脸的黏人。不过桑榆说他们俩始终会花好月圆的，只要她有足够多的耐心。尔容也明白了桑榆说的意思，也许曾经青云是喜欢其他人的，但是她愿意耐心地等，等他爱上自己的那天。

其实全错，季曼说的是要她耐心发现聂青云这种什么话也不说只把感情藏在心里的人的秘密。这人跟个严丝合缝的铁罐子一样，要轻轻拿锤子沿着边儿撬开，才能知道里头到底装的是什么。

心似洋葱，一层层剥开，每一层都是你。没你的时候，心也就剥没了。这话虽然肉麻，姑且就用来形容一下聂青云的真实心态吧。

拥紧了身上的人，尔容暗暗地想，也许再要一个女儿，青云就会更高兴了吧。而聂青云埋头在她耳侧，其实早就已经笑得满足。

番外三

好好的故事

从前有座山，山上有座庙，庙里有个老和尚正在跟小和尚讲故事。“你生而有仙骨，好好修炼，必成大器。”虚无和尚拉着一个少年语重心长地道。“师父说的话徒儿都明白，可是徒儿想下山去挣钱。”十六岁的翩翩少年墨发高束，一张脸抬起来，有让万物失色的光华，薄唇轻启，十分认真地道，“再不下山挣钱，这庙都该垮了。”

一阵风吹来，寺庙屋顶上的稻草又被吹走几根。虚无和尚叹了口气道：“这是离上天最近的地方，破败与否根本不重要。你已经悟佛十一年，再悟几年，成就定然高于我。”

“然后呢？”少年歪着头道，“成佛何喜？为人何悲？人是世间蜉蝣，佛是世外之物。成佛远红尘，岂不是什么意思都没了？还不如成人，在这世间潇洒几回。”宁瑾宸自小就被这虚无和尚拐跑了，说是替他解毒，解了毒之后就再也没放他走，只说他骨骼惊奇、悟性天成，就跟着学佛为好。

离开家的时候年纪小，宁瑾宸只依稀记得自己有个爹爹，好像有个娘亲，还有夫子什么的。本来他也想一心一意跟着学佛算了，但是最近常常梦见他那没什么啥印象的母亲。想着人不孝枉为人，他还没报答过父母什么，怎么就能成仙去了呢？

虚无和尚叹息一声，念道："阿弥陀佛，老衲就知道你红尘凡心未了，所以才一直没有给你剃度。也罢也罢，那你便去吧。等你参悟了这红尘，就是最好的皈依之时。"宁瑾宸点头："那我走了，师父。""嗯。"虚无和尚大方地点头。

抬脚要下山，宁瑾宸还是不得不停下步子，低头看着抱着自己大腿的老和尚："师父，您都点头了，那便松开我啊。"虚无泪眼婆娑地抬头："我好不容易从陌玉侯手里将你拐来的，实在是舍不得，就让我再抱一会儿……"

宁瑾宸："……"

带着一裤腿的眼泪鼻涕，宁瑾宸穿着僧衣，头戴木簪，终于在十六岁这天下了山。拿着身上的信物回去找自己的父母，却压根儿没用得着。他一踏进陌玉侯府就被人直接请到了正厅，所有人都指着他的脸哆哆嗦嗦地说不出话来。

宁瑾宸没看见过这么多的人，儿时的记忆也都已经模糊了，看谁都认不太出来，直到外头扑进来一个妇人。"好好！"季曼激动得浑身发抖，一上来便抱住他，扑了他个满怀。

山上住得久了，自然是没见过女人，更没感受过拥抱的。宁瑾宸发了好一会儿的呆，才看见这妇人抬头，一张娇艳的脸，有些熟悉，有点像前些日子他下山路过的水潭里看见的影子。

"回来了？"门口又踏进来个男人，长得也很眼熟，气息也有些熟悉。宁瑾宸歪着头打量了他一会儿，终于恍然大悟。这两个人的脸拼一下，就长得跟自己很像。撩着袍子下摆跪下，宁瑾宸朝他们行了一礼。父母之恩，自然是天下头一个应该感谢的。

季曼和宁钰轩都有些激动，府里也就摆了酒席来给他接风洗尘。一桌子菜，全是以前没看见过的。宁瑾宸都一一尝了一口，虽然好吃，却不多吃。这府里算来也是他的家，只是父亲身上血债甚多，母亲好像也有些灵体羁绊，他的亲妹妹倒是活泼可爱，二弟则是有些不愿与人言。

人世与参佛时候的环境完全是两个不同的世界，宁瑾宸在自己的房间里设了佛像，一边继续参悟，一边与人世里的人打交道。只是他这十几年来都是对着一个只会阿弥陀佛的老和尚过的，人世间的事情自然有很多不懂，母亲来与他沟通了许久。

季曼问："老和尚都教了你什么？"他答："教我悟禅学佛，得道升天。"面前妇人的眼神变得十分奇怪，沉默了许久才道："娘亲明天带你去粮行见识见识人间喜乐。"

其实宁瑾宸不止对佛有天分，对钱更有天分。季曼将他丢去粮行两日，年仅十六岁的少年就明白了账目进出以及算盘敲打，甚至会耍些商业上的小聪明了。

管理粮行的掌柜严不拔早就已经娶了妻，女儿都已经十岁了。只是他娶的妻子最爱做的事情就是花钱，这么多年了，两人的出场模式从来没变过。一条街走过去，严夫人在前头可劲儿买东西，严不拔拿着算盘在后头跟着，边打边念叨："这一趟又是三两七钱银子，可得给东家再多干两天活儿……"

宁瑾宸觉得很奇怪，严不拔掌柜一看就是一毛不拔的，竟然会娶那么个挥金如土的女人，而且看样子虽然是天天都皱着眉，却也没想过和离。这两人根本不合适啊，为什么还要生活在一起？

他捻着玉珠心问佛祖，嘴一个不小心，也跟着念了出来。"因为我爹爱我娘啊。"旁边蹦出来一个玲珑剔透的女娃儿，穿着嫩黄的小裙子，一副大人模样地看着他道，"大哥哥你这都不懂，也太笨了！"

宁瑾宸挑眉看着面前的女娃儿，伸手将她抱过来问："爱是什么东西？"小女孩儿被他的动作吓得张大了嘴，愣了好久才道："爱就是要在一起的意思。"宁瑾宸皱眉，佛是没有人间情爱的，所以他不懂这个。爱是要在一起的意思吗？

小女孩儿红着脸道："大哥哥，你再这样抱着我，可就得娶我啦！"宁瑾宸连忙松手，佛家之人，自然是不能娶妻的。哪知他手一松，小女孩儿就跟个圆球一样地滚下了他的膝盖，坐在地上委屈巴巴地看着他道："坏人！"

宁瑾宸心里微微一软，笑了。他这一笑，小女孩儿就不觉得他坏了。坏人都是长得难看的，这个大哥哥这么好看，一定是个好人。宁瑾宸喜欢经商，连宁钰轩亲自给他安排的官职都推辞了，就留在粮行跟着严不拔学习。每天休息的时候，他便在后院的大石头上坐着念经。

"你在念什么？"小女孩儿又来了。她叫严省钱，是严不拔给取的名字，小名就叫钱儿。听说因为这个名字，严夫人闹过几次回娘家，最后无果，也就这么定下了。"我在念《佛说》。"宁瑾宸停下来回答她，"是一本佛语。"

"说的是什么？"钱儿好奇地眨巴着眼睛，"念来听听。"宁瑾宸便闭眼接着念："佛说：勿嗔，勿痴，勿贪。唯心，随心，忘我……"很无聊的经书，只有和尚才读得懂。面前的少年一身锦绣，分明是红尘俏郎君，却不知为何偏要念这无趣的东西。

更可怕的是，一向喜欢玩乐的严省钱竟然很喜欢听他念这个。宁瑾宸很厉害，一边念着普度众生，一边利用严不拔教他的东西，控制京城的粮食买卖，降低粮食价格，将新开的几家粮行都挤得无处生存，钱捞了一大笔，统统进了季曼的口袋。

季曼感动极了，看着眼前的儿子，恨不得吧唧亲上一口，太贴心了。只是这儿

子好端端的，手段也利索，只是不知道为什么总让人觉得他在红尘之外，就是回来顺手普度大众，还得回去的样子。

季曼有些慌张，忍不住问他：“你还要走吗？”宁瑾宸笑了笑：“母亲不必担心，儿子在哪里都是一样。”都是一样要得道的，只是先将身上的红尘债都还了。季曼放下心了，回去思考着要不要给他张罗个婚事什么的，也好让他彻底绑在这凡尘俗世，但是宁钰轩拦住了她：“儿孙自有儿孙福，你管那么多干什么？”季曼耸耸肩放弃了，自己与好好多年不见，总急着想补偿，也怕是容易弄巧成拙，还是随他自己想做什么便做什么吧。日子一天天过去，宁瑾宸依旧每天会在粮行后院的大石头上念经，严省钱也依旧每天都来听。

“佛说：无欲，无求，无想。看破，念破，方悟。”严省钱撇撇嘴道，“佛祖好像在骗人。”“嗯？”他睁开了眼。“无欲无求了，真的就能成佛？”严省钱不以为然，“那想成佛，叫不叫欲望？”

宁瑾宸一愣，伸手摸了摸严省钱的头顶：“原来你也有慧根。”严省钱气呼呼地打掉他的手：“不要念了啦，陪我去爬树。我一个人，爹爹不准我出去玩，真是无聊死了！”

宁瑾宸摇头：“女儿家不可以爬树。”

“佛家眼里也分男女？”严省钱叉腰，“不是说众生平等吗？”宁瑾宸哑然，怔愣良久之后，被小丫头给拖出了院子。路边有一棵大树，两人都爬了上去。坐在树干上看着下头，严省钱显然开心了：“你天天念佛有什么用，不如多经历多看看，反而更能读懂呢。”

宁瑾宸抿唇不语，微微叹息。路下有娶亲的花轿经过，吹吹打打的好不热闹。为首的新郎一身喜服，好看极了。严省钱看了身边的少年一眼，偷偷红了脸。“这是在做什么？”宁瑾宸一脸好奇地问。

“这就是娶亲啊。”钱儿脸蛋越来越红，“就是把你喜欢的人给娶回家去，用大红的轿子抬。”宁瑾宸淡然地点点头，还念了一句佛号：“阿弥陀佛。”钱儿的脸一下子就垮了：“人家喜事，你念什么阿弥陀佛啊。头上乌发比我的还黑，你还当什么出家人。”

宁瑾宸微微一笑：“出家人外在无妨，内心有佛即可。”钱儿有些急了：“你心里只有佛怎么行？”“除了佛，还该有什么？”宁瑾宸茫然地看着她。

该有我啊！钱儿差点就说了出来，反应过来自己在想什么之后，吓得差点从树上掉下去。“小心！”宁瑾宸皱眉，伸手拉住她。钱儿的身子就在半空中晃了晃，又慢慢被拉回了树上。

“……谢谢。”有些被吓傻了，钱儿坐在他旁边，好久才回过神。低头一看，自己还死死抓着人家不放呢。不放，就不放了！这人手掌温暖而有力度，她喜欢，做什么要放？

宁瑾宸也没觉得什么奇怪，看着下头的迎亲队伍去得远了，才带着钱儿下了树。

父亲权倾朝野，母亲富甲一方，宁瑾宸照理来说是完全可以过上富二代生活，吃穿不愁的。但是他偏生就把季氏粮行当成了修行的地方，在这里经商、悟禅、念经，看来来往往的人，参悟世事。

钱儿总是在他身边晃。小小的丫头伶俐得很，还会跟着他一起念：“佛说：勿嗔，勿痴，勿贪。唯心，随心，忘我。”

春天花开，他坐在石头上吟诵，她就摘了春花，笑着围着他蹦蹦跳跳。

夏天炎炎，他坐在石头上汗流，她就举了纸伞，踮起脚尖站在他背后。

秋天叶落，他坐在石头上冥思，她就捡了落叶，比着他的眉眼拼成画。

冬天白雪，他坐在石头上悟禅，她就做了披风，笑嘻嘻地披在他身上。

“你冷吗？”她问。宁瑾宸淡淡一笑：“外界之感，已难达五内。我好像又精进了一层。”钱儿一愣，看着面前这人不染红尘的眉眼，有些沮丧。

过了几个春夏，陌玉侯府里的二少爷据说成了世子，已经要娶亲了。宁瑾宸带着钱儿去观礼，季曼满眼星星地看着自己的儿子道：“宸儿你瞧，曦儿都成亲了，你呢？”

钱儿抓着宁瑾宸的衣袖，指尖微微颤抖。“儿子不孝，有二弟分忧，也少了不少愧疚。”宁瑾宸微笑道，“儿子身在红尘里，心却在红尘外，所以无法与人成就姻缘。”钱儿抬头看了看他，三年过去，这人的眉眼更加好看脱俗，虽然身着锦绣，却总有一股子难掩的仙气。

这样的人，哪里有什么女子能配得上呢？钱儿低头看了看自己，她还有三年才及笄啊。也不急，还有时间让她慢慢长大。

严夫人又抱着一大堆的东西回了粮行，严不拔跟在后头，叹息道：“夫人最近是不是心情不好？以往出去一趟少于二两银子是不行的，今日竟然只用了一两八钱。”

“你就知道算钱。”严夫人一把抓过他来，指着后院那块大石头道，“没看见自家女儿的心思吗？这丫头跟着大少爷好几年了，虽说性子安静了，可是一直这样下去，也不是个办法吧？”

严不拔愣了愣，拿起算盘来打了打：“大少爷自从来了粮行，三年间粮行收入多

了七万两，咱们的工钱也多了将近一千两，算上嫁妆聘礼，把钱儿白送给大少爷，咱们还得倒贴。”

严夫人气得使劲儿掐了一把严不拔的腰：“你这是卖女儿呢？”严不拔倒吸两口冷气，跳到一边去摇了摇算盘，想了想才道：“要不然我去问问大少爷的意思。若是他对钱儿有意思，那给钱儿定下这门亲事也不错；若是他没有，也趁早断了钱儿这念头。”

“好。”严夫人点头。她其实挺喜欢大少爷这样的男人的，不骄不躁，淡定又有本事，把钱儿给他，还真是放心得很。晚上的时候，钱儿被严夫人拉到楼上左边的房间，宁瑾宸就被严不拔拉到了右边的房间。

“大少爷请喝茶。”严不拔笑眯眯地给他倒茶，“冒昧请您来，是想说说有关小女之事。”宁瑾宸很迷茫，却点头：“严掌柜有什么话都可以直说。”

严不拔坐下来，神色正经了些：“这几年大少爷来粮行，小女都是一直跟随，你们出双入对的，旁人也难免说闲话。小女再过几年也就可以出嫁了，事关小女名节，还请大公子给个明示。”

宁瑾宸脸色微微一变，抬眼看着严不拔，眼底一片清澈：“钱儿与我在一起太近，会影响她的名节？”严不拔点头：“这是自然，未嫁之女天天跟着大少爷，难免叫人说闲话。大少爷若是愿意纳了小女，那倒是好说……”

“我不会与人结亲的。”宁瑾宸打断他的话，双手合十念了佛号，“再逗留这红尘几年，我始终是要走的。”严不拔震惊：“大少爷还打算继续出家？”宁瑾宸抿唇：“我从未还俗。”

另一边房间，钱儿脸色绯红地看着自家娘亲，犹豫了好一会儿终于点头：“我……是喜欢。”严夫人轻轻一笑：“喜欢谁有什么不可以说的，又不是什么丢人的事情。”

钱儿好一阵欢喜，又有些羞怯地看着她道：“可是不知道宸哥哥心思如何……娘亲你也莫要去问，我还可以再等几年的。”严夫人捂嘴而笑：“傻丫头，且听听你爹那头怎么说吧。”

钱儿着急地站起来：“爹爹去问他了？”严夫人低笑：“这种事情，不问清楚怎么行？可不是要耽误了你大好的年华。”脸色微白，钱儿连忙往右边的房间走。

宁瑾宸已经离开了，严不拔还在房间里留着。一看见她，严不拔便沉声道：“你以后，跟大少爷少亲近些，多练练琴棋书画吧。”

钱儿一愣，不明所以：“为什么？”严不拔没说话，只深深地看她一眼，而后长长地叹了口气。眼眶突然就湿了，钱儿站了一会儿，下楼往那大石头跑去。石头上没有人，今天宁瑾宸很早就回了侯府。

钱儿看了那石头一会儿，自己坐了上去，学着宁瑾宸的样子，双手放在膝盖上，闭眼轻念："佛说：唯心，随心，忘我……"唯心、随心若是就能成佛，那她为什么不能？佛果然还是骗人的。

宁瑾宸每天依旧会来粮行，却不再与钱儿说话，连看她一眼都不曾。坐了三年的大石头也再也不去了，他做完事便又回侯府。钱儿有些慌，不喜欢总是看见他一个影子。她上前，他就消失得无形无踪。都三年了，她一直陪在他身边不是吗？突然没了她，他就不会不习惯吗？

"大少爷是要修佛之人。"严不拔道，"等你及笄，为父会替你选其他的好人家。"

钱儿使劲儿摇头："我不要！"

蹲在门口守着，她终于还是拦到了他。"严小姐有何事？"宁瑾宸双手合十，无波无澜地问。

钱儿看着他，本来是要发火的，却在听见他说第一个字的时候，就忍不住哭了出来。

他站在她面前，手下意识地想伸去摸摸她的头，却在半路收回来："阿弥陀佛。""我讨厌你的佛。"钱儿低声道，"那根本就是魔，断人七情六欲，断人温暖心绪的魔！"

"休要胡言。"宁瑾宸看她一眼，想越过她往粮行里走。"为什么要躲着我？"钱儿死活拦在他面前，伸出手去挡着他，"你分明喜欢我陪着你的，我们在一起，你常常也是会笑的。既然你喜欢和我在一起，那又为什么要避着我？"

宁瑾宸一愣，他喜欢和她在一起？印象里一片空白，什么也不记得。他在修行，自然心里只有佛理，没有其他。红尘业障，都是他需要渡的劫而已。

"严小姐大概是误会了。"宁瑾宸道，"我一个人的时候，也是会笑的。悟透了一处禅理会笑，念懂了一句佛语也会笑。并不是因为小姐。"钱儿呆愣愣地看着他，张着的双手，终于是有些无力地垂了下去。

宁瑾宸朝她微微鞠躬，越过她进了粮行。之后一月，他就没有见过钱儿了。耳边不再会听见她吵吵嚷嚷的声音，睁开眼也不会看见她采了一束花来，笑嘻嘻地跟他邀功。宁瑾宸记得虚无老和尚的话，这人间感情，皆是幻象，他需要看破。

只是不知道为什么，天气这样冷，他也没敢再穿上她绣的那件披风。披风里像是有什么魔障，让他想远离。"佛说……"他坐在粮行后院的大石头上，念着念着

佛经，看着眼前空空的庭院，微微走了神。

“佛说：无欲，无求，无想。看破，念破，方悟。”钱儿又笑嘻嘻地钻了出来，拿手抓了一捧子雪，劈头盖脸地朝他砸了过来。宁瑾宸没动，雪顺着领口滑进了脖子里，他突然就感觉到了凉意。虚无和尚说，念禅若是用心，便是察觉不到其他的。看来今日，他没有用心。

叹息一声抬头看着严省钱，他道：“严小姐乃俗世之人，自然当守俗世之礼，莫要再靠近在下才是。”钱儿冷哼一声：“那你是俗世之人吗？”“不是。”“那为什么你都守着俗世之礼？”钱儿挑眉，站在远处双手叉腰，好笑地道，“你守了俗世之礼，不也就成了俗世之人？”

宁瑾宸一愣，低头沉思。钱儿站在三步之外笑道：“俗世之礼，男女当避三步。以后我会自觉站在离你三步以外的地方，你也就莫要躲着我了可好？”宁瑾宸微微皱眉：“严小姐何必执着？”

“关你何事？”钱儿微微红了眼，“念你的佛说去！”三步之礼，她当真遵守了，他看着，也就多说不了什么。两人同以前一样，他参禅悟佛，她就在旁边陪着，只是隔得远了些。

京城里过七夕节，钱儿非拉着宁瑾宸去了。街上热闹得很，旁边小摊上的首饰玉佩卖得格外好，许多公子都随手买上一件，拿去讨了自己心仪姑娘的欢心。钱儿与宁瑾宸路过的时候，那摊子上只剩了最后一支木簪。那木簪大概是材质低贱，不得人喜欢，不过模样倒是好看，一朵梅花，像极了某人的眉眼。

看了一会儿，钱儿掏了荷包，将那发簪买了回来。“哎，小姐倒是特别，要买来送那边的公子吗？”收了摊的老婆婆心情格外好，“都是公子买来送小姐的，今天这最后一支，倒是反过来了。”

钱儿鼓了鼓嘴：“不可以吗？”“哈哈，没什么不可以，这喜欢嘛，就得去求。这簪子素雅，男人也可以用，挺适合那头的公子的，祝小姐心想事成。”老婆婆背起背篓，笑着走了。

钱儿脸上红了红，捏着簪子站在离宁瑾宸三步远的地方喊他一声：“喂！”宁瑾宸从一河的花灯里回过头来。他们中间行人不停地走着，钱儿就站在离他三步远的地方朝他伸出了手去：“这个送……”

过路的人撞开了她的手，不起眼的梅花木簪往人群里掉了去。钱儿大惊，连忙低头想去找。宁瑾宸却皱眉：“站直身子，这里人多，会被踩到。”钱儿一愣，有些可惜地看着人群。她是不是就有这么倒霉啊，喜欢个人一心向佛，连想送个簪子都送不出去。

"是什么东西？"宁瑾宸问她。"没什么，小玩意儿而已。"钱儿摆摆手，"走吧，去别处看看。"宁瑾宸点头，安静地在人群里穿行，只是走了几步，回头看了看刚才他们站的地方。

放了花灯，猜了灯谜，求了姻缘，两人始终隔着三步远。回去的时候，宁瑾宸也是先将她送回粮行，声音平静地道："早些休息。"

钱儿求的姻缘签是下下签，一张脸早就垮了，无精打采地点头就回去休息。宁瑾宸看她进去了，便又原路返回，沿着走过的路一直找，在他们那会儿站的地方，就找到了已经被人踩得不成模样的木簪。

"是这个吗？"他捡起来看了看，在一边的河水里洗了洗，看了一会儿，放回了怀里。

手里还握着求来的姻缘签，那会儿钱儿很想看，他没给。她的下下签是说"求而不得，难成眷侣"，而他的，是一片空白。本来就是不会有可能的两个人。

季曼命里还有一个大劫，是在三年之后，有一场大病，病得几乎要死掉。宁瑾宸一直等着她大劫的日子，帮她渡过之后，他便该回山上去了。下山待了六年，自己的修为真的能精进到虚无和尚说的那种程度？宁瑾宸不信，不过接下来的日子，他依旧是潜心念佛。

钱儿依旧陪着他。院子里的一棵大树绿了黄了又白了，三个轮回就是三年。钱儿站在他面前，昔日的小女孩儿也终于长成了窈窕少女，眉目间的忧愁也多了些。

"爹爹给我安排了亲事，对方是官家少爷，听说还没有正室，我嫁过去，是要做大房的。"钱儿坐在离他三步远的地方，干笑道，"听起来是不是很不错？"他停下了手里的念珠，睁眼看着她道："是挺不错的。"

钱儿笑眯眯地点头："是啊，那家少爷听闻还是个好脾气，只要我会持家就行了。"

宁瑾宸还是点头。严省钱的表情终于慢慢暗淡了下来，侧头呆呆地看着他道："你知不知道嫁人是什么意思？"

"自然知道。"宁瑾宸垂了眸子，"便是坐上花轿，嫁与人为妻。"钱儿笑得眼里都带了泪："你还真的知道啊！那嫁给了别人，我就再也不能这样陪着你了，你又知道吗？"

宁瑾宸一愣，手里的念珠僵硬了许久，又开始慢慢动起来："迟早都会有这么一

天的，还好我没有耽误你。”

还好我没有耽误你。钱儿笑得弯下腰，眼泪吧嗒吧嗒往下掉：“佛说什么来着？”宁瑾宸重新闭上眼，轻声道：“佛说：唯心，随心，忘我。”“那你为什么不听佛的话？”钱儿擦干眼泪，仰头看着他道，“你不是最喜欢佛了吗？”

“如何没听？”宁瑾宸微笑，“佛祖说的这些，我都记在心里，并且按之而行。”钱儿咯咯笑了两声，笑得比哭还难看：“你来跟着我念。”“嗯？”宁瑾宸睁眼。

“佛说。”她深吸一口气，直起腰来看着他。

“……佛说。”他跟着念。

“唯心。”她朝他的方向跨了一步。

“……唯心。”

“随心。”她又跨了一步。

“……随心。”

“爱我。”第三步，她跨到他面前来，一双眼睛直直地看着他。

“……爱……”宁瑾宸皱眉，“最后两字，当是忘我。”

“我不管，爱我！”严省钱死死地盯着他，“我听你念了六年的佛说，怎么可能会错。”

宁瑾宸一震，心里有些不明的情绪翻动，最后却只是镇定地念了一句：“阿弥陀佛。”

钱儿很想自己有出息一点，别总是对着他哭，却总是忍不住，在他面前哭得天昏地暗：“你这个傻和尚，念了这么久的佛说，却从来不懂佛在说什么。让你按照自己的心来，就你自己的心最重要，你却还是看重你的佛！”

宁瑾宸抿唇，心想这应该就是他的大劫了吧，渡过去了，也就好了。“再过两天，花轿就要来了。”钱儿红着眼睛道，“我不想嫁！”“已成婚约，怎能不嫁？”他站起身来，拂开身上的落叶，转身要走。

“婚约非我所愿。你若是愿意带我走，那我就不嫁。”钱儿眼神灼灼地看着他的后背，“哪怕以后你要念一辈子的佛，我也跟着你，陪你念一辈子的佛！”荒唐。人世间的情感，都是这样荒唐的吗？宁瑾宸笑了笑，算算时辰，该赶去侯府了。

侯府夫人重病，宁钰轩坐在床边焦急不已。床上的季曼睁着眼睛，眼泪一直往下流：“要碎了……”“什么东西要碎了？”宁钰轩心疼地拉着她的手，“不管是什么，我都让人拿去修，没有什么东西修不好的。”

“梦……”季曼眼泪越来越多，哭得好难过。“梦要怎么修？”宁钰轩愕然。宁瑾宸匆匆进去，将一直备着的还魂药给季曼喂了下去。季曼睁眼看了他一会儿，又闭眼慢慢睡过去了。

“你给她吃的是什么？”宁钰轩沉着脸问。“娘亲的魂魄被另一处的东西拉扯着，吃了这个便无碍了。”宁瑾宸道，“我下山来，也就是为了报答父母恩德，救她这一命。”

宁钰轩愣了好一会儿，一探季曼的呼吸，一切都正常，这才放下心来。

在侯府照顾三天，宁瑾宸也沉思了三天，三天之后，他就该回山上了。钱儿已经许了好人家，这红尘俗事，终究不是他该来掺和的。选了一个黄昏的时辰离开侯府，他没告诉任何人，只留了信给父母。此一去若是成仙，他也会继续庇佑自己的家人。也许，他还可以庇佑她。

走在街上的时候，有迎亲的花轿吹吹打打而来，从他的旁边经过，一路往街的另一头去了。宁瑾宸停下来看了看，没有什么表情，转身又走了。花轿之上，钱儿盖着盖头，想起多年以前的树上。

“这是在做什么？”他问。“这就是娶亲啊。”她答，“就是把你喜欢的人给娶回家去，用大红的轿子抬。”等了六年，她的心都没死，却在这三天里，化为了灰烬。他始终不会来，就像她始终送不出去的梅花簪子，没个结果。

根骨奇佳的少年回去了山上，剃了度。虚无和尚高兴得抱着他大腿直哭：“终于等到这一天了。”他推开老和尚，安静地继续念经，只是手边多了一支梅花簪。

宁瑾宸不再叫宁瑾宸，他叫佛说。一本佛经的名字，被他拿来做了法号。

“佛说：唯心，随心……”

爱我。

番外四

单身男人的苦，你们懂吗

鬼白一直觉得很悲伤，并且随着日子的一天天过去，他的悲伤也越来越大了。已经是二十多岁的人，跟着侯爷也有十几年了，看着侯爷娶了夫人，又看着侯爷有了儿子女儿，到现在桑榆小姐都已经三岁了，他！还！没！娶！老！婆！

对着镜子里自己渐渐沧桑的容颜，鬼白觉得很惆怅。他是早就有娶亲的打算了，侯爷也帮着他在物色，然而物色好的女人，不是因为他太忙碌没空顾家不肯嫁，就是因为跟青梅竹马私奔了没嫁成。

折腾了五六回，他也已经心灰意冷了，就听天由命吧，真遇见了合适的再娶。然而他是天天跟着侯爷的，自己没娶到媳妇也没什么，真的，关键就是要天天看着侯爷这幸福美满的，没事就抱着夫人牵着小姐出来溜达，太讨厌了！

这不，今天又是七夕节。每年的七夕，都是鬼白最痛恨的日子。自从天下太平之后，侯爷对夫人越发是好得没边儿了。至于吗？夫人不过是想看花，侯爷就让人将京城里盛开着的各种花都搬去了非晚阁。一千多盆啊，有银子也不是该这么烧的！夫人要是哪天说想看海，侯爷会不会把京城给拿水淹了让夫人看啊？

四皇子登基后的第一个七夕节，侯爷带着夫人去游河，放了满河的花灯逗夫人开心，那也是要他带着人去一盏盏放的。第二个七夕节，侯爷说要给夫人惊喜，又放了一次孔明灯，五百多盏，也全是他带着人去点的。第三个七夕节，侯爷带着夫

人离京去游山玩水，惹得一堆大臣急慌慌地上门找人，那也是他留在府里堵着的。

谁能懂一个单身随从的心？一个永远只能帮着自家主子耍浪漫，却始终遇不见自己心仪姑娘的单身快三十年的寂寞男人的心！鬼白再看了一眼镜子，不知道为什么，从上次东去买回了这面镜子，他就已经放不下了，时不时就得顾影自怜一番。

“鬼白，帮我去接个人。”季曼收到了消息，急急地出来看着他道，“今日从边城回来，应该到了京城驿站了。你不用做其他的，就将她接回侯府里来就行。”从边城回来的？鬼白大概能猜到，是以前帮着夫人做事的那位水娘子吧。挺聪明的女人，会做生意，曾经帮着夫人可是捞了巨大的一笔银子，后来被菱姨娘拿了账本告发，因着聂家行贿之事的牵连，被送进大牢去了。

之后本是该处死，侯爷却让人去求了情，改为流放。如今朝廷局势已稳，也是正好是可以接她回来的时候了。女人被流放，还能有什么好的？大概这人世间的苦楚，都应该尝过了。鬼白倒是挺乐意去接人的，因为一旦去接人，他就可以逃脱侯爷给的任务了！虽然今年侯爷暂时还没给什么任务。

麻利地套了马车去驿站，一路上鬼白都已经想过了，水娘子这样的女人大概会神经不太正常，或者是有些敏感，他尽量不要吓着她，也不歧视她，多给她些人性的关怀。

结果他一过去接着的是一位大大方方的姑娘，穿着藕色的长裙，发髻梳得整整齐齐，除了眼神有些暗淡，总是看着地面以外，其他的还算正常。

鬼白觉得，越坚强的姑娘一般内心就越脆弱，他一定不能去伤害人家。“夫人派在下来迎接，水娘子一路辛苦了。”鬼白恭敬地道。水娘子轻轻颔首，还了他一礼：“有劳了。”

当年一场大变，水娘子还以为自己定然会身首异处。她这一辈子因着遇见了贵人才从贫贱变得荣华，老父也才能安稳度过最后的日子，自己也能惩治了几个贪婪的亲戚，扬眉吐气。如果要付出代价，那么她死也是无妨的。

只是没想到没死成，她又能回到京城来了。那这一路受的苦也就都无妨，她还能给父亲的坟头上炷香。上了马车，水娘子眼神还有些恍惚。她一回京城就忍不住想起当年的事情。当年她交给夫人的账本，到底是怎么落到其他人手里去的，才招致了后来这一场大难？

鬼白忍不住又拿出镜子来看了看自己。人家一个饱受磨难的姑娘都依旧这样从容大方，自己是不是也该振作一点，重新找下一个好姑娘？车行到城里，天色已经不早了，四处都是人拥挤着准备看花灯。鬼白估摸着这会儿回去府里也是没人的，侯爷和夫人定然早就出去了。

“许久没回京城，水娘子要不要先四处逛逛？”鬼白好心地建议，“今天街上很热闹。”

水娘子有些意外地看他一眼：“不用先回侯府吗？”“不用，等晚些时候回去拜见，可能才是刚好。”鬼白说着，将马车丢在季氏粮行，带着水娘子便下车，“今日正好赶着七夕，水娘子可以好好看看。”

水娘子想了想也同意了，看这人一脸正直，也不像会害自己的。以前她来侯府见夫人的时候，还在路上远远遇见过他两次，只觉得这人气度不凡，虽然只是个随从，但是也颇为惹人心动。

那时候她还去打听了这人的名字，鬼白。只是后来她几经颠簸，再见之时她已经是徐娘半老，他看样子也该是已经有了妻室了。有些东西赶不上时候，也就没戏了。

两人从粮行出发，一路往城外护城河的方向走。那几条街人都多，旁边还有不少小摊子，卖些女儿家喜欢的东西。鬼白与水娘子并肩走着，心里不知为何直打鼓。他偷偷看了旁边的人好几眼，鼓打得却越来越响。

“这位大人，给你家娘子买个香囊吧？这花色正好衬她！”卖香囊的拉住鬼白道。鬼白愣了愣，呆呆地掏了钱，拿着香囊转头看着水娘子：“娘子？”水娘子错愕，继而失笑，看了他手里的香囊一会儿，接过来道：“既然是过节日，那我就收下了。”

“大人，给你家娘子买根簪子吧？这个莲花簪很好看的。”“……”鬼白掏钱。“大人，买盏花灯吧？今天七夕，正好给你家娘子放一个。”“……”鬼白继续掏钱。走了一路，鬼白的荷包空了，旁边的女子抱着一堆东西，笑得喘不过气。

鬼白愣愣地看着她，心想她竟然还会笑得这样开心，那花钱也值得啊，毕竟是夫人的贵客。“你这人，怎么别人让你买什么你就买什么了？”笑完，水娘子训他，“你家夫人就不会管着你？”

鬼白又忍不住掏出镜子看了看，然后有些紧张地道：“在下尚未娶亲。”笑容一僵，水娘子看着他：“这么大岁数了……”都该是好几个孩子的爹了吧？怎么会还没娶！

鬼白有些不好意思，恰好天上飞起了不知道谁放的孔明灯，一盏又一盏，瞬间点亮了整个天空。他连忙指着天上道：“你看！”水娘子侧头看过去，当真是好生繁华的京城，比起边城的凄凉，真是犹如天堂。

两人就这么一直抬着头望着。路过的人不知是谁推了水娘子一把，她便直接抱

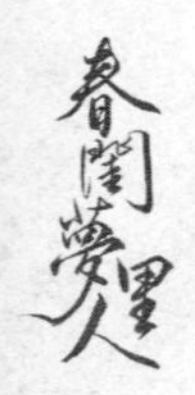

着一大堆东西撞进了鬼白的怀里。她惊慌地抬头，就正好对上鬼白正低下来的头。

由于鬼白太高了，他们自然是亲不上的。只是这么近，气息之间都是暧昧，周围怎么都全是粉红泡泡。“该……回去了。”鬼白吓得退后一步，眼神左看右看，结结巴巴地道。

水娘子抿抿头发，也跟着点头：“是……是啊。”

干笑两声，两人都各自移开眼神，去取了马车，往侯府的方向走。结果一回去才发现夫人和侯爷一直在大厅里等着，季曼都已经在打瞌睡了。宁钰轩看着踏进门来的他，万般不悦地道：“接个人从驿站到这里，要这样久？”

季曼被惊醒，一睁眼就看见了水娘子，连忙站起来道：“终于回来了！”水娘子有些不好意思，将怀里的东西放下行礼：“民女……”“不用多礼，这么多年，你受苦了。”季曼连忙上去将人扶起来，扫一眼地上的东西，有些惊讶地看了旁边的鬼白一眼：“你们……”

“在下不知夫人和侯爷在等，还以为今日七夕，夫人和侯爷一定出门了……”鬼白也跪了下来，硬着头皮道。宁钰轩脸色很难看，黑漆漆的跟抹了锅底一样：“夫人从你出门就一直等到现在，哪里也不去。你怎么不先回来禀告，带着人去哪里了？”

季曼站起来，拉了宁钰轩的袖子一下，低声道：“你还不给员工恋爱自由啊？看这样子也该猜到了，还问？我准备了烛光晚餐，要不咱们还是先回房吧。”“那他们呢？”宁钰轩皱眉看着鬼白。

“让鬼白带水娘子去休息就是。”季曼抱着他的胳膊道，“会体谅员工的老板才是好老板，也给鬼白放个恋爱假吧。不然他这么大年纪还不成亲，他家十八辈祖宗都不会放过你。”

宁钰轩撇撇嘴，扫了地上两人一眼，抿唇道：“好吧，鬼白先带水娘子去休息，明日再说。”

水娘和鬼白都松了口气，抱着这么多东西，怎么都有些被捉贼带赃的意思，侯爷能放过他们，自然是最好了。只是回身送他们离开的时候，水娘子忍不住多看了夫人和侯爷一眼。

很久以前，才刚开始跟着夫人做雪花膏的时候，她好奇地问过夫人，在陌玉侯府，夫人为什么还会出来做生意？那时候夫人说：“没有人可以倚仗，就只能倚仗自己。我总不能因着嫁了个有钱男人就觉得一辈子衣食无忧了。钱是他的，又不是我的。”

水娘子当时听着这些话还是很震惊的。彼时季曼的眼里也没有什么感情，让她觉得像一座庙里的观音菩萨，知晓大智慧，又冰冷无情。可是现在她看着，那两人慢慢走出去，从前堂穿过，往回廊处走，没有牵手也没有拥抱，并肩而行，夫人侧头看着侯爷说话的时候，侧脸却温柔得像是凡尘中人了。她还以为夫人那样手段果决又聪慧的女子，是不会动什么感情的呢。

“水娘子这边请。”鬼白轻咳两声道，“在下领水娘子去客房休息。”“有劳。”水娘子回过神来，微笑点头。

门口已经准备好带客的家奴傻在原地，就看着侯爷身边当红的侍从大人亲自领着客人往后院走，背在身后的手还一个劲儿朝他打着手势。识趣点，哪儿凉快哪儿待着去，我来送。

家奴嘴角抽了抽，站了一会儿，还是决定回去睡觉。

水娘子在府里住了小半个月，季曼重新替她开了个胭脂铺，又替她将京城里还在的一些亲戚给安排了。“是我当初连累你了。”季曼叹息道，“要不是账本从我这里被人拿去，也不至于你经营那么久的铺子就那么没了。”

水娘子微微一笑：“夫人也说反了。没有夫人，哪有我后来的荣光？现在我不都已经好好的了吗？还是要感谢夫人。”她是个懂得感恩的姑娘，不会觉得别人该给她多少，却总是记得别人给过她多少。滴水之恩，当涌泉相报。

季曼笑了笑，自己没看错人。来这里这样久，她唯一看错的应该就只有一个苜蓿，因为是来这里看见的第一个人，又是贴身的丫鬟，所以她不曾对苜蓿有过什么防备。她没想到最开始是被苜蓿出卖，到最后还是被苜蓿卖了个彻底。

那场大难之后她才有时间回想，苜蓿死前就暗示过不会让她安生，那些个账本和背后雪花膏的事情，大概都是苜蓿捅给齐思菱的，以至于齐思菱在最后的关头，用账本将聂家推向了断头台。

她没必要跟个死人计较，只是白瞎了她一双火眼金睛，败在了一个丫鬟身上，亏得这丫鬟还阳奉阴违地帮了他们一回。不值当啊不值当，还害得水娘子这么多年受这么多苦难。

“有件事还想问夫人。”水娘子突然想起来，看着季曼问，“原先您让我埋的东西，还用得着么？”

季曼一愣。很久以前钱挣得够多的时候，她让水娘子找个地方埋了一箱金子，想着万一回不去了，那就找法子逃走，抱着那一箱子金子也足够她度过余生。那是她保底的钱，也是她最后一条退路。不过如今……

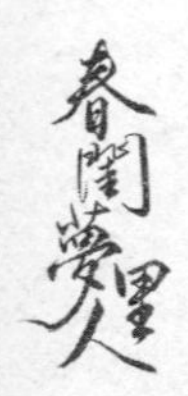

“就放在那里吧。”季曼叹息一声，无奈地道，“我原先以为这世上只有自己可以依靠，现在有一个人站在我旁边与我共进退，倒是没有那么担心退路的问题了。真是世事无常，原先最不相信的，现在却是我最依赖的。”

最不相信的东西？水娘子愣了愣，夫人最不相信什么呢？记忆里她好像说过一句：“世上最不能信的东西，一是商人的话，二是男人的心。”那她现在最依赖的……水娘子陷入了沉思。

“还没说完？”门口站过来一个人，湖色绣银龙的袍子，尊贵无双，却又显得半点架子都没有，一手抱着孩子，有些不悦地看着里头道，“不是说了今天要带桑榆出去散步？”

季曼回神，看了一眼天色，拍了拍自己的脑袋道：“啊呀，我忘记时辰了。便说到这里吧，先出去散步。”

水娘子眨眨眼，门口的侯爷腰上吊着一个小女娃儿，咿咿呀呀地兴奋地叫着，一根绳子套在陌玉侯的脖子上，圈着小女孩儿的腰，任她在他身上四处乱爬。他们已经有女儿了啊。水娘子摸摸自己眼角的细纹。时光也真是过得快，她好像也该找个人过日子了。

季曼走出去，抱起桑榆与陌玉侯一起出门，就听得陌玉侯嘀嘀咕咕地道：“这丫头是不是上辈子和我有仇？口水鼻涕全往我新袍子上擦，旧的怎么不见她动一下？”“她喜欢你的新衣裳呗。”季曼笑道，“你该觉得高兴啊，至少这次只是衣裳，没有再打破你的古董花瓶。”

说起这个陌玉侯就头疼，小桑榆已经快四岁了，格外地调皮，什么贵毁什么，还非爱黏着他。前天她就打碎了他一直珍藏着的一个古董细颈瓶，他还只能瞪着她，打不得骂不得。

不能打骂就算了，关键这丫头还哭啊，哭得跟什么似的跑去找季曼告状。季曼就一脸痛心地看着他道：“女儿重要还是花瓶重要？你那么凶干什么？”宁钰轩：“……”

他真的是很冤枉，骂都没骂一个字，表情凶一点也不可以吗？在外头他明明是威风堂堂的陌玉侯，任何人见着他都是要恭恭敬敬低下头去的，结果为什么在家里一点地位都没有，小丫头都可以骑到他的头上来？

不过看在小桑榆长得和她娘一模一样的份上，他忍还不行吗？一家三口例行的黄昏散步时间，季曼穿的是一身胭脂色长裙，陌玉侯的常服也绣着银龙暗纹，小桑榆就随意多了，季曼给她做了套半古装半公主裙的小套裙，十分活泼可爱。

京城南边长流河畔经常可以看见这一家三口的影子。陌玉侯如今已经大权在握，季曼的粮行也算是控制着京城的咽喉，两人皆是随意动一动都可以影响万千的人。结果他们就这样随意地走在街上，护卫都只是远远跟着，然后就看陌玉侯让小桑榆骑在自己肩膀上，边走边与季曼吵嘴。

“你当年那冷冰冰的样子，哪里看出来喜欢我了？”宁钰轩颇为耿耿于怀。“看不出来就是不喜欢？”季曼挑眉，“那你还对我一直很差呢。五根藤条的家法我还记得！”“那是逼不得已……”宁钰轩的气势弱了。

“哦，逼不得已所以冤枉我一下打着玩？”季曼呵呵两声，“谢谢啊。”宁钰轩无言以对，傲娇地哼了一声别开头。当年他是冤枉了她很多次，可是那都是误会啊，现在他不是已经在补偿了吗？

“你最开始对我有感情是什么时候？”走了半路，宁钰轩还是忍不住问。季曼低头认真想了想：“你猜？”宁钰轩老实地开始猜：“你让我说‘我爱你’的时候？”不对啊，说了那句话她不是就该回去了吗？她想着回去的时候，一定是对他没感情的。宁钰轩摇摇头：“不对，或许是知道好好是你亲生的时候？”

季曼摸着下巴道：“其实我也不知道。”宁钰轩怒，停下步子抱着女儿不满地看着她。

“追究这个做什么。”季曼打了哈欠，挽过他的胳膊来继续往前走，“晚上回去给你讲《一千零一夜》啊。”

脸垮了下去，堂堂侯爷跟个孩子似的摇头：“我不要听！”都三天了，还让他听《一千零一夜》！“谁让这次月事来得这么汹涌澎湃。”季曼无奈地嘀咕道，“要不然你去晴儿的院子？”

宁钰轩皱眉，看了两眼季曼的侧脸，叹气道：“还是听故事吧。”男人是都喜欢齐人之福的，只是他现在已经习惯了一家三口的温馨，并且不想打破。他的前半生已经看够了各种各样的女人，后半生还是觉得就这一个最适合自己的就够了。至于晴儿，她自己愿意留在院子里陪伴曦儿长大，他也给她绝对的自由和该有的用度，不会亏待了她。毕竟后期她还是帮着他做了不少事情的，只是没人知道。

晚风习习，周围的人在遇见这悠闲散步的一家人的时候都会小了声音，而后恭敬地退到一边去。时间长了，看见他们的次数久了，众人也就坦然地继续走路，当没看见。

只是每个黄昏，路人都会忍不住多看他们几眼。那种安谧的幸福，实在是惹人眼红。

当然，国家重要人物走在外头都是会遇见危险的，陌玉侯一家也不例外。有三个以下的刺客来的时候，季曼和桑榆就会站在旁边给宁钰轩喊加油；要是刺客有三个以上，那这一家三口就会都蹲在一边，给护卫们喊加油。

这样的日子季曼觉得很喜欢，不乏味，又温馨。至于她是什么时候开始喜欢陌玉侯的，大概只有聂桑榆知道。因为季曼和聂桑榆的心，最开始就是同一颗。

水娘子的胭脂铺开了，人也就自然跟着搬出了侯府。最近宁钰轩也就开始渐渐地找不到鬼白的影子了。“奇怪，人呢？”站在书房门口，宁钰轩有点茫然。季曼端了点心过来，挑眉道：“怎么了？”

“鬼白一向是守在我身边的，他最近好像经常没看见人，好多事都交给其他人去做了。”宁钰轩郁闷地道，“前天请假，我想着今天也该回来了，可是他好像还没有回来。”季曼想了想，拉着他进屋，放下盘子道：“他大概是有什么事情耽误了吧。跟了你这么多年了，你也不用太操心。”

宁钰轩坐着想了一会儿，道：“他是不是看上水娘子了？”季曼嘴角抽了抽：“不是第一天回来的时候就该发现了吗？鬼白很明显就是对水娘子有意思啊。”虽然水娘子是个寡妇，但是人很贤惠，又能持家，这些年受的苦不少，能有个好男人疼她也不错。

“这样啊。”宁钰轩想通了，眉头就松开了，“那就上门去求亲啊。磨蹭了这么久，还没将人拿下？”季曼也点头，鬼白看起来就呆呆的，加上天天照镜子，可能早就被照傻了。这方面的事情，能帮的话还是帮他一把为好。

“侯爷。”正想着呢，那头人却已经自己回来了，脸色有些沉重。“鬼白，你过来。”宁钰轩和颜悦色，像极了居委会大妈，很温和地看着他道，“可有什么烦心事？”

鬼白有些不适应这样的陌玉侯，愣了好一会儿才道：“属下无妨，只是……还得请假几日。”“去做什么？”宁钰轩挑眉。鬼白顿了顿，道：“成亲。”

屋子里两个人都吓了一跳，还想着帮他呢，结果这头已经要成亲了。“属下向水娘子提亲了，水娘子允了，婚礼就从简。”鬼白不好意思地道，“都一把岁数的人了。”季曼被他说得堵了好久才通顺了，眨了眨眼睛道：“你跟水娘子求亲，她同意了？”

鬼白点头。“那你一张脸那么严肃干什么？”季曼哭笑不得，“还以为是什么坏事呢。”

鬼白苦笑，也实在算不上什么喜事啊。他是想着要找人过日子，她也是想着要找人过日子。他顺口那么一说，她也就淡淡地允了，完全没有什么兴奋的感觉啊。

天天跟在侯爷和夫人后头，看他们秀恩爱秀习惯了，鬼白的内心也是渴望一段深刻的感情的啊。虽然不能每个人都像侯爷和夫人这样轰轰烈烈吧，但好歹也该是郎情妾意，深情款款啊。

结果他与水娘子的过程就是：

“在下年纪不小，也该成亲了。”

“嗯。”

“不知娘子可有意愿与在下一起过日子？”

“好啊。”

没了，全程两个人的表情都跟雕塑一样，然后就这说定了。他去找媒人写婚书，定婚事，回来请个假准备成亲。“也不知道是不是水娘子一时冲动答应了在下。”鬼白叹气道，“不过不管如何，总是要成亲的。”

季曼挑眉，这两人明显都是对对方有意思，怎么定下婚事了，还这样苦着脸呢？宁钰轩看了鬼白一会儿，道：“你跟随我多年，聘礼钱侯府自然是会出的，你不用操心。”“多谢侯爷。”鬼白行礼。

“那先回去收拾准备吧。”

“是。”

季曼支着下巴看鬼白走了两步，之后他又回头看了屋子里一眼。陌玉侯坐在夫人身边，两人什么都不做，还是一种秀恩爱的状态。鬼白叹了口气，他是真的担心水娘子不是喜欢他，而后在一起久了，总是会淡的。

喜欢一个人的话，就该像夫人那样啊，虽然嘴上不说，但是侯爷喜欢吃什么，什么时候会在哪里，她都知道得一清二楚，并且总是在侯爷需要的时候出现。两人站在一起就显得般配。

而男人，也是该跟侯爷一样，嘴上经常和夫人吵闹，下朝回来的路上都不忘给夫人带点小玩意儿，还一直容忍着小姐的各种破坏行为。鬼白觉得自己已经被影响坏了，他觉得没有热烈感情的日子，应该是过不下去的。

忐忐忑忑地成了亲，入了洞房，之后他便称水娘子的闺名画月了。他们住在侯府，水娘子也将胭脂铺雇了其他人来打理，两人开始过上平淡的生活。真是平淡得一点波澜都不起，连个小波折都没有的那种。

鬼白很早就出门，水娘子就在家里缝纫和打扫。用膳的时间他回来，她就已经做好了简单的小菜。晚上他回来的时候，被窝也已经是暖暖的了。她总是温和而贤

惠，他也不会多说什么，两人一起吃饭，然后同眠。

这样的日子其实很温暖，只是鬼白与水娘子谁也不多说一句话，除开睡一张床，两人更像是搭伙同居过日子的，而不是夫妻，连最起码的拌嘴都没有过。

“这是什么？”季曼看着宁钰轩拿来的绸缎，挑眉。

“下朝回来路过绸缎庄看见的。”宁钰轩道，“替我再做一件披风吧。”季曼撇嘴：“想的倒是好。”嘴上这样说，手上却还是拿了绸缎起来看样子，想着能做件什么模样的披风。

鬼白就在他们后头站着，心情更复杂了。为什么侯爷和夫人说话就那么自然那么亲近呢？他与画月，什么时候才能这样？

水娘子与他一起陪着侯爷、夫人，带着桑榆小姐一起去散步。看着前头的一家三口，鬼白忍不住偷偷看旁边的人。

“画月……”

“嗯？”水娘子茫然地扭头看着他。鬼白忍不住又摸了摸袖子里的镜子，轻咳两声道：“你是不是也很羡慕侯爷和夫人这样的生活？”水娘子不解地看着他：“为什么要羡慕？”

“他们那样恩爱，又爱得轰轰烈烈的，侯爷权倾朝野，夫人又是世间少有的奇女子……”鬼白看着她，“不是很让人羡慕吗？”“是啊，是很让人羡慕。”水娘子平静地道，“每个人都想成为他们那样的，可惜成不了啊。我们就是我们自己，自然应该有属于自己的日子。别人的日子终究是别人的。”

鬼白一愣。“侯爷再好那也是夫人的，换了别人就驾驭不了；夫人再好那也只喜欢侯爷，换了人来也是不行。”水娘子一脸认真地道，“所以他们过他们的日子，可以羡慕，但是没必要强求自己也有那样的日子啊。”

一道雷劈向天灵盖，鬼白整个人突然就顿悟了。原来是这样啊，他还一直担心水娘子会因为侯爷和夫人过得太好，而觉得与自己在一起并不会快乐呢，像一杯白开水，越来越没味道。但是竟然是他想多了？“晚上我留了一块牛肉。”水娘子低声笑道，“你早些回来，我做给你吃。”“好。”鬼白使劲儿点头，想了想，从袖子里将那块用了多年的镜子拿出来递给水娘子。

“做什么？”水娘子拿过镜子来看了看，撇嘴道，“这不是你一直很喜欢，不管走哪里都带着的镜子吗？”鬼白一脸严肃地点头：“对，这是一面让我反省自身、思考自己为何一直难娶的镜子。”

水娘子：“……”

“现在我明白了，我这是被侯爷和夫人影响太多了。”鬼白双眼里都是感动地看着水娘子，“谢谢你点醒了我，所以这块镜子就送……”

“我不要。”水娘子淡定地将镜子塞回他的袖子里。“为什么？”鬼白很委屈，这镜子是他曾经的宝贝啊。水娘子叹了口气，伸手拉住了鬼白的手：“你留着吧，既然现在不被影响了，那咱们就好好跟着散步。”

实际原因是她觉得真的很蠢，不管是这面镜子还是镜子的主人。

河边又遇见刺客了，来了两个拿着大刀就朝侯爷砍的。水娘子远远就看见夫人抱了小姐就蹿去了一边，而后侯爷十分潇洒地从腰间抽出匕首，与两人过招。“你家侯爷遇刺了。”她道。

鬼白还看着水娘子傻笑，闻言才反应过来，连忙招呼人上去围观。一众护卫围成一个圈，看侯爷一打二，精彩之处还叫声好。那头季曼已经掏钱买了路过老伯的糖葫芦，递了一串给小桑榆，母女俩看得开心得很。水娘子却和鬼白站在一处，看到紧急关头，鬼白就拿着大刀上了。

夕阳西下，刺客很快退场，侯爷和夫人相互拥着回去哄孩子，鬼白则和水娘子高兴地回去吃牛肉。各自有各自的好，又有什么羡慕呢。

鬼白和水娘子一直跟在侯爷和季曼的背后，看着他们两人每天相互扶着回府的画面，看着他们的头发从乌黑变成了雪白。他们羡慕但是不觉得嫉妒，因为相互看看，旁边的人何尝不是陪着自己，一直从青丝变成了华发？

世间感情千百种，有的热烈如烟火，有的安静如星空。你有你的灿烂，我有我的岁月静好。

谁都值得一份真诚的爱情。

番外五

珠圆玉润

她叫朱玉润。

珠圆玉润，这其实是个很美的词，尽管朱玉润原本一点也不胖，没有爹爹期盼的那样圆润，但是笑起来脸会圆圆的，勉强可充当珠也。

在遇到千应臣之前，朱玉润这一生可谓顺风顺水——爹爹疼爱，哥哥宠溺，家里的姨娘也都护着她。周围的人给了她太多的爱，所以朱玉润很早就学会了该怎样去爱别人，护着别人。

他们相遇是在徐州县里的客栈，她下楼的时候他上楼，惊鸿一瞥，她觉得这男人真是好看，忍不住就站在二楼上，盯着人家看了个没完。他举手投足之间尽是风雅，似乎是有什么升迁之喜，在大堂里与掌柜拱手相贺。

她忍不住下了楼躲在旁边偷听。“此番得了皇上厚恩，要远去京城。”他的声音可真是好听，温和地说了这么一句，听得她忍不住想上前，叫他再说一遍。

“真是可喜可贺，没白费大人在徐州一直为民请命。”掌柜地笑道，“也是大人幸运，知州家里那腌臜货也想去当京官，还好大人先入选了。”

他笑得眉眼弯弯，眼里有一朝志气得展的畅快之感。他不经意回头，见她看得入了神，有些怔愣，却还是拱手遥遥作礼。

朱玉润脸红了，跑回房间的时候心里还有如小鹿乱跳。旁边的珠儿都打趣她：“小姐你这是动春心了吗？”“就你话多。”朱玉润满心欢喜，轻嗔了珠儿一声。

那人也要去京城，还是为官之人，那是不是可以回去求了爹爹，成了这一桩好事？那人还就住在她的隔壁，这一定是老天注定的缘分，一定有戏。

半夜入睡，恍然见那男子推门而来，朱玉润心想，原来姨娘们说的春梦，就是这个意思。她竟然也会梦见男人了。

身子被人压在床上，听见了珠儿的一声惊呼，她才回过神来，这不是梦。“小姐！”珠儿大惊，想去打开门，却发现门被锁上了。外头有谁的轻笑声，不一会儿，窗口就被吹了白色的烟雾进来，珠儿缓缓倒了下去。

朱玉润也觉得头一阵阵地晕，身上的男人面色潮红，像是已经没了神智，只是眸子甚为温柔地看着她，轻轻吻上了她的唇。

当时她心里竟想的是，这人就算是个采花贼她也认了。她没遇见过这么让她动心的男人，当即就觉得哪怕把身心一起给了他，也算是不负这一场相遇。

女人冲动起来就是有这么蠢。本来是要昏睡过去的，朱玉润却一夜未眠。清晨她就听见有人在屋外小声地道：“事成了吗？”

“成了，叫朱公子来，保管那不知天高地厚的小子去不了京城。”朱玉润被惊了一跳，下床将珠儿摇醒了，来不及解释，只让她去拖住自家哥哥，先别让他过来。床上的男人也醒了，睁开眼睛看着衣不蔽体的她，有些茫然。

“这位公子，你已经是我的人了。”朱玉润看着他迷蒙的双眼，真是忍不住又想吻上去，“昨晚你我已经成了夫妻。”千应臣很是无措，他不知道为什么正喝着酒就会失了神智，一觉起来，竟然在个女人房里？

而且这女人，不正是白天一直傻兮兮盯着他看的那个吗？扫了一眼屋子里，地上墙角边还有些白色的粉末，他披衣去看，竟是迷药。“玉润是看公子太过俊美，故而没忍住……”朱玉润坐在床上，自己也不知道自己在说什么，“就是……算是我强要了公子。”

千应臣脸色都青了，不可置信地看着她，将衣裳穿好，扭头就往外走。朱玉润不知他为何这样大的反应，急急地穿了衣裳想追出去，一众人却已经到了楼上，朱玉润心急之下，只得蹿进旁边他的房间。

“玉润？”哥哥闯进房间不见她，又被人带着来了这间房。他看见朱玉润恼衣衫不整的样子，恼怒地道：“你当真遇见了登徒子？”

“没有啊。”玉润坐在床边，笑得一脸坦然，“我昨晚看上个俊美的公子，萌生情意，没有忍住就半夜来了他的房间。只是不知为何，他竟然走了。”

众人被她这话惊得目瞪口呆，连珠儿也是不可置信地睁大了眼睛。他们没见过女子这般豪放的，自荐枕席不说，还将男人吓跑了？朱家哥哥脸上挂不住，遣散了众人就带着她赶路回京。客栈里因着这件事闹得沸沸扬扬，不少人戳着她的脊梁骨骂：“就是那个不知廉耻的女人！”

朱玉润觉得有点伤感，她做什么这么傻地去帮他啊，他就是登徒子，是他侵犯了她才对！可是一想起那人的眉眼，她又泄气了。她根本讨厌不起来，甚至心里还有些窃喜。他还是会当京官吧？她一定还能遇见的，说不定他还会娶她！

她坐在马车上回头，还依稀看见了远处他怔怔的身影。但是一路上，哥哥将她骂了个狗血淋头，说这样对待男人，不论是谁都不会接受她的。骂得久了，朱玉润自己也灰心了。

结果她竟然有了孩子。朱家的名声算是全败在她身上了，爹爹在朝里都抬不起头来。朱玉润觉得很羞愧，但当爹爹勃然大怒要去寻那人的时候，她竟然依旧是高兴的。

有了孩子，他就更会娶她了吧？结果这一寻竟是没什么音讯，她等啊等，结果就等来哥哥和爹爹说徐州来的京官太多，也不好挨个去问，只能暗中打听。

一打听就是几个月，她的肚子渐渐大起来了。朱玉润看着墙头上的草从枯萎又变成了青绿，那人还是没有找到。“离朱家小姐远些，不要和那种没羞没臊的东西在一起。”各家夫人都是这样嘱咐自己的女儿的。

“你说朱家小姐？哎哟，我这张嘴就算是金子做的也没法替她说媒啊，这谁敢娶啊！”姨娘去找媒婆，个个金招牌的好嘴都连连摇头。人言可畏，不知谁传的消息，越来越离谱，说她强上了男人，说她肚子里的是野种。

朱玉润很想哭，好几次受不住，对人说她没有，结果没有人相信，嘲笑的声音反而更大了。家里的姨娘却都护着她，温柔地告诉她，这不是她的错。朱玉润想通了，她要找个男人嫁了。她被骂没有关系，孩子总不能生出来跟她一起挨骂。

结果好好不容易找到了季夫子，那人出现了。天知道朱玉润心里有多欢喜，兴高采烈地扑过去，却把那人吓了一跳。他叫千应臣，如今刚升迁到户部主事，是陌玉侯爷的挚友。那人一看见她，就像是看见了什么极为可怕的东西，将她推得远远的。

她不怕，他们之间有误会，误会解除就好了。他受伤，她去照顾，挺着大肚子依旧可以蹦蹦跳跳，替他端茶倒水，替他收拾屋子，给他讲一些不好笑的笑话。

千应臣的脸始终是冷冰冰的，一旦她说起当初的事情，他便冷了脸要赶人。怎么相遇也没关系，他要是知道了她的好，说不定也会心动的。朱玉润依旧满心欢喜，在千府里忙前忙后，将他照顾得很周到。

可是为什么那张对着她一点也不会笑的脸，在听见彭家小姐来了的时候，就变得那般欢喜呢？朱玉润心里酸酸的，还有些疼，任性地就拦在门口不让彭小姐进去。结果他将她关进了柴房，一点也不怜惜她，也压根儿没有把她的肚子当回事。

朱玉润笑着想，误会还是得解开了为好。她找了机会带上珠儿去酒楼，约了他去，想认认真真将当初的事情再解释一遍，让他看清楚，自己是多好的一个姑娘，没有他想的那么可怕的。

结果他带着彭家小姐一起来了。她张了张嘴，没能解释出来。看着他们郎才女貌的模样，她心里更是难过，负气地道："有我在，你们是成不了亲的！"

说完起身就往楼下走。她好生气，她并不是个可爱的姑娘，嫉妒让她的眼睛都红了。

千应臣过来追她，拉着她的手腕，却被她用力甩开。这一用力，她的身子便失了平衡，从酒楼的楼梯上滚下去了。滚下去的时候，她终于看见了他脸上惊慌失措的表情。这次他不再是因为别人了，是因为她。

朱玉润很开心地笑了笑，肚子疼得却让她流了泪。季夫子曾经问她："为什么不能放弃他呢？"她是真的不甘心，他们可以有更平和的相遇方式，可以解除误会，依着缘分在一起的，结果天意弄人，偏生就让他这么讨厌她。

她叫朱玉润，她是个胖胖的不太让人喜欢的姑娘。她有一份自己想努力追求的爱情，只是不知为何，总是追不上那个人。不知道肚子没了，她再瘦一点，是不是就能追上了？朱玉润笑了笑，可是她好像已经跑不动了。

傻傻的只知道一味付出的女孩子，是会受伤的。

（全文完）

图书在版编目（CIP）数据

春闺梦里人：全 3 册 / 白鹭成双著 . -- 南京：江苏凤凰文艺出版社，2021.10
ISBN 978-7-5594-6244-2

Ⅰ . ①春… Ⅱ . ①白… Ⅲ . ①长篇小说 – 中国 – 当代 Ⅳ . ① I247.5

中国版本图书馆 CIP 数据核字 (2021) 第 172314 号

春闺梦里人：全 3 册

白鹭成双 著

责任编辑 周颖若
特约编辑 马春雪 夏君仪
装帧设计 卷帙设计 QQ: 2649686699
责任印制 刘 巍
出版发行 江苏凤凰文艺出版社
南京市中央路 165 号，邮编：210009
网 址 http://www.jswenyi.com
印 刷 北京市松源印刷有限公司
开 本 680 毫米 ×970 毫米 1/16
印 张 63.25
字 数 1125 千字
版 次 2021 年 10 月第 1 版
印 次 2021 年 10 月第 1 次印刷
书 号 ISBN 978-7-5594-6244-2
定 价 128.00 元